Asanger/Wenninger (Hrsg.)
Handwörterbuch der Psychologie

Handwörterbuch der Psychologie

Herausgegeben von
Roland Asanger und Gerd Wenninger

Beltz Verlag · Weinheim und Basel

Roland Asanger, Dipl.-Psych., Jahrgang 1945, Verlagslektor für Psychologie

Gerd Wenninger, Dr. Dipl.-Psych., Jahrgang 1946, Forschungsassistent am Lehrstuhl für Psychologie der TU München

CIP-Kurztitelaufnahme der Deutschen Bibliothek

Handwörterbuch der Psychologie / hrsg. von Roland Asanger
u. Gerd Wenninger. - Studienausg. -
Weinheim ; Basel : Beltz, 1982.
ISBN 3-407-83038-6
NE: Asanger, Roland [Hrsg.]

Gesamtherstellung: Beltz, Offsetdruck, 6944 Hemsbach über Weinheim
Umschlaggestaltung: E. Warminski, Frankfurt/Main
Printed in Germany

ISBN 3 407 83038 6

Vorwort der Herausgeber

Die moderne Psychologie befindet sich bei Erscheinen dieses Handwörterbuches in einer Phase des Umbruchs. War bis vor etwa einem Jahrzehnt der eher immanente Diskurs zwischen zwar konkurrierenden, in vielen Prinzipien aber durchaus gleichgerichteten „Schulen" lange Zeit das – gemäßigt – belebende Element der Entwicklung, so zeichnet sich heute eine fundamentale Neuorientierung psychologischer Theorie und Praxis auf das soziale Umfeld ab. Strittig sind nicht mehr nur die Methoden, die Wege, um zu einem gemeinsamen Ziel zu kommen. Strittig geworden sind das Ziel selbst, die Forschungs- wie auch die Interventionsgegenstände.

Wenn heute die „sozialwissenschaftliche Wende der Psychologie" in aller Munde ist, so ist damit keine neue psychologische Schule gemeint. Sozialwissenschaftliche Wende meint vielmehr eine grundlegende Veränderung des psychologischen Denkens und Handelns, und – was besonders bemerkenswert ist – sie erfaßt beinahe alle traditionellen Teildisziplinen und Schulrichtungen. Daß Psychologie in Forschung und Anwendung allemal mit gesellschaftlichen Problemen zu tun hat, auch wenn sie ihren Blick noch so sehr aufs Individuum verengt, daß diese Probleme damit nicht den ehernen Gesetzmäßigkeiten der Natur gehorchen und deshalb auch einer anderen Betrachtungs- und Behandlungsweise bedürfen, diese Einsicht beginnt sich gerade in der jüngeren Psychologengeneration durchzusetzen.

Es wäre nun gewiß übertrieben, wollte man der naturwissenschaftlich-experimentell arbeitenden Psychologie ein rasches Ende prophezeien, umso mehr als ja eine ganze Reihe wesentlicher menschlicher Dispositionen in der Tat nicht oder nicht unmittelbar sozialen Ursprungs sind. Eine völlige Abkehr von den Naturwissenschaften würde also die Psychologie mit Gewißheit zu neuen, „soziologistischen" Einseitigkeiten führen – ist aber auch gar nicht der Streitpunkt. Die sozialwissenschaftliche Psychologie wird vielmehr viele, wenn nicht alle, der „klassisch-psychologischen" Fragen in anderer Form zu stellen haben. Sie wird manche davon als ungeeignet verwerfen und andere neu formulieren. Nachdem sie damit ja bereits vehement begonnen hat, darf man vor allem gespannt sein, wie sie sich im Austausch mit den übrigen Gesellschaftswissenschaften auf die Dauer bewähren wird.

Nun wird mancher vielleicht fragen, wieso gerade in dieser Phase der Neuorientierung das Wagnis unternommen wurde, ein Nachschlagewerk zur Psychologie herauszugeben, wo diese doch ihre alte Identität verloren zu haben scheint, und eine neue sich erst herausbildet. Unsere Antwort ist simpel: gerade deshalb. Wir meinen, daß gerade jetzt eine selbstkritische Bestandsaufnahme der Psychologie vonnöten ist, daß gerade jetzt der affirmative Eindruck der Unanfechtbarkeit, den Wörterbücher und Lexika der Psychologie nicht selten machen, relativiert werden sollte. Nicht Scheingewißheit will das vorliegende Handwörterbuch vermitteln, sondern Problembewußtsein. Es will neben dem allgemein anerkannten Wissensbestand auch die Kontroversen und Schwachstellen dokumentieren und ebenso die Gefahren beim Namen nennen, die mit der Anwendung psychologischen Wissens verbunden sein können.

Daß die Autoren dieses Nachschlagewerks sich in ihrer überwiegenden Mehrheit als Sozialwissenschaftler verstehen – den Leser wird dies nach dem oben Gesagten nicht überraschen –, bedeutet keineswegs, daß sie damit auch theoretisch, methodologisch und praktisch gleichgerichtet wären. Eher im Gegenteil, denn die v.a. aus Soziologie und Ökonomie bekannten gesellschaftstheoretischen und -politischen Kontroversen wiederholen sich in leicht veränderter Form naturgemäß auch hier. Allen Autoren gemeinsam aber ist das Bemühen, die gesellschaftliche Relevanz ihrer Forschung und Praxis, so wie sie sich aus ihrer Sicht darstellt, kenntlich und durchschaubar zu machen. Gerade angesichts eines ungeheuren „Psychobooms", einer zunehmenden „Psychologisierung" auch unserer alltäglichen Lebensbereiche kann und darf sich dieser Relevanzdiskussion keiner, der aktiv oder passiv mit Psychologie zu tun hat, mehr entziehen. Dies betrifft auch Angehörige verwandter Fachdisziplinen wie Pädagogen, Sozialarbeiter oder Psychiater. Ihren Interessen und Bedürfnissen soll die interdisziplinäre Ausrichtung dieses Handwörterbuchs in besonderem Maße entgegenkommen.

Schließlich seien noch einige eher formale Hinweise für den Benutzer gegeben.
Die Beiträge sind – soweit sich dies sachlich und inhaltlich realisieren ließ – einheitlich aufgebaut. Dennoch wurde bewußt auf allzu rigide Standardisierung verzichtet, um den unterschiedlichen theoretischen und auch wissenschaftssprachlichen „Charakteren" gerecht zu werden. Auf die Darstellung und Interpretation kontroverser Positionen jedoch wurde durchweg besonderer Wert gelegt.
Der Leser, der sich an den jeweils am Ende eines Beitrags angegebenen Verweisstichworten orientiert, das Handwörterbuch also als „Lesebuch" benutzt, wird feststellen können, daß beinahe alle zentralen Themenbereiche der Psychologie im Handwörterbuch mehrfach, mit verschiedener Schwerpunktsetzung, unter verschiedenen Aspekten und mit unterschiedlicher Bewertung behandelt werden. Eine solche Lesestrategie wird im übrigen auch durch das detaillierte Register unterstützt. Auf diese Weise erhält der Benutzer einen komplexen Eindruck, der ihm eigenständige Urteilsbildung und ggf. Weiterarbeit erleichtert.
Zum Abschluß wollen wir nicht versäumen, ganz herzlich allen Autorinnen und Autoren zu danken, ohne deren bereitwillige und engagierte Mitarbeit das Handwörterbuch nicht zustande gekommen wäre. Dank schulden wir auch all jenen, die schon in der Planungsphase und zuletzt bei der Fertigstellung mit Rat und Tat zu seinem Gelingen beigetragen haben.

Weinheim und Köln, im Juli 1979

Roland Asanger
Gerd Wenninger

Verzeichnis der Stichwörter

Abhängigkeit

1 Problemdefinition

Alkoholismus, Rauschmittel- und Medikamentenabhängigkeit sowie das Rauchen sind die von ihrer gesundheitspolitischen Bedeutung her schwerwiegendsten A.n, wenn man ihre zahlenmäßige Verbreitung betrachtet. Man schätzt für die Bundesrepublik ca. 800000 bis 1 Million Alkoholiker, 180000 bis 350000 Rauschmittelabhängige, eine unbekannte, aber hohe Anzahl von Medikamentenabhängigen sowie ca. 40% Raucher in der Gesamtbevölkerung. Die große Anzahl von sozialen Schädigungen und Folgeerkrankungen verweist auf den Stellenwert der Erforschung von Entstehungsbedingungen, Erscheinungsformen und therapeutischen Möglichkeiten.
Der umgangssprachliche Begriff „Sucht" hat eine vielfältige Bedeutung erlangt. Sie reicht von der gewohnheitsmäßigen A. von Nikotin bis zu schweren Formen des Rauschmittelmißbrauchs. Da mit diesem Begriff sehr häufig die falsche Vorstellung einer unheilbaren Erkrankung verbunden ist, und darüber hinaus eine Einschränkung auf einen definierten Typ von Drogen notwendig wurde, hat die Weltgesundheitsorganisation diesen Begriff im Bereich der Drogen durch den Begriff „Abhängigkeit" ersetzt (WHO, 1964) und in neun Stoffgruppen eingeteilt: 1. Morphine, 2. Kokain, 3. Cannabis, 4. Halluzinogene, 5. Amphetamine, 6. Barbiturat, 7. Alkohol, 8. Khat und 9. Opiat-Antagonisten. In dieser Einteilung fehlen *Nikotin* und alle *Medikamente*, deren Mißbrauch ebenfalls zu einer A. führen kann.
Man muß generell zwischen zwei Formen der A. unterscheiden, der *physischen* und der *psychischen* A. Die physische A. ist durch die körperlichen Entzugssymptome, die beim Absetzen der chemischen Substanz entstehen und die durch eine erneute Zufuhr derselben beseitigt werden können, gekennzeichnet. Die psychische A. umschreibt das dranghaft erlebte Verlangen nach der erneuten Einnahme der Substanz. Diese Unterscheidung läßt sich prinzipiell für alle hier behandelten A.n treffen, wobei allerdings der Anteil der beiden Komponenten bei den einzelnen Erscheinungsformen unterschiedlich groß ist.

2 Entstehungsmodelle

Für die Entstehung der einzelnen A.n gibt es eine Reihe theoretischer Modelle, die sich in drei Gruppen einordnen lassen:

2.1 Persönlichkeitstheoretische Modelle gehen davon aus, daß der Genese des Alkoholismus oder der Drogenabhängigkeit eine bestimmte Persönlichkeitsstruktur zugrunde liegt, die unter dem Begriff *„Suchtpersönlichkeit"* zusammengefaßt wird. Testpsychologische Untersuchungen mit dem Ziel, allgemein durchgängige Persönlichkeitseigenschaften der Alkoholiker oder Drogenabhängigen zu identifizieren, haben aber nur einen sehr kleinen gemeinsamen Varianzanteil in den entsprechend untersuchten Stichproben feststellen können (vgl. FRANKS, 1976). Sowohl Querschnitts- als auch Längsschnittuntersuchungen konnten keine eindeutigen Aussagen zu der Existenz einer Suchtpersönlichkeitsstruktur treffen.

2.2 Lerntheoretische Modelle versuchen auf der Basis der Lern- und Verhaltenstheorie, die Entstehung der A.n auf klassische und operante Lernvorgänge zurückzuführen, wobei sie vor allem dem sozialen Lernen eine besondere Bedeutung einräumen. Sie führen die physische A. auf klassische Konditionierungsprozesse zurück und machen operante und soziale Lernprozesse für die Entstehung der psychischen A. verantwortlich. Ausführliche Beschreibungen dieser Modelle gibt es bei WIKLER (1976) und LANGE (1974) sowie VOGLER/REVENSTORF (1978).

2.3 Sozialpsychologische Modelle lassen sich allgemein auf die Arbeiten von MCCLELLAND et al. (1972) und JESSOR (1964) zurückführen. Danach liegt die zentrale Problematik des Abhängigen in einem *Machtbedürfnis* und *Anspruchsniveau*, die auf Grund einer mangelnden Effektivität und der zu hoch gesteckten Ziele nicht befriedigt werden können. Die daraus resultierende *Frustration* führt nach dieser Theorie zu dem übermäßigen Alkohol- bzw. Rauschmittelkonsum. Gemeinsam mit WILLIAMS (1976) muß jedoch festgestellt werden, daß diese Theorie trotz ihres bis ins Detail ausgearbeiteten Funktionsgefüges noch einer empirischen Untermauerung bedarf. Jedenfalls sind die bisher vorliegenden Untersuchungsbefunde dazu so widersprüchlich, daß diese Theorie wohl als die umstrittenste bezeichnet werden muß (vgl. auch VOGLER/REVENSTORF, 1978). Obwohl die einzelnen Entstehungsmodelle meist nur für eine bestimmte A. (z. B. Alkoholismus oder Medikamentenabhängigkeit) aufgestellt wurden, gelten sie inhaltlich auch für die anderen hier angesprochenen A.n. Faßt man die in den einzelnen Theorien formulierten Hypothesen zur Entstehung und Aufrechterhaltung von A.n zusammen, so ergibt sich folgendes Modell: jede A. beginnt mit einer Phase, in der *problematische soziale Situationen* im Elternhaus, am Arbeitsplatz oder in einer Partnerschaft auf Grund *fehlender Bewältigungsstrategien* und *mangelnder Selbstkontrolle* zu einem übermäßigen Konsum des betreffenden Rauschmittels führen. Zu welchem Rauschmittel dabei gegriffen wird, hängt von den jeweiligen sozialen Bezugsgruppen (z. B. drogenerfahrene Freunde bei jugendlichen Drogenabhängigen oder trinkfreudige Kollegen am Arbeitsplatz) oder den persönlichen Erfahrungen mit der entsprechenden Substanz (z. B. dem Schlafmittel oder der Beruhigungstablette) ab. Der regelmäßige Konsum hoher Dosen der verschiedenen Präparate oder Rauschmittel führt dann zu einer physischen und psychischen A., die über Jahre hinweg anhalten kann. An diesem Prozeß sind nachweislich klassische und operante Lernvorgänge beteiligt, wie sie bei FERSTL/KRAEMER (1976) für die einzelnen A.n beschrieben sind.

Die gegenwärtige *Forschung* hat im wesentlichen zwei Ziele. Zum einen gibt es *epidemiologische Untersuchungen* (z. B. CHRISTIANI/STÜBING, 1973), die einen Beitrag zur besseren präventiven Arbeit in dem Sinne leisten wollen, daß sie durch die Beschreibung der sozialen und psychischen Bedingungen der Entstehung und Verbreitung von Drogenabhängigkeit und Alkoholismus Hinweise für kritische Problembereiche liefern. Die zweite, wesentlich größere Anzahl von Arbeiten beschäftigt sich mit *therapeutischen Fragestellungen.*

3 Therapie

Mit Sicherheit kann man davon ausgehen, daß mit Ausnahme des Rauchens alle A.n nur dann erfolgreich behandelt werden können, wenn das therapeutische Programm eine *Problemanalyse auf breiter Basis* beinhaltet und ein *vielfältiges Behandlungsprogramm* für alle möglichen begleitenden und verursachenden psychischen Störungen anzubieten hat. Dazu fehlen bis heute genügend gut ausgearbeitete Programme, die der großen Anzahl behandlungsbedürftiger Personen gerecht werden. Allgemein beginnen die verschiedenen vorhandenen Programme mit einer *Kontaktphase*, in der dem Patienten die einzelnen Therapieschritte erklärt, und seine Motivation zur Teilnahme am Programm geprüft wird. Daran schließt sich die Phase der körperlichen Entgiftung (*Entzugsphase*) und die *Entwöhnungs-* bzw. *Rehabilitationszeit.* Schließlich ist es notwendig, auch eine *Nachbehandlungszeit* mit einzuplanen (vgl. FEUERLEIN, 1975). Inhaltlich gibt es ein breit gefächertes Angebot an unterschiedlichsten therapeutischen Ansätzen, die von Selbsthilfegruppen wie den Anonymen Alkoholikern über gruppendynamisch orientierte Programme und Gesprächspsychotherapie bis zu verhaltenstherapeutischen Behandlungen reichen. Leider existieren bis heute keine vergleichenden Therapiestudien, die eine Aussage über die Effektivität der einzelnen therapeutischen Maßnahmen zulassen. Das liegt vor allem an der oft nur mangelhaften bis überhaupt nicht vorhandenen Dokumentation sowie an den unterschiedlichen therapeutischen Zielen.

Speziell im Bereich der Alkoholismustherapie hat sich in den letzten Jahren eine oft falsch verstandene Kontroverse über das *Therapieziel* entsponnen. Während die klassischen Selbsthilfeorganisationen und psychiatrischen Einrichtungen für die Beibehaltung des Therapieziels *Abstinenz* plädieren, kommen aus den Reihen verhaltenstherapeutisch arbeitender Autoren (z. B. SOBELL/SOBELL, 1976; ANTONS, 1975; ANTONS/SCHULZ, 1976) zunehmend mehr Argumente für ein Therapieziel, das im *kontrollierten Alkoholkonsum* besteht, wobei immer die Einschränkung besteht, daß die aus medizinischen Gründen indizierte Abstinenz, etwa im Falle einer Leberschädigung, weiterhin ihren Sinn und ihre Gültigkeit besitzt. Während im Falle der Drogenabhängigkeit keine Zweifel über das Therapieziel Abstinenz bestehen, sind die Hauptargumente der Vertreter des kontrollierten Trinkens, daß der ehemalige Alkoholiker weiter in einer alkoholtrinkenden Gesellschaft leben wird, und ihm seine Abstinenz nicht nur soziale Schwierigkeiten bereiten würde, sondern daß er sich darüber hinaus, wenn er sich voll damit identifiziert, einer Subgruppe der Gesellschaft zurechnen muß, die durch den seinerzeiti-

gen übermäßigen Alkoholkonsum stigmatisiert ist und deshalb nach eigenen Gesetzen und Regeln leben muß. Diese Einstellung verhindert aber wiederum die Reintegration in seine normale soziale Umwelt. Langfristige Nachkontrollen an Patienten, die auf Abstinenz hin therapiert wurden, zeigen jedoch, daß sie wie jene, die während der Therapie den kontrollierten Alkoholkonsum erlernten, zwei Jahre nach dem Ende der Therapie kontrolliert trinken.
Die Gegenargumente zu dieser Auffassung lassen sich im wesentlichen in zwei Punkten zusammenfassen. Einmal treffen sie das Konzept des *Kontrollverlusts.* Danach würde bei schweren Alkoholikern bereits nach wenigen Schlucken ein unbezwingbarer Drang zum Weitertrinken entstehen. Dieses immer wieder behauptete Phänomen konnte bisher in keiner empirischen Arbeit nachgewiesen werden (vgl. MELLO/MENDELSOHN, 1971). Eine zweite Gruppe von Gegenargumenten stammt aus eher pragmatischen Überlegungen. Sie gehen von der Auffassung aus, daß die bestehenden Nachsorge- und Selbsthilfeorganisationen auf das Therapieziel Abstinenz eingeschworen wären, und deshalb für andersartig behandelte Patienten die Möglichkeit einer adäquaten Nachsorge entfallen würde. Wie diese aktuelle Kontroverse gelöst werden wird, bleibt weiteren Forschungen überlassen. Diese zukünftigen Arbeiten werden sich aber vor allem auch mit den Fragen einer effektiven *Prävention* auseinandersetzen müssen. Denn die gegenwärtigen Statistiken weisen keineswegs auf stagnierende Zahlen im Bereich des Alkoholismus oder der Rauschmittel- und Medikamentenabhängigkeit hin. Speziell die Zunahme des Alkoholproblems unter Jugendlichen und Frauen sowie die steigenden Zahlen von Drogentoten weisen auf die Notwendigkeit der Entwicklung guter präventiver und therapeutischer Maßnahmen hin.

Verweis auf andere Stichwörter

→Abweichendes Verhalten →Gesprächspsychotherapie →Gruppendynamik →Lernen →Machtbeziehungen →Persönlichkeit →Physiologische Psychologie →Psychotherapie →Sozialepidemiologie →Verhaltenstherapie

Literatur

ANTONS, K.: Verhaltenstherapie bei Alkoholkranken. Kassel: Nicol-Verlag 1975.

ANTONS, K. und SCHULZ, W.: Normales Trinken und Suchtentwicklung, Bd. 1. Göttingen: Hogrefe 1976.

CHRISTIANI, E. und STÜBING, G.: Drogenmißbrauch und Drogenabhängigkeit. Köln: Deutscher Ärzte-Verlag 1973.

FERSTL, R. und KRAEMER, S.: Abhängigkeiten. Fortschr. d. klin. Psychologie Bd. 9. München: Urban & Schwarzenberg 1976.

FEUERLEIN, W.: Alkoholismus – Mißbrauch und Abhängigkeit. Stuttgart: Thieme 1975.

FRANKS, C. M.: Alkoholismus. In: FERSTL, R. und KRAEMER, S.: Abhängigkeiten. Fortschr. d. klin. Psychologie Bd. 9. München: Urban & Schwarzenberg 1976.

JESSOR, R.: Towards a social psychology of excessive alcohol use. In: SNYDER, C. R. and D. R. SCHWEITZER, eds.: Proceedings Research Sociologists' Conference on Alcohol Problems. Carbondale: Southern Illinois University 1964.

LANGE, K.-J.: Süchtiges Verhalten. Freiburg: Lambertus 1974.

MCCLELLAND, D. C., DAVIS, W., KALIN, R., and WANNER, E.: The Drinking Man: Alcohol and Human Motivation. New York: Free Press 1972.

MELLO, N. K. and MENDELSOHN, H. J.: A quantitative analysis of drinking patterns in alcoholics. Arch. gen. Psychiat., 1971, *25*, 527–539.

SOBELL, M. B. and SOBELL, L. C.: Second year treatment outcome of alcoholics treated by individualized behavior therapy: results. Beh. Res. and Therapy, 1976, *14*, 195–215.

VOGLER, R. E. und REVENSTORF, D.: Alkoholmißbrauch. Sozialpsychologische und lerntheoretische Ansätze. Fortschr. d. klin. Psychologie, Bd. 13. München: Urban & Schwarzenberg 1978.

WHO Expert Committee on Addiction-Producing Drugs, 13th report, 1964 (= World Health Organization Technical Report Series No. 273).

WIKLER, A.: Einige lerntheoretische Überlegungen zum Problem der Drogenabhängigkeit. In: FERSTL, R. und KRAEMER, S.: Abhängigkeiten. Fortschr. d. klin. Psychologie Bd. 9. München: Urban & Schwarzenberg 1976.

WILLIAMS, A. F.: The Alcoholic Personality. In: KISSIN, B. and BEGLEITER, H., eds.: Social Aspects of Alcoholism. New York: Plenum Press 1976.

Roman Ferstl

Abweichendes Verhalten

1 Die Dialektik von Normalität und Abweichung

Für so unterschiedliche Phänomene wie Selbstmord, Delinquenz, Verhaltensauffälligkeiten, ungewöhnliche sexuelle Bedürfnisse und Praktiken wird von den Sozialwissenschaften eine zusammenfassende Oberkategorie angeboten: Abweichendes Verhalten (Devianz). Trotz der Verschiedenartigkeit der Erscheinungsweise haben diese abgrenzbaren Handlungstypen gemeinsame Merkmale, die zur Formulierung einer für sie gemeinsam Geltung beanspruchenden Erklärung berechtigen. Ihnen ist gemeinsam, daß sie von mehr oder weniger großen Teilpopulationen einer Gesellschaft als ungewöhnlich, befremdlich, bedrohlich, also als außerhalb des Erwartungshorizontes für eine angemessene Lebensbewältigung liegend wahrgenommen werden. Sie verletzen aus der Sicht anderer Gesellschaftsmitglieder in jeweils spezifischer Weise die Normalitätserwartungen, an denen orientiert die notwendige Regelhaftigkeit und Geordnetheit sozialen Handelns im Alltag hergestellt wird.

Für jedes der genannten empirischen Phänomene haben Psychiatrie, Psychologie oder Kriminologie jeweils eigene einzelwissenschaftliche Erklärungen bzw. jeweils mehrere konkurrierende. Eine *sozialwissenschaftliche Devianzperspektive* sieht sich nicht in erster Linie mit solchen einzelwissenschaftlichen Ansätzen in Konkurrenz, wenngleich sie auch hier zu sinnvollen alternativen Problemsichten führen kann bzw. zu einer Erweiterung der oft selektiven Perspektiven führen soll. In erster Linie geht es in der Devianzforschung darum, ein angemessenes sozialwissenschaftliches Erklärungsmodell für das Gemeinsame der gesellschaftlichen Wahrnehmung und Bearbeitung abweichenden Verhaltens zu finden.

Zu dem Begriff *„Abweichung"* wird oft als polarer Alternativbegriff der der *„Normalität"* assoziiert, und im wissenschaftlichen Umgang mit dem Thema Abweichung ist diese Polarität weithin akzeptiert worden. Es wurde danach gefragt, was denn ein deviantes Individuum von einem sich „normal" und regelkonform verhaltenden Individuum unterscheide. Man hat nach differenzierenden Faktoren für diese zwei Klassen von Individuen gefragt und dabei konstitutionelle, psychogenetische, sozialisatorische und auf die soziale Herkunft bezogene Faktoren einzeln oder vielfältig kombiniert untersucht und als Erklärungen für die qualitative Differenz von Normalität und Abweichung formuliert (vgl. SACK, 1973, 130f.).

Im Verlauf der letzten Jahre beginnt sich eine alternative Sichtweise durchzusetzen. In der Devianzforschung ist die Fragestellung in den Vordergrund gerückt, wie Abweichung als soziale Realität beständig hergestellt wird. Sie wird nicht mehr als vom gesellschaftlichen Alltag problemlos vorgegebene Realität akzeptiert, die lediglich durch eine angemessene Detailforschung differenziert abzubilden ist. Der Abweichende oder Außenseiter wird nicht mehr als der „ganz Andere" aufgefaßt, der sich qualitativ von denen unterscheidet, die ihn als Außenseiter wahrnehmen und behandeln. Er mag in vielen Fällen dieser „ganz Andere" geworden sein, zu dem kaum mehr ein verstehender und kommunikativer Zugang vorhanden ist, aber diese als qualitative Differenz erscheinende Verschiedenheit wird immer stärker als gesellschaftlich hergestellte begriffen. Diese Verschiedenheit sagt ebenso viel über Normalität wie über Abweichung aus, denn in den vielfältigen Austauschprozessen zwischen Normalität und Abweichung lassen sich Erklärungen für diese Verschiedenheit finden.

Die Entwicklungsgeschichte der Devianzforschung, die eine Reihe sich ablösender Erklärungsansätze hervorgebracht hat (vgl. zusammenfassend: CLINARD, 1974; DAVIS, 1975; GIBBONS/JONES, 1975; FRAZIER, 1976; SAGARIN, 1975; TAYLOR/WALTON/YOUNG, 1973), hat zu dem zentralen Punkt der heutigen Devianzdiskussion geführt: Zu der Aufgabe, „den abweichend Handelnden mit der ihn umgebenden Welt wieder zu vereinigen" (YOUNG, 1974, 66). Diese Aussage zielt nicht auf eine praktische Rehabilitation von Devianz, sondern zunächst auf die wissenschaftliche Notwendigkeit, jene gesellschaftlichen Mechanismen zu bestimmen, mittels derer im gesellschaftlichen Alltag gleichzeitig Normalitätsmodelle aufrechterhalten werden und Devianz produziert wird. Es soll aufgezeigt werden, wie sich Normalität und Abweichung gegenseitig voraussetzen. Diese zentrale Frage der Devianzforschung steht im Mittelpunkt der „Interaktionstheorie abweichenden Verhaltens" (BECKER, 1973), die bekannter geworden ist als *„Labeling-Perspektive"*.

2 Die gesellschaftliche Konstruktion von Abweichung

Die „*Labeling-Perspektive*" (bekannt auch als „Etikettierungstheorie", „Definitionsansatz", „Kontrollansatz" oder „Theorie gesellschaftlicher Reaktion") hat es sich in erster Linie zur Aufgabe gemacht, Devianz aus einer genauen Analyse der Strukturen alltäglicher Interaktionen zu erklären und verständlich zu machen. Die Auseinandersetzung mit der Labeling-Perspektive steht gegenwärtig im Mittelpunkt der Devianzforschung (vgl. MONTANINO, 1977; GOODE, 1978; SACK, 1978; DOWNES/ROCK, 1979), sie hat die Funktion der konzeptuellen Unruhe übernommen (vgl. GIBBS/ERICKSON, 1975) und die Probleme formuliert, die eine akzeptable Devianztheorie überzeugend zu lösen hat. Da der Labeling-Ansatz keine streng formalisierte Theorie ist und von seinen Vertretern ausdrücklich aus diesem Anspruch herausgenommen wird, ist sein wissenschaftstheoretischer Status wohl am angemessensten als Perspektive zu bestimmen. Eine Perspektive stellt eine spezifische Problemsicht dar, die in einer Phase der Theoriefindung ein Potential für sinnvolle Fragestellungen bereitstellen kann, die in konkurrierenden Ansätzen vernachlässigt worden sind. Die Labeling-Perspektive hat sicherlich die Probleme, für die sie sensibilisiert hat, nicht alle selbst lösen können und stößt bei ihrem eigenen konzeptuellen Potential dabei auch an prinzipielle Grenzen (vgl. KEUPP, 1976), doch hat sie so etwas wie eine „katalytische Funktion" bei der Findung eines integrationsfähigen Paradigmas der Devianzforschung (vgl. DAVIS, 1975, 170).

Die Formulierung der Labeling-Perspektive geht auf LEMERT (1951) zurück, und sie wurde vor allem von BECKER (1973) propagiert. Abweichung wird bei LEMERT – im Unterschied zur damals vorherrschenden Auffassung – nicht mehr verstanden als eine Eigenschaft bestimmter Verhaltensweisen oder einer Persönlichkeitsstruktur und auch nicht als zwangsläufige Folge der Verletzung informeller oder kodifizierter Regeln und Normen. LEMERT ging vielmehr von der beobachtbaren Tatsache aus, daß nicht alle Verhaltensweisen aus einer bestimmten Klasse und nicht jede empirische Form eines als deviant bestimmten Persönlichkeitstyps in jedem Fall, unter allen denkbaren Kontextbedingungen und – wenn überhaupt – in gleicher Form als abweichend klassifiziert werden. Ebensowenig ist jede Regelverletzung automatisch ein Auslöser für die Zuweisung eines abweichenden Status. Eine Regelverletzung ist keine hinreichende Bedingung für die Feststellung eines abweichenden Tatbestandes, sondern sie wird dies vielmehr erst durch die Feststellung. Deshalb habe die Devianzforschung auch nach dem Prozeß zu fragen, „durch den die Unterstellung von Abweichung durch Mitglieder von sozialen Gruppen und Instanzen konstruiert und angewendet wird" (KITSUSE, 1975, 280).

Im Mittelpunkt des Interesses der Labeling-Perspektive steht nicht ein Verhalten, das aus dem Normalitätshorizont einer sozialen Gruppe herausfällt, und aus dessen Ätiologie sich Abweichung als soziale Tatsache rekonstruieren ließe, sondern die *gesellschaftlichen Reaktionsmuster* auf dieses Verhalten. Das normalitätsdiskrepante Verhalten wird als „primäre Abweichung" bezeichnet, doch in ihm liegen nicht die Bedingungen dafür, daß Abweichung zur beherrschenden *sozialen Lebensform* wird, die als „sekundäre Abweichung" bezeichnet wird. Primäre Abweichung ist ein Sammelbegriff für eine Vielzahl möglicher Regelverletzungen im Alltag, die in sehr unterschiedlicher Weise determiniert sein können. Die Ursachen können biologischer, psychologischer oder sozialer Natur sein. Die spezifische Qualität dieser Ursachen legt jedoch nach Auffassung von Vertretern der Labeling-Perspektive in keiner Weise die Qualität der sekundären Abweichung fest. Unterschiedliche Ursachen einer Regelverletzung können zum gleichen gesellschaftlichen Reaktionstypus führen, es kann aber auch beim Vorliegen identischer Ursachen zu differentiellen sozialen Bearbeitungsmustern kommen.

Primäre Devianz kann unterschiedlich bewältigt werden, und die spezifische Form dieser Bewältigung legt fest, ob aus ihr eine *abweichende Karriere* wird oder ob sie in alltäglichen Interaktionsbeziehungen „normalisiert" werden kann. Erst wenn auftauchende Krisen und Probleme nicht mehr als situationsgebundene, vorübergehende, entschuldbare oder gar als sinnvolle innovatorische Verletzung alltäglicher, routinehaft eingespielter Handlungsregulative eingeordnet und bewältigt werden können, setzen solche sozialen Reaktionen ein, die das betroffene Individuum auf seine Regelverletzung hin neu definieren und ihm einen sozialen Status zuweisen, der es in seiner Devianz festlegt. Die Erfahrungen mit spezifischen sozialen Reaktionen „treten in den Mittelpunkt des Lebens dieser Menschen, denn sie verändern deren psychische Strukturen und gestalten die sozialen Rollen und Einstellungen gegenüber dem Ich in spezifischer Weise. Die Handlungen, deren Bezugspunkte diese Rollen und Selbsteinschätzungen sind, machen die sekundäre Devianz aus. Gemessen an seinen Handlungen, ist der sekundär Abweichende ein Mensch, dessen Leben und Identität von der Realität der Devianz bestimmt sind" (LEMERT, 1975, 434).

Die Labeling-Perspektive ist kein kohärentes System von aufeinander bezogenen und auseinander logisch ableitbaren Sätzen. Sie wird in sehr unterschiedlichen Versionen vertreten, doch wird sich die Mehrheit ihrer Vertreter auf die folgenden Aussagen einigen können (vgl. SAGARIN, 1975, 128f.):

1. Ihre Eigenart als moralisch problematisch erhalten Handlungen nicht aus irgendeiner ihnen innewohnenden Qualität, sondern durch die Art und Weise, wie sie durch andere Personen definiert werden. Eine besondere Bedeutung kommt dabei Vertretern von gesellschaftlichen Instanzen zu, die Regeln aufstellen und über ihre Einhaltung wachen und befinden.

2. Will man das Phänomen Abweichung verstehen, ist es von geringem Informationswert, die „Natur" einer Handlung oder Merkmale des Individuums zu bestimmen. Statt dessen sollte man der Frage nachgehen, wie die Gesellschaft beschaffen ist, die bestimmte Verdikte verhängt, und wie Personen und Gruppen die Macht und den Einfluß gewinnen, andere Personen als abweichend zu definieren und sie als solche zu behandeln.

3. Der Prozeß der Etikettierung hängt nicht nur von der Art der Handlung ab, sondern auch von sozialen Kontingenzen wie etwa dem sozialen Status des betroffenen Individuums und der Machtbeziehung zwischen ihm und den Initiatoren der offiziellen wie informellen sozialen Kontrollreaktionen.

4. Das Etikett „abweichend" führt zu einer neuen, sekundären Form von Abweichung, die sich für die Lebensorganisation des betroffenen Individuums gravierender auswirkt als die ursprüngliche. Es hat vor allem die Konsequenz, daß das Individuum auf einen devianten Status festgelegt und in ihm verstärkt wird.

5. Wie im Falle anderer sozialer Rollen möglich, läßt sich auch Abweichung als Karriere darstellen. Eine Karriere wird durch offizielle gesellschaftliche Reaktionsformen begünstigt, besonders dann, wenn ein Ausschluß aus dem gesellschaftlichen Alltag und eine Assoziation mit anderen Ausgeschlossenen in einer devianten Subkultur erfolgen.

In der bislang differenziertesten Form ist die Labeling-Perspektive von SCHUR (1974) dargestellt worden. Er fragt zum einen nach den grundlegenden Mechanismen gesellschaftlichen Reagierens auf Regelverletzungen und verfolgt das Wirksamwerden dieser Mechanismen auf unterschiedlich komplexen und strukturierten sozialen Ebenen. Die erste Ebene bezieht sich auf das soziale System und die Normierungsprozesse, die auf einer solchen Aggregatebene stattfinden. Eine zweite Ebene sind Institutionen und Organisationen, die ihre jeweils spezifischen Mandate und Verfahrensweisen für den Umgang mit Devianz haben. Die dritte Ebene umfaßt die interpersonellen Interaktions- und Kommunikationsbeziehungen des gesellschaftlichen Alltags. Auf diesen Ebenen können jeweils drei Typen von Bewältigungsstrategien wirksam werden, mittels derer Regelverletzungen und die durch sie erzeugten Handlungs- und Orientierungskrisen verarbeitet werden. Ihr Ziel besteht darin, die gestörte Routine des Handelns wiederherzustellen.

Die Stereotypenbildung hat die Funktion, ein Ereignis kategorisierbar zu machen und als einem bekannten Verhaltenstypus zurechenbar zu interpretieren. Diese Typisierung greift zurück auf vorfindbare Stereotypen. Für eine Reihe von Devianztypen sind relativ stabile Typisierungsschemata gefunden worden (etwa für psychische Störungen: SCHEFF, 1973; STUMME, 1975; oder für Verhaltensstörungen in der Schule: BRUSTEN/HURRELMANN, 1973). Über den Mechanismus der „retrospektiven Interpretation" wird versucht, die Eigenschaften, die Motive und Handlungsentwürfe aus der Lebensgeschichte des etikettierten Individuums heraus zu deuten, die mit einer ihnen eigenen inneren Logik zwangsläufig zu jenem Verhaltensmuster führen mußten, das mit dem gewählten Stereotyp auf einen stimmigen Nenner gebracht worden ist. „Fall"-Geschichten in der Psychiatrie haben oft nur die Funktion, die administrativ bereits eingeleitete Verfahrensweise durch die Aggregierung von „Fakten" zu legitimieren, die in der Vorgeschichte des Patienten auf die Unabwendbarkeit der gegenwärtig erfolgenden Behandlung hinweisen (vgl. MOHAVEDI, 1975). Schließlich benennt SCHUR noch den Mechanismus des „Aushandelns“, der die Tatsache betont, daß der Geltungsanspruch von Stereotypen und eine spezifische Version der retrospektiven Interpretation erst in einer konsensfähigen Form hergestellt werden müssen.

Grundlegende Prozesse und Ebenen der Analyse (nach SCHUR, 1974, 43)

Grundlegende Reaktions-prozesse	**Ebenen der Analyse** *Kollektive Regelbildung*	*Interpersonelle Reaktionen*	*Organisations-spezifische Verfahrensweisen*	*Ergebnisse*
Stereotypen-bildung	Öffentliche Stereotypen von Abweichung	Vertrauen auf beobachtete oder angenommene Merkmale (Anwendung von kulturellen Stereotypen bei Interaktionen)	Typisierung bei der Behandlung von „Normalfällen“ (Klassifizierung teilweise den Stereotypen entsprechend)	Individueller Rollendruck in Richtung auf abweichende Karrieren Sekundäre Expansion von „Abweichungs-Problemen“ der Gesellschaft
Retrospektive Interpretation	Regelbildung, die dem Abweichenden geringe Qualitäten zuschreibt, wie bei Einstellungspraktiken gegenüber Homosexuellen	Betrachtung des Handelnden, als ob er „immer so gewesen“ wäre; Überprüfung der Vergangenheit nach frühen Merkmalen	Verwendung des „Fall-Berichts“ oder der „Fall-Geschichte“	
Aushandeln	Konflikt zwischen Interessengruppen über gesetzliche und öffentliche Definitionen	Direktes Aushandeln des Etiketts, wie es bei psychiatrischen Diagnosen stattfindet	Aushandeln zwischen Klient und Organisation, wie es sich beim Geständnis vor dem Strafgericht findet	
Ergebnisse	Individueller Rollendruck in Richtung auf abweichende Karrieren; sekundäre Ausweitung der „Abweichungsprobleme“ der Gesellschaft			

3 Problemdimensionen der Devianzforschung

Die Labeling-Perspektive ist in vielfältiger Hinsicht kritisiert worden, und es gibt eine Reihe sinnvoller Anregungen und Vorschläge für eine schlüssigere, konsequentere und weniger einseitige Formulierung ihrer Position (vgl. AHRENS, 1975; BOHNSACK, 1973; KECKEISEN, 1974; RÜTHER, 1975; TROJAN, 1978). Die Labeling-Perspektive stellt einen wichtigen Versuch dar, abweichendes Verhalten zu demystifizieren (TAYLOR/WALTON/YOUNG, 1973, 165). Sie bindet es ein in die Strukturen alltäglicher Interaktionen. Es bleibt die Frage, ob sie die von ihr sensibilisierte Fragestellung selbst auch zureichend behandeln konnte. Zunächst ist es notwendig, eine Reihe von Defiziten zu benennen. Ihre Hauptschwächen sind darin zu sehen, (1) daß sie in einer Phänomenologie des Alltags stecken bleibt, seine Strukturen und seine Dynamik aber nicht in Form einer kritischen Wissenschaft des Alltagslebens (vgl. etwa HELLER, 1978) zu formulieren vermag; (2) daß sie den Bedingungen primärer Abweichung keine systematische Bedeutung einräumt und sie damit zu zufälligen und willkürlichen Erscheinungen erklären muß, denen keine sinnhafte Funktion in der Bewältigung komplex-widersprüchlicher

Lebensverhältnisse zukommt; und (3) daß sie keine Ansatzpunkte für die Veränderung gesellschaftlicher Wirklichkeit zu formulieren vermag; sie bleibt letztlich der Realität verhaftet, die sie sensibel und teilidentifiziert analysiert. Trotz dieser Mängel hat die Labeling-Perspektive für die künftige Devianzforschung Fragestellungen formuliert, die diese mit Priorität zu bearbeiten hat. Sie berücksichtigend und weitere unverzichtbare Problemebenen dazu formulierend läßt sich für eine umfassende Analyse abweichenden Verhaltens ein dimensionales Raster angeben (vgl. TAYLOR/WALTON/YOUNG, 1973). Wichtig ist in diesem Raster vor allem die Unterscheidung zwischen einer *mikrosozialen Interaktionsebene* und einer *Strukturebene,* die gesellschaftliche Determinanten benennt, die einzelnen Handlungssituationen einen jeweils spezifischen Rahmen setzen (z.B. ökonomische Funktionsprinzipien einer Gesellschaftsformation, Klassengliederung, rechtsförmige Normierungen).

1. Unmittelbare Ursachen sind im mikrosozialen Interaktionskontext devianter Handlungen zu ermitteln. Hierher gehören alle Versuche, Handlungen als sinnhafte und rekonstruierbare Reaktionen auf spezifische Situationen und Lebenslagen aufzuzeigen. Psychologisch-sozialpsychologische Ansätze zur Erklärung des Auftretens von Verhaltensstörungen bekommen auf dieser Ebene ihr Recht, sofern sie Handeln nicht als bloßes Resultat von Persönlichkeitsentitäten verdinglichen.

2. Strukturelle Ursachen umfassen gesellschaftliche Determinanten, die die objektive soziale Position von Individuen mit der Wahrscheinlichkeit in Beziehung setzen, mit der sie zu devianten Lösungsstrategien ihrer Problemsituation greifen. Situative Ursachen werden auf Variablen wie Schicht- oder Klassenzugehörigkeit, auf strukturelle Ursachen von Belastungssituationen wie z.B. Arbeitslosigkeit bezogen (vgl. die Problemstellungen der Sozialepidemiologie).

3. Die tatsächliche Handlung muß auf dem Hintergrund der unmittelbaren und strukturellen Ursachen interpretiert werden (vgl. die dafür bedeutsame Anomietheorie: KEUPP, 1972; BOHLE, 1975). Sie wird dabei in ihrer funktionalen Bedeutung innerhalb des spezifischen Lebenskontextes interpretiert. Sie kann problemlösendes Verhalten innerhalb zu bewältigender Konfliktlagen darstellen, sie kann eine eher instrumentelle oder eine eher expressive Funktion haben, und sie kann eher eine individuelle als eine kollektive Lösungsstrategie repräsentieren; schließlich kann ein Verhalten auf dem Kontinuum zwischen selbstgewählter Handlungsstrategie und durch situative Zwänge bedingter Reaktion eingestuft werden.

4. Die unmittelbare gesellschaftliche Reaktion läßt sich in ihrer Verschiedenheit durch folgende strukturierende Fragen erfassen: Wie wird die ursprüngliche Regelverletzung durch relevante Bezugsgruppen und Autoritäten in ihrem Schweregrad eingeschätzt? Sind die unmittelbaren Reaktionen formeller oder informeller Art? Mit welchen pragmatischen Alltagstheorien wird die Abweichung erklärt? Ist die Reaktion generalisierend auf die ganze Person bezogen oder spezifisch gerichtet auf bestimmte Verhaltensaspekte? Welche verhaltensmäßige Form hat diese unmittelbare gesellschaftliche Reaktion?

5. Die Frage nach den strukturellen Ursachen gesellschaftlicher Reaktionen ist notwendig, um von einer Interpretation wegzukommen, die den Willkürcharakter und eine personalisierende Sichtweise von Kontrollreaktionen vertritt. Auf dieser Ebene ist danach zu fragen, wie es zu verschiedenen gesellschaftlich vorherrschenden Kontrollmodi kommen kann, etwa von einer repressiv-stigmatisierenden zu einer eher sozialintegrativen Form sozialer Kontrolle; wie es zu formellen, kodifizierten Normen in Form von Gesetzen und Verfahrensvorschriften kommt usw. Gefordert ist schließlich eine „politische Ökonomie sozialer Kontrolle" (vgl. als einen wichtigen Ansatz hierzu: SCULL, 1977).

6. Die Wirkung der gesellschaftlichen Reaktion auf das weitere Handeln des Abweichenden ergibt sich aus Fragen, die sich auf spezifische Karrieredeterminanten beziehen: Welche persönlichen und institutionellen Ressourcen hat ein Individuum? Nehmen soziale Reaktionen auf die Bedürfnissituation des Devianten Rücksicht oder wird er kategorial behandelt? (vgl. hierzu: FORSTER/PELIKAN, 1977).

Zur Bewältigung eines so umrissenen Forschungsprogramms wird die Devianzforschung mit den konzeptuellen Ressourcen, die ihr die Labeling-Perspektive und eher traditionelle Vorläufer anbieten können, überfordert sein. Es erscheint notwendig, das Potential anderer sozialwissenschaftlicher Ansätze zu prüfen und nach komplexeren Integrationslösungen zu suchen.

4 Differenzierungsmöglichkeiten in der Devianzforschung durch Integration bislang vernachlässigter Theorieansätze

Die sozialwissenschaftliche Erforschung abweichenden Verhaltens hat sich bislang relativ isoliert von anderen psychologischen und soziologischen Theorietraditionen entwickelt, obwohl sich an mehreren Punkten sinnvolle Integrationen anbahnen bzw. naheliegen.

1. Die vor allem im Feld der Einstellungsforschung und der Untersuchung von Prozessen der sozialen Wahrnehmung entwickelte *Attributionstheorie* und die Labeling-Perspektive fragen beide nach Mechanismen der Zuschreibung von Sinn, die dem gesellschaftlichen Ereignisstrom Geordnetheit und Voraussagbarkeit verleihen. Die Integration eines eher interaktionstheoretischen mit einem kognitionstheoretischen Ansatz könnte zur Behebung spezifischer Defizite der jeweils isolierten Positionen einen sinnvollen Beitrag leisten (vgl. KEUPP, 1976, 110ff.).

2. Eine *ethnomethodologisch* beeinflußte Version des Labeling-Ansatzes (so etwa KECKEISEN, 1974) thematisiert eine Reihe von Problemen, mit denen sich auch psychologische Handlungstheorien auseinandersetzen. Die tendenziell idealistische Position der Ethnomethodologie könnte sich an der um eine materialistische Begründung bemühten Handlungstheorie abarbeiten, diese wiederum könnte aus der Konfrontation eine stärkere sozialwissenschaftliche Fundierung erfahren.

3. Es gibt erste Versuche, eine *verhaltenstheoretische* Position mit dem Ansatz der Labeling-Perspektive zu integrieren und auf dieser Basis den Gegenstandsbereich der Psychopathologie neu zu strukturieren (vgl. ULLMANN/KRASNER, 1975; PAGE, 1975). Solche gegenstandsbezogenen Integrationen führen zu komplexeren Sichtweisen auf einzelne Probleme und lassen das Potential erkennbar werden, das eine devianztheoretische Betrachtungsweise für einzelne Spezialdisziplinen hat.

4. Mit ihrer ätiologischen Abstinenz ist die Labeling-Perspektive für Vertreter *psychoanalytischer* Positionen schwer zu akzeptieren. Aber es gibt erste Versuche, über die Phase einer bloßen wechselseitigen Denunzierung hinwegzukommen und dabei die Bedingungen primärer Devianz aufzuhellen. In diesen Ansätzen wird aber auch gleichzeitig dem Gedanken Kredit eingeräumt, daß Devianz zu einer sozialen Lebensform auf Grund gesellschaftlicher Erfahrungen werden kann, nicht unabhängig von spezifischen lebensgeschichtlich bedingten primären Defiziten, aber auch nicht von ihnen allein determiniert (vgl. TREPPENHAUER, 1976; ENGELHARDT, 1975).

Diese noch relativ unverbundenen Ansatzpunkte für die Formulierung einer komplexeren und erklärungskräftigeren Devianztheorie zeigen, daß sich die Devianzforschung trotz langer wissenschaftsgeschichtlicher Tradition noch in einer ausgesprochen präparadigmatischen Phase befindet, in der sich aus den vorliegenden brauchbaren Daten, Konzepten und Perspektiven noch keine akzeptable integrationsfähige Theorie anbietet.

Verweis auf andere Stichwörter

→Aggression →Forensische und Kriminalpsychologie →Interaktion und Kommunikation →Machtbeziehungen →Psychiatrie →Psychische Störung und Normalität →Psychotherapie →Sozialepidemiologie →Verhalten und Handlung →Vorurteil

Literatur

AHRENS, S.: Außenseiter und Agent: Der Beitrag des Labeling-Ansatzes für eine Theorie abweichenden Verhaltens. Stuttgart: Enke 1975.

BECKER, H. S.: Außenseiter. Zur Soziologie abweichenden Verhaltens. Frankfurt: Fischer 1973 (orig. 1963).

BOHLE, H. H.: Soziale Abweichung und Erfolgschancen. Die Anomietheorie in der Diskussion. Neuwied/Darmstadt: Luchterhand 1975.

BOHNSACK, R.: Handlungskompetenz und Jugendkriminalität. Neuwied/Berlin: Luchterhand 1973.

BRUSTEN, M./HURRELMANN, K.: Abweichendes Verhalten in der Schule. München: Juventa 1973.

CLINARD, M. B.: Sociology of deviant behavior. New York: Holt, Rinehart & Winston [4]1974.

DAVIS, N. J.: The social construction of deviance. Dubuque: W. C. Brown 1975.

DOWNES, D./ROCK, P. (Hrsg.): Deviant interpretation. Oxford: Martin Robertson 1978.

ENGELHARDT, K.: Eine psychoanalytische Konstruktion des labeling-approach. Kritische Justiz, 1975, *8*, S. 266–294.

FORSTER, R./PELIKAN, J. M.: Krankheit als Karriereprozeß. Zur Entstehung, Verteilung und Versorgung psychischer Störungen. Österreichische Zeitschrift für Soziologie, 1977, *3/4*, S. 29–42.

FRAZIER, C. E.: Theoretical approaches to deviance. An evaluation. Culumbus, Ohio: Charles E. Merrill 1976.

GIBBONS, D./JONES, J.: The study of deviance: Perspectives and problems. Englewood Cliffs, N.J.: Prentice Hall 1975.

GIBBS, J. P./ERICKSON, M. L.: Major developments in the sociological study of deviance. Annual Review of Sociology, 1975, *1*, S. 21–42.

GOODE, E.: Deviant behavior: An interactionist approach. Englewood Cliffs: Prentice Hall 1978.

HELLER, A.: Das Alltagsleben. Versuch einer Erklärung der individuellen Reproduktion. Frankfurt: Suhrkamp 1978 (orig. 1970).
KECKEISEN, W.: Die gesellschaftliche Definition abweichenden Verhaltens. Perspektiven und Grenzen des labeling approach. München: Juventa 1974.
KEUPP, H.: Psychische Störungen als abweichendes Verhalten. Zur Soziogenese psychischer Störungen. München: Urban & Schwarzenberg 1972.
KEUPP, H.: Abweichung und Alltagsroutine. Die Labeling-Perspektive in Theorie und Praxis. Hamburg: Hoffmann und Campe 1976.
KITSUSE, J. I.: The „new conception of deviance" and its critics. In: W. R. GOVE (Hrsg.): The labeling of deviance. New York: Halsted 1975, S. 273–284.
LEMERT, E. M.: Social pathology. New York: McGraw-Hill 1951.
LEMERT, E. M.: Der Begriff der sekundären Devianz. In: K. LÜDERSSEN/F. SACK (Hrsg.): Seminar: Abweichendes Verhalten I. Frankfurt: Suhrkamp 1975, S. 433–476 (orig. 1967).
MOHAVEDI, S.: Loading the dice in favor of madness. Journal of Health and Social Behavior, 1975, *16*, S. 192–197.
MONTANINO, F.: Directions in the study of deviance. A bibliographic essay, 1960–1977. In: E. SAGARIN (Hrsg.): Deviance and social change. Beverly Hills/London: Sage 1977, S. 277–304.
PAGE, J. D.: Psychopathology: The science of understanding deviance. Chicago: Aldine-Atherton ²1975.
RÜTHER, W.: Abweichendes Verhalten und labeling approach. Köln: Heymann 1975.
SACK, F.: Abweichendes Verhalten aus soziologischer Sicht – Folgen für die Sozialarbeit. In: H. U. OTTO/S. SCHNEIDER (Hrsg.): Gesellschaftliche Perspektiven der Sozialarbeit. Bd. 1. Neuwied/Berlin: Luchterhand 1973, S. 129–149.
SACK, F.: Probleme der Kriminalsoziologie. In: R. KÖNIG (Hrsg.): Handbuch der empirischen Sozialforschung. 2. Auflage. Stuttgart: Enke 1978, S. 192–492.
SAGARIN, E.: Deviants and deviance: An introduction to the study of disvalued people and behavior. New York: Praeger 1975.
SCHEFF, T. J.: Das Etikett „Geisteskrankheit". Soziale Interaktion und psychische Störung. Frankfurt: Fischer 1973 (orig. 1966).
SCHUR, E. M.: Abweichendes Verhalten und soziale Kontrolle. Frankfurt: Herder & Herder 1974 (orig. 1971).
SCULL, A. T.: Decarceration. Community treatment and the deviant – A radical view. Englewood Cliffs, N.J.: Prentice Hall 1977.
STUMME, W.: Psychische Erkrankungen – Im Urteil der Bevölkerung. München: Urban & Schwarzenberg 1975.
TAYLOR, I./WALTON, P./YOUNG, J.: The new criminology. For a social theory of deviance. London/Boston: Routledge & Kegan Paul 1973.
TREPPENHAUER, A.: Psychoanalyse und labeling approach. betrifft: erziehung, 1976, *2*, S. 50–56.
TROJAN, A.: Psychisch krank durch Etikettierung? Die Bedeutung des Labeling-Ansatzes für die Sozialpsychiatrie. München: Urban & Schwarzenberg 1978.
ULLMANN, L. P./KRASNER, L.: A psychological approach to abnormal behavior. Englewood Cliffs, N.J.: Prentice Hall ²1975.
YOUNG, J.: New directions in sub-cultural theory. In: J. REX (Hrsg.): Approaches to sociology. London/Boston: Routledge & Kegan Paul, 1974, S. 160–186.

Heinrich Keupp

Aggression

1 Zur Geschichte der Aggressionsforschung

Während die Diskussion über das Phänomen der A. (im folgenden immer i.S. von aggressivem *Verhalten* verstanden) mit Sicherheit so alt ist wie die Menschheitsgeschichte, wird sie als Gegenstand wissenschaftlicher Psychologie erst seit Anfang des Jahrhunderts geführt (so ADLER, 1908; FREUD, 1920), und erst seit Ende der fünfziger Jahre auch auf der Grundlage empirischer Untersuchungen. FREUD hatte, beeindruckt durch die Geschehnisse des ersten Weltkriegs, einen ‚*Todestrieb*' postuliert, der allem Lebendigen innewohne und letzten Endes zu Destruktion und Selbstdestruktion führe. Diese triebtheoretische Ausrichtung zur Erklärung von A.n ist bis heute in unterschiedlichen Versionen populär geblieben. Zu nennen wären hier einmal neoanalytische Positionen, wie sie heute z.B. von MITSCHERLICH (1963) vertreten werden, die nach wie vor von einem A.potential des Menschen ausgehen, d.h. A.n als unvermeidbaren Bestandteil der menschlichen Natur ansehen. Hiervon unterscheiden sich jene neoanalytischen Autoren (z.B. FROMM, 1960; HORNEY, 1963), die die Herausbildung von aggressiven Strebungen auf schädliche und restriktive Erziehungseinflüsse in der frühen Kindheit zurückführen.
Eine direkte Weiterentwicklung ist die von DOLLARD et al. (1939) vertretene *Frustrations-Aggressions-Hypothese*, die offene, aber auch unterdrückte A.n in eine gesetzmäßige Abhängigkeit von erlittenen Frustrationen, also Enttäuschungen, Versagungen, Behinderungen unterschiedlichster Art, stellt. Gemeinsam ist diesen Ansätzen, daß sie den A.n einen kathartischen, also einen spannungsreduzierenden, wenn nicht sogar ‚triebenergie'-verzehrenden Effekt zuschreiben. Solche Modellvorstellungen wurden auch von Verhaltensforschern wie LORENZ (1963) auf Grund von Analogieschlüssen aus Tieruntersuchungen befürwortet.
Während triebtheoretische Modellvorstellungen sich nach wie vor bei einem breiteren Publikum großer Beliebtheit erfreuen, sind sie von empirisch arbeitenden Sozialforschern seit Mitte der sechziger Jahre mehr und mehr als spekulativ abgelehnt worden; insbesondere wurde die biologistische und individuumzen-

trierte Sicht des *sozialen* Phänomens A. kritisiert (vgl. RATTNER, 1972; SELG, 1975). Innerhalb der empirischen A.forschung werden heute eindeutig solche Erklärungsmodelle bevorzugt, die von der Grundlage des instrumentellen und sozialen Lernens ausgehen, und die auch kognitive Aspekte bzgl. der Entstehungsbedingungen aggressiven Verhaltens berücksichtigen.

2 Definition aggressiven Verhaltens

Folgende Verhaltensweisen werden als Beispiele für reale A.n (im Gegensatz zu experimentell untersuchten) in neueren deutschsprachigen Abhandlungen genannt: Trotz, Wutanfälle, Schimpfen, Beleidigen, Bestrafen, Äpfel stehlen, Möbel zerschlagen, Ohrfeigen, Messerstiche, Schüsse, Raub, Mord, Erpressung, Aufruhr, Studentenkrawalle, studentische Sit-ins, Krieg, Bombenwerfen, Kriminalität und „gelegentlich übersteigerte Gegenreaktionen der Gesetzeshüter" (vgl. BELSCHNER, 1975; DANN, 1975; RATTNER, 1972; SELG, 1975; SINGER, 1972). In experimentellen Laboruntersuchungen werden dagegen als Meßwerte für aggressives Verhalten meist Austeilen von Elektroschocks, Zerstören von Spielzeug, Schlagen auf Gegenstände und Personen und hohe Werte in A.tests (Fragebogen und Projektive Tests) verwendet.

Angesichts der Vielzahl und der Heterogenität von A.handlungen werden immerhin übereinstimmend einige A.arten unterschieden: *direkte* und *indirekte*, *verbale* und *physische*, *aktive* und *passive* (vgl. BUSS, 1972). Die wichtigste und allgemein akzeptierteste Einteilung ist die in *feindselig* und *instrumentell*, wodurch dem wichtigen Umstand Rechnung getragen wird, daß aggressive Handlungen nicht nur durch Wut, Ärger oder einen anderen stark negativen Affekt gekennzeichnet sein müssen (‚feindselig'), sondern daß sie auch völlig affektlos zur Beseitigung eines Hindernisses oder für die Erlangung eines Vorteils eingesetzt werden können (‚instrumentell'). Diese Unterscheidung ist vor allem deswegen wichtig, weil sie für den Humanbereich ersichtlich macht, daß hier nicht physiologische und hormonelle Zustände, wie sie einer starken Erregung entsprechen, die Haupterklärung für das Auftreten aggressiven Verhaltens liefern, sondern vielmehr die sozialen Umstände und Konsequenzen, die damit verquickt sind.

Trotz der breiten Streuung der realen A.beispiele und der alternativen Kategorisierungen wird es von A.forschern immer wieder als ein wichtiges wissenschaftliches Ziel bezeichnet, eine übergreifende und situationsunabhängige Definition ‚der' A. zu erstellen. Die Diskussion um mögliche Definitionen bewegte sich bisher um die Merkmale der *Schädigung* eines Organismus und der *Absicht*, eine solche zu erreichen. Es wird heute überwiegend akzeptiert, daß außer der Tatsache der Schädigung einer Person diese *erwartet* (KAUFMANN, 1965), *gerichtet* (SELG, 1968), *intendiert* (FESHBACH, 1964; MERZ, 1965; FÜRNTRATT, 1974; SCHOTT, 1975), *gezielt* (BERKOWITZ, 1962) oder *vorsätzlich* (BUSS, 1972) sein muß, um den Tatbestand der A. zu erfüllen. Damit entsteht jedoch das Problem, daß man Intentionen nicht beobachten, sondern höchstens erfragen, erschließen oder interpretieren kann. So stellt sich dann die Frage nach dem jeweiligen Kontext, in dem das aggressive Verhalten auftritt, und aus dem sich eine Intention erst erschließen oder interpretieren läßt. Gerade dies aber erschwert eine angestrebte situationsunabhängige Definition.

Noch größere Schwierigkeiten bereitet das zweite, scheinbar eindeutige Merkmal der ‚Schädigung'. Was für jemanden schädlich oder schmerzlich ist, darüber existieren sehr unterschiedliche Meinungen, nicht nur in verschiedenen Kulturen und zu verschiedenen historischen Epochen. So führt BUSS (1972) aus, daß strafende Eltern, Lehrer und Richter, ebenso wie Chirurgen und Zahnärzte nicht als aggressiv eingestuft werden sollten, weil sie schädliche Stimuli auf Grund ihrer gesellschaftlichen Rolle austeilen, in der Hoffnung, „daß das letzten Endes dem Individuum bzw. der Gesellschaft zum Besten diene". Man kann mit gutem Recht vermuten, daß die Betroffenen (z.B. Kinder oder Straffällige) oder auch nur einige Sozialwissenschaftler hier anderer Meinung darüber sein dürften, ob verhängte Gefängnisstrafen oder verabreichte Schläge auch auf längere Sicht wirklich keine ‚schädigenden' Reize seien, auch wenn diese Auffassung noch den herrschenden Normen entspricht. Für den ärztlichen Bereich lassen sich ebenfalls Beispiele finden, wo der individuelle oder gesellschaftliche Nutzen schädlicher Stimuli schnell ins Wanken geraten kann. Offensichtlich haben diejenigen, die über die Notwendigkeit schädlicher Reize befinden, häufig auch die Macht, *diese* als nützlich, und entsprechend *andere* Verhaltensweisen, die ihre Macht in Frage stellen könnten, als schädlich,

aggressiv einzustufen (vgl. den Begriff der ‚Herrschaftsaggression', FÜRNTRATT, 1974).
Da gesellschaftliche Gruppen und Klassen unterschiedliche Macht haben, wird landläufig das als A. angesehen, was den Normen der herrschenden Klasse widerspricht, d.h. für ihre Interessen ‚schädlich' ist. Eine objektive, klassenunabhängige Definition von Schädlichkeit gibt es nicht und damit auch keine klassenunabhängige, allgemeingültige und abstrakte Definition von A. (vgl. TEDESCHI/SMITH/BROWN, 1974).
Über diese Definitionsfragen hinausgehende Schwierigkeiten einer empirischen A.forschung sind darin zu sehen, daß zum einen nur ganz bestimmte A.arten von der Forschung untersucht werden (z.B. A.n im Kinderspiel, Brutalitäten in Massenmedien, klinisch-pathologische A.n u.ä.), während andere mindestens genauso spektakuläre A.n (Kindesmißhandlungen, Gewalt in der Ehe, Vergewaltigungen, Gewalt in Gefängnissen und anderen geschlossenen Anstalten, in Betrieben und Behörden etc.) im Rahmen der etablierten A.forschung vernachlässig werden. Zum anderen wird in den meisten Untersuchungen davon ausgegangen, daß sich die psychologische Forschung auf die individuelle Analyse von aggressiven Verhaltensweisen beschränken müsse (vgl. SINGER, 1972). Diese bewußte Abstraktion von allen grundlegenden politischen und sozialen Aspekten und die Einengung auf individuell-situative, bestenfalls habituelle Aspekte von aggressivem Verhalten fällen eine Vorentscheidung für die zu erwartenden Ergebnisse: sie können keine Erkenntnisse über soziale und materielle Bedingungen liefern, sondern stets nur individuell-situative, schlimmstenfalls psychologistische Ursachenerklärungen.

3 Zentrale Forschungsergebnisse

Der folgende Überblick orientiert sich in erster Linie an A.n bei Kindern und Jugendlichen, da diese am häufigsten als Problemverhalten definiert und untersucht worden sind.
Bevor Kinder Erfahrungen mit Gleichaltrigen oder Lehrern und Klassenkameraden in der Schule machen, lernen sie bereits zu Hause, wie ihre Umgebung – in der Regel die Eltern oder ältere Geschwister – auf ihre eigenen (zufälligen oder beabsichtigten) physischen Angriffe reagieren, oder wie sie selbst Ziel von Angriffen werden. Diese beiden Möglichkeiten der Erfahrung mit aggressiven Handlungen enthalten bereits die zwei grundlegenden Dimensionen für die Herausbildung und Beibehaltung aggressiver Verhaltensweisen im direkten interpersonellen Bezug: die *Konsequenzen*, die auf das eigene aggressive Verhalten folgen, und die *Vorbilder*, die solches Verhalten ‚vor-bilden'. Unter empirisch arbeitenden A.forschern ist es heute unbestritten, daß physische A.n bei Kindern und Jugendlichen durch Erfahrungen mit der sozialen Umgebung *erworben*, d.h. gelernt werden, und nicht der Ausdruck von angeborenen A.trieben sind, die in mehr oder weniger kontrollierter Form zum Ausbruch kommen müssen, wie es von Triebtheoretikern häufig postuliert wurde. In den letzten 20 Jahren ist eine beeindruckende Menge von Forschungsergebnissen zum Thema ‚Lernen aggressiven Verhaltens' vorgelegt worden, die überzeugend demonstrieren, welche Macht die Umgebung in der Ausformung und Aufrechterhaltung aggressiver Verhaltensweisen unterschiedlichsten Inhalts ausübt.

3.1 *Positive Verstärkung*

In vielen Untersuchungen gerade an Kindern haben BANDURA und Mitarbeiter nachgewiesen (BANDURA/WALTERS, 1963a; 1963b), daß positive Verstärkung für aggressives Verhalten tatsächlich zu einem deutlichen Anstieg aggressiver Handlungen führt. Bereits Verhaltensweisen des ‚Opfers', wie Nachgeben, Weinen, Überlassen eines Spielzeugs, können für den ‚Aggressor' verstärkend wirken: die für ein bestimmtes Ziel ‚erfolgreichen' A.n steigen durch die für den kindlichen Angreifer positiven Konsequenzen immer weiter an (s. PATTERSON et al., 1967). Diese und ähnliche konsistente Ergebnisse einer Vielzahl von Autoren wurden als *Widerlegung der Katharsis-Hypothese* gewertet, wonach ein Gewährenlassen und Ausagieren von aggressiven Verhaltensweisen zu einem vorübergehenden Nachlassen der A. führen soll. Auch Ergebnisse aus kulturvergleichenden Untersuchungen haben anschaulich gemacht, daß das direkte Training aggressiver Verhaltensweisen bei Kindern zum einen durch Ermunterung, Belohnung und Lob geschehen kann, zum anderen aber gleichzeitig durch die aggressiven erwachsenen Vorbilder gefördert wird, wie sie in Riten und Stammeskämpfen, aber auch in den Erziehungspraktiken selber zum Ausdruck kommen (vgl. EATON/WEIL, 1955).

3.2 *Stellvertretende Verstärkung*

Es waren die systematischen Untersuchungen zum ,no-trial-learning' (BANDURA, 1963; 1965), die die Bedeutung der Beobachtung (ohne *direkte* Verstärkung) für das Lernen und Ausführen aggressiver Handlungen bei Kindern und Jugendlichen herausstellen und (durch die Erweiterung der bekannten Verstärkungsgesetze) auch begrifflich klären sollten. BANDURA hatte den Begriff der *,stellvertretenden Verstärkung'* eingeführt und ihn am Beispiel aggressiven Verhaltens bei Kindern nachgewiesen. In seinen Untersuchungen bekamen Kinder unter verschiedenen Bedingungen die Gelegenheit, aggressive Vorbilder zu beobachten und sie in einer nachfolgenden Spielsituation nachzuahmen. In unterschiedlichen Versuchen zeigte sich übereinstimmend, daß Kinder aggressive Verhaltensweisen auch dann lernen und nachahmen, wenn sie nicht selbst dafür belohnt wurden, sondern nur die Modellperson, die sie beobachten konnten. Interessanterweise stellte sich jedoch heraus, daß auch im Falle von Nichtbelohnung oder sogar Bestrafung des Modells Kinder das betreffende aggressive Verhalten lernen. Die Bestrafung verhindert offensichtlich nur, daß die aggressive Handlung offen gezeigt wird, sie verhindert aber nicht das Lernen und das spätere Nachahmen unter erfolgversprechenden Bedingungen.

BANDURA/WALTERS (1963b) haben darauf hingewiesen, daß das Beobachten von aggressiven Modellpersonen durch zwei unterschiedliche Prozesse eine Erhöhung des aggressiven Verhaltens beim Beobachter bewirken kann: zum einen werden durch die Beobachtung komplette neue Verhaltensweisen gelernt, ohne daß sie zuvor durch ,Versuch und Irrtum' schrittweise erprobt und bekräftigt werden müssen. Zum anderen können aggressive Verhaltensweisen, die bereits gelernt sind, durch das erfolgreiche Beispiel entweder ,enthemmt' werden (indem negative Sanktionen außer Kraft gesetzt werden) oder (sofern solche Hemmungen nicht gelernt wurden) als ähnliches Verhalten durch den Hinweischarakter des Modells einfach ,ausgelöst' werden. Bei diesen Reaktionen kann es sich dann durchaus auch um generalisierte A.n anderer Art als das zuvor beobachtete Verhalten handeln.

3.3 *Die Förderung von Aggressionen durch Spannungen und Frustrationen*

Zum anderen hat sich herausgestellt, daß durch gleichzeitige emotionale Spannungen wie Ärger oder Frustration die *Imitation* aggressiver Vorbilder offensichtlich gefördert wird (BERKOWITZ, 1968), während frustrierende Erfahrungen *allein* keinesfalls notwendigerweise zu A.n führen (BANDURA/WALTERS, 1963a; BANDURA, 1973). Auf einen körperlich strafenden Erzieher angewandt würde dies bedeuten, daß er das bestrafte Kind gleichzeitig frustriert und ihm im selben Augenblick ein anschauliches Beispiel für aggressives Verhalten liefert. Die (bestraften) A.handlungen können zwar in Gegenwart der strafenden Autorität unterdrückt werden, das schlechte Beispiel aber ist vorgegeben *zusammen* mit einer aggressionsfördernden emotionalen Erregung. In Untersuchungen von ERON et al. (1971) zeigte sich z.B. recht deutlich, daß ein überdauernd negatives Erziehungsklima, das gekennzeichnet ist durch Zurückweisung, Mangel an Fürsorglichkeit und elterliche Disharmonie, einen ebenso starken Zusammenhang mit kindlichen A.n aufweist wie das Austeilen von körperlichen Strafen. Es liegt daher auf der Hand, daß eine Kombination von einer gespannten und negativen häuslichen Atmosphäre mit zusätzlichen aggressiven Erziehungsvorbildern genau jene Bedingungen schafft, die zur Übernahme aggressiver, brutaler und zerstörerischer Verhaltensweisen von Kindern förderlich erscheinen.

3.4 *Kognitive Einflüsse*

Bereits bei der Untersuchung des Beobachtungslernens von A. war deutlich geworden, daß neben direkten Konsequenzen weiterführende Prozesse *kognitiver* Art an Ausformung und Auftreten aggressiven Verhaltens entscheidenden Anteil haben. Untersuchungen von MALLICK/MCCANDLESS (1966) konnten z.B. zeigen, daß eine vernünftige Erklärung für provokatives Verhalten die aggressiven Reaktionen von Kindern gegenüber dem Provokateur verminderte. Auch die Wahrnehmung oder Einschätzung einer Handlung als aggressiv oder nichtaggressiv hängt von Informationen und Erwartungen über das betreffende Verhalten des anderen ab. Diese soziale Wahrnehmung wiederum bestimmt daraufhin das eigene Verhalten. Einige Untersuchungen zeigen, daß Mitleid und Einfühlungsvermögen aggressives Verhalten vermindern können (FESHBACH et al., 1967; HARTMAN, 1969). Umgekehrt ist es z.B. dagegen möglich, Handlungen als provokativ wahrzunehmen, indem ein entsprechender Hinweis auf die Absicht des Akteurs dessen Handlungen schlagartig in einem anderen Kontext erscheinen läßt. Wichtig ist, daß diese Mechanismen gerade auch durch Selbstinstruktion möglich sind. BANDURA (1973) hat darauf hingewiesen, daß eine Person auf Grund von Erinnerungen an vergangenes Unrecht sich in eine selbstgeschaffene aggressive Stimmung versetzen kann, ohne jede von außen kommende Reizung. Diese ‚Selbstreizung' weist auf eine zentrale Bedeutung kognitiver Vorgänge hin: die Selbststeuerung und Selbstsozialisierung des Verhaltens, in diesem Falle aggressiven Verhaltens.

Ebenso sind Selbstbestätigung oder Selbstbekräftigung nach erfolgter A. ausschlaggebend für Ausführen, Lernen und Behalten aggressiver Verhaltensweisen. *Selbstbekräftigung* wird von BANDURA (1976) als drittes wichtiges Prinzip für Erwerb und Beibehaltung aggressiver Verhaltensweisen neben der direkten externen und der stellvertretend beobachteten Verstärkung genannt. Selbstbekräftigung ergibt sich im weitesten Sinne aus dem Bewußtsein der Übereinstimmung mit akzeptierten sozialen Normen und Werten. Das Bewußtsein, eine berechtigte oder ‚gerechte' aggressive Handlung ausgeführt zu haben, wirkt ebenso als Verstärker wie eine materielle Belohnung. Die zuletzt genannten, stärker kognitiven Mechanismen der A.genese sprechen Gesichtspunkte an, die deutlich über den Bereich der individuellen A.-‚ausbildung' hinausweisen, weil sie ungleich stärker als die direkten, heterogenen Erziehungspraktiken wie Lob und Strafe einen Bereich betreffen, der gesamtgesellschaftlich und somit auch für die A.ausformung bei Erwachsenen von Bedeutung ist. Er ist wegen der übergreifenden Faktoren der gesellschaftlichen Normen ungleich homogener und vom Individuum weniger beeinflußbar als der Bereich der konkreten, individuell unterschiedlichen Erziehungspraktiken. Die kognitiven Mechanismen der Selbstsozialisation unterliegen in besonders hohem Maß dem in einer Gesellschaft *dominanten Wertsystem.*

4 Gesellschaftliche Einflüsse und Aggression

Seit der Diskussion um die aggressionsfördernde Wirkung der Massenmedien, besonders durch Vorbilder in Presse und Fernsehen, ist deutlich geworden, daß es über die direkten Erziehungseinflüsse von Elternhaus und Schule hinaus kulturelle, wirtschaftlich-strukturelle, publizistische etc. Einflüsse gibt, die Standards für aggressives Verhalten unterschiedlichsten Inhalts vermitteln.

4.1 Verherrlichung von ‚aggressiven' Eigenschaften

Wiederholt haben A.forscher darauf hingewiesen (z.B. KAUFMANN, 1970; BUSS, 1972), daß die Verherrlichung aggressiver Auseinandersetzungen besonders für die *Sozialisation männlicher Verhaltensweisen* eine beherrschende Rolle spielt. Da es in unserer Gesellschaft überwiegend Männer sind, die Träger von Macht und Ansehen sind, ist es verständlich, daß einerseits besonders männlich-aggressive Verhaltensweisen positive Beachtung und Bewertung erfahren, zum anderen, daß eben diese Verhaltensweisen wiederum zu Macht und Ansehen führen. Die öffentliche Verherrlichung von männlich-aggressiven Verhaltensweisen bis hin zu den absonderlichsten Brutalitäten in Filmen, Fernsehen und Romanen ist nur eine überpointierte Karikatur eben dieses Wertsystems. Dieses durchdringt die unterschiedlichsten gesellschaftlichen Bereiche. So sind es besonders jene Berufsfelder, die unter einem hohen, konkurrenzbezogenen Leistungsdruck stehen (wie z.B. Politik, Industrie, Militär, Wissenschaft, Sport), in denen Begriffe wie ‚Durchsetzung', ‚Führung', ‚Überlegenheit', ‚dynamisch', ‚expansiv', ‚aufstrebend' etc. den aggressiven Interaktionsstil euphemistisch umschreiben. Durch die öffentliche und allgemein akzeptierte Verherrlichung dieser Eigenschaften und ihrer äußeren Insignien (z.B. in Spielfilmen und Werbung) wird dieser Interaktionsstil als erfolgreich, vorbildlich und nachahmenswert begriffen.

4.2 Medien und Aggression

Es wird häufig kritisiert, daß die Darstellung brutaler und aggressiver Gewaltszenen in Film und Fernsehen zur Nachahmung reizt. Auf Grund klassischer Untersuchungen über die aggressionsfördernde Wirkung von Gewaltszenen im Fernsehen war oft der beruhigende Schluß gezogen worden (so KLAPPER, 1960; MACCOBY, 1963), daß die *Massenmedien*, insbesondere das Fernsehen, keine direkte aggressionssteigernde Wirkung z. B. auf Kinder habe, sondern daß vermittelnde Faktoren der sozialen Umgebung eine filternde, selegierende und regulierende Wirkung ausübten. Demgegenüber war von Forschern wie BANDURA (1963) und BERKOWITZ (1964) demonstriert worden, daß gewaltsame Handlungen und Auseinandersetzungen in Filmen oft sehr getreu von Zuschauern kopiert werden. Die nun in neuerer Zeit geäußerte Kritik an weitgehenden Schlußfolgerungen aus den Untersuchungen von BANDURA und BERKOWITZ zielt nicht auf die Unschädlichkeit aggressiver Fernsehprogramme, sondern betrifft mehr die Aussparung gesellschaftlicher Hintergründe und lebensnaher Begleitumstände alltäglichen Fernsehkonsums. Mit Recht ist von verschiedenen Autoren darauf hingewiesen worden, daß dem Fernsehen in dieser Beziehung eine Sündenbockfunktion zukommt, indem es als *Haupt*ursache für das Ansteigen gewaltsamer Auseinandersetzungen in den westlichen Industrienationen bezeichnet wird, während andere ausschlaggebende Ursachen vernachlässigt werden (vgl. J. SINGER, 1972; NOBLE, 1975; R. SINGER, 1976).

Die Forderungen nach mehr feldorientierten Untersuchungen gegenüber reinen Laboruntersuchungen filminduzierter A.n haben zu einer Reihe von Feldstudien geführt, in denen insbesondere *Langzeitwirkungen* und kumulative Effekte von aggressiven Sendungen erfaßt werden konnten (HICKS, 1965; LEYENS/CAMINO, 1974; LIEBERT, 1974; LIEBERT et al., 1973; PARKE, 1974). Hierbei zeigte sich, daß auch in Feldsituationen, die den natürlichen Fernsehgewohnheiten sehr ähnlich waren, sich direkte, nachahmende A.handlungen feststellen ließen. Obwohl also Feldstudien direkte Zusammenhänge zwischen Gewaltszenen und aggressivem Verhalten nachweisen, dürfte klar sein, daß damit nicht *der* monokausale Zusammenhang zwischen Fernsehaggressionen und gesellschaftlicher Kriminalität bzw. Gewalt entdeckt ist, in dem Sinne, daß sich allein durch eine Reduzierung von Mord- und Schlägereiszenen eine direkte Minderung von Gewaltkriminalität und physischen Tätlichkeiten erreichen läßt.

4.3 *Anforderungen, Überforderungen, Dauerbelastungen*

Neben der Verherrlichung männlich-aggressiver Merkmale in den Medien und anderswo ist es gerade der dadurch erzeugte Druck, diesen Anforderungen zu entsprechen, der sich auf aggressives Verhalten wiederum förderlich auswirkt. Bereits PARSONS (1947) hat in seinen Betrachtungen über die Ursachen der Aggressivität in Industriegesellschaften darauf hingewiesen, daß zwischen Unsicherheit, Angst, Leistungsüberforderung und Aggressivität ein ursächlicher Zusammenhang besteht. Als Ursachen wurden von ihm herausgearbeitet, daß in hoch leistungs- und konkurrenzbezogenen Systemen die Zahl der zum ‚Verlieren' Verurteilten sehr hoch ist, so daß ein mehrfacher Druck entsteht aus Anforderungen, Angst vor Versagen, Gefühlen des unverdienten Zurückgesetztseins und der Unterwerfung unter Disziplin. Wenn man davon ausgeht, daß in vielen Familien und Zuschauergruppen emotionale Spannungen und *Streß* fast schon zum Dauerzustand geworden sind, kann die aggressionsfördernde Kombination ‚aggressives Vorbild plus Erregung' nicht mehr zur Verharmlosung direkter und indirekter aggressiver Fernsehprogramme herangezogen werden. Darüber hinaus wird klar, daß es nicht nur die spektakulären Fälle von physischen A.n sind, die in diesem Sinne Vorbilder liefern, sondern alle indirekten oder auch legitimen A.n, wie sie nicht nur im Fernsehen und den übrigen Massenmedien, sondern auch anderswo erfolgreich vorgelebt werden.

4.4 *Legitimierung von Aggression*

Wie die bekannten Untersuchungen von MILGRAM (1976) über das Austeilen von Elektroschocks auf Befehl gezeigt haben, ist der anerzogene Gehorsam gegenüber Autoritätspersonen so umfassend und intensiv gelernt worden, daß er von Autoritäten aller Art offensichtlich erfolgreich in Anspruch genommen werden kann. Dies konnte auch von MANTELL (1971) für deutsche Verhältnisse bestätigt werden. Durch die Legitimierung bestimmter aggressiver Handlungen in bestimmten Situationen gegenüber bestimmten Personen findet ein *Diskriminationslernen* erlaubter bzw. erfolgversprechender A.handlungen statt, das kultur- oder subkulturspezifisch ist. Die meisten Menschen lernen nicht, daß A.n grundsätzlich erlaubt oder verboten sind, sondern lernen zwischen gebilligter und nichtgebilligter A. zu unterscheiden, was FESHBACH (1964) „Erkennen und Verinnerlichen des ‚aggressiven Ideals' einer Gesellschaft" nennt.

4.5 Aggression und gesellschaftliche Macht

A.n, die nicht dem ‚aggressiven Ideal' entsprechen, werden von A.forschern als solche definiert und untersucht. Auf jeden Fall werden sie ‚kriminalisiert, was bedeutet, daß sie als Verbrechen gegen die bestehende (Rechts-)Norm eingestuft werden. BELSCHNER (1975, 56) hat vorgeschlagen, A.n unter dem Gesichtspunkt der Machtausübung zu fassen: „... eine Person versucht, eine andere Person/Gruppe/Instanz zu beeinflussen, indem sie intendiert, soziale Macht über sie auszuüben. Diese benutzte Macht wird von anderen Personen/Instanzen als nicht normgerecht und illegitim eingestuft. Wenn die diesen Personen/Instanzen zustehende soziale Macht größer ist als die des Akteurs, wird er nach dem Alltagsverständnis als ‚aggressiv', ‚verwahrlost', ‚delinquent', ‚straffällig', ‚gemeingefährlich' beurteilt werden und Institutionen der sozialen Kontrolle (z. B. Erziehungsberatung, Psychiatrische Klinik, Strafanstalt) zugewiesen". Damit wird deutlich gemacht, daß gewaltsame Handlungen dann zu ‚A.n' werden, wenn sie von Personen ausgeübt werden, denen *keine* offizielle Macht zusteht, oder wenn sie sich *gegen* offizielle Macht richten. Wenn man A.n als Gewalt von Nichtmächtigen gegen Machthabende auffaßt, bewegt man sich nicht nur in bezeichnender Übereinstimmung mit der tatsächlichen Definition der Mächtigen (der ‚Definitionsmacht'), die aggressive mit antisozialen Verhaltensweisen gleichsetzt, sondern es läßt sich auch etwas aussagen über *jene* Ursachen aggressiver Handlungen, die über die erwähnten Mechanismen von Verstärkung, schlechten Vorbildern und Frustration *hinausgehen.*

A.forscher sind lange Zeit davon ausgegangen, daß A.n *unbesehen* ihrer Ziele oder Ursachen zu erforschen und zu bekämpfen sind. Dabei mußten sie notwendigerweise von der A.definition der herrschenden Rechtsauffassung ausgehen, was bereits eine einseitige Parteinahme gegen jene bedeutete, die aus bestimmten Gründen, um bestimmter Ziele willen, ihre Ansprüche nicht anders anmelden oder durchsetzen konnten, als durch A., durch Verletzung der gegen sie gerichteten Normen. Hieraus und aus dem anfangs Gesagten wird deutlich, daß es in Zukunft nicht genügen kann, abstrakt ‚aggressives' Verhalten *ohne nähere Bestimmung seiner Ziele und Inhalte* zu untersuchen. Bei der Entstehung verschiedener Arten und Erscheinungsformen aggressiven Verhaltens, seien es ‚legitime' oder ‚mißbilligte' A.n, ist eine Untersuchung seiner Entstehungsformen nur sinnvoll, wenn ein größerer sozialer Kontext für die Bestimmung des Verhaltens herangezogen wird. Daraus ergibt sich, daß es für die Erforschung aggressiven Verhaltens nicht nur wesentlich ist, wer wen mit *welchen Konsequenzen absichtlich schädigt*, sondern *wer wen* schädigt, mit *welchen* Mitteln und mit *welcher* Zielsetzung.

Verweis auf andere Stichwörter

→Abweichendes Verhalten →Angst →Emotion →Entwicklung und Sozialisation →Forensische Psychologie und Kriminalpsychologie →Kollektives Verhalten →Lernen →Machtbeziehungen →Massenkommunikation →Politische Psychologie →Streß →Verhalten und Handlung

Literatur

ADLER, A.: Der Aggressionstrieb im Leben und in der Neurose. Fortschritte der Medizin. Leipzig 1908.

BANDURA, A.: What tv violence can do to your child. Look, Oct. 1963, S. 46–52.

BANDURA, A.: Behavioral modification through modeling procedures. In: KRASNER, L./ULLMAN, L. (Hrsg.): Research in behavior modification. N. Y. 1965, S. 310–340.

BANDURA, A.: Social learning theory of aggression. In: KNUTSON, J. (Hrsg.): The control of aggression. Chicago 1973, S. 201–250.

BANDURA, A.: Lernen am Modell. Stuttgart 1976.

BANDURA, A./WALTERS, R.: Social learning and personality development. N. Y. 1963 a.

BANDURA, A./WALTERS, R.: Aggression. In: STEVENSON, H. (Hrsg.): Child psychology, 62. Yearbook of the national study for the study of education. Chicago 1963 b.

BELSCHNER, W.: Das Lernen aggressiven Verhaltens. In: SELG, H. (Hrsg.): Zur Aggression verdammt?. Stuttgart [4]1975, S. 54–97.

BERKOWITZ, L.: Aggression: a social psychological analysis. N. Y. 1962.

BERKOWITZ, L.: The effects of observing violence. Scientific American, 1964, *210*, S. 35–41.

BERKOWITZ, L.: Impulse, aggression and the gun. Psychology Today, 1968, *2*, S. 18–23.

BUSS, A.: Die Quittung der Aggression. In: SINGER, J. (Hrsg.): Steuerung von Aggression und Gewalt. Frankfurt 1972, S. 20–33.

DANN, H.: Aggression und Leistung. Stuttgart [3]1975.

DOLLARD, D./DOOB, L./MILLER, N./MOWRER, O./SEARS, R.: Frustration and aggression. New Haven 1939 (deutsch: Frustration und Aggression. Weinheim 1971).
EATON, J./WEIL, R.: Culture and mental disorders. Glencoe 1955.
ERON, L./WALDER, L./HUESMAN, L./LEFKOWITZ, M.: The convergence of laboratory and field studies of the development of aggression. In: DE WIT, J./HARTRUP, W. (Hrsg.): Determinants and origins of aggressive behavior. The Hague 1974, S. 347–380.
FESHBACH, S.: The function of aggression and the regulation of aggressive drive. Psychological Review, 1964, *71*, S. 257–272.
FESHBACH, S./STILES, W./BITTER, E.: The reinforcing effect of witnessing aggression. Journal of experimental research in personality, 1967, *2*, S. 133–139.
FREUD. S.: Jenseits des Lustprinzips. In: Ges. Werke Bd. XIII, 1920.
FROMM, E.: Der moderne Mensch und seine Zukunft. Zürich 1960.
FÜRNTRATT, E.: Angst und instrumentelle Aggression. Weinheim 1974.
HARTMAN, D.: Influence of symbolically modeled instrumental aggression and pain cues on aggressive behavior. Journal of personality and social psychology, 1969, *11*, S. 280–288.
HICKS, D.: Imitation and retention of film-mediated aggressive peer and adult models. Journal of personality and social psychology, 1965, *2*, S. 97–100.
HORNEY, K.: Der neurotische Mensch unserer Zeit. Hamburg 1963.
KAUFMANN, H.: Definitions and methodology in the study of aggression. Psychological Bulletin, 1965, *64*, 351–364.
KAUFMANN, H.: Aggression and altruism. N.Y. 1970.
KLAPPER, J.: The effects of mass communication. Glencoe 1960.
LEYENS, J./CAMINO, L.: The effects of repeated exposure to film violence on aggression and social structures. In: DE WIT, J./HARTRUP, W. (Hrsg.): Determinants and origins of aggressive behavior. The Hague 1974, S. 509–516.
LIEBERT, R.: Television violence and children's aggression: the weight of the evidence. In: DE WIT, J./HARTUP, W. (Hrsg.): Determinants and origins of aggressive behavior. The Hague 1974, S. 525–532.
LIEBERT, R./NEALE, J./DAVIDSON, E.: The early window: effects of television on children and youth. N.Y. 1973.
LORENZ, K.: Das sogenannte Böse. Wien 1963.
MACCOBY, E.: Die Wirkung des Fernsehens auf Kinder. In: SCHRAMM, W. (Hrsg.): Grundfragen der Kommunikationsforschung. München [5]1973, S. 141–154.
MALLICK, S./MCCANDLESS, B.: A study of catharsis of aggression. Journal of personality and social psychology, 1966, *4*, 591–596.
MANTELL, D.: Das Potential zur Gewalt in Deutschland. Der Nervenarzt, 1971, *42*, S. 252–257.
MERZ, F.: Aggression und Aggressionstrieb. In: THOMAE, H. (Hrsg.): Handbuch der Psychologie Bd. II. Göttingen 1965, S. 569–601.
MILGRAM, S.: Das Milgram-Experiment. Brüssel 1976 (Raubdruck).
MITSCHERLICH, A.: Auf dem Wege zur vaterlosen Gesellschaft. München 1963.
NOBLE, G.: Children in front of the small screen. London 1975.
PARKE, R.: A field experimental approach to children's aggression: some methodological problems and some future trends. In: DE WIT, J./HARTUP, W. (Hrsg.): Determinants and origins of aggressive behavior. The Hague 1974, S. 499–508.
PARSONS, T.: Über wesentliche Ursachen und Formen der Aggressivität in der Sozialstruktur westlicher Industriegesellschaften. In: PARSONS, T.: Beiträge zur soziologischen Theorie. Neuwied [2]1968 (original: 1947).
PATTERSON, G./LITTMAN, R./BRICKER, W.: Assertive behavior in children. Monographs of the society for research in child development, 1967, *32*, No. 113.
RATTNER, J.: Aggression und menschliche Natur. Frankfurt 1972.
SCHMERL, C.: Sozialisation aggressiven Verhaltens. In: SCHMERL, C.: Sozialisation und Persönlichkeit. Stuttgart 1978, S. 108–133.
SCHOTT, F.: Was ist Aggression?. In: SELG, H. (Hrsg.): Zur Aggression verdammt?. Stuttgart [4]1975, S. 129–175.
SELG, H.: Diagnostik der Aggressivität. Göttingen 1968.
SELG, H. (Hrsg.): Zur Aggression verdammt?. Stuttgart [4]1975.
SINGER, J.: In Fernsehen und Film dargestellte Gewalt und ihr Anteil an der Bewirkung offener Aggression. In: SINGER, J. (Hrsg.): Steuerung von Aggression und Gewalt. Frankfurt 1972, S. 34–83.
SINGER, R.: Effects of televised fantasy violence. In: Abstract Guide of XXIst International Congress of Psychology. Paris 1976, S. 58.
TEDESCHI, J./SMITH, R./BROWN, R.: A reinterpretation of research on aggression. Psychological Bulletin, 1974, *81*, S. 540–562.

Christiane Schmerl

Allgemeine und Angewandte Psychologie

1 Die Begriffslosigkeit der Allgemeinen Psychologie

Es besteht im deutschsprachigen Raum vager Konsens dahingehend, unter Allgemeiner Psychologie (Allg.P.) dasjenige Gebiet psychologischer Forschung und Theorienbildung zu verstehen, in dem unter Ausklammerung persönlichkeitsspezifischer Differenzen und Entwicklungsprozesse *generalisierende Aussagen* über menschliche Subjektivität oder deren Teilmomente gemacht werden sollen, wie etwa DORSCH: „Allgemeine Psychologie, der wichtigste Forschungsbereich mit dem Ziel, Theorien des Verhaltens von Organismen einer bestimmten Organisationshöhe und seiner Voraussetzungen (auch der Bewußtseinserscheinungen) zu entwickeln. Allgemeine Psychologie ist Grundwissenschaft der Angewandten Psychologie und z.T. identisch mit der Experimentellen Psychologie" (DORSCH, 1976, 21). Oder: „Die Allgemeine Psychologie beschäftigt sich mit den allgemeinen Gesetzmäßigkeiten des Verhaltens im Gegensatz zur Differentiellen Psychologie (...), zur Vergleichenden Psychologie und zur Sozialpsychologie" (ARNOLD/EYSENCK/MEILI, 1976, 64). Im angelsächsischen Bereich wird der Terminus sowohl im gleichen Sinne differenzierend wie auch als unbestimmter Sammelbegriff für die die Einzelgebiete der Psychologie allgemein betreffenden, überschreitenden, bis hin zu nicht einordenbaren Aussagen (vgl. etwa die entsprechende Rubrik in den Psychological Abstracts) verwendet.

Auf eine allgemein akzeptierte, systematisch fundierte Definition kann man nicht verweisen, allenfalls darauf, daß der Sprachgebrauch auf W. STERN zurückgeht, der im Rahmen seiner personalistischen philosophischen Konzeption die Allg.P. als einheitsstiftende Erfahrungswissenschaft vom Seelenleben und Seelenwesen abgehoben wissen wollte von den Sondergebieten der Psychologie, zu denen er u.a. die ‚Differenzierungen des Seelenlebens' und die ‚praktischen Anwendungen der Psychologie' zählte. Nicht sein System, wohl aber seine Nomenklatur hat sich in der akademischen Gliederung des Fachs Psychologie erhalten. Von der ersten Diplomprüfungsordnung 1941 bis zur Rahmenprüfungsordnung der BRD 1973 ist das Fach All.P. in der Diplomvorprüfung als ein Grundlagenfach gegenüber den anwendungs- oder vertiefungsorientierten Fächern der Hauptprüfung eingeführt, zuletzt nur noch abgegrenzt durch Nennung von Gegenstandsbereichen, die sich konventionell etabliert haben: Wahrnehmung, Kognition, Motivation, Handeln und Lernpsychologie (HOYOS/TACK, 1970, 301 f.). Ähnlich verfährt das repräsentative Sammelwerk der westdeutschen Nachkriegspsychologie, das Handbuch der Psychologie (GOTTSCHALDT u.a., 1964–1966), das trotz dreier voluminöser Bände zur Allg.P. sich um den Versuch einer allgemeinen Bestimmung oder wenigstens eines explizit gemachten Selbstverständnisses des im Titel angezeigten Gebietes herumdrückt und ohne jede Begründung gleich in die Diskussion der Einzelprobleme einsteigt: dort Wahrnehmung und Bewußtsein, Lernen und Denken, Motivation. Geschlossene Theorien über den Zusammenhang solcher Teilgebiete existieren nicht oder haben sich nicht zu bewähren vermocht. Bei aller Vielfalt angehäufter Forschungsergebnisse sowie sogenannter Partial- und Middle-Range-Theorien steht der Versuch, die angesprochenen Momente empirischer Subjektivität in ihrer Einheit oder ihrem Zusammenhang zu begreifen, derzeit aus. Entsprechend unscharf sind auch die Klassifikationsgrenzen nach innen und außen. Die Frage nach einem distinkten Gegenstand der All.P. ist derzeit nicht beantwortbar und ruft, wo aufgeworfen, nicht abschließbare Kontroversen hervor (vgl. EBERLEIN/PIEPER, 1976). Dieser *Verzicht auf systematische Bestimmbarkeit* dessen, was man gemeinsam grundwissenschaftlich betreibt, spiegelt die *Begriffslosigkeit* einer Wissenschaft wider, die sich der Konstitution ihres eigentlichen Gegenstandes nicht bewußt zu werden vermag.

2 Die Kontroverse um den Gegenstand der Allgemeinen Psychologie

Wissenschaftliche Behandlung erforderlich machende Probleme entstehen aus gesellschaftlichen Konstellationen, in denen Widersprüche sich auf gegebener Entwicklungsstufe nicht (mehr) aus der inneren Dynamik des Produktions- und Reproduktionsprozesses quasi naturwüchsig adäquat lösen können. Die Probleme drohen zu Situationen zu werden, die der

Entwicklung der Produktivkräfte und der Aufrechterhaltung der Produktionsverhältnisse hinderlich sind. Als solche treffen sie auf bestehende Formen und Inhalte gesellschaftlichen Bewußtseins einschließlich den entsprechenden institutionalisierten Verfestigungen, werden dort aufgegriffen, wissenschaftsförmig (um-) formuliert und/oder ideologisiert.
Neuere Untersuchungen zur Geschichte der Psychologie (JAEGER/STAEUBLE, 1977, 1978) zeigen beispielsweise, wie vordergründig praktische Erfordernisse des Ausbildungswesens als Einrichtung zur Schaffung spezifisch notwendiger Arbeitskraft im Deutschland des 19. Jahrhunderts die Probleme schufen, die zunächst noch von Praktikern der gebildeten Stände erfaßt, dann vom reinen Erkenntnisinteresse institutionalisierter Wissenschaft aufgegriffen und ihres pragmatischen Zusammenhangs beraubt, sich verselbständigten. Die Untersuchung des Erkenntnisvermögens, der Vorstellungen, des Bewußtseins, des Gedächtnisses, schließlich der Wahrnehmung und des Denkens hat hier ihren Ursprung. Ähnliches gilt für die Entwicklung des instrumentellen Wissenschaftsverständnisses, des Pragmatismus und Funktionalismus in den USA (STAEUBLE, 1976), insbesondere für die Problemstellung dessen, was Lernpsychologie wurde, und zeitlich später die Konstitution eines psychologischen Gegenstandes Motivation. Einmal verselbständigt können sie als wissenschaftlich definierte Probleme erscheinen, die – besonders unter den institutionellen Bedingungen der klassischen deutschen Universität – in immanent wissenschaftlichen Auseinandersetzungen differenziert, verändert oder auch verworfen werden können, ohne daß ihre *gesellschaftlich-praktischen Bezüge* noch in den Blick kommen, geschweige denn begriffen werden. So sind die großen Auseinandersetzungen in der deutschen Psychologie zu Beginn dieses Jahrhunderts (Element vs. Gestalt und Ganzheit, Erleben vs. Verhalten, die Methodenstreits und -krisen) in erster Linie durch die inneren Widersprüche fraglos akzeptierter Gegenstandsbereiche (Empfindungen, Wahrnehmung, Denken, Gedächtnis und Lernen) bestimmt; die Übernahme des angelsächsischen operationalistischen Forschungs- und Methodenkanon in den späten fünfziger Jahren war vorwiegend Reflex auf die zeitweilige Dominanz irrationalistischer Charakterologen. Das heißt übrigens nicht, daß in solchem Forschungsprozeß der Möglichkeit nach nicht positive Erkenntnis transportiert werden könnte. Sie ist bloß gewissermaßen zufällig und blind gegenüber ihrer systematischen und praktischen Bedeutung.
Solange der Wissenschaftsbetrieb nicht wieder in Widerspruch zu übergeordneten materiellen oder ideologischen Erfordernissen der jeweiligen konkreten Gesellschafts- und Herrschaftsverhältnisse gerät (in Deutschland z.B. partiell zu Beginn des Faschismus und neuerdings im Zuge der sich aus der wieder durchschlagenden krisenhaften Entwicklung ergebenden Forderung nach Effizienz des höheren Ausbildungswesens), kann er sich weitgehend selbst generieren. Begriff heißt dann Konsens, unter Systematik wird Übereinkunft auf logische und methodische Spielregeln verstanden, Mode diktiert das Erkenntnisinteresse. MAIKOWSKI/MATTES/ROTT (1976) haben diesen Prozeß für die akademische deutsche Nachkriegspsychologie aufzuzeigen versucht. Diesen Zustand spiegelt auch die Aussage HERMANNS wider, wenn er – sich allerdings positiv damit bescheidend – erklärt: „Nach meiner Auffassung kann zur Zeit vom Vorliegen der Bestimmung des Einheitsgegenstands der Psychologie nur insofern gesprochen werden, als man eine (historisch zusammenhängende) ‚Familie‘ von Forschungsprogrammen, Theorien, Objektbereichen, erklärten Funktionen und Attributen, ‚domains‘, Methoden und Verfahren als ‚Psychologie‘ zu bezeichnen pflegt und die ‚Gegenstandsfamilie‘ dieser ‚Psychologie‘ im Wege der Charakterisierung ‚familienspezifischer‘ Ähnlichkeit vage und umgangssprachlich etwa als ‚Verhalten und Erleben und deren Bedingungen‘ bestimmt“ (HERRMANN, 1976, 101).

3 Zum Verhältnis Allgemeiner Psychologie und Angewandter Psychologie

Das Verhältnis der Allg.P. zur Ang.P. als Verhältnis von Grundlagenforschung und -theorie zu ihrer Anwendung zu sehen, analog der Beziehung Naturwissenschaft zu Technik, scheint nahezuliegen. Traditionell und programmatisch wird Ang.P. auch entsprechend verstanden: W. STERN, der diesen Terminus 1903 einführte, spricht von Versuchen, „aus der psychologischen Forschung Anwendungen auf andere Gebiete des Wissens und des Lebens zu ziehen“ (STERN/LIPMANN, 1908), MÜNSTERBERG (er sagt dort *Psychotechnik*) von der

„Wissenschaft von der praktischen Anwendung der Psychologie im Dienst der Kulturaufgaben" (MÜNSTERBERG, 1920, 1). Heute wird der Terminus im allgemeinen vorsichtig als Sammelname für die psychologischen Problembereiche verwendet, die sich in enger bis unmittelbarer Beziehung zu praktischen Aufgaben der Institutionen des Produktionsbereichs, des Erziehungs- und Gesundheitswesens, des staatlichen Verwaltungs- und Unterdrückungsapparates usw. gehalten haben. Im weiteren Sinne schließt er *psychologische Berufspraxis* und Verallgemeinerung daraus mit ein, im engeren Sinne meint er psychologisch orientierte *Forschungstätigkeit und Theorienbildung in diesen Bereichen.* Zum ‚Schwerpunktbereich Anwendung' der Rahmenprüfungsordnung der BRD wird gezählt: Arbeitspsychologie, Berufspsychologie, Erziehungsberatung, Forensische Psychologie, Klinische Psychologie, Organisationspsychologie, Pharmakopsychologie, Schulpsychologie, Verkehrspsychologie und Wirtschaftspsychologie (HOYOS/TACK, 1970, 301).

Die Vorstellungen von einer praktischen Anwendung der Psychologie oder auch die, daß Allg.P. Grundwissenschaft der Ang.P. sei (etwa ARNOLD, 1970; ARNOLD/EYSENCK/MEILI, 1976, 94; DORSCH, 1976, 21) haben sich unter dem Eindruck der Hilflosigkeit grundwissenschaftlich orientierter Psychologen in der außeruniversitären Berufspraxis und dem des offensichtlichen Verlusts konkreter Realität in der reduktionistischen Experimentellen Psychologie weitgehend aufgelöst. Das *Nichtbestehen eines Praxisbezugs* war partieller Anlaß der Krise der deutschen Psychologie um 1970 (vgl. MAIKOWSKI/MATTES/ROTT, 1976, 275ff.). Ausgerechnet am in sich noch am ehesten theoretisch stringent und differenziert gefaßten Teilgebiet der Allg.P., der Lernpsychologie, wurde dies deutlich: „Vergegenwärtigt man sich den Beitrag der sogenannten Grundlagenforschung zur angewandten Psychologie des Lernens und Lehrens, so gewinnt man (...) den Eindruck, daß nach weit mehr als 50 Jahren sorgfältiger, redlicher und gelegentlich brillanter Forschung über die Natur des Lernens die Lerntheoretiker offenbar die einzigen Menschen sind, von denen angenommen werden kann, daß sie praktischen Nutzen aus den Lerntheorien gezogen haben", lautet das einleitende Statement zu einem Symposion unter der Fragestellung ‚Lehrt die Lernpsychologie lehren?' auf dem Tübinger Kongreß der Deutschen Gesellschaft für Psychologie 1968 (WEINERT, 1969, 56). Das im Labor mit experimenteller Methodik isolierte Konstrukt Lernen ließ sich im Erziehungsprozeß nicht wiederfinden.

Vor allem wegen der generell in der Konzeptualisierung Allg. wie Ang.P. angelegten Verkehrung gesellschaftlicher, sozialer und institutioneller Prozesse in individuelle oder interaktive Prozesse scheitert die Umsetzung dort hypostasierter Gesetzmäßigkeiten in Technik an der eben ganz anders bestimmten materiellen Wirklichkeit der Institutionen.

4 Die ideologische Funktion Allgemeiner und Angewandter Psychologie

Andererseits hat jedoch das methodische und konzeptionelle Inventar der Allg.P. eine eminent *ideologische Funktion*, die institutionell vermittelte Praxis bestimmt, ja häufig den Ruf nach ihr überhaupt erst entstehen läßt: die besonders in der experimentellen Methodologie angelegte Verheißung der Machbarkeit menschlichen Verhaltens fördert und legitimiert eine Herangehensweise, die individuelle Entwicklung, Lernen und Arbeit als *technologisches Problem* fassen will (vgl. hierzu BRUDER, 1971, 1973; HOLZKAMP, 1972; MAIKOWSKI/MATTES/ROTT, 1976, 287ff.; KVALE, 1977). Die Möglichkeit der Entfaltung individueller und kollektiver Potenzen verschwindet hinter der scheinbar wissenschaftlich, d.h. rational ausgewiesenen Aufgabenstellung, Verhalten institutionsadäquat und damit den herrschenden gesellschaftlichen Verhältnissen adäquat zu verändern.

Hinsichtlich der humanistischen und demokratischen Absichten vieler Psychologen zeigt sich, daß bloße, zur Zeit angesichts rapide anwachsender sozialer Probleme sich tatsächlich tendenziell verstärkende Praxisnähe der psychologischen Forschung von sich aus solche Anliegen keineswegs fördern wird, solange Praxisnähe nur eine Erweiterung der Grundlagenforschung um soziale oder institutionelle Variablen und engere Koppelung der universitären Ausbildung an mögliche Berufsperspektiven meint. Ang.P. hat so etwas in manchen Teilbereichen durchaus eingelöst (z.B. in Arbeits- und Betriebspsychologie, Organisationspsychologie, systemtheoretische Ansätze), indem sie die Entwicklung ihrer Fragestellungen sehr nahe an institutionell gegebenen Dimensionen orientieren mußte. Gerade dort hat sich jedoch ergeben, daß sich Modelle samt abgeleiteter Praxis *gegen die Interessen der Mehrheit* der davon Betroffenen und für die Rationalität und Effektivität der Institutionen und Betriebe ausgewirkt haben. Daran ändert auch nichts eine subjektive moralische Stellungnahme des Forschers oder Praktikers, wenig auch der Wechsel des Auftraggebers (etwa zu gewerkschaftlichen Trägern). Im oberflächlichen Sinn realitätsadäquate psychologische Wissenschaft bringt zumal in ihren psychologisierenden Verkehrungen nicht mehr als eine *Verfestigung vorgängig schlechter Wirklichkeit.* Eine vorwärts weisende Lösung des Dilemmas der Beziehung einer grundwissenschaftlichen Psychologie zu ihrer Praxis kann angesichts dessen nicht bedeuten, daß sie sich aus dem gegebenen Verhältnis heraus weiter perfektioniert, daß etwa eine innere Geschlossenheit durch Verzahnung vorhandener Berührungspunkte zu finden versucht wird, auch nicht darin, daß sie ihre bisherige Beschränktheit kritisch-systematisch unter Beibehaltung ihrer gegenständlichen Konstitution zu überwinden trachtet, wie es die Kritische Psychologie HOLZKAMPscher Provenienz versucht (MAIKOWSKI/MATTES/ROTT, 1977).

5 Lösungsansätze für eine praxisorientierte Wissenschaft und Berufspraxis

Andererseits kann im Bereich der Psychologie noch nicht auf fertig vorliegende wissenschaftliche Ergebnisse verwiesen werden, die den genannten Widerspruch aufheben; das Problem ist erkannt und Lösungswege sind programmatisch formuliert. Von vorgelegten konkreten Arbeitsansätzen könnten begrifflich fundierte *Aktionsforschungsansätze* fruchtbar werden (für die Sozialpädagogik vgl. etwa SCHWEITZER/MÜHLENBRINK/SPÄTH, 1976); weiterhin sollten die an einigen Universitätsinstituten sich entwickelnden *‚Projekt‘-Studieneinheiten* (Veränderung akademischer Psychologenausbildung durch praktische Arbeit in Verbindung mit systematischer Analyse in außeruniversitären Bereichen als Einheit von Lehre und Forschung) zu verallgemeinerbaren Erkenntnissen gelangen. Am meisten lernen läßt sich vorerst von der *italienischen Reformpsychiatrie,* die ihre Orientierung nicht in ihrer Einzelwissenschaft als mögliches System anzuwendender Erkenntnisse suchte, sondern ihr Handeln zu bestimmen trachtete als Teil gesellschaftlich und historisch bestimmter institutioneller Wirklichkeit. Bezeichnend ist, daß daraus nicht etwa eine neue Psychopathologie entsprang, sondern fachlich wie sozial gerichtete Handlungsstrategien, deren Diskussion eine nicht trennbare Einheit von i. e. S. wissenschaftlicher und politischer Reflexion erforderlich macht (vgl. u.a. BASAGLIA, 1973, 1974; JERVIS, 1978; WIENAND, 1978). Psychologie und Psychologen werden praktisch in Institutionen konkreter gesellschaftlicher und historischer Verhältnisse. Diese Institutionen sind spezifischer Ausdruck gesellschaftlicher Widersprüche, sie repräsentieren die widersprüchliche Bewegungsform sozialer Beziehungen. Dies zu begreifen, infolge die sich daraus ergebenden spezifischen Handlungsmöglichkeiten und -grenzen zu bestimmen, könnte Gegenstand praxisorientierter Wissenschaft und wissenschaftsgeleiteter Berufspraxis ein, soweit sie ihre Konzepte von vornherein systematisch aus solchen Zusammenhängen heraus und wieder auf sie entworfen bildet. Insofern sich psychologisches Handeln systematisch darauf ausrichten läßt, gewinnt es als Möglichkeit seine gesellschaftlich-praktische Dimension nun als bewußte wieder.

Verweis auf andere Stichwörter

→Ausbildung in Psychologie →Handlungsforschung →Humanistische Psychologie →Kritische Psychologie →Ökologische Psychologie →Psychologiegeschichte →Psychologismus →Soziologie →Subjekt →Wissenschaftstheorie und Psychologie

Literatur

ANASTASI, A.: Angewandte Psychologie. Weinheim: Beltz 1973.

ARNOLD, W.: Angewandte Psychologie. Stuttgart: Kohlhammer 1970.

ARNOLD, W./EYSENCK, H. J./MEILI, R.: Lexikon der Psychologie. Freiburg: Herder 1976.

BASAGLIA, F. (Hrsg.): Die negierte Institution oder Die Gemeinschaft der Ausgeschlossenen. Frankfurt/Main: Suhrkamp 1973.

Ders.: Was ist Psychiatrie?. Frankfurt/Main: Suhrkamp 1974.

BRUDER, K.-J.: Taylorisierung des Unterrichts. Kursbuch 1971, *24*, 113–120.

Ders.: Entwurf der Kritik der bürgerlichen Psychologie. In: Ders. (Hrsg.): Kritik der bürgerlichen Psychologie. Frankfurt/Main: Fischer Taschenbuch 1973, S. 35–73.

DORSCH, F.: Geschichte und Probleme der Angewandten Psychologie. Bern: Huber 1963.

Ders.: Psychologisches Wörterbuch. Bern: Huber [9]1976.

EBERLEIN, G./PIEPER, R. (Hrsg.): Psychologie, Wissenschaft ohne Gegenstand?. Frankfurt/Main: Campus 1976.
GOTTSCHALDT, N. u.a.: Handbuch der Psychologie in 12 Bänden, 1. (2 Halbbände) und 2. Band Allgemeine Psychologie. Göttingen: Hogrefe 1964–1966.
HERRMANN, TH.: Zur Bestimmung eines Einheitsgegenstandes der Psychologie. In: EBERLEIN/PIEPER, 1976, S. 75–104.
HOLZKAMP, K.: Verborgene anthropologische Voraussetzungen der Allgemeinen Psychologie. In: Ders.: Kritische Psychologie. Frankfurt/Main: Fischer Taschenbuch 1972, S. 35–73.
HOYOS, C. G./TACK, W. H.: Vorschläge für eine neue Rahmenprüfungsordnung im Fach Psychologie. Psychologische Rundschau 1970, *21*, S. 295–308.
JAEGER, S./STAEUBLE, I.: Die Entwicklung des Ausbildungswesens im 19. Jahrhundert in ihrer Bedeutung für die Herausbildung der Psychologie als Einzelwissenschaft. Psychologie und Gesellschaft 1977, *2*, S. 59–75.
Ders.: Die gesellschaftliche Genese der Psychologie. Frankfurt/Main: Campus 1978.
JERVIS, G.: Der Mythos der Antipsychiatrie. Berlin: Merve 1978.
KVALE, S.: Lernpsychologie als Ideologie und Technologie. Psychologie und Gesellschaft 1977, *3/4*, S. 143–175.
MAIKOWSKI, R./MATTES, P./ROTT, G.: Psychologie und ihre Praxis. Frankfurt/Main: Fischer Taschenbuch 1976.
Ders.: Schwierigkeiten der Konstitution einer marxistisch begründeten Berufspraxis. In: BRAUN, K. H./HOLZKAMP, K. (Hrsg.): Kritische Psychologie. Bericht über den 1. Internationalen Kongreß Kritische Psychologie. Köln: Pahl-Rugenstein 1977, Band II, S. 605–614.
MÜNSTERBERG, H.: Grundzüge der Psychotechnik. Leipzig: Barth ²1920.
SCHWEITZER, H./MÜHLENBRINK, H./SPÄTH, K. H.: Über die Schwierigkeit, soziale Institutionen zu verändern. Frankfurt/Main: Campus 1976.
STAEUBLE, I.: Die bürgerliche Gesellschaft als Problem und Probleme der bürgerlichen Gesellschaft. Diss. Berlin 1976.
STERN, W.: Allgemeine Psychologie. Haag: Nijhoff ²1950.
STERN, W./LIPMANN, O.: Zur Einführung. Zeitschrift für Angewandte Psychologie, 1908, *1*, o.S.
WEINERT, F.: Lehrt die Lernpsychologie lehren?. In: IRLE, M. (Hrsg.): Bericht über den 26. Kongreß der Deutschen Gesellschaft für Psychologie. Göttingen: Hogrefe 1969, S. 53–58.
WIENAND, U.: Freiheit allein heilt nicht. Psychologie und Gesellschaftskritik, 1978, *6/7*, S. 53–67.

Peter Mattes

Angst

Wir leben im „Zeitalter der unverdeckten Angst"; A. ist „das zentrale Thema unserer Tage": solche und ähnliche Wendungen (aufgelistet etwa bei FRÖHLICH, 1965) verweisen auf die Schwierigkeit, A. psychologisch abzuhandeln, ohne zugleich auf ihre oftmals ganz und gar außerpsychologischen, insbesondere gesellschaftlichen Anlässe und Wirkungen zu sprechen zu kommen. Darüber hinaus aber ist bereits innerhalb der Psychologie die Verwirrung groß, beinahe beängstigend: da wird experimentiert und gemessen, ohne daß theoretisch-begriffliche Klarheit bestünde (SPIELBERGER, 1966). Hinsichtlich der Begriffsbildung scheint die Psychologie der Alltagstheorie kaum entwachsen: was A. ist, scheint jeder irgendwie zu wissen, ohne zugleich in der Lage zu sein, die A. von gleichsam benachbarten Affektzuständen – Sorge, Furcht, Ärger – eindeutig abzugrenzen; ganz zu schweigen von dem ihr gegensätzlichen Extrem, der Verwegenheit etwa, die selbst doch der A. oft genug nur als Tarnkappe dient. Schließlich lassen sich, und das macht die Schwierigkeiten vollkommen, dem Affektzustand A. keine eindeutigen physiologischen Korrelate zuordnen (FRÖHLICH, 1965), wiewohl doch jeder seine eigene A. zweifelsohne am eigenen Leibe zu spüren bekommt.

1 Definition und Funktion

A., so wäre zunächst allgemein zu sagen, ist ein Zustand negativ oder unlustvoll empfundener psychischer Erregung angesichts eines Bedrohtheitserlebnisses. Als ein *negativ* empfundener Erregungszustand ist die A. gewissermaßen ein Gegenstück zur explorativen Neugierde, die zumeist mit *positiv* empfundener Erregung einhergeht (BERLYNE, 1961). Abgesehen von wenigen angeborenen angstauslösenden Mechanismen läßt sich die Entstehung einer angstvollen Reaktion nicht eindeutig auf äußere, objektive Anlässe beziehen. Die Konfrontation mit Unbekanntem etwa kann sowohl angstvolles Weglaufen als auch neugierige Hinwendung hervorrufen. Welche dieser beiden Reaktionsweisen durchschlägt, hängt wohl vornehmlich vom je unterschiedlichen Erleben der Situation ab. Beiden Reaktionsweisen gemeinsam ist frei-

lich die gesteigerte Nervosität, die erhöhte Stimulierbarkeit.
Eine abstrakt-allgemeine Prädisposition zur A. ist sicherlich ein dem Menschen ebenso wie dem Tier konstitutionell eigener, genetisch verwurzelter Mechanismus, dessen Funktion freilich wiederum doppeldeutig ist. Einerseits nämlich kommt der A. eine biologisch gleichsam sinnvolle Funktion insofern zu, als sie die energetisierenden und mobilisierenden Potentiale freisetzt, die angesichts einer tatsächlichen Gefahr die ums Überleben willen notwendige Angriffs- oder Fluchtreaktion ermöglichen. Andererseits kann sich A. jedoch genau umgekehrt, nämlich lähmend, auf das Verhalten auswirken oder gar derartig übermächtig im Verhalten einnisten, daß schließlich die gesamte Umwelt nur noch als eine endlose Kette von Bedrohungen erlebt wird.

2 Theoretische Modelle der Angst

Eben dieser Doppeldeutigkeit versucht die *Psychoanalyse*, der wir die ersten entscheidenden Beiträge zur humanpsychologischen Erforschung der A. verdanken (KROHNE, 1976, 11ff.), mit der begrifflichen Unterscheidung zwischen *„realer“* und *„neurotischer“* A. beizukommen (FREUD, 1917; 1925). Jede A. hat ihre Grundlage im frühkindlichen Erleben von Schwäche und Hilflosigkeit: so der in erster Linie auf die je individuelle Lebensgeschichte abhebende Erklärungsansatz der Psychoanalyse. „Neurotische“ A. – „neurotisch“ hier allgemein im Sinne von „irrational“, nicht im Gegensatz zu „psychotisch“ – entsteht dort, wo dieses frühkindliche Erleben infolge der Verdrängung libidinöser Wünsche zur *unbewußt* bestimmenden Matrix des Verhaltens im Erwachsenenalter und damit schließlich zur krankhaften Furcht gerät, die keines „objektiven“ Anlasses mehr bedarf. Mit dieser begrifflichen Unterscheidung hat freilich die Psychoanalyse die oben angezeigte Doppeldeutigkeit der A. nur nach ihren beiden Extremen hin auflösen können. Zurück bleibt ein Kontinuum mit fließenden Übergängen: was im Einzelfall „rational“ und was „irrational“ ist, hängt viel zu sehr von gesellschaftlich produzierten Zuschreibungen ab, als daß sich psychologie-immanent Hinlängliches sagen ließe. Weshalb ja auch die Psychoanalyse, historisch wohl erstmalig wirkungsvoll, ganz allgemein die Unterscheidung zwischen Gesundheit und Krankheit zur „praktischen“, nicht mehr theoretisch lösbaren erklärt hat.
Der ins „Irrationale“ abgleitenden A. liegen neben den lebensgeschichtlichen zugleich auch aktuell-situative Bedingungszusammenhänge zugrunde, welche wesentlich von lerntheoretischen, im weitesten Sinne dem *Behaviorismus* verpflichteten Theorien der A. thematisiert werden (KROHNE, 1976, 29ff.). A.reaktionen, wie Verhalten überhaupt, resultieren aus *Konditionierung*, aus dem Aufbau einer ganzen Kette von Verhaltenssequenzen durch ein Arrangement äußerlich gesetzter Stimuli. A. wird erlernt, etwa dadurch, daß ein auf einen ursprünglich neutralen Stimulus reagierendes Individuum Schmerz erleidet oder seitens der sozialen Umwelt bestraft wird, oder auch dadurch, daß – wie neuerdings vornehmlich thematisiert (SPIELBERGER/SARASON, 1977) – die situativen Bedingungen des Verhaltens zur *streß*artigen Belastung geraten.
Das zunächst relativ simple Stimulus-Response-Modell der Lerntheorie hat sich gleichwohl insofern als fruchtbar erwiesen, als es (ausgehend etwa von MOWRER, 1939) die *experimentelle* A.forschung, die dem psychoanalytischen Theoriemodell fremd bleiben mußte, vehement vorangetrieben hat. Wenngleich im Zuge dieser Forschung die eingangs erwähnte Begriffsverwirrung kaum geringer geworden ist, so ist es doch interessant zu sehen, wie sehr sich mit ihr die konzeptuellen Grundlagen der Lerntheorie verändert haben. So wird etwa der Lernbegriff über den gleichsam zwanghaften Stimulus-Response-Mechanismus hinaus erweitert, wenn sich experimentell aufzeigen läßt, daß Verhalten im allgemeinen (BANDURA, 1969) ebenso wie A.reaktionen im besonderen (MORRIS/BROWN/HALBERT, 1977) nicht nur durch Konditionierung am eigenen Leibe, sondern auch durch Beobachtung des angstvollen Verhaltens anderer Personen erlernt wird. Solches „Lernen am Modell“ scheint demjenigen durchaus nicht unähnlich zu sein, was die Psychoanalyse „Identifizierung“ nennt; jedenfalls rückt mit ihm die Dimension des subjektiven Erlebens in den Blickwinkel einer Theorie, die zuvor jeden Hauch von Subjektivität geradezu angstvoll abgewehrt hat.
Eine noch entscheidendere „subjektivistische“ Erweiterung des vormals „objektivistischen“ Paradigma bahnt sich von seiten der neueren *kognitiven* Psychologie an (NEISSER, 1967). Deren Thematisierung solch eminent intra-psy-

chischer Vorgänge wie der Ausbildung bestimmter *Erwartungen* und der *Bewertung* äußerlich gesetzter Stimuli läßt die behavioristisch behauptete Unmittelbarkeit zwischen Stimulus und Response als unwahrscheinlich erscheinen. Objektive Anlässe zur A. setzen sich nicht automatisch in subjektives A.empfinden um, sondern bedürfen allererst einer verarbeitenden Interpretation durchs handelnde Subjekt. Ob etwa die fortgesetzte Konfrontation mit Gefahrenstimuli zur besseren Meisterung von Gefahrensituationen und damit zur A.reduktion oder aber zu vermehrter A.erregung und damit gar zur Verhaltensstörung führt (KROHNE, 1976, 74ff.), hängt ab von der je subjektiven Erwartungshaltung und Bewertung und damit zugleich von der subjektiven Repräsentanz der objektiven Lerngeschichte des Individuums. Dies scheint hinsichtlich der kognitiven Seite menschlichen Verhaltens demjenigen zu entsprechen, was hinsichtlich der psychodynamischen Seite von der Psychoanalyse hervorgehoben wird, und zwar sowohl in bezug auf die psychoanalytisch getroffene Unterscheidung zwischen „realer" und „neurotischer" A. als auch in bezug auf die von nichtpsychoanalytischen Ansätzen bislang vernachlässigte lebensgeschichtliche Dimension. Eine hinlängliche konzeptuelle Verknüpfung zwischen solcher über den Behaviorismus hinausgelangten kognitiven Psychologie und der psychoanalytischen Theorie des Unbewußten steht freilich vorerst noch aus.

3 Die politische Dimension von Angst

Wiederholt erlebte A., wiederholt gesteigerte A.erregung, generalisiert sich zur angstvollen Erwartung. Über alle paradigmatischen Unterschiede hinweg scheinen die psychologischen Theorien zur A. sich dahingehend einig, daß sich solche Generalisierung hemmend auf das Verhalten auswirkt bzw. Vermeidungshandeln produziert und damit die Feinstrukturen des Denkens selbst modelliert. Wer etwa aus A. nicht mehr sagt, was er denkt, der wird bald nur noch denken, was er sagt. Bereits FREUD (1925, 171), dessen Psychoanalyse die psychodynamischen, affektiven Dimensionen menschlichen Verhaltens gegenüber den kognitiven so sehr vereinseitigt, hebt hervor, daß A. „natürlich nur vom Ich verspürt werden kann", somit also diejenige Instanz des psychischen Apparates wesentlich bestimmt, der die kognitiven, intellektuellen Funktionen zukommen. Angstvolles Denken gerät dogmatisch: es kann Aspekte eines Problems nicht mitdenken, die im *Vorurteil* über dieses Problem bereits unberücksichtigt bleiben (FILLENBAUM/JACKMAN, 1961). Angstvolles und angstfreies Denken sind wohl in gleicher Weise gegensätzlich wie „geschlossenes" und „offenes" Denken (ROKEACH, 1960). „Geschlossenes" Denken beinhaltet insbesondere die Unfähigkeit, zwischen dem Informationsgehalt einer Mitteilung oder Aufforderung und ihrer Quelle zu unterscheiden, was nichts anderes heißt, als daß der Informationsgehalt der Mitteilung in dem Maße ungeprüft hingenommen wird, in dem die Quelle etwa mit *Autorität* ausgestattet ist.

Dies verweist auf die gesellschaftliche Funktion angstvollen Denkens und Handelns. A., die sich zur angstvollen Erwartung generalisiert, wirkt wesentlich *präventiv* und wird somit zum „Generalnenner aller Hindernisse zur Freiheit" (NEUMANN, zit. n. FRÖHLICH, 1965, 516). Dabei korreliert mit dem subjektiven A.empfinden die gesellschaftliche A.erzeugung. Unabhängig davon, ob die gesellschaftlichen Strukturen als die gleichsam unbeabsichtigten Folgen absichtsvollen Handelns Anlaß zur A. geben oder ob die Herrschenden absichtsvoll mit der A. der Beherrschten Geschäfte machen: in jedem Falle zählt politischer *Konservatismus* zu den „Kosten der A." (HORN, 1975), gehen politische Reformen nicht zuletzt daran zugrunde, daß das „mehr Demokratie wagen", das etwa in jener frühen Regierungserklärung eines Willy Brandt noch propagiert worden ist, den jeweils Wagemutigen nur negative Sanktionen einbringt. Die so in ihrem Wagemut Gedämpften entwickeln A. Und zwischen A. und politischer Apathie konstatiert die *politische Psychologie* einen engen Zusammenhang (HORN, 1968), in dessen Folge die Vorstellung einer progressiv fortschreitenden Demokratisierung der Gesellschaft bereits mit den intra-psychischen Bedingungen ihrer Verwirklichung konfligiert.

Diese im engeren Sinne politischen Auswirkungen der A. stehen freilich nicht unverbunden neben den zuvor angedeuteten Auswirkungen auf Denken und Handeln überhaupt. Wo gesellschaftlicher Konformitätsdruck A. erzeugt, sind mit den politischen Freiheiten zugleich alle diejenigen subjektiven Innovationspotentiale in Gefahr, die angesichts der immer dynamischer voranschreitenden gesellschaftlichen und insbesondere ökonomischen Entwicklung objektiv gefordert werden (FLOSSDORF, 1978a). *Kreativität* und angstvolle Anpassung an Konformitätserwartungen schließen einander gegenseitig aus (CRUTCHFIELD, 1962). Divergentes Denken, der modernen Kreativitätsforschung zufolge unabdingbare Voraussetzung innovativer Leistungen, und abweichendes Verhalten, dem gegenüber die gesellschaftlichen Institutionen so wenig Toleranz zeigen, lassen sich nicht diskontinuierlich voneinander trennen (FLOSSDORF, 1978b). Die gesellschaftliche Funktion der A. erweist sich somit zugleich als deren Disfunktion.

Wie der A. zu wehren sei? Die psychologischen Theorien antworten darauf mit einer Fülle verhaltenstechnologischer und psychotherapeutischer Strategien, subjektive Strukturen gegen objektiven Konformitätsdruck zu festigen. So wenig indessen von solchen Strategien die angsterzeugenden objektiven Strukturen unmittelbar berührt werden, so sehr ist es wichtig, daß A. überall dort, wo sie erlebt wird, nicht einfach verdrängt wird. Nur wer seine wie immer „reale" oder „neurotische" A. sich bewußt machen kann, entrinnt der Gefahr, gleich im vorhinein sich ins Bockshorn jagen zu lassen.

Verweis auf andere Stichwörter

→Aggression →Denken und Problemlösen →Emotion →Entfremdung →Kreativität →Lernen →Politische Psychologie →Psychoanalyse →Vorurteil

Literatur

BANDURA, A.: Principles of Behavior Modification. New York: John Wiley & Sons 1969.

BERLYNE, D. E.: Konflikt, Erregung, Neugier. Zur Psychologie der kognitiven Motivation (1961). Stuttgart: Klett 1974.

CRUTCHFIELD, R. S.: Schädliche Auswirkungen von Konformitätsdruck auf kreatives Denken (1962). In: ULMANN, G. (Hrsg.): Kreativitätsforschung. Köln: Kiepenheuer & Witsch 1973.

FILLENBAUM, S./JACKMAN, A.: Dogmatism and Anxiety in Relation to Problem Solving. Journal of Abnormal and Social Psychology, LXIII (1961).

FLOSSDORF, B.: Berufsverbot als Denkverbot. Über die Auswirkungen politischer Strukturen auf Denken und Handeln. In: III. Internationales Russell-Tribunal. Zur Situation der Menschenrechte in der Bundesrepublik Deutschland, Bd. 1. Berlin: Rotbuch 1978(a).

FLOSSDORF, B.: Kreativität. Bruchstücke einer Soziologie des Subjekts. Frankfurt: Syndikat 1978(b).

FREUD, S.: Vorlesungen zur Einführung in die Psychoanalyse (1917). Ges. Werke, Bd. XI.

FREUD, S.: Hemmung, Symptom, Angst (1925). Ges. Werke, Bd. XIV.

FRÖHLICH, W. D.: Angst und Furcht. In: Handbuch der Psychologie in 12 Bänden, 2. Bd.: Allgemeine Psychologie, hrsg. v. H. THOMAE. Göttingen: Hogrefe 1965.

HORN, K.: Über den Zusammenhang von Angst und politischer Apathie. In: MARCUSE, H. et al.: Aggression und Anpassung in der Industriegesellschaft. Frankfurt: Suhrkamp 1968.

HORN, K.: Kosten der Angst. Konservatismus als Ergebnis der Retrogression gesellschaftlichen Bewußtseins. In: GREIFENHAGEN, M./SCHEER, H. (Hrsg.): Die Gegenreform. Zur Frage der Reformierbarkeit von Staat und Gesellschaft. Hamburg: Rowohlt 1975.

KROHNE, H. W.: Theorien zur Angst. Stuttgart: Kohlhammer 1976.

MORRIS, L. W./BROWN, N. R./HALBERT, B. L.: Effects of Symbolic Modeling on the Arousal of Cognitive and Affective Components of Anxiety in Preschool Children. In: SPIELBERGER/SARASON 1977.

MOWRER, O. H.: A Stimulus-Response Analysis of Anxiety and Its Role as a Reinforcing Agent. Psychological Review, *46* (1939).

NEISSER, U.: Kognitive Psychologie (1967). Stuttgart: Klett 1974.

ROKEACH, M.: The Open and the Closed Mind. Investigations into the Nature of Belief Systems and Personality Systems. New York: Basic Books 1960.

SPIELBERGER, C. D.: Theory and Research on Anxiety. In: Ders. (Ed.): Anxiety and Behavior. New York and London: Academic Press 1966.

SPIELBERGER, C. D./SARASON, I. G. (Eds.): Stress and Anxiety. Vol. 4. New York: John Wiley & Sons 1977.

Bernhard Floßdorf

Anlage und Umwelt

1 Einführung

Auf der Suche nach den Entwicklungsbedingungen individueller Verhaltenstendenzen (Merkmale, Dispositionen, Fähigkeiten; z.B. Intelligenz) hat man in der Psychologie immer wieder die Frage nach dem Einfluß von A.- und U.faktoren aufgeworfen. Nach ANASTASI (1958, dt. 1973) und KLAUER (1975 a) standen wissenschaftsgeschichtlich betrachtet bislang drei Teilfragen zur Debatte:

1. Wird die psychische Entwicklung (ausschließlich) von A.faktoren oder von der U. bestimmt? Die sog. Nativisten in der geistigen Tradition von PLATO und KANT waren von der Vorherrschaft des Erbes (*Anlagen- oder Erbtheorie*), die sog. Empiristen im Gefolge von HOBBES und LOCKE von der Vorherrschaft der Milieubedingungen überzeugt (*Milieutheorie*). Spätestens zu Beginn des 20. Jahrhunderts setzte sich jedoch die Auffassung durch, daß an der Entwicklung aller menschlichen Merkmale beide Faktorengruppen gleichermaßen beteiligt sind (*Konvergenztheorie* von STERN).

2. Welches relative Gewicht haben A. und U.? An dieser Frage entzündete sich bereits im ersten Drittel dieses Jahrhunderts eine heftige Debatte, in der sich erbtheoretisch argumentierende Psychologen, vor allem im Umfeld der *Differentiellen* Psychologie und milieutheoretisch ausgerichtete Gruppen, insbesondere Lerntheoretiker des *Behaviorismus* (z.B. WATSON) gegenüberstanden. Nachdem die Auseinandersetzungen zu keinem definitiven Ergebnis führten und sich allmählich die Überzeugung durchsetzte, daß die Frage wissenschaftlich nicht endgültig entscheidbar sei, schien das A.-U.problem für die Psychologie erledigt. Wichtiger und erfolgversprechender erschien die weiterführende Frage:

3. Auf welche Weise beeinflussen A.- und U.faktoren die individuelle Entwicklung? Die Fortschritte der Genetik bei der Aufklärung genetischer Strukturen und Prozesse in der Mitte des Jahrhunderts (z.B. Entdeckung der DNS; kausalanalytische Aufklärung primärer und sekundärer Genwirkungen) und das zunehmende Interesse der Psychologie für die U.abhängigkeit des Verhaltens veranlaßte einflußreiche Autoren wie ANASTASI (1958, dt. 1973), die Frage nach dem „*Wie*" in den Vordergrund der A.-U.-Debatte zu rücken. Das Ziel der Forschung sollte nicht mehr darin bestehen, fragwürdige Prozentangaben über das relative Gewicht von Erb- und Umweltfaktoren zu bestimmen, sondern die Entwicklungs*prozesse*, den modus operandi von A.- und U.faktoren in der Entwicklung von Verhaltensunterschieden aufzuklären.

Trotz dieser weithin akzeptierten Forderung tauchte vor einigen Jahren die zweite Fragestellung erneut auf und führte zunächst in den USA (vgl. Harvard Educational Review, 1969 a, b) und einige Jahre später in Europa (vgl. z.B. EYSENCK, 1975, 1976; FATKE, 1970, 1971; SKOWRONEK, 1973) zu einer neuen Welle heftiger Auseinandersetzungen. Ausgangspunkt dieser neuen A.-U.-Kontroverse war die Veröffentlichung sog. *Erblichkeits-* oder *Heritabilitätsschätzungen* der Intelligenz (JENSEN, 1969, dt. 1973).

2 Erblichkeitsschätzungen der Intelligenz

Erblichkeit (auch: Heritabilität) ist ein Fachterminus der Populationsgenetik und bezeichnet jenen Varianzanteil eines beobachtbaren (graduell abgestuften) Merkmals, der auf genetische Unterschiede in der untersuchten Population zurückgeführt werden kann. Als Populationsschätzwert macht der Erblichkeitskoeffizient nur Aussagen über die Relation von A.-u.U.anteilen an den Merkmalsunterschieden (Merkmalsvarianz) in einer gegebenen Population; über das individuelle Entwicklungsgeschehen enthält er keine Angaben (s.u. Punkt 4).
Methoden zur quantitativen Bestimmung der Erblichkeit, d.h. zur Ermittlung sog. *Erblichkeits- oder Heritabilitätskoeffizienten* (H), die Werte zwischen 0 und 1,0 annehmen können, wurden vor allem in der Tier- und Pflanzenzucht entwickelt, wo sie auch von großem praktischen Nutzen sind. Die Berechnung exakter Erblichkeitskoeffizienten für ein bestimmtes Merkmal setzt – abgesehen von der Meßbarkeit des Merkmals – die Möglichkeit zu experimenteller Variation von A.- und U.faktoren voraus, z.B. die systematische Veränderung und Kontrolle der U.bedingungen bei Gruppen von Individuen

mit identischer genetischer Konstitution (erbgleiche Linien) und/oder die systematische Zuordnung verschiedener Genotypen zu jeweils konstanten U.- oder Entwicklungsbedingungen. Da es im Humanbereich diese Möglichkeit nicht gibt, sind Erblichkeitsschätzungen allenfalls näherungsweise möglich. Dabei stützt man sich auf vorhandene A.- und U.unterschiede in einer Population. Entsprechende Daten liefern z. B. Untersuchungen über die Merkmalsähnlichkeit (Korrelation) von Personen unterschiedlichen Verwandtschaftsgrades, die entweder gemeinsam oder getrennt aufgewachsen sind. Besondere Beachtung findet die *Zwillingsforschung*, insbesondere der Merkmalsvergleich bei eineiigen Zwillingen, da sie den biologischen Sonderfall erbgleicher Individuen darstellen.

Das Prinzip der Erblichkeitsschätzung läßt sich am Beispiel der Zwillingsuntersuchungen relativ leicht demonstrieren. Deshalb wird diese Methode vor allem in der populärwissenschaftlichen Literatur häufig zitiert und kritisiert. Es darf jedoch nicht übersehen werden, daß die moderne Verhaltensgenetik (vgl. MERZ/STELZL, 1977) über eine Reihe anderer, statistisch teilweise sehr anspruchsvoller Methoden verfügt, mit deren Hilfe nicht nur grob summative Gewichte für das Insgesamt der A.- und U.einflüsse, sondern auch Gewichte für einzelne Teilkomponenten sowie für Kovarianz- und (statistische) Interaktionseffekte zwischen A.- und U.faktoren geschätzt werden können. Hier ist vor allem auf die sog. MAVA-Methode von CATTELL (1960; dt. 1976), die im Prinzip auf die Lösung eines komplexen Gleichungssystems hinausläuft, und auf pfadanalytische Techniken (JENCKS u. a., 1973) hinzuweisen.

Ohne hier im einzelnen auf Voraussetzungen, Methoden und Ergebnisse eingehen zu können (vgl. STRUBE, 1977; JINKS/FULKER, 1970), ist festzuhalten, daß es „endgültig wissenschaftlich gesicherte“ Erblichkeitsschätzungen der menschlichen Intelligenz nicht gibt und auch nicht geben kann. In der Tat variieren die vorliegenden Erblichkeitsschätzungen ganz erheblich. Berücksichtigt man allerdings die jeweils unterschiedlichen Vorannahmen, Berechnungsmethoden und Korrekturvorschläge der Autoren, dann ergibt sich insofern ein relativ einheitliches Bild, als die beobachtbaren IQ-Unterschiede in der gegenwärtigen nordamerikanischen und mitteleuropäischen Bevölkerung zu einem hohen Anteil auf genetische Unterschiede und nur zu einem relativ geringen Anteil auf U.unterschiede in der Population zurückzuführen sind.

Gegen die Erblichkeitsschätzungen der Intelligenz wurden von verschiedener Seite zahlreiche kritische Einwände erhoben. Im Hinblick auf die Methodik wurde z. B. bemängelt, daß die additive Varianzaufteilung dem realen Interaktionsgeschehen von A.- und U.faktoren nicht gerecht würde, daß die traditionellen Formen der Intelligenzmessung unangemessen sei, daß die für besonders aussagekräftig gehaltenen Zwillingsuntersuchungen zahlenmäßig zu gering und für die Normalbevölkerung nicht repräsentativ und daß einzelne Untersuchungsdaten möglicherweise sogar gefälscht seien (s. Debatte um die Zwillingsuntersuchungen von BURT; vgl. ERNST, 1977). Wichtiger und wirkungsvoller als diese methodische Kritik ist jedoch die Aufklärung von *Mißverständnissen* und Fehleinschätzungen bei der Interpretation der Erblichkeitsberechnungen.

3 Mißverständnisse bei der Interpretation der Erblichkeitsschätzungen

In der aktuellen A.-U.-Kontroverse über die pädagogischen und bildungspolitischen Schlußfolgerungen aus den Erblichkeitsschätzungen sind immer wieder Fehlinterpretationen anzutreffen, obwohl selbst JENSEN (1969) vor solchen Fehleinschätzungen gewarnt hat.

(1) Der Erblichkeitskoeffizient ist keine konstante Größe. Mit dem Erblichkeitskoeffizienten wird keine biologische Konstante erfaßt, die für alle Individuen unter allen möglichen Lebensbedingungen gleichermaßen gilt. Sie ist vielmehr eine *umweltabhängige* Größe und gilt nur für die spezifische (historische) Situation einer bestimmten Population. Erweitert oder reduziert sich in der Population die Variabilität jener U.einflüsse, die für die Intelligenzentwicklung bedeutsam sind, so ändert sich notwendigerweise auch der Erblichkeitskoeffizient. Würde man z. B. durch optimale Gestaltung der Erziehungs- und Unterrichtsbedingungen alle für die Intelligenzentwicklung relevanten U.unterschiede in einer Gesellschaft aufheben, so würde der Erblichkeitskoeffizient notwendigerweise den Wert 1,0 annehmen, d. h. alle dann noch verbleibenden Intelligenzunterschiede wären ausschließlich erbbedingt.

(2) Der Erblichkeitskoeffizient sagt nichts über die individuelle Intelligenzentwicklung.

Als populationsstatistische Größe macht der Erblichkeitskoeffizient nur Angaben über *populationsspezifische* Verhältnisse. „In bezug auf eine Messung oder ein Merkmal eines Individuums hat sie keine vernünftige Bedeutung" (JENSEN, 1973, 80; vgl. MERZ/STELZL, 1977, 87). Selbst wenn die in einer Population nachweisbaren Ausprägungsunterschiede eines Merkmals vollständig erbbedingt wären (H = 1,0), würde die Herausbildung des individuellen Merkmals im Entwicklungs- oder Wachstumsprozeß dennoch der Umwelt bedürfen, denn – wie bereits JENSEN (1973, 8) feststellt – „gibt es einfach keinen Organismus und keinen Phänotyp ohne Erbe oder Umwelt".

(3) Der Erblichkeitskoeffizient sagt nichts über die pädagogische oder psychologische Veränderbarkeit eines Merkmals.

Der Erblichkeitskoeffizient definiert keineswegs den Spielraum pädagogischer oder psychologischer Beeinflußbarkeit, wie von pädagogischer Seite gelegentlich vermutet wird (vgl. v. HENTIG, 1973, 175). KLAUER (1975a, b), MERZ/STELZL (1977, 87f.) und andere mit der Thematik vertraute Autoren weisen immer wieder darauf hin, daß der Erblichkeitskoeffizient nicht so interpretiert werden kann, daß die vielleicht 20 oder 40% umweltbedingte Varianz für Erziehung und Unterricht offen stehen, bzw. daß die vielleicht 80 oder 60% erbbedingte Varianz jeder Beeinflussung von außen unzugänglich sind.

Daß die umweltbedingte Intelligenzvarianz u. U. nur sehr schwer oder gar nicht mit pädagogischen Mitteln verändert werden kann, wird unmittelbar deutlich, wenn man sich vor Augen führt, daß auch intrauterine Entwicklungsbedingungen, Geburtsschäden, Schichtzugehörigkeit oder Stellung in der Geschwisterreihe zu den für die kognitive Entwicklung relevanten U.bedingungen zählen. Andererseits können eindeutig genetisch bedingte Merkmale durchaus im Entwicklungsgang beeinflußt oder in ihrer Äußerungsform bzw. Wirkungsweise verändert werden. Als Paradebeispiel für die Beeinflußbarkeit genetisch gesteuerter Merkmalsentwicklungen gilt die Phenylketonurie, eine genetisch bedingte Stoffwechselstörung, die im „Normalfall" Schwachsinn erzeugt, bei entsprechender Diät, also durch gezielte Manipulation der U.bedingungen, jedoch keine Intelligenzminderung herbeiführt. Die naive Auffassung, daß erbbedingte Merkmale unveränderbar seien, ist nach MERZ/STELZL (1977, 87) „... etwa so, als könne man einem Kurzsichtigen keine Brille verordnen, weil sein Defekt genetisch determiniert ist".

Erblichkeitsschätzungen definieren weder für die individuelle Merkmalsentwicklung noch für das durchschnittliche erreichbare Leistungsniveau einer Population obere Grenzen der Veränderbarkeit. Sie können also weder pädagogisch-psychologischen Optimismus noch Pessimismus begründen oder rechtfertigen. Deshalb ist zu vermuten, daß der eigentliche Motor der aktuellen A.-U.-Kontroverse weniger auf der wissenschaftlichen Ebene als vielmehr auf der Ebene *bildungs- und gesellschaftspolitischer Auseinandersetzungen* zu suchen ist.

4 Gesellschaftliche und bildungspolitische Perspektiven in der aktuellen Anlage-Umwelt-Kontroverse

Die aktuelle A.-U.-Kontroverse, die sich als „Streit um die Intelligenz" (ZIMMER, 1976; vgl. EYSENCK, 1975, 1976; HELLER, 1976; HERRNSTEIN, 1974; LIUNGMAN, 1975), vor allem um die Frage der erbgenetischen Fixierung individueller oder gruppenspezifischer IQ-Unterschiede dreht, entpuppt sich bei genauerer Betrachtung als eine Auseinandersetzung um gesellschaftspolitische und bildungspolitische Ziele oder Wertvorstellungen. Aussagen über die „Erblichkeit" der Intelligenz werden nur deshalb zum Streitpunkt, weil man (irrtümlich) glaubt, daß sie die eine oder andere pädagogische, bildungspolitische oder gesellschaftliche Zielrichtung wissenschaftlich begründen oder legitimieren können. Dahinter steht – meist unreflektiert – die These, daß die Intelligenz einer der zentralen Bedingungsfaktoren für Erfolg und Versagen in der Schule, für Art und Höhe des Bildungsabschlusses oder für das im Erwerbsleben erreichte soziale und ökonomische Niveau darstellt. In Fortführung dieser durchaus fragwürdigen These (vgl. JENCKS u.a., 1973; KRAPP, 1976) wird vermutet, daß die Realisierbarkeit bildungspolitischer Programme oder Reformvorhaben von der Veränderbarkeit der Intelligenz bestimmt sei. Deshalb scheint der Nachweis einer starken genetischen Komponente bei der Intelligenzentwicklung jenen wissenschaftliche Argumente zu liefern, die etwa unter dem Stichwort „Chancengerechtigkeit" eta-

blierte soziostrukturelle Unterschiede oder bestehende (vertikale) Differenzierungen des Bildungssystems aufrecht erhalten wollen. Auf der anderen Seite glaubt man die häufig mit dem Begriff „Chancengleichheit“ umschriebenen Zielvorstellungen (vgl. KRAPP, 1977) nur dann realisieren und begründen zu können, wenn es gelingt, die These von der hohen Erblichkeit der Intelligenz zurückzuweisen.
Die aktuelle A.-U.-Kontroverse belegt erneut die Tatsache, daß die Gültigkeit wissenschaftlicher Aussagen über die Bedeutsamkeit von Erbfaktoren oft nur vordergründig als Gegenstand einer Auseinandersetzung gelten kann, die sich eigentlich um die Durchsetzbarkeit gesellschafts- und bildungspolitischer Zielvorstellungen dreht. Es ist auch empirisch erwiesen, daß *politische* und *anthropologisch-pädagogische Überzeugungen* in der angeblich wissenschaftlich-neutralen Diskussion Einfluß auf die Präferenz entsprechender Theorien und die Interpretation einschlägiger Befunde haben. So fand z.B. PASTORE (1949) bei amerikanischen und britischen Wissenschaftlern einen engen Zusammenhang zwischen der politischen Grundhaltung (Konservativismus-Liberalismus) und der theoretischen Einstellung innerhalb der A.-U.-Kontroverse. Konservative vertreten in der Regel einen eher erbtheoretischen, Liberale einen eher milieutheoretischen Standpunkt. Damit deckt sich im Prinzip das Ergebnis einer neueren Untersuchung von SHERWOOD/NATAUPSKY (1968), die einen deutlichen Zusammenhang zwischen einer Reihe persönlicher Daten (z.B. soziale Herkunft, Alter, Stellung in der Geschwisterreihe, frühere Examensleistungen) und der Art ihrer Argumentation bei der Erklärung rassenspezifischer Intelligenzunterschiede nachweisen konnten. Vergleicht man diese Untersuchungsergebnisse mit der Art und Weise, wie gegenwärtig die A.-U.-Thematik in bezug auf die menschliche Intelligenz von zum Teil international bekannten Autoren dargestellt und wissenschaftlich belegt wird, so erscheint es durchaus gerechtfertigt, die A.-U.-Kontroverse als Paradigma dafür zu betrachten, daß das Postulat einer wertfreien Wissenschaft in den Sozial- und Verhaltenswissenschaften mehr als fragwürdig ist (vgl. HECKHAUSEN/RAU, 1973, 46ff.).

5 Zusammenfassung und Ausblick

Die meisten wissenschaftlich argumentierenden Autoren sind sich darin einig, daß Erblichkeitsschätzungen weder bestehende gesellschafts-, bildungspolitische oder schulorganisatorische Strukturen bzw. entsprechende Reformprogramme legitimieren können noch eine Aussage darüber zulassen, ob und ggf. wie kognitive Fähigkeiten bei einzelnen Individuen oder bei bestimmten Gruppen gefördert werden können. Soweit man sich wissenschaftlich begründete Handlungsanweisungen und Entscheidungshilfen erhofft hatte, war die im Anschluß an die Erblichkeitsschätzungen entstandene A.-U.-Kontroverse von Anfang an zum Scheitern verurteilt.
In theoretisch-wissenschaftlicher Sicht war die Kontroverse noch weniger fruchtbar, denn nach wie vor gilt die Forderung von ANASTASI (1958, dt. 1973), daß es der Psychologie nicht um das „*Wieviel*“, sondern um das „*Wie*“ der A.- und U.einflüsse zu gehen hat. Das impliziert einerseits die Forderung nach einer wissenschaftlichen Analyse der direkten und indirekten Genwirkungen auf allen Ebenen des Geschehens und andererseits die systematische Erforschung der Auswirkungen gezielter und planvoll entwickelter pädagogisch-psychologischer Maßnahmen. Während der erste Aspekt mehr in das Aufgabengebiet einer entwicklungstheoretisch orientierten Genetik fällt, markiert der zweite Aspekt ein bislang immer noch vernachlässigtes psychologisches und erziehungswissenschaftliches Forschungsprogramm. „Was wir brauchen, ist die systematische Erforschung der einzelnen Umweltvariablen, vor allem aber die systematische Erforschung der Beeinflußbarkeit der intellektuellen Entwicklung durch gezielte Fördermaßnahmen“ (KLAUER, 1975a, 33). Deshalb darf sich die Forschung in diesem Gebiet nicht primär als deskriptive Forschung verstehen, die das gegenwärtig Vorhandene und zum Teil historisch-gesellschaftlich Gewordene, im Sinne unveränderbar naturhafter Gesetzmäßigkeiten systematisch zu beschreiben sucht. Sie muß sich vielmehr als *„präskriptive Forschung“* begreifen, die den normativen Aspekt bewußt einbezieht und nach Handlungsanweisungen sucht, auf deren Basis vorgegebene Ziele unter vorgefundenen Bedingungen zu erreichen sind (KLAUER, 1975a, 29).

Verweis auf andere Stichwörter

→Behaviorismus →Diagnostik →Differentielle Psychologie →Intelligenz und Begabung →Persönlichkeit →Sozialpsychologie →Statistik →Wissenschaftstheorie und Psychologie

Literatur

ANASTASI, A.: Heredity, environment and the question ‚how'. In: Psychological Review, 65, 1958, *4*, S. 197–208. Dt. Übers. in: SKOWRONEK, H. (Hrsg.): Umwelt und Begabung. Stuttgart: Klett 1973, S. 9–26.

CATTELL, R. B.: The multiple abstract variance analysis equations and solutions. Psychological Review, 67, 1960, S. 353–372.

CATTELL, R. B.: Die Interaktion von Erb- und Umwelteinflüssen. In: SÜLLWOLD, F. (Hrsg.): Begabung und Intelligenz. Hamburg: Hoffmann & Campe 1976, S. 78–101.

ERNST, H.: Wer Daten fälscht oder nachmacht oder gefälschte oder nachgemachte in Umlauf bringt ... Psychologie Heute, 4, 1977, S. 51–57.

EYSENCK, H. J.: Vererbung, Intelligenz und Erziehung. Stuttgart: Seewald 1975.

EYSENCK, H. J.: Die Ungleichheit der Menschen. München: List 1976.

FATKE, R.: Zur Kontroverse um die Thesen A. Jensens. Zeitschrift für Pädagogik, 16, 1970, S. 219–226.

FATKE, R.: Ist Intelligenz doch vererbbar?. betrifft: erziehung, 4, 1971, 6, S. 15–22.

Harvard Educational Review, Environment, heredity, and intelligence. Reprint Series No. 2. Cambridge: Harvard 1969 (a).

Harvard Educational Review, Science, heritability, and IQ. Reprint Series No. 4. Cambridge: Harvard 1969 (b).

HECKHAUSEN, H./RAU, H.: Funkkolleg Pädagogische Psychologie. Studienbegleitbrief 3, Lektion 5. Warum es Intelligenzunterschiede gibt. Weinheim: Beltz 1973, S. 34–60.

HELLER, K.: Intelligenz und Begabung. München: Reinhardt 1976.

HENTIG, H. v.: Erbliche Umwelt – oder Begabung zwischen Wissenschaft und Politik. In: SKOWRONEK, H. (Hrsg.): Umwelt und Begabung. Stuttgart: Klett 1973, S. 156–178.

HERRNSTEIN, R.: Die IQ-bestimmte Klassengesellschaft. Stuttgart: Deutsche Verlagsanstalt 1974.

JENCKS, CH. u.a.: Chancengleichheit. Reinbek: Rowohlt 1973.

JENSEN, A.: How much can we boost IQ and scholastic achievement?. Harvard Educational Review, 39, 1969, S. 1–123. Dt. Übers.: Wie sehr können wir Intelligenzquotient und schulische Leistung steigern?. In: SKOWRONEK, H. (Hrsg.): Umwelt und Begabung. Stuttgart: Klett 1973, S. 63–155.

JINKS, J. L./FULKER, D. W.: Comparison of the biometrical genetic MAVA, and classical approaches to the analysis of human behavior. Psychological Bulletin, 73, 1970, S. 311–349.

KLAUER, K. J.: Auswege aus der Jensen-Debatte. Psychologie Heute, 2, 1975a, 8, S. 26–35.

KLAUER, K. J.: Intelligenztraining im Kindesalter. Weinheim: Beltz 1975b.

KRAPP, A.: Bedingungsfaktoren der Schulleistung. Psychologie in Erziehung und Unterricht, 23, 1976, S. 91–109.

KRAPP, A.: Zur Dimensionalität des Begriffs Chancengleichheit. In: KLAUER, K. J./KORNADT, H.-J.: Jahrbuch für Empirische Erziehungswissenschaft. Düsseldorf: Schwann 1977, S. 128–149.

LIUNGMAN, C. G.: Der Intelligenzkult; eine Kritik des Intelligenzbegriffs und der IQ-Messung. Reinbek: Rowohlt 1975.

MERZ, F./STELZL, I.: Einführung in die Erbpsychologie. Stuttgart: Kohlhammer 1977.

PASTORE, N.: The nature-nurture controversy. New York: King's Crown Press, Columbia University 1949.

SHERWOOD, J. S./NATAUPSKY, M.: Predicting the conclusions of negro-white intelligence research from biographical characteristics of the investigator. Journal of Personality and Social Psychology, 8, 1968, S. 53–58.

SKOWRONEK, H. (Hrsg.): Umwelt und Begabung. Stuttgart: Klett 1973.

STRUBE, G.: Die umstrittene Bedeutung genetischer Faktoren. In: STRUBE, G. (Hrsg.): Binet und die Folgen. Zürich: Kindler 1977, S. 890–928.

ZIMMER, D.: Der Streit um die Intelligenz. München: Hanser 1976.

Andreas Krapp

Arbeitslosigkeit

1 Arbeitslosigkeit als soziales Problem

Den westlichen hochindustrialisierten Gesellschaften ist es trotz großer Anstrengungen nicht gelungen, A. zu verhindern, und es zeigte sich im Gegenteil ein immer wiederkehrender zyklischer Trend zu erhöhter A. In einigen Ländern, wie den USA, ist darüber hinaus selbst in Zeiten ökonomischer Hochkonjunktur noch ein deutlicher Sockel von *Langzeitarbeitslosen* feststellbar. Es ist zu erwarten, daß sich eine solche Entwicklung auch in anderen westlichen hochindustrialisierten Ländern einstellen wird.

In den offiziellen Statistiken wird das *tatsächliche* Ausmaß der A. meist abgemildert. So werden beispielsweise in der BRD die Arbeitslosenzahlen auf der Basis der dem Arbeitsamt gemeldeten Arbeitsuchenden geschätzt. Bestimmte Gruppen werden dadurch nicht erfaßt: Die *Ausländer*, die nach Verlust des Arbeitsplatzes in ihr Heimatland zurückkehren, die *Frauen*, die infolge schlechter Vermittlungschancen ihre Hausfrauenrolle wieder einnehmen, und die *Jugendlichen*, die nach Beendigung ihrer Ausbildung bzw. nach ihrem Hauptschulabschluß auch im Falle von A. keine Arbeitslosenunterstützung erhalten. Besonders letztere werden oft deshalb in den Arbeitsämtern überhaupt nicht erfaßt, weil sie „auf eigene Faust" nach einer Arbeits- oder Ausbildungsstelle suchen. So ist z.B. für Dortmund die wirkliche Zahl der jugendlichen Arbeitslosen auf etwa das Doppelte der offiziellen Angaben des Arbeitsamtes eingeschätzt worden (HEINZE, 1957).

A. führt in den meisten hochindustrialisierten Ländern nicht mehr zu derselben ökonomischen Deprivation, wie das noch in den dreißiger Jahren der Fall war. Die psychischen Auswirkungen der A. dürften nun wichtiger sein als die rein materielle Not. Dennoch bringt zumindest in der BRD A. auch heute noch eine wesentliche *Verringerung* des Einkommens mit sich. So fand BRINKMANN (1976), daß sich das Einkommen des Arbeitslosen im Durchschnitt etwa um knapp die Hälfte gegenüber dem Arbeitseinkommen verringert. Einkommensverluste sind besonders für solche Personen gravierend, die solange arbeitslos bleiben, bis der Anspruch auf Arbeitslosengeld erlischt, und für Jugendliche, die noch keine Arbeitsstelle innehatten (und dadurch ohne Anspruch auf Arbeitslosengeld oder -hilfe sind).

Die A. hat dabei oftmals *beruflichen Abstieg* oder – bei jugendlichen Arbeitslosen – den Verzicht auf eine ausreichende Qualifikation zur Folge. Solche Probleme ergeben sich vor allem für bestimmte Gruppen. Ältere Arbeitnehmer, Frauen, Ausländer und Behinderte finden üblicherweise nur relativ schwer eine Arbeitsstelle bzw. müssen weniger qualifizierte Arbeit annehmen, die gegenüber ihrer vorherigen Situation z.T. auch weniger gut bezahlt und von der Arbeitssituation her ungünstiger ist.

Wir werden im folgenden vor allem auf die psychischen Aspekte der A. näher eingehen. Bei dieser Sichtweise ist aber immer mitzubedenken, daß A. ein politisch-ökonomisches Problem ist. A. darf also nicht auf die psychologischen Aspekte reduziert werden.

2 Arbeitslosigkeit als psychologisch relevantes Lebensereignis

2.1 *Negative und positive Seiten der Arbeitslosigkeit*

A. dürfte sich besonders auf Grund der folgenden Faktoren auf die psychische Verarbeitung der Situation *negativ* auswirken:

(1) Die Geldmittel sind erheblich eingeschränkt.
(2) Der Arbeitslose verliert die Lebensperspektive, die in der Regel mit der Berufslaufbahn verbunden ist.
(3) Der Arbeitslose verliert einen festen Tages- und Zeitplan, der durch die tägliche Routine der Arbeit sehr stark geprägt wird.
(4) Die A. führt zur sozialen Isolation und Vereinzelung. Kontakte kann der Arbeitslose nur schwer neu aufbauen, gleichzeitig verliert er in der Regel die sozialen Beziehungen zu den Kollegen am Arbeitsplatz.
(5) Das Gefühl der eigenen Wichtigkeit in der Gesellschaft, das sehr stark durch die Arbeit vermittelt wird, geht dem Arbeitslosen verloren.
(6) Vor allem Männern erwächst in der A. auf Grund des traditionellen Rollenverständnisses – Hauptverdiener – eine zusätzliche Belastung durch Rollenverlust.
(7) Dem Arbeitslosen wird üblicherweise mit sozialer Diskriminierung entgegengetreten.

Die Vorurteile gegenüber Arbeitslosen sind dabei nur sehr schwer abzubauen und erhöhen die Isolation des Arbeitslosen.

Gleichzeitig können aber auch mögliche *positive* Seiten des Arbeitsplatzverlustes festgestellt werden:

(1) Der Arbeitslose hat mehr Zeit, die er evtl. auch zur Freizeitgestaltung oder mit Freunden verwenden kann.
(2) Die Belastungen der Arbeit fallen weg.
(3) Im Einzelfall (nicht in der Regel) kann der durch die A. bewirkte Neuanfang, z.B. durch eine neue Arbeitsstelle, durch Umschulung in einen neuen Beruf, durch Veränderung des Wohnortes usw. positiv eingeschätzt werden.

Obgleich A. also nicht in jedem Fall nur negative Konsequenzen nach sich ziehen muß, so dürften doch die negativen Folgen überwiegen. Zumindest nach einer kurzen Periode, in der die A. noch als Urlaub erscheinen mag, treten häufig gravierende psychische Probleme auf, wie im weiteren noch einzeln ausgeführt werden soll. Zuvor jedoch sollen zwei besonders wichtige Studien über die Folgen der A. kurz dargestellt werden.

2.2 *Zwei wichtige Untersuchungen*

In der klassischen Untersuchung von JAHODA/LAZARSFELD/ZEISEL (veröffentlicht erstmals 1933, 1975) wurde ein ganzes Dorf (Marienthal) in Österreich untersucht, dessen Einwohner nach der Stillegung der dortigen Textilfabrik fast alle arbeitslos waren. Die Autoren beschreiben, welche Veränderungen sich in dem Dorf ergaben: Das kulturelle Leben verödete, die Bibliotheken wurden nicht mehr so stark benutzt (obwohl die Gebühr für das Entleihen abgeschafft wurde), das Vereinsleben ging zurück und die Feindseligkeit nahm zu. In dieser Untersuchung, die immer noch die differenzierteste und methodisch interessanteste Studie über die Auswirkungen der A. sein dürfte, werden die folgenden Reaktionsformen auf A. unterschieden:

- *Resignation*: Rund 69% der Familien werden hierunter gefaßt. Pläne werden in diesen Familien nur noch selten gemacht und Zukunftsvorstellungen kaum mehr entwickelt. Trotzdem wird die Erziehung der Kinder noch aufrechterhalten und auf der Basis sehr stark reduzierter Ansprüche kommt es sogar zu einem den Umständen entsprechenden Wohlbefinden.
- *Gebrochenheit*: Rund 8% der Familien werden als „gebrochen" bezeichnet. Diese Gruppe wird noch einmal in zwei Untergruppen eingeteilt: Die *Apathischen* (5,3%) sind verwahrlost, hoffnungslos und indolent, während 2,3% völlig *verzweifelt* sind (zwei Jahre nach der Stillegung der Fabrik).
- *Ungebrochenheit*: Nur 23% der Familien des Dorfes sind „ungebrochen". Bei ihnen existieren noch Hoffnungen, die Haushaltsführung ist noch geordnet, und es werden noch Pläne gemacht, die relativ energisch verfolgt werden. Die ungebrochenen Familien sind dabei finanziell weitgehend besser gestellt.

Die zweite wesentliche Studie in diesem Bereich ist die von BRENNER (1973): BRENNER hat über einen Zeitraum von z.T. 130 Jahren den ökonomischen Krisenzyklus mit der Rate der Aufnahmen von Patienten in *psychiatrische Krankenhäuser* in New York verglichen. Wenn daraus auch keine direkte Folgerung über die Arbeitslosen abzuleiten ist, so zeigen seine Untersuchungsergebnisse Auswirkungen der ökonomischen Krise und damit der A. allgemein auf. Demnach läßt sich eine deutliche Zunahme der Neuaufnahmen (nicht aber der Wiederaufnahmen) in psychiatrische Krankenhäuser feststellen, wenn die ökonomische Situation sich verschlechtert. Dieser Zusammenhang zeigte sich bei Schizophrenie, manisch-depressiven Störungen und bei Alkoholismus.

2.3 *Psychische Folgen von Arbeitslosigkeit im einzelnen*

Im folgenden sollen nun einzelne psychische Auswirkungen der A. kurz angesprochen werden (einen Überblick geben EISENBERG/LAZARSFELD, 1938; WACKER, 1976, 1978a; FRESE/MOHR, 1978).

1. Depression, Apathie, Pessimismus: In einer Untersuchung von FRESE und MOHR (FRESE, 1978; MOHR/FRESE, 1978) konnte (allerdings bei sehr eingeschränkter Versuchspersonenanzahl) ein wesentlicher Unterschied zwischen arbeitslosen und nichtarbeitslosen älteren Arbeitern in bezug auf Depression festgestellt werden. Diese Längsschnittuntersuchung zeigte außerdem, daß Depressivität selbst offensichtlich nicht zur Verlängerung der A. beiträgt, wohl aber verlängerte oder wieder neu auftretende A. zur verstärkten Depressivität. Ähnliche Ergebnisse werden auch von PEARLIN/LIEBERMAN (1977) berichtet.

2. Störungen im sozialen Bereich, Isolation: BRINKMANN (1976) stellte z. B. fest, daß die soziale Isolation bei Arbeitslosen zunahm. Dies dürfte an dem Schamgefühl der Arbeitslosen, die z. B. Freunde und Bekannte aus finanziellen Gründen nicht einladen können, und an den Vorurteilen liegen, denen Arbeitslose ausgesetzt sind. Darüber hinaus fand auch BAKKE (1940) in einer qualitativen Langzeitstudie, daß Arbeitslose sich eher sozial isolierten.

3. Störungen im Familienleben, Eheprobleme: Sowohl Untersuchungen in den dreißiger Jahren (BAKKE, 1940; KOMAROVSKY, 1940) als auch Daten von BRINKMANN (1976) deuten darauf hin, daß Eheprobleme in der A. stärker auftreten. Es ist davon auszugehen, daß insbesondere von vornherein instabile Ehen durch A. noch weiter gefährdet werden (JAHODA/LAZARSFELD/ZEISEL, 1975).

4. Psychologische Auswirkungen: Die umfassendste Längsschnittuntersuchung in diesem Bereich ist von COBB/KASL (1977) vorgelegt worden. Mit Hilfe von psychophysiologischen Indikatoren haben sie versucht, die möglichen Streßeffekte von A. zu erfassen. Es zeigten sich besonders klare Zusammenhänge von erhöhtem Blutdruck und erhöhter Harnsäure mit A. Erhöhter Blutdruck kann dabei zu einem erhöhten Herzinfarktrisiko beitragen. Erhöhte Harnsäure führt ihrerseits zu Gicht. Es ergab sich bei den Arbeitslosen auch eine deutliche Zunahme von Arthritis (vgl. zusammenfassend THOMANN, 1978).

5. Alkoholismus: Von BRENNER (1973) wird ein Zusammenhang zwischen Krisenzyklus und Alkoholismus festgestellt. Auch verschiedene qualitative Daten legen diesen Zusammenhang nahe. Allerdings liegen in diesem Bereich noch keine genauen Untersuchungen vor.

6. Kriminalität: Einer populären Meinung zufolge werden Arbeitslose leichter kriminell. Diese Meinung ist insofern plausibel, als langfristige A. die Betroffenen daran hindert, am gesellschaftlichen Wohlstand teilzunehmen. Kriminalität könnte hier der „andere Weg" sein, um sich materielle Möglichkeiten zu eröffnen. In einer Auswertung der Strafakten von 560 jugendlichen Straffälligen kommt HEINEMANN (1978) auch zu dem Schluß, daß Arbeitslose überdurchschnittlich häufig unter diesen Straffälligen vertreten sind und sich durch eine bestimmte Struktur der Delikte von Jugendlichen unterscheiden, die einer Beschäftigung nachgehen (z. B. erhöhte Bandenkriminalität). Doch läßt sich aus dieser Analyse nicht der Schluß ziehen, daß A. die Delinquenzneigung erhöht, weil die gemeinsame Ursache sowohl für A. als auch Delinquenz in einer Fehlanpassung des Jugendlichen liegen kann. Einige Untersuchungen deuten sogar eher auf das Gegenteil hin: In Zeiten der A. sinkt die Kriminalität sogar noch ab. Bei den Arbeitslosen besteht eher eine Tendenz zum sozialen Rückzug und zur Apathie, die nicht kriminalitätsfördernd wirkt (vgl. OPASCHOWSKI, 1976; und WACKER, 1978b).

7. Politisches Bewußtsein: Es wird oftmals angenommen, daß A. zu revolutionärem Bewußtsein beiträgt. Dies ist mit ziemlicher Sicherheit nicht der Fall (HILLEN, 1971; HENTSCHEL, 1978). Die Erfahrung der A. könnte aber vielleicht nach Wiederaufnahme der Arbeit zu einer kritischeren Einstellung gegenüber der Gesellschaft führen. Der höchste Politisierungseffekt dürfte in der Antizipationszeit liegen, in der der potentielle Arbeitslose noch arbeitet und dabei solidarisch mit seinem Kollegen gegen die drohende A. kämpfen kann. In der A. selbst führt die Vereinzelung der Arbeitslosen dann allerdings eher zum Fatalismus (HENTSCHEL, 1978), wodurch potentiell antidemokratische Einstellungen gestärkt werden können (vgl. AIKEN/FERMAN/SHEPPARD, 1968; HENTSCHEL, 1978).

8. Besonderheiten der Jugendarbeitslosigkeit: Neben den in den vorhergehenden Abschnitten angesprochenen Auswirkungen der A. ergeben sich noch mögliche zusätzliche Folgen der Jugendarbeitslosigkeit. A. trifft vor allem die sozial schwachen Jugendlichen, die unter ungünstigen sozialen Verhältnissen aufwuchsen und besonders wenig bildungsmäßige Voraussetzungen mitbringen (vgl. HEINEMANN, 1978; GRIESWELLE, 1978). Wenn Jugendliche nach der Schule keine Möglichkeiten haben, in den Arbeitsprozeß integriert zu werden, werden die beruflichen Hoffnungen, die Zukunftsperspektiven, die Kompetenz, mit der Arbeitssituation umzugehen usw., wahrscheinlich unzureichend aufgebaut. Die zur Weiterqualifikation notwendige Selbstsicherheit wird durch A. wahrscheinlich entscheidend geschwächt. Darüber hinaus wird die Ablösung des Jugendlichen von der Familie auf Grund der durch die A. bedingten finanziellen Abhängigkeit erschwert bzw. verunmöglicht (vgl. Kreutz/Wuggenig, 1977; Opaschowski, 1976). Aus einer empirischen Untersuchung von Schober (1978) wird deutlich, daß Probleme in der Familie für die arbeitslosen Jugendlichen besonders gravierend sind (vgl. auch Heinemann, 1978).

3 Theoretische und methodische Probleme bei der Untersuchung der Auswirkungen von Arbeitslosigkeit

Prinzipiell können psychische Momente mit A. in zweierlei Weise zusammenhängen: Entweder wird die A. durch bestimmte psychische Probleme herbeigeführt oder verlängert, oder bestimmte psychische Probleme treten als Folge von A. auf. So könnten die theoretischen Alternativen formuliert werden, daß z. B. Depressivität zu verlängerter A. führt, weil Depressive weniger aktiv bei der Arbeitssuche sind, oder aber daß langanhaltende A. zu Depressivität führt.

Noch plausibler als diese Alternativhypothesen ist die Vorstellung eines *Zirkelprozesses*: Arbeitslose werden depressiver und erhalten auf Grund der daraus entstehenden Inaktivität bei der Arbeitssuche keinen geeigneten Arbeitsplatz. Das verlängert wiederum die A. Aber auch hier muß angegeben werden, an welcher Stelle die größten Veränderungen einsetzen: Kann die A. Depressivität nur erhöhen oder entsteht Depression auf Grund der A.? Kann A. nur bei besonders labilen Personen Depression auslösen oder auch bei anderen? An welchem Punkt also fängt der Zirkel an?

Diese Frage ist adäquat nur in *Längsschnittuntersuchungen* zu beantworten. Sie wurden allerdings bisher nur sehr selten durchgeführt. Die vorliegenden Längsschnittuntersuchungen deuten darauf hin, daß die Vorstellung, die Zeit der A. würde auf Grund von Persönlichkeitseigenschaften wesentlich verlängert, wohl eher unzutreffend ist. Gesichertes Wissen steht hier aber noch aus.

Bei der Untersuchung der Auswirkungen von A. ergeben sich eine Reihe von *methodischen* Problemen:

1. Meistens kann die Forschung erst beginnen, wenn die A. von den Betroffenen bereits antizipiert wird. In dieser Zeit ergeben sich aber schon eine Reihe von Streßreaktionen. Da das Ausmaß des erlebten Streß oft als Unterschiedsmaß zwischen Antizipation und A. aufgefaßt wird, unterschätzt man die Folgen der A., weil die bereits erhöhten Werte der Antizipationszeit zum Vergleich verwendet werden. Nur ein *Kontrollgruppendesign* läßt die Abschätzung der Auswirkung der Antizipationszeit zu, da man dann eine Gruppe von Nichtbetroffenen (Kontrollgruppe) mit den Betroffenen vergleichen kann. Eine wirkliche Kontrollgruppe ist allerdings schwer zu finden, da Massenentlassungen vor allem in bestimmten Regionen, in bestimmten Branchen mit meist veralterter Produktionsstruktur oder schlechtem Management auftreten. Vergleichsbetriebe haben kaum ähnliche Probleme.

2. Auf Grund des sozialen Makels der A. geben Arbeitslose selten das ganze Ausmaß der psychischen Erschütterung durch die A. an. Es besteht daher eine Tendenz, die negativen Auswirkungen eher zu *untertreiben*.

3. Arbeitslose – dies gilt besonders für jugendliche Arbeitslose, die noch nicht gearbeitet haben – sind auf Grund ihrer *Vereinzelung* schwer aufzufinden. Wie bereits ausgeführt, sind jugendliche Arbeitslose auch beim Arbeitsamt oftmals nicht gemeldet, weil sie vom Arbeitsamt keine Unterstützung bei der Arbeitssuche erwarten. Die Auswirkungen der Jugend-A. werden deshalb in manchen Untersuchungen wohl eher unterschätzt, weil die angetroffenen Jugendlichen in offenen Jugendhäusern usw. wahrscheinlich noch zu den aktivsten gehören. Hier sind gründliche Studien notwendig, die in der Schule beginnen und die Jugendlichen bis zur Aufnahme der ersten Arbeit begleiten.

4 Forschungslücken

Zur Zeit erfährt die Forschung über die Folgen der A. einen großen Auftrieb. Trotzdem können noch einige Forschungslücken im psychologischen Bereich angegeben werden. Dabei ist von den folgenden Rahmenüberlegungen auszugehen: Die A. ist gegenüber der Arbeitssituation (oder Schulsituation) eine neue, streßerzeugende Situation. Die Verarbeitungsmuster entscheiden nun, welche Auswirkungen die A. auf das Individuum hat. Dabei sind die Verarbeitungsmuster u. a. abhängig von den vorgängigen Erfahrungen, von den bestehenden äußeren Ressourcen, von den Handlungsmöglichkeiten, von der Deutung der Situation sowie von den realen Möglichkeiten, wieder eine Arbeit zu finden.

Innerhalb dieser Überlegungen sind vor allem die folgenden Fragestellungen empirisch noch unzureichend erforscht:

1. Welche unterschiedlichen Verarbeitungsmuster haben Arbeitslose unterschiedlicher sozialer Schichten (z. B. Arbeiter, Angestellte, Intellektuelle)?
2. Inwieweit wirkt sich die vorhergehende Arbeitstätigkeit auf die Verarbeitung der A. aus?
3. Welche unterschiedlichen Verarbeitungsmuster dominieren bei Jugendlichen und Erwachsenen bzw. Frauen und Männern?
4. Sind die Verarbeitungsmuster unterschiedlich, wenn man mit der A. von vornherein gerechnet hat (z. B. weil man annimmt, daß das Wirtschaftssystem der Bundesrepublik notwendigerweise zu Stadien der A. führt)?
5. Welche Handlungsstile, Kompetenzen und äußeren Bedingungen verhindern den möglichen Zusammenbruch im Falle der A. und welche führen eher zu größeren Problemen?
6. Welche Auswirkungen hat lang andauernde A. auf die Arbeitstätigkeit, die Einstellungen und Handlungskompetenzen nach der erneuten Aufnahme der Arbeit?
7. Welche Auswirkungen hat die A. auf gesellschaftliche Randgruppen, insbesondere auf Ausländer und Behinderte?
8. Unter welchen Bedingungen führt A. zu erhöhtem Alkoholismus und vermehrter Drogenabhängigkeit?
9. Wie kommt es zur Entstehung von „hard-core" A.? „Hard-core" Arbeitslose gelten als verwahrlost und sind nicht mehr in den Arbeitsprozeß zu integrieren.
10. Unter welchen Bedingungen führt A. zur Kriminalität, unter welchen Bedingungen nicht?

Verweis auf andere Stichwörter

→Abhängigkeit →Abweichendes Verhalten →Arbeitspsychologie →Berufliche Sozialisation →Identität und Selbstkonzept →Sozialepidemiologie →Streß →Vorurteil

Literatur

AIKEN, M./FERMAN, L. A./SHEPPARD, H. L.: Economic Failures, Alienation and Extremism. Michigan P., Ann Arbor 1968.

BAKKE, E. W.: Citizens without Work. 1940b (Reprint, Archon Books, 1969).

BRENNER, M. H.: Mental Illness and the Economy. Cambridge, Mass.: Harvard Univ. Pr. 1973.

BRINKMANN, C.: Finanzielle und psychosoziale Belastungen während der Arbeitslosigkeit. Mitteilungen aus der Arbeitsmarkt- und Berufsforschungc, 9, 1976, 4.

COBB, S./KASL, S. V.: Termination, NIOSH, Washington 1977.

EISENBERG, P./LAZARSFELD, P. F.: The psychological effects of unemployment. Psychol. Bull. 1938, 35.

FRESE, M.: Arbeitslosigkeit, Depressivität und Kontrolle: Eine Studie mit Wiederholungsmessung. In: KIESELBACH, T./OFFE, H. (Hrsg.): Individuelle Verarbeitung und gesellschaftlicher Hintergrund von Arbeitslosigkeit. Darmstadt: Steinkopff 1978.

FRESE, M./MOHR, G.: Die psychologischen Folgen des Entzugs von Arbeit: Der Fall Arbeitslosigkeit. In: FRESE, M./GREIF, S./SEMMER, N. (Hrsg.): Industrielle Psychopathologie. Bern: Huber 1978.

GRIESWELLE, D.: Jugendliche Arbeitslose und Jungarbeiter. München: Minerva 1978.

HEINEMANN, K.: Arbeitslose Jugendliche. Darmstadt: Luchterhand 1978.

HEINZE, J.: Was die Statistik verschweigt. In: SCHÖN, B. (Hrsg.): Jugendarbeitslosigkeit. Reinbek: Rowohlt 1975.

HENTSCHEL, U.: Politische Einstellungen von Arbeitslosen. In: WACKER, 1978a.

HILLEN, K. B.: Arbeitnehmer nach einem Arbeitsplatzverlust. Opladen: Westdeutscher Verlag 1971.

JAHODA, M./LAZARSFELD, P. F./ZEISEL, H.: Die Arbeitslosen von Marienthal. Frankfurt: Suhrkamp 1975 (erstmals erschienen 1933).

KOMAROVSKY, M.: The unemployed man and his family. New York: Dryden Pr. 1940.

KREUTZ, H./WUGGENIG, U.: Jugendarbeitslosigkeit: Auswirkungen und mögliche Gegenmaßnahmen. AIAS Informationen, 1977, 3/4, 91–105.

MOHR, G./FRESE, M.: Arbeitslosigkeit und Depression. In: WACKER, 1978a.

OPASCHOWSKI, H. W.: Zur Lebenssituation arbeitsloser Jugendlicher. In: Politik und Zeitgeschichte, Beilage zur Wochenzeitung des Parlaments, 25. Sept. 1976, S. 25–47.

PEARLIN, L. I./LIEBERMAN, M. A.: Social sources of emotional stress. In: SIMMONS, R. (Ed.): Research in Community and Mental Health. Greenwich: JAI Press 1977.

SCHOBER, K.: Arbeitslose Jugendliche: Belastungen und Reaktionen der Betroffenen. Mitteilungen aus der Arbeitsmarkt- und Berufsforschung, 11, 1978, 2.

THOMANN, K.-D.: Die gesundheitlichen Auswirkungen der Arbeitslosigkeit. In: WACKER, 1978a.

WACKER, A.: Arbeitslosigkeit. Köln: EVA 1976.

WACKER, A. (Hrsg.): Vom Schock zum Fatalismus. Frankfurt: Campus 1978a.

WACKER, A.: Arbeitslos und aggressiv?. 1978b. In: WACKER, 1978a.

Michael Frese

Arbeitspsychologie

1 Gegenstand

Verschiedene Faktoren haben dazu geführt, daß sich die A. in diesem Jahrhundert rapide entwickelt hat. Dazu gehören einerseits Notwendigkeiten der Kriegsproduktion (sie haben im ersten Weltkrieg zu einem Aufschwung der Ermüdungsforschung geführt, im zweiten Weltkrieg die Vigilanzforschung hervorgebracht), andererseits die schnelle Entwicklung der Produktivkräfte. Sie haben dazu geführt, daß der einzelne Arbeiter mit immer größeren Werten umgeht. Der Einfluß, den der „subjektive Faktor" ausübt, muß daher genauer erforscht werden. Auch der gewerkschaftliche Kampf, der beispielsweise um Arbeitszeitverkürzung und bessere Arbeitsbedingungen geführt wird, zwingt zu größerer Berücksichtigung – und damit auch Erforschung – von Bedürfnissen und Fähigkeiten der Arbeitenden.

Kennzeichnend für die A. ist dabei, daß die Entwicklung eines adäquaten Begriffs der Arbeit und der Arbeitstätigkeit bis heute ein schwieriges Problem geblieben ist (vgl. HOYOS, 1974). Drei bekannte Lehrbücher (BLUM/NAYLOR, 1968; KORMAN, 1971; MCCORMICK/TIFFIN, 1975) beschäftigen sich überhaupt nicht mit dieser Frage. HOYOS (1974) hebt hervor, daß die Psychologie es lange der Arbeitswissenschaft (als Teildisziplin der Ingenieurwissenschaften) überlassen habe, Arbeit zu definieren, die z.T. den Aspekt der Leistungsabgabe, z.T. die Existenzsicherung durch Arbeit in organisatorischem Kontext in den Vordergrund rücke.

Drei Ausgangspunkte lassen sich für die Entwicklung der A. identifizieren: Zum einen das *Arbeitsstudium*, das in seinen Anfängen Arbeit auf rein äußerliche Bewegungsabfolgen reduzierte. Zum zweiten Fragen der äußeren *Arbeitsbedingungen* (Arbeitszeit, Pausen, Beleuchtung usw.) und ihrer Anpassung an den Menschen sowie umgekehrt die Anpassung des Menschen an die Arbeit (Training und Auslese). Und drittens Fragen der *Arbeitsmotivation* und -zufriedenheit, der Bildung und des Zusammenhalts von Arbeitsgruppen usw.

Unter dem Einfluß der Dresdener A. (die diesbezüglich auf der allgemeinen Begriffsbestimmung der Psychologie durch die sowjetische Psychologie fußt) wird in letzter Zeit zunehmend der eigentliche Gegenstand der A., die *psychische Regulation* der Arbeitstätigkeit, zum Zentrum arbeitspsychologischer Forschung und Praxis.

Mit MARX (1890) läßt sich Arbeit als „zweckmäßige Tätigkeit zur Herstellung von Gebrauchswerten, Aneignung des Natürlichen für menschliche Bedürfnisse" kennzeichnen.

Wie für Handlung allgemein, gilt auch für die Arbeitshandlung, daß sie bewußt und zielgerichtet, auf ein ideell vorweggenommenes Resultat orientiert ist, willensmäßig auf dieses bewußte Ziel hin reguliert wird und zugleich die Persönlichkeit formt (HACKER, 1978). Darüber hinaus findet Arbeit typischerweise in einem organisatorischen Kontext statt und wird dort arbeitsteilig ausgeübt. Ziele und Methoden der Arbeit sind (in gewissen Grenzen) vorgegeben. Diese Forderungen an die Arbeitstätigkeit stellen die *Arbeitsaufgabe* dar. Mit ihrer Analyse muß die Untersuchung der Arbeitstätigkeit beginnen.

Mit solchen Überlegungen ist jedoch nur eine Seite des Arbeitsprozesses umrissen. Die zweite – in der arbeitspsychologischen Literatur vielfach vernachlässigte – Seite betrifft die Arbeit als *Lohnarbeitsverhältnis* und damit zugleich als *Kapitalverwertungsprozeß*, der auf die Erzielung von Mehrwert und Profit angelegt ist. Dieser zweite Aspekt hat für die A. erhebliche Konsequenzen. Er begründet nämlich einen Zwang auf seiten des Managements, auf eine Intensivierung der Arbeit abzuzielen, wodurch Verbesserungen von Arbeitsbedingungen durch eine entsprechende Steigerung der Anforderungen tendenziell wieder zunichte gemacht werden. Und somit liegt es umgekehrt im Interesse des Arbeitenden, seine Arbeitskraft so teuer wie möglich zu verkaufen und keine maximalen Leistungen anzustreben – denn diese würden langfristig wiederum zu einer Erhöhung der Anforderungen führen. Die traditionelle A. hat den daraus resultierenden Konflikt zwischen Gewinnmaximierung und sog. „Leistungszurückhaltung" zwar oft konstatiert, ihn aber nicht als strukturell zwangsläufig erkannt, sondern häufig auf Probleme der beteiligten Personen – etwa fehlende Motivation bei den Arbeitern oder Kurzsichtigkeit beim Management – zurückgeführt. Zwar hat es Wissenschaftler gegeben, die diesen Konflikt als strukturellen darstellten (z.B. LIPMAN, 1932), sie waren jedoch eine Minderheit, und die Entwicklung ihrer Auffassungen wurde mit der Machtergreifung der Nationalsozialisten abrupt abgeschnitten.

2 Hauptentwicklungen der Arbeitspsychologie

Akzentuierend soll hier unterschieden werden zwischen Ansätzen, die sich mehr auf Fragen der Motivation, der Führung und der Kommunikation beziehen und auf der anderen Seite Ansätzen, die die wechselseitige Anpassung von Mensch und Arbeitstätigkeit im engeren Sinn zum Gegenstand haben. Die erstgenannte Fragestellung hat sich heute zu einer eigenständigen „Organisationspsychologie" entwickelt und wird hier nur aus wissenschaftshistorischen Gründen kurz behandelt.

2.1 Motivation, Führung, Kommunikation

Den klassischen Ausgangspunkt für diese Fragestellung bildet das sog. *„scientific management"* von TAYLOR (1977). Dieser ging davon aus, daß in einer vollständigen betrieblichen Arbeitsteilung die Tätigkeit des einzelnen Arbeiters bis ins Kleinste festzulegen sei. Entscheidungen seien ihm völlig abzunehmen, zentraler Motivator sei der Lohn. Die *„human-relations-Bewegung"* rückte die „menschlichen Bedürfnisse" in den Mittelpunkt ihrer Theorien. Die Arbeitsgruppe und ihre sozialen Beziehungen stellten das Kernstück der Einbindung des Arbeiters in die Organisation dar (vgl. MAYO, 1960). In neuerer Zeit werden diese Ansätze ausgeweitet zu einem systemtheoretischen Ansatz, teilweise sehr stark mit rollentheoretischen Überlegungen verknüpft (KATZ/KAHN, 1966).

2.2 Eignungsdiagnostik und Arbeitsstudium

Von vielen, insbesondere amerikanischen Autoren (z.B. BLUM/NAYLOR, 1968; KORMAN, 1971), werden SCOTT und MÜNSTERBERG als die Begründer der A. angesehen. Beide waren Schüler von WUNDT und beschäftigten sich vor allem mit der Entwicklung *eignungsdiagnostischer Tests.* Diese Seite der A. ist traditionell stark geblieben. Im 1. Weltkrieg wurden Tests für die Selektion von Soldaten entwickelt, später erarbeitete man im Dienste von Firmen, Staat und Militär derartige Verfahren, z.B. zur Prüfung der Intelligenz, der Handgeschicklichkeit oder der „Zuverlässigkeit". Das umfassendste System, das zur Zeit in der BRD existiert, ist die Berufseignungstestbatterie der Bundesanstalt für Arbeit (ENGELBRECHT, 1975).

In bezug auf die direkte Erfassung von Arbeitstätigkeiten ist allerdings wiederum TAYLOR als Ausgangspunkt der Wissenschaftsentwicklung zu sehen. Sein *Arbeitsstudium* reduzierte die Tätigkeit jedoch rein äußerlich auf Bewegungsabfolgen, die es zu erfassen und bezüglich jeder überflüssigen Abweichung von einem angenommenen „one best way" zu bereinigen galt. Wenn dieser Ansatz auch weit davon entfernt war, die menschliche Arbeitstätigkeit adäquat zu erfassen, so war er doch einer der ersten systematischen Versuche, sie überhaupt in den Griff zu bekommen. Seine Grenzen waren aber so eng, daß sie bald sehr deutlich sichtbar wurden – nicht zuletzt durch den Widerstand der Arbeiter (vgl. MAYER, 1970). So begann eine Reihe von *„Überwindungen des Taylorismus"*. Die erste Revision zielte darauf ab, das Abstraktum Arbeitskraft/Arbeitstätigkeit als spezifisch menschlich zu fassen, und führte so zum Konzept der Anpassung der Arbeit an den Menschen und der Anpassung des Menschen an die Arbeit. Entsprechend traten jetzt Fragen der Ausbildung und insbesondere der äußeren Arbeitsbedingungen in den Vordergrund. Man untersuchte die Auswirkungen von Licht, Pausen, Tagesrhythmus usw. Die Erforschung von Belastungswirkungen, insbesondere Ermüdungserscheinungen, entwickelte sich in außerordentlichem Maße (vgl. z.B. MAYO, 1960).
Im 2. Weltkrieg entwickelte sich eine dritte Tradition der Beschäftigung mit der Arbeitstätigkeit selbst. Sie ging aus von komplexen Überwachungstätigkeiten, bei denen sich das Problem der *„Vigilanz"*, also der Daueraufmerksamkeit gegenüber seltenen Ereignissen stellte (z.B. bei der Radarüberwachung). Allgemeiner ging es (und das mit fortschreitender Automatisierung in zunehmendem Maße) um Fragen der menschlichen Informationsverarbeitung: Welche Art von Anzeigen sind schnell lesbar, leicht in Handlungen übersetzbar (Problem der *„Kompatibilität"* – vgl. HOYOS, 1974), welche Informationsmengen können verarbeitet werden (Über- und Unterstimulierung)? Hier wurden insbesondere kybernetische Ansätze angewandt und weiterentwickelt. Das Gebiet hat sich heute unter der Bezeichnung *Ergonomie* (englisch: human factors engineering, in der DDR: Ingenieurpsychologie) als mehr oder minder eigenständige Disziplin etabliert. Hier ist man schon sehr dicht an der direkten Auseinandersetzung des Arbeitenden mit Arbeitsmittel und -gegenstand.

Schließlich kommen viertens als neue Kriterien der Arbeitsgestaltung zunehmend Begriffe wie „*Autonomie*" und „*Flexibilität*" in die Diskussion. Die Arbeitsgestaltung, so wird gefordert, müsse sich mehr in Richtung auf Ausnutzung verschiedener Fähigkeiten hin und von eintönigen, repetitiven Tätigkeiten weg bewegen, der Dispositionsspielraum des Einzelnen müsse erhöht werden. Stichworte für diese Diskussion sind „Job Enlargement", „Job Enrichment" sowie die sog. „autonomen Arbeitsgruppen", kurz: die sog. „*Neuen Formen der Arbeitsgestaltung*" (ULICH/GROSKURTH/BRUGGEMANN, 1973). Hierbei konvergieren die aufgezeigten Entwicklungslinien (die mehr organisationsorientierte und die mehr tätigkeitsorientierte) insofern, als damit eine Umstrukturierung des gesamten Arbeitsablaufes (nicht nur der einzelnen Arbeitstätigkeit) verbunden ist, und somit auch Kommunikations- und Entscheidungsprozesse ganzer Gruppen involviert sind; ULICH (1978) spricht von „individueller" und „kollektiver" Selbstregulation. Diese Entwicklungen können für den Einzelnen tatsächlich eine Erhöhung seines Spielraums bedeuten und insofern begrüßenswert sein. Andererseits wird von gewerkschaftlicher Seite Kritik am Modell der „autonomen Arbeitsgruppe" in folgender Hinsicht geäußert: Man befürchtet, hier könnte eine – durch die Arbeitgeberseite evtl. leicht manipulierbare – „Konkurrenz" zu den gewerkschaftlichen Vertrauensleuten und zum Betriebsrat entstehen. In der betrieblichen Realität findet man im übrigen solche autonomen Gruppen viel seltener, als man aus der derzeitigen öffentlichen Diskussion schließen könnte.

3 Wichtige Themenstellungen der Arbeitspsychologie

Lehrbücher der A., wie beispielsweise BLUM/NAYLOR (1968), MCCORMICK/TIFFIN (1975), MAIER (1973) oder das Handbuch „Betriebspsychologie" (MAYER/HERWIG, 1970) messen einigen Themen traditionell großes Gewicht bei. Fragen der *Selektion* werden in der Regel unter testtheoretischen Gesichtspunkten behandelt. Zugrunde gelegt werden allenfalls theoretische Ansätze zur Klassifikation menschlicher Leistungen, die meist auf faktorenanalytischer Basis gewonnen werden (vgl. DUNETTE, 1976). Traditionell stehen dabei die Interessen der auswählenden Institution, nicht die der Auszuwählenden, im Vordergrund (vgl. SCHARDT, 1977). In letzter Zeit wird verstärkt die Forderung erhoben, das weitgehend statische Menschenbild der Eignungsdiagnostik zu überwinden und Trainings- und Qualifikationsprozesse verstärkt in eignungsdiagnostische Untersuchungen und theoretische Überlegungen einzubeziehen (TRIEBE/ULICH, 1977a, b).

Bei Fragen der *Arbeitsmotivation und -zufriedenheit* geht es vor allem darum, welche Bedeutung der Arbeitsinhalt, die Arbeitsumgebung und die sozialen Beziehungen für die Bedürfnisbefriedigung des Arbeitenden haben. Sowohl die direkte Bedürfnisbefriedigung („intrinsische Arbeitsmotivation") als auch die indirekte (Arbeit als Möglichkeit, über den Lohn andere Bedürfnisse zu befriedigen) spielen dabei eine Rolle – vgl. z.B. NEUBERGER (1974a, b) sowie BRUGGEMANN/GROSKURTH/ULICH (1975), die zwischen verschiedenen Formen der Arbeitszufriedenheit (z.B. „resignative" vs. „progressive" Arbeitszufriedenheit) unterscheiden.

In Fragen der *Führung* hat man lange Zeit (weitgehend vergeblich) versucht, stabile Führungseigenschaften zu ermitteln. Die Forschung konzentriert sich in letzter Zeit aber mehr auf Situationsvariablen und die jeweils geforderten Verhaltensanforderungen.

Fragen der *Ausbildung* und des *Anlernens* werden in erster Linie unter zwei Gesichtspunkten behandelt: Probleme des Erwerbs von Fertigkeiten (Skills) werden von der Forschung über „sensumotorisches Lernen" behandelt (vgl. ULICH, 1964; BILODEAU 1966; VOLPERT, 1973). Es geht hier vor allem um die Effektivierung von Anlernprozessen in der Industrie. Der Untersuchungsansatz betonte dabei früher als allgemeinere Theorien des Lernens die Bedeutung von Prozessen der Informationsverarbeitung und -rückmeldung. Der zweite Gesichtspunkt betrifft vor allem das Training von Führungskräften im Sinne eines „offeneren, mehr mitarbeiterbezogenen" Führungsverhaltens und verbesserter Entscheidungsfähigkeit.

Die *Arbeitsanalyse* versucht einerseits, motivationsfördernde Momente der Arbeit zu ermitteln. Kategorien wie Dispositionsspielraum, Abwechslungsreichtum, soziale Kontaktmöglichkeiten u.ä. spielen dabei eine große Rolle (vgl. HACKMAN/LAWLER, 1971). Diese Kategorien sind andererseits auch bei der Erfassung von Anforderungen zum Zwecke der Verbesserung von Anlernverfahren, der Lohnermittlung usw. wichtig. Hier wird jedoch oft differenzierter vorgegangen, wobei überwiegend versucht wird, die Arbeitstätigkeit als Verkettung elementarer Operationen und Merkmale zu beschreiben (vgl. etwa den „Fragebogen zur Arbeitsplatzanalyse" (FAA) von FRIELING/HOYOS, 1978). Weitere Ansätze zur Analyse von Arbeitsanforderungen richten sich vor allem auf die Erfassung von Belastungswirkungen am Arbeitsplatz.

Das wesentliche Problem, das sich bei solchen Analysen stellt, ist die Frage, wie man von der Beschreibung des reinen äußerlichen Ablaufs zur Erfassung der ihm zugrunde liegenden psychischen Regulationsgrundlagen kommt. Die Entwicklung von Verfahren, die dies leisten könnten (meist auf Basis der HACKERschen Theorie der Arbeitstätigkeit), steckt z. Z. noch in den ersten Anfängen (vgl. etwa verschiedene Beiträge in HACKER, 1976).

Die Forschung zur *Arbeitsgestaltung* ist einerseits ergonomisch-arbeitsphysiologisch orientiert und versucht, äußere Arbeitsbedingungen (z. B. Beleuchtung, Sitzposition) zu verbessern. Zum zweiten hat sich im Zusammenhang mit der Vigilanzforschung ein Zweig herausgebildet, der das Informationsangebot (z. B. die Art einer Meßskala) und die Zuordnung von Signalen und Handlungen (z. B. die Bewegungsrichtung von Schiebereglern) zu verbessern trachtet (vgl. SCHMIDTKE, 1973). Vorschläge zur Einführung „neuer Formen der Arbeitsgestaltung" schließlich beziehen sich im wesentlichen auf die Erhöhung des Dispositionsspielraums von Einzelnen und Gruppen. Von besonderer Wichtigkeit ist dabei die Frage, ob derartige Veränderungen mit Beteiligung der Betroffenen eingeführt werden, und ob der Einzelne auch einen Spielraum dahingehend hat, daß er sich für verschiedene Varianten der Aufgabenbewältigung (Arbeitsplätze mit mehr oder weniger großem Dispositionsspielraum) entscheiden kann.

Eine sehr wesentliche Aufgabe der A. liegt in der Ermittlung von *Unfallursachen* und ihrer Beseitigung. Seit langem werden sog. „Unfällertheorien" diskutiert, die einzelnen Personen eine Art *„Unfalldisposition"* zuschreiben. Als generelle Disposition konnte dies jedoch bislang nicht bestätigt werden, obwohl häufig individuelle Faktoren als (Teil-)Ursache von Unfällen identifiziert werden konnten. Zu ihnen gehören beispielsweise die emotionale Verfassung, Alter bzw. Arbeitsplatzalter, habituelle Reaktionstendenzen (z. B. Risikoverhalten) sowie eine Reihe von Fähigkeiten und Fertigkeiten, die zur Ausführung der Arbeit gebraucht werden (z. B. gute Sehfähigkeit). Als besonders wichtig erweist sich, inwieweit im Arbeitsprozeß genau die Reaktionsweisen gebraucht – und damit geübt – werden, die in kritischen Situationen nötig sind: Je weniger geübt die „kritischen Verhaltensweisen" sind, desto größer ist die Unfallgefahr (vgl. MAIER, 1973). Die Tendenz, in kritischen Situationen mit hochgeübten Verhaltensweisen zu reagieren, erinnert an entsprechende Befunde der Streßforschung.

Das Nichtbenutzen vorgeschriebener Sicherheitskleidung (z. B. Ohrenschützer gegen Lärm) oder das Nichteinhalten von Sicherheitsmaßnahmen (etwa das „Überlisten" von „Beidhandauslösern") wird manchmal vorschnell als „mangelndes Sicherheitsbewußtsein" interpretiert. Dabei darf jedoch nicht übersehen werden, daß das Befolgen dieser Regeln oft für den Arbeitsprozeß hinderlich ist (im harmlosesten Fall ist es lästig; oft kostet es Zeit und hat damit u. U. Auswirkungen auf den Verdienst; manchmal erschwert es die Aufnahme relevanter Informationen über den Arbeitsprozeß, so etwa Maschinengeräusche, die eine Störung oder eine Gefahr anzeigen). MAIER (1973) kommentiert daher: „Den Schluß zu ziehen, daß Arbeitnehmer kein Interesse an Sicherheit haben, weil sie Regeln verletzen, heißt, wichtige Details der Motivation zu übersehen" (458). Und: „Wenn Leute sich sicherheitswidrig verhalten, dann liegt das an der Existenz von Zielen, die sich widersprechen" (472/473).

Daß *situationale Variablen* eine große Rolle bei der Entstehung von Unfällen spielen, wird von niemandem bestritten. Arbeitsplätze unterscheiden sich im Unfallrisiko, etwa in bezug auf den Umgang mit gefährlichen Stoffen, auf Sicherheitsvorkehrungen, auf ergonomische Details (etwa scharfe Kanten, Kompatibilität von Notfallreaktionen usw.). Auch die Arbeitsbedingungen spielen eine große Rolle: So konzentrieren sich Unfälle häufig am Ende des Arbeitstages und sind häufiger bei langen Arbeitszeiten, sind häufiger bei schlechtem Betriebsklima (vgl. MCCORMICK/TIFFIN, 1975). GARDELL (1978) berichtet von skandinavischen Untersuchungen, nach denen Akkordarbeit mit höherem Unfallrisiko verbunden ist, insbesondere für schwere Unfälle.

Das Problem der *Belastung* wurde lange Zeit vorrangig unter dem Aspekt der Ermüdung behandelt; eine wesentliche Rolle spielt dabei das sog. *Aktivationskonzept* (vgl. NITSCH, 1972; BARTENWERFER, 1969; SCHMIDTKE, 1965). Umfangreiche Untersuchungen liegen über die Wirkung unterschiedlicher Pausengestaltung und die Auswirkungen verschiedener Arten von Schichtsystemen auf den Arbeitenden vor (vgl. ULICH, 1970).

4 Neuorientierung der Arbeitspsychologie

In neuerer Zeit zeichnet sich, insbesondere unter dem Einfluß der Dresdener Arbeitsgruppe um HACKER, eine gewisse Veränderung dieses traditionellen Themenkatalogs ab. HAKKER (1978) beklagt zu Recht, daß es der A. an Theoriebezug zu den sog. Grundlagenbereichen der Psychologie erheblich mangele. Er versucht, diesen Theoriebezug herzustellen und rückt dabei als den Gegenstand der A. die *psychische Regulation der Arbeitstätigkeit* in den Vordergrund, als deren Charakteristika er eine – durch die Aufgabe vorgegebene – Orientierung auf ein Ziel und eine Regelung durch verschiedene – zueinander in hierarchischem Verhältnis stehende – psychische „Regulationsebenen" ansieht. Mit einer solchen Konzeption einer *„allgemeinen Arbeits- und Ingenieurpsychologie"* werden zwar die o.g. Themenstellungen keineswegs überflüssig. Sie können jedoch in manchen Aspekten bezüglich ihrer Auswirkungen auf und ihrer Zusammenhänge mit der psychischen Struktur der Handlung unter einer klareren, zielgerichteten Fragestellung neu beleuchtet und z.T. integriert werden.
Zentraler Ausgangspunkt einer psychologischen Analyse der Arbeit muß nach HACKER (1978, 54) die *Aufgabe* sein. Durch sie sind ein bestimmtes Ziel und bestimmte Wege der Zielerreichung (Arbeitsmittel, Zeitbedarf, zu bearbeitender Gegenstand) vorgegeben. Auf dieses Ziel hin ist die Arbeits*handlung* als „die kleinste psychologische Einheit der willensmäßig gesteuerten Tätigkeit" (ebd. 63) orientiert. Zu ihrer Durchführung ist erforderlich, daß der Arbeitende ein *inneres Modell* der geforderten Verrichtung aufbaut, das seine Tätigkeit steuert. Die Untersuchung dieser inneren Modelle (HACKER spricht in Anlehnung an OSCHANIN von „operativen Abbildsystemen"), ihres Zustandekommens und ihrer Funktion in der Regelung der Tätigkeit wird damit zum Hauptgegenstand der A. „Die augenfälligste Folge ist die Verlagerung der arbeitspsychologischen Analyse der Produktionstätigkeiten auf die gnostische (orientierende) Seite des Handelns, die sich aus Afferenzen und Reafferenzen bildet und in dem inneren Modell oder sogar im Plan zu einem dem äußeren Handeln vorausgehenden sensumotorischen System verdichtet" (ebd., 57). Um zu verdeutlichen, was das praktisch bedeuten kann, seien einige Möglichkeiten solcher Analyse genannt: Da wird beispielsweise danach gefragt, wie gut (in qualitativer und quantitativer Hinsicht) das sog. *„Signalinventar"* des Arbeitenden ist, d.h. auf welche Signale (Anzeigen, Geräusche, Vibrationen usw.) des Prozesses er reagiert, wie er ihre Wahrscheinlichkeit einschätzt, über welche Programme zur Fehlerbehebung er verfügt. Oder es wird untersucht, inwieweit das Arbeitshandeln ein vorausschauendes, planendes Vorgehen darstellt bzw. inwieweit es durch das sog. „anfallsweise" Arbeiten gekennzeichnet ist. Es wird gefragt, inwieweit sich im Arbeitshandeln „persönliche" Arbeitsweisen zeigen usw. Dies darf jedoch nicht so mißverstanden werden, als ob es nur um die entsprechenden Merkmale des Arbeitenden ginge. Vielmehr ist zentraler Bestandteil einer solchen Konzeption die Frage, inwieweit der Arbeits*prozeß* selbst es dem Arbeitenden gestattet, höhere kognitive Funktionen einzusetzen und beispielsweise planende Strategien zu entwickeln.

5 Perspektiven

Wir sehen vor allem drei Tendenzen, die die Arbeitspsychologie in ihrer gegenwärtigen Entwicklung kennzeichnen, und die wir für sehr wesentlich und unterstützenswert halten: ihre verstärkte Grundlagenorientierung, ihre verstärkte Orientierung auf die Frage der Persönlichkeitsentwicklung und – damit eng verbunden – ihre stärkere Beschäftigung mit Fragen der Belastung und Beanspruchung.

5.1 Die verstärkte Grundlagenorientierung

Wir hatten bereits bei der kurzen Schilderung des HACKERschen Ansatzes darauf hingewiesen, daß hier – soweit wir sehen, in dieser Umfassendheit zum ersten Mal – ein Ansatz vorgelegt wird, der weder eine problemlose Übertragung von Grundlagenergebnissen auf Praxisprobleme, noch ein theorieloses Sammeln von „angewandten" Fakten darstellt. Eine solche Forderung ist nicht nur an das (von HACKER zentral behandelte) Gebiet der psychischen Regulation der Arbeitstätigkeit und ihrer Folgen für Arbeitsgestaltung und Ausbildung zu stellen, sondern auch an die anderen Problembereiche, wie sie an Hand typischer Inhalte von Lehrbüchern kurz dargestellt wurden. Noch am ehesten dürfte sie im Bereich der Arbeitsmotivation erfüllt sein, wo der Bezug zur Motivationsforschung einigermaßen gegeben scheint (BRUGGEMANN/GROSKURTH/ULICH, 1975). Hier ist allerdings der Vorwurf eines *mangelnden gesellschaftstheoretischen Bezugs* besonders stark zu erheben und zu gewichten. Generell müßte bei der kognitiven Verarbeitung seiner Situation durch den Arbeitenden der Bezug etwa zur Attribuierungsforschung, zur Forschung im Bereich des Problemlösens, der kognitiven Strukturiertheit o.ä. hergestellt werden. Insgesamt ist ein stärkerer Bezug zur Gesellschaftstheorie unumgänglich, wenn manche Konflikte am Arbeitsplatz (auch für Arbeitspsychologen) deutlicher durchdrungen werden sollen.

5.2 Die Zuwendung zur Persönlichkeitsentwicklung

Mit HACKER sind wir der Ansicht, daß die Arbeitstätigkeit als so zentral im Leben des Menschen anzusehen ist, daß ihre Auswirkungen für die Formung und Entwicklung der Persönlichkeit außerordentlich hoch einzuschätzen sind. Um so erstaunlicher ist es, daß die Persönlichkeitspsychologie bislang kaum einen Bezug zur Arbeit gefunden hat (wie auch andere Bereiche, etwa die Klinische Psychologie, erst in neuerer Zeit beginnen, sich intensiv mit diesem Problem auseinanderzusetzen; vgl. ULICH, 1978; FRESE, 1977). Nicht nur könnte es ergiebig sein, Persönlichkeitsdiagnostik über das Arbeitsplatzverhalten anzusetzen (HACKER). Es wäre vordringlich, am Arbeitsplatz lernrelevante Bedingungen zu identifizieren (und ggf. herzustellen), die die Herausbildung planender Strategien, sozialer Verhaltensweisen und eines erhöhten Selbstbewußtseins fördern.

5.3 Fragen der Belastung

„Humanisierung" hat die A. zu allen Zeiten auf ihre Fahnen geschrieben. Zur Zeit tut sie es u.a. unter dem Gesichtspunkt „Streß am Arbeitsplatz", wo die Auswirkungen partialisierter, repetitiver Tätigkeiten, Schichtarbeit, Pausenfragen, soziale Beziehung am Arbeitsplatz usw. zunehmend größeres Interesse finden. Dies ist zu begrüßen, jedoch ist zugleich vor einer neuen Humanisierungseuphorie zu warnen, die gesellschaftliche Hemmnisse nicht ausreichend zur Kenntnis nimmt und sich – zum soundsovielten Male – recht unreflektiert als Wohltäter der Menschheit ausgibt. Dies führt uns zu unserem letzten Punkt, der gesellschaftlichen Funktion von A.

6 Gesellschaftliche Faktoren und Entwicklungen und ihre Bedeutung für die Arbeitspsychologie

Die A. steht vor gesellschaftlichen Entwicklungen von erheblicher Tragweite und besonderer gesellschaftspolitischer Aktualität: Durch die Anwendung des technischen Fortschritts werden in unserer Gesellschaft Arbeitsplätze ständig verändert und vernichtet. Was den Aspekt der Veränderung betrifft, so ist es Aufgabe der Psychologen, die Qualifikationen und Belastungen an neuen Arbeitsplätzen vorab einzuschätzen und auf Gefahren wie auch auf Gestaltungsmöglichkeiten hinzuweisen (vgl. ULICH, 1978; VOLPERT, 1978). Was die Vernichtung von Arbeitsplätzen angeht, so ist einmal auf die psychischen Folgen der Arbeitslosigkeit hinzuweisen und zum anderen auf Möglichkeiten einer sinnvollen Freizeitgestaltung, wie sie sich bei einer vernünftigen Umverteilung der Arbeit ergeben können, sowie auf deren Zusammenhang mit der Gestaltung der Arbeit. Auch auf die besondere Problematik der Eignungsdiagnostik unter Bedingungen, in denen nicht für jeden ein Arbeitsplatz zur Verfügung steht, und daher Selektion, nicht aber Placement im Sinne von CRONBACH/GLESER (1965) die zentrale Aufgabe darstellt, sei hier verwiesen.

Die A. – und allgemein die Arbeitswissenschaft – hat jedoch die gesellschaftliche Bedingtheit ihres Untersuchungsgegenstandes, ihrer Fragen und ihrer Antworten nur sehr ungenügend reflektiert, sie kann weithin als „begriffslose Wissenschaft von entfremdeter Arbeit" gekennzeichnet werden (VOLPERT, 1975, 61). So bleibt sie mit ihren Ergebnissen und Wirkungen zwiespältig. Einerseits kann sie durchaus dazu beitragen, Arbeitsbelastungen zu verringern, Arbeit „menschengerechter" zu machen. Andererseits sind ihre Bemühungen eingeordnet in

Strategien zur größeren Ausnutzung der Arbeitskraft.
So können auch ihre positiven Resultate zunichte gemacht werden oder sogar ins Negative umschlagen, indem sie Ansatzpunkte dafür bieten, höhere Arbeitsverausgabung in derselben Zeit zu erreichen. Diese – in unserer Gesellschaft unausweichliche – Widersprüchlichkeit der A. kennzeichnet auch das „Image" dieser Wissenschaft: Auf der einen Seite haben in den letzten Jahren viele Psychologen den Schluß gezogen, A. sei als reine *Herrschaftswissenschaft* grundsätzlich abzulehnen. Die Beschäftigung mit ihr beschränkte sich auf ihre Kritik bzw. auf die Analyse der Arbeit als Kategorie, die den Menschen wesentlich bestimmt. Ansonsten sah man den Ausweg in der Beschäftigung mit klinischen und pädagogischen Problemen. Diese Haltung übersieht u. E. den möglichen positiven Beitrag einer sinnvoll betriebenen und durchgesetzten A. und wird letztlich zynisch gegenüber denen, die nicht akzeptablen Arbeitsbedingungen ausgesetzt sind, und ihren Organisationen, die für eine Verbesserung dieser Bedingungen eintreten und dabei zu Recht Rat vom Arbeitspsychologen erwarten.
Auf der anderen Seite stehen die, die die positiven Möglichkeiten der A. verabsolutieren und ihre gesellschaftlichen Hemmnisse nicht ausreichend zur Kenntnis nehmen. Ihnen wird mit der o. a. Haltung, die sich auf die Denunziation der A. beschränkt (vgl. VOLPERT, 1975), das Feld überlassen.
Der zentrale Gesichtspunkt, der von *beiden* Seiten übersehen wird, besteht u. E. darin, daß die Ergebnisse der A. an den richtigen Adressaten gerichtet und von ihm *durchgesetzt* werden müssen. Um zu verhindern, daß aus potentiell besseren Arbeitsbedingungen wieder schlechtere werden, ist betriebliche und gesellschaftliche Macht vonnöten, die den Tendenzen zur Intensivierung der Arbeit einen Riegel vorschiebt. Deshalb sind die *Gewerkschaften* der „natürliche" Partner einer auf das Wohl des Menschen ausgerichteten A., womit über die Schwierigkeiten einer Kooperation im einzelnen nicht hinweggegangen werden soll.
Arbeitspsychologen und Gewerkschafter können und sollen u. a. dort zusammenarbeiten, wo es darum geht,

- Arbeitsplätze zu beseitigen, an denen der Arbeitende Beeinträchtigungen ausgesetzt ist und seine Persönlichkeit nicht entwickeln kann;
- Arbeitsplätze zu schaffen, die hinsichtlich ihrer Belastung und hinsichtlich der Lernchancen, die sie bieten, das höchste Kriterium der Arbeitsgestaltung, das der *Persönlichkeitsförderlichkeit*, erfüllen (HACKER, 1978, 374ff.);
- wissenschaftlich fundierte Qualifikationsprogramme zu erarbeiten, die im Rahmen der Erst- und Weiterausbildung selbständiges Lernen im Hinblick auf die Bewältigung komplexer Aufgaben ermöglichen.

Die gewerkschaftlichen Handlungsmöglichkeiten sind, auch was den Bereich der Arbeitsbedingungen angeht, durchaus vorhanden und wurden in den letzten Jahren – vor allem im Hinblick auf tarifvertragliche Regelungen – durch eine aktive Politik der Gewerkschaften noch erweitert. Hier ist der Ansatzpunkt für eine neu orientierte A. und gleichzeitig die Chance zu ihrer Weiterentwicklung.

Verweis auf andere Stichwörter

→Berufliche Sozialisation →Diagnostik →Entfremdung →Humanistische Psychologie →Kybernetik →Motivation →Organisationspsychologie →Persönlichkeit →Streß →Verhalten und Handlung

Literatur

BARTENWERFER, H.: Einige praktische Konsequenzen aus der Aktivierungstheorie. Z.f.Exp. u. Ang. Psychol., 1969, 16, S. 195–222.

BILODEAU, E. A. (Hrsg.): Acquisition of Skill. New York: Academic Press 1966.

BLUM, M. L./NAYLOR, J. C.: Industrial Psychology. Theoretical and Social Foundations. New York: Harper & Row 1968.

BRUGGEMANN, A./GROSKURTH, P./ULICH, E.: Arbeitszufriedenheit. Bern: Huber 1975.

CRONBACH, L. J./GLESER, G. C.: Psychological Tests and Personnel Decisions. Urbana: Univ. of Illinois Press 1965.

DUNETTE, M. D.: Aptitudes, Abilities, and Skills. In: Ders. (Hrsg.): Handbook of Industrial and Organizational Psychology. Chicago: Rand McNally 1976, 473–520.

ENGELBRECHT, W.: Validierung einer Berufseignungs-Testbatterie und Verwendung der Ergebnisse für eine computerunterstützte berufsbezogene Testbefundinterpretation. Diagnostica, 1975, 21, 3–24 (Teil 1), und 97–106 (Teil 2).

FRESE, M.: Psychische Störungen bei Arbeitern. Zum Einfluß von gesellschaftlicher Stellung und Arbeitsplatzmerkmalen. Salzburg: Otto Müller 1977.

FRIELING, E.: Psychologische Arbeitsanalyse. Stuttgart: Kohlhammer 1975.

FRIELING, E./HOYOS, C. G.: Fragebogen zur Arbeitsanalyse (FAA). Deutsche Bearbeitung des Position Analysis Questionnaire (PAQ). Handbuch. Bern: Huber 1978.

GARDELL, B.: Arbeitsgestaltung, intrinsische Arbeitszufriedenheit und Gesundheit. In: FRESE, M./GREIF, S./SEMMER, N.: Industrielle Psychopathologie. Bern: Huber 1978, 52–111.

HACKER, W.: Allgemeine Arbeits- und Ingenieurpsychologie. Bern: Huber [2]1978.
HACKER, W. (Hrsg.): Psychologische Analyse von Arbeitstätigkeiten. Berlin (DDR): Dt. Verl. d. Wiss. 1976.
HACKMAN, J. R./LAWLER, E. E. III: Employee reactions to job characteristics. J. Appl. Psychol. Monograph, 1971, 55, 259–286.
HOYOS, C. G.: Arbeitspsychologie. Stuttgart: Kohlhammer 1974(a).
HOYOS, C. G.: Kompatibilität. In: SCHMIDTKE, 1974(b).
KATZ, D./KAHN, R.: The Social Psychology of Organizations. New York: Wiley 1966.
KORMAN, A.: Industrial and Organizational Psychology. Englewood Cliffs: Prentice Hall 1971.
MAIER, N. R. F.: Psychology in Industrial Organizations. Boston: Houghton Mifflin Company [4]1973.
MARX, K.: Das Kapital, Band I, [4]1890. Aus: MARX-ENGELS-Werke, Bd. 23. Berlin (DDR): Dietz Verlag 1971.
MAYER, A.: Die Betriebspsychologie in einer technisierten Welt. In: MAYER/HERWIG, 1970, 3–55.
MAYER, A./HERWIG, B. (Hrsg.): Handbuch der Psychologie, Bd. 9: Betriebspsychologie. Göttingen: Hogrefe [2]1970.
MAYO, E.: Human Problems of an Industrial Civilization. New York: Viking Press 1960.
MCCORMICK, E. J./TIFFIN, J.: Industrial Psychology. London: George Allen & Unwin [6]1975.
NEUBERGER, O.: Theorien der Arbeitszufriedenheit. Stuttgart: Kohlhammer 1974a.
NEUBERGER, O.: Messung der Arbeitszufriedenheit. Stuttgart: Kohlhammer 1974b.
NITSCH, J.: Das Ermüdungsproblem in kybernetischer Sicht. Arbeit und Leistung, 1972, 26, 201–203.
SCHARDT, L.: Ansätze zu einer arbeitsorientierten Eignungsdiagnostik. In: TRIEBE, J. K./ULICH (Hrsg.): Beiträge zur Eignungsdiagnostik. Bern: Huber 1977, 214–240.
SCHMIDTKE, H. (Hrsg.): Ergonomie 1. München 1973.
SCHMIDTKE, H. (Hrsg.): Ergonomie 2. München 1974.
TAYLOR, F. W.: Die Grundsätze wissenschaftlicher Betriebsführung. München, Oldenburg 1913. Neu eingeleitet und herausgegeben von W. VOLPERT und R. VAHRENKAMP. Weinheim: Beltz 1977.
TRIEBE, J. K./ULICH, E.: Problemfeld „Eignungsdiagnostik" – Zur Einführung in die Thematik. In: Dies. (Hrsg.): Beiträge zur Eignungsdiagnostik. Bern: Huber 1977, 9–19.
TRIEBE, J. K./ULICH, E.: Eignungsdiagnostische Zukunftsperspektiven: Möglichkeiten einer Neuorientierung. In: Dies. (Hrsg.): Beiträge zur Eignungsdiagnostik. Bern: Huber 1977, 241–273.
ULICH, E.: Periodische Einflüsse auf die Arbeit. In: MAYER, A./HERWIG, B. (Hrsg.): Handbuch der Psych., Bd. 9: Betriebspsychologie. Göttingen: Hogrefe 1970, 278–301.
ULICH, E.: Das Lernen sensumotorischer Fertigkeiten. In: BERGIUS, R. (Hrsg.): Handbuch der Psychologie, Bd. 1, 1. Halbbd.: Lernen und Denken. Göttingen: Hogrefe 1964, 326–346.
ULICH, E.: Über mögliche Zusammenhänge zwischen Arbeitstätigkeit und Persönlichkeitsentwicklung. Psychosozial 1/1978, 44–63.
ULICH, E./GROSKURTH, P./BRUGGEMANN, A.: Neue Formen der Arbeitsgestaltung. Frankfurt/M.: EVA 1973.
VOLPERT, W.: Sensumotorisches Lernen. Frankfurt/M.: Limpert [2]1973.
VOLPERT, W.: Die Lohnarbeitswissenschaft und die Psychologie der Arbeitstätigkeit. In: GROSKURTH, P./VOLPERT, W.: Lohnarbeitspsychologie. Ffm.: Fischer 1975, 11–196.

Norbert Semmer und Walter Volpert

Ausbildung in Psychologie

1 Typische Berufstätigkeiten von Psychologen und Anwendungsgebiete psychologischen Wissens

Unter A.i.P. versteht man in erster Linie eine A. mit dem Ziel, zu einer *Berufstätigkeit als Psychologe* zu befähigen. Typische Berufstätigkeiten von Psychologen sind:

- Die Arbeit als *Klinischer Psychologe*: Als solche werden beratende und behandelnde Psychologen in Beratungsstellen für Erziehungs- und Partnerprobleme, in Krankenhäusern, in psychotherapeutischen und sozialpädagogischen Einrichtungen wie Heimen bezeichnet.
- *Schulpsychologen* arbeiten zum Teil ähnlich, wenn sie Ursachen von Verhaltens- und Lernstörungen untersuchen und auf der Grundlage ihrer Diagnose Lehrer und Eltern beraten. Schulpsychologen tragen aber auch dazu bei, Theorien der Pädagogischen Psychologie und der Lernpsychologie in die Praxis des Unterrichtens, in Didaktik und Methodik und in verbesserte Schulorganisation umzusetzen.
- Die Tätigkeit in der *Arbeits- und Betriebspsychologie* umfaßt z.B. Aufgaben wie: Die Untersuchung der beruflichen Eignung von Bewerbern für eine ausgeschriebene Stelle oder von Mitarbeitern, die für eine neue Funktion in Frage kommen. Die Untersuchung der Anforderungen bestimmter Arbeitsplätze als Voraussetzung für die Auswahl geeigneter Mitarbeiter. Die Ausarbeitung von Empfehlungen, wie die Arbeitsbedingungen am Arbeitsplatz oder die betriebliche Organisation verbessert werden können, so daß die Sicherheit vor Unfällen erhöht wird, so daß gesundheitliche Belastungen verringert werden, so daß die Arbeitszufriedenheit gesteigert wird, natürlich auch mit dem Ziel der Verbesserung der Produktivität. Die Ausbildung und Fortbildung von Mitarbeitern, denen psychologische Kenntnisse vermittelt werden.
- Zur Aufgabe *forensischer Psychologen* gehört die Erstellung von Gutachten für Gerichte, gehören diagnostische und therapeutische Aufgaben im Strafvollzug, gehört die Erar-

beitung von Empfehlungen zur Verbesserung des Strafvollzugs.

- Im Psychologischen Dienst der *Bundesanstalt für Arbeit* in der BRD nehmen Psychologen Eignungsuntersuchungen vor, die Informationen für die Berufsberatung liefern sollen, etwa bei der Wahl des ersten Berufes oder bei der Wahl eines neuen Berufes im Rahmen der Rehabilitation nach einem Unfall.
- Im Rahmen der *Verkehrspsychologie* spielen Fragen der Unfallverhütung eine Rolle, ebenso Fragen der Eignung oder der Anpassung von Apparaturen und Signalen an Wahrnehmungs- und Reaktionstendenzen des Menschen.
- *Marktpsychologen* erforschen Bedürfnisse, Meinungen und Kaufgewohnheiten der Verbraucher. Ergebnisse solcher Untersuchungen können die Entscheidung von Produzenten beeinflussen, einen neuen Artikel herzustellen oder ein altes Produkt zu verändern, so daß es den Wünschen der Verbraucher besser entspricht. Marktpsychologen beraten auch im Hinblick auf Werbemaßnahmen, sei es der Produktwerbung oder der politischen Werbung oder der Werbung für sozial erwünschtes Verhalten, z.B. für Reduzierung des Rauchens oder für das Anlegen von Sicherheitsgurten.
- Die *psychologische Forschung* ist Grundlage und Voraussetzung aller psychologischen Praxis. Sie entwirft und prüft psychologische Theorien. Sie wird betrieben in speziellen Forschungsinstituten, in den Ausbildungsinstitutionen für Psychologen und in vielen Einrichtungen, die psychologische Aufgaben der Praxis wahrnehmen.
- Ein wachsendes Arbeitsgebiet ist der *psychologische Unterricht* mit dem Ziel der Ausbildung in Psychologie.

Unter A.i.P. versteht man in zweiter Linie die Vermittlung psychologischen Wissens für die Anwendung im Rahmen *anderer Berufstätigkeiten,* also z.B. Psychologie für Lehrer, Sozialpädagogen, Sozialarbeiter, Ärzte, Krankenpfleger, Juristen, Ingenieure, Architekten, Betriebswirte. Als A.i.P. ist auch die Vermittlung von *Methoden,* z.B. von therapeutischen Verfahren, zu verstehen, die weitgehend, wenn nicht ausschließlich auf psychologischen Annahmen beruhen. Schließlich kann man als A.i.P. auch die Vermittlung psychologischen Wissens verstehen, das zur Lösung *nichtberuflicher* Probleme befähigen soll, z.B. von erzieherischen Problemen, wie sie sich Eltern stellen, oder von Problemen ehelicher und nichtehelicher Partnerschaft.

2 Die Vermittlung von Ausbildung in Psychologie

A.i.P. kann auf verschiedenen institutionellen Wegen vermittelt werden: Für die Berufsausbildung zum Psychologen gibt es in den deutschsprachigen Ländern und wohl auch in allen anderen Ländern allerdings nur einen Weg, nämlich das *Studium an einer Hochschule.* In Deutschland gibt es seit 1941 den akademischen Grad des Diplom-Psychologen, mit dem eine acht- bis zehnsemestrige A. abgeschlossen wird. Für die *BRD* beschloß die Kultusministerkonferenz 1968 und 1973 Revisionen der Rahmenordnung für die Diplomprüfung in Psychologie (*Psychologische Rundschau* 1973). In der *DDR* wurde die Prüfungsordnung 1955 geändert. Seit 1975 gibt es dort einen „Studienplan für die Grundstudienrichtung Psychologie“ (*Psychologische Rundschau* 1976). In *Österreich* sieht die 1973 vom Bundesminister für Wissenschaft und Forschung verordnete neue „Studienordnung für die Studienrichtung Psychologie“ ein zehnsemestriges Diplomstudium vor, das mit dem Diplomgrad eines Magisters abgeschlossen wird (*Psychologische Rundschau* 1974). In der *Schweiz* ist die Organisation des Hauptfachstudiums der Psychologie kantonal und regional unterschiedlich geregelt.

Die westdeutsche *Rahmenprüfungsordnung,* die in ihren fachspezifischen Regelungen auf einen gemeinsamen Entwurf der Deutschen Gesellschaft für Psychologie und des Berufsverbandes Deutscher Psychologen zurückgeht, sieht bis zur *Diplom-Vorprüfung* (nach vier Semestern) ein einheitliches Grundstudium vor mit den folgenden Fächern: Methodenlehre, Allgemeine Psychologie I, Allgemeine Psychologie II, Entwicklungspsychologie, Differentielle Psychologie und Persönlichkeitsforschung, Sozialpsychologie, Physiologische Psychologie oder Physiologie in den für die Psychologie bedeutsamen Abschnitten. Im *Hauptstudium,* das wiederum vier Semester umfaßt, ermöglicht die Rahmenprüfungsordnung dem Studenten eine Schwerpunktbildung, also eine gewisse Spezialisierung. Er muß sich auf eine Prüfung vorbereiten, in der er sich nach seiner Wahl in vier Fachgebieten aus den drei Schwerpunktbereichen Methodik (Psychologische Diagnostik, andere Methoden und Techniken), Anwendung und Grundlagenvertiefung prüfen läßt. Aus jedem Schwerpunktbereich muß der Prüfling mindestens ein Fach wählen. Die Wahlmöglichkeiten sind begrenzt durch das unterschiedliche Ausbildungsangebot der einzelnen A.institutionen. Prinzip der Rahmenprüfungsordnung ist es, dem Studenten unterschiedliche Kombinationen von Fachgebieten zu ermöglichen, auch solche Kombinationen, die auf neuartige Tätigkeitsbereiche vorbereiten (KRAAK, 1976).

Psychologieausbildung im Rahmen einer A. für *andere Berufe* erfolgt vielfach ebenfalls an Hochschulen, z. B. die A. in Medizinischer Psychologie für Ärzte, in Pädagogischer Psychologie für Lehrer. Zum Teil erfolgt die Psychologieausbildung an Fachschulen, z. B. für Erzieher oder für Krankenpfleger.

Die A. für *Psychotherapie*, also für eine Tätigkeit, die auf psychologischen Annahmen beruht, erfolgt zu einem großen Teil in der Form von Weiterbildung an besonderen A.institutionen, die von berufsständischen Verbänden getragen werden. Das trifft zu für die *psychoanalytische* A., zu der vor allem Ärzte und Psychologen, aber auch Absolventen anderer Hochschulausbildung zugelassen werden, und für A.n in Gesprächstherapie und Verhaltenstherapie. Das trifft auch zu für die A. zum *Psychagogen*, also zur Ausübung psychoanalytisch orientierter Therapie bei Kindern und Jugendlichen, zu der Sozialpädagogen und Lehrer zugelassen werden. Auch in Form der Weiterbildung, und zwar an staatlichen Institutionen, erfolgt in einigen Ländern der Bundesrepublik Deutschland die A. zum *Beratungslehrer*, also zu einer Tätigkeit, die weitgehend auf psychologischen Annahmen beruht.

Weiterbildung in Psychologie kann auch durch *Massenmedien* erfolgen. Ein Beispiel dafür ist das Funkkolleg einiger Rundfunkanstalten mit dem Thema „Pädagogische Psychologie".

Psychologisches Wissen, also psychologische A. im weiteren Sinne, kann auch erworben werden – ergänzend zu anderen A.möglichkeiten oder für sich genommen – durch die Lektüre von Büchern und Zeitschriften, sowohl von Büchern und Zeitschriften, die sich an wissenschaftlich bereits informierte Leser wenden, wie auch von Büchern und Zeitschriften, deren Redaktionen bestrebt sind, allgemein verständliche Texte zu produzieren (Beispiele: KAUFMANN, 1970; SCHICK, 1972; HÄCKER, 1977 – Die Zeitschriften *Psychologie Heute, Eltern, Warum*).

A.i.P. im weiteren Sinne wird auch in einer Art *Privatunterricht* vermittelt, einmal in der Form der *„Supervision"*, bei der ein Sozialpädagoge oder Sozialarbeiter oder Lehrer oder Psychologe regelmäßig seine Praxisprobleme mit einem „Supervisor" berät, zum anderen in der Anleitung sogenannter *Laientherapeuten*, die als Lehrer oder Eltern bei ihren Kindern, als Ehepartner beim anderen Partner eine Verhaltensmodifikation erreichen wollen.

3 Ziel- und Wegprobleme in der Ausbildung

Bei jeder Form der A.i.P. ergeben sich *Zielprobleme* (KRAAK, 1978, 74–79), d. h. es stellt sich die Frage: Was soll durch die A.i.P. erreicht werden? Und es stellen sich *Wegprobleme* (KRAAK, 1978, 52–62), d. h. es stellt sich die Frage: Von welchem inhaltlichen oder methodischen Vorgehen bei der A. kann erwartet werden, daß es zu den angestrebten Zielen führt?

3.1 Ziel- und Wegprobleme bei der Berufsausbildung von Psychologen

Im Hinblick auf die Berufsausbildung von Psychologen sind in den letzten Jahren vor allem folgende *Zielprobleme* diskutiert worden:

1. Sollen Psychologen in der Weise und vor allem in so großer Zahl ausgebildet werden, daß sie in der Lage sind, *alle* Tätigkeiten selbst auszuüben, die weitgehend auf psychologischen Annahmen beruhen, also alle Formen psychologischer Behandlung und psychologischer Beratung? (Bei psychologischer Beratung ist übrigens nicht nur an die Beratung Einzelner zu denken, die persönliche Probleme haben, sondern auch an die Beratung von Institutionen, etwa im Hinblick auf die Gestaltung der Umwelt.) Oder sollen Psychologen auch, vielleicht sogar in erster Linie so ausgebildet werden, daß sie Angehörige anderer Berufe z. B. Ärzte, Lehrer, Sozialarbeiter, Betriebswirte, Ingenieure, durch Informationen über Psychologie, also A.i.P., dazu befähigen, selbst Tätigkeiten auszuüben, die auf psychologischen Annahmen beruhen, also entsprechend zu beraten und zu behandeln? (HECKHAUSEN, 1969 und 1976,

2–3). – Für die erste Möglichkeit wurde als wichtigstes Argument genannt, daß nur Psychologen in jedem Falle in der Lage seien, berufliche Tätigkeiten, die weitgehend auf psychologischen Annahmen beruhen, so auszuüben, daß sie zu den gewünschten Zielen führen und nicht etwa zu einer Irreführung oder Schädigung der Ratsuchenden oder Behandelten. Für die zweite Möglichkeit wurde argumentiert, daß es z.B. nicht ausreiche, wenn es eine größere Zahl von Schulpsychologen gäbe, es sei notwendig, jeden einzelnen Lehrer psychologisch auszubilden. Ähnlich wurde im Hinblick auf die medizinische Versorgung argumentiert: Es genüge nicht, wenn es viele klinisch tätige Psychologen und Therapeuten gäbe, sondern jeder Arzt müsse selbst psychologisches Wissen anwenden können.

2. Sollen Psychologen in erster Linie so ausgebildet werden, daß ihre Tätigkeit beim Individuum ansetzt und dem Individuum hilft, in der Gesellschaft, so wie sie ist, befriedigend zu leben? Soll also der Psychologe seine Klienten an die Anforderung der Gesellschaft im Hinblick auf berufliche Leistung und soziales und politisches Verhalten *anpassen*? Oder soll die A. von Psychologen dazu befähigen, an einer *Veränderung* der menschlichen Umwelt, auch der ganzen Gesellschaft, mitzuwirken? – In dieser Kontroverse gab es kaum Argumente für den zuerst genannten Standpunkt, der auch von niemandem ausdrücklich vertreten wurde. Es wurde aber denjenigen, die in der A. von Psychologen tätig sind, unterstellt, sie hätten nur eine solche Anpassungshilfe an die bestehende Gesellschaft im Auge. Es ging tatsächlich in der Diskussion mehr um die Frage, ob Psychologen zuerst und mit ganzer Kraft auf eine grundlegende Veränderung der Gesellschaft hinwirken sollten, oder ob sie Hilfen für den Einzelnen, der ja weiterhin in der bestehenden Gesellschaft leben muß, kombinieren sollen mit Bestrebungen, die Gesellschaft im ganzen oder in Teilbereichen zu verändern. Gegen eine Vernachlässigung individueller Hilfe wurde mit dem Argument eingetreten, daß es nicht zu verantworten wäre, eine bessere Gesellschaft anzustreben und dabei die in der Gegenwart Lebenden zu vernachlässigen. Für das Ziel, konkrete Veränderungen in einzelnen Bereichen, z.B. auch in einzelnen Institutionen zu erreichen, wurde mit dem Argument eingetreten, daß bei Veränderungen in Teilbereichen die Folgen besser vorhersehbar seien, und daß Veränderungen im einzelnen durchaus Auswirkungen auf die gesamte Gesellschaft haben könnten.

3. Sollen *alle* Psychologen als *Klinische Psychologen* ausgebildet werden? Diese Frage ist Konsequenz der berufspolitischen Auffassung, daß die Durchsetzung bestimmter berufsständischer Ziele nur aussichtsreich sei, wenn der Psychologe seine „Identität“ als Angehöriger eines Heilberufes finde. Bei der Diskussion dieser Frage wurde auf die möglichen Folgen einer A. ausschließlich für klinische Aufgaben hingewiesen: Sie könnte zu einer Einengung des Berufsfeldes führen, d.h. dazu, daß sich Psychologen selber von Arbeitsgebieten ausschließen, vor allem auch von künftig noch zu erschließenden. – Sie könnte auch zu einer nicht unproblematischen Ausweitung des Begriffs „klinisch“ führen. So wird z.B. argumentiert, auch die Aufgaben von Arbeits- und Betriebspsychologen seien die eines Heilberufes, denn letzten Endes ginge es in ihrer Tätigkeit um die Erhaltung psychischer Gesundheit. – Sie könnte auf lange Sicht zu einer *Aufspaltung der A.* von Psychologen in eine klinische und nichtklinische führen, falls es sich zeigen sollte, daß eine Ausweitung der Definition von „klinisch“ nicht ausreicht, um eine Einengung des Berufsfeldes zu verhindern, und wenn eine solche Einengung nicht in Kauf genommen würde.

An *Wegproblemen* sind im Hinblick auf die Berufsausbildung von Psychologen in den letzten Jahren vor allem die folgenden diskutiert worden:

1. In welchem A.abschnitt soll die für manche psychologische Tätigkeiten offensichtlich erforderliche *Spezialisierung* erfolgen? Im Gespräch sind drei Möglichkeiten:
a) Die Spezialisierung erfolgt schon *während der A.* bis zum Diplom, und zwar in einem solchen Ausmaß, daß der diplomierte Psychologe nach einer gewissen Zeit angeleiteter Praxis (die Sektion Klinische Psychologie des Berufsverbandes Deutscher Psychologen nennt zwei Jahre) in der Lage ist, selbständig in dem betreffenden Tätigkeitsbereich zu arbeiten. Konsequenz wäre wohl, daß auch der Diplom-Grad spezialisiert wird, z.B. als „Diplom-Psychologe für Klinische Psychologie“. (Obwohl z.B. in der DDR auch nach einer spezialisierten A. in vier „Fachrichtungen“, nämlich in Arbeits- und In-

genieurpsychologie, Klinischer Psychologie, Pädagogischer Psychologie oder Sozialpsychologie, der einheitliche Grad Diplom-Psychologe verliehen wird.)
b) Die Spezialisierung erfolgt erst *nach Abschluß der Diplom-A.*, wenn möglich, nach einigen Jahren Praxiserfahrung, in einer dritten A.phase. (Mit der ersten ist das Grundstudium bis zur Diplom-Vorprüfung gemeint, mit der zweiten das Hauptstudium bis zur Diplom-Hauptprüfung.) Für eine solche *Postgraduierten-A.* wird gefordert, sie entweder von Hochschulinstituten durchführen zu lassen oder mindestens Hochschulinstitute daran zu beteiligen in Zusammenarbeit mit einschlägigen Berufs- bzw. Fachverbänden. Eine solche Form der spezialisierten A. wurde einige Jahre lang vom Berufsverband Deutscher Psychologen in Zusammenarbeit mit der Deutschen Gesellschaft für Psychologie geplant. Am Ende dieser Weiterbildungsmaßnahme sollte der Titel „Fachpsychologe für (z.B.) Klinische Psychologie" verliehen werden (TACK, 1972; KOHLSCHEEN/HENKEL, 1975).
c) Einen dritten Weg geht die 1973 von der Kultusministerkonferenz der Bundesrepublik Deutschland beschlossene „Rahmenordnung für die Diplomprüfung in der Psychologie", die *im Hauptstudium* eine gewisse Spezialisierung ermöglicht, die aber nicht so weit geht, daß der frisch diplomierte Psychologe für ein bestimmtes Tätigkeitsgebiet außer Grundkenntnissen auch alle erforderlichen Techniken beherrscht.

2. Im Hinblick auf die personelle und sachliche Ausstattung von Hochschulinstitutionen für die Psychologen-A. bestehen offensichtlich kontroverse Auffassungen darüber, ob Psychologen ähnlich wie Ärzte mit einem hohen Anteil *individueller Anleitung* und mit Unterricht in *kleinen Gruppen* ausgebildet werden müssen, oder ob sie ähnlich wie in sogenannten geisteswissenschaftlichen Fächern überwiegend durch Unterricht in großen Gruppen ausgebildet werden können. Die psychologischen A.institutionen und die Psychologen-Verbände haben einheitlich und eindeutig die Auffassung vertreten, daß die A. zum Psychologen nicht überwiegend in großen Gruppen erfolgen kann, etwa durch Vorlesungen oder durch Seminare mit vielen Teilnehmern. Der Psychologe muß in Vorgehensweisen eingeführt und eingeübt werden, die man nur in kleinen Gruppen und unter individueller Anleitung erlernen kann. Es sind wohl hauptsächlich finanzielle Erwägungen, die zur Konsequenz hatten, daß diese Auffassung bei den staatlichen Mittelzuweisungen vielfach nicht berücksichtigt wurde.

3. In ähnlicher Weise sind die Auffassungen verteilt im Hinblick auf die Frage, welche Rolle die *wissenschaftliche Forschung* in der A. von Psychologen spielen soll. A.institutionen und Verbände vertreten mit Entschiedenheit den Standpunkt, daß die Lehrenden selbst in der Forschung aktiv sein müssen, und zwar nicht nur gelegentlich und am Rande, etwa in ihrer Freizeit, und daß die Studierenden so ausgebildet werden müssen, daß sie Forschung aus eigener Anschauung kennen und dadurch in die Lage versetzt werden, Ergebnisse wissenschaftlicher Forschung kritisch zu beurteilen und zur Prüfung theoretischer Annahmen durch eigene Forschung in ihrer Praxis beizutragen. Die für die Zuweisung finanzieller Mittel zuständigen staatlichen Instanzen haben solchen Auffassungen zwar kaum je ausdrücklich widersprochen, haben sie aber bei der Bemessung von Personal und Sachmitteln oft nicht in ausreichendem Maße berücksichtigt. (Es wird dabei auch nicht bedacht, in welchem Ausmaß Studierende durch die Vorbereitung von Diplomarbeiten und Dissertationen zur Forschung beitragen.)

4. Wie wohl in den meisten A.institutionen wurde in den letzten Jahren darüber diskutiert und politisch gestritten, *wer* über die Lernziele und die Wege zu ihrer Erreichung entscheiden soll: Der Staat? Die Lehrkräfte? Die Studierenden? – Weitgehende Forderungen nach einem autonomen Studium haben sich nicht durchsetzen können. Prüfungsordnungen werden nach wie vor von staatlichen Instanzen erlassen oder genehmigt. Der Einfluß der Lehrkräfte auf die Gestaltung der A. im einzelnen ist groß geblieben. Jedoch wird zweifellos an vielen A.institutionen in der Gegenwart mehr Rücksicht auf die Wünsche und Auffassungen der Studenten genommen als es vor einem oder vor zwei Jahrzehnten der Fall war.

5. In letzter Zeit ist das Interesse an *curricularen* Fragen stark gewachsen. So wird die Frage diskutiert, ob die A.i.P. *problemorientiert* sein soll. Problemorientierte A. (KRAAK, 1979) will deutlich machen, a) daß Theorien Lösungsversuche für Erklärungsprobleme darstellen, also Annahmen über Ursachen für zu erklärende

Sachverhalte formulieren, und b) daß Theorien – sofern man annehmen kann, daß sie zutreffen – zu der Lösung von Problemen in der Praxis beitragen können, nämlich zur Lösung von Erklärungsproblemen in konkreten Fällen, zur Lösung von Bewertungsproblemen, zur Lösung von Zielproblemen und zur Lösung von Wegproblemen. Psychologische Theorien liefern Informationen über mögliche Ursachen zu erklärender Sachverhalte, über Auswirkungen zu bewertender Sachverhalte, über Auswirkungen von Sachverhalten, bei denen erwogen wird, sie als Ziel anzustreben, und sie liefern Informationen über Bedingungen, deren Herstellung zur Erreichung von Zielen beitragen würde. Eine problemorientierte A. ist gleichzeitig wissenschaftsbezogen und anwendungsbezogen. Sie trägt dadurch bei zu einer Lösung des Theorie-Praxis-Problems.

3.2 Ziel- und Wegprobleme bei der Ausbildung in Psychologie für Nichtpsychologen

Bei der A.i.P. für Nichtpsychologen stellt sich als *Zielproblem* vor allem die Frage, wozu soll die psychologische A. befähigen? Diese Frage ist unter zwei Gesichtspunkten diskutiert worden:

1. Welche Kenntnisse und welches Können, das auf psychologischen Annahmen beruht, brauchen Lehrer (Höhn, 1979), Ärzte (Dahme u.a., 1977; Ferchland-Malzahn/Wildgrube, 1979; Rey, 1979), Sozialarbeiter (Lindenlaub, 1979), Juristen, Ingenieure (Hoyos, 1979), Betriebswirte (Müller, 1979) und die Angehörigen anderer Berufe, die in Psychologie ausgebildet werden? Welche psychologischen Informationen sind deshalb für sie wichtig und auf welche können sie verzichten? – Zur Beantwortung auch dieser Frage scheint ein problemorientiertes Vorgehen zweckmäßig, d.h. die Untersuchung der Frage, welche Probleme sind in einem bestimmten Beruf besonders häufig und mit besonderer Dringlichkeit zu lösen? Und zur Lösung welcher dieser Probleme können psychologische Informationen beitragen? Ansätze dieser Art finden sich bei Brandtstädter u.a. (1976) und bei Dahme u.a. (1977).

2. Für welche Tätigkeiten, die auch von Psychologen selbst ausgeübt werden, sollen Angehörige anderer Berufe durch A.i.P. befähigt werden? Sollen z.B. Ärzte auch in die Lage versetzt werden, diagnostische Verfahren auf psychologischer Grundlage, etwa Tests, anzuwenden? Sollen Sozialarbeiter etwa befähigt werden, verhaltenstherapeutische Methoden anzuwenden? – Solche Fragen werden unter zwei Gesichtspunkten diskutiert: Zum einen geht es darum, ob Nichtpsychologen psychologische Verfahren so anwenden können, daß den davon Betroffenen kein Schaden geschieht. Zum anderen geht es um Fragen berufsständischer Konkurrenz: Tragen Psychologen durch A.i.P. für Angehörige anderer Berufe dazu bei, daß sie selbst aus bestimmten Tätigkeitsbereichen verdrängt werden?

Genauso wie für die A. von Psychologen stellt sich in der beruflichen A. von Nichtpsychologen das Problem: *an einzelnen Theorien orientierte* oder *problemorientierte* A.? Es stellt sich hier zum Teil mit besonderer Dringlichkeit, weil in manchen Fällen A.n auf der Grundlage eines einzigen Theoriesystems erfolgen. Das trifft im besonderen zu auf therapeutische A.n, die etwa ausschließlich psychoanalytisch oder ausschließlich lerntheoretisch orientiert sind. Als Konsequenz hängt die Wahl eines therapeutischen Vorgehens nicht von der jeweiligen Problemlage ab, zu der auch die individuelle Eigenart eines Klienten gehört, sondern von der theoretischen Orientierung des Therapeuten auf Grund seiner Ausbildung.

Für A.i.P., die nicht im Rahmen einer Berufsausbildung erfolgt, stellen sich im Prinzip dieselben Zielprobleme und Wegprobleme: Was soll durch A.i.P., also durch Vermittlung psychologischen Wissens erreicht werden? Und auf welchem Wege können A.ziele am besten erreicht werden? Am ausführlichsten sind solche Probleme bisher diskutiert worden im Hinblick auf den Psychologieunterricht in der Sekundarstufe II, also in der Oberstufe von Gymnasien oder Gesamtschulen (Todt, 1979). Ziele, die für diesen Unterricht genannt wurden, sind:

- Eine Grundlage zu legen für ein darauffolgendes Psychologiestudium.
- Mit Hilfe von Psychologie einzuführen in wissenschaftliches Denken: Psychologie als Wissenschaftspropädeutik.
- Über Psychologie problemorientiert zu informieren, d.h. solche Ausschnitte psychologischen Wissens zu vermitteln, die es den Schülern ermöglichen, zur Lösung von Pro-

blemen, mit denen sie sich auseinandersetzen, durch Anwendung psychologischer Theorien beizutragen. Solche Probleme könnten sein: Probleme der Selbstfindung und Selbstbeurteilung, Probleme des Umgangs mit anderen Menschen, Probleme sexuellen Verhaltens, Probleme politischer Psychologie, also etwa die Erklärung von politischem Opportunismus oder Fanatismus. Die Deutsche Gesellschaft für Psychologie hat in einer Stellungnahme aus dem Jahr 1975 ein solches problemorientiertes Vorgehen empfohlen.

4 Zusammenfassung

A.i.P. soll über psychologisches Wissen, insbesondere über psychologische Theorien informieren, und zwar als Grundlage für eine Berufstätigkeit als Psychologe oder zur Ergänzung der Fachkenntnisse anderer Berufe wie der des Lehrers oder der des Arztes, oder als Mittel zur Lösung nichtberuflicher Probleme, z.B. pädagogischer Probleme von Eltern, oder auch als Teil schulischer Allgemeinbildung. A.wege sind für Psychologen das Hochschulstudium der Psychologie, für andere Berufe Hochschul- oder Fachschulstudien. A.i.P. kann auch vermittelt werden durch Supervision sowie durch Massenmedien, Bücher und Zeitschriften. – Zahlreiche Ziel- und Wegprobleme psychologischer A. wurden und werden diskutiert.

Verweis auf andere Stichwörter

→Allgemeine und Angewandte Psychologie →Empirische Forschungsmethoden der Psychologie →Humanistische Psychologie →Kritische Psychologie →Psychologismus →Psychotherapie →Wissenschaftstheorie und Psychologie

Literatur

BRANDTSTÄDTER, J. u.a.: Zur Entwicklung eines Curriculums für das Hauptfachstudium der Psychologie mit der Spezialisierungsrichtung „Pädagogische Psychologie". Psychologische Rundschau 27, 1976, 95–117.

DAHME, B. u.a.: Lernziele der Medizinischen Psychologie. München: Urban & Schwarzenberg 1977.

FERCHLAND-MALZAHN, E./WILDGRUBE, K.: Ausbildung in Psychologie für Ärzte: Ausbildung in der Vorklinik (Medizinische Psychologie). In: KRAAK, B. (Hrsg.): Ausbildung in Psychologie für Nichtpsychologen, 74–83. Weinheim: Beltz 1979.

HÄCKER, H.: Einführung in die Psychologie. Darmstadt: Steinkopff [2]1977.

HECKHAUSEN, H.: Der künftige „gesellschaftliche" Bedarf an Psychologen. Beiträge zur Hochschulplanung 8. Wuppertal: Henn 1969.

HECKHAUSEN, H.: Relevanz der Psychologie als Austausch zwischen naiver und wissenschaftlicher Verhaltenstheorie. Psychologische Rundschau 27, 1976, 1–11.

HÖHN, E.: Ausbildung in Psychologie für Lehrer. In: KRAAK, B. (Hrsg.): Ausbildung in Psychologie für Nichtpsychologen, 36–41. Weinheim: Beltz 1979.

HOYOS, C. Graf: Unterricht in Psychologie für Ingenieure und Architekten. In: KRAAK, B. (Hrsg.): Ausbildung in Psychologie für Nichtpsychologen, 102–119. Weinheim: Beltz 1979.

KAUFMANN, H.: Die Erforschung menschlichen Verhaltens. Stuttgart: Gustav Fischer 1970.

KOHLSCHEEN, G./HENKEL, D.: Ausbildung und Berufsbild der Klinischen Psychologen in der Diskussion. Psychologie Heute 2, 1975, 4, 44–52.

KRAAK, B.: Die neue Rahmenordnung für die Ausbildung von Diplom-Psychologen: Vorgeschichte, Realisierung und Probleme. Report Psychologie 3, 1976, 5–11.

KRAAK, B.: Soziale Praxis: Problemlösen und Entscheiden. Tübingen: Katzmann 1978.

KRAAK, B.: Problemorientierte Ausbildung in Psychologie. In: KRAAK, B. (Hrsg.): Ausbildung in Psychologie für Nichtpsychologen, 3–21. Weinheim: Beltz 1979.

Kuratorium Fachpsychologe für Klinische Psychologie: Rahmenplan für die Weiterbildung zum Fachpsychologen für Klinische Psychologie. Psychologische Rundschau 28, 1977, 241–246.

LAUCKEN, U./SCHICK, A. (Hrsg.): Didaktik der Psychologie. Stuttgart: Klett 1977.

LINDENLAUB, S.: Ausbildung in Psychologie für soziale Berufe. Ziele, curriculare Konsequenzen und Probleme eines „problemorientierten" Unterrichts. In: KRAAK, B. (Hrsg.): Ausbildung in Psychologie für Nichtpsychologen, 47–58. Weinheim: Beltz 1979.

MÜLLER, G. F.: Ausbildung in Psychologie für Wirtschaftsberufe. In: KRAAK, B. (Hrsg.): Ausbildung in Psychologie für Nichtpsychologen, 86–98. Weinheim: Beltz 1979.

Rahmenordnung für die Diplom-Prüfung in der Psychologie. Beschluß der Kultusministerkonferenz vom 2.2.1973. Psychologische Rundschau 24, 1973, 219–226.

REY, E.-R.: Ausbildung in Psychologie für Ärzte: Psychologische Anforderungen der medizinischen Klinik. In: KRAAK, B. (Hrsg.): Ausbildung in Psychologie für Nichtpsychologen, 63–73. Weinheim: Beltz 1979.

SCHICK, A. (Hrsg.): Aktuelle Themen der Psychologie. Stuttgart: Klett 1972.

Studienordnung für die Studienrichtung Psychologie in Österreich. Psychologische Rundschau 25, 1974, 311–318.

Studienplan für die Grundstudienrichtung Psychologie in der DDR vom Januar 1975. Psychologische Rundschau 27, 1976, 58–70.

TACK, W. H.: Vorschläge für eine Erweiterung der Ausbildungsmöglichkeiten im Fach Psychologie. Psychologische Rundschau 23, 1972, 69–74.

TODT, E.: Psychologieunterricht in der Sekundarstufe II. In: KRAAK, B. (Hrsg.): Ausbildung in Psychologie für Nichtpsychologen, 120–138. Weinheim: Beltz 1979.

Vorstand der Deutschen Gesellschaft für Psychologie. Stellungnahme zur Einrichtung des Schulfaches Psychologie in der Sekundarstufe. Psychologische Rundschau 26, 1975, 72–74.

Bernhard Kraak

Ausdruckspsychologie

1 Zum Ausdrucksbegriff

Nach einer von KIRCHHOFF (1965) geprägten Definition, die in der deutschsprachigen ausdruckspsychologischen Literatur verbreitet ist, stimmen alle Ausdrucksbegriffe – auch bei größter inhaltlicher Verschiedenheit – darin überein, daß in ihnen von einem „Wer oder Was" (einem „Ausdrucks-Subjekt") ausgesagt wird, daß es in einem „Worin oder Wodurch" (einem „Ausdrucks-Medium") wahrnehmbar wird. Im psychologischen Ausdruck könnte das Ausdrucks-Subjekt z.B. ein Gefühl der Freude sein, das in einer geeigneten Ausdrucksbewegung des Gesichts – etwa einem Lachen – sichtbar wird. Neben der Differenzierung in „Ausdrucks-Subjekt" und „Ausdrucks-Medium" deutet die obige Definition eine Zweiteilung an, die für die Einordnung der meisten ausdruckspsychologischen Fragestellungen brauchbar ist, nämlich die Zweiteilung in *Ausdrucksträger* (oft auch Sender genannt) und in *Ausdrucksempfänger.*

2 Zwei Modelle zur Einordnung ausdruckspsychologischer Fragestellungen: monadisches und dyadisches Modell

Wird nur eines dieser beiden Systeme einer bipersonellen Ausdrucks-Eindrucks-Situation in den Blick genommen, also die Betrachtung in abstrahierender Weise entweder nur auf den Ausdrucksträger oder nur auf den Ausdrucksempfänger beschränkt, so läßt sich von einem *monadischen* Modell sprechen. Im Fall, daß in einem solchen monadischen Modell der Ausdrucksempfänger berücksichtigt wird, könnten bspw. Fragen der folgenden Art auftreten: Welche Bedeutung hat die Reihenfolge von Einzeleindrücken für den Gesamteindruck (Probleme des ersten Eindrucks)? Wie werden konkurrierende Einzeleindrücke zu einem einheitlichen Gesamteindruck verarbeitet? Ist das Ausdruckserkennen eine angeborene oder erlernte Fähigkeit?

Wird im monadischen Modell der Ausdrucksträger berücksichtigt, so ergeben sich vor allem Fragen, die sich mit der Beziehung des „Außen" zum „Innen" eines Ausdrucksträgers beschäftigen. Beispiele: Gibt es gesetzmäßige Beziehungen zwischen körperlichen Merkmalen und Persönlichkeitseigenschaften? Gibt es feste Bewegungsmuster für den Ausdruck bestimmter Gefühle? Welche Bedeutung hat das „feedback" des motorischen Ausdrucks von Gefühlen?

Werden die beiden Systeme Ausdrucksträger/Ausdrucksempfänger simultan in die Betrachtung einbezogen, so läßt sich von einem *dyadischen* Modell sprechen. Meist handelt es sich dabei um eine bipersonelle Ausdrucks-Eindrucks-Situation. Es kann jedoch auch eine unipersonale Situation vorliegen, in der eine zweite Person zwar nicht anwesend, aber thematisch ist z.B. bei personabgelösten Ausdrucksmedien, wie etwa der Handschrift.

Auch im dyadischen Modell sind zumindest zwei Fälle zu unterscheiden: Die Relation zwischen Ausdrucksträger und Ausdrucksempfänger kann entweder nur eine *einsinnige* Informationsübertragung beinhalten; die Relation zwischen den beiden Systemen kann aber auch als *Interaktionsprozeß* gesehen werden, in dem die beteiligten Personen einem Funktionswechsel unterliegen. Im ersten Fall sind z.B. all die Fragen angesiedelt, die sich mit der Abhängigkeit der Ausdruckswahrnehmung von systematischen Veränderungen der Ausdrucksvorlage beschäftigen. Dem zweiten Fall wäre etwa die Frage zuzuordnen, wie das Verhalten eines Redners durch die Beobachtung der Mimik seiner Zuhörer gesteuert wird (nach ZOLTOBROCKI, 1975).

Im dyadischen Modell, das die Relation zwischen den Systemen als Interaktionsprozeß berücksichtigt, sind die meisten Probleme des Forschungsansatzes zu lokalisieren, der mit dem Sammelbegriff *„nonverbale Kommunikation"* umschrieben wird. Der Ausdrucksbegriff bei Betrachtung des Systems „Ausdrucksträger" ist nicht identisch mit dem Ausdrucksbegriff bei Betrachtung des Systems „Ausdrucksempfänger". Im ersten Fall handelt es sich um „objektiven Ausdruck", der in Form bestimmter motorischer und vegetativer Reaktionen oder bestimmter Körpertektonik als Folge oder in Zusammenhang mit aktuellen Erlebnisweisen und dispositionellen Persönlichkeitsstrukturen auftritt. Dieser „objektive Ausdruck", der Reizvorlage für die Ausdruckswahrnehmung eines Ausdrucksempfängers sein kann, ist vom Ausdrucksempfänger noch unabhängig. Andererseits ist auch der Ausdruck, den ein Ausdrucksempfänger verwirklicht, insofern vom objektiven Ausdruck des Ausdrucksträgers unabhängig, als er (der Empfänger) im strengen Sinne nicht Ausdrucksempfänger, sondern lediglich Reizempfänger ist. Das Wahrnehmungsphänomen ist bereits eine Reaktion, wenn die Reizung als Aktion aufgefaßt wird.

3 Differenzierung innerhalb der Ausdruckswahrnehmung

Seit LICHTENBERG (1742–1799) hat sich eine Aufteilung in *Physiognomik* und *Pathognomik* durchgesetzt. Physiognomik bedeutet dabei die Lehre von den Ausdruckserscheinungen *statischer* Art, d.h. den dauernden körperlichen Ausdruckserscheinungen; Pathognomik die Lehre von den Ausdruckserscheinungen *kinetischer* Art, d.h. den Ausdrucksbewegungen. Der pathognomische Ausdruck kann in *Mimik* und *Pantomimik* aufgegliedert werden, am physiognomischen Ausdruck wird häufig danach unterschieden, ob er auf die *Gesamt*leibestektonik oder auf bestimmte leibestektonische *Teil*bezirke bezogen ist (KIENER, 1965a, 1965b). Häufig werden Physiognomik und Pathognomik getrennt voneinander behandelt, was zumindest für eine Reihe von Ausdrucksproblemen von Nachteil ist. SCHÜLE (1976), der sich vor allem mit der gegenseitigen Abhängigkeit spezieller pathognomischer und spezieller physiognomischer Ausdruckserscheinungen beschäftigte, geht primär vom vollen Ausdruck als dem Insgesamt der phänomenalen Seite der Ausdruckswahrnehmung aus, also von einer Bewegungsträger-/Bewegungseinheit. Am vollen Ausdruck können phänomenal *vorübergehende* von phänomenal *beständigen* Aspekten unterschieden werden, aber nicht im Sinne zweier voneinander unabhängiger Anteile, von denen der eine nur auf der Körperkinetik und der andere nur auf der Körperstatik beruht, sondern als sich miteinander verändernde Momente des vollen Ausdrucks.

Der phänomenal vorübergehende Ausdruck bezeichnet den Aspekt des vollen Ausdrucks, der vom wahrnehmenden als *aktuell* im Sinne von nicht überdauernd, nicht beständig erlebt wird. Wenn wir sehen, daß eine Person sich etwa gerade freut, gerade ärgert oder gerade traurig ist, so sind dies phänomenal vorübergehende Ausdrucksmomente, die von den phänomenal beständigen Ausdrucksmomenten zu unterscheiden sind. Letztere liegen bspw. vor, wenn wir eine Frohnatur, einen Miesepeter oder einen Griesgram vor uns sehen, wobei hier durch die Verwendung der Substantivform auf die anschauliche Beständigkeit hingewiesen sei. Eine Kategorisierung des Ausdrucks innerhalb der Wahrnehmungsphänomene des Ausdrucksempfängers nach den Akzenten „vorübergehend" und „beständig" wird manchmal einer Aufteilung in physiognomischen und pathognomischen Ausdruck schon deswegen vorzuziehen sein, da diese geschichtsbeladenen Begriffe uneinheitlich verwendet werden.

4 Ältere Ansätze und Ergebnisse

Eine der ersten größeren experimentellen Arbeiten auf dem Gebiet der A. stammt von ARNHEIM (1928). Mit der Methode des *Zuordnungsverfahrens* (matching), bei dem Beurteiler verschiedenartiges ausdruckshaltiges Material von mehreren Individuen so ordnen sollen, daß dasjenige zusammengelegt wird, was von ein und derselben Person stammt, ließ er u.a. Handschriften, Porträts, kurze Charakterbeschreibungen und Zitate von bekannten historischen Persönlichkeiten zuordnen. Meist ergab sich ein hohes Maß an Zuordnungsrichtigkeit, für dessen Interpretation u.a. die Existenz *intermodaler Qualitäten* herangezogen wurde.

Die Wiener Psychologen BRUNSWIK und REITER (1938) untersuchten, welche *Gesichtsstrukturen* mit welchen Ausdrucksqualitäten korrespondieren. Sie erstellten von einem schematisierten Gesicht (Abb. 1) durch systematische

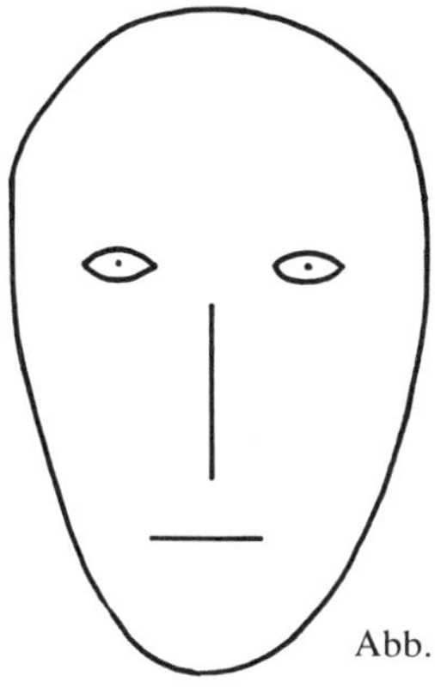

Abb. 1

Variation der figuralen Einzelmerkmale „Augenabstand", „Stirnhöhe", „Mundhöhe" und „Nasenlänge" sowie „Nasenansatz" viele Varianten des „Normalschemas“ und überprüften sie auf das Vorhandensein und auf die spezielle Artung von Ausdruckseigenschaften. Es zeigte sich, daß mit großer Übereinstimmung manche Gesichter als traurig, manche als vergnügt, manche als dumm, manche als energisch wahrgenommen wurden. Auch noch andere „Persönlichkeitszüge“ traten auf (Abb. 2).

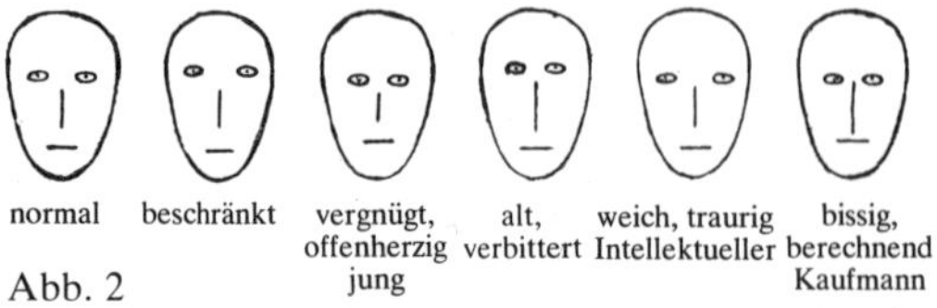

Abb. 2

Offensichtlich bestehen bereits zwischen stilisierten Gesichtskonfigurationen und Ausdruckseigenschaften einigermaßen stabile Beziehungen. Wichtig ist dabei, daß meist nicht nur jeweils ein Einzelteil des Gesichts den Ausdruck bedingt, sondern daß das Zueinander der einzelnen Gesichtskomponenten für das Zustandekommen bestimmter Ausdruckseigenschaften determinierend zu sein scheint.

Am Psychologischen Institut Wien wurden unter der Leitung von Rohracher weitere Arbeiten mit der Methode von Brunswik-Reiter durchgeführt. In die schematisierten Gesichter sind zusätzliche Merkmale mit aufgenommen worden. So variierte Kremenak (1950) Form und Stärke der Augenbrauen und ihren Abstand vom Auge sowie die Augenform. Winkler (1951) überprüfte die Wirkung von Variationen der Mundform, Mundhöhe und Mundwinkel. Seiller-Tarbuk (1951) nahm Veränderungen von Haar- und Barttracht vor. Kühnel (1954) variierte die bei Kremenak, Winkler und Seiller-Tarbuk verwendeten Merkmale gemeinsam in einem Gesicht. Alle Arbeiten bestätigten den Befund Brunswiks und Reiters, daß bereits einfache stilisierte Gesichtsmerkmale in stabiler Beziehung zu Ausdruckseigenschaften stehen.

Ein großer Einfluß bezüglich der semantischen Analyse des Gesichtsausdrucks ging von den Arbeiten von Hulin/Katz (1935), Woodworth (1938) und Schlosberg (1941) aus. Diese Forscher kreierten das, was Ekman (1972) als *Kategorienfrage und Dimensionsfrage* des Gesichtsausdrucks bezeichnete. Hulin/Katz und Woodworth untersuchten, welche Anzahl und welche Arten von psychischen Basisqualitäten im Gesichtsausdruck unterscheidbar sind. Woodworth fand 6 unterscheidbare Ausdrucksbedeutungen, deren Abstand in der linearen Anordnung Auskunft darüber gibt, wie groß der Verschiedenheitsgrad der einzelnen Ausdrucksinhalte ist: Liebe, Glück, Heiterkeit; Überraschung; Furcht, Erdulden; Ärger, Entschlossenheit; Widerwille; Verachtung. Schlosberg ordnete die 6 Kategorien ringförmig an und legte durch diese neugebildete Skala 2 Achsen, eine Hauptachse von Kategorie 1 nach Kategorie 4 und eine dazu orthogonal verlaufende zweite Achse. Er erhielt so die beiden Dimensionen *„Lust – Unlust“* sowie *„Zuwendung – Abwendung“*, die für die Einstufung von Gesichtsausdruck zunächst als ausreichend angesehen wurden.

Ekman (1972) stellte eine größere Anzahl neuerer Untersuchungsergebnisse zur Dimensions- und zur Kategorienfrage zusammen. Sie ergaben zwar weitere Differenzierungen, bestätigten aber auch die Bedeutung der bereits von Woodworth und Schlosberg gefundenen Aufteilungen.

5 Neuere Ansätze und Entwicklungen

Es ist hier zunächst auf einige Ansätze zu verweisen, die vor allem unter dem Sammelbegriff *„nonverbale Kommunikation“* geführt werden. Scherer (1973) entwickelte ein Kommunikationsmodell nichtverbaler Mitteilungen, das zur Verfügung stehende Informationen nach den Übertragungskanälen ordnet, die für die Rezeption herangezogen werden. Er unterscheidet hierbei auditive, visuelle, taktile, olfaktorische und thermale Kanäle. Auch der Analyse des Multikanalfalls wird Bedeutung beigemessen. Insgesamt nimmt aber die Behandlung der *Stimme* und der *Sprechweise* eines Senders besonderen Raum ein.

Daß im Ausdrucksverhalten vor allem die Beziehung des Ausdrucksträgers zu seiner personalen und gegenständlichen Umwelt sichtbar wird, betonen in neuerer Zeit insbesondere Watzlawick/Beavin/Jackson (1972). Sie greifen dabei aber etwas auf, das bereits zentraler Bestandteil des *Positionalitätsbegriffs* bei Frijda (1965) war. Besonders bekannt geworden ist in diesem Zusammenhang ihre Double-Bind-Theorie der Schizophrenieursache. Diese geht davon aus, daß die zur Schizophrenie führende Konfliktsituation dann gegeben ist, wenn ein Sender (eine wichtige Bezugsperson, z.B. die Mutter) ständig einander widersprеchende Ausdrucksweisen in verschiedenen Kommunikationskanälen zeigt. Dies wäre z.B. der Fall, wenn eine Mutter ihr Kind streichelt und es gleichzeitig wütend anschaut.

Große Beachtung finden in jüngster Zeit auch wieder *attributionstheoretische* Erklärungen der Ausdruckswahrnehmung. Sie gehen im wesentlichen auf die Grundüberlegungen HEIDERS (1946) zurück. Einer wahrgenommenen Veränderung (z.B. einem mißmutigen Blick) werden dabei Ursachen zugeschrieben (z.B. der Ausdrucksträger ist generell ein Miesepeter oder er hat sich gerade geärgert), die für die Bewertung des Ausdrucks entscheidend sind.

An Bedeutung gewinnt die Einordnung der Ausdruckserscheinungen in übergreifende Bezüge: SCHÜLE (1976, 1977) zeigt, daß das Ausmaß, in dem ein Lachen der Freude und der Belustigung das Gesicht einer Person schöner erscheinen läßt als ihr Normalgesicht, mitbedingt ist durch die Eigenschaften, die der Person bereits auf Grund ihres Normalgesichts zugeschrieben werden. Normalgesichtshäßliche werden hierbei durch frohe Mienen mehr verschönt als Normalgesichtsschönheiten, was den Vergleich zu Bezugssystemeffekten möglich macht. EKMAN (1976) hat in den letzten Jahren eine größere Zahl interkultureller Vergleiche des Gesichtsausdrucks durchgeführt. Er sieht die alte Theorie DARWINS dadurch gestützt, daß er in unterschiedlichsten Kulturkreisen ein weitgehend übereinstimmendes Grundinventar an mimischem Verhalten fand.

6 Perspektiven

Obwohl die A. als sehr alte Disziplin bezeichnet werden kann, gehört sie nicht zu den weit entwickelten Gebieten der psychologischen Wissenschaft. Dies liegt teilweise am Gegenstand selbst. In anderen Gebieten sind Fortschritte häufig dadurch erzielt worden, daß durch Abstraktionen der Untersuchungsgegenstand vereinfacht werden konnte. In der A. ist es dagegen nicht so leicht möglich, Abstraktionen vorzunehmen. Wahrscheinlich ist die A. auch zu sehr diagnostischen Fragestellungen nachgegangen, ohne daß entsprechende grundwissenschaftliche Untersuchungen vorlagen. Gegenüber ausdruckspsychologischen Fragestellungen und Untersuchungen sind daher heute auch dann oft noch Vorurteile anzutreffen, wenn es sich um empirische und experimentelle Ansätze handelt. Trotzdem ist im zurückliegenden Jahrzehnt die Bedeutung des Ausdrucks für den zwischenmenschlichen Bereich verstärkt beachtet worden, auch wenn der Terminus „Ausdruck" hierbei oft vermieden wird. Vor allem in den Anwendungsbereichen Therapie, Beratung und Schulung kommt der Erhöhung nonverbaler Sensitivität – sowohl bezüglich des Sendens als auch des Wahrnehmens – eine immer größere Rolle zu. KRAUSE (1979) stellt eine neue Theorie sowie Behandlungsvorschläge des Stotterns vor, die ihren Ausgangspunkt in der nonverbalen Kommunikationsweise der Stotterer nehmen. Die Ähnlichkeit des mimischen Ausdrucks bei Stotterern und bei Blinden spielt dabei eine Rolle. KÖHLER (1979) weist auf die große Bedeutung hin, die der körperlichen Erscheinung – spezielle der Attraktivität – eines Sozialpartners für seine Beurteilung auch in bezug auf Eigenschaften zukommt, die mit der körperlichen Erscheinung in keinerlei objektivem Zusammenhang stehen können.

Notwendig wird in der kommenden Zeit eine stärkere Integration all der ausdruckspsychologischen Ansätze sein, die ihren Ausgangspunkt in unterschiedlichen psychologischen Gebieten nahmen – bspw. in der Wahrnehmungspsychologie, der Sozialpsychologie, der Kommunikationspsychologie, der Klinischen Psychologie – und bisher teilweise noch unberücksichtigt und isoliert nebeneinander stehen. Zur Zeit ist noch zu beobachten, daß ausdruckspsychologische Erkenntnisse und Befunde in einzelnen Gebieten zu den Neuheiten gezählt werden, die in anderen Gebieten schon seit Jahrzehnten zum Wissensbestand zählen.

Verweis auf andere Stichwörter

→Diagnostik →Gestaltpsychologie →Interaktion und Kommunikation →Persönlichkeit →Sozialpsychologie →Sprache →Vorurteil →Wahrnehmung

Literatur

ARNHEIM, R.: Experimentell-psychologische Untersuchungen zum Ausdrucksproblem. Psychol. Forsch., 11, 1928, S. 1–132.

BRUNSWIK, E./REITER, L.: Eindruckscharaktere schematisierter Gesichter. Ztschr. Psychol., 142, 1938, S. 67–134.

BÜHLER, K.: Ausdruckstheorie. Jena 1933.

EKMAN, P.: Ein Lächeln ist ein Lächeln. psychologie heute, 6, 1976, S. 31–35.

Ekman, P./Friesen, W. V./Ellsworth, P.: Emotion in the human face. New York: Pergamon Press 1972.
Frijda, N. H.: Mimik und Pantomimik. In: Kirchhoff, R. (Hrsg.): Ausdruckspsychologie. Handbuch der Psychologie Bd. 5. Göttingen 1965, S. 351–421.
Heider, F.: Attitudes and cognitive organization. Journal of Psychology, 21, 1946.
Hulin, W. S./Katz, D.: The Frois-Wittmann pictures of facial expression. Journal of Experimental Psychology, 18, 1935, S. 482–498.
Kiener, F.: Physiognomik der Gesamtleibestektonik. In: Kirchhoff, R. (Hrsg.): Ausdruckspsychologie. Hdb. d. Psych., Bd. 5. Göttingen: Hogrefe 1965a, S. 467–502.
Kiener, F.: Physiognomik leibestektonischer Teilbezirke. In: Kirchhoff, R. (Hrsg.): Ausdruckspsychologie. Hdb. d. Psych., Bd. 5. Göttingen: Hogrefe 1965b, S. 503–529.
Kirchhoff, R. (Hrsg.): Ausdruckspsychologie. Hdb. d. Psych., Bd. 5. Göttingen: Hogrefe 1965.
Köhler, B.: Die aktuelle Bedeutung der körperlichen Erscheinung in der sozialpsychologischen Forschung. In: Eckensberger, L. (Hrsg.): Bericht über den 31. Kongreß der Deutschen Gesellschaft für Psychologie in Mannheim 1978. Göttingen: Hogrefe 1979.
Krause, R.: Stottern und nonverbale Kommunikation: eine neue Theorie der Störung und ihre Behandlung. In: Eckensberger, L. (Hrsg.): Bericht über den 31. Kongreß der Deutschen Gesellschaft für Psychologie in Mannheim 1978. Göttingen: Hogrefe 1979.
Kremenak, M.: Der Eindruckswert der Augengegend auf Grund schematischer Darstellungen. Diss. Wien 1950.
Kühnel, M.: Über den Eindruckswert schematischer Gesichter. Unveröff. Diss. Wien 1954.
Scherer, K. R.: Nonverbale Kommunikation. Hamburg ³1973.
Schlosberg, H.: A scale for the judgment of facial expression. Journal of Experimental Psychology, 1941, 29, 497–510.
Schlosberg, H.: The description of facial expressions in terms of two dimensions. Journal of Exerimental Psychology, 44, 1952, S. 229–237.
Schüle, W.: Ausdruckswahrnehmung des Gesichts. Frankfurt: Fachbuchhandlung für Psychologie 1976.
Schüle, W.: Wie nehmen wir Gesichter wahr?. psychologie heute, 2, 1977, S. 44–50.
Seiller-Tarbuk, L.: Die Eindruckswirkung der Gesichts- und Hauptbehaarung. Diss. Wien 1951.
Watzlawick, P./Beavin, J. H./Jackson, D. D.: Menschliche Kommunikation. Bern ³1972.
Winkler, M.: Der Ausdruckswert der Mundgegend auf Grund schematischer Darstellungen. Diss. Wien 1951.
Woodworth, R. S.: Experimental psychology. New York 1938.
Zoltobrocki, J.: Seminar zur Ausdruckspsychologie. Universität Frankfurt 1975, unveröffentlicht.

Wilfried Schüle

Behaviorismus

1 Watsons provokativer Impuls

Im Jahr 1913 veröffentlichte der Amerikaner J. B. Watson (1878–1958) einen programmatischen Aufsatz mit dem Titel *„Psychology as the behaviorist views it"* und gab damit den Auftakt zur Entwicklung einer Richtung der Psychologie, die sich im Lauf der Zeit, zumindest in den USA, eine beherrschende Stellung geschaffen hat.

In diesem Aufsatz definierte Watson die Psychologie „wie der Behaviorist sie sieht" als eine rein objektive Naturwissenschaft, deren Aufgabe es sei, die Voraussetzungen zu schaffen für die Vorhersage und gezielte Beeinflussung („Kontrolle") tierischen und, darin inbegriffen, menschlichen Verhaltens. Eine *„objektive"* Psychologie hatten schon zahlreiche Wissenschaftler vor Watson zu begründen versucht, so beispielsweise R. Descartes (1595–1650), J. O. La Mettrie (1709–1751) und A. Comte (1798–1857); Watson aber wollte mehr: eine *„rein"* objektive, experimentelle Psychologie, in der die sog. *Selbstbeobachtung* als Methode und das *Erleben* und das *Bewußtsein* – nicht daß bestritten würde, daß es dergleichen gäbe – als einer objektiven Betrachtung unzugängliche Problemgegenstände wegfielen. Eine solche Psychologie würde dann auch als *Natur*wissenschaft gelten können, genauer gesagt: als ein Zweig der Biologie, in der der Mensch entsprechend den Erkenntnissen Darwins als ein Tier unter anderen dasteht (was zwar keine „Herabwürdigung" des Menschen zum „bloßen" Tier, wohl aber seine Entthronung als „Krone der Schöpfung" impliziert). Gegenstand der Psychologie sollte das *Verhalten* vor allem subhumaner Tiere (aber eben auch des homo sapiens) sein, wobei „Verhalten" ausschließlich Drüsen- und Muskelaktivitäten bezeichnet. Ein letztes Hauptmerkmal der Watsonschen Position ist in der – typisch amerikanischen – *Betonung des Pragmatischen* zu sehen: Psychologie soll nicht intellektuelle Unterhaltung sein, sondern zielbewußt auf die Entwicklung von Techniken der Vorhersage und Kontrolle von Verhalten hinarbeiten und damit letztlich einen Beitrag leisten zur Fortentwicklung der menschlichen Gesellschaft, und zwar einer Fortentwicklung in Richtung auf mehr Rationalität, Freiheit und Humanität, wie WATSON (1925) deutlich macht; diese Befreiung und Zivilisierung des menschlichen Verhaltens müßte übrigens nach WATSON in erster Linie durch eine *Umgestaltung der Umwelt*, der Bedingungen, unter denen Menschen lernen, erreicht werden (vgl. BORING, 1950; NEEL, 1969/1974).

In WATSONS behavioristischem Programm schlagen sich einige recht verschiedene Einflüsse nieder (vgl. MARX/HILLIX, 1963). Da ist zunächst der Einfluß DARWINS (1809–1882) zu nennen, der vor allem durch C. L. MORGAN (1852–1936) und durch E. L. THORNDIKE (1874–1949) an WATSON weitervermittelt worden sein dürfte; dieser Einfluß ist wohl mitverantwortlich für WATSONS *„biologistische" Anthropologie*, aber auch für seinen *methodischen Rigorismus* (MORGAN hatte sehr radikal äußerste „Sparsamkeit" bei der Erklärung von Verhaltensweisen gefordert und jede Form von „anthropomorphisierenden" Beschreibungen und Erklärungen abgelehnt) und seine Vorliebe für das *Experimentieren mit Tieren*. Des weiteren ist WATSON beeinflußt durch die amerikanische Schule des *„Funktionalismus"*, verkörpert vor allem in J. ANGELL (1869–1949), der einer seiner Lehrer war; der Funktionalismus war eine im Methodischen wie im Inhaltlichen sehr offene Psychologie, die sich vor allem für die Funktion, das *„Wozu"* psychologischer Prozesse im Hinblick auf die Daseinsbewältigung interessierte und damit bereits implizit und später auch recht explizit (ANGELL, 1913) das *Verhalten* zum Gegenstand der Psychologie machte; vor allem aber nahm der Funktionalismus in seiner *pragmatischen Orientierung*, seiner Forderung, daß Psychologie *nützlich* zu sein habe, einen wichtigen Aspekt des WATSONschen B. vorweg (vgl. BORING, 1950; NEEL, 1969/1974). Drittens ist da ein gleichsam negativer Einfluß zu nennen: WATSONS B. ist unter anderem zu verstehen als eine Reaktion auf den von W. WUNDT (1832–1920) begründeten und von E. B. TITCHENER (1867–1927) aus Deutschland in die USA importierten und dort energisch vertretenen *„Strukturalismus"*; dieser stellte sich in der von TITCHENER vertretenen Form als eine im Methodischen wie im Inhaltlichen ausgesprochen enge und äußerst praxisferne Psychologie dar, für die das unmittelbare „Erleben" bzw. „Bewußtseinszustände" und die „Struktur" (im Gegensatz zur „Funktion") des „Geistes" die hauptsächlichen Problemgegenstände waren, und setzte als praktisch einzige Methode die wenig objektive Selbstbeobachtung ein, wozu noch kam, daß diese Selbstbeobachtung in der Regel durch eine Elite eigens darin geschulter (und somit sicherlich selten ganz unvoreingenommener) Personen betrieben wurde (vgl. MARX/HILLIX, 1963; NEEL, 1969/1974).

2 Behaviorismus als Lern- und Verhaltenstheorie

Abgesehen von dem richtungweisenden Impuls, der von dem genannten Aufsatz und seinen 1914 und 1919 erschienenen Büchern ausging, ist WATSONS Beitrag zu konkreten Fragen der Psychologie – durch besondere biographische Umstände bedingt – verhältnismäßig bescheiden geblieben. Inhaltlich hat er vor allem, in Fortsetzung der Arbeiten von E. L. THORNDIKE einerseits und von V. M. BECHTEREW (1857–1927) und I. P. PAWLOW (1849–1936) andererseits, im Bereich der *Psychologie des Lernens* gearbeitet. Diese stand denn auch im Mittelpunkt des Interesses all derjenigen, die die Anregungen WATSONS aufnahmen, und so sind die auf WATSON folgenden bedeutendsten Behavioristen praktisch identisch mit den Vätern der bedeutendsten Lerntheorien (vgl. CHAPLIN/KRAWIEC, 1968; NEEL, 1969/1974; HILGARD/BOWER, 1975/1971). Von diesen sind zunächst, als Vertreter der „zweiten Generation", vor allem zu nennen: E. C. TOLMAN (1886–1959), E. GUTHRIE (1896–1959), C. L. HULL (1884–1952) und K. W. SPENCE (1907–1967) und nicht zuletzt B. F. SKINNER (geb. 1904).

TOLMAN, dem christlich-abendländischen Denken stärker verbunden als jeder andere Behaviorist, versuchte in seinem Hauptwerk (1932), in gewisser Opposition zu WATSON, einen *„purposive behaviorism"* zu begründen, d.h. seiner Ansicht Rechnung zu tragen, daß Verhalten nicht nur durch Reize, sondern auch durch „Ziele" determiniert sei; so bezieht er denn in seine Betrachtung auch und vor allem sog. höhere psychische Prozesse, namentlich „kognitive" (Erkenntnis-)Prozesse ein und interessiert sich mehr für größere („molare") Verhaltensabläufe als für einzelne („molekulare") Reaktionen.

GUTHRIE hat in seinem Hauptwerk (1935), ohne selbst allzuviel empirisch gearbeitet zu haben, eine höchst eigenwillige Lerntheorie produziert, in der das zeitliche Zusammentreffen („Kontiguität") letztlich als ausreichend angesehen wird für das Zustandekommen von Reiz-Reaktions-Verbindungen aller Art, also für alles Lernen.

HULL demgegenüber entwickelte, zu jeder Zeit intensiv empirisch arbeitend, in seinen Hauptwerken (1943, 1951, 1952) eine überaus differenzierte und in sich geschlossene, an der Exaktheit der Mathematik und Logik orientierte (genau besehen allerdings nur scheinexakte) Theorie des Zustandekommens von Reiz-Reaktions-Verbindungen (Lernen) und der Hervorrufung gelernter Reaktionen (Verhalten). Mit diesem seinem Werk hat er einerseits auf die behavioristisch-lernpsychologische Forschung anregend gewirkt wie kein zweiter, andererseits aber (ungewollt) ein monumentales Hindernis aufgerichtet, wenn nicht für die Entstehung, so doch für die „Aufstiegsmöglichkeiten" anders orientierter, flexiblerer und weitsichtigerer Verhaltenstheorien. Der einzige unter seinen Schülern, der versuchte, sein System als ganzes weiterzuentwickeln, war SPENCE, dessen Hauptwerk 1956 erschien; er ist darin jedoch über einige Modifikationen und Detailkorrekturen nicht hinausgekommen.

Der mit Abstand prominenteste, zugleich der einzige auch außerhalb psychologischer Fachkreise bekannt gewordene und – was mit beidem zusammenhängt – umstrittenste Vertreter des B. ist SKINNER. Er hat im wesentlichen in vier Büchern (1938, 1953, 1969, 1974/1978) sowie in einem imposanten „Workshop"-Bericht (FERSTER/SKINNER, 1957) und einer Aufsatzsammlung (1959) – seine im engeren Sinn wissenschaftliche Position dargelegt, daneben aber auch in einem Roman (1948) und einem Essay in Buchform (1971) seine seiner wissenschaftlichen Arbeit entwachsenen gesellschaftspolitischen Vorstellungen artikuliert. SKINNERS Werk ist gekennzeichnet: 1. in methodischer Hinsicht a) durch eine – dem Vorsatz nach bis zum Vorliegen einer ausreichenden Menge von Fakten – vollständige, tatsächlich aber nur weitgehende Beschränkung auf die *Beschreibung* der Zusammenhänge zwischen „Verhalten" und den es „kontrollierenden" Reizen und einen entsprechenden Verzicht auf (vorzeitiges) Theoretisieren, b) einen Verzicht auf die Heranziehung „innerer" (einschließlich real stattfindender und u.U. sogar nachweisbarer neurophysiologischer) Vorgänge zur Erklärung des Zustandekommens von Verhalten (Fiktion vom „leeren Organismus") und c) eine Beschränkung der experimentellen Arbeit auf die Beobachtung des Verhaltens *einzelner* Versuchstiere, d.h. den Verzicht auf den Vergleich von Gruppen und damit die Verwendung von Statistik; 2. in inhaltlicher Hinsicht durch eine starke Konzentration auf die Beschreibung und Erklärung *„operanten"*, d.h. nach außen wirksamen und vor allem durch seine (belohnenden oder bestrafenden) *Konsequenzen* „kontrollierten" (d.h. zugleich: zu erklärenden) Verhaltens; 3. durch eine konsequente und nicht selten provokativ geäußerte *antimetaphysische* und *anti-„mentalistische"* Haltung und einen ebenso konsequenten Glauben an die vollständige *Determiniertheit* aller Naturvorgänge, also auch allen Verhaltens, überhaupt durch eine Neigung, so ziemlich sämtliche Tabus der christlich-abendländischen Kultur zu verletzen; 4. durch ein sein ganzes Werk durchziehendes Bestreben, seine im Laboratorium (wenn auch sicherlich mit einem wachen Blick über dieses hinaus) in im großen und ganzen immer derselben Versuchssituation unter Verwendung von Tauben und (seltener) Ratten als Versuchstieren gewonnenen Erkenntnisse sowohl auf die verschiedensten Problembereiche der Psychologie (Sprache, Denken, Sozialverhalten, schulisches Lernen, Erziehung, Problemverhalten („Psychopathologie"), Therapie, Selbstkontrolle) als auch auf den Bereich der Politik und auf Fragen der Zukunftsentwicklung des Menschen zu übertragen; 5. durch einen unermüdlichen Kampf gegen das, was er „aversive Kontrolle" nennt (und was in etwa „Verhaltensbeeinflussung durch Angstmachen" bedeutet) und für die Anwendung „positiver" (d.h. „belohnender", „freudebereitender") Kontrolle.

3 Behaviorismus heute

So sehr bei den Größen der ersten und zweiten Behavioristengeneration – WATSON, HULL, SKINNER – eine gewisse Neigung zum Dogmatischen nicht zu übersehen ist, so offen erscheint die dritte. Zu dieser könnte man, auch wenn sie selbst es anders sehen bzw. gesehen haben mögen, zählen:

a) die Vertreter der „Zwei-Faktoren-Theorie" des Lernens, namentlich O. H. MOWRER mit seinen beiden 1960 erschienenen Büchern und J. A. GRAY mit seinem 1975 erschienenen Buch;

b) die Vertreter des „Social Learning"-Ansat-

zes, angeführt durch A. BANDURA mit seinem zusammen mit R. H. WALTERS verfaßten Buch aus 1963 und seinem großen Opus von 1969 und nicht zuletzt
c) als Außenseiter den polnischen Neurophysiologen J. KONORSKI (1903–1973) mit seinem 1967 in den USA erschienenen, aber bis heute weder dort noch in Europa rezipierten Lebenswerk, einem Werk, das sich durch eine beispiellose Eigenständigkeit der Sicht- und Arbeitsweise und eine integrierende Verarbeitung einer großen Vielfalt sonst kaum beachteter Daten praktisch von allem Genannten abhebt.
Wie vielfältig die Erscheinungsformen des B. heute auch sein und wie wenige sich noch uneingeschränkt als Behavioristen bezeichnen mögen, so gibt es doch zahllose Psychologen bzw. psychologische Schulen, die nach wie vor die wesentlichen methodischen Forderungen WATSONS akzeptieren, also faktisch behavioristisch denken und arbeiten. Mit anderen Worten: der B. ist weit davon entfernt, tot zu sein, wie gelegentlich behauptet wird – im Gegenteil: es sind von einer Weiterentwicklung und insbesondere einer Integration der zuletzt genannten Ansätze sowie der besten Teile des SKINNERschen Werkes auf Jahrzehnte hinaus noch wesentliche Beiträge zu unserem Verständnis des Menschen (wenn auch „nur" seines Verhaltens) zu erwarten. Die hauptsächlichen Kennzeichen behavioristischen Denkens und Arbeitens, so wie sie sich heute darstellen, sind die folgenden:

1. Psychologie wird verstanden als *eine objektive Naturwissenschaft, deren Gegenstand das Verhalten, insbesondere höherer Organismen einschließlich des Menschen, ist.* D.h.: (a) Als *objektive* Wissenschaft arbeitet sie, wo irgend möglich, experimentell und gewinnt ihre Daten durch *Beobachtung* und/oder *Messung* (und nicht etwa durch Interpretation). (b) Außerdem bemüht sie sich, bei der Formulierung von Fragestellungen, der Darstellung von Ergebnissen und der Formulierung von Hypothesen, Theoremen und Theorien eine Sprache zu verwenden, in der möglichst alle Begriffe *sich auf Beobachtbares und/oder Meßbares beziehen,* zumindest aber auf Prozesse, die durch Beobachtungen oder Messungen *„operational definiert"* sind oder sich auf Grund von Beobachtungen oder Messungen sicher erschließen lassen. (c) Im Sinne einer betont *natur*wissenschaftlichen Orientierung werden alle Natur-, also auch alle Lebens- bzw. Verhaltensprozesse als prinzipiell erkennbaren Naturgesetzen unterliegend und somit als durchgehend *determiniert* aufgefaßt. (d) Indem das *Verhalten* zum einzigen Problemgegenstand gemacht wird, bleibt das „Erleben" (als etwas immer nur subjektiv Gegebenes) prinzipiell außer Betracht. (e) *Der Mensch gilt als ein höheres Tier,* dessen Verhalten zwar in mancher Hinsicht komplexer, aber nicht wesentlich anders determiniert ist als das seiner „tierischen" Verwandten. (f) So erscheint es auch voll gerechtfertigt, ja konsequent, mit dem Ziel der Darstellung allgemeiner Verhaltensgesetzmäßigkeiten vornehmlich *an Tieren zu experimentieren* (was zudem oft als das Zweckmäßigste und nicht selten auch als das ethisch einzig Vertretbare erscheint).

2. Im zuletzt Gesagten ist schon angedeutet, daß behavioristisch orientierte Forscher in dem Maße, wie sie Behavioristen sind, sich so gut wie ausschließlich mit *allgemein*psychologischen Problemen beschäftigen, d.h. sich für interindividuelle Unterschiede, für *differentiell*-psychologische Aspekte, nicht sonderlich interessieren. Dabei haben Fragen der Psychologie des *Lernens* (des Erwerbs neuer und der Modifikation schon erworbener Verhaltensweisen) sowie, in zweiter Linie, Fragen der Psychologie der *„Motivation"* (wenn darunter Fragen nach den Bedingungen des Zustandekommens gelernter Verhaltensweisen verstanden werden) eindeutige Priorität.

3. Schließlich gilt für den typischen Behavioristen (KONORSKI und einige andere bilden da allerdings Ausnahmen), daß er sich für die *neurophysiologischen Grundlagen* des Verhaltens, d.h. für alles, was sich zwischen Reiz und Reaktion im Zentralnervensystem abspielt, (bis auf weiteres) allenfalls am Rande interessiert.

4 Anwendungsgebiete des Behaviorismus

So sehr der B. auch im (Tier-)Laboratorium verwurzelt ist, so hat er doch den expliziten Intentionen seines Begründers folgend schon einige zukunftsträchtige Beiträge zur Angewandten Psychologie geleistet, und zwar vor allem zur „Pädagogischen" und zur „Klinischen" Psychologie.
Beim Stichwort *„Pädagogische Psychologie"* ist gleichermaßen an Unterricht i.w.S. wie an Erziehung i.w.S. zu denken. Behavioristisch

arbeitende Psychologen haben wesentlich beigetragen zur Entwicklung von Techniken der *Programmierten Unterweisung*, aber auch zur Verbesserung weniger formeller Techniken der Wissens- und Fertigkeitsvermittlung, der Behandlung von Lernstörungen, des Trainings überhaupt; zugleich sind von ihnen entscheidende Impulse ausgegangen in Richtung auf die Entwicklung verschiedenster Techniken des Umgangs mit alltäglichen Verhaltens- bzw. Erziehungsproblemen, d.h. von Techniken der *„Verhaltensmodifikation“* (deren Überlegenheit über herkömmliche Erziehungstechniken, namentlich über „Überredungs“-, Zwangs- und Bestrafungstechniken, immer deutlicher wird). Beim Stichwort *„Klinische Psychologie“* ist zu denken an die vielfältigen *„verhaltenstherapeutischen“ Techniken* zur Behandlung von „Neurosen“, „Psychosen“, „Süchten“, „psychosomatischen Erkrankungen“ etc., die auf der Grundlage verschiedener mehr oder weniger eindeutig behavioristischer Lerntheorien entwickelt worden sind, und deren Aufkommen allem Anschein nach eine jahrzehntelange Stagnation auf dem Gebiet der Behandlung schwerer Verhaltensstörungen zu beenden im Begriffe ist.

5 Das Streitobjekt „Behaviorismus“

Der B. gehört zu den am heftigsten umstrittenen oder besser gesagt: bekämpften Richtungen der Psychologie. Dies hat sicherlich zum Teil hochgradig irrationale Gründe, Gründe, die auch im Kampf gegen gewisse Aufklärungsbewegungen früherer Zeiten, etwa die Kopernikanische, die Darwinsche, die Freudsche, nur zu deutlich erkennbar waren: Man sieht sich als Mensch, als Abendländer, als Christ, als gottähnliches Wesen ungern mit „willenlosen“ Tieren, schon gar nicht mit Ratten („Rattenpsychologie“) verglichen. Man sieht durch die deterministische Denkweise des typischen Behavioristen einerseits seine private Freiheitsillusion und seine Berechtigung zum Stolz auf eigene Leistungen, andererseits das Schuld- und Verantwortlichkeitsprinzip, einen Grundpfeiler jeder privaten und öffentlichen „Rechtsprechung“ sowie des ungleichheitlichen („pluralistischen“) Gesellschaftssystems, bedroht. Schließlich fürchtet man, eines Tages (als wäre man's nicht immer schon gewesen), übermächtigen Verhaltensmanipulateuren ausgesetzt zu sein. Diese letztgenannte Befürchtung ist diejenige, auf die die Behavioristen noch am ehesten ernsthaft einzugehen geneigt sind; sie sagen sinngemäß, daß eine auf exakten Forschungsergebnissen beruhende, effektive Verhaltenstechnologie selbstverständlich wie jede Technologie durch Einzelne und Gruppen zum Nachteil anderer mißbraucht werden kann, meinen aber, daß ein differenziertes Wissen über die Funktionsweise dieser Verhaltenstechnologie auf der Seite der Beherrschten bzw. die Transparenz der unvermeidlich stattfindenden „Kontrolle“ Voraussetzung ist für die Ausübung einer erfolgreichen „Gegenkontrolle“ (vgl. SKINNER, 1971 und 1978). Es kann keinem Zweifel unterliegen, daß diejenigen Behavioristen, die die gesellschaftspolitischen Konsequenzen ihrer Arbeit überhaupt bedacht haben, namentlich WATSON und SKINNER, ihre Arbeit im Dienste des Ringens um die Abschaffung der Herrschaft von Menschen über Menschen, um mehr Rationalität, mehr Gleichheit und eine dem Stand der technologischen Entwicklung entsprechende Lebensqualität *für alle* gesehen haben, wobei sie die menschliche Vernunft (behavioristisch gesprochen: die menschliche Fähigkeit zum instrumentellen Lernen) vor allem zum Zweck der *Veränderung der Umwelt und der Herrschaftsverhältnisse* eingesetzt sehen wollten bzw. wollen. Nimmt man SKINNER als – freilich nicht ganz repräsentativen – Repräsentanten, so kann man sagen, daß seine gesellschaftspolitische Perspektive sicher nicht die des Liberalismus, auch kaum die des Marxismus, sondern am ehesten die des *Anarchismus* (im ursprünglichen Sinn) ist (SKINNER, 1978).

Wissenschaftsimmanente Kritik am B. müßte vor allem an seiner (dem Programm nach) ausschließlichen Beachtung des von außen Beobachtbaren und Meßbaren ansetzen. Diese vor 60 Jahren sicherlich sehr begründete methodische Selbstbeschränkung bringt es mit sich, daß (a) von außen nicht beobachtbare und zugegebenermaßen nur unvollkommen registrierbare, aber nichtsdestoweniger reale und äußerst interessante psychologische Prozesse, namentlich kognitive (Wahrnehmungs- und Vorstellungs-) und emotional-motivationale Prozesse, als zu erklärende und erst recht als erklärende Prozesse weitgehend außer Betracht bleiben und daß (b) die Erkenntnisse der Neurophysiologie, die in den vergangenen zwei Jahrzehnten beträchtliche Fortschritte gemacht hat, für die Psychologie unfruchtbar bleiben, solange starr an den Prinzipien des B. festgehalten wird.

Verweis auf andere Stichwörter

→Empirische Forschungsmethoden der Psychologie →Experiment →Humanistische Psychologie → Lernen →Psychologiegeschichte →Verhalten und Handlung →Verhaltenstherapie →Wissenschaftstheorie und Psychologie

Literatur

ANGELL, J. R.: Behavior as a category in psychology. Psychological Review, 1913, *20*, 255–270.
BANDURA, A.: Principles of Behavior Modification. New York: Holt, Rinehart & Winston 1969.
BANDURA, A./WALTERS, R. H.: Social Learning and Personality Development. New York: Holt, Rinehart & Winston 1963.
BORING, E. G.: A History of Experimental Psychology. 2nd Ed. New York: Appleton-Century-Crofts 1950.
CHAPLIN, J. P./KRAWIEC, T. S.: Systems and Theories of Psychology. New York: Holt, Rinehart & Winston 1968.
FERSTER, C. B./SKINNER, B. F.: Schedules of Reinforcement. New York: Appleton-Century-Crofts 1957.
GRAY, J. A.: Elements of a Two-Process Theory of Learning. London: Academic Press 1975.
GUTHRIE, E. R.: The Psychology of Learning. New York: Harper & Row 1935.
HILGARD, E. R./BOWER, G. H.: Theories of Learning. 4th Ed. Englewood Cliffs, N.J.: Prentice Hall, 1975; deutsch: Theorien des Lernens. 2 Bde., 2. Aufl. Stuttgart: Klett 1971.
HULL, C. L.: Principles of Behavior. New York: Appleton-Century-Crofts 1943.
HULL, C. L.: Essentials of Behavior. New Haven: Yale 1951.
HULL, C. L.: A Behavior System. New Haven: Yale 1952.
MARX, M. H./HILLIX, W. A.: Systems and Theories in Psychology. New York: McGraw Hill 1963.
KONORSKI, J.: Integrative Activity of the Brain. Chicago: Chicago University Press 1967.
MOWRER, O. H.: Learning Theory and Behavior. New York: Wiley 1960.
MOWRER, O. H.: Learning Theory and the Symbolic Processes. New York: Wiley 1960.
NEEL, A. F.: Theories of Psychology: A Handbook. Cambridge, Mass.: Schenkmann 1969; deutsch: Handbuch der psychologischen Theorien. München: Kindler 1974.
SKINNER, B. F.: The Behavior of Organisms: An Experimental Analysis. New York: Appleton-Century-Crofts 1938.
SKINNER, B. F.: Walden Two. New York: Macmillan 1948; deutsch: Futurum Zwei. Hamburg: Wegner 1970.
SKINNER, B. F.: Science and Human Behavior. New York: Macmillan 1953; deutsch: Wissenschaft und menschliches Verhalten. München: Kindler 1974.
SKINNER, B. F.: Cumulative Record. New York: Appleton-Century-Crofts 1959.
SKINNER, B. F.: Contingencies of Reinforcement. New York: Appleton-Century-Crofts 1969; deutsch: Die Funktion der Verstärkung in der Verhaltenswissenschaft. München: Kindler 1974.
SKINNER, B. F.: Beyond Freedom and Dignity. New York: Knopf 1971; deutsch: Jenseits von Freiheit und Würde. Reinbek bei Hamburg: Rowohlt 1973.
SKINNER, B. F.: About Behaviorism. New York: Knopf 1974; deutsch: Was ist Behaviorismus? Reinbek bei Hamburg: Rowohlt 1978.
SKINNER, B. F.: Diesseits von Freiheit und Menschenwürde. psychologie heute, 1978, *5*, Heft 2, 55–58.
SPENCE, K. W.: Behavior Theory and Conditioning. New Haven: Yale 1956.
TOLMAN, E. C.: Purposive Behavior in Animals and Man. New York: Appleton 1932.
WATSON, J. B.: Psychology as the behaviorist views it. Psychological Review, 1913, *20*, 158–177.
WATSON, J. B.: Behavior: An Introduction to Comparative Psychology. New York: Holt 1914.
WATSON, J. B.: Psychology from the Standpoint of a Behaviorist. Philadelphia: Lippincott 1919.
WATSON, J. B.: Behaviorism. New York: Norton 1925.

Ernst Fürntratt

Berufliche Sozialisation

1 Begriffsbestimmung

Unter „Beruflicher Sozialisation“ verstehen wir den Einfluß der ausgeübten Berufstätigkeit auf die Persönlichkeit. Persönlichkeit wird hier in einem sehr weiten Sinn gebraucht und umfaßt alle stabileren Schemata, Einstellungen, generalisierten Verhaltensweisen und emotionalen Reaktionsmuster einer Person.

Dieses Verständnis von b.S. steht im Gegensatz zur Begriffsbestimmung mancher anderen Autoren (z.B. LÜSCHER, 1968; LEMPERT/FRANZKE, 1976), die den Begriff auch noch auf die S. auf den Beruf hin ausdehnen. Damit wird jedoch die vorberufliche nur noch schwer von der durch die ausgeübte Arbeitstätigkeit bedingten S. trennbar.

Diese Akzentuierung kann als neue Herangehensweise an arbeitspsychologische Fragestellungen bezeichnet werden. Sie konzentriert sich dabei nicht auf die Effektivität bestimmter Maßnahmen oder auf die Untersuchung der psychischen Regulation des Arbeitshandelns, sondern auf die Auswirkungen bestimmter Tatbestände beruflichen Handelns auf die Persönlichkeit.

2 Die Bedeutung der Arbeit für die Persönlichkeit

Ein Zusammenhang von Persönlichkeitsmerkmalen und Arbeitsbedingungen ist empirisch vielfach belegt. Er könnte freilich auch durch Selektions- und nicht durch S.seffekte erklärt werden: nicht bestimmte Arbeitstätigkeiten prägen die Person, sondern bestimmte Personen wählen Arbeitstätigkeiten, die ihren Merkmalen entsprechen. Die völlige Klärung dieser Frage würde aufwendige Längsschnittuntersuchungen erfordern. Es dürften sowohl *Selektions- wie S.effekte* eine Rolle spielen. Den letzteren ist jedoch wegen folgender Tatbestände die größere Bedeutung zuzumessen:

1. Der Erwachsene verbringt üblicherweise einen großen Teil seines Lebens an seinem Arbeitsplatz.
2. Die sinngebende Teilhabe an der gesellschaftlichen Auseinandersetzung mit der Natur findet in der Arbeit statt.
3. Damit erlaubt die Arbeit die Äußerung und Befriedigung produktiver Bedürfnisse durch die Erstellung gesellschaftlich nützlicher Produkte.
4. Die Handlungskompetenz einer Person wird erst in der Arbeit vollständig ausgebildet.
5. Die Arbeit vermittelt eine feste zeitliche Struktur des Tages und sogar des Lebens.
6. Die Arbeit und deren Entgelt ermöglichten die Befriedigung der materiellen Bedürfnisse des überwiegenden Teils der Bevölkerung.
7. Der soziale Wert (Prestige etc.) wird durch die Stellung in der Arbeitswelt weithin festgelegt.
8. Ein wesentlicher Teil der sozialen Interaktionen des Erwachsenen findet in der Arbeitssphäre statt.
9. Ein ganzes System von Normen und sozialen Stellungen wird durch die Arbeitssphäre vermittelt.

Deutlich wird die Wichtigkeit der Arbeit auch am Beispiel der negativen psychischen Auswirkungen der Arbeitslosigkeit. Darüber hinaus geben die meisten Personen an, daß sie auch dann weiterarbeiten würden, wenn sie genug Geld zum Leben hätten (MORSE/WEISS, 1955).

Im Unterschied zur herkömmlichen Arbeitspsychologie, die sich üblicherweise „Produktivität“ und „Wirtschaftlichkeit“ als Kriterien setzt, konzentriert sich die Forschung zur b.S. auf Kriterien wie *Persönlichkeitsentwicklung* und *Wohlbefinden*. Unter „Persönlichkeitsentwicklung“ werden dabei eine Zunahme kognitiver Flexibilität (KOHN/SCHOOLER, 1978), eine Erhöhung der Handlungskompetenz (VOLPERT, 1975) und eine Verbesserung der psychischen Gesundheit (FRESE, 1977) verstanden. Der Begriff „Wohlbefinden“ hängt vor allem mit letzterem eng zusammen und signalisiert die Fähigkeit zu aktivem zielgerichtetem Handeln bei gleichzeitiger emotionaler Stabilität. Diese Charakteristika sind allerdings theoretisch und empirisch noch ungenügend erforscht.

Die Frage des Kriteriums ist deshalb wichtig, weil man nicht davon ausgehen kann, daß eine notwendige Übereinstimmung zwischen den Zielen des Unternehmens und denen des arbeitenden Menschens besteht. Es ist im Gegenteil ein Gegensatz zu postulieren, da das Unternehmen sich auf das Ziel der Gewinnerhöhung konzentriert und das Individuum auf die Erhöhung seines Wohlbefindens. Das Ziel des Unternehmens wird oftmals dadurch verwirklicht, daß die Arbeit entleert und intensiviert wird, und die Kontrolle über die Arbeitsbedingungen dem Arbeitenden entzogen wird (vgl. z.B. MENDNER, 1975). Solche Formen der Arbeitsorganisation mögen (kurzfristig) profitabel sein, haben jedoch negative Auswirkungen auf die Persönlichkeitsentwicklung und das Wohlbefinden.

3 Wesentliche Forschungsfelder im Rahmen der beruflichen Sozialisation

3.1 Sozialisationsstrategien der Unternehmen

Da die wissenschaftliche Erfassung der menschlichen Arbeit bislang stets eine möglichst hohe, „freiwillig" erbrachte Leistungsverausgabung zum Ziel hatte, lassen sich die Entwicklungsstufen der Arbeitswissenschaft bzw. -psychologie auch als Strategien b.S. im Unternehmerinteresse begreifen (ausführlicher bei VOLPERT, 1975). Dem *Taylorismus*, der die Einpassung in ein System genauer Handlungsvorschriften durch finanzielle Anreize erreichen wollte (vgl. TAYLOR, 1978), folgten verschiedene seiner „Überwindungen". Die *individualwissenschaftliche Stufe* der Arbeitswissenschaft wendet sich von TAYLORs faktischer Gleichsetzung von Mensch und Maschine ab, die *gruppenwissenschaftliche Stufe* von seinen eindimensionalen und individualistischen Annahmen über die Arbeitsmotivation. Die *aktionswissenschaftliche Stufe* versucht, freiwillige Leistungsverausgabung dadurch zu erzielen, daß das Interesse an einem vielseitigen Arbeitsinhalt geweckt wird.
Alle diese Strategien orientieren sich vorrangig an den Kriterien „Produktivität" und „Wirtschaftlichkeit" und nicht an denen der „Persönlichkeitsentwicklung" und des „Wohlbefindens". Sie sind insofern gewissermaßen Vorstufen einer Erforschung b.S.prozesse, haben aber bereits wesentliche Erkenntnisse über die Prozesse erbracht.

3.2 Lernpotentiale der Arbeit

Unter dem Kriterium der Persönlichkeitsentwicklung ist es eine zentrale Frage, ob Fähigkeiten und Qualifikationen der Arbeitenden gefördert und vermehrt werden, oder ob die Arbeit im Gegenteil das Wissen und Können verkümmern läßt bzw. die entsprechenden beruflichen Anforderungen sogar noch unter denen liegen, die das Alltagsleben stellt. Es besteht inzwischen einige Evidenz, daß Tätigkeiten mit geringem Handlungsspielraum in dieser Hinsicht negative Wirkungen haben (LEMPERT, 1977; KOHN/SCHOOLER, 1978; zur Kritik an empirischen Untersuchungen vgl. GREIF, 1978). Schwieriger ist es jedoch, lernrelevante Aspekte der Arbeitstätigkeit zu identifizieren, was gerade im Hinblick auf die Arbeitsgestaltung eine sehr wichtige Aufgabe ist. Besonders wichtig ist hier ein Verhalten, das von HACKER (1978) als *„planende Strategie"* gekennzeichnet wurde: der Handelnde hat ein stets verbessertes inneres Abbild von dem vor sich gehenden Produktionsprozeß und ist daher in der Lage, vorwegnehmend in diesen Prozeß einzugreifen, sich mit seinen Kollegen abzustimmen und Ursachen von Störungen zu beheben, noch bevor diese Störungen auftreten. Die Möglichkeit, solche planenden Strategien zu entwickeln, dürfte ein wesentlicher lernrelevanter Aspekt von Arbeitstätigkeiten sein (vgl. DUSCHELEIT/FROMMANN/VOLPERT, 1979). Sie ist dann gegeben, wenn die Arbeitsbedingungen nicht übermäßig belastend sind und wenn die Struktur der Aufgabe dem Menschen die Chance zur Prozeßbeherrschung eröffnet, was vor allem heißt, daß der Arbeitende Entscheidungen über unterschiedliche Vorgehensweisen fällt und antizipierend in den Produktionsprozeß eingreifen kann. Eine weitere Voraussetzung für die Entwicklung planender Strategien sind geeignete Maßnahmen zur Qualifizierung der Arbeitenden.

3.3 Industrielle Psychopathologie

Die möglicherweise in d.b.S. bewirkte *Deformation* der Persönlichkeit umschreibt ein wesentliches Forschungsfeld der b.S. (vgl. FRESE, 1977; FRESE/GREIF/SEMMER, 1978; UDRIS, im Druck). Die „industrielle Psychopathologie" umfaßt nicht nur die durch die Arbeit bedingten psychischen und psychophysiologischen Störungen, sondern auch solche Forschungen, die herkömmlicherweise unter dem Begriff *„Streß* am Arbeitsplatz" zusammengefaßt werden.
Besonders schwerwiegend sind die negativen psychischen Auswirkungen offensichtlich bei Arbeitsplätzen, die wenig Handlungsspielraum bieten, und unter Bedingungen, die nur eine geringe Übereinstimmung zwischen den Wünschen des Individuums und den Anforderungen der Umwelt ermöglichen. Kann ein Arbeitender

Bedingungen am Arbeitsplatz nur wenig beeinflussen (kontrollieren), so hängt dies vor allem mit depressiven und apathischen Reaktionen zusammen (FRESE, 1978). Hier sind auch verschiedene Untersuchungen zur „Person-Umwelt-Übereinstimmung" wichtig. Streß entsteht vor allem dann, wenn diese Übereinstimmung gering ist (vgl. v. HARRISON, 1978; FRENCH, 1978; MARSTEDT/SCHAHN, 1977).
Die Auswirkungen von Streß am Arbeitsplatz werden möglicherweise verringert, wenn eine Person starke *soziale Unterstützung* durch Arbeitskollegen, Vorgesetzte und vom Ehepartner erhält. Hier sind allerdings die Aussagen in der Literatur nicht ganz einheitlich (COBB, 1976; HOUSE/WELLS, 1977; PINNEAU, 1976).
Eine besondere Bedeutung wird dem Arbeitsplatz für die Entwicklung von koronarer Herzkrankheit zugemessen (FRICZEWSKI/THORBECKE, 1976). Dabei spielt offensichtlich der „*Verhaltenstyp A*" eine Rolle. Personen diesen Verhaltenstyps sind besonders aggressiv, konkurrenz- und leistungsbezogen (ROSENMAN et al., 1966). Es ist zu fragen, inwieweit dieser Verhaltenstyp schon selbst wieder ein Produkt der b.S. ist.

3.4 *Auswirkungen der Arbeitssituation auf Familienleben und Freizeitverhalten*

Über die Auswirkungen der Arbeitssituation auf die *Familie* bzw. *Partnerschaft* ist noch sehr wenig bekannt (vgl. FURSTENBERG, 1974; RAINWATER, 1974). In einigen Studien zeigt sich aber ein (geringer) Zusammenhang zwischen Arbeitszufriedenheit und Wohlbefinden in der Familie (vgl. FURSTENBERG, 1974).
Hingegen ist der Zusammenhang zwischen Arbeitssituation und *Erziehungsstilen* vielfältig belegt: Eltern, die stärker bei der Arbeit überwacht werden, sich dort vor allem mit Sachen beschäftigen, für die es nicht erforderlich ist, selbständig Entscheidungen zu treffen, legen mehr Wert auf Gehorsam und Fremdkontrolle in der Erziehung ihrer Kinder (KOHN, 1959, 1977).
Die Arbeitssituation wirkt sich auch auf das *Freizeitverhalten* aus (ULICH/ULICH, 1977): Je geringer der Handlungsspielraum in der Arbeit, desto größer die allgemeine Passivität (MEISSNER, 1971), desto geringer die gewerkschaftlichen und politischen Aktivitäten (KARASEK, 1976); je weniger Interaktionen in der Arbeit stattfinden, desto geringer sind die sozialen Aktivitäten außerhalb (MEISSNER, 1971).

3.5 *Entstehung von Solidarität und Arbeiterbewußtsein*

Verschiedentlich ist der Streit darüber geführt worden, ob sich das Bewußtsein der Arbeiter und Angestellten auf Grund der Arbeitssituation, der allgemeinen Lebenssituation oder auf Grund ideologischer Auseinandersetzungen entwickelt (vgl. hierzu z.B. DEPPE, 1971; HÖRNING, 1971; Projekt Klassenanalyse, 1973). Dabei lag der Schwerpunkt der Untersuchungen im qualitativen Bereich. Trotz der breiten Diskussion liegen nur relativ wenige empirische Untersuchungen vor, die direkt den Entstehungszusammenhang von Solidarität und Arbeiterbewußtsein im Kontext der Arbeitssituation untersuchen. Eine Ausnahme bildet hier z.B. die Studie von KERN/SCHUMANN (1970), in der allerdings mehr die Zukunftskognitionen und die Einstellung gegenüber dem technischen Fortschritt untersucht wurden. Dabei zeigte sich ein deutlicher Einfluß der erlebten Arbeitsbedingungen.

3.6 *Die berufliche Sozialisation einzelner Gruppen*

Offensichtlich wird insbesondere die b.S. benachteiligter Gruppen noch kaum untersucht. Es gibt u.W. keine entsprechenden Untersuchungen über *ausländische Arbeiter* in der BRD. Gerade hier könnte aber erforscht werden, wie die Faktoren der Arbeitsbedingungen und des Arbeitsinhaltes die unterschiedlichen kulturellen Hintergründe zugunsten einer allgemeinen Einstellung auflösen, die für „moderne" Industriearbeiter typisch ist. Analog dazu haben INKELES/SMITH (1974) gezeigt, wie Arbeiter in unterentwickelten Ländern durch die Industriearbeit ihre Einstellungen verändern.
Sowohl ausländische Arbeiter als auch *Frauen* nehmen vermutlich die am stärksten belastenden Arbeitsplätze in der BRD ein. Typische Frauenarbeit ist zwar physisch weniger anstrengend, weist aber größere psychische Belastungen auf, wie z.B. erhöhte Monotonie, verringerter Handlungsspielraum u.ä.m. Gleichzeitig dürften sich die Streßeffekte bei Frauen auf Grund ihrer Doppelarbeit in Betrieb und Haushalt kumulieren.

Sehr viel mehr wurde die b.S. von Lehrern und z.T. von Ärztestudenten untersucht. Bei Medizinstudenten stellt sich eine Veränderung der Studienmotivation gegen Ende des Studiums ein: Am Anfang dominierten sehr idealistische Einstellungen, während sich am Ende des Studiums eine stärker technische Orientierung finden ließ (LÜSCHER, 1968). Berühmt geworden ist die Konstanzer Untersuchung an Lehrern und Lehrerstudenten. Hier zeigte sich, daß berufsbezogene und politische Einstellungen der Lehrerstudenten im Studium in progressiver Richtung verändert wurden. Nach dem Studium wurden diese Einstellungen aber wieder konservativer und entsprachen wieder den Ausgangswerten vor dem Studium (KOCH, 1972).

4 Perspektiven in der Forschung zur beruflichen Sozialisation

Verglichen mit anderen Bereichen der S.forschung (schulische, familiale S.) bezeichnet das Feld der b.S. eher eine Forschungslücke als ein schon ausgearbeitetes Forschungsgebiet (vgl. z.B. LÜSCHER, 1968; MOORE, 1969; VOLPERT, 1975; LEMPERT, 1977). Forschungslücken bestehen vor allem im Bereich der b.S. von diskriminierten Gruppen. Aber auch der Zusammenhang zwischen Arbeit und Familienleben ist noch fast unerforscht. Hingegen liegen im Bereich der „industriellen Psychopathologie" bereits einige theoretische Konzeptionen und empirische Untersuchungen vor. Im Bereich der Persönlichkeitsentwicklung gibt es zumindest einige vielversprechende Forschungsansätze.

Allerdings fehlen vielen Untersuchungen der enge Bezug zu den objektiven Merkmalen der Arbeitssituation und ein methodischer Ansatz, der Kausalaussagen erlauben würde. Längsschnittuntersuchungen liegen im Bereich der b.S. noch kaum vor (Ausnahmen sind sich in der Auswertung befindliche Studien von PEARLIN/LIEBERMANN, 1977, und von KOHN/SCHOOLER, 1978). Gerade solche Untersuchungen sind jedoch notwendig, um Selektions- und S.effekte des Berufs in ihrer gegenwärtigen Wirkung sowie langfristige Wirkungen der Arbeit auf die Persönlichkeit zu erfassen.

Wenn die Forschung zur b.S. praktische Relevanz erhalten will, muß auch die Frage der Umsetzung ihrer Forschungsergebnisse thematisiert werden. Hier stellt sich vor allem die Frage nach der Entwicklung und Förderung von persönlichkeitsförderlichen Arbeitsplätzen. Solche Arbeitsplätze können nur dann etabliert werden, wenn die Arbeiter und Angestellten an dem Prozeß der Entwicklung adäquat beteiligt werden. Die Gewerkschaft als Zusammenschluß der Arbeiter und Angestellten wird sich in unserer gesellschaftlichen Situation wahrscheinlich am ehesten für solche Arbeitsplätze einsetzen. Allerdings setzt dies auch in den Gewerkschaften noch in mancher Hinsicht ein Umdenken voraus (VOLPERT, 1978).

Verweis auf andere Stichwörter

→Arbeitslosigkeit →Arbeitspsychologie →Bewußtsein →Entwicklung und Sozialisation →Freizeitpsychologie →Organisationspsychologie →Persönlichkeit →Streß

Literatur

COBB, S.: Social support as a moderator of life stress. Psychosomatic Med. 1976, *38*, 300–314.

DEPPE, F.: Das Bewußtsein der Arbeiter. Köln: Pahl-Rugenstein 1971.

DUSCHELEIT, S./FROMMANN, R./VOLPERT, W.: Persönlichkeitsförderliche Arbeitsplätze. In: SIEBERT, H. (Hrsg.): Taschenbuch der Weiterbildungsforschung. Baltmannsweiler: Burgbücherei 1979.

FRENCH, J. R. P., Jr.: Person–Umwelt–Übereinstimmung und Rollenstreß. In: FRESE/GREIF/SEMMER, 1978.

FRESE, M.: Psychische Störungen bei Arbeitern: Zum Einfluß von gesellschaftlicher Stellung und Arbeitsplatzmerkmalen. Salzburg: Müller 1977.

FRESE, M.: Partialisierte Handlung und Kontrolle: Zwei Themen der industriellen Psychopathologie. In: FRESE/GREIF/SEMMER, 1978.

FRESE, M./GREIF, S./SEMMER, N. (Hrsg.): Industrielle Psychopathologie. Bern: Huber 1978.

FRICZEWSKI, F./THORBECKE, R.: Arbeitssituationen und koronare Herzkrankheiten. In: Soziale Medizin VII, Argument-Sonderband 12. Berlin (West) 1976.

FURSTENBERG, F. F., Jr.: Work Experience and Family Life. In: O'TOOLE, J. (Ed.): Work and the Quality of Life. Cambridge, Mass.: MIT Press 1974.

GREIF, S.: Intelligenzabbau und Dequalifizierung durch Industriearbeit. In: FRESE/GREIF/SEMMER, 1978.

HACKER, W.: Allgemeine Arbeits- und Ingenieurpsychologie. Bern: Huber 1978.

HARRISON, R. V.: Person Environment Fit and Job Stress. In: COOPER, C. L./PAYNE, R. (Ed.): Stress at Work. Chichester: Wiley 1978.

HÖRNING, K. H. (Hrsg.): Der „neue" Arbeiter. Frankfurt: Fischer 1971.

HOUSE, J. S./WELLS, J. A.: Occupational stress, social support and health (paper presented at a conference on „Reducing Occupational Stress", White Plains, N.Y., 1977).

INKELES, A./SMITH, D. H.: Becoming Modern. Cambridge, Mass.: Harvard Univ. Pr. 1974.

KARASEK, R.: The impact of the work environment on life outside the job: explorations in the associations between job content and leisure behaviour and mental health using national survey data from Sweden and the United States. Unpublished Ph. D.-thesis M.I.T., Cambridge 1976.
KERN, H./SCHUMANN, M.: Industriearbeit und Arbeiterbewußtsein. Frankfurt: EVA 1970.
KOCH, J.-J.: Lehrer-Studium und Beruf. Ulm: Süddeutscher Verlag 1972.
KOHN, M. L.: Social class and parental values. Am. J. Sociol., 1959, *64*, 337.
KOHN, M.: Class and Conformity: A study of values. Chicago: Univ. of Chicago Pr. 1977, 2.
KOHN, M. L./SCHOOLER, C.: The reciprocal effects of the substantive complexity of work and intellectual flexibility: A longitudinal assessment. Am. J. Sociol. 1978, *84*, 24–52.
LEMPERT, W.: Untersuchungen zum Sozialisationspotential gesellschaftlicher Arbeit. Materialien aus der Bildungsforschung Nr. 12. Berlin: MPI für Bildungsforschung 1977.
LEMPERT, W./FRANZKE, R.: Die Berufserziehung. München: Juventa 1976.
LÜSCHER, K.: Der Prozeß der beruflichen Sozialisation. Stuttgart: Enke 1968.
MARSTEDT, G./SCHAHN, K.: Eine Analyse des Zusammenhangs von Arbeitsbedingungen und psychischen Störungen. Psychol. und Praxis, 1977, *21*, 1–12.
MEISSNER, M.: The long arm of the job: A study of work and leisure. Industrial Relations, 1971, *10*, 239.
MENDNER, J. H.: Technologische Entwicklung und Arbeitsprozeß. Frankfurt: Fischer 1975.
MOORE, W. E.: Occupational Socialization. In: GOSLIN, D. A. (Ed.): Handbook of Socialization Theory and Research. Chicago: Rand McNally 1969.
MORSE, N. C./WEISS, R. S.: The function and meaning of work and the job. Am. Soc. Rev., 1955, *20*, 191.
PEARLIN, L. I./LIEBERMANN, M. A.: Social sources of emotional stress. In: SIMMONS, R. (Ed.): Research in Community and Mental Health. Greenwich, Conn. 1977.
PINNEAU, S. R., Jr.: Effects of social support on occupational stress and strain. Symposium presented at the 84th Annual Convention of American Psychological Ass. Sept. 1976.
Projekt Klassenanalyse: Materialien zur Klassenstruktur der BRD. Berlin (West): VSA 1973.
RAINWATER, L.: Work, Well-Being, and Family Life. In: O'TOOLE, J. (Ed.): Work and the Quality of Life. Cambridge, Mass.: MIT Pr., 1974.
ROSENMAN, R. H./FRIEDMAN, M. F./STRAUS, R./WURM, W./JENKINS, C. D./MESSINGER, H. B.: Coronary heart disease in the western collaborative group. J. Am. Med. Ass. 1966, *195*, 130ff.
TAYLOR, F. W.: Die Grundsätze wissenschaftlicher Betriebsführung. Weinheim: Beltz 1978.
UDRIS, I.: Streß in arbeitspsychologischer Sicht. In: NITSCH (Hrsg.): Streß (Arbeitstitel). Bern: Huber, im Druck.
ULICH, E./ULICH, H.: Über einige Zusammenhänge zwischen Arbeitsgestaltung und Freizeitverhalten. In: LEUENBERGER, TH./RUFFMANN, K.-H. (Hrsg.): Bürokratie. Bern: Lang 1977.
VOLPERT, W.: Die Lohnarbeitspsychologie und die Psychologie der Arbeitstätigkeit. In: GROSKURTH, P./VOLPERT, W.: Lohnarbeitspsychologie. Frankfurt: Fischer 1975.
VOLPERT, W.: Aufgaben einer neuorientierten Arbeitswissenschaft. In: PORNSCHLEGEL, H./SCHOLZ, H. (Hrsg.): Arbeitswissenschaft in der Gesellschaftspolitik. Berlin: Duncker & Humblot 1978.

Michael Frese und Walter Volpert

Bewußtsein

1 Bewußtsein als philosophischer Begriff

In der Wissenschaftsgeschichte wurde der Begriff des B. erstmalig gebildet 1720 von dem deutschen Philosophen WOLFF (PONGRATZ, 1967, 85). Die Entwicklung des Begriffes in der Psychologie wurde noch bis zum Beginn unseres Jahrhunderts von den Diskussionen der Philosophie bestimmt. Da die philosophischen Implikate des Begriffs für jede Psychologie, die sich *nicht* auf meßbares Verhalten als ihren einzigen Gegenstand beschränken will, auch heute noch *unverzichtbar* sind, sollen einige ihrer Aspekte kurz skizziert werden.

B. hieß philosophisch zunächst die Instanz der rationalen Erkenntnis, das spezifische Vermögen der Gattung Mensch, sich ein Wissen über Gegenstände und über sein eigenes Wesen zu bilden. B. war nahezu mit Denken und Verstand identisch; bei manchen Philosophen allerdings auch unter Einschluß nichtwissenschaftlicher Erkenntnis, z.B. im moralischen B., – als bürgerliches Weltbewußtsein.

KANT stellte die subjektive Strukturiertheit jeden B. heraus: mit Hilfe transzendentaler Kategorien ordnet es die empirische Mannigfaltigkeit der Welt. Grundlage jeden B. ist immer die individuelle Selbstbezogenheit des „Ich denke" (KANT, 1968, 136). Die dunklen Vorstellungen des B., z.B. Träume, werden allerdings im KANTischen Rationalismus methodisch aus der Wissenschaft verbannt. HEGEL liefert das Modell für einen dynamischen B.begriff: die B.*gestalten* entfalten sich je neu an ihren Objekten im sozialen Feld der Geschichte. Phänomenologie, die Fähigkeit zum reflektierten *Selbstbewußtsein*, kommt potentiell jedem einzelnen B. zu. Sie garantiert damit das praktische „Hinausgehen über das Beschränkte" (HEGEL, 1970, 74).

MARX radikalisiert den von HEGEL vorgewiesenen Weg, indem er die *gesellschaftlichen Bedingungen* (Arbeit, Arbeitsteilung, Herrschaft) zum Konstituens jeglicher B.leistung erklärt. „Es ist nicht das B. der Menschen, das ihr Sein, sondern umgekehrt ihr gesellschaftliches Sein, das ihr B. bestimmt" (MARX, 1968, 8). Vorstellungen des B., z.B. Mythen, Erkenntnisse, Traumerinnerungen, werden zwar von den Köpfen der Menschen produziert, aber immer nur in

Relation zu ihrem praktischen Lebenszusammenhang. Die Formen und Inhalte des B. sind nicht im Individuum angelegte Grundtatsachen; sie bilden sich erst aus während der Bearbeitung der äußeren Natur und der entsprechenden Rückwirkung auf die innere Triebnatur. Obwohl MARX definitorisch B. nur als das „bewußte Sein" (1973, 26) faßt, seziert er doch in seiner Gesellschaftstheorie die Verkehrungen eines *notwendig falschen* B. Die kapitalistischen Produktionsverhältnisse blockieren eine bewußte Erkenntnis ihres gesellschaftlichen Charakters, z.B. bei den Lohnarbeitern.

2 Psychologie und Psychoanalyse: Das Ende des Bewußtseins?

In der Geschichte der akademischen Psychologie galt der Begriff des B. noch lange als derjenige, der *den* psychologischen *Gegenstand* in seiner Gesamtheit bezeichnet. Allerdings versuchte man ebenso, die kleinste Einheit des B., die Empfindung, quasi physikalisch herzuleiten (vgl. BRUDER, 1973, 92ff.). Die Frage, ob Psychologie als Geistes- oder Naturwissenschaft aufzufassen sei, löste WUNDT – der Begründer der modernen empirischen Psychologie – noch dadurch, daß er Introspektion *und* Experiment als ergänzende Methoden anerkannte. WUNDT versteht B. als *Qualität des inneren Erlebens* und identifiziert seelische Tatsachen vollständig mit dem Inhalt von B.tatsachen (vgl. PONGRATZ, 1967, 101). In der Folgezeit wurden diese seelischen Tatsachen nun so in ihre einzelnen Funktionen experimentell zerlegt, daß die spezifische *Einheit* des individuellen B. völlig aus dem Blickfeld geriet. Sinneswahrnehmungen und isolierte Denkvollzüge substituierten die empirische Relevanz des B. Im frühen Behaviorismus (vgl. HEHLMANN, 1973, 264ff.) wurde das Reiz-Reaktions-Schema vom *Verhalten* auch zur Erklärung der mentalen Funktionen herangezogen. Damit wurde der Begriff des B. und mit ihm die Erkenntnis der Binnenstruktur des Individuums aus der Psychologie vertrieben.
Keine Ausgrenzung, wohl aber eine radikale *Entthronung des B.* leitete FREUD mit seiner Psychoanalyse ein. Klinische Beobachtungen zuerst bei der Hysterie und in der Hypnose drängten ihn zu der grundlegenden Annahme eines *Unbewußten* als wesentlicher psychischer Instanz. In diesem Unbewußten verbinden sich die auf unmittelbare Wunscherfüllung zielenden Triebrepräsentanzen mit den verdrängten Erlebnissen frühkindlicher Interaktionen. Unter den Zwängen der kulturellen Moral ist das, was ins B. zugelassen wird, quasi ein Kompromiß zwischen Realitäts- und Lustprinzip. Dieses Ausbalancieren, das sich zensierend auf die präsenten B.inhalte auswirkt, spielt sich zwar auf der Ebene des „Ich" ab, ist aber dennoch der Dynamik des Unbewußten unterworfen. Das B. ist dabei lediglich ein flüchtiger und selektiv arbeitender *Teil des psychischen Apparats.* „Das Unbewußte ist der größere Kreis, der den kleineren des Bewußtseins in sich einschließt" (FREUD, 1968, 617).
FREUD beschreibt also unbewußte Denkvorgänge, die nur bewußtseinsfähig oder vorbewußt sind. Die Technik der in FREUDS ‚Traumdeutung' erstmalig entwickelten Tiefenhermeneutik (vgl. LORENZER, 1974, 153) ermöglicht das Freilegen verborgener Wunschverknüpfungen. Das „Bewußtsein" als psychologisch gemeinte Illusion des autonomen bürgerlichen Individuums, das Wappen seiner Willensfreiheit ist damit am Ende. Und dennoch ist das wahre *Bewußtwerden*, vermittels der verbal-affektiven Äußerungen, bei FREUD das große therapeutische Ziel. B. als Qualität ist das „einzige Licht, das uns im Dunkel des Seelenlebens leuchtet und leitet" (FREUD, 1972, 147).

3 Das Bewußtsein zwischen den Stühlen

Um eine Bestandsaufnahme der B.problematik *heute* zu geben, kann nur ein Schlaglicht auf die einzelnen Schulen der Psychologie geworfen werden:
Der spätere Behaviorismus führte das B., das sich im Amerikanischen als ‚consciousness' deutlich von der ‚awareness' abhebt, wieder in die Forschung ein. Die *kognitive Psychologie* (vgl. NEISSER, 1974; POSNER, 1976) nimmt sich die Funktionen und den Stil unseres Denkens zum Objekt, beschränkt zumeist auf das theoretisch-abstrakte Lernen. Bestimmte Leistungen unseres B. werden differenziert beschrieben und experimentell gemessen und geprüft: Gedächtnis, Abstraktion, Symbolisierung, Kombination, Problemlösung. Wenn man das B. in dieser Sichtweise als „kognitive Präsenz" (PONGRATZ, 1967, 180) definiert, läßt sich gerade nachweisen, daß viele komplizierte Denkoperationen oft ohne Wahrnehmungen und Beeinflussungen des wachen ‚Bewußtseins' ablaufen. Der Mangel dieses B.begriffes liegt nun m.E. darin, daß es ausschließlich auf eine Art Lernmaschine ver-

kürzt wird, auf eine lediglich *quantitativ* begrenzte Instanz zur Verarbeitung von Informationen (POSNER, 1976, 200). Da es weder einen lebensgeschichtlich strukturierten Träger dieses B. noch eine soziale Genese seiner Formen zu geben scheint, ermöglicht gerade diese isolierte Fassung eine manipulative Umsetzung in abstrakte Lernprogramme (vgl. BRUDER, 1973, 132ff.).

Daß sich konkretes B. *nicht* als Computerteil begreifen läßt, zeigte PIAGET (1976) u. a. bei der Entstehung des Denkens beim Kinde, dessen Raum- und Zeitbegriff sich erst in den unterschiedlichen Phasen der Interaktion mit den Erwachsenen herausbildet. Ein prägender Einfluß der Gesellschaftsstrukturen auf sämtliche psychischen Funktionen, auf die Ichleistungen und die intellektuellen Vorgänge wurde u.a. durch transkulturelle Vergleiche bei anderen Völkern aufgewiesen (vgl. PARIN, 1972; WULFF, 1969).

Die *phänomenologische Richtung* in der Psychologie (vgl. GRAUMANN, 1966; MERLEAU-PONTY, 1974; HUSSERL, 1978) beschreibt die immanenten Voraussetzungen und Strukturen des B. Jedes individuelle B., das Haben eines Wissens ist immer gebunden an die präreflexive Erfahrung des eigenen Leibes. B. ist dabei kein individueller Besitz, sondern immer Intentionalität, Bezogenheit auf das Selbst und die Gegenstände der sozialen Welt. Es interpretiert seine Erfahrungen je neu innerhalb eines bestimmten *Horizontes.* Diese relativen Beschränkungen, die auf Kontinuität und Identität zielen, gewinnen ihren Stellenwert aber erst im Ganzen sozialer Interaktionen. Das B. läßt sich demnach nicht in isolierte Teilfunktionen auflösen oder lediglich als Verhalten beobachten. Nur eine *sozialpsychologische* Erfassung seiner historisch bedingten Inhalte und Begrenzungen wird der wahren Komplexität des B. gerecht (vgl. GRAUMANN, 1966, 115). Der sozialpsychologische Interaktionismus von MEAD (1969, 251) wird dieser Forderung insofern gerecht, als er das B., die an Symbole gebundene Reflexionsfähigkeit immer erst in der *Mitteilung* an die anderen angesiedelt sieht.

In der *sowjetischen Psychologie* spielte der Begriff des B. eine tragende und doch schillernde Rolle. Einerseits wird das B. – eher idealistisch – als geschichtlicher Fortschritt, als höchste Entwicklungsstufe des Psychischen gefeiert. Es repräsentiert die Freiheit des Willens gegenüber den Mächten der Natur. – Andererseits orientiert man sich an der materialistischen Evolutionstheorie von der Menschwerdung des Affen sowie an einer mechanistischen Theorie der Erkenntnis als *Widerspiegelung.* Bei RUBINSTEIN (1973) geht die Entstehung des B. genetisch der erstmaligen Benutzung von Werkzeugen in der *Arbeit* hinterher. B. ist danach also bloß eine abhängige Variable. Dieses Schillern, zwischen Voluntarismus und Determinismus, findet sich, obwohl RUBINSTEINS strukturaler Ansatz schon von LEONTJEW (1973) historisiert wurde, auch noch in dem vergleichbaren Ansatz von SCHURIG (1976). In seiner naturhistorischen Herleitung des B., die zweifellos interessante Einzelheiten über Ähnlichkeiten zwischen Mensch und Tier darbietet, definiert SCHURIG B. aus einer „Intensivierung der Informationsverarbeitung“ (1976, 8) im prähistorischen Tier-Mensch-Übergangsfeld, was eine problematische *kybernetische Fassung* des B. nahe legt. Die Andeutungen von naturgesetzlichen Grundlagen gegenwärtigen B. sind entweder unergiebig oder biologistisch verkürzt. Sein gegen RUBINSTEIN gerichtetes Argument von der *Sprache* als trennscharfem Kriterium des Humanen (1976, 232) muß allerdings bei einer neuen, sozialwissenschaftlichen Theorie des B. stets mit bedacht werden.

Unter Berufung auf *hirnphysiologische Befunde* bezweifelt ORNSTEIN (1976) eine rein kognitive Definition des B. (Subjekt-Objekt-Trennung, Abstraktion). Obwohl sich psychische Prozesse nie eindeutig somatisch lokalisieren lassen, müssen z.B. die unterschiedlichen Funktionen der zwei Hemisphären des Großhirns zum Verständnis der Komplexität des „Bewußtseins“ mit herangezogen werden. So ordnet ORNSTEIN z.B. die linke, dominante Hirnhemisphäre dem „westlichen“, verbal-analytisch-linearen B. zu, während die rechte ein „östliches“, räumlich-visuell-ganzheitliches B. in sich birgt. Da eine Steigerung des körperlich-seelischen Wohlbefindens und der Kreativität immer nur durch eine gelungene *Synthese* beider Hälften zustande kommt, schlägt ORNSTEIN eine Ergänzung der traditionellen Psychologie durch Techniken fernöstlicher Meditation wie Zen oder Yoga vor (1976, 200). Besonders das Ergebnis solcher angestrengter B.leistung: die physiologische Selbstbeherrschung des eigenen Körpers könnte neue Dimensionen in der Therapie eröffnen, möglicherweise unterstützt von der ‚westlichen‘ Technik des bio-feedback-Verfahrens.

Es wird dabei deutlich, wie stark auch ein rein

wissenschaftlicher Begriff des B. abhängig ist von realen gesellschaftlichen Prozessen. Die *Sehnsucht nach B.erweiterung* kann nämlich auch als Reaktion auf zunehmende psychische Verelendung verstanden werden. Der Griff zu Drogen oder psychologischen Meditationstechniken verdrängt die gesellschaftlichen Bedingungen des Leidens und verdoppelt damit noch die *Privatisierung* eines „enteigneten Bewußtseins" (KILIAN, 1971).

4 Das Alltagsbewußtsein

Einen auf die aktuelle Gesellschaft bezogenen Begriff des B. entfalten LEITHÄUSER u. a. (1977), indem sie in kritischer Absicht Kategorien der Phänomenologie und der Psychoanalyse kombinieren. Das „Alltagsbewußtsein" ist das vergesellschaftete B. des normalen Individuums im *Spätkapitalismus;* in ihm bündeln sich alle typischen, psychisch verankerten Verarbeitungsweisen der Realität. Im Alltagsbewußtsein vermischen sich Ergebnisse der individuellen, familialen Sozialisation mit den industriell produzierten Stereotypen und Klischees, z. B. der Massenmedien oder der Warenästhetik, zu einer verdächtig stabilen Einheitsform. Die relativ invariante *Struktur* dieses B. beruht nicht auf anthropologischen Grundgegebenheiten, wie das von einigen gesellschaftsblinden Psychologen behauptet wird, sondern auf erzwungenen Regeln, die sich unterhalb bewußter Selbstreflexion schematisch festgesetzt haben.
Die gesellschaftstheoretische Erklärung dieses neuen B.typus liefern NEGT/KLUGE (1972), indem sie eine veränderte Qualität der Vergesellschaftung im Spätkapitalismus diagnostizieren. Das individuelle B. selbst, die individuellen Orientierungen, die lebensgeschichtlich bedeutsamen Gefühle und Interaktionen werden zum Objekt, zum „Rohstoff" (1972, 43) für die entsprechende *B.industrie.* Der Akkumulation des Kapitals entspricht eine zunehmende Austrocknung der Subjektivität. Das alltägliche B. wird diffus in seinen Inhalten, aber schablonenhaft in seinen Formen.
LEITHÄUSER u. a. interpretieren diese *Formen* mit der, aus der psychoanalytischen Therapiesituation übernommenen, Kategorie der „Übertragung" (1977, 46 ff.). Im Alltagsbewußtsein werden nämlich alltagspraktisch gebildete Strukturen der Abwehr und des Ausgrenzens sowie familiale Interaktionsformen auf die gesamtgesellschaftliche Umgebung übertragen. Z. B. werden Kriege und außenpolitische Konflikte nach dem bekannten Modell eines Fußballspiels oder eines Ehekrachs wahrgenommen. Gemeinsam mit der Übertragung der Gefühle des Patienten auf den Analytiker hat jene die Unangemessenheit des B., die rituelle Subsumtion differenter Eindrücke auf die immer gleiche Folie. Unbekanntes wird auf Formeln reduziert, die das Individuum von Angst entlasten. Diese *Regeln* selbst werden nicht mehr sprachlich symbolisiert und setzen sich so nur als verhaltensregulierende Zeichen und Klischees durch (vgl. LORENZER, 1974, 123 ff.). Die Vermarktung des Alltags, die von der Freizeitindustrie verordnete Privatisierung, drängt die Menschen in die alltägliche Regression. In den „autistischen Milieus" (LEITHÄUSER u. a., 1977, 26), exemplarisch in der allabendlichen Fernsehsituation, verfestigt sich ein *Routine-B.*, das zu einem veränderungsresistenten Weltbild führt und zugleich mit panischer Aggression gegen alle Arten von Abweichungen vorgeht. Psychologische Analyse führt, indem sie die Regeln aufdeckt, schon zu einer Veränderung dieses gegebenen B.

5 Ein emanzipativer Bewußtseinsbegriff

„Bewußtsein" kann also nur sinnvoll beschreibbar werden innerhalb eines bestimmten historischen und gesellschaftlichen *Rahmens.* Dessen Kritik muß die Kritik der angeblich zeitlosen Kategorien der Psychologie mit einschließen.
Als psychologisch relevante *Instanz* oder *Eigenschaft* des vergesellschafteten Individuums ist B. stets dynamisch zu beschreiben. B. tritt immer in unterschiedlichen Gestalten, Typen oder Formen auf; es zeichnet sich je spezifisch aus durch seine Objekte, seine Perspektiven und seine Klarheitsgrade. Was den *Begriff* des B., gerade wegen seiner Bedeutungsvielfalt, von anderen psychologischen Partialkategorien abhebt, ist das positive idealistische Erbe einer *Erfassung des Ganzen*, einer synthetisierenden Einheit von Person und Umwelt. Will man sich gleichwohl von der Fiktion eines autonomen Einzelsubjektes lösen, kann man konkretes B. nur dort fassen, wo es sich sprachlich äußert, nämlich im Verkehr der Individuen innerhalb sozialer Gruppen. Im lebendigen B. fassen sich – potentiell – immer Affektstrebungen, Wissenselemente und Handlungsentwürfe zusammen.
Für eine weitere, sozialwissenschaftlich gerichtete, psychologische Forschung folgt daher –

abgesehen von der steten Notwendigkeit der Berücksichtigung somatischer Kenntnisse –, daß man *das* B. nicht von seinem sozialen Darstellungsfeld, quasi als neutralen Behälter, isolieren darf. Eine *Strukturanalyse* des handlungsrelevanten B. müßte sich beziehen auf ein „thematisches Bewußtsein" (BERGER, 1974, 171), das anders als die durch Tests abfragbaren Einstellungen und Meinungen gerade auf seine eigene Position im Ganzen gesellschaftlicher Verhältnisse zielt. Da man allerdings von der Möglichkeit eines verdinglichten Alltagsbewußtseins, eines „falschen Bewußtseins" (MARCUSE, 1962, 391) ausgehen muß, hat man seine *Verkehrungen* stets kritisch zu erklären.

Eine materialistische Sozialisationstheorie und eine sozialpsychologische Sprachanalyse müßten eine kognitivistische Einengung des B., die methodisch immer auch zu künstlichen und sozialtechnologischen Untersuchungssituationen führt, dahingehend überwinden, daß sie *reale Objekte* des B., z.B. Familie, Arbeitsplatz, Einkauf, Körper, in seine Beschreibung miteinbeziehen. Daraus folgt eine neue empirische Methode, die ihren Gegenstand selbst in kollektiver Reflexion aller Beteiligten erfaßt und verändert (vgl. DEVEREUX, 1967).

B. kann darüber hinaus, auch wenn seine Basisfunktion psychodynamisch angezweifelt ist, in der psychologischen Intervention eine *emanzipative Zielkategorie* werden. Die Möglichkeit zum kritischen Selbstbezug muß nämlich bei jedem Subjekt unterstellt werden. Manipulative Verfahren verbieten sich deswegen auch bei Gruppeninteraktionen, weil sie vielleicht das Wissen des Therapeuten vermehren, nicht aber die selbstbezogene B.qualität der Klienten. Eine Veränderung des *B.horizontes*, eine Aneignung verdrängter Wünsche, Interessen und Ängste, muß in jede Therapie, die sich von bloßer Anpassung oder Konditionierung unterscheiden will, eingebaut werden. *Wahres B.* verhilft dem Individuum zu seiner eigenen Sprache und stellt damit eine Befreiung aus der eigenen Unmündigkeit her.

Verweis auf andere Stichwörter

→Behaviorismus →Denken und Problemlösen →Entfremdung →Humanistische Psychologie →Intelligenz und Begabung →Kybernetik →Massenkommunikation →Psychoanalyse →Physiologische Psychologie →Sozialpsychologie →Sprache →Subjekt →Warenästhetik und Werbung

Literatur

BERGER, H.: Untersuchungsmethode und soziale Wirklichkeit. Frankfurt/Main: Suhrkamp 1974.

BRUDER, K.-J.: Entwurf der Kritik der bürgerlichen Psychologie. In: BRUDER, K.-J. (Hrsg.): Kritik der bürgerlichen Psychologie. Frankfurt/Main: Fischer 1973, S. 92–217.

DEVEREUX, G.: Angst und Methode in den Verhaltenswissenschaften. München: Hanser 1967.

FREUD, S.: Die Traumdeutung. In: FREUD, S.: Gesammelte Werke, Band II/III. Frankfurt/Main: Fischer 1968.

FREUD, S.: Some Elementary Lessons in Psycho-Analysis. In: FREUD, S.: Gesammelte Werke, Band XVII. Frankfurt/Main: Fischer 1972, S. 141–147.

GRAUMANN, C.-F.: Bewußtsein und Bewußtheit. Probleme und Befunde der psychologischen Bewußtseinsforschung. In: Handbuch der Psychologie, 1. Band, 1. Halbband. Göttingen: Hogrefe 1966, S. 79–127.

HEHLMANN, W.: Geschichte der Psychologie. Stuttgart: Kröner 1973.

HEGEL, G. W. F.: Phänomenologie des Geistes. In: HEGEL, G. W. F.: Werke, Band 3. Frankfurt/Main: Suhrkamp 1970.

HUSSERL, E.: Cartesianische Meditationen. Eine Einleitung in die Phänomenologie. Hamburg: Meiner 1978.

KANT, I.: Kritik der reinen Vernunft, I. In: KANT, I.: Werke, Band 3. Frankfurt/Main: Suhrkamp 1968.

KILIAN, H.: Das enteignete Bewußtsein. Neuwied: Luchterhand 1971.

LEITHÄUSER, TH. u.a.: Entwurf zu einer Empirie des Alltagsbewußtseins. Frankfurt/Main: Suhrkamp 1977.

LEONTJEW, N. A.: Probleme der Entwicklung des Psychischen. Frankfurt/Main: Athenäum 1973.

LORENZER, A.: Die Wahrheit der psychoanalytischen Erkenntnis. Frankfurt/Main: Suhrkamp 1974.

MARCUSE, H.: Über das Ideologieproblem in der hochentwickelten Industriegesellschaft. In: LENK, K. (Hrsg.): Ideologie. Neuwied: Luchterhand 1967, S. 382–406.

MARX, K.: Vorwort zur Kritik der politischen Ökonomie. In: MARX/ENGELS Werke, Band 13. Berlin-Ost: Dietz 1968.

MARX, K./ENGELS, F.: Die deutsche Ideologie. In: MARX/ENGELS Werke, Band 3. Berlin-Ost: Dietz 1973.

MEAD, G. H.: Sozialpsychologie. Neuwied: Luchterhand 1969.

MERLEAU-PONTY, M.: Phänomenologie der Wahrnehmung. Berlin: de Gruyter 1974.

NEGT, O./KLUGE, A.: Öffentlichkeit und Erfahrung. Frankfurt/Main: Suhrkamp 1972.

NEISSER, U.: Kognitive Psychologie. Stuttgart: Klett 1974.

ORNSTEIN, R.: Die Psychologie des Bewußtseins. Frankfurt/Main: Fischer 1976.

PARIN, P.: Der Ausgang des ödipalen Konflikts in drei verschiedenen Kulturen. In: ENZENSBERGER, H. M./MICHEL, K. M. (Hrsg.): Kursbuch 29. Berlin: Kursbuch 1972, S. 179–201.

PIAGET, J.: Psych. der Intelligenz. München: Kindler 1974.

PONGRATZ, L. J.: Problemgeschichte der Psychologie. Bern: Francke 1967.

POSNER, M. I.: Kognitive Psych. München: Juventa 1976.

RUBINSTEIN, S. L.: Sein und Bewußtsein. Berlin-Ost: Volk und Wissen 1973.

SCHURIG, V.: Die Entstehung des Bewußtseins. Frankfurt/Main: Campus 1976.

WULFF, E.: Grundfragen transkultureller Psychiatrie. Das Argument, Nr. 50. Berlin: Argument 1969, S. 227–260.

Roland Schäfer

Common-Sense-Psychologie

1 Allgemeines

Als Psychologie des common-sense (auch Naive, Intuitive, Laien- oder Alltagspsychologie genannt) bezeichnet man innerhalb der Psychologie jene Richtung, die sich mit der systematischen Erforschung des *menschlichen Alltagswissens* befaßt. Die Psychologie des common-sense stellt dabei keine in sich geschlossene Theorie dar, sondern umfaßt eine Reihe von Annahmen über menschliches Verhalten. In verschiedenen Disziplinen der Psychologie erschienen fast zur gleichen Zeit grundlegende Arbeiten zur Psychologie des common-sense: innerhalb der *Sozialpsychologie* die Arbeiten von HEIDER (1946, 1958) über die Wahrnehmung zwischenmenschlicher Beziehungen aus der Sicht des „naiven" Psychologen; innerhalb der *Persönlichkeitspsychologie* die Arbeiten von KELLY (1955) über die Bildung impliziter Persönlichkeitstheorien und im Rahmen der *Entwicklungspsychologie* die Arbeit von PIAGET (1954) über die Strukturierung des Alltagswissens bei Kindern. Allen Ansätzen gemeinsam ist die Annahme, daß der Mensch sich selbst und seine soziale Umwelt (seine Mitmenschen, deren Handlungen usw.) zu verstehen sucht und deshalb ähnlich wie ein „professioneller" Psychologe intuitiv psychologische Theorien über menschliches Verhalten aufstellt. Mit Hilfe „naiver" Handlungs-, Motivations- und Persönlichkeitstheorien analysiert und interpretiert der „naive" Psychologe sein eigenes Verhalten und das seiner sozialen Umwelt. Sein Alltagswissen hilft ihm dabei, sich selbst und seine soziale Umwelt zu verstehen, und bestimmt weitgehend sein Verhalten.
Das Alltagswissen des Menschen umfaßt Wissen aus verschiedenen Sachgebieten und die ihm immanenten Gesetzmäßigkeiten, so z.B. Wissen über die unbelebte Umwelt (naiv-physikalisches Wissen), über Gruppenprozesse (naiv-soziologisches Wissen), über Krankheiten und Körperfunktionen (naiv-medizinisches Wissen), über psychologische Phänomene (naiv-psychologisches Wissen) usw. Die Psychologie des common-sense befaßt sich mit den Prinzipien und Regeln, nach denen der Mensch sein Wissen kognitiv organisiert und dementsprechend Schlußfolgerungen zieht, beschränkt sich dabei jedoch weitgehend auf den Bereich des naiv-psychologischen Wissens.

Einen sehr nachhaltigen Einfluß auf die Entwicklung der Psychologie des common-sense hatte (und hat) der Sozialpsychologe Fritz HEIDER (1946, 1958). HEIDER formulierte eine Theorie, mit der sich die im Alltagswissen enthaltenen grundlegenden Konzepte über zwischenmenschliche Beziehungen analysieren lassen. Im Rahmen dieser Theorie wird eine Symbolsprache entwickelt, mit der sich die charakteristischen Merkmale zwischenmenschlicher Beziehungen erfassen und darstellen lassen. Mit Hilfe dieser Symbolsprache analysiert HEIDER die naiv-psychologischen Vorstellungen bei der Wahrnehmung von Personen, deren Handlungen, Gefühlen und Motiven. Ein Ergebnis dieser Analysen war die Formulierung der *Balancetheorie* und der *Attributionstheorie*, die beide zentrale Prinzipien der kognitiven Organisation naiv-psychologischen Wissens beinhalten.
Die Attributionstheorie war es auch, von der die stärksten Impulse für eine Verbreitung der Psychologie des common-sense ausgingen. Seitdem die Attributionstheorie im Mittelpunkt der sozialpsychologischen Forschung steht, ist ein zunehmendes Interesse an der Psychologie des common-sense zu verzeichnen. Arbeiten von LAUCKEN (1974), JOYNSON (1974), ROSS (1977) und WEGNER/VALLACHER (1977) spiegeln diese Entwicklung wider. Es werden darin psychologische Phänomene aus der Sicht der common-sense-Psychologie dargestellt zusammen mit einem Überblick über Entwicklungen innerhalb dieser Forschungsrichtung.
Da die Balancetheorie und die Attributionstheorie zu denjenigen Theorien zählen, die die Entwicklung der Psychologie des common-sense am stärksten beeinflußt haben, sollen sie nachfolgend kurz dargestellt werden.

2 Balancetheorie

Die Balancetheorie befaßt sich mit den Gesetzmäßigkeiten der Organisation des Wissens über zwischenmenschliche Beziehungen. Nach HEIDER (1946, 1958) strukturiert der Mensch dieses Wissen in kognitiven Einheiten, d.h. er faßt einfache kognitive Elemente (Personen, Objekte) zu komplexeren kognitiven Einheiten zusammen, indem er Beziehungen zwischen ihnen herstellt. So neigt der Mensch z.B. dazu, Dinge, die sich ähnlich sind oder die nahe beieinanderliegen, zu kognitiven Einheiten zu organisieren. Ebenso sieht er Personen als zusammengehörig, die sich sympathisch finden oder die gleichen Ansichten vertreten.

Damit das Alltagswissen effektiv organisiert werden kann, ist es notwendig, daß die kognitiven Elemente so miteinander verbunden sind, daß keine Widersprüche zwischen den einzelnen Elementen auftreten. Einen derartigen „widerspruchsfreien" Zustand nennt HEIDER „balanciert". Ein „imbalancierter" Zustand besteht, wenn die Beziehungen nach dem common-sense-Verständnis nicht „stimmig" sind, wenn sie einer naiv-psychologischen Theorie widersprechen. Eine imbalancierte Situation wäre z.B. gegeben, wenn jemand eine andere Person sympathisch findet, diese Sympathie jedoch nicht erwidert wird.

Ein balancierter Zustand ist nach HEIDER psychologisch angenehm, ein imbalancierter dagegen psychologisch unangenehm. Aus diesem Grund strebt der Mensch danach, balancierte Konstellationen zu bilden oder aber imbalancierte Konstellationen so zu ändern, daß sie zu balancierten werden. Die als Beispiel angeführte imbalancierte Situation ließe sich durch die folgenden Änderungen balancieren: (a) die Person, die die Sympathie nicht erwidert hat, ändert ihre Einstellung und findet die andere Person nun ebenfalls sympathisch, oder (b) die Person, die die andere Person zuvor sympathisch fand, ändert ihre Einstellung und findet sie nun unsympathisch. Welche dieser Alternativen die Person wählen wird, darüber wird in der Balancetheorie keine Aussage gemacht.

HEIDER erörtert eine Reihe von Prinzipien der Organisation des Wissens über zwischenmenschliche Beziehungen. Im wesentlichen sind es die von WERTHEIMER (1923) formulierten *Gestaltfaktoren*, die HEIDER auf die Personenwahrnehmung anwendet, so u.a. die Faktoren der Ähnlichkeit, der Nähe und der Kausalität. Nimmt ein Beobachter z.B. wahr, daß Person A und Person B sich ähnlich sind, so schließt er daraus, daß sich die beiden Personen auch sympathisch finden. Beobachtet er hingegen, daß Person A Person B unsympathisch findet, so ergibt sich für ihn, daß Person A keinen engen Kontakt mit Person B haben möchte, und daß Person A Person B meiden wird. Unter Zugrundelegung dieser Annahmen lassen sich aus der Balancetheorie für bestimmte Konstellationen zwischenmenschlicher Beziehungen spezifische common-sense-Vorhersagen ableiten, wie etwa: der Feind deines Feindes ist dein Freund.

Die Formulierung der Balancetheorie hat eine Vielzahl empirischer Untersuchungen angeregt, da aus ihr nicht nur Vorhersagen über kognitive Änderungen, sondern auch über Verhaltensänderungen ableitbar sind. Viele dieser Vorhersagen fanden empirische Bestätigung, allerdings lassen sich auch einige wichtige Ausnahmen anführen (eine gute Übersicht über die empirischen Ergebnisse geben: ZAJONC, 1968; TAYLOR, 1970; WYER, 1974). So konnte u.a. die These, daß Balance angenehm und Imbalance unangenehm ist, empirisch nicht eindeutig gestützt werden. Es zeigte sich, daß balancierte Situationen eher als stabil denn als angenehm, und imbalancierte eher als instabil denn als unangenehm empfunden wurden.

Die Balancetheorie hat auch Anstöße zu weiteren theoretischen Arbeiten gegeben. Zu nennen sind hier vor allem die *Formalisierung* der Balancetheorie (siehe u.a. CARTWRIGHT/HARARY, 1956, 1970; DAVIS, 1967; SUKALE, 1971) sowie die *Simulation kognitiver Prozesse* (siehe ABELSON, 1963; ABELSON/CARROLL, 1965; SCHANK/ABELSON, 1977). Aus der Sicht der Psychologie des common-sense ist vor allem die letztere Entwicklung von Interesse, da bei der Simulation von kognitiven Prozessen die Organisation von Alltagswissen eine zentrale Rolle spielt.

3 Common-sense und „künstliche Intelligenz"

Auf dem Gebiet der „künstlichen Intelligenz" gibt es seit einigen Jahren intensive Bemühungen, Computerprogramme zu entwickeln, mit denen sich das menschliche Wissen repräsentieren läßt, und mit denen sich kognitive Prozesse der Informationsverarbeitung mit Hilfe von Computern simulieren lassen. Die für die Psychologie des common-sense wohl interessantesten Arbeiten sind die des Sozialpsychologen Robert ABELSON und des Informatikers Roger SCHANK, die ihre Arbeiten zuerst getrennt und später gemeinsam durchführten (siehe ABELSON, 1963, 1973; ABELSON/CARROLL, 1965; SCHANK, 1972; SCHANK/ABELSON, 1977). Angeregt durch die Arbeiten von HEIDER entwikkelte ABELSON eine theoretische Konzeption, nach der sich komplexe Konzepte des menschlichen Alltagswissens darstellen und simulieren lassen. Im Unterschied zu der von HEIDER entwickelten Symbolsprache, die nur über drei

Komplexitätsstufen verfügt, verwendet ABELSON sieben derartiger Stufen. Die drei untersten Stufen repräsentieren vor allem das naiv-physikalische Wissen, während die darüberliegenden Stufen primär das naiv-psychologische Wissen repräsentieren. So können z. B. auf einer Ebene einfache Handlungsabläufe dargestellt werden, kann auf der nächsten Ebene das Planen von Handlungsabläufen unter Einbeziehung anderer Personen und auf der darüberliegenden Ebene die Interaktion zwischen zwei Akteuren, die beide eine Handlung planen, repräsentiert werden.

Durch die Formulierung entsprechender Regeln ist es ABELSON und SCHANK möglich geworden, die kognitiven Elemente einer jeden Komplexitätsstufe zu kognitiven Einheiten zu organisieren, die ihrerseits wieder kognitive Elemente auf der nächsthöheren Komplexitätsstufe darstellen. Auf diese Weise ist es möglich, das Wissen, das auf einer bestimmten Stufe organisiert ist, in die nächsthöhere zu integrieren und umgekehrt. Das von ABELSON und SCHANK entwickelte Konzept stellt somit ein dynamisches System zur Organisation von Alltagswissen dar.

Da sich das gesamte Alltagswissen derzeit noch nicht mit derartigen Konzepten erfassen läßt, beschränken sich ABELSON und SCHANK auf das Alltagswissen über das Planen und Durchführen von Handlungen. Hierbei gelang es ihnen, zwei Bereiche des common-sense-Wissens in ein Modell zu integrieren: das naiv-psychologische Wissen und das naiv-physikalische Wissen. Um ihre Modelle zu prüfen, haben SCHANK und ABELSON (1977) Computerprogramme geschrieben, mit denen sich kognitive Prozesse auf der jeweiligen Ebene simulieren lassen. Die Ergebnisse dieser Simulationen geben Aufschluß über den möglichen Ablauf kognitiver Prozesse sowie über noch bestehende Unzulänglichkeiten der theoretischen Konzeption.

4 Attributionstheorie

Die Attributionstheorie, die ebenfalls von HEIDER (1944, 1958) formuliert, später von JONES/DAVIS (1965) und KELLEY (1967, 1972) weiterentwickelt wurde, befaßt sich mit der Wahrnehmung von Ursache und Wirkung im sozialen Bereich. Sie beruht auf der Annahme, daß der Mensch bestrebt ist, Ereignisse, die in seiner sozialen Umwelt eintreten, zu „erklären“, d. h. *Ursachen* für das Eintreten bestimmter Ereignisse zu finden. Die Zuschreibung eines Einflußfaktors als Ursache für bestimmte Verhaltensweisen oder Ereignisse bezeichnet man als *Attributionsprozeß*. Es lassen sich generell zwei Arten der Ursachenzuschreibung unterscheiden, und zwar das Schließen auf eine (a) *interne* oder *externe* Ursache und/oder auf eine (b) *stabile* oder *variable* Ursache. Schreibt eine Person z. B. einer beobachteten Handlung oder einem Ereignis eine interne Ursache zu, so glaubt sie, daß diese auf bestimmte Eigenschaften des Handelnden zurückzuführen sind (z. B. das gute Testergebnis eines Schülers auf seine Veranlagung oder auf seine intensive Vorbereitung). Ist sie hingegen der Meinung, daß die Handlung oder das Ereignis auf eine externe Ursache zurückzuführen ist, so hält sie bestimmte Umweltkräfte oder -faktoren für die Ursache (z. B. den geringen Schwierigkeitsgrad der Testaufgabe oder reinen Zufall). Führt der Beobachter das gute Testergebnis auf Veranlagung zurück, so attribuiert er es einer stabilen internen Ursache; führt er es auf die intensive Vorbereitung zurück, dann handelt es sich um die Attribution einer variablen internen Ursache. Die gleiche Unterscheidung läßt sich auch im Zusammenhang mit der Zuschreibung externer Ursachen treffen: führt der Beobachter das gute Ergebnis auf den geringen Schwierigkeitsgrad der Testaufgabe zurück, so handelt es sich um die Attribution einer stabilen externen Ursache; hält er es für ein Zufallsergebnis, so attribuiert er eine variable externe Ursache.

Ob ein Beobachter eine Handlung auf bestimmte Eigenschaften einer Person zurückführt oder auf bestimmte situative Bedingungen, hängt von einer Reihe von Faktoren ab. Zu diesen zählen die Informationen, über die der Beobachter verfügt, die Erwartungen, die er bezüglich des Verhaltens hat, und die Merkmale, die zu diesem Zeitpunkt sein Interesse erregen.

Ob eine Person dem Ereignis nun eine externe oder interne Ursache zuschreibt, kann unterschiedliche Konsequenzen für ihr Verhalten haben. Angenommen, eine Person wird von einem Stein getroffen und sieht ein vorbeifahrendes Fahrzeug als Ursache an (externe variable Ursache), dann wird sie sich anders verhalten, als wenn sie eine Person als Ursache ansieht, die diesen Stein mit Absicht geworfen hat (interne Ursache). Im ersten Fall würde die getroffene Person wahrscheinlich nichts weiter unternehmen, während sie sich im zweiten Fall vermutlich energisch zur Wehr setzen würde.

Mit Hilfe ihrer naiven Motivationstheorie wird die Person dann das Motiv für den Steinwurf zu ergründen versuchen.

Wie die Ergebnisse empirischer Untersuchungen zeigen, gibt es fundamentale Unterschiede in der Ursachenattribution. So neigt z. B. ein Beobachter dazu, das Verhalten des Handelnden eher auf interne Ursachen zurückzuführen, d.h. auf die Eigenschaften des Handelnden, während der Handelnde selbst seinem Verhalten eher externe Ursachen zuschreibt. Ein ähnlicher Unterschied läßt sich auch zwischen „naiven" und „professionellen" Psychologen aufzeigen. Naive Psychologen neigen wesentlich stärker als professionelle Psychologen dazu, dem Verhalten interne statt externe Ursachen zugrundezulegen. Jedoch auch professionelle Psychologen sind nicht frei von Attributionsverzerrungen (siehe ROSS, 1977). Bei der Attribution von Erfolg und Mißerfolg zeigt sich, daß Personen dazu neigen, Erfolge eher ihren eigenen Fähigkeiten und Anstrengungen zuzuschreiben (Attribution interner Ursachen), während sie Mißerfolg stärker situativen Faktoren wie z. B. dem Schwierigkeitsgrad der Aufgabe zuschreiben oder aber dem Zufall (Attribution externer Ursachen). Einen guten Überblick über die theoretischen Weiterentwicklungen der Attributionstheorie und über die erzielten empirischen Ergebnisse geben u. a. JONES et al. (1972), HARVEY et al. (1976, 1978), GÖRLITZ et al. (1978) und MEYER/SCHMALT (1978). Eine Darstellung dessen, wie sich die beiden zentralen Theorien der Psychologie des common-sense, die Attributionstheorie und die Balancetheorie, entwickelt haben und in welcher Beziehung sie zueinander stehen, findet sich bei HEIDER (1978).

5 Weitere Forschungsbereiche und Ausblick

Die Psychologie des common-sense hat in den letzten Jahren zunehmend zu empirischen und theoretischen Arbeiten angeregt. Außer in den bereits erwähnten wurden Aspekte des common-sense explizit oder implizit u. a. auch in folgenden Bereichen erforscht: Eindrucksbildung (ASCH, 1946; BRUNER/TAGIURI, 1954; DORNBUSCH et al., 1965), Evaluationsforschung (KANOUSE/HANSON, 1971; DION et al., 1972), Selbstwahrnehmung und Selbstaufmerksamkeit (BEM, 1972; FREY et al., 1978), kognitive Entwicklung bei Kindern (FEFFER, 1970; SELMAN, 1976; CHANDLER, 1977), Entscheidungsforschung (TVERSKY/KAHNEMAN, 1974; KAHNEMAN/TVERSKY, 1972).

Man kann davon ausgehen, daß die Alltagsvorstellungen des Menschen in zunehmendem Maße erforscht werden. Nur ein Teil der impliziten Theorien, die der Mensch zur Erklärung seines Verhaltens und desjenigen seiner sozialen Umwelt benutzt, ist bisher empirisch untersucht worden. Eine Reihe weiterer impliziter Theorien wird sicherlich folgen. Denkbar wären etwa Untersuchungen impliziter Theorien, die Menschen über soziale, politische, ökonomische und transzendentale Kräfte haben, die nach ihrer Vorstellung ihr Leben, ihr Verhalten und das ihrer Umwelt beeinflussen (implizite Theorien der *Macht*). Ein weiterer Bereich könnte die Untersuchung der Alltagsvorstellungen über Strategien und Taktiken sein, mit denen der Mensch glaubt, seine Mitmenschen beeinflussen zu können (implizite Theorien des *sozialen Einflusses*). Interessant wäre auch eine Untersuchung der Konzepte und Methoden, die der naive Psychologe anwendet, um die Gedanken seiner Mitmenschen zu erraten (implizite Theorie des *Denkens*).

Eine intensive Forschung der common-sense-Psychologie wird nicht ohne Auswirkungen auf die weitere Entwicklung der Sozialpsychologie bleiben, da die Sozialpsychologie diejenige Wissenschaft ist, die sich zentral mit der Frage befaßt, wie Menschen ihre Erfahrungen organisieren und bewerten und daraus Schlußfolgerungen für ihr Verhalten ziehen.

Verweis auf andere Stichwörter

→Denken und Problemlösen →Einstellung →Interaktion und Kommunikation →Persönlichkeit →Sozialpsychologie →Wissenschaftstheorie und Psychologie

Literatur

ABELSON, R. P.: Computer simulation of ‚hot' cognition. In: TOMPKINS, S./MESSICK, S. (Hrsg.): Computer simulation of personality. New York: Wiley 1963.

ABELSON, R. P.: The structure of belief systems. In: SCHANK, R./COLBY, K. (Hrsg.): Computer models of thought and language. San Francisco: Freeman 1973.

ABELSON, R. P./CARROLL, J.: Computer simulation of individual belief systems. American Behavioral Science, 8, 1965, S. 24–30.

ASCH, S.: Forming impressions of personality. Journal of Abnormal and Social Psychology, 41, 1946, S. 258–290.
BEM, D. J.: Self-perception theory. In: BERKOWITZ, L. (Hrsg.): Advances in experimental social psychology, Vol. 6. New York: Academic Press 1972.
BRUNER, J. S./TAGIURI, R.: The perception of people. In: LINDZEY, G. (Hrsg.): Handbook of social psychology. Cambridge, Mass.: Addison-Wesley 1954.
CARTWRIGHT, D./HARARY, F.: Structural balance: A generalization of Heider's theory. Psychological Review, 63, 1956, S. 277–293.
CARTWRIGHT, D./HARARY, F.: Ambivalence and indifference in generalizations of structural balance. Behavioral Science, 15, 1970, S. 497–513.
CHANDLER, M.: Social cognition. In: OVERTON, W. F./ GALLAGHER, J.: Knowledge and development. New York: Premium Press 1977, S. 93–147.
DAVIS, J. S.: Clustering and structural balance in graphs. Human Relations, 20, 1967, S. 181–187.
DION, K. K./BERSCHEID, E./WALSTER, E.: What is beautiful is good. Journal of Personality and Social Psychology, 24, 1972, S. 285–290.
DORNBUSCH, S./HASTORF, A./RICHARDSON, S./MUZZY, R./VREELAND, R.: The perceiver and the perceived: Their relative influence on the categories of interpersonal perception. Journal of Personality and Social Psychology, 1, 1965, S. 434–440.
FEFFER, M.: Developmental analysis of interpersonal behavior. Psychological Review, 77, 1970, S. 197–214.
FREY, D./WICKLUND, R./SCHEIER, M. F.: Die Theorie der objektiven Selbstaufmerksamkeit. In: FREY, D. (Hrsg.): Kognitive Theorien der Sozialpsychologie. Bern: Huber 1978, S. 192–216.
GÖRLITZ, D./MEYER, W. U./WEINER, B. (Hrsg.): Bielefelder Symposium über Attribution. Stuttgart: Klett-Cotta 1978.
HARVEY, J. H./ICKES, W. J./KIDD, R. F.: New directions in attribution research. New York: Wiley, Vol. 1, 1976, Vol. 2, 1978.
HEIDER, F.: Social perception and phenomenal causality. Psychological Review, 51, 1944, S. 358–374. Deutsch: Soziale Wahrnehmung und phänomenale Kausalität. In: IRLE, M. (Hrsg.): Texte aus der experimentellen Sozialpsychologie. Neuwied: Luchterhand 1969, 26–56.
HEIDER, F.: Attitudes and cognitive organization. Journal of Psychology, 21, 1946, S. 107–112. Deutsch: Einstellung und kognitive Organisation. In: STROEBE, W. (Hrsg.): Interpersonale Wahrnehmung und soziale Einstellungen. Darmstadt: Wissenschaftliche Buchgesellschaft 1978, S. 269–276.
HEIDER, F.: The psychology of interpersonal relations. New York: Wiley 1958. Deutsch: Psychologie der interpersonalen Beziehungen. Stuttgart: Klett-Cotta 1977.
HEIDER, F.: Über Balance und Attribution. In: GÖRLITZ, D./MEYER, W. U./WEINER, B. (Hrsg.): Bielefelder Symposium über Attribution. Stuttgart: Klett-Cotta 1978, S. 19–28.
JONES, E. E./DAVIS, K. E.: From acts to dispositions: The attribution process in person perception. In: BERKOWITZ, L. (Hrsg.): Advances in experimental social psychology, Vol. 2. New York: Academic Press 1965.
JONES, E. E./KANOUSE, D. E./KELLEY, H. H./NISBETT, R. E./VALIS, S. R./WEINER, B.: Attribution: Perceiving the causes of behavior. Morristown, N.J.: General Learning Press 1972.
JOYNSON, R. B.: Psychology and common sense. London: Routledge 1974.
KANOUSE, D. E./HANSON, L. R.: Negativity in evaluations. Morristown, N.J.: General Learning Press 1971.
KAHNEMAN, D./TVERSKY, A.: Subjective probability: A judgment of representativeness. Cognitive Psychology, 3, 1972, S. 430–454.
KELLEY, H. H.: Attribution in social psychology. In: LEVINE, D. (Hrsg.): Nebraska Symposium on Motivation. Lincoln: University of Nebraska Press 1967, S. 192–238.
KELLEY, H. H.: Causal schemata and attribution process. Morristown, N.J.: General Learning Press 1972.
KELLY, G. A.: The psychology of personal constructs. New York: Norton 1955.
LAUCKEN, U.: Naive Verhaltenstheorie. Stuttgart: Klett-Cotta 1974.
MEYER, W. U./SCHMALT, H. D.: Die Attributionstheorie. In: FREY, D. (Hrsg.): Kognitive Theorien der Sozialpsychologie. Bern: Huber 1978, S. 98–136.
PIAGET, J.: Das moralische Urteil beim Kind. Zürich: Roscher 1954.
ROSS, L.: The intuitive psychologist and his shortcomings: Distortions in attribution process. In: BERKOWITZ, L. (Hrsg.): Advances in experimental social psychology, Vol. 10. New York: Academic Press 1977, S. 173–220.
SCHANK, R.: Conceptual dependancy: A theory of natural language understanding. Cognitive Psychology, 3, 1972, S. 552–631.
SCHANK, R./ABELSON, R.: Scripts plans goals and understanding. Hillsdale: Erlbaum 1977.
SELMAN, R. L.: Toward a structural analysis of developing interpersonal relation concepts: Research with normal and disturbed preadolescent boys. In: PICK, A. (Hrsg.): Minnesota symposium on child psychology, Vol. 10. Minneapolis: University of Minnesota Press 1976, S. 156–200.
SUKALE, M.: Zur Axiomatisierung der Balancetheorie: Eine wissenschaftliche Fallstudie. Zeitschrift für Sozialpsychologie, 2, 1971, S. 40–51.
TAYLOR, H. F.: Balance in small groups. New York: Van Norstrand 1970.
TVERSKY, A./KAHNEMAN, D.: Judgment under uncertainty: Heuristics and biases. Science, 185, 1974, S. 1124–1131.
WEGNER, D. M./VALLACHER, R.: Implicit psychology. New York: Oxford University Press 1977.
WERTHEIMER, M.: Untersuchungen zur Lehre von der Gestalt. Psychologische Forschung, 4, 1923, 301–350.
WYER, R.: Cognitive organization and change: An information processing approach. Potomac, Md.: Erlbaum 1974.
ZAJONC, R. B.: Cognitive theories in social psychology. In: LINDSAY, G./ARONSON, E. (Hrsg.): Handbook of social psychology, Vol. 1. Reading, Mass.: Addison-Wesley 1968.

Volker Möntmann

Denken und Problemlösen

Die psychologische Untersuchung des Denkens geht der Frage nach, wie Individuen zu Erkenntnissen kommen (oder sie verfehlen). Im engeren Sinne geht es dabei um den *Prozeß*, den Denkvorgang. Zu dessen adäquatem Verständnis müssen aber auch die zum Denken gehörenden Teilvorgänge wie das Erkennen und Erinnern von Objektgegebenheiten sowie Voraussetzungen wie das Verfügen über gewisse geistige Operationen berücksichtigt werden. In diesem weiteren Sinne wird die Psychologie des Denkens als *„kognitive Psychologie“* gefaßt; genau genommen sind *alle* psychischen Vorgänge auch unter dem Erkenntnisaspekt zu betrachten, was u.a. als Gesichtspunkt der Informationsverarbeitung (z.B. Lindsay/Norman, 1972; Klix, 1971) ausgearbeitet wurde.

1 Grundlegende Konzeptionen des Denkprozesses

Die erste psychologische Konzeption des Denkens in der Entwicklung der modernen Wissenschaft wurde von den englischen *Empiristen* des 17. Jahrhunderts begründet. Das grundlegende Modell wurde von J. Locke (1689) entwickelt: Der Geist (Seele, Verstand) setzt sich aus einzelnen, nicht weiter zerlegbaren Elementen, den „einfachen Ideen“, zusammen, die durch „Sensation“ und „Reflexion“, d.h. durch Eindrücke von außen und von innen, sich dem zunächst von Vorstellungen freien Geist (tabula rasa) einprägen; die geistige Tätigkeit besteht darin, aus den einfachen Ideen mittels Kombination, Inbeziehungsetzen und Abstraktion „komplexe“ Ideen zu bilden, die durch *Assoziation* in Verbindung stehen.

Diese erste Theorie kognitiver Prozesse, die sich offensichtlich an der klassischen Mechanik (Newton) orientiert, sieht Denken und Erkennen nach dem Muster physikalischer Prozesse: der Geist des Individuums ist eine Menge einzelner Elementareinheiten, deren Beziehungen zueinander durch dem Subjekt äußerliche Gesetze geregelt werden. Die weitere Entwicklung der kognitiven Psychologie läßt sich betrachten als ein Weg von dieser naturhaften Konzeption zu einer Auffassung, in der zunehmend die aktive, gestaltende Funktion der Erkenntnistätigkeit gesehen wird, in der das Denken zunehmend als Moment der *Subjektivität* gefaßt wird.

Die Ende des 19. Jahrhunderts beginnende experimentelle Untersuchung psychischer Prozesse ging von dem mechanistischen, assoziationspsychologischen Grundmodell aus. Man mußte aber bald einsehen, daß das Denken (als ganzes) nicht durch gesetzmäßige Verbindungen zwischen den einzelnen Vorstellungen (Bewußtseinsinhalten) selbst zu verstehen sein würde, da es *zielgerichtet* verläuft. Aber erst die Vertreter der „Würzburger Schule“ erkannten, daß der elementaristische Grundsatz aufgegeben werden mußte: Das Denken verläuft zum großen Teil nicht anschaulich und auch nicht bewußt, ist also nicht an sinnlich präsente einzelne Bewußtseinsinhalte gebunden. In ihren Experimenten wurde der Denkvorgang beschrieben als eine Folge von durch die Aufgabe oder das Ziel determinierten, gelenkten Akten des Ichs (Vorstellungs-, Willens-, Denkakte).

Damit war ein erster Ansatz zur Erfassung der aktiven, tätigen Natur des Denkens gegeben. Allerdings hatten die Würzburger nur erst die Frage gestellt, was *beim* Denken geschieht und noch nicht die Frage, was *durch* das Denken geschieht, wie das Denken verläuft, um die gestellte Aufgabe zu bewältigen. Unter dem Gesichtspunkt, daß das Denken produktiv ist, d.h. daß es von bereits Bekanntem ausgehend zu neuer Erkenntnis führt, wurde es erstmals von O. Selz untersucht. Selz arbeitete u.a. heraus, daß das Denken *Mittel* aktualisiert oder neu schafft, um zum Ziel zu kommen (vgl. Selz, 1913).

Diese Erkenntnisse bereiteten die gestaltpsychologische Konzeption des *produktiven Denkens* vor, deren Grundzüge in den zwanziger und dreißiger Jahren von Wertheimer und Dunker entwickelt wurden. Das Wesentliche läßt sich leicht an einem Beispiel wie der Parallelogrammaufgabe von Wertheimer darlegen (s. Abb.). Es geht darum, den Flächeninhalt des

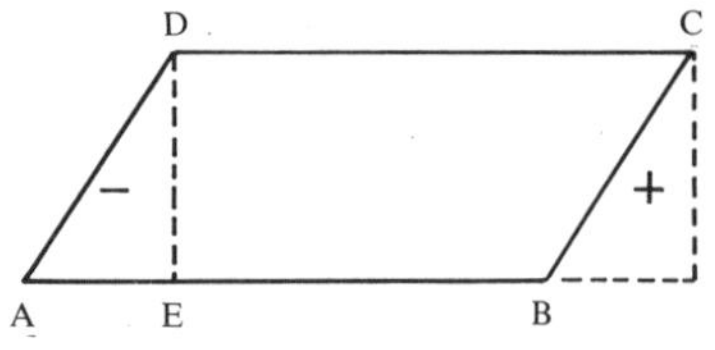

Parallelogramms (ABCD) zu bestimmen, nachdem man den Flächeninhalt des Rechtecks, F = axb, bereits kennt. Wertheimer (1957) beobachtete bei Schulkindern u.a. die in der Abb. skizzierte Lösung, deren Entstehung er im wesentlichen so beschreibt: die Versuchsperson versucht, das vor ihr liegende Parallelogramm in seiner Struktur, als Gestalt, zu erfassen; dabei kommt sie – mehr oder minder schlagartig – zu der „Einsicht", daß die schiefen Seiten irgendwie zu begradigen wären; in diesem Zusammenhang wird die Hilfslinie $\overline{DE}$ hinzugesehen, und das Dreieck AED wird als „störend", als ein Zuviel, erlebt; gleichzeitig wird erkannt, daß dem Zuviel auf der linken Seite ein Zuwenig auf der rechten Seite (Dreieck BFC) entspricht. Das heißt also: in einem *„dynamischen"* Prozeß – hier besonders des Bezugs von einerseits einem Zuviel und andererseits einem Zuwenig – wird die ursprüngliche Gestalt „umstrukturiert" in Richtung auf die „prägnantere", klarere, einfachere Gestalt des Rechtecks.

Auf der Grundlage dieses Ansatzes wurden besonders von Duncker (1935) zahlreiche Einzelphänomene des *problemlösenden* Denkens aufgezeigt; u.a. arbeitete er das Inbeziehungsetzen von Anfangs- und Zielzustand des Problems heraus. Die enorme Auswirkung des gestaltpsychologischen Modells des Denkens in der Psychologie bis heute geht u.a. auf eine hohe Plausibilität und anschaulich-lebendige Nachvollziehbarkeit solcherart Denkvorgänge zurück. Zweifellos faßt die „innere Dynamik" des „Umstrukturierens" einen wesentlichen Aspekt der produktiv-tätigen Funktion menschlichen Denkens. Dabei geht allerdings die Bewegung des Denkens ganz vom Objekt, dem Problemgegenstand, von *dessen* strukturellen Eigenschaften aus.

Offensichtlich ist das gestaltpsychologische Modell auch nur bei einer bestimmten Art von Aufgaben anwendbar, nämlich nur bei Problemen, die a) wahrnehmungsmäßig gegeben sind oder doch sich visuell darstellen lassen und die b) relativ schnell, gewissermaßen in einem Zuge, ohne etwa mehrere Teillösungen und Zwischenergebnisse zu verlangen, lösbar sind. Dagegen können bei Problemen wie beispielsweise dem Schachspielen zwar gelegentliche Lösungsfindungen – etwa das Entdecken eines überraschenden Opferzuges – gestaltpsychologisch erklärt werden, nicht aber das gesamte strategische und taktische Vorgehen des Spielers. Anhand der Untersuchung solcher komplexer, variantenreicher Problemstrukturen (erstmals De Groot, 1946) hat sich, angeregt durch Gedanken und Methoden der Kybernetik und Computerprogrammierung, ein weiteres Grundmodell des Problemlösens herausgebildet, das man als *Informationsverarbeitungsmodell* bezeichnen kann. Das methodische Prinzip besteht hier darin, auf Grund eines möglichst genauen *Verhaltensprotokolls* (u.a. „lautes Denken") hypothetische Beschreibungen der mit dem Lösungsprozeß verbundenen internen kognitiven Organisation zu erarbeiten. Auf diese Weise kann die strukturelle Beschaffenheit des Denkprozesses sehr genau und auch in ihrer Veränderung durch Lernen erfaßt werden. Es zeigte sich beispielsweise, daß der gute Schachspieler sich vom weniger guten nicht so sehr durch ein schnelleres Variantenberechnen oder durch umfangreichere Gedächtnisspeicherung unterscheidet, sondern dadurch, daß er über einen reichhaltigeren, besser strukturierten „Problemraum" verfügt, also die ihm mit dem Problem vorgegebene Information besser auswertet. Ein weiterer zentraler Begriff dieses Modells ist der Begriff der *heuristischen Strategie*: Der Denkprozeß wird gesteuert durch vom Problemlöser internalisierte Regeln des Vorgehens, die sowohl sehr allgemein als auch spezifisch für bestimmte mögliche Problemsituationen sein können, wobei die Regeln nur mit (meist hoher) Wahrscheinlichkeit, aber nicht mit Sicherheit zum Erfolg führen. Eine wichtige Strategiealternative ist z.B. die, ob man vom gegebenen Anfangszustand aus Varianten verfolgt („Vorwärtssuche") oder vom Zielzustand aus rückwärts zu gehen versucht („Rückwärtssuche").

2 Denken und Problemlösen

Im Modell der Informationsverarbeitung ist das Denken – im Unterschied zum gestaltpsychologischen Ansatz – als Tätigkeit des Problemlösers selbst gefaßt und von den Bedingungen des Objekts, der vorgegebenen Aufgabe, unterscheidbar. Zwar ist über objektive Problemstrukturen bis heute nur sehr wenig bekannt, aber eine Vermittlung von Subjektivem und Objektivem ist von diesem Ansatz aus prinzipiell möglich. Allerdings ist der Tätigkeitscharakter des Denkens in diesem Modell eingeschränkt auf das Arbeiten zu *vorgegebenen Zielen* und damit auf das *Lösen* von Problemen, wobei die Entstehung von Problemen unberücksichtigt bleibt. Von der „Kritischen Psychologie" wird dazu eingewendet, daß mit der *Reduk-*

tion des Denkens auf Problemlösen die menschliche Subjektivität immer noch verfehlt wird: Erscheint der Lebensprozeß als eine Folge in ihrer Entstehung unerfaßter Einzelprobleme, so ist der Lebenszusammenhang zerrissen, die Wirklichkeit kann nicht als gesellschaftlich-historisch produzierte begriffen werden, und das Individuum kann sich nicht als diese Wirklichkeit gestaltende und verändernde Kraft, also nicht als Subjekt erfahren (Holzkamp, 1973; Seidel, 1976). In diesem Sinne müßte Denken vielmehr, ausgehend von den Einsichten Hegels und Marx', als „begreifendes Erkennen" bestimmt werden. Aus diesen Gründen ist das Informationsverarbeitungsmodell auch insofern beschränkt, als mit ihm nur eine im Grunde enge Klasse von Aufgaben erfaßbar ist, die man als „abgeschlossene" Probleme bezeichnen kann, da die Ziele und die prinzipiell zur Verfügung stehenden Mittel von vornherein festgelegt sind, und da ihre Lösung somit auch neuer empirischer Information und eigener verändernder Tätigkeit nicht bedarf. Ganz wesentliche der im *realen* Leben auftretenden Probleme wie etwa psychische Probleme, politische Probleme oder Probleme in der wissenschaftlichen Forschung sind diesem Ansatz nicht zugänglich. Es gibt neuerdings auch Ansätze, das Denken bei komplexeren, dem gesellschaftlichen Lebensprozeß näherstehenden Problemen zu untersuchen (vgl. Dörner, 1978). Hierbei taucht allerdings eine neue Schwierigkeit auf: Bei formalen oder naturwissenschaftlichen Problemen hat man als objektiven Beurteilungspunkt die verbindliche, allgemein akzeptierte Lösung; bei Problemen, die die gesellschaftliche Realität oder die eigenen Ziele des Individuums berühren, müßte man sich dagegen auf eine Theorie der historischen Entwicklung der Gesellschaft beziehen, was der bisherigen Psychologie auf Grund ihrer methodologischen Reduktion auf Naturwissenschaft nicht möglich ist. Ohnehin ist es eine Frage, wieweit das Denken überhaupt als bloße Form, losgelöst von seinem Inhalt untersuchbar ist.

Mit der Beschränkung auf „abgeschlossene" Probleme hängt die weitere Schwierigkeit zusammen, daß das Problemlösen bisher nur als kognitives Geschehen, in abstraktiver Trennung von der *Emotionalität* und Gesamtpersönlichkeit behandelt wurde. Untersuchte man das Problemlösen von Individuen bei solchen Problemen, bei denen sie selbst auch die Problemziele *verändern* können, so dürfte kaum noch unterscheidbar sein, ob beispielsweise die Bereitschaft, seine Strategien zu verändern, neue Varianten auszuprobieren, eine Suche als erfolglos abzubrechen usw. eine kognitive oder eine emotionale Angelegenheit sind. In einer Verbindung gestaltpsychologischer und psychoanalytischer Erkenntnisse versucht Székely (1976) die Frage des Zusammenhangs von Denken und Emotion zu klären.

3 Denken und elementare kognitive Prozesse

Die Einsicht, daß das Denken zwar von der objektiven, vorgegebenen Wirklichkeit ausgeht, aber zugleich subjektiv, umgestaltend, eine Tätigkeit ist, ist von großer Bedeutung für das Verständnis der elementareren Prozesse wie dem Erkennen und Reproduzieren. Die neuere experimentelle Forschung hat immer mehr zu der Einsicht geführt, daß – in Lockes Terminologie – die Ideen nicht als schlichte Abbilder oder Kopien sich dem Geist einprägen, sondern *produktive, aktive Verarbeitungen* der Außenreize darstellen. Nehmen wir als Beispiel das Lesen! Bereits die elementare Einheit, der einzelne Buchstabe, ist als zu erkennender in Wirklichkeit eine Klasse von Reizen: ein „A" z.B. kann in den verschiedenen Schriftarten – und erst recht in der Handschrift – sehr verschieden aussehen, so daß die Identifikation eines a-artigen Gebildes als „A" einer einheitstiftenden Leistung des Organismus bedarf. Geht man zur Untersuchung des Erkennens von Wörtern über, so zeigt sich, daß der Buchstabe gar nicht die Einheit bildet: Wörter werden erkannt, ohne daß die Buchstaben im einzelnen erkannt werden, und Texte schließlich werden verstanden, ohne daß jedes einzelne Wort rezipiert wird. Wie u.a. Neisser (1967, dt. 1974) detailliert darstellt, werden Reizkonstellationen dadurch erkannt, daß bestimmte Merkmale des Objekts herausgenommen und dann vom Organismus in spezifischer Weise zusammengefügt, „synthetisiert" werden, wodurch das Objekt also in einem *konstruktiven* Prozeß klassifiziert wird.

Offensichtlich erfordert jedes Denken auch Leistungen des Gedächtnisses: aus dem Gedächtnis müssen Teile des Denkinhalts bereitgestellt werden (so ist schon der Sprachgebrauch u.a. eine Gedächtnisleistung), es müssen Denkergebnisse zwischengespeichert werden (dies erfordern bereits einfachste Rechenaufgaben) usw. Diese Abhängigkeit des Denkens vom Gedächtnis ist jedoch nicht nach dem mechanistischen Modell zu sehen. Das wird deutlich anhand von Ergebnissen der neueren Gedächtnisforschung, etwa der Tatsache, daß Behaltensleistungen entscheidend von der Kodierungsarbeit abhängen, die der Organismus mit dem eintreffenden Reizmaterial vornimmt, wobei – über die bisherige Gedächtnisforschung hinausgehend – zu untersuchen wäre, wie die Kodierung wiederum von der geistigen Tätigkeit als ganzer, von den bedeutungshaltigen Strukturen der Lebenstätigkeit abhängt. In diesem Sinne wäre der Zusammenhang von Denken und Gedächtnis etwa so zu sehen, daß das Gedächtnis ein Mittel ist, das – auf der Grundlage gewisser zentralnervöser Voraussetzungen – vom Denken selbst gestaltet wird.

4 Denken und Sprache

Zu einem nicht geringen Teil werden geistige Prozesse unabhängig von der *Sprache* untersucht. Die introspektive Selbstbeobachtung läßt dies als berechtigt erscheinen, da sich das Medium des Denkens von dem der Sprache deutlich unterscheidet: im Denken erscheinen sprachliche Elemente sehr stark verkürzt, das Denken ist auch bildhaft, individuell modifiziert, reichhaltiger und beweglicher. Trotz dieser Verschiedenheit würde eine dualistische Auffassung wesentliche Zusammenhänge von Denken und Sprache übersehen (vgl. SCHAFF, 1974). Zum einen bedarf auch das Denken einer *Vermittlung* durch wie immer geartete Zeichen, mittels derer das Gemeinte als Erkenntnisobjekt vom Ich als Subjekt unterschieden wird, weshalb WYGOTSKI (1934, dt. 1969) mit Recht von der „inneren Sprache" des Denkens spricht. Zum andern ist die Sprache – als gesellschaftlich-allgemeine Repräsentation der historisch kumulierten Erfahrung – gewissermaßen eine konstitutive Bedingung des Denkens: erstens, weil man Denken in der Ontogenese nur über die Aneignung der gesellschaftlichen Erfahrung erlernt, die als kohärentes Ganzes in der Sprache repräsentiert ist; zweitens muß aber jedes Denkergebnis doch schließlich in sprachliche Form gebracht werden, nicht nur der Mitteilung an andere wegen, sondern bereits um das Denkergebnis auf die voraufgegangene Erfahrung zu beziehen, um es in den Kontext der bisher angeeigneten Wirklichkeitsausschnitte zu bringen.

Die zentrale – tendenziell immer auch sprachliche – Vermittlungsinstanz der Erkenntnis ist der *Begriff*. Im Begriff werden die als Resultat des Denkens erworbenen Einsichten in ihren strukturellen und genetischen Beziehungen zusammengefaßt und festgehalten. Zum Beispiel könnten die Erfahrungen eines Kindes mit Katzen sich als Begriff „Katze" etwa wie folgt darstellen (zu den Hervorhebungen s. u.): „Tier, das im Hause gehalten WIRD, das EIGENTLICH Mäuse fängt, UM sie ZU fressen, das ABER Katzenfutter erhält, WENN keine Mäuse da sind usw." WYGOTSKI (a.a.O.) stellt als wichtigste Stufen in der Entwicklung von Begriffen den „spontanen" und den „wissenschaftlichen" Begriff gegenüber, wobei der letztere reflektiert ist, d.h. in seinen konstituierenden Merkmalen benannt, also definiert werden kann, während der spontane Begriff nur einfach gebraucht wird.

Experimentell untersucht wird die Begriffsbildung nach dem folgenden, mit der Untersuchung von BRUNER/GOODNOW/AUSTIN (1956) sehr bekannt gewordenen Schema: Die Versuchsperson erhält Karten mit Figuren, deren Eigenschaften – Form, Farbe, Anzahl u. a. – in gewisser Weise variieren, und soll einen bestimmten „Begriff", z. B. „drei Kreise mit doppelter Umrahmung", herausfinden. Dazu äußert sie Hypothesen (etwa „dieses Kärtchen gehört nicht dazu"), die vom Versuchsleiter bestätigt oder zurückgewiesen werden. Bei dieserart Untersuchungen läßt sich der Erkenntnisprozeß, über Hypothesenbildung und Rückmeldung, als sukzessiver Aufbau einer kognitiven Struktur Schritt für Schritt verfolgen, wobei insbesondere auch die unterschiedlichen Strategien der Versuchspersonen ausgemacht werden können. Umstritten ist allerdings, was diese Art von „Begriffsbildung" mit dem Entstehen von Begriffen im wirklichen Denken zu tun hat. Zunächst einmal handelt es sich nur um Begriffe, die eine Klasse abgegrenzter Einzelobjekte darstellen, so daß Begriffe wie „Gefühl", „Eigenschaft" usw. hier herausfallen. Fraglich ist vor allem, ob die Reduktion der Merkmalsverbindungen auf und/oder -beziehungen nicht eine andere Qualität von Begriffen bewirkt als bei den natürlichen Begriffen, da bei diesen, wie im obigen Beispiel illustriert, die Merkmale auf inhaltliche, bedeutungshaltige Weise verknüpft sind: dem experimentellen Schema zufolge müßte der entsprechende Begriff der Katze kognitiv repräsentiert sein als „Tier, das im Hause lebt UND (Mäuse fängt UND diese frißt ODER Katzenfutter erhält) usw." Da Hypothesenbildung tatsächlich ein wichtiges Mittel des Denkens ist – wobei Hypothesen allerdings stets im Hinblick auf Sachverhalte, nicht aber auf Einzelmerkmale eines vorgegebenen Begriffs aufgestellt und geprüft werden! – sind die Experimente zur „Begriffsbildung" wertvoll, sollten aber lieber als spezielle Problemlösungsaufgaben („Ratespiel") angesehen werden.

5 Denken und Logik

Von erheblicher Bedeutung für das Verständnis des Denkens ist sein *Verhältnis zur (formalen) Logik*. Mindestens auf drei Weisen spielt die Logik eine Rolle für den individuellen Denkprozeß.

(1) „Logisch richtiges" Denken setzt voraus, daß der Denkende über gewisse geistige Grundoperationen und -begriffe verfügt. PIAGET hat die Entstehung dieser Strukturen im Detail als einen schrittweisen Entwicklungsprozeß in der Ontogenese aufgewiesen. Wichtig sind dabei z.B. gewisse Formen der Umkehrbarkeit von Operationen wie etwa die Inversion $(+A-A=0)$, die nicht vor dem 7./8. Lebensjahr erreicht werden (vgl. etwa PIAGET, 1974). Die logischen Strukturen des Verstandes weisen eine Eigentümlichkeit von höchster Bedeutung auf: sind sie in der Entwicklung einmal ausgebildet, so bilden sie fortan eine *Bedingung* oder Form des Denkens, d.h. sie sind für das Denken notwendig, können – im Unterschied zu Wissensinhalten – nicht mehr „vergessen" oder weggelassen werden. In diesem Sinne könnte man von einer *kategorialen Funktion der Logik* sprechen. Zu fragen ist allerdings, ob die kategorialen Voraussetzungen des Denkens mit der von PIAGET nachgewiesenen formallogischen Struktur hinreichend beschrieben sind. Von den Vertretern der „dialektischen Psychologie" (s. RIEGEL, 1978) wird dies bestritten: die auf bloße logische Widerspruchsfreiheit angelegten Strukturen bestimmen das Denken nur als „metaphysisches" Denken im Sinne HEGELS, d.h. als ein Denken in starren, abgeschlossenen, nur klassifizierenden, nicht sich widersprüchlich entwickelnden Formen. Zur Rekonstruktion der ontogenetischen Entwicklung „dialektischer Operationen" liegen bisher allerdings nur erste Ansätze vor.

(2) Im heuristischen Denken (s.o.) lassen sich zwei Grundkomponenten unterscheiden: das (mehr oder minder systematische) *Probieren*, d.h. Anwenden verfügbarer Operationen ohne zu wissen, ob dies zum Ziel führt, und das *Schlußfolgern* (Deduzieren), bei dem ohne Umwege und damit auch auf die ökonomischste Weise, mit methodischer Sicherheit aus dem Gegebenen eine Erkenntnis gewonnen wird. Diese beiden Komponenten treten im Denkprozeß nur in seltenen Fällen rein hervor, ihre Vermischung macht den heuristischen Charakter des Denkens aus. Insoweit nun das Denken durch die schlußfolgernde Komponente bestimmt ist, spielt die formale Logik diese Rolle: die bewußt oder unbewußt benutzten Schlußfolgerungen müssen den formallogischen Gesetzen entsprechen, da andernfalls der Denkvorgang zu einem falschen Ergebnis führt oder zumindest unökonomisch verläuft. Diese Rolle könnte man als die *implizite Funktion der Logik* bezeichnen.

(3) Schließlich hat die Logik noch eine *explizite Funktion im Denkprozeß*, insofern formallogische Operationen explizit, als im Bewußtsein repräsentierte Gegebenheiten, den Denkprozeß beeinflussen. Hierbei dürfte der explizite Gebrauch logischer Schlüsse auf wenige Fälle wie etwa den modus tollens oder modus ponens beschränkt sein (vgl. HEMPEL, 1972), die zentrale Problematik des expliziten Auftretens der Logik im Denken ist vielmehr die Funktion des (formallogischen) Widerspruchs: ob ein im Denken auftretender Widerspruch nur als vom Denken produziert und im Denken zu lösen anzusehen ist oder ob nicht auch durch das Denken Widersprüche der objektiven gesellschaftlichen Realität erkennbar sind, deren Beseitigung eine Veränderung dieser Realität erfordert (s. HOLZKAMP, 1973).

Die kognitive Psychologie hat als engeres Anwendungsgebiet alle Praxisbereiche, in denen durch intentionales Lernen Kenntnisse angeeignet werden: didaktische Vermittlung wie aber auch bereits die Lernzielbestimmung erfordern Kenntnisse über die individuellen Bedingungen geistiger Tätigkeit. Darüber hinaus ist die Untersuchung der Bildung individueller Erkenntnis wichtig für unser Verständnis individueller und gesellschaftlicher Entwicklung überhaupt, etwa auch für die Entwicklung politischen Bewußtseins oder psychischer Störungen. Bisher sieht es mit der Anwendbarkeit kognitionspsychologischer Forschung nicht gut aus. Hierfür wird mit Recht die Komplexität und schwere methodische Zugänglichkeit der geistigen Tätigkeit verantwortlich gemacht. Allerdings ist die Praxisferne auch in dem vorherrschenden, sich erst langsam lockernden, eingeengten Methodenverständnis der traditionellen Psychologie begründet, das sich eng am Leitbild der Physik orientiert. Wie z.B. MASLOW (1977, Kap. 2) kritisiert, suchen sich die Forscher in der Regel die Forschungsprobleme danach aus, wie sie nach diesen methodischen Kriterien bearbeitbar sind, anstatt umgekehrt zunächst einmal zu fragen, welche Probleme und welche geistigen Vorgänge im wirklichen Leben auftreten, und dann hierzu geeignete Methoden zu entwickeln. Um diesen Weg der Bestimmung relevanter Forschungsfragen zu beschreiten, wäre zum einen die gesellschaftlich-historische Entwicklung der konkreten Tätigkeit von Individuen zu untersuchen und zu fragen, welche Erkenntnis- und Denkvorgänge auf Grund dieser objektiven Gegebenheiten erforderlich sind (hierzu, für die konkrete Produktionstätigkeit, vgl. Projektgruppe Automation und Qualifikation, 1978). Zum andern wäre zu untersuchen, welche Auswirkungen und Anforderungen die Gesellschafts*form*, etwa die Beziehung des Warenaustauschs für die geistigen Strukturen mitbringt (vgl. etwa MÜLLER, 1977).

Verweis auf andere Stichwörter

→Emotion →Gedächtnis →Kreativität →Kybernetik →Lernen →Motivation →Psychologiegeschichte →Sprache

Literatur

BRUNER, J. S./GOODNOW, J. J./AUSTIN, G. A.: A Study of Thinking. New York: Wiley 1956.

DE GROOT, A. D.: Thought and Choice in Chess. Den Haag: Mouton 1964 (Orig. 1946).

DÖRNER, D.: Die Veränderung der kognitiven Organisation beim Handeln in sehr komplexen Realitätsbereichen. In: UECKERT, H./RHENIUS, D. (Hrsg.): Komplexe menschliche Informationsverarbeitung. Bern: Huber 1978.

DUNCKER, K.: Zur Psychologie des produktiven Denkens. Berlin: Springer 1966 (Orig. 1935).

HEMPEL, C. G.: Wissenschaftliche und historische Erklärungen. In: ALBERT, H. (Hrsg.): Theorie und Realität. Tübingen: Mohr 1972, S. 237–261.

HOLZKAMP, K.: Sinnliche Erkenntnis – Historischer Ursprung und gesellschaftliche Funktion der Wahrnehmung. Frankfurt: Athenäum 1973.

KLIX, F.: Information und Verhalten – Kybernetische Aspekte der organismischen Informationsverarbeitung. Berlin-Ost: Deutscher Verlag der Wissenschaften 1971.

LINDSAY, P. H./NORMAN, D. A.: Human Information Processing – An Introduction to Psychology. New York: Academic Press 1972.

LOCKE, J.: Über den menschlichen Verstand. Hamburg: Meiner 1962 (Orig. 1689).

MASLOW, A. H.: Motivation und Persönlichkeit. Olten: Walter 1977.

MÜLLER, R. W.: Geld und Geist – Zur Entstehungsgeschichte von Identitätsbewußtsein und Rationalität seit der Antike. Frankfurt: Campus 1977.

NEISSER, U.: Kognitive Psychologie. Stuttgart: Klett 1974 (Orig. 1967).

PIAGET, J.: Abriß der genetischen Epistemologie. Olten: Walter 1974.

Projektgruppe Automation und Qualifikation, Band II: Entwicklung der Arbeit. Berlin: Argument 1978 (Sonderband 19).

RIEGEL, K. F. (Hrsg.): Zur Ontogenese dialektischer Operationen. Frankfurt/M.: Suhrkamp 1978.

SCHAFF, A.: Sprache und Erkenntnis – Essays über die Philosophie der Sprache. Reinbek: Rowohlt 1974.

SEIDEL, R.: Denken – Psychologische Analyse der Entstehung und Lösung von Problemen. Frankfurt/M.: Campus 1976.

SELZ, O.: Die Gesetze der produktiven Tätigkeit. In: GRAUMANN, C. F. (Hrsg.): Denken. Köln: Kiepenheuer & Witsch 1971, S. 215–224 (Orig. 1913).

SZÉKELY, L.: Denkverlauf, Einsamkeit und Angst – Experimentelle und psychoanalytische Untersuchungen über das kreative Denken. Bern: Huber 1976.

WERTHEIMER, M.: Produktives Denken. Frankfurt/M.: Kramer 1957.

WYGOTSKI, L. S.: Denken und Sprechen. Frankfurt/M.: Fischer 1969 (Orig. 1934).

Rainer Seidel

Diagnostik

1 Struktur und Funktion der Diagnostik

Den Ausgangspunkt *klinisch*-psychologischer D. bilden üblicherweise psychische Schwierigkeiten einer Person, die den Diagnostiker selbst aufsucht oder von einer anderen Person zu ihm geschickt wird. Erste Aufgabe ist es, die Art der Schwierigkeiten, das Problem (z. B. soziale Ängste) zu erkennen. Dies ist in der Praxis häufig ein komplizierter Vorgang, da Personen nicht immer in der Lage sind, ihre psychischen Schwierigkeiten ausreichend genau zu beschreiben. Danach sind die Bedingungen des ermittelten Problems zu finden. Sie stellen die eigentliche Diagnose dar. D. beschränkt sich jedoch nicht nur auf das Ermitteln einer Diagnose, D. ist also nicht Selbstzweck. Vielmehr dient die Diagnose dazu, *Prognosen* und *Entscheidungen* zu treffen. Prognosen betreffen a) ein zukünftiges Ereignis, b) eine zu wählende Therapie, c) den Erfolg einer Therapie und d) den Wert einer Therapie. Auf Grund dieser Prognosen werden Entscheidungen getroffen, z. B. wird diejenige Therapie vorgeschlagen, die den größten Erfolg verspricht. D. resultiert also in *praktisch* relevanten Entscheidungen und steht damit im Dienst der Angewandten Psychologie.

Von besonderer Relevanz sind Prognosen, in denen der Wert einer Therapie angegeben ist. Diese Prognosen setzen voraus, daß das Ergebnis, der Erfolg der Therapie, bewertet wird. Getrennt wird also zwischen Ergebnis bzw. Erfolg und Wert. Die Bewertung der Ergebnisse kann sich an einem konstanten Wertsystem orientieren. Eine Institution, z. B. eine Klinik, legt die Bewertung der Ergebnisse fest. Entsprechende Entscheidungen bezeichnet man daher als *institutionelle* Entscheidungen. Deutlich wird, daß solche Wertsysteme sehr komplex sein können. Im genannten Beispiel müßten neben finanziellen auch ethische und soziale Aspekte berücksichtigt werden sowie weitere gesellschaftliche Normen, da die Klinik Institution innerhalb einer Gesellschaft ist.

Das Wertsystem kann auch individuumspezifisch sein, wenn z. B. ein Patient selbst den zu erwartenden Erfolg einer Therapie bewertet. Entsprechende Entscheidungen bezeichnet man dann als *individuelle.*

Diagnosefindung und Prognose setzen die Kenntnis von gesetzesartigen Zusammenhängen voraus. So besteht zwischen Problem, z. B. Schulschwierigkeiten, und Diagnose, z. B. geringe Leistungsmotivation, eine Beziehung, die auf Grund des Problems die Diagnose zu ermitteln erlaubt. Ähnliche Beziehungen bestehen zwischen Diagnose und vorherzusagendem Sachverhalt, wodurch die Prognose möglich wird.

Eignungsdiagnostik zielt auf Fähigkeiten und Fertigkeiten, die für die Tätigkeit in einem bestimmten Arbeitsbereich (z. B. Schule, Beruf) relevant sind. Sie ist einfacher als der bisher beschriebene Prozeß der klinisch-psychologischen D., da die Analyse der Schwierigkeiten, die zum Erkennen des Problems führt, entfällt. Mit Hilfe eines diagnostischen Verfahrens, eines *Tests*, sind lediglich diejenigen psychischen Merkmale als Diagnose zu ermitteln, die z. B. für die Vorhersage von Berufserfolg relevant sind. Bei prognostiziertem Berufserfolg wird ein Bewerber angenommen, bei vorhergesagtem Berufsmißerfolg abgelehnt. Auch in der Eignungsdiagnostik kann das Ergebnis, der Erfolg einer Tätigkeit bewertet werden. Hier legt die Institution das Bewertungskriterium, meist ein *finanzielles* Kriterium, fest. Die getroffenen Entscheidungen sind folglich institutionelle Entscheidungen, sie dienen dazu, den Profit zu maximieren (CRONBACH/GLESER, 1957). So werden z. B. bei der Selektion nur diejenigen Bewerber angenommen, die Nutzen für die Institution versprechen. Da sich institutionelle diagnostische Entscheidungen am institutionell festgelegten Bewertungssystem orientieren, unterstützen sie die *Stabilisierung* der jeweiligen Institution.

Für eine logisch korrekte D. (normatives Modell) müssen die Beziehungen zwischen Diagnose und Problem sowie Diagnose und vorherzusagendem Sachverhalt empirisch gut bestätigt sein. Diagnostizieren besteht dann im Verfolgen festgelegter Regeln, die zur Diagnose und Prognose führen (WESTMEYER, 1972, 1976). Insofern ist Diagnostik *Methodologie*, sie legt die Regeln für den gesamten diagnostischen Prozeß fest.

Die ersten Tests der Psychologiegeschichte dienten *Selektionszwecken* (z. B. BINET/SIMON, 1905). Solche Tests bestehen aus Aufgaben (Intelligenztests) oder Fragen (Persönlichkeits-, Einstellungs-, Interessentests), die als Reizmaterial dienen und in einer durch Instruktion festgelegten Weise zu beantworten sind. Die Testdurchführungsbedingungen sind standardisiert, um den Effekt von Störvariablen möglichst klein zu halten. Die ersten Tests initiierten eine Testtheorie, die heute als *klassische Testtheorie* bekannt ist (GULLIKSEN, 1950). Sie geht von dem Grundaxiom aus, daß der beobachtete Testwert einer Person aus der Summe von wahrem Wert und unsystematischem Fehlerwert besteht. Der wahre Wert kennzeichnet die Person auf dem interessierenden latenten (nicht beobachtbaren) psychischen Merkmal, z.B. Intelligenz. Durch die Berücksichtigung des Fehlerwertes wurde dem Sachverhalt Rechnung getragen, daß Fehler die Realisation des beobachtbaren Testwertes mitbestimmen. Solche Tests sollen möglichst gut zwischen den Personen differenzieren, um für Selektionszwecke geeignet zu sein. Pro Test lassen sich Normen erstellen, innerhalb der eine Person mit ihrem Testwert lokalisierbar ist.

2 Praktisches diagnostisches Vorgehen

Im diagnostischen Prozeß werden auf Grund der Kenntnis der gesetzesartigen Zusammenhänge zwischen Problem und Diagnosen diese Diagnosen als Hypothesen postuliert und mit Tests und anderen diagnostischen Verfahren abgeprüft. Dieses Vorgehen ist, da diagnostische Hypothesen postuliert und abgetestet werden, durch diese Hypothesen gesteuert. Weiterhin ist dieses Vorgehen problemorientiert, da die zu findende Diagnose als Bedingung des Problems gilt. Die Gesetzmäßigkeiten sind allgemeine Gesetze, d.h. sie gelten für alle Personen oder zumindest für eine größere Gruppe von Personen. Daher ist dieses Vorgehen dem *nomothetischen* Ansatz verpflichtet. Ein solches hypothesengesteuertes, problemorientiertes, auf allgemeine Gesetzmäßigkeiten rekurrierendes Vorgehen folgt den Regeln einer logisch korrekten D. Diagnostische Praxis weicht jedoch häufig von einem solchen Vorgehen ab. Das geht u.a. darauf zurück, daß relevante gesetzmäßige Zusammenhänge unbekannt sind. Häufig fehlen Gesetzmäßigkeiten, da das Problem der Person ein hochspezifisches, individuelles ist, für das es gar kein allgemeines Gesetz geben kann. Unter diesen Bedingungen ist der Diagnostiker darauf angewiesen, aus seinem allgemeinen psychologischen Wissen, SARBIN/TAFT/BAILEY (1960) sprechen vom Postulatensystem, individuumspezifische Zusammenhänge abzuleiten, um eine diagnostische Lösung zu finden. Auch Tests sind unter diesen Bedingungen wenig geeignet, weil sie der Erfassung von psychischen Merkmalen dienen, die alle oder zumindest mehrere Personen charakterisieren, nicht aber personspezifisch sind. Das hier genannte Vorgehen ist *idiographisch* orientiert. Praktische psychologische D. steht meist im Spannungsfeld zwischen nomothetischem und idiographischem Ansatz.

In der Praxis ist häufig zu beobachten, daß das Vorgehen wenig durch diagnostische Hypothesen gesteuert ist. Vielmehr werden Daten durch Tests und andere Methoden erhoben und interpretiert. Solche Tests setzen klare Zuordnungsregeln zwischen Daten und Interpretation voraus, ein Sachverhalt, der meist nicht gegeben ist. Damit wird die Interpretation relativ beliebig und führt, da das gesamte Vorgehen wegen der fehlenden Hypothesen wenig problemorientiert ist, eher zu einer Gesamtbeschreibung der Persönlichkeit, aus der dann erst die Bedingungen des Problems eher verstehend abgeleitet werden. Dieses idiographische Vorgehen ist bei der *Verstehenden Psychologie* zu beobachten. Der Diagnostiker fühlt sich in die Person ein und läßt die Testdaten auf sich wirken, um zum Verständnis der Persönlichkeit zu kommen. Dieses Vorgehen ist problematisch: Während beim hypothesengeleiteten Vorgehen diagnostische Hypothesen abgetestet und damit verifiziert und falsifiziert werden können, führen die Daten hier direkt zu einer Interpretation, die keiner Prüfung unterzogen wird.

3 Psychologische Theorien als theoretisch-inhaltlicher Hintergrund von Tests

Die ersten Tests initiierten nicht nur die klassische Testtheorie, sondern trugen auch zur Entwicklung von Persönlichkeitstheorien bei. Sie entstanden also nicht aus solchen Theorien – heute wird dieser Ablauf gefordert –, sondern förderten ihr Entstehen; die Theorien wirkten dann jedoch wieder auf die Testentwicklung zurück. Psychologische D. und Persönlichkeitstheorien haben sich also eng miteinander verwoben entwickelt. Die entstehenden Persönlichkeitstheorien – basierend auf den mit Hilfe der klassischen Testtheorie konstruierten Tests – gingen von der Annahme aus, daß psychologisch relevante Eigenschaften, also traits, *zeitstabil* und *generell*, d.h. bei sehr vielen Personen erfaßbar sind, wodurch sich Normen erstellen lassen, und sich außerdem mehr oder minder unabhängig von Situationen im Verhalten auswirken (MISCHEL, 1971). Traits als nicht beobachtbare latente Merkmale und Verhalten stehen in monotoner Beziehung, d.h. je höher der trait-Wert, desto ausgeprägter das entsprechende Verhalten. Wegen der beiden Aspekte „Zeitstabilität und Normorientiertheit" sind im Rahmen dieser Theorien konstruierte Tests für wichtige diagnostische Fragen ungeeignet: Die Normorientiertheit erschwert die Frage zu klären, ob ein pädagogisches oder therapeutisches Ziel bzw. Kriterium von allen Personen erreicht wurde. Daher wurde es notwendig, sog. *kriteriumsorientierte* Tests zu entwickeln (FRICKE, 1974). Sie sind keine Indikatoren für einen dem Verhalten zugrundeliegenden trait, sondern bestehen aus einer Stichprobe des diagnostisch interessierenden Ziel- bzw. Kriteriumsverhaltens. Weiterhin erlaubt die angenommene Zeitstabilität der traits nicht zu überprüfen, ob ein Eingriff, eine pädagogische oder therapeutische „Behandlung", zu bedeutsamen Änderungen führt. Die klassische D. eignet sich also zur *Statusdiagnostik*, nicht aber zur Veränderungsmessung (PETERMANN, 1978).

Die genannten Persönlichkeitstheorien mit dem zentralen Konzept „trait" bilden die theoretisch-inhaltliche Grundlage der in der klassischen D. verwendeten Tests. Die psychodynamischen Persönlichkeitstheorien, insbesondere FREUDS *Psychoanalyse*, entwickelten sich zu einem weiteren diagnostisch relevanten Hintergrund. Auch in diesem Ansatz sind Situationen, die Einfluß auf Verhalten nehmen können, unwichtig. Ausschlaggebend sind Personfaktoren. Im Gegensatz zu den trait-Theorien stehen bei diesen Theorien jedoch dynamische Komponenten der Persönlichkeit im Vordergrund. Personfaktoren wirken sich nicht immer direkt im Verhalten aus, sondern werden z.B. durch Abwehrmechanismen gebrochen. Damit stehen Personfaktoren und Verhalten häufig nicht in monotoner Beziehung, wodurch die Diagnostik der Personfaktoren erheblich erschwert sind.

Im Gegensatz zu diesen beiden Ansätzen postulieren die *sozialen Lerntheorien*, daß Verhalten vorrangig situationsabhängig sei und durch Stimuli in den Situationen kontrolliert werde. Ihre Aufmerksamkeit gilt den beobachtbaren Stimulus-Reaktions-Zusammenhängen. Diese Theorien sind somit keine Persönlichkeitstheorien. Sie bilden jedoch den theoretischen Hintergrund der Verhaltenstherapie. Verhaltensdiagnostik bzw. -analyse sucht die situativen Bedingungen für Verhaltensstörungen und führt zur Verhaltenstherapie über.

D. war als Methodologie charakterisiert worden. Inhaltlich ist sie jedoch abhängig vom verwendeten theoretisch-inhaltlichen Hintergrund. So zielt klassische D. auf traits, D. im Dienste der psychodynamischen Theorien auf dynamische Komponenten der Persönlichkeit und Verhaltensdiagnostik auf die das Verhalten bedingenden situationalen Faktoren.

4 Probleme diagnostischer Verfahren

Mit dem theoretisch-inhaltlichen Hintergrund variieren die verwendeten diagnostischen Verfahren. *Klassische D.* verwendet die schon beschriebenen üblichen strukturierten Tests, bei denen Aufgaben bzw. Fragen eindeutig und die Antworten festgelegt sind. Die Frage danach, was ein solcher Test mißt, ist eine Frage nach der *Validität* des Tests, die sich empirisch beantworten läßt. Weiterhin kann der Frage nachgegangen werden, welche Komponenten in den Testwert eingehen, d.h. die Variation der Testwerte mitbedingen. Bei Intelligenztests kann die Person raten, und es läßt sich ermitteln, ob eine Person spezifische Ratetendenzen zeigt. Bei Nichtintelligenztests ist es schwieriger, solche *Antworttendenzen* nachzuweisen, da es keine Richtig-Falsch-Antworten gibt und somit nicht eindeutig zwischen Antworttendenz und Ausprägung der erfaßten Eigenschaft differenziert werden kann.

Es läßt sich grob zwischen zwei Antworttendenzen unterscheiden, nämlich zwischen *Antwortset* und *Antwortstil*. Sets sind zu interpretieren als bewußte Antwortverzerrungen, wie z.B. Unehrlichkeit. Stile sind dagegen weniger bewußte Antworttendenzen, wie die Ja-Sage-Tendenz bei Ja-Nein-Fragen oder die Tendenz, sich im Test sozial erwünscht darzustellen. Diesen beiden Antworttendenzen diente ein großer Teil der Forschung auf diesem Gebiet (RORER, 1965; BLOCK, 1965; EDWARDS, 1970). Wie groß der Einfluß dieser Antworttendenzen im Testwert ist, läßt sich sehr schwer abschätzen, da einige Autoren postulieren, daß ein Großteil der Testwertvariation zu Lasten dieser Tendenzen gehe, während andere Autoren den Einfluß verneinen. WIGGINS (1973) verweist auf die Ungelöstheit dieses Problems und hebt hervor, daß andere Komponenten, wie z.B. die formale Art der Testentwicklung, ebenfalls die Testwertvariation mitbedingen, die Einengung der Problematik auf Untersuchungen über Antwortset und -stil also ungerechtfertigt sei.

Projektive Tests werden im Rahmen *psychodynamisch orientierter D.* eingesetzt. Ihre Benennung „projektiv" kennzeichnet ihre Funktion: Die diagnostische Information kommt durch Projektion des Getesteten zustande. Der Begriff Projektion ist theoretisch außerordentlich unklar. FREUD meinte ursprünglich, Projektion sei ein Abwehrmechanismus, bei dem nicht akzeptierbare, das Ich bedrohende Impulse des Es einem Objekt in der Außenwelt, z.B. einer anderen Person zugeschrieben werden. Dieser Vorgang ist unbewußt. Bei dieser Art von Projektion ist die Entstehung des Testverhaltens und damit die Interpretation eindeutig: Das Ergebnis der Projektion, der Index, z.B. eine Testantwort, verweist eindeutig auf die das Ich bedrohenden Impulse, das Indizierte. FREUD (1924) als auch weitere Autoren (FRANK, 1948) haben diesen Projektionsbegriff aufgeweicht, so daß heute bezüglich der Art der Beziehung zwischen Index und Indiziertem Unklarheit besteht (HÖRMANN, 1964). Die Problematik um projektive Verfahren ist noch dadurch erhöht, daß von zwei unterschiedlichen theoretischen Positionen ausgegangen wird. Die psychoanalytisch orientierte nimmt inhaltliche Interpretationen der Antworten vor, wie sie z.B. beim Thematischen Apperzeptions Test (TAT) möglich sind. RORSCHACH dagegen interpretierte die Applikation seines Verfahrens als wahrnehmungsdiagnostisches Experiment. Er postulierte, daß die Wahrnehmung kein passiver Abbildevorgang sei, sondern ein aktiver Prozeß, bei dem sich die Person mit ihrer Persönlichkeit selbst einbringe. Die Interpretation der Antworten erfolgt vorrangig nicht inhaltlich, sondern nach formalen Gesichtspunkten.

Die Validität dieser Tests ist im allgemeinen niedrig (KLOPFER/TAULBEE, 1976). Die Versuche, die Validität zu erhöhen, indem der Interpret mitvalidiert, d.h. indem die Validität seines Urteils auf Grund der projektiven Verfahren bestimmt wird, waren ebenfalls enttäuschend. Der aus diesen Gründen zu beobachtende Verzicht auf solche Verfahren erscheint jedoch nicht gerechtfertigt, da projektive Verfahren Informationen liefern, die durch strukturierte Tests nicht zu gewinnen sind.

Die *Verhaltensanalyse* (KANFER, 1969; SCHULTE, 1976) geht vom formalen Globalmodell des Verhaltens aus: Verhalten (R) als abhängige Variable wird bestimmt durch die unabhängigen Variablen Stimulus (S), Organismus (O), Verstärkungsplan bzw. Kontingenz (K) und Konsequenz (C, Verstärker). Diagnostische Aufgabe ist es, festzustellen, welche unabhängige Variable das Verhalten bedingt. Nehmen wir an, das problematische Verhalten sei aggressives Verhalten eines Kindes. Das Verhalten wird aufrechterhalten durch die Konsequenz „Zuwendung der Mutter bei aggressivem Verhalten des Kindes". Therapeutische Aufgabe wäre es, das Verhalten der Mutter zu ändern.

5 Analyse praktischen Diagnostizierens

Nach dem 2. Weltkrieg begann die Psychologie, ihr eigenes diagnostisches Arbeiten psychologischen Analysen zu unterziehen. Ausgelöst wurde diese Reflexion durch einen Beitrag von MEEHL (1954), in dem er nachweist, daß Prognosen mit Hilfe *empirisch* ermittelter, *statistisch* gefaßter Gesetzmäßigkeiten genauer (valider) sind als entsprechende Vorhersagen durch klinische Diagnostiker, die sich bei ihren Vorhersagen auf Erfahrung und Intuition verließen. SAWYER (1966) bestätigte dieses Ergebnis und belegte weiterhin, daß auch die Datenerhebung durch Tests validere Vorhersagen zuläßt als die Datenerhebung von Diagnostikern, vorgenommen z.B. durch Interview oder Beobachtung. Da der Diagnostiker wegen fehlender Tests häufig als Datenlieferant jedoch nicht ersetzbar ist, schlug u.a. EINHORN (1972) vor, die durch den Diagnostiker erhobenen Daten statistisch zu Vorhersagen zu kombinieren, d.h. Mensch-Maschine-Systeme zu entwickeln. Entsprechende Versuche gibt es u.a. im militärischen Bereich.

MEEHLS Arbeit (1954) löste weiterhin die Untersuchung der kognitiven Prozesse beim Diagnostizieren aus, initiierte aber auch die Analyse von *Störvariablen* in der diagnostischen Situation. Zur Beschreibung der diagnostischen Prozesse wurden Modelle entwickelt. Zu unterscheiden ist zwischen *inhaltlichen* und *formalen* deskriptiven Modellen. Inhaltliche Modelle stellen in stärkerem Maße den Prozeß der *Informations*aufnahme und -verarbeitung in den Vordergrund (SARBIN/TAFT/BAILEY, 1960; KOZIELECKI, 1972; LEICHNER, 1978). Information wird aufgenommen bzw. enkodiert, d.h. sie erhält über einen Mustererkennungsprozeß Be-

deutung und unterliegt dann weiteren kognitiven Operationen, die in einem diagnostischen Urteil resultieren. Urteilsverzerrungen sind nachweisbar, die sich bei der Enkodierung, der weiteren Verarbeitung sowie im Urteil auswirken. Weiterhin ist die Kapazität des Verarbeitungssystems begrenzt (BIERI et al., 1966), weswegen zunehmende Information nicht ausreichend genutzt wird. Schließlich ist darauf hinzuweisen, daß diagnostische Urteile meist sprachlich getroffen werden. Das bedeutet einerseits, daß nichtsprachliche Information (nonverbale) in ein sprachliches Urteil übersetzt werden muß – ein überaus komplizierter Vorgang –, und daß zum anderen Sprache das Urteil beeinflußt. Weiterhin nehmen Urteilspräferenzen und Persönlichkeitsvariablen der Diagnostiker (LEICHNER, 1977) sowie situationale Faktoren Einfluß auf das Urteil (HARTMANN, 1970), weswegen es nicht verwunderlich ist, daß die Genauigkeit des diagnostischen Urteils meist gering ist.
Die formalen deskriptiven Modelle beschäftigen sich vorrangig mit der Frage, ob die Daten entsprechend *linearer* oder *nicht*linearer Modelle zum Urteil verknüpft werden (SLOVIK/LICHTENSTEIN, 1971; DAWES/CORRIGAN, 1974). Die Angemessenheit linearer Modelle wurde häufig nachgewiesen, die Brauchbarkeit dieser Modelle ist jedoch fraglich (LEICHNER, 1978).
Die diagnostische Situation kann mehr oder minder durch Untersuchungsdurchführungsbestimmungen *standardisiert* sein. Bei der Anwendung üblicher strukturierter Tests ist sie gewöhnlich stark standardisiert. Dennoch ist der Testwert der Person nicht unverzerrt. Zum einen nehmen Einstellungen und Erwartungen, insbesondere bezüglich der Konsequenzen des diagnostischen Berichtes, Einfluß auf das Testverhalten, zum anderen tritt die Person in Interaktion mit dem Diagnostiker, woraus sehr diffizile Beeinflussungseffekte resultieren können. Sehr unstandardisiert ist die Situation, wenn sich der Diagnostiker direkt als Instrument in die Interaktion mit der Person einbringt. Er benutzt dann auch seine eigenen Reaktionen auf die Person als diagnostische Information, ein als Gegenübertragung bezeichneter Vorgang (ARGELANDER, 1970).

6 Schluß

Normative Modelle legen die Regeln logisch korrekter D. fest. Sie setzen empirisch gut bestätigte, von den inhaltlichen Theorien zur Verfügung gestellte Gesetzmäßigkeiten voraus sowie reliable und valide Tests. Zukünftige Forschung wird sich vermehrt um diagnostisch relevante Gesetzmäßigkeiten und diagnostische Verfahren bemühen müssen. Differenzen zwischen den Theorien und somit auch zwischen den Inhalten der D. werden in nächster Zukunft sicherlich nicht überbrückt werden. Auf welchem theoretischen Hintergrund sich ein logisch und damit nomothetisch orientiertes Diagnostizieren auch immer zu vollziehen versucht, in der Praxis müssen auch individuumspezifische Probleme gelöst werden, und somit ist idiographisches Vorgehen notwendig. Daher ist es unerläßlich, den praktischen Prozeß zu analysieren, um Erkenntnisse über Prozeßfehler zu gewinnen. Diese Kenntnisse können dazu beitragen, die Genauigkeit praktischer D. zu erhöhen.

Verweis auf andere Stichwörter

→Arbeitspsychologie →Empirische Forschungsmethoden der Psychologie →Persönlichkeit →Psychotherapie →Tests und Testtheorie →Therapieforschung →Verhaltenstherapie →Wissenschaftstheorie und Psychologie

Literatur

ARGELANDER, H.: Das Erstinterview in der Psychotherapie. Darmstadt: Wissenschaftliche Buchgesellschaft 1970.

BIERI, J./ATKINS, A. L./BRIAN, S./LEAMAN, R. L./MILLER, H./TRIPODI, T.: Clinical and social judgment: The discrimination of behavioral information. New York: Wiley & Sons 1966.

BINET, A./SIMON, T.: Méthoedes nouvelles pour le diagnostic de niveau intellectuel chez de entfants normaux et anormaux d'hispice et d'école primaire. Année Psychologique, 1905, *11*.

BLOCK, J.: The challenge of response sets: Unconfounding meaning, acquiescence and social desirability. New York: Appleton-Century-Crofts 1965.

CRONBACH, L. J./GLESER, G. C.: Psychological tests and personnel decisions. Urbana: University of Illinois Press 1957.

DAWES, R. M./CORRIGAN, B.: Linear models in decision making. Psychol. Bull., 1974, *81*, 95–106.

EDWARDS, A. L.: The measurement of personality traits by scales and inventories. New York: Holt, Rinehart & Winston 1970.

EINHORN, H. J.: Expert measurement and mechanical combination. Organ. behav. human. perf., 1972, 7, S. 86–106.

FRANK, L. K.: Projective methods. Springfield 1948.
FREUD, S.: Totem und Tabu. In: Gesammelte Schriften, Bd. X. Leipzig-Wien-Zürich 1924.
FRICKE, R.: Kriteriumsorientierte Leistungsmessung. Stuttgart: Kohlhammer 1974.
GULLIKSEN, H.: Theory of mental tests. New York, London: Wiley & Sons, Inc. 1950.
HARTMANN, H.: Psychologische Diagnostik. Stuttgart: Kohlhammer 1970.
HÖRMANN, H.: Theoretische Grundlagen der projektiven Tests. In: HEISS, R. (Hrsg.): Handbuch der Psychologie, Bd. 6, Psychologische Diagnostik. Göttingen: Hogrefe 1964.
KANFER, F. H.: Verhaltenstherapie: Ein neues Theoriegerüst zur Lösung klinisch-psychologischer Probleme. Psychologie und Praxis, 13, 1969, 1–18.
KLOPFER, W. G./TAULBEE, E. S.: Projective tests. Ann. Rev., 1976, S. 543–567.
KOZIELECKI, J.: A model for diagnostic problem solving. Acta Psychologica, 36, 1972, S. 370–380.
LEICHNER, R.: Die Verarbeitung sozialer Information. In: LEICHNER, R./JÜTTNER, C.: Gedächtnis und die Verarbeitung sozialer Information. Meisenheim: Hain 1978.
LEICHNER, R.: Klinische Urteilsbildung. In: PONGRATZ, L. (Hrsg.): Handbuch der Psychologie, Bd. 8, Klinische Psychologie. Göttingen: Hogrefe 1977.
MEEHL, P. E.: Clinical vs. statistical prediction. Minneapolis: University of Minnesota Press 1954.
MISCHEL, W.: Introduction to personality. New York: Holt, Rinehart & Winston 1971.
PETERMANN, F.: Veränderungsmessung. Stuttgart: Kohlhammer 1978.
RORER, C. G.: The great response-style myth. Psychol. Bull., 63, 1965, S. 128–156.
SARBIN, T. R./TAFT, R./BAILEY, D. E.: Clinical inference and cognitive theory. New York: Holt, Rinehart & Winston 1960.
SAWYER, J.: Measurement and prediction, clinical and statistical. Psychol. Bull., 66, 1966, S. 178–200.
SCHULTE, D.: Psychodiagnostik zur Erklärung und Modifikation von Verhalten. In: PAWLIK, K. (Hrsg.): Diagnose der Diagnostik. Stuttgart: Klett 1976.
SLOVIK, P./LICHTENSTEIN, S.: Comparison of bayesian and regression approaches to the study of information processing in judgment. Organ. behav. hum. perf., 6, 1971, 649–744.
WESTMEYER, H.: Logik der Diagnostik. Grundlagen einer normativen Diagnostik. Stuttgart: Kohlhammer 1972.
WESTMEYER, H.: Grundlagenprobleme psychologischer Diagnostik. In: PAWLIK, K. (Hrsg.): Diagnose der Diagnostik. Stuttgart: Klett 1976.
WIGGINS, J. S.: Personality and prediction: Principles of personality assessment. Menlo Park, California: Addison-Wesley Publishing Company 1973.

Reinhard Leichner

Differentielle Psychologie

1 Zielsetzung der Differentiellen Psychologie

1.1 Gegenstand und Begriffsgeschichte

Die D.P. beschäftigt sich mit der Beschreibung und Erklärung der individuellen Differenzierung von Personen. Insbesondere werden *inter*individuelle Differenzen, also Unterschiede zwischen Personen, untersucht. Weiterhin gehört jedoch auch die *intra*individuelle Differenzierung, d.h. die Unterschiedlichkeit innerhalb einer Person, in zweifacher Hinsicht zum Untersuchungsgegenstand der D.P., nämlich als strukturelle Differenzierung mehrerer Persönlichkeitseigenschaften im Querschnitt und als Merkmalsveränderlichkeit im zeitlichen Längsschnitt des individuellen Verhaltens (vgl. Abb.).

individuelle Differenzierung
- intraindividuell (Unterschiede innerhalb von Individuen)
  - Querschnitt (Struktur)
  - Längsschnitt (Prozesse, Veränderlichkeit)
- interindividuell (Unterschiede zwischen Individuen)

Aspekte der individuellen Differenzierung

Diese Zielsetzung der D.P. richtet sich auf nur einen von vielen miteinander verflochtenen Gegenstandsaspekten der Psychologie. Betrachten wir ein einfaches Beispiel: An einer verkehrsreichen Kreuzung soll untersucht werden, wie groß die Zeitspanne ist, innerhalb derer bei einem herannahenden Fahrzeug die Fußgänger die Straße noch überqueren. In einer von HOFSTÄTTER (1971, 27ff.) zitierten englischen Untersuchung zeigte sich, daß 50% der beobachteten Fußgänger die Straße noch überqueren, wenn das nächste Fahrzeug (bei 50 km/h Durchschnittsgeschwindigkeit) einen Abstand von etwa 65 m hat, der einer Zeitspanne von 4,7 sec entspricht. Unter welchen psychologischen Gesichtspunkten läßt sich dieses Fußgängerverhalten untersuchen?
Die Allgemeine Psychologie würde sich im Prinzip mit dieser Durchschnittsaussage (Me-

dian) begnügen. Der Sozialpsychologe würde sich für bestimmte soziale Anteile des Fußgängerverhaltens interessieren, beispielsweise für das Konformitätsverhalten, das vielleicht eine einzelne Person durch ihr Überqueren der Straße für eine ganze Gruppe anderer Fußgänger auslöst. Der Entwicklungspsychologe mag sich für den Entwicklungsstand kognitiver und motorischer Funktionen interessieren, die für Fußgängerverhalten relevant sind.

Besonders als Ergänzung oder teilweise sogar als Kontrast zum allgemeinpsychologischen Aspekt würde sich die D.P. hingegen vor allem auf zwei weitere Fragen konzentrieren:

a) Wie groß ist die interindividuelle Schwankungsbreite des festgestellten Zeitintervalls verschiedener Personen?
b) Wie ist die interindividuelle Variabilität der Zeitspanne näher zu erklären?

Die erste Frage ist *deskriptiv* gestellt und läßt sich statistisch u.a. durch eine Verteilungsanalyse mit Schätzung entsprechender Parameter (z.B. Varianz) beantworten. Die zweite Frage zielt nicht nur auf die Beteiligung unterschiedlicher situativer Randbedingungen ab, sondern insbesondere auf individuelle Besonderheiten der beteiligten Personen, die ihr Verhalten als Fußgänger näher *erklären* können. Beispielsweise könnte eine interindividuell unterschiedliche Risikobereitschaft eine Rolle spielen. Dieses komplexe Merkmal kann wiederum intraindividuell zusammenhängen mit bestimmten kognitiven Fähigkeiten, Wahrnehmungsgewohnheiten, dem individuellen Schätzvermögen, der Leistungsmotivation, möglicherweise auch Geschlechtsunterschieden usw.

Wie die Psychologie schlechthin, so läßt sich auch die D.P. als Wissenschaft einschätzen, die zwar auf eine lange Tradition, aber nur auf eine kurze Geschichte zurückblicken kann. Ihre lange Tradition, insbesondere ihre geisteswissenschaftliche Vergangenheit, kommt noch heute in der Vielfalt von Titeln der einschlägigen Literatur zum Ausdruck und ist eng verknüpft mit Begriffen wie „Persönlichkeit", „Charakter" etc. So findet zwar der Psychologiestudent in den neuen Versionen der Prüfungsordnung ältere Bezeichnungen wie „Charakterkunde" oder „Persönlichkeitspsychologie" durch den Begriff „Differentielle Psychologie" ersetzt. Mehr oder weniger übliche Bücher zur Prüfungsvorbereitung tragen jedoch Titel wie „Lehrbuch der empirischen Persönlichkeitsforschung" (HERRMANN, 1969), „Psychologie der Person" (BRANDSTÄTTER/SCHULER/STOCKER-KREICHGAUER, 1974), „Persönlichkeitspsychologie" (ROTH, 1969), „Introduction to Personality" (MISCHEL, 1971; BRODY, 1972) oder „Kleine Charakterkunde" (ROHRACHER, 1969). Nur verhältnismäßig wenige Autoren verwenden direkt den Begriff „Differentielle Psychologie", wie beispielsweise HOFSTÄTTER (1971) oder ANASTASI (1976).

Die engere Begriffsgeschichte der D.P. beginnt im Jahre 1900 mit einer Schrift von William STERN „Über Psychologie der individuellen Differenzen" (Untertitel: „Ideen zu einer ‚Differentiellen Psychologie'"), die 1911 vor allem unter methodischen Gesichtspunkten zu einem ersten Lehrbuch ausgebaut wurde. Zusammengefaßt verbindet STERN (1921, 1f.) mit der D.P. folgende *Zielsetzungen*: „Die Differentielle Psychologie ist zunächst, gleich der generellen, eine auf Allgemeingültigkeiten gehende Wissenschaft, aber die Allgemeingültigkeiten, welche sie sucht, sind anderer Art ...". In diesem Sinne werden folgende Aufgaben umrissen:

1. Feststellung der Variabilität und Erforschung ihrer allgemeinen Gesetzmäßigkeiten (deskriptive Fragestellung);
2. Aufdeckung und Untersuchung der äußeren (Umwelt, Erziehung etc.) und inneren (Vererbung) Ursachen für das Zustandekommen individueller Differenzen (Kausalfrage bzw. erklärende Fragestellung; Anlage-Umwelt-Problem);
3. Untersuchung der beobachtbaren Kennzeichen, nach denen sich individuelle Differenzen manifestieren („Symptomatologie" bzw. Psychodiagnostik);
4. Untersuchung inhaltlicher Gesetzmäßigkeiten von engerem Umfang (Temperament, Begabung, Geschlechtsunterschiede etc.).

Diese Aufgaben umreißen noch heute die wesentlichen Forschungsschwerpunkte der D.P.

In ihren traditionellen Konzepten (vgl. z.B. HOFSTÄTTER, 1971, 11f.) erkennt man allerdings eine inzwischen vielfach kritisierte Grundannahme der D.P., nämlich die Rückführbarkeit differentieller Verhaltensweisen auf „in der Person liegende" *latente* Persönlichkeitseigenschaften bzw. -dispositionen (vgl. dazu z.B. GRAUMANN, 1966; HERRMANN, 1973). Insbesondere die faktorenanalytisch orientierte Persönlichkeitsforschung (vgl. z.B. CATTELL, 1973; GUILFORD, 1964; EYSENCK, 1947, 1953) und auch die traditionelle Eigenschaftsdiagnostik mit der zugrundegelegten klassischen Testtheorie (vgl. z. B. LIENERT, 1969; HUBER, 1973) gehen von der Grundannahme relativ stabiler Eigenschaften als latenter Dispositionen von Personen aus. Dieser eigenschaftsorientierten Position wird z. B. von Persönlichkeitstheoretikern wie MISCHEL (1968, 1971) entgegengehalten, daß persönlichkeitsspezifisches Verhalten nicht so sehr durch bestimmte dispositionelle Eigenschaftsstrukturen erklärbar sei, sondern unter Betonung der Veränderlichkeit eher als Ergebnis von jederzeit ablaufenden *Interaktionen* zwischen Personen und Umweltsituationen zu interpretieren ist (vgl. GRAUMANN, 1975). In diesen und ähnlichen Konzepten werden Personen nicht nur strukturell, sondern auch als *Prozesse* unter Berücksichtigung lerntheoretischer, situativer und entwicklungspsychologischer Gesichtspunkte betrachtet (vgl. z. B. THOMAE, 1968; LEHR/WEINERT, 1975). Entsprechende Kontroversen werden u. a. in der Klinischen Psychologie und Psychodiagnostik in der Gegenüberstellung von „traditioneller Diagnostik" und „Verhaltensdiagnostik" ausgetragen (vgl. z. B. PAWLIK, 1976).

Der traditionellen Eigenschaftsdiagnostik und damit auch den zugrundeliegenden Dispositionskonzepten der D.P. wird u. a. eine gewisse Praxisferne insofern vorgeworfen, als sie sich zu sehr mit einer durch *abstrahierte* Eigenschaften beschriebenen Persönlichkeit und weniger mit dem betroffenen Subjekt in seiner besonderen situativen Verflechtung und gesamten praktischen Umweltbeziehung befaßt. Kritikpunkte dieser und ähnlicher Art finden sich beispielsweise auch in Betrachtungen zur „*Kritischen Psychologie*" von HOLZKAMP (1972). Im Zusammenhang mit seiner kritischen Reaktion auf Vorstellungen einer „Norm-Versuchsperson" in der Allgemeinen Psychologie stellt er dem „nomothetisch-gereinigten" Menschen der streng empiristischen Forschung oder dem „Alltagsmenschen" der *Humanistischen* Psychologie einen Menschen gegenüber, der nur aus Kenntnis seiner Klassenlage verständlich sei: „Kritische Psychologie ist mithin immer ‚differentielle Psychologie' in einem bestimmten Sinne, nämlich Psychologie, differenziert nach der Klassenlage der Individuen, die sie zum Thema ihrer Forschung macht" (118f.). Zwar berücksichtigen viele Untersuchungen der neueren empirischen Persönlichkeitsforschung Variablen wie „sozialer Status". Restriktive Konzepte im Sinne der HOLZKAMPschen Auffassung haben jedoch bisher wenig Resonanz gefunden.

1.2 Inhaltliche Schwerpunkte

Gegenwärtig existiert keine einheitliche Theorie der gesamten D.P., aus der eine verbindliche Klassifikation inhaltlicher Problembereiche ableitbar wäre. Ansätze in dieser Hinsicht sind gleichzeitig auch immer an bestimmte theoretische und methodische Vorlieben gekoppelt, durch welche auch die Variationsbreite inhaltlicher Problemstellungen jeweils eingeschränkt wird (obwohl es eigentlich umgekehrt sein sollte). Wir begnügen uns deshalb mit einer stichwortartigen, eher pragmatisch orientierten Übersicht über wichtige inhaltliche Schwerpunkte (vgl. dazu z. B. ANASTASI, 1976; HOFSTÄTTER, 1971; HERRMANN, 1969; PAWLIK, 1968).

- *Gesamtpersönlichkeit:* Faktorenanalytische Ansätze (CATTELL; EYSENCK; GUILFORD u. a.); lerntheoretische und am sozialen Lernen orientierte Ansätze (z. B. SKINNER; BANDURA/WALTERS u. a.); psychoanalytische Ansätze (z. B. FREUD; JUNG; FROMM u. a.); ältere Schichtenmodelle (z. B. LERSCH) usw.
- *Einzelne Persönlichkeitseigenschaften und Bereiche von Eigenschaften:* Intelligenz (Kognition, Sprache, Denken etc.); Gedächtnis, Lernen, Motivation; Sinnesfunktion und Wahrnehmung; Psychomotorik; Temperament, Emotionalität, Gefühle; spezielle Fähigkeiten (z. B. technisches Verständnis, Schulleistungen, Interessen); sozial relevante Fähigkeiten (z. B. Dominanz, autoritäre Eigenschaften, Kontaktfähigkeit); physiologische und körperliche Eigenschaften, Geschlecht, Alter etc.
- *Anlage und Umwelt:* Persönlichkeit und Gesellschaft (z. B. sozialer Status); Persönlichkeit und Familie (z. B. Erziehungsstile); Lerneinflüsse; Entwicklung und Reife; Zwillingsforschung etc.
- *Verhaltenskonstanz und -variabilität:* Längsschnittuntersuchungen zur Persönlichkeitsentwicklung; Therapie- und Modifikationsprobleme; Vorhersageprobleme; Zeit- und Umweltspezifität etc.
- *Persönlichkeitsstörungen und extreme Merkmalsausprägungen:* Probleme der Normalität und Abweichung; der Begabung (z. B. Hochbegabung); der Klinischen Psychodiagnostik und Psychotherapie etc.

2 Theorienbildung und Methodik

2.1 Wissenschaftliche Erkenntnis

Wissenschaftliche Erkenntnis liegt nach LEINFELLNER (1967, 11ff.) dann vor, wenn im Zuge eines Präzisierungsprozesses von alltäglicher Umgangssprache zur Wissenschaftssprache der zu repräsentierende Gegenstandsbereich in zusammenhängenden Sätzen bzw. Satzsystemen abgebildet wird. „,... in den empirischen Wissenschaften sind es insbesondere Hypothesen und Theoriensysteme, die aufgestellt und an der Erfahrung durch Beobachtung und Experiment überprüft werden" (POPPER, 1966, 3).

Nach ihrem derzeitigen Entwicklungsstand und Selbstverständnis erhebt die D.P. ohne Zweifel in diesem Sinne Anspruch auf Wissenschaftlichkeit und auch auf den Status einer empirischen Wissenschaft. Unsere globale Definition wissenschaftlicher Erkenntnis bleibt jedoch unpräzise, wenn sie nicht mit bestimmten Voraussetzungen verknüpft wird.

LEINFELLNER (1967, 14ff.) nennt als einfachste Voraussetzungen oder Hilfssätze für die Lösung von Problemen wissenschaftlicher Erkenntnis verschiedene Obligate. Das *„anthropologische* oder *pragmatische* Obligat" berücksichtigt einerseits die Abhängigkeit der Erkenntnis vom Menschen, andererseits aber die Abhängigkeit des Menschen von der Nützlichkeit seiner Erkenntnisse. Einem weiteren, *„spieltheoretischen* Obligat" liegt die Auffassung zugrunde, daß Wissenschaft so etwas sei wie ein Spiel um optimales Wissen mit bestimmten Strategien und Kriterien, wobei besonders herausgestellt wird, daß es kein für alle Zeiten sicheres, sondern immer nur ein unter den gegebenen Umständen gültiges Wissen gibt.

Insbesondere unter Berücksichtigung des anthropologischen Obligates stellt sich beispielsweise für die D.P. die Frage, was es dem betroffenen Subjekt und auch beispielsweise dem Auftraggeber eines psychodiagnostischen Gutachtens nützt (bzw. „kostet"), wenn unter Verwendung einer bestimmten Persönlichkeitstheorie und entsprechender Persönlichkeitstests ein Individuum als geeignet (bzw. ungeeignet) für eine bestimmte Anforderung klassifiziert wird. Dieses und auch das spieltheoretische Obligat zielen offensichtlich auf wissenschaftliche Erkenntnis- und Handlungsprobleme, die in letzter Zeit als *„Relevanzprobleme"* bekannt geworden sind und innerhalb der Psychologie besonders von HOLZKAMP (1972) diskutiert wurden (vgl. auch GROEBEN/WESTMEYER, 1975, 157ff.). Nutzenüberlegungen bei differential-psychologisch begründeten Entscheidungen sind aber auch Gegenstand bestimmter Konzepte der Testpsychologie (vgl. z.B. CRONBACH/GLESER, 1965).

Ein weiteres „Obligat der sprachlich-begrifflichen Repräsentation" zielt direkt auf die *theoretische* Ebene wissenschaftlicher Erkenntnis, d.h. hier auf die Begründung der D.P. durch entsprechende Persönlichkeitstheorien. Der Stellenwert theoretischer Erkenntnis in ihrer Verflechtung mit empirischen Schritten wird im *„Prozeßobligat"* deutlich, das bestimmte Richtlinien des Voranschreitens wissenschaftlicher Erkenntnis zusammenfaßt, wonach das „höchste" Erkenntnisziel schließlich darin besteht, über die deskriptive Fragestellung hinaus (Beantwortung der Frage: „Was ist der Fall?") zu wissenschaftlichen Erklärungen der beobachtbaren Phänomene zu gelangen (Beantwortung der Frage: „Warum ist das der Fall?").

Die Einschätzung des wissenschaftlichen Erklärungswertes als Forschungskriterium (vgl. GROEBEN/WESTMEYER, 1975, 76ff.) wirft für die D.P. viele Probleme auf. Allgemein muß bei Erklärungsversuchen in den empirischen Verhaltenswissenschaften mit mannigfaltigen Zufallseinflüssen und Ungenauigkeiten (z.B. Meßungenauigkeiten der Diagnostik) gerechnet werden. Die zugrundegelegten Theorien sind in der Regel *probabilistische Theorien*, so daß die erklärende Aussage immer nur eine Wahrscheinlichkeitsaussage, d.h. eine statistische Aussage sein wird. Hinzu kommt für die D.P. bzw. für die experimentelle Persönlichkeitsforschung die besondere Schwierigkeit, daß die erklärenden Bedingungen nicht wie in klassischen, voll kontrollierten Experimenten der Allgemeinen Psychologie vom Experimentator „hergestellt", sondern meistens nur durch „Selektion" der Personenstichprobe manipuliert werden können. HOLZKAMP (1964, 24ff.) unterscheidet in diesem Sinne Experimente mit mehr oder weniger großem Herstellungs- bzw. Selektionsanteil. CRONBACH (1957) hat diese besonders für die D.P. bedeutsame Frage in einem Aufsatz mit dem Titel „The Two Disciplines of Scientific Psychology" problematisiert, wo die klassische experimentelle Forschungsstrategie der Allgemeinen Psychologie der vorwiegend korrelativen Methodik der traditionellen Persönlichkeitsforschung gegenübergestellt wird (vgl. auch CATTELL, 1966, 4ff.; CRONBACH, 1975).

2.2 *Zur Theorienbildung in der Differentiellen Psychologie*

Die Persönlichkeitsforschung folgt nach HERRMANN (1969, 30ff.) im wesentlichen zwei allgemeinen Erkenntnismodellen. Im *„Modell I“* wird im ersten Schritt zunächst der Sachverhalt „Persönlichkeit“ in seiner „Natur“, seinem „Wesen“ etc. erkannt und erst dann im zweiten Schritt genauer untersucht (z.B. LERSCH; WELLEK). Nach *„Modell II“* orientiert sich der Forscher primär an Beobachtungen und Messungen empirischer Sachverhalte. Im zweiten Schritt werden zur beschreibenden Bestimmung und zur Klärung der empirischen Sachverhalte theoretische Konstruktionen „erfunden“ und dann anhand erneuter Beobachtungen und Messungen geprüft und präzisiert (z.B. EYSENCK; CATTELL).

Das gegenwärtig herrschende Forschungsparadigma der D.P. wird wohl durch „Modell II“ am zutreffendsten beschrieben, wobei die Schrittfolge „Beobachtung – Theorie – Beobachtung“ flexibel gehandhabt wird (vgl. z.B. Spiralenmodell von CATTELL, 1966, 16). Im Rahmen dieser allgemeinen Forschungsstrategie kann man nach PAWLIK (1973, 6) folgende Anforderungen an eine Persönlichkeitstheorie stellen:

1. Erklärung von zuverlässigen (reliablen) Verhaltensunterschieden in ihren Beziehungen untereinander und/oder mit nichtbehavioralen organismischen Variablen;
2. Erklärung der Ursprünge und Ursachen der Entwicklung und der Auswirkungen dieser Verhaltensunterschiede;
3. Erklärung der Reaktionen einer Person auf die Wahrnehmung seiner persönlichen Eigenart und/oder der anderer Menschen.

Je nach Schwerpunkt spricht PAWLIK von einer *Struktur*theorie, einer *dynamischen* Theorie und einer *sozialen* bzw. *Stimulus*theorie der Persönlichkeit. Einen großen Teil der gegenwärtigen Diskussion um die „richtige“ Persönlichkeitstheorie zur Beschreibung und Erklärung individueller Differenzen kann man einer noch gröberen Klassifikation zuordnen, nämlich der Gegenüberstellung von Person als *Struktur* vs. Person als *Prozeß* (vgl. z.B. LEHR/WEINERT, 1975).

Die immer noch sehr verbreiteten modernen Strukturtheorien der Persönlichkeitsforschung sind eigenschaftszentriert und bedienen sich vornehmlich der Methode und des Modells der Faktorenanalyse (z.B. CATTELL, 1973; EYSENCK, 1953; GUILFORD, 1964). Die eigenschaftszentrierte Grundannahme besagt dabei, daß die Struktur einer Persönlichkeit durch eine bestimmte Anzahl von linear kombinierten Grundwesenszügen (traits) beschreibbar ist. Empirisches Ausgangsmaterial sind Merkmalskorrelationen, die mit Hilfe der Faktorenanalyse auf eine möglichst geringe Anzahl „zugrundeliegender“ gemeinsamer Faktoren rückgeführt werden (vgl. z.B. PAWLIK, 1968). Die Dimensionalität dieser Grundwesenszüge charakterisiert aber auch gleichzeitig die Situation, in der entsprechende Verhaltensreaktionen erfolgen.

Im Gegensatz zu den eher statischen Konzepten der faktorenanalytischen Persönlichkeitsforschung gehen beispielsweise situationsorientierte Ansätze davon aus, daß beobachtbares Persönlichkeitsverhalten jeweils aus einer Interaktion zwischen Person und Situation resultiert (vgl. z.B. BOWERS, 1973; MISCHEL, 1973; GRAUMANN, 1975).

Andere, lerntheoretische Ansätze zielen gleichfalls auf eine notwendige „Dynamisierung“ der Persönlichkeitsforschung, indem insbesondere die Entwicklung, aber auch das jeweils aktuelle Verhalten und die Verhaltensmodifikation von Personen als Folge von sozialen Lernvorgängen betrachtet werden (vgl. z.B. SKINNER, 1965; BANDURA/WALTERS, 1970). Lerntheoretisch orientierte Persönlichkeitstheorien spielen besonders für Fragen der Verhaltensmodifikation (z.B. Psychotherapie) in der Klinischen Psychologie eine bedeutsame Rolle.

Nach HERRMANN (1974) kann man die Zielsetzung der an Lernen und Entwicklung orientierten Persönlichkeitstheorien leicht einem Forschungsbereich zuordnen, der sich durch die Lösung von *„Entwicklungsproblemen“* auszeichnet. Gesucht werden hier Gesetzmäßigkeiten (z.B. soziale Lerntheorien, Theorien zur Anlage-Umwelt-Beziehung), die das Entstehen und die Bedingungen für das Auftreten individueller Differenzen klären. Demgegenüber löst die faktorenanalytische Persönlichkeitsforschung lediglich *„kompositorische Probleme“*, indem die strukturelle Ordnung von Verhaltens- und Erlebnisweisen beschrieben wird. Ein Vorschlag zur wünschenswerten Verknüpfung beider Aspekte stammt von PAWLIK (1973), der zwar nicht das faktorielle Grundmodell aufgibt und auch die Lösung bestimmter Methodenprobleme (z.B. Populationsabhängigkeit) offen läßt, aber durch eine modifizierte Strategie zur Interpretation der Persönlichkeitsfaktoren die faktoriellen Theorien für die explizite Berücksichtigung von Lern- und Sozialisierungsprozessen öffnet. Faktorenausstattungen von Personen bzw. die zugrundeliegenden Merkmalskorrelationen werden als Ausdruck vorangegangener Lern- und Verstärkungsprozesse interpretiert, deren Untersuchung dann essentieller Bestandteil auch der faktoriellen Persönlichkeitsforschung sein müßte.

2.3 Zur Methodik der Differentiellen Psychologie

Die Methoden der D.P. sind Hilfsmittel, die zur Planung, Durchführung und Auswertung von Untersuchungen benötigt werden, welche zu den gewünschten Erkenntnissen im definierten Gegenstandsbereich „individuelle Differenzierung" führen. Dabei werden in der D.P. vor allem Methoden der *multivariaten Datenanalyse* angewandt (vgl. z.B. Cattell, 1966). Bei der oft betonten „neutralen Werkzeugfunktion" der Methoden wird jedoch meist übersehen, daß in den Methoden häufig restriktive *Modellannahmen* verborgen liegen, die weitreichende Konsequenzen für die inhaltliche Theorienbildung haben (z.B. Prinzip der Linearkombination in Faktorenanalysen).
Angesichts der Komplexität des Gegenstandes und der Vielfalt konkurrierender theoretischer Ansätze kann man allerdings von *den* Methoden der D.P. kaum sprechen. So werden z.B. bei der Lösung kompositorischer Probleme eher korrelationsstatistische Methoden, insbesondere *Faktorenanalysen* bevorzugt, während die Lösung von Entwicklungsproblemen die Anwendung von Methoden der *Längsschnittanalyse* erfordert (vgl. z.B. Harris, 1967; Nesselroade/Reese, 1973). Sollen Gruppen von Personen identifiziert bzw. unterschieden werden, so kommen Klassifikationsmethoden zur Anwendung wie *Typenanalyse, Diskriminanzanalyse* etc. (vgl. z.B. Baumann, 1971). Da in der empirischen Persönlichkeitsforschung leider sehr selten hypothesentestende Experimente durchgeführt werden, ist beispielsweise in der D.P. die Anwendung varianzanalytischer Methoden und dergl. wenig verbreitet. Gemeinsames und durchgehendes Interesse bei fast allen Richtungen der D.P. besteht wohl nur für Methoden der quantifizierenden Feststellung von Persönlichkeitsunterschieden, also für Testmethoden und andere Meß- und Skalierungsmethoden (vgl. z.B. Fischer, 1974; Gutjahr, 1972; Ahrens, 1974).

3 Zusammenfassung und Ausblick

Die D.P. bemüht sich um die Beschreibung und Erklärung von individuellen Differenzen unter Betonung der Unterschiedlichkeit zwischen Personen, aber auch in bezug auf die Differenzierung innerhalb von Personen im Quer- und Längsschnitt.
Die neuere Geschichte der D.P. ist eng verzahnt mit der Gegenüberstellung und Abgrenzung von Zielsetzungen der Allgemeinen Psychologie und D.P., mit der historischen Entwicklung des Begriffs der Persönlichkeit und entsprechenden Persönlichkeitstheorien und mit anwendungsorientierten Fragen der Psychodiagnostik und Verhaltensmodifikation, insbesondere in der Klinischen, aber auch Pädagogischen Psychologie.
Problembereiche der Theorienbildung betreffen vor allem die Abgrenzung, aber auch Verknüpfung von eigenschaftszentrierten trait-Theorien vs. situations- und lerntheoretisch orientierten Persönlichkeitstheorien. Korrespondierende Kontroversen sind teilweise anwendungszentriert und werden beispielsweise in der Psychodiagnostik und Klinischen Psychologie sichtbar (vgl. z.B. traditionelle vs. Verhaltensdiagnostik). Teilweise verwandt mit Fragen wie „Struktur vs. Prozeß", „Dynamik vs. Statik" sind Anlage-Umwelt-Probleme (vgl. z.B. Jensen-Kontroverse zur Intelligenzforschung). Von vergleichsweise „untergeordneter" Bedeutung sind Methodenprobleme, die beispielsweise mit Fragen der experimentellen Persönlichkeitsforschung (vgl. z.B. „experimentelle" vs. „korrelative" Methodik), mit der Messung von Persönlichkeitseigenschaften (vgl. z.B. klassische vs. probabilistische Testtheorie) oder mit der Längsschnittanalyse von Persönlichkeitsentwicklungen verbunden sind.
Insgesamt ist in der Persönlichkeitsforschung ein Trend sichtbar, die traditionellen eigenschaftszentrierten trait-Theorien zugunsten dynamischer, lerntheoretisch und situationsabhängig angelegter Konzepte zu modifizieren, wobei als übergeordnete Leitideen anwendungsorien-

tierte Aspekte wie Psychodiagnostik, Verhaltensmodifikation etc. eine bedeutsame Rolle spielen.

Verweis auf andere Stichwörter

→Allgemeine und Angewandte Psychologie →Anlage und Umwelt →Diagnostik →Empirische Forschungsmethoden der Psychologie →Entwicklung und Sozialisation →Humanistische Psychologie →Kritische Psychologie →Persönlichkeit →Statistik →Tests und Testtheorie →Wissenschaftstheorie und Psychologie

Literatur

AHRENS, H. J.: Multidimensionale Skalierung. Methodik, Theorie und empirische Gültigkeit mit Anwendungen aus der Differentiellen Psychologie und Sozialpsychologie. Weinheim: Beltz 1974.

ANASTASI, A.: Differentielle Psychologie. Bde. 1 u. 2. Weinheim: Beltz 1976.

BANDURA, A./WALTERS, R. H.: Social learning and personality development. New York: Holt, Rinehart & Winston 1970.

BAUMANN, U.: Psychologische Taxometrie. Bern: Huber 1971.

BOWERS, K. S.: Situationism in psychology: An analysis and critique. Psychological Review, 80, 1973, 307–336.

BRANDSTÄTTER, H./SCHULER, H./STOCKER-KREICHGAUER, G.: Psychologie der Person. Stuttgart: Kohlhammer 1974.

BRODY, N.: Personality. Research and theory. New York: Academic Press 1972.

CATTELL, R. B. (Ed.): Handbook of multivariate experimental psychology. Chicago: Rand McNally 1966.

CATTELL, R. B.: Die empirische Erforschung der Persönlichkeit. Weinheim: Beltz 1973.

CRONBACH, L. J.: The two disciplines of scientific psychology. American Psychologist, 12, 1957, 671–684.

CRONBACH, L. J.: Beyond the two disciplines of scientific psychology. American Psychologist, 30, 1975, 116–127.

CRONBACH, L. J./GLESER, G. C.: Psychological tests and personnel decisions. Urbana: University of Illinois Press [2]1965.

EYSENCK, H. J.: Dimensions of personality. London: Routledge & Kegan Paul 1947.

EYSENCK, H. J.: The structure of human personality. London: Methuen 1953.

FISCHER, G.: Einführung in die Theorie psychologischer Tests. Bern: Huber 1974.

GRAUMANN, C. F.: Eigenschaften als Problem der Persönlichkeitsforschung. In: H. THOMAE (Hrsg.): Handbuch der Psychologie, Bd. 1. Göttingen: Hogrefe 1966, S. 1031–1096.

GRAUMANN, C. F.: Person and Situation. In: U. LEHR/F. E. WEINERT (Hrsg.): Entwicklung und Persönlichkeit. Stuttgart: Kohlhammer 1975, 15–25.

GROEBEN, N./WESTMEYER, H.: Kriterien psychologischer Forschung. München: Juventa 1975.

GUILFORD, J. P.: Persönlichkeit. Weinheim: Beltz 1964.

GUTJAHR, W.: Die Messung psychischer Eigenschaften. Berlin-Ost: Deutscher Verlag der Wissenschaften 1972.

HARRIS, C. W.: Problems in measuring change. Madison: University of Wisconsin Press [2]1967.

HERRMANN, TH.: Lehrbuch der empirischen Persönlichkeitsforschung. Göttingen: Hogrefe 1969.

HERRMANN, TH.: Persönlichkeitsmerkmale. Bestimmung und Verwendung in der psychologischen Wissenschaft. Stuttgart: Kohlhammer 1973.

HERRMANN, TH.: Psychologische Theorien – nicht als Aussagengefüge betrachtet. Berichte aus dem Institut für Psychologie der Universität Marburg, Nr. 42, 1974.

HOFSTÄTTER, P. R.: Differentielle Psychologie. Stuttgart: Kröner 1971.

HOLZKAMP, K.: Theorie und Experiment in der Psychologie. Berlin: De Gruyter 1964.

HOLZKAMP, K.: Kritische Psychologie. Vorbereitende Arbeiten. Frankfurt/M.: Fischer 1972.

HUBER, H. P.: Psychometrische Einzelfalldiagnostik. Weinheim: Beltz 1973.

LEHR, U. M./WEINERT, F. E. (Hrsg.): Entwicklung und Persönlichkeit. Stuttgart: Kohlhammer 1975.

LEINFELLNER, W.: Einführung in die Erkenntnis- und Wissenschaftstheorie. Mannheim: Bibliographisches Institut 1967.

LIENERT, G. A.: Testaufbau und Testanalyse. Weinheim: Beltz [3]1969.

MISCHEL, W.: Personality and assessment. New York: Holt, Rinehart & Winston 1968.

MISCHEL, W.: Introduction to personality. New York: Holt, Rinehart & Winston 1971.

MISCHEL, W.: Toward a cognitive social learning reconceptualization of personality. Psychological Review, 80, 1973, 252–283.

NESSELROADE, J. R./REESE, H. W. (Eds.): Life-span developmental psychology: Methodological issues. New York: Academic Press 1973.

PAWLIK, K.: Dimensionen des Verhaltens. Bern: Huber 1968.

PAWLIK, K.: Right answers to the wrong questions? A re-examination of factor analytic personality research and its contributions to personality theory. In: J. R. ROYCE (Ed.): Contributions of multivariate analysis to psychological theory. New York: Academic Press, 1973, S. 17–44.

PAWLIK, K. (Hrsg.): Diagnose der Diagnostik. Stuttgart: Klett 1976.

POPPER, K.: Logik der Forschung. Tübingen: Mohr [2]1966.

ROHRACHER, H.: Kleine Charakterkunde. Wien: Urban & Schwarzenberg 1969.

ROTH, E.: Persönlichkeitspsychologie. Stuttgart: Kohlhammer 1969.

SKINNER, B. F.: Science and human behavior. New York: Free Press 1965.

STERN, W.: Über Psychologie der individuellen Differenzen. Leipzig: Barth 1900.

STERN, W.: Die differentielle Psychologie in ihren methodischen Grundlagen. Leipzig: Barth [3]1921.

THOMAE, H.: Das Individuum und seine Welt. Göttingen: Hogrefe 1968.

Hans Joachim Ahrens

Einstellung

1 Die Bedeutung des Einstellungskonzepts

„Einstellung" gehört zu den klassischen Konzepten der *Sozialpsychologie*: erstmals von DARWIN und SPENCER in der zweiten Hälfte des 19. Jahrhunderts verwendet und von der Würzburger experimentellen Schule der Psychologie zur Erklärung körperlicher Reaktionsbereitschaften herangezogen, erhielt es seine noch heute gültige Grundbedeutung bereits in der 1918 erschienenen Arbeit „The Polish peasant in Europe and America" von THOMAS und ZNANIECKI. Bei ihrer Untersuchung der Orientierungsprobleme polnischer Bauern in einer sich wandelnden bzw. in einer ihnen völlig fremden Umwelt wählten die Autoren den Begriff „attitude" zur Bezeichnung einer *beständigen* Orientierung und Handlungsbereitschaft eines Individuums in bezug auf ein soziales Objekt (1918, 20ff.). Wie kaum ein anderes schien dieses Konzept sich dazu zu eignen, das Ineinanderverwobensein von Individuum und sozialer Umwelt zu erfassen, indem es zwar am Individuum festgemacht ist, dieses aber gerade nicht als isoliertes Wesen begreift, sondern es zu sozial definierten Objekten in Beziehung setzt und die Ausbildung einer E. ebenfalls als Ergebnis eines sozialen Prozesses versteht.

Im Anschluß an diese Begriffsbestimmung, die auf frühere physiologische Elemente gänzlich verzichtete, und vorangetrieben durch sehr früh einsetzende Erfolge in der Messung nahm das E.konzept einen raschen Aufschwung und wurde zu einem dominanten Konzept innerhalb der sich gerade – und nicht zuletzt mit Hilfe dieses Konzeptes – etablierenden Disziplin der Sozialpsychologie (FLEMING, 1967, 339f.; K. THOMAS, 1971, 9). Verfolgen wir diese Entwicklung bis heute, so zeigt die Sozialpsychologie zwar ein unvergleichlich ausdifferenziertes Gesicht, zahlreiche weitere Konzepte erschließen andere soziale und psychische Phänomene, doch kaum eines hat eine ähnlich weite Verbreitung und Anwendung speziell auch in der Forschungspraxis erreicht. Auf der anderen Seite gibt es kaum ein anderes Konzept, das so dauerhaft auch grundlegender Kritik unterzogen, dessen Nutzen so vehement in Frage gestellt wurde wie der des E.konzepts – und das sich dieser Kritik gegenüber zugleich so resistent erwiesen hat. Prominenten Vertretern der E.forschung ist es, 1935 wie 1975, selbstverständlich, daß dieses Konzept „unverzichtbar" ist und alle Kritik nur zu immanenten Verbesserungen führen könne (ALLPORT, 1935, 798; 1968, 63; FISHBEIN/AJZEN, 1975, v). Kritiker dagegen werfen, neben einer harten Auseinandersetzung mit der Forschungspraxis, die Frage auf, was denn mit diesem Konzept eigentlich erfaßt werde, und ob es der Struktur sozialer Wirklichkeit angemessen sei (LA PIERE, 1934; DEUTSCHER, 1966, 1973). Bevor wir auf diese aktuelle Diskussion, die im Zusammenhang mit der These über die Handlungsrelevanz von E.n geführt wird, näher eingehen, wollen wir einen Blick auf die theoretischen Konzeptionen von E., auf wichtige Forschungsbereiche und auf die Messung von E.n werfen.

2 Definitionen und theoretische Konzeptionen

Eine einheitliche Definition von E. läßt sich, ebenso wie ein umfassender und allgemein anerkannter theoretischer Entwurf, nicht ausmachen. Die größte Popularität genoß über Jahrzehnte der *„Drei-Komponenten-Ansatz"*, der E. als ein – selten näher spezifiziertes – System von Kognition, Affektion und Konation begriff, denen eine prinzipielle Tendenz zur Übereinstimmung zugeschrieben wurde: so hält man z.B. Mitglieder einer anderen Rasse für faul oder betrügerisch, man verachtet sie und lehnt – in Übereinstimmung mit Kognition und Affektion – in seinem Handeln jeglichen Umgang mit ihnen ab (*Konsistenztheorem*). Grundlegend für diese Konzeption ist die Annahme, daß die Orientierung des Menschen in einer „ansonsten chaotischen Umwelt" (William JAMES) nur möglich sei auf Grund der Existenz von Vorstellungen, die eine selektive und leitende Funktion bei der Wahrnehmung und Bewertung von Objekten und beim Handeln ausüben – erst auf Grund solcher dauerhafter und situationsübergreifender Orientierungsmuster, die die Beziehung zwischen dem Individuum und dem Objekt regeln, seien Stabilität und Kontinuität möglich (ALLPORT, 1935, 806; KRECH/CRUTCHFIELD/BALLACHEY, 1962, 137). Die meisten jüngeren Definitionen weichen in der einen oder anderen Weise von dieser Grundkonzeption ab, indem sie sich etwa auf die Beziehung zwischen Affektion und Kognition beschränken (ROSENBERG, 1960); indem sie E. als Teil einer Hierarchie von kognitiven Vorstellungen, E.n und Werten konzipieren (ROKEACH, 1966, 1968); oder indem sie E. auf Affektion reduzieren und die beiden anderen Komponenten in eigenständigen Konzepten fassen – und damit die Konsistenzunterstellung explizit aufgeben (FISHBEIN, 1966, 1967).

Entsprechend diesen unterschiedlichen Definitionen lassen sich verschiedene *theoretische Entwürfe* ausmachen, von denen aber nur wenige einen umfassenden Erklärungsanspruch stellen (TRIANDIS, 1967; FISHBEIN/AJZEN, 1975) oder ihrerseits in komplexere theoretische Ansätze eingebettet sind. Für die meisten dieser Entwürfe ist vielmehr festzustellen, daß sie ad hoc für spezifische Fragestellungen entwickelt worden sind, mithin ihre Erklärungsleistungen auch einer entsprechenden Einschränkung unterliegen. Daneben fällt auf, daß eine systematische Bezugnahme auf andere – auch alternative – Ansätze nur selten erfolgt, daß eine produktive kritische Auseinandersetzung damit weitgehend unterbleibt. Diese unterschiedlichen Entwürfe auch nur in ihren Grundzügen zu skizzieren, würde hier zu weit führen, dazu sei auf vorliegende Versuche verwiesen (z. B. FISHBEIN/AJZEN, 1975, 21–52; MEINEFELD, 1977, 23–47).

3 Die Messung von Einstellungen

Eine gemeinsame Basis der E.forschung finden wir nicht auf der theoretischen, sondern auf der *methodischen Ebene.* Es wurde bereits erwähnt, daß die Entwicklung der Meßverfahren so etwas wie den Schrittmacher der E.forschung darstellte: hier schien sich zu zeigen, daß „Einstellung" nicht eine „dubiose" latente Variable war, der direkten Beobachtung und objektiven Analyse nicht zugänglich – vielmehr erbrachten bereits die ersten, schon recht früh auf relativ hohem technischem Niveau entwickelten Meßverfahren (die Skalierungen von BOGARDUS, 1925; THURSTONE, 1928; LIKERT, 1932) exakte und zuverlässige Ergebnisse und befreiten die Sozialpsychologie damit von dem Odium, mit dem E.konzept in das Stadium einer intuitiv betriebenen Wissenschaft zurückzufallen. Einige Kritiker betrachten dieses Streben der damaligen Forscher nach kollegialer Anerkennung als einen wesentlichen Grund für ihr Bemühen um quantifizierende Messung wie auch für das Ignorieren kritischer Einwände gegen eine Praxis, die *Präzision* und *Zuverlässigkeit* höher gewichtete als Fragen der *Gültigkeit* (FLEMING, 1967, 339f.; DEUTSCHER, 1973, 34f.).

Diese Meßverfahren beruhen, ebenso wie die meisten später entwickelten (etwa GUTTMAN, 1944; OSGOOD/SUCI/TANNENBAUM, 1957; SHERIF/SHERIF, 1967), auf folgender Grundstruktur: die Befragten werden mit einer Anzahl standardisierter Aussagen konfrontiert, aus deren Beantwortung der Grad der Ausprägung einer positiven oder negativen E. gegenüber dem jeweiligen E.objekt in skalenspezifischer Weise berechnet wird. Der E.wert einer Person wird durch einen Punkt auf der als Kontinuum zwischen Zuneigung und Ablehnung gedachten E. repräsentiert und ist in dieser Form einer weiteren quantifizierenden Auswertung zugänglich. Die Erhebung dieser Daten erfolgt im allgemeinen in einer Interview- oder Laborsituation, in der aus Gründen der Vergleichbarkeit eine größtmögliche *Standardisierung* (des Instrumentariums, des Interviewerverhaltens sowie der weiteren kontrollierbaren Situationsfaktoren) angestrebt wird. (Eine Einführung in diese Verfahren findet sich in fast allen Methodenbüchern und Einführungen in die Sozialpsychologie; zu einer näheren Auseinandersetzung siehe GREEN, 1954; FISHBEIN, 1967; DAWES, 1977.)

4 Einstellungsänderungsforschung und Handlungsbezug von Einstellungen

Neben den beiden Bereichen der E.theorie und der E.messung sind es vor allem zwei *inhaltliche* Fragen, die das Interesse auf sich gezogen haben: die Genese und Änderung von E.n und ihr Handlungsbezug. Insbesondere die erstere, die *E.änderungsforschung,* hat in der Zeit nach dem 2. Weltkrieg eine derartige Ausweitung erfahren, daß sie von ihrem Umfang her fast als eigenständiger Forschungsbereich anzusprechen ist, und ebenso vielfältig wie die in diesem Bereich aufgeworfenen Fragen sind die theoretischen Ansätze zu ihrer Beantwortung. Den Charakter von E.n als erlernten – und damit auch veränderbaren – Verhaltensdispositionen voraussetzend, hat man in zahllosen Experimenten versucht, die Auswirkungen der verschiedensten Faktoren auf Ausmaß und Dauer der E.änderung zu messen: der Wirkung von Angst, der Glaubwürdigkeit des Kommunikators, der Präsentation von Gegenargumenten u. ä. m. (SE-

CORD/BACKMAN, 1964; ZIMBARDO/EBBESEN/MARLACH, 1977). Zur Erklärung des Änderungsprozesses hat man Verstärkungstheorien, Konsistenztheorien, Dissonanztheorien, funktionale Theorien u.a. herangezogen, die jeweils auf andere Aspekte abstellten, damit auch andere Fragestellungen aufwarfen, so daß für diesen Bereich, wie für die E.forschung insgesamt, das Fehlen einer umfassenden Theorie festgestellt werden muß. (Für eine eingehendere inhaltliche Darstellung sei u.a. auf die Versuche von INSKO, 1967, und SCHMIDT-MUMMENDEY, 1975, 153–210, verwiesen.)

Die Frage nach der *Handlungsrelevanz* von E.n hat das Konzept von Anfang an begleitet: ein wesentlicher Teil der theoretischen Diskussion drehte sich um die explizite oder stillschweigend vorausgesetzte Annahme einer engen Beziehung zwischen E. und Handeln, also um die Vorhersage- oder gar die Erklärungsleistung der E. für das – methodisch schwieriger zu erfassende – Handeln. Diese Annahme ist vielleicht der wichtigste Grund für die Beliebtheit des Konzeptes, von ihm hängt letztlich auch die Relevanz der E.änderungsforschung ab. Die hier postulierte Einheit von Handeln und Denken war in der Definition von THOMAS und ZNANIECKI (1918, 22) wie auch in der „berühmten" Zusammenfassung von ALLPORT (1934, 805, 817–819) noch fraglos enthalten, in Lehrbüchern treffen wir sie immer noch an (KRECH/CRUTCHFIELD/BALLACHEY, 1962, 137). Gerade um diesen Punkt hat es jedoch in den letzten Jahren eine lebhafte und kontroverse Debatte gegeben, die über den engeren Kreis sozialpsychologischer Forscher hinaus Interesse und Beteiligung gefunden hat. Dies gilt speziell für die *Soziologie*, die sich dieses Konzeptes in der empirischen Sozialforschung (kaum dagegen in der theoretischen Diskussion) in erheblichem Ausmaß bedient hat (BENNINGHAUS, 1976, 16–21) und für die diese Problematik von großer Bedeutung ist, da Aussagen allein über psychische Prozesse, ohne Rückbezug auf soziales Handeln, für sie nur von untergeordnetem Interesse sind.

Einzelne empirische Studien, die gar keine oder nur eine sehr schwache Beziehung zwischen E. und Handeln berichteten, hat es seit Beginn der E.forschung gegeben (LA PIERE, 1934; SAENGER/GILBERT, 1950; DE FRIESE/FORD, 1969), doch begegnete man ihnen mit methodischen oder konzeptuellen Einwänden, behandelte sie als Ausnahmen oder ignorierte sie. Für die Vertreter des E.konzepts begann die Argumentation erst in dem Augenblick kritisch zu werden, als verschiedene Autoren in Literaturüberblicken auf Grund systematischer Analysen vorliegender empirischer Studien zu dem Ergebnis kamen, daß die häufig unterstellte einfache Beziehung zwischen E. und Handeln in keiner Weise durch das empirische Material bestätigt wird, daß im Gegenteil generell nur von einer *schwachen* Beziehung zwischen ihnen gesprochen werden kann (DEUTSCHER, 1966, 1973; WICKER, 1969; BENNINGHAUS, 1973, 1976; SIX, 1975). Während einige Kritiker hieraus die Forderung ableiteten, das E.konzept gänzlich aufzugeben (TARTER, 1970) bzw. die Annahme der E. als eines latenten Prozesses durch eine verhaltenstheoretische Konzeption zu ersetzen (DE FLEUR/WESTIE, 1963), verwies etwa EHRLICH (1969) auf die methodischen und begrifflichen Unzulänglichkeiten bisheriger E.forschung und wies diese Forderung als übertrieben und verfrüht zurück. Eine pauschale Ablehnung unter Hinweis auf empirische Studien muß allerdings nicht nur deswegen verfrüht erscheinen, weil es auch Studien gibt, die einen *engen* Zusammenhang zwischen beiden Variablen fanden – für eine stichhaltige Beurteilung der berichteten Ergebnisse ist zuvor eine methodenkritische Analyse der empirischen Studien durchzuführen, die den Einfluß der jeweiligen theoretischen und methodischen Vorgehensweise auf die Ergebnisse bestimmt, bevor derart weitreichende Konsequenzen gezogen werden können.

Führt man einen *systematischen Vergleich* der Studien in bezug auf diese Faktoren durch, so zeigen sich deutliche Abhängigkeiten der Ergebnisse von dem jeweils gewählten Vorgehen. So führt etwa die Operationalisierung des Handelns als Selbstbericht oder als verbalisierte Handlungsintention zu einer Überschätzung der Stärke der Beziehung zwischen E. und Handeln (im Vergleich zu einer Beobachtung des Handelns durch den Forscher selbst); das gleiche gilt für die Beschränkung der Handlungsbeobachtung auf die Extreme der E.verteilung oder die Durchführung der Beobachtung in einer Laborsituation ohne Anwesenheit von Bezugspersonen. Umgekehrt unterschätzen die Ergebnisse die tatsächlich vorhandene Stärke der Beziehung, wenn z.B. statt mehrerer Handlungen nur ein einzelner Handlungsakt erfaßt wird oder wenn ein Abweichen von der Handlungsroutine erforderlich wird, um einstellungskonform handeln zu können (Meinefeld, 1977, 127–162). Diese Ergebnisse deuten darauf hin, daß die Beziehung zwischen E. und Handeln *differenzierter* ist, als es die Protagonisten mit dem Konsistenztheorem und die Kritiker mit der Berufung auf die diesem Theorem widersprechenden empirischen Ergebnisse nahelegen. Eine differenziertere Sicht deutet sich für den engeren Kreis der E.forscher – kaum dagegen bei denjenigen, die dieses Konzept und vor allem seine Meßtechniken als gegebenes und bewährtes Instrumentarium nur verwenden – auch in der Tatsache an, daß man sich in verstärktem Maße der Wirkung *„intervenierender Variablen"* zuwendet, also etwa den hemmenden oder verstärkenden Einfluß der Bezugsgruppenorientierung auf den Grad der Übereinstimmung zwischen E. und Handeln berücksichtigt (Warner/De Fleur, 1969, sprechen von „bedingter Konsistenz").

Allerdings darf nicht unerwähnt bleiben, daß das Konzept „Einstellung" durchaus seine *Erfolge* aufzuweisen hat, so z. B. im Bereich der *Konsum-* und der *politischen Wahlforschung.* Hier wie in vergleichbaren anderen Bereichen liegen offensichtlich Verhaltensweisen und Bewußtseinsstrukturen vor, die mit Hilfe des E.konzepts gültig erforscht werden können (wie selbst von Kritikern eingeräumt wird: Blumer, 1948; Crespi, 1971, 333f.). Daneben muß auf vorhandene *Ansätze zu einer Umorientierung* verwiesen werden: so haben etwa die Arbeiten der Gruppe um Fishbein und Ajzen Wesentliches zu einer begrifflichen Klärung beigetragen, und die Berücksichtigung „intervenierender Variablen" stellt zweifellos einen Schritt vom einfachen E.-Handlungs-Modell weg dar. Andere Versuche gehen in die Richtung, E.n nach dem Grad ihrer *„Zentralität, Extremität* und *Intensität"* zu unterscheiden und dementsprechend differenzierte Vorhersagen des Handelns zu treffen (Petersen/Dutton, 1975) oder Vorhersagen nur für bestimmte Personen und Situationen zu machen (Bem/Allen, 1974).

Betrachten wir diese Ansätze allerdings näher, so muß die Hoffnung auf eine generelle Umorientierung wieder eingeschränkt werden: im Fall der intervenierenden Variablen etwa zeigt der Umstand, daß diese anderen Faktoren als „intervenierend" begriffen werden, daß man am Grundmodell der Beziehung zwischen E. und Handeln festhält und andere Faktoren eher als Störvariablen auffaßt denn als Teile eines komplexen Systems gegenseitiger Beeinflussung. Ein vergleichbares Problem stellt sich in den Arbeiten der Fishbein-Gruppe oder in den Ansätzen von Feger und Hartmann und Wakenhut: ohne Zweifel haben die hier geleisteten begrifflichen und methodischen Verbesserungen die E.forschung ein gutes Stück vorangebracht, doch verbleiben sie in der alten Bahn, sie reflektieren nicht die Prämissen dieses Konzeptes, sondern bewegen sich *innerhalb* seiner Grenzen.

5 Kritik an Anspruch und Leistung des Einstellungskonzepts

Versuchen wir eine *kritische Beurteilung* des Anspruchs und der Leistung des E.konzepts, wie wir sie in den theoretischen Entwürfen, den methodischen Instrumentarien und in der Forschungspraxis vorfinden, so zeigt sich die Problematik einer solchen Beschränkung auf die immanente Weiterentwicklung des E.konzepts. Drei Kritikpunkte sollen dies verdeutlichen (vgl. Meinefeld, 1977, 188–205):

1. Trotz jahrzehntelanger Forschung ist man bisher nicht zu einer einheitlichen Definition gekommen, was unter „E." gefaßt werden soll.
2. E. wird als eine *isolierte Variable* begriffen, ihre Bedeutung für das Handeln wurde überschätzt und überwiegend als einseitige Beeinflussung verstanden (eine Ausnahme bildet etwa Festinger, 1964): die Wechselwirkung zwischen E., Handeln und Persönlichkeitsfaktoren sowie ihre soziale Genese und Abhängigkeit von sozialen Faktoren werden weitgehend vernachlässigt.
3. Theoretische Überlegungen und Forschungsmethoden sind nicht miteinander verbunden, letztere sind stärker an abstrakten methodologischen Standards orientiert als an der Umsetzung theoretischer Definitionen. So werden etwa die für die theoretische Definition von E. grundlegenden Annahmen der zeitlichen Konstanz der Bewertung und Handlungsbereitschaft sowie ihre Situationsunabhängigkeit weder in der Methodologie noch in der Forschungspraxis geprüft – E.n werden vielmehr in der Regel punktuell zu einem bestimmten Zeitpunkt in einer spezifischen Situation „gemessen". Auf diese Weise wird ein komplexes theoretisches Konzept in der Operationalisierung

und Anwendung simplifiziert, und nicht selten dürften die Ergebnisse *Artefakte* dieser Methoden sein, also etwa eine Dauerhaftigkeit und Eindeutigkeit der E. vorspiegeln, wo tatsächlich sehr differenzierte und auch in sich widersprüchliche Vorstellungen vorhanden sind.

Diese Überlegungen führen uns von der immanenten Kritik zu eher *prinzipiellen Bedenken* gegen die E.forschung. So hat sich z. B. Blumer (1955) – aus einer interaktionistischen Tradition heraus, die sich ihrerseits bis auf W. I. Thomas zurückführen läßt – energisch gegen die Vorherrschaft und die unkritische und globale Anwendung des E.konzepts gewandt: dieses sei nur von sehr begrenztem Nutzen als Beschreibung für *eines* der Elemente, die in den komplexen Prozeß der „Interpretation einer Situation“ (Thomas) eingehen. Blumer lehnt die am Ideal naturwissenschaftlicher Messung orientierte Zerlegung des Handlungsprozesses in einzelne Variablen ab, da dies der Struktur menschlichen Handelns nicht angemessen sei und zu einer Verdinglichung dieser Variablen geführt habe: so spreche man z. B. von der „Wirkung“ einer Variablen, als wirke sie aus eigener Kraft, und man verliere dabei die Tatsache aus den Augen, daß sie nur in dem und durch das Handeln der Menschen einen Einfluß ausüben könne. Diese Konzeption führe zu einer Forschungspraxis, deren Ziel die isolierte Erfassung einzelner Variablen in möglichst standardisierten Forschungssituationen unter Kontrolle von „Störvariablen“ sei – eine angemessene Erfassung des Definitions*prozesses*, in dem die Handelnden die Elemente einer Situation bei ihrer Handlungsplanung wahrnehmen und gewichten, sei so jedoch nicht möglich (Blumer, 1956).

Blumer stellt dem das Bild des Menschen als eines *aktiv Handelnden* gegenüber, der mit der Fähigkeit zu kreativem und von der Routine und Norm abweichendem Handeln ausgestattet sei: er handele nicht auf Grund äußerer und innerer Faktoren, die einen Einfluß auf ihn ausüben, sondern auf der Grundlage von Situationsdefinitionen, d. h. von Bedeutungszuschreibungen, die er selbst in bezug auf Elemente seiner Umwelt vornimmt und an denen er sein Handeln orientiert – diese Definitionen sind durchaus wandelbar, sie können unsicher und sogar widersprüchlich sein (1962, 1966). Die für die E.forschung charakteristische Verallgemeinerung von Antworten, die in einer spezifischen Situation gegeben wurden (zumal einer Forschungssituation, deren Struktur kaum mit der *„natürlicher“ Handlungssituationen* übereinstimmt – vgl. Orne, 1962; Deutscher, 1973, 196–204), scheidet unter solchen Prämissen als vorschnell und methodologisch nicht haltbar aus. Ein methodisches Vorgehen, das diesen Grundannahmen entspricht, muß demgegenüber zumindest sicherstellen, daß die Interpretationen der Handelnden möglichst „ungebrochen“ (durch die Deutungen der Forscher) erfaßt werden können, und daß der Situationsbezug ihrer Aussagen und Handlungen in der Analyse berücksichtigt werden kann, d. h. auch: daß ihr Prozeßcharakter erhalten bleibt. (Eine umfassendere Diskussion dieser und weiterer „Prinzipien“ findet sich bei Denzin, 1970, 7–20.) Diese Überlegungen sprechen für Verfahren, die auf einer intensiven und möglichst unstrukturierten Kommunikation zwischen Forscher und Handelnden in „natürlichen“ Situationen beruhen: also *teilnehmende Beobachtung, unstrukturierte Interviews* und *Gruppendiskussionen.* Verfahren wie standardisierte Interviews und Beobachtungen, quantitative Inhaltsanalysen u. ä. werden nicht prinzipiell abgelehnt, doch sollten sie nur insoweit verwendet werden, als die dort auftretenden Verzerrungen in bezug auf die obigen Kriterien kontrolliert werden können.

Der hier am Beispiel Blumers – sehr verkürzt – vorgestellte „interpretative Ansatz“ ist aber auch seinerseits nicht ohne methodologische Probleme. Zwar vermeidet er die für die E.forschung typischen Fehler, doch wirft die Konzentration auf unstrukturierte Verfahrensweisen eigene Probleme auf: so hat zwar die u. a. von Vertretern dieses Ansatzes geübte Kritik an den gängigen Verfahren der empirischen Sozialforschung (an standardisierten Interviews, Tests u. ä.) gezeigt, daß Standardisierung und Quantifizierung nicht in der Lage sind, die Probleme der Gültigkeit, Verläßlichkeit, Reaktivität etc. befriedigend zu lösen (Cicourel, 1970; Phillips, 1973; Schütze u. a., 1977), doch stehen überlegene Lösungsvorschläge für die qualitativen Forschungsmethoden ebenfalls noch aus. Als weiterer Nachteil ist zudem der wesentlich höhere Aufwand zu nennen, den die unstrukturierten Verfahren erfordern, und der für die Forschungspraxis zu einem entscheidenden Kriterium werden kann (und, wie die Entwicklung der sozialpsychologischen Forschung zeigt, bisher auch geworden ist).

Ein weitergehender Vergleich zwischen der E.forschung und dem interpretativen Ansatz würden den Rahmen dieses Artikels überschreiten (s. dazu MEINEFELD, 1977, 205–216; zum interpretativen Ansatz allgemein und über BLUMER hinausgehend siehe Arbeitsgruppe Bielefelder Soziologen, 1973, 1976). Hier soll lediglich festgehalten werden, daß in dieser Gegenüberstellung Schwächen des E.konzepts deutlich geworden sind, die insbesondere die Gültigkeit und die Generalisierbarkeit der in Forschungssituationen gewonnenen Ergebnisse für „natürliche" Handlungssituationen betreffen – Schwächen, die ohne eine *grundlegende Veränderung* des Konzepts und seiner Methodologie nicht zu überwinden sind.

6 Praktische Konsequenzen der Einstellungsforschung

Hatten wir uns bisher auf eine eher akademische Auseinandersetzung mit dem E.konzept konzentriert, so soll abschließend kurz auf *praktische Konsequenzen* hingewiesen werden, die aus der E.forschung resultieren. Dabei ist hier weniger an die Verwendung des E.konzepts in der Markt- und Meinungsforschung oder in der Industriepsychologie und -soziologie gedacht, aus deren Praxis einige Kritiker den Vorwurf ableiten, Konzeption und Operationalisierung eigneten sich vor allem zu *Manipulationszwekken* der gesellschaftlich Mächtigen (BERGER, 1974, 139ff.). So berechtigt die Kritik an dieser Praxis ist (wobei die Kritiker allerdings andere, auf anderen Wertsetzungen beruhende Anwendungen wie etwa in der Rassenfrage in den USA geflissentlich übersehen), so wenig ist dies ein Problem des E.konzepts als solchem als vielmehr seiner *Anwendungspraxis* und der *unterschiedlichen Chancen* für Bevölkerungsgruppen, unter den Bedingungen ungleicher Machtverteilung die Möglichkeiten dieses Konzepts zu nutzen – und ist somit ein Problem, das sich den Humanwissenschaften insgesamt stellt. Schwerwiegender erscheint dagegen ein anderes Argument: hier werden ein Konzept und ein Instrumentarium, die sich in einem spezifischen Bereich menschlichen Handelns, nämlich bei den individualisierten Wahlentscheidungen im Konsumbereich und im politischen Verhalten, durchaus bewährt haben, *ungeprüft auch auf andere Bereiche übertragen* (BLUMER, 1948, 205; BERGER, 1974, 109). Dies hat nicht nur Auswirkungen für die wissenschaftliche Forschung selbst, deren Instrumentarien damit für andere Fragestellungen nur bedingt angemessen sind – durch die Rezeption ihrer Ergebnisse in Planungs- und Verwaltungsprozessen besteht die Gefahr, daß man sich an dem oben kritisierten Modell des Menschen als eines reaktiv sich verhaltenden statt eines bewußt handelnden Wesens orientiert, und daß – im Sinne einer „self-fulfilling-prophecy" – die so getroffenen und legitimierten Entscheidungen zu einer Einengung vorhandener Handlungsspielräume beitragen, weil sie die *Möglichkeit* dieser Spielräume nicht berücksichtigen.

Die zum Schluß angeführten Überlegungen zu dem Modell menschlichen Handelns, das der E.forschung zugrundeliegt, und zu den praktischen Konsequenzen dieser Forschung sind kaum noch wissenschaftsimmanent zu beantworten. Sie rekurrieren auf wertbesetzte Grundannahmen über Gegenstand und Zielsetzung sozialwissenschaftlicher Forschung, dürfen aber gerade auf Grund ihrer normsetzenden Funktion bei der Frage nach einer Neuorientierung der E.forschung nicht ausgeklammert werden. Wie groß allerdings die Chancen einer solchen, stärker auf die Prämissen abstellenden Reflexion gegenüber der eher technisch ausgerichteten immanenten Weiterentwicklung des E.konzepts sind, ist kaum abzuschätzen – betrachtet man die bisherige Entwicklung dieses Konzeptes, das Fehlen einer Alternative auf vergleichbarem methodischem Entwicklungsstand und die Bedingungen des sozialen Systems „Wissenschaft" – denen das E.konzept heute wie 1934 (LA PIERE) mit seiner leichten Handhabbarkeit entgegenkommt – so erscheint Skepsis durchaus angebracht.

Verweis auf andere Stichwörter

→Bewußtsein →Empirische Forschungsmethoden der Psychologie →Meinungsforschung →Skalierung →Sozialpsychologie →Soziologie →Verhalten und Handlung →Vorurteil

Literatur

ALLPORT, G. W.: Attitudes. In: MURCHISON, C. (Hrsg.): A handbook of social psychology. Clark University Press, 1935, 798–844. In: FISHBEIN, 1967, 3–13.

Ders.: The historical background of modern social psychology. In: LINDZEY, G. und ARONSON, E. (Hrsg.): The handbook of social psychology, second edition, Vol. III. Reading, Mass., 1968, 1–80.

Arbeitsgruppe Bielefelder Soziologen: Alltagswissen, Interaktion und gesellschaftliche Wirklichkeit, 2 Bde. Reinbek: Rowohlt 1973.

Dies.: Kommunikative Sozialforschung. München: Fink 1976.

BEM, D. J./ALLEN, A.: On predicting some of the people some of the time: The search for cross-situational consistencies in behavior. Psychological Review, 81, 1974, 502–520.

BENNINGHAUS, H.: Soziale Einstellungen und soziales Verhalten. In: ALBRECHT, G./DAHEIM, H./SACK, F. (Hrsg.): Soziologie. Sprache, Bezug zur Praxis, Verhältnis zu anderen Wissenschaften. René König zum 65. Geburtstag. Opladen: Westdeutscher Verlag 1973, 671–707.

Ders.: Ergebnisse und Perspektiven der Einstellungs-Verhaltens-Forschung. Meisenheim: Verlag Anton Hain 1976.

BERGER, H.: Untersuchungsmethode und soziale Wirklichkeit. Frankfurt: Suhrkamp 1974.

BLUMER, H.: Attitudes and the social act. Social Problems, 3, 1955, 59–65. In: Ders.: Symbolic Interactionism. Perspective and method. Englewood Cliffs: Prentice-Hall, Inc., 1969, 90–100.

Ders.: Sociological analysis and the „variable". American Sociological Review, 21, 1956, 683–690. In: ders., 1969, 127–139.

Ders.: Society as symbolic interaction. In: A. M. ROSE (Hrsg.): Human behavior and social processes. Boston 1962, 179–192. In: ders., 1969, 78–89.

Ders.: Sociological implications of the thought of George Herbert Mead. American Journal of Sociology, 71, 1966, 535–548. In: ders., 1969, 61–77.

BOGARDUS, E. S.: Measuring social distances. Journal of Applied Sociology, 9, 1925, 299–308. In: FISHBEIN, 1967, 71–76.

CICOUREL, A. V.: Methode und Messung in der Soziologie. Frankfurt: Suhrkamp 1970.

CRESPI, I.: What kinds of attitude measures are predictive of behavior?. Public Opinion Quarterly, 35, 1971, 327–334.

DAWES, R. M.: Grundlagen der Einstellungsmessung. Weinheim: Beltz 1977.

DE FLEUR, M. L./WESTIE, F. R.: Attitude as a scientific concept. Social Forces, 42, 1963, 17–31. In: THOMAS, 1971, 295–311.

DE FRIESE, G. W./FORD, W. S.: Verbal attitudes, overt acts, and the influence of social constraint in interracial behavior. Social Problems, 16, 1969, 493–505.

DENZIN, N. K.: The research act. A theoretical introduction to sociological methods. Chicago: Aldine 1970.

DEUTSCHER, I.: Words and Deeds: Social science and social policy. Social Problems, 13, 1966, 235–254.

Ders. (Hrsg.): What we say/what we do. Sentiments and acts. Glenview: Scott, Foresman & Co. 1973.

EHRLICH, H. J.: Attitudes, behavior, and the intervening variables. The American Sociologist, 4, 1969, 29–34. In: DEUTSCHER, 1973, 260–271.

FESTINGER, L. A.: Behavioral support for opinion change. Public Opinion Quarterly, 28, 1964, 404–417.

FISHBEIN, M.: The relationships between beliefs, attitudes, and behavior. In: FELDMAN, S. (Hrsg.): Cognitive consistency. New York 1966, 199–233.

Ders. (Hrsg.): Readings in attitude theory and measurement. New York: John Wiley & Sons 1967.

FISHBEIN, M./AJZEN, I.: Belief, attitude, intention, and behavior. An introduction to theory and research. Reading, Mass. 1975.

FLEMING, D.: Attitude: The history of a concept. In: Perspectives in American History, 1967, 287–365.

GREEN, B. F.: Attitude measurement. In: LINDZEY, G. (Hrsg.): Handbook of Social Psychology. Cambridge, Mass. 1954, Bd. I, 335–369.

GUTTMAN, L.: A basis for scaling qualitative data. American Sociological Review, 9, 1944, 139–150. In: FISHBEIN, 1967, 96–107.

INSKO, C. A.: Theories of attitude change. New York: Appleton-Century Crofts 1967.

KRECH, D./CRUTCHFIELD, R. S./BALLACHEY, E. L.: Individual in society. A textbook of social psychology. New York 1962.

LA PIERE, R. T.: Attitudes vs. actions. Social Forces, 13, 1934, 230–237. In: FISHBEIN, 1967, 26–31. In: DEUTSCHER, 1973, 14–21.

LIKERT, R.: A technique for the measurement of attitudes. Archives of Psychology, Nr. 140, 1932, 44–53.

MEINEFELD, W.: Einstellung und soziales Handeln. Reinbek: Rowohlt 1977.

ORNE, M. T.: On the social psychology of the psychological experiment: With particular reference to demand characteristics and their implications. American Psychologist, 17, 1962, 776–783. In: DEUTSCHER, 1973, 186–196.

OSGOOD, C. E./SUCI, G. J./TANNENBAUM, P. H.: The measurement of meaning. Urbana, Ill. 1957.

PETERSEN, K. K./DUTTON, J. E.: Centrality, extremity, intensity: Neglected variables in research on attitude behavior consistency. Social Forces, 54, 1975, 393–414.

PHILLIPS, D. L.: Abandoning method. San Francisco: Jossey-Bass 1973.

ROKEACH, M.: Attitude change and behavioral change. Public Opinion Quarterly, 30, 1966, 529–550.

Ders.: The nature of attitudes. In: SILLS, D. L. (Hrsg.): International encyclopedia of the social sciences, Bd. 1. New York 1968, 449–458.

ROSENBERG, M. J.: An analysis of affective-cognitive consistency. In: HOVLAND, C. I./ROSENBERG, M. J. (Hrsg.): Attitude organization and change. An analysis of consistency among attitude components. New Haven: Yale University Press 1960, 15–64.

SAENGER, G./GILBERT, E.: Customer reactions to the integration of negro sales personnel. International Journal of Opinion and Attitudes Research, 4, 1950, 57–76.

SCHMIDT-MUMMENDEY, A.: Änderungen von Einstellungen. In: SCHMIDT, H. D./BRUNNER, E. J./SCHMIDT-MUMMENDEY, A.: Soziale Einstellungen. München: Juventa 1975, 145–216.

SCHÜTZE, F. u. a.: Grundlagentheoretische Voraussetzungen methodisch kontrollierten Fremdverstehens. In: Arbeitsgruppe Bielefelder Soziologen (Hrsg.): Alltagswissen, Interaktion und gesellschaftliche Wirklichkeit, Bd. 2. Reinbek: Rowohlt 1973, 433–495.

SECORD, P. F./BACKMAN, C. W.: Social Psychology. New York: McGraw Hill 1964. Deutsch: Sozialpsychologie. Frankfurt: Fachbuchhandlung für Psychologie 1976.

SHERIF, M./SHERIF, C. W.: The own categories procedure in attitude research. In: FISHBEIN, 1967, 190–198.

SIX, B.: Die Relation von Einstellung und Verhalten. Zeitschrift für Sozialpsychologie, 6, 1975, 270–296.

TARTER, D. E.: Attitude: The mental myth. American Sociologist, 5, 1970, 276–278.

THOMAS, K. (Hrsg.): Attitudes and behaviour. Selected readings. Harmondsworth 1971.

THOMAS, W. I./ZNANIECKI, F.: The Polish peasant in Europe and America. New York 1918 (v.a. 1–80).

THURSTONE, L. L.: Attitudes can be measured. American

Journal of Sociology, 33, 1928, 529–554. In: FISHBEIN, 1967, 77–89.
TRIANDIS, H. C.: Toward an analysis of the components of interpersonal attitudes. In: SHERIF, C. W./SHERIF, M. (Hrsg.): Attitude, ego-involvement, and change. New York 1967, 227–270.
WARNER, L. G./DE FLEUR, M.: Attitudes as an interactional concept: Social constraint and social distance as intervening variables between attitudes and action. American Sociological Review, 34, 1969, 153–169.
WICKER, A.: Attitudes versus actions: The relationship of verbal and overt behavioural responses to attitude objects. Journal of Social Issues, 25, 1969, 41–78. In: THOMAS, 1971, 135–178.
ZIMBARDO, P./EBBESEN, E. B./MARLACH, C.: Influencing attitudes and changing behavior. London: Addison-Wesley Publishing Company 1977.

Werner Meinefeld

Emotion

1 Forschungsstand

Bis heute ist es der Psychologie nicht gelungen, eine umfassende Theorie der E.n (Gefühle) zu entwerfen. Die Schwierigkeiten resultieren aus einem ungeklärten Verhältnis zwischen E. und Kognition (Denken). Erfolgversprechende Beiträge zur Lösung des Problems liefern im Augenblick am ehesten diejenigen Ansätze in der Psychoanalyse, die sich um eine Aufhellung der frühkindlichen Entwicklung bemühen. Bei der Untersuchung der emotionalen und kognitiven Entwicklung geht SPITZ (1974) beispielsweise davon aus, daß Denken und Fühlen bei der Geburt noch eine Einheit bilden und sich erst im Laufe der Entwicklung differenzieren. Die Ergebnisse derartiger Untersuchungen weisen den Weg zu einer vereinheitlichten Theorie der E.n, wird hier doch der Versuch gemacht, das Geist-Körper-Problem zu integrieren.

Das niedrige Niveau der E.forschung (LEVI, 1975) hängt nicht zuletzt auch damit zusammen, daß der komplizierte Übergang von Körper-Psyche schlichtweg geleugnet oder durch vereinfachte Reiz-Reaktions-Modelle ersetzt wird. Die Erforschung der E.n muß aber scheitern, wenn diese wie bisher rigide vom Denken, dem Intellekt usw. abgegrenzt werden.

Die Trennung von Emotionalität und Rationalität selbst hat in der abendländischen Geschichte eine jahrhundertelange Tradition. Das Emotionale (Irrationale) wurde, wenn man einmal von wenigen Ausnahmen absieht, wie z.B. FEUERBACH, SCHOPENHAUER, NIETZSCHE, FREUD, immer als Gegensatz zum Rationalen definiert, was gleichzeitig die Konstruktion zweier voneinander unabhängiger Teilsysteme implizierte. Gerade der Umstand, daß sich auch heute noch die Humanwissenschaften, vor allem aber die Psychologie, an einem antagonistischen Geist-Körper-Paradigma orientieren, erweist sich für die Beschäftigung mit den E.n des Menschen als wenig fruchtbar. Man versucht sich zwar dem Phänomen E. mit einer Vielfalt unterschiedlicher Untersuchungsansätze zu nähern, es zu messen, zu klassifizieren und Zusammenhänge mit anderen Erlebens- und Verhaltensdimensionen herzustellen, verstellt sich aber permanent den Blick mit einem ungeeigneten methodologischen Untersuchungsinstrumentarium.

Das Alter der Vorstellungen über die menschlichen E.n entspricht der Hartnäckigkeit, mit der man an ihnen festhält. SCHAFER (1976) hat an der Wut als Beispiel für ein erlebens- und verhaltensmäßig starkes Gefühl aufgezeigt, daß dessen Beobachtung und Konzeptualisierung durch das Beharren auf der Vorstellung vom Affekt als einer *Substanz* ziemlich behindert worden ist.

2 Psychoanalyse und die Entwicklung von Emotionalität

Fortschritte auf dem Gebiet der E.n sind vor allem von Theorien zu erwarten, die sich bemühen, die positivistische Verflachung, die die aktuellen Forschungsansätze in der Psychologie kennzeichnet, zu überwinden. Dazu zählen vor allem jene Ansätze innerhalb der Psychoanalyse, die im Rückgang auf Standpunkte von Sigmund FREUD den Versuch unternehmen, zu berücksichtigen, daß Gefühls- und Affekterscheinungen ihre Basis im Unbewußten haben. Die gegenwärtige Psychologie, die sich ganz überwiegend auf die Beschäftigung mit den Äußerungsformen und Funktionen des Bewußtseins beschränkt, hat es lediglich mit – vom Bewußtsein – zensierten Determinationen des Unbewußten zu tun; das Spektrum emotionalen Verhaltens und Erlebens in seiner Gesamtheit gerät dadurch weitgehend aus dem Blickfeld. Das Instrumentarium der Psychoanalyse, mit dem das Unbewußte erforscht wird, bringt auch jene archaischen und frühen Aspekte des menschlichen Affektlebens zum Vorschein, die im „normalen" Bewußtsein überhaupt nicht mehr auftreten, sondern nur noch in Träumen, Symptomen etc. „erinnert" werden können.
Nach psychoanalytischer Auffassung verweisen Wahrnehmung und Ausdruck von E.n auf das subjektive Erleben und die entsprechenden körperlichen Manifestationen. Körperliche Anzeichen dafür sind Erröten, Weinen, Schwitzen, erhöhter Pulsschlag usw. Sie stehen unter dem Einfluß des sympathischen und parasympathischen Nervensystems. Weitere Manifestationen des emotionalen Zustands sind Körperhaltung, Gesichtsausdruck, Tonfall usw. In spezifischen Situationen werden bestimmte Gefühle unterdrückt; z.B. Ärger, obwohl ein Bewußtsein davon und auch somatische Anzeichen vorliegen.
Subjektiv werden E.n als lustvoll bzw. unlustvoll erlebt. Entsprechend tendiert der Mensch dazu, nicht lustvolle E.n zu vermeiden. Überhaupt sind undifferenzierte Lust und Unlust die ersten und fundamentalsten emotionalen Regungen. Die Frustration der unerläßlichen Triebenergien führt zu Unlust, wohingegen ihre Befriedigung mit Lustgefühlen verbunden ist. Die Entwicklung von diesen primitiven Regungen bei Neugeborenen bis hin zur Emotionalität des Erwachsenen ist ein wichtiger Pfeiler des psychoanalytischen Theoriegebäudes.
FREUD selbst setzte Triebenergie und E. noch gleich, von seinen Nachfolgern wurde diese Auffassung bald korrigiert: Eigentlich nur bei Neugeborenen können E.n als direkte Umsetzungen von Triebenergie verstanden werden. In allen anderen Fällen haben E.n zwar etwas mit Triebenergie zu tun. Sie wurzeln unmittelbar in den biologischen Strukturen des Menschen. Sie müssen aber im wesentlichen als soziale, d.h. erlernte Phänomene betrachtet werden. Nach FREUD werden archaische Triebimpulse durch den Aufbau des seelischen Apparates „gebändigt", es kommt zu einer Anpassung dieser Triebimpulse an die Realität.
Ein Erfahrungsaspekt, der in diesem Zusammenhang eine bedeutsame Rolle spielt, ist die Beziehung des kleinen Kindes zum eigenen Körper. FREUDS Aussage „das Ich ist zu allererst ein körperliches Ich" (FREUD, 1923, 253) charakterisiert diesen Sachverhalt. Die Eigentümlichkeit des Körpers, gefühlt zu werden und zu fühlen, trifft für das zweite fundamentale Beziehungsobjekt, die Mutter, nicht mehr zu. Ein menschliches Subjekt aber wird das Kind erst dann, wenn eine Verständigung, d.h. eine Sozialbeziehung mit der Mutter oder einer anderen Pflegepereson gelingt. Die spezifischen Bedingungen, die vorliegen müssen, damit aus den „Aktionen" des Säuglings „Interaktionen" werden, wurden vor allem von SPITZ (1969) und MAHLER (1972) eingehend beschrieben. Die Voraussetzung für das Gelingen dieses Prozesses ist die „emotionale Fundierung" (CLAESSENS, 1972). Bei entsprechendem Mangel an emotionaler Fütterung kommt es zu schweren Entwicklungsstörungen.
In seiner Studie über Heimkinder lieferte SPITZ (1945) das Material über die schädlichen Auswirkungen des Entzugs emotionaler Zufuhr. Er stellte fest, daß geistiger und körperlicher Verfall das Schicksal des mutterlosen, emotional vernachlässigten Kindes sind, und schlußfolgerte auf Grund späterer Untersuchungen, daß es von wesentlicher Bedeutung ist, ob und wie die

angeborene emotionale Ausrüstung des Neugeborenen durch die Wechselbeziehung mit der Mutter entfacht wird. Im Prozeß der Differenzierung der Emotionalität übernehmen mehr und mehr auch andere, dem Kind sich anbietende Bezugspersonen wichtige Funktionen. Insbesondere die Kernfamilie mit ihrem vielfältigen Rollenangebot entlastet die intensive Mutter-Kind-Beziehung und verhindert einseitige Entwicklungen. Dort wird die Formung der Emotionalität in entscheidender Weise vollzogen. Diese Formung geschieht im Sinne der dort vorherrschenden Normen und Wertorientierungen – „Enkulturation" (CLAESSENS, 1972) –, die wiederum von jener Kultur geprägt sind, in der diese Familie lebt. Ethnokulturelle Vergleiche dokumentieren, daß es in dieser Hinsicht erhebliche Unterschiede gibt. So wird z. B. in der einen Gesellschaft auf den Tod einer geliebten Person mit zurückhaltender Trauer, in der anderen mit lautem, demonstrativem Wehklagen reagiert.

3 Die geschichtliche Wandlung der Emotionen: die Zerstörung von Sinnlichkeit

Der „Prozeß der Zivilisation" hat eine immer stärker werdende Selbstkontrolle und Zurückhaltung der E.n zugunsten einer zunehmenden Selbstreflexion und Selbstbeobachtung zur Folge (ELIAS, 1977). Zu ähnlichen Beobachtungen kamen u. a. auch ZUR LIPPE bei seiner Untersuchung der Veränderung von Tanzgepflogenheiten als Ausdrucksebene von E.n zwischen dem 14. und 16. Jahrhundert und VAN USSEL, der den Prozeß der Zurücknahme von E.n am Beispiel des Wandels im Bereich der Sexualität demonstrierte (ZUR LIPPE, 1974; VAN USSEL, 1970). Die wenigen Arbeiten über die Geschichte der E.modellierung machen deutlich, wie sehr Zivilisierung des Menschen einhergeht mit einem Ausschluß des Körpers von seinen Funktionen (Geruch, Schweiß, Spucke, Tränen, Sperma, Fäkalien, Blut werden verbannt, kontrolliert, verdrängt). Die Sinnlichkeit des Menschen wird domestiziert, sie hat sich der Diktatur der Vernunft zu unterwerfen. Dieses sich immer stärker durchsetzende fundamentale abendländische Denkprinzip hatte im Verlaufe der „unterirdischen Geschichte" (ADORNO/HORKHEIMER, 1968) eine radikale Veränderung der Fühlgewohnheiten zur Folge.

Der Körper als Garant sinnlicher Erfahrung (Tast-, Geruchs-, Geschmackssinn usw.) als Instrument des emotionalen Austauschs mit der Umwelt (Schlagen, Kämpfen, Lieben, Streicheln, Tanzen) und als Mittel der Darstellung der emotionalen Befindlichkeit (Haß, Wut, Trauer, Freude, Ekstase, Lust) spielt kaum noch eine Rolle; Sehen und Sprechen haben diese Aufgaben übernommen. Nur noch in der privaten Intimsphäre werden (taktile) E.n zugelassen. Die Überbetonung des Gesichtssinns, des Sehens, hat eine eigenartige Gefährdung der Selbsterfahrung zur Folge. In dem Maße, wie der Bezug zur Realität, zu anderen Menschen einseitig vom Auge abhängt, steigt die Bedeutung sprachlicher Kommunikation. Die mehrdeutige, analoge Sprache des Körpers macht einer eindeutigen, digitalen Sprechweise Platz. Das Bild, das ein Mensch vom anderen erhält, ist dadurch zwar freier von momentanen E.n, es „psychologisiert" sich (ELIAS, 1977, 372). Die emotionsneutralere Beziehung zur Umwelt ist aber abhängig von höchst komplizierten Reflexionen, von differenzierter Beobachtung, Kenntnis und Beherrschung üblicher Verhaltensmuster. Problematisch wird die Fähigkeit zu unterscheiden zwischen dem, was real, wirklich und dem, was eigene Vorstellung, Phantasie ist. Eine extreme Variante dieses gespaltenen Zustandes stellt die Schizophrenie dar. In diesem Zustand existiert nicht ohne weiteres die Möglichkeit, die Haltung und Einstellung des Gegenüber zu „erfühlen", es besteht immer die Gefahr, daß man eigenen Phantasieprodukten zum Opfer fällt.

Kontrolle und Unterwerfung des Körpers, die Entfremdung des Menschen von seinen Sinnen, bedeuten aber nicht einfach Unterdrückung oder gar Reduktion der menschlichen Emotionalität. Im Gegenteil, viele Anzeichen deuten darauf hin, daß zunehmend mehr Menschen mit dem Problem, sich als „real" zu erleben, nicht mehr fertig werden. Diese in der frühen Mutterbeziehung erworbene Erfahrung wird unter den gegenwärtigen gesellschaftlichen Verhältnissen eine prekäre Angelegenheit. Offensichtlich ist diese Tatsache dafür verantwortlich, daß unmittelbare emotionale Erlebnisse an Bedeutung gewinnen: das Fühlen, der körperliche Kontakt, Sexualität werden für die Individuen zu einem Mittel, sich als identisch zu erleben. Ein Reflex auf diese Situation sind Konzeptionen der Humanistischen Psychologie, die sich ausdrücklich zum Ziel gesetzt haben, die Emotionalität des Menschen zu befreien und einen Menschen herzustellen, der sich selbst verwirklichen und vervollkommnen kann. Dabei besteht jedoch die Gefahr, daß das Elend der Emotionalität (KAMPER, 1977; NITZSCHKE, 1978) trotz gegenteiliger Proklamationen auf eine subtilere Art und Weise weiter verlängert wird. Es muß der Verdacht formuliert werden, daß die Humanistische Psychologie an einem Individualismus festhält, der jene Strukturen verhärtet, die für das massenhafte Anwachsen der emotionalen Krisen verantwortlich sind. Das Insistieren auf einer vermeintlichen natürlichen Unmittelbarkeit, auf den fundamentalen Bedürfnissen des Menschen, auf seiner „Subjektivität", ist ein Indiz dafür, daß es sich hier nur um eine weitere „egozentrische" Bemühung handelt, daß also die Anstrengung weiterhin auf das einzelne, isolierte Individuum zentriert ist. Das Paradigma des bürgerlichen Denkens, das von der Gesellschaft radikal abgetrennte einzelne Individuum, wird überhaupt nicht in Frage gestellt, auch wenn die Unterdrückung der Emotionalität kritisch bewertet wird.

Verweis auf andere Stichwörter

→Aggression →Angst →Ausdruckspsychologie →Bewußtsein →Entfremdung →Humanistische Psychologie →Identität und Selbstkonzept →Psychoanalyse →Physiologische Psychologie →Sexualität

Literatur

ADORNO, TH. W./HORKHEIMER, M.: Dialektik der Aufklärung. Amsterdam: de Munter 1968.

CLAESSENS, D.: Familie und Wertsystem. Berlin: Duncker & Humblot 1972.

ELIAS, N.: Über den Prozeß der Zivilisation. 2 Bde. Frankfurt: Suhrkamp 1977.

FREUD, S.: Das Ich und das Es. Ges. W. XIII.

KAMPER, D.: Über die Wünsche zu reden. In: KAMPER, D. (Hrsg.): Über die Wünsche. Ein Versuch zur Archäologie der Subjektivität. München: Hanser 1977.

LEVI, L. (Hrsg.): Emotions. New York 1975.

LIPPE ZUR, R.: Naturbeherrschung am Menschen, 2 Bde. Frankfurt: Suhrkamp 1974.

MAHLER, M. S.: Symbiose und Individuation. Stuttgart: Klett 1972.

NITZSCHKE, B.: Die reale Innenwelt. München: Kindler 1978.

SPITZ, R. A.: Hospitalism: An Inquiry into the Genesis of Psychiatric Conditions in Early. Childhood in: The Psychoanalytic Study of the Child, 1. 1945, S. 53–74.

SPITZ, R. A.: Vom Säugling zum Kleinkind. Stuttgart: Klett 1969.

SPITZ, R. A.: Brücken. Zur Genese der Sinngebung. Psyche, 11, 1974, S. 1003–1018.

SCHAFER, R.: Internalisierung: Realer Vorgang oder Phantasie?. Psyche, 30, 1976, S. 786–812.

USSEL VAN, I.: Sexualunterdrückung – Geschichte der Sexualfeindschaft. Reinbek: Rowohlt 1970.

Franz Littmann

Empirische Forschungsmethoden der Psychologie

1 Die Bedeutung der empirischen Forschung für die Psychologie

Theorie und Empirie sind die zwei Ebenen des *Erkenntnisprozesses*, der die Gesetzmäßigkeiten des (Untersuchungs-)Gegenstands bzw. der Realität abzubilden versucht. Diese Struktur stellt drei Probleme: das Verhältnis von Gegenstand und Theorie; das Verhältnis von Gegenstand und Empirie bzw. empirischer Methodologie; das Verhältnis von Theorie und Empirie.

1.1 Begriffsklärung: Theorie, als *Produkt* betrachtet, ist ein System von Begriffen und diese verknüpfenden Gesetzesaussagen. Dabei können Theorien sich u.a. unterscheiden hinsichtlich Expliziertheit, Präzision, Abstraktheit, Reichweite und Allgemeinheitsgrad. Dieses Begriffs- und Aussagensystem soll die Gesetzmäßigkeiten von Struktur und Dynamik des Gegenstands abbilden, wobei die Ebene der Abbildung auf der Ebene der (wahrnehmbaren) Erscheinungen oder der den Erscheinungen zugrundeliegenden (zu erschließenden) allgemeinen Bestimmungsfaktoren oder dazwischen liegen kann. Allerdings zielt Theorie auf verallgemeinerbare Aussagen und damit eher auf die zuletzt genannten Ebenen. Theorie, als *Prozeß* betrachtet, sowohl als individueller wie auch als gesellschaftlicher Forschungsprozeß, ergibt sich aus der Rezeption und Weiterentwicklung vorhandener theoretischer Ansätze und der Rezeption und Initiierung empirischer Untersuchungen, also: aus dem Gesamt der theoretischen und empirischen Arbeit einer Einzelwissenschaft. Weiterhin ergibt sich die Theorie aus der Entwicklung des Gegenstands selbst, insofern sie sich in der Empirie niederschlägt und von der Theorie aufgenommen wird.

Empirie, als *Produkt* betrachtet, ist eine ‚Anhäufung' von festgestellten, raumzeitlich begrenzten Sachverhalten, die in der Regel durch verschiedene methodische Prozeduren – wie z.B. die Berechnung von Korrelationen – aufeinander bezogen werden: ‚Jetzt-und-Hier-Aussagen' (HOLZKAMP, 1968). – Empirie, als *Prozeß* betrachtet – der ‚empirische Forschungsprozeß' – ist die Untersuchung realer Phänomene mit Hilfe eines methodischen Instrumentariums: Untersuchungsplanung, Verfahren der Operationalisierung, Erhebung, Messung, Auswertung. Dabei ist diese Untersuchung keineswegs theroriefrei: zum einen wird die spezielle Forschungsanordnung – in gewissem Maße – gesteuert durch die inhaltliche Theorie; zum anderen liegt dem methodischen Instrumentarium selbst eine (methodologische) Theorie zugrunde (‚Hintergrundtheorien'; POPPER, 1971); z.B. ‚Kunstregeln' über die Erhebungsverfahren (SCHEUCH, 1974), ‚Oberhypothesen' (etwa Annahmen über die Verteilungsform der Variablen) bei der statistischen Auswertung (STEGMÜLLER, 1973).

Der *Gegenstand* schließlich (die Realität) wird zwar in der Regel als objektiv – also (forschungs-)subjektunabhängig – angenommen, ist aber nicht in dieser objektiven Form schon im Bewußtsein präsent. Seine Abbildung im Bewußtsein ist selbst schon wieder beeinflußt durch – individuelle und soziale – Wahrnehmungs-, Strukturierungs-, Filterungs- etc. Prozesse, die wiederum Hintergrundtheorien (niederen Niveaus) implizieren. Andererseits läßt sich der Gegenstand nicht beliebig im Denken abbilden, und in Handlungsabfolgen einbeziehen (Rolle der ‚Praxis'; siehe marxistische Wissenschaftstheorie, etwa HAHN, 1968); statt dessen besitzt er eine gewisse ‚Widerständigkeit' (HOLZKAMP, 1968).

1.2 Das Verhältnis von Gegenstand und (inhaltlicher) Theorie – u.a. die Frage: sind konstituierende Merkmale des Gegenstands in der Theorie abgebildet? – stellt das Problem, allgemeinste (strukturelle und prozessuale) Bestimmungsmerkmale des Gegenstands herauszuarbeiten als Verallgemeinerung und Systematisierung vorliegender empirischer (der Forschungs- oder Handlungspraxis entstammender) und theoretischer Erkenntnisse; und dann zu prüfen, ob diese allgemeinsten Merkmale durch die einen konkreten Zusammenhang thematisierende Theorie berücksichtigt werden. – Beispiel: nach IWANOWA/ASSEJEW (1974) ergeben sich in Auswertung von vorhandener Theorie und Empirie folgende allgemeinste Merkmale des psychischen Gegenstands: Systemhaftigkeit, Selbstregulationsfähigkeit, Entwicklungsfähigkeit. Eine konkrete psychologische Theorie, die etwa das Moment der Systemhaftigkeit des psychischen Geschehens vernachlässigt, kann deshalb nur eingeschränkt richtige Aussagen über den Gegenstand machen oder verfehlt ihn sogar völlig.

1.3 Das Verhältnis von Gegenstand und Empirie bzw. empirischer Methodologie – u.a. die Fragen: ist die Methode dem Gegenstand angemessen, d.h.: können die konstituierenden Merkmale des Gegenstands in der Forschungsanordnung überhaupt sich entfalten? Welchen Ausschnitt objektiver Realität selegiert die in der Forschungsanordnung enthaltene Realität? – stellt zusätzlich das Problem, die Hintergrundtheorien der Methodologie, d.h. ihre meist impliziten Annahmen über den Gegenstand, zu explizieren. – Beispiele: BRUNSWIK (1955), CAMPBELL/STANLEY (1966) thematisieren das Auseinanderfallen von Forschungssituation und zu erkennender Alltagsrealität: Problem der ‚ökologischen Validität' bzw. ‚externen Validität' bzw. ‚Repräsentanz'. HOLZKAMP (1972) verweist auf die in der Experimentalanordnung implizierte ‚organismische Anthropologie' bezüglich der Rolle der Versuchsperson. Die Konzeption der Meinungsbildung unterscheidet sich kraß zwischen Einzelinterview, Gruppendiskussion und Handlungsforschung. Die üblichen linearen Modelle der Statistik können nichtlineare Beziehungen nicht analysieren, höchstens als unerklärten Rest fixieren.

1.4 Das Verhältnis von Theorie und Empirie schließlich – u.a. die Fragen: läßt sich, und wenn ja, wie, zwischen Theorie und Forschungsanordnung (und umgekehrt) eine eindeutige Entsprechung herstellen? In welcher Abfolge stehen Theorie und Empirie im Erkenntnisprozeß? Ist dieser (ausschließlich oder tendenziell) von der Theorie oder der Empirie determiniert? – stellt die Probleme, zum einen die ‚Übersetzbarkeit' von Theorie in Empirie und umgekehrt zu prüfen, und zum anderen deren relativen Stellenwert zu bestimmen. Hinsichtlich der ‚Übersetzbarkeit' besteht die Aufgabe in (a) der Auswahl zu überprüfender (bzw. prüfbarer) theoretischer Aussagen (Hypothesen); (b) der Zuordnung von Planungs-, Erhebungs- und Meßoperationen zu den theoretischen Begriffen (Operationalisierung); (c) der Formulierung von Vorhersagen über beobachtbare Sachverhalte auf Grund der Hypothesen; (d) der Angabe von Kriterien (speziell statistischer Art), ob der beobachtbare empirische Zusammenhang die Hypothese bestätigt/widerlegt/modifiziert.

– Hinsichtlich des relativen Stellenwerts von Theorie und Empirie besteht die Aufgabe in (a) der Analyse der Variationsbreite von Forschungsanordnungen bei gegebener Theorie und der Variationsbreite von theoretischen Interpretationen bei gegebenem empirischem Befund; (b) der Formulierung von Adäquatheitsregeln für die Übersetzung von Begriffen in Operationalisierungen und von Hypothesen in empirische Prognosen; (c) der Formulierung von Anforderungen an empirische Ergebnisse, damit sie Theorien bestätigen/widerlegen/modifizieren; (d) der Feststellung der zeitlichen Abfolge, der Abhängigkeit bzw. Unabhängigkeit (Autonomie) der Theorie gegenüber der Empirie und umgekehrt.

Forschungspraktiker vertreten meist eine zugleich empiristische und sensualistische Position, meinen also, der angeblich ohne theoretische Voraussetzungen erfahrbare Gegenstand stimuliere, inspiriere und strukturiere die Theorie, und diese wiederum werde durch eine theoriefreie Empirie bzw. Methode überprüft. Das hier unterstellte *‚Primat der Empirie‘* wird in Frage gestellt:

1. von der *Wissenschaftssoziologie* (BECK, 1974), die aufweist, daß sowohl die Formulierung von Theorien wie auch ihre Prüfung von zahlreichen (theoretischen) Entscheidungen gesteuert wird: von inhaltlich-theoretischen, forschungsstrategischen und -technischen (allgemein und institutionell), politischen und ökonomischen etc.;
2. von einer *kritischen Methodologie* (BERGER, 1974; CICOUREL, 1970; DICK, 1974; HOLZKAMP, 1972; MASCHEWSKY, 1977; ‚Sozialpsychologie des Experiments‘ – zusammenfassend MERTENS, 1975), die die der Empirie impliziten Hintergrundtheorien herausarbeitet, und deren Unangemessenheit kritisiert;
3. von verschiedenen *wissenschaftstheoretischen Schulen*, die – bei ansonsten kraß divergierenden Auffassungen, z. B. hinsichtlich der Konzeption der Theorienprüfung, der Kriterien und der Erreichbarkeit von Objektivität, des Geltungsanspruchs und der Dynamik von Theorien – gemeinsam die Theoriehaltigkeit sowohl der Gegenstandsauffassung bzw. -konstitution als auch des Forschungsprozesses betonen. Solche Schulen sind der Kritische Rationalismus (POPPER, 1971), die Analytische Wissenschaftstheorie (FEYERABEND, 1976; LAKATOS/MUSGRAVE 1974; STEGMÜLLER, 1969, 1970, 1973, 1974), der Konstruktivismus (HOLZKAMP, 1968), der Marxismus (HAHN, 1968).

2 Die Geschichte empirischer Methoden in der Psychologie

Entsprechend ihrer sowohl geisteswissenschaftlichen (Philosophie) als auch naturwissenschaftlichen (Physiologie) Herkunft übernahm die Psychologie zunächst auch die entsprechenden Erhebungsmethoden: die *‚weichen‘* Methoden der Introspektion, Sprachanalyse, Analyse von Biographien, Fremd- und Selbstbeobachtung; die *‚harten‘* Methoden des Experiments und der physiologischen Messung; daneben auch Zwischenformen, wie das ‚introspektive Experiment‘.

Relativ rasch – mit der Etablierung eines naturwissenschaftlichen Selbstverständnisses der Psychologie und mit der funktionalistischen Abwendung von der gründlichen und umfassenden Erforschung des Einzelfalls und seiner (Eigen-)Gesetzmäßigkeit (*Idiographie*), hin zum begrenzten oberflächlichen Vergleich vieler austauschbarer ‚Fälle‘ und der Errechnung ‚durchschnittlicher Gesetzmäßigkeiten (*Nomothetik*) – eroberte sich das Experiment den dominierenden Platz in der Methodologie; Psychologie wurde zur *‚Experimentellen Psychologie‘*. – Die ‚weichen‘ Methoden wurden in bestimmte von der Allgemeinen Psychologie und der ihr zugeordneten Grundlagenforschung vernachlässigte ‚Wissenschaftsnischen‘ abgedrängt: Beobachtung in die Entwicklungs- und Tierpsychologie, biographische Analyse in die Entwicklungs- und Differentielle Psychologie. Als neue ‚weiche‘ Methoden – von der Soziologie übernommen – etablierten sich die Befragung, vor allem in der Klinischen und Sozialpsychologie; die Soziometrie in der Sozialpsychologie; und die Inhaltsanalyse in der Pädagogischen und Sprachpsychologie. – Weitere ‚harte‘ Methoden entstanden mit der Diagnostik, mit Relevanz für Persönlichkeits-, Arbeits- und Pädagogische Psychologie, und mit der Einstellungsmessung – sehr stark von der Soziologie beeinflußt –, mit Relevanz für Klinische, Persönlichkeits- und Sozialpsychologie.

In neuester Zeit zeichnen sich folgende *Trends* ab:

1. Übernahme neuer Methoden aus anderen Disziplinen – z. B. *Kommunikationsanalyse, Ethnomethodologie,* aus der Soziologie;
2. Reaktivierung alter Methoden – z. B. *Einzelfallanalyse*;
3. Erweiterung bestehender Forschungsparadigmen – z. B. *multivariate* (statt uni- oder bivariate) Forschung;
4. Kritik etablierter Forschungsparadigmen – z. B. *Feldforschung, Quasi-Experiment, Längsschnittforschung* als Kritik am experimentellen Paradigma; *Prozeßforschung* (etwa Handlungsforschung) als Kritik an der ‚Produktforschung' bzw. input-output-Analyse; anwendungsorientierte Forschung (etwa *Evaluation, Begleitforschung*) als Kritik an der Grundlagenforschung;
5. generell die Abkehr von einem methodischen ‚Purismus', zugunsten eines pragmatischen *‚Methodenmix'* und *‚Strategienmix'*.

3 Der empirische Forschungsprozeß

Im ersten Punkt wurde im Zusammenhang mit der Bestimmung des Theorie-Empirie-Verhältnisses auf die Bedeutung der methodischen Schritte im Forschungsprozeß verwiesen. Die Orientierung der empirischen Forschungstätigkeit an diesem Modell hat eine wichtige Funktion. Es gibt die einzelnen, aufeinander aufbauenden praktischen Handlungsschritte an und strukturiert damit die Forschungstätigkeit. Die systematische Strukturierung der Forschungsarbeit ist Voraussetzung dafür, ausgehend von einer wissenschaftlichen Fragestellung zu Antworten und Ergebnissen zu gelangen. D. h., daß sich die einzelnen Schritte im Forschungsprozeß unter dieser Fragestellung aufeinander beziehen, und die jeweiligen Aktivitäten sich dahin ausweisen müssen, daß sie dieser Zielerreichung dienen.
Der Forschungsprozeß verläuft in drei großen Phasen: theoretische Konzipierung, Erhebung und Auswertung, die jeweils wieder Untergliederungen aufweisen (z. B. Friedrich/Hennig, 1975).

3.1 Theoretische Konzipierung

Die Qualität einer Untersuchung wird durch die Differenziertheit der theoretischen Planung bestimmt. In dieser Phase wird praktisch der Bezug von der theoretischen zur empirischen Ebene hergestellt. Das Hauptproblem dieser Phase ist es, die in den Hypothesen formulierten theoretischen Fragestellungen so in empirische ‚Beobachtungsfragen' umzuformulieren, daß darin die theoretischen Begriffe, Gesetzmäßigkeiten und Zusammenhänge angemessen repräsentiert sind. Die Theoriephase läßt sich logisch in drei Unterphasen aufgliedern.

a) Problemstellung: Die Problemstellung einer empirischen Untersuchung entsteht aus der Entwicklung der Einzelwissenschaft einerseits und gesellschaftlichen sozialen Problemen, Widersprüchen und Konflikten andererseits; d. h. bisherige empirische und theoretische Kenntnisse reichen zur Erklärung und damit zur Beseitigung dieser Widersprüche nicht aus. Aus dieser Problemsituation heraus wird eine wissenschaftliche Fragestellung formuliert. Im Inhalt der Problemstellung äußern sich die gesellschaftlichen, politischen und ökonomischen Interessen, die an die Lösung des jeweiligen Problems geknüpft sind. Über die Finanzierung durch den Auftraggeber entsteht hier das Problem der Beeinflussung des internen Forschungsprozesses durch externe institutionelle Auflagen (Beck, 1974).

b) Bedingungsmodell: An dieser Stelle setzt die theoretische Phase im eigentlichen Sinne ein. Theoretische Ansätze, empirische Forschungsergebnisse und empirisches und statistisches Material über den speziellen Untersuchungsgegenstand werden zur Bestimmung relevanter Untersuchungsdimensionen herangezogen. In dieser Phase wird also der Gegenstand der Untersuchung genauer bestimmt, d. h. es wird ein Modell entwickelt, daß die Dimensionen des Gegenstandes abbildet, die unter der formulierten Fragestellung als wesentlich selegiert werden. Über die Beziehungen der im Bedingungsmodell aufgenommenen Untersuchungsdimensionen werden Hypothesen formuliert.

c) Empirische Umsetzung: Das theoretische Modell muß nun in die empirischen Beobachtungsfragen umgesetzt werden. Das umfaßt mehrere methodische Schritte: die Auswahl der der Fragestellung und dem Gegenstand angemessenen Erhebungsmethoden, die Bestimmung der Stichprobe, die Definition der in Hypothesen und Bedingungsmodell auftauchenden Begriffe und Zusammenhänge und ihre

Operationalisierung. In der Operationalisierung werden für die Begriffe beobachtbare Indikatoren gesucht, die dann z.B. Grundlage für die Formulierung von Fragen im Fragebogen oder von Beobachtungskategorien sind. Entsprechend werden über die Zusammenhänge mathematisch-statistische Hypothesen formuliert, dies aber meist nicht explizit, sondern durch die Auswahl bestimmter statistischer Techniken, die auf Annahmen (z.B. der Linearität, der Normalverteilung) basieren. Am Ende dieser Phase stehen die fertigen Erhebungsinstrumente und -methoden.

3.2 Erhebungsphase

In dieser Phase werden mittels der konstruierten Methoden und Instrumente im Feld die Daten erhoben. Dabei treten die konzeptionellen hinter Umsetzungsproblemen zurück; z.B. die technischen Schwierigkeiten bei der ästhetisch ansprechenden Gestaltung eines Fragebogens; die organisatorischen Schwierigkeiten bei der Einholung des Einverständnisses der Befragten (Datenschutzgesetz), sich überhaupt befragen zu lassen; die methodischen Schwierigkeiten bei der Zielsetzung, gleiches Verhalten der Interviewer (etwa durch Interviewertraining) bezüglich Einführen in das Interview, Stellen der Fragen, Kodieren der Antworten etc. zu erreichen.

3.3 Auswertungsphase

Stellt die erste Phase (theoretische Konzipierung) den Bezug der Theorie zur Empirie her, so muß in der Auswertungsphase der Weg von der Empirie wieder zurück zur Theorie gegangen werden. Die mit Hilfe der Erhebungsmethoden und -instrumente gewonnenen Daten werden nun auf die Hypothesen rückbezogen. Damit wird auch die Bedeutung der ersten Phase besonders deutlich: leiten sich die einzelnen Schritte von der Fragestellung bis zur Operationalisierung nicht eindeutig voneinander ab, ist der Rückbezug der Daten auf die Hypothesen und die dahinter stehende allgemeine Forschungsfragestellung nicht möglich. Die Auswertung erfolgt in drei Schritten:

a) Statistische Auswertung: Mittels deskriptiver, induktiver, uni- und multivariater statistischer Verfahren werden die gewonnenen Daten strukturiert und unter den Hypothesen zusammengefaßt.

b) Theoretische Interpretation: Bei der statistischen Auswertung werden sich Ergebnisse gezeigt haben, die die Hypothesen bestätigt haben und/oder solche, die nicht mit ihnen übereinstimmen; die Ergebnisse können auch in sich widersprüchlich sein. Solche Widersprüche müssen interpretiert und gegebenenfalls mit neueren theoretischen Ansätzen und empirischen Ergebnissen in Beziehung gesetzt werden. Sie können Grundlage weiterer Untersuchungen sein.

c) Praktische Umsetzung: An dieser Stelle schließt sich der Kreis wieder: die Forschungsergebnisse sollen in der gesellschaftlichen Praxis relevant werden. Sie tun dies entweder direkt, indem auf Grund der Ergebnisse neue Sozialstrategien entwickelt werden – z.B. Umorganisierung der psychischen Versorgung der Bevölkerung, Schutzmaßnahmen gegen Fluglärm, Umorganisation von Arbeitsprozessen. Darüber hinaus fließen Ergebnisse empirischer Forschung wieder in den einzelwissenschaftlichen Theoriebildungsprozeß bzw. in die Konzipierung anderer empirischer Untersuchungen ein. Indirekt, nämlich über den Praxisbezug der Einzelwissenschaft insgesamt, werden sie damit auch praktisch wirksam. Ob und wieweit Forschungsergebnisse gesellschaftlich umgesetzt werden, ist allerdings davon abhängig, inwieweit die Auftraggeber der Forschung ihre Interessen in den Ergebnissen widergespiegelt sehen.

4 Forschungsstrategien, Methoden und Techniken

Bisher wurde der wissenschaftstheoretische und methodologische Rahmen abgesteckt, innerhalb dessen sich empirische Forschung und die Anwendung von Methoden und Techniken vollziehen. Bei den Methoden lassen sich wieder zwei Ebenen unterscheiden: zum einen Forschungsansätze, -strategien, zum anderen Forschungsmethoden (bzw. -techniken) und -instrumente.
Forschungsansätze werden häufig nach ihrem Verwertungszusammenhang unterschieden; z.B. Grundlagen- und angewandte Forschung, Evaluationsforschung, Therapieforschung. Hier sollen sie als bestimmte, strategische Herange-

hensweisen an den Gegenstand begriffen werden, die sich durch die Formulierung unterschiedlicher Erkenntnisziele unterscheiden. D.h., daß sie jeweils unterschiedliche Aspekte des Gegenstands erfassen wollen – z. B. Kausalzusammenhänge oder Veränderungsprozesse. Sie implizieren damit verschiedene Modelle über die Struktur des Gegenstands. Das ‚strategische' Herangehen im Forschungsprozeß leitet sich aus den Erkenntniszielen und Gegenstandsbestimmungen ab.
Innerhalb der Forschungsstrategien werden nun verschiedene *Forschungsmethoden* bzw. -techniken angewandt – z. B. Beobachtung; Befragung. Diese Methoden implizieren ebenfalls Annahmen über den Gegenstand; von den Strategien unterscheiden sie sich jedoch dadurch, daß sie nicht das Forschungskonzept als Ganzes betreffen, sondern nur methodische Teilschritte. Ihre Gegenstandsannahmen sind dementsprechend eingeschränkterer Natur.

4.1 Forschungsansätze und -strategien

Unterscheidet man die Forschungsansätze nach den Erkenntniszielen, lassen sich vorläufig drei strategische Konzeptionen unterscheiden: experimentelle Forschung, Feldforschung, Prozeßanalysen. Die Ansätze sollen kurz nach den Kriterien a) Erkenntnisziel, b) Gegenstandsannahmen, c) Strategie gegenübergestellt werden.

1. Experiment: Ziel ist die Analyse und Aufdekkung von Kausalzusammenhängen. *Gegenstandsannahmen:* soziale und psychologische Phänomene kommen durch das Wirken vieler verschiedener Faktoren zustande – Modell des Kräfteparallelogramms. *Strategie:* Manipulation und Variation von Bedingungen; Bedingungsisolation und Kontrolle; weitgehend Laborforschung.

2. Feldforschung: Gemeint ist hiermit eigentlich das, was – in Abgrenzung zu experimenteller Forschung – herkömmlich unter empirischer Sozialforschung verstanden wird. Feldforschungsansätze kommen ursprünglich aus der Soziologie. *Ziel* ist die Gewinnung deskriptiver Aussagen und Kausalanalysen. Die *Gegenstandsannahmen* sind nicht einheitlich. Soziale Realität wird eher als komplexes, aber nicht beliebig in verschiedene Einzelfaktoren zerlegbares System begriffen, in dem sich allerdings wesentlichere und weniger relevante Faktoren unterscheiden lassen. Die *Strategie* folgt weniger strengen Kriterien als im Experiment. Da die Untersuchungen im Feld, d. h. nicht in einer vom Forscher künstlich hergestellten Situation (Labor), vollzogen wird, sind die Kontrollmöglichkeiten gering. Variablen – z. B. erfaßt über einen Fragebogen – lassen sich nur begrenzt isolieren, sind in ihrer Wirkung stets in meist unbekannter Weise mit anderen verbunden. Neuere Ansätze – z. B. Systemtheorie, Mehrebenenanalyse – versuchen der Komplexität des Gegenstandes gerechter zu werden.

3. Prozeßanalysen: Hierunter fallen eine Reihe von Forschungsansätzen, deren *Ziel* – hauptsächlich ausgehend von Feldforschungsansätzen – die Erfassung von Prozessen und Entwicklungsverläufen ist. Damit sind schon bestimmte *Annahmen über den Gegenstand* impliziert, nämlich sein dynamischer Charakter. Der Gegenstand wird als ein historisch sich verändernder bzw. veränderbarer begriffen. Prozeßanalysen werden vor allem in *Längsschnittuntersuchungen* verschiedenster Art gemacht: *Panel-* und *Trenduntersuchungen, Wirkungsforschung* in Soziologie, Politik und Ökonomie (Weiss, 1974; Wollmann/Hellstern, 1978); *Veränderungsmessungen* in der Psychotherapieforschung (Helmreich, 1977; Petermann, 1977); *Prozeßevaluation* in der pädagogischen Curriculumforschung (Cronbach, 1972). Ziel ist es, die Wirkungen sozialer Maßnahmen: staatlicher Programme, Bildungsreformstrategien, Therapiekonzepte, über einen Zeitraum hinweg zu untersuchen. Hierzu gibt es unterschiedliche *strategische Konzepte*: experimentelle Ansätze – besonders in der Psychotherapieforschung und Curriculumforschung –, aber auch weniger streng kontrollierte Verfahren, die mit repräsentativen Stichproben Messungen zu verschiedenen Zeitpunkten veranstalten. Eine Weiterführung ist noch die *Handlungsforschung*, die nicht nur auf die Analyse der Wirkungen zielt, sondern auf die Entwicklung von Veränderungs- und Sozialstrategien und die Untersuchung der Bedingungen, unter denen diese Veränderungsstrategien realisiert werden können.

4.2 Forschungsmethoden, -techniken und -instrumente

Die *Forschungstechniken* und *-instrumente* (z. B. Mayntz/Holm/Hübner, 1972; Handbuch der empirischen Sozialforschung, 1973; Friedrich/Hennig, 1975; Friedrichs, 1973) zielen im Rahmen der jeweiligen Forschungsstrategie auf die Erhebung von Daten am Untersuchungsgegenstand. Im weitesten Sinne sind sie deshalb Meßmethoden: mit Hilfe eines Meßinstruments soll der Gegenstand hinsichtlich relevanter Dimensionen ‚ausgemessen' werden. Befragung und Beobachtung sind wohl die bekanntesten und verbreitetsten Verfahren. Davon abzugrenzen sind die Meßmethoden im engeren Sinn (Meßinstrumente): Skalierungsverfahren, diagnostische Tests, Indizes. Meßinstrumente werden zwar auch im Rahmen empirischer Forschungstechniken zur Gewinnung von Daten eingesetzt, ursprünglich wurden sie jedoch als geeichte Instrumente konstruiert mit dem Ziel, Urteile über Individuen bzw. Einstellungen im Vergleich mit dem Durchschnitt abzugeben. Hier soll nur auf die Meßmethoden (im weitesten Sinne) eingegangen werden.

4.2.1 Befragung

Mittels gezielter Fragen sollen bei einzelnen Untersuchungspersonen verbale Äußerungen provoziert werden. Verbale Äußerungen können Meinungen, Einstellungen und Einschätzungen, aber auch objektive sachliche Angaben wie z. B. demographische Daten sein. Die Befragung erhebt Daten, die durch das subjektive Bewußtsein der Befragten gespiegelt und gefiltert sind. Formen der Befragung unterscheiden sich vor allem danach, ob schriftlich oder mündlich (Interview) befragt wird, nach dem Grad der Standardisierung, d. h. danach, wie genau Fragen, Fragenabfolge und Alternativen vorgegeben sind, nach der Tiefendimension, d. h. danach, wie differenziert gefragt wird. Danach bemißt sich auch die Unterscheidung von quantitativer vs. qualitativer Auswertung. Methodische Probleme, sogenannte ‚Fehlerquellen', entstehen besonders durch die Sozialbeziehung zwischen Befrager und Befragten.

Wenn die Befragung auch ursprünglich die wichtigste Methode in der Soziologie war, so findet sie doch auch in der Psychologie zunehmend Anwendung, u. a. im Rahmen der Feldforschung, in der Anamnese, in Tiefeninterviews, zur Kontrolle von Störfaktoren im Experiment.

Die Methodenkritik der Befragung setzt vor allem an der Sozialbeziehung und der Rolle der Befragten an, die kaum Möglichkeiten haben, auf den Forschungsprozeß Einfluß zu nehmen. In der Befragungssituation werden sie als vereinzelte Individuen begriffen, kollektive Denkweisen können deshalb nicht erfaßt werden. Bisher existieren allerdings keine allgemein akzeptierten theoretischen Ansätze, aus denen heraus die Befragung als gegenstandsangemessenes Instrument begründbar wäre, und auf Grund derer die Kritik entweder aufgenommen oder als irrelevant zurückgewiesen werden könnte (vgl. König, 1969; Scheuch, 1973; Holm, 1975).

4.2.2 Beobachtung

Bei diesem Verfahren werden soziale Prozesse, Handlungsabläufe und Interaktionen unter bestimmten Fragestellungen beobachtet. Dieses Verfahren ist damit an die Wahrnehmung durch den Beobachter gebunden. Beobachtungsverfahren werden in der Regel dann angewandt, wenn über die mündliche Vermittlung (Befragung) auf Grund der Strukturiertheit des Gegenstands bzw. der Diskrepanz zwischen Forscher und Untersuchten keine zureichenden Daten gewonnen werden können. Beobachtungsverfahren werden/wurden dementsprechend eingesetzt bei der Erforschung fremder, unterentwickelter Kulturen, im subkulturellen Bereich (z. B. Rocker), in der Entwicklungspsychologie, in der Therapieforschung, in der Unterrichtsforschung, in der Industrie- und Betriebssoziologie und -psychologie. Beobachtungsverfahren unterscheiden sich ebenfalls nach dem Grad der Vorstrukturiertheit: Vorgabe von Beobachtungsdimensionen und Beobachtungszeiträumen (*systematische* Beobachtung) vs. ‚freie' Beobachtung unter allgemeinen Hypothesen oder gar nur Fragestellungen (*unsystematische* Beobachtung). Sie unterscheiden sich weiter danach, ob der Beobachter am beobachteten Geschehen teilnimmt (*teilnehmende* Beobachtung) oder nicht; ob die Beobachtung *offen* oder *verdeckt* erfolgt. Fehlerquelle ist vor allem der Beobachter selbst, da das beobachtete Geschehen stark von seiner Wahrnehmungsfähigkeit, seinen Hypothesen und den entsprechend ausgewählten Beobachtungsdimensionen und evtl. sogar seinen Handlungen geprägt ist.

Es existieren eine Reihe theoretischer Ansätze, die versuchen, die Methode der Beobachtung erkenntnistheoretisch zu fundieren:

bezogen auf die Fehlerquelle des Beobachters: Theorien der sozialen und Personenwahrnehmung; bezogen auf den Gegenstand: Theorien des Verstehens, interaktionistische Theorien, die Hermeneutik, die den Gegenstand mehr unter dem Aspekt der Ganzheitlichkeit und Strukturiertheit betrachten, und natürlich das funktionalistische Modell, das in der Beobachtungsmethode zur Aufsplitterung des Gegenstands in einzelne, unabhängig voneinander beobachtete Dimensionen führt (CICOUREL, 1970; GRÜMER, 1974).

4.2.3 Gruppendiskussion

Die *Gruppendiskussion* (z.B. in der Therapie, Sozialpsychologie, Gruppendynamik, Erwachsenenbildung, Industrie- und Betriebssoziologie) provoziert unter vom Forscher vorgegebenen allgemeinen Themenstellungen in einer Gruppe einen Diskussionsprozeß; sie erfüllt verschiedene Funktionen: Erforschung individueller Meinungen und Einstellungen, von Gruppenmeinungen, von kollektiven Meinungsbildungsprozessen, von gruppendynamischen Prozessen.

Das Gruppendiskussionsverfahren wird in Voruntersuchungen im Vorlauf der Fragebogenentwicklung, parallel zur Befragung, aber auch als eigenständiges Verfahren verwendet. Gegenüber standardisierten Befragungssituationen besitzt sie eine starke Offenheit. Während dort vom Befragten nur das thematisiert werden kann, was vom Forscher im Fragebogen vorgegeben ist, ist das Gruppendiskussionsverfahren offen für Argumente, Begründungszusammenhänge und Fragestellungen, die von den Teilnehmern eingebracht werden. Bei diesem Verfahren wird das Schwergewicht darauf gelegt, relevante inhaltliche Dimensionen des erforschten Gegenstandes zu finden. Der Nachteil liegt in der geringen Repräsentativität und Vergleichbarkeit der Diskussionen in den verschiedenen Gruppen.

Dem Gruppendiskussionsverfahren wird von einigen Methodologen unterstellt, es könne kollektive Meinungen und Einstellungen der Untersuchten eher erfassen als die individualisierte Einzelsituation (z.B. MEINEFELD, 1976). Empirisch konnte diese These jedoch bisher nicht gesichert werden (MANGOLD, 1974).

4.2.4 Nichtreaktive Meßverfahren

Sie zielen auf die Gewinnung solcher Daten, die nicht über eine soziale Beziehung Forscher/Untersuchte vermittelt sind, um so sozialpsychologische Störfaktoren auszuschließen. Dazu zählen z.B. Akten- und Sekundäranalysen und Beobachtungsverfahren, vor allem aber die Gewinnung von Daten über die Analyse von Abnutzungen und Ablagerungen (z.B. Einschätzung der Beliebtheit eines Buches an dem Grad seiner Abgegriffenheit). Abgesehen davon, daß die Art der ‚Spurensicherung' bei diesen Verfahren häufig fragwürdig ist, stellt sich die Frage, inwieweit solche ‚subjektunabhängigen' Daten wirklich Aussagen über subjektive Zuständigkeiten machen können. Sie können sicher nur sehr oberflächliche Momente menschlicher Subjektivität erfassen (vgl. BUNGARD/LÜCK, 1973; WEBB u.a., 1975).

4.2.4 Andere Verfahren

Die *Soziometrie* erfaßt Interaktionen und affektive Beziehungen zwischen Mitgliedern einer Gruppe. – Die *Inhaltsanalyse* analysiert sprachliche Kommunikationen nach semantischem Gehalt und syntaktischer Struktur, um daraus Schlüsse auf Personen oder Sachverhalte abzuleiten (vgl. RITSERT, 1972).

Von den genannten Erhebungsverfahren ist die Statistik abzugrenzen, deren Aufgabe die quantitative Beschreibung und Analyse erhobener Daten ist. Im Forschungsprozeß muß diese Auswertungsphase immer schon antizipiert und in der Entwicklung des Forschungsdesigns, der Konstruktion der Erhebungsinstrumente und Stichprobe mit berücksichtigt werden.

5 Gütekriterien und Probleme

Die *Meßtheorie* formuliert folgende Kriterien für die Qualität eines diagnostischen Meßinstruments, die sich auf Erhebungsmethoden insgesamt verallgemeinern lassen:

1. *Objektivität* (i.e.S.), als Maß der Übereinstimmung verschiedener Forscher, vor allem hinsichtlich der Auswertung: Standardisierbarkeit der Messung;
2. *Reliabilität*, vor allem als Maß der Übereinstimmung verschiedener paralleler oder zeitverschobener Messungen desselben Sachverhalts: Präzision und Wiederholbarkeit des Meßergebnisses;
3. *Validität*, vor allem als Maß der Übereinstimmung eines Meßergebnisses mit einem

anerkannten Außenkriterium oder einem Satz von ‚gesicherten' theoretischen Annahmen: Gegenstands- oder Theorienangemessenheit des Meßergebnisses.

Die Erfüllung der meßtheoretischen Kriterien durch die besprochenen Erhebungsmethoden variiert sehr stark, je nach Methode, Forschungsanordnung, untersuchter Population, Problem etc.; allgemeine Aussagen sind nicht möglich. Konstatierbar ist allerdings, daß das schwächste Kriterium, die Objektivität (i. e. S.), am leichtesten erfüllbar ist (per Standardisierung) und deshalb wohl auch am häufigsten untersucht wurde. Die Reliabilität dagegen ist mit dem nur partiell meßtheoretischen Problem der Homogenität von Erhebungsformen und/oder der Zeitstabilität des gemessenen Merkmals belastet. Und die Validität beinhaltet zusätzlich die Problematik der Entsprechung verschiedener psychologischer Phänomene (etwa Einstellung vs. Verhalten) und/oder die Problematik der Entsprechung von theoretischer und empirischer Ebene (etwa Konstrukt der Aggression vs. ihre Operationalisierung). – Die häufige Vernachlässigung solcher Überprüfungen der Qualität des Erhebungs- bzw. Meßinstruments und/oder ihre rein meßtheoretische, nicht methodologische Behandlung tragen wahrscheinlich nicht unwesentlich zum unbefriedigenden Forschungsstand – siehe etwa: Divergenz und Nichtreplizierbarkeit der Befunde – in der Psychologie bei (vgl. Holzkamp, 1972; Dick, 1974; Gadenne, 1976).
Neben diesen Anforderungen an das Erhebungsinstrument selbst wurden in der Methodologie eine Reihe von Anforderungen an bzw. Probleme mit der Forschungsanordnung im allgemeinen benannt:

1. das Dilemma von ‚interner' und ‚externer Validität' bzw. von ‚Kontrolle' und ‚Repräsentanz';
2. eine Vielzahl von invalidierenden Störvariablen (Campbell/Stanley, 1966);
3. das Problem der Systemhaftigkeit;
4. das Problem der Subjektivität;
5. das Problem der Entwicklung;
6. das Problem der Objektivität i. w. S.

Ad (1) – *Interne Validität* meint die Präzision, Gesichertheit und eindeutige kausale Zuordenbarkeit der Ergebnisse, durch Kontrolle – also symbolische oder faktische Konstanthaltung von Störvariablen – (angeblich) garantiert; *externe Validität* meint die Anwendbarkeit und Verallgemeinerbarkeit der Ergebnisse, durch ‚Repräsentanz' bzw. ‚ökologische Validität' – der Forschungsrealität für die Anwendungsrealität – garantiert. Kontrolle wird versucht zu erreichen durch rigorose Standardisierung und Ausschaltung bzw. gezielte Manipulation von Störvariablen – Konsequenz: Laborsituation. Repräsentanz wird versucht zu erreichen durch Untersuchung des Problems im ‚Feld', mit all seiner Komplexität. – Beide Anforderungen widersprechen sich auf der methodologischen Ebene (bei gegebenem Aufwand). Die Lösung ist wahrscheinlich eher in einer Verbesserung der Theorie zu suchen.

Ad (2) – Campbell/Stanley (1966) haben auf eine Vielzahl von allgemeinen *Störeinflüssen* hingewiesen – wie Effekte der Messung, Veränderung der Meßinstrumente bzw. -situation –, die den Schluß von der unabhängigen auf die abhängige Variable erschweren; und nicht nur im Experiment. Diese Liste wurde bereits von klinischen Psychologen erweitert. Diese (intern oder extern) invalidierenden Störvariablen sind auch durch geschickteste Forschungsanordnungen nie vollständig zu eliminieren.

Ad (3) – Das Problem der *Systemhaftigkeit psychischer Prozesse* wird von den Methoden und Forschungsanordnungen unterschiedlich gut bewältigt. Methoden wie das Experiment reduzieren in der Regel einen komplexen Prozeß auf einen kleinen Ausschnitt, weshalb sie die Komplexität bestenfalls nachträglich durch mosaikartige Rekonstruktion aus vielen Einzelbeziehungen wiederherstellen. Methoden wie die Befragung bieten bei optimaler Nutzung die Chance, eine Vielzahl von Variablen, Entstehungsphasen und Verallgemeinerungs- und Integrationsniveaus gleichzeitig zu erfassen und nachträglich – oder schon in der Befragung – aufeinander zu beziehen.

Ad (4) – Das Problem der *Subjektivität* (von sowohl Forscher wie Erforschten) war Gegenstand zahlreicher methodologisch-sozialpsychologischer Studien: etwa der Sozialpsychologie des Experiments; oder Untersuchungen des Einflusses des Befragers auf die Befragung via den Befragten. Diese Untersuchungen weisen darauf hin, daß die Forschungsanordnung auf Grund ihrer Spezifität auch spezifische subjektive Reaktionen provoziert, die die externe Validität der Ergebnisse erheblich beeinträchtigen und evtl. in einen ‚methodologischen Zirkel' (DICK, 1974) führen.

Ad (5) – Das Problem der *Entwicklung* blieb bei den traditionellen (querschnittlichen) Erhebungsmethoden in der Regel unberücksichtigt und wurde höchstens im Experiment als Prüfung des Effekts einer experimentellen Intervention durch Vorher-Nachher-Vergleich in extrem reduzierter Form durchgeführt. Gegenüber dieser Orientierung auf ‚Produktforschung' (‚input-output-Analyse') wird neuerdings die Notwendigkeit und Möglichkeit einer ‚Prozeßforschung' betont – etwa ‚Handlungsforschung', ‚formative Evaluation' –, die die Effekte der Handlungen von Forschern und/oder Erforschten (sowohl auf deren psychische Prozesse wie auf das Handlungsfeld) untersuchen. Damit ist Entwicklung natürlich erst in einem eingeschränkten Rahmen thematisiert.

Ad (6) – Das Problem der *Objektivität* (i.w.S.; wissenschaftstheoretisch, nicht meßtheoretisch), also der (Forschungs-)Situations- und Subjektunabhängigkeit und Realitätshaltigkeit (BERGER, 1974) der Ergebnisse, ist bisher praktisch unbehandelt. Wissenschaftssoziologie (BECK, 1974) und Methodologie (BRUNSWIK, 1955; CAMPBELL/STANLEY, 1966; DICK, 1974; HOLZKAMP, 1972; MASCHEWSKY, 1977; MERTENS, 1975) verweisen zwar auf zahlreiche Probleme, wie die Gefahr von ‚Artefakten', ‚methodologischen Zirkeln' u. dgl. m. Eine Lösung scheitert aber bisher einerseits am mangelnden Problembewußtsein vieler Forscher – nach dem Objektivität i. w. S. durch Objektivität i. e. S. garantiert wird, sofern nur ‚wertfrei' geforscht wird –, andererseits an mangelnder Klarheit über die Bedeutung des Objektivitätsbegriffs (i.w.S.) selbst: Beziehung zum Wertproblem? Nutzen? Realisierbarkeit? etc.

Abschließend läßt sich sagen, daß in der Beschäftigung mit dem psychologischen Forschungsprozeß bisher sehr einseitig die Rolle der Versuchsplanung und Auswertung (Statistik) thematisiert wurde. In den letzten Jahren wurde von seiten des kritischen Rationalismus und der analytischen Wissenschaftstheorie zunehmend die Diskussion um die wissenschaftstheoretische Begründung der psychologischen Methodologie geführt – mit dem Schwerpunkt auf Wissenschaftstheorie und Wissenschaftslogik. Die Problematik und Relevanz der Erhebungsmethoden und methodologische Probleme mehr erkenntnistheoretischer Art – wie Historizität des Gegenstandes und prozeßorientierte Forschung; Subjektivität der Erforschten; Subjekt-Objekt-Beziehung im Forschungsprozeß etc. – wurde bisher bis auf wenige Ausnahmen vernachlässigt.

Verweis auf andere Stichwörter

→Diagnostik →Experiment →Handlungsforschung →Skalierung →Statistik →Tests und Testtheorie →Therapieforschung →Wissenschaftstheorie und Psychologie

Literatur

BECK, U.: Objektivität und Normativität. Hamburg: Rowohlt Taschenbuch Verlag 1974.

BERGER, H.: Untersuchungsmethode und soziale Wirklichkeit. Frankfurt/M.: Suhrkamp 1974.

BRUNSWIK, E.: Representative Design and Probabilistic Theory in a Functional Psychology. Psychological Review, 1955, S. 193–217, 236–242.

BUNGARD, W./LÜCK, H.: Forschungsartefakte und nichtreaktive Meßverfahren. Stuttgart: Teubner 1974.

CAMPBELL, D./STANLEY, J.: Experimental and Quasi-Experimental Designs for Research. Chicago: Rand McNally 1966.

CICOUREL, A.: Methode und Messung in der Soziologie. Frankfurt/M.: Suhrkamp 1970.

CRONBACH, L.: Evaluation zur Verbesserung von Curricula. In: WULF, C. (Hrsg.): Evaluation. München: Piper 1972.

DICK, F.: Kritik der bürgerlichen Sozialwissenschaften. Heidelberg: Sendler 1974.

FEYERABEND, P.: Wider den Methodenzwang. Frankfurt/M.: Suhrkamp 1976.

FRIEDRICH, W./HENNIG, W.: Der sozialwissenschaftliche Forschungsprozeß. Berlin-Ost: Deutscher Verlag der Wissenschaften 1975.

FRIEDRICHS, J.: Methoden empirischer Sozialforschung. Reinbek: Rowohlt 1973.

GADENNE, V.: Die Gültigkeit psychologischer Untersuchungen. Stuttgart: Kohlhammer 1976.

GRÜMER, K.: Beobachtung. Stuttgart: Teubner 1974.

HAHN, E.: Historischer Materialismus und marxistische Soziologie. Berlin-Ost: Dietz 1968.

HELMREICH, R.: Strategien zur Auswertung von Längsschnittdaten. Stuttgart: Klett 1977.

HOLM, K. (Hrsg.): Die Befragung I. München: Francke 1975.

HOLZKAMP, K.: Wissenschaft als Handlung. Berlin: de Gruyter 1968.

HOLZKAMP, K.: Kritische Psychologie. Frankfurt/M.: Fischer/Athenäum 1972.

IWANOWA, I./ASSEJEW, V.: Methodologie und Methoden der psychologischen Forschung. In: SCHOROCHOWA, E. (Hrsg.): Methodologische und methodische Probleme der Psychologie. Berlin-Ost: Deutscher Verlag der Wissenschaften 1974.

KÖNIG, R. (Hrsg.): Das Interview. Köln: Kiepenheuer & Witsch [7]1969.
KÖNIG, R. (Hrsg.): Handbuch der empirischen Sozialforschung. Band 1 bis 4. Stuttgart: Enke 1973.
LAKATOS, I./MUSGRAVE, A. (Hrsg.): Kritik und Erkenntnisfortschritt. Braunschweig: Vieweg 1974.
MANGOLD, W.: Gruppendiskussionen. In: KÖNIG, R. (Hrsg.): Handbuch der empirischen Sozialforschung, Band 2. Stuttgart: Enke [3]1974.
MASCHEWSKY, W.: Das Experiment in der Psychologie. Frankfurt/M.: Campus 1977.
MAYNTZ, R./HOLM, K./HÜBNER, P.: Einführung in die Methoden der empirischen Soziologie. Opladen: Westdeutscher Verlag 1972.
MEINEFELD, W.: Ein formaler Entwurf für die empirische Erfassung elementaren sozialen Wissens. Arbeitsgruppe Bielefelder Soziologen (Hrsg.): Kommunikative Sozialforschung. München: Fink 1976.
MERTENS, W.: Sozialpsychologie des Experiments. Hamburg: Hoffmann & Campe 1975.
PETERMANN, F.: Methodische Grundlagen klinischer Psychologie. Weinheim: Beltz 1977.
POPPER, K.: Logik der Forschung. Tübingen: Mohr 1971.
RITSERT, J.: Inhaltsanalyse und Ideologiekritik. Ein Versuch über kritische Sozialforschung. Frankfurt/M.: Athenäum 1972.
SCHEUCH, E.: Das Interview in der Sozialforschung. In: KÖNIG, R. (Hrsg.): Handbuch der empirischen Sozialforschung, Band 2. Stuttgart: Enke 1973.
SCHEUCH, E.: Skalierungsverfahren in der Sozialforschung. In: KÖNIG, R. (Hrsg.): Handbuch der empirischen Sozialforschung, Band 3a. Stuttgart: Enke 1974.
STEGMÜLLER, W.: Probleme und Resultate der Wissenschaftstheorie und Analytischen Philosophie, Bd. I–IV. Berlin: Springer 1969, 1970, 1973, 1974.
WEBB, E., u.a.: Nichtreaktive Meßverfahren. Weinheim: Beltz 1975.
WEISS, C.: Evaluierungsforschung. Opladen: Westdeutscher Verlag 1974.
WOLLMANN, H./HELLSTERN, G.: Städtebauliche und stadtstrukturelle Wirkungen. Methodische Vorstudie. In: Schriftenreihe „Stadtentwicklung" des Bundesministers für Raumordnung, Bauwesen und Städtebau. Bonn-Bad Godesberg 1978.

Werner Maschewsky und Ulrike Schneider

Entfremdung

1 Die Bedeutungsdimension des Entfremdungsbegriffs

Das Thema der E. hat eine lange philosophische Tradition, die ihre Wurzeln in der griechischen Philosophie (Verhältnis von Geist und Materie), im Christentum (gebrochene Beziehung des Menschen zu Gott) und der idealistischen Philosophie (Entäußerung des Geistes in der Objektwelt) hat. E. bedeutet ganz allgemein die Trennung oder Entgegensetzung des Individuums zur Umwelt, Gesellschaft oder dem eigenen Selbst.

Die gegenwärtige Verwendung in der Psychologie verweist auf die Gesellschaftstheorien von Karl MARX (1818–1883) und des französischen Soziologen Emile DURKHEIM (1858–1917). Der E.begriff repräsentiert bei MARX eine kritische Einschätzung der Lebensbedingungen, denen Menschen in der historischen Entwicklung der Gesellschaft unterworfen sind, und orientiert sich am Bild des allseitig tätigen, kreativen Menschen, dessen Entwicklung durch die ökonomischen und kulturellen Strukturen der Gesellschaft begrenzt wird. E. meint somit, „daß die Tätigkeit des einzelnen im Produktionsprozeß, seine Arbeit und die Ergebnisse seiner Arbeit sich verselbständigt und Herrschaft über den Menschen gewonnen haben" (ISRAEL, 1972, 17).

Gegenwärtig begegnen sich im E.begriff „nicht nur unterschiedliche ideologische Systeme, sondern auch entgegengesetzte methodologische Richtungen" (LUDZ, 1975, 15). Die eine auf MARX zurückgehende Richtung zielt auf die Offenlegung der *objektiven politisch-ökonomischen Wurzeln* der entfremdeten Situation des Individuums, die andere auf die *Spiegelung der E. beim Individuum,* d.h. auf die Untersuchung von Einstellungen gegenüber den verschiedenen Lebensbereichen, in denen gestörte Beziehungen zwischen Individuum und den Organisationsformen des sozialen Lebens auftreten. In der umfassenden Grundlegung des E.begriffes durch MARX finden sich geschichtsphilosophisch-anthropologische (Entäußerung und Aneignung), gesellschaftstheoretisch-ökonomische (Warenanalyse) und realhistorisch-empirische (Klassenanalyse) Dimensionen. In den „ökonomisch-philosophischen (Pariser) Manuskripten von 1843/44" hat MARX (1971) den Rahmen für eine grundlegende kritische Betrachtung der kapitalistischen Gesellschaft gesteckt, indem er die Totalität der entfremdeten Existenz in vier Merkmale der entfremdeten Arbeit aufschlüsselte (vgl. MÉSZÁROS, 1973):

1. *E. vom Produkt der Arbeitstätigkeit:* Arbeitsteilung und Eigentumsverhältnisse bestimmen die Art der Herstellung und der Verfügung über das Produkt. Die produzierten Gegenstände verselbständigen sich, die technisch-ökonomische Entwicklung und die Warenwelt setzen sich gegen die menschlichen Bedürfnisse durch.
2. *E. von der eigenen Arbeitstätigkeit:* Die Arbeitstätigkeit wird dem Arbeiter äußerlich; sie erlaubt keine freie Entfaltung seiner geistigen und körperlichen Kräfte. Sie dient daher nicht mehr der Befriedigung eines Bedürfnisses, sondern wird Mittel zur Befriedigung materieller Lebensbedürfnisse. Dies führt MARX in den „Grundrissen" (1953, 204) wie folgt aus: „Der Arbeiter selbst (ist) absolut gleichgültig gegen die Bestimmtheit seiner Arbeit; sie hat als solche nicht Interesse für ihn, sondern nur insoweit sie überhaupt Arbeit und als solche Gebrauchswert für das Kapital ist." Die Arbeitsbedingungen und die Arbeitsmittel (Maschinen) machen den Arbeiter zum Objekt im Produktionsprozeß. Damit tritt die Tendenz zur Verkrüppelung der Fähigkeiten des Individuums ein, das im Arbeitsprozeß (der nach MARX entscheidend für die Entwicklung der Fähigkeiten ist) auf routinemäßige Teilverrichtungen in einem undurchschaubaren Produktionsablauf reduziert wird.
3. *E. von der Gesellschaft:* Die von MARX mit der Arbeitstätigkeit eng verknüpfte Verwirklichung der menschlichen Gattungsfähigkeiten (Gattungswesen) ist durch die entfremdete Zwangsarbeit auf instrumentelles, nicht mehr kreativ-gegenständliches Handeln verkürzt. Dadurch wird es den Menschen nicht mehr möglich, ihren Produktionsprozeß als gemeinschaftliche, bewußte Tätigkeit zu erkennen; er steht ihnen vielmehr als fremde, sachlich notwendige Institution mit überpersönlichen Regeln, die im Produktionsablauf eingehalten werden müssen, gegenüber.
4. *E. des Menschen vom Mitmenschen:* Die Folge, daß das Individuum seinem Arbeitsprodukt, seiner Arbeitstätigkeit und seinem Gattungswesen entfremdet ist, bedeutet, daß die Individuen auch in ihren Beziehungen untereinander entfremdet sind. An dieser Dimension des E.begriffes stellen sich die im Rahmen der aktuellen psychologischen Diskussionen thematisierten Probleme der Vermittlung gesellschaftlicher Strukturen in individuelle Wahrnehmungs- und Handlungsformen.

In der MARXschen Tradition wird E. auf die Form des Arbeitsprozesses zurückgeführt. Im Gegensatz zu den Geschichtsphilosophen und Aufklärungstheoretikern des 18./19. Jahrhunderts führte MARX die Entmenschlichung der Industriearbeit nicht auf die Arbeitsteilung an sich zurück, sondern auf die spezifische Form, die sie im Kapitalismus besitzt. Damit hat MARX den philosophischen E.begriff zu einem sozialwissenschaftlichen Konzept gemacht, das sich auf die Analyse und Kritik einer bestimmten Gesellschaftsformation beziehen muß.

Die *sozialwissenschaftliche Wende des E.konzepts* ist in der von MARX vollzogenen Kritik der metaphysischen, romantischen und religiösen E.theorien und ihrer Überführung in eine politisch und ökonomisch argumentierende Analyse der gesellschaftlichen Bedingungen von E. zu sehen. Setzte MARX zunächst bei einer anthropologischen Arbeitsvorstellung an, die von einer ganzheitlichen, schöpferischen und kooperativen Gebrauchswertproduktion ohne Privateigentum und Arbeitsteilung ausgeht, so verschiebt sich seine Analyse zunehmend zu einer ökonomischen Theorie des *Warenfetischismus,* die das falsche (entfremdete) Bewußtsein des Menschen im Kapitalismus an seiner Wurzel zu erklären sucht. Diese Bestimmung erweitert das ursprüngliche Thema der Selbstverwirklichung durch schöpferische und selbstbestimmte Arbeit, deren Produkte der Mensch sich selbst aneignet, zu einer Theorie, in der Verhalten und Verhältnisse in einem historischen Wechselverhältnis bestimmt werden, das in der kapitalistischen Gesellschaft dadurch gekennzeichnet ist, daß die von den Individuen geschaffenen Produkte (Waren, Institutionen, Regeln) ihnen als fremde, Herrschaft über sie ausübende Dinge gegenübertreten (Versachlichung der menschlichen Beziehungen).

2 Die Neubelebung der Entfremdungstheorie

Die gesellschaftstheoretische Konzeption der E., die radikale Gesellschaftskritik mit Humanismus verbindet, lebte in der Interpretation der Frühschriften von Marx (1971) erst nach dem zweiten Weltkrieg wieder auf, nachdem sie durch die stalinistische Epoche des autoritären Staatsmarxismus und die Dominanz des soziologischen Funktionalismus in der Nachfolge von Weber und Durkheim weitgehend in der Versenkung verschwunden war (vgl. Schaff, 1968).

Zu dieser Neubelebung der E.diskussion trug auch die in der französischen Marx-Rezeption formulierte Kritik des Alltagslebens im Kapitalismus bei (vgl. Lefebvre, 1977). Unter dem Leitmotiv „Was vertraut ist, ist noch lange nicht erkannt" thematisiert Lefebvre Alltagsbewußtsein als verstümmeltes, fragmentarisches Bewußtsein der Einheit von Individuum und Gesellschaft. Da die Arbeitstätigkeit vereinseitigt und extrem partialisiert ist, können die Menschen differenzierte konkrete Bedürfnisse, die sich tendenziell gegen die rationale Arbeitsordnung der sozialtechnischen Produktion und Verwaltung richten, nur noch außerhalb der Arbeit entwickeln. Der Beitrag der Kritik des Alltagslebens zur E.diskussion liegt darin, daß sie auf die Lebensbereiche, die neben der Arbeitstätigkeit die Existenz des Menschen bestimmen, nämlich das Privat- und Familienleben und die Freizeit mit einbezieht und dadurch das Potential für Protestbewegungen, das sich außerhalb der Produktionssphäre gegen ökonomische, politische und soziale Mißstände bildet, in die Analyse der Folgen entfremdeter Arbeit auf das Alltagsbewußtsein der Individuen einbringt.

Entstanden die kritischen Analysen des Alltagsbewußtseins in den fünfziger und sechziger Jahren, so hat sich in der französischen Diskussion aus der Auseinandersetzung mit der Persönlichkeitspsychologie auf den Grundlagen der Marxschen Schriften durch L. Sève (1972) eine neue, grundlegende Perspektive zur Analyse der Entwicklung von Persönlichkeitsstrukturen im Kapitalismus herausgeschält. Sève thematisiert weniger die Auswirkungen der entfremdeten Arbeit auf das Bewußtsein, sondern auf die Anwendung und Entwicklung der Fähigkeiten der Individuen. Ebenso wie die Befriedigung primärer Bedürfnisse durch den Arbeitsprozeß und dessen Produkte in der Arbeitstätigkeit nicht mehr möglich ist, so wird auch die Entwicklung der Fähigkeiten in der Lohnarbeit immer weniger realisiert und in den Bereich der privat-konkreten Tätigkeit zurückverlegt.

Marx folgend geht Sève davon aus, daß dem entfremdeten Bewußtsein als Folge des Warencharakters der Arbeit und des fremdbestimmten Arbeitsprozesses eine psychisch-physische Verkümmerung des Individuums entspricht. E. wirkt sich also nicht nur als Verkehrung des Bewußtseins aus, sondern auch in der Verkrüppelung der Fähigkeiten der Individuen. Die „Entzweiung" des Menschen in die Arbeits- und Privatsphäre reduziert den „Zeitplan" des Individuums, beschränkt also seinen Lebensentwurf auf die sich wiederholende Verausgabung von Arbeitskraft ohne die Möglichkeit, durch den Arbeitsprozeß die eigenen Fähigkeiten weiter auszubilden. Sind die im Privatbereich entwickelten und aktivierbaren Fähigkeiten von ihrem gesellschaftlichen Bezug abgeschnitten, so wird sich im Arbeitsprozeß immer nur ein Ausschnitt aus dem möglichen Spektrum der Fähigkeiten realisieren: „Unter den Bedingungen einer ausgeprägten Entzweiung (in Privat- und Arbeitssphäre) erleidet ein Individuum unabhängig von seinem biologischen Alter eine Verschiebung in Richtung zur senilen Struktur der Persönlichkeit ..." (Sève, 1972, 373).

Die von Sève entworfene materialistische Theorie der Persönlichkeit bezieht sich im expliziten Gegensatz zu zeitgenössischen psychologischen Theorien auf die gesellschaftliche Bestimmung der „Infrastruktur" der Persönlichkeit, die aus den psychologisch produktiven Aktivitäten (Lernen, Entwickeln und Anwenden von Fähigkeiten im Arbeitsprozeß) besteht. Eine optimale Entwicklung der Fähigkeiten des Individuums erfordert nach Sève eine freie Gestaltung des Zeitplans, der jedoch im Kapitalismus von der gesellschaftlichen Aufteilung der Handlungsfelder in abstrakte und konkrete Arbeit weitgehend fixiert ist. Aus dem E.konzept von Sève wird die Notwendigkeit deutlich, die Persönlichkeit aus ihrer Arbeitsbiographie zu rekonstruieren, die sich aus den Einschränkungen ergibt, denen die Entwicklung von Fähigkeiten unterliegt (vgl. Groskurth/Volpert, 1975).

3 Entfremdungstheorie und Psychologie

In der Psychologie wurde in Nachfolge von MARX vor allem durch Arbeiten der „Kritischen Theorie“ die E.diskussion aufgegriffen, die unter Einbeziehung psychoanalytischer Annahmen die E. des Menschen auf den organisierten Triebverzicht und die Illusionen von Freiheit im Freizeit- und Konsumbereich in fortgeschrittenen Industriegesellschaften zurückführten. Die einflußreiche Konzeption vom „eindimensionalen Menschen“ (MARCUSE, 1967) bindet E. an die gesellschaftlichen Herrschaftsformen geschuldete Unfähigkeit der Menschen, neue Formen der Bedürfnisrealisierung zu entwickeln, die sich in Verbindung mit alternativen Lebensentwürfen gegen die herrschende Organisationsform der Arbeit und die Konsum- und Kulturindustrie mit ihren standardisierten Formen der Wirklichkeitsaneignung durchsetzen können.

Diese Ausarbeitung der sich noch auf MARX inhaltlich beziehenden E.psychologie (vgl. zur Gesamtdarstellung ISRAEL, 1972) hebt sich von der empirischen sozialpsychologischen E.forschung ab, die sich trotz der Berufung auf MARX primär an die gesellschaftszentrierte Tradition des *Anomie*-Konzepts von E. DURKHEIM anschließt. Hier wird das Individuum gemäß den Funktionsbedingungen (der moralischen Integration) der Gesellschaft beurteilt. Anomie bezeichnet den Zustand gesellschaftlicher Desintegration, der durch wachsende Arbeitsteilung und schwindende Solidarität unter den Arbeitenden gekennzeichnet ist. Anomie wird zu einem Schlüsselbegriff für die Diagnose einer schlecht integrierten Gesellschaft, deren Gründe jedoch, im Gegensatz zu MARX, in der fehlenden normativen Verpflichtung des Einzelnen gegenüber den Anforderungen der Gesellschaft gesucht werden.

Die E.forschung in der sozialwissenschaftlich orientierten Psychologie beginnt mit der Anomieskala von L. SROLE (1956), die eher psychische Unzufriedenheit mißt, ohne deren soziale Ursachen zu hinterfragen; der Konstruktion einer E.skala durch M. SEEMAN (1959) und den industriesoziologischen Untersuchungen zum Zusammenhang zwischen Arbeitsorganisation und Technologie einerseits und E. bzw. Arbeitszufriedenheit andererseits durch R. BLAUNER (1964). Diese „Säkularisierung“ (SEEMAN) des E.begriffs setzt an einer sozialpsychologischen Formulierung verschiedener Varianten der E. aus der Sicht des Handelnden an, die als individuelle Einstellung gegenüber verschiedenen Merkmalen der Arbeits- und Lebenssituation untersucht wird. Die sozialpsychologische Grundthematik wird dadurch formuliert, daß eine Diskrepanz zwischen möglicher und tatsächlicher sozialer Praxis den Alltag der Menschen bestimmt, die in mangelnden Kontrollmöglichkeiten über wirtschaftliche und politische Prozesse zum Ausdruck kommt.

SEEMAN (1959/1972) hat das globale E.konzept in sechs Varianten oder Dimensionen differenziert, um eine möglichst umfassende empirische Erhebung von E. als sozialer Einstellung zu ermöglichen: 1. Machtlosigkeit oder das Gefühl geringer Kontrollmöglichkeiten gegenüber Ereignissen und Institutionen; 2. Sinnlosigkeit oder das Gefühl der Undurchschaubarkeit persönlicher und sozialer Zusammenhänge; 3. Normenlosigkeit oder die Erwartung, gesellschaftlich akzeptierte Ziele nur mit illegitimen Mitteln erreichen zu können; 4. kulturelle Zurückweisung oder Ablehnung allgemein anerkannter Werte der Gesellschaft bzw. verschiedener Gruppen; 5. Selbstentfremdung oder Eingebundensein in Aktivitäten, die nicht in sich zufriedenstellend sind, d.h. keine intrinsische Befriedigung ermöglichen; 6. soziale Isolierung oder das Gefühl, sozial ausgeschlossen bzw. zurückgewiesen zu werden.

Die von SEEMAN entwickelte E.skala umfaßt diese sechs Dimensionen und liegt den meisten empirischen Untersuchungen über das Ausmaß von E.erfahrungen in der Arbeitswelt und im politisch-staatlichen Bereich zugrunde. Neuere Entwicklungen deuten darauf hin, daß Fragebögen bzw. Skalen entwickelt werden, die sich auf bestimmte Untersuchungsfelder beziehen, so z.B. Bürokratien (AIKEN/HAGE, 1966) und Industriebetriebe (SHEPARD, 1971). In dieser empirisch ausgerichteten Forschung wird E. als subjektive Einstellung und nicht als objektive Bedingung der Sozialstruktur gefaßt und auf das meßbare Ausmaß verschiedener E.formen gegenüber den Lebensbereichen, in denen Individuen auf eingeschränkte Handlungsalternativen stoßen, reduziert.

Die Kritik an diesem Forschungsansatz betrifft zunächst die fehlende Analyse des Verhältnisses der sechs Varianten von E. untereinander. Die nicht explizit gemachte Hintergrundtheorie läßt eine universelle, damit unhistorische Bedürfnistheorie vermuten, die in Verbindung mit einem einfachen lernpsychologischen Mecha-

nismus E. als Folge frustrierter Erwartungen gegenüber den Möglichkeiten der Handlungskontrolle über Umweltereignisse erklärt.
In der industriesoziologischen Untersuchung von BLAUNER (1964) wird E. als ein allgemeines Syndrom aus einer Reihe verschiedener objektiver Bedingungen und subjektiver Gefühlszustände definiert, die aus bestimmten Beziehungen zwischen Arbeitern und den soziotechnischen Arbeitsorganisationen auftreten. E. besteht nach BLAUNER, wenn Arbeiter 1. ihre unmittelbaren Arbeitsprozesse nicht kontrollieren können, 2. kein Gefühl einer sinnvollen Arbeit und Funktion aufbauen können, die ihre Tätigkeiten mit der gesamten Produktionsorganisation verbindet, 3. zu keiner integrierten Gemeinschaft von Industriearbeitern gehören, und 4. es ihnen nicht gelingt, in der Arbeitstätigkeit Selbstverwirklichung zu finden.

4 Aktuelle Fragestellungen

In der aktuellen Diskussion über die Verwendung des E.begriffs sind drei Problemfelder herauszuheben: 1. Inwieweit bestehen Zusammenhänge zwischen dem Ausmaß der E. gegenüber dem Arbeitsprozeß und Persönlichkeitsmerkmalen (vgl. KOHN/SCHOOLER, 1973)? Bestehen Zusammenhänge zwischen dem Ausmaß der Selbstbestimmung am Arbeitsplatz und dem Grad der instrumentellen Einstellung gegenüber Arbeitstätigkeit einerseits und den Kompensationsbemühungen des Arbeiters in der Freizeit? Dabei stellt sich die Frage, inwieweit es methodisch zulässig und möglich ist, mittels Einstellungsskalen ein komplexes, vielschichtiges Problem wie das des Zusammenhangs von Lebens- und Arbeitsbereichen und E.erfahrungen zu erforschen. 2. Inwieweit muß zur marxistisch orientierten Analyse der objektiven Strukturen eine theoretische Begrifflichkeit entwickelt werden, die auf die Vermittlungsprozesse zwischen gesellschaftlichen Verhältnissen und individuellen Bewußtseinsformen bzw. Fähigkeitsstrukturen beziehbar ist (vgl. BRENNER/STRASSER, 1977). Mit dieser Frage haben sich neuerdings vor allem Psychologen der kritischen Richtung (HOLZKAMP, 1973, 202–233) und OTTOMEYER (1977) befaßt. 3. E.forschung kann nicht bei der Kritik des Alltagsbewußtseins stehen bleiben, sie muß Gesellschafts- und Ideologiekritik mit der Analyse der spezifischen Bedingungen, Formen und Handlungskonsequenzen des Alltagslebens verbinden, wenn sie nicht nur einen analytisch-kritischen, sondern auch praxisrelevante Beiträge leisten will.

Verweis auf andere Stichwörter

→Arbeitspsychologie →Berufliche Sozialisation →Bewußtsein →Humanistische Psychologie →Kollektives Verhalten →Kritische Psychologie →Organisationspsychologie →Persönlichkeit →Politische Psychologie →Sozialpsychologie →Soziologie →Subjekt →Warenästhetik und Werbung

Literatur

AIKEN, M./HAGE, J.: Organizational Alienation. A Comparative Analysis. American Sociological Review 31, 1966, S. 539–548.

BLAUNER, R.: Alienation and Freedom. Chicago/London: Univ. of Chicago Press 1964.

BRENNER, M./STRASSER, H. (Hrsg.): Die gesellschaftliche Konstruktion der Entfremdung. Frankfurt/M.: Campus 1977.

GROSKURTH, P./VOLPERT, W.: Lohnarbeitspsychologie. Frankfurt/M.: Fischer 1975.

HOLZKAMP, K.: Sinnliche Erkenntnis. Historischer Ursprung und gesellschaftliche Funktion der Wahrnehmung. Frankfurt/M.: Athenäum Fischer 1973.

ISRAEL, J.: Der Begriff Entfremdung. Reinbek: Rowohlt 1972.

KOHN, M. L./SCHOOLER, C.: Occupational Experience and Psychological Functioning. American Sociological Review, 38, 1973, S. 97–118.

LEFEBVRE, H.: Kritik des Alltagslebens. Kronberg: Athenäum 1977.

LUDZ, P. C.: „Alienation" als Konzept der Sozialwissenschaften. Kölner Zeitschrift für Soziologie und Sozialpsychologie, 27, 1975, S. 1–32.

MARCUSE, H.: Der eindimensionale Mensch. Neuwied: Luchterhand 1967.

MARX, K.: Grundrisse der Kritik der Politischen Ökonomie (Rohentwurf). Berlin-Ost: Dietz 1953.

MARX, K.: Die Frühschriften. Stuttgart: Kröner 1971.

MÉSZÁROS, I.: Der Entfremdungsbegriff bei Marx. München: List 1973.

OTTOMEYER, K.: Ökonomische Zwänge und zwischenmenschliche Beziehungen. Reinbek: Rowohlt 1977.

SCHAFF, A.: Marxismus und das menschliche Individuum. Reinbek: Rowohlt 1969.

SEEMAN, M.: On the Meaning of Alienation. American Sociological Review, 24, 1959, S. 783–791.

SEEMAN, M.: Alienation and Engagement. In: A. CAMPBELL/CONVERSE, P. E. (Hrsg.): The Human Meaning of Social Change. New York 1972.

SÈVE, L.: Marxismus und Theorie der Persönlichkeit. Frankfurt/M. 1972.

SHEPARD, J. M.: Automation and Alienation. A Study of Office and Factory Workers. Cambridge, Mass.: M.I.T. Press 1971.

SROLE, L.: Social Integration and certain colloraries. American Sociological Review, 21, 1956, S. 706–716.

Walter R. Heinz

Entscheidungstheorie

1 Normative Modelle für die Entwicklung der psychologischen E.theorie

Normative Modelle zum E.verhalten wurden von Mathematikern und Wirtschaftswissenschaftlern entwickelt, um rationale E.n in Situationen zu ermöglichen, in denen die Vielfalt und Verflechtung der Variablen (Merkmale der Situation) intuitive Lösungen erschwert. Als Ausgangspunkt dieser Entwicklung betrachten die meisten Autoren das Buch von VON NEUMANN/MORGENSTERN (1944), obwohl es schon lange vorher Ansätze in dieser Richtung gegeben hat, beispielsweise einen Aufsatz über sinnvolles Verhalten beim Glücksspiel und beim Abschluß von Versicherungen von BERNOULLI (1738).

Die normativen Modelle der E.theorie betrachten das Verhalten des Entscheidenden oder E.trägers – fortan „ET" genannt – als ein Spiel gegen die zufallsblinde Natur (*Spieltheorie*). Dabei treten die Spielzüge des Gegners „Natur" unabhängig von dem Verhalten des ET selbst mit gewissen Wahrscheinlichkeiten auf, die ET bekannt sind, oder die er auf Grund seiner Beobachtungen schätzen muß.

Die Kombinationen der möglichen Verhaltensalternativen (= Spielzügen) von ET mit den möglichen Zuständen (= Spielzügen) der Natur führen zu *Konsequenzen* oder „Auszahlungen" (payoffs) für ET, die man in Form von *Spielbäumen* (Abb. 1a) oder Auszahlungsmatrizen (Abb. 1b) darstellen kann. Ein solcher Spielbaum oder eine solche Auszahlungsmatrix repräsentiert eine spezifische E.situation.

Für das E.verhalten von ET sieht die normative E.theorie nun verschiedene *Strategien* vor, die in der gleichen Situation zu unterschiedlichen Lösungen führen können:

– Ein *optimistischer* ET, der mit dem für ihn günstigsten Zustand (Spielzug) der Natur rechnet, wird die Alternative wählen, bei der er im günstigsten Fall die höchste Auszahlung (Konsequenz) erhält, also im Beispiel der Abb. 1 die Alternative a_2. Diese Strategie, bei der in der Matrix zunächst je Zeile das Maximum gesucht und dann die Zeile mit dem größten Maximum gewählt wird, heißt auch „*Maximax*"-Strategie.

– Ein *pessimistischer* ET, der mit dem ungünstigsten Zustand der Natur rechnet, wird die Alternative wählen, bei der er im ungünstigsten Fall den geringsten Verlust erleidet bzw. immer noch den dabei größtmöglichen Gewinn sichert: Er sucht zunächst in jeder Zeile das Minimum (also den ungünstigsten Fall, der ihm zustoßen könnte, wenn er diese Zeile wählen würde) und wählt dann die Zeile, in der dieses Minimum das größte ist (verglichen mit den Minima der anderen Zeilen), im Beispiel also Alternative a_3. Diese Strategie wird auch „*Minimax*"-Strategie genannt. Sie ist besonders sinnvoll, wenn der Gegenspieler (der über die Wahl der Spalte entscheidet) nicht ein blinder Zufallsprozeß, sondern ebenfalls ein rational denkender Spieler ist, der ET möglichst wenig Auszahlung zukommen lassen will.

– Ein *ökonomisch* denkender ET, der bei wiederholter Anwendung der Strategie auf lange Sicht maximalen Gewinn erreichen will, wird den statistischen *Erwartungswert maximieren*. Dazu rechnet er für jede Alternative (Zeile) zunächst die erwartete Auszahlung aus, indem er jede Auszahlung in der betreffenden Zeile mit der zugehörigen Wahrscheinlichkeit des Auftretens des entsprechenden Zustandes der Natur (Spalte) multipliziert und diese Produkte über die Spalten innerhalb jeder Zeile aufsummiert. Dann wählt er die Alternative, bei der dieser Erwartungswert am größten ist. In unserem Beispiel sind die Erwartungswerte der Alternativen:

für a_1: $0.2 \cdot 10 + 0.8 \cdot 40 = 34$,
für a_2: $0.2 \cdot 50 + 0.8 \cdot 10 = 18$,
für a_3: $0.2 \cdot 30 + 0.8 \cdot 20 = 22$.

Zur Maximierung der Erwartungswerte wird ET also a_1 wählen.

Die zuletzt beschriebene Erwartungsmaximierungsstrategie wird am häufigsten angewandt bzw. empfohlen oder als Verhaltensstrategie vermutet. Da sie in manchen E.situationen trotz günstiger Erwartungswerte auch zu hohen Verlusten und damit zu raschem Ruin von ET führen kann, wenn er nicht über genügend Reserven verfügt, ist sie nicht immer die sinnvollste. Neben den hier beschriebenen Strategien sind noch eine Reihe weiterer entwickelt worden, die zum Teil *Mischformen* aus den obigen darstellen und auf die hier nicht weiter eingegangen werden soll (siehe z.B. SCHNEEWEISS, 1966).

(a)

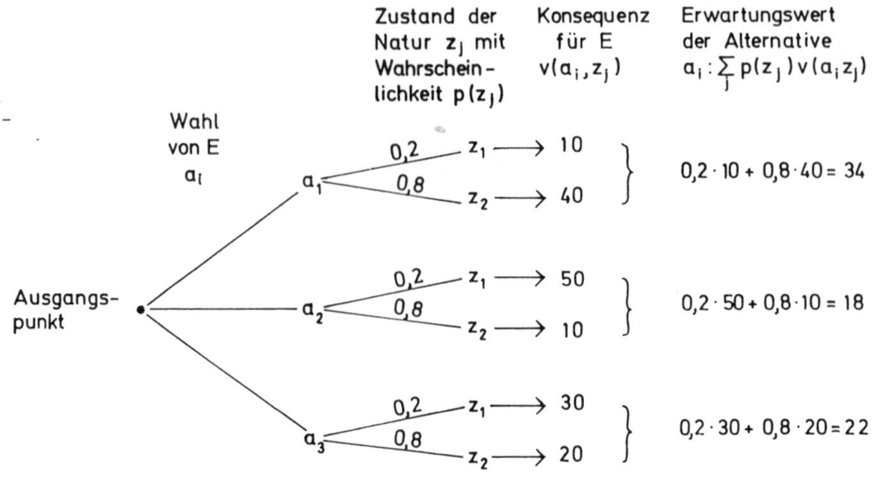

(b)

		Zustand der Natur z_1	z_2	Erwartungswert der Alternative	Zeilenmaximum	Zeilenminimum
Wahl von E	a_1	10	40	(34)	40	10
	a_2	50	10	18	(50)	10
	a_3	30	20	22	30	(20)
Wahrscheinlichkeit $p(z_j)$		0.2	0.8	Wahl bei Erwartungs-maximierung: a_1	Wahl bei Maximax-Strategie: a_2	Wahl bei Minimax-Strategie: a_3

Abb. 1: Spielbaum und äquivalente Auszahlungsmatrix einer Entscheidung, bzw. eines Spiels gegen die Natur mit je einem „Zug" (Wahl einer Alternative a_1, a_2 oder a_3) des Entscheidungsträger (ET) und der Natur (Zustände Z_1 oder Z_2 mit Auftretenswahrscheinlichkeiten $p(Z_1)$ und $p(Z_2)$). Im *Spielbaum* (Abb. 1 a) werden die „Wahlen" durch die Verzweigungen repräsentiert, die Konsequenzen $v(a_i, z_j)$ jeder Folge von Entscheidungen von ET und Zuständen stehen an den Enden der Verzweigungen. In der *Auszahlungsmatrix* (Abb. 1 b) werden die Wahlalternativen von ET durch die Zeilen, die Zustände der Natur durch die Spalten repräsentiert. Die Konsequenzen $v(a_i, z_j)$ stehen in den Zellen an deren Kreuzungspunkten. In den Spalten rechts der Auszahlungsmatrix stehen die Werte, die bei den verschiedenen (im Text näher beschriebenen Entscheidungsstrategien betrachtet werden: der Erwartungswert (Berechnung in Abb. 1 a), das Zeilenmaximum, das Zeilenminimum. Der Maximalwert ist dabei jeweils mit einem Kreis markiert.

Für die *Anwendung* der Erwartungs-Maximierungs-Strategie benötigt ET zusätzlich zu den Werten der Auszahlungsmatrix Kenntnis der *Wahrscheinlichkeiten*, mit denen die verschiedenen möglichen Zustände der Natur eintreten können. Diese sind in der Realität nicht immer explizit gegeben und müssen geschätzt werden, häufig auf Grund von Beobachtungen (Daten) der entsprechenden Naturgegebenheiten, oder von solchen, die Hinweise auf die Wahrscheinlichkeiten der Zustände geben. Ein Beispiel: Ein Schiffbrüchiger werde auf eine Insel verschlagen, die entweder ein Klima mit 80% Regentagen (Zustand Z_1) oder ein solches mit 20% Regentagen (Zustand Z_2) hat. A priori seien für den Schiffbrüchigen beide Zustände gleich wahrscheinlich, $P(Z_1) = P(Z_2) = 0.5$. Ein mathematisches Modell für die Gewinnung und Veränderung von Wahrscheinlichkeitsschätzungen basiert auf dem Satz von BAYES (1763), nach dem die Wahrscheinlichkeiten der Zustände nach Kenntnisnahme von Daten, $P(Z|D)$, proportional sind einerseits den Wahrscheinlichkeiten der Zustände vor Kenntnis der Daten $P(Z)$, und andererseits den Wahrscheinlichkeiten der Daten bei gegebenen Zuständen, $P(D|Z)$:

$$P(Z|D) = P(Z) \cdot P(D|Z)/P(D).$$

$P(D)$ ist dabei die Gesamtwahrscheinlichkeit der Beobachtung D über alle möglichen Zustände: $P(D) = \Sigma_i P(D|Z_i)P(Z_i)$. In unserem Schiffbrüchigenbeispiel wäre eine Beobachtung (ein Datum D) jeder Tag, an dem der Schiffbrüchige „Regen" (D_1) oder „keinen Regen" (D_2) registriert. Die Wahrscheinlichkeit eines Regentages im Klima Z_1 ist im obigen Beispiel $P(D_1|Z_1) = 0.8$ und im Klima Z_2: $P(D_1|Z_2) = 0.2$. Nach dem Satz von BAYES verändert sich also die a priori Wahrscheinlichkeitsschätzung $P(Z_1) = 0.5$ nach Beobachtung eines Regentages zu $P(Z_1|D_1) = P(Z_1) \cdot P(D_1|Z_1)/(P(D_1|Z_1)\,P(Z_1) + P(D_1|Z_2) \cdot P(Z_2)) = 0.5 \cdot 0.8/(0.8 \cdot 0.5 + 0.2 \cdot 0.5) = 0.8$. So viel zu den normativen Modellen, die der Entwicklung der psychologischen E.theorie zugrundelagen.

2 Entscheidungsmodell und tatsächliches menschliches Verhalten

Relativ bald nach Erscheinen des Buches von VON NEUMANN/MORGENSTERN (1944), etwa Ende der vierziger Jahre, begannen Psychologen, sich dafür zu interessieren, wie sich Menschen in E.situationen denn tatsächlich verhalten, genauer: ob ihr angeblich rationales Verhalten mit den Vorschriften der normativen Modelle übereinstimmt. Das Ergebnis war, kurz gesagt, daß dies nicht der Fall ist.

2.1 *Subjektive Nutzwerte als Zusatzannahme*

Man hat dann zunächst versucht, das normative Modell prinzipiell auch als deskriptives beizubehalten und die eingehenden Variablen entsprechend zu modifizieren: anstelle der in die Auszahlungsmatrix eingetragenen „objektiven" Werte hat man *subjektive Nutzwerte* angenommen, die zu den objektiven Werten in einer nichtlinearen Beziehung stehen müßten, und anstelle der „objektiven" Wahrscheinlichkeiten „subjektive" eingesetzt. Mit diesen modifizierten Erwartungsmaximierungsmodellen hat man einen Teil des Verhaltens von Versuchspersonen in E.situationen erklären können, in anderen Fällen mußten weitere Zusatzannahmen gemacht werden.

Die Betrachtung subjektiver Nutzwerte anstelle objektiver Auszahlungen hatte schon BERNOULLI 1738 empfohlen: Er nahm an, daß der subjektive Gewinn eines Vermögenszuwachses indirekt proportional dem bereits vorhandenen Vermögen ist; d.h. für jemanden, der bereits 1000 Dukaten besitzt, ist ein Zuwachs von 10 Dukaten = $^1/_{100}$ seines Vermögens subjektiv so viel wert wie ein Gewinn von 1 Dukaten für jemanden, der nur 100 Dukaten besitzt. BERNOULLI kommt auf dieser Basis zu sinnvollen Empfehlungen für den Abschluß bzw. Nichtabschluß von Versicherungen. Verallgemeinert läßt sich die damit implizierte Nutzenfunktion durch ihren *abnehmenden Grenznutzen* oder ihre abnehmende Steigung charakterisieren: je mehr jemand schon besitzt, desto weniger ist ihm der Zuwachs um eine einzelne Einheit wert. (BERNOULLIS logarithmische Geldnutzenfunktion nahm in gewisser Weise das FECHNERsche Gesetz vorweg aus der Psychophysik, das eine ähnliche Beziehung zwischen physikalischer Reizstärke und subjektiver Empfindungsstärke postuliert.)

Ein Beispiel einer solchen Nutzenfunktion stellt Abb. 2a dar. Sie erklärt, weshalb es rational sein kann, eine Versicherung abzuschließen, obwohl der „sichere Verlust" der Prämie (im objektiven Geldwert) höher ist als der „erwartete Verlust"

(= Höhe des möglichen Schadens mal Wahrscheinlichkeit seines Auftretens). Sie erklärt aber nicht das Verhalten eines Glücksspielers, der einen sicheren Verlust (des Spieleinsatzes) in Kauf nimmt in der Hoffnung auf einen hohen Gewinn mit geringer Wahrscheinlichkeit, wobei meistens der erwartete Gewinn (Höhe mal Wahrscheinlichkeit des Gewinns) niedriger ist als der Einsatz (Lotto, Toto). Ein solches Verhalten wäre nur vernünftig im Falle einer *Geldnutzenfunktion* mit zunehmender Steigung. Abb. 2b zeigt eine Nutzenfunktion, die in ihrem rechten Ast das Verhalten eines Glücksspielers, im linken die eines Versicherungsnehmers sinnvoll („rational" im Sinne der Maximierung des erwarteten Nutzens) erscheinen läßt; mit seinem gegenwärtigen Vermögen (status quo) müßte sich ET etwa im Wendepunkt der Kurve befinden.

Experimente, in denen Versuchspersonen in der Rolle von ET zwischen verschiedenen Wetten mit positiven (Gewinn) und negativen (Verlust) möglichen Ausgängen wählen oder die Wetten bewerten (d.h. ein sicheres Äquivalent angeben) sollten, haben gezeigt, daß sich bei unterschiedlichem habituellen Vermögensstand (Matrosen und Harvardstudenten) tatsächlich unterschiedliche Geldnutzenfunktionen finden lassen (MOSTELLER/NOGEE, 1951).

2.2 *Wahrnehmungsverzerrungen und Fehlschlußneigung*

Allgemein reichte aber auch die Annahme nichtlinearer Nutzenfunktionen nicht aus, um die Abweichungen des tatsächlichen Verhaltens der Versuchspersonen in E.experimenten von den Vorschriften des normativen Erwartungsmaximierungsmodells zu erklären. Man nahm deshalb weiterhin an, daß auch die *Wahrnehmung* der Wahrscheinlichkeiten, die in die Berechnung der Erwartungswerte eingehen, subjektiven Verzerrungen unterliegen. Insbesondere fand man, daß kleine Wahrscheinlichkeiten über- und große unterschätzt werden (Abb. 3).

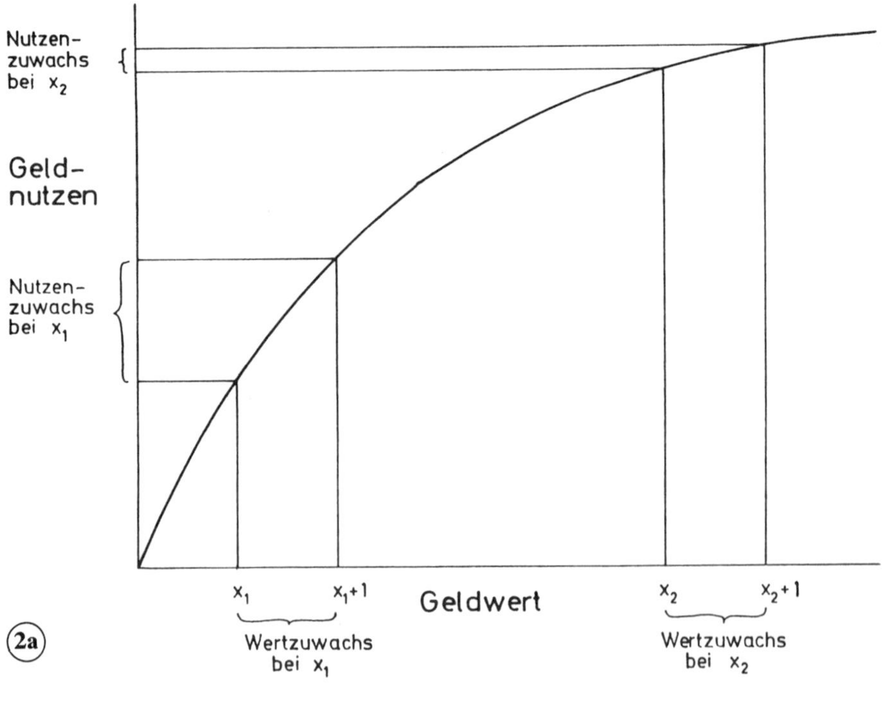

(2a)

Abb. 2: Beispiele nichtlinearer Geldnutzenfunktionen: Abb. 2a zeigt, wie bei einer Nutzenfunktion mit abnehmendem Grenznutzen bei gleichem Geldzuwachs (auf der Abszisse) unterschiedliche Nutzenzuwächse (in der Ordinate) entstehen. Abb. 2b zeigt, wie es bei unterschiedlichen Krümmungen der Geldnutzenfunktion

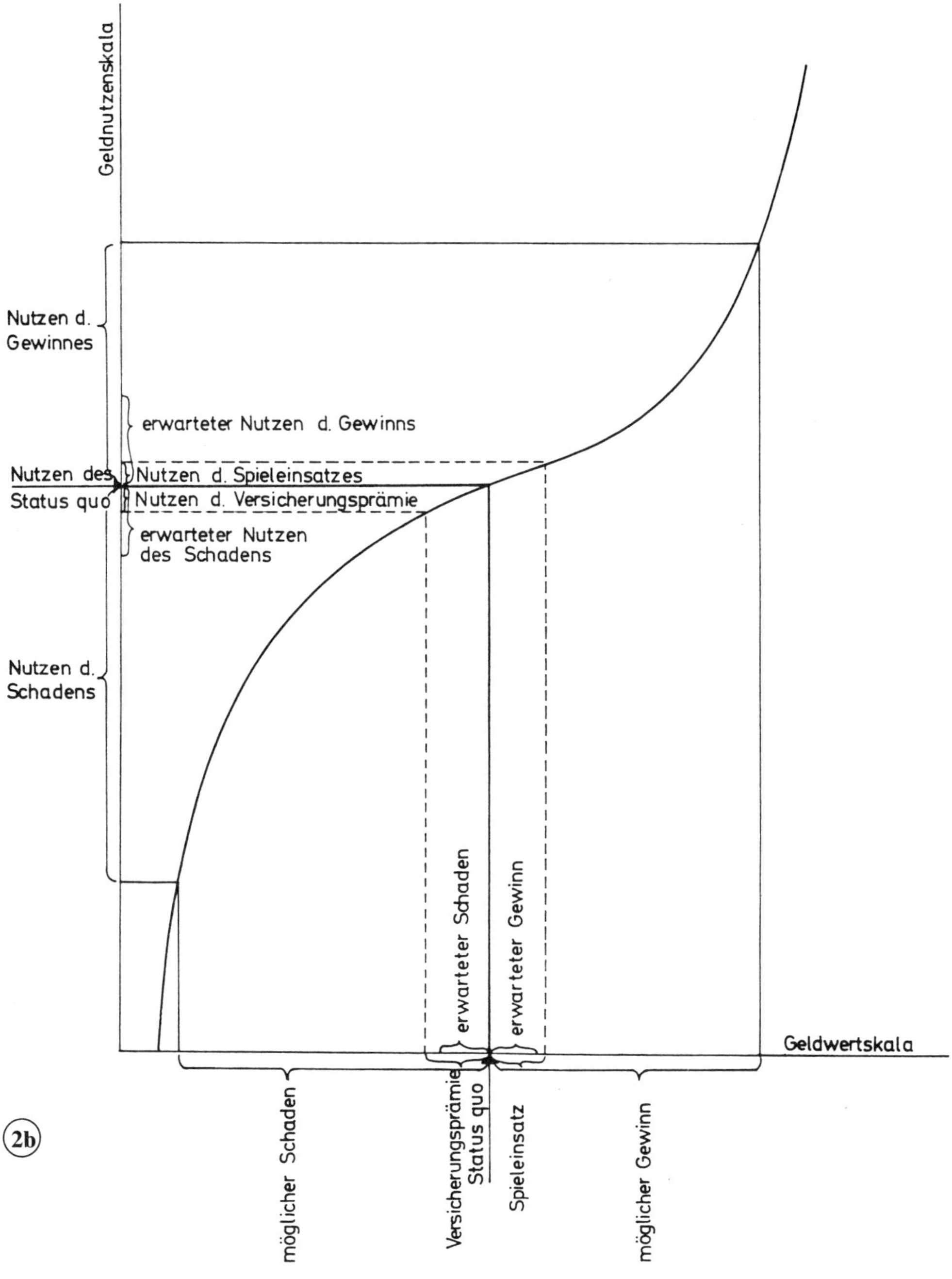

2b

oberhalb und unterhalb des Status quo sinnvoll sein kann, sowohl Versicherungen abzuschließen (um den progressiv wachsenden Schaden abzuwenden) als auch Lotterielose zu kaufen (um den progressiv wachsenden Gewinn zu nutzen). Obwohl der erwartete Gewinn auf der Abszisse kleiner ist als der Einsatz (Preis des Lotterieloses), ist doch der erwartete Nutzen des Gewinnes auf der Ordinate größer als der Nutzen des Lospreises, also der Kauf sinnvoll. Ebenso ist zwar der objektiv erwartete Verlust im Schadensfall kleiner als die Prämie für die Versicherung, aber auf der Nutzenskala (Ordinate) ist der Nutzenverlust durch die Prämie kleiner als der erwartete Nutzenverlust im Schadensfall.

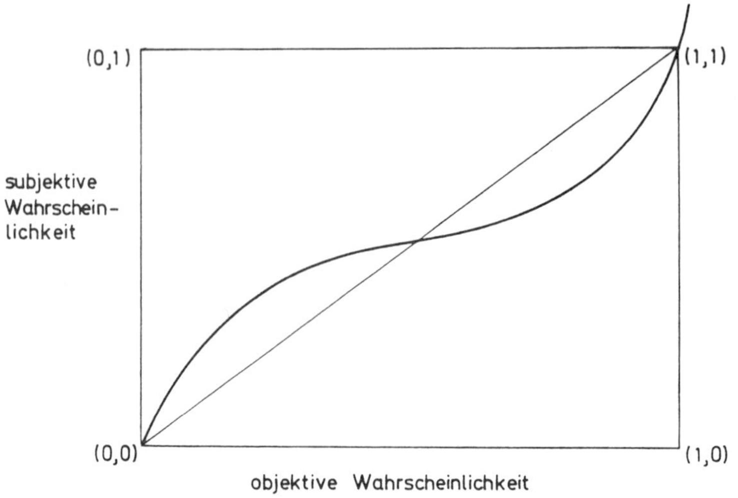

Abb. 3.: Beispiel einer subjektiven Wahrscheinlichkeitsfunktion: Bei der subjektiven (oder wahrgenommenen) Wahrscheinlichkeit werden (objektiv) kleine Wahrscheinlichkeiten überschätzt (Kurve oberhalb der Diagonalen), große unterschätzt (Kurve unterhalb der Diagonalen).

Den möglichen Ursachen solcher Fehlschätzungen sind in den letzten Jahren besonders KAHNEMAN und TVERSKY nachgegangen. Sie fanden, daß sich diese Fehlschätzungen der Wahrscheinlichkeiten zum Teil auf allgemeinere Prinzipien von *Fehlschlußneigungen* des Menschen zurückführen lassen, wie Auffälligkeit, Überschätzung der Repräsentativität von (Zufalls-)Beobachtungen, Analogiedenken. Beispiele: bei der Aufgabe, das Produkt 8·7·6·5·4·3·2·1 zu schätzen (nicht auszurechnen), gaben Versuchspersonen durchschnittlich höhere Zahlen als Produkt an als bei der Aufgabe, das Produkt 1·2·3·4·5·6·7·8 zu schätzen. Die Geschwisterfolge „Junge, Mädchen, Junge, Mädchen, Junge, Mädchen" in einer Familie wird für „wahrscheinlicher" gehalten als die Folge „Junge, Junge, Junge, Mädchen, Mädchen, Mädchen" (TVERSKY/KAHNEMAN, 1974).

2.3 *Spielnutzen und ideales Risiko*

Unter Einbeziehung all dieser Modifikationen des ursprünglichen Erwartungswertmaximierungsmodells (EV = expected value) formulierte EDWARDS 1954 das *Modell der Maximierung des subjektiv erwarteten Nutzens* (SEU = subjectively expected utility) sowie die dazwischenliegenden Modelle, in denen jeweils nur eine Variable subjektiviert wird (EU = erwarteter Nutzen, SEV = subjektiv erwarteter Wert). Es ist trivial, daß Modelle mit Variablen, die sich stärker an individuelle subjektive Besonderheiten anpassen lassen, auch mehr Verhalten zu erklären gestatten. Aber auch sie erwiesen sich nicht in allen Fällen als erfolgreich. Man fand, daß das Verhalten unter anderem deshalb von den Vorhersagen der Modelle abwich, weil das Glücksspiel oder Wetten für manche Versuchspersonen einen besonderen *Wert an sich* zu besitzen schien (sog. „*Spielnutzen*"), der die Wahrnehmung der reinen (auch subjektiv) erwarteten Nutzwerte verzerrte (z.B. TVERSKY, 1967). Insbesondere COOMBS und Mitarbeiter fanden, daß Versuchspersonen bei Wahlen zwischen Glücksspielen oder Wetten ein individuell verschiedenes „*ideales Risiko*" zeigen, das ihr Verhalten mitbestimmt. Dieses „Risiko" einer Wette läßt sich u.a. beispielsweise operationalisieren durch die Varianz der Wette oder durch das Ausmaß der Verschiedenheit ihrer Ausgänge, d.h. wie groß der Unterschied ist zwischen dem, was man je nach Ausgang der Wette hinterher reicher oder ärmer ist (z.B. COOMBS/HUANG, 1970; POLLATSEK/TVERSKY, 1970).

2.4 *Informationsüberflutung*

Eine andere Ursache der Diskrepanz zwischen den Vorhersagen der Modelle und dem tatsächlichen Verhalten von Versuchspersonen in E.experimenten mag darin liegen, daß die Versuchspersonen gar nicht in der Lage sind, die gesamte, zur Beurteilung der vorgelegten Alternativen verfügbare Information zu erfassen und sinnvoll zu bearbeiten. Versuche von SLOVIK, LICHTENSTEIN und Mitarbeitern legen die Vermutung nahe, daß Versuchspersonen dazu neigen, bei Wahlen zwischen Wetten nur einzelne Variablen dieser Wetten zu beachten (auf diese zu „fokussieren") und die anderen mehr oder weniger außer acht zu lassen. Bei Wahlen zwischen Wetten mit je einer Gewinnmöglichkeit und Verlustmöglichkeit mit zugehörigen Wahrscheinlichkeiten konzentrierten sich manche Versuchspersonen ganz auf die eine oder andere dieser vier Variablen oder allenfalls auf Zweierkombinationen und ließen die anderen unbeachtet. Sie scheinen also in gewisser Weise in der E.situation *informationsüberflutet* zu sein (SLOVIK/LICHTENSTEIN, 1968).

2.5 *Konservatismus*

Mit besonderer Sorgfalt sind die Vorgänge bei der Schätzung von Wahrscheinlichkeiten und deren Revision auf Grund von Beobachtungen (Daten) untersucht worden. Zum einen hat man – mit Erfolg – versucht, die Wahrscheinlichkeitsschätzung durch zusätzliche Motivation mit Hilfe sog. „*Belohnungsfunktionen*" (scoring rules) zu verbessern. Dabei ist die Auszahlung (Belohnung) des Wahrscheinlichkeitsschätzers abhängig von der Genauigkeit, mit der seine Schätzung an die tatsächliche Wahrscheinlichkeit herankommt (z.B. MURPHY/WINKLER, 1970).

Zum anderen hat man sich bemüht, hinter die Ursachen der Fehler bei der Revision von Wahrscheinlichkeitsschätzungen auf Grund von Daten zu kommen und sie dadurch zu beheben, daß man den Menschen die Teile der Aufgabe abnimmt, zu denen sie offenbar nicht in der Lage sind, und diese durch Computer durchführen läßt. Das normative Modell für solche Wahrscheinlichkeitsrevisionen ist der oben genannte Satz von BAYES; es hat sich aber gezeigt, daß Menschen in entsprechenden E.situationen ihre Wahrscheinlichkeitsschätzungen nach Kenntnisnahme zusätzlicher Informationen bei weitem nicht so stark revidieren, wie es nach der BAYESschen Formel geschehen müßte. Sie verhalten sich in statistischem Sinne „*konservativ*", indem sie näher an ihrer a priori-Schätzung bleiben als die Daten es nahelegen. Dieser „*Konservatismus*" ist stärker bei Daten mit hoher Aussagekraft (also, um auf unser Schiffbrüchigenbeispiel zurückzukommen: bei der Beobachtung eines Regentages, wenn dessen Wahrscheinlichkeit unter den konkurrierenden Hypothesen über das Klima sehr unterschiedlich ist, wie bei $Z_1 = 80\%$ Regentage zu $Z_2 = 20\%$ Regentage). Er ist weniger ausgeprägt und kann sogar ins Gegenteil umschlagen („*Radikalismus*" im statistischen Sinne, d.h. zu starke Revision der a priori-Wahrscheinlichkeit), wenn die Aussagekraft der Daten gering ist (also beispielsweise bei $Z_1 = 50\%$ Regentage und $Z_2 = 40\%$ Regentage).

Zur Erklärung des Konservatismusphänomens sind vor allem zwei Hypothesen aufgestellt worden: Die *Fehlwahrnehmungs*-(misperception)-Hypothese besagt, daß die Versuchspersonen die Wahrscheinlichkeiten $P(D|Z)$ falsch einschätzen, und die *Fehlverarbeitungs*-(misaggregation)-Hypothese besagt, daß die Versuchspersonen die Wahrscheinlichkeiten der Daten $P(D|Z)$ wohl richtig einschätzen, dann aber Fehler machen bei der weiteren Verarbeitung, d.h. dabei nicht nach der BAYESschen Formel verfahren. Um letzterem Mangel abzuhelfen, haben EDWARDS und Mitarbeiter das PIP (= probabilistic information processing)-Modell aufgestellt, ein *Mensch-Maschine-Kooperationssystem*, bei dem der Mensch seine Wahrscheinlichkeitsschätzungen $P(D|Z)$ (und ggf. $P(Z)$) eingibt, und ein Computer dann die $P(Z|D)$ ausrechnet, die für die E. benötigt werden (EDWARDS/LINDMAN/PHILLIPS, 1965).

2.6 *Multiattributive Nutzentheorie*

Problematisch ist in vielen E.situationen auch die Bestimmung der Nutzwerte in der Auszahlungsmatrix, die wir in der bisherigen Darstellung einfach als gegeben angenommen haben. In der Realität finden wir nur selten derart explizit gegebene Nutzwerte; in den meisten Fällen ist die Bewertung der Konsequenzen unserer E. vielmehr von einer Anzahl verschiedener und z.T. divergierender Aspekte oder „*Attribute*" der möglichen Ausgänge der E. abhängig. Die

Beurteilung einer Wohnung, in die man einziehen möchte (oder nicht), hängt beispielsweise von Attributen wie Lage, Ausstattung, Preis usw. ab. Diese Attribute müssen zunächst auf vergleichbaren Skalen quantifiziert und dann zu einem Gesamturteil (Nutzen) zusammengefaßt werden, meistens mit Hilfe einer additiven oder multiplikativen Formel, die unterschiedliche Gewichtungen (und ggf. auch Wechselwirkungen) der einzelnen Attribute berücksichtigt. Dieser Probleme der mehrdimensionalen Nutzenmessung hat sich die *multiattributive Nutzentheorie* angenommen (MAUT = multi attribute utility theory) (s. z.B. KEENEY/RAIFFA, 1977).

3 Richtungen der Entscheidungstheorie

Aus dem gegenwärtigen Stand der Forschung zur E.theorie kann man den Eindruck gewinnen, daß sie sich in zwei Richtungen ausdifferenziert: die eine wird vertreten durch die „Anwender", die Erkenntnisse der E.forschung in Beratungstätigkeiten bei Regierungsstellen und Unternehmen (aber auch in E.n über die gewünschte Kinderzahl in der Familie und Schwangerschaftsabbrüche) als *E.technologie* anbieten und weiterentwickeln. Die zweite Richtung versucht herauszufinden, wie der Mensch seine E.n ohne diese Hilfen fällt. Diese Richtung nähert sich in Fragestellungen und Methodik mehr und mehr anderen Bereichen der *kognitiven Psychologie.*

4 Leserinformation

Gute deutschsprachige Einführungen und Übersichten über das Gebiet der E.theorie geben: für das normative Modell KIRSCH (1970), über psychologische Experimente dazu: LEE (1971, deutsche Übersetzung von JUNGERMANN, 1977). Viele Forscher auf dem Gebiet der E.theorie treffen sich etwa zweijährlich zu einer „Research Conference on Subjective Probability, Utility and Decision Making", von der in den meisten Fällen Kongreßberichte veröffentlicht wurden: DE ZEEUW/VLEK/WAGENAAR (1970), WENDT/VLEK (1975), JUNGERMANN/DE ZEEUW (1977).

Verweis auf andere Stichwörter

→Gedächtnis →Denken und Problemlösen →Informationstheorie →Mathematische Psychologie →Psychophysik →Verhalten und Handlung

Literatur

BAYES, TH.: Essay towards solving a problem in the doctrine of chance. Phil. Trans. Royal Soc., 1763, 53, 370–418. Reprinted in: Biometrika, 1958, 45, 293–315.

BERNOULLI, D.: Specimen theorie novae de mensura sortis. Commentarii Academiae Scientianum Imperiales Petropolitanae, 1738, 5, 175–192. Translated in: Econometrica, 1954, 22, 23–36.

COOMBS, C. H./HUANG, L.: Tests of a portfolio theory of risk preference. Journal of Experimental Psychology, 1970, 85 (1), 23–29.

EDWARDS, W.: The Theory of Decision Making. Psychological Bulletin 51, 380–417, 1954.

EDWARDS, W./LINDMAN, H./PHILLIPS, L. D.: Energing technologies for making decisions. In: NEWCOMB et al.: New Directions in Psychology II. New York: Holt, Rinehart & Winston 1965, p. 259–325.

JUNGERMANN, H./DE ZEEUW, G. (Eds.): Decision Making and Change in Human Affairs. Dordrecht, Holland: D. Reidel Publishing Company 1977.

KEENEY, R. L./RAIFFA, H.: Decision Analysis with multiple conflicting objectives, preferences, and value trade-offs. New York: John Wiley & Sons 1976.

KIRSCH, W.: Entscheidungsprozesse, Bd. 1, 2, 3. Wiesbaden: Betriebswirtschaftlicher Verlag Dr. Th. Gabler 1970.

LEE, W.: Decision Theory and Human Behavior. New York: Wiley & Sons 1971. Deutsch: Psychologische Entscheidungstheorie. Weinheim: Beltz 1977.

MOSTELLER, F./NOGEE, P.: Experimental measurement of utility. Journal polit. Econ. 1951, 59, 371–404.

MURPHY, A. H./WINKLER, R. L.: Scoring rules in probability assessment and evaluation. Acta Psychologica 34, 1970, 273–286.

NEUMANN VON, J./MORGENSTERN, O.: Theory of Games and Economic Behavior. Princeton: Univ. Press 1944. Deutsch: Spieltheorie und wirtschaftliches Verhalten. Würzburg: Physika-Verlag 1961.

POLLATSEK, A./TVERSKY, A.: A theory of risk. Journal mathem. Psychology 1970, 7 (3), 540–553.

SCHNEEWEISS, H.: Entscheidungskriterien bei Risiko. Berlin-Heidelberg-New York: Springer-Verlag 1966.

SLOVIK, P./LICHTENSTEIN, S.: The relative importance of probabilities and payoffs in risk taking. ORI Research Bulletin, 1967, Vol. 7, Nr. 7.

TVERSKY, A.: Utility theory and additivity analysis of risky choices. Journal exp. Psychology 1967, 75, 27–36.

TVERSKY, A./KAHNEMAN, D.: Judgment under uncertainty: Heuristics and biases. Science 1974, 185, 1124–1131. Rep. in: WENDT/VLEK, 1975, 141–162.

WENDT, D./VLEK, CH. (Eds): Utility, Probability, and Human Decision Making. Selected Proceedings of an Interdisciplinary Research Conference, Rome, 3.–6. Sept. 1973. Dordrecht-Holland/Boston-USA: D. Reidel Publ. Company 1975.

DE ZEEUW, G./VLEK, CH./WAGENAAR, W. A.: Subjective Probability: Theory, Experiments, Applications. Proceedings of a Research Conference on Subjective Probability, held in Amsterdam April 2–4, 1970. Vol. XXXIV, Nr. 2/2 of Acta Psychologica, North Holland Publ. Company, Amsterdam.

Dirk Wendt

Entwicklung und Sozialisation

1 Entwicklung als Veränderungsreihe

Entwicklung (E.) umfaßt im weitesten Sinne alle Veränderungen im Erleben und Verhalten eines Individuums, die sich im Laufe des Lebens vollziehen bzw. mit dem Älterwerden zusammenhängen (THOMAE, 1959, 18). Unter diesen sehr weiten E.begriff fallen also auch ganz individuelle Veränderungen, die sich u. U. nur bei einem einzigen Lebewesen beobachten lassen. Häufiger untersucht wurden allerdings solche Veränderungen im Verhalten und Erleben, die bei allen Menschen gleich oder ähnlich verlaufen. Eine Folge von Veränderungen (Veränderungsreihe), die von allen Angehörigen einer Art in der gleichen Weise durchlaufen wird, nennen wir eine *invariante Veränderungsreihe.* Wenn eine E. immer zum selben Ziel führt und damit ihren Abschluß findet, ist sie *zielgerichtet.*

1.1 Zur Invarianz von Veränderungsreihen

Wachstum und E. des Körpers vor und nach der Geburt lassen sich zu einem großen Teil auf Reifungsprozesse zurückführen, auf ein genetisches Programm, das durch Erbinformationen in der Zelle festgelegt ist. In Analogie hierzu nehmen manche Autoren (z.B. SPITZ, 1973) auch eine *psychische Reifung* an. Invariante Veränderungsreihen sind jedoch noch kein Beweis für Reifungsvorgänge. Wenn Verhaltensweisen niemals auftreten, ohne daß zuvor andere Verhaltensweisen beherrscht worden sind, ergeben sich hierarchisch geordnete *Sequenzen der E.* (vgl. FLAVELL, 1972; SEILER/SCHMID-SCHÖNBEIN/HOPPE, 1977). Solche E.sequenzen können reifungsbedingt sein, sie können aber auch dann auftreten, wenn komplexere Fähigkeiten einfachere Fähigkeiten sachlogisch voraussetzen (EIGLER/STRAKA, 1978; WEINERT, 1977). So müssen für die schriftliche Durchführung einer Multiplikationsaufgabe die Additionsregel, die Zuordnung von Zahlsymbolen zu Mengen und der Mengenbegriff selbst beherrscht werden. Wenn E.sequenzen aus mehreren Teilbereichen des Verhaltens so aufeinander abgestimmt sind, daß sie ein organisiertes Ganzes bilden, spricht man von einer *E.stufe.* „Die zugrunde liegende Annahme ist, daß in bestimmten Bereichen der E., insbesondere im kognitiven Bereich, Regulationsmechanismen existieren, die während der E. des Individuums in der Weise wirksam sind, daß ein bestimmtes Ausmaß an Harmonie und Integration im Ablauf einer Reihe verwandter Verhaltensdimensionen sichergestellt ist" (WOHLWILL, 1977, 235).

Besonders an Stufenübergängen sind Verschiebungen und Entkoppelungen (Disäquilibration) möglich. Zeitliche Synchronität muß nicht für alle Verhaltensdimensionen nachweisbar sein. Man kann auch dann noch von E.stufen sprechen, wenn sich die E.linien auf jeder Stufe nur einmal schneiden und dann wieder getrennte Wege gehen. Die Integration der verschiedenen E.bereiche kann durch biologische Reifungsprozesse oder durch psychische Systemkräfte erfolgen, die Wahrnehmung und Handeln auf jeder Stufe in eine ausgewogene Gestalt bringen.

Das bekannte Stufenmodell für die kognitive E. von PIAGET (eine zusammenfassende Darstellung geben PIAGET/INHELDER, 1977) enthält sehr genaue Angaben über die Struktur, die den geistigen Operationen eines Kindes in einer bestimmten E.stufe zugrunde liegt. PIAGET glaubt nicht, daß sein Stufenmodell allein mit der Annahme kleiner Lernschritte auskommt. Neben sachlogisch bedingten Lernsequenzen macht er auch biologische Veränderungen für die E. verantwortlich.

Zur Zeit kann der Nutzen von Stufenkonzepten noch nicht endgültig beurteilt werden. Je stärker sich die E.psychologie mit den Veränderungen im *ganzen Lebenslauf* des Menschen auseinandersetzt, desto weniger werden jedoch Reifungsprozesse für die Erklärung von Veränderungen eine Rolle spielen.

1.2 Zur Zielgerichtetheit von Veränderungsreihen

Wenig Übereinstimmung besteht unter den E.psychologen auch über die Frage der Zielrichtung von E.prozessen. Während lerntheoretisch orientierte Autoren zumeist die Umkehrbarkeit von Verhaltensänderungen (und damit auch deren Richtungslosigkeit und Willkürlichkeit) betonen, glauben andere Autoren (z.B. PIAGET), daß die E. zu einem natürlichen Gleichgewichtszustand (z.B. Entsprechung zwischen „innerer" Struktur und „äußerer" Natur) führt. Wieder andere Autoren (vgl. RIEGEL, 1978) meinen, daß E. fortwährend in einem dialektischen Prozeß Konfliktlösungen auf jeweils höherem Niveau entgegenstrebt.

REESE/OVERTON (1970) haben gezeigt, daß die Annahmen von Zielgerichtetheit oder Richtungslosigkeit sowie von qualitativen (Stufen) oder quantitativen Veränderungsreihen (kleine Lernschritte) wesentliche Unterschiede zwischen dem *organismischen* gegenüber dem *mechanistischen Weltbild* ausmachen. Beide Paradigmen haben ihre Vorzüge und Nachteile. Da diese Modelle zwar von widersprüchlichen, aber letztlich unüberprüfbaren Kernannahmen ausgehen, dürfte eine Vermischung beider Standpunkte nicht möglich sein. Anhänger beider Richtungen bemühen sich derzeit jedoch um eine Ergänzung ihres Paradigmas (BANDURA, 1977; KUHN, 1978).

In der Alltagspraxis herrscht allerdings Konsens darüber, daß bestimmte Ziele im Verlauf des E.prozesses erreicht werden sollen. Nach HABERMAS (1976a) lassen sich als Ziele der E. die kognitive Kompetenz (Fähigkeit zur wahren Erkenntnis), die interaktive Kompetenz (Fähigkeit zum richtigen Handeln), die sprachliche Kompetenz (Fähigkeit zum verständlichen Sprechen) und die Wahrhaftigkeit im Erleben der inneren Natur anführen, allerdings ohne daß hierdurch schon festgelegt wäre, inwieweit diese Ansprüche auch einlösbar sind (inwieweit also wahre Erkenntnis, richtiges Handeln etc. überhaupt möglich sind). HABERMAS postuliert drei Dimensionen (den kognitiven, den interaktiven und den sprachlichen Bereich), in welchen die E. des Individuums im Umgang mit seiner äußeren Umwelt (äußere Natur, Sprache, Gesellschaft) voranschreitet. Die Ich-E. (Subjektivität, innere Natur) stellt hingegen keinen eigenständigen Bereich dar, vielmehr grenzt sich das Individuum mit Hilfe seiner kognitiven, interaktiven und sprachlichen Fähigkeit schrittweise von seiner Umwelt ab. Nach HABERMAS kann sich das Subjekt seiner selbst nur im Verhältnis zu und auf dem Wege über den Aufbau einer objektiven Welt vergewissern.

Aber auch die drei ersten Bereiche entwickeln sich nicht unabhängig voneinander. Die sprachlichen Möglichkeiten hängen vom Stand der kognitiven Entwicklung ab. Daneben spielen interaktive Fähigkeiten und eigenständig sprachliche Kompetenzen, wie sie von den Anhängern eines sprachlichen Nativismus (CHOMSKY, 1970) postuliert werden, eine Rolle (vgl. GRIMM, 1977). Die Beziehung zwischen logischem Denkvermögen, Fähigkeit zur Rollenübernahme und moralischen Urteilsfähigkeit läßt sich so verstehen, daß die erstgenannten Fähigkeiten jeweils notwendige, aber nicht hinreichende Bestandteile der nachfolgenden sind. Ebenso entwickelt sich das Verständnis der gegenständlichen Welt unter dem Einfluß von Sprache und Interaktion. Ein Beispiel hierfür kann der von PIAGET beschriebene Animismus im Denken des Kindes sein: Kleine Kinder schreiben Gegenständen absichtsvolles Handeln und moralische Verantwortung zu („Der böse Ofen wollte mich brennen").

1.3 Beziehung der Entwicklungspsychologie zu anderen psychologischen Teilbereichen

Neben den theoretischen und methodischen Fragen zum Entwicklungsprozeß (Allgemeine Entwicklungspsychologie) werden in der Speziellen Entwicklungspsychologie auch einzelne Aspekte (z.B. Sprachentwicklung) oder Lebensabschnitte (z.B. das Jugendalter) untersucht. Im Vergleich zu anderen psychologischen Disziplinen steht die Entwicklungspsychologie dafür vor einer besonderen Schwierigkeit: Sie bezieht sich gleichzeitig auf alle Antriebe, Funktionen und Systeme, die von der Allgemeinen Psychologie, der Persönlichkeitspsychologie und der Sozialpsychologie untersucht werden und muß darüber hinaus noch den Entwicklungsaspekt als zusätzliche Dimension berücksichtigen. Entwicklungspsychologische Forschung ist daher von der Forschung in den genannten Teilgebieten immer abhängig. Auf der anderen Seite kann die genetische Betrachtungsweise aber auch viel zum Verständnis der Funktion im „reifen" Organismus beitragen, in einigen Teilgebieten z.B. dadurch, daß deutlich wird, wie fiktiv die Vorstellung von einem ausgereiften, unveränderlichen psychischen System ist.

2 Sozialisation als Teilgebiet der Entwicklung

Der S.begriff ist im Gegensatz zum Terminus „Entwicklung" weniger durch alltagssprachliche Bedeutungen in irreführender Weise festgelegt. Dennoch verbinden verschiedene Autoren mit diesem Begriff sehr unterschiedliche Konzepte (FRÖHLICH/WELLEK, 1972). Der Begriff „Sozialisation" betont die Bedeutung der sozialen Umwelt für die E. Soziale Umwelten, kulturelle und gesellschaftliche Einflüsse erfährt das Individuum nicht nur durch *Interaktion* mit anderen Individuen oder mit Institutionen, sondern auch im Umgang mit unbelebten Objekten. Ein großer Teil der Umwelt ist durch menschliche Tätigkeit so verändert worden, daß er bestimmten Zielen besser als im unbearbeiteten Zustand gerecht wird, selbst Nichtbearbeitung (in Naturparks z.B.) erfolgt planvoll. Manche Bedeutungen erschließen sich dem Sozialisanden durch den Umgang mit den Objekten (LEONTJEW, 1977; OERTER/DREHER/DREHER, 1977). Andere Bedeutungen werden durch soziale Interaktion und Kommunikation vermittelt (BLUMER, 1973).

Als S. läßt sich also der Aspekt der menschlichen E. kennzeichnen, der durch unmittelbare oder vermittelte Interaktion und Transaktion mit anderen Personen angeregt wird. Die Ziele des S.prozesses sind mit den allgemeinen E.zielen identisch (s.o.). Zwischen den Erfordernissen des gesellschaftlichen Systems und des individuellen Systems finden sich auf allen Ebenen Entsprechungen (INKELES, 1968). Die durch den Generationswechsel notwendige Reproduktion der Gesellschaft ist daran geknüpft, daß die Individuen zumindest ihre Grundbedürfnisse befriedigen können (Konsumtion, Berücksichtigung der „inneren Natur"), daß sie sich mit der materiellen Umwelt effektiv auseinandersetzen können (Produktion, äußere Natur), daß sie Regeln für den sozialen Umgang haben und sich miteinander verständigen können. Dennoch besteht ein Widerspruch: Das gesellschaftliche Leben ermöglicht dem Sozialisanden erst die Befriedigung eigener Bedürfnisse, beginnend bei der Ernährung und Pflege durch die Mutter, doch sowie das Kleinkind zwischen sich und der Mutter unterscheiden kann, muß es auch lernen, daß dieselbe Person seine Bedürfnisbefriedigung wieder einschränkt.

Das Kind wird in eine bestehende Gesellschaft hineingeboren (dies veranlaßte MEAD, 1968, zu dem scheinbar paradoxen Satz, daß die Gesellschaft dem Individuum genetisch vorangehe), die Mutter interpretiert das Verhalten des Kindes von allem Anfang an vor dem Hintergrund ihrer eigenen Bedeutungsgebung. So greift die Mutter z.B. einige rhythmische Klappbewegungen des Kindes als „backe, backe Kuchen"-Spiel auf, indem sie die Handlung nicht nur mitvollzieht, verformt und belohnt, sondern auch dem Kind die Absicht unterstellt, daß es von sich aus eine regelhafte Interaktionsfolge mit der Mutter in Gang setzen möchte. Dennoch ist S. kein passiver *Anpassungs*prozeß an bestehende Verhältnisse. Gerade weil der Sozialisand den vollen Sinn noch nicht kennt, werden im Erziehungsprozeß traditionelle Werte und Bedeutungen regelmäßig in Frage gestellt (MOLLENHAUER, 1972). Sowohl beim gemeinsamen Handeln als auch beim Erwerb der Sprache bestimmt das Kind, welche Form der Kommunikation möglich ist. „Vielleicht läßt sich die pädagogische Aufgabe der Mutter am besten dadurch kennzeichnen, daß sie ... für ein stützendes Gerüst sorgt, innerhalb dessen das Kind seine Antworten verändern kann, so wie es sein jeweiliges Können erlaubt" (BRUNER, 1977, 837).

Mit der passiven Übernahme von Verhaltenserwartungen kann der S.prozeß auch deswegen nicht abgeschlossen sein, weil (zumindest in unserer Kultur) nicht nur Konformität, sondern auch Individualität gefordert wird. In einer konkreten Interaktion bedeutet dies für das Verhalten des Individuums zweierlei: Es muß sich situations- und rollenkonform verhalten (soziale *Identität*) und es muß situationsunabhängige, persönliche Verhaltensgrundsätze haben (personale *Identität*). Nur wenn eine Balance zwischen diesen beiden Polen gelingt, kann sich das Individuum selbst treu bleiben (Ich-Identität) und wird vom Partner als verläßlich wahrgenommen (GOFFMAN, 1967).

3 Aufgaben und Methoden der Entwicklungspsychologie

WOHLWILL (1977, 59ff.) nennt als Aufgaben der E.psychologie

- das Auffinden und die Konstruktion von Dimensionen der Entwicklung,
- die deskriptive und korrelative Erfassung von Veränderungen mit dem Lebensalter,
- die Untersuchung von Determinanten entwicklungsbedingter Veränderungen,
- die Untersuchung individueller Differenzen in der Entwicklung.

Diese Aufgaben können sinnvoll nur nacheinander und in der angegebenen Reihenfolge angegangen werden, doch schon bei der Bestimmung von Variablen, die über das Alter hin mit sich selbst identisch bleiben (Dimensionen der E.), ergeben sich bislang kaum gelöste Probleme. Viele psychologische Variablen (z.B. Aggressivität, Abhängigkeit usw.) haben auf verschiedenen Altersstufen sehr unterschiedliche Bedeutung. So werden, je nach Alter und Situation, Zuwendung, Nähe, Aufmerksamkeitsuchen, Wenig-Selbständig-Sein, Zuwendunggeben usw. als Zeichen für *Abhängigkeit* verstanden, ohne daß die Beziehung dieser Verhaltensweisen zueinander geklärt wäre (MACCOBY/MASTERS, 1970).

Die Beziehung zwischen früherem und nachfolgendem Verhalten, der Verlauf und die Bedingungen für Veränderungen lassen sich nur erfassen, wenn dieselben Individuen mehrmals in verschiedenen Lebensabschnitten untersucht werden (*Längsschnittmethode*). Neben dem Lebensalter der untersuchten Personen muß auch berücksichtigt werden, wann die Personen geboren wurden (Kohorten-Effekt, z.B. als Folge von gleichartigen politischen Ereignissen, Qualität der Schulbildung etc. in einer Epoche), und in welchem Jahr die Untersuchungen durchgeführt wurden (Testzeiteffekte, z.B. als Folge von spezifischen Umweltbedingungen zu einem bestimmten Beobachtungszeitpunkt). Bei den zumeist aus ökonomischen Gründen angewendeten *Querschnitts*untersuchungen (zu einem Zeitpunkt werden verschieden alte Personengruppen getestet und miteinander verglichen) lassen sich diese Einflüsse nicht kontrollieren (SCHAIE, 1965). So sind z.B. mit Hilfe von Querschnittsverfahren aufgestellte Kurven des Intelligenzverlaufs mit Sicherheit durch epochale Effekte überlagert (LEHR, 1974).

Inzwischen sind Strategien entwickelt worden, wie durch sich teilweise überlappende, kürzere Längsschnittuntersuchungen von Probanden mit unterschiedlichem Ausgangsalter zeitsparend ähnlich aussagekräftige Ergebnisse erzielt werden können wie mit jahrzehntelang durchgeführten Erhebungen an einer einzigen Personengruppe.

4 Theorien der Entwicklung und Sozialisation

HERRMANN/STAPF/DEUTSCH (1975) kritisieren die in der S.forschung weitverbreitete Praxis, unter Verzicht auf theoriegeleitete Untersuchungspläne lediglich Zusammenhänge zwischen wenig eindeutig definierten Merkmalen des kindlichen Verhaltens und des Verhaltens seiner Umwelt zu beschreiben. Viele in der psychologischen Forschung verwendeten Merkmale (z.B. „Autoritärer Erziehungsstil“, „Soziale Mittelschicht“, „Aggressives Verhalten“) sind derart vieldeutig, daß der Nachweis korrelativer Beziehungen zwischen diesen Merkmalen kaum Rückschlüsse für die Praxis zuläßt (vgl. LUKESCH, 1976). Die Bemühungen um verbesserte Forschungsansätze laufen zur Zeit in zwei Richtungen:

1. Gesucht werden psychologisch sinnvolle Einheiten der sozialen und materiellen Umwelt (Ökologische Sozialisationsforschung, vgl. BRONFENBRENNER, 1977; GRAUMANN, 1977; TRUDEWIND, 1975). Wichtig ist allerdings nicht die „objektive“, sondern die vom Sozialisanden perzipierte Umwelt.
2. Annahmen über Zusammenhänge und Einflußquellen im S.geschehen sollten aus E.- und Lerntheorien abgeleitet und gezielt überprüft werden.
   In der entwicklungspsychologischen Forschungstradition lassen sich deutlich drei theoretische Richtungen unterscheiden:
   - die in der behavioristischen Lerntheorie (z.B. BIJOU, 1976) bzw. in der *sozialen Lerntheorie* (z.B. BANDURA, 1977) begründeten entwicklungspsychologische Konzepte,
   - der *kognitiv-entwicklungspsychologische Ansatz* (z.B. PIAGET/INHELDER, 1977; KOHLBERG, 1974) und
   - die *psychoanalytische Entwicklungstheorie* (z.B. SPITZ, 1973; JACOBSON, 1973).

Andere Positionen (z.B. symbolischer Interaktionismus oder die materialistische Sozialisationstheorie) sind allenfalls vermittelt über diese drei Konzepte aufgenommen worden.

In der *behavioristischen Lerntheorie* wird E. als Lerngeschichte verstanden. Der E.stand ergibt sich aus der Summe der vorangegangenen Erfahrungen. Der Organismus wird im wesentlichen als passiv angesehen, Verhaltensänderungen haben keine vorgegebene Richtung. Synchrone E.n in verschiedenen Bereichen sind als Folge von Generalisierungen möglich, aber das Generalisierungsprinzip wird eher sparsam verwendet. Typische E.verläufe lassen sich auf gleichartige Einflußnahmen der jeweiligen Eltern bzw. der sozialen Umwelt in bestimmten Lebensabschnitten der Kinder zurückführen. Die Auswahl bestimmter Erziehungsmittel

(z. B. Eltern erziehen 3jährige eher durch körperliche Maßnahmen wie Festhalten, Wegnehmen etc., 8jährige eher durch Appelle an die „Vernunft", 15jährige eher durch gemeinsames Aushandeln von Normen) erfolgt entweder völlig willkürlich oder durch Tradition vorgegeben oder abgestimmt auf die Lerngeschichte des Kindes. Durch eine abgestimmte Folge von kleinen Lernschritten können auch relativ komplexe, hierarchisch aufgebaute Verhaltensweisen erworben werden.

In der neueren *sozialen Lerntheorie* werden außer Veränderungen des Verhaltens auch Veränderungen im kognitiven System (z. B. veränderte Selbstbeurteilungsprozesse) als Folge von Lernerfahrungen beschrieben. Die Erkenntnis, daß Selbstbewertungsprozesse häufig größere Folgen für das Verhalten haben als äußere Konsequenzen, brachte BANDURA in den letzten Jahren dazu, daß er die Möglichkeit zur aktiven Selbstbestimmung des Individuums immer stärker unterstrich. Im Unterschied zum organismischen Modell werden in der sozialen Lerntheorie jedoch keine qualitativen Veränderungen (Veränderungen der Art und Weise wie wahrgenommen, gedacht, geplant wird) angenommen.

Den Begriff *kognitive entwicklungspsychologische Theorie* verwendet KOHLBERG für seine Stufentheorie der moralischen E. und für PIAGETS Stufentheorie der kognitiven E. Die Besonderheiten dieser Theorie werden allerdings durch diesen Begriff nicht sehr gut charakterisiert, da es auch andere kognitive Theorien (z. B. kognitive Lerntheorien; „kognitiv" verweist auf die Einbeziehung interner Verarbeitungsstrategien) und natürlich auch andere entwicklungspsychologische Theorien gibt. PIAGETS/KOHLBERGS Theorien basieren auf der Annahme eines aktiven Individuums, dessen E. in vielen Bereichen synchron stufenförmig verläuft. Die E. ist auf das Ziel der Entsprechung zwischen innerer kognitiver Struktur und äußerer sozialer oder natürlicher Umwelt gerichtet. Im Gegensatz zu den Lerntheorien spielt das Alter bzw. das Älterwerden in diesen Theorien eine wichtige Rolle. Zwar werden auch hier keine festen Zuordnungen von E.stadien zu bestimmten Altersstufen vorgenommen, jedoch wird die Veränderung als verhaltensinhärentes Merkmal angesehen, sie muß nicht unbedingt durch externe Einflüsse oder Ereignisse ausgelöst werden (WOHLWILL, 1977). Wichtig ist ferner, daß neue Erfahrungen immer auf ältere bezogen werden. Handeln und Denken werden als nahe verwandte Prozesse angesehen. Der Handlung liegt ein Plan (ein Schema) zugrunde, der sich gewöhnlich auf eine Vielzahl von Situationen anwenden läßt. Pläne können aber auch verändert werden, wenn deutlich wird, daß sie bestimmten Aspekten der Situation nicht gerecht werden. Auf diese Weise entwickelt das Kind allmählich immer angemessenere Hypothesen und Strategien, kann immer mehr Aspekte gleichzeitig berücksichtigen und muß immer seltener seine Pläne revidieren.

Entwicklungspsychologisches Kernstück der *psychoanalytischen E.theorie* ist FREUDS Lehre von der Entwicklung der Libido, also der Energie des Sexualtriebes. Die Phasentheorie von der Libidoentwicklung, die Annahmen zur Identifikation und Überichbildung sowie zu den Abwehrmechanismen sind von der empirischen Sozialforschung u. a. auch auf ihren Beitrag zur Erklärung und Beschreibung von E.prozessen untersucht worden (vgl. KIENER, 1978; SARNOFF, 1971). Verbindungen zwischen der kognitiven E.theorie und den kognitiven Aspekten der psychoanalytischen Theorie (z. B. Abwehrmechanismen) werden besonders in neuerer Zeit herausgearbeitet (DÖBERT/NUNNER-WINKLER, 1975; HAAN, 1977).

5 Gesellschaftliche Bedeutung der Entwicklungspsychologie

Die entwicklungspsychologische Forschung beeinflußt die Gesellschaft in zweifacher Weise: Sie vermittelt ein bestimmtes Menschenbild und sie hat Konsequenzen für die Praxis der Kinder*erziehung* und der Psychotherapie, insbesondere mit Kindern.

Wie oben (vgl. Abschnitt 1.2) schon aufgezeigt, lassen sich die anthropologischen Positionen, die die entwicklungspsychologische Forschung vermitteln, und auf welchen die Forschung selbst gründet, als mechanistisches sowie organismisches Weltbild charakterisieren. Im streng mechanistischen Weltbild wird Gesellschaft als äußere Situation (S) verstanden, deren Einfluß das Individuum hilflos ausgesetzt ist (SKINNER, 1973). Die Gesellschaft als Summe der umweltgesteuerten Individuen läßt sich ebensowenig dem Einfluß der herrschenden Bedingungen entreißen wie der einzelne Mensch. Gesellschaftlicher Fortschritt läßt sich nur mit einem organismischen Weltbild erklären. So werden

z. B. von HABERMAS (1976b) Parallelen zwischen der individuellen Entwicklung der Moral (i. S. KOHLBERGS) und den Interaktionsformen in unterschiedlichen Gesellschaften postuliert. Kulturanthropologische Untersuchungen bedienen sich häufig der psychoanalytischen E.-psychologie zur Erklärung des Zusammenhangs zwischen Persönlichkeitsentwicklung und dem Erziehungsstil einer bestimmten Kultur. Allerdings sind derartige Vergleiche methodisch recht problematisch.

Der Einfluß entwicklungspsychologischen Denkens auf die *Erziehung* in Elternhaus und Schule ist überraschend uneinheitlich. In der Vorschulerziehung lassen sich zwei, zum Teil gegenläufige Strömungen unterscheiden. Der Ruf nach Ausschöpfung der Bildungsreserven und der damit einhergehende steigende Konkurrenzdruck im Bildungssystem seit Ende der sechziger Jahre veranlaßte viele Eltern und Erzieher zu einer besonders intensiven Förderung der Leistungsfähigkeit ihrer Kinder schon im Vorschulalter. Die Vertreter von Frühleseunterricht, vorschulischem Begriffsbildungstraining usw. sahen sich durch die Veröffentlichung von BLOOM (1971) unterstützt, der in seinem Buch einen Zusammenhang zwischen Alter und Beeinflußbarkeit der Begabungshöhe nachzuweisen versucht. Der insgesamt eher mäßige Erfolg einiger groß angelegter Frühförderungsprogramme in den USA verleitete JENSEN (1969) zu seiner fragwürdigen These, daß die Begabung in einem außerordentlich hohen Ausmaß anlagemäßig festgelegt sei. Während Frühförderungsprogramme zur Zeit in der BRD merklich zurückhaltender eingesetzt werden, gewinnt die Sozialerziehung in der Vorschule immer mehr Bedeutung. Versucht wurde insbesondere eine Umsetzung der S.theorie von HABERMAS (vgl. HABERMAS, 1973), teilweise leider unter Mißachtung der HABERMASschen E.logik (wenn z. B. im Vorschulalter Diskursfähigkeit eingeübt werden soll).

Bei der Erforschung optimaler Lehrstrategien stützt sich die Instruktionspsychologie weitgehend auf kognitive Lerntheorien, die einen hierarchischen Aufbau des Wissens nahelegen. Schulische Interaktion wird dagegen nur noch selten unter entwicklungspsychologischen Gesichtspunkten betrachtet, seitdem die Lehrbücher, die eine reifungstheoretische Phasenlehre vertreten (z. B. REMPLEIN), vom Markt verschwunden sind. Probleme, die in bestimmten Lebensabschnitten häufiger anzutreffen sind (z. B. Schulangst, Schulüberdruß), werden kaum auf ihre entwicklungspsychologischen Bedingungen hin analysiert. Selbst in der psychoanalytischen Forschungstradition wird neuerdings beklagt, daß die vor dem 2. Weltkrieg sehr bedeutsame psychoanalytische Erziehungslehre (z. B. BERNFELD, 1970) ihre Bedeutung verloren hat.

Auch im Bereich der *Psychotherapie* läßt sich nicht von *einem* Einfluß der E.psychologie sprechen. Während die recht verkürzte Auffassung von E. als Lerngeschichte durch die Verhaltenstherapie ebenso in therapeutische Strategien eingegangen ist wie die psychoanalytische E.theorie, ist die kognitive E.psychologie bisher nur unzulänglich auf ihren Nutzen für die Psychotherapie mit Kindern hin untersucht worden. Erste Ansätze hierzu stellt der „Problem Solving Approach to Adjustment“ von SPIVACK/PLATT/SHURE (1976) dar, mit dem bei Kindern kognitive Voraussetzungen für eine Selbststeuerung geschaffen werden sollen.

Nach KOHLBERG/LA CROSSE/RICKS (1972) müssen vier Ursachen für *auffälliges Verhalten* im Kindes- und Jugendalter unterschieden werden: a) auffällige Verhaltensweisen, die entwicklungsabhängig sind und einem Alterswandel unterliegen; b) auffällige Verhaltensweisen, die mit vorübergehenden alterstypischen Situationen zusammenhängen; c) altersgebundenes Auftreten von abweichenden Verhaltensweisen mit lang anhaltendem prognostischem Wert; d) erbliche Belastungen und Frühschäden, die zu auffälligem Verhalten in bestimmten E.abschnitten führen. Um zwischen diesen Ursachen unterscheiden zu können, muß die entwicklungspsychologische Forschung einen wichtigen Beitrag leisten. Wichtig ist diese Unterscheidung deswegen, weil jede Entstehungsbedingung nach ganz unterschiedlichen Maßnahmen verlangt. Nach dem derzeitigen Kenntnisstand ist besonders die Verlaufsprognose für Verhaltensabweichungen noch sehr unsicher (vgl. BUTOLLO/MEYER-PLATH/WINKLER, 1978).

Verweis auf andere Stichwörter

→Anlage und Umwelt →Behaviorismus →Empirische Forschungsmethoden der Psychologie →Gerontologie →Identität und Selbstkonzept →Interaktion und Kommunikation →Lernen →Ökologische Psychologie →Psychoanalyse

Literatur

BANDURA, A.: Social learning theory. Englewood Cliffs Prentice Hall 1977.

BERNFELD, S.: Sisyphos oder die Grenzen der Erziehung. Frankfurt/M.: Suhrkamp 1970.

BIJOU, S. W.: Child Development: The Basic Stage of Early Childhood. Englewood Cliffs, N.J. Prentice Hall 1976.

BLOOM, B. S.: Stabilität und Veränderung menschlicher Merkmale. Weinheim: Beltz 1971.

BLUMER, H.: Der methodologische Standort des symbolischen Interaktionismus. In: Arbeitsgruppe Bielefelder Soziologen (Hrsg.): Alltagswissen, Interaktion und gesellschaftliche Wirklichkeit. Reinbek: Rowohlt 1973, S. 80–146.

BRONFENBRENNER, U.: Toward an Experimental Ecology of Human Development. Amer. Psychologist, 32, 1977, 513–531.

BRUNER, J. S.: Wie das Kind lernt, sich sprachlich zu verständigen. Vorsprachliche Strukturen in den frühen Handlungen. Zeitschrift für Pädagogik, 23, 1977, 829–847.

BUTOLLO, W. H. L./MEYER-PLATH, S./WINKLER, B.: Bedingungen der Entwicklung von Verhaltensstörungen. In: PONGRATZ, L. J. (Hrsg.): Handbuch der Psychologie, Bd. 8/2. Halbband. Klinische Psychologie. Göttingen: Hogrefe 1978, S. 3074–3101.

CHOMSKY, N.: Sprache und Geist. Frankfurt/M.: Suhrkamp 1970.

DÖBERT, R./NUNNER-WINKLER, G.: Adoleszenzkrise und Identitätsbildung. Frankfurt/M.: Suhrkamp 1975.

EIGLER, G./STRAKA, G. A.: Mastery Learning. Lernerfolg für jeden?. München: Urban & Schwarzenberg 1978.

FLAVELL, H.: An Analysis of Cognitive Developmental Sequences. Genet. Psychol. Mon., 86, 1972, 279–350.

FRÖHLICH, W. D./WELLEK, S.: Der begrifflich-theoretische Hintergrund der Sozialisationsforschung. In: GRAUMANN, C. F. (Hrsg.): Handbuch der Psychologie, Bd. 7/2. Halbband, Göttingen: Hogrefe 1972, S. 661–714.

GOFFMAN, E.: Stigma. Frankfurt/M.: Suhrkamp 1967.

GRAUMANN, C. F.: Ökologische Perspektiven in der Psychologie. Bern/Stuttgart/Wien: Huber 1978.

GRIMM, H.: Psychologie der Sprachentwicklung, Bd. 1: Allgemeine Grundlagen und Entwicklung grammatischer Formen. Stuttgart: Kohlhammer 1977.

HAAN, N.: Coping and defending. Process of self-environment organization. New York: Academic Press 1977.

HABERMAS, J.: Stichworte zu einer Theorie der Sozialisation. In: HABERMAS, J. (Hrsg.): Kultur und Kritik. Frankfurt/M.: Suhrkamp 1973, S. 118–194.

HABERMAS, J.: Universalpragmatische Hinweise auf das System der Ich-Abgrenzungen. In: AUWÄRTER, M./KIRSCH, E./SCHRÖTER, K. (Hrsg.): Seminar: Kommunikation, Interaktion, Identität. Frankfurt/M.: Suhrkamp 1976a, S. 332–347.

HABERMAS, J.: Einleitung: Historischer Materialismus und die Entwicklung normativer Strukturen. In: HABERMAS, J. (Hrsg.): Zur Rekonstruktion des Historischen Materialismus. Frankfurt/M.: Suhrkamp 1976b, S. 9–48.

HERRMANN, TH./STAPF, A./DEUTSCH, W.: Datensammlung ohne Ende? Anmerkungen zur Erziehungsstilforschung. Psychologische Rundschau, 26, 1975, 176–182.

INKELES, A.: Society, social structure and child socialization. In: CLAUSEN, J. A. (Hrsg.): Socialization and society. Boston: Little, Brown & Co. 1968, S. 73–129.

JACOBSON, E.: Das Selbst und die Welt der Objekte. Frankfurt/M.: Suhrkamp 1973.

JENSEN, A. R.: How much can we boost IQ and scholastic achievement? Harvard Educ. Rev., 39, 1969, 1–63.

KIENER, F.: Empirische Kontrolle psychoanalytischer Thesen. In: PONGRATZ, L. J. (Hrsg.): Handbuch der Psychologie, Bd. 8/2. Halbb. Göttingen: Hogrefe 1978, S. 1200–1241.

KOHLBERG, L.: Stufe und Sequenz: Sozialisation unter dem Aspekt der kognitiven Entwicklung. In: KOHLBERG, L. (Hrsg.): Zur kognitiven Entwicklung des Kindes. Frankfurt/M.: Suhrkamp 1974, S. 7–255.

KOHLBERG, L./LA CROSSE, J./RICKS, D.: The predictability of adult mental health from childhood behavior. In: WOLMAN, B. B. (Hrsg.): Manual of child psychopathology. New York: McGraw-Hill 1972, S. 1217–1284.

KUHN, D.: Mechanisms of Cognitive and Social Development: One Psychology or Two?. Human Development, 21, 1978, S. 92–118.

LEHR, U.: Psychologie des Alterns. Heidelberg: Quelle & Meyer 1974.

LEONTJEW, A. N.: Tätigkeit, Bewußtsein, Persönlichkeit. Stuttgart: Klett 1977.

LUKESCH, H.: Elterliche Erziehungsstile, Psychologische und soziologische Bedingungen. Stuttgart: Kohlhammer 1976.

MACCOBY, E./MASTERS, J. C.: Attachment and dependency. In: MUSSEN, P. H. (Hrsg.): Carmichael's manual of child psychology. New York: Wiley 1970, S. 159–259.

MEAD, G. H.: Geist, Identität und Gesellschaft aus der Sicht des Sozialbehaviorismus. Frankfurt/M.: Suhrkamp 1968.

MOLLENHAUER, K.: Theorien zum Erziehungsprozeß. München: Juventa 1972.

OERTER, R./DREHER, E./DREHER, M.: Kognitive Sozialisation und subjektive Struktur. München: Oldenbourg 1977.

PIAGET, J./INHELDER, B.: Die Psychologie des Kindes. Frankfurt/M.: Fischer 1977.

REESE, H. W./OVERTON, W. F.: Models and theories of development. In: GOULET, L. R./BALTES, P. B. (Hrsg.): Life-span developmental psychology, Vol. I. New York: Academic Press, 1970, S. 116–145.

RIEGEL, K. F. (Hrsg.): Zur Ontogenese dialektischer Operationen. Frankfurt/M.: Suhrkamp 1978.

SARNOFF, J.: Testing Freudian Concepts. An Experimental Social Approach. New York: Springer 1971.

SCHAIE, K. W.: A general model for the study of developmental problems. Psychological Bulletin, 64, 1965, 92–107.

SEILER, TH. B./SCHMID-SCHÖNBEIN, CH./HOPPE, S.: Entwicklungssequenzen: Theoretische, empirische und methodische Untersuchungen, Implikationen für die Praxis. Bern/Stuttgart/Wien: Huber 1977.

SKINNER, B. F.: Jenseits von Freiheit und Würde. Reinbek: Rowohlt 1973.

SPITZ, R.: Die Entstehung der ersten Objektbeziehungen (1949). Stuttgart: Klett 1973.

SPIVACK, G./PLATT, J. J./SHURE, M. B.: The Problem-Solving Approach to Adjustment. London: Jossey-Bass Publ. 1976.

THOMAE, H.: Entwicklungsbegriff und Entwicklungstheorie. In: THOMAE, H. (Hrsg.): Handbuch der Psychologie, Bd. 3, Göttingen: Hogrefe 1959, S. 3–20.

TRUDEWIND, C.: Häusliche Umwelt und Motiventwicklung. Göttungen: Hogrefe 1975.

WEINERT, F. E.: Entwicklungsgemäßer Unterricht. Unterr. Wiss., 1, 1977, S. 1–13.

WOHLWILL, J. F.: Strategien entwicklungspsychologischer Forschung. Stuttgart: Klett-Cotta 1977.

Michael Charlton

Ethologie

Der jahrhundertealte Streit um das ‚Anlage-Umwelt-Problem' ist mit dem Aufkommen der vergleichenden Verhaltensforschung, kurz *Verhaltensforschung* oder E. genannt, wieder stärker in den Blickpunkt wissenschaftlicher Auseinandersetzungen geraten. Besonders mit dem Erscheinen des Buches ‚Das sogenannte Böse' von Konrad LORENZ im Jahre 1963 ist eine heftige Kontroverse zwischen Ethologen auf der einen und Sozialwissenschaftlern auf der anderen Seite entbrannt. Dies umso mehr, als sich die Ethologen nun immer mehr in den Bereich der Sozial- und Humanwissenschaften vorwagten und sich die E. zunehmend als *Gesellschaftskritik* versteht und vorgibt, Strategien zur Lösung der sozialen Probleme der modernen Industriegesellschaften liefern zu können. Unter dem Deckmantel der Naturwissenschaften versuchen immer mehr Ethologen, besonders EIBL-EIBESFELDT (1967, 1970, 1973, 1975, 1976) und LORENZ (1963, 1967, 1973, 1974, 1975), den Eindruck zu erwecken, „die Verhaltensforschung könne Patentrezepte zur Lösung gesellschaftlicher und individueller Probleme liefern" (ROTH, 1974, 15).

1 Gegenstand der Methode

Der Name E. ist bereits im Jahre 1762 nachweisbar und wird als ‚Lehre von den Lebensgewohnheiten', ‚science des moeurs' umschrieben (WICKLER, 1974, 19). Der Beginn der modernen E., der Verhaltensforschung in unserem heutigen Verständnis, wird jedoch auf die Mitte der dreißiger Jahre datiert und mit den Namen Konrad LORENZ und Niko TINBERGEN in Verbindung gebracht. LORENZ und TINBERGEN haben die stammesgeschichtlich und systematisch vergleichende Verhaltensforschung zu ihrem heutigen Stand entwickelt. E. wird dabei definiert als ‚biologische Untersuchung des Verhaltens' (WICKLER, 1974, 20). Diese Umschreibung macht zugleich deutlich, daß „die Forschungsrichtung sich in der Biologie entwickelte und daher deren Methoden und Fragestellungen in die Verhaltensforschung einbrachte" (EIBL-EIBESFELDT, 1975, 18).
Da sich die E. als Natur- und nicht als Sozialwissenschaft versteht, ist ihr Beitrag zu den Humanwissenschaften naturwissenschaftlicher, exakter Art insofern, als eine „unhistorisch-naturhafte, d.h. stammesgeschichtliche Determiniertheit von Verhalten hervorzuheben sei, die als relativ unveränderlich angesehen werden kann" (HORN, 1974, 190). Ihre Ergebnisse erhält die E. durch *vergleichende Beobachtung*, durch den Vergleich von Merkmalen oder Organisationsformen komplexer Art. Werden bei einem Vergleich Ähnlichkeiten entdeckt, stellt sich die Frage, *wie* diese zustande gekommen sind. Dabei sind für die Verhaltensforschung sowohl Ähnlichkeiten von Interesse, die auf ein gemeinsames Erbe zurückzuführen sind (*Homologien*), als auch Ähnlichkeiten, „die verschiedene Arten unabhängig voneinander, aber in Antwort auf gleiche Umweltanforderungen als Anpassungen entwickelten (*Analogien* oder *Konvergenzen*)" (EIBL-EIBESFELDT, 1975, 31). E., Humanethologie im besonderen, erforscht somit nicht allein den ‚angeborenen triebhaften Anteil im menschlichen Verhalten', sondern auch das *kulturell* bedingte Verhalten mit biologischen Fragestellungen (EIBL-EIBESFELDT, 1975). Dennoch liegt der Schwerpunkt der E. auf dem Studium der *stammesgeschichtlichen Anpassungen* im menschlichen Verhalten.
Über die Homologieforschung trachtet die E. das in einer Art steckende gemeinsame Erbe zu ergründen, zu ermitteln, was an Potential zur Verfügung steht und *Evolutionsreihen* zu rekonstruieren (Evolution = fortschreitende Veränderung in Struktur und Verhalten der Lebewesen). Über die Konvergenz- oder Analogieforschung sollen die besonderen *Selektionsdrucke*, die bei der Ausbildung bzw. Veränderung der Strukturen und Verhaltensweisen von Lebewesen gewirkt haben, ermittelt werden. Vor allem durch den ‚Vergleich lebender Arten verschiedener Organisationshöhe' (EIBL-EIBESFELDT, 1975), durch den Vergleich von Naturvölkern, ‚primitiven Völkern', mit zivilisierten Gesellschaften trachtet die Verhaltensforschung, angeborene Verhaltensweisen, stammesgeschichtliche Anpassungen zu ergründen, um daraus Funktionsgesetze abzuleiten. Die wichtigste Funktion ist dabei die der Arterhaltung: wenn man sagt, eine Struktur oder ein Verhalten haben eine Funktion im Dienste der Arterhaltung zu erfüllen, so ist damit gemeint, „daß sie angepaßt sind, also einem Selektionsdruck ihre Existenz verdanken" (EIBL-EIBESFELDT, 1975, 34). Das Erkenntnisinteresse richtet sich bei der E. somit auf den Nachweis phylogenetisch (d.h.

stammesgeschichtlich) und ontogenetisch (d.h. die individuelle Entwicklungsgeschichte betreffend) vorgegebener, ererbter Determinanten menschlichen und tierischen Verhaltens.
In Anlehnung an WICKLER (1974) läßt sich die Art der Fragestellung und methodischen Vorgehensweise der E., z.B. bezogen auf das Problem der *Aggression*, wie folgt beschreiben. Es wird untersucht, 1. wie aggressiv (Form, Intensität) sich Menschen verhalten; 2. wann, d.h. in welchen Situationen sie sich aggressiv verhalten, ob sie dies immer in der gleichen Form tun oder nicht; 3. warum sie sich in dieser oder jener Situation so aggressiv und nicht anders verhalten; 4. wozu das aggressive Verhalten gut ist und schließlich 5. ob und wann alle Menschen sich genau so verhalten. Die Fragen 1 und 2 werden ‚vergleichend-beschreibend' beantwortet. Die Frage 2 erlaubt zusätzlich die Bereitschaft zu aggressiven Verhaltensweisen zu messen. Die Frage 3 kann Aufschluß über bestimmte phylogenetische und ontogenetische Determinanten geben. Die Frage 4 fragt nach dem Auslesevorteil und Arterhaltungswert der aggressiven Handlung, während die Frage 5 nach der ererbten Basis der aggressiven Handlung in bestimmten Situationen forscht. Die Fragen 3 und 5 forschen zusätzlich noch danach, „wieviel das Individuum lernt, also selbst mit den ererbten Mitteln ausprobiert, woher es beim Probieren erfährt, welche Lösung die richtige ist, wie es diese behält, gegebenenfalls anderen mitteilt usw." (WICKLER, 1974, 14).
Nun ist die Vorgehensweise der E. für die Humanwissenschaften zunächst nichts Neues. *Ethnologie* und *Kulturanthropologie* z.B. befassen sich schon eh und je mit dem Vergleich verschiedener Arten bzw. Kulturen auf unterschiedlicher Organisations- oder Zivilisationshöhe. Der Unterschied besteht allein darin, daß die E. mit biologischen Fragestellungen an solche Untersuchungen herangeht, und zum anderen viele ihrer Ergebnisse und Ausgangshypothesen vorwiegend aus Beobachtungen von Tieren gewinnt, die sie dann oft vorschnell und unkritisch auf Menschen überträgt.

2 Ergebnisse der ethologischen Forschung

Die Entdeckung des Zusammenspiels angeborener und erworbener Erfahrung im tierischen wie menschlichen Verhalten wird als die bedeutendste Entdeckung der E. angesehen, kurz das, was LORENZ als *‚Instinkt-Dressur-Verschränkung'* bezeichnet. EIBL-EIBESFELDT (1967, 22) faßt die wichtigsten Ergebnisbereiche der E., vornehmlich der Arbeiten von LORENZ wie folgt zusammen: 1. Erkennung der den Instinktbewegungen zugrundeliegenden *Spontaneität*, eine physiologische Besonderheit, die von den klassischen Reflexologen übersehen worden war; 2. Entdeckung verschiedener *Schlüsselreize*, die ein bestimmtes Verhalten vor aller Erfahrung auslösen; 3. Erforschung der *Phylogenese* und *Ontogenese* angeborener Verhaltensweisen; 4. Entdeckung der ‚Instinkt-Dressur-Verschränkung'; 5. Entdeckung des Phänomens der *‚Prägung'* als einer angeborenen Lerndisposition.
Unter Schlüsselreizen versteht man Reize, die kennzeichnend für eine biologisch relevante Umweltsituation sind „und vom Organismus ohne vorherige Lernvorgänge mit arterhaltend sinnvollen Verhaltensweisen beantwortet" werden (JÜRGENS/PLOOG, 1974, 12). Die Spontaneität von Instinkthandlungen besagt, daß Instinkthandlungen, wie z.B. Aggression, die normalerweise als Reaktion auf bestimmte Schlüsselreize erfolgt, auch ohne solche Schlüsselreize, ohne Einwirkung äußerer Reize ablaufen können. Wenn z.B. lange Zeit keine Schlüsselreize für den ‚Aggressionsinstinkt' vorhanden sind, so erniedrigt sich der Schwellenwert der die Aggression auslösenden Reize, „bis sie schließlich im Grenzfalle ohne nachweisbaren Außenreiz als sogenannte Leerlaufbewegung eruptiv hervorbricht, selbstverständlich auch ohne in diesem Falle ihre arterhaltenden ‚Sinn' in irgendeiner Weise zu erfüllen" (LORENZ, 1967, 438). LORENZ faßt dieses Phänomen auch unter dem Begriff des ‚Appetenzverhaltens' zusammen. Der Begriff ‚Prägung' besagt, daß die auslösenden Reize für eine Instinkthandlung meist irreversibel, d.h. unveränderlich, gelernt (‚Objektprägung'), und Bewegungsmuster ebenfalls irreversibel festgelegt werden (motorische Prägung) (APFELBACH/DÖHL, 1976, 77). Einfacher ausgedrückt: Prägung umschreibt unveränderliche Lernprozesse.
WIESER (1976, 16) hat nun nachgewiesen, daß diese Erkenntnisse bereits im Jahre 1873 von SPALDING und anderen Wissenschaftlern Ende des 19. Jahrhunderts gewonnen wurden. Entsprechend folgert er, „daß sich die in den letzten Jahren wieder virulent gewordenen Auseinandersetzungen um das Ausmaß der Bedeutung angeborener Verhaltensweisen durchaus im Rahmen eines jahrhundertealten Begriffssche-

mas bewegen, dem die Untersuchungen der letzten Jahrzehnte wohl unübersehbar viele Fakten, aber keine entscheidend neue Einsichten hinzuzufügen vermocht haben".
Es ist sicherlich unbestritten, daß die Ethologen um LORENZ und TINBERGEN der Verhaltensforschung wertvolle Impulse gegeben haben und auf ihrem Gebiet Beachtliches geleistet haben. Auch darf die Relevanz ethologischer Fragestellungen für die Sozialwissenschaften nicht unterschätzt werden, nicht weil wir biologischen Verhaltensbedingungen widerstandslos unterworfen sind, „sondern weil sie an der Bestimmung der Verhaltensrichtungen einen mehr oder weniger gewichtigen, kaum je ganz zu vernachlässigenden Anteil haben" (HASSENSTEIN, 1972, 169). Allein, es bleibt zu fragen, inwieweit die Ethologen nicht ihre Ergebnisse *vorschnell verallgemeinern*, inwieweit der statische Aspekt ihrer Fragestellungen der Dynamik menschlicher Verhaltensweisen und Entwicklung gerecht werden kann, und wie es generell um die Konsequenzen für die Natur des Menschen bestellt ist.

3 Aktuelle Kontroversen zwischen Ethologie und Sozialwissenschaften

Die aktuelle Kontroverse zwischen E. und Sozialwissenschaften bezieht sich einmal auf das Problem des *‚Mensch-Tier-Vergleichs'* (Analogieschluß), zum anderen auf die *‚Anlage-Umwelt-Problematik'*. Diese Kontroverse kann an dieser Stelle nur ansatzweise dargestellt werden, ausführlichere Darstellungen sind zu finden bei: ELIAS (1971), ROTH (1974), PILZ/MOESCH (1975), PILZ (1976), WIESER (1976), EIBL-EIBESFELDT (1978).
Gerade bei der Übertragung von Erkenntnissen aus Tierversuchen und -beobachtungen auf den Menschen lassen viele Ethologen die wissenschaftliche Sorgfalt vermissen. Einerseits wollen sie aus dem Studium tierischen Verhaltens nur Arbeitshypothesen gewinnen, deren Tragfähigkeit für Menschen natürlich nur durch Forschungen am Menschen geprüft werden kann; andererseits werden die Arbeitshypothesen nur zu schnell als naturwissenschaftliche Gesetzmäßigkeiten umformuliert. So schreibt etwa EIBL-EIBESFELDT (1973, 98), „für die Annahme eines primären, uns Menschen angeborenen Aggressionstriebes gibt es keinen strengen Beweis, wohl aber eine Reihe starker Indizien". ‚Indizien' sind nun aber sicherlich nicht hinreichend, um naturwissenschaftliche Gesetzmäßigkeiten zu formulieren, dennoch hält EIBL-EIBESFELDT an der These vom Aggressionstrieb fest und baut darauf eine Pädagogik der Triebkanalisierung auf: „Es ist eine ‚Erziehungssünde', wenn man den Menschen nicht auf die Aggression vorbereitet, mit der er sich später auseinandersetzen muß. Jede Verharmlosung der Aggression unter Hinweis auf deren angebliche Gelerntheit ist angesichts der vorliegenden Evidenz in höchstem Grade unverantwortlich" (EIBL-EIBESFELDT, 1970, 100).
Gerade diese Aussagen machen deutlich, wie fahrlässig sich Ethologen verhalten, wenn es um die sozialwissenschaftlichen und pädagogischen Konsequenzen ihrer Hypothesen geht. Menschliche Verhaltensweisen, Beziehungen zwischen Umwelt und Organismus lassen sich nicht einfach ‚linearkausal als Ursache-Wirkungs-Kette' (WIESER, 1976) beschreiben. Dies wäre nur möglich, wenn sich menschliches Verhalten tierischem ein- bzw. unterordnen ließe, oder allein auf angeborene, triebhafte Komponenten zurückführen ließe. So schreibt STAMM (1972, 1940) zurecht, daß der Mensch-Tier-Vergleich forschungshemmend gewirkt habe: „Man zog zu rasch abschließende Schlüsse über das vermeintlich erkannte Wesen des Menschen und seiner Sonderstellung." Die menschliche Entwicklung, der Prozeß der Zivilisation (ELIAS, 1977) vollzieht sich eben nicht nach den gleichen biologischen Gesetzmäßigkeiten wie im Tierreich. Die E. scheint die innerhalb ihrer ‚natürlichen Grundlagen grenzenlose Wandelbarkeit menschlichen Erfahrens und Verhaltens' (ELIAS, 1971, 118) zu verkennen oder zu unterschätzen.
Die Vorannahmen der E., daß soziale und ökonomische Gegebenheiten und Bedingungen den Naturgesetzlichkeiten unterliegen, daß der „Einfluß von menschlichen Erkenntnisfähigkeiten, vorausschauender Planung und selbstverwirklichender Handlungsfähigkeit auf die Kulturentwicklung von sekundärer Bedeutung" seien, und die Übertragung biologischer Gesetzmäßigkeiten aus dem Tierreich auf menschliches Verhalten (SCHURIAN/HOLLÄNDER, 1975, 61) lassen die sozialwissenschaftliche Relevanz ethologischer Erkenntnisse sehr gering erscheinen. Dies umso mehr, als viele Ethologen der Gefahr erliegen, Befunde zu sammeln, die sich mit der These und Leitidee (biologische Evolution erklärt auch kulturelle Evolution und er-

laubt Voraussagen über den künftigen Verlauf der stammesgeschichtlichen Entwicklung) vertragen bzw. ihre Befunde im Sinne dieser Leitidee zu interpretieren (WICKLER, 1971). So weist auch HORN (1974, 206) zu Recht darauf hin, daß „für jede menschliche Szene, die ethologisch *interpretiert* wird", sich auch konkurrierende und vor allem nicht widerlegte sozialwissenschaftliche Deutungen und Erklärungen finden lassen. Besonders deutlich wird dies bei der These vom Aggressionstrieb und der Interpretation aggressiver Handlungen (vgl. PILZ, 1976; PILZ/MOESCH, 1975), wobei hier noch hinzuzufügen wäre, daß selbst im Bereich tierischen Verhaltens die These von einem Aggressionstrieb recht umstritten ist (HEILIGENBERG/KRAMER, 1972). Es ist sicherlich eine der größten Schwächen der E., daß sie nach wie vor komplexe Verhaltensweisen einseitig, monokausal auf das Schema einer ‚Ursache-Wirkungs-Kette' reduziert und vor allem der Dynamik menschlicher Verhaltensweisen, menschlicher Entwicklungsprozesse keine oder nur eine sehr geringe Bedeutung beimißt. Selbst so komplexe Probleme wie Krieg und Frieden werden ohne politische, soziale oder historische Reflexion einfach auf das Problem des Landerwerbs reduziert (EIBL-EIBESFELDT, 1975). Ähnlich wie bei der Problematik des Mensch-Tier-Vergleichs wird auch hier die Tatsache verkannt, daß beim Menschen das *‚Soziale'* darüber entscheidet, was aus dem ‚Biologischen' wird, daß Ererbtes und Erworbenes beim Menschen nicht zu trennen sind.

HORN (1974, 191) macht auf ein weiteres Problem aufmerksam: den *naturwissenschaftlichen* Anspruch der E., der sich mehr auf der „bloßen Rede von ‚Natur', von menschlicher Natur" gründe, als auf einem naturwissenschaftlichen Methodenprogramm. So konnten strenge ‚Wenn-Dann-Zusammenhänge' bisher nur in „sozialwissenschaftlich randständigen Bereichen" nachgewiesen werden, darüber hinaus wurden „mehr Vermutungen" geäußert als Beweise angetreten. Auch zeigt sich, daß auf der menschlichen Ebene der Evolution „nicht mehr sinnvoll mit Modellen" der Tierverhaltensforschung gearbeitet werden kann. Entscheidend ist nicht die Naturhaftigkeit des Menschen, sondern das, „was damit gemacht wird" (HORN, 1974, 203). Faßt man die theoretischen Prämissen und die Interpretationen menschlicher Verhaltensweisen, die aus diesen theoretischen Vorannahmen abgeleitet werden, zusammen: ‚Instinkt-Dressur-Verschränkung', ‚Prägung', ‚Vorprogrammiertheit menschlichen Verhaltens', um nur einige zu nennen, dann läßt sich die E. als *‚biologisch verkleideter Konservatismus'* (HORN) begreifen. So hebt LEPENIES (1971, 123) hervor, daß die Ethologen „den Rückgriff auf die Natur aus antirevolutionärem Impuls genutzt" haben. Vor allem die These vom angeborenen Aggressionstrieb, die die gesellschaftliche Bedingtheit des Aggressions- und Gewaltpotentials verneint und somit pädagogische und gesellschaftliche Maßnahmen zur Verringerung der Gewalt auf das Bereitstellen von ‚Freiräumen', in denen Aggressionen auf harmlose Weise abreagiert werden können, reduziert, belegt diesen Vorwurf. Dies gilt auch für die Erklärung geschlechtsspezifischer Unterschiede menschlichen Verhaltens, die in EIBL-EIBESFELDTS neuester Veröffentlichung (1976) weitgehend auf angeborene Verhaltensweisen reduziert wird. So gesehen leistet die E. in der Tat einer konservativen, statischen Weltsicht Vorschub.

4 Nutzenbringende Beiträge der Ethologie für die Sozialwissenschaften

Dennoch ist der Hinweis auf das phylogenetische Erbe der Menschen ein wichtiger Beitrag der E. für die Sozialwissenschaften. Dies vor allem, wenn man an den *Behaviorismus* SKINNERscher Prägung denkt. Gerade diesbezüglich ist die ethologische Forschung in Zukunft gefordert. Menschliches Verhalten ist auch biologisch, phylogenetisch mitbestimmt. Im Aufdekken dieser phylogenetischen Mitbedingung ist die Notwendigkeit und Relevanz ethologischer Forschung für die Sozialwissenschaften zu begründen. Dies darf allerdings nicht dazu führen, daß man auf Grund biologischer oder phylogenetisch vorgegebener Verhaltensmöglichkeiten die Ursachen und Bedingungen komplexer Verhaltensweisen auf eben dieses biologische Potential *reduziert*, und daraus linearkausale Gesetzmäßigkeiten menschlichen Verhaltens ableitet. So scheint auch die Hauptproblematik der Kontroverse zwischen E. und Sozialwissenschaften weniger in der ‚Anlage-Umwelt-Problematik' zu liegen, als vielmehr in der voreiligen Verallgemeinerung ethologischer Erkenntnisse und in der oft geringen Zurkenntnisnahme sozialwissenschaftlicher Forschungsergebnisse. Eine engere *Zusammenarbeit* zwischen E. und

Sozialwissenschaften und eine größere Zurückhaltung der Ethologen bezüglich sozialwissenschaftlicher Aussagen, vor allem Vorhersagen, könnte für beide Wissenschaftsbereiche eine fruchtbare Wende einleiten. Die neuerdings immer mehr an Bedeutung gewinnende Disziplin der *Soziobiologie* (BARASH, 1977; WILSON, 1975) weist einen Weg, wie man der Komplexität menschlichen Verhaltens gerecht werden könnte. Dabei resultiert für die Soziobiologie menschliches Verhalten aus dem Zusammenspiel von Erfahrungen (Umwelt) und den Mustern genetischer Möglichkeiten (Anlage). Gerade die Analyse der Evolution dieser Muster genetischer Möglichkeiten ist das zentrale Forschungsthema der Soziobiologie, wobei die These von uns angeborenen Handlungstrieben, wie sie in der E. immer noch weitgehend vorherrscht und somit den Weg zu einer fruchtbaren Zusammenarbeit mit den Sozialwissenschaften verbaut, weitgehend zugunsten des Begriffes *‚genetische Möglichkeiten‘* aufgegeben wird. Der Begriff ‚genetische Möglichkeiten‘ weist auf die Wandelbarkeit menschlicher Verhaltensweisen und vor allem auf die Umweltbedingtheit menschlichen Handelns und Verhaltens hin. Der Schlüssel für menschliches Verhalten liegt in der Umwelt und nicht in den ‚genetischen Möglichkeiten‘ (WILSON).

Verweis auf andere Stichwörter

→Aggression →Anlage und Umwelt →Behaviorismus →Psychologiegeschichte →Psychologismus →Sexualität →Soziologie →Verhalten und Handlung

Literatur

APFELBACH, R./DÖHL, J.: Verhaltensforschung – Eine Einführung. Stuttgart: Gustav Fischer 1976.

BARASH, D. P.: Sociobiology and Behavior. Amsterdam 1977.

BÖSEL, R.: Humanethologie – Ethologische Aspekte menschlichen Verhaltens. Stuttgart: Kohlhammer 1974.

EIBL-EIBESFELDT, I.: Grundriß der vergleichenden Verhaltensforschung. – Ethologie. München: Piper 1967.

EIBL-EIBESFELDT, I.: Liebe und Haß. München: Piper 1970.

EIBL-EIBESFELDT, I.: Der vorprogrammierte Mensch. Wien: Molden 1973.

EIBL-EIBESFELDT, I.: Krieg und Frieden aus der Sicht der Verhaltensforschung. München: Piper 1975.

EIBL-EIBESFELDT, I.: Menschenforschung auf neuen Wegen. Die naturwissenschaftliche Beurteilung kultureller Verhaltensweisen. Wien: Molden 1976.

EIBL-EIBESFELDT, I.: Der Widerspruch zwischen Erbe und Umwelt ist künstlich. Interview mit der Zeitschrift ‚psychologie heute‘. psychologie heute, 5, 1978, S. 33–38.

ELIAS, N.: Was ist Soziologie?. München: Juventa ²1971.

ELIAS, N.: Über den Prozeß der Zivilisation – Soziogenetische und psychogenetische Untersuchungen. Bd. 1: Wandlungen des Verhaltens in den weltlichen Oberschichten des Abendlandes. Bd. 2: Wandlungen der Gesellschaft – Entwurf zu einer Theorie der Zivilisation. Frankfurt/M.: Suhrkamp 1977.

HASSENSTEIN, B.: Verhaltensbiologische Aspekte der frühkindlichen Entwicklung und ihre sozialpolitischen Konsequenzen. In: O. A., Mannheimer Forum 72. Mannheim: Boehringer 1972, S. 169–203.

HEILIGENBERG, W./KRAMER, U.: Aggressiveness as a function of External Stimulation. Journal of comparative Physiology, 77, 1972, S. 332–340.

HORN, K.: Die humanwissenschaftliche Relevanz der Ethologie im Lichte einer sozialwissenschaftlich verstandenen Psychoanalyse. In: ROTH, G. (Hrsg.): Kritik der Verhaltensforschung. München: Beck 1974, S. 190–221.

JÜRGENS, U./PLOOG, D.: Von der Ethologie zur Psychologie. München: Kindler 1974.

LEPENIES, W.: Soziologische Anthropologie. Materialien. München: Hanser 1971.

LORENZ, K.: Das sogenannte Böse – Zur Naturgeschichte der Aggression. Wien: Borotha-Schoeler 1963; Taschenbuchausgabe München: dtv 1974.

LORENZ, K.: Über tierisches und menschliches Verhalten – Aus dem Werdegang der Verhaltenslehre. Gesammelte Abhandlungen Band I und II. Frankfurt/M.: Büchergilde Gutenberg 1967.

LORENZ, K.: Die acht Todsünden der zivilisierten Menschheit. München: Piper 1973.

LORENZ, K.: Vom Weltbild des Verhaltensforschers – Drei Abhandlungen. München: dtv ⁸1974.

LORENZ, K.: Die Rückseite des Spiegels – Versuch einer Naturgeschichte menschlichen Erkennens. München: Piper 1975.

LORENZ, K./LEYHAUSEN, P.: Antriebe tierischen und menschlichen Verhaltens. München: Piper 1968.

PILZ, G. A.: Was wissen Verhaltensforscher über den Menschen?. psychologie heute, 3, 1976, S. 20–27.

PILZ, G. A./MOESCH, H.: Der Mensch und die Graugans – Eine Kritik an Konrad Korenz. Frankfurt/M.: Umschau 1975.

ROTH, G. (Hrsg.): Kritik der Verhaltensforschung. Konrad Lorenz und seine Schule. München: Beck 1974.

SCHURIAN, W./HOLLÄNDER, A.: Konrad Lorenz und die Jugend. psychologie heute, 2, 1975, 5, 59–65.

STAMM, R. A.: Soziales Leben und Struktur der Verbände bei Tieren. In: GRAUMANN, C. F. (Hrsg.): Sozialpsychologie, 2. Halbband: Forschungsberichte (Band 7 des Handbuchs der Psychologie). Göttingen: Hogrefe 1972, S. 1891–1954.

WICKLER, W.: Biologie der 10 Gebote. München: Piper 1971.

WICKLER, W.: Antworten der Verhaltensforschung. München: Kindler 1974.

WIESER, W.: Konrad Lorenz und seine Kritiker. München: Piper 1976.

WILSON, E.: Sociobiology. Cambridge: Harvard University Press 1975.

Gunter A. Pilz

Experiment

1 Geschichte, Grundprinzip und Abgrenzung gegenüber anderen Methoden

Das aus der naturwissenschaftlichen, speziell physiologischen Tradition der Psychologie stammende E. eroberte sich schon kurz nach Entstehung der Psychologie (etwa Mitte des 19. Jahrhunderts) den dominierenden Platz in der Methodologie. Es verdrängte dabei die aus der geisteswissenschaftlichen Tradition stammende Introspektion (Selbstbeobachtung). Dabei standen aber damals die verschiedenen Methoden noch nicht so konträr zueinander: z.B. wurde jahrzehntelang das ‚introspektive' E. praktiziert, gekennzeichnet durch Datengewinnung aus der Selbstbeobachtung, aber Trennung von Versuchsleiter (Vl.) und Versuchsperson (Vp.) und Reizvorgabe durch den Vl.

Das aus heutiger Sicht ‚traditionelle', ‚klassische' oder ‚orthodoxe' psychologische E. ist gekennzeichnet durch (a) ungeschulte Versuchspersonen (Vpn.), die (b) in größerer Anzahl untersucht werden (angeblich ‚repräsentative' Stichprobe), (c) absichtlich getäuscht oder zumindest unwissend gehalten werden, (d) in ihren Verhaltensmöglichkeiten rigoros beschränkt werden, und deren Reaktionen (e) zum Zweck des Fehlerausgleichs statistisch gemittelt werden. In dieser Form entstand das psychologische E. erst Anfang dieses Jahrhunderts, mit der ‚funktionalistischen Wende' der Psychologie (HOLZKAMP, 1972; DICK, 1974; JAEGER/STAEUBLE, 1978).

Ausgangspunkt der traditionellen experimentellen Methodologie ist eine aus den Naturwissenschaften abgeleitete *mechanisch-deterministische* (MILL, 1872) oder *konditionalistische* (VERWORN, 1912) Realitätskonzeption – im Gegensatz etwa zu einer systemtheoretischen (MASCHEWSKY, 1978a) oder dialektisch-materialistischen Realitätskonzeption. In diesem ‚MILLschen' (DICK) oder ‚VERWORNschen' (STACHOWIAK) ‚Weltbild' wird die scheinbar chaotische Vielfalt realer Phänomene mit der Annahme strenger Gesetzlichkeit dadurch versöhnt, daß jeweils feste Beziehungen zwischen je einzelnen Bedingungen und Ereignissen unterstellt werden – sogenannter *‚reiner Fall'* (LEWIN, 1927) –, die aber im *‚konkreten Fall'* (LEWIN, 1927) überlagert werden durch eine Vielzahl analoger fester Beziehungen zwischen jeweils anderen Bedingungen und Ereignissen. Durch die selbst variierende Überlagerung fester Beziehungen soll sich die real beobachtbare Variation erklären lassen. – Methodische Konsequenz: Herstellung des ‚reinen' oder ‚gleichen Falls' (MASCHEWSKY, 1978a) durch ‚Neutralisierung' der Überlagerung (*‚Kontrolle'*), Feststellung der ‚festen' Beziehung und schließlich mosaikartige Rekonstruktion der Realität aus vielen solchen festgestellten *Miniaturinvarianzen.* MILL selbst formulierte entsprechende methodische Regeln, die faktisch Ausgangspunkt der Entwicklung der traditionellen experimentellen Methodologie wurden, insbesondere der Verfahren der Versuchsplanung (experimental design).

Die Grundannahmen der MILLschen und VERWORNschen Realitätskonzeption (und damit auch Methodologie) sind fragwürdig (DICK, 1974; MASCHEWSKY, 1978a):

1. werden bekannte geschlossene Systeme von wirkenden Bedingungen vorausgesetzt – ein irrealer Fall;
2. ist die invariante Beziehung im ‚reinen' oder ‚gleichen Fall' ohne Erkenntniswert, da sie voraussetzt, daß relevante andere Bedingungen keinen (differenzierenden) Einfluß ausüben, nicht ‚interagieren' bzw. daß dieser Einfluß per Kontrolle ausgeschaltet ist – wiederum irreal;
3. werden nur notwendige Bedingungen ermittelt – der kausale Erklärungsanspruch der Psychologie zielt aber ab auf notwendige und hinreichende Bedingungen;
4. werden konstante Bedingungen (sogenannte ‚Rahmenbedingungen', ‚Kontextvariablen' u.dgl.m.) bei der Kausalerklärung nicht berücksichtigt, obwohl sie wahrscheinlich mit den unabhängigen und intervenierenden Variablen interagieren und somit die abhängige Variable beeinflussen; und obwohl sie in anderen situativen Kontexten durchaus selbst variieren können.

Diese Schwächen der Grundannahmen der klassischen Methodologie werden zwar partiell gesehen, bleiben aber meist ohne Folgen. Faktisch wird im E. immer noch *‚Reduzierung'*, *‚Parzellierung'* und *‚Labilisierung'* (HOLZKAMP, 1972) praktiziert. Im einzelnen bedeutet dies:

– *Reduzierung* meint die *Kontrolle,* also Konstanthaltung jener Bedingungen, die die ‚reine

Beziehung‘ zwischen den jeweils thematisierten unabhängigen und abhängigen Variablen überlagern (‚Störvariablen‘, ‚Moderatorvariablen‘). Durch Kontrolle soll der Effekt dieser überlagernden Bedingungen ausgeschaltet sein; unterstellt wird dabei ein gleicher (überlagernder) Effekt der Störvariablen in Versuchs- und Kontrollgruppe – also ein *additives* Modell der Wirkung der Störvariablen, das häufig falsch ist (wie das Auftreten von Interaktionen zeigt). Diese Reduzierung per Kontrolle (*‚methodologischer Reduktionismus‘*) garantiert also einerseits nicht die Erfassung einer ‚reinen Beziehung‘, zerstört aber andererseits die ‚Alltagsnähe‘.

– *Parzellierung* meint den Versuch, durch zunehmende methodische *Zerlegung* von bis dahin einheitlich konzipierten Bedingungen in Teilmomente die ‚eigentlich‘ kausal wirksamen Momente zu ermitteln. Die Konsequenz ist ein Trend von der Makro- zur Mikroebene der Betrachtung, wobei auf letzterer zunächst die Einheit des ‚vorwissenschaftlichen‘ Gegenstandes verloren geht, die sich nachträglich trotz ‚Zusammenschau‘ der Mikroresultate oft nicht mehr rekonstruieren läßt. Vor allem wird aber auch im Verlauf der Untersuchung die praktische Relevanz der Problemstellung zunehmend zugunsten *‚wertfreier‘* grundlagentheoretischer Untersuchungen zurückgedrängt.

– *Labilisierung* meint ein besonderes Merkmal der Reduzierung, nämlich, daß im E. die Wirkung das Verhalten normalerweise stabilisierender Bedingungen – wie etwa Vertrautheit von Rollen, Wissen über den Interaktionspartner etc. – bewußt *eingeschränkt* wird. Als Konsequenz produzieren wegen der Labilisierung der Verhaltensdetermination relativ geringfügige experimentelle Interventionen bereits meßbare und signifikante Effekte – worauf dieser Effekt dann falsch auf die in der Regel nicht labilisierte Alltagsrealität verallgemeinert wird.

Diese drei methodischen Merkmale des E. – Reduzierung, Parzellierung, Labilisierung – sind alle durch einen aktiven Eingriff in die Realität gekennzeichnet: *‚Manipulation‘*. Hieraus wird meist ein höherer Erkenntniswert des E. gegenüber anderen sozialempirischen Methoden – wie Beobachtung, Befragung –, die nicht in die Realität eingreifen, abgeleitet. Das E. hätte nicht wie diese einen bloß deskriptiven, sondern *‚kausalanalytischen‘* Charakter. Ein Unterschied im Erkenntniswert zwischen E. und etwa Beobachtung läßt sich aber weder (a) durch den wissenschaftlichen Erfolg begründen (vergleiche etwa die beobachtende Disziplin Astronomie mit der experimentierenden Disziplin Psychologie); noch (b) durch das Erkenntnisniveau: beide Methoden strukturieren den Forschungsprozeß theoretisch vor (Bedingungsmodell); beide identifizieren unabhängige und Störbedingungen – das E. allerdings besser auf Grund der Kontrolle von Störbedingungen; schließlich besteht in realen Situationen oft eine derartige Transparenz des Determinationsgefüges, daß ein aktiver Eingriff überflüssig wird. Fazit: der Anspruch des E. auf höheren Erkenntniswert ist unhaltbar; der Erkenntniswert einer Methode ist weniger abhängig vom aktiven Eingriff als von der Struktur des Untersuchungsbereichs und der Qualität der theoretischen Durchdringung.

2 Konstituierende Merkmale des Experiments

Das psychologische E. hat als wesentliche Merkmale:

a) die theoretische Vorkonzipierung,
b) die Variation von Bedingungen, Personen und Situationen (Manipulation),
c) die Kontrolle von Störbedingungen und
d) die Sozialbeziehung Vl./Vp.

Die *theoretische Vorkonzipierung* beinhaltet vor allem die Bedingungsanalyse bzw. die Erstellung eines *Bedingungsmodells* (Maschewsky, 1977). In ihm wird der zu untersuchende Prozeß abgegrenzt und gedanklich isoliert von seinen vielfältigen Wechselbeziehungen zu anderen Realitätskomponenten; er wird in Einzelvariablen aufgegliedert, diese werden zeitlich und kausal unterschieden in ‚unabhängige‘, ‚Stör-‘ und ‚abhängige‘ Variablen; und schließlich wird ein hypothetisches Kausalmodell aufgestellt, das die Wirkung der unabhängigen Variablen, vermittelt über und modifiziert durch die Stör- bzw. intervenierenden Variablen, auf die abhängige Variable darstellt. Weitere Aspekte der theoretischen Vorkonzipierung sind die Übersetzung der theoretischen Aussagen in Aussagen über beobachtbare Sachverhalte (Operationalisierung), die Auswahl der Instrumentation und Untersuchungssituation (Versuchsplanung, experimental design), die Auswahl von Untersuchungsgegenständen und die Planung der Auswertung.

Variation und Kontrolle von Bedingungen (Personen, Situationen) sind zwei Ansätze zur Lösung desselben Problems: die Wirkung der unabhängigen Variablen auf die abhängigen Variablen trotz der Überlagerung durch Störvariablen herauszuarbeiten. Bei der *Bedingungsvariation* versucht man, den Wirkungsanteil der unabhängigen Variablen dadurch (relativ zu den Störvariablen) zu vergrößern, indem man die unabhängigen Variablen zwischen den untersuchten Gruppen *extrem* variieren läßt. Bei der *Kontrolle* dagegen versucht man denselben Effekt dadurch zu erreichen, daß man die Störvariablen weitgehend kontrolliert, also *konstant* hält. Nach dieser Grundüberlegung üben kontrollierte Störvariablen in den untersuchten Gruppen einen gleichen Effekt aus, können also die beobachteten Unterschiede (‚Varianz') nicht erklären – ein Fehlschluß angesichts der Möglichkeit von Interaktionen!

Bei der *Variation bzw. Manipulation* werden also unterschiedliche Gruppen geschaffen, hinsichtlich der Ausprägungen der unabhängigen Variablen und/oder der Beschaffenheit der Vpn. und/oder der Merkmale der Situation. Für die inhaltliche Komponente dieser Variation gibt es keinerlei methodologische Normen; so ist z. B. die Größe der eingeführten Variation – die mitbestimmt, ob ein auftretender Unterschied signifikant wird, ob also das variierte Moment als kausal effektiv, als ‚durchschlagend' ‚nachgewiesen' wird – nicht festgelegt. Andererseits sind bezüglich der formalen Komponente dieser Variation – Wieviele Gruppen? Von welcher Größe? Wann untersucht bzw. gemessen? – eine Vielzahl von Regeln (nach dem Kriterium der statistischen Auswertbarkeit) formuliert worden (Campbell/Stanley, 1966; Cattell, 1966; Edwards, 1968), die als Versuchsplanung bezeichnet werden. In der Regel erschöpft sich die methodologische Befassung mit dem E. in dieser Versuchsplanung.

Die *Kontrolle* (Maschewsky, 1977, 1978a) läßt sich sowohl symbolisch – durch nachträgliche, in der Regel statistische Kalkulation des Effekts der aufgetretenen Variation in den Störbedingungen zwischen Versuchs- und Kontrollgruppe (Partialkorrelationsanalyse, Kovarianzanalyse) – als auch durch faktische Konstanthaltung der Störvariablen zwischen den untersuchten Gruppen erreichen. Die Methoden solcher faktischen Kontrolle beziehen sich einmal auf Personen – Parallelisierung, Randomisierung –, zum anderen auf Variablen – Ausschaltung, Abschirmung, Wiederholung, Verstärkung –, und schließlich auf die Experimentalsituation insgesamt – Standardisierung, Instruktion. Alle Kontrollverfahren beruhen aber auf problematischen Annahmen (Maschewsky, 1978a):

1. sind die zu kontrollierenden Störvariablen oft gar nicht bekannt;
2. ist die ihnen unterstellte, bloß additive Wirkung wenig wahrscheinlich;
3. sind bestimmte – u. a. der Randomisierung – zugrundeliegende Annahmen über Unabhängigkeit, Normalverteilung und gegenseitige Neutralisierung (bei Kumulation) der Störvariablen unwahrscheinlich.

Die Realisierbarkeit und Erkenntnisträchtigkeit (Iwanowa/Assejew, 1974) des Kontrollprinzips ist also sehr fraglich.

Die *Sozialbeziehung Vp./Vl.* – untersucht etwa in der *‚Sozialpsychologie des Experiments'* (Mertens, 1975) – bzw. die ‚Subjektivität' der Beteiligten (Schneider, 1979) bedeutet ein zusätzliches gravierendes Problem, insbesondere auch für die Kontrollbemühungen; in den Naturwissenschaften existiert es nicht. Wird das E. als *soziale Situation* verstanden, wird das Objektivitätsideal der klassischen Sozialempirie radikal in Frage gestellt; die experimentellen Ergebnisse sagen weniger aus über die allgemeinen und ‚objektiven' Funktionsweisen verallgemeinerter Vpn., sondern sie spiegeln eher die Struktur dieser speziellen Sozialsituation wider (Maschewsky, 1978a). Die ‚Sozialpsychologie des Experiments' benennt als Einflußgrößen: (a) präexperimentelle Einstellungen der Vpn.; (b) Erfahrungen der Vpn. mit dem E. allgemein; (c) Motive und situative Bedingungen der Vpn.; (d) Suche der Vpn. nach und Erkennen von ‚Aufforderungscharakteren' (‚demand characteristics') des E., etwa Vl.-Hypothesen, signalisiert durch Instruktion, Situation, Verfahren etc.; (e) Vp.-Hypothesen über das E. und Entscheidungen der Vp., diesen Hypothesen gegenüber sich konform oder nicht konform zu verhalten; (f) weitere Varianten des Vp.-Rollenverhaltens, wie ‚Kooperation', ‚Besorgtheit', ‚Vertrauen', ‚Negativismus'.

Entsprechend sind verschiedene *Kontrollverfahren* vorgeschlagen worden (Mertens, 1975): Kontrolle der Situation durch postexperimentelle Befragung, Nonexperiment, Rollenspiel; Kontrolle des Vl. durch Induktion einer Hypothese, Blind- und Doppelblindversuche, Verhaltenstraining; zur Kontrolle der Vp. existieren praktisch noch keine Ansätze. – Die geringe Effektivität dieser Kontrolltechniken wird allgemein zugestanden. Somit verschärft sich das traditionelle Kontrollproblem zu einer *faktischen Undurchführbarkeit der Kontrolle* (abgesehen von der bezweifelbaren Wünschbarkeit). Das Prinzip der Bedingungskontrolle ist also im strengen Sinne unerfüllbar; es stellt bestenfalls eine *Idealnorm*, nicht aber eine *Realnorm* dar (Maschewsky, 1978 a).

3 Definition des Experiments

Gängige Definitionen des psychologischen E. – etwa als: ‚Beobachtung unter kontrollierten Bedingungen' oder als: ‚a recording of observations, quantitative or qualitative, made by defined and recorded observations and in defined conditions, followed by examination of the data' (Cattell) – haben in der Regel *zwei Mängel*:

1. werden sie der *Komplexität* des E. an sich nicht gerecht. D. h. sie vernachlässigen eines oder mehrere der konstituierenden Merkmale (theoretische Vorkonzipierung, ‚Manipulation', ‚Herstellungsmoment', Kontrolle);
2. vernachlässigen sie die *Spezifität* des sozialwissenschaftlichen gegenüber dem naturwissenschaftlichen E., die Reduzierung der zu erkennenden Alltagsrealität auf eine untersuchte Laborrealität. Das Resultat sind Zweifel an der Übertragbarkeit der Probleme und Ergebnisse, begründet mit ‚Künstlichkeit', ‚mangelnder Repäsentanz'. Auch die Subjekt-Objekt-Relation (hier: Beziehung Vl./Vp.) ist nicht, wie in den Naturwissenschaften, quasi ontologisch gegeben und notwendig asymmetrisch, sondern sie ist auf Grund einer ‚passageren Rollenübernahme' (Holzkamp, 1972) zustandegekommen und prinzipiell umkehrbar. Außerdem ist die Vp.-Rolle sehr spezifisch: die Vp. muß eine nicht von ihr geschaffene Umwelt akzeptieren, über deren Beschaffenheit sie meist nicht Bescheid weiß (oder systematisch getäuscht wird), und in der ihre Handlungsmöglichkeiten radikal eingeschränkt sind: ‚organismische Anthropologie der Experimentalsituation' (Holzkamp, 1972). Zumindest diese Momente wären in einer angemessenen und dann komplexen Definition des E. zu berücksichtigen.

4 Formen des Experiments

Nach dem Kriterium, wie streng das Prinzip der Bedingungskontrolle eingehalten wird, lassen sich zwei Gruppen von E.n bzw. Designs unterscheiden:

1. Die *‚orthodoxen' Designs* beachten dieses Prinzip streng. Z. B. das ‚klassische' Design: ‚Zwei-Gruppen-Pretest-Posttest-Design', also: Versuchs- vs. Kontrollgruppe, beide einmal vor und einmal nach dem E. untersucht; oder die verschiedenen mehrfaktoriellen (mit mehreren unabhängigen Variablen) Designs (Edwards, 1968; Bortz, 1977), die durch die Varianzanalyse auswertbar wurden.
2. Demgegenüber stehen die *‚kontrollschwachen' Designs*, bei denen die Vergleichbarkeit von Versuchs- und Kontrollgruppe fraglich ist (‚Quasi-Experiment; Campbell/Stanley, 1966); und/oder die Untersuchung von Versuchs- und Kontrollgruppe nicht zeitparallel erfolgt (wie häufig in der Therapieforschung; Petermann, 1977); und/oder die Untersuchung allgemein in einem hochkomplexen Feld erfolgt (‚Feld-Experiment'); und/oder die Untersuchung retrospektiv, als Auswertung eines quasi ‚natürlichen Experiments' erfolgt (‚ex-post-factum-Experiment).

Während die ‚orthodoxe' (und damit meist Labor-)Forschung im Dilemma von ‚interner' und ‚externer Validität' (Campbell/Stanley, 1966) bzw. von Kontrolle und Repräsentanz (Holzkamp, 1964, 1968) auf die Kontrolle setzt, betonen die Befürworter der ‚kontrollschwachen' (und meist ‚alltagsnahen') E.-Formen die Repräsentanz.
Auf Grund der Vielfältigkeit der Ansätze in der ‚kontrollschwachen' E.-Methodologie fehlt (bisher noch) ein verbindliches Rationale der Auswertung. Entsprechend wird ihnen daher von den ‚harten' Methodologen bestenfalls der Status eines heuristischen, nicht eines Beweisinstruments zugestanden.

5 Probleme und Kontroversen

Die wichtigsten weiteren Probleme der experimentellen Methodologie bestehen in folgenden Bereichen: (a) Dilemma von interner/externer Validität bzw. Kontrolle/Repräsentanz; (b) Problem der Objektivität; (c) Bedeutung der Subjektivität; (d) Problem der sozialen, historischen etc. Relativität.

Interne Validität meint die angemessene kausale Interpretation der Ergebnisse, durch Kontrolle garantiert (MASCHEWSKY, 1978b); *externe Validität* meint die Anwendbarkeit und Verallgemeinerbarkeit der Ergebnisse, durch Repräsentanz zu erreichen. Beide Anforderungen scheinen sich bei gegebenem methodischem Aufwand zu widersprechen (BRUNSWIK, 1955; CAMPBELL/STANLEY, 1966; GADENNE, 1976); Lösungen sind offensichtlich nicht prinzipiell, sondern bestenfalls in begrenztem praktischem Kontext zu erreichen. In diesem Zusammenhang ist CAMPBELL/STANLEYS Liste der potentiell (intern oder extern) invalidierenden Störvariablen von großer praktischer Bedeutung. Während in der Regel aber die Lösung dieses Dilemmas auf der methodologischen Ebene gesucht wird (Raffinierung der Designs; Ausprobieren von Alternativmethodologien) verweist HOLZKAMP (1972) auf die Kopplung der methodischen Höherentwicklung an eine theoretische Rückentwicklung. Entsprechend sucht er die Lösung des Dilemmas eher auf theoretischer Ebene. Notwendiger Ausgangspunkt einer Lösung ist nach ihm eine qualifiziertere (also nicht mehr so beliebige) Variablenkonstitution, die sich systematisch am Gegenstand und seiner Dynamik orientiert (HOLZKAMP, 1977).

Objektivität wird meist reduziert auf intersubjektive Übereinstimmung bezüglich der Angemessenheit von Basissätzen (GROEBEN/WESTMEYER, 1975). Angesichts der deutlichen Forscher-, Situations- und Methodenabhängigkeit der Ergebnisse (BERGER, 1974) garantiert eine solche reduzierte Objektivitätsauffassung und -erfassung natürlich nicht, daß die in der Alltagsrealität durchschlagenden Determinanten eines Prozesses tatsächlich erfaßt werden. Beweis: die Nichtreplizierbarkeit und Nichtverallgemeinerbarkeit der Ergebnisse. Soll das Objektivitätskriterium relevant werden, muß es also um die Aspekte der Forscher-, Situations- und Methodenunabhängigkeit, und damit der Realitätshaltigkeit (im Sinne der Herausarbeitung durchschlagender Determinanten) erweitert werden. Lösungsansätze – bisher aber kaum genutzt – scheinen vorzuliegen in den Überlegungen zur *‚Repräsentanz‘* (BRUNSWIK, 1955; HOLZKAMP, 1964), zur externen Validität (GADENNE, 1976), zur ‚Methodologie des reinen Falls‘ (LEWIN, 1930/31), zur Unterscheidung von ‚Aktual-‘ und ‚sekundärer Empirie‘ (HOLZKAMP, 1973) und zur ‚Dialektik von Wesen und Erscheinung‘ (HAHN, 1968).

Bereits die ‚Sozialpsychologie des E.‘ verweist auf die Bedeutung der *menschlichen Subjektivität* als methodische Störvariable besonderer Art, da sie praktisch unkontrollierbar ist. DICK (1974) verdeutlicht darüber hinaus die quasi erkenntnistheoretische Absurdität der Behandlung der menschlichen Subjektivität als *bloßen Störfaktor* in der Wissenschaft vom menschlichen Bewußtsein und Verhalten. Eine solche Behandlung menschlicher Subjektivität läßt sich auch nicht rechtfertigen mit dem Hinweis, es gelte nur bestimmte Bewußtseinsfunktionen auszuschalten, um andere um so reiner untersuchen zu können, denn menschliches Bewußtsein ist durch Interdependenz, Systemhaftigkeit und Ganzheitlichkeit gekennzeichnet (IWANOWA/ASSEJEW, 1974). Die Konsequenz liegt in der Abwendung von Untersuchungssituationen, die auf Grund einer atomistischen Fragestellung versuchen, die Subjektivität der Vp. auszuschalten oder zu reduzieren/parzellieren. Es ist eine Hinwendung zu Techniken und Fragestellungen zu fordern, die versuchen, diese Subjektivität in ganzheitlicher Aktion mit voller Ausschöpfung ihrer Potenzen zu erfassen (SCHNEIDER, 1979, 1980).

Gegenüber dem universalistischen Anspruch der Allgemeinen Psychologie, die Aussagen über den Menschen schlechthin trifft, uneingedenk sozialer und historischer Differenzierungen – weshalb die Erstsemester der Psychologie, die üblicherweise die Vpn. stellen, ‚repräsentativ‘ für Menschen allgemein sein sollen –, zeigt sich immer wieder die *Relativität* der angeblich universellen Gesetzmäßigkeiten. Als Konsequenz wird Persönlichkeitsspezifität, Individuenspezifität, Schichtspezifität, Geschlechtsspezifität, Lebensaltersspezifität, Kulturspezifität eingeführt, wobei dies erfordert, den ‚Menschen schlechthin‘ entsprechend zu unterteilen, und diese Untergruppen getrennt zu analysieren und anschließend zu vergleichen. Solche Differenzierungen sind sinnvoll, aber ersetzen die Globalkonzeption des ‚Menschen schlechthin‘ nur durch *Konzepte mittlerer Ebene* – wie die ‚Frau schlechthin', die im Grunde ähnlich statisch sind und eine nicht vorhandene Homogenität suggerieren. Diese Differenzierungen sind unbegrenzt fortführbar. Einen anderen Weg schlägt HOLZKAMP (1973) vor: in seiner ‚funktional-historischen Methode' werden psychologische Befunde sehr breiter Herkunft sekundär-analytisch verarbeitet mit dem Ziel, aus der Zusammenschau der verschiedenen querschnittartigen Befunde (nach bestimmten strukturierenden Kriterien) ein Bild der Entwicklung der menschlichen Psyche in Abhängigkeit und Parallelität zu insbesondere gesellschaftlich-historischen Gegebenheiten zu entwickeln. Diese Form der Forschung läßt sich nach HOLZKAMP komplettieren durch eher ‚aktualempirische' Vorgehensweisen, wie etwa das ‚genetische E.' (LEONTJEW, 1971). Mit dieser Methode wird Entwicklung nicht in eine unbegreifbare Abfolge von in sich starren Phasen/Stadien aufgelöst, sondern in seiner *Prozeßhaftigkeit* und *Notwendigkeit* verdeutlicht.

6 Tendenzen

In den letzten Jahrzehnten zeichnen sich (wie bereits angedeutet) folgende neue wichtige Trends in der experimentellen Methodologie ab:

1. multivariates E. als Trend zur Berücksichtigung komplexer Kausalgefüge;
2. Quasi-E., Feld-E. als Trend zum ‚alltagsnahen Experimentieren';
3. interaktives E. (per Prozeßrechner) als Trend zur Berücksichtigung individueller Prozeßabläufe und Gesetzmäßigkeiten. Demselben Zweck dient die verstärkte Durchführung von Einzelfallstudien;
4. ‚Widerspruchs-E.', ‚Konflikt-' und ‚Streßtechniken', Einbeziehung von Techniken der Handlungsforschung, stärkere Betonung der Prozeßforschung als Trend zur stärkeren Thematisierung der Dynamik (gegenüber Struktur und/oder Resultat, ‚output') und ebenfalls als Trend zum ‚alltagsnahen Experimentieren';
5. meßtheoretische Untersuchungen des E. (etwa: ‚Sozialpsychologie des E.') als Trend zur Berücksichtigung der Subjektivität von Vl. und Vp. und der Spezifik der Vl./Vp.-Beziehung.

Fraglich bleibt, ob diese Weiterentwicklungen die Mängel des E. bezüglich Erkenntniswert – insbesondere: Nichtreplizierbarkeit, situative und zeitliche Labilität, Artefaktverdächtigkeit bzw. Methodenabhängigkeit, Divergenz, mangelnde Repräsentanz, mangelnde Objektivität (i. w. S.), Antisubjektivität und Ahistorizität der Ergebnisse – überwinden.

Erforderlich erscheint zumindest auch ein eigenes – und nicht an dem Gegenstand, der Realitätskonzeption und der Realitätsbeherrschung der Naturwissenschaften orientiertes – Forschungsparadigma der Psychologie (HOLZKAMP, 1964; MASCHEWSKY, 1978a). Dieses kann offensichtlich nicht darin bestehen, nichtexperimentelle Methodologien der Sozialwissenschaften allgemein – etwa Beobachtung, Befragung, Handlungsforschung, Ethnomethodologie etc. – unbefragt zu übernehmen, kann aber aus diesen zumindest Anforderungen an eine gegenstandsadäquatere (MASCHEWSKY, 1978b) psychologische Methodologie ableiten. Möglicherweise brauchbare Ansätze zur Lösung dieser Aufgabe liegen bereits vor.

Verweis auf andere Stichwörter

→Empirische Forschungsmethoden der Psychologie →Handlungsforschung →Psychologiegeschichte →Statistik →Subjekt →Tests und Testtheorie →Therapieforschung →Wissenschaftstheorie und Psychologie

Literatur

BERGER, H.: Untersuchungsmethode und soziale Wirklichkeit. Frankfurt/M.: Suhrkamp 1974.

BORTZ, J.: Lehrbuch der Statistik für Sozialwissenschaftler. Berlin: Springer 1977.

BRUNSWIK, E.: Representative Design and Probabilistic Theory in a Functional Psychology. Psychological Review, 1955, S. 193–217, 236–242.

CAMPBELL, D./STANLEY, J.: Experimental and Quasi-Experimental Designs for Research. Chicago: Rand McNally 1966.

CATTELL, R.: Handbook of Multivariate Experimental Psychology. Chicago: Rand McNally 1966.

CRONBACH, L.: Beyond the Two Disciplines of Scientific Psychology. American Psychologist, 30, 1975, S. 116–127.

DICK, F.: Kritik der bürgerlichen Sozialwissenschaften. Heidelberg: Sendler 1974.

EDWARDS, A.: Experimental Design in Psychological Research. New York: Holt, Rinehart & Winston [3]1968.

GADENNE, V.: Die Gültigkeit psychologischer Untersuchungen. Stuttgart: Kohlhammer 1976.

GROEBEN, N./WESTMEYER, H.: Kriterien psychologischer Forschung. München: Juventa 1975.

HAHN, E.: Historischer Materialismus und marxistische Soziologie. Berlin-Ost: Dietz 1968.
HOLZKAMP, K.: Theorie und Experiment in der Psychologie. Berlin: de Gruyter 1964.
HOLZKAMP, K.: Wissenschaft als Handlung. Berlin: de Gruyter 1968.
HOLZKAMP, K.: Kritische Psychologie. Frankfurt/M.: Fischer 1972.
HOLZKAMP, K.: Sinnliche Erkenntnis. Frankfurt/M.: Fischer Athenäum 1973.
HOLZKAMP, K.: Die Überwindbarkeit der wissenschaftlichen Beliebigkeit psychologischer Grundbegriffe durch die Kritische Psychologie. Zeitschrift für Sozialpsychologie, 1977, 8, 1–22, 78–97.
IWANOWA, I./ASSEJEW, V.: Methodologie und Methoden der psychologischen Forschung. In: SCHOROCHOWA, E. (Hrsg.): Methodologische und methodische Probleme der Psychologie. Berlin-Ost: Deutscher Verlag der Wissenschaften 1974.
JAEGER, S./STAEUBLE, I.: Die gesellschaftliche Genese der Psychologie. Frankfurt/M.: Campus 1978.
LEONTJEW, A.: Probleme der Entwicklung des Psychischen. Berlin-Ost: Volk und Wissen 1971.
LEWIN, K.: Gesetz und Experiment in der Psychologie. Berlin 1927.
LEWIN, K.: Der Übergang von der aristotelischen zur galileischen Denkweise in Biologie und Psychologie. Erkenntnis, 1, 1930/31, S. 421–466.
MASCHEWSKY, W.: Das Experiment in der Psychologie. Frankfurt/M.: Campus 1977.
MASCHEWSKY, W.: Methodologische Überlegungen zur Bedingungskontrolle. Bielefelder Arbeiten zur Sozialpsychologie, 42, 1978a.
MASCHEWSKY, W.: Implicit assumptions about the object of research in research methods. Bielefelder Arbeiten zur Sozialpsychologie, 47, 1978b.
MERTENS, W.: Sozialpsychologie des Experiments. Hamburg: Hoffmann & Campe 1975.
MILL, J. S.: System der deductiven und inductiven Logik. Leipzig 1872.
PETERMANN: Methodische Grundlagen klinischer Psychologie. Weinheim: Beltz 1977.
SCHNEIDER, U.: Die Rolle der Untersuchten im empirischen Forschungsprozeß. In: JÄGER, M./LEISER, E./KERSTEN, K./MASCHEWSKY, W./SCHNEIDER, U.: Subjektivität als Methodenproblem. Köln: Pahl-Rugenstein 1979.
SCHNEIDER, U.: Handlungsforschung – eine Alternative?. Frankfurt/M.: Campus 1980.
STACHOWIAK, H.: Über kausale, konditionale und strukturelle Erklärungsmodelle. Philosophia Naturalis, 1957, 4.
VERWORN, M.: Kausale und konditionale Weltanschauung. Jena 1912.

Werner Maschewsky

Forensische Psychologie und Kriminalpsychologie

1 Einführung

Forensische (gerichtliche) Psychologie (F.P.) und Kriminalpsychologie (K.) stellen Teilgebiete der Angewandten Psychologie dar. Die Entwicklung einer eigenständigen F.P. zu Beginn des 20. Jahrhunderts ist mit psychologiegeschichtlich sehr bedeutsamen Namen verknüpft: zum Beispiel mit A. BINET und W. STERN als Autoren aussagepsychologischer Arbeiten, mit M. WERTHEIMER und C. G. JUNG als Rivalen hinsichtlich der Begründung einer psychologischen Tatbestandsdiagnostik, die vorwiegend auf Assoziationsversuchen aufbaute (vgl. UNDEUTSCH, 1967b, 26ff.; TENT, 1967, 185ff.). Die auch heute noch weniger abgegrenzte K. hat Ende des 19. Jahrhunderts wichtige Vorläufer außerhalb der Psychologie: zum Beispiel in den Arbeiten des Mediziners C. LOMBROSO zum „geborenen Verbrecher“ oder in den vergleichsweise modern anmutenden Auffassungen des Juristen F. v. LISZT, der „Defizite“ der Persönlichkeit, Sozialisation *und* Strafrechtspflege als kriminogene Bedingungsfaktoren annahm (vgl. KAISER, 1976, 18ff.).
Im derzeitigen Sprachgebrauch besteht keine einheitliche Begriffsbestimmung und gegenstandsmäßige Abgrenzung von F.P. und K. Beide werden einander zum Teil über-, unter- oder sich überlappend nebengeordnet (vgl. LIEBEL/v. USLAR, 1975, 29ff.). Weitgefaßt ist unter F.P. die *Anwendung der Psychologie auf die Rechtspflege* zu verstehen. Konkret behandelte Gegenstände sind jedoch hauptsächlich die wissenschaftlichen Grundlagen und die Praxis der gerichtlichen *Sachverständigentätigkeit* von Psychologen. Sie betrifft zum Beispiel Fragen der strafrechtlichen Verantwortlichkeit oder Delikthaftung junger Menschen, der Schuldfähigkeit, der Glaubwürdigkeit von Zeugenaussagen, der Kriminalitäts- und Bewährungsprognose, des elterlichen Sorgerechts und der Vormundschaft, der Berufs- oder Arbeitsunfähigkeit und Rehabilitation, der Eignung zur Führung von Kraftfahrzeugen (vgl. UNDEUTSCH, 1967a, 1976). Abgesehen von der gemeinsamen Bezugsinstitution handelt es sich um sehr heterogene diagnostische Gebiete. Je nach straf-, zivil- oder verwaltungsgerichtlicher

Aufgabenstellung sind sie jeweils enger mit der Klinischen, Entwicklungs-, Arbeits- oder Verkehrspsychologie verbunden als untereinander. Teilweise wird daher die F.P. stärker auf den strafrechtlichen Bereich bezogen, jedoch weniger auf die gerichtliche Sachverständigentätigkeit beschränkt. In dieser Betrachtung überlappt sie sich mit dem Gegenstandsbereich der K., die allgemein Anwendungen psychologischer Theorien und Methoden auf die Kriminalitätsthematik umfaßt. Neben die Begutachtungsaufgaben in Strafverfahren treten dabei insbesondere psychologische Ansätze der Kriminalitätserklärung und die Psychologie im Strafvollzug. In exemplarischer Form werden im folgenden diese Überschneidungsbereiche von F.P. und K. dargestellt.

2 Psychologische Kriminalitätserklärung

Zumindest implizite Grundlage auch der gerichtlich-psychologischen Tätigkeit im Strafrecht sind theoretische Annahmen über Kriminalitätsbedingungen. *Die* psychologische Perspektive der Kriminalitätserklärung gibt es allerdings nicht. Die verschiedenen Ansätze gehen zum Beispiel von konstitutionellen, persönlichkeitspsychologischen, psychoanalytischen und lerntheoretischen Hypothesen oder ihrer multifaktoriellen Kombination aus (zusammenfassend z.B. DECHÊNE, 1975). Zahlreiche Beiträge orientieren sich dabei an psychiatrischen oder klinisch-psychologischen Persönlichkeitskategorien. Gesellschaftlich definierte Kriminalität und ihre Unterformen erscheinen als Ausdruck psychischer Defizite, Eigenschaften, Konflikte, Entwicklungsstörungen oder eines allgemeinen Andersseins des Täters (vgl. die „kriminelle Persönlichkeit" bei YOCHELSON/SAMENOW, 1976). Besonders deutlich wird dies in letztlich tautologischen Psychopathiekonzepten. Aber auch jene Ansätze, die den schichtspezifischen Einfluß sozialer Kontexte hervorheben (z.B. MOSER, 1972), sind indirekt auf die *Täterpersönlichkeit* konzentriert.

Gegen ein täterbezogenes Paradigma psychologischer Kriminalitätserklärung wendet sich die seit den fünfziger Jahren entwickelte „Interaktions-", „Labeling-" oder *„Etikettierungsperspektive"* abweichenden Verhaltens. Anstelle der in vielen psychologischen Ansätzen quasi vorgegebenen Handlungskategorie der „Kriminalität" wird hierbei die gesellschaftliche Definition und Konstruktion dieses Phänomens hervorgehoben (ähnlich bereits bei FREUD und insbesondere DURKHEIM zu Beginn des Jahrhunderts). Daß sich die psychologische Kriminalitätsforschung relativ spät und wenig mit dieser sozialwissenschaftlichen Perspektive auseinandergesetzt hat, mag der Legitimierungsfunktion zugeschrieben werden, die täterbezogene Ansätze für praktisch-psychologische Begutachtungs- und Behandlungsaufgaben haben. Wesentlich erscheint aber auch die geringe inter-/multidisziplinäre Ausrichtung vieler Untersuchungen. Durch sie wurden die institutionellen Grundlagen des eigenen Forschungsfeldes zu wenig beachtet. Dies gilt vor allem für *Selektions- und Stigmatisierungsprozesse* durch soziale Kontrollinstanzen (zusammenfassend BRUSTEN/HOHMEIER, 1975). Die meisten psychologischen Beiträge beziehen sich auch nicht auf „die Kriminalität", sondern vorwiegend auf offiziell aufgeklärte, stärker sanktionierte, persistente und Jugendkriminalität. Bei jährlich rund vier Millionen registrierten Straftaten im Bundesgebiet, einem geschätzten Vorbestraftenanteil in der männlichen Bevölkerung von ca. 20 Prozent und einem immensen Dunkelfeld (zusammenfassend jeweils KAISER, 1976, 166ff.) ist diese Gegenstandseinschränkung sehr wesentlich.

Trotz einer Reihe von Problemen der interaktionistischen Perspektive (z.B. OPP, 1974, 194ff.) ermöglicht sie eine theorien- und methodenkritische Reflexion psychologischer Kriminalitätsforschung (vgl. LÖSEL, 1975). Auch nach Auffassung ihrer grundlegenden Vertreter (z.B. LEMERT, 1967) kann sie jedoch tat- und täterbezogene Erklärungen nicht ersetzen; denn schwerpunktmäßig bildet sie einen Interpretationsrahmen für die gesellschaftliche Reaktion auf keineswegs gleich verteilte Handlungsformen (Primärdevianz). Handlungs- und positionsbezogene Kriminalitätstheorien schließen sich auch keineswegs aus (z.B. RÜTHER, 1975), wenngleich es an empirisch umgesetzten Konkretisierungen mangelt (vgl. LÖSEL, 1978). Geht man von der Notwendigkeit unterschiedlicher Erklärungsebenen aus (vgl. TAYLOR et al., 1973, 268ff.), so enthalten zum Beispiel psychoanalytische oder allgemein sozialisationsbezogene Ansätze die Möglichkeit der Verknüpfung von intrapsychischen, mikrosozialen und sozial-strukturellen Betrachtungsweisen (z.B. DECHÊNE, 1975; KERSCHER, 1977). Allerdings zeigen auch unabhängig von der Kritik durch die

Interaktionsperspektive die tradierten kriminalpsychologischen Untersuchungsansätze Defizite. Hierunter fallen zum Beispiel begriffliche und operationale Unzulänglichkeiten, methodische Probleme der üblichen Vergleiche zwischen „Kriminellen“ und (offiziell) „Unauffälligen“ sowie Mißinterpretationen scheinbar plausibler, jedoch vieldeutiger und quantitativ mäßiger Zusammenhänge (vgl. außerdem AMELANG/RODEL, 1970). Im Vergleich zur breiten spekulativen Literatur über psychische und demographische Tätermerkmale erscheint die empirische Basis ziemlich schmal (vgl. LÖSEL, 1975; LÖSEL/LINZ, 1975). Dies gilt auch für Tätertypologien, sogenannte „Prognosetafeln“ oder den erbbiologischen Ansatz von EYSENCK (1964). Bislang relativ vernachlässigte Aufgaben einer tat- und täterbezogenen Forschung liegen dagegen in der längsschnitthaften und wenig typologisierenden Personenbetrachtung (vgl. QUENSEL, 1970) sowie in einer stärker situationsbezogenen Analyse der Entscheidungs- und Handlungsstrukturen, die sich im Delikt manifestieren (vgl. LÖSEL, 1975). Letztere muß auch vermehrt die psychologischen Aspekte der Täter-Opfer-Interaktion einbeziehen (vgl. SCHNEIDER, 1975).

3 Psychologische Aussage- und Verantwortlichkeitsbeurteilung

a) Die *Aussagepsychologie* befaßt sich mit der Psychologie der Vernehmung und Glaubwürdigkeit von Aussagen (vgl. ARNTZEN, 1970, 1978). Der Psychologe hat vor allem bei Sittlichkeitsdelikten die Glaubwürdigkeit der Zeugenaussagen von Kindern und Jugendlichen zu beurteilen. Die diagnostischen Untersuchungen betreffen dabei sowohl die Zeugentüchtigkeit im Sinne kognitiver Fähigkeiten als auch die Zeugenehrlichkeit im Sinne der Motivation.

Jahrhundertelange Diskriminierungen bestimmter Zeugengruppen – zum Beispiel der Frauen – zeigt die Rechtsgeschichte. Dagegen haben die eingangs erwähnten ersten aussagepsychologischen Arbeiten nahegelegt, daß generell den Berichten von Augenzeugen mit Skepsis zu begegnen ist, und zahlreiche situative und personale Bedingungen die Genauigkeit beeinflussen. Dies entspricht dem modernen Verständnis von Wahrnehmung als einer Rekonstruktion der Umwelt unter Mitverwendung der Reizgegebenheiten. Der Verwertungszusammenhang der frühen aussagepsychologischen Arbeiten erweist sich jedoch als problematisch. Die experimentellen Ergebnisse zu Bildern oder simulierten Tatabläufen wurden unkritisch auf die gutachtliche Praxis übertragen. Da auch in den damaligen entwicklungspsychologischen Lehren alterstypische Reifungskrisen und Mängel betont wurden, diente das „neutrale“ psychologische Gutachten in der Regel der Verteidigung (vgl. UNDEUTSCH, 1967b, 37ff.). Heute steht man dem kindlichen Zeugen positiver gegenüber, allerdings können sich zum Beispiel durch den Familieneinfluß bei Inzestdelikten besondere Leugnungstendenzen ergeben.

Da die Würdigung von Zeugenaussagen gerade aus der richterlichen Lebenserfahrung erfolgen soll, wird die Hinzuziehung von Psychologen von regionalen und persönlichen Präferenzen beeinflußt (vgl. MÜLLER-LUCKMANN, 1973). Uneinheitlich sind auch innerhalb der F.P. die Standpunkte zum Erkenntnisziel und den Methoden. Zwar wird kaum noch nach „der Glaubwürdigkeit“ im Sinne eines generellen Persönlichkeitsmerkmals gefragt, doch bestehen bei der Beurteilung der Glaubwürdigkeit in bezug auf den konkreten Fall oder die Glaubhaftigkeit einer bestimmten Aussage Akzentuierungsunterschiede (vgl. LIEBEL/v. USLAR, 1975, 78ff.). Ihnen entsprechen stärker persönlichkeitsdiagnostische oder aussagenanalytische Vorgehensweisen (vgl. ARNTZEN, 1970; UNDEUTSCH, 1967b). Deren Validität ist jeweils weniger durch Kontrolluntersuchungen als durch die gutachtliche Erfahrung begründet. Über vorwiegend methodische Fragen der Begutachtung hinausgehend, bleibt anzumerken, daß der Prozeß der Strafverfolgung und das Bekanntwerden in der Gemeinde für kindliche Opfer/Zeugen nicht selten belastender sein können als das Delikt selbst.

Hinsichtlich der Aussagen von Beschuldigten sind vieldiskutierte Verfahren entwickelt worden, die in Fortführung der „klassischen“ Assoziationsversuche physiologische Korrelate der aufrichtigen Äußerung erfassen sollen (sogenannter „Lügendetektor“, Polygraph). Sie sind jedoch ethisch, rechtlich und methodisch umstritten und als Beweismittel in der Bundesrepublik nicht zugelassen (vgl. dazu TENT, 1967).

b) Ein zweiter typischer Bereich forensisch-psychologischer Sachverständigentätigkeit betrifft die *strafrechtliche Verantwortlichkeit* von Beschuldigten. Hierunter fallen die Reifebeurteilung von Jugendlichen gemäß § 3 des Jugendgerichtsgesetzes (JGG), die Beurteilung des Entwicklungsstands gemäß § 105 JGG und die Beurteilung der Schuldunfähigkeit gemäß § 20 oder verminderten Schuldfähigkeit gemäß § 21 des Strafgesetzbuches (StGB). Als Problembeispiel seien die Beurteilungsaufgaben nach dem JGG ausgewählt. In der Schuldfähigkeitsbegutachtung ist zwar – gegenüber dem früheren § 51 StGB – die psychologisch-funktionale Sichtweise deutlicher geworden (vgl. dazu THOMAE/SCHMIDT, 1967). Sie stellt aber weitgehend eine psychiatrische Domäne dar.

Bereits seit 1923 ist das JGG prinzipiell – wenn auch nicht notwendig in der Vollzugspraxis – auf die individual-präventive Erziehung ausgerichtet. In der Fassung von 1953 macht § 3 JGG die strafrechtliche Verantwortlichkeit nicht nur von der formalen Strafmündigkeit (14 Jahre) abhängig, sondern außerdem davon, daß der Jugendliche „zur Zeit der Tat nach seiner sittlichen und geistigen Entwicklung reif genug ist, das Unrecht der Tat einzusehen und nach dieser Einsicht zu handeln". Die fachwissenschaftliche Beurteilung im Rahmen der Jugendgerichtshilfe ist nicht obligatorisch. Wird dem Jugendlichen „Schwachsinn" attribuiert, sind gegenüber der Schuldunfähigkeitsfeststellung nach § 20 StGB psychologisch zweifelhafte, wegen der Rechtsfolgen aber wesentliche Überlegungen zum „Entwicklungsabschluß" erforderlich (vgl. PETERS, 1967, 280f.). Angesichts der Konjunktion im Gesetzestext liegt jedoch das psychologische Hauptproblem des § 3 JGG in den Kriterien der „sittlichen Reife" bzw. des ethisch-sittlichen Entwicklungsstandes. Die betreffende Persönlichkeits- und Situationsdiagnose entstammt nicht näher fixierten „Erfahrungsmaßstäben" (vgl. LIEBEL/v. USLAR, 1975, 96). Trotz verschiedener Vorschläge fehlen hinreichend präzise und verbindliche Kriterien. Deutlich werden damit die immanenten Diskrepanzen zwischen juristischen und psychologischen Kategorien. Sie bestehen aber auch zwischen psychologischen Forschungskategorien (z.B. zum moralischen Urteil; vgl. KOHLBERG, 1971) und jenen der psychologischen Sachverständigentätigkeit. Noch problematischer ist die durch § 105 JGG aufgegebene Fragestellung. Danach soll das JGG dann auf 18- bis 21jährige Straftäter angewendet werden, „wenn 1. die Gesamtwürdigung der Persönlichkeit des Täters bei Berücksichtigung auch der Umweltbedingungen ergibt, daß er zur Zeit der Tat nach seiner sittlichen und geistigen Entwicklung einem Jugendlichen gleichstand oder 2. es sich nach der Art, den Umständen oder den Beweggründen der Tat um eine Jugendverfehlung handelt". Offensichtlich geht man von alters- und persönlichkeitstypologischen Vorstellungen aus, die lediglich alltagspsychologischer Theorienbildung entsprechen. Zwar liegen ausführliche Versuche der Kriterienformulierung vor (z.B. VILLINGER, 1955), doch handelt es sich letztlich um dispositionelle Mängelkataloge, die an einem Idealbild des angepaßten Erwachsenen orientiert sind (vgl. MÜLLER-LUCKMANN, 1973). Indem vor allem bei „schweren" Straftaten ein Sachverständiger zugezogen und von § 105 JGG Gebrauch gemacht wird (vgl. LENCKNER, 1972, 259f.), ergeben sich auch Probleme der Rechtsungleichheit. Auf Grund der Mängel der Individualbeurteilung wäre eine grundsätzliche Anwendung des JGG bei „Heranwachsenden" vorzuziehen. Allerdings bestünden dabei Widersprüche zur Herabsetzung des Volljährigkeitsalters auf 18 Jahre.

4 Psychologie im Strafvollzug

Die *Strafvollzugspsychologie* bezieht sich auf freiheitsentziehende Kriminalsanktionen, insbesondere die Freiheitsstrafe. Der Anteil zur Vollstreckung angeordneter Freiheitsstrafen ist zugunsten ambulanter Sanktionen in den letzten hundert Jahren von ca. 75 Prozent (Deutsches Reich) auf ca. sieben Prozent (BRD) zurückgegangen (vgl. KAISER, 1976, 137). Trotzdem befinden sich in bundesdeutschen Gefängnissen laufend etwa 35000 Strafgefangene. Schuld und Strafe sind gesellschaftlich wesentliche Bestandteile moralischer Sozialisation. Angesichts von Rückfälligkeitsraten bis zu 80 Prozent und einer entsprechend hohen Selbstrekrutierung der Insassen, muß der repressive Verwahrvollzug jedoch als individuell ineffektiv gelten. Das seit 1.1.1977 in Kraft befindliche Strafvollzugsgesetz (StVollzG) ist nun vor allem spezialpräventiv ausgerichtet (vgl. MÜLLER-DIETZ, 1977; KAISER et al., 1977). Während in der bis dahin geltenden Dienst- und Vollzugsordnung (DVollzO) verschiedene Ziele nebeneinander genannt wurden (Schutz der Allgemeinheit, Weckung der Schuldeinsicht, Wiedereingliederung; Nr. 57 DVollzO), dominiert nach § 2 StVollzG die (Re-)Sozialisierungsaufgabe: „Im

Vollzug der Freiheitsstrafe soll der Gefangene fähig werden, künftig in sozialer Verantwortung ein Leben ohne Straftaten zu führen (Vollzugsziel). Der Vollzug der Freiheitsstrafe dient auch dem Schutz der Allgemeinheit vor weiteren Straftaten."

Anders als im weniger kompromißbelasteten Alternativentwurf zur Strafvollzugsreform (vgl. dazu BAUMANN, 1974) sind Aufgaben und Position des Psychologen im StVollzG nicht speziell herausgehoben. Im Sinne einer Stabsposition hat er in vielen Tätigkeiten nur empfehlende Funktion. Ähnlich wie bisher bestehen seine Aufgaben unter anderem in der Eingangsdiagnostik zur Erstellung eines Vollzugsplans, in der Behandlung akuter Konfliktfälle, in individual- und gruppentherapeutischer Arbeit, in prognostischen Beurteilungen bezüglich Änderungen der Haftform, Urlaubsgewährung, Aussetzung von Reststrafen zur Bewährung, Einweisung in eine sozialtherapeutische Anstalt etc. Im letztgenannten Behandlungsvollzug für ausgewählte Tätergruppen haben therapeutische Aufgaben des Psychologen größeres Gewicht als im verwaltungsüberlasteten Regelvollzug.

Sieht man von den speziellen Möglichkeiten und Konflikten der bislang in der BRD nur modellhaft eingerichteten *sozialtherapeutischen* Anstalten ab, so gliedern sich die Probleme der Strafvollzugspsychologie in drei Ebenen: Zum einen handelt es sich um Defizite innerhalb der Psychologie. Wie KURY/FENN (1977) hervorheben, sind gerade für die speziellen diagnostischen und therapeutischen Aufgaben des Strafvollzugs bislang kaum Instrumente und Methoden entwickelt oder hinlänglich geprüft. Generelle Aussagen zur Brauchbarkeit einzelner Therapieformen dürften allerdings ebenso inadäquat sein wie solche zum mangelnden „Leidensdruck" bei Delinquenten (vgl. dazu STELLER, 1977, 69ff.). Grundsätzlich ist von besonderen zielbezogenen und methodischen Schwierigkeiten auszugehen, da die Freiwilligkeit der Therapie primär nicht erfüllt ist. Indem das Vollzugsmilieu viele negative Einflüsse und Deprivationen enthält (vgl. HOHMEIER, 1973; SCHWIND/BLAU, 1976), bleibt die Beschäftigung mit psychologischen Techniken ohne Berücksichtigung des Kontexts der *„totalen Institution"* unzureichend.

Diese zweite, die institutionelle Problemebene der Strafvollzugspsychologie, wird längerfristig zeigen, ob sich der gesetzlich fixierte Resozialisierungsgedanke in die konkrete Vollzugspraxis umsetzen läßt. Denn entscheidend sind die materiellen, organisatorischen und psychologischen Bedingungen und Abläufe im Alltag. Der Psychologe steht dabei, wie andere Mitarbeiter, im *zentralen Konflikt zwischen Sicherheit/Ordnung und Resozialisierung*, scheint aber außerdem in seiner Berufsrolle eher isoliert (vgl. KLAPPROTT et al., 1976). Mindestens ebenso wichtig wie die auf den Einzelfall bezogene diagnostisch-therapeutische Ausrichtung des Strafvollzugspsychologen ist daher sein *sozial- und organisationspsychologisches* Selbstverständnis (vgl. WAGNER, 1972). Ein Aufgabenfeld betrifft auch die psychologische *Aus- und Weiterbildungsarbeit* mit den Aufsichtsbeamten (z.B. BLICKHAN et al., 1976). Insgesamt wird die institutionelle Problematik der Strafvollzugspsychologie wesentlich durch die personelle Ausstattungslage gefördert, nach der in manchen Anstalten ein Psychologe für mehrere hundert Insassen zuständig ist. So besteht die Gefahr, daß sich Psychologen aus dem Strafvollzug zurückziehen oder lediglich Alibifunktion haben (vgl. KURY/FENN, 1977).

Grundlegend für die genannten Schwierigkeiten ist die dritte Problemebene, die die *gesellschaftliche Einbettung der Institution Strafvollzug* betrifft. Die Unterschiede zwischen StVollzG und dem Alternativentwurf, Ausstattungsdefizite, die Art der Diskussion in den Massenmedien etc. sind Ausdruck verbreiteter Widerstände gegen Reformen (vgl. außerdem TREIBER, 1973). Gesellschaftlich verwurzelte Vergeltungs- und Stigmatisierungseinstellungen manifestieren sich auch in der informellen sozialen Ausgliederung nach der Haftentlassung. Gegen eine übertriebene Behandlungseuphorie sprechen allerdings Einzelfallerfahrungen und Ergebnisse der Strafvollzugsforschung (z.B. LIPTON et al., 1975). Die einseitige argumentative Selektion solcher Daten verkennt jedoch, daß selbst ein günstiger Vollzug nur einen Teileinfluß zur Erreichung von (Re-)Sozialisierungszielen darstellt, der von gegenläufigen sozialen Prozessen durchaus kompensiert werden kann (vgl. OPP, 1972). Angesichts der in den Fachwissenschaften allzu rasch wechselnden Moden von Behandlungseuphorie und Skeptizismus ist zu bedenken, daß der naive Empirismus mancher Evaluationen die gegebene gesellschaftliche Kontext- und Wertgebundenheit des Problems vernachlässigt (vgl. MÜLLER-DIETZ, 1976, 44).

5 Schlußbemerkung

Konflikte zwischen Psychologie und (Straf-) Rechtspflege sind durch eine Reihe grundsätzlicher Probleme begründet (vgl. auch KAISER, 1976, 70ff.). Sie ergeben sich zum Beispiel aus der erfahrungswissenschaftlich-erklärenden versus normativen Grundposition; aus pluralistischen psychologischen Ansätzen versus einer angestrebten Einheit der Rechtsauffassung; aus der Vorläufigkeit vieler psychologischer Aussagemöglichkeiten versus juristischen Sicherheits-/Wahrscheinlichkeitsanforderungen; aus fortschreitender Wissensdifferenzierung versus längerfristiger kategorialer Festschreibung; aus Prinzipien der individuellen Hilfe versus solchen des Allgemeinheitsschutzes und der Generalprävention; aus Motiven der Umsetzung psychologischer Erkenntnisse in Praxisveränderung versus der Bewahrung einer Rechtsordnung oder eigener Zuständigkeit.

Erforderlich ist Verständnisbereitschaft und kritische Auseinandersetzung mit den disziplinären Problemen des anderen *und* eigenen Faches. Wohl auch unter der Konkurrenz zur besser etablierten Forensischen Psychiatrie wurden in der F.P. grundlagentheoretische und zielbezogene Fragen allerdings zu wenig berücksichtigt. Dies entspricht einer fremdbestimmten, hilfswissenschaftlichen Position, die allein durch pragmatische Aufgabenstellungen und Problemdefinitionen charakterisiert ist (vgl. WALLER, 1970). Die F.P. verdeutlicht dabei allgemeine Gefahren der Trennung von „Grundwissenschaft" und „Anwendung". Im Hinblick auf simplifizierende und realitätsferne Auseinandersetzungen mit forensisch- und kriminalpsychologischen Fragen ist allerdings festzuhalten: Für die konkrete Tätigkeit als Sachverständiger oder im Strafvollzug ist psychologisches Denken „*im* Recht" unabdingbare Voraussetzung. Für die Psychologie als Bezugswissenschaft der Justiz ist jedoch außerdem psychologisches Denken „*über* Recht" erforderlich. Dieses kann zum Beispiel den richterlichen Kommunikationsstil gegenüber Angeklagten (z.B. TAUSCH/LANGER, 1971), Urteilsbildungen (z.B. HAISCH/GRABITZ, 1977) oder die Psychologie der Strafjustiz (z.B. DECHÊNE, 1975, 223ff.) betreffen. Es schließt aber auch die Reflexion der eigenen Rolle im sozialen Kontrollprozeß ein. Hier sind insbesondere die Folgen der verallgemeinernden Abstempelung in diagnostischen und prognostischen Beurteilungen zu nennen. Von der Fähigkeit zur Verknüpfung des Denkens „im" und „über Recht" dürfte es abhängen, inwieweit die Psychologie ihre Einflußmöglichkeiten auf die Genese/Änderung von Rechtsnormen wahrzunehmen vermag.

Verweis auf andere Stichwörter

→Abweichendes Verhalten →Diagnostik →Differentielle Psychologie →Persönlichkeit →Psychiatrie →Organisationspsychologie →Sozialtherapie

Literatur

AMELANG, M./RODEL, G.: Persönlichkeits- und Einstellungskorrelate krimineller Verhaltensweisen. Psychologische Rundschau, 21, 1970, S. 157–179.

ARNTZEN, F.: Psychologie der Zeugenaussage. Göttingen: Hogrefe 1970.

ARNTZEN, F.: Vernehmungspsychologie. München: Beck 1978.

BAUMANN, J. (Hrsg.): Die Reform des Strafvollzugs. München: Goldmann 1974.

BLICKHAN, C./BRAUNE, P./KLAPPROTT, J./LINZ, P./LÖSEL, F.: Psychologische Fortbildung für den Strafvollzug. Stuttgart: Enke 1976.

BRUSTEN, M./HOHMEIER, J. (Hrsg.): Stigmatisierung, 2 Bde. Neuwied: Luchterhand 1975.

DECHÊNE, H. CH.: Verwahrlosung und Delinquenz. München: Fink 1975.

EYSENCK, H. J.: Crime and personality. London: Routledge and Kegan Paul 1964.

HAISCH, J./GRABITZ, H.-J.: Verhaltensursachen bei Straftätern und Strafurteile durch Juristen und Laien. Monatsschrift für Kriminologie und Strafrechtsreform, 60, 1977, S. 82–88.

HOHMEIER, J.: Aufsicht und Resozialisierung. Stuttgart: Enke 1973.

KAISER, G./KERNER, H.-J./SCHÖCH, H.: Strafvollzug. Karlsruhe: Müller ²1977.

KAISER, G.: Kriminologie. Karlsruhe: Müller ³1976.

KERSCHER, I.: Sozialwissenschaftliche Kriminalitätstheorien. Weinheim und Basel: Beltz 1977.

KLAPPROTT, J./BLICKHAN, C./BRAUNE, P./LINZ, P./LÖSEL, F.: Zur beruflichen Situation von Aufsichtsbeamten im Strafvollzug. Soziale Welt, 27, 1976, 71–86.

KOHLBERG, L.: From is to ought: How to commit the naturalistic fallacy and get away with it in the study of moral development. In: MISCHEL, TH. (Hrsg.): Cognitive development and epistemology. New York: Academic Press 1971, S. 151–235.

KURY, H./FENN, R.: Probleme und Aufgaben im behandlungsorientierten Strafvollzug. Psychologische Rundschau, 28, 1977, S. 190–203.

LEMERT, E. M.: Human deviance, social problems and social control. Englewood Cliffs: Prentice Hall 1967.

LENCKNER, TH.: Strafe, Schuld und Schuldfähigkeit. In: GÖPPINGER, H./WITTER, H. (Hrsg.): Handbuch der Forensischen Psychiatrie. Berlin: Springer 1972, S. 3–286.

LIEBEL, H./USLAR, W. V.: Forensische Psychologie. Stuttgart: Kohlhammer 1975.

LIPTON, D. S./MARTINSON, R./WILKS, J.: The effectiveness of correctional treatment: A survey of treatment evaluations. New York: Praeger 1975.

LÖSEL, F.: Handlungskontrolle und Jugenddelinquenz. Stuttgart: Enke 1975.

LÖSEL, F.: Über elementare Konzepte sozialer Devianz und ihre Beziehung. Zeitschrift für Sozialpsychologie, 9, 1978, S. 2–18.

LÖSEL, F./LINZ, P.: Familiale Sozialisation von Delinquenten. In: ABELE, A./MITZLAFF, S./NOWACK, W. (Hrsg.): Abweichendes Verhalten. Stuttgart: Frommann-Holzboog 1975, S. 181–203.

MOSER, T.: Jugendkriminalität und Gesellschaftsstruktur. Frankfurt: Fischer-Taschenbuch 1972.

MÜLLER-DIETZ, H.: Empirische Forschung im Strafvollzug. Frankfurt: Klostermann 1976.

MÜLLER-DIETZ, H.: Strafvollzugsrecht. Berlin: de Gruyter 1977.

MÜLLER-LUCKMANN, E.: Psychologie und Strafrecht. In: GRIMM, D. (Hrsg.): Rechtswissenschaft und Nachbarwissenschaften, Bd. 1. Frankfurt: Athenäum/Fischer 1973, S. 215–230.

OPP, K.-D.: Zur Erreichbarkeit des Resozialisierungszieles durch Strafvollzug. Monatsschrift für Kriminologie und Strafrechtsreform, 55, 1972, S. 157–169.

OPP, K.-D.: Abweichendes Verhalten und Gesellschaftsstruktur. Darmstadt und Neuwied: Luchterhand 1974.

PETERS, K.: Die Beurteilung der Verantwortungsreife. In: UNDEUTSCH, U. (Hrsg.): Handbuch der Psychologie, Bd. 11, Forensische Psychologie. Göttingen: Hogrefe 1967, S. 260–295.

QUENSEL, S.: Wie wird man kriminell: Verlaufsmodell einer fehlgeschlagenen Interaktion zwischen Delinquenten und Sanktionsinstanz. Kritische Justiz, 4, 1970, S. 375–383.

RÜTHER, W.: Abweichendes Verhalten und „labeling approach“. Köln: Heymanns 1975.

SCHNEIDER, H. J.: Viktimologie. Tübingen: Mohr 1975.

SCHWIND, H.-D./BLAU, G. (Hrsg.): Strafvollzug in der Praxis. Berlin: de Gruyter 1976.

STELLER, M.: Sozialtherapie statt Strafvollzug. Köln: Kiepenheuer & Witsch 1977.

TAUSCH, A.-M./LANGER, I.: Soziales Verhalten von Richtern gegenüber Angeklagten. Zeitschrift für Entwicklungspsychologie und Pädagogische Psychologie, 3, 1971, S. 283–303.

TAYLOR, I./WALTON, P./YOUNG, J.: The new criminology: for a social theory of deviance. London and Boston: Routledge & Kegan Paul 1973.

TENT, L.: Psychologische Tatbestandsdiagnostik (Spurensymptomatologie, Lügendetektion). In: UNDEUTSCH, U. (Hrsg.): Handbuch der Psychologie, Bd. 11, Forensische Psychologie. Göttingen: Hogrefe 1967, S. 185–259.

THOMAE, H./SCHMIDT, H. D.: Psychologische Aspekte der Schuldfähigkeit (im Sinne des § 51 StGB bzw. 24/25 E 1962). In: UNDEUTSCH, U. (Hrsg.): Handbuch der Psychologie, Bd. 11, Forensische Psychologie. Göttingen: Hogrefe 1967, S. 326–396.

TREIBER, H.: Widerstand gegen Reformanstalten. In: STEINERT, H. (Hrsg.): Der Prozeß der Kriminalisierung. München: Juventa 1973, S. 81–104.

UNDEUTSCH, U. (Hrsg.): Handbuch der Psychologie, Bd. 11, Forensische Psychologie. Göttingen: Hogrefe 1967 a.

UNDEUTSCH, U.: Beurteilung der Glaubhaftigkeit von Zeugenaussagen. In: UNDEUTSCH, U. (Hrsg.): Handbuch der Psychologie, Bd. 11, Forensische Psychologie. Göttingen: Hogrefe 1967 b, S. 26–181.

UNDEUTSCH, U.: Überblick über die gerichtspsychologische Gutachtertätigkeit in Deutschland. In: REHBERG, J. (Hrsg.): Probleme des gerichtspsychiatrischen und -psychologischen Gutachtens. Diessenhofen: Rüegger 1976.

VILLINGER, W.: Das neue Jugendgerichtsgesetz aus jugendpsychiatrischer Sicht. Praxis der Kinderpsychologie und Kinderpsychiatrie, 4, 1955, S. 1–5.

WAGNER, G.: Psychologie im Strafvollzug. München: Goldmann 1972.

WALLER, M.: Pragmatismus – oder theoretische Abstinenz als Ausdruck des Selbstverständnisses von „Gehilfen“?. Diagnostica, 16, 1970, S. 42–50.

YOCHELSON, S./SAMENOW, S. E.: The criminal personality, Vol. I. New York: Jason Aronson 1976.

Friedrich Lösel

Freizeitpsychologie

1 Definitionsversuche

Das gestellte Thema verlangt zuerst eine Definition des Begriffs „Freizeit" (F.). In der F.literatur findet man zahlreiche Definitionsversuche. Sie zeigen ausnahmslos eine große Variabilität in bezug auf verschiedene Schwerpunkte. Die Betonung ökonomischer, soziologischer, psychologischer, philosophischer, pädagogischer und kulturkritischer Momente findet sich genauso wie die Negierung des Wertes derartiger Definitionen überhaupt (Weber, 1963; Reigrotzki, 1956). Daneben gibt es auch zahlreiche Versuche, F. gegenüber Begriffen wie Muße, Hobby und Spiel abzugrenzen. Auch dies ist bislang nicht eindeutig gelungen.
Angesichts dieser Lage kann es nicht verwundern, daß sich viele empirische Studien auf *„Subtraktionsdefinitionen"* zurückgezogen haben. Vom Zeitbudget eines Tages werden dabei alle Tätigkeiten abgezogen, die nicht zur F. gerechnet werden (z.B. Schlaf, Essen, Arbeit, Wegezeiten etc.). Leider geschieht dies auch nicht einheitlich, so daß die Vergleichbarkeit vieler F.studien z.T. erheblich eingeschränkt wird.
Die theoretische Arbeit ist in der F.forschung nur langsam vorangekommen; findet sie statt, so wird sie oft mehr politisch-ideologisch als wissenschaftstheoretisch orientiert geführt. Dies hat im ersten Fall die F. vielfach zum bloßen *Kompensatorium für Arbeitsbelastungen* (Kluth, 1955) gemacht, im zweiten dagegen zu einem Begriff, der für sich fast nichts bedeutet, und den die Empiriker mit verschiedensten Katalogen von F.interessen und F.aktivitäten füllen – mehr oder weniger willkürlich, zumindest in der Regel ohne eine entsprechende Begründung (Scheuch, 1969).

2 Funktionen der Freizeit

Auch F.psychologie versteht F. *subtraktiv* als diejenige Zeitspanne, die frei disponibel ist und nicht durch Berufs-, Hausarbeit, Körperhygiene, Schlafen, Essen u.ä. ausgefüllt ist. Havighurst (1957) meint z.B., daß die F. den *Beruf* sozusagen ‚ersetzen' könne, indem sie dessen Funktionen übernimmt. Danach muß F. (1) für eine Teilnahme am sozialen Leben sorgen; (2) Möglichkeiten zu interessantem Erleben und schöpferischem Ausdruck der Persönlichkeit bieten; (3) für eine regelmäßige und routinemäßige Gestaltung der Lebenstätigkeit des Individuums sorgen und (4) eine Quelle der Selbstachtung und der Achtung anderer sein.
Ohne den Arbeitsbegriff bzw. die Definition des Begriffes ‚Beruf' bei Havighurst näher zu untersuchen, scheint eine ‚Austauschbarkeit' von Arbeit und F. doch problematisch. Kaplan (1960) sieht auch davon ab und diskutiert die Funktionen der F. *unabhängig* vom Beruf. Nach seinen Überlegungen muß F.

1. das Gefühl vermitteln, zu irgend etwas zu gehören;
2. ein Gefühl der eigenen Individualität entwickeln;
3. zwischen verschiedenen Funktionen des Individuums (etwa in Arbeit und Freizeit) vermitteln bzw. diese miteinander in Einklang bringen;
4. der Gemeinschaft und dem Individuum dienlich (nützlich) sein;
5. keine negativen Erlebnisse vermitteln und
6. die schöpferischen Kräfte des Individuums anspornen.

Kaplan entwickelt diese Gedanken unter dem Aspekt einer ‚erfolgreichen' F.gestaltung. Sie scheinen *pädagogische* Ansätze zu beinhalten, stehen aber deutlich merkbar in einem besonderen F.verständnis.
Es wurde schon deutlich, daß eine Herausarbeitung von Funktionen der F. nur vor dem Hintergrund einer Betrachtung des *gesamten* Lebens geleistet werden kann. Dies scheint sowohl bei Kaplan (1960) als auch bei Havighurst (1957) nicht hinreichend genug geschehen zu sein. Diese Ansätze ergänzend, können noch folgende Funktionen der F. gesehen werden:

- Erholung und Rekreation,
- Kompensation einseitiger Belastungen,
- Information und Orientierung (Bildung).

Erholung und Rekreation geschehen zweifellos in der F. (außer in kurzen Arbeitspausen). Abgesehen von den individuellen Unterschieden und ohne Berücksichtigung der jeweils im Individuum und in seiner Situation liegenden Möglichkeiten und Begrenzungen der Erholungs- und Rekreationsstile, kann doch festgehalten werden, daß Erholungs- und Rekreationsverhalten F.verhalten ist. Wesentlich ist darüber hinaus die in der F. liegende Kompensationsmöglichkeit einseitiger Belastungen aus Beruf und Alltag sowie die Möglichkeit, F. zur Information und Orientierung, zur Bildung zu nutzen – freilich ohne einen ‚Arbeitscharakter' in die F. zu lancieren.

3 Gegenstand einer Psychologie der Freizeit

Psychologie ist eine der Wissenschaften, die sich mit der F.thematik befaßt. Neben der Psychologie und auch der Pädagogik ist es vor allem die Soziologie, die den Hauptteil der bisherigen Ergebnisse der F.forschung erarbeitet hat. Auch die Planungswissenschaften setzen sich zunehmend mit der F.thematik auseinander. Medizin, Ökonomie, Philosophie und andere Wissenschaften haben bislang wenig zum Ergebniswissensstand der F.forschung beigetragen.
Psychologie und Soziologie voneinander abzugrenzen ist schwierig. Ähnlichkeiten in den Methoden und Problemstellungen beider Wissenschaften sind kaum zu übersehen. Gemeinsamkeiten und Überschneidungen bleiben auch, wenn man in das Zentrum psychologischer Forschung das Individuum, in das der soziologisch orientierten Ansätze Gruppen von Individuen oder Institutionen stellt. Unter Bezug auf eine Definition der Psychologie, die das Verhalten und Erleben und die Gesetzmäßigkeiten, die zur Erklärung beider Bereiche beitragen können, in den Vordergrund stellt, liegt ein besonderes Arbeitsgebiet der Psychologie in der Erforschung des F.erlebens und seiner Bestimmungsgrößen.

3.1 Bestimmungsgrößen des Freizeitverhaltens und -erlebens

Bestimmungsgrößen psychologischer F.forschung können nur im Kontext mit den Bestimmungsgrößen betrachtet werden, die die anderen beteiligten Wissenschaften erarbeiten. Sie sind nur ein Teil dieses komplexen Gefüges und stehen neben den Bestimmungsgrößen der Geschlechtszugehörigkeit, der Biographie, der medizinischen, soziodemographischen, ökologischen, sozialen und soziologischen Merkmale. Psychologische Bestimmungsgrößen können verschiedenster Art sein. Lehr (1961) unterscheidet persönlichkeits-, sozial- und entwicklungspsychologische Determinanten des F.verhaltens. Diese Gliederung sei auch hier zugrundegelegt.

3.1.1 Persönlichkeitspsychologische Determinanten

Dieser Gruppe von Merkmalen liegt keine strenge Definition der Persönlichkeit zugrunde, sondern die Aussage von Herrmann, daß die „Mehrheit heutiger Persönlichkeitsdefinitionen ... Persönlichkeit ... als ein bei jedem Menschen einzigartiges, relativ stabiles und den Zeitablauf überdauerndes Verhaltenskorrelat" auffaßt (Herrmann, 1969, 29). Dabei muß die Einzigartigkeit der Persönlichkeit allerdings auch vor dem Hintergrund der Lebensgeschichte des Menschen „in all ihren Bezügen zur Welt" gesehen werden (Thomae, 1968a, 103ff.).
Angleitner (1977) legte zu dieser Thematik die letzte zusammenfassende Darstellung vor. Danach hat es bislang kaum Erfolge gebracht, wenn umfassende *Persönlichkeitsfragebögen* (MMPI, EPSS, CPI oder FPI) mit der Häufigkeit von F.aktivitäten korreliert wurden. Erhaltene Korrelationskoeffizienten waren nicht signifikant, numerisch sehr niedrig, uneinheitlich bei verschiedenen Stichproben. Insofern kann zusammenfassend konstatiert werden, daß dieser Ansatz bislang nicht zu generalisierbaren Befunden geführt hat.
Sogenannte objektive *Testdaten* brachten eher Erfolge: Die Testintelligenz korreliert nach einigen Studien negativ mit der Fernsehdauer, positiv mit dem Ausmaß der Aktivität im F.bereich und der Reisehäufigkeit. Daneben scheinen intelligentere Personen auch einen ‚anspruchsvolleren' Lesestoff zu wählen und vermehrt kulturelle Tätigkeiten (Konzert, Theater etc.) zu pflegen (Bierhoff-Alfermann, 1973).
Außerdem korreliert auch die individuelle *subjektive Sichtweise* der Situation mit F.verhalten. Positivere Einschätzungen der Situation sowie anderen Menschen gegenüber hängen mit der Anzahl der Sozialkontakte zusammen. Mit dem Leben eher zufriedene Personen haben ein aktiveres F.verhalten, Belastungen sozialer und gesundheitlicher Art reduzieren oft das F.interesse und -engagement (Schmitz-Scherzer, 1974).

3.1.2 Sozialpsychologische Determinanten

Unter diesem Stichwort wird vor allem das Erleben der Familien-, Berufs- und Wohnsituation, nach einigen Bemerkungen über die Bedeutsamkeit des sozialen Bereiches, diskutiert (KLUTH, 1955). Im Gegensatz zu soziologischen Forschungsarbeiten versucht die Psychologie mehr auf *Erlebnis*komponenten oder *Lern*vorgänge bzw. *Motivations*abläufe innerhalb dieser Bereiche abzustellen (SCHMITZ-SCHERZER, 1971).

In diesem Zusammenhang muß zunächst einmal gesehen werden, daß viele F.aktivitäten bzw. -interessen schon alleine deshalb für die Sozialpsychologie bedeutsam werden können, weil sie im sozialen Feld, innerhalb oder am Rande von Sozialkontakten stattfinden (können). Daneben deuten verschiedene Resultate der F.forschung darauf hin, daß Sozialisationseffekte F.verhalten in der Familie beeinflussen. So spielen z. B. Eltern, die in ihrer Jugend in Vereinen o. ä. waren, öfter und abwechslungsreicher mit ihren Kindern. Eher partnerschaftlich strukturierte Familien verfügen oft über ein aktiveres F.verhalten, das seinerseits das Miteinanderleben positiv zu beeinflussen scheint (THOMAE, 1955). Weiter scheint allein schon das Erleben der Wohnsituation etwa in bezug auf vorhandene F.angebote das F.leben selbst zu stimulieren, ohne daß diese Angebote angenommen werden (TOMAN, 1973).

Die diesbezüglichen Forschungen zeigen, daß die Ausfüllung soziodemographischer Kategorien wie etwa ‚Familienstand' oder ‚Wohnsituation' mit psychologischen Maßen – wie z. B. der Erlebnisqualität der jeweiligen Situation – weitere wesentliche Aufschlüsse bringt (SCHMITZ-SCHERZER, 1974).

3.1.3 Entwicklungspsychologische Determinanten

Das chronologische Alter kann nicht alleine als zuverlässiger Indikator entwicklungsbedingter Veränderungen im F.verhalten gelten (SCHMITZ-SCHERZER/STRÖDEL, 1971). Längsschnittlich – das F.verhalten einzelner Individuen über Jahre hinweg betrachtend – zeigt sich nämlich eine deutliche *Konstanz* des F.verhaltens. NASH (zitiert nach LEHR, 1961) nimmt z. B. an, daß es ab dem 19. Lebensjahr keine sehr großen Umstrukturierungen im F.bereich mehr gibt. Sicherlich ist dies auch vom Verlauf des gesamten Lebens abhängig, doch bleibt eine gewisse Konstanz des F.verhaltens über das Leben hinweg deutlich – dies wenigstens zeigen erste Längsschnittstudien (SCHMITZ-SCHERZER, 1971). Änderungen des F.verhaltens und -erlebens sind stets mit Umweltveränderungen gesundheitlicher, sozialer, ökologischer, ökonomischer oder psychologischer Natur gekoppelt zu sehen (HAVIGHURST/FEIGENBAUM, 1959).

3.2 *Freizeitinteressen*

BLÜCHER (1956) weist zu Recht darauf hin, daß F.aktivität vom F.interesse klar zu trennen ist. Die Frage nach der Bedeutsamkeit und der Rolle von Interessen allgemein hat zwar in der Psychologie eine gewisse Tradition (RUBINSTEIN, 1965), doch zeigen psychologische Publikationen erst relativ spät an, daß diese Thematik mit besonderer Bedeutsamkeit belegt wurde. STRONG (1955) macht z. B. darauf aufmerksam, daß zwischen 1910 und 1919 nur ein Prozent, zwischen 1920 und 1929 neun Prozent, zwischen 1930 und 1939 dreißig Prozent und zwischen 1940 und 1949 sechzig Prozent der Publikationen zum Thema Interessen erschienen (Stichjahr 1950). F.interessen im besonderen sprechen sowohl den kognitiven als auch den emotionalen Bereich der Persönlichkeit an. Generell wird man für F.interessen ähnliche Determinanten vermuten dürfen wie für F.aktivitäten. Ob aber nun die Interessen oder die Tätigkeiten mehr oder weniger oder anders von diesen beeinflußt werden, konnte noch nicht geklärt werden – letztlich auch deshalb nicht, weil die F.forschung bislang mehr Gewicht auf F.tätigkeiten gelegt hat. Die allgemeine Erforschung der Interessen innerhalb der Motivationsforschung legt jedenfalls nahe (SANDERS, 1956; STRONG, 1957; SUPER, 1949), daß Interessen ‚gelernt', d. h. ein Sozialisationsprodukt sind und ihrerseits auch auf andere Bereiche des alltäglichen Lebensvollzuges Einfluß nehmen können. Wie bei der Erforschung von F.aktivitäten werden auch F.interessen durch die Vorgabe von zumeist nicht gerechtfertigten F.interessenkatalogen abgefragt und wie üblich tabelliert präsentiert. Komplexere Analysen sind bislang nicht bekannt geworden (SCHMITZ-SCHERZER/RUDINGER, 1973).

4 Freizeitprobleme und Freizeittherapie

F. ist nicht vom Individuum und seiner Situation loslösbar. F. ist ein Lebensbereich, der mit den anderen Lebens- und Verhaltensbereichen zahlreiche Beziehungen aufweist. F. ist ein wesentlicher Bestandteil des menschlichen Lebens. Es ist daher plausibel, bei Störungen in diesem Verhaltensbereich auch Störungen in anderen Lebensbereichen und vice versa zu vermuten. Diese Sichtweise findet empirische Belege: Einerseits zieht allgemeine Unzufriedenheit z.B. auch Unzufriedenheit im F.bereich sowie im familiären Bereich nach sich; eine unzufrieden erlebte familiäre Situation korreliert mit Unzufriedenheit in der F., beides mit allgemeiner Unzufriedenheit. Andererseits wurde ausgeführt, daß Unzufriedenheit in anderen Lebensbereichen ein verstärktes Engagement oder gar kein Engagement in der F. beobachten läßt. Man kann folgern: Eine eindeutige Beziehung nach Richtung und Qualität zwischen F.verhalten und -erleben und anderen Lebensbereichen ist noch nicht nachgewiesen worden. Es finden sich allerdings zunehmend Resultate, die darauf hindeuten, daß in jedem Falle Beziehungen bestehen, Art, Richtung und Stärke dieser Beziehungen jedoch variieren je nach Persönlichkeit und Situation (Schmitz-Scherzer, 1969, 1972, 1977).

Von hier aus ist der therapeutische Zugriff auf die F. verständlich. Sowohl andere Lebensbereiche und Verhaltensweisen als auch die in der F. selbst anzusiedelnden sind über den F.bereich ansprechbar. Fehlverhalten in und außerhalb der F. sind durch F.therapie demnach prinzipiell angehbar. Welche für F.therapie angehbare Konflikte, Schwierigkeiten und Probleme können sich nun ergeben?

Zunächst einmal sind prinzipiell alle Schwierigkeiten, Probleme und Erkrankungen auch über das F.verhalten ansprechbar. So empfiehlt der Arzt Bewegung, in der Gruppentherapie wird die Sensibilität und Kommunikationsfähigkeit geübt, in der Sporttherapie Bewegung und Koordination der Bewegungsabläufe etc. Nicht nur F.therapie (z.B. auch Musik- oder Lesetherapie), auch andere Therapieformen beziehen zumindest die Verhaltensweisen in der F. mit ein, wenn sie den F.bereich nicht gar dezidiert ansprechen.

Unter einem spezielleren Blickwinkel ergibt sich vor allem ein Hauptproblem, das sich direkt auf den F.bereich bezieht oder durch Aktivierung bzw. Umstrukturierung von F.tätigkeiten angegangen werden kann. F. wird unbefriedigend erlebt, sie stellt nicht die Erholungs-, Kompensations-, Informations- und Orientierungsmöglichkeiten, die sie ihren Funktionen gemäß besitzen sollte. Dies kann bedingt sein durch ein mangelndes F.bewußtsein, durch mangelnde Angebote, durch mangelnde finanzielle Möglichkeiten, durch die soziale, jedoch auch durch die persönliche Situation des Individuums.

Es ist leicht einsehbar, daß hier unterschiedlichste Symptome und Syndrome beobachtbar sind. Ebenso sollte aber auch deutlich werden, daß zwar vieles therapeutisch und demnach letztlich auf individueller Basis angehbar ist, manches aber auch gesellschaftlich bedingt und demnach nach politischen Zugriffen verlangt (Schmitz-Scherzer, 1977).

5 Ausblick

Die Psychologie der F. ist eine junge Arbeitsrichtung in der Psychologie. Schon deshalb kann sie noch nicht auf einem großen soliden Stamm von Erkenntnissen aufbauen. Sie erarbeitet diesen noch bis zur Stunde. Da die Thematik bislang allerdings keine akademische Reputation besitzt und da sie nur selten materiell gefördert wird, ist dieser Aufbau der Grundlagen weiterführender Argumentationen sehr schwierig und auf das persönliche Engagement einzelner Wissenschaftler angewiesen. Es bleibt zu hoffen, daß sich die Psychologie dieses in unserer Gesellschaft bedeutsamen Themas in Zukunft mit mehr Engagement annimmt.

Verweis auf andere Stichwörter

→Arbeitslosigkeit →Arbeitspsychologie →Berufliche Sozialisation →Sozialtherapie →Streß

Literatur

Angleitner, A.: Persönlichkeit und Freizeitverhalten. In: Schmitz-Scherzer, R. (Hrsg.): Aktuelle Beiträge zur Freizeitforschung. Darmstadt: Steinkopff 1977, S. 51–63.

Bierhoff-Alfermann, D.: Sport und Persönlichkeit. In: Schmitz-Scherzer, R. (Hrsg.): Freizeit. Frankfurt: Akademische Verlagsgesellschaft 1973, S. 391–405.

Blücher, V. Graf v.: Jugend, Bildung und Freizeit. Bielefeld: Emnid o.J.

Blücher, V. Graf v.: Freizeit in der industriellen Gesellschaft. Stuttgart: Enke 1956.

Havighurst, R.J.: The leisure activities of the middle aged. Amer. J. Sociol., 63, 1957, S. 152–162.

Havighurst, R.J./Feigenbaum, K.: Leisure and lifestyle. Amer. J. Sociol., 64, 1959, S. 396–404.

Herrmann, Th.: Lehrbuch der empirischen Persönlichkeitsforschung. Göttingen: Hogrefe 1969.

Kaplan, M.: Leisure in America. New York: Wiley 1960.

KLUTH, H.: Die soziale Entwicklung der modernen Industriegesellschaft in ihrer Bedeutung für die Probleme der 40-Stunden-Woche. In: HAUER, H. et al. (Hrsg.): Die 40-Stunden-Woche. Darmstadt: Steinkopff 1955.
LEHR, U.: Freizeit aus psychologischer Sicht. Der Mensch und seine Freizeit. Berlin: Berliner Landesausschuß für gesundheitliche Volksbildung 1961.
REIGROTZKI, E.: Soziale Verflechtungen in der Bundesrepublik. Tübingen: Hein-Verlag 1956.
RUBINSTEIN, S.: Die Interessen. In: THOMAE, H. (Hrsg.): Die Motivation menschlichen Handelns. Köln: Kiepenheuer & Witsch 1965, S. 136–144.
SANDERS, D. R.: Moderator variables in prediction. Ed. Psychol. Measurement, 16, 1956, S. 209–222.
SCHEUCH, E. K.: Soziologie der Freizeit. In: KÖNIG, R. (Hrsg.): Handbuch der empirischen Sozialforschung. Stuttgart: Enke 1969, 2, S. 735–738.
SCHMITZ-SCHERZER, R.: Freizeitandragogik – ein Instrument psychologischer Rehabilitation, Ber. Dt. Ges. Gerontol. Darmstadt: Steinkopff, 3, 1969, S. 272–281.
SCHMITZ-SCHERZER, R.: Sozialpsychologie des Freizeitverhaltens. In: Siedlungsverband Ruhrkohlenbezirk (Hrsg.): Freizeit ‚70'. Essen: SVR 1971, 25–31.
SCHMITZ-SCHERZER, R.: Freizeitpsychologie und Rehabilitation. Zeitschrift für Gerontologie, 5, 1972, S. 18–22.
SCHMITZ-SCHERZER, R. (Hrsg.): Freizeit. Frankfurt: Akademische Verlagsgesellschaft 1973.
SCHMITZ-SCHERZER, R.: Sozialpsychologie der Freizeit. Stuttgart: Kohlhammer 1974.
SCHMITZ-SCHERZER, R.: Freizeittherapie. In: R. SCHMITZ-SCHERZER (Hrsg.): Aktuelle Beiträge zur Freizeitforschung. Darmstadt: Steinkopff 1977, S. 32–38.
SCHMITZ-SCHERZER, R./RUDINGER, G.: Motive – Erwartungen – Wünsche in bezug auf Urlaub und Verreisen. In: SCHMITZ-SCHERZER, R. (Hrsg.): Freizeit. Frankfurt: Akademische Verlagsgesellschaft 1973.
SCHMITZ-SCHERZER, R./STRÖDEL, I.: Age dependency of leisure time activities. Human Development, 14, 1971, S. 47–50.
STRONG, E. K.: Vocational interests eighteen years after college. Minnesota, Univ. of Minnesota Press 1955.
STRONG, E. K.: Interests of fathers and sons. Journal appl. Psychology, 41, 1957, S. 284–292.
SUPER, D. E.: Appraising vocational fitness. London: McMillan 1949.
THOMAE, H.: Das Verhältnis von Arbeit, Freizeit, Familie im Hinblick auf die Jugend. In: Gesundheitsfürsorge, 5, 1955, S. 61–66.
THOMAE, H.: Beziehungen zwischen Freizeitverhalten, sozialen Faktoren und Persönlichkeitsstruktur. Psychologische Rundschau, 11, 1960, S. 151–159.
THOMAE, H.: Das Individuum und seine Welt. Göttingen: Hogrefe 1968.
TOMAN, W.: Freizeit versus Arbeit in psychologischer Sicht. In: Dt. Ges. f. Freizeit (Hrsg.): Freizeit wozu?. Düsseldorf: DGF 1973, S. 103–114.
WEBER, E.: Das Freizeitproblem. München, Basel: Reinhardt 1963.

Reinhard Schmitz-Scherzer

Gedächtnis

1 Einführung

Die psychologische Erforschung der G.tätigkeit, der menschlichen zumal, hat in den letzten Jahren zu neuen Erkenntnissen geführt, die für die Psychologie kognitiver Prozesse, für das Verständnis von Wesen und Funktionsweise geistiger Leistungen, von fundamentaler Bedeutung sind. Im weiteren ist versucht, die verschiedenen Detailgebiete der G.forschung und einige ihrer wesentlichen Ergebnisse im Zusammenhang darzustellen. Dabei wird die natürliche Funktionsweise der G.tätigkeit, d.h. ihre Einbettung in die Organismus-Umwelt-Beziehungen im Vordergrund stehen.

Das menschliche G. ist kein passiver Informationsspeicher, sondern aktives Organ der Informationssuche, der Bildung von Erwartungen, der Verarbeitung und Nutzung von Information für Verhaltensentscheidungen. Aufbewahrt werden keineswegs nur Erscheinungen der äußeren, perzeptiv wahrnehmbaren Realität, sondern ebenso Prozeßstrukturen für Handlungen, kognitive Operationen oder Strategien. Das G. ist nicht nur Resultat, sondern gleichermaßen *Mittel der Erkenntnis.*

Im menschlichen G. sind *historische Einflüsse* in dreifacher Hinsicht wirksam: aus der Geschichte der Art, der Evolutionsgeschichte, stammen die nervalen Mechanismen und biologischen Strukturbildungen der Informationsspeicherung; aus der gesellschaftlichen Geschichte der Menschheit stammen die sprachlich-belehrend vermittelten Bestände arbeitsteilig erworbenen Wissens, und aus der Individualgeschichte stammen die singulären Erlebnisse der Selbsterfahrung – und alle sind gleichermaßen präsent im G.

Die Ordnungsbildung unter den bedeutungstragenden G.einheiten wird in starkem Maße von der motivationalen Basis der Verhaltensorganisation beeinflußt. Die Selektion des Bedeutsamen, die Bevorzugung der korrekten Entscheidung oder der erfolgreichen Handlungsausführung gegenüber der erfolglosen – das alles geht auf Bewertungsfunktionen zurück, die in den motivationalen Grundlagen des Verhaltens ihre Basis haben. Der Affekt oder die *Emotion* bilden die Erlebnisseite motivationaler Dynamik, deren Einfluß auf die Informationsspeicherung bedeutsam ist.

2 Das Gedächtnis als Steuerungsorgan

G.bildung und G.funktion sind nur aus dem *Zusammenwirken von Kognition und Motivation* zu verstehen. Dieses Zusammenwirken ist am sinnfälligsten in den Mechanismen der Zielbildung, den Tendenzen zur Zielerreichung und den Abwehrkräften angesichts der Gefahr einer Zielverfehlung zu erkennen: Die erlebte Schwierigkeit des Ziels staut den Affekt, der wiederum die kognitiv verfügbaren Kräfte zu dessen Erreichung aktiviert – d.h. aber: der Wissen mobilisiert, das im G. gespeichert ist. G.bildung ist in die Handlungsdynamik integriert – sei sie sensomotorisch oder kognitiv organisiert. Dies ist im Schema der Abb. 1 ausgedrückt. Es dient im folgenden als Übersicht für einen systematischen Abriß des G. als *Steuerungsorgan* der Informationsaufnahme, der Informationsspeicherung sowie der Kontrolle der Verhaltensregulation.

2.1 Ultrakurz- und Kurzzeitgedächtnis

Kurzzeitige Fixierungen des Reizeinstroms finden bereits an den *Rezeptoren* statt. Die Depolarisation der Rezeptorzellen bleibt einige Millisekunden konstant, um alsbald eine neue Energieverteilung im Reizspektrum abzubilden. Dies scheint die Basis auch zu sein für zentrale, ultrakurzzeitige Stillstände in der Erregungs-Hemmungs-Verteilung, durch die der zentralen Informationsverarbeitung eine Vielzahl von Umgebungsinformationen zur Verfügung steht. Diese sehr kurzzeitige Informationsfixierung wird *Ultrakurzzeitgedächtnis* genannt (SPERLING, 1960; vgl. NORMAN, 1970). Seine wesentliche Funktion dürfte darin bestehen, daß es die Datenbasis für die Merkmalsgewinnung darstellt. Abb. 2 gibt ein Beispiel (nach GEISLER/SHIFFRIN, 1973). Es demonstriert den kurzzeitigen Aufbau von zeichencharakteristischen Merkmalen aus Konturelementen. Der Prozeß

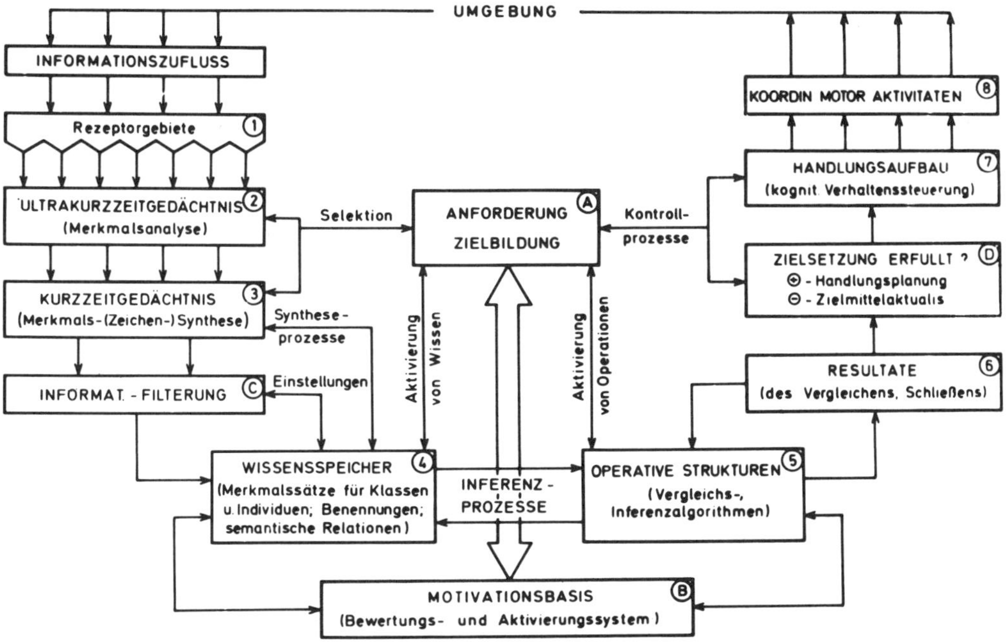

Abbildung 1: Einbeziehung der G.funktionen in die Kommunikation zwischen Organismus und Umgebung. Die einzelnen Stufen der sensorischen Informationsverarbeitung (linke Seite) führen über die Vermittlung des Langzeitgedächtnisses (des Wissens in Wechselwirkung mit kognitiven Operationen) zum Entwurf von Antwort-, Handlungsschemata oder internen Verarbeitungsprozeduren. Wesentlich ist, daß schon die sensorische Informationsaufnahme (die Suche wie die Vorverarbeitung von Information) unter aktivem Einfluß des G. stattfindet. Die Wechselwirkung von Wissen und Operationen führt zu den kognitiven (u.U. auch kreativen) Anteilen in kommunikativen Prozessen. Wesentliche Beachtung ist dem Zusammenhang von Motivation – Kognition gewidmet.

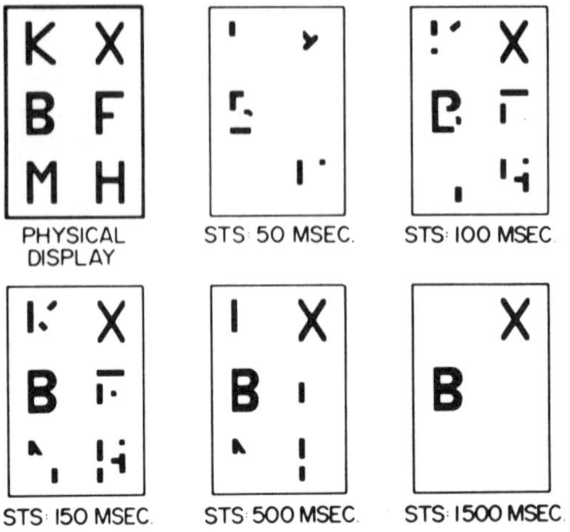

Abbildung 2: Hypothetischer Zeitverlauf bei der Entstehung von Zeichenkonfigurationen aus Konturelementen (dem figuralen Alphabet).
Man kann davon ausgehen, daß im Zeitraum zwischen 150 und 250 msec ein schon relativ komplexes Zeichen (wie hier ein Buchstabe) identifiziert ist (nach GEISLER/SHIFFRIN).

bricht zwischen 150 und 250 msec ab. Man hat daran Annahmen über eine Taktzeit bei der sensorischen Informationsaufnahme geknüpft.
Die Funktion des *Kurzzeitgedächtnisses* ist vorwiegend synthetischer Natur. Die Dauer der Informationsfixierung beträgt hier zwischen 20 und 30 sec, sie kann in der Länge aber auch darüber hinaus wirken. Wesentlich ist die beschränkte Aufnahmekapazität. Sie beträgt 5–8 Einheiten, und sie ist unabhängig von deren Komplexität. MURDOCK (1974) hat gezeigt, daß die Behaltensspanne für 6 einzelne Buchstaben ebenso groß ist wie für 6 Worte (Abb. 3). Beim serialen Lernen bilden sich durch den Einfluß des Kurzzeitgedächtnisses die sog. *serialen Positionseffekte.* Wenn eine Serie von Lerneinheiten (Worten, Silben) behalten werden soll, treten die Behaltenseffekte bei den Anfangs- wie bei den endständigen Gliedern zutage (primacy- und recency-Effekt). Ersterer beruht auf Störeinflüssen benachbarter Glieder (die natürlich in der Mitte der Serie beidseitig und dadurch stärker sind), letzterer beruht auf latenten iterativen Wiederholungen nach Abschluß der Serie (vgl. Abb. 4).)
Die *synthetische* Funktion des Kurzzeitgedächtnisses besteht in der Verkettung von Symbolen oder Elementarzeichen. Dieser Vorgang ist besonders dann wesentlich, wenn es um bedeutungshaltige Zeichen und um den Prozeß der Erkennung dieser Bedeutung geht. Bekanntlich werden zahlreiche Bedeutungseigenschaften z.B. von Worten erst durch die Einbettung in einen Kontext eindeutig. Auch um grammatische Verweise auf frühere oder spätere Wortbildungen erfassen zu können, muß der Kontext einer Wortfolge im Satzrahmen (oder darüber hinaus) präsent sein.

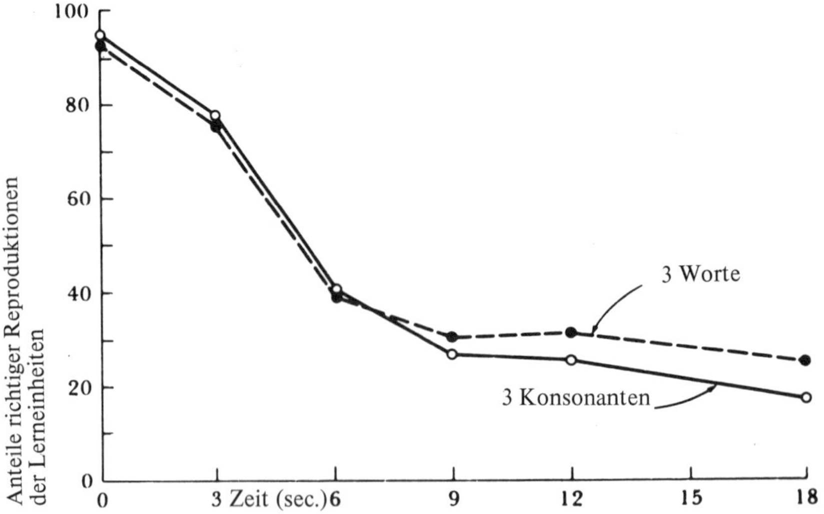

Abbildung 3: Erkennungscharakteristik des Kurzzeitgedächtnisses (nach MURDOCK). Die Abbildung zeigt, daß hier die Behaltensleistung nicht von der Komplexität der zu behaltenden Einheiten abhängt. Die Abszisse gibt nicht die Zeitcharakteristik des Kurzzeitgedächtnisses wieder, sondern die Testintervalle bei insgesamt labilem G.besitz.

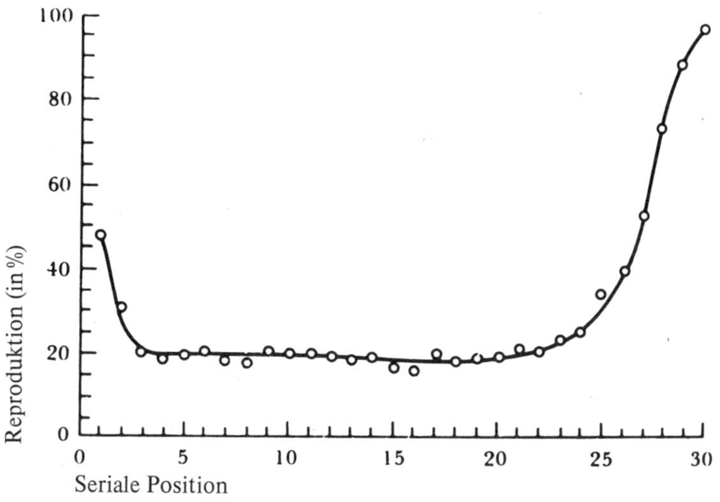

Abbildung 4: Positionseffekte beim serialen Lernen.
Die Abszisse gibt die seriale Position, die Ordinate den Behaltenseffekt wieder. Die Bevorzugung der Anfangsglieder wird auf Interferenzen benachbarter Lerneinheiten zurückgeführt. Die Anhebung der Endglieder vorzugsweise auf iterative Prozesse (Vpn. neigen dazu, die letzten Glieder bevorzugt zu wiederholen).

2.2 Das Langzeitgedächtnis als Wissensspeicher

Die Arbeitsweise des Kurzzeitgedächtnisses kann von der des *Langzeit*gedächtnisses nicht isoliert werden. Es gibt sogar die Auffassung, daß das Kurzzeitgedächtnis nur der bewußtseinsgebundene, simultan aktivierte Teil des Langzeitgedächtnisses ist. Unbestreitbar ist, daß die Syntheseprozesse des Kurzzeitgedächtnisses (und ihr Abbruch nach der Bedeutungserkennung) in Wechselwirkung mit den Informationsträgern des Langzeitgedächtnisses stattfinden. Allerdings werden die Mechanismen und Funktionsprinzipien erst dann klar identifizierbar sein, wenn die Organisation des semantischen Langzeitgedächtnisses genauer erforscht ist. Was ist darüber bislang bekannt?
Der mit der Kurzbezeichnung „*Wissensspeicher*" markierte Teil des Langzeitgedächtnisses enthält das durch Belehrung erworbene wie das durch Verhalten und Wahrnehmen erfahrene Wissen. Er umfaßt, kurz gesagt, das individuelle Wissen über die Welt und ihre Zusammenhänge. Festpunkte dieses Wissens sind die Begriffe, die Merkmalssätze für Objektklassen mit den Beziehungen unter ihnen (den sog. semantischen Relationen). Aus den Eigenschaften der Verfügbarkeit von Wissen ist abzuleiten, daß zwei Modi der langzeitigen Informationsspeicherung unterschieden werden müssen, nämlich (1) die stationäre Repräsentation und (2) die prozedural verfügbaren, durch kognitive Operationen erst abzuhebenden Eigenschaften *möglichen* Wissens.

2.2.1 Die stationäre Repräsentation von Begriffen

Die zahlreich untersuchten *Begriffserwerbsstrategien* (Bruner et al., 1962; Goede/Klix, 1971; Sprung, 1970; Hoffmann, 1976) haben gezeigt, daß im Begriffslernprozeß die einer Objektmenge invarianten Merkmale ausgesondert und im G. fixiert werden. Wenngleich die Merkmalsstrukturen für natürliche (z.B. auch für unscharfe) Begriffe komplizierter sein dürften als für die einfachen Merkmalssätze (vgl. Kukla, 1976; Strobel, 1976), so ist doch gewiß, daß diese begrifflichen Merkmalsstrukturen des Langzeitgedächtnisses die klassifikatorischen Erkennungsleistungen ermöglichen, daß sie als Entscheidungsstrukturen des begrifflichen Erkennens fungieren (Klix, 1971). Ein großer Teil dieser Begriffstrukturen ist sprachlich benannt: Den Merkmalssätzen der Begriffsstruktur sind Phonemverknüpfungen zugeordnet, die auch begriffliche Merkmalssätze darstellen (und der klassifikatorischen Worterkennung dienen) – mit einer zusätzlichen Eigenschaft: den Phonemverknüpfungen sind Lautmuster zugeordnet, die die G.basis des Sprechaktes bilden.

Zwischen den begrifflichen Klassenbildungen existieren wohlbestimmte Beziehungen, durch die auch dynamische Eigenschaften der Realität, wahrnehmend aufgenommene Ereignisse in Raum und Zeit, Erkennungen von Ursache und Wirkungen (durch eigene oder durch Fremdhandlungen bewirkt) registriert und fixiert werden. Diese dynamischen Eigenschaften der Realität scheinen in semantischen Relationen des Langzeitgedächtnisses, d.h. in Beziehungen zwischen Begriffen fixiert zu sein. Relationen dieses Typs sind die Handlungsträgerrelation (HT), die Objekt- (OBJ), Rezeptor- (REZ), Instrument- (INSTR), die Kausalitäts- (CAUS), Finalitätsrelation (FIN) und zahlreiche weitere Konnexionen dieses Typs. Abb. 5 gibt eine begrifflich-semantische Konfiguration aus dem Erlebnisbereich Schule wieder, der in dieser Form zunächst für sehr viele individuelle G.e gleichartig sein dürfte. Die Eintragung der semantischen Relationen gibt *innerhalb dieses Rahmens allgemeine* Situationseigenschaften und Geschehenszusammenhänge wieder. Die einmalig-individuelle Charakteristik der Informationsspeicherung ist mit den individualspezifischen begrifflichen Merkmalen gegeben; jenen Merkmalen also, die das Begrifflich-Schematische durch das Kolorit der *individuell erfahrenen* Ding-, Figur- und Formeigenschaften ergänzen. Daß ein Mathematiklehrer vorgestellt wird wie Herr X, ein Schuldirektor wie Herr Y, eine Oberschule wie das Gebäude in der Z-Straße usf. – das alles ist anschauliche Einmaligkeit, individuelles Erlebnis, aber *im Merkmalsrahmen* gemeinsamer *interpersönlicher* Erfahrungen. Das gespeicherte Wort belegt jeweils *den ganzen* individuellen Merkmalssatz. Der Durchschnitt gemeinsamer (also das Weglassen individualspezifischer) Merkmale begründet die Verständigungsmöglichkeit über Begriffe durch die Sprache. Die flexible Merkmalsaktualisierung für Begriffe ermöglicht die Überzeugung von gemeinsamem, identischem Wissen, obwohl die individualspezifischen Merkmalsauslegungen persönlich, individualspezifisch und nur mit großem Aufwand mitteilbar sind.

Metzler (1979) hat gezeigt, daß Worte gegenüber Vorstellungsbildern einen allgemeineren, weniger differenzierenderen Merkmalssatz im G. belegen. Sie liegen näher an der abstrakt-oberbegrifflichen als an der individuellen, konkret-anschaulichen Bedeutung. Das ist auch entwicklungsabhängig. Die entwicklungspsychologische Literatur (Schmidt, 1975; Ahnert, 1979 u.v.a.) weist aus, daß ontogenetisch frühe begriffliche Bildungen in stärkerem Maße

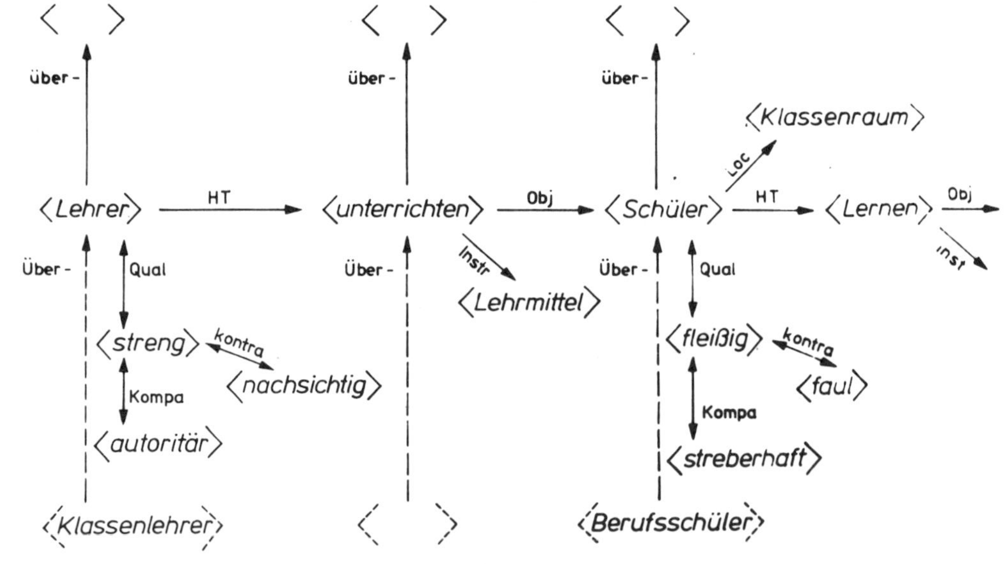

Abbildung 5: Begriffliche Konfiguration aus dem Wissensgebiet „Schule" als einem motivational und begrifflich-kognitiv relativ geschlossenen Orientierungsbereich.
Horizontal: Fest gespeicherte zwischenbegriffliche Relationen mit Benennungen, die den Merkmalssätzen der Begriffe zugeordnet sind. Vertikal: Abgeleitete innerbegriffliche Relationen mit Benennungen, die Merkmalsvergleichsergebnissen zugeordnet und die im allgemeinen nicht fest gespeichert sind (nach Klix/Kukla/Klein, 1976).

der Anschauung verhaftet sind als in späteren Phasen – auch was die Anschaulichkeit des sprachlichen Pendants im Begrifflichen betrifft. Der Weg vom Individualtypischen zum Klassifizierungstypischen der Sprachgemeinschaft ist als G.resultat von Sozialisationsprozessen aufzufassen. Dies ist auch die Ursache dafür, daß die begrifflichen Bildungen Erwachsener im Mittel abstrakter sind als die von Kindern und Jugendlichen.

2.2.2 Kognitive Aktivitäten des Langzeitgedächtnisses

Neben diesen stationären Vernetzungen zwischen Begriffen gibt es in jedem G. *potentiellen Wissensbesitz*. Er ist nicht explizit gespeichert, sondern muß durch kognitive Prozeduren, durch Vergleichs- und Inferenzprozesse aktualisiert werden. Dies bezieht sich nach dem Schema von Abb. 1 auf Wechselwirkungen zwischen operativen (5) und gespeicherten Strukturen (4).
Unter operativen Strukturen des Langzeitgedächtnisses verstehen wir kognitive Aktivitäten, die Prozesse des Vergleichens, Operationen der Verkettung der Transformationen von Zuständen bewirken, durch die kognitive Struktureigenschaften miteinander verglichen, verändert, verkettet werden. Das Resultat dieser operativen Prozeduren ist nicht nur feststellbar, sondern kann selbst wieder stationär gespeichert werden. Zwei Beispiele dafür:

1. Ähnlichkeitsbestimmungen beruhen auf Vergleichsprozessen. Rosch et al. (1976) haben gezeigt, daß der Vergleich dominierender Merkmalseigenschaften eine bedeutsame Rolle beim Zustandekommen von Ähnlichkeitsurteilen spielt. Hirsch, Löwe, Katze, Kaninchen, Maus werden als zunehmend unähnlicher beurteilt. Hier spielt das Merkmal Größe eine dominierende Rolle. Auch das Komplexmerkmal „Wildheit“ beeinflußt Ähnlichkeitsurteile dieser Art. Es wäre ganz absurd anzunehmen, daß alle möglichen Ähnlichkeiten zwischen Begriffen oder Begriffspaaren noch einmal gespeichert sind. Nein: Ähnlichkeitsbestimmungen sind Urteile, die über der perzeptiven oder über der Datenbasis des G. gebildet werden. Daher können verschiedene Aspekte gegenüber derselben Objektmenge verschiedene Merkmale akzentuieren und dadurch zu verschiedenen Ähnlichkeitsurteilen führen (z. B. Pflanzen nach Aussehen, Genießbarkeit, Heilkraft usf.). Davon abgesehen, können besonders bedeutsame oder gebrauchshäufige Ähnlichkeitsurteile auch fest gespeichert werden.

2. Prozeduren des Merkmalsvergleichs liegen auch den Ober-Unter-Begriffsbildungen zugrunde. Zunächst gilt: Je differenzierter ein Merkmalssatz für die Beschreibung der internen Struktur eines Begriffs, um so weniger Objekte gehören als Begriffsinhalt dazu – und umgekehrt: je weniger Merkmale zur Klassifizierung herangezogen werden, um so „abstrakter“ ist die Kategorie und um so mehr Objekte (oder Gedankeninhalte) gehören zur Klasse. In diesem Sinne ist die Begriffsserie Birke-Baum-Pflanze-Lebewesen von links nach rechts eine Unter-Ober-Begriffsbeziehung und eine Ober-Unter-Begriffsbeziehung in umgekehrter Richtung. Nun ist bekannt, daß der kognitive Aufwand für die Erkennung von Unter-Ober-Begriffsbeziehungen wesentlich kleiner ist als der in umgekehrter Richtung. Dies spricht gegen eine feste Speicherung dieser Begriffsbeziehung. Einen wichtigen Beleg dafür hat Häuser (1978) erbracht, indem er zeigte, daß die Unsymmetrie in der Unter-Ober-Begriffsbestimmung vom Abstraktionsgrad der Begriffspaare abhängt. Also: Bei der Birke-Baum-Beziehung gelingt die Ober-Unter-Begriffsbestimmung signifikant rascher als die komplementäre in umgekehrter Richtung. In der Ebene Pflanze-Lebewesen oder Lebewesen-Pflanze spielt das keine Rolle mehr. Zwar ist hier die Erkennungszeit insgesamt länger, die Asymmetrie der Relationen aber ist verschwunden. Häuser hat diesen Effekt aus der unterschiedlichen Merkmalscharakteristik bei konkreten und abstrakten Begriffen zu begründen versucht.

Die zwei Beispiele betreffen sehr einfache kognitive Prozeduren, die sich der stationär gespeicherten Begriffsstrukturen als Informationsquelle bedienen. Es gibt natürlich sehr viel komplexere kognitive Strukturen. Schon bei der Ausnutzung von Transitivitätseigenschaften in Merkmalssätzen von Begriffen (A>B, B>C, C>D usf.) für Schlußfolgerungen sind Zwischenresultate, also Fixierungen abgeleiteter Informationen, zum Zwecke der weiteren Verarbeitung erforderlich. Dafür sind Zusammenhänge zwischen den Instanzen (6) und (5) einerseits sowie (5) und (4) andererseits anzunehmen und zu betrachten.

2.4 *Kognitive Strategien, Motivation und Persönlichkeit*

Wenn Inferenzprozeduren eine bestimmte Länge überschreiten, sind *Zwischenspeicherungen* erforderlich, die bisweilen den Charakter von Teilzielbildungen annehmen. Im Falle eines schrittweisen Aufbaus und der Benutzung von Teilzielen als weiteren Zuständen der Informationsverarbeitung spricht man von kognitiven Strategien, wie sie z.B. aus den Analysen von Problemlösungsprozessen bekannt sind (vgl. SIMON, 1975; SYDOW, 1976; KLIX, 1971). Strategieaufbau und Strategievariationen sind nicht ohne Beachtung von Zielstellung und Zielwirkung, nicht ohne motivationale Faktoren denkbar. Die Nichterreichung des Ziels wirkt aktivierend auf die operativen Strukturen, mobilisierend auf die Konstruktion neuer, andersartiger operativer Verkettungen – bis Zielannäherung durch Vergleichsprozesse signalisiert wird (in D). Erst nach der kognitiven Feststellung der Erreichbarkeit eines Ziels erfolgen bei zahlreichen Anforderungen die Handlungsauslösung und die Handlungssteuerung. Einsichtsleistungen mit sicherer manipulatorischer Endstrecke gehören hier ebenso her wie die Niederschriften von Lösungen nach internem Operationsabschluß.

Diese kognitiven Prozeßabläufe, in die das G. stets und unlösbar integriert ist – und ohne die man seine Funktion nicht verstehen kann –, vollziehen sich unter dem Einfluß motivationaler Faktoren. Dies führt u.a. dazu, daß die erfolgreicheren, effektiveren Prozeduren höher bewertet, bevorzugt gespeichert und mit emotionalen Gewichtungen verknüpft werden. Die Zentren der *Wechselwirkungen* zwischen motivationalen und kognitiven Prozeßkomponenten sind im Schema der Abb. 1 mit A, B, C und D bezeichnet. Eine funktionelle Betrachtung ergibt folgende Zusammenhänge:

A: Die vor dem Hintergrund des Selbstwerterlebens aufgenommene Zielsetzung löst als Willenshandlung Aktivierungsprozesse aus, deren Intensität in Zusammenhang steht mit dem erlebten, d.h. auch kognitiv realisierten Schwierigkeitsgrad: Je höher die Schwierigkeit, umso stärker fokussiert ist die Aktivierung. Und umso intensiver sind die emotional-affektiven Begleitsymptome der Zielannäherung oder des Zielverzichts – bis hin zur Dynamik von Ersatzhandlungen (LEWIN, 1926). Der Einfluß affektiver Spannungen auf kognitive Leistungen, ihre Rationalität und Effektivität ist noch wenig erforscht (vgl. HELM, 1954; KLIX, 1953). Gleichwohl kann ein Zusammenhang mit der Informationsspeicherung als gesichert angesehen werden: Je höher die Bewertung der Zielerreichung, umso stärker auch der affektive Impetus im kognitiven Prozeß, und umso rascher und stabiler erfolgt die Speicherung der erfolgreichen Aktivitäten, Teilzielbildungen und schließlich auch der Mittel zur Zielerreichung. Diese Dialektik von Zielbildung, Aktivierung und Bewertung wirkt sich in den einzelnen Stufen des Prozeßgeschehens unterschiedlich aus. Zwei wichtige Einflußgebiete seien erwähnt:

C: Die dynamische *Merkmalsfilterung im Prozeß der Informationsaufnahme* bewirkt, daß bestimmte Informationen unterdrückt, andere, vor allem entscheidungsrelevante und hoch bewertete, bevorzugt der kognitiven Informationsverarbeitung und -speicherung zugeführt werden. Die Experimente von TREISMAN (1969) mit verschiedenen Informationen an beiden Ohren (durch Kopfhörer können die anzuhörenden Inhalte beliebig variiert werden) haben gezeigt, daß Einstellungen auf textliche Zusammenhänge, auf muttersprachliche gegenüber fremdsprachigen Inhalten sowie Mitteilungen über die Person des Hörenden Vorrang gegenüber anderen Informationen gewinnen, die demgegenüber abgeschwächt, „verdünnt“ oder vollständig abgeblockt werden. BROADBENT (1971) hat dies durch ein Filtermodell der Wahrnehmung allgemein auszudrücken versucht.

Wie erwähnt, wirkt die Dynamik der Zielstellung auch mobilisierend auf die Aktivierung von Suchprozessen, von operativen Strukturen und Inferenzmechanismen. Es gibt Belege dafür, daß ein bestimmtes Aktivierungsniveau als Optimum für kognitive Leistungsfähigkeit fungiert. Überzogene Zielspannung und stark propulsiver Affekt blockieren die kognitive Leistungsfähigkeit, Gleichgültigkeit gegenüber dem Ziel läßt verfügbare Leistungsmöglichkeiten unberührt (KLIX, 1953; DUFFY, 1962).

D: Eine regulierende Funktion üben die *Kontrollprozesse der Zielsetzung* aus. Die Registrierung der Zielannäherung fokussiert die Aufmerksamkeit, die Gewißheit der Zielerreichung wirkt entspannend. Der affektive Stau an der Barriere steigert den Einsatz kognitiver Mittel, erhöht die Variation des Mitteleinsatzes – und damit die objektive Chance der Zielerreichung. Die Resultate insbesondere kreativer Phasen in solchen Prozessen werden bevorzugt G.besitz. Dies dürfte vermutlich mit ihrem steilen Affektumschwung verbunden sein. Es zeigt sich, daß auch die Differenzierung kognitiver Strukturen vom Affekt getrieben und durch ihn mit fixiert wird. Das gilt wohl auch ontogenetisch: mit der kognitiven Differenzierung der Interessenbereiche. Gerade der Begriff Interesse bringt den Zusammenhang von kognitiver Differenzierung und emotionaler Bewertung zum Ausdruck. Damit eröffnet sich auch der *Zusammenhang von G. und Persönlichkeit.* Wissen und Werte als Zusammenhang von Kognition und Motivation im G. prägen den individuellen wie den sozialen Status einer Persönlichkeit. Schließlich zeigt die *Pathologie* der G.funktionen, wie stark abnorme Persönlichkeiten geprägt sind von dem, was sie bevorzugt behalten, was ihre Entscheidungen trägt, was sie reproduzieren und produzieren an Wissen und Wertungen. Man kann begründen, daß die Pathopsychologie des menschlichen G. zur Systematik psychopathologischer wie psychotischer Phänomene beitragen wird. Schließlich tun sich von hier aus auch Zusammenhänge zu den biologischen Grundlagen der Informationsspeicherung im Nervensystem (in der Vernetzung) und in den Nervenzellen (als biochemische Struktur) auf. Mit der weiteren Entwicklung der experimentellen G.forschung, in Wechselwirkungen zwischen Psychologie, Psychiatrie, Biochemie, Linguistik und Computerwissenschaften scheint sich ein neues *interdisziplinäres* Forschungsgebiet herauszubilden.

Verweis auf andere Stichwörter

→Denken und Problemlösen →Intelligenz und Begabung →Kybernetik →Motivation →Persönlichkeit →Sprache →Verhalten und Handlung

Literatur

AHNERT, L.: Über die Entstehung und Wandlung kindlicher Begriffsbildungen. Diss., Berlin 1979.

BROADBENT, D. E.: Decision and stress. London 1971.

BRUNER, J. S. et al.: A Study of Thinking. New York 1962.

DUFFY, E.: Activation and Behavior. New York 1962.

GEISLER, S./SHIFFRIN, R. M.: Visual recognition in a theory of information processing. In: SOHO, R. L. (ed.): Contemporary issues in cognitive psychology. New York 1973.

GOEDE, K./KLIX, F.: Strategien des Erwerbs von nichtbenannten Begriffen. Z. Psychol. 179 (1971).

HÄUSER, D./KLIX, F.: Neue Ergebnisse bei der Analyse von Ober-Unter-Begriffsbeziehungen. Symposion Cognition and Memory. Berlin 1979.

HELM, J.: Über den Einfluß affektiver Spannungen auf das Denkhandeln. Z. Psychol. 157 (1954), H. 1/2, S. 24–105.

HOFFMANN, J.: Gedächtnisleistungen in Begriffsbildungsprozessen. In: KLIX, F. (Hrsg.): Psychologische Beiträge zur Analyse kognitiver Prozesse. Berlin 1976.

KLIX, F.: Über die Wirkungsweise der Zielspannung im Handlungsgeschehen. Dipl.-Arbeit 1953.

KLIX, F.: Information und Verhalten. Berlin 1971.

KLIX, F./HÄUSER, D.: Neue Ergebnisse bei der Analyse von Ober-Unter-Begriffsbeziehungen. Vortrag Symposium Cognition and Memory. Berlin 1978.

KLIX, F./KUKLA, F./KLEIN, R.: Über die Unterscheidbarkeit von Klassen semantischer Relationen im menschlichen Gedächtnis. In: KLIX, F. (Hrsg.): Psychologische Beiträge zur Analyse kognitiver Prozesse. Berlin 1976.

KUKLA, F.: Bedingungen für die Ausbildung und Ausprägung unscharfer Begriffe. In: KLIX, F. (Hrsg.): Psychologische Beiträge zur Analyse kognitiver Prozesse. Berlin 1976.

LEWIN, K.: Vorsatz, Wille und Bedürfnis. Berlin 1926.

METZLER, P.: Über Zusammenhänge zwischen Bildkodierung und Begriffsrepräsentation im menschlichen Gedächtnis. Dissertation, Humboldt-Universität. Berlin 1979, unveröff.

MURDOCK, B. B.: Human Memory. Theory and Data. New York 1974.

NORMAN, D. A.: Models of human memory. New York 1970.

ROSCH, E. et al.: Basis objects in natural categories. Cognitive Psychology 8 (1976).

SCHMIDT, H.-D.: Allgemeine Entwicklungspsychologie. Berlin 1975.

SIMON, H. A.: The functional equivalence of problem solving skills. Cognitive Psychology 7 (1975).

SPERLING, G.: The information available in brief visual presentations. Psychological Monographs 74 (1960).

SPRUNG, L.: Komponentenanalyse des begriffsanalogen Klassifizierungsverhaltens. Diss., Berlin 1970.

STROBEL, R.: Unscharfe Begriffe als Resultat kognitiver Prozesse. In: KLIX, F. (Hrsg.): Psychologische Beiträge zur Analyse kognitiver Prozesse. Berlin 1976.

SYDOW, H.: Strukturerkennung in kognitiven Prozessen. Diss. B, Berlin 1976.

TREISMAN, A. M.: Strategies and models of selection attention. Psychol. Rev. 76 (1969).

Friedhart Klix

Gemeindepsychologie

1 Die Entstehung der Gemeindepsychologie

Kaum hat man sich an den etwas befremdlich klingenden Titel einer neuen Spezialisierungsrichtung angewandter Psychologie gewöhnt, wird ihr, der „Gemeindepsychologie", attestiert, sie sei „in einem totalen Zustand der Krise" (RAPPAPORT, 1977, 18). Im Unterschied jedoch zu Disziplinen, deren Krise auf eine lange Phase normalwissenschaftlicher Sterilität folgte, wie in der Sozialpsychologie (vgl. MERTENS/FUCHS, 1978), steckt die G. in einer *Initialkrise*, die mit ihrer besonderen Geschichte zusammenhängt. Die Geschichte ist kurz und praktisch ohne Wurzeln in der disziplinären Struktur der Psychologie selbst.

Mit der Einführung der Bezeichnung „community psychology" und einer entsprechenden Sektion des Berufsverbandes amerikanischer Psychologen (der APA) reagierte man auf die „community mental health"-Bewegung und deren bundesstaatlich getragene Reforminitiativen zur Neugliederung der psychiatrisch-psychotherapeutischen Versorgung. Mit dem Auftreten als „community psychologists" konnten die Psychologen ihren Anspruch auf Beteiligung an der neuen expansiven Versorgungskonzeption geltend machen. Sie versuchten, an einer allgemeinen Umstrukturierung des psychosozialen Sektors zu partizipieren, die ein neuer Typus sozialintegrativer Sozialpolitik (der Kennedy- und Johnson-Ära) möglich machte. Diese neue Versorgungskonzeption läßt sich kaum als sozialpolitische Realisierung wissenschaftlich vorbereiteter Problemlösungen bezeichnen, sie ist vielmehr eine Herausforderung für Psychiatrie, Psychologie und andere Sozialwissenschaften. Sie stellt Aufgaben, für deren Lösung aus dem disziplinären Selbstverständnis speziell der Psychologie kaum sinnvolle Anregungen kommen konnten.

Die Reformdiskussion in den USA hat eine Reihe von Stichworten geliefert, die sich als Abgrenzungen und vage Gegenpositionen von und zu den geltenden traditionellen Versorgungsprinzipien kennzeichnen lassen: Überwindung des „medizinischen" durch ein „sozialwissenschaftliches Modell"; Aufhebung der Ungleichheit in der psychosozialen Versorgung der Bevölkerung; weg von einem rein kurativen zu einem präventiven Handlungsmodell; statt einer Vermehrung von direkten psychosozialen Diensten ein Ausbau von indirekten Diensten; statt marktvermittelter Struktur der Versorgung eine psychosoziale Infrastruktur, die sich an den Bedürfnissen der Bevölkerung orientiert; Aktivierung von Selbsthilfepotentialen (vgl. BLOOM, 1977, 1ff.).

Die Psychologen, die in der sozialpsychiatrisch orientierten Reformpsychiatrie in den USA ihren Status suchten und sich als „community psychologists" organisierten, hatten ihre professionelle Sozialisation in der Regel als klinische Psychologen erfahren, was sie meist auf das Prinzip der „intrapsychischen Oberhoheit" (LEVINE, 1970) verpflichtete, sie jedenfalls auf die Arbeit mit einzelnen Individuen vorbereitete. Alle verfügbaren psychologischen Paradigmen statteten sie mit dem „psychologischen Blick" aus, aber überhaupt nicht mit Kompetenzen, die ihrer neuen Rolle entsprachen. Sie sollten politische, ökonomische, administrative Prozesse in ihrem Wirkungszusammenhang und in ihren Auswirkungen auf die Lebenssituation von Gruppen und Individuen bestimmen und beeinflussen können (HELLER/MONAHAN, 1977).

Die Initialkrise der G. ist dadurch bestimmt, daß sie für die Bewältigung der neuen Aufgaben auf kein etabliertes Paradigma und keine bewährten Technologien zurückgreifen kann und deshalb gezwungen ist, aus der Not eine Tugend zu machen. So wird die neue Rolle des Psychologen beschrieben als „participant-conceptualizer" (BENNETT, 1970, 8). Er soll nicht mit einer für jedes Ereignis und jede Situation passenden Theorie sein Aufgabenfeld strukturieren wollen (die er ja auch gar nicht hat), sondern soll sich für die ihm begegnenden Probleme sensibilisieren und die ihnen angemessenen Konzepte jeweils aus dem teilhabenden Erfahrungsprozeß heraus entwickeln. Die bislang angebotenen Definitionen von G. sind vor diesem Hintergrund gesehen verständlicherweise vage und beschränken sich oft darauf, einfach nur den Zusammenhang von individueller Befindlichkeit und ökologischem Lebenskontext zu betonen oder sie versuchen eine professionelle Problemsicht zu propagieren, die sich nicht vorschnell auf umfassende Weltdeutungen oder auf technische Selektionskriterien festlegen läßt. Für diesen Trend steht exemplarisch der Versuch von RAPPAPORT: „Was von der Gemeindepsychologie vorgeschlagen wird, ist ein Paradigma kultureller Relativität, Ökologie und

Mannigfaltigkeit als ein zugrundezulegendes Wertsystem für soziale Interventionen, die eher auf eine gerechte Verteilung von materiellen und psychischen Ressourcen zielen als auf eine verbesserte Sozialisation von allen auf einen einzigen Maßstab hin, der dann als Mittel für die selektive Distribution der gesellschaftlichen Ressourcen dient" (1977, 116).

2 Gemeindepsychologie als Kritik der herkömmlichen Psychologie

Eine gemeindepsychologische Orientierung fällt in mehrfacher Hinsicht aus den professionellen Selbstverständlichkeiten von Psychologen heraus und wird dadurch zur „Widerstandsanalyse" von deren vorherrschender beruflicher Identität (Keupp, 1978). Sie erschüttert durch folgende Unruhemomente die professionelle Routine:

1. Die Sicherheit, mit der die Hilfsbedürftigkeit von Menschen und die Notwendigkeit professioneller Hilfe behauptet werden, wird angezweifelt. Die professionellen Definitionen beinhalten das Interesse, die Kompetenz der Experten unter Beweis zu stellen. Die spezifischen lebensweltlich unterschiedlich geprägten Bedürfnisse, die man als Grundlage zur Planung und Entwicklung einer adäquaten psychosozialen Infrastruktur benötigt, sind aus den Bedarfsprognosen professioneller Helfer höchst unzureichend zu ermitteln. Bedarfsaussagen dieser Art sagen mehr aus über die Selbstversorgung von Professionen als über die Bedürfnisse der Menschen.

2. Der „psychologische Blick" oder die „klinische Perspektive" (Keupp, 1974) erlauben keine systematischen Vermittlungen zwischen dem individuellen Handeln und jenem sozialgeschichtlichen Erfahrungsprozeß, den man als die gesellschaftliche Organisierung psychischen Leidens bezeichnen könnte. Sie zergliedern vielmehr die soziale Lebenswelt als strukturierten Erfahrungszusammenhang und reduzieren ihn auf Dimensionen, die dem individuellen Handlungssystem zurechenbar sind. Für das „medizinische Modell" (vgl. zusammenfassend v. Kardorff, 1978) gilt das ebenso wie für das abstrakte funktionalistische Vorgehen, das aus der Verhaltenstheorie abgeleitet wird (vgl. Rappaport, 1977, 89ff.).

3. Problematisiert wird der psychologische Technizismus. Er erschließt sich konkrete Lebenssituationen unter dem Gesichtspunkt der Identifikation von Veränderungsparametern nach Maßgabe der jeweiligen therapeutisch-technologischen Orientierung. Wenn es darum geht, Probleme und ihre individuellen Verarbeitungsformen aus dem gesellschaftlichen Lebenszusammenhang heraus zu verstehen, und wenn man davon ausgeht, daß erst aus einem solchen Kontextverständnis heraus die Notwendigkeit und die konkreten Formen der Intervention bestimmt werden können, dann wird klar, daß aus einer technizistischen Orientierung nur ein reduziertes Eingehen auf Problemlagen möglich ist. Eine solche Orientierung impliziert gleichfalls eine starke Arbeitsteilung zwischen sehr spezifischen Expertenkompetenzen (z.B. der ärztlichen, sozialarbeiterischen, psychologischen), die der ungeteilten Wirklichkeit der Menschen nicht gerecht wird.

4. Eine gemeindepsychologische Orientierung fordert eine sensible Analyse der alltagsweltlichen Strukturen. Dabei entsteht die Möglichkeit, die unterschiedlichen Selbsthilfepotentiale in verschiedenen gesellschaftlichen Gruppen einzuschätzen. Das Wissen über die Existenz und Funktionsfähigkeit von sozialen Netzwerken und Unterstützungssystemen begründet den Zweifel an der professionellen Allzuständigkeit.

5. Die Einbindung psychologischer Tätigkeit in die Strukturen des gesellschaftlichen Alltags eröffnet die Möglichkeit, die Dominanz der kurativen Tätigkeit von Psychologen durch stärker präventiv gerichtete Aktivitäten zu brechen. Damit ergeben sich Ansatzpunkte für konkrete Projekte, die die bislang fast ausschließlich vorherrschende programmatische Attitüde abzulösen vermögen und zu realistischen Grenzbestimmungen der Reichweite präventiver Maßnahmen führen können (vgl. Cowen, 1977; Kelly/Snowden/Munoz, 1977; Munoz/Kelly, 1975).

6. Gegenüber einem deduktiven Verständnis des Verhältnisses von Wissenschaft zur Praxis, in dem die praktische psychologische Tätigkeit als Anwendung wissenschaftlich erhärteten Wissens bestimmt wird, wird deutlich gemacht, daß die im sozialen Feld zu entwickelnden Problemlösungen nicht durch bloße Ableitung aus allgemeinen psychologischen Handlungstheorien zu gewinnen sind. Es wird vielmehr gefragt nach den institutionellen Bedingungen des Transformationsprozesses von Praktiker- in Wissenschaftswissen und umgekehrt. Es entste-

hen um diese Transformationsproblematik neue disziplinäre Ansätze wie die „Angewandte Sozialforschung" (BADURA, 1976) oder die „experimentelle Sozialpolitik" (FAIRWEATHER/TORNATZKY, 1977), die sich den dominierenden Paradigmen psychologischer Forschung nicht einpassen lassen.

7. Psychologische Disziplin- und Standesgrenzen werden zunehmend als dysfunktional erkannt und gelten nicht mehr als hinzunehmende Kompetenzgrenzen. Gefragt sind neue interdisziplinäre Wissens- und Handlungsformen, die der Komplexität der Strukturen des gesellschaftlichen Alltags angemessener sind (vgl. ULLMANN, 1977). Man versucht die getrennten Kompetenzen von Psychologen, Ökonomen, Pädagogen, Stadtplanern, Verwaltungswissenschaftlern etc. in jeweils problemspezifische Formen des integrativen Arbeitsverbundes zusammenzubringen (vgl. BENDER, 1976). Daraus entstehen Themenstellungen ganz neuer Art, die Problemzusammenhänge nicht mehr psychologistisch reduzieren, wenngleich sie noch den Charakter einer suchenden Abstraktheit haben: z.B. Wandel, Geschichte, Macht, Interdependenz etc. (siehe CHINSKY, 1977; REPPUCCI/SAUNDERS, 1977).

8. Die Arbeit im sozialen Feld (im Stadtteil, in der Schule, in der Administration) führt zu einer beständigen Konfrontation mit der politischen Bedeutung und den Konsequenzen der eigenen professionellen Tätigkeit. Sie impliziert deshalb notwendigerweise die Selbstthematisierung der politischen Verwertung psychosozialer Kompetenzen und eine Politisierung des Praxisfeldes. Aus der gemeindepsychologischen Perspektive wird eine politische Sensibilität notwendig, die weniger die Fähigkeit zu einer jederzeit verfügbaren Gesamteinschätzung der politischen Lage bedeutet, sondern sich vielmehr in der alltäglichen Praxis zu erweisen hat. Sie hat sich vor allem in der Reflexion der eigenen professionellen Tätigkeit und deren Bindung an die Bedürfnisse der Klienten zu erweisen.

3 Projekte der Gemeindepsychologie

Eine Systematisierung der Programme und Projekte, die einer gemeindepsychologischen Orientierung zuzurechnen sind, läßt sich nach Problembereichen und Handlungstypen vornehmen. Gemeinsam ist den Projekten die Verpflichtung auf ein *„präventives Modell"* (COWEN, 1973), das zwar im strengen Sinne auf primäre Prävention abzielt, d.h. auf die Reduzierung der Auftretenswahrscheinlichkeit von psychischen Krisen, dem aber auch Maßnahmen sekundär- und tertiärpräventiver Zielrichtung zugerechnet werden. Sie richten sich auf die Verhinderung von Devianzkarrieren und auf die Aufarbeitung von lebensgeschichtlichen Folgen einer bereits fortgeschrittenen Karriere mit dem Ziel, ihrer Stabilisierung entgegenzuwirken. Präventive Maßnahmen können nach zwei Hauptkategorien unterschieden werden: Solche, die an *sozialen Systemen* verändernd ansetzen (z.B. Schule, Gefängnis, Arbeitsplatz) und solche, die *Individuen* mit Kompetenzen auszustatten versuchen, die sie zu einer adäquateren Bewältigung ihrer Lebensbedingungen in die Lage versetzen sollen (vgl. COWEN, 1977; MURPHY/FRANK, 1979).

Zu den wichtigsten *Problemfeldern*, in denen gemeindepsychologische Projektarbeit geleistet wird, gehören (vgl. zusammenfassend: ZAX/SPECTER, 1974; KELLY/SNOWDEN/MUNOZ, 1977; RAPPAPORT, 1977; NIETZEL et al., 1977; SOMMER et al., 1978):

1. *Erziehungs- und Bildungsbereich* mit Elternarbeit, Aktivitäten im Vorschul-, Schul- und Hochschulsektor.
2. Projektarbeit mit einzelnen *Risikopopulationen* (z.B. Drogenabhängigen, Alkoholikern) und bezogen auf einzelne *Versorgungsinstitutionen* (z.B. psychiatrische Stationen, ambulante Einrichtungen, Beratungsinstitutionen, Rehabilitationseinrichtungen).
3. Prävention von *Jugend- und Erwachsenenkriminalität* sowie Maßnahmen bezogen auf Resozialisierung und Verminderung des Rückfallrisikos.
4. *Ökologische Problemfelder* in ihren Auswirkungen auf die Lebensqualität und Ansatzpunkte planvoller Intervention (z.B. Architektur, Stadtplanung).
5. Die *Arbeitswelt* wird zunehmend als Bereich entdeckt, der menschliche Entfaltungsmöglichkeiten entscheidend determiniert und deshalb durch gezielte Verminderung von Risikofaktoren (wie Arbeitshetze, Konkurrenz, Rationalisierungsfolgen, Arbeitslosigkeit) zu einem entscheidenden Präventionssektor gemacht werden sollte.

Zu den *Handlungstypen*, die gemeindepsychologische Projekte vor allem von rein klinisch-psychologischen Interventionsformen unterscheiden (vgl. hierzu die Übersichten bei ZAX/SPECTER, 1974; ZAX/COWEN, 1976; BLOOM, 1977; KELLY/SNOWDEN/MUNOZ, 1977; SOMMER et al., 1978), gehören ambulante sozialpsychiatrische Dienste, die in multiprofessioneller Zusammensetzung vielfältige Beratungsaufgaben bei einzelnen Risikopersonen und -gruppen sowie die Koordination und Beratung vorhandener Dienste in einem Stadtteil zu übernehmen haben. Wichtig ist der Bereich der Krisenintervention als eine spezifische Form der frühen sekundären Prävention. Die Rolle der Experten wird durch die Einbeziehung von Mediatoren und Multiplikatoren (z.B. Eltern, Lehrer, Primärärzte), Nichtprofessionellen und Laien wesentlich modifiziert und eingeschränkt. Der Entwicklung von Selbsthilfegruppen wird große Bedeutung beigemessen. G. als Versuch planvoller Beeinflussung der Systembedingungen individueller Reproduktion fordert auch die aktive Teilnahme an sozialer Infrastrukturplanung, an sozialpolitischen Innovationen und an der beständig zu leistenden Evaluation von Projekten unter dem Gesichtspunkt, inwieweit es mit ihnen gelingt, den Bedürfnissen der Betroffenen gerecht zu werden bzw. sie mit ihnen gemeinsam zu vertreten.

4 Gemeindepsychologie als soziale Kontrolle

Die G. ist Teil einer veränderten sozialpolitischen Strategie der Bewältigung von psychischer Devianz in den spätkapitalistischen Gesellschaften. Die Praxis der Ausgliederung, Ausgrenzung oder Segregation devianter Personen und Populationen aus der Alltagswelt in spezielle Institutionen (Psychiatrische Kliniken, Gefängnisse, Heime) ist sowohl bezogen auf die Quantität des Devianzpotentials als auch bezogen auf die fiskalischen Möglichkeiten des Unterhalts von Institutionen zur Verwahrung von Devianten an die Grenzen ihrer eigenen Rationalität gestoßen (vgl. SCULL, 1977). Die Gemeindeorientierung stellt einen *neuen Typus sozialer Kontrolle* dar. Soziale Integration über ein durchgängiges Muster der Psychologisierung sämtlicher Probleme, die sich im gesellschaftlichen Lebenszusammenhang stellen, wird zur neuen sich verallgemeinernden Kontrollmodalität, die die Segregationspraxis zunehmend abzulösen beginnt. Sie „hat den ruhigen Gang einer Normalisierungsgesellschaft zu gewährleisten“ (FOUCAULT, 1976, 79). Sie entfaltet sich als „ein feinmaschigeres Netz der psychologischen Kontrolle“ (CASTEL, 1976, 188), das sich mimetisch einzufügen versucht in die Strukturen der Alltagswelt und einen hohen Grad von Anpassungsfähigkeit entwickelt. Es begleitet als Beratungs- und Interventionssystem die Menschen tendenziell in alle Lebensbereiche (Familie, Schule, Beruf, Freizeit, Alter, Sterben) und ist flexibel und kreativ, wenn es gilt, den psychosozialen Dienstleistungssektor zu erweitern, das Auffangnetz noch engmaschiger zu knüpfen und die Zuständigkeit für immer neue Problem- und Krisenherde zu beanspruchen (vgl. FISHER/MEHR/TRUCKENBROD, 1974).

Für die *Kritiker* der G. ist diese identisch mit der Realisierung des totalen „therapeutischen Staates“, der die individuellen Freiheitsrechte und Entwicklungschancen auf eine überschau- und kontrollierbare Anzahl von standardisierten Normalitätsmodellen einschränken will (vgl. SZASZ, 1970; LEIFER, 1969; KITTRIE, 1971). Sie halten demgegenüber in einem konservativen Radikalismus oder „kleinbürgerlichen Anarchismus“ (CARUSO, 1978, 62) an dem frühbürgerlichen Ideal der uneingeschränkten Entfaltungsmöglichkeit des einzelnen Individuums fest. Das läßt ihre Kritik so sympathisch und doch antiquiert zugleich erscheinen. In der Gemeindeorientierung kommt ja mit der neuen Kontrollmodalität auch die veränderte Qualität der zu kontrollierenden krisenhaften Problemmuster zum Ausdruck. Diese signalisieren den wachsenden Grad der Vergesellschaftung von Problemlagen und damit eingeschlossen auch das Potential einer vergesellschafteten, kollektiven Problemperzeption, die durch eine Kritikposition verfehlt wird, die sich auf das vereinzelte Individuum beschränkt. Sie verfehlt damit auch die in der gemeindepsychologischen Orientierung liegende Ambivalenz oder Dialektik. Sie wird um so stärker Teil jener angedeuteten neuen Kontrollmodalität, je weniger sie sich selbst als in diese Entwicklungstendenz eingebunden zu thematisieren vermag, je weniger sie zu jenem möglichen Prozeß der kollektiven Problemperzeption beiträgt, auf dessen Grundlage erst adäquate Bewältigungsstrategien für objektiv gegebene gesellschaftliche Problemlagen und ihre häufig mißlingenden subjektiven Verarbeitungsformen zu entwickeln sind. Die „demokratische Psychiatrie“ in Italien (vgl. SCHMID, 1977; JERVIS, 1978) beweist, daß es diese Alternative geben kann, sie beweist aber auch, daß dies nicht allein vom guten Willen und dem „richtigen Bewußtsein" der professionellen Helfer abhängt, sondern nur als Teil einer breiten politischen Bewegung, die in der Bevölkerung und fortschrittlichen politischen Organisationen ihre Verankerung hat.

5 Zusammenfassende Bewertung

G. als diskrete Disziplin, die sich um Autonomie von den großen psychologischen Berufsfeldern (Klinische, Organisations- und Arbeitspsychologie, Pädagogische Psychologie) bemüht, scheint eine Perspektive des Scheiterns zu sein. Eine gemeindepsychologische Orientierung muß ihren Gegenstand in den Zentren professioneller psychologischer Tätigkeit finden, die dort vorherrschenden Einstellungen und Praxisformen daraufhin befragen, inwieweit sie adäquate Antworten auf die alltäglichen Probleme der Menschen geben, inwieweit sie zu einer angemessenen Situationseinschätzung der objektiven Bedingungen und Notwendigkeiten des Hilfesuchens kommen (vgl. BENDER, 1976, 9). Es wäre eine absurde Entwicklung, wenn sich eine Teildisziplin mit der „Gemeinde" und deren Auswirkungen auf die Situation von Individuen beschäftigen wollte, und das abgetrennt von der Untersuchung und Modifikation individueller und familiärer Handlungsmuster oder der Auswirkungen des Arbeitslebens auf die subjektive Befindlichkeit der Menschen.
Eine gemeindepsychologische Orientierung sucht genau hier ihren Ansatzpunkt.
„Gemeinde" ist als Gegenstand nicht abstrakt faßbar und hat für einzelne Personen oder Gruppen verschiedene Bedeutung. Sie ist für den einen Menschen sein Wohnblock, seine Siedlung, für den anderen sein soziales Netzwerk von Beziehungen, wieder für einen anderen seine Zugehörigkeit zu bestimmten Stadtteilaktivitäten, und für manche ist es die Kirchen-„Gemeinde". Das jeweilige Gemeindeverständnis hängt ab von der Wohnsitzdauer, der Familientradition, dem jeweiligen Verhältnis von Wohn- und Arbeitswelt. Stadtteile haben eine jeweils unterschiedliche Sozialgeschichte. Ein traditionsreicher Arbeiterbezirk vermittelt seinen Bewohnern ein anderes Zugehörigkeitsgefühl als eine geschichtslose Trabantenstadt. Es kommt darauf an, psychosoziale Dienste von ihrer institutionellen Struktur her und von der Kompetenz und dem Selbstverständnis der in ihnen arbeitenden Berufsgruppen her mit einer alltagsweltlichen Sensibilität auszustatten, die die Besonderheiten von Problemlagen und der aus ihnen resultierenden Bedürfnisse aufzunehmen vermag (vgl. PANZETTA, 1971; ZAUMSEIL, 1978). Das ist jener „sense of community", den SARASON (1974) als gemeindepsychologische Grundqualifikation fordert.

Verweis auf andere Stichwörter

→Allgemeine und Angewandte Psychologie →Handlungsforschung →Ökologische Psychologie →Psychologismus →Psychotherapie →Sozialpsychiatrie →Sozialtherapie

Literatur

BADURA, B. (Hrsg.): Seminar: Angewandte Sozialforschung. Frankfurt: Suhrkamp 1976.

BENDER, M. P.: Community psychology. London: Methuen 1976.

BENNETT, C. C.: Community psychology: Impressions of the Boston Conference on the education of psychologists for community mental health. In: COOK, P. E. (Hrsg.): Community psychology and community mental health. San Francisco: Holden-Day 1970, S. 5–11.

BLOOM, B. L.: Community mental health. A general introduction. Monterey: Brooks/Cole 1977.

CARUSO, I. A.: Krankmachender Krankheitsbegriff. Psychologie und Gesellschaft, 1978, 2 (1), S. 47–63.

CASTEL, R.: Psychoanalyse und gesellschaftliche Macht. Kronberg: Athenäum 1976.

CHINSKY, J. M.: Nine coalesing themes. In: ISCOE, I./BLOOM, B. L./SPIELBERGER, C. D. (Hrsg.): Community psychology in transition. New York: Halsted 1977, S. 195–201.

COWEN, E. L.: Social and community interventions. Annual Review of Psychology, 1973, 24, S. 423–472.

COWEN, E. L.: Baby-steps toward primary prevention. American Journal of Community Psychology, 1977, 5, S. 1–22.

FAIRWEATHER, G. W./TORNATZKY, L. G.: Experimental methods for social policy. New York: Pergamon Press 1977.

FISHER, W./MEHR, J./TRUCKENBROD, P.: Human services: The third revolution in mental health. Washington: Alfred 1974.

FOUCAULT, M.: Mikrophysik der Macht. Berlin: Merve 1976.

HELLER, K./MONAHAN, J.: Psychology and community change. Homewood: Dorsey 1977.

JERVIS, G.: Kritisches Handbuch der Psychiatrie. Frankfurt: Syndikat 1978.

KARDORFF, E. v.: Modellvorstellungen über psychische Störungen: Gesellschaftliche Entstehung, Auswirkungen, Probleme. In: KEUPP, H./ZAUMSEIL, M. (Hrsg.): Die gesellschaftliche Organisierung psychischen Leidens. Frankfurt: Suhrkamp 1978, S. 539–589.

KELLY, J. G./SNOWDEN, L. R./MUNOZ, R. F.: Social and community interventions. Annual Review of Psychology, 1977, 28, S. 323–361.
KEUPP, H.: Epidemiologie im Spannungsfeld zwischen klinischer und sozialwissenschaftlicher Perspektive. In: KEUPP, H. (Hrsg.): Verhaltensstörungen und Sozialstruktur. München: Urban & Schwarzenberg 1974, S. 3–51.
KEUPP, H.: Gemeindepsychologie als Widerstandsanalyse des professionellen Selbstverständnisses. In: KEUPP, H./ZAUMSEIL, M. (Hrsg.): Die gesellschaftliche Organisierung psychischen Leidens. Frankfurt: Suhrkamp 1978, S. 180–220.
KITTRIE, N. N.: The right to be different. Deviance and enforced therapy. Baltimore/London: John Hopkins Press 1971.
LEIFER, R.: In the name of mental health: The social functions of psychiatry. New York: Science House 1969.
LEVINE, M.: Some postulates of practice in community psychology and their implications for training. In: ISCOE, I./SPIELBERGER, C. D. (Hrsg.): Community perspectives in training and research. New York: Appleton-Century-Crofts 1970, S. 71–84.
MERTENS, W./FUCHS, G.: Krise der Sozialpsychologie?. München: Ehrenwirth 1978.
MUNOZ, R. F./KELLY, J. G.: The prevention of mental disorders. Homewood, Ill.: Learning Systems 1975.
MURPHY, L. B./FRANK, C.: Prevention: The clinical psychologist. Annual Review of Psychology, 1979, 30, S. 173–207.
NIETZEL, M. T./WINETT, R. A./MACDONALD, M. L./DAVIDSON, W. S.: Behavioral approaches to community psychology. New York: Pergamon Press 1977.
PANZETTA, A. F.: Community mental health: Myth and reality. Philadelphia: Lea & Febiger 1971.
RAPPAPORT, J.: Community psychology. Values, research, and action. New York: Holt, Rinehart & Winston 1977.
REPPUCCI, N. D./SAUNDERS, J. T.: History, action, and change. American Journal of Community Psychology, 1977, 5, S. 399–412.
SARASON, S. B.: The psychological sense of community. Prospects for a community psychology. San Francisco: Jossey-Bass 1974.
SCHMID, S.: Freiheit heilt. Bericht über die demokratische Psychiatrie in Italien. Berlin: Wagenbach 1977.
SCULL, A. T.: Decarceration. Community treatment and the deviant – A radical view. Englewood Cliffs: Prentice Hall 1977.
SOMMER, G./ERNST, H. (Hrsg.): Gemeindepsychologie. München: Urban & Schwarzenberg 1977.
SOMMER, G./KOMMER, B./KOMMER, D./MALCHOW, C./QUACK, L.: Gemeindepsychologie. In: Handbuch der Psychologie, Band 8: Klinische Psychologie. Göttingen: Hogrefe 1978, S. 2913–2979.
SZASZ, T. S.: The manufacture of madness. New York: Harper & Row 1970 (dt. 1974).
ULLMANN, L. P.: Behavioral community psychology. Implications, opportunities and responsibilities. Vorwort zu: NIETZEL, M. T. et al.: Behavioral approaches to community psychology. New York: Pergamon 1977, IX–XXVIII.
ZAUMSEIL, M.: Institutionelle Aspekte klinisch-psychologischer Arbeit. In: KEUPP, H./ZAUMSEIL, M. (Hrsg.): Die gesellschaftliche Organisierung psychischen Leidens. Frankfurt: Suhrkamp 1978, S. 15–58.
ZAX, M./COWEN, E. L.: Abnormal psychology. Changing conceptions. New York: Holt, Rinehart & Winston, 1976.
ZAX, M./SPECTER, G. A.: An introduction to community psychology. New York: Wiley 1974.

Heinrich Keupp

Gerontologie

1 Altern als Entwicklungsprozeß

G. wird von allen an der Erforschung des Alterns beteiligten Wissenschaften (insbesondere Biologie, Biophysik, Biochemie, Medizin, Soziologie, Pädagogik, Psychologie) als Wissenschaft vom (menschlichen) Altern verstanden. Daneben bilden sich aber zunehmend auch Spezialdisziplinen innerhalb der G.: z.B. die *Geriatrie* als Lehre von den Krankheiten im Alter, die *Gerontagogik* als eine Pädagogik, die sich an den alten Menschen wendet, und u.a. auch die *Psychogerontologie*, die sich nach THOMAE (1968) mit der Beschreibung und der Analyse des Verhaltens und Erlebens alternder Menschen befaßt.

Alle diese Wissenschaften haben davon auszugehen, daß Altern nicht eindimensional verläuft, sondern vielmehr als mehrdimensionaler Prozeß zu verstehen ist. THOMAE (1968) spricht in diesem Zusammenhang von insgesamt sechs zu unterscheidenden Prozessen: (1) biologischen Altersveränderungen (AV) (PLATT, 1976), (2) krankhaften AV (BÜRGER, 1957), (3) funktionell-psychologischen AV (LEHR, 1977), (4) persönlichkeitspsychologischen AV (LEHR, 1977), (5) sozialen und sozialpsychologischen AV (LEHR, 1977; TEWS, 1976) und (6) AV, die auf die Auseinandersetzung des Individuums mit dem eigenen Alter zurückgehen (THOMAE, 1971). Einer oder mehrere dieser Prozesse können in unterschiedlicher Geschwindigkeit, Richtung und Gewichtung das Altern individuell formen.

Psychogerontologie oder psychologische Alternsforschung begreift sich als Bestandteil der *Entwicklungspsychologie.* Dabei wird Entwicklung nicht als zielgerichteter oder in eine bestimmte Richtung zielender Prozeß aufgefaßt, sondern als Veränderung (SCHMITZ-SCHERZER, 1977a.) Diese Veränderungen geschehen im Kontext mit Umweltveränderungen im weitesten Sinne oder doch zumindest durch eine aktive Auseinandersetzung des Individuums mit ‚seiner' Umwelt. Eine solche Sichtweise nimmt Abschied von anderen Modellen der menschlichen Entwicklung. Sie sieht Altern nicht als letzte Phase oder höchste Stufe des menschlichen Lebens, sondern praktisch als *lebenslangen Prozeß aktiver Natur.* Sie begreift Altern nicht

als endogenen, biologisch bestimmten Prozeß, sondern als wesentlich mit der Umwelt des Individuums verbunden, von dieser beeinflußt und u. U. diese selbst auch verändernd. Sie stellt komplexe und verschiedene Ebenen des Alternsprozesses fest und geht nicht von einem endogenen Prozeß aus. Schließlich sieht sie die Möglichkeit vielfältigster Formen des Alterns, da ihren Resultaten zufolge Altern kein Produkt einer Prägung eines passiven Individuums ist, sondern eine individuell und situativ höchst wirksam gesteuerte aktive Auseinandersetzung zwischen Individuum und Umwelt.
Obwohl nicht in Frage gestellt werden kann, daß einzelne Menschen in einer Form zu altern scheinen, die letztlich jedem der zahlreichen in der Literatur diskutierten Modelle entspricht, so muß man doch betonen, daß allgemeingültige Modelle des menschlichen Alterns bislang nicht entwickelt wurden. Angesichts der Vielfalt der beobachteten Alternsverläufe scheint es sogar fraglich, ob ein solches Modell überhaupt aufgestellt werden kann – die interindividuellen Unterschiede zwischen verschiedenen alternden Menschen scheinen oftmals größer zu sein als z. B. die zwischen Jugendlichen.
Für Altern im Sinne von Entwicklung (als Veränderung, die sich dem zeitlichen Kontinuum einer Biographie zuordnen läßt) ist das chronologische Alter von untergeordneter Bedeutung. Es ist in der Entwicklungspsychologie wie auch in der G. eine vielfach vertretene Überzeugung – mittlerweile durch zahlreiche Forschungsergebnisse belegt –, daß Entwicklung i. d. S. nur im Zusammenhang mit Veränderungen in Umwelt und individueller Situation des Menschen zu sehen ist. Nur das ‚dialektische' Verhältnis des Individuums zu seiner Umwelt macht demnach Entwicklung im hier diskutierten Sinne möglich und verständlich.
THOMAE (1968) spricht vom Altern in diesem Zusammenhang als sozialem Schicksal. Die Berechtigung einer solchen Sichtweise wird besonders deutlich, wenn man bedenkt, daß neben

- sozialen und sozialpsychologischen (z. B. Schulbildung, Beruf, Familienstand, Einstellungen und Vorurteile, Kontakt mit Bekannten und Freunden),
- ökonomische (Einkommen und Besitz),
- ökologische (Wohnung, Ausstattung der Wohnung, Anregungsgehalt der Umgebung u. a.),
- gesundheitliche und
- persönliche und biographische Momente (z. B. Intelligenz, bisheriger Lebensstil etc.)

mit den jeweils beobachtbaren Formen des Alterns z. T. sehr deutliche und hohe Korrelationen eingehen. Gerade diese Komplexität des Alterns selbst und seiner Bestimmungsgrößen hat die Psychogerontologie immer deutlicher herausgearbeitet. Die umfassendste Dokumentation psychogerontologischer Forschungen und ihrer Ergebnisse bringt LEHR (1977) für den deutschsprachigen Raum.

2 Ergebnisse der Alternsforschung

Neben Resultaten, die die *vielfältige Bedingtheit des Alternsprozesses* erkennen lassen, finden sich folgende andere Forschungsergebnisse:

a) Es herrscht ein *negatives Vorurteil* in unserer Gesellschaft den alten Menschen gegenüber. Diesem zufolge ist Altern mit Verzicht, nachlassenden Fähigkeiten und reduzierten Möglichkeiten gleichzusetzen. Es ist zudem eine Verbindung dieses Vorurteils zu Verhaltensnormen für alte Menschen zu beobachten, die diese in unserer Gesellschaft *funktionslos* und sozial sowie persönlich reduziert darstellen. Im Rahmen eines als ‚selffulfilling prophecy' bezeichneten Prozesses verhalten sich viele alte Menschen diesen Normen gemäß als ‚alt', obwohl sie von ihren Fähigkeiten her gesehen noch vieles mehr könnten und vermöchten (LEHR, 1977).

b) Entwicklungen i. S. von Variabilität und Konstanz über die Zeit des menschlichen Lebens hinweg beobachten wir bei vielen getesteten Persönlichkeitseigenschaften und geschätzten Verhaltensratings. Vielfach zeigt sich Konstanz, oft aber auch eine ondulierende, wellenförmige Veränderung der quantifizierten Daten. Mit diesen Veränderungen ergeben sich auch Umweltveränderungen oder vice versa. Insofern kann z. B. nicht bestätigt werden: alte Menschen werden unaufmerksamer, rigider, unangepaßter, passiver, weniger intelligent, kreativ und langsamer. In gewissen Einzelfällen ist dies zwar zu beobachten, aber generell sind die *Alternsverläufe sehr verschieden* – quantitativ und qualitativ. Wir beobachten zu unterschiedlichsten Zeitpunkten Reduktionen, konstante Verläufe, ja sogar Verbesserungen bzw. Zunahmen. Die Unmöglichkeit eines allgemeingültigen Alternsmodells wird hier wie der Einfluß vieler ‚Außenkriterien' auf die Entwicklung besonders deutlich (SCHMITZ-SCHERZER, 1977).

c) Auf die *Bedeutsamkeit des sozialen Raumes* für den Alternsprozeß wird immer wieder hingewiesen. Soziale Situationen wie z. B. die Pensionierung, die Reduktion auf die Kernfamilie nach dem Selbständigwerden der Kinder, ein Umzug ins Heim oder Einsamkeit (meist als Folge von ohnehin nur in geringem Ausmaß gepflegten Sozialkontakten in mittleren Jahren) beeinflussen den Alternsprozeß sehr. Dabei spielen die sachlichen Gegebenheiten (Höhe der Rente, Entfernung zum Wohnort der Kinder etc.) genauso eine starke Rolle wie die subjektive Sichtweise der Situation durch das alternde Individuum (kognitive Theorie des Alterns nach THOMAE, 1971; THOMAE, 1976). Auch hier lassen sich generelle Formen des Alterns nicht nachweisen. Dies zumindest hat die Auseinandersetzung zwischen Vertretern der *Aktivitätstheorie* und solchen der *Disengagementtheorie* gezeigt. Weder allgemeine soziale Aktivität noch ein Rückzug aus den sozialen Bezügen werden heute als allein gültige Quelle von Zufriedenheit im Alter angesehen. Vielmehr muß auch hier eine differentielle Betrachtung einsetzen. Sie wird je nach individueller Situation und bisher gelebtem Leben zu ganz unterschiedlichen Aussagen im Vergleich verschiedener alternder Individuen gelangen (LEHR, 1977; TEWS, 1976; SCHMITZ-SCHERZER, 1977).

d) Der alternde Mensch hat *Möglichkeiten, sein Alter mitzugestalten.* Dies ist eine fundamentale Grundlage aller psychologisch und soziologisch abgesicherten gerontagogischen Arbeit. Die diesbezüglichen Überlegungen flossen bislang zumeist in Versuche ein, den Menschen auf das Alter sowie auf sein Altern vorzubereiten. Dabei wird zunächst versucht, das große Informationsdefizit vieler Menschen in bezug auf die unterschiedlichen für das Altern relevanten Wissensbestände zu beseitigen. Gesundheitsprophylaxe und Rehabilitation, finanzielle, wohnungsspezifische Fragen spielen neben soziologisch, juristisch und psychologisch bedeutsamen Aussagen zum Altern die Hauptrolle, der Einbezug von Programmen zur Verhaltensänderung dagegen ist selten beobachtbar. Leider liegen bislang noch keine Effektivitätskontrollen solcher Bemühungen vor (KOCH-STRAUBE/KOCH/LEISNER, 1973; LEHR, 1977).

e) Die psychogerontologische Forschung hat auch zum Phänomen der *Langlebigkeit* vielfach abgesicherte Resultate gebracht. Ähnlich der Medizin fand sie bei langlebigen Personen eine besondere psychische Ausstattung: diese Personen lebten vielfach in einer positiven sozialen Situation, waren eher aktiv, zumeist positiv gestimmt, verfügten über ein großes Reservoir möglicher und tatsächlicher Aktivitäten und waren interessiert und geistig rege (LEHR/SCHMITZ-SCHERZER, 1976).

3 Schwierigkeiten und Möglichkeiten gerontologischer Forschung

Wenn auch aus diesen Resultaten hervorgeht, daß der alternde Mensch mitnichten dem allgemeinen Vorurteil entsprechend altert, so ist damit noch nicht die große Reihe von Schwierigkeiten gelöst, denen sich der G. gegenübergestellt sieht:

a) Forschungstechnisch: Die angemessenere Vorgehensweise bei der Erforschung von Alternsveränderungen ist mit Ausnahmen die Durchführung von *Längsschnittstudien.* Diese dauern lange und erfordern sehr hohe Kosten.

b) Die Instrumente und Methoden der Datensammlung, die Operationalisierungen von Konstrukten sind u. U. den verschiedenen Untersuchungszeitpunkten altersvergleichender Studien gegenüber *nicht unabhängig.* So kann z. B. ein Intelligenztest bei 55 Jahre alten Personen eine ‚andere' Intelligenz messen als derselbe Test bei 80jährigen.

c) Unsere Meßtheorie geht meist von einem Reliabilitätskonzept der Messungen aus, welches der Stabilität i. S. von ‚Nichtveränderung' der Messungen über die Zeit einen gewissen Stellenwert zuweist. Hier sollen aber Veränderungen erfaßt werden. So kann oft die Frage nicht mit aller Eindeutigkeit entschieden werden, ob eine Veränderung von Messungen ‚wahre' Veränderungen oder mangelnde Reliabilität des Maßes dokumentiert.

Trotz dieser Schwierigkeiten hat die Psychogerontologie zu Resultaten geführt, die direkten Eingang in die Altenarbeit und – weniger – in die Altenpolitik gefunden haben. Sie versteht sich vielfach als *angewandte Disziplin.* So positiv dies auch ist, so ist es doch bedauerlich, daß z. Z. oft das Sammeln von Korrelationen durch empi-

rische Studien absolut vorherrscht, und nur wenig theoretische Arbeit getrieben wird. Sozialwissenschaftlich orientierte Alternstheorien i.S. der Bedeutung einer Theorie im Wissenschaftskonzept könnten immerhin ein wenig zu einer strikteren Disziplin und Planung im empirischen Bereich und u.U. zu neuen Ansätzen führen.
Es fragt sich nämlich, ob die Psychogerontologie jetzt nicht einmal die Frage nach der Validität ihrer Verfahren für die alltägliche Bewältigung lebenspraktischer Fragen durch alte Menschen stellen muß. Ist in diesem Zusammenhang z.B. Testintelligenz wesentlich? Sind nicht andere bislang nicht gesehene Momente von entscheidenderer Bedeutung? Die Frage nach *Kompetenz zur Bewältigung alltäglicher Lebenssituationen* wird u.U. in Zukunft in der Forschung eine größere Rolle spielen. Ihre Operationalisierung, ihre theoretische und methodische Erarbeitung und der Versuch, dieses Konzept in der Empirie zu testen, wäre jedenfalls eine wichtige Aufgabe zukünftiger Forschung.

Verweis auf andere Stichwörter

→Entwicklung und Sozialisation →Todespsychologie →Vorurteil

Literatur

BÜRGER, M.: Altern und Krankheit. Stuttgart: Thieme [3]1953.

KOCH-STRAUBE, U./KOCH, H.-B./LEISNER, R.: Alternsforschung. Ein Lernprogramm für die soziale Praxis. Stuttgart: Kohlhammer 1973.

LEHR, U./SCHMITZ-SCHERZER, R.: Survivors and nonsurvivors – two fundamental patterns of aging. In: THOMAE, H. (Hrsg.): Patterns of aging. Basel: Karger 1976, S. 137–146.

LEHR, U.: Psychologie des Alterns. Heidelberg: Quelle & Meyer 1977.

PLATT, D.: Biologie des Alterns. Heidelberg: Quelle & Meyer 1976.

SCHMITZ-SCHERZER, R.: Konstanz und Veränderung in der psychischen Leistungsfähigkeit. actuelle gerontologie, 7/7, 1977, S. 343–404 (a).

SCHMITZ-SCHERZER, R.: Zur Veränderung des Freizeit- und Sozialverhaltens. Zeitschrift für Gerontologie, 10, 1977, S. 300–321 (b).

TEWS, H. P.: Soziologie des Alterns. Heidelberg: Quelle & Meyer 1976.

THOMAE, H.: Psychische und soziale Aspekte des Alterns. Zeitschrift für Gerontologie, 1, 1968, S. 43–55.

THOMAE, H.: Die Bedeutung einer kognitiven Persönlichkeitstheorie für die Theorie des Alterns. Zeitschrift für Gerontologie, 4, 1971, S. 8–18.

THOMAE, H. (Hrsg.): Patterns of aging. Basel: Karger 1976.

Reinhart Schmitz-Scherzer

Gesprächspsychotherapie

1 Begriffsklärung, Definition, Abgrenzung

Gesprächspsychotherapie (GT) ist der im deutschen Sprachraum gebräuchlichste Name für eine Psychotherapieform, die von dem amerikanischen Psychologen Carl ROGERS begründet und durch seine Arbeiten entscheidend beeinflußt wurde. Andere Bezeichnungen, die zugleich die historische Entwicklung widerspiegeln, sind: „nichtdirektive Beratung/Therapie" (ROGERS, 1942/1973), „klientenzentrierte Therapie" (ROGERS, 1951/1974) und seit neuestem „personenzentrierte Theorie bzw. Therapie" (HOLDSTOCK/ROGERS, 1977) bzw. „personenzentrierte Gesprächspsychotherapie" (TAUSCH/TAUSCH, 1978a).
Die GT (und die ihr zugrundeliegende Personenzentrierte Theorie) entstammt der klinisch-psychologischen Praxis. Der enge psychotherapeutische Rahmen wurde jedoch bald auf andere Bereiche des menschlichen Lebens ausgeweitet. Personenzentriertes Vorgehen verstand sich immer mehr als eine neue und allgemeine Form der Gestaltung zwischenmenschlicher Beziehungen, der personenzentrierte Ansatz als eine neue Weltanschauung, als Grundlage für den Entwurf einer „Gesamttheorie des menschlichen Daseins" (HOLDSTOCK/ROGERS, 1977, 125). Diese Aufgabenstellung verbindet den personenzentrierten Ansatz mit der Humanistischen Psychologie (BÜHLER/ALLEN, 1973/1974; MISIAK/SEXTON, 1973).

2 Philosophische Grundlagen

2.1 Erkenntnistheoretische Grundannahmen

ROGERS unterscheidet drei Formen der Erkenntnisgewinnung: objektive, subjektive und phänomenologische (interpersonale). Jede besitzt einen ihr originären Erkenntnisbereich: äußere Umwelt, subjektive Eigenwelt und soziale Mitwelt. ROGERS selber knüpft an existentialphilosophische und phänomenologische Auffassungen an (BARCLAY, 1971; ROGERS, 1963). Wissenschaftliche Theorien und Erkenntnisse sind für ihn nicht endgültig, sondern veränderbar und veränderlich. Die wissenschaftliche Forschung ist ein Prozeß, der eine bestimmte Entwicklung durchläuft, und bei dem es auf die Richtung, d.h. die verfolgten Ziele, ankommt. Objektive Wahrheit kann niemals erkannt werden; nur in der subjektiven Sichtweise eines Individuums erscheinen bestimmte Aussagen als objektiv wahr (ROGERS, 1959; ROGERS, 1963). Dementsprechend räumt ROGERS der Wissenschaft und Forschung eine eher dienende Position ein. Diese Sichtweise wird besonders in der berühmten ROGERS-SKINNER-Debatte deutlich (ROGERS/SKINNER, 1956/1975).

2.2 Philosophisch-anthropologische Grundannahmen

Der personenzentrierte Ansatz betont die Einzigartigkeit und Individualität des Menschen und fordert eine ganzheitliche Betrachtung. Er stellt die Person in den Mittelpunkt der Theoriebildung, betont jedoch ihr Eingebettetsein in die physische Umwelt und vor allem in die soziale Mitwelt.

2.2.1 Die Natur des Menschen

(a) Jeder Mensch besitzt grundsätzlich die Fähigkeit, seine Persönlichkeit, sein Verhalten und Erleben selbständig, frei und eigenverantwortlich in Richtung auf Reifung und Selbstverwirklichung zu entwickeln. (b) Selbstverwirklichung bedarf der Fähigkeit, im Prozeß der Selbsterfahrung Bewußtsein und Selbstbewußtsein zu bilden, und der Offenheit für Veränderung. (c) Jeder Mensch lebt in seiner eigenen Welt. Er ist zugleich unentrinnbar auf andere und auf seine Umwelt bezogen. Eigenwelt, Umwelt und Mitwelt bilden – soweit sie vom Individuum erfahren werden – seine subjektive Realität.

2.2.2 Wesen und Bedeutung der zwischenmenschlichen Beziehung

(a) Jede zwischenmenschliche Beziehung soll eine echte mitmenschliche Begegnung sein, d.h. sie soll frei sein von Macht und Autorität, gleichberechtigt und partnerschaftlich. Jeder soll im Rahmen seiner Möglichkeiten er selbst und real zugegen sein. Jeder akzeptiert die Eigenart und Einzigartigkeit seines Gegenübers. (b) Die zwischenmenschliche Beziehung stellt neben anderen eine für die Selbstentfaltung entscheidende förderliche Bedingung dar. (c) Die förderliche Qualität einer zwischenmenschlichen Beziehung wird dann noch erhöht, wenn der Versuch gemacht wird, den anderen in seiner privaten Welt, in seinen Gefühlen und Sichtweisen zu verstehen und dieses Verstehen mitzuteilen.

Ähnlichkeiten mit Aussagen der Phänomenologischen Philosophie, der Phänomenologischen Psychologie und der Existentialphilosophie sind unübersehbar. Eine systematische Aufarbeitung der Grundpositionen der GT unter philosophischen (und erkenntnistheoretischen) Gesichtspunkten wurde bisher nur in Ansätzen geleistet. Zumeist wurden verwandte philosophische Aussagen nur zur nachträglichen Bestätigung und Begründung oder zur Ergänzung des eigenen Standpunktes herangezogen (BARCLAY, 1971; HART/TOMLINSON, 1970; ROGERS, 1963).

3 Personenzentrierte Theorie

3.1 Persönlichkeitstheorie

Zentraler Begriff der Persönlichkeitstheorie ist das Selbst, dessen wichtigste Funktion die Selbsterfahrung. Sie vermittelt dem Individuum das Bewußtsein, zu sein und sich zu entfalten. Voraussetzung für Persönlichkeitsentwicklung und Selbstverwirklichung sind zwei Grundannahmen: Erstens, daß das Individuum die Tendenz besitzt, seine Erfahrungen zutreffend und richtig im Bewußtsein darzustellen und Übereinstimmung zwischen Erfahrung und Selbstkonzept herzustellen. Zweitens, daß sein Bedürfnis nach positiver Zuwendung und Wertschätzung durch die Umwelt befriedigt wird, ohne daß dies an die Erfüllung bestimmter Bedingungen geknüpft ist, die u. U. die Selbsterfahrung behindern. Die „sich voll entfaltende Persönlichkeit" (Fully functioning person) stellt eine Art Idealpersönlichkeit dar, auf die hin die Selbstverwirklichung ausgerichtet ist.

Ausgangspunkt für die Entstehung *psychischer Fehlanpassung* ist die auftretende Inkongruenz zwischen Erfahrung und Selbst. Sofern neue Erfahrungen zu den im Selbstkonzept enthaltenen Werthaltungen in Widerspruch treten, werden sie nur selektiv und verzerrt wahrgenommen oder teilweise oder ganz im Bewußtsein verleugnet. Als Folge der Inkongruenz zwischen Selbst und Erfahrung tritt, zunächst teilweise, Inkongruenz im Verhalten auf. *Psychotische Fehlanpassung* ist davon nur graduell verschieden. ROGERS beschreibt sie als einen Prozeß zunehmender Inkongruenz, die zu Zusammenbruch und Desorganisation führt (ROGERS, 1959, 227ff.).

3.2 Therapietheorie

ROGERS (1959) entwirft ein funktionales Therapiemodell: sofern bestimmte Bedingungen auf seiten des Therapeuten und Klienten erfüllt sind, kommen beim Klienten bestimmte therapeutische Prozesse in Gang, die ihrerseits bestimmte Änderungen in Persönlichkeit und Verhalten des Klienten bewirken.

3.2.1 Bedingungen des therapeutischen Prozesses

Zu den Voraussetzungen für die Entstehung eines therapeutischen Prozesses gehört, daß Klient und Therapeut miteinander in Kontakt stehen, daß der Therapeut die „therapeutischen Grundhaltungen" realisiert, und daß der Klient dies wahrnimmt.
Den therapeutischen Grundhaltungen (Basismerkmalen) „Echtheit/Selbstkongruenz", „Wärme/Wertschätzung" und „Einfühlendes Verstehen/Empathie" wird in der GT entscheidende Bedeutung für die Entstehung und Förderung des therapeutischen Prozesses eingeräumt; sie galten lange Zeit sogar als „notwendige und hinreichende Bedingungen" (ROGERS). Diese Grundhaltungen beschreiben eine generelle Art und Bereitschaft therapeutischer Aktivität. Sie sind nicht auf bestimmte Vorgehensweisen, Aktivitäten, Techniken oder Redewendungen eingeengt. Aus ihnen lassen sich jedoch konkrete Verhaltensweisen für den Therapeuten ableiten, was für Ausbildung und Supervision nützlich ist.
(Die Konzeptualisierung der drei Basismerkmale blieb im Verlauf der Weiterentwicklung der GT zwar im wesentlichen unverändert, durch Forschung und therapeutische Praxis differenzierten sich jedoch weitere Teilaspekte heraus.)

Echtheit und Selbstkongruenz des Therapeuten. Das Merkmal enthält zwei Aspekte: Aussagen über den Therapeuten und Aussagen darüber, wie er vom Klienten wahrgenommen wird. Der Therapeut ist selbstkongruent, d.h. er befindet sich in einem ständigen Prozeß der Kongruenz zwischen Erfahrung und Selbst. Dadurch ist ihm seine Erfahrung verfügbar und mitteilbar. Er ist echt er selbst und verhält sich nicht professionell oder fassadenhaft. Er ist für den Klienten transparent und real zugegen.

Positive Zuwendung/Wärme, Wertschätzung. Der Therapeut bringt dem Klienten echte und tiefe positive Zuwendung, Wärme und Wertschätzung entgegen. Diese Zuwendung sollte frei sein von Bewertungen und Beurteilungen der Person des Klienten, seiner Äußerungen, seiner Gefühle oder seines Verhaltens. Die Person des Klienten akzeptieren heißt nicht, ihr gesamtes Verhalten gutheißen. Vielmehr vermittelt der Therapeut dem Klienten das Gefühl, als Person angenommen zu werden.

Einfühlendes Verstehen, Empathie. Dieses Merkmal beschreibt die hauptsächliche Aktivität des Therapeuten. Dieser versucht, sich in die phänomenale Welt des Klienten hineinzuversetzen und aus dem erfaßten inneren Bezugsrahmen die Erlebnisse und Gefühle des Klienten und deren persönliche Bedeutung präzise und sensibel zu erfassen und in möglichst konkreter, verständlicher und nicht theoretisierender Form mitzuteilen. Dabei berücksichtigt er nicht nur die sprachlichen Äußerungen des Klienten, sondern auch dessen nichtsprachliches Verhalten (wie Mimik, Gestik u.a.). Empathie im Sinne von ROGERS heißt, mit dem Klienten zusammen die jeweilige Bedeutung seiner geäußerten Erfahrung herauszuarbeiten. Kriterium für die Richtigkeit der erarbeiteten Bedeutung ist nicht irgendene Theorie, sondern der Klient selbst oder dessen Theorie von sich selbst.

3.2.2 Merkmale des therapeutischen Prozesses

Wenn der Therapeut die als notwendig erachteten therapeutischen Grundhaltungen in einem hohen Ausmaß realisiert, und wenn dies vom Klienten wahrgenommen wird, so entsteht beim Klienten ein Prozeß der Reintegration. Der Klient wird zunehmend freier im Ausdruck seiner Gefühle und beginnt, sich selbst und seine subjektive Realität zu explorieren. Sein Selbst und seine Erfahrungen werden zunehmend kongruenter, er reorganisiert sein Selbstkonzept, um die neuen Erfahrungen zu assimilieren. Er erlebt mehr Selbstwertschätzung und sieht sich selbst zunehmend als Ausgangspunkt seiner Bewertungen. Er reagiert auf Erfahrungen weniger auf Grund von Werthaltungen, sondern

mehr und mehr auf Grund des organismischen Bewertungsprozesses.
ROGERS stellt diesen Änderungsprozeß in einem „Prozeßkontinuum" dar. Es enthält sieben Funktionsbereiche der Selbsterfahrung, wie z.B. Ausdruck von Gefühlen oder Gestaltung von Sozialbeziehungen. Jeder Funktionsbereich kann sieben Prozeßstufen in seiner Entfaltung durchlaufen (ROGERS, 1961/1973, 130ff.; TAUSCH, 1974, 254f.).
GENDLIN (1964) beschreibt mit seiner Theorie des Experiencing (Selbsterleben) den Prozeß einer effektiven Persönlichkeitsänderung. Diese tritt dann ein, wenn der Klient zu seinem konkreten, im Augenblick vor sich gehenden Erleben Zugang hat. Indem er seine Aufmerksamkeit auf einen ihm relevanten Erlebnisgegenstand richtet und eine körperlich fühlbare Beziehung zu diesem herstellt, vermag er dessen gefühlte, unmittelbar gegenwärtige persönliche Bedeutung zu erarbeiten. Eine Reihe neuerer Arbeiten knüpfen an dieses Konzept an und gehen u.a. der Frage nach, durch welche therapeutischen Vorgehensweisen das Selbsterleben des Klienten aktiviert werden kann (u.a. BOMMERT/DAHLHOFF, 1978).

3.2.3 Wirkungen des therapeutischen Prozesses

Die personenzentrierte Theorie betont die lebenslange Persönlichkeitsentwicklung, wie sie im Prozeß der Selbstaktualisierung stattfindet. Entsprechend gibt es keine scharfe Trennung zwischen dem Prozeß und den Ergebnissen einer Therapie, noch gibt es endgültige Therapieziele. Umfassendes Therapieziel ist, die Selbsterfahrung des Klienten zu verbessern und zu fördern, da diese ihrerseits Voraussetzung für die Selbstaktualisierung ist. In diesem Sinne wird versucht, psychische Fehlanpassung oder Desintegration abzubauen und der Persönlichkeit zur Reintegration zu verhelfen. ROGERS (1959, 218ff.) nennt eine Reihe von Merkmalen, die die verbesserte psychische Funktionsfähigkeit beschreiben und eine kongruentere, kreativere und sozialere Persönlichkeit skizzieren.

3.3 Theorie der zwischenmenschlichen Beziehungen

Sie stellt den Versuch dar, die in der Therapietheorie enthaltenen Aussagen über die Gestaltung der therapeutischen Beziehung zu erweitern und Gesetzmäßigkeiten, die in allen zwischenmenschlichen Beziehungen bestehen, zu formulieren. Gegenseitige Wertschätzung, Selbstkongruenz und das Bemühen, den Anderen in seiner Individualität zu verstehen, stellen notwendige Ausgangsbedingungen für eine geglückte zwischenmenschliche Beziehung dar. Insbesondere mangelnde Selbstkongruenz bewirkt, daß die Kommunikation uneindeutig wird. Sie stellt eine Bedingung für eine sich verschlechternde Beziehung dar, die gegebenenfalls zum Abbruch der Beziehung führt (ROGERS, 1959, 235ff.).

3.4 Theorien der Anwendung

ROGERS geht davon aus, daß die in der Persönlichkeitstheorie, in der Therapietheorie und in der Theorie der zwischenmenschlichen Beziehung dargestellten und als wirksam erachteten Prinzipien und Gesetzmäßigkeiten auch auf andere Bereiche des menschlichen Lebens übertragen werden können, insbesondere auf die Bereiche „Erziehung und Lernen" (ROGERS, 1969/1974; TAUSCH/TAUSCH, 1977), „Leitung von Gruppen und Schlichtung von Gruppenkonflikten" (u.a. ROGERS, 1970/1974) und „Zusammenleben in Ehe und Partnerbeziehungen" (u.a. ROGERS, 1972/1975).

4 Forschung zur GT

Die wissenschaftliche Untersuchung der GT mit Hilfe empirischer Forschungsmethoden gehörte von Anfang an zu den selbstgestellten Aufgaben (ROGERS, 1942/1972, 27; ROGERS, 1951/1973, 21ff.). Der Entwurf des funktionalen Therapiemodells, die Definition und Operationalisierung relevanter Merkmale des Therapieprozesses und -erfolges und die Übersetzung des Therapiemodells in die sog. Prozeßgleichung ermöglichen einen bedeutsamen Fortschritt für die Psychotherapieforschung der GT und anderer Therapierichtungen (u.a. TAUSCH, 1970, 18; MINSEL/ZIELKE, 1978). Für die GT-Forschung liegen inzwischen mehrere Übersichtsreferate vor (u.a. MELTZOFF/KORNREICH, 1970; TAUSCH, 1976; TRUAX/MITCHELL, 1971).
Die generelle Frage, ob GT ein therapeutisch effektives Verfahren darstellt, wird von den meisten Autoren pauschal bejaht. Die Beurtei-

lung der Effektivität der personenzentrierten Basismerkmale hat sich von einer deutlich positiven (TRUAX/MITCHELL, 1971) zu einer kritischeren Stellungnahme gewandelt (GURMAN, 1977; LAMBERT et al., 1978; MITCHELL et al., 1977).

5 Anwendung der GT

5.1 Standardform und Modifikationen des therapeutischen Vorgehens

In der Regel findet GT in Einzelsitzungen statt. Gruppenpsychotherapie – als Therapieform für psychisch beeinträchtigte Personen – und die personenzentrierten Encountergruppen – als „Therapiegruppen für Normale" – unterscheiden sich im Hinblick auf das Vorgehen des Therapeuten jedoch nicht wesentlich von der Einzeltherapieform (ROGERS, 1970, TAUSCH/TAUSCH, 1978a). Je nach der zu behandelnden Personengruppe und der Institution, in der Therapie oder Beratung durchgeführt werden, finden wir Modifikationen der Standardform. Hauptbestandteil des Vorgehens bleiben jedoch weitgehend die therapeutischen Basismerkmale (s.o.), die Problembearbeitung bedient sich weitgehend des Gesprächs. Eine Ausnahme bildet die nichtdirektive Spieltherapie, in der das Spiel noch vor dem stattfindenden Gespräch Mittel zur Problemdarstellung und -bearbeitung ist (GÖTZE/JAEDE, 1978). Stärker auf Anwendungsbereiche und Personengruppen zugeschnittene Modifikationen stellen die u.a. von GORDON (1970) und GUERNEY und Mitarbeiter (GUERNEY et al., 1970) vorgestellten Formen der klientenzentrierten Familientherapie dar. Bedeutung und Effektivität der personenzentrierten therapeutischen Grundhaltungen haben einige Autoren veranlaßt, sie in neue, integrative Therapiemodelle und Trainingsmodelle einzubeziehen bzw. Kombinationen mit Methoden anderer Therapierichtungen vorzuschlagen (u.a. MANDEL et al., 1971; SCHWÄBISCH/SIEMS, 1974).
Eine Befragung von Mitgliedern der Gesellschaft für wissenschaftliche Gesprächspsychotherapie (GwG) ergab, daß nur rund 9% der 702 Antwortenden eine „klassische" GT durchführen, während rund 60% zumindest manchmal und 31% häufig GT mit anderen Therapiemethoden kombinieren (GwG-Info 25/1976/97f.). Amerikanische Untersuchungen ergeben ähnliche Resultate; danach zählen sich etwa 3–9% der befragten klinischen Psychologen zur personenzentrierten Therapierichtung, während zumeist gut die Hälfte sich als Eklektiker bezeichnen.

5.2 Indikation

Auf seiten des Klienten müssen bestimmte Voraussetzungen erfüllt sein, damit er auf die GT „ansprechen" kann. Er muß bereit sein, sich mit sich selbst auseinanderzusetzen oder dies zumindest zu lernen. Bei starkem Leidensdruck sowie dem Wunsch nach Änderung seines eigenen Erlebens und Verhaltens befindet sich der Klient zumeist bereits im Prozeß der Selbstexploration. Dieser Prozeß setzt seinerseits bestimmte Fähigkeiten – u.a. Wahrnehmungs- und Denkfunktionen voraus.
Art und Umfang der für die Durchführung der GT und für den Prozeß der Selbstexploration notwendigen sprachlichen Fähigkeiten werden zumeist überschätzt. Das liegt u.a. an einem zu engen Verständnis von „Gespräch" – die Gesprächsanteile spielen in der therapeutischen Begegnung eine wichtige, aber nicht die einzig entscheidende Rolle. Hinzu kommt die falsche Vorstellung, in der GT käme es darauf an, über Gefühle zu sprechen, ein Sprachverhalten, über das nicht alle Personen in ausreichendem Umfang verfügten. „Gefühl" im Sinne der GT-Theorie meint jedoch, die gefühlte Bedeutung oder Bewertung einer Erfahrung, die der Klient herausarbeitet und soweit ihm möglich sprachlich mitteilt. Diese Art der Kommunikation mit sich selbst unter Zuhilfenahme des Therapeuten soll durch die GT erst in einem effektiven Umfang gelernt werden und gilt als lernbar (u.a. TAUSCH/TAUSCH, 1978a, 1929).
Die *Indikation von GT* liegt nach den vorliegenden Untersuchungen bei folgenden psychischen Beeinträchtigungen vor: geringe Selbstachtung; stärkere emotionale Unruhe und Gespanntheit; Psychoneurotizismus; geringes Vertrauen in die eigene Person; Angst vor bestimmten für den Klienten bedeutsamen Personen, Ereignissen und Gegenständen u.a. (TAUSCH/TAUSCH, 1978a, 1914). Klienten selber nennen u.a. folgende Probleme: allgemeine Unsicherheiten, soziale Kontaktstörungen, psychosomatische Beschwerden, allgemeine Ängste, sexuelle Schwierigkeiten und Schwierigkeiten im Beruf (RUDOLPH, zit. n. TAUSCH/TAUSCH, 1978a, 1914).

Entsprechend den philosophischen Grundpositionen des personenzentrierten Ansatzes sind existentielle Krisen und Probleme der Selbstwertfindung sowie die Förderung der Selbstentfaltung und Emanzipation der GT am angemessensten.
Bei Psychosen, bei schwerer Drogensucht und chronischem Alkoholismus ist GT nur teilweise und nur begrenzt hilfreich (TAUSCH/TAUSCH, 1978a, 1914).

6 Ausbildung, Verbreitung der GT

Der Ausbildung wurde von Anfang an ein ähnlich hoher Wert beigemessen wie der Psychotherapieforschung, Ausbildung selbst war wiederholt Gegenstand empirischer Untersuchung (u.a. TRUAX/CARKHUFF, 1967). Ausbildungsinhalte und -durchführung wurden sorgfältig mit den in der Theorie enthaltenen Vorstellungen abgestimmt. Vermittlung von Wissen, Lernen durch praktische Erfahrung und Supervision sowie Selbsterfahrung spielen eine zentrale Rolle.
Die Ausbildung in GT in der BRD wird teilweise durch die Psychologischen Institute der Universitäten, teilweise in Ausbildungskursen durchgeführt, die von Ausbildern des Therapieverbandes (GwG) geleitet werden. Die Ausbildung orientiert sich an den Ausbildungsrichtlinien der GwG. Sie erstreckt sich über mehrere Jahre und setzt sich aus der Grundausbildung, die auch während des Studiums absolviert werden kann, und der Zusatzausbildung zusammen, für die praktische therapeutische Arbeit Voraussetzung ist. Der Abschluß der Ausbildung besteht im Erwerb des Zertifikats „Gesprächspsychotherapeut in der GwG". Neben dem Ausbildungsgang „GT", der für Psychologen und Mediziner vorgesehen ist, besteht ein inhaltlich verkürzter Ausbildungsgang „Klientenzentrierte Gesprächsführung" für Personen, die im Bereich der sozialen Versorgung arbeiten (u.a. Sozialarbeiter, Pädagogen, Theologen).
In den letzten Jahren fand die GT in der BRD große Verbreitung. Die GwG zählt gegenwärtig (Stand: April 1978) etwas über 3000 Mitglieder, wovon rund 2000 zumindest die Grundausbildung und schätzungsweise 600 die gesamte Ausbildung (Zertifikat) vorweisen können. HELM (1978) gibt Informationen über Ausbildungsgang, Stellenwert und Verbreitung der GT in der DDR.

7 Kritische Würdigung: Perspektiven der Weiterentwicklung

7.1 Kritik am personenzentrierten Ansatz und der GT

Eine kritische Würdigung des theoretischen Ansatzes und der vorliegenden Forschungsarbeiten wird durch folgende Faktoren erschwert:

- eine systematische Darstellung und Aufarbeitung des theoretischen Systems durch ROGERS oder Mitarbeiter fehlt. Ansatzweise leisten dies die Arbeiten von MEADOR/ROGERS (1973) und HOLDSTOCK/ROGERS (1977);
- die philosophischen Grundannahmen stellen eine eigenständige Verbindung unterschiedlicher und z.T. konträrer wissenschaftstheoretischer Positionen dar. Bei der Beurteilung einzelner Aussagen, Teiltheorien oder Untersuchungen muß beachtet werden, welche anthropologischen und erkenntnistheoretischen Grundannahmen jeweils zugrundegelegt wurden.

Die vorliegende Kritik am theoretischen Ansatz bezieht sich u.a. auf folgende Aspekte (u.a. FORD/URBAN, 1963; MARTIN, 1972/1975; MINSEL/ZIELKE, 1978):

- Selektivität der Beobachtung bzw. der zugrundeliegenden Erfahrung: inwieweit bilden die Beschreibungsmerkmale den Therapieprozeß ab, inwieweit liegt Selektivität in bezug auf die Population, die Beschreibungsmerkmale und Zeitpunkte der Beobachtung vor?
- Geringe Elaboriertheit der Theorie: inwieweit liegen präzise, beobachtbare und überprüfbare Begriffe vor? Wie werden diese Begriffe zueinander in Beziehung gesetzt? Auf welchem Abstraktionsniveau werden die Ereignisarten erfaßt, ist dieses einheitlich?
- Mangelnde Einbeziehung vorhandenen Wissens, etwa anderer psychologischer Theorien zur Wahrnehmung, zur Entstehung von Persönlichkeitsstörungen, zur sozialen Interaktion u.a.
- Probleme beim Erstellen von Prognosen: inwieweit lassen sich Vorhersagen ableiten und durch die eingeführten Merkmale validieren?

MINSEL/ZIELKE plädieren für „eine Grundlegung neuer psychotherapeutischer Methoden ... mit einer entfernten Anlehnung an die von ROGERS konzipierten Grundgedanken“ (1978, 964). Sie beziehen einen klaren erkenntnistheoretischen Standpunkt, der allerdings ein teilweise anderes Menschenbild beinhaltet als das in den philosophischen Grundannahmen der personenzentrierten Theorie enthaltene.

7.2 Perspektiven der Weiterentwicklung

Innerhalb des personenzentrierten Ansatzes und der GT lassen sich verschiedene Entwicklungstrends erkennen: kritische Aufarbeitung der vorliegenden Theorie unter erkenntnistheoretischen Aspekten (u.a. KROPF, 1976; ROGNESS, 1977); Erarbeitung neuer, ergänzender theoretischer Ansätze (u.a. GENDLIN, 1964; MAHRER, 1978); Aufarbeitung und Fundierung durch Hinzuziehen allgemeinpsychologischer Theorien (u.a. MARTIN, 1972/1975; WEXLER/RICE, 1974); Untersuchung der Anwendbarkeit bei weiteren Klientengruppen bzw. in unterschiedlichen Institutionen (s. u.a. Beiträge in JANKOWSKI et al., 1976); Untersuchung der differentiellen Anwendbarkeit und Wirksamkeit von GT (u.a. PLOG, 1976); Kombination und Integration mit anderen Therapiemethoden (u.a. Beiträge in JANKOWSKI et al., 1976; WEXLER/RICE, 1974); Einbeziehung von Forschungsresultaten anderer Therapierichtungen; Verwendung personenzentrierter Forschungsansätze und Forschungsmethodik in Untersuchungen anderer Therapierichtungen (u.a. Beiträge in GURMAN/RAZIN, 1977); Entprofessionalisierung der Ausbildung; Training von Laien und psychisch beeinträchtigten Personen als präventive oder therapeutische Maßnahme (u.a. Beiträge in GURMAN/RAZIN, 1977).

8 Schluß: Bedeutung des Beitrages von Carl Rogers und der GT

Carl ROGERS und die von ihm begründete personenzentrierte Theorie und Therapie unterliegen zwar verschiedenartiger Kritik, ihr Beitrag wird jedoch nicht nur von Verfechtern des Ansatzes, sondern auch von seinen Kritikern hoch eingeschätzt (u.a. FORD/URBAN, 1963, 444): denn mit der GT wurde die erste psychologisch fundierte Psychotherapie konzipiert, in deren Programm wissenschaftliche Forschung und Theoriebildung und wissenschaftlich kontrollierte Ausbildung und Praxis stehen; sie gilt als eine der bisher am umfassendsten untersuchten Therapieformen; ROGERS und seine Mitarbeiter brachten die Therapieforschung und -ausbildung an die Psychologischen Institute der Universitäten und kämpften dafür, daß Psychologen Zugang zur Ausübung von Psychotherapie bekamen.

ROGERS tritt in letzter Zeit vehement für eine Entprofessionalisierung der Psychotherapieausbildung und -ausübung ein. Er plädiert für eine Humanisierung der Gesellschaft, die durch eine entschiedenere Praxis der von ihm formulierten Grundvorstellungen über menschliches Dasein und Zusammenleben erreicht werden könne. In der personenzentrierten Theorie sieht er eine kraftvolle politische Idee, die eine „stille, gewaltlose Revolution“ auslösen und auch gesellschaftliche Veränderungen herbeiführen wird (ROGERS, 1977/1978).

Verweis auf andere Stichwörter

→Ausbildung in Psychologie →Bewußtsein →Gruppendynamik →Humanistische Psychologie →Identität und Selbstkonzept →Interaktion und Kommunikation →Psychotherapie →Subjekt →Therapieforschung →Verhaltenstherapie

Literatur

BARCLAY, J. R.: Foundations of counseling strategies. New York: Wiley 1971.

BOMMERT, H.: Grundlagen der Gesprächspsychotherapie. Stuttgart: Kohlhammer 1977.

BOMMERT, H./DAHLHOFF, H.-D. (Hrsg.): Das Selbsterleben in der Psychotherapie. München: Urban & Schwarzenberg 1978.

BÜHLER, CH./ALLEN, M.: Introduction to humanistic psychology. Monterey: Brooks/Cole 1972. Deutsch: Einführung in die Humanistische Psychologie. Stuttgart: Klett 1973.

FORD, D. H./URBAN, H. B.: Systems of psychotherapy: A comparative study. New York: Wiley 1963.

GENDLIN, E. T.: A theory of personality change. In: WORCHEL, P./BYRNE, D. (Eds.): Personality change. New York: Wiley 1964. Deutsch: Eine Theorie der Persönlichkeitsveränderung. In: BOMMERT/DAHLHOFF (Hrsg.), 1978, S. 1–62.

GOETZE, H./JAEDE, W.: Nichtdirektive Kindertherapie. In: PONGRATZ, L. (Hrsg.): Handbuch der Psychologie, Band 8, 2. Halbband: Klinische Psychologie. Göttingen: Hogrefe 1978, S. 2429–2450.

GORDON, T.: A theory of healthy relationships and a program of parent effectiveness training. In: HART/TOMLINSON (Eds.), 1970, S. 407–425.

GUERNEY, B. G. et al.: Filial therapy. In: HART/TOMLINSON (Eds.), 1970, S. 372–386.

GURMAN, A. S.: The patient's perception of the therapeutic relationship. In: GURMAN/RAZIN (Eds.), 1977, S. 503–543.

GURMAN, A. S./RAZIN, A. M. (Eds.): Effective psychotherapy. A handbook of research. Oxford: Pergamon Press 1977.

GwG (Hrsg.): Die klientenzentrierte Gesprächspsychotherapie. München: Kindler (Geist und Psyche 2149) 1975.

HART, J. T./TOMLINSON, T. M. (Eds.): New directions in client-centered therapy. Boston: Houghton and Mifflin 1970.

HELM, J.: Gesprächspsychotherapie. Berlin: Dt. Verlag d. Wissensch. 1978.

HOLDSTOCK, T. L./ROGERS, C. R.: Person-centered theory. In: CORSINI, R. (Ed.): Current personality theories. Itasca/Ill.: Peacock 1977.

JANKOWSKI, P. u. a. (Hrsg.): Klientenzentrierte Psychotherapie heute. Bericht über den I. Europ. Kongreß für Gesprächspsychotherapie in Würzburg 28.9.–4.10.1974. Göttingen: Hogrefe 1976.

KROPF, D.: Grundprobleme der Gesprächspsychotherapie. Göttingen: Hogrefe 1976.

LAMBERT, M. J./DE JULIO, ST. S./STEIN, D. M.: Therapist interpersonal skills: Process, outcome, methodological considerations and recommendations for future research. Psychol. Bull. 1978, 85, 467–489.

MAHRER, A. R.: Experiencing: The basic principles of humanistic theory. New York: Raven Press 1978.

MANDEL, A./MANDEL, K. H./STADTER, E./ZIMMER, D.: Einübung in Partnerschaft durch Kommunikationstherapie und Verhaltenstherapie. München: Pfeiffer 1971.

MARTIN, D. G.: Learning-based client-centered therapy. Belmont: Brooks/Cole 1972. Deutsch: Gesprächspsychotherapie als Lernprozeß. Salzburg: O. Müller 1975.

MEADOR, B./ROGERS, C. R.: Client-centered therapy. In: CORSINI, R. (Ed.): Current psychotherapies. Itasca: Peacock 1973, S. 119–165.

MELTZOFF, J./KORNREICH, M.: Research in psychotherapy. New York: Atherton 1970.

MINSEL, W.-R./ZIELKE, M.: Theoretische Grundlagen der CCT. In: PONGRATZ, L. (Hrsg.): Handbuch der Psychologie, Band 8, 1. Halbband: Klinische Psychologie. Göttingen: Hogrefe 1977, S. 923–980.

MISIAK, H./SEXTON, V. S.: Phenomenological, existential and humanistic psychology: A historical survey. New York: Grune & Stratton 1973.

MITCHELL, K. M./BOZARTH, J. D./KRAUFT, C. C.: A reappraisal of the therapeutic effectiveness of accurate empathy, nonpossessive warmth and genuineness. In: GURMAN/RAZIN (Eds.), 1977, S. 482–502.

PLOG, U.: Differentielle Psychotherapie II. Bern: Huber 1976.

ROGERS, C. R.: Counseling and psychotherapy. Boston: Houghton & Mifflin 1942. Deutsch: Die nichtdirektive Beratung. München: Kindler 1972/Reihe: Geist und Psyche 1976.

Ders.: Client-centered therapy. Boston: Houghton & Mifflin 1951. Deutsch: Die klientbezogene Gesprächspsychotherapie. München: Kindler 1973/Reihe: Geist und Psyche 1976.

Ders.: A theory of therapy, personality and interpersonal relationships, as developed in the client-centered framework. In: KOCH (Ed.): Psychology. A study of a science. New York: McGraw Hill 1959, S. 184–256.

Ders.: On becomung a person. A therapist's view of psychotherapy. Boston: Houghton & Mifflin 1961. Deutsch: Entwicklung der Persönlichkeit. Psychotherapie aus der Sicht eines Therapeuten. Stuttgart: Klett 1973.

Ders.: Towards a science of the person. J. Humanistic Psychol. 1963, 3, 72–92; auch in: WANN, T. W. (Ed.): Behaviorism and phenomenology. Chicago: Univers. of Chicago Press 1964.

Ders.: Freedom to learn. Columbus, Ohio: Merrill 1969. Deutsch: Lernen in Freiheit. München: Kösel 1974.

Ders.: Carl Rogers on encounter groups. New York: Harper & Row 1970. Deutsch: Encounter Gruppen. München: Kindler 1974.

Ders.: Becoming partners: Marriage and its alternatives. New York: Delacorte Press 1972. Deutsch: Partnerschule. München: Kindler 1975.

Ders.: On personal power – inner strength and its revolutionary impact. New York: Delacorte 1977. Deutsch: Die Kraft des Guten. München: Kindler 1978.

ROGERS, C. R./SKINNER, B. F.: Some issues concerning the control of human behaviour. Science 1956, 124, S. 1057–1066; dt. Übers. in: ROST, D. H. et al. (Hrsg.): Pädagogische Verhaltensmodifikation. Weinheim: Beltz 1975, S. 23–52.

ROGNESS, W.: Experience and solipsism. On the dualistic foundation of client-centered theory. J. Phenomenol. Psychol. 1977, 7, 123–147.

SCHWÄBISCH, L./SIEMS, M.: Anleitung zum sozialen Lernen für Paare, Gruppen und Erzieher. Reinbek: Rowohlt 1974.

TAUSCH, R.: Gesprächspsychotherapie. Göttingen: Hogrefe [6]1974, [4]1970.

Ders.: Ergebnisse und Prozesse der klientenzentrierten Gesprächspsychotherapie bei 550 Klienten und 115 Psychotherapeuten. Eine Zusammenfassung des Hamburger Forschungsprojekts. In: JANKOWSKI u. a. (Hrsg.), 1976, S. 60–73.

TAUSCH, R./TAUSCH, A.: Erziehungspsychologie. Begegnung von Person zu Person. Göttingen: Hogrefe, 8., gänzl. neugestaltete Auflage 1977.

Dies.: Personenzentrierte Gesprächspsychotherapie. In: PONGRATZ, L. (Hrsg.): Handbuch der Psychologie, Band 8, 2. Halbband: Klinische Psychologie. Göttingen: Hogrefe 1978 a, S. 1911–1954.

TRUAX, C. B./CARKHUFF, R. R.: Toward effective counseling and psychotherapy: training and practice. Chicago: Aldine 1967.

TRUAX, C. B./MITCHELL, K. M.: Research on certain therapist interpersonal skills in relation to process and outcome. In: BERGIN, A. E./GARFIELD, S. L. (Eds.): Handbook of psychotherapy and behaviour change. New York: Wiley 1971, S. 299–344. Deutsch in: PETERMANN, F./SCHMOOK, C. (Hrsg.): Grundlagentexte der Klinischen Psychologie, Band 2. Ergebnisse der Klinischen Psychologie. Bern: Huber 1977, S. 271–358.

WEXLER, D. A./RICE, L. N. (Eds.): Innovations in client-centered therapy. New York: Wiley 1974.

Hans Wolfgang Linster

Gestaltpsychologie

1 Geschichtliche Entwicklung

Der Begriff der Gestalt wurde von CH. V. EHRENFELS (1890) in die Psychologie eingeführt. Er versteht darunter eine seelische *Ganzheit*, die sich durch *Übersummativität* und *Transponierbarkeit* auszeichnet. Als Beispiel nennt er die Melodie: Sie ist übersummativ, weil sie sich nicht aus der „Summe" ihrer einzelnen Töne erklären läßt, und transponierbar, weil sie trotz Änderung aller Einzeltöne – etwa beim Wechsel des Tonhöhenniveaus – erhalten bleiben kann. Auf V. EHRENFELS beriefen sich verschiedene ganzheitspsychologische Schulen, die im Gegensatz zu den elementaristischen Strömungen innerhalb der Psychologie die These von der Ganzheitlichkeit des Seelischen vertraten. Heute versteht man unter der G. im allgemeinen die auf WERTHEIMER, KÖHLER und KOFFKA zurückgehende *Berliner Schule*, welche sich durch die Radikalität ihrer Grundannahmen sowie den erzielten Wirkungsgrad vor den anderen ganzheitspsychologischen Richtungen (*Grazer Schule, Leipziger Schule, Kieler Schule*) auszeichnet. Als Geburtsjahr der G. gilt das Jahr 1912, in welchem WERTHEIMERS „Experimentelle Studien über das Sehen von Bewegung" erschienen. Die theoretische und experimentelle Grundlegung der gestaltpsychologischen Ansätze erfolgte zunächst in Frankfurt/M. und später in den zwanziger Jahren in Berlin. Hier schloß sich auch LEWIN den – zunächst vorwiegend im Bereich der Wahrnehmung, des Lernens und Denkens entwickelten – Grundauffassungen der G. an und übertrug sie auf das Gebiet der Affekt- und Willenspsychologie sowie der Persönlichkeitstheorie.

Die Forschungsaktivitäten der G. wurden durch die *Emigration* ihrer bedeutendsten Vertreter zu Beginn der dreißiger Jahre in hohem Maß beeinträchtigt. Dies führte dazu, daß „Deutschland aus dem führenden Land der Psychologie ... zu einem Paar armseliger wissenschaftlicher Kolonialstaaten wurde, von denen der eine in den USA, der andere in den UdSSR sich die Weisungen darüber holt, was in der Psychologie als wichtig, modern und richtig zu gelten hat" (METZGER, 1975b, 7). Die Forschungen der G. wurden zunächst vorwiegend im Ausland fortgeführt. In den USA erzielte u.a. LEWIN (1935, 1953, 1971) auf Grund seiner gruppendynamischen Experimente und seines feldtheoretischen Ansatzes, in welchem er gestaltpsychologisches Gedankengut für den Bereich der Sozialpsychologie fruchtbar machte, große Wirkung. In der Bundesrepublik Deutschland, in welcher die gestaltpsychologische Forschung vor allem von METZGER und RAUSCH vorangetrieben wurde, läßt sich in den letzten Jahren eine stärkere *Wiederbelebung* der G. erkennen. Erwähnenswert ist hier die Gründung der „Gesellschaft für Gestalttheorie und ihre Anwendungen" 1978 und der Zeitschrift „Gestalt Theory" im Jahr 1979. Die Grundgedanken der G. wurden mittlerweile zu einem komplexen Theoriensystem weiterentwickelt, innerhalb dessen sich nach METZGER (1967) mindestens fünf verschiedene – weit in andere Wissenschaftsgebiete hineinreichende – Teilansätze unterscheiden lassen. Da diese Ansätze trotz enger Verflechtungen eine gewisse Selbständigkeit gewahrt haben, sollen sie im folgenden getrennt dargestellt und gewürdigt werden. (Für eine umfassende Darstellung der gestaltpsychologischen Grundannahmen vgl. vor allem METZGER, 1975a.)

2 Methodologischer Ansatz

Die G. übernahm von der *Assoziations*psychologie die experimentelle Methode, wandte sich jedoch gegen die atomistische Vorgehensweise dieser Richtung. Entsprechend ihrer Auffassung von der Natur des Seelischen fordert sie eine ganzheitliche Betrachtung, bei welcher einzelne Teile oder Bereiche nicht isoliert, sondern in ihrer Einbettung in umfassendere Zusammenhänge (z.B. der Figurteil innerhalb des Figurganzen, der Charakterzug innerhalb der Gesamtpersönlichkeit, das Individuum innerhalb der Gruppe) untersucht werden.

Im Gegensatz zur *objektiven* Psychologie (Behaviorismus, Reflexologie), welche alle Erlebnisinhalte aus der Wissenschaft ausklammern will, betrachtet die G. die unvoreingenommene Erlebnisbeschreibung oder *Phänomenologie* als Ausgangspunkt der psychologischen Forschung. Von der älteren Introspektionsmethode unterscheidet sich die Phänomenologie vor allem darin, daß sie sich nicht nur auf die sogenannten inneren Erlebnisse, sondern auf die gesamte vorgefundene Welt bezieht, welche auf Grund der erkenntnistheoretischen Position der G. (vgl. unten) als Bestandteil des Seelischen aufzufassen ist (METZGER, 1975 a, Kap. 1). Experimentelle, ganzheitliche und phänomenologische Vorgehensweisen schließen sich nach gestaltpsychologischer Auffassung nicht aus, sondern bilden eine sinnvolle Einheit zur Erforschung des Seelischen.

In Würdigung ihres methodologischen Ansatzes ist hervorzuheben, daß die G. die Forschung auf verschiedenen Gebieten – man denke z. B. an die Wahrnehmungs-, Denk- und Ausdruckspsychologie – vorangetrieben hat, in denen andere Richtungen sich wegen ihrer ablehnenden Haltung gegenüber dem Experiment (geisteswissenschaftliche Psychologie), gegenüber der ganzheitlichen Betrachtungsweise (Assoziationspsychologie) oder gegenüber der Phänomenologie (objektive Psychologie) als wenig fruchtbar erwiesen. Kritisch zu bemerken ist, daß sich in jüngerer Zeit viele gestaltpsychologisch orientierte Forscher durch die Übernahme der – auf positivistischer und behavioristischer Basis – entwickelten Testverfahren der *„objektivistischen“ Statistik* einen forschungsfeindlichen *Methodenzwang* auferlegt haben, der ihren eigenen Grundanschauungen zutiefst widerspricht. Aus gestaltpsychologischer Sicht bestehen dagegen keinerlei Bedenken gegen die aus behavioristischer Sicht abzulehnende *„subjektivistische“ Statistik* (THOLEY, 1979).

3 Erkenntnistheoretischer Ansatz

Die erkenntnistheoretische Position der G. ist der *kritische Realismus* (KÖHLER, 1933; BISCHOF, 1966; METZGER, 1975 a). Es wird die These vertreten, daß die gesamte vorgefundene Welt – einschließlich der als objektiv erscheinenden Gegenstände und Personen – zur erlebten (anschaulichen, phänomenalen) Wirklichkeit gehört, welche von der erlebnisjenseitigen (physikalischen, transphänomenalen) Wirklichkeit streng zu unterscheiden ist. Ein wichtiges Motiv für die Notwendigkeit dieser Unterscheidung stellen die Wahrnehmungstäuschungen dar. Sieht man z. B. in der Ferne einen Menschen, der sich beim Nähertreten als ein Baumstumpf entpuppt, so müßte man vom Standpunkt des naiven Realisten, welcher nur eine einzige Wirklichkeit kennt, konsequenterweise die Auffassung vertreten, daß sich ein Mensch in einen Baumstumpf verwandelt habe. Vom Standpunkt des kritischen Realisten aus ist nur in der erlebten Wirklichkeit ein Wandel eingetreten, während in der erlebnisjenseitigen Welt ein und derselbe Gegenstand, nämlich ein Baumstumpf, vorgelegen hat. Die Auffassung des kritischen Realisten ist zwar wegen der „Verdoppelung der Wirklichkeit“ komplexer als die des naiven Realisten, sie ist aber auf der anderen Seite weniger kompliziert, da sie sowohl Alltagserfahrungen der beschriebenen Art als auch wissenschaftliche Erkenntnisse dort in überschaubarerer Weise zu ordnen vermag, wo der naive Realist zu sehr verwickelten Annahmen greifen müßte. (Für einen Vergleich des kritischen Realismus mit anderen erkenntnistheoretischen Positionen s. BISCHOF, 1966.)

Der erkenntnistheoretische Ansatz der G. hat seine Fruchtbarkeit vor allem auf dem Gebiet der *Wahrnehmung* (vgl. unten) erwiesen, auf anderen Gebieten ist er noch einiger begrifflicher wie auch sachlicher Klärungen und Erweiterungen bedürftig. So sind etwa die im Rahmen der *Denkpsychologie* auftauchenden Fragen nach dem Verhältnis zwischen konkreten Denkvollzügen und logisch-mathematischen Sachverhalten (denen manche Philosophen ein ideales Sein zuschreiben) oder nach dem Verhältnis von *Sprache* und Wirklichkeit aus kritisch-realistischer Sicht bisher noch nicht befriedigend geklärt worden.

4 Psychophysischer Ansatz

Erlebte und physikalische Wirklichkeit stehen nach gestaltpsychologischer Auffassung nicht beziehungslos nebeneinander, sondern in einem *sachlichen Abhängigkeitsverhältnis*, das am Beispiel der optischen Wahrnehmung erläutert werden soll. Es wird davon ausgegangen, daß ein physikalischer Gegenstand (Reizquelle) Lichtstrahlen aussendet, die in bestimmter Anordnung (Reizkonfiguration) die Netzhaut des Auges erreichen und dort zur Erregung der Sinneszellen führen. Die Erregungen werden über afferente Nervenbahnen weitergeleitet, bis sie schließlich in einem bestimmten Bereich des Großhirns diejenigen Prozesse hervorrufen, welche die unmittelbare Grundlage für den erlebten Gegenstand bilden. Dieser hypothetisch angenommene Großhirnbereich wird als *„Psychophysisches Niveau“* (PPN) bezeichnet, die Vorgänge darin als „Psychophysische Prozesse“. Auf den naheliegenden Einwand, daß man bei Gültigkeit dieser Auffassung über den Wahrnehmungsvorgang den Gegenstand nicht in der Außenwelt, sondern innerhalb des Kopfes erleben müßte, wird entgegnet, daß auch der eigene Körper nur auf Grund seiner hirnphysiologischen Repräsentation im PPN wahrgenommen wird, so daß es kein Problem darstellt, wenn sich die erlebten Gegenstände in ähnlicher Weise außerhalb des erlebten Körpers befinden, wie sich die physikalischen Gegenstände außerhalb des physischen Organismus befinden. (Näheres hierzu bei KÖHLER, 1933, und METZGER, 1975a, Kap. 8.)

Nach gestaltpsychologischer Auffassung besteht zwischen hirnphysiologischen Grundlagen und Erlebnisprozessen ein Verwandtschaftsverhältnis, das als *„Isomorphie“* (Gestaltgleichheit) bezeichnet wird. Darunter ist eine Übereinstimmung bezüglich der dynamischen Strukturen (nicht bezüglich der geometrischen Formen) von Hirn- und Erlebnisprozessen zu verstehen. Diese Isomorphieannahme wird von der G. als empirisch fruchtbare Arbeitshypothese betrachtet, von deren Zutreffen oder Nichtzutreffen rein psychologische Erkenntnisse unberührt bleiben. Der beschriebene Ansatz wirft zwei Fragen auf: 1. Warum stimmen Hirn- und Erlebnisprozesse gerade bezüglich der dynamischen Strukturen und nicht bezüglich beliebiger anderer Merkmale überein? 2. Warum werden nur die im PPN ablaufenden Prozesse und nicht auch sonstige physische Vorgänge von Erlebnisvorgängen begleitet? Der ersten Frage kann man dadurch entgehen, daß man im Sinne des von BISCHOF (1966) vertretenen *Psychophysischen Parallelismus* lediglich eine eindeutige Zuordnung von Hirn- und Erlebniskorrelaten verlangt, ohne sonstige Übereinstimmung zwischen diesen zu fordern, oder daß man umgekehrt im Sinne der von FEIGL (1967) vertretenen *Identitätstheorie* eine Übereinstimmung bezüglich aller Merkmale postuliert. Der zweiten Frage kann man wohl nur dann entgehen, wenn man die *panpsychistische These* vertritt, daß allen physischen Prozessen auch Erlebnisqualitäten zukommen. Während sich bereits in früheren gestaltpsychologischen Beiträgen Formulierungen finden, die mit der Identitätstheorie in Einklang stehen, wird die panpsychistische Auffassung erst in einer späten Arbeit von KÖHLER (1971) ausdrücklich in Erwägung gezogen.

5 Systemtheoretischer Ansatz

Eines der Motive für die Isomorphieannahme war die Entdeckung von KÖHLER (1920), daß physikalisches Geschehen in ähnlicher Weise geordnet verlaufen und ausgezeichnete Endzustände erreichen kann wie seelisches Geschehen, das weitgehend von Ordnungs- oder Prägnanztendenzen (vgl. unten) bestimmt wird. Eine Entstehung, Aufrechterhaltung und Wiederherstellung von Ordnung ist immer dann zu beobachten, wenn die einzelnen Teile eines Bereiches, wie dies für physikalische Felder zutrifft, in dynamischer Wechselbeziehung zueinander stehen. In diesem Fall kommt es zur Bildung ausgezeichneter Gestalten (z.B. Öltropfen im Wasser) und zu ausgezeichneten Geschehensabläufen (z.B. Planetenbewegung), welche eine auffällige Ähnlichkeit bezüglich ihrer dynamischen Eigenschaften mit prägnanten seelischen Gestalten und Prozessen aufweisen. Dies führte KÖHLER zu der Annahme, daß *Feldprozesse* die unmittelbare Grundlage für die seelischen Vorgänge bilden. Er wendet sich damit einerseits gegen die *mechanistische* Theorie, welche besagt, daß Ordnung nur durch äußere Zwangseinrichtungen (z.B. starre Formen oder Bahnen) zustandekommen kann, andererseits gegen den *Neovitalismus*, welcher die Ordnung auf übernatürliche Instanzen zurückführt.

Der systemtheoretische Ansatz der G. – er ist nach METZGER (1967) ihr wichtigster Beitrag – beansprucht unabhängig von seiner Funktion in Zusammenhang mit der Isomorphieannahme Geltung auf verschiedenen Wissenschaftsgebieten. Er hat große Ähnlichkeit mit der Feldtheorie der Physik sowie den systemtheoretischen Ansätzen der Biologie (vgl. vor allem BERTALANFFY, 1974) und der Soziologie. Kybernetische Regelungsprozesse, auf die KÖHLER bereits 1922 aufmerksam machte, stellen innerhalb des gestaltpsychologischen Ansatzes nur gewisse Grenzfälle dar. (Auf psychologische Anwendungen der systemtheoretischen Grundlagen wird unten ausführlich eingegangen.)

6 Psychologischer Ansatz

Die G. vertritt im Anschluß an die eingangs beschriebene Auffassung von CH. V. EHRENFELS (1890) die These, daß es *Eigenschaften von Ganzen* gibt, die sich nicht aus der „Summe“ der einzelnen Teile des Ganzen erklären lassen.

METZGER (1975 a) unterscheidet drei Arten von Gestalteigenschaften: 1. *Wesens-* und *Ausdrucks*eigenschaften (z.B. feierlich, freundlich, stolz), 2. *Struktur-* oder *Gefüge*eigenschaften (z.B. gerade, rund, eckig; glissando, crescendo; stetig, unstetig), 3. *Materialbeschaffenheiten* (z.B. durchsichtig, glatt, weich).

Über VON EHRENFELS hinausgehend wird von der G. hervorgehoben, daß auch den Teilen innerhalb eines Ganzen Eigenschaften (Rollen, Bedeutungen, Funktionen) zukommen, die sie als Einzelgebilde nicht besitzen. Man denke etwa an die Rolle des Leittons innerhalb einer melodischen Tonfolge oder die Funktion des Führers innerhalb einer sozialen Gruppe. Auf der anderen Seite kann ein Gebilde durch die Einbettung in ein Ganzes auch Eigenschaften verlieren, die es als Einzelgebilde besessen hat, wie z.B. den Charakter des Selbständigen, aber auch des Unabgeschlossenen oder Verlorenen (RAUSCH, 1966b). Dementsprechend vertritt die G. nicht mehr die These von V. EHRENFELS, daß das Ganze mehr ist als die Summe seiner Teile, sondern daß es *etwas anderes* ist als die Summe seiner Teile. (Für eine detaillierte Darstellung des Problems der Gestalteigenschaften und der Nichtsummativität s. RAUSCH, 1966 b.)

Die Struktur seelischer Gebilde wird nach gestaltpsychologischer Auffassung weitgehend durch ihre *Zusammenhangs- und Zentrierungsverhältnisse* bestimmt. Im Hinblick auf die Zusammenhangsverhältnisse wird die These vertreten, daß sich die Erlebniswirklichkeit weder als ein Komplex von Empfindungen oder Vorstellungen (Assoziationspsychologie) noch als diffuser Bewußtseinsstrom, sondern als klar gegliedertes Feld repräsentiert. Es wird unterschieden zwischen der *Ausgliederung* (Figur-Grund-Bildung), der *Binnengliederung* und der *Gruppierung von Gestalten.* So sieht man beispielsweise als Figur einen Baum, der in die Teile Stamm und Äste untergliedert ist und sich mit anderen Bäumen zu einer Baumgruppe zusammenschließt; von irgendwelchen Sinnesempfindungen, die diesen Sachverhalt konstituieren sollen, bemerkt man hingegen nichts. Die Zusammenhangsverhältnisse sind nicht nur für die räumliche, sondern auch für die zeitliche Struktur seelischer Gebilde von Bedeutung. Hier sind u.a. die wahrgenommene Identität und Kausalität (MICHOTTE, 1966) als grundlegende Zusammenhangskategorien zu nennen.

Zu den Zentrierungserscheinungen gehören nach METZGER (1975a) Gewichts-, Rang- und Ableitungsverhältnisse seelischer Gebilde. So ist z.B. meist unmittelbar gegeben, was an einem Gebilde Haupt- oder Nebenteil, wesentlich oder unwesentlich (RAUSCH, 1966b) ist.

Für den Charakter seelischer Gebilde sind nicht nur Zusammenhangs- und Zentrierungsverhältnisse, sondern auch ihre *Stellung in Bezugssystemen* grundlegend (KOFFKA, 1958; WITTE, 1966; METZGER, 1975a). So werden etwa Form, Größe, Helligkeit und Farbe eines visuell wahrgenommenen Gegenstandes im Gegensatz zur Konstanzannahme der Assoziationspsychologie nicht durch lokale Reizung festgelegt, sondern durch die jeweilige Position in umfassenden Systemen, für deren Ausbildung die gesamte Reizkonfiguration verantwortlich ist. Auf Bezugssystemwirkung ist u. a. die biologisch wichtige Tatsache zurückzuführen, daß Gegenstände trotz wechselnder Reizverhältnisse in der Regel ihre anschauliche Form, Größe, Helligkeit und Farbe beibehalten (*Wahrnehmungskonstanzen*).

Ein wichtiges Kennzeichen von Bezugssystemen ist ihre Unscheinbarkeit; sie äußern sich in ihrer Wirkung, bleiben aber selbst erlebnismäßig mehr oder weniger im Hintergrund. Dies zeigt sich vor allem bei den sogenannten absoluten Eigenschaften (z.B. klein, groß; klug, dumm; gut, schlecht), die sich dadurch auszeichnen, daß sie durch die Stellung innerhalb eines Bezugssystems bestimmt werden, ohne daß der Bezug selbst miterlebt wird.

Zusammenhangs-, Zentrierungs- und Bezugssystemverhältnisse wurden bisher am genauesten im Bereich der Wahrnehmung untersucht. Sie spielen nach Auffassung der G. aber innerhalb *aller* übrigen psychologischen Gebiete eine wichtige Rolle. Wir verweisen hier nur auf den Bereich der Sozialpsychologie, innerhalb dessen den Problemen des Zusammenschlusses von Individuen zu sozialen Gruppen sowie der Entwicklung von Normensystemen große Bedeutung zukommt.

Die G. begnügt sich nicht mit der Beschreibung und Kategorisierung des Seelischen, ihr zentrales Interesse gilt der Frage nach den die *Dynamik des Psychischen bestimmenden Gesetzen.* Bei der Beantwortung dieser Frage kommt ihr systemtheoretischer Ansatz zur Geltung. Psychische Prozesse verlaufen in gleicher Weise wie die Prozesse in physikalischen Feldern. Um dies zum Ausdruck zu bringen, verwenden die Gestaltpsychologen den Terminus *„phänomenales Feld“* für die Gesamtheit des augenblicklich

Erlebten sowie den Terminus „*Spurenfeld*" für die Repräsentation des früher Erlebten. Als wichtigstes dynamisches Prinzip dieser miteinander in Wechselwirkung stehenden Felder gilt die *Prägnanztendenz* oder *Tendenz zur guten Gestalt*, der wiederum eine große Zahl spezieller Gestalttendenzen (z.B. Tendenz zur Einfachheit, zur Symmetrie, zur Geschlossenheit, zur Ebenbreite, zum glatten Verlauf) untergeordnet sind. Derartige Tendenzen bestimmen nicht nur die Struktur, sondern auch die übrigen Eigenschaften seelischer Vorgänge und Gebilde. Sie ermöglichen einerseits eine sinnvolle Umweltorientierung, können aber andererseits unter bestimmten Umständen auch zu Täuschungen führen (vgl. z.B. RAUSCH, 1952 und 1966).

Wirken bei der Strukturierung von seelischen Gebilden mehrere Gestalttendenzen gegeneinander, so kommt es zu charakteristischen Erlebnissen des Umstrukturierens, wie sie innerhalb der Wahrnehmung bei den sogenannten *Kippfiguren* zu beobachten sind. Im Bereich des produktiven Denkens spielen solche Umstrukturierungen (Aha-Erlebnisse) eine bedeutende Rolle für den Prozeß der Einsichtgewinnung (KÖHLER, 1963; WERTHEIMER, 1964, 1967; DUNCKER, 1974).

Die Prägnanztendenz ist nicht nur für die wahrnehmungsmäßige und gedankliche Erfassung der Welt verantwortlich, sie bestimmt auch weitgehend die tätigen Eingriffe in die Welt, indem sie dazu auffordert, unstimmige Gegebenheiten dahingehend zu verändern, daß die in ihnen angelegten Gesetze erfüllt werden. Die Beispiele reichen vom Geraderücken eines schief hängenden Bildes bis zur Erfüllung staatsmännischer Aufgaben.

7 Die Anwendung der Gestaltpsychologie auf menschliches Zusammenleben

Die wohl wichtigste Bedeutung erhält der systemtheoretische Ansatz der G. in seiner Anwendung auf die Probleme des *menschlichen Zusammenlebens* (METZGER, 1975c). Nach gestaltpsychologischer Auffassung ist der einzelne Mensch als unabgeschlossenes, offenes System zu betrachten, für den nicht Selbstverwirklichung, Vollkommenheit oder Glück erstrebenswertes Ziel sein können, sondern sinnvolles (prägnantes) Zusammenleben mit anderen Menschen. Als Einzelwesen kann er höchstens dadurch eine relative Abgeschlossenheit erreichen, daß er unter Zurückstellung der eigenen Person vollkommen in der Bewältigung sachlicher Probleme „aufgeht". Fühlt sich der Mensch dagegen als echter Wir-Teil einer Gruppe, so ist er von sich aus bestrebt, zur Erhöhung der Prägnanz der Gruppe beizutragen. Als erstrebenswerte Gruppenstruktur wird nicht die durch autoritäre Führung entstehende Leiterstruktur angesehen, bei welcher jedes Gruppenmitglied danach trachtet, eine höhere Macht- und Rangstufe zu erklimmen, sondern die durch demokratische Führung begünstigte Ringstruktur, bei welcher das gemeinsame Anliegen im Mittelpunkt steht. Zur Entstehung und Erhaltung solcher Strukturen bedarf es gemäß den systemtheoretischen Ansichten der G. keiner starren Zwangsvorschriften wie Gebote und Verbote, sondern nur des *Gemeinschaftsgefühls* der einzelnen Gruppenmitglieder. Fühlt sich ein Mitglied als Außenseiter oder als Fremdkörper innerhalb der Gruppe, so besteht die Gefahr, daß es sich von dieser trennt oder sie gar bekämpft.

Systemtheoretische Überlegungen spielen auch dort eine Rolle, wo Menschen in *erzieherischer* (METZGER, 1962, 1976) oder *therapeutischer* (WALTER, 1977) Absicht aufeinander einwirken. Es gilt hier, den Menschen nicht durch Lohn und Strafe, positive und negative Verstärkung (behavioristische Lerntheorie) oder Gewährung und Entzug von Liebe (Psychoanalyse) auf mehr oder weniger starre Verhaltensformen festzulegen, sondern durch vorbeugenden Schutz, den Abbau von Zwängen und die Einordnung in die Gemeinschaft die Voraussetzung dafür zu schaffen, daß die in ihm angelegten Kräfte zur Entfaltung kommen, so daß er sich in „schöpferischer Freiheit" (METZGER, 1962) den sachlichen (sozialen und nichtsozialen) Forderungen der Lage stellen kann.

Der gestaltpsychologische Entwurf zu den Problemen des menschlichen Zusammenlebens klingt vielversprechend. In ihm finden die von den Behavioristen (vgl. SKINNER, 1971) totgesagten Begriffe der Freiheit und Würde des Menschen wieder ihren Platz. Allerdings dürfte noch viel experimentelle Detailarbeit zu leisten sein, um auf diesen Problemgebieten zu ähnlich fundierten und systematisch ausgebauten Ansätzen zu gelangen wie z.B. innerhalb des Bereichs der wahrnehmungspsychologischen Grundlagenforschung. Daß sich die Gestaltpsychologen erst relativ spät den Fragen mitmenschlicher Beziehungen zuwandten, darf nicht als eine Geringschätzung dieser Probleme gedeutet werden, sondern gründet in ihrer Überzeugung, daß man zunächst die allgemeinen – für alle Bereiche des Psychischen bedeutsamen – strukturellen Grundgesetze erforschen müsse, um zu einem Verständnis so komplexer Vorgänge zu gelangen, wie sie sich im mitmenschlichen Zusammenleben abspielen. Zur Erforschung dieser Grundgesetze schien ihnen aus methodologischer Sicht kein anderes Gebiet so geeignet wie das Gebiet der *optischen Wahrnehmung,* da sich dieses vor allen anderen bezüglich der Anschaulichkeit und der – für experimentelle Entscheidungen notwendigen – Manipulierbarkeit ihrer Inhalte auszeichnet. Ob die auf diesem Gebiet erarbeiteten Grundlagen ihre Fruchtbarkeit auch im sozialen Bereich erweisen, wie es der gestaltpsychologische Entwurf vorsieht, muß die künftige Forschung zeigen. Die Einrichtung der Arbeitsgemeinschaften „Sozial- und Umweltforschung", „Pädagogik" und „Psychotherapie" durch die Gesellschaft für Gestalttheorie und ihre Anwendungen im Jahr 1978 läßt erwarten, daß sich die Gestaltpsychologen in Zukunft in verstärktem Maß den Problemen des menschlichen Zusammenlebens widmen werden.

8 Zusammenfassung

Will man zusammenfassend die Verdienste der G. herausstellen, so ist zunächst auf ihre ertragreiche Forschungstätigkeit vor allem in den Bereichen der Wahrnehmung, des Lernens und des Denkens hinzuweisen. Ihren Hauptverdienst mag man allerdings darin sehen, daß sie dem in anderen Richtungen entwickelten Zerrbild des Menschen ein angemesseneres Bild gegenübergestellt hat. So betrachtet sie den Menschen nicht als leblosen Mechanismus oder als besonders intelligente Ratte, wie es einige Behavioristen tun, sondern stattet ihn mit einem reichhaltigen – anschauliche Welt und anschauliches Ich umfassenden – Innenleben aus. Sie wendet sich außerdem gegen die Zerstückelung des Menschen in Empfindungs- oder Vorstellungseinheiten (Assoziationspsychologie), konditionierte Verhaltensdispositionen (Lerntheorie) oder voneinander unabhängige Persönlichkeitsdimensionen (faktorenanalytisch orientierte Theorien), indem sie ihn als dynamisches Ganzes betrachtet, innerhalb dessen die einzelnen Teile sich gegenseitig tragen und bedingen. Schließlich begreift sie den Menschen nicht als isoliertes, abgeschlossenes System, sondern als soziales Wesen, das seinen Sinn im mitmenschlichen Zusammenleben erfüllt. Dabei betrachtet die G. ihre Grundannahmen nicht als unwiderlegbare Glaubenssätze, sondern als sinnvolle Hypothesen, deren Fruchtbarkeit an der empirischen Realität zu messen ist.

Verweis auf andere Stichwörter

→Behaviorismus →Experiment →Gruppendynamik →Psychologiegeschichte →Psychophysik →Psychotherapie →Sozialpsychologie →Soziologie →Wahrnehmung

Literatur

BERTALANFFY, L. V.: General system theory. New York: Braziller [4]1974.

BISCHOF, N.: Erkenntnistheoretische Grundlagenprobleme der Wahrnehmungspsychologie. In: METZGER, W. (Hrsg.): Handbuch der Psychologie, Bd. I, Hbd. 1. Göttingen: Hogrefe 1966, S. 21–78.

DUNCKER, K.: Zur Psychologie des produktiven Denkens. Berlin, Heidelberg, New York: Springer [3]1974.

EHRENFELS, CH. V.: Über Gestaltqualitäten. Vierteljahresschrift für wissenschaftliche Philosophie, 3, 1890, S. 249–291.

ERTEL, S./KEMMLER, L./STADLER, M. (Hrsg.): Gestalttheorie in der modernen Psychologie. Darmstadt: Steinkopff 1975.

FEIGL, H.: The „Mental" and the „Physical". Minneapolis: University of Minnesota Press [2]1967.

GUSS, K. (Hrsg.): Gestalltheorie und Erziehung. Darmstadt: Steinkopff 1975.

GUSS, K. (Hrsg.): Gestalttheorie und Didaktik. Darmstadt: Steinkopff 1977.

HENLE, M. (Hrsg.): The selected papers of Wolfgang Köhler. New York: Liveright 1971.

KÖHLER, W.: Die physischen Gestalten in Ruhe und im stationären Zustand. Braunschweig: Vieweg 1920.

KÖHLER, W.: Gestaltprobleme und Anfänge einer Gestalttheorie. Jahresbericht über die gesamte Physiologie und exerimentelle Pharmakologie, Bericht über das Jahr 1922. 3, 1925.

KÖHLER, W.: Psychologische Probleme. Berlin: Springer 1933.

KÖHLER, W.: Intelligenzprüfungen an Menschenaffen. Berlin, Heidelberg, New York: Springer [3]1963.

KÖHLER, W.: Werte und Tatsachen. Berlin, Heidelberg, New York: Springer 1968.

KÖHLER, W.: The mind body problem. In: HENLE, M. (Hrsg.): The selected papers of Wolfgang Köhler. New York: Liveright 1971, S. 62–92.

KOFFKA, K.: Principles of Gestalt Psychology. London: Routledge and Kegan Paul [4]1958.

LEWIN, K.: A dynamic theory of personality (selected papers). New York, London: McGraw-Hill 1935.

LEWIN, K.: Die Lösung sozialer Konflikte (gesammelte Aufsätze). Bad Nauheim: Christian 1953.

LEWIN, K.: Feldtheorie in den Sozialwissenschaften. Ausgewählte theoretische Schriften. Bern: Huber 1963.
METZGER, W.: Schöpferische Freiheit. Frankfurt/M.: Kramer ²1962.
METZGER, W.: Der Geltungsbereich gestalttheoretischer Ansätze. In: MERZ, F. (Hrsg.): Bericht über den 25. Kongreß der Deutschen Gesellschaft für Psychologie Münster 1966. Göttingen: Hogrefe 1967, S. 13–27.
METZGER, W.: Psychologie. Die Entwicklung ihrer Grundannahmen seit der Einführung des Experiments. Darmstadt: Steinkopff ⁵1975a.
METZGER, W.: Gesetze des Sehens. Frankfurt/M.: Kramer ³1975b.
METZGER, W.: Gibt es eine gestalttheoretische Erziehung?. In: GUSS, K. (Hrsg.): Gestalttheorie und Erziehung. Darmstadt: Steinkopff 1975c, S. 18–41.
METZGER, W.: Psychologie für Erzieher I. Bochum: Kamp ³1977.
MICHOTTE, A.: Die Kausalitätswahrnehmung. In: METZGER, W. (Hrsg.): Handbuch der Psychologie, Bd. I, Hdb. 1. Göttingen: Hogrefe 1966, S. 954–977.
RAUSCH, E.: Struktur und Metrik figural-optischer Wahrnehmung. Frankfurt/M.: Kramer 1952.
RAUSCH, E.: Probleme der Metrik (Geometrisch-optische Täuschungen). In: METZGER, W. (Hrsg.): Handbuch der Psychologie, Bd. I, Hdb. 1. Göttingen: Hogrefe 1966a, S. 776–865.
RAUSCH, E.: Das Eigenschaftsproblem in der Gestalttheorie der Wahrnehmung. In: METZGER, W. (Hrsg.): Handbuch der Psychologie, Bd. I, Hdb. 1. Göttingen: Hogrefe 1966b, S. 866–953.
SKINNER, B. F.: Beyond freedom and dignity. New York: Knopf 1971.
THOLEY, P.: Kritik statistischer Hypothesentesttheorien. Erscheint voraussichtl. 1979.
WALTER, H. J.: Gestalttheorie und Psychotherapie. Darmstadt: Steinkopff 1977.
WERTHEIMER, M.: Experimentelle Studien über das Sehen von Bewegung. Zeitschrift für Psychologie, 61, 1912, S. 161–265; auch in WERTHEIMER, M.: Drei Abhandlungen zur Gestalttheorie. Darmstadt: Wissenschaftliche Buchgesellschaft 1967, S. 1–105.
WERTHEIMER, M.: Produktives Denken. Frankfurt/M.: Kramer ²1964.
WERTHEIMER, M.: Drei Abhandlungen zur Gestalttheorie. Darmstadt: Wissenschaftliche Buchgesellschaft ²1967.
WITTE, W.: Das Problem der Bezugssysteme. In: METZGER, W. (Hrsg.): Handbuch der Psychologie, Bd. I, Hdb. 1. Göttingen: Hogrefe 1966, S. 1003–1027.

Paul Tholey

Gruppendynamik

1 Entstehungsgeschichte

Verwendet wurde der Begriff „Gruppendynamik“ zuallererst von Kurt LEWIN (LEWIN, 1939). Dieser 1933 nach den USA emigrierte Anhänger der *Gestaltpsychologie* versuchte Prinzipien dieser Theorie auf zwischenmenschliche Probleme anzuwenden. Mit der Erforschung der Dynamik, also der Gesetzmäßigkeiten des interaktionellen Geschehens in kleinen, experimentellen Gruppen verfolgte er die Absicht, einen Beitrag zur Lösung sozialer Konflikte zu leisten. Das Problem der systematischen Verhaltensänderung in kleinen Gruppen fand zwar schon seit längerem in der amerikanischen Sozialpsychologie besonderes Interesse. Neu am LEWINschen Ansatz war jedoch die enge Verknüpfung von Forschung und Intervention *(action research)*.

So fanden LEWIN und seine Mitarbeiter heraus, daß spezifische Aktivitäten in Gruppen (wie etwa Entscheidungsfindung) nachhaltiger als rein kognitive Informationsvermittlung in der Lage waren, das Verhalten von Menschen zu beeinflussen (LEWIN, 1943). Die entscheidende Entdeckung für die Herausbildung gruppendynamischer Verfahren, wie man sie heute vorfindet, ergab sich jedoch eher zufällig: Während einer Veranstaltung, die vom neu gegründeten Zentrum für G. am Massachusetts Insitute of Technology, dessen Leiter Kurt LEWIN war, durchgeführt wurde, verlangte eine Reihe von Teilnehmern, bei der allabendlichen Diskussion der Tagesereignisse durch die Leiter zuhören zu dürfen. Als es im Verlauf dieser Diskussion zu einer Kontroverse zwischen einem Gruppentrainer und einem Mitglied des Forschungsteams über das Verhalten einer anwesenden Teilnehmerin kam, sah diese sich veranlaßt, die Berichterstattung über ihr Verhalten zu korrigieren. Sie tat dies, indem sie den Schilderungen des Trainers bzw. Forschers ihre eigene Wahrnehmung gegenüberstellte.

Diese Unterschiede in der Selbst- und Fremdwahrnehmung lösten wiederum heftige und lebendige Auseinandersetzungen aus; Kurt LEWIN fand diesen Zwischenfall so interessant, daß er die bei der Leiterbesprechung anwesenden Teilnehmer bat, doch am nächsten Abend wiederzukommen. Tatsächlich erschienen von nun an jedem Abend sämtliche Teilnehmer der Veranstaltung, um sich über die Gruppenereignisse und -prozesse zu unterhalten. Diese Sitzungen, in denen man seine Wahrnehmung der Gruppenvorgänge „rückmeldete" und das Verhalten der Gruppenmitglieder diskutierte, weckten im Verlauf des Seminars das größte Interesse und wurden von den Initiatoren sofort als eine wirkungsvolle Möglichkeit der Verhaltensänderung bei Erwachsenen betrachtet. Dieser Zwischenfall und die dabei fast unbeabsichtigt entdeckte Methode des *Feedback*, also der Rückkopplung der Wahrnehmungen, Eindrükke und Empfindungen in einer Gruppensituation, bildete in der Folge Ausgangspunkt und Grundelement der klassischen Trainingsgruppe (BACK, 1972, 9). Das erste der sogenannten „National Training Laboratories" fand im darauffolgenden Jahr (1947) an der Gould Academy in Bethel, Maine, statt. Dort wurden die zufällig gemachten Entdeckungen zum ersten Mal systematisch bei der Planung und Durchführung eines gruppendynamischen Trainings angewendet. (Aufbau, Arbeitsformen und Verlauf der ersten Laboratorien wurden u.a. ausführlich von MARROW, 1969, und BRADFORD/GIBB/BENNE, 1972, dokumentiert.)

Sehr rasch fand aber aus diesen Anfängen heraus eine rapide Weiterentwicklung mit einer beträchtlichen Erweiterung der Methoden statt. Aus dem ursprünglichen, rein wissenschaftlichen Interesse an Techniken, die den Leuten helfen sollten, naturwüchsig ablaufende Prozesse in Gruppen zu beeinflussen, um effektiver und „demokratischer" miteinander arbeiten zu können, entwickelte sich eine „soziale Bewegung" (BACK, 1972, 16) mit mehr oder weniger therapeutischen Absichten. Schätzungen zufolge haben bis 1970 schon sechs Millionen Amerikaner in irgendeiner Weise an *Sensitivity-, Encounter-* oder *Persönlichkeitsentwicklungs*gruppen teilgenommen. Man nimmt an, daß sich diese Zahl bis heute mindestens verdoppelt hat (THEIS, 1977). Ob sich dieser Trend so ohne weiteres auf die BRD übertragen läßt, ist zu bezweifeln; doch haben sich die gruppendynamischen Lernverfahren hierzulande in vielen Bereichen bereits soweit ausgebreitet, daß manche, wie z.B. einige katholische Kritiker, erhebliche Gefahren für die Gesellschaft der BRD heraufziehen sehen (GIERE, 1977, 185).

Im Grunde genommen ist das, was geschieht, in allen Gruppen sehr ähnlich: Eine Anzahl Menschen trifft sich für eine gewisse, vorher festgelegte Zeit mit dem ausdrücklichen Ziel, „gruppendynamische" Erfahrungen zu machen. Von größter Wichtigkeit ist nun das, was sich in der Gruppe ereignet; ganz besondere Beachtung wird den ausgelösten intensiven Gefühlen geschenkt. Für das Ingangsetzen und Beschleunigen der Gruppenprozesse bzw. der jeweils angestrebten spezifischen Erfahrungen verfügen die einzelnen Richtungen innerhalb der G. allerdings über ein sehr unterschiedliches Repertoire an Techniken, Übungen, Spielregeln, Konzepten usw.

In ihrem heutigen Zustand stellt die gruppendynamische Bewegung ein Sammelbecken der vielfältigsten inner- und außerwissenschaftlichen Strömungen dar. Lange Zeit – etwa bis 1960 – wurde der Begriff G. gleichgesetzt mit experimenteller Kleingruppenforschung. Die wichtigsten Forschungsrichtungen waren vor allem der organisationswissenschaftliche *„human-relations"*-Ansatz (ROETHLISBERGER/DICKSON, 1943; MCGREGOR, 1960) und die schon erwähnte *„Feldtheorie"* LEWINS. Von diesen Ursprüngen hat sich die gruppendynamische Bewegung immer weiter entfernt. Je mehr aber das Interesse an wissenschaftlichen Fragestellungen abnahm, desto mehr wuchs die Bedeutung *therapeutischer Zielsetzungen.* Dieser Akzentverschiebung, die sich schon in den allerersten Trainingslaboratorien in Bethel feststellen läßt, verdankt die G. ihre heutige Popularität. In zunehmendem Maße wurden Aspekte der Psychoanalyse (FREUD, REICH, KLEIN) und der klinischen Psychologie (ROGERS) integriert. Dies ließ sich insofern leicht bewerkstelligen, als sich auch innerhalb der Psychotherapie eine Transformation in Richtung auf Gruppentherapie vollzog. Dort wurde man sich zunehmend der Tatsache bewußt, daß die Ursachen psychischer Erkrankungen in einem engen Zusammenhang mit den gestörten Wahrnehmungs- und Kommunikationsmöglichkeiten in den Gruppen, in denen der Kranke lebt, stehen. Darüber hinaus erkannte man den spezifischen Wert des Mediums „Gruppe" für therapeutische Bemühungen.

Einer der ersten, der das traditionelle therapeutische Setting, wie es FREUD konzipierte, kritisierte, war Jacob L. MORENO: Bereits 1911 benutzte er in Wien Elemente des Stegreiftheaters für sein therapeutisches Theater in Gruppen, genannt: *Psychodrama.* Von ihm stammt auch der Begriff „Heilung durch die Begegnung". In gewisser Hinsicht kann er für sich in

Anspruch nehmen, sowohl der Gruppenpsychotherapie als auch der neueren G. die Grundlagen geliefert zu haben. Eigenartigerweise hat er sich immer geweigert, andere Richtungen anzuerkennen oder eine Integration mit ihnen zu versuchen.
Vorangetrieben wurden Theorie und Praxis der Gruppenanalyse vor allem von Therapeuten wie P. SCHILDER, W. R. BION, S. R. SLAVSON, L. GRINBERG, S. H. FOULKES u.a. Die Ergebnisse ihrer Arbeiten wurden, je mehr sich der therapeutische Aspekt in der G. durchsetzte, immer stärker bei der Weiterentwicklung gruppendynamischer Verfahren einbezogen. In jüngster Zeit macht sich in zunehmendem Maße der Einfluß von direkt auf den Körper zielenden Therapien innerhalb der G. geltend. Allerdings fällt es momentan selbst Fachleuten schwer, eine klare Grenze zwischen Therapie und gruppendynamischem Training zu bestimmen. Sehr viele, traditionell therapeutische Schulen arbeiten heute mit gruppendynamischen Techniken und umgekehrt wird G. als Therapie für Gesunde angepriesen. Das Erscheinungsbild, die Vielfalt der Angebote und Techniken wird immer umfangreicher und verwirrender. Vor allem der Boom der letzten zehn Jahre hat ein derartiges „Psychobabel" (BACH/MOLTER, 1976, 9) produziert, daß selbst Insider der gruppendynamischen „Scene" Mühe haben, die ständigen Neuerungen bzw. Modifikationen des methodischen Arsenals mitzuverfolgen.

2 Grundprinzipien

Gerade wegen der Verschiedenheit der Ansätze verbietet es sich nach Ansicht mancher Fachleute, von „der" G. zu sprechen, ohne zu differenzieren (vgl. BROCHER, 1969, 229). Es existieren jedoch in der Tat einige Gemeinsamkeiten in der gruppendynamischen Bewegung, die selbst ihre extremsten Varianten miteinander verbinden und dazu berechtigen, die G. als einheitliches „soziales Phänomen" zu analysieren (BACK, 1973). Verläßt man nämlich die Ebene der vordergründigen Verheißungen und Beschreibungen und befaßt sich mit den charakteristischen Strukturmerkmalen, kommen bemerkenswerte Übereinstimmungen zum Vorschein. Derartige Gemeinsamkeiten gibt es im Bereich der theoretischen Grundlagen (1), der Methoden (2) und der Ziele (3):
(1) Gruppendynamiker der unterschiedlichsten Richtungen teilen eine gemeinsame, theoretische Grundlage, nämlich die uneingeschränkte Hochschätzung von „*Veränderung*". Dabei ist die Richtung, die eingeschlagen werden soll, alles andere als klar; das Programm, das die G. leitet, ist offensichtlich Veränderung um der Veränderung willen. Den fehlenden Aussagen über den anzustrebenden Zustand entspricht der Mangel an Angaben über die notwendigen Aktivitäten, um die „bestehende Realität" samt „Entfremdung", „Inauthentizität" und „Langeweile" (so lautet der Negativkatalog vieler Gruppendynamiker) zu überwinden.
(2) Ein weiteres, die unterschiedlichsten gruppendynamischen Verfahren verbindendes Element ist das *Hier-und-Jetzt-Prinzip*. Die Betonung des Hier und Jetzt unterscheidet G. gleichzeitig von traditionellen, an der Psychoanalyse orientierten Therapiekonzeptionen, aber auch von den meisten Theorien, Programmen oder Religionen, die eine Überwindung der bestehenden Realität verfolgen.
Radikale Ausblendung von Lebensgeschichte und Fokussierung der Aufmerksamkeit auf die ablaufenden Gruppenprozesse und Interaktionen, die Auswirkungen des eigenen und fremden, des verbalen und nonverbalen Verhaltens und die Konzentration auf das momentane, emotionale Erleben gelten als wichtige Prinzipien, um das Leben im Hier und Jetzt zu realisieren. Dieses mehr als verschwommene Ziel stellt aber gleichzeitig auch das wichtigste methodische Prinzip der G. dar.
(3) Überhaupt ist die Eigentümlichkeit, daß Mittel und Ziele nahezu *identisch* sind, ein weiteres, drittes gemeinsames Merkmal der gruppendynamischen Bewegung. Jedes der von der G. proklamierten Ziele wie z.B. Offenheit, Ehrlichkeit, Authentizität, Unmittelbarkeit, Spontaneität, Begegnung, Erfahrung, emotionales Erleben usw. dient gleichzeitig auch als Mittel, um diese Ziele zu erreichen.
Sowohl die uneingeschränkte Hochschätzung von Veränderung als auch der hohe Stellenwert, den man dem unmittelbaren Sichbegegnen und intensiven Erleben im Hier und Jetzt einräumt, geben Hinweise auf den spezifischen historischen und gesellschaftlichen Kontext, in dem der Popularitätszuwachs der G. stattfindet. Die Motive und Erwartungen, die mit dem Besuch gruppendynamischer Veranstaltungen verknüpft werden, liefern Aufschlüsse über gesellschaftliche Bedingungen, die einen derartigen Bedarf an gruppendynamischen Arrangements und Erfahrungen produzieren.

3 Gruppendynamik als soziales Phänomen

Das Phänomen G., will man seinen gesellschaftlichen Stellenwert richtig einschätzen, muß im Zusammenhang mit umfassenden gesellschaftlichen Veränderungen betrachtet werden, insbesondere mit einer sich ausweitenden *Psychologisierung* sämtlicher Lebensbereiche (RIEFF, SZASZ, FOUCAULT). Sowohl die Ausdehnung des medizinisch-therapeutischen Schemas als auch die Transformationen, die innerhalb der neueren amerikanischen Psychotherapiekonzeptionen zu verzeichnen sind (in Deutschland noch kaum rezipiert), scheinen Reaktionen auf damit einhergehende tiefgehende psychische Umstrukturierungen bei den in dieser Gesellschaft lebenden Menschen zu sein. Möglicherweise ist G. nicht bloß ein modischer Trend, sondern ein verzweifelter Versuch, mit massenhaft ansteigenden Störungen des Selbstwertgefühls fertig zu werden. In und durch die Gruppe soll gewissermaßen gestützt werden, was auch in einer Gruppe erworben wurde: *Identität.* Welchen Realitätsgehalt derartige Spekulationen beanspruchen dürfen, kann aber erst entschieden werden, wenn konkrete Auseinandersetzungen mit dem Phänomen G. und seinen objektiven Funktionen vorliegen, die einen systematischen Bezug zum anwachsenden psychosozialen Elend und der gegenwärtig beobachtbaren qualitativen Veränderung der Krankheitsbilder (vgl. PARIN, 1977; KILIAN, 1970) aufweisen.

Die deutschsprachige Auseinandersetzung mit G. leidet – gemessen an dieser Forderung – an einem beträchtlichen theoretischen Defizit. Dementsprechend unfruchtbar ist auch der Streit zwischen den Kritikern und Verfechtern gruppendynamischer Verfahren. Er bleibt häufig im inhärenten Meinungsaustausch, bei dem die Positionen schon im voraus bekannt sind, stecken. Einen guten Überblick über den derzeitigen Diskussionsstand bietet der Aufsatz von THEIS (1977).

Daß die Diskussion über G. aus den eingefahrenen Argumentationsmustern so schwer herausfindet, hängt neben dem generellen Defizit sozialwissenschaftlicher Theoriebildung auch mit den spezifischen Forschungsproblemen bei der Untersuchung der Vorgänge in kleinen Gruppen zusammen. In ihrem derzeitigen Zustand ist die Theorie der kleinen Gruppen unfähig, das Geschehen, wie es sich in gruppendynamischen Veranstaltungen abspielt, einigermaßen adäquat zu erfassen (CLAESSENS, 1977; ELIAS/DUNNING, 1967).

Im Gegensatz zu ihren Kritikern befindet sich allerdings die *Praxis* der G. auf der Höhe ihrer Zeit. Möglicherweise ist sie der Vorläufer einer allgemeinen Entwicklungstendenz in den modernen Industriestaaten, an dem die Art und Weise, wie die Menschen zukünftig mit sich und ihren Mitmenschen umgehen, abgelesen werden kann. Ob dieser Umgang spielerisch, reflektiert, den menschlichen Bedürfnissen angemessen sein wird oder ob er, wie bisher, verarmt und instrumentell sein wird, darauf gibt das Phänomen G. jedoch heute noch keine Antwort.

Verweis auf andere Stichwörter

→Emotion →Gestaltpsychologie →Humanistische Psychologie →Identität und Selbstkonzept →Interaktion und Kommunikation →Organisationspsychologie →Psychoanalyse →Psychotherapie →Sozialpsychologie

Literatur

BACH, G. R./MOLTER, H.: Psychoboom. Düsseldorf/Köln: Diederichs 1976.

BACK, K. W.: Beyond Words. New York: Penguin 1972.

BACK, K.: Die Erlebnisgruppe und die Gesellschaft. Gruppendynamik, 5, 1973, S. 323–335.

BRADFORD, L. P./GIBB, I. R./BENNE, K. D. (Hrsg.): Gruppentraining, T-Gruppentraining und Laboratoriumsmethode. Stuttgart: Klett 1972.

BROCHER, T.: Bemerkungen zum Artikel von Klaus Horn „Politische und methodologische Aspekte gruppendynamischer Verfahren". Das Argument, 50, 1969, S. 223–235.

CLAESSENS, D.: Gruppe und Gruppenverbände. Darmstadt: Wissenschaftliche Buchgesellschaft 1977.

ELIAS, N./DUNNING, E.: Zur Dynamik von Sportgruppen. Kölner Zeitschrift für Soz. und Sozialpsych., Sonderh. 10, 1969, S. 118–134.

FOUCAULT, M.: Überwachen und Strafen. Frankfurt: Suhrkamp 1977.

GIERE, W.: Politische Implikationen gruppendynamischer Lernverfahren. In: Arbeitskreis Gruppendynamik im Bildungsbereich (Hrsg.): Gruppendynamik in der Schule. Berlin-Bielefeld 1977.

MCGREGOR, D.: The Human Side of Enterprise. New York: McGraw-Hill 1960.

HORN, K. (Hrsg.): Gruppendynamik und der subjektive Faktor. Frankfurt: Suhrkamp 1972.

KILIAN, H.: Kritische Theorie der Medizin. Ein Versuch zur Einführung in die medizinische Unheilkunde. Das Argument, Nr. 60, 1970, S. 87–104.

LEWIN, K.: Forces behind Food Habits and Methods of Change. Bulletin of National Research Council, 108, 1943, S. 35–65.

LEWIN, K.: Feldtheorie in den Sozialwissenschaften. Bern/Stuttgart: Huber 1963.

MARROW, A.: The Pracitical Theorist. New York: Basic Books 1969.
MORENO, I. L.: Gruppenpsychotherapie und Psychodrama. Stuttgart: Thieme 1959.
PARIN, P.: Das Ich und die Anpassungsmechanismen. Psyche, 6, 1977, S. 481–515.
PONTALIS, J. B.: Ein neuer Heiler. J. L. Moreno. In: Ders., nach Freud. Frankfurt: Suhrkamp 1974.
PONTALIS, J. B.: Die kleine Gruppe als Objekt. In: Ders., nach Freud. Frankfurt: Suhrkamp 1974.
RIEFF, PH.: Freud, The Mind of the Moralist. New York: Viking 1959.
ROETHLISBERGER, F./DICKSON, W.: Management and the Worker. Cambridge, Mass.: Harvard University Press 1939.
SCHÜLEIN, J. A.: Das neue Interesse an der Subjektivität. Leviathan, 1, 1976, S. 53–78.
SZASZ, T. S.: Die Fabrikation des Wahnsinns. Freiburg/Olten: Fischer 1977.
THEIS, W.: Zur Kritik an der Gruppendynamik. In: SADER, M. u.a. (Hrsg.): Verbesserung von Interaktion durch Gruppendynamik. Münster: Aschendorff 1977.

Franz Littmann

Handlungsforschung

1 Gegenstandsbestimmung

H. ist ein Ansatz empirischer Forschung in den Sozialwissenschaften, der zunächst in der Pädagogik entwickelt und realisiert wurde. In Abgrenzung zur herkömmlichen Empirie – wie der strengen experimentellen Forschung, Befragungsmethoden, standardisierten und teilstandardisierten Beobachtungen etc. – wird hier ein *neues Konzept empirischer Forschung* begründet. H. vollzieht diesen Abgrenzungsprozeß im wesentlichen aus drei Intentionen heraus.
Erstens soll sozialwissenschaftliche Forschung sich nicht länger als wertfreie Forschung verstehen, sondern im Forschungsprozeß selbst soll zu den untersuchten sozialen Problemen Stellung bezogen werden. Der Forscher soll nicht als außenstehender, ‚objektiver' Beobachter an den Untersuchungsgegenstand herantreten, sondern als *parteilicher Forscher*, der entsprechend im Untersuchungsfeld handelnd eingreift.
Zweitens wird der H.prozeß als *gegenseitiger Lernprozeß* begriffen. Die Untersuchten sollen Einsicht in ihre eigene Lebenssituation gewinnen und lernen, diese entsprechend zu verändern. H. ist damit Aufklärungsprozeß bei den Untersuchten. Die Forscher sollen lernen, flexibel auf die im Untersuchungsfeld gegebenen Bedingungen zu reagieren und offen gegenüber Meinungen, Einstellungen, Interpretationen der Untersuchten zu sein. Sie sollen ebenfalls bereit sein, von den Untersuchten zu lernen.
Drittens zielt H. auf die *Herstellung eines engen Praxisbezuges.* Im gemeinsamen Handeln von Forscher und Untersuchten im Feld sollen dort gesellschaftliche und soziale Probleme gelöst werden. Forschung soll nicht erst im nachhinein praktisch wirksam werden, ohne daß sowohl die Forscher, aber auch besonders die Untersuchten die Kontrolle darüber haben, sondern H. greift als Forschung direkt in die Praxiszusammenhänge ein.

2 Entstehung und Bereiche der Handlungsforschung

Erste H.projekte entstehen in der BRD zu Beginn der siebziger Jahre. Dieser Ansatz knüpft an frühe Konzepte der ‚action research' oder ‚*Aktionsforschung*' an, die in den USA und in England in den vierziger und fünfziger Jahren entwickelt wurden. LEWIN (1946) gilt als ‚Vater der Aktionsforschung'. Gemeinsam ist beiden Ansätzen das praktische Eingreifen in soziale Prozesse im Rahmen des Forschungsprozesses. Der wesentliche Unterschied besteht im sozialen und politischen Engagement. Während Aktionsforschung weitgehend industrielle oder staatliche Auftragsforschung ist, versteht sich die neuere H. in der BRD als Konzept ‚*emanzipatorischer*' Sozialforschung.

Der emanzipatorische Anspruch der H. entstand mit als Ergebnis wissenschaftlicher und wissenschaftspolitischer Veränderungen, die mit der Studentenbewegung einhergingen. Drei Momente der kritischen Auseinandersetzung mit den bürgerlichen Sozialwissenschaften beeinflußten dabei auch die Entstehung der H.: Die in den bürgerlichen Wissenschaften scheinbare *Trennung von Theorie und Praxis*, die mit dem Postulat der Wertfreiheit und damit der Objektivität von Wissenschaft begründet wird, sollte zugunsten einer Wissenschaft aufgehoben werden, die ihre Inhalte direkt auf gesellschaftliche Praxis bezieht. Das bedeutete aber auch eine Neubestimmung der *Inhalte sozialwissenschaftlicher Theorien.* Kritische Theorie und marxistische Ansätze wurden in die wissenschaftlichen Begründungszusammenhänge mit aufgenommen. Mit der Neubestimmung der Inhalte stellte sich aber auch die Frage nach den *Methoden sozialwissenschaftlicher Forschung*, d.h. es mußte überlegt werden, ob die neuen Inhalte mit den überkommenen Methoden gewonnen werden können oder ob nicht auch neue empirische Forschungskonzepte entwickelt werden müßten, die dem sozialwissenschaftlichen Gegenstand angemessener sind.

Der Bezug der H. zu dieser Diskussion läßt sich nun herstellen. H. ist *ein* Ergebnis der Diskussion um die Entwicklung neuer, sich emanzipatorisch verstehender Sozialforschung. Mit diesem politischen, gesellschaftstheoretischen oder emanzipatorischen Anspruch zielt H. auf einen engen Praxisbezug. Wie stark dieser vom damaligen spontaneistischen Praxisverständnis geprägt war, kann man daran sehen, daß frühe H.projekte – z.B. das ‚Märkische-Viertel-Projekt' in Berlin (FRITZ/LOYDA, 1975; MÜLLER/SCHRÖTER, 1975) – vom Modell der Stadtteil-, Basis- und Betriebsgruppenarbeit der Studentenbewegung beeinflußt waren.

Wie schon erwähnt entstand H. zunächst in der Pädagogik, und zwar in zwei Bereichen, der *Sozialpädagogik* und der *Schulpädagogik.* H. wird darüber hinaus im Rahmen von Projektstudiengängen als Ausbildungskonzeption realisiert. Die sozialpädagogischen Projekte sind sehr stark vom Emanzipations- und Aufklärungsanspruch geleitet. Hier werden in gemeinsamer Arbeit von Forschern und Untersuchten *Sozialstrategien* zur Lösung gesellschaftlicher Konflikte und Defizite entwickelt. Solche Bereiche sind z.B.: Gemeinwesenarbeit (MÜLLER/SCHRÖTER, 1975), Jugendarbeit (FRITZ/LOYDA, 1975), Arbeit im Heimbereich (SCHWEITZER/MÜHLENBRINK/SPÄTH, 1976), Modellversuche im Elementarbereich (KRUG/PELZER, 1978).

Die schulpädagogische H. wurde besonders beeinflußt von der amerikanischen Diskussion um *Curriculumreform*, -implementation und -evaluation. Nachdem dort das weitgehend experimentelle Modell der Curriculumevaluation gescheitert war, setzte eine Diskussion um Weiterentwicklungen und Alternativen der Evaluation ein. Anstatt z.B. verschiedene, außerhalb der schulischen Institutionen entwickelte Curricula nach dem black-box-Modell in ihrer Effektivität zu vergleichen (summative und komparative Produktevaluation), wurden offene Konzepte entwickelt, die auf die Aufdeckung der in der black-box wirkenden Bedingungsfaktoren zielten, also z.B. auf das Zusammenwirken des Curriculums mit Lehrer- und Schülervariablen, auf die institutionellen Bedingungen. Man wollte die Curricula in der Implementationsphase zumindest partiell korrigieren und verändern (formative Prozeßevaluation; WULF, 1972). Beeinflußt von dieser Kontroverse entstanden in der BRD Curriculumforschungsprojekte, die entweder direkt einen H.ansatz vertreten oder der H. einerseits und der formativen Prozeßevaluation andererseits nahe kommen. Solche Projekte sind u.a. das ‚Marburger Grundschulprojekt' (KLAFKI, 1973, 1977), der Modellversuch ‚Kollegschule' in Nordrhein-Westfalen (BLANKERTZ/GRUSCHKA, 1975; GRUSCHKA, 1976) und das Curriculumprojekt des Bildungstechnologischen Zentrums Wiesbaden (HEINZE u.a., 1975; ZINNECKER u.a., 1975).

Im Bereich *soziologischer* und *politologischer* Forschung gibt es bisher keine breitere Diskussion um die H. Ansätze existieren im Rahmen von *Evaluationsforschung* (WEISS, 1974; WOLLMANN/HELLSTERN, 1978). In der Praxis werden

einige Projekte realisiert, die Bezüge zur H. erkennen lassen, jedoch selten ein entsprechendes Methodenbewußtsein haben.
In der *Psychologie* gibt es bisher keine Ansätze, die sich nominell als H. bezeichnen. Gründe dafür liegen in der Orientierung der Psychologie an der experimentellen Forschung. Stärker als alle anderen Sozialwissenschaften leitet die Psychologie ihre Forschungsmethodologie aus den im ‚Kritischen Rationalismus' (vor allem ALBERT, POPPER, HERRMANN) bzw. der analytischen Wissenschaftstheorie (vor allem STEGMÜLLER, LAKATOS) formulierten Wissenschaftskriterien ab. ‚Weiche' oder qualitative Verfahren wie im Falle der H. stehen diesem Forschungsmodell entgegen.
In der *psychologischen Praxis* lassen sich andererseits jedoch Forschungsansätze beobachten, die einen starken Bezug zur H. haben. Dies betrifft besonders die pädagogisch-psychologische und die pädagogisch-therapeutische Praxis. Im Rahmen der oben angeführten pädagogischen Forschungsbereiche wird interdisziplinäre Arbeit von Pädagogen, Psychologen und Soziologen geleistet. Die starke institutionelle und personelle Trennung pädagogischer, psychologischer, sozialpsychologischer und soziologischer Forschung in der BRD verdeckt allerdings enge Zusammenhänge und parallele methodische Entwicklungen in diesen Bereichen. Die oben bezogen auf die Curriculumforschung dargestellte Entwicklung von der mehr experimentellen Forschung zu offenen, flexiblen und komplexen Forschungsansätzen läßt sich als parallele Entwicklung z. B. auch in der Sozialpädagogik (MÜLLER in: MÜLLER, 1978) und ähnlich auch in der Therapieforschung (BERGIN/STRUPP, 1970; HARTIG, 1975) beobachten.
Psychologische Praxisprojekte, in denen es z. B. um die Entwicklung therapeutischer und pädagogisch-therapeutischer Strategien oder die Entwicklung von Beratungsmodellen geht, lassen sich mit dem H.ansatz vergleichen bzw. weisen Ähnlichkeiten damit auf. Im Rahmen solcher Projekte werden im engen Praxiszusammenhang derartige soziale Strategien entwickelt, durchgeführt und evaluiert. Das Schwergewicht der Forschung liegt hier nicht in einer grundlagentheoretischen Fragestellung (z. B. Vergleich zweier therapeutischer Ansätze). Vielmehr sollen konkrete Lösungen für Praxisprobleme gesucht und erprobt werden.
Ansätze handlungs- und praxisorientierter Forschungsprojekte in den verschiedenen Sozialwissenschaften existieren natürlich nicht nur im deutschsprachigen Raum, sondern auch in anderen europäischen aber auch außereuropäischen Ländern (MOSER/ORNAUER, 1978).

3 Methodologische Probleme und Perspektiven

Die Entwicklung des methodischen Konzepts der H. erfolgt einerseits im Rahmen der empirischen Projekte selbst, andererseits durch allgemeinere methodologische Diskussionen, in denen versucht wird, die in der Praxis gewonnenen Erfahrungen zu verarbeiten und zu verallgemeinern. Beiträge zu dieser Diskussion lieferten u. a.: KLAFKI, 1973; FISCHER-BLUHM/BRUHN/FRITZ, 1975; HAAG u. a., 1975; HEINZE u. a., 1975; MOSER, 1975, 1977; MÜLLER/SCHRÖTER, 1975; GRUSCHKA, 1976; SCHWEITZER/MÜHLENBRINK/SPÄTH, 1976; HAMEYER/HAFT, 1977.
Drei Aspekte kennzeichnen die Diskussion um die Methodologie der H. *Erstens* grenzt sich H. gegenüber den zentralen Wissenschaftskriterien der traditionellen Empirie und Forschungsmethoden – Intersubjektivität, Bedingungskontrolle, Reproduzierbarkeit und Standardisierung, Repräsentativität, Objektivität i. S. von Unabhängigkeit der Ergebnisse von der spezifischen Untersuchungssituation – ab. *Zweitens* wird man bei einer Sichtung der bisher erschienenen Literatur zur H. feststellen, daß ein einheitliches Konzept nur schwer ausmachbar ist. Die verschiedenen Autoren und Forscher nehmen eine unterschiedliche Gewichtung der verschiedenen Aspekte von H. vor, wobei sich dann ein Positionsspektrum ergibt von H. als einziger Alternative zur traditionellen Empirie bis hin zur Verbindung von H. und Methoden traditioneller Empirie. Vertreter der ersten Position sind z. B. RADTKE (1975) und GRUSCHKA (1976), Vertreter der zweiten Position KLAFKI (1973) und HOSCHKA/HÖSSL/RAAB (1978). *Drittens* – und das scheint z. Z. der wesentlichste Mangel in der H.diskussion zu sein – gibt es weder ein wissenschafts- noch ein gesellschaftstheoretisches Konzept, aus dem das Modell der H. als Forschungskonzept abgeleitet und entwickelt wird. Es existieren kaum Ansätze, die H. aus einer Bestimmung der Struktur des Gegenstands und des Erkenntnis- und Wissenschaftsprozesses ableiten. Wo solche Ansätze existieren, beziehen sie sich fast ausschließlich auf den

emanzipativen und aufklärerischen Charakter von H., wie z.B. das Diskursmodell (Moser, 1975).
Die folgende Darstellung der Merkmale der H. ist deshalb kein umfassender Bericht über die verschiedenen Ansätze und Konzepte von H., sondern ein Versuch, in Auswertung der vorliegenden Literatur die wesentlichen Momente und Merkmale herauszuarbeiten. Dies soll jeweils unter Darstellung des methodischen Konzepts der dabei auftauchenden Probleme und der Entwicklung von Perspektiven geschehen.

3.1 Einheit von Forschung und Entwicklung

H. versucht den von ihr intendierten engen Praxisbezug dadurch herzustellen, daß die Forscher selbst zu im Feld handelnden Akteuren werden; im Rahmen ihrer Forschungskonzeption greifen sie verändernd in die untersuchten sozialen Prozesse ein. Es werden z.B. im Bereich der Curriculumforschung gemeinsam mit Lehrern und Schülern neue Curricula entwikkelt, durchgeführt und evaluiert. Klafki (1974) bezeichnet H. deshalb als *Innovationsforschung*, in der neue Sozialstrategien entwickelt und überprüft werden.
Die Einheit von Forschung und Entwicklung liegt darin begründet, daß soziale Probleme auftauchen, für die Lösungsstrategien gesucht werden müssen. Auf einem gewissen Stand der wissenschaftlichen Entwicklung lassen sich diese Lösungsstrategien und die Bedingungen ihrer Realisierbarkeit nicht vorab aus einem theoretischen Konzept ableiten, sondern die Arbeit in der Praxis und die durch die Praxis gegebenen Korrekturmöglichkeiten sind notwendige Voraussetzung für die Entwicklung praxisrelevanter Strategien. Hierin liegen m.E. die wissenschaftspolitischen Perspektiven der H.
Allerdings muß man bei Betrachtung der bisherigen H. feststellen, daß gerade der Forschungsaspekt häufig *unterentwickelt* ist. Meist liegt der Schwerpunkt in der Veränderung und im praktischen Handeln der Forscher im Feld. Forschungsziele und Fragestellungen werden kaum oder nur unpräzise formuliert, Forschungs- und Entwicklungsanteil nicht voneinander abgegrenzt. Dies ist in einem verkürzten Praxisverständnis einiger Handlungsforscher begründet. Nach deren Verständnis ist Wissenschaft *nur dann* praxisbezogen, wenn Forschung *unmittelbar*, also im Forschungsprozeß praktisch wirksam wird. Die These von der Einheit von Forschung und Entwicklung geht dagegen davon aus, daß dies nur unter bestimmten – oben genannten – Bedingungen notwendig ist.

3.2 Komplexität und Prozeßhaftigkeit

Im Gegensatz zur herkömmlichen Empirie untersucht H. nicht den gegebenen Zustand eines Systems und die dort wirkenden Ursache-Wirkungs-Zusammenhänge. Damit stellt sie sich in Gegensatz zum traditionellen Objektivitätsideal, d.h. ihr Ziel ist gerade nicht die Gewinnung situationsunabhängiger Daten, sondern die *Herstellung* und *Veränderung* einer spezifischen Situation und die Erforschung der Bedingungen und Wirkungen dieser Veränderung.
Diese Prozesse werden nicht – wie z.B. bei der experimentellen Forschung – in begrenzten Realitätsausschnitten realisiert, in denen Realität auf ein statisches Modell weniger Bedingungen reduziert wird. Vielmehr wird dadurch, daß die Forschung in *realen Sozialzusammenhängen* (Heim, Schule, Sanierungs- oder Neubaugebiet) vollzogen wird, die Wirklichkeit in ihrer ganzen Komplexität und Entwicklungsdynamik zum Gegenstand der Forschung.
Damit ergibt sich jedoch ein grundlegendes *Dilemma* der H. Einerseits wird durch dieses Vorgehen die Kritik an der traditionellen Empirie, besonders am Experiment aufgegriffen, die sich auf den Reduktionismus und die Künstlichkeit des empirischen Verfahrens bezieht (Holzkamp, 1972; Maschewsky, 1977). Im Gegensatz dazu ist die externe Validität in der H. sehr hoch. Andererseits ist dieses Vorgehen mit einem Mangel an interner Validität verbunden. Weder in der H. noch in anderen methodenkritischen Ansätzen ist es bisher gelungen, ein methodologisches Rationale zu finden, welches einerseits die Komplexität und Historizität des sozialwissenschaftlichen Gegenstandes einbezieht, andererseits aber auch in der Lage ist, Faktoren und Bedingungen zu spezifizieren, die Hauptdeterminanten der untersuchten Prozesse sind.
Eine Voraussetzung für die methodologische Weiterentwicklung sind Überlegungen zur sozialwissenschaftlichen Gegenstandsbestimmung. Begreift man den sozialwissenschaftlichen Gegenstand als einen sich historisch verändernden und ständig entwickelnden Prozeß, so müssen Methoden gefunden werden, die die

Prozeßhaftigkeit des Gegenstandes erfassen. Unter diesem Gesichtspunkt gibt es bisher kaum theoretische Ansätze. Auseinandersetzungen über das Verhältnis von Gegenstand und Methode beziehen sich vorwiegend auf solche Fragen wie: das Verhältnis von Alltags- und wissenschaftlichem Wissen, die Bedeutung des ‚Sinnverstehens' in der empirischen Forschung, die Herstellung entsprechender Kommunikationssituationen in der empirischen Forschung – und wird von seiten der Ethnomethodologie, des symbolischen Interaktionismus, der kommunikativen Sozialforschung und anderer, ähnlicher Theorieansätze geführt (Cicourel, 1970; Arbeitsgruppe Bielefelder Soziologen, 1973, 1975, 1976; Leithäuser u.a., 1977).
Darüber hinaus wäre von einem Gegenstandsbegriff auszugehen, in welchem dieser als historischer, sich prozeßhaft entwickelnder begriffen wird (u.a.: dialektischer und historischer Materialismus – Marx/Engels, 1969; Engels, 1973; kulturhistorische Schule – Leontjew, 1973; Kritische Psychologie – Holzkamp, 1972, 1973). Es existieren bereits Ansätze, nach den methodologischen Konsequenzen für ein solches Gegenstandsverständnis zu fragen (Leiser, 1978; Maschewsky, 1978; Schneider, 1979).
Auch H. bezieht – bisher allerdings nur implizit – dynamische Aspekte in ihr Forschungsmodell mit ein. Weiterentwicklungen des Konzepts müßten hier ansetzen und von der Gegenstandsbestimmung ausgehend Lösungen für das oben genannte Problem der Spezifizierung von Bedingungen und Prozeßfaktoren suchen.

3.3 Neubestimmung der Beziehung Forscher – Untersuchte

In der H. wird die in der Sozialforschung konstitutive Trennung von Forscher und Untersuchten zugunsten eines gleichberechtigten und kooperativen Kommunikations- und Handlungszusammenhangs aufgehoben. Der gegenseitige Lernprozeß wird dadurch entwickelt, daß Forscher und Untersuchte – bzw. die Praktiker: Lehrer, Heimerzieher etc. – aus der Praxis heraus gemeinsam Problemstellungen, Handlungsstrategien, Forschungsfragen und -konzepte und Auswertungs- bzw. Bewertungsstrategien entwickeln.
Zwei miteinander zusammenhängende Momente führten zu diesem zentralen Charakteristikum der H. Dies ist zum einen der emanzipatorische Anspruch, dessen Ziel die Entwicklung eines kritischen Bewußtseins und die Förderung von Handlungsfähigkeit auf seiten der Untersuchten ist. Zum anderen wird dieses Merkmal aus der Kritik der traditionellen Empirie hergeleitet. Dort werden die Untersuchten lediglich als Objekte der Erkenntnis begriffen. In einer vom Forscher durch Fragebögen, experimentelle Stimuli etc. vorstrukturierten Situation haben die Untersuchten gleichsam organismisch (Holzkamp, 1972) auf die vorgegebenen Reize zu reagieren. Sie selbst haben keine Möglichkeit, aktiv in den Forschungsprozeß einzugreifen. Im Gegenteil, Täuschungsmanöver sollen die Einsicht in die untersuchte Fragestellung verhindern, um solche ‚Störfaktoren' wie die bewußte Reflexion der Untersuchten über den Gegenstand auszuschließen. Die Reflexion der Untersuchten setze bei diesen eine durch die Untersuchungssituation hervorgerufene Änderung des Bewußtseins und damit des Handelns in der Untersuchungssituation in Gang, der zu Forschungsartefakten führe. Methoden der Ausschaltung oder Kontrolle dieser sozialpsychologischen Störfaktoren blieben allerdings erfolglos (Mertens, 1975).
In der H. wird die Asymmetrie dieser Beziehung aufgelöst. Stellt man auch hier die Frage nach dem Verhältnis von Gegenstand und Methode, läßt sich feststellen, daß hinter dem Modell der H. – wenn auch hier bisher nur implizit – ein Menschenbild steht, das die menschlichen Subjekte als aktive, bewußte und gesellschaftliche Wesen begreift, die in der Lage sind, ihre eigene Situation zu erkennen und zu verändern.

3.4 Forschungsprozeß und Erhebungsmethoden

Der H.prozeß unterscheidet sich grundlegend vom herkömmlichen Forschungsprozeß. Der relativ starre Plan: Problemstellung, Bedingungsmodell, Hypothesenformulierung, Operationalisierung, Erhebung, statistische Auswertung, theoretische Interpretation, praktische Umsetzung wird aufgehoben zugunsten eines flexiblen Prozesses, in dem sich Fragestellungen, Untersuchung und Veränderung der Situation im ständigen Fluß befinden. Die theoretische Konzipierung spielt eine wesentlich geringere Rolle. Das hat einerseits objektive Gründe. Unter Punkt 3.1 wurde ja H. als relevantes

Forschungskonzept dann befürwortet, wenn eine theoretische Vorabkonzipierung auf Grund der Wissenschaftsentwicklung noch nicht möglich ist. Andererseits ist dieses Moment in der Praxis der H. unterentwickelter als notwendig bzw. sinnvoll wäre. Der ständige Praxisdruck scheint gerade die theoretische Konzipierung und Weiterentwicklung stark zu behindern. Ungeklärt ist bisher auch der Stellenwert der traditionellen Daten eingesetzt, eher als Instrument der Rückkopplung im H.prozeß. Weiterführende methodologische Überlegungen und praktische H. sollten sich deshalb stärker als bisher auch auf die traditionellen Vorgehensweisen beziehen.

4 Zusammenfassung

In einer abschließenden Beurteilung der H. soll auf drei Probleme verwiesen werden. *Erstens* läßt sich feststellen, daß in der Begründung des Konzepts der emanzipatorische und politische Anspruch im Vordergrund steht. Auf Grund der Entstehungsbedingungen der H. ist der emanzipatorische Anspruch oft überhöht; Forschungspraxis soll zum Ersatz politischer und gewerkschaftlicher Arbeit werden. *Zweitens* wird mit der Überbetonung des emanzipatorischen Anspruchs und der damit häufig verbundenen ‚Fetischisierung' der Praxis eine Überbewertung der H. gegenüber der herkömmlichen Empirie vorgenommen. Daraus folgt *drittens*, daß die methodologische Diskussion relativ unterentwickelt ist, da die bisherigen Kriterien wissenschaftlicher empirischer Forschung abgelehnt werden, neue jedoch bisher nicht entwickelt wurden.

Die Lösung der Fragen und Probleme, die sich im bisherigen Konzept der H. ergeben, kann sicher nicht allein in der Kontroverse H. – traditionelle Empirie erfolgen, sondern nur in einer umfassenden Diskussion über das Verhältnis von sozialwissenschaftlichem Gegenstand, institutionellen und wissenschaftssoziologischen Rahmenbedingungen sozialwissenschaftlicher Forschung und sich daraus ergebenen methodischen und methodologischen Weiterentwicklungen.

Verweis auf andere Stichwörter

→Experiment →Empirische Forschungsmethoden der Psychologie →Humanistische Psychologie →Subjekt →Therapieforschung →Wissenschaftstheorie

Literatur

Arbeitsgruppe Bielefelder Soziologen (Hrsg.): Alltagswissen. Interaktion und gesellschaftliche Wirklichkeit. Bd. 1 und 2. Reinbek: Rowohlt 1975; 1973.

Dies.: Kommunikative Sozialforschung. München: Fink 1976.

Bergin, A. E./Strupp, H. H.: New Directions in Psychotherapy Research. Journal of Abnormal Psychology, 1, 1970, S. 13–26.

Blankertz, H./Gruschka, A.: Handlungsforschung: Rückfall in die Empiriefeindlichkeit oder neue Erfahrungsdimension?. Zeitschrift für Pädagogik, 5, 1975, S. 677–686.

Cicourel, A.: Methode und Messung in der Soziologie. Frankfurt/M.: Suhrkamp 1970.

Engels, F.: Dialektik der Natur, MEW 20. Berlin-Ost: Dietz 1973.

Fischer-Bluhm, K./Bruhn, J./Fritz, R.: Das Ausbildungsprojekt Osdorfer Born in Hamburg. betrifft: erziehung, 5, 1975, S. 38–40.

Fritz, R./Loyda, J.: Handlungsforschung in einem Jugendprojekt. betrifft: erziehung, 5, 1975, S. 33–37.

Gruschka, A. (Hrsg.): Ein Schulversuch wird geprüft. Kronberg: Athenäum 1976.

Haag, F. u. a. (Hrsg.): Aktionsforschung. München: Juventa 1975.

Hameyer, U./Haft, H.: Handlungsorientierte Schulforschungsprojekte. Weinheim und Basel: Beltz 1977.

Hartig, M.: Probleme und Methoden der Psychotherapieforschung. München, Berlin, Wien: Urban & Schwarzenberg 1975.

Heinze, Th./Müller, E./Stickelmann, B./Zinnecker, J.: Handlungsforschung im pädagogischen Feld. München: Juventa 1975.

Holzkamp, K.: Kritische Psychologie. Frankfurt/M.: Fischer Taschenbuch Verlag 1972.

Holzkamp, K.: Sinnliche Erkenntnis. Frankfurt/M.: Athenäum Fischer Taschenbuch Verlag 1973.

Hoschka, A./Hössl, A./Raab, E.: Evaluationsforschung in der Bundesrepublik – Dargestellt an einem überregionalen Modellversuch im Elementarbereich. In: Müller, C. W. (1978).

Klafki, W.: Handlungsforschung im Schulfeld. Zeitschrift für Pädagogik, 4, 1973, S. 487–516.

Klafki, W.: Stichwort ‚Handlungsforschung'. In: Wulf, Ch. (Hrsg.): Wörterbuch der Erziehung. München: Piper 1974, S. 267–272.

Krug, M./Pelzer, S.: Prozeßevaluation in der praxisnahen Curriculumentwicklung für den Kindergarten. In: Müller, C. W. (1978).

Leiser, E.: Widerspiegelungscharakter von Logik und Mathematik. Frankfurt/New York: Campus 1978.

Leithäuser, Th. u.a.: Entwurf zu einer Empirie des Alltagsbewußtseins. Frankfurt/M.: Suhrkamp 1977.

Leontjew, A. N.: Probleme der Entwicklung des Psychischen. Berlin-Ost: Volk und Wissen 1973.

Lewin, K.: Die Lösung sozialer Konflikte. Bad Nauheim: Christian-Verlag 1953.

Maschewsky, W.: Das Experiment in der Psychologie. Frankfurt/New York: Campus 1977.

Maschewsky, W.: Methodologische Überlegungen zur Bedingungskontrolle. In: Bielefelder Arbeiten zur Sozialpsychologie, hrsg. von H. D. Mummendey, Universität Bielefeld 1978.

Marx, K./Engels, F.: Die deutsche Ideologie, MEW 3. Berlin-Ost: Dietz 1969.

MERTENS, W.: Sozialpsychologie des Experiments. Hamburg: Hoffmann & Campe 1975.
MOSER, H.: Aktionsforschung als kritische Theorie der Sozialwissenschaften. München: Kösel 1975.
MOSER, H.: Methoden der Aktionsforschung. München: Kösel 1977.
MOSER, H./ORNAUER, H.: Internationale Aspekte der Aktionsforschung. München: Kösel 1978.
MÜLLER, C. W.: Evaluationsforschung in der Sozialpädagogik. In: MÜLLER, C. W. (Hrsg.): Begleitforschung in der Sozialpädagogik. Weinheim und Basel: Beltz 1978.
MÜLLER, C. W./SCHRÖTER, U.: Das Gemeinwesenprojekt Märkisches Viertel in Berlin. betrifft: erziehung, 5, 1975, S. 28–33.
PIAGET, J.: Gesammelte Werke Bd. 1–10. Stuttgart: Klett 1975.
RADTKE, F. O.: Für eine andere Bildungsforschung. pädextra, 21/22, 1975, S. 20–26.
SCHWEITZER, H./MÜHLENBRINK, H./SPÄTH, K. H.: Über die Schwierigkeit, soziale Institutionen zu verändern. Frankfurt/New York: Campus 1976.
WEISS, C. H.: Evaluierungsforschung. Opladen: Westdeutscher Verlag 1974.
WOLLMANN, H./HELLSTERN, G.-M.: Städtebauliche und stadtstrukturelle Wirkungen. Schriftenreihe des Bundesministers für Raumordnung, Bauwesen und Städtebau. Bonn-Bad Godesberg 1978.
WULF, CH. (Hrsg.): Evaluation. München: Piper 1972.
ZINNECKER, J. u.a.: Die Praxis von Handlungsforschung. München: Juventa 1975.

Ulrike Schneider

Humanistische Psychologie

1 Allgemeines. Aufgaben und Ziele

Die H.P. ist eine intellektuelle und soziale Bewegung innerhalb der Psychologie, die eine Erneuerung des psychologischen Denkens im Geiste des *Humanismus* und *Existentialismus* anstrebt. Sie kann nicht den Anspruch erheben, eine eigenständige Schule zu sein, da es bis heute nicht gelungen ist, eine einheitliche Theorie zu entwickeln. Das Fehlen einer theoretischen Fundierung hat zu Unklarheiten, Mißverständnissen und einseitigen Entwicklungen geführt, so daß immer wieder bestimmte Spielarten der humanistischen Bewegung mit der H.P. identifiziert werden.

Es ist wahr, daß dieser Ansatz antirationale Strömungen (MASLOW, 1966), eine individualistische Orientierung (GRAUMANN, 1977) und auch die Tendenz zu einer ahistorischen Betrachtungsweise (JAEGGI, 1978) aufweist. Jeder dieser Punkte enthält eine ernst zu nehmende Kritik. Nach meiner Überzeugung machen diese Aspekte jedoch nicht die Substanz der humanistischen Ideen aus. Daher ist eine Kritik, die gewisse Randerscheinungen mit den Kerngedanken der H.P. gleichsetzt, ungeeignet und entwertet sich selbst. Voraussetzung für eine rationale Auseinandersetzung ist die Bereitschaft, das wirkliche Anliegen dieser Bewegung verstehen zu wollen.

Den Anstoß für die humanistische Bewegung gaben eine Reihe namhafter Psychologen und Sozialwissenschaftler (MASLOW, ROGERS, BÜHLER, KOESTLER, MAY u.a.), die 1962 in den USA eine Gesellschaft für H.P. gründeten. Sie brachten damit ihr Unbehagen und ihre Enttäuschung über die traditionelle psychologische Forschung zum Ausdruck, die sich in einseitiger Weise entweder an der psychoanalytischen oder an der behavioristischen Wissenschaftsauffassung orientierte.

Der erste Präsident dieser Gesellschaft, J. BUGENTAL, artikulierte dieses Unbehagen stellvertretend für viele andere, als er sagte: „Wir Humanistischen Psychologen sind es leid, Psychologen zu sein, wenn Psychologie darin besteht, den Menschen als eine größere weiße Ratte oder einen langsameren Computer zu betrachten" (1967).

Trotz unterschiedlicher Positionen, die sich hinter dem Etikett „humanistisch" verbergen, besteht das gemeinsame Ziel in der *Überwindung eines deterministischen und mechanistischen Menschenbildes* und in der *Hinwendung der Forschung auf den Menschen in seiner alltäglichen Existenz* (vgl. THOMAE, 1968). Die Überzeugung, daß insbesondere der Behaviorismus an den Kernfragen des menschlichen Lebens vorbeigehe und Probleme der sozialen Wirklichkeit ignoriere, war ursprünglich eine wichtige Antriebskraft für die Arbeit der H.P. Sie verstand sich jedoch sehr bald nicht mehr nur als Protestbewegung, sondern als *„dritte Kraft"* neben *Psychoanalyse* und *Behaviorismus.*

In unserer heutigen Gesellschaft, die aus humanistischer Sicht durch eine tiefgreifende *Kulturkrise* (Entfremdung des Menschen von der Natur, von seiner Arbeit, seinen Mitmenschen und sich selbst, Verlust traditioneller Werte, Gefühl der Sinnlosigkeit trotz materiellen Wohlstandes, Identitätsgefährdung vieler Menschen, psychosoziale Probleme u.a.) gekennzeichnet ist, will die H.P. sich an der Aufgabe beteiligen, neue Antworten auf die Frage nach dem Sinn und der Daseinserfüllung des menschlichen Lebens in einer technologischen und kulturellen Umwelt zu suchen.

Bei diesem Anspruch kann es nicht genügen, ständig neue empirische Fakten über menschliches Verhalten in der gegenwärtigen Gesellschaft zu produzieren und eine Fülle nutzlosen Wissens anzuhäufen. Die vorhandenen Kenntnisse müssen für die Gestaltung einer menschenwürdigen Lebensumwelt genutzt werden, damit jeder einzelne sich frei entfalten und auch Verantwortung für die Gemeinschaft übernehmen kann. Die Psychologie und andere Humanwissenschaften müssen sich außerdem an Versuchen beteiligen, soziale Erfindungen und Neuerungen (z.B. im Sinne von Robert JUNGKS „Zukunftsworkshop", in denen neue Formen der Selbstverwaltung, der Erwachsenenbildung und ähnliches entworfen werden), hervorzubringen, damit Voraussetzungen für die psychische Gesundheit möglichst vieler Menschen geschaffen werden.

Außer im psychotherapeutischen und pädagogischen Bereich fehlt es bislang noch an konkreten Ansätzen zur Realisierung eines derartig umfassenden Konzepts, so daß die H.P. sich den Vorwurf eingehandelt hat, in manchen Punkten vage und unrealistisch zu sein. Die skizzierten Forderungen erlauben es jedoch, diese Bewegung an ihren selbstformulierten Ansprüchen zu messen.

2 Menschenbild

Durch ihr Nachdenken über die Natur des Menschen haben Humanisten und Existenzphilosophen einen wichtigen Beitrag für die Humanpsychologie geleistet. Denn jede psychologische Theorie enthält implizit ein bestimmtes Menschenbild, das die gesamte Forschung beeinflußt. Dabei handelt es sich um Annahmen über das Wesen des Menschen, die ihrerseits aus philosophischen Überzeugungen abgeleitet werden. Solche Annahmen finden sich in allen Wissenschaften. Ihre explizite Formulierung ist außerordentlich wichtig, weil sie erst dann der Kritik zugänglich werden, und eine Korrektur möglich ist.

In der Psychologie existieren bis heute zwei dominierende Menschenbilder. Die *Psychoanalyse* sieht das Verhalten des Menschen durch die biologischen Grundlagen determiniert (biologischer Determinismus). Kennzeichnend für dieses Konzept sind Begriffe wie „Triebenergie", „Mechanismen" und „Funktionen". Die orthodoxe psychoanalytische Auffassung ist beeinflußt von den mechanistischen Vorstellungen des 19. Jahrhunderts und betrachtet den Menschen als ein hydraulisches System, dessen Triebenergie durch das Öffnen und Schließen von Schleusen in einem Gleichgewichtszustand gehalten wird.

Der *Behaviorismus* ist sehr stark durch die naturwissenschaftliche und technologische Entwicklung geprägt worden. Im Rahmen dieses Konzepts wird der Mensch als komplizierte Maschine gesehen, deren Gesetzmäßigkeiten man kennen muß, um sie zu verstehen. Menschliches Verhalten wird im wesentlichen als eine *Funktion* interner oder externer Stimulierung gesehen (S-R-Psychologie).

Die auf behavioristischer Grundlage entwickelte *Verhaltenstherapie* ging beispielsweise in ihren Anfängen mit menschlichem Verhalten um wie mit einer elektronischen Münzmaschine: Auf die Eingabe eines Stimulus erfolgt als Reaktion das gewünschte Verhalten. Moralische Kategorien und kognitive Prozesse wurden völlig außer acht gelassen. Doch eigenartigerweise hat die Verhaltenstherapie heute dort ihre besten Erfolge, wo sie menschliche Dimensionen wie persönliche Verantwortung und Selbstkontrolle im therapeutischen Prozeß berücksichtigt (vgl. MEICHENBAUM, 1974).

Der H.P. geht es um die Überwindung dieser biologistischen und mechanistischen Vorstellungen. Sie möchte an deren Stelle ein Menschenbild setzen, das der menschlichen Natur gerechter wird. Das humanistische Menschenbild läßt sich ebensowenig überprüfen wie die bisher vorherrschenden Modelle, weil es auch auf Annahmen beruht, die weder beweisbar noch widerlegbar sind. Die folgenden vier Bestimmungen der menschlichen Natur sind daher als *Postulate* aufzufassen.

2.1 Autonomie und soziale Interdependenz

Jeder Mensch ist zu Beginn seines Lebens biologisch und emotional von seiner Umwelt abhängig. Mit zunehmender Beherrschung des eigenen Körpers und der Umwelt strebt der Organismus jedoch nach Unabhängigkeit von äußerer Kontrolle. Es entwickelt sich ein *aktives Selbst*, das trotz aller determinierenden Einflüsse in die eigene Entwicklung eingreifen kann. Autonomie kann allerdings immer nur in einem dialektischen Zusammenhang mit der sozialen Interdependenz, einer anderen Grundbedingung menschlichen Daseins, gedacht werden. Wir sind während unseres gesamten Lebens eingebettet in eine Gemeinschaft, sei es Familie, Gemeinde oder Gesellschaft, und sind immer auf unsere Mitmenschen bezogen. Das Selbst als postulierte autonome Instanz kann sich daher nur durch den Austausch und die Auseinandersetzung mit anderen herausbilden.

2.2 Selbstverwirklichung

Mit Selbstverwirklichung ist auf biologischer Ebene die Tendenz des Organismus zur *Entwicklung und Differenzierung vorhandener Anlagen* gemeint. Auf der psychischen und sozialen Ebene sind Selbstverwirklichungstendenzen durch die Entfaltung von Fähigkeiten, durch das Streben nach Wissen und die Freisetzung des menschlichen Potentials an konstruktiven Kräften gekennzeichnet (ROGERS, 1977). Selbstverwirklichung kann sich nur in ständigem Austausch mit der sozialen Umwelt vollziehen. HORNEY (1950) betont, daß sich erst der gesunde Mensch, der zu seinen Mitmenschen in einem Verhältnis echter Gegenseitigkeit steht, auf die Entfaltung seiner psychischen Kräfte konzentrieren kann. Das Selbst erfährt also in dem Maße eine günstige Entwicklung wie es über sich hinaus auf andere bezogen ist.

2.3 Ziel- und Sinnorientierung

Nach humanistischer und existenzphilosophischer Auffassung strebt der Mensch nicht nur nach Selbsterhaltung und Bedürfnisbefriedigung, sondern nach einem sinnvollen und erfüllten Dasein. Eine selbsttranszendierende Zielsetzung – durch die Suche nach Erfüllung und Sinn über die eigene Existenz hinaus – wird daher als zentrales Merkmal menschlicher Motivation gesehen. Die Überzeugung, menschliches Leben sei ziel- und sinnorientiert, läßt sich allerdings nur dann aufrechterhalten, wenn wir Werte und Standards außerhalb des Individuums anerkennen und den Menschen als ein Wesen betrachten, das sein Leben bewußt oder unbewußt auf bestimmte aus der kulturellen Umwelt entnommene Werte ausrichtet (vgl. BÜHLER/MASSARIK, 1969). Durch die *Betonung von Zielen und Werten* im menschlichen Leben hat die H.P. den Versuch unternommen, das psychologische Denken aus einer ausschließlich kausalen und deterministischen Sichtweise zu befreien.

2.4 Ganzheit

Die H.P. sieht den menschlichen Organismus ebenso wie die Gestaltpsychologie als Gestalt, als organisches Ganzes und betont die *Einheit kognitiver, emotionaler und somatischer Aspekte.* Aus dieser Überzeugung ergibt sich eine skeptische Haltung gegenüber einer isolierten Betrachtungsweise psychischer Teilfunktionen. Diese Vorgehensweise ist vergleichbar mit der Arbeit eines Arztes, der ein Organ isoliert von anderen untersucht. Er wird nur zu einer unvollständigen Diagnose kommen können, da im Organismus jeder Teil mit jedem anderen verbunden ist. Der Versuch, Teilbereiche des menschlichen Verhaltens zu untersuchen, ist zwar berechtigt, da sich der Mensch als Ganzes nur schwer erfassen läßt, er führt jedoch zu falschen Schlußfolgerungen, wenn man vergißt, die Ganzheit wiederherzustellen (vgl. v. WEIZSÄCKER, 1952).

3 Wissenschaftsauffassung

Seit sich die Psychologie etwa in der Mitte des 19. Jahrhunderts von der Philosophie gelöst und an naturwissenschaftlichen Vorbildern orientiert hat, ist menschliches Verhalten wie ein physikalischer Gegenstand untersucht worden. Die Psychologen jener Zeit (FECHNER, WEBER, WUNDT u. a.) gingen davon aus, daß der Mensch als Teil der Natur mit naturwissenschaftlichen Methoden zu erforschen sei, und daß sich durch exakte Deskription und Analyse allgemeine, situationsunabhängige und überdauernde Gesetzmäßigkeiten im menschlichen Verhalten finden lassen (= nomothetische Psychologie).

Die Grundlage für diese Forschungshaltung bildeten die wissenschaftstheoretischen Vorstellungen des klassischen *Empirismus* und *Positivismus*, die in der Physik und anderen naturwissenschaftlichen Disziplinen längst als veraltet angesehen wurden (vgl. OPPENHEIMER, 1949). Für die Entwicklung der Psychologie war dieser Prozeß zunächst positiv, da auf diese Weise vielen fruchtlosen Spekulationen der Boden entzogen, und ein erfahrungsbezogenes wissenschaftliches Arbeiten etabliert wurde.

Die vielen empirischen und experimentellen Forschungsergebnisse haben unser Wissen über die Struktur und Dynamik menschlichen Verhaltens (Wahrnehmung, Denken, Lernen) erheblich verbessert. Eine nähere Betrachtung zeigt allerdings, daß viele Teilaspekte menschlichen Verhaltens nur deshalb so häufig und so gründlich untersucht worden sind, weil es für sie einigermaßen zuverlässige Methoden gab, während drängende, den Menschen unmittelbar betreffende Fragen eben wegen des Fehlens angemessener Methoden ausgeklammert blieben.

Das Bemühen der nomothetischen Psychologie um Verallgemeinerung der Ergebnisse und um Vorhersage und Kontrolle menschlichen Verhaltens ist gewiß nicht falsch. Diese Auffassung kann jedoch nicht als allgemeingültige Wissenschaftstheorie angesehen werden, da sie in extremer Ausprägung zu einer Haltung führt, die mehr auf Absicherung als auf Neuentdekkung von Forschungsergebnissen bedacht ist und Erkenntnisse auf geringerem Verläßlichkeitsniveau ignoriert (MASLOW, 1977).

Eine Überbewertung scheinbar gesicherter Forschungsresultate ist aber für die weitere Entwicklung einer Wissenschaft verhängnisvoll. Die Wissenschaftsgeschichte ist voll von Beispielen dafür, daß wissenschaftliche Erkenntnisse nicht so sicher sind, wie manche Wissenschaftler es gern darstellen. Da sie immer von dem jeweiligen zeitlichen und situativen Kontext, den Vorannahmen und den verwendeten Forschungsmethoden abhängen, können sie jederzeit durch neuere Erkenntnisse abgelöst werden. So ist beispielsweise eine mikrobiologische Forschung erst durch die Erfindung des Elektronenmikroskops ermöglicht worden. Frühere Forschungsergebnisse sind mit der Erfindung dieses neuen Forschungsinstruments nicht notwendigerweise falsch, sie müssen nur auf früher verwendete Methoden relativiert werden.

Wissenschaftliche Aussagen treffen demnach immer nur näherungsweise zu, sie können nur solange als „wahr" gelten, als sie nicht falsifiziert sind (vgl. POPPER, 1960). Nach allen Erfahrungen mit der Relativität und Vorläufigkeit unseres Wissens ist also Skepsis gegenüber „gültigen" Forschungsergebnissen angebracht. Auch der mit einer positivistischen Wissenschaftsauffassung verbundene Glaube, wissenschaftliche Erkenntnis wachse mit den auf empirischem Wege gewonnenen Fakten, mußte durch den Einfluß des *kritischen Rationalismus* revidiert werden. Es war EINSTEIN, der rückblickend festgestellt hat: „Der große Fehler des neunzehnten Jahrhunderts war der Glaube, daß eine Theorie aus Fakten abgeleitet werden könnte."

Wie MADSEN (1970) überzeugend dargelegt hat, wird eine Wissenschaft nicht induktiv aufgebaut, sondern erfordert ein ständiges Wechselverhältnis von Theoriebildung und empirischer Prüfung mit dem Ziel, zu intersubjektiv überprüfbaren Aussagen zu gelangen.

Diese Überlegungen werden heute im sozialwissenschaftlichen Bereich allgemein anerkannt. Darüber hinaus lassen sich einige wichtige Grundsätze formulieren, die für eine humanistische Wissenschaftsauffassung charakteristisch sind.

3.1 Problemzentrierte Forschungshaltung

Im Unterschied zur traditionellen psychologischen Forschung, die eher methodenzentriert ist, hat die H.P. eine *problemorientierte* Forschungshaltung entwickelt, deren Hauptinteresse auf das Erkennen und Lösen *gesellschaftlicher Probleme* (z. B. Bekämpfung der Kriminalität in allen Formen, Schaffung menschenwürdiger Arbeits- und Wohnumwelt, Erziehungs- und Ausbildungsfragen, Situation der älteren Mitbürger, Arbeitslosigkeit, Behandlung psychischer und psychosomatischer Krankheiten u. a.) gerichtet ist.

3.2 Wissenschaft als Wertsystem

Wissenschaftliche Theorien und Methoden sind immer Teil eines kulturellen Kontextes, der das Menschenbild und die Arbeitsweise des Forschers bestimmt. Die Auswahl von Untersuchungsgegenständen und die Anwendung von Forschungsergebnissen sind in hohem Maße von dem sozialen Standpunkt eines Forschers und seinem Erkenntnisinteresse abhängig. Psychologie kann daher kein System von gesicherten Aussagen über menschliches Verhalten sein, sondern muß selbst als Wertsystem aufgefaßt werden (vgl. ROGERS, 1965).

3.3 Gesellschaftliche Verantwortlichkeit

Wissenschaftliche Aussagen haben immer eine politische Dimension, da sie die bestehenden Verhältnisse entweder zu bestätigen oder zu verändern suchen. Aus diesem Grunde sind Wissenschaftler für die sozialen Konsequenzen ihrer Arbeit verantwortlich (vgl. OPPENHEIMER, 1960). Gesellschaftliche Verantwortlichkeit bedeutet nicht Abhängigkeit von staatlicher Auftragsforschung und von vorgeschriebenen Lösungen und Lösungswegen. Im Gegenteil: Erst das Offenlegen der sozialen Verpflichtungen eines Wissenschaftlers kann verdeckte Abhängigkeiten vermeiden.

3.4 Interdisziplinäre Orientierung

BÜHLER (1927) hat darauf hingewiesen, daß jeder Gegenstand, den die Psychologie untersucht, grundsätzlich unter drei Aspekten betrachtet werden kann: (a) als subjektiv erfahrbares Erlebnis, (b) als beobachtbares Verhalten und (c) als geistiges Gebilde. Nur eine Psychologie, die sich als *interdisziplinäre Wissenschaft* versteht, kann alle drei Aspekte im Forschungsprozeß berücksichtigen und einen psychologischen Gegenstand in seiner Ganzheit erfassen.

3.5 Einheit von Forschen und Handeln

Viele Fragestellungen von gesellschaftlicher Bedeutung erfordern von den Forschern die Bereitschaft, sich in natürliche Lebenszusammenhänge (soziale Gruppen/soziale Institutionen/soziale Felder) zu begeben und sich mit den realen Lebensumständen auseinanderzusetzen. Darüber hinaus müssen die betroffenen Menschen am Forschungsprozeß beteiligt werden (vgl. *Handlungsforschung*). Auf diese Weise ist von Anfang an der Zusammenhang von Forschen und Handeln hergestellt, da die Ergebnisse unmittelbare Gültigkeit beanspruchen und als Grundlage für Eingriffe in einem gegebenen Sozialfeld dienen können.

4 Forschungsmethoden

Die H.P. will den ganzen, lebendigen Menschen im sozialen Kontext zum Bezugspunkt der Forschung machen. Diese programmatische Zielsetzung müßte folgerichtig zur Entwicklung einer *ökologischen Forschungskonzeption* führen, die menschliches Verhalten nicht nur in Abhängigkeit von der unmittelbaren Umgebung untersucht, sondern vor allem die Wechselbeziehung Mensch – Umwelt zum Thema macht (vgl. ROYCE, 1970, 29).
Eine ökologische Forschung erfordert einen undogmatischen *Methodenpluralismus.* Die Auswahl der Forschungsmethoden dürfte nur unter dem Gesichtspunkt erfolgen, ob sie für eine bestimmte Fragestellung problemangemessen und sinnvoll sind. Durch problemangemessene Verfahren gewonnene Forschungsresultate können, selbst wenn sie von geringer Verläßlichkeit sind, für die weitere Forschung bedeutsamer sein als mit problemunangemessenen Verfahren erzielte Ergebnisse, die sich auf hohem Verläßlichkeitsniveau befinden. Es ist daher irreführend, bestimmte Methoden (etwa das Experiment), als zuverlässig und objektiv zu bezeichnen, und andere Methoden den mehr subjektiven Verfahren zuzurechnen.
Die größte Schwäche experimenteller Untersuchungen liegt darin, daß sie psychisches Geschehen aus dem historisch-sozialen Kontext herauslösen und zersplittern. Hinzu kommt, daß viele Befunde, die zumeist an nichtrepräsentativen Stichproben gewonnen wurden, vorschnell verallgemeinert und zu allgemeingültigen Gesetzmäßigkeiten hochstilisiert worden sind (vgl. PREISER, 1976).
Trotzdem hält die H.P. das Experiment für eine wesentliche Erkenntnisquelle; sie sieht jedoch die Begrenztheit dieser Methode sehr deutlich, da sich viele, den Menschen unmittelbar betreffende Fragen nicht unter reduzierten Laborbedingungen untersuchen lassen.

Der Entwicklung neuer Forschungsmethoden und der Weiterentwicklung vergessener Verfahren kommt daher eine große Bedeutung zu, denn von überzeugenden Alternativen auf methodischem Gebiet hängt es ab, ob es gelingt, den vielen artifiziellen Ergebnissen der herkömmlichen Psychologie lebensnahe Forschungsresultate gegenüberzustellen.
Die humanistisch orientierte Psychologie bemüht sich daher besonders, in Mißkredit geratene und abgewertete Methoden wie (a) *Lebenslaufanalyse,* (b) *Einzelfallexperiment,* (c) *Feldexperiment* u. a. nicht nur zu rehabilitieren, sondern ihre Möglichkeiten weiter zu entwickeln. Beispiele:

(a) *Lebenslaufanalyse* (Biographische Methode)
Die Lebenslaufanalyse bemüht sich um eine Analyse und Deutung des menschlichen Lebenslaufs von der Geburt bis zum Tode. Lebenslaufuntersuchungen haben GALTON (1883) mit dem Studium der Lebensgeschichte berühmter Männer und TERMAN (1925) mit den Längsschnittuntersuchungen an hochbegabten Kindern begonnen. Es folgten dann Lebenslaufstudien aus entwicklungspsychologischer (BÜHLER, 1933), psychoanalytischer (ERIKSON, 1958), empirisch-analytischer (PRESSEY/KUHLEN, 1957) und soziologischer Sicht (HAVIGHURST, 1963).
Humanistisch orientierte Lebenslaufanalysen gehen von der Grundannahme aus, daß der Mensch sein Leben bewußt oder unbewußt an bestimmten Werten ausrichtet und es mit Sinn zu erfüllen sucht. Sie bemühen sich um eine ganzheitliche Erfassung des menschlichen Lebens, indem sie Erlebnisse (subjektive Daten), Verhaltensweisen (objektive Daten) und Leistungen (Produkte) in einen Zusammenhang bringen. In einer ganzheitlichen Erfassung liegen die eigentlichen methodischen Schwierigkeiten. Als beispielhaft für diesen Ansatz gelten die Arbeiten von THOMAE (1968) und BÜHLER/MASSARIK (1969). Neue Impulse sind in diesem Bereich durch eine Kombination mehrerer Verfahren (Kohortenanalyse, Zeitreihenuntersuchungen, klinische Fallberichte u. a.) möglich.

(b) *Einzelfallexperiment*
In der heutigen sozialwissenschaftlichen Forschung sind Einzelfallexperimente verhältnismäßig selten, weil sich aus ihnen keine verallgemeinerbaren Aussagen und Prognosen ableiten lassen. Im klinischen Bereich sind die üblichen Verfahren mit Experimentalgruppe, Kontrollgruppe und statistischer Auswertung jedoch oft ungeeignet. Nicht nur deshalb, weil es in den meisten Fällen kaum möglich ist, parallelisierte Stichproben zusammenzustellen, sondern weil die Berechnung von Durchschnittswerten keine Aussage für den einzelnen Patienten ermöglicht und nicht selten sogar zu falschen Schlußfolgerungen führt. DUKES (1965) belegt durch eine Reihe von historischen und aktuellen Beispielen die große Bedeutung von Einzelfallexperimenten in der psychologischen Forschung. Der Generalisierbarkeit der Ergebnisse sind bei diesem Verfahren enge Grenzen gezogen. Es kann jedoch unter bestimmten Voraussetzungen mehr Informationen bringen, ein und dasselbe Individuum in verschiedenen Situationen bzw. über einen längeren Zeitraum zu beobachten als eine große Anzahl von Versuchspersonen unter kontrollierten Bedingungen. Wenn beispielsweise die Wirksamkeit psychotherapeutischer Verfahren oder Behandlungsformen festgestellt werden soll, genügt es meistens nicht, in einer Untersuchung behandelte und nichtbehandelte Patienten miteinander zu vergleichen. Wichtiger ist es oft, die spezifische Wirkung einer Therapie bei einem bestimmten Patienten herauszufinden und geringfügige Veränderungen im Laufe des therapeutischen Prozesses zu registrieren. Für diese Fragestellungen eignet sich das Einzelfallexperiment sehr gut.

(c) *Feldexperiment*
LEWIN (1943) hat schon sehr früh Feldexperimente innerhalb „natürlich" vorkommender Gruppen als Ergänzung zu streng kontrollierten Experimenten gefordert. Die Vorteile von Feldexperimenten liegen auf der Hand: Sie können unmittelbare soziale Relevanz beanspruchen, da die Übertragbarkeit der Ergebnisse auf andere Situationen nicht solche Schwierigkeiten bereitet wie im Falle von Laborexperimenten (vgl. BICKMAN/HENCHY, 1972). Bis heute gibt es allerdings nur wenige Feldstudien, außer einigen bemerkenswerten Beispielen wie die HAWTHORNE-Studien (ROETHLISBERGER/DICKSON, 1939) und die Ferienlageruntersuchungen von SHERIF (1953), was sicherlich mit den Schwierigkeiten (Zeitaufwand, Kontrolle der wirksamen Variablen) bei der Planung und Durchführung dieses Untersuchungstyps zusammenhängt. Inzwischen sind jedoch entscheidende Fortschritte bezüglich der Methodologie von

Feldexperimenten erzielt worden (vgl. CAMPBELL/STANLEY, 1961), und es wird in zunehmendem Maße der Versuch unternommen, psychologische Forschung in das alltägliche Leben der zu untersuchenden Personen hineinzuverlagern.

5 Praxis

Ein wesentliches Merkmal der humanistischen Bewegung ist ihr anwendungsorientiertes auf Veränderung der Praxis gerichtetes Interesse und die Absicht, menschenwürdige Bedingungen in den verschiedenen Lebensbereichen zu schaffen. Die Botschaft dieser Bewegung ist, daß der Einzelne sich ändern muß, bevor er auf seine Umwelt einwirken kann („Veränderungen in Deinem Leben beginnen mit Veränderungen bei Dir selbst"). Sicherlich erfordert eine Humanisierung der Lebensbedingungen gleichzeitig eine Neugestaltung sozialer Strukturen. Diese Zielsetzung ist jedoch erst dann realistisch, wenn genügend autonome und sozialverantwortliche Individuen da sind, die diese Aufgabe übernehmen können.
Diese Gedanken betonen besonders die *humanistischen Therapieformen*, wie das Psychodrama von MORENO (1946), die Gesprächstherapie von ROGERS (1951), die Logotherapie FRANKLS (1956), die Gestalttherapie von PERLS (1969) und die Bioenergetik (vgl. LOWEN, 1976).

5.1 Psychodrama

Ein von MORENO (1946) entwickeltes gruppenpsychotherapeutisches Verfahren, dessen wesentlichste Intention darin besteht, psychische und interpersonale Konflikte schöpferisch handelnd in Szene zu setzen, um sie so auszuagieren und zu verarbeiten. Die erlebnismäßige und handlungsgebundene Auseinandersetzung mit psychischen Konflikten fördert die Fähigkeit eines Individuums, psychische Probleme künftig selbständig zu lösen. Im Laufe des psychodramatischen Geschehens übernimmt der Patient (Protagonist) für eine begrenzte Zeit bestimmte Rollen, die er innerhalb eines festgelegten Handlungsrahmens frei gestaltet. Die Teilnehmer einer Psychodramagruppe werden an der Lösung eines psychischen Konflikts beteiligt, indem sie als Mitspieler in einer Situation auftreten und als „Hilfs-Ich" verschiedene Seiten eines Konflikts verdeutlichen. Spezifische Techniken des Psychodramas sind: Monolog, Rollentausch, Doppeln, Spiegeln, „Leerer Stuhl" und Aktivierung (vgl. LEUTZ, 1974).

5.2 Gesprächstherapie

Die Gesprächstherapie geht von der Grundannahme aus, daß der menschliche Organismus unter „natürlichen" Bedingungen über konstruktive Kräfte und zielgerichtete Antriebe verfügt, mit seinen organismischen Bedürfnissen in Einklang zu leben. Erst unter „unnatürlichen" Bedingungen, unter denen das Individuum von seinen organismischen Bedürfnissen entfremdet ist, können diese Selbstaktualisierungstendenzen verschüttet sein. Ziel der Therapie ist daher, die Einheit von natürlichen Strebungen des Organismus und kulturell erworbenen Bedürfnissen herzustellen. Die Blokkierung der Selbstaktualisierung kann durch einen therapeutischen Prozeß aufgehoben werden, der durch folgende Merkmale des Therapeutenverhaltens gekennzeichnet ist: (a) uneingeschränktes Akzeptieren, positive Wertschätzung, emotionale Wärme; (b) Verbalisierung emotionaler Erlebnisinhalte durch den Therapeuten; (c) Echtheit und Selbstkongruenz im Verhalten des Therapeuten (vgl. ROGERS, 1951).

5.3 Logotherapie

Die Logotherapie gehört zu den existentiellen Therapieformen, die den Patienten zu einer geistigen Auseinandersetzung mit den Grundbedingungen seine Daseins führen wollen. FRANKL (1956) warnt davor, die Bedingungen für psychische Störungen ausschließlich im psychischen Bereich zu suchen, sie könnten ebenso im somatischen oder geistigen Bereich liegen. In der Therapie steht nicht so sehr die Bearbeitung psychodynamischer Konflikte im Vordergrund, sondern eine Neuorientierung auf sinnvolle Ziele und Werte. Ziel des therapeutischen Prozesses ist, die Entfremdung des Patienten tendenziell aufzuheben und ihn in seinem Bemühen um Selbst- und Sinnfindung zu unterstützen. Das Medium zwischen Therapeut und Patient ist der Dialog, der es ermöglicht, die Erfahrungen anderer zu teilen. Die Logotherapie konfrontiert den Patienten (mittels der paradoxen Intention) mit extremen Situationen, die eine Entscheidung von ihm verlangen.

5.4 *Gestalttherapie*

Kennzeichnend für die Gestalttherapie ist die Zentrierung der Wahrnehmung auf die unmittelbare Erfahrung, auf das Hier und Jetzt. Das sprachliche Durcharbeiten früherer Erfahrungen spielt demgegenüber eine geringere Rolle. Ausgehend vom aktuellen Erleben und der Wahrnehmung der eigenen Körpervorgänge hilft der Therapeut dem Patienten, Kontakt zu seinen unerledigten Problemen zu finden, um sie zu bearbeiten. Im Laufe des therapeutischen Prozesses soll die Einheit von Denken und Fühlen wiederhergestellt und der Patient sich seiner Kräfte bewußt werden. Bei dieser Arbeit wird die individuelle Freiheit des Patienten ernstgenommen: Er muß selbst entscheiden, was er will. Ziel der Therapie ist ein autonomer Mensch, dessen Widersprüche in einem integrierten Ganzen aufgehoben sind. Die Aufgabe des Therapeuten besteht im wesentlichen darin, diesen Prozeß katalytisch zu fördern (vgl. PERLS, 1969).

5.5 *Bioenergetik*

Die Bioenergetik und andere biofunktionale Therapien, die sämtlich auf REICH (1953) zurückgehen, sehen den menschlichen Organismus als Energiesystem, das Energie aufnimmt, umsetzt und entlädt. Sie betonen die Bedeutung des Körpers für die Entstehung, Aufrechterhaltung und Heilung psychischer Störungen. In unserer Kultur, die eine Befriedigung elementarer Bedürfnisse und eine freie Äußerung von Gefühlen erschwert, werden die spontanen Reaktionen unseres Körpers unterdrückt. Aus diesem Grunde müssen die somatischen Aspekte in jedem therapeutischen Prozeß stärker berücksichtigt werden. Das wichtigste Ziel dieser therapeutischen Methode besteht darin, die Lebensenergie und die Gefühle eines Menschen freizusetzen, damit er wieder in Einklang mit seinen grundlegenden körperlichen Funktionen wie Atmung, Bewegung, Gefühl und Selbstausdruck leben kann (vgl. LOWEN, 1976).

Alle erwähnten Therapieformen sind als individuumzentrierte Ansätze grundsätzlich in der Gefahr, die soziale Dimension außer acht zu lassen. Sie unterscheiden sich grundlegend sowohl von der Psychoanalyse als auch von der Verhaltenstherapie. Durch die Anerkennung der Selbstheilungskräfte und der Eigenverantwortlichkeit wird Fremdsteuerung als therapeutisches Mittel ausgeschlossen. Ziele des therapeutischen Prozesses sind die Förderung der Autonomie, der psychischen Integration, des Selbstverwirklichungsstrebens und der interpersonalen Kompetenz.
Darüber hinaus geht es den humanistischen Therapieformen um eine Überwindung der Abhängigkeit des Klienten vom Therapeuten. ROGERS (1942) hat zum ersten Mal Tonbandaufzeichnungen des therapeutischen Prozesses vorgenommen. Er veränderte damit die therapeutische Situation und die Beziehung Therapeut – Klient in entscheidender Weise. Während Therapie vorher etwas Geheimnisvolles und Privates war, wurde sie nun öffentlich und transparent gemacht. Dadurch wurde auch die Grundlage für eine Kontrolle und Überprüfung des therapeutischen Prozesses geschaffen.

5.6 *Prävention*

Durch therapeutische Intervention kann immer nur eine sehr kleine Gruppe von Menschen erreicht werden, da es nur wenige kompetente Therapeuten gibt. Hinzu kommt, daß Therapie meistens erst dann einsetzt, wenn die psychische Deformation schon sehr weit fortgeschritten ist. Es setzt sich daher immer stärker die Erkenntnis durch, daß Maßnahmen zur Erkennung und Verhütung psychischer Störungen und zur Förderung psychischer Gesundheit möglichst früh einsetzen müssen. Mit Blick auf die Vielzahl von psychisch kranken Menschen und die damit verbundenen sozialen Probleme wird sich daher der Akzent in zunehmendem Maße von therapeutischen Interventionen auf Präventivmaßnahmen verlagern. Eine Umsetzung humanistischer Ideen mit dieser Zielrichtung läßt sich am ehesten im Erziehungs- und Bildungsbereich, und hier vor allem in der Schule, verwirklichen. Präventive Arbeit in der Schule stößt allerdings auf erhebliche Hindernisse. Schulisches Lernen ist nämlich in unserer Gesellschaft in besonders ausgeprägter Weise auf die Vermittlung von Wissen und auf die Ausbildung spezifischer Fähigkeiten gerichtet, so daß für die Förderung des sozialen Verhaltens nur wenig Raum bleibt.

Die Realitätsbewältigung und Gestaltung der Gesellschaft verlangt jedoch in viel stärkerem Maße als früher von den Heranwachsenden neben leistungsbezogenen Fertigkeiten auch soziale Fähigkeiten. Die Psychoanalytikerin und Pädagogin Ruth Cohn (1975) hat mit ihrem Modell des „Lebendigen Lernens" bzw. der „Themenzentrierten Interaktion" (TZI) einen Ansatz entwickelt, der den emotionalen und sozialen Komponenten des Lernens größere Beachtung schenkt. Neben Ruth Cohn haben besonders Brown (1971) und Petzold/Brown (1977) mit ihrem auf den Prinzipien der Gestalttheorie aufbauenden Konzept der Integrativen Pädagogik Möglichkeiten gezeigt, wie sich in Routine erstarrte und versachlichte Lernsituationen in offene und lebendige Kommunikationsprozesse verwandeln lassen. Sie haben Methoden entwickelt, die konsequent von der Einheit affektiver und kognitiver Lernprozesse ausgehen und damit einer Zerstückelung menschlichen Lernens entgegenwirken.

Eine Humanisierung der Schule muß damit beginnen, daß die Lehrer eine neue Einstellung zum schulischen Lernen entwickeln und Fähigkeiten für den Bereich des sozialen Lernens erwerben. Daher kommt den erwähnten Konzepten eine außerordentliche Bedeutung für die Aus- und Fortbildung von Lehrern zu, wo sie auch bereits in bescheidenem Maße Berücksichtigung finden (Signer, 1976; Völker, 1978). Allerdings kann ein verändertes Lehrerverhalten nur dann in vollem Umfang wirksam sein, wenn zur gleichen Zeit strukturelle Veränderungen (kleinere Klassen, Veränderung der Leistungsbeurteilung, Reform der Lehrpläne usw.) eingeleitet werden.

6 Perspektiven

Das hier entworfene Wissenschaftsverständnis der H.P. steht in krassem Gegensatz zu den vorherrschenden Überzeugungen in der gegenwärtigen Psychologie und zu dem unpersönlichen und lebensfernen Wissenschaftsbetrieb an unseren Hochschulen und wissenschaftlichen Instituten. Die in diesem Ansatz enthaltenen ethischen Grundsätze und politischen Implikationen zielen auf eine Humanisierung und Demokratisierung des Wissenschaftsbetriebs, wobei Einigkeit darüber besteht, daß eine konstruktive Veränderung nur durch das Anknüpfen an bisherige Traditionen erreicht werden kann. Die Bedeutung der humanistischen Bewegung für die Entwicklung der gesamten Psychologie wird davon abhängen, ob es gelingt, diese Ideen in die Wissenschaftspraxis umzusetzen.

Die Voraussetzungen für eine Neuorientierung der Psychologie sind durch die Hochschulreform bereits teilweise geschaffen worden. Durch die Bildung von Fachbereichen mit einer Integration von Wissenschaften, die in einem inneren Zusammenhang zueinander stehen, ist die Kooperation zwischen den Nachbardisziplinen erheblich leichter geworden. Aber auch nach der Reform gibt es tradierte Strukturen und Vorstellungen – etwa die Idee einer sich selbst steuernden, naturwüchsigen Wissenschaftsentwicklung –, die neue wissenschaftliche Handlungsmöglichkeiten begrenzen. Die Bewältigung der anstehenden sozialen Probleme erfordert jedoch eine rationale Planung und demokratische Kontrolle wissenschaftlichen Arbeitens, allerdings ohne die Autonomie der Hochschule und die Forschungsfreiheit der Wissenschaftler einzuschränken. Denn eine gelenkte Wissenschaft ist noch ungeeigneter als eine wild wachsende Wissenschaft.

Eine rationale Planung und demokratische Kontrolle des Wissenschaftsbetriebs bedeuten verstärkte Teilnahme der Öffentlichkeit an der Entwicklung der Psychologie (und der Sozialwissenschaften) und damit eine breitere Legitimationsbasis für die psychologische Forschung. Es ließen sich Kriterien für die Auswahl und Förderung von Forschungsprojekten erarbeiten, die es wahrscheinlicher machen, daß die vorhandenen Forschungsmittel für die Lösung gesellschaftlich bedeutsamer Fragen verwendet werden. Darüber hinaus könnte die Partizipation der Öffentlichkeit am Wissenschaftsprozeß die Wissenschaftler wieder in einen direkteren Lebensbezug bringen und damit zur Humanisierung der Psychologie beitragen.

Wenn von der humanistischen Bewegung ein Anstoß zur Humanisierung der Psychologie und zur Demokratisierung des Wissenschaftsbetriebs ausgehen soll, wird sie sich zunächst selbst um größere Offenheit und Toleranz bemühen müssen. Mit Offenheit ist einmal an die Öffnung der Wissenschaft für interessierte Laien gedacht, die Anteil an ihrer Entwicklung nehmen. Eine Voraussetzung dafür ist, daß die Wissenschaftler eine oft unverständliche Sprache, die manchmal sogar zur Geheimsprache wird, aufgeben und sich um größere Verständlichkeit bemühen. Denn die *Sprache*, auch die formale

Wissenschaftssprache, sollte eine vermittelnde und keine ausschließende Funktion haben. Offenheit und Toleranz bedeutet in diesem Zusammenhang auch, alles zu vermeiden, was die H.P. in einen unversöhnlichen Gegensatz zu anderen Wissenschaftsauffassungen bringen könnte. Eine solche Haltung ist mit den Grundgedanken der humanistischen Bewegung unvereinbar, die sich ja nicht als eigenständige psychologische Schule sieht, die andere Schulen ersetzen will. Sie sieht sich eher als Ideensystem, dem es um eine Bestandsaufnahme, Ordnung und Bewertung des bisher zusammengetragenen Wissens und um neue Impulse für die Weiterentwicklung der Psychologie geht. Bei dieser Zielsetzung sind – trotz gegensätzlicher wissenschaftstheoretischer Standpunkte – genügend Gemeinsamkeiten zwischen Psychologen und anderen Sozialwissenschaftlern gegeben, wenn es um die Lösung praktischer Probleme geht.

Verweis auf andere Stichwörter

→Behaviorismus →Experiment →Gesprächspsychotherapie →Gestaltpsychologie →Handlungsforschung →Identität und Selbstkonzept →Ökologische Psychologie →Psychoanalyse →Psychotherapie →Verhaltenstherapie →Wissenschaftstheorie und Psychologie

Literatur

BICKMAN, L./HENCHY, TH.: Beyond the Laboratory: Field Research in Social Psychology. New York 1972.

BROWN, G. I.: Human Teaching for Human Learning. New York 1971.

BÜHLER, CH./MASSARIK, F. (Hrsg.): Lebenslauf und Lebensziele – Studien in humanistisch-psychologischer Sicht. Stuttgart 1969.

BÜHLER, K.: Die Krise der Psychologie. Jena 1927.

BUGENTAL, J. T. F. (Hrsg.): Challenges of Humanistic Psychology. New York 1967.

CAMPBELL, D. T./STANLEY, J. C.: Experimental and quasi-experimental designs for research. Chicago 1961.

COHN, R.: Von der Psychoanalyse zur themenzentrierten Interaktion. Stuttgart 1975.

DEBIE, P.: Problemorientierte Forschung. Frankfurt 1973.

DUKES, W. F.: N = 1, Psychological Bulletin, 64, 1965, 74–79. Deutsch: N = 1. In: PETERMANN, F. (Hrsg.): Methodische Grundlagen Klinischer Psychologie. Weinheim 1977.

ERIKSON, E. H.: Identity and life cycle. New York 1959. Deutsch: Identität und Lebenszyklus. Frankfurt 1966.

FRANKL, V. E.: Theorie und Therapie der Neurosen. München 1956.

GALTON, F.: Inquiries into human faculty and its development. London 1883.

GRAUMANN, C. F.: Psychologie – humanistisch oder human?. psychologie heute, Heft 8, 1977.

HORNEY, K.: Neurosis and human growth: The struggle toward self-realization. New York 1950. Deutsch: Neurose und menschliches Wachstum. München 1975.

JAEGGI, E.: Die Privatheit von Erfahrungen. Auseinandersetzung mit der erlebniszentrierten Psychotherapie in der humanistischen Psychologie. Habil.vortrag 1978 (Ms.).

JUNGK, R.: Soziale Innovation: Das Neue will gelernt sein. In: Magazin Brennpunkt, hrsg. vom Gottlieb-Duttweiler-Institut für Wirtschaftliche und Soziale Studien, Rüschlikon/Zürich. Frankfurt 1976.

LEUTZ, G.: Psychodrama – Theorie und Praxis. Berlin 1974.

LEWIN, R.: Problems of research in social psychology, 1943. In: Ders.: Field Theory in Social Science: Selected Theoretical Papers. New York 1953. Deutsch: Forschungsprobleme der Sozialpsychologie. In: Feldtheorie in den Sozialwissenschaften. Bern und Stuttgart 1973.

LOWEN, A.: Bioenergetik. Der Körper als Retter der Seele. Bern 1976.

MADSEN, K. B.: Humanistic Psychology and the Philosophy of Science. The Journal of Humanistic Psychology, 1, 1971.

MASLOW, A. H.: The Psychology of Science. New York 1966. Deutsch: Die Psychologie der Wissenschaft. München 1977.

MEICHENBAUM, D.: Cognitive behavior modification. Morristown. N.J. 1974.

OPPENHEIMER, R.: Rede vor der American Psychological Association. 1949.

OPPENHEIMER, R.: Some reflections on science and culture. Chapel Hill, N.C.: Univ. of North Carolina Press, 1960.

PERLS, F.: Gestalt Therapy Verbatim, Real People Press, Moab/Utah, 1969. Deutsch: Gestalttherapie in Aktion. Stuttgart 1974.

PETZOLD, H./BROWN, G. J. (Hrsg.): Gestaltpädagogik. München 1977.

POPPER, K. R.: On the sources of knowledge and ignorance. London 1960.

PREISER, S.: Kontroversen um das Experiment. In: H. BALMER (Hrsg.): Die Psychologie des 20. Jahrhunderts, Bd. I. Zürich 1976.

PRESSEY, S. L./KUHLEN, R. G.: Psychological Development through the Life Span. New York 1957.

REICH, W.: Charakteranalyse (1953). Frankfurt/M. [4]1976.

ROGERS, C.: Client-centered therapy: Its current practice, implications and theory. Boston 1951.

ROGERS, C.: Person or Science?. In: SEVERIN (Hrsg.): Viewpoints of Humanistic Psychology. New York 1965.

ROGERS, C.: On Personal Power – Inner strength and its revolutionary impact. New York 1977. Deutsch: Die Kraft des Guten. München 1978.

ROYCE, J. R.: The present situation in theoretical psychology. In: ROYCE, J. R. (Ed.): Toward Unification in Psychology. Toronto: University Toronto Press 1970, 11–37.

SIGNER, R.: Verhaltenstraining für Lehrer. Weinheim 1976.

THOMAE, H.: Das Individuum und seine Welt. Göttingen 1968.

VÖLKER, U.: Kann man den Menschen humanisieren?. psychologie heute, Heft 8, 1977, 34–39.

VÖLKER, U.: Die themenzentrierte interaktionelle Methode in der Lehrerausbildung. Allgemeiner Schulanzeiger, Heft 2, 1978, 64–72.

VÖLKER, U.: Humanistische Psychologie – Wie ich sie mir vorstelle. Zeitschrift für Humanistische Psychologie, Heft 4, 1978, 2–7.

WEIZSÄCKER, V. v.: The world view of physics. Chicago 1952.

Ulrich Völker

Hypnose und Autosuggestion

1 Geschichte

H. als eines der ältesten psychotherapeutischen Verfahren ist in ihrer Geschichte schwer zu verfolgen, weil sich ihr Name laufend geändert hat (s. Tabelle 1). Die wissenschaftliche Erforschung der H. wurde eingeleitet durch F. A. MESMER. Er hatte die Vorstellung, daß ein Fluidum vom Hypnotisator auf den Hypnotisierten übergehe. 1872 berichtete CZERMAK über „hypnotische Erscheinungen" bei Tieren. Die sogenannte tierische H. erwies sich aber als instinktgebundene Reaktionshemmung, die eigentlich mit H. nichts zu tun hat. Von 1882 ab führte CHARCOT in der Salpètrière Dressurhypnosen an Hysterischen vor, nachdem er sich von seinen Assistenten, zu denen auch Axel MUNTHE gehörte, über diese Phänomene außerhalb von Kliniken, z.B. in „obskuren Kabinetts", hatte informieren lassen. Er sah in der H. eine künstlich erzeugte Hysterie und meinte, daß nur Hysterische hypnotisierbar seien. Zwischen CHARCOT und BERNHEIM entspann sich ein wissenschaftlicher Streit, aus dem BERNHEIM als Sieger hervorging. Die *Suggestionstheorie* der H. enwickelte sich nur sehr zögernd. Erst Ansätze lassen sich bei BRANDIS (1818) und bei dem Abbé de FARIA (1819) nachweisen. Trotzdem aber bekam die H. nach ihrem entscheidenden, aber wenig bekannt gewordenen Vertreter LIÉBEAULT (1866) erst durch BERNHEIM (1884) ihre noch heute gültige theoretische Untermauerung. Beide Autoren bildeten die *erste Schule von Nancy.*

Eine zweite Linie läßt sich, beginnend mit BRAID (1843), dem wissenschaftlichen Entdekker der Autohypnose, ebenfalls bis in die Gegenwart verfolgen. O. VOGT beschrieb 1889 die H. als seelisches Mikroskop und stellte dabei dar, wie öfter Hypnotisierte schließlich in eine Autohypnose kommen können. In der *zweiten Schule von Nancy* (BAUDOUIN, BEAUNIS, COUÉ) wurde entdeckt, daß jede von außen kommende Suggestion über eine Autosuggestion realisiert wird. Auf dieser Kenntnis aufbauend, entwickelten sich bis 1928 eine Reihe von therapeutischen Verfahren, die heute aber, bis auf das Vorgehen von COUÉ, nur noch historisch von Interesse sind und die als *„passivautohypnoide" Verfahren* zusammengefaßt werden können.

Von 1928 ab entwickelte sich dann eine Reihe von Selbstversenkungsmethoden als *„aktivautohypnoide" Verfahren.*

Bezeichnung	Vorkommen	Zeit
Archaische Ekstase	ethnische Gruppen	ab 6. Jahrtausend v. Chr. (Jungsteinzeit)
Teufelsaustreibung	ägyptische Hochkultur	3000 v. Chr.
Tempelschlaf der Asklepiaden	Epidaurus u. a. Kultstätten	150 v. Chr.
Tanzempidemien	Europa	Mittelalter
Imaginatio	Europa	16. Jahrhundert
Magnetismus animalis	Europa	ab 1775 (MESMER)
Somnambulismus	Europa	ab 1795 (PUYSÉGUR)
Hypnose	Europa	ab 1843 (BRAID)
Sophrologie	Spanien und Südamerika	ab 1960 (CAYCEDO)

Tab. 1.

2 Definition von Hypnose und Suggestion

Es gibt eine unübersehbar große Zahl von Definitionen der H., je nach dem theoretischen Standpunkt des Autors. Hier soll eine rein deskriptive und pragmatisch orientierte Definition gegeben werden:

H. ist ein durch *Suggestion* herbeigeführter eingeengter und verschiedengradig gesenkter Bewußtseinszustand mit trophotropen vegetativen Umschaltungen. Hierbei handelt es sich um psychovegetative Regulationen, die i. G. zu der reinen Vagotonie noch stärkere analoge psychische Befunde zeigen wie Passivierung, Herabsetzung der Vigilanz bis zum Schlaf.

Der Begriff der „Suggestion" hat bislang verschiedene Definitionen erfahren:

1866 LIÉBEAULT: „Die Erzeugung einer Vorstellung durch Wort und Gebärde in einem Schlafenden, um die Abwicklung eines körperlichen oder geistigen Vorganges zu veranlassen" (zit. nach LOEWENFELD, 1901, 39).

Tabelle 2: Aktiv-autohypnoide Verfahren

Jahr	Verfahren	Urheber	Letzte Auflage
1929	progressive relaxation	JACOBSON	10. Aufl. 1965
1932	autogenes Training	SCHULTZ	14. Aufl. 1973
1933	natural childbirth	DICK-READ	5. Aufl. 1968
1946	gestufte Aktivhypnose	KRETSCHMER/LANGEN	5. Aufl. 1979
1950–1956	Psychoprophylaxe	VELVOVSKI-LAMAZE	—
1959	psychologische Geburtserleichterung	LUKAS	2. Aufl. 1968
1965	Relajacion dinamica	CAYCEDO	—

1884 BERNHEIM: Suggestion ist „im weitesten Sinne der Vorgang, durch welchen eine Vorstellung in das Gehirn eingeführt und von ihm angenommen wird" (zit. nach LOEWENFELD, 1901, 39).

1922 BAUDOUIN: Suggestion ist „die unterbewußte Verwirklichung einer Idee" (BAUDOUIN, 1924, 34).

1922 KRETSCHMER: „Unter Suggestion verstehen wir die nicht durch Gründe und Motive, sondern unmittelbar reizmäßige Übertragung von Empfindungen, Vorstellungen und besonders Willensantrieben" (KRETSCHMER, 1922, 103).

Da seit 1925 (E. STRAUS) die *sozialpsychologische* Deutung, d.h. also die „Wir-Bildung" als Voraussetzung einer Suggestion, für entscheidend erkannt wurde, änderten sich die Auffassungen entscheidend:

1961 STOKVIS und PFLANZ: „Suggestion ist die affektive Beeinflussung der körperlich-seelischen Ganzheit auf der Grundlage eines zwischenmenschlichen Grundvollzugs: der affektiven Resonanzwirkung" (STOKVIS/PFLANZ, 1961, 6).

1970 DIETRICH und WALTER: „Suggestion ist die auf affektiver Resonanz beruhende, anratende und eingehende, teilweise auch Vorstellungsinhalte unterschiebende Beeinflussung eines anderen" (DIETRICH/WALTER, 1970, 229).

1971 LANGEN: „Suggestion ist ein ichfremder Einfuß, der bei positiver emotioneller Wechselbeziehung angenommen und autosuggestiv verarbeitet wird (LANGEN, 1971, 7).

Mit der zuletzt genannten Definition wird zunächst einmal die Wirbildung deutlich gemacht sowie der Faktor, daß jede Suggestion über eine Autosuggestion verwirklicht wird.

Aus all dem wird sichtbar, daß eine Trennung zwischen Heterosuggestion und Autosuggestion eigentlich künstlich ist. In Wirklichkeit handelt es sich um unterschiedliche Gewichtungen. Bei den üblichen Wachsuggestionen, seien sie z.B. *unabsichtlich und unvorhergesehen* – hier merkt weder der Suggestor noch der Suggerierte, daß das, was zwischen ihnen vorgeht, ein suggestiver Vorgang ist – oder *absichtlich, aber unvorhergesehen* – hier werden zwar Suggestionen vom Suggestor gegeben, der Empfänger merkt es aber nicht – oder *unabsichtlich, aber vorhergesehen* – der Behandler sieht die Therapiewirkung in einer Methode, der Behandelte bringt aber starke Suggestionsbereitschaft mit (Beispiele: Biofeedback-Therapie, Akupunktur, Hypalgesie usw.) – oder *absichtlich und vorhergesehen*, überwiegen die heterosuggestiven Elemente.

Bei den einzelnen aktiv-autohypnoiden Verfahren (siehe Tab. 2) stehen die Autosuggestionen im Vordergrund. Alle sind aber auch ohne heterosuggestive Elemente nicht denkbar. Da alle diese Verfahren auf sich wiederholenden Übungen aufgebaut sind, überwiegt dann die Autosuggestion, so daß z.B. beim autogenen Training das „Autogene" dann als Zielvorstellung realisiert werden kann. So gesehen ist speziell im deutschen Sprachraum das autogene Training die am sinnvollsten aufgebaute Autosuggestiv-Therapie, die bei konsequenter Übung einen großen präkurativen Aktionsradius hat und auch therapeutisch sehr breit angelegt werden kann.

Da die Suggestion das wesentliche Element bei der H. ist, lassen sich viele der soeben angeführten Gedanken über die Wechselbeziehung von Heterosuggestion und Autosuggestion auf die H. übertragen: Jede Heterohypnose führt letztlich über eine Autohypnose zur hypnotischen Umschaltung. Sie ist damit mehr eine Leistung des Hypnotisierten als des Hypnotisators. Dieser hat bei der Induktion speziell von Ersthypnosen – um es in einem Bilde auszudrücken – die

Tabelle 3: Möglichkeiten der Hypnoseeinleitung durch Verbalsuggestion in Verbindung mit verschiedenen Reizen

Reize	Abgeleitete Methode	Hauptvertreter	Zeit	Durchführung
Optisch	Faszination	Schaubuden-hypnotiseure	19./20. Jh.	gegenseitiges Fixieren der Augen
	Fixationshypnose	1. Schule von Nancy	1884	Fixieren einer Fingerspitze
	Farbenkontrast-hypnose	LEVY-SUHL	1908	Fixieren einer Farbtafel
	Fraktionierte Hypnose	VOGT-BRODMANN	1897	Fixieren einer Fingerspitze (3–5 Teilhypnosen)
	Ablationshypnose	KLUMBIES	1952	Fixieren einer Farbtafel ohne Verbalsuggestion
	Autohypnose	BRAID	1841	Fixieren eines Gegenstandes
	Gestufte Aktiv-hypnose	KRETSCHMER/LANGEN	1946	Fixieren einer Fingerspitze
Haptisch		MESMER/Fluidisten	1775	passes (Streichen über den Körper)
Akustisch	Reine Verbal-suggestion	LIÉBEAULT	1866	Verbalsuggestion
Monotono-idation		SIDIS	1902	monotones Ticken oder gleich-förmiges Geräusch
(Akustische Monotonie)	Faradohypnose	VÖLGYESI	um 1925	gleichförmiges Geräusch und elektrischer Strom
Vestibulär		FOREL	um 1900	gleichförmige Bewegung (Schaukel, Schaukelstuhl)
		GROSSMANN	1894	plötzlicher Lagenwechsel
Toxisch	Schlafmittelhypnose	WETTERSTRAND u.a.	1893	Schlafmittel vor Hypnose
	Narkohypnose	v. SCHRENCK-NOTZING u.a.	1891	Narkotika vor Hypnose
Autotoxisch	Asiatische Meditation	Yogis	seit etwa 2000 v. Chr.	
	Hyperventilation	SWEDENBORG BONWILL	um 1750	beschleunigte Tiefatmung
	Psychoprophylaxe	VELVOVSKI-LAMAZE	1950	Hechelatmung

Aufgabe eines Kundigen, etwa eines Tennistrainers, der dem anderen Partner zeigt, wie er es machen soll, bis dann im Zuge wiederholter Prozeduren die autohypnotische Umschaltung weitgehend selbsttätig abläuft.

3 Methodik der Hypnose

Die Induktionen von Heterohypnosen sind nur ganz zu Beginn von Bedeutung, da nach dem Einschleifen der hypnotischen Umschaltung die Autohypnose überwiegt. Daher genügt es hier, durch eine tabellarische Übersicht die einzelnen Möglichkeiten aufzuzeigen. Die einzelnen *Fixationsmethoden* sind dabei die gebräuchlichsten und sichersten Verfahren. (Die Faszinationsmethode ist aus mehreren Gründen abzulehnen. Beschreibungen des methodischen Vorgehens können hier nicht erfolgen.)

Innerhalb der einzelnen Methoden (s. Tab. 3) sollen nur hervorgehoben werden:

Die fraktionierte Hypnose (VOGT-BRODMANN): Hier wird der Gesamtvorgang der H. in einzelne Teile zerlegt, und jede folgende H. auf der vorherigen aufgebaut, wobei man sich in einem kurzen Zwischengespräch die Erlebnisse des Patienten klarmacht und sie dann in einer positiven Formulierung in der folgenden H. als Suggestion zurückgibt.

Die gestufte Aktivhypnose (KRETSCHMER/LANGEN) baut auf den Grundübungen des autogenen Trainings von J. H. SCHULTZ auf (generalisiertes Schwere- und Wärmeerlebnis ohne obligatorisches Training der Organübungen) und läßt dann eine forcierte Konvergenzhaltung der Augen durch Fixation der Fingerspitze des

Arztes einüben, wodurch das Hypnoid direkter erreicht wird als beim autogenen Training. Die gestufte Aktivhypnose ist in der Therapie immer gekoppelt an einen analytischen Arbeitsgang, der dann zur „zweigleisigen Psychotherapie" (LANGEN) führt.

Bei Beendigung einer H. muß immer schrittweise alles desuggeriert werden, was in der H. angesagt wurde, bis auf die therapeutischen Suggestionen. Nie darf eine H. abrupt beendet werden, wie dies bei Schaubuden- oder Varietéhypnotiseuren nicht selten geschieht, da dies zu äußerst lästigen Nebenerscheinungen, wenn nicht gar Schädigungen führen kann.

Die Befunde bei H.n können nur von Leerhypnosen, d.s. solche, die ohne spezielle eventuell therapeutische Suggestionen, aus beurteilt werden. Psychisch wirkt der Hypnotisierte in sich gekehrt und ist nur auf die Stimme des Therapeuten eingeengt. Bis auf das Gehör ist die Funktionsbereitschaft aller Sinnesorgane deutlich verringert. Alle Bewegungen wirken passiv und unbeholfen. Emotionell herrschen Gefühle der Ausgeglichenheit und Gelassenheit vor sowie das Empfinden, über den Dingen zu stehen. Da die mnestischen Funktionen in H. leicht zu verändern sind, kann die Erinnerungsfähigkeit entweder bis zur Amnesie herabgesetzt oder durch entsprechende Suggestionen gesteigert werden (Hypermnesie). Für die Denkabläufe ist das erlebnisgetragene Bildstreifendenken charakteristisch. Selbstkritische Persönlichkeiten schildern nach H.n immer wieder den eigenartigen Zustand zwischen Schlaf und Wachsein, eine Dissoziation einzelner Bereiche der Persönlichkeit, Unfähigkeit der Zeitschätzung und „kinematografisches Denken". Als physische Befunde sind innerhalb der Motorik Immobilisation und Katalepsie leicht darzustellen. Im vegetativen Nervensystem herrscht eine trophotrope Regulationslage in allen Organsystemen vor.

4 Hypnose als Therapie

Bei der *H. als Therapie* muß man sich klar sein, daß schon der leerhypnotische Zustand per se ein therapeutischer Faktor erster Ordnung ist. Spezielle therapeutische Suggestionen können sich bewegen um Indifferenzsuggestionen gegenüber den Störreizen (Symptomen), Aversionssuggestionen und prophylaktische Suggestionen.

Als *stützende Psychotherapie* ist eine Hypnotherapie hauptsächlich symptomorientiert, wobei man aber auch den psychodynamischen Aufbau seelischer Störungen erfassen und gewisse analytische Elemente in den Behandlungsplan einbauen sollte. Sie liefern das Material für stützende Suggestionen. In der *analytischen Psychotherapie* kann H. verwendet werden als Hypnokatharsis oder Hypnoanalyse. Klinisch besonders wichtig sind H.behandlungen in der *Schmerztherapie*, z.B. bei chronischen Schmerzzuständen, in der Geburtshilfe, der Zahnheilkunde und zur Vorbereitung von Narkosen, da in all diesen Situationen die Patienten stark auch für eine suggestive Schmerzverringerung motiviert sind. Ablationshypnose (KLUMBIES) mit Farbtafeln oder besprochenen Tonbändern sind wegen der verschiedenen Nachteile nicht so geeignet wie aktiv-autohypnoide Verfahren, die von chronisch Schmerzkranken über stützende Heterohypnosen leicht erlernt werden können.

Bei lege artis durchgeführten Heterohypnosen und unter Beachtung der Kontraindikation kommt es nicht zu *Komplikationen.* An *Kontraindikationen* sind zu nennen: Absolut kontraindiziert ist eine Hypnotherapie bei allen endogenen und den meisten exogenen Psychosen, ferner, wenn durch H. ein Vergewaltigungserlebnis reaktiviert werden könnte, ein somatisch Kranker die geeignete Somatotherapie ablehnt oder ein Patient Glaubensrücksichten geltend macht. Relative Kontraindikationen bestehen bei Nebenerscheinungen in oder nach der H., starker Furcht, Abneigung oder Widerwillen gegen H., persönlichen Beziehungen zwischen Therapeut und Patient, ungelösten Bindungen an frühere Hypnotherapeuten und ferner bei ausgeprägt hysterischen Persönlichkeitsstrukturen mit dadurch bedingter Symptomatik.

Verweis auf andere Stichwörter

→Parapsychologie →Psychotherapie →Schlaf und Traum

Literatur

BAUDOUIN, C.: Suggestion und Autosuggestion. Dresden: Sybillen-Verlag 1924.

DIETRICH, G./WALTER, H.: Grundbegriffe der psychologischen Fachsprache. München: Ehrenwirt 1970.

JACOBSON, E.: Progressive relaxation. Chicago: University Press ²1965.

KRETSCHMER, E.: Über gestufte Aktivhypnoseübungen und den Umbau der Hypnosetechnik. Dtsch. med. Wschr. 71, 1946, S. 281–283.
KRETSCHMER, E.: Medizinische Psychologie. Stuttgart: Thieme [12]1963.
LANGEN, D.: Kompendium der medizinischen Hypnose. Basel: Karger [3]1972.
LANGEN, D.: Psychotherapie. Stuttgart: Thieme [4]1978.
LOEWENFELD, L.: Der Hypnotismus. Wiesbaden: Bergmann 1901.
LUKAS, K. H.: Die psychologische Geburtserleichterung. Stuttgart: Schattauer [2]1968.
READ, G. D.: Childbirth without fear. New York: Heinemann [5]1968.
SCHULTZ, J. H.: Das autogene Training. Stuttgart: Thieme [15]1978.
STOKVIS, B./PFLANZ, M.: Suggestion in ihrer relativen Begrifflichkeit, medizinisch und sozialpsychologisch betrachtet. Stuttgart: Hippokrates 1961.

Dietrich Langen

Identität und Selbstkonzept

1 Soziologische Theorien der Identität

Soziologische I.theorien befassen sich mit Entwicklung und Wirksamkeit eines das soziale Handeln leitenden Selbstverständnisses, das auf persönlich verbindliche Weise die für den Handelnden wichtigen Rollen und Handlungsnormen repräsentiert und integriert. MEADS sozialbehavioristische I.konzeption (1968), die ältere Ansätze (COOLEY, DEWEY, JAMES, THOMAS) zusammenfaßt, ist für die weitere Theorieentwicklung vor allem des Symbolischen Interaktionismus und der Rollentheorie am einflußreichsten geworden.
MEAD verbindet kategoriale Ableitungen mit phylogenetischen und ontogenetischen Hypothesen im Bestreben, seine Konzeption methodologisch für die Komplexität des Gegenstands offenzuhalten. In inhaltlicher Korrespondenz dazu begreift MEAD Sprache als das zentrale theoretische wie alltagspraktische Bindeglied zwischen Gesellschaftsstruktur und Person. Die Person, ‚self', entwickelt sich durch zunehmend kompetentere Teilnahme an der Interaktion und i.e.S. am Sprachhandeln ihrer Bezugspersonen, die beschreibend und bewertend auf sie reagieren und sie so ihr Verhalten und ihre Intentionen gleichsam objektiv, d.h. im Vergleich zu den Fremderwartungen, erfahren lassen. Werden solche Fremderwartungen nun im Gedächtnis gespeichert, dann verfügt die Person über die Möglichkeit, ihre eigenen Handlungen auf deren kognitiven Repräsentanzen, die die erfahrenen und verinnerlichten Erwartungen darstellen, hin zu entwerfen. Diese Befähigung zur *Rollenübernahme* durch Antizipation des kommenden Handlungsvollzugs erlaubt es, in aktuellen Handlungssituationen sowohl in routinisierten (Idealisierung der Perspektivenkongruenz, SCHÜTZ, 1967) als auch in wenig vertrauten (Heurismus der Personenbeurteilung, FLAVELL, 1975) ein geteiltes Verständnis über den Sinn der Handlungen zwischen den Interaktionspartnern herzustellen (*Intersubjektivität*).
MEAD neigt dazu, die gesamte Entwicklung innerhalb eines Konditionierungsmodells zu klären, so daß Sprache und Kognition in eins gesetzt, Affekte unterbewertet und dementsprechend Gedächtnisrepräsentanzen als ungebrochene Widerspiegelung von Fremderwartungen

bestimmt werden müssen. Auf dem gegenwärtigen Stand des Wissens wird man hingegen den Aufbau von Gedächtnisrepräsentanzen über das Zusammenlaufen prinzipiell getrennter Entwicklungslinien instrumenteller und kommunikativer Handlungskompetenz (HABERMAS, 1976) in einem sozialisationstheoretisch zu beschreibenden interaktiven *familiären Einigungsprozeß* (LORENZER, 1972) bestimmen. In diesen sind prinzipiell alle Beteiligten gleichermaßen in einem Wechsel von Aktion und Reaktion einbezogen. Er wird aber auch auf Kosten der Handlungsflexibilität der sich entwickelnden Person erzwungen, was MEAD – soweit er sich als Anpassungstheoretiker verstehen läßt – durchaus entspricht; in diesem Punkt aber sind seine Formulierungen unklar: Daß bei ihm Flexibilität ihren ausgewiesenen Platz hat, zeigt die Formalisierung der Persönlichkeitsstruktur.

MEAD unterscheidet drei Instanzen: *,me'*, *,generalized other'* und *,I'*. Erstere meint die repräsentierten Fremderwartungen, man interpretiert sie gewöhnlich als das erworbene Rollenrepertoire der Person, soweit es nach dem Modell konkreter Bezugspersonen (*Identifikation*) gebildet ist. Um die Rollen gegen Beliebigkeit abzusichern und das gesamte Repertoire als sinnvolle Gestalt ausweisen zu können, sieht sie MEAD in die zweite Instanz eingebettet, die nach der Lesart von GERTH/MILLS (1970) das internalisierte System von Kooperationsnormen einer Bezugsgruppe bzw. der Gesellschaft verkörpert. Nur soweit gesehen wäre Handeln Rollenhandeln und dieses wiederum Anpassung an durchgesetzte Normen.

Die Instanz des ,generalized other' steht aber auch einer zweiten Lesart offen, die sie weniger als einen gegebenen gesellschaftlichen Zustand denn als die menschliche Tätigkeit begreift, dem je Gegebenen Modelle alternativer hypothetischer Wirklichkeiten entgegenzustellen und für diese universale Realisation zu fordern. Als eine solche *Tätigkeit des Entwerfens* hat sie Teil am ,I', das MEAD in negativer Bestimmung als Reaktion der Person auf die ihr angetragenen Fremderwartungen und somit als Residuum qualifiziert und mit dem er deutlich über bloße Anpassung hinausgeht. ,I' ist auf allgemeinster Ebene als eine aus Interaktionserfahrungen allein nicht herleitbare Spontaneität anzusehen, die aber über keine andere Darstellungsform als die der Rollen verfügt. Dementsprechend liegt es nahe, sie als Bezugspunkt von *Rollendistanz* (GOFFMAN, 1961) zu nehmen. Im Konzept der Rollendistanz lassen sich die symbolischen Bemühungen einer Person festhalten, seinen Interaktionspartnern anzuzeigen, daß es in ihren Erwartungen nicht bruchlos aufgeht, sondern gewillt ist, mit seinem Handeln auch Erwartungen Rechnung zu tragen, die durch keinen Anwesenden vorgetragen werden.

Neben einer solch rollentheoretischen Fassung als symbolischem Verweis auf situationsspezifische Hintergrundrollen wäre auch eine rein psychodynamische Konzeptualisierung als eine auf das biologische Substrat bezogene Triebaktivität denkbar. In beiden Fällen aber wäre Spontaneität lediglich als Ausdruck von Willkür verstanden. Nur wenn „I" als im Gedächtnis sedimentierte *Biographie* einer Person aufgefaßt wird, ist Spontaneität begründeter Teil von „Identität".

Um die Konstruktion von Biographien theoretisch zu erfassen, kann auf PARSONS' Explikation von Intentionalität als durch Gründe legitimierter Zielgerichtetheit des Handelns verwiesen werden (1937); sie thematisiert einen subjektiven Zeitsprung: eine Person ist dann in der Zeit mit sich identisch, wenn sie in ihrem Handlungsziel einen bedürfnisgesteuerten relevanten Entwurf ihrer selbst intendiert und ihn retrospektiv auch als solchen wiedererkennt, wobei die Ziele zumindest im Bereich kommunikativen Handelns gewöhnlich als noch zu erwerbende Rollenqualifikationen auftreten. Biographie meint dann die zwecks Sinnstiftung erzählte Geschichte der Schicksale aller bisherigen Wünsche einer Person bei ihrer notwendigen Einpassung in z.T. durch Gruppen bzw. die Gesellschaft chronologisch vorstrukturierte (STRAUSS, 1968) wechselnde Rollenverhältnisse. Allein biographisch verfügt jeder Handelnde über das Gefühl der Konstanz, in allen seinen Handlungen den Fremderwartungen entsprechend situationsspezifisch unterschiedlich und dennoch derselbe zu sein.

Aktualgenetisch findet dies in der besonderen Interaktionstechnik der *Balance* (KRAPPMANN, 1969) seinen Ausdruck: Ausbalanciert werden Fremderwartungen, deren Erfüllung der Person *Anerkennung* bei den Bezugspersonen sichert, und Selbsterwartungen, deren Erfüllung *Selbstachtung* gewährt; die Verabsolutierung einer Seite, Anpassung oder Selbstisolation, zerstört jegliche Handlungsflexibilität.

Unter zusätzlicher Einführung von Annahmen über soziale Vergleichsprozesse und die Multi-

Kanal-Struktur von Kommunikation lassen sich mit dem Balancemodell empirische sozialpsychologische Befunde klären, die sonst unklar blieben: So beurteilten sich z. B. Versuchspersonen, die an fremd- oder auch selbstdefinierten Gruppenarbeitssituationen teilnahmen und dann nach einer Selbsteinschätzung ihrer Arbeitsqualifikation befragt wurden, in Relation zu den Interaktionspartnern fast immer am besten. Dieses Phänomen der *Superkonformität* (CODOL, 1976) entsteht vermutlich deshalb, um so in der anonymen Experimentalsituation, in der der Gebrauch einer standardisierten Beurteilungsskala das einzig zugängliche gruppenspezifisch anerkannte Selbstdarstellungsmedium war, und sich dementsprechend erwartbar auch alle anderen Versuchspersonen darin ausdrücken mußten, Rollendistanz und persönliche Einzigartigkeit zu zeigen, um eine Verabsolutierung nach der Seite der Anpassung zu vermeiden.

Forschungsstrategisch kann eine nichtreduktive Untersuchung aktueller identitätssichernder Interaktion allerdings nicht im Paradigma der Experimentalpsychologie stattfinden, da die zu vermutende Subtilität der entsprechenden symbolischen Prozesse beschnitten würde. Am ehesten werden sich wohl Handlungsforschungspläne eignen, die auf teilnehmender Beobachtung und Realkontaktbefragung aufbauen.

2 Psychodynamische Konzeptionen der Identität

Sie entstammen maßgeblich der psychoanalytischen Ichpsychologie. Während bei FREUD das Ich metapsychologisch ein Abkömmling des Es und somit schwach bleibt, begründet demgegenüber HARTMANN (1970) das Ich als eine im Entwicklungsprozeß von Anfang an unabhängige primär kognitive Variable, deren Funktion in der Ausbildung und Aufrechterhaltung einer stabilen Trennung zwischen *Objekt- und Selbstrepräsentanzen* besteht, die das Resultat frühkindlicher Integration zunehmender Strukturdifferenzierung ist.

In Anlehnung an diesen Ichbegriff und mit Bezug auf MEAD formuliert ERIKSON (1950, 1956) einen eigenen theoretischen Ansatz; bei ihm wird Ich-I. zum Schlüsselkonzept, zur Grundvoraussetzung psychischer Gesundheit. Ich-I. synthetisiert sich über die Kraft des Ich, die verschiedensten Erfahrungen seiner selbst auf individuelle Weise kontinuierlich zu verarbeiten und diese Kontinuität auch für andere wahrnehmbar zu machen; sie erzeugt ein belebendes Realitätsgefühl, das hilft, Handlungsbehinderungen gelassen und mit der Aktualisierung von Veränderungsintentionen entgegenzutreten. Aus einem eher vorsozialen Kern, der die problematische Behauptung nahelegt, I. sei schon vor jeder sozialen Beziehung verbürgt, bildet sich Ich-I. im phasenweisen Durchgang durch verschiedene *psychosoziale Krisen* bis zur Adoleszenz, in der der Zusammenbau aller konvergierenden und der Abbau aller divergierenden I.elemente erfolgt (DÖBERT/NUNNER-WINKLER, 1975). Dieses normative Entwicklungsmodell versteht ERIKSON in kritischer Parallelität zu FREUDS Drei-Phasen-Theorie der Sexualität, an der er zwar deren anthropologischen Determinismus moniert, ohne aber selbst entscheidend darüber hinauszukommen; Kultur variiert einige wenige grundlegende Handlungsqualifikationen, bringt jedoch keine neuen hervor: gelassen handeln vermag der, der 1. ein Gefühl von Vertrauen ausgebildet hat und weiß, daß er sich auf die Glaubwürdigkeit der anderen und die Zuverlässigkeit seiner selbst verlassen darf, der 2. unbelastet von Scham und Zweifel ein autonomes Ich mit eigenen Intentionen verwirklichen kann, der schließlich 3. im Gefühl eigener Initiative und eigenen Werksinns seine Intentionen in Handlungen umzusetzen vermag, in denen er sich ohne beigemischte Schuld- und Minderwertigkeitsgefühle als Ich mit unverwechselbaren Eigenschaften erkennt.

Störungen dieser Handlungsstruktur provozieren *I.diffusion*, die besonders durch Verlust biographischen Zeiterlebens und Verunsicherung hinsichtlich der Geschlechtsrolle gekennzeichnet ist; die Übernahme von (Gruppen-)Ideologien hat dabei die Funktion einer Vereinfachung des Krisenverlaufs. ERIKSON behauptet eine lebenslange I.entwicklung, die für das Individuum und seine Gesellschaft weitgehend unbewußt verläuft. Bei der Ausformulierung postadoleszenter Krisen tut er sich aber vergleichsweise schwer, und es entsteht leicht der Eindruck einer nach der Adoleszenz aussozialisierten Persönlichkeit, für die I. in kommenden sozialen Interaktionen nicht mehr in Frage steht.

Die gegenwärtige Diskussion psychodynamischer Überlegungen zur I. versucht im Zusammenhang der Aufklärung von Störungen des Selbstwertgefühls, die Trennung zwischen Selbst- und Objektrepräsentanzen, Konstitutionsfaktoren des Erlebens in Abgrenzung von solchen der äußeren Realität genetisch auszudifferenzieren (JACOBSON, 1973). Je deutlicher Selbst und Objekt unterschieden werden, um so ausgeprägter kann die Selbstrepräsentanz mit Libido (Selbstachtung) bzw. mit Aggression (*Selbstentwertung*) besetzt werden und den Status eines Objekts erlangen, an dem sich Spannungen entladen können. Neben den Selbstrepräsentanzen wird der Aufbau des Selbstwertgefühls noch durch das Überich, die selbstkritischen Ichfunktionen, das Ichideal und die Ichfunktionen im Sinne von Begabungen bestimmt: so führen Diskrepanzen zwischen Ichideal und Forderungen des Überichs ebenso zu aggressiven Besetzungen der Selbstrepräsentanzen wie Diskrepanzen zwischen Ichideal und Ausstattung der Ichfunktionen.

Methodisch sind die psychodynamischen Befunde zum einen aus teilnehmenden z.T. kulturvergleichenden Beobachtungen der frühen Mutter-Kind-Interaktion, zum anderen aus rekonstruktiven Analysen der Übertragungs-Gegenübertragungs-Dynamik in der psychoanalytischen Situation gewonnen.

3 Psychologische Untersuchungen zur Identität

Sie kreisen um das Konstrukt des „*Selbstkonzepts*", das als individualisierte naive Theorie der eigenen Körperlichkeit, mentalen Existenz und sozialen Integration mit den Aufgaben der Optimierung des Lust-Unlust-Gleichgewichts und der Schaffung einer stabilen Grundlage der Zuschreibung von Personeneigenschaften aufgefaßt wird (EPSTEIN, 1973). Es gliedert sich in *Real-Selbst, Ideal-Selbst* und *Spiegel-Selbst*, die erwarteten Erwartungen der Bezugspersonen. Je widerspruchsfreier dieses Gefüge ontogenetisch gebildet werden konnte und in konkreten Interaktionssituationen realisiert werden kann, desto weniger ängstlich und um so *ambiguitätstoleranter* sollte die entsprechende Person sein (NEUBAUER, 1976).

Die als S. abgespeicherten Erfahrungen scheinen als evidente Interpretationsanker zur Strukturierung von Interaktionssituationen, vor allem Erstbegegnungen, zu dienen. So zeigte sich wiederholt empirisch, daß Personen ihre Interaktionspartner als sich selbst ähnlicher wahrnehmen als dies tatsächlich bezogen auf die Selbstbeschreibungen der Partner der Fall ist; mit diesem *idealisierenden Vorentwurf* bildet sie gewissermaßen projektiv die Voraussetzungen, unter denen sie am effektivsten handeln zu können glaubt. Derart dynamische Betrachtungen sind in der psychologischen Theorienbildung bis heute die Ausnahme, im Vordergrund stehen nach wie vor Inventarisierungen: welchen Bezugsgruppen (z.B. Familie, Peers) und welchen Situationstypen (z.B. Kooperation, Wettbewerb) korrespondieren welche Beurteilungshypothesen im S. (FILIPP/BRANDTSTÄTTER, 1975).

Die Versuche, dem Problem der Aktualisierung von Selbstaspekten theoretisch Form zu geben, haben in jüngerer Zeit zur ‚Theorie der *objektiven Selbstaufmerksamkeit*' (DUVAL/WICKLUND, 1972) geführt, die sich in ihren Grundüberlegungen auf MEAD beruft, in ihrer experimentalpsychologischen Gestaltung hingegen dissonanztheoretischen Vorstellungen verpflichtet ist. Sie geht von zwei Zuständen bewußter Aufmerksamkeit aus, einem auf das S. und einem auf die gegenwärtige Umwelt gerichteten. Die jeweilige Aufmerksamkeitsrichtung hängt von ökologischen, interaktiven und emotional-kognitiven Ereignissen ab. Wird die Aufmerksamkeit etwa durch Selbstreflexion oder Selbstkonfrontation auf das S. gelenkt, so erfährt das Individuum einen negativen oder positiven Affekt in Abhängigkeit davon, ob sich auf der fokussierten Beurteilungsdimension gemessen an einem idealen oder gesellschaftlich normierten Standard eine negative oder positive Diskrepanz zeigt. Das Ausmaß des Affekts wird als proportional zur Diskrepanzgröße und zur Fokussierungsdauer behauptet. Als Initialreaktion auf eine derartige Selbstwahrnehmung gilt (unter Berücksichtigung von Toleranzgrenzen) *Selbstbewertung*, durch die negative Diskrepanzen subjektiv größer, positive jedoch näher am Real-Selbst erfahren werden. Folgereaktionen sind Vermeidung oder Annäherung. Negative Diskrepanzen werden dadurch abgeschwächt, daß das Individuum Ereignisse aufsucht, die von seinem S. ablenken; nur wenn eine solche Ablenkung nicht gelingt, dann erfolgt eine Diskrepanzreduktion durch Angleichung des S. auf der fokussierten Beurteilungsdimension an die aktuelle Erfahrung. Positive Diskrepanzen führen immer zu Selbstaufwertungen. Interessanterweise bestätigt die Theorie, daß die Selbstaufmerksamkeit auslösenden Ereignisse ihrerseits nicht dimensionenspezifisch zu sein brauchen; kurzfristige Konfrontationen mit dem eigenen Spiegelbild oder der eigenen Stimme reichen völlig aus, um den beschriebenen Prozeß in Gang zu setzen. Die Theorie legt ungewollt das Bild vom Bürger als einem Menschen mit permanent schlechtem Gewissen bloß, der alle Anzeichen von (negativen) Unstimmigkeiten solange wie möglich vor sich selbst zu verbergen sucht, Selbsterfahrung vollzieht sich an ihm als Reaktionsbildung.

3.1 Psychologische Selbstkonzeptmessungen

Sie werden am häufigsten als Beurteilung sprachlich vorgegebener Personenmerkmale vorgenommen, selten als Erzeugung freigewählter Beschreibungen in unmittelbarer (Introspektion) oder mittelbarer Selbstkonfrontation (Reaktionen auf Ausdrucks- und Verhaltensrückmeldungen, NIELSEN, 1964). Es lassen sich verschiedene *Beurteilungsarten* denken: 1. Zuschreibung (Merkmal vorhanden/nicht vorhanden); 2. Ausprägung (unipolar: gering – extrem); 3. Bewertung (bipolar: positiv – negativ, auch bei individuell nicht vorhandenen Merkmalen); 4. Zentralität (unipolar: peripher – zentral, veränderungslabil – veränderungsstabil); 5. Differenziertheit (bipolar: stammt aus vielfältiger Eigenerfahrung – ist übernommen). Die bisher vorgeschlagenen Meßverfahren (WYLIE, 1970; DIGGORY, 1966) stellen fast ausschließlich die Merkmalsausprägung heraus. Meist werden Verfahren eingesetzt, die das S. im Sinne einer Einstellung gegenüber verschiedenen Merkmalsbereichen der eigenen Person erfassen: Adjektivlisten (z.B. ACL, GOUGH/HEILBRUN, 1965), Semantisches Differential, Fragebögen (z.B. Tennessee Self Concept Scale, FITTS, 1965) und Q-Sorts.

Alle Messungen, die mit vorgegebenen Eigenschaftsbezeichnungen bzw. mit situativ nur wenig präzisierten Verhaltensbeschreibungen arbeiten, beinhalten gewichtige Sprachprobleme. Allzu leicht wird sprachlich situationsübergreifende Verhaltenskonsistenz unterstellt und eine vergegenständlichte Interpretation der Merkmale nahegelegt; dadurch geraten vor allem sprachlich gewandte, soziale Konventionen reflektierende Versuchspersonen in *Beurteilungsschwierigkeiten* (z.B. Trend zur ‚neutralen' Antwortkategorie). Weiterhin zwingt die Vorgabe der sprachlich verfaßten Beurteilungskategorien, deren Auswahl in der Regel einseitig testtheoretischen Anforderungen der Skalenkonstruktion folgt, zu einem komplexen Verstehensprozeß. Interindividuelle Unterschiede in der Selbstbeurteilung sind dann möglicherweise häufiger Ausdruck der Unterschiede im Verstehen als tatsächliche Unterschiede im S. (LOEHLIN, 1967; Subjekt-Skalen-Interaktion). Auch ist eine sehr persönliche Selbstbeschreibung, die im Alltag oft metaphorische Züge trägt, kaum möglich. Die Vorgabe entspricht in der Regel einer öffentlich stereotypen, d.h. konventionellen Perspektive. So verlangt die Standardform des Semantischen Differentials eine Abbildung des S. auf den Dimensionen ‚Evaluation', ‚Aktivität' und ‚Potenz', deren Universalität fraglich, deren Interpretation als spätbürgerliche Wahrnehmungsstruktur, Reichtum, Leistung und Macht, auf jeden Fall zu bedenken ist.

Aus dem Gesagten ergibt sich die Notwendigkeit individualisierter Messungen. Solche sind etwa im ‚Wer bin ich'-Test (GORDON, 1968), in Assoziationsversuchen, in der gestuft fokussierten Introspektion (ZAVALLONI, 1976) oder im REP-Test (KELLY, 1955) angestrebt, wobei letzterer besonders interessant ist, weil er dem MEADschen Modell folgend das S. in Relation zu den Beurteilungen von Bezugspersonen erhebt. Um derartige Meßversuche über den Status von Heuristiken hinauszuführen, bedürfen sie weiterer methodischer Grundlegung, die individuelle Beurteilungssemantiken mit denen von Gruppen in Beziehung zu setzen erlaubt. Dementsprechend sollten in Zukunft zunehmend mehr Multidimensionale Skalierungsverfahren Bedeutung erhalten (ROSENBERG/SEDLAK, 1972); in deren Rahmen ließen sich dann nahezu alle Beurteilungsarten verankern.

Der Bewertungsaspekt wird gegenwärtig gewöhnlich über *Diskrepanz-Scores* als Differenz zwischen Realbild und Idealbild erhoben, wobei eine geringe Diskrepanz als Indikator hoher Selbstzufriedenheit gilt. Interpretatorisch besteht dabei die Schwierigkeit, ohne Zusatzinformation nicht unterscheiden zu können, ob das Idealbild einen individuellen oder einen Gruppenstandard ausdrückt, wobei gemäß letzter Möglichkeit eine geringe Diskrepanz für hohe ‚Soziale Erwünschtheit' spräche. Dieses Interpretationsproblem weist auf die Wichtigkeit differentieller Instruktionen hin, wodurch die Variation möglicher implizierter Perspektiven etwas eingeschränkt werden kann. Schließlich ist zu berücksichtigen, daß die gesamte Datenerhebungssituation stärker als bei anderen Messungen dem Einfluß von Selbstenthüllungsbereitschaft unterliegt.

4 Ausblick

Verfolgt man die Geschichte des I.begriffs in den Sozialwissenschaften (DE LEVITA, 1971), so läuft dies auf die Diagnose einer zunehmenden gesamtgesellschaftlichen I.diffusion hinaus, und es stellt sich die Frage, inwieweit das I.konzept, das am Modell traditionaler Gesellschaften gebildet ist, empirisch kritische Gehalte noch zu verarbeiten vermag.

Verweis auf andere Stichwörter

→Bewußtsein →Entwicklung und Sozialisation →Interaktion und Kommunikation →Persönlichkeit →Psychoanalyse →Sozialpsychologie →Soziologie →Subjekt →Verhalten und Handlung

Literatur

CODOL, J.-P.: On the so-called ‚superior conformity of the self' behavior: Twenty experimental investigations. Eur. J. soc. Psychol., 5 (4), 1976, S. 457–501.

DIGGORY, J. C.: Self-Evaluation: Concepts and Studies. New York: McGrawhill 1966.

DÖBERT, R./NUNNER-WINKLER, G.: Adoleszenzkrise und Identitätsbildung. Frankfurt/M.: Suhrkamp 1975.

DUVAL, S./WICKLUND, R. A.: A theory of objective self awareness. New York: Academic Press 1972.

EPSTEIN, S.: The Self-Concept Revisited. Or a Theory of a Theory. American Psychologist, May 1973, S. 404–416.

ERIKSON, E. H.: Identität und Lebenszyklus. Frankfurt/M.: Suhrkamp 1966.

FILIPP, S.-H./BRANDTSTÄTTER, J.: Beziehung zwischen situationsspezifischer Selbstwahrnehmung und generellem Selbstkonzept. Psychol. Beitr., 17, 1975, S. 406–417.

FITTS, W. H.: Manual for the Tennessee Self Concept Scale. Nashville: Counselor Recording and Tests 1965.

FLAVELL, J. H. u. a.: Rollenübernahme und Kommunikation bei Kindern. Weinheim/Basel: Beltz 1975.

GERTH, H./MILLS, CH. W.: Person und Gesellschaft. Die Psychologie sozialer Institutionen. Frankfurt/Bonn 1970.

GOFFMAN, E.: Role Distance. In: Ders., Encounters. Two Studies in the Sociology of Interaction. Indianapolis 1961, S. 85–152.

GORDON, CH.: Self-Conceptions: Configurations of Content. In: GORDON/GERGEN: The self in social interaction, Vol. 1, 1968, S. 113–136.

GOUGH, H. G./HEILBRUN, A. B.: The adjective checklist manual (ACL). Palo Alto, Calif.: Consulting Psychologists Press 1965.

HABERMAS, J.: Identität. In: Ders., Zur Rekonstruktion des Historischen Materialismus. Frankfurt/M.: Suhrkamp 1976, S. 63–129.

HARTMANN, H.: Bemerkungen zur psychoanalytischen Theorie des Ichs. In: Ders., Ich-Psychologie. Studien zur psychoanalytischen Theorie. Stuttgart: Klett 1972, S. 119–145.

JACOBSON, E.: Das Selbst und die Welt der Objekte. Frankfurt/M.: Suhrkamp 1973.

KELLY, G. A.: The psychology of personal constructs. New York: Norton 1955.

KRAPPMANN, L.: Soziologische Dimensionen der Identität. Stuttgart: Klett 1969.

DE LEVITA, D. J.: Der Begriff der Identität. Frankfurt/M.: Suhrkamp 1971.

LOEHLIN, J. C.: Word meanings and self-descriptions. A replication and extension. J. Pers. Soc. Psychol., 5, 1967, S. 107–110.

LORENZER, A.: Zur Begründung einer materialistischen Sozialisationstheorie. Frankfurt/M.: Suhrkamp 1972.

MEAD, G. H.: Geist, Identität und Gesellschaft. Frankfurt/M.: Suhrkamp 1968.

MILLER, D. R.: The Study of Social Relationships: Situation, Identity, and Social Interaction. In: KOCH, S. (ed.): Psychology: a study of science, Bd. 5, 1963, S. 639–737.

NEUBAUER, W. F.: Selbstkonzept und Identität im Kindes- und Jugendalter. München: Reinhardt 1976.

NIELSEN, G.: Studies in self confrontation. Copenhagen: Munksgaard 1964.

PARSONS, T.: The structure of social action. Glencoe 1937.

ROSENBERG, S./SEDLAK, A.: Structural representations of implicit personality theory. In: BERKOWITZ, L. (ed.): Advances in experimental social psychology, Vol. VI. New York: Academic Press 1972.

SCHÜTZ, A.: Collected Papers, Vol. 1. The Hague 1967.

STRAUSS, A.: Spiegel und Masken. Die Suche nach Identität. Frankfurt/M.: Suhrkamp 1968.

WYLIE, R. C.: The Self Concept. New York: Harper & Row [5]1975.

ZAVALLONI, M.: Die psychosoziale Identität – ein Begriff auf der Suche nach einer Wissenschaft. In: MOSCOVICI, S. (Hrsg.): Forschungsgebiete der Sozialpsychologie, Bd. 2. Kronberg: Athenäum 1976, S. 351–378.

Eckhard Meisinger und Rolf Haubl

Informationstheorie

1 Die Informationstheorie als Skalierungsverfahren

Die I.theorie ist keine Theorie im eigentlichen Sinne, sondern eher ein *Skalierungsverfahren*, das dazu dient, den unterschiedlichen I.gehalt oder Neuigkeitswert von Nachrichten oder Ereignissen zu quantifizieren. Man geht dabei von folgenden Forderungen an ein solches Neuigkeitsmaß aus:

1. Der I.gehalt von Ereignissen, die man mit Sicherheit vorhersagen könnte (also eigentlich schon weiß), soll 0 sein.
2. Je schwerer ein Ereignis vorherzusagen gewesen wäre, d.h. je seltener man es hätte erwarten können, desto höher soll sein I.gehalt sein.
3. Der I.gehalt von voneinander unabhängigen Ereignissen soll gleich der Summe der einzelnen I.gehalte der Ereignisse sein.

Zur Veranschaulichung dieser Forderungen stellen wir uns vor, wir sollten eine bestimmte, aber uns unbekannte Person aus einer größeren Menschenmenge herausfinden, z.B. auf einem Bahnhof treffen. Dann hilft es gar nichts, wenn wir erfahren, daß der Betreffende einen Kopf hat, denn das ist bei allen Menschen auf dem Bahnhof so (Null-I.gehalt der selbstverständlichen I.). Es hilft uns mehr, um ihn herauszufinden, wenn wir wissen, daß er einen roten Mantel trägt, denn rote Mäntel werden in der Menschenmenge relativ selten sein, und es hilft uns weniger, wenn wir erfahren, daß er eine Brille trägt, denn es wird auf dem Bahnhof mehr Brillenträger als rote Mäntel geben. Und wenn wir beide I.n erhalten („roter Mantel" und „Brille"), soll uns diese I. so viel helfen wie beide I.n zusammengenommen.

Aus den oben aufgestellten drei Forderungen und aus dem Beispiel läßt sich ersehen, daß das gesuchte I.maß etwas mit der *Wahrscheinlichkeit der Ereignisse* zu tun haben muß: Je wahrscheinlicher das Ereignis, desto geringer sein I.gehalt, bis hin zur Null-I. beim sicheren Ereignis. Es läßt sich nun mathematisch zeigen, daß es nur eine einzige Funktion gibt, welche die drei Forderungen erfüllt, nämlich der negative Logarithmus der Wahrscheinlichkeit des Ereignisses P(E) (zu beliebiger Basis): I.gehalt Inf des Ereignisses E, $Inf(E) = - \log P(E)$.

2 Entropie und Redundanz

Soviel zunächst zum I.gehalt einer Nachricht, die wir erhalten, oder eines Ereignisses, das wir beobachten. Wenn wir dagegen wissen wollen, welche I.menge wir voraussichtlich mit der Antwort auf eine gestellte Frage erwarten können, so müssen wir den erwarteten I.gehalt ausrechnen, indem wir die I.gehalte der n möglichen Antworten E_i mit ihren Wahrscheinlichkeiten gewichten und einen Durchschnitt bilden: Erwarteter I.gehalt Inf auf eine Frage F mit den Antwortmöglichkeiten E_i mit den Auftretenswahrscheinlichkeiten $P(E_i)$, $Inf(F) = - \Sigma_i P(E_i) \log P(E_i)$. Dieses durchschnittliche I.maß wird auch als *Entropie* (genauer: *Negentropie*) bezeichnet. Sind die n Antwortalternativen alle gleichwahrscheinlich, also $P(E_i) = P(E_j) = 1/n$ für alle $i = 1,2,..n$, so vereinfacht sich diese Gleichung zu

$$Inf(F) = \Sigma_i \frac{1}{n} \log \frac{1}{n} = n \log n.$$

Es läßt sich zeigen, daß dieses zugleich die *maximale* I.möglichkeit überhaupt ist: Es ist also am sinnvollsten, Fragen so zu stellen, daß die Antwortmöglichkeiten a priori gleiche Wahrscheinlichkeiten haben. (Dies gilt auch für die „Fragen an die Natur", die man mit seinen Experimenten stellt, also für die Versuchsplanung. Ebenso natürlich für Quizspiele.) Dies legt es nahe, ein weiteres Maß einzuführen, und zwar eines für die Ausnutzung an I.möglichkeiten: Wieweit nutze ich mit einer Frage F (mit ungleichen Antwortwahrscheinlichkeiten)? Hierzu berechnen wir die *relative Entropie* Ent(F) einer Frage F

$$Ent(F) = Inf(F)/Inf(F)_{max} =$$
$$= - \Sigma_i P(E_i) \log P(E_i)/n \log n.$$

Die dabei nicht genutzten I.möglichkeiten, also den „Rest", 1 − Ent(F) bezeichnet man als *Redundanz* (Weitschweifigkeit) einer I.quelle. Wie auf die Antwortmöglichkeiten bei konkret gestellten Fragen, so läßt sich dieses Maß auch auf Nachrichtenquellen überhaupt anwenden, auch wenn man keine explizite Frage gestellt hat. Texte können unterschiedlich informativ oder redundant (in dem obigen Sinne) sein, je nachdem, wie viel Neuigkeiten oder mehr oder minder „leere" Worte sie enthalten, die man sich auch selbst hätte denken können. SHANNON (1951) hat ein Verfahren ersonnen, mit dem man die subjektive Redundanz von Texten bestimmen kann: Man läßt eine Versuchsperson den betreffenden Text buchstabenweise raten. Die Buchstaben des Alphabets (einschließlich Satzzeichen und Zwischenraum) stellen dabei jeweils die „Antwortmöglichkeiten“ auf die Frage nach dem nächsten Buchstaben dar. Bei maximaler Ausschöpfung der I.möglichkeiten bei jedem Buchstaben müßten nun alle Alternativen gleichwahrscheinlich sein, und die Versuchsperson müßte durchschnittlich entsprechend viele Rateversuche machen, ehe sie die richtige Lösung findet. In den weitaus meisten Fällen wird sie aber mit erheblich weniger Rateversuchen auskommen, weil sie um die unterschiedlichen Auftretenswahrscheinlichkeiten der Buchstaben und Zeichen weiß, die besonders bei Kenntnis einer Reihe vorangegangener Buchstaben weit von der Gleichverteilung abweichen. Aus dem Verhältnis der durchschnittlichen Anzahl tatsächlich benötigter Rateversuche pro Buchstaben zu der erwarteten Anzahl bei Gleichwahrscheinlichkeit läßt sich dann die Redundanz des Textes ermitteln. Es zeigt sich beispielsweise, daß diese für Sätze in der eigenen Sprache höher ist als in einer Fremdsprache, und auch innerhalb einer Sprache für verschiedene Textarten variiert. Mit einigen Modifikationen kann man das Verfahren auch auf Musikstücke und sogar bildnerische Werke anwenden („exakte Ästhetik“, z.B. Bense, 1961).

Das unterschiedliche Ausmaß an I.gehalt oder Redundanz eines Werkes steht wahrscheinlich in enger Beziehung zu dem Ausmaß an *Stimulation*, das es einem Empfänger vermittelt, und läßt sich damit in die Motivationstheorie vom optimalen Erregungsniveau (im Sinne Berlynes, 1967) einfügen. Man kann auf diese Weise die unterschiedlichen Präferenzen von Lesern, Zuhörern oder Betrachtern zu erklären versuchen.

3 Die Kanalkapazität

Allgemein ist ein gewisses Mindestmaß an Redundanz erforderlich, damit eine Nachricht verstanden werden kann; der menschliche Organismus als Nachrichtenempfänger ist kaum in der Lage, völlig redundanzlose I. zu verarbeiten. Eine Reihe von Erfahrungen legt die Vermutung nahe, daß die obere Grenze der menschlichen I.verarbeitungsfähigkeit etwa bei einem I.gehalt liegt, der fünf bis neun gleichwahrscheinlichen Alternativen (zur gleichen Zeit) entspricht (Miller, 1956). Man spricht hier in Anlehnung an die Nachrichtentechnik von der „*Kanalkapazität*“ des Menschen. Durch Bildung von „Superzeichen“ (chunks) läßt sie sich steigern.

Diese Kanalkapazität spielt vor allem eine Rolle bei der Übertragung von I. von einem in ein anderes System, beispielsweise von Reizen auf Reaktionen. Hierbei kann man für jedes der beiden Systeme je eine getrennte I.berechnung durchführen sowie eine dritte für das gemeinsame System, das aus den Verbindungsmöglichkeiten (Kombinationen) der Alternativen des einen Systems (z.B. Reize) mit denen des anderen (z.B. Reaktionen) besteht. Es läßt sich dann berechnen, wieviel des I.gehaltes des zweiten Systems (der Reaktionen) durch das erste System (die Reize) determiniert ist, und umgekehrt.

Ein *Beispiel* aus der Ausdruckspsychologie möge dies illustrieren: Ein Schauspieler ist gebeten worden, in Zufallsfolge vier verschiedene „Gefühle“ in seinem Gesicht zum Ausdruck zu bringen; ein Beobachter hat die Aufgabe, diese Gefühle zu „erkennen“. Es ergibt sich die Datenmatrix Abb. 1. Die Eintragung in jeder Zelle gibt an, wie oft das in der Zeile intendierte Gefühl (Reiz) als das in der Spalte repräsentierte Gefühl (Reaktion, d.h. Zuordnung des Reizes durch die Vp. zu einer Klasse) „erkannt“ worden ist. Aus den Randsummen der Tabelle ergibt sich die Verteilung der Reize (am rechten Rand) bzw. der Reaktionen (am unteren Rand). Relativiert man diese Summen durch Division durch die Gesamtzahl der Versuche, so ergeben sich Schätzungen für die Wahrscheinlichkeiten der Reize bzw. der Reaktionen, aus denen wir die durchschnittliche I. der Reize bzw. Reaktionen berechnen können. Relativieren wir nun auch noch (durch Division durch die gleiche Gesamtzahl) die Eintragungen in die Zellen der Matrix, d.h. die Häufigkeiten, mit denen die Kombinationen je eines bestimmten Reizes mit einer bestimmten Reaktion aufgetreten sind, so können wir aus diesen Schätzungen für die Wahrscheinlichkeiten der Kombinationen ebenfalls eine durchschnittliche I. ausrechnen – und zwar die für das ganze Kombinationssystem, d.h. über das Auftreten aller Kombinationen.

Würden dabei die Zuordnungen der einzelnen Beobachtungen zu den Zeilenklassen und zu den Spaltenklassen unabhängig voneinander erfolgen, so müßte – nach der eingangs gestellten Forderung (3) – der durchschnittliche I.gehalt Inf(S, R) der Zuordnung einer Beobachtung zu einer Zelle der Matrix gleich dem durchschnittlichen I.gehalt Inf(S) der Zuordnung der Beobachtung zu einer Reizklasse (Zeile) plus den durchschnittlichen Informationsgehalt Inf(R) der Zuordnung der Beobachtung zu einer Reaktionsklasse (Spalte) sein, also Inf(S, R) = Inf(S) + Inf(R). Ist dagegen Inf(S, R) < Inf(R), so bedeutet dies, daß die Zuordnungen der Beobachtungen zu den Reiz- und Reaktionsklassen eben nicht unabhängig voneinander sind, sondern daß die Wahl der Reaktionsalternative zum Teil von der gewählten Reizalternative beeinflußt, determiniert und damit I. übertragen wird.

Tatsächlich bezeichnet man die Differenz Inf(S) + Inf(R) − Inf(S, R) = Tr.Inf(S, R) als Transinformation oder übertragene I. (transmitted information). Die verbleibenden „Reste" des I.gehaltes des Reiz- und Reaktionssystems, also Inf(S) − Tr.Inf (S, R) und Inf(R) − Tr.Inf(S, R) werden als Äquivokation (equvication) bzw. Dissipation, Ambiguität oder *Mehrdeutigkeit* (ambiguity) bezeichnet. Der relative Anteil des I.gehaltes des einen Systems, der durch das andere bestimmt ist, also die Quotienten Trans-.Inf(S, R)/Inf(S) und Trans.Inf(S, R)/Inf(R) werden als *Konstriktionskoeffizienten* (coefficient of constraint) bezeichnet und stellen in gewisser Weise ein informationstheoretisches Analogon zum Determinationskoeffizienten der Korrelationsrechnung; er gibt an, zu welchem Anteil die im Reizsystem gegebene I. auf das Reaktionssystem übertragen wird bzw. zu welchem Anteil die I. des Reaktionssystems durch das Reizsystem bestimmt ist.

Statistische Signifikanzrechnungen für solche

		Reaktion (interpretiertes Gefühl) R				
		Angst	Ärger	Freude	Trauer	Gesamt
Reiz (ausgedrücktes Gefühl) S	Angst	10	7	1	7	25
	Ärger	8	12	2	3	25
	Freude	2	4	18	1	25
	Trauer	8	5	2	10	25
	Gesamt	28	28	23	21	100

Inf(S) = -4. (o.25 ld 0.25) = 2

Inf(R) = -0.28 ld 0.28-0.28 ld 0.28-o.23 ld 0.23-0.21 ld 0.21 = 1.98

Inf(S,R) = -0.10 ld 0.10 - 0.07 ld 0.07 - 0.01 ld 0.01
-0.07 ld 0.07 - 0.08 ld 0.08 - 0.12 ld 0.12
-0.02 ld 0.02 - 0.o3 ld 0.03 - 0.02 ld 0.02
-0.04 ld 0.04 - 0.18 ld 0.18 - 0.01 ld 0.01
-0.08 ld 0.08 - 0.05 ld 0.05 - 0.02 ld 0.02 -
-0.10 ld 0.10 = 3.55

Tr. Inf(S,R) = 2 1.98 - 3.55 = 0.43

Mehrdeutigkeit = Inf(R) - Tr.Inf(S,R) = Inf(R S) = 1.98 - 0.43 = 1.55

Konstriktionskoeffizient = Inf(R S)/Inf(R) = 1.55/1.98 = o.78

Abb. 1: Tabelle zur Demonstration der Berechnung der „übertragenen Information" von einem System von Reizen (intendiertes Gefühl im Gesichtsausdruck eines Schauspielers) auf ein System von Reaktionen („erkanntes" Gefühl beim Betrachter). In den Zeilen der Tabelle (und am Rand) stehen die Häufigkeiten, mit denen das jeweils intendierte Gefühl (Zeile) als das interpretierte Gefühl (Spalte) erkannt wurde. Da die Gesamtzahl der Reize (und damit auch Reaktionen) 100 beträgt, stellen diese Zahlen zugleich Prozente dar (fiktive Daten).

I.übertragungen sowie für den Vergleich von I.maßen überhaupt gehen über die Chi-Quadrat-Tests für die entsprechenden Kontingenztafeln bzw. univariaten Verteilungen.

4 Die Maßeinheit „Bit"

Im Zuge der Entwicklung von Computern hat es sich dann als praktisch erwiesen, Logarithmen in I.maßen zur Basis 2 zu berechnen: Die Schalt- und Speicherelemente von Elektronenrechnern können in den meisten Fällen nur zwei mögliche Zustände („Antwortalternativen") annehmen, nämlich 0 oder 1, Spannung oder keine Spannung. Die gesamte zu verarbeitende I. muß also in dieses Zweiersystem umkodiert werden, beispielsweise Zahlen in die Form 0→0, 1→1, 2→10, 3→11, 4→100, 5→101, 6→110, 7→111, 8→1000, 10→1010 usw. Hier zeigt sich eine Beziehung zwischen der Anzahl verschiedener „Antwortmöglichkeiten" (= Zahlen) und der Anzahl elektronischer Elemente, die zu ihrer Darstellung notwendig ist, nämlich der Logarithmus zur Basis 2. Deshalb hat man den Logarithmus zur Basis 2 für die Berechnung von I.maßen eingeführt, als Maßeinheit bezeichnet mit „bit", eine Abkürzung für *„binary digit"* = Ziffer im Zweiersystem: Sie gibt an, wie viele Ziffern im Zweiersystem (oder: Fragen mit zwei optimal genutzten, d.h. gleichwahrscheinlichen Antwortalternativen) notwendig wären, um den betreffenden I.gehalt zu verschlüsseln.

5 Stellenwert der Informationstheorie

Die I.theorie hat sich als ein sehr brauchbares Instrumentarium für die *Quantifizierung* einer Vielzahl psychologischer Sachverhalte erwiesen; irgendwelche inhaltlichen Beiträge zur Psychologie darüber hinaus vermag sie nicht zu leisten. Im Grunde kann man mit ihrer Hilfe nicht mehr aussagen als schon auf Basis der Wahrscheinlichkeiten, die sie transformiert. Wahrscheinlich deshalb sind nach einem Höhepunkt der Publikationsflut zur I.theorie der fünfziger, Anfang der sechziger Jahre zunehmend weniger Arbeiten zur I.theorie erschienen.

Gute Einführungen geben Jaglom/Jaglom (1960) und Attneave (1959) (auch in deutscher Übersetzung 1974), einen umfassenden Überblick über theoretische Konzepte gibt Meyer-Eppler (1959) und über psychologische Anwendungen Garner (1962), kurzgefaßt auch das Kapitel 10 in Coombs/Dawes/Tversky (1970).

Verweis auf andere Stichwörter

→Kybernetik →Mathematische Psychologie →Skalierung →Statistik

Literatur

Attneave, F.: Application of Information Theory to Psychology. A Summary of Basic Concepts, Methods, and Results. New York: Holt & Co. 1959.

Bense, M.: Elemente und Zeichen. Schematische Darstellung einiger Voraussetzungen wissenschaftlicher Ästhetik. Grundlagenstudien aus Kybernetik und Geisteswissenschaft, 1961, 2, S. 11–17. Quickborn/Hamburg: Schnelle.

Berlyne, D. E.: Arousal and reinforcement. In: Levine (Ed.): Nebraska Symposium on Motivation. Univ. Nebraska Press 1967.

Coombs, C. H./Dawes, R. M./Tversky, A.: Mathematical Psychology: An Elementary Introduction. Englewood-Cliffs, N.J.: Prentice Hall 1970. Deutsch: Mathematische Psychologie. Eine Einführung. Weinheim/Basel: Beltz 1975.

Garner, W. R.: Uncertainty and Structure as Psychological Concepts. New York: Wiley & Sons 1962.

Jaglom, A. M./Jaglom, J. M.: Wahrscheinlichkeit und Information. Berlin: VEB Deutscher Verlag der Wissenschaften 1960.

Meyer-Eppler, W.: Grundlagen und Anwendungen der Informationstheorie. Berlin, Göttingen, Heidelberg: Springer 1959.

Miller, G. A.: The magical number seven, plus or minus two: Some limits on our capacity for processing information. Psychological Review, 63, 1956, 81–97.

Shannon, C. E.: Bell System. Techn. Journal, 1951, 30, 50–64.

Dirk Wendt

Intelligenz und Begabung

1 Einleitung und Übersicht

I.u.B. gehören zu jenen psychologischen Konzepten, die das Leben in der modernen (westlich-industriellen) Gesellschaft entscheidend mitbestimmen. Dies wird vordergründig bei den zahlreichen Bildungs- und Berufsentscheidungen deutlich, die sich explizit auf I. bzw. B.beurteilungen – meist unter Zuhilfenahme entsprechender Tests – stützen. Darüber hinaus haben die jeweils vorherrschenden wissenschaftlichen Theorien über I.u.B. insofern maßgeblichen Einfuß auf das öffentliche Leben, als sie auf z.T. unreflektierte Weise die Denk- und Handlungsschemata der pädagogisch und bildungspolitisch bedeutsamen Entscheidungsträger (Eltern, Lehrer, Erzieher, Politiker, Verwaltungsbeamte) mitbestimmen bzw. vorhandene Schemata legitimieren.
Die hohe Bedeutsamkeit der I.-u.B.forschung und das hohe Ansehen, das sie in der Öffentlichkeit genießt, stehen in auffallendem Widerspruch zu den zahlreichen wissenschaftsinternen Kontroversen und z.T. fundamentalen Forschungsproblemen, über die gegenwärtig auf verschiedenen Ebenen diskutiert wird.
Ein Teil dieser Fragen und Probleme geriet längere Zeit deshalb nicht in das Blickfeld der wissenschaftlichen Diskussion, weil verschiedene Teilgebiete der Psychologie, z.B. Entwicklungspsychologie, Allgemeine und Differentielle Psychologie zwar den gleichen Gegenstand – so auch die I. – mit verschiedenen Zielen und Methoden erforschten und zu unterschiedlichen theoretischen Modellen gelangten, aber untereinander kaum Informationen austauschten und nur selten disziplinübergreifende kritische Auseinandersetzungen suchten. Gegenwärtig gewinnen jedoch in der Psychologie verschiedene Strömungen an Gewicht, die diese isolierende Betrachtungsweise zugunsten umfassenderer, z.T. den Rahmen der traditionellen Psychologie sprengender Konzepte aufgeben. Dies hat zur Folge, daß bislang als wissenschaftlich gesichert geltende Theorien und (diagnostische) Verfahrensweisen fragwürdig werden, und daß in vielen Bereichen die bislang latent verborgene „Paradigmenkonkurrenz" (KUHN, 1967) offen aufbricht.

2 Anmerkungen zur Terminologie

Der in der Öffentlichkeit und auch in der Forschungsliteratur selbstverständliche Gebrauch des Begriffs I. täuscht vielfach darüber hinweg, daß es keinen Konsens über die wesentlichen Bestimmungsstücke dieses Begriffs gibt. In den meisten einschlägigen Handbuchartikeln und in den zahlreichen Büchern zum Thema I. (vgl. z.B. HELLER, 1976; SCHÖN-GAEDIKE, 1978) kann man instruktive Beispiele für die *Heterogenität der Definitionsansätze* nachlesen. Als Ergebnis einer Übersicht nennt IM (1975) 60 voneinander verschiedene Definitionen der I. Die z.T. widersprüchlichen Definitionsmerkmale resultieren aus verschiedenen wissenschaftstheoretischen und wissenschaftslogischen Vorentscheidungen, aus unterschiedlichen (disziplinspezifischen) Zielorientierungen und Modellvorstellungen (z.B. statisch-strukturelle vs. prozeßorientierte Definitionen) und aus z.T. nicht weiter reflektierten Präferenzen des jeweiligen Autors. Definitionsprobleme ergeben sich auch daraus, daß die jeweilige Beziehung zu den benachbarten Begriffen (z.B. Gedächtnis, Lernen, Fähigkeit; s.a. Kreativität) entweder offen bleibt oder unterschiedlich interpretiert wird. So werden z.B. die Begriffe I.u.B. von vielen Autoren gleichgesetzt. Andere Autoren unterstellen jedoch eine hierarchische Relation, wobei die einen dem B.begriff die umfassendere Bedeutung zuschreiben, weil damit neben kognitiven auch andere Leistungsbereiche assoziiert werden können (z.B. musikalische Begabung), während andere die I. als den weiteren Begriff definieren, weil sie als eine thematisch nicht festgelegte allgemeine geistige Fähigkeit bezeichnet werden kann (vgl. HELLER, 1976, 7f.).

3 Intelligenz und Begabung im Kontext verschiedener Forschungsansätze

3.1 Differentialpsychologischer Forschungsansatz

Für Laien ist die psychologische I.forschung fast identisch mit den Theorien und (diagnostischen) Methoden der Differentiellen Psychologie (Persönlichkeitspsychologie, Charakterkunde). Innerhalb dieser Disziplin sind die dem Laien bekannten I.- und Fähigkeitstests sowie die damit verbundenen testtheoretischen Grundlagen (*klassische Testtheorie*) und die weithin bekannten Strukturmodelle der I. entstanden.

Typisch für diesen Ansatz, der auf die Pionierarbeit von McK. Cattell, Galton und Binet zurückgeht (zur historischen Entwicklung vgl. z.B. Tuddenham, 1969, 654ff.; Roth/Oswald/Daumenlang, 1972, 21ff.; Schmid, 1977; Tyler, 1976), ist die *pragmatische Orientierung.* Ausgangspunkt und primäres Ziel ist die Entwicklung praktisch verwertbarer Diagnoseinstrumente für konkrete Fragestellungen, etwa für Schullaufbahn- und Berufswegentscheidungen; theoretisch-kritische Überlegungen sind diesem Ziel zumindest untergeordnet. Weitergehende Überlegungen, etwa mit dem Ziel der Reflexion bildungs- und gesellschaftspolitischer Implikationen des differentialpsychologischen Denkens und Vorgehens bleiben in der Regel ausgeklammert. Es ist bezeichnend, daß die meisten der heute noch gebräuchlichen I.- und Fähigkeitstests (z.B. HAWIE, STANFORD-BINET; vgl. Brickenkamp, 1975) ohne expliziten Theoriebezug entwickelt und später nicht mehr wesentlich verändert wurden. Entgegen dem idealisierten Denkmodell empirisch-wissenschaftlichen Arbeitens war die jeweilige (diagnostische) Methode nicht das praktisch verwertbare Ergebnis sorgfältiger Theoriekonstruktion, sondern bildete gewissermaßen den Ausgangspunkt nachfolgender theoretischer Systematisierungsbemühungen.

Dazu gehören in typischer Weise die auf der Basis *faktorenanalytischer* Methoden entwickelten Strukturmodelle der I. die – wie nicht anders zu erwarten – je nach theoretischen Voranahmen des jeweiligen „Modellkonstrukteurs" zu ganz unterschiedlichen I.modellen gelangten. Die Palette reicht vom sog. Zweifaktorenmodell Spearmans, das jede individuelle I.leistung einerseits auf einen übergreifenden „Generalfaktor" und andererseits auf jeweils spezifische Faktoren zurückführt, bis zum dreidimensionalen „morphologischen Intelligenzmodell" von Guilford mit insgesamt 120 verschiedenen I.faktoren. Dazwischen gibt es zahlreiche andere Strukturmodelle, z.B. das „Mehrfaktorenmodell" von Thurstone, die „hierarchischen Faktorenmodelle" der englischen Schule oder die Zweikomponententheorie von R. B. Cattell und seinen Mitarbeitern. Einen Überblick über dieses Gebiet vermittelt Jäger (1967), der zu diesem Problem eine sehr umfangreiche Untersuchung durchgeführt hat.

Da man gegenwärtig den faktorenanalytischen Methoden mit wesentlich größerer Skepsis begegnet als dies bislang der Fall war (Lukesch/Kleiter, 1974), ist abzusehen, daß in Zukunft andere Strukturtheorien an Bedeutung gewinnen werden, z.B. Theorien der kognitiven Strukturiertheit bzw. kognitiven Komplexität (Schroder/Driver/Streufert, 1975; Seiler, 1973; Mandl/Huber, 1978).

Ein wichtiges Anliegen des differentialpsychologischen Forschungsansatzes ist die Entwicklung praktisch verwertbarer und wissenschaftlich überprüfter psychodiagnostischer Verfahrensweisen, insbesondere objektiver Tests. Als Grundlage für die Konstruktion und für die wissenschaftliche Bewertung dieser Tests entwickelte man eine in wesentlichen Teilen mathematisch formulierte Testtheorie. Diese sog. „Klassische Testtheorie" (Lienert, 1967) mit ihren scheinbar exakten und wissenschaftlich neutralen Gütekriterien *Objektivität, Reliabilität* und *Validität* beherrschte bald das Denken nicht nur der auf Tests spezialisierten Differentiellen Psychologie, sondern auch die Diskussionen in anderen diagnostisch bedeutsamen Gebieten (vgl. etwa die Kritik an der Qualität des Lehrerurteils bei Ingenkamp, 1971).

Erst in jüngerer Zeit gewinnen kritische Auseinandersetzungen an Bedeutung, die die bislang nicht weiter hinterfragten Grundannahmen der Differentiellen Psychologie und der mit ihr verbundenen Klassischen Testtheorie in Frage stellen, z.B. die Überzeugung von der Existenz zeitstabiler und situationsunabhängiger Persönlichkeitsmerkmale (Mischel, 1968, 1973; Ulich, 1976). Wesentlich dabei ist die Zunahme modifikationsorientierter Handlungs- und Problemlösungsstrategien in der Angewandten Psychologie (Pawlik, 1976; vgl. 5.2).

Im Gefolge dieser Auseinandersetzungen, deren Höhepunkt noch lange nicht erreicht sein dürfte, ist zu erwarten, daß auch die Theorien und Methoden der statisch-strukturellen I.konzeption einer nachhaltigen Kritik unterzogen werden (vgl. z.B. Schmid, 1978; Tyler, 1976). Dabei wird die bislang in der wissenschaftlichen Psychologie vielfach ausgeklammerte Frage nach den *bildungspolitischen* und *gesellschaftlichen Implikationen* eine zentrale Rolle spielen müssen (Kamin, 1974; Krüger/Tröger, 1978). Im Vergleich zu diesen Auseinandersetzungen erscheinen die bisherigen Kritikpunkte (z.B. im Rahmen der Diskussion um die Kulturabhängigkeit von I.tests) oder die aus kritischen Bewegungen entstandenen Alternativkonzeptionen (z.B. die Theorie der kognitiven Stile; vgl. Köstlin-Gloger, 1974) relativ peripher.

3.2 *Allgemeinpsychologische Forschungsansätze*

Während der traditionelle differentialpsychologische Ansatz auf der Basis korrelationsstatistischer Methoden den Aufbau der menschlichen I. darzustellen und mit Hilfe diagnostischer Techniken individuell zu erfassen sucht, bemüht sich der allgemeinpsychologische Ansatz um generelle Gesetzmäßigkeiten des intelligenten Verhaltens. Es geht nicht um die Beschreibung interindividueller Merkmalsunterschiede im Bereich kognitiver Fähigkeiten, sondern um die Analyse jener Strukturen und Prozesse, die intelligentes Verhalten allgemein ermöglichen bzw. erklären. Aus dem Blickwinkel allgemeinpsychologischer Forschung lösen sich Merkmale wie I., Kreativität oder B. auf in eine Vielzahl *heterogener Teilkomponenten und Prozesse*, die sich grob umschreiben lassen mit Begriffen wie Gedächtnis, Denken und Problemlösen, Lernen, Behalten u.ä.
Während sich in der bisherigen Forschungstradition kaum Berührungspunkte zwischen den beiden Denkrichtungen ergaben, versuchen derzeit verschiedene Ansätze explizit eine Verbindung herbeizuführen. Hier ist vor allem auf das Programm der sog. „Aptitude-Treatment-Interaction" (ATI; CRONBACH, 1957; CRONBACH/SNOW, 1977; FLAMMER, 1975; SCHWARZER/STEINHAGEN, 1975) hinzuweisen. Innerhalb der zahlreichen neueren allgemeinpsychologischen Trends, die aus verschiedenen Perspektiven intelligentes Verhalten mit zum Teil neuen Methoden analysieren, ist vor allem die *Gedächtnisforschung* hervorzuheben. Sie entwickelt sich gegenwärtig offensichtlich zu einer Art Schlüsseldisziplin, in der sich ganz heterogene Forschungsrichtungen unter dem Aspekt „kognitiven Funktionierens" aufeinander zubewegen, z.B. Theorien und Modelle der Informationsverarbeitung, Methoden der Computersimulation oder Versuche zur semantischen Analyse gesprochener und geschriebener Texte (vgl. BREDENKAMP/WIPPICH, 1977; KLUWE, 1979). Neben der Gedächtnisforschung und teilweise mit ihr eng verknüpft, hat in den letzten Jahren die Erforschung des *Denkens und Problemlösens* neue Impulse erhalten. Zum Teil sind alle diese Entwicklungen darauf zurückzuführen, daß man auf breiter Basis die Forderung nach einer verstärkt kognitiv ausgerichteten Psychologie (NEISSER, 1974) akzeptierte und in diesem Zusammenhang Forschungsmethoden neu entdeckte, die im Gefolge *behavioristisch* orientierter Bewegungen wegen ihres subjektiven Charakters als unwissenschaftlich galten (z.B. Introspektion).

3.3 *Entwicklungstheoretische Ansätze*

Die ältere Entwicklungspsychologie begnügte sich vielfach mit einer Beschreibung des typischen Ablaufs der I.entwicklung: man suchte nach allgemeinen Gesetzmäßigkeiten in der Aufeinanderfolge von kognitiven Fähigkeitsmustern – meist unter Berufung auf allgemeine Stufenmodelle der Entwicklung. Soweit die Erklärung des Entwicklungsverlaufs zum Gegenstand gemacht wurde, interessierte vor allem die Frage nach den Anteilen von Erbe und Umwelt (*Anlage-Umwelt-Kontroverse*).
In gewisser Weise verfolgte auch BLOOM (1964, dt. 1971) dieses Ziel, als er auf der Grundlage reanalysierter Längsschnittdaten abzuschätzen versuchte, wieviel Prozent der allgemeinen I. jeweils auf bestimmten Altersstufen entwickelt sind. Sein häufig zitiertes Ergebnis, wonach etwa im Alter von 4 Jahren ca. 50 und im Alter von 8 Jahren ca. 80% des „Intelligenzwachstums" abgeschlossen sei, wurde hierzulande vielfach als wichtigster wissenschaftlicher Beleg für die Forderung nach kompensatorischer Frühförderung betrachtet, obwohl sich leicht nachweisen läßt, daß sein methodischer Ansatz und damit auch seine Schätzwerte wissenschaftlich völlig unhaltbar sind (KRAPP/SCHIEFELE, 1976).
Als ebenso unhaltbar hat sich die in der Öffentlichkeit ebenfalls weit verbreitete These erwiesen, daß die I.entwicklung im frühen Erwachsenenalter ihr Maximum erreiche und von da an unweigerlich absinke. Die entsprechenden Befunde aus zumeist älteren Untersuchungen müssen nämlich als methodische Artefakte von Querschnittanalysen gedeutet werden. Untersucht man statt dessen die kognitive Entwicklung in Form von Längsschnittanalysen, dann ist vor allem in solchen Fällen mit einem weiteren Anstieg der intellektuellen Leistungsfähigkeit im Erwachsenenalter zu rechnen, wo geistig anspruchsvolle Tätigkeiten ausgeübt werden (SCHAIE/STROTHER, 1968).
In Anlehnung an die Modelle und Forschungsmethoden der differentialpsychologischen Strukturtheorien der I. (s.o.) beschäftigte man sich mit der entwicklungstheoretisch relevanten Frage, ob und wie sich die (Faktoren-)Struktur der I. im Laufe der Entwicklung verändert.

Unter den Stichworten *Differenzierungshypothese, Divergenzhypothese* oder *Leistungsdifferenzierungshypothese* werden Befunde diskutiert und unterschiedlich theoretisch interpretiert, die darauf hindeuten, daß sich die Faktorenstruktur der I. mit zunehmendem Alter ausdifferenziert (MANDL/ZIMMERMANN, 1976). Auch hier läßt sich zeigen, daß diese Befunde als methodische Artefakte gedeutet werden können (MERZ/KALVERAM, 1965).
Die ohne Zweifel einflußreichste Entwicklungstheorie der I. stammt von PIAGET (1947). Sie erweist sich zunehmend als wichtige Basis neuerer kognitionsorientierter Theorien. Nach PIAGET entwickelt sich die menschliche I. als höchste und beweglichste Form der Anpassung schrittweise aus einfachen biologischen *Adaptationsmechanismen.* Sie ermöglicht einerseits dem Individuum, sich an die Bedingungen der Umwelt anzupassen (Akkommodation) und hat andererseits die nicht minder bedeutsame Funktion, die Umwelt aktiv an das Individuum „anzugleichen". Im Laufe der Entwicklung werden jeweils höher organisierte kognitive Schemata und Operationssysteme aufgebaut. Die jeweils höheren Schemata und Systeme sind nicht nur differenzierter und komplexer, sondern gleichzeitig auch beweglicher und vielfältiger kombinierbar. Beginnend mit den sensomotorischen Phasen durchläuft das Individuum verschiedene Stufen der Entwicklung, wobei jede Stufe eine Art Gleichgewichtszustand zwischen Akkommodations- und Assimilationsprozessen repräsentiert.

4 Ansätze zu übergreifender Kritik und Bewertung traditioneller Intelligenzforschung

Neben zahlreichen kritischen Einwänden gegenüber einzelnen Konzepten, Modellen oder Teiltheorien der I., auf die wir z.T. schon hingewiesen haben, gibt es relativ wenige Versuche, die die gesamte traditionelle I.-u.B.forschung einer umfassenden Kritik bzw. differenzierenden Neubewertung unterziehen. Wir möchten hier – wiederum exemplarisch – auf zwei Ansätze hinweisen: Auf die Kritik und Gegenposition gesellschaftskritisch-marxistisch argumentierender Autoren und auf handlungs- und entscheidungstheoretisch begründete Konzepte zur Differenzierung verschiedener Forschungsrichtungen.

4.1 Die gesellschaftskritisch-marxistische Intelligenzkonzeption

Marxistisch orientierte Psychologen und Anhänger der sog. „Kritischen Psychologie" (vgl. HOLZKAMP, 1976; LEONTJEW, 1973; LOMPSCHER, 1972; SÈVE, 1972; SEIDEL/ULMANN, 1978) kritisieren die traditionelle I.-u.B.forschung vor allem aus dem Blickwinkel historischer und gesellschaftskritischer Überlegungen. Nach ihrer Auffassung haben alle traditionell-empirisch begründeten I.-u.B.theorien den fundamentalen Mangel, daß sie das Verhältnis zwischen individueller geistiger Entwicklung und gesellschaftlichem Entwicklungsstand nicht oder völlig fehlerhaft darstellen. Die zumeist nur pragmatisch ausgerichteten (älteren) I.theorien würden in den kognitiven Fähigkeiten des Menschen nur ein bloßes Mittel der Anpassung an prinzipiell vorgegebene gesellschaftliche Bedingungen sehen und somit einen „aufklärerischen Intelligenzbegriff" verhindern, der seine Kriterien, was I. ist und woran sie erkennbar sei, aus einem erwünschten antizipierten Gesellschaftszustand abzuleiten habe (SEIDEL/ULMANN, 1978, 75). Um zu einem „richtigen" Begriff von I.u.B. zu kommen, müsse man die kognitiven Fähigkeiten als Resultat der Rückwirkung gegenständlicher gesellschaftlicher Tätigkeit des Menschen auf seine Persönlichkeitsentwicklung interpretieren.
Die zentralen Begriffe Gegenstand, Aneignung und Tätigkeit haben in dieser Theorie spezifische Bedeutungen. Sie sollen zum Ausdruck bringen, daß menschliche Erkenntnisse und Fähigkeiten im historischen Prozeß als gesellschaftliche Arbeitsprodukte und gesellschaftliche Verhältnisse (z. B. Schichtdifferenzierung) „vergegenständlicht" werden. Im Laufe seiner geistigen Entwicklung realisiert der Mensch nicht die in ihm angelegten und somit biologisch begründeten Fähigkeiten, sondern eignet sich die für ihn zunächst äußerlichen gesellschaftlich bedingten Gegenstände und die in ihnen objektivierten Erkenntnisse und Fähigkeiten auf dem Weg aktiver „Tätigkeit" an. Geistige Fähigkeiten entfalten sich also nicht von innen heraus, sondern gelangen durch die Teilnahme am gesellschaftlichen Leben von außen nach innen. Es gibt nach dieser Theorie keine durch genetische Faktoren bestimmten oder begrenzten B.n. Alle Menschen haben im Prinzip die gleiche allgemeine I. („Aneignungsfähigkeit"; vgl. SEIDEL/ULMANN, 1978). Die gegenwärtig empi-

risch nachweisbaren I.unterschiede sind ausschließlich auf gesellschaftliche Faktoren zurückzuführen. Selbst die seltenen hervorragenden Spezialbegabungen künstlerischer oder wissenschaftlicher Art gelten als Resultat extremer geistiger (gesellschaftlicher) Bedingungskonstellationen der Persönlichkeitsentwicklung (HOLZKAMP, 1976). Als Konsequenz aus dieser in sich schlüssig erscheinenden, aber in den wesentlichen Aussagen als *spekulativ* zu bezeichnenden Theorie ergibt sich die beinahe selbstverständliche Forderung nach einer Revision bestehender gesellschaftlicher Verhältnisse, um die kognitive Fähigkeit der einzelnen Mitglieder einer Gesellschaft optimal entwikkeln und fördern zu können.

4.2 Handlungs- und entscheidungstheoretische Systematisierungsversuche

Neben den kritischen Bewegungen, die die in der wissenschaftlichen Tradition entwickelten Forschungsansätze der I.-u.B.forschung durch vollständig neue Konzepte ersetzen möchten, um auf diese Weise eine Art „Paradigmenwechsel" herbeizuführen, gibt es andere, eher auf Integration bedachte Ansätze, die heterogene theoretische Vorstellungen nach übergreifenden Gesichtspunkten ordnen und differentiell bewerten wollen. Dazu zählen handlungs- und entscheidungstheoretisch begründete Systematisierungsversuche.

PAWLIK (1976) beschreibt z.B. mit den Begriffen *Selektions- und Modifikationsstrategie* zwei idealtypische Handlungsmuster innerhalb der Angewandten Psychologie, die jeweils unterschiedliche theoretische Begründungen und praktisch verwertbare Methoden erfordern. Die bisherige Psychologie orientierte sich vorwiegend an Selektionsstrategien, deren Grundannahmen eng mit den Prämissen der traditionellen Differentiellen Psychologie und der mit ihr verbundenen Klassischen Testtheorie korrespondieren. In der neueren, vor allem klinisch und pädagogisch ausgerichteten Psychologie gewinnen jedoch zunehmend Modifikationsstrategien an Bedeutung, die ganz andere, nämlich veränderungsorientierte Persönlichkeitstheorien (MISCHEL, 1968, 1973) und ganz andere diagnostisch-prognostische Methoden (KRAPP, 1979) erfordern.

In *Erweiterung dieser idealtypischen Unterscheidung* hat KRAPP (1978) für die Klassifikation und differentielle Beschreibung verschiedener Theorien, Modelle und Verfahren der Diagnostik ein einfaches System zur Charakterisierung pädagogisch und psychologisch relevanter Handlungs- und Entscheidungstypen vorgeschlagen. Die damit verknüpfte Vorstellung, daß die Art der zu lösenden praktischen Probleme und die daraus resultierenden Handlungs- und Entscheidungstypen Kriterien für die Beurteilung psychologischer Theorien ergeben, kann auch auf das Gebiet der I.-u.B.forschung übertragen werden. Aus dieser Perspektive erweisen sich z.B. statisch-strukturelle I.konzeptionen als durchaus nützlich für organisatorisch bedingte und langfristig wirkende Selektions- oder Zuordnungsentscheidungen. Für veränderungsorientierte Handlungsziele, z.B. für das Ziel der optimalen kognitiven Förderung sind solche Strukturtheorien jedoch unbrauchbar und durch entwicklungs- und lerntheoretisch begründete *Prozeßtheorien* zu ersetzen. Die jeweiligen Handlungs- und Entscheidungsziele sind nicht oder nicht ausschließlich auf der Ebene psychologischer Theoriebildung, sondern auf übergeordneten Ebenen unter Einbeziehung bildungs- und gesellschaftspolitischer Argumente zu begründen bzw. zu rechtfertigen.

5 Zusammenfassung und Ausblick

Die gegenwärtige Psychologie ist weit davon entfernt, ein einheitliches Theoriegebäude oder allgemein akzeptierte Forschungs- und Diagnosemethoden für die mit I.u.B. grob umschriebenen Fähigkeitsbereiche anbieten zu können. Obwohl das Gebiet der I.forschung vielfach als das am weitesten entwickelte gilt, ist die wissenschaftsinterne Diskussion über die Relevanz und Angemessenheit verschiedener Forschungsstrategien, Theorieansätze und Diagnosemethoden außerordentlich heterogen und widersprüchlich. Die Heterogenität der wissenschaftlichen Positionen wurde in der Vergangenheit z.T. dadurch verdeckt, daß differentialpsychologisch, allgemeinpsychologisch und entwicklungstheoretisch orientierte Forschergruppen relativ isoliert voneinander arbeiteten, und im wesentlichen nur der differentialpsychologische Ansatz nachhaltigen Einfluß auf die psychologische und pädagogische Praxis hatte. Erst im Zusammenhang mit der Kritik an den bislang vorherrschenden Selektionsstrategien und als Konsequenz aus der Forderung nach neuen, veränderungsorientierten Persönlichkeits- und Diagnosemodellen (MISCHEL, 1968, 1973; KRAPP, 1979) wird die traditionelle, differentialpsychologisch ausgerichtete I.-u.B.-forschung zunehmend in Frage gestellt. Die Suche nach einer neuen I.-u.B.konzeption hat erst begonnen. Doch schon jetzt ist abzusehen, daß dies nur mit Hilfe allgemeinpsychologischer und entwicklungstheoretischer Befunde und Modelle gelingen kann (vgl. RESNICK, 1976).

Verweis auf andere Stichwörter

→Anlage und Umwelt →Denken und Problemlösen →Differentielle Psychologie →Gedächtnis →Kreativität →Persönlichkeit →Tests und Testtheorie →Wissenschaftstheorie und Psychologie

Literatur

BLOOM, B. S.: Stability and change in human characteristics. New York: Wiley 1964. Deutsch: Stabilität und Veränderung menschlicher Merkmale. Weinheim: Beltz 1971.

BREDENKAMP, J./WIPPICH, W.: Lern- und Gedächtnispsychologie. Stuttgart: Kohlhammer 1977.

BRICKENKAMP, R. (Hrsg.): Handbuch psychologischer Tests. Göttingen: Hogrefe 1975.

CRONBACH, L. J.: The two disciplines of scientific psychology. American Psychologist, 12, 1957, S. 671–684.

CRONBACH, L. J./SNOW, R. E.: Aptitudes and instructional methods. New York: Irvington 1977.

FLAMMER, A.: Individuelle Unterschiede im Lernen. Weinheim: Beltz 1975.

HELLER, K.: Intelligenz und Begabung. München: Reinhardt 1976.

HOLZKAMP, K.: Begabung – Intelligenz. In: WULF, CH. (Hrsg.): Wörterbuch der Erziehung. München: Piper 1976.

IM, H.-J.: Die Entwicklung eines europäischen Schlüsselwortes: Intelligenz und seine Bedeutung in der Wissenschaftssprache. Bonn: Universität 1975 (Diss.).

INGENKAMP, K. (Hrsg.): Die Fragwürdigkeit der Zensurengebung. Weinheim: Beltz 1971.

JÄGER, A. O.: Dimensionen der Intelligenz. Göttingen: Hogrefe 1967.

KAMIN, L. J.: The science and politics of IQ. New York: Wiley 1974.

KLUWE, R.: Wissen und Denken. Stuttgart: Kohlhammer 1979.

KÖSTLIN-GLOGER, G.: Sozialisation und kognitive Stile. Weinheim: Beltz 1974.

KRAPP, A.: Zur Abhängigkeit der pädagogisch-psychologischen Diagnostik von Handlungs- und Entscheidungssituationen. In: MANDL, H./KRAPP, A. (Hrsg.): Schuleingangsdiagnose. Göttingen: Hogrefe 1978, S. 43–65.

KRAPP, A.: Prognose und Entscheidung. Zur theoretischen Begründung und Differenzierung der pädagogisch-psychologischen Prognose. Weinheim: Beltz 1979.

KRAPP, A./SCHIEFELE, H.: Lebensalter und Intelligenzentwicklung. Eine Analyse des Entwicklungsmodells von B. S. Bloom. München: Oldenbourg 1976.

KRÜGER, K./TRÖGER, H.: Intelligenztests und ihre Anwendung im Bildungswesen. In: SCHMID, R. (Hrsg.): Intelligenzforschung und pädagogische Praxis. München: Urban & Schwarzenberg 1978, S. 120–160.

KUHN, TH.: Die Struktur wissenschaftlicher Revolutionen. Frankfurt: Suhrkamp 1967.

LEONTJEW, A. N.: Probleme der Entwicklung des Psychischen. Frankfurt: Fischer 1973.

LIENERT, G. A.: Testaufbau und Testanalyse. Weinheim: Beltz 1967.

LOMPSCHER, J.: Theoretische und experimentelle Untersuchungen zur Entwicklung geistiger Fähigkeiten. Berlin-Ost: Volk und Wissen 1972.

LUKESCH, H./KLEITER, G. T.: Die Darstellung der Faktorenanalyse. Darstellung und Kritik der Praxis einer Methode. Archiv für die gesamte Psychologie, 126, 1974, S. 265–307.

MANDL, H./HUBER, G. L. (Hrsg.): Kognitive Komplexität. Göttingen: Hogrefe 1978.

MANDL, H./ZIMMERMANN, A.: Intelligenzdifferenzierung. Stuttgart: Klett 1976.

MERZ, F./KALVERAM, K. T.: Kritik der Differenzierungshypothese der Intelligenz. Archiv für die gesamte Psychologie, 117, 1965, S. 287–295.

MISCHEL, W.: Personality and assessment. New York: Wiley 1968.

MISCHEL, W.: Toward a cognitive social learning reconceptualization of personality. Psychological Review, 80, 1973, S. 252–283.

NEISSER, U.: Kognitive Psychologie. Stuttgart: Klett 1974.

PAWLIK, K.: Modell- und Praxisdimensionen psychologischer Diagnostik. In: PAWLIK, K. (Hrsg.): Diagnose der Diagnostik. Stuttgart: Klett 1976, S. 13–43.

PIAGET, J.: Psychologie der Intelligenz. Zürich: Rascher 1947.

RESNICK, L. B.: The nature of intelligence. Hilsdale: Lawrence Erlbaum 1976.

ROTH, E./OSWALD, W. D./DAUMENLANG, K.: Intelligenz. Stuttgart: Kohlhammer 1972.

SCHAIE, K. W./STROTHER, C. R.: A cross-cultural study of age change in cognitive behavior. Psychological Bulletin, 70, 1968, S. 671–680.

SCHMID, R.: Intelligenz- und Leistungsmessung. Geschichte und Funktion psychologischer Tests. Frankfurt: Campus 1977.

SCHMID, R.: Intelligenzforschung und pädagogische Praxis. München: Urban & Schwarzenberg 1978.

SCHÖN-GAEDIKE, A. K.: Intelligenz und Intelligenzdiagnostik. Weinheim: Beltz 1978.

SCHRODER, H. M./DRIVER, M. J./STREUFERT, S.: Menschliche Informationsverarbeitung. Weinheim: Beltz 1975.

SCHWARZER, R./STEINHAGEN, K. (Hrsg.): Adaptiver Unterricht. München: Kösel 1975.

SEIDEL, R./ULMANN, G.: Ansätze zu einem neuen Konzept der Intelligenz. In: SCHMID, R. (Hrsg.): Intelligenzforschung und pädagogische Praxis. München: Urban & Schwarzenberg 1978, S. 72–119.

SEILER, TH. B. (Hrsg.): Kognitive Strukturiertheit. Stuttgart: Kohlhammer 1973.

SÈVE, L.: Marxismus und Theorie der Persönlichkeit. Frankfurt: Verlag Marxistische Blätter 1972.

TUDDENHAM, R. D.: Intelligence. In: EBEL, R. L. (Hrsg.): Encyclopedia of educational research. London: McMillan 1969, S. 654–667.

TYLER, L. E.: The intelligence we test – an evolving concept. In: RESNICK, L. B. (Hrsg.): The nature of intelligence. Hillsdale: Lawrence Erlbaum 1976, S. 13–26.

ULICH, D.: Theorien der pädagogischen Interaktion. Weinheim: Beltz 1976.

Andreas Krapp

Interaktion und Kommunikation

1 Einführung in die Problemstellung

Kommunikation (K.) gilt im allgemeinen als übergeordneter Begriff für alles, was signalisiert und empfangen wird, auch wenn es *nicht wechselseitig* geschieht. So läßt sich jede Reaktion eines Organismus auf Umweltreize als K. mit dieser auffassen, ebenso wie jede Nachrichtenübermittlung zwischen einem Sender und einem Empfänger. K. in dieser Definition von linearer Informationsübertragung bedeutet jedoch noch nicht gemeinsame Verständigung oder gar Aufnahme *sozialer* Beziehungen. In diesem Falle, wenn K. einen Prozeß *wechselseitiger Beeinflussung* in Gang setzt, wird sie zu Interaktion (I.). Während K. alles umfaßt, was in einer Situation signalisiert und empfangen wird, findet I. erst dann statt, wenn es zur aufeinander bezogenen *Aktion* und *Reaktion* kommt, wenn sich also I.partner in ihrem Verhalten mit Hilfe von Signalen und Symbolen wechselseitig beeinflussen und verständigen.
In Abgrenzung von anderen Spezialgebieten der Sozialpsychologie wie Sozialisation, Gruppendynamik, Massenmedien, Machtbeziehungen geht die I.forschung (in diesem engeren Sinn) vom Grundparadigma *dyadischer* I. aus, die – je nach Forschungsansatz – als wechselseitige

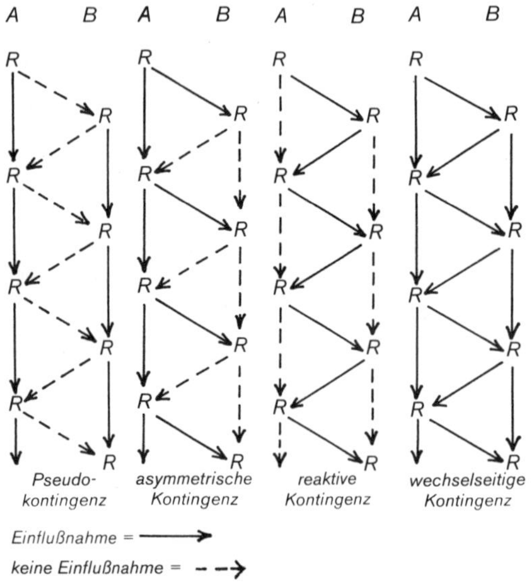

Abb. 1: Interaktionstypen nach Jones/Gerard, 1967, S. 507.

Steuerung oder symbolvermittelte Verständigung interpretiert wird. Solche *echte* I. impliziert nach Jones und Gerard (1967) ‚*wechselseitige Kontingenz*‘ im Verhalten von zwei I.partnern. Also: Abhängigkeit meiner Reaktion von der vorausgegangenen Reaktion meines I.partners *und* meinem eigenen Verhaltensplan und umgekehrt (siehe Abb. 1). Jones und Gerard grenzen dieses *Grundmodell sozialen Verhaltens* von gestörten I.beziehungen ab, in denen entweder jeder I.partner ausschließlich dem eigenen Verhaltensplan folgt (*Pseudokontingenz*), ausschließlich an den Reaktionen des Partners orientiert ist (*reaktive Kontingenz*) oder ein I.teilnehmer einseitig beeinflußt wird (*asymmetrische Kontingenz*):
Die theoretische Ausformulierung des Grundparadigmas der I.forschung hängt von der jeweiligen *Theorietradition* ab. Idealtypisch lassen sich zwei Forschungsansätze gegenüberstellen: ein mehr oder weniger streng dem *behavioralen* Modell verpflichteter und ein eher *kognitiv* orientierter Ansatz. Repräsentativ für ersteren ist die Rezeption der *funktionalen Verhaltensanalyse* von Skinner durch die Soziologen Homans und Blau und die Sozialpsychologen Jones und Gerard sowie Thibaut und Kelley, während der zweite Ansatz vor allem den von Mead begründeten *Symbolischen Interaktionismus*, aber auch die Nachfolger Lewins, Festinger, Heider, Newcomb, umfaßt. Daneben gibt es I.-u.K.theorien, die sich keinem von beiden Ansätzen direkt zuordnen lassen.
Obwohl K. – wie eingangs erläutert – nicht von vornherein mit *sozialem*, d. h. grundsätzlich *reziprok* angelegtem Verhalten gleichgesetzt werden kann, behandeln die meisten I.theorien die K. als wesentlichen Bestandteil zwischenmenschlicher Beziehungen: K. *als* soziales Handeln stellt zugleich Mittel der Verständigung *über* dieses Handeln bereit. In dieser Verschränkung von K. und I. sind jedoch zugleich mit den Verständigungschancen Störanfälligkeit und pathologische Entgleisung angelegt.

2 Interaktion als reziproke Verhaltenskontrolle und als sozialer Tauschhandel

I. wird in der behavioristischen Theorietradition gefaßt als *reziproke Verhaltenskontrolle.* Reziprok ist die Verhaltenskontrolle, wenn ein I.partner Verhalten zeigen kann, das das Verhalten des anderen beeinflußt und umgekehrt. Solche I.muster lassen sich im Behaviorismus völlig befriedigend erklären mit Hilfe des *Verstärkungsprinzips.* Der Rekurs auf innerpsychische Abläufe bei den I.partnern, auf ihre Motive und Überlegungen, gilt als überflüssig und spekulativ. Symbolverwendung, Kommunikation ist nach SKINNER ‚Sprachverhalten' und – wie jedes Verhalten – reduzierbar auf Reiz-Reaktions-Ketten.

Für die Kritiker des Behaviorismus sind die Ausklammerung der sprachlichen Bedeutung sowie aller kognitiv-symbolischen Vermittlungsprozesse und der explizit-theoretische Verzicht auf Interpretationsleistungen unvereinbar mit einem *sozialwissenschaftlichen* Erklärungsanspruch von I.u.K.

Im Gegensatz dazu berücksichtigen die sozialen Austauschtheorien Antizipations- und Verarbeitungsprozesse im Rahmen zwischenmenschlicher Beziehungen. Sie reduzieren sie jedoch auf ‚ökonomische' Überlegungen zum Verhältnis von *Nutzen* und *Kosten*: Den I.partnern geht es um Zufriedenheit (Gratifikation) und ‚gerechten Austausch'. Zu diesem Zweck setzen sie ihre Gefühle und Handlungen wie Güter ein (HOMANS, 1967, 1968). Die Austauschtheorie nimmt für die Planungsphase der I. eine *Vorwegeinschätzung* der Ergebnisse als Steuerungsmoment an. Bildung und Aufrechterhaltung einer sozialen Beziehung hängen danach von vier Bedingungen ab:

a) von der Antizipation der möglichen I.konsequenzen in Form eines kognitiven Kalküls über den ‚Gewinn' als Verhältnis von ‚Nutzen' und ‚Kosten',
b) von der Exploration der I.alternativen,
c) von der Bewertung der I. nach dem ‚allgemeinen Vergleichsniveau' und dem ‚Vergleichsniveau für Alternativen' (dieser Gesichtspunkt wurde von THIBAUT und KELLEY, 1959, ausgearbeitet) und
d) von der Evaluierung der I. in Form von ‚Nutzen' und ‚Kosten', darstellbar als ‚payoff matrix' (THIBAUT und KELLEY) und Einsatz von Gewinnmaximierungs- bzw. -optimierungsstrategien.

Ein gerechter Austausch ist nach HOMANS' ‚Prinzip der distributiven Gerechtigkeit' (1968) dann verwirklicht, wenn sich der ‚Gewinn' der I.partner direkt proportional zu ihren ‚Kosten' wie Zeitaufwand, Vorleistungen, eingebrachten Kenntnissen etc. verhält.

Austauschtheoretiker haben im Rahmen der *Spieltheorie* viele experimentell-psychologische Untersuchungen zum kooperativen bzw. Wettbewerbsverhalten angeregt. Wie die Arbeiten von BLAU belegen, besitzt die Austauschtheorie auch Erklärungswert für gruppendynamische Differenzierung und Machtbildung. Die Betrachtungsweise von I. als ‚Tauschhandel' verharmlost jedoch den zweifellos vorhandenen Objekt- und Warencharakter zwischenmenschlicher Beziehungen zu einer ahistorischen, quasi-natürlichen Gegebenheit und verhält sich ihm gegenüber kritiklos. Außerdem unterbleibt die *psychologische Füllung* der ökonomischen Begriffe.

3 Der Symbolische Interaktionismus

3.1 Grundtheoreme

In Abgrenzung von den zu seiner Zeit einflußreichsten theoretischen Lehrmeinungen begreift MEAD, der Begründer des Symbolischen Interaktionismus, Bewußtsein und ‚Geist' weder bewußtseinspsychologisch als rätselhafte innerpsychische Gegebenheit noch behavioristisch als eine zu vernachlässigende Größe, sondern als *Funktion* im gesellschaftlichen I.-u.K.zusammenhang, in dem sich so etwas wie die *Identität* von handlungsfähigen Subjekten überhaupt erst herausbildet. Individuum und Gesellschaft sind für MEAD – und darin liegt seine grundlagentheoretische Bedeutung für die Sozialpsychologie und Soziologie – *gleichursprünglich.*

Den Behavioristen wirft er vor, durch die Einengung des Verhaltensbegriffs auf äußerlich-beobachtbare Reaktionen den symbolisch-sprachlichen Aspekt genuin-menschlichen Handelns zu verfehlen: Der entscheidende Unterschied zwischen der ‚instrumentellen Geste', der Reziprozität der Gebärden etwa bei Tieren, und der ‚vokalen Geste' beim Menschen bestehe darin, daß letztere als ‚signifikantes Symbol' fungiert, das tendenziell die gleichen Reaktionen hervorruft bei demjenigen, der es produziert, wie bei demjenigen, der es empfängt.

Sinn dieser Überlegungen, die durchaus fernab jeder idealistischen Geistesmetaphysik am Behaviorismus anknüpfen, ist es zu zeigen, wie *Reflexivität* des Denkens und Handelns, *Repräsentation* des Anderen im eigenen ‚Selbst', insbesondere des die gesellschaftlichen Normen verkörpernden ‚generalisierten Anderen', in der ‚vokalen Geste', der *Sprache*, angelegt sind und damit zugleich *Kultur* als Welt geteilter Bedeutungen, gemeinsamer Werte und sozialer Evolution.

3.2 Alltägliche Interaktion, Kommunikation und Identitätsbildung

In der Sozialpsychologie bzw. Soziologie hat der Symbolische Interaktionismus die Analyse *alltäglicher*, auch subkultureller, I.u.K. angeregt. Unter der Annahme, daß ein angemessenes Selbstbild, ein handlungsfähiges ‚Ich' sowohl *Voraussetzung* als bereits *Resultat* gelungener I.u.K. sind, interessieren besonders die Entstehungsbedingungen und Verteidigungsstrategien von *Identität*. Hierzu hat vor allem GOFFMAN (1971) eine Vielzahl von Aufsätzen publiziert, die die Strukturiertheit, Regelgebundenheit und Eigendynamik scheinbar amorpher und trivialer I.-u.K.situationen belegen (vgl. AUWÄRTER/KIRSCH/SCHRÖTER, 1976). Danach ist *Selbstdarstellung* notwendigerweise Bestandteil jeder I.u.K.: Die I.partner verhalten sich – so lautet GOFFMANS (1969) Schlüsselmetapher – wie *Bühnenschauspieler*. Sie setzen sich in Szene, inszenieren ihr ‚Selbst', produzieren ihr ‚Image'. GOFFMAN analysiert ihren ‚bestätigenden Austausch' vor allem in Hinblick auf seine identitätsgefährdende bzw. -stützende Funktion. Das nach traditionell-psychologischer Begriffsbildung psychopathologische Verhalten leitet er in seinen Untersuchungen zur *‚Stigmatisierung'* aus Prozessen gestörter I. ab, begreift es als Ergebnis gesellschaftlich produzierter ‚beschädigter Identität' (vgl. GOFFMAN, 1967; 1972; 1976).
In neueren Untersuchungen sind die Grundtheoreme des Symbolischen Interaktionismus nicht nur mit der *psychoanalytischen Theorie* vereinbar, sondern ermöglichen deren Präzisierung und Konkretisierung: Die psychoanalytische Sozialisationstheorie nimmt an, daß sich die psychische Struktur des Kindes in ‚sozialisatorischer I.' mit den Elternfiguren herausbildet (vgl. OEVERMANN, 1976). In der Psychotherapie läßt sich das Erwachsenen-‚Ich' als Niederschlag (‚Objektivation') von I.formen interpretieren, die es in ihren verdrängten, aber nichtsdestoweniger wirkmächtigen Sinngehalten zu rekonstruieren gilt (vgl. LORENZER, 1970). Für eine eher soziologische Identitätstheorie erweist sich besonders MEADS Begriff der Rollenübernahme als fruchtbar (vgl. KRAPPMANN, 1969, 1976). Auch die gesellschaftskritischen Überlegungen zur herrschaftsfreien K. selbstbewußter und realitätstüchtiger Subjekte, wie sie sich bei HABERMAS in seinem Entwurf zu einer Theorie ‚kommunikativer Kompetenz' finden, gehen letztlich auf MEAD zurück.
Kritiker, die den Symbolischen Interaktionismus mit anderen, insbesondere behavioristischen I.theorien vergleichen, bemängeln die Ungenauigkeit seiner Hauptbegriffe. Sie werfen ihm vor, er begnüge sich mit der unbefriedigenden Aussage, daß das ‚Selbst' durch soziale I. geformt werde (vgl. STRYKER, 1976). Dieser Vorwurf läßt sich jedoch zumindest für neuere Untersuchungen nicht mehr aufrechterhalten. Verglichen mit dem Biologismus des behavioristischen Forschungsansatzes und dem Ökonomismus der ‚Tauschhandels'-Theorien überzeugen die Symbolischen Interaktionisten durch größere Alltagsnähe, Anschaulichkeit und Komplexität.

3.3 Analyse von Etappen des Interaktionsprozesses

Neben globalen Ansätzen wie der funktionalen Verhaltensanalyse, den Austauschtheorien und dem Symbolischen Interaktionismus gibt es eine Fülle experimentell-psychologischer Studien zu *bestimmten Etappen* des I.-u.K.prozesses wie interpersonale Wahrnehmung, Attraktion, Affiliation (vgl. zur Übersicht ARGYLE, 1972, und PIONTKOWSKI, 1976): Attraktion wird gefördert durch räumliche Nähe, Ähnlichkeit der Einstellungen, Persönlichkeitsmerkmale, andererseits aber auch Komplementarität, durch Fähigkeit, sozial kompetentes Verhalten, Reziprozität, physische Attraktivität, Selbsteinschätzung und Selbstwert (PIONTKOWSKI, 1976, 153 ff.). Trotz einer Vielzahl interessanter Einzelergebnisse bleibt der Ertrag dieser Forschung unkritisch: Gefragt wird nicht nach den gesellschaftlichen Bedingungen, die manche I.partner attraktiver machen als andere oder nach den Kontaktchancen derjenigen, deren Anziehungskraft und ‚Marktwert' gering ist.

- In seiner *‚Psychologie der interpersonalen Beziehungen'* reduziert HEIDER (1977) I. auf Wahrnehmungs- und Einschätzungsprozesse. Er untersucht das alltägliche Erfahrungswissen, die auf seinem Hintergrund entstandenen Motivationshypothesen (*Attribuierungen*),

‚naiven', d. h. nichtwissenschaftlichen Persönlichkeits‚theorien', die Teil *jeder* I. sind und mit deren Hilfe die I.partner wechselseitig ihr Verhalten deuten und orientieren.

- In der Tradition der Feldtheorie LEWINS arbeitende Sozialpsychologen wie FESTINGER und NEWCOMB fassen die I.-u.K.situation als ein durch Kräfte strukturiertes spannungsgeladenes Feld mit immanenter *Gleichgewichtstendenz* auf. Im Rahmen seiner allgemeinen Theorie der ‚kognitiven Dissonanz' sind für FESTINGER I.u.K. mit Prozessen der Dissonanzreduktion verbunden: Meinungsunterschiede in einer Dyade oder zwischen Mitgliedern einer Gruppe rufen danach spontane Anstrengungen zur (Wieder)herstellung von Übereinstimmung hervor, einen ‚Druck auf Symmetrie' (NEWCOMB). Fraglich ist, ob damit nicht angesichts der überall beobachtbaren Fortdauer asymmetrischer Machtverhältnisse die Quasiautomatik dieser Ausgleichstendenzen überschätzt wird, weil man ausgewogene Beziehungen für sozial wünschenswert hält.

3.4 Arbeit und Interaktion

Zur Debatte steht in einer grundlagentheoretischen Kontroverse zwischen Marxisten und Symbolischen Interaktionisten das Verhältnis von symbolisch vermittelter I. und *Produktion*, der Bezug von konkretem zwischenmenschlichen Verhalten zu den objektiven politisch-ökonomischen Strukturen. Marxisten vermissen am Symbolischen Interaktionismus eine Theorie der materiallen Basis der Gesellschaft, des *Arbeits*prozesses. Aus ihrer Perspektive beschreibt er in seinen Aussagen nur Oberflächenphänomene, gibt die spezifischen ‚Verkehrsformen' der Individuen im *Kapitalismus* fälschlicherweise als allgemein-menschliche, universalgültige aus (vgl. LEITHÄUSER, 1976; OTTOMEYER, 1976). Formen sozialer I. – so lautet ein marxistischer Gegenvorschlag – sollten aus der historisch-spezifischen Art der Vergesellschaftung abgeleitet werden, etwa das nur eingeschränkt vorhandene Solidarverhalten der Lohnabhängigen aus der objektiv-widersprüchlichen Einheit von Kooperation und Konkurrenz im kapitalistischen Produktionsprozeß.
Dieser Forschungsansatz läuft jedoch Gefahr, Verhalten nur noch als Reflex von gesellschaftlichen Verhältnissen zu erfassen, menschliches Handeln als Anhängsel politisch-ökonomischer Strukturen und auf diese Weise die tatsächlich verbreitete ‚Verdinglichung' zwischenmenschlicher Beziehungen theoretisch zu reproduzieren. Statt dessen kommt es in kritischer Kontinuität mit dem Symbolischen Interaktionismus darauf an, die Möglichkeit schöpferischer Gestaltung und Weiterentwicklung sozialer Beziehungen in der Alltagskommunikation und -interaktion aufzuzeigen und an der prinzipiellen Eigenständigkeit der Bereiche Arbeit, Sprache und I. festzuhalten. Soziales Handeln und symbolisch vermittelte K. lassen sich auch ‚logisch' schon deshalb nicht einfach aus dem Produktionsbereich *ableiten*, weil sie nämlich immer schon und von jeher *Voraussetzung* jeder Art von Arbeit und damit instrumenteller Naturbewältigung sind (vgl. HABERMAS, 1968; PARIS, 1976).
Richtig an der marxistischen Kritik des Symbolischen Interaktionismus ist, daß in der Sphäre der Arbeit und Produktion historisch-spezifische Verhaltens*anforderungen* und *-zwänge* strukturell angelegt sind, die von den Individuen nicht ignoriert, sondern bei Strafe ihres ökonomischen Ruins berücksichtigt werden müssen. Aus der Diskussion folgt, daß I.u.K. weder abstrakt nur in ihrer ökonomischen Bestimmtheit noch konkret-inhaltlich, aber losgelöst von materiellen Bedingungen, hinreichend erforscht werden können. Eine Verbindung und Vermittlung *beider* Perspektiven ist jedoch vorläufig noch eher Programm als daß sie in empirischen Untersuchungen bereits realisiert wäre.

4 Weitere Interaktionstheorien und Kategoriensysteme zur Interaktionsanalyse

4.1 ARGYLES (1972) I.theorie, die weder dem behavioralen noch dem kognitiven Modell direkt zuordenbar ist, legt den Hauptakzent auf die *sozialen Techniken* der I.u.K. ARGYLE faßt I. als Fertigkeit auf, für deren Untersuchung eine allgemeine, lerntheoretisch-kybernetisch orientierte Theorie der Fertigkeiten – eine Psychologie der Sensumotorik – den geeigneten Bezugsrahmen bildet. So wie bei motorischen Koordinationsleistungen (wie Klavierspielen oder Skifahren) die selektive Wahrnehmung von Schlüsselreizen, ihre Übersetzung in Reaktionssequenzen trainiert werden muß, so muß es auch gelernt werden, soziale Techniken in der I. wie Sprache, Stimme, Blick, Gestik und Körperhaltung situationsadäquat einzusetzen und zu interpretieren. Dementsprechend finden die *nonver-*

balen Elemente der I.u.K. bei ARGYLE besondere Beachtung. Bei motorischen wie bei sozialen Handlungsabläufen findet Selbststeuerung durch Rückmeldung und Korrektur statt. Problematisch ist weniger dieser an und für sich fruchtbare Vergleich als ARGYLES instrumentalistische Auffassung von einer quasi-technischen Manipulierbarkeit zwischenmenschlicher Beziehungen im Rahmen des von ihm propagierten Trainings der ‚*Sozialkompetenz*'.

4.2 Auf unterschiedlichem theoretischen Hintergrund wurden ausgefeilte *Kategoriensysteme* zur Beobachtung und Beschreibung von I.abläufen entwickelt:

- So ermöglicht LAINGS ‚Interpersonal-Perception-Method' im Rahmen seiner Phänomenologie interpersonaler Wahrnehmung die Analyse eines interaktionalen Zusammenhangs aus den Blickwinkeln aller Beteiligten. Auf Grund der außerordentlichen Komplexität der Wahrnehmungsverschränkungen beschäftigt sich LAING fast ausschließlich mit Dyaden. Das von BALES vorgeschlagene und erprobte System standardisierter Verhaltensbeobachtung in Kleingruppen wurde von ihm vor allem zur Analyse wechselseitiger Beeinflussungsprozesse in aufgabenorientierten Gruppen eingesetzt. Mit Hilfe der Kategorien von BALES lassen sich insbesondere die verschiedenen Stadien eines I.-u.K.prozesses beschreiben, der von heterogener kognitiver Einschätzung zu vereinheitlichender Problemstrukturierung und -lösung führt.
- BERNES psychoanalytisch ausgerichtete ‚Transaktionsanalyse' arbeitet mit Begriffen wie ‚Fixierung' und ‚Übertragung' und interpretiert I.-u.K.situationen nach den Strukturen intersubjektiver Bedürfnisbefriedigung oder -versagung.

5 Paradoxien menschlicher Kommunikation

Nirgendwo werden die Beziehungen zwischen K. und *Verhalten* so umfassend und unter Rückgriff auf so viele Forschungsergebnisse aus der Informationstheorie, Kybernetik, mathematischen Logik, Sprachphilosophie, Psychiatrie etc. thematisiert wie in den K.theorien von BATESON und WATZLAWICK.

5.1 Ausgangspunkt ist der Versuch BATESONS, Schizophrenie abweichend von der gesamten medizinisch-psychologischen Tradition als K.störung zu begreifen, als *Resultat* einer *paradoxen* I.-u.K.situation. Dabei geht er von der Annahme aus, daß in jeder K. (Botschaft) zwischen einem explizit-verbal geäußerten *Inhalts-* und einem nonverbal übermittelten *Beziehungs*aspekt unterschieden werden kann, wobei letzterer Anweisungen darüber enthält, *wie* der *Inhalt* im Rahmen der *Beziehung* interpretiert werden soll, also eine K. *über* eine K. (Metakommunikation) darstellt.

‚Doppelbindung' oder ‚Beziehungsfalle' nennt BATESON einen Grund*widerspruch* zwischen diesen beiden Aspekten einer K., der in der Situation verdeckt bleibt bzw. verleugnet werden muß, weil kein Rückzug möglich scheint. Eine solchermaßen *paradoxe* K.struktur macht ‚logisch' jeden rationalen Verhaltensplan zunichte und führt, wenn die Situation als unausweichlich erlebt wird, zur ‚Flucht in die Krankheit', in die Psychose. Die relative Seltenheit dieser Erkrankungen darf nicht darüber hinwegtäuschen, daß ‚pragmatische Paradoxien' in der *Alltagskommunikation* gar nicht so selten sind.

Die vielleicht häufigste Form, in der sich Paradoxien in zwischenmenschlichen Beziehungen ergeben können, ist die einer Aufforderung zu bestimmtem Verhalten, das seiner Natur nach nur spontan sein kann. Der Prototyp dieser Aufforderungen ist daher: „Sei spontan!" Diese Art von Aufforderung versetzt den Empfänger in eine unhaltbare Situation, da er, um ihr nachzukommen, spontan in einem Kontext von Gehorsam, von Befolgung, also von Nichtspontaneität, sein müßte. Einige Variationen dieses Grundthemas sind:

a) „Du solltest mich lieben."
b) „Ich möchte, daß du mich mehr beherrschst." (Forderung einer Frau an ihren passiven Gatten.)
c) „Es sollte dir ein Vergnügen machen, mit den Kindern zu spielen – wie anderen Vätern."
d) „Sei nicht so gehorsam!" (Eltern zu ihrem Kind, das sie für zu nachgiebig halten.)
e) „Du weißt, daß es dir freisteht zu gehen; kümmere dich nicht, wenn ich zu weinen beginne." (Aus einem Roman von W. STYRON.) [144, S. 33]

(Vgl. WATZLAWICK/BEAVIN/JACKSON, 1969, 184.)

5.2 WATZLAWICK u. a. haben BATESONS sogenannte ‚Double-bind'-Hypothese in ihre Theorie über die Grundlagen menschlicher K. integriert. Aus der Nachrichtentechnik übernehmen sie die Begriffe *‚digital'* für künstliche Zeichen (wie etwa die sprachlichen), bei denen die Beziehung zum Bezeichneten (zum Gegenstand) willkürlich ist und ‚*analog*' für natürliche Zeichen (Anzeichen), die zum Bezeichneten in einer Ähnlichkeitsbeziehung stehen. *Inhalte* lassen sich meist besser digital, d.h. vorwiegend sprachlich, übermitteln, über die *Beziehung* selbst wird dagegen gewöhnlich analog, d.h. nonverbal durch Gesichtsausdruck, Körperhaltung etc. kommuniziert. WATZLAWICK und seine Mitarbeiter behaupten, daß ‚*nicht* nicht kommuniziert' werden kann, die analoge K.form zwar sehr ausdrucksreich, aber auch mehrdeutig ist und eine Auflösung kommunikativer Mißverständnisse wie eine Einigung über das Wesen einer Beziehung letztlich nur durch Rückkehr zum ‚Digitalen', zur *sprachlichen Metakommunikation* gelingt. WATZLAWICKS Ziel ist die Ausarbeitung der axiomatischen Eigenschaften menschlicher K. In ihrem Bezugsrahmen beansprucht er die Ableitung von Störungen, Pathologien, die andere Forscher allein dem Individuum und seinen innerpsychischen Prozessen zuschreiben.

SCHÜLEINS überaus scharfe Kritik an WATZLAWICKS ‚pragmatischer K.theorie' richtet sich gegen den quasi-mathematischen Formalismus dieses Ansatzes, der von der je besonderen gesellschaftlich-historischen Prägung sowohl der K.inhalte als auch der -beziehungen weitgehend abstrahiert.

6 Der theoretisch-praktische Stellenwert von Interaktion und Kommunikation

Das Interesse an der Erforschung (symbolisch vermittelter) intersubjektiver Beziehungen ist *theoretisch* und *praktisch* zugleich:

6.1 Die *theoretische Bedeutung* dieses Forschungsbereichs liegt in dem Anspruch, Individuum und Gesellschaft einander weder abstrakt gegenüberzustellen noch ineinander aufgehen zu lassen, sondern ihre kontinuierlich-alltägliche *Vermittlung* zum Thema zu machen. Wissenschaftstheoretisch bedeutet das immer auch eine Auseinandersetzung zwischen den beteiligten Disziplinen Psychologie und Soziologie. Von der neuen, *sozialpsychologischen* Sichtweise erhofft man sich die Überwindung der *beider*seitigen Einseitigkeiten der Begriffsbildung und der Modellvorstellungen (vgl. GRAUMANN): Tatsächlich ist die individuenzentrierte Begriffsbildung der Psychologie mit ihren Vorstellungen vom Seelenleben des ‚einsamen' Subjekts im Licht der interaktions- und kommunikationstheoretischen Forschungsergebnisse ebenso revisionsbedürftig wie die systemzentrierte Begriffsbildung der Soziologie mit ihrer Überakzentuierung der Eigengesetzlichkeit sozialer Gebilde.

Folgerichtig geht es in einer so verstandenen Sozialpsychologie weniger um die Entdeckung und Untersuchung an sich ‚neuer' Phänomene, sondern um die Erprobung einer neuen *Perspektive*, der Analyse psychologischer und soziologischer Tatbestände aus dem Blickwinkel von I.u.K. Theoretisch fragwürdig ist nicht die Gleichsetzung von I.u.K. mit dem *Ganzen* der Sozialpsychologie – etwa bei GRAUMANN und IRLE –, sondern die Gleichung ‚I. + K. = soziales Verhalten', weil darin das *materielle* Substrat sozialen Handelns, Arbeit und Produktion, nicht vorkommt.

Das Verhältnis von Arbeit, Sprache und I. ist weitgehend ungeklärt. Ein nichtreduktionistischer Forschungsansatz, der zwischenmenschliche Beziehungen weder als total determiniert begreift, noch sie im luftleeren Raum der Ideen und Ideale ansiedelt, wird selten konsequent durchgehalten. Insofern haben die I.-u.K.theorien ihren Anspruch, zwischen Individuum und Gesellschaft, Psychologie, Soziologie und Ökonomie vermitteln zu können, trotz wichtiger Einzeluntersuchungen noch nicht umfassend eingelöst.

6.2 Das *praktische Interesse* am Thema I.u.K. geht einher mit zahlreichen Versuchen, die Wirksamkeit psychologischer Interventionstechniken zu erhöhen, I./K. durch *therapeutische* I./K. zu verändern. Die Versuche ordnet SCHÜLEIN (1976) in seiner Kritik am sog. ‚Psycho-Boom' dem ebenso bedenklichen wie vielversprechenden gesellschaftlichen Prozeß der ‚Rationalisierung des Psychischen' zu: Noch nie sind interaktive und kommunikative Abläufe in Zweierbeziehungen und Gruppen mit so dezidiert praktischem Veränderungsinteresse so gründlich durchleuchtet worden. Ein *echter* Erkenntnisfortschritt auf diesem Gebiet hängt aber nicht zuletzt davon ab, ob es gelingt, theoretisch-empirische Zielsetzungen mit verantwortungsbewußter, praktischer Untersuchungsarbeit fruchtbar zu kombinieren.

Verweis auf andere Stichwörter

→Ausdruckspsychologie →Behaviorismus →Identität und Selbstkonzept →Machtbeziehungen →Massenkommunikation →Sozialpsychiatrie →Sozialpsychologie →Soziologie

Literatur

Argyle, M.: Soziale Interaktion. Köln: Kiepenheuer & Witsch 1972.

Auwärter, M./Kirsch, E./Schroeter, M. (Hrsg.): Seminar: Kommunikation, Interaktion, Identität. Frankfurt/M.: Suhrkamp 1976.

Bales, R. F.: Das Problem des Gleichgewichts in kleinen Gruppen. In: Hartmann, H. (Hrsg.): Moderne amerikanische Soziologie. Stuttgart: Enke 1967, S. 311–329.

Bateson/Jackson/Laing/Lidz/Wynne u. a.: Schizophrenie und Familie. Frankfurt/M.: Suhrkamp 1969.

Berne, E.: Games People Play. New York: Grove Press 1964.

Blau, P. M.: Eine Theorie der sozialen Integration. In: Hartmann, H. (Hrsg.): Moderne amerikanische Soziologie. Stuttgart: Enke 1967.

Festinger, L.: A theory of cognitive dissonance. Stanford, Calif. 1957.

Goffman, E.: Stigma. Frankfurt/M.: Suhrkamp 1967.

Goffman, E.: Wir alle spielen Theater. Die Selbstdarstellung im Alltag. München: Piper 1969.

Goffman, E.: Interaktionsrituale. Über Verhalten in direkter Kommunikation. Frankfurt/M.: Suhrkamp 1971.

Goffman, E.: Asyle. Über die soziale Situation psychiatrischer Patienten und anderer Insassen. Frankfurt/M.: Suhrkamp 1973.

Goffman, E.: Der bestätigende Austausch. In: Auwärter/Kirsch/Schröter (Hrsg.): Seminar: Kommunikation, Interaktion, Identität. Frankfurt/M.: Suhrkamp 1976, S. 35–72.

Graumann, C. F.: Interaktion und Kommunikation. In: Handbuch der Psychologie. Hrsg. von Gottschaldt/Lersch/Sander/Thomae, 7. Bd.: Sozialpsychologie, 2. Halbbd.: Forschungsbereiche. Göttingen: Verlag für Psychologie 1972, S. 1109–1262.

Habermas, J.: Vorbereitende Bemerkungen zu einer Theorie der kommunikativen Kompetenz. In: Habermas, J./Luhmann, N.: Theorie der Gesellschaft oder Sozialtechnologie – Was leistet die Systemforschung?. Frankfurt/M.: Suhrkamp 1971, S. 101–141.

Habermas, J.: Arbeit und Interaktion. In: Habermas, J.: Technik und Wissenschaft als Ideologie. Frankfurt/M.: Suhrkamp 1968, S. 9–48.

Heider, F.: Psychologie der interpersonalen Beziehungen. Stuttgart: Klett 1977.

Homans, G. C.: Soziales Verhalten als Austausch. In: Hartmann, H. (Hrsg.): Moderne amerikanische Soziologie. Stuttgart: Enke 1967, S. 173–185.

Homans, G. C.: Elementarformen sozialen Verhaltens. Köln, Opladen: Westdeutscher Verlag 1968.

Irle, M.: Soziale Interaktion. In: Lehrbuch der Sozialpsychologie. Göttingen: Verlag für Psychologie 1975, S. 398–449.

Jones, E. E./Gerard, H. B.: Foundations of Social Psychology. New York: Wiley 1967.

Krappmann, L.: Soziologische Dimensionen der Identität. Strukturelle Bedingungen für die Teilnahme an Interaktionsprozessen. Stuttgart: Klett 1969.

Krappmann, L.: Neuere Rollenkonzepte als Erklärungsmöglichkeiten für Sozialisationsprozesse. In: Auwärter/Kirsch/Schröter (Hrsg.): Seminar: Kommunikation, Interaktion, Identität. Frankfurt/M.: Suhrkamp 1976, S. 307–331.

Laing, R. D./Phillipson, H./Lee, A. R.: Interpersonelle Wahrnehmung. Frankfurt/M.: Suhrkamp 1971.

Leithäuser, Th.: Der pragmatische Aufbau der Intersubjektivität. In: Leithäuser, Th.: Formen des Alltagsbewußtseins. Frankfurt/M.: Campus 1976, S. 145–164.

Lorenzer, A.: Sprachzerstörung und Rekonstruktion. Frankfurt/M.: Suhrkamp 1970.

Mead, G. H.: Geist, Identität und Gesellschaft aus der Sicht des Sozialbehaviorismus. Frankfurt/M.: Suhrkamp 1968 (University of Chicago 1934).

Newcomb, T. M./Turner, R. H./Converse, P. E.: Social Psychology: The Study of Human Interaction. New York: Holt, Rinehart & Winston 1965.

Oevermann / Allert / Gripp / Konau / Krambeck/Schröder-Cäsar/Schütz: Beobachtungen zur sozialisatorischen Interaktion. In: Auwärter/Kirsch/Schröter (Hrsg.): Seminar: Kommunikation, Interaktion, Identität. Frankfurt/M.: Suhrkamp 1976.

Ottomeyer, K.: Soziales Verhalten und Ökonomie im Kapitalismus. Vorüberlegungen zur systematischen Vermittlung von Interaktionismus und Kritik der Politischen Ökonomie. Gießen ²1976.

Paris, R.: Schwierigkeiten einer marxistischen Interaktionstheorie – Anmerkungen zu einem Programm der Vermittlung von Kritik der politischen Ökonomie und Interaktionstheorie. Gesellschaft, 7, 1967.

Piontkowski, U.: Psychologie der Interaktion. München: Juventa 1976.

Schülein, J. A.: Das neue Interesse an der Subjektivität. Leviathan 1, 1976 a.

Schülein, J. A.: Psychotechnik als Politik. Zur Kritik der Pragmatischen Kommunikationstheorie von Watzlawick et al. Frankfurt/M.: Syndikat 1976 b.

Skinner, B. F.: Wissenschaft und menschliches Verhalten. München: Kindler 1973.

Stryker, Sh.: Die Theorie des Symbolischen Interaktionismus. In: Auwärter/Kirsch/Schröter (Hrsg.): Seminar: Kommunikation, Interaktion, Identität. Frankfurt/M.: Suhrkamp 1976, S. 257–274.

Thibaut, J. W./Kelley, H. H.: The social psychology of groups. New York: Wiley 1959.

Watzlawick, P./Beavin, J. H./Jackson, D. D.: Menschliche Kommunikation. Formen, Störungen, Paradoxien. Stuttgart, Wien, Bern: Huber 1969.

Claudia Weber

Kinder- und Jugendlichenpsychotherapie

1 Definition und Indikation

Die Kinder- und Jugendlichenpsychotherapie (KJPT) bezieht sich auf die psychologische Behandlung von 3- bis 12jährigen Kindern und 13- bis 17jährigen Jugendlichen. Sie ist ein Teilgebiet der Psychotherapie und als solche die qualifizierte und planvolle Anwendung von Verfahren zur Verhaltensanalyse, Verhaltensklärung, Therapiezielbildung, Verhaltensbeeinflussung und Effektkontrolle. Sie hat zum Ziel, einem verhaltensgestörten Klienten einen geeigneten Lernrahmen zu schaffen, in dem er sein gestörtes Verhalten verlernen und angemessenes Verhalten erlernen kann (s. SCHMIDTCHEN, 1978b, 10).

Die Heraushebung einer Anwendungsrichtung der KJPT aus dem Gesamtbereich der Psychotherapie entspringt dem erweiterten Forschungsstand und der Erkenntnis, daß Kinder und Jugendliche andere oder veränderte Behandlungsmethoden verlangen als Erwachsene. Diese Besonderheit ergibt sich aus den andersartigen Störungsformen, Zielsetzungen und Klientenvoraussetzungen.

So sind *Störungen* bei Kindern in erheblich höherem Maße von der sozialen und physikalischen Umwelt abhängig als Störungen von Erwachsenen (vgl. SCHMIDTCHEN, 1978a). Sie sind weniger ein Ergebnis einer gestörten Informationsverarbeitung oder Neurose als das Resultat unangemessener normativer Anforderungen durch Eltern, Erzieher oder inadäquater Umweltbedingungen (vgl. ROSS, 1974). Aus diesem Grund treten kindliche Störungen auch häufig nur kurzzeitig auf, nämlich solange, wie die Auslösebedingungen vorherrschen. Kennzeichnend dafür ist die hohe Rate spontaner Remissionen, die nach LEVITT (1971) und SHEPHERD/OPPENHEIM/MITCHELL (1973) bei 75% liegt.

Unterschiede in der *Zielsetzung* ergeben sich aus der mangelhaften Spezifität kindlicher Therapieziele. Wegen des engen Zusammenhanges zwischen der Entwicklung von Verhaltensstörungen und der Persönlichkeitsentwicklung von Kindern und Jugendlichen stehen persönlichkeitsfördernde und stützende Therapieziele (wie z.B. Verbesserung der Selbständigkeit; der Lernfähigkeit; des emotional offenen Verhaltens etc.) im Vordergrund. In diesem Sinne ist die KJPT auch immer pädagogisch orientiert (vgl. BAUMGÄRTEL, 1976).

Große Unterschiede zum Erwachsenenklienten treten in den motivationalen und kognitiven *Klientenvoraussetzungen* auf. Kinderklienten mangelt es im allgemeinen an einer selbstinduzierten Behandlungsmotivation, an Einsicht in die Störung, an Veränderungswillen und an sprachlichen Fähigkeiten (vgl. CLARIZIO/MCCOY, 1970).

Die mangelnde *Behandlungsmotivation* führt dazu, daß der Klient nicht selbst in die Therapie kommt, sondern von den Eltern und Erzieher geschickt werden muß; die mangelnde *Störungseinsicht* erschwert ein störungsspezifisches Therapieren; der geringe *Veränderungswille* verlangsamt die Therapie und setzt der Effektivität Grenzen, und die geringe *sprachliche Fähigkeit* führt zu einer Bevorzugung nichtsprachlicher Therapieformen wie z.B. der Spieltherapie oder operanter und respondenter Konditionierungstherapien.

2 Theorien

Ähnlich wie bei vielen Inhaltsbereichen in der Psychologie, gibt es im Moment auch für den Bereich der KJPT noch keine einheitliche theoretische Auffassung. Dies gilt für die Ätiologie von Störungen, für die Zielkonzepte und für die Behandlungsmethoden. In der Praxis werden, je nach Vorliebe und Ausbildungsstand des Therapeuten, verschiedene Theorien verwendet, wobei die Therapietheorien der Psychoanalyse, der Verhaltenstherapie und der klientenzentrierten Therapie vorherrschen. Sie sollen in ihrer Bedeutung für die KJPT kurz vorgestellt werden:

Die *Psychoanalyse* kann als Ursprung der KJPT bezeichnet werden. Wie BIERMANN (1969) darstellt, geht die erste Kindertherapieaufzeichnung auf S. FREUD zurück und das erste Buch über Kindertherapie („Aus dem Seelenleben eines Kindes") auf die Psychoanalytikerin Hermine VON HUG-HELLMUTH (1915). Weitere namhafte psychoanalytische Kindertherapeuten sind Anna FREUD, Melanie KLEIN und Hans ZULLIGER. Ein Studium ihrer theoretischen Auffassungen zeigt ein Dilemma, das für die Theorienbildung in der KJPT ganz allgemein kennzeichnend ist: Die Autoren bemühen sich, Unterschiede aufzudecken, anstatt Gemeinsamkeiten zu erforschen. Während A. FREUD (1973) beispielsweise die erzieherische Komponente und damit die Elternbeeinflussung als zentrale Aufgabe der Therapie ansieht, lehnt M. Klein dieses Konzept ab und fordert eine konsequente Trennung von Kinder- und Elternbeeinflussung. Während A. Freud das Spiel als Methode zur Kontaktaufnahme und zum Erstellen einer Übertragungshaltung verwendet, sieht M. Klein das Spiel als Medium, um auf die verdrängte sexuelle Entwicklung des Kindes Einfluß zu nehmen. Spielhandlungen werden vergleichbar den Sprachhandlungen in der Erwachsenentherapie als Methode gesehen, um angemessene Erlebens- und Bewußtseinsprozesse herzustellen. Folgerichtig dienen sie M. Klein auch als Interpretationsmaterial. H. Zulliger wiederum lehnt Interpretationen ab und favorisiert die „nicht deutende" Therapie. Ähnlich wie A. Freud sieht er das Spiel als Methode zur Kontaktaufnahme und Motivierung des Kindes an (vgl. Biermann, 1969). – Als allgemeine Zielsetzung der analytischen Kindertherapie wird von Dührssen (1960, 241) betont: Auflösung von Ängsten und Verdrängungen; bessere Verarbeitung der Antriebs- und Impulswelt; Klärung der Position zu den Eltern; bessere Realitätswahrnehmung und -verarbeitung; Schaffung einer tragfähigen Gefühlslage.

Im Gegensatz zur Psychoanalyse gründet die *Verhaltenstherapie* ihr Behandlungskonzept nicht auf einer Persönlichkeitstheorie und lehnt das psychoanalytische Symptomkonzept ab. Verhaltensstörungen werden nicht als Ausdruck mangelhafter Persönlichkeitsentwicklung, verdrängter Impulse oder Abwehrmechanismen gesehen, sondern als umweltinduziertes Fehllernen. Die Therapiemethode versucht deshalb, die Bedingungen des Fehllernens in der Kindumwelt zu beeinflussen und ist auf den Abbau spezifischer Verhaltensweisen gerichtet. Zentrale Beeinflussungspersonen sind die Eltern, Erzieher, Lehrer etc. Sie gelten als Mediatoren des therapeutischen Verhaltens. Entsprechend dem behavioristischen Wissenschaftskonzept wird in der Forschungsmethodik und Theorienbildung ein positivistischer Empirismus bevorzugt. Er steht im Gegensatz zum mehr kasuistischen Rationalismus der Psychoanalyse. Das Behandlungskonzept ist an Forschungsergebnissen der empirischen Psychologie orientiert. Das Experiment mit den Bedingungen der Kontrollierbarkeit, Transparenz, Wiederholbarkeit und sprachlichen Anschaulichkeit wird als Paradigma des Therapierens gewählt (vgl. Schmidtchen, 1978a).

Die *klientenzentrierte* Therapietheorie von C. Rogers betont in ihrer Anwendung bei Kindern und Jugendlichen einen kommunikativen, persönlichkeitsorientierten Stil (Rogers, 1942, dt. 1972). Deutungen und experimentelle Manipulation werden abgelehnt; des weiteren wird das Verfolgen spezifischer Therapieziele in den Hintergrund gestellt. Statt dessen werden unspezifische Ziele wie z.B. die Förderung der Selbständigkeit, der Lernfähigkeit, der Gefühlskommunikation, der Handlungsfähigkeit etc. propagiert (Rogers, 1974). Ähnlich wie in der Theorie der Verhaltenstherapie wird das empirische Wissenschaftskonzept akzeptiert, das zu zahlreichen, empirisch abgesicherten Erkenntnissen geführt hat (Näheres s. Goetze/Jaede, 1974, 1978; Schmidtchen, 1978b, c).

3 Methoden

Außer zur Störungsätiologie, Therapiezielsetzung und Forschungsmethodologie liegen von jeder der geschilderten Therapietheorien Aussagen zur Methodik vor, wobei die Verhaltenstherapie den detailliertesten Methodenkatalog vorlegt (vgl. Blackham/Silberman, 1975; O'Leary/Wilson, 1975). Dennoch ist das Methodeninventar keiner Therapierichtung so umfassend, daß es als Basis eines generellen, alle Verhaltensbereiche abdeckenden Konzeptes gelten könnte. So deckt die Psychoanalyse überwiegend den kognitiven und affektiven Bereich ab, die klientenzentrierte Therapie den kommunikativen und affektiven Bereich und die Verhaltenstherapie den aktionalen und kognitiven Bereich. Auch den umweltspezifischen Aspekt der Behandlung berücksichtigen die genannten Therapierichtungen unterschiedlich: Während die Verhaltenstherapie stärker auf die Beeinflussung der Umwelt ausgerichtet ist, sind die beiden anderen Konzepte stärker individuumzentriert.

Um die zu einseitige Betrachtungsweise eines therapieschulenorientierten Vorgehens aufzugeben, soll im folgenden ein Katalog kindertherapeutischer Methoden auf Grund einer integrativen Sichtweise vorgestellt werden. Die Methoden sollen sowohl den individuums- vs. umweltzentrierten Behandlungsansatz berücksichtigen als auch Zielsetzungen auf der affektiven, kognitiven, kommunikativen und aktionalen Verhaltensebene. Als theoretisches Grundkonzept der integrativen Sichtweise wird ein handlungstheoretischer Ansatz gewählt, der sich am Vorgehen des erfahrenen Praktikers orientiert. Er ist eklektisch-pragmatischer Art (vgl. Schmidtchen/Baumgärtel, 1979). Die Tabelle auf S. 233 gibt einen Überblick über die verschiedenen therapeutischen Verfahrensgruppen.

Unter den *subjektzentrierten* Verfahren werden Methoden zusammengefaßt, die den Schwerpunkt auf die Korrektur des Subjektverhaltens zur Umwelt legen. Es handelt sich um Verfahren, die das kindliche Subjekt als Störungsquelle und als Zielpunkt der Behandlung ansehen. Dazu gehören auf seiten der persönlichkeitsorientierten Therapieformen: Spieltherapie, Gesprächstherapie und erlebniszentrierte Verfahren; auf seiten der verhaltensorientierten Therapieverfahren: operante und respondente Konditionierungsverfahren. Unter den *umweltzentrierten* Verfahren werden Methoden zusammengefaßt, die den Schwerpunkt auf die Korrektur des Umweltverhaltens zum Individuum legen. Es handelt sich um Verfahren, die die kindliche Umwelt als Störungsquelle und Zielpunkt der Behandlung ansehen. Dazu gehören auf seiten der persönlichkeitsorientierten Therapieformen: Selbsthilfemethoden und Elterntherapie; auf seiten der verhaltensorientierten Verfahren: Verhaltensberatungs- und Verhaltenstrainingsprogramme. Die einzelnen Verfahren sollen im folgenden vorgestellt werden.

In der *Spieltherapie* soll das Kind mit Hilfe des Spiels lernen, einen besseren Zugang zu sich selbst und zu seiner Umwelt zu gewinnen. Das Spiel wird als Medium zur Beziehungsgestaltung und inter- und intrapersonalen Kommunikation gesehen. Es dient dazu, selbständiges und selbstsicheres Verhalten zu vermitteln, Gefühle zu erleben und mitzuteilen, Ängste und Hemmungen abzubauen, sich zu entspannen und schöpferisch tätig zu sein. Die Spieltherapie wird vorrangig als Methode zur Behebung von Erlebens- und Verarbeitungsstörungen eingesetzt und kann einzeln oder in Gruppen stattfinden (Näheres s. Axline, 1972; A. Freud, 1973; Slavson/Schiffer, 1975; Schmidtchen, 1978c).
In der *Gesprächstherapie* ist das Gespräch das Medium der Kommunikation. Mit seiner Hilfe sollen Verhaltenskorrekturen durch eine verbesserte Selbstkommunikation und Selbstregulation erreicht werden. Die Selbstkommunikation soll den Bewußtheitsgrad des Verhaltens und die Selbstregulation die Verhaltenskompetenz durch Selbstinstruktionen und Regelanalysen erhöhen (vgl. Bommert, 1979). Die Gespächstherapie ist eine Therapieform für sprachlich gewandte Kinder, die zur kognitiven Verarbeitung neigen. Sie ist primär bei Jugendlichen indiziert (vgl. Schmidtchen/Kaatz, 1976).

Unter den *erlebniszentrierten* Verfahren werden Methoden zusammengefaßt, die mit Hilfe expressiver Medien wie Musik, Malerei, Rhythmik, Theaterspielen, Werken, Sport etc. die Erlebens- und Gestaltungskräfte des Kindes und Jugendlichen ansprechen. Sie dienen dazu, Gefühle freizusetzen, und leisten einen Beitrag zur affektiven Entwicklung und Hygiene des Kindes (Näheres s. Biermann, 1969 u. 1976).
In den *operanten und respondenten Konditionierungsverfahren* soll der Klient bestimmte Verhaltensweisen durch Reiz- und Verstärkerkontrolle sowie durch Reflexkonditionierungen erlernen. Die Verfahren lassen sich auflisten in: positive und negative Verstärkung, Kontingenzverträge, Verhaltensformung, Verhaltenshilfe, Verstärkerentzug, systematische Desensibilisierung, Stimuluskontrolltechniken, Extinktionstechniken, Techniken zur Gewohnheitsumkehrung und Bestrafungstechniken (vgl. Schmidtchen, 1978a). Die Methoden setzen überwiegend auf der Verhaltensebene an. Sie sind bei Verhaltensweisen indiziert, die noch nicht durch interne Fehlverarbeitungsweisen (z.B. Neurosen) aufrechterhalten werden. Wegen der Bevorzugung von Außenkontrollverfahren eignen sie sich besonders für jüngere oder therapieunwillige Kinder. Sie ermöglichen eine Behandlung ohne direkte Kontaktaufnahme zwischen Therapeut und Kind, indem Eltern oder Erzieher als therapeutische Mediatoren eingesetzt werden (Näheres s. Kuhlen, 1974; Blackham/Silberman, 1975; O'Leary/Wilson, 1975; Schröder, 1977; Baumhauer, 1978).

Liegen die Ursachen des Problemverhaltens nicht beim Kind oder Jugendlichen, sondern in deren sozialer und/oder physikalischer Umwelt, so sind *umweltzentrierte* Therapieverfahren einzusetzen. Sie variieren von Selbsterfahrungsmethoden über Therapie- zu Beratungs- und Trainingsmethoden. Die Verfahren können einzeln oder in Gruppen durchgeführt werden.

Selbsthilfemethoden beinhalten den niedrigsten Beeinflussungsgrad durch den Therapeuten. In ihnen kommen Eltern und Erzieher auf Grund übereinstimmen-

Psychologische Behandlungsverfahren für Kinder und Jugendliche

Beinflussungs-richtung	Art der Zielsetzung persönlichkeitsorientiert	 verhaltensorientiert
subjektzentriert	A spiel-, gesprächs- und erlebniszentrierte Verfahren	B operante und respondente Konditionierungsverfahren
umweltzentriert	C einstellungs- und kommunikationsverändernde Selbsthilfemethoden für Bezugspersonen; Elterntherapie	D Verhaltensberatung und Verhaltenstraining von Bezugspersonen

der Interessenlage zusammen und besprechen ihre Erziehungs- und Kommunikationsprobleme. Die Gruppen sind in hohem Maße informell. Der Therapeut hat, sofern er anwesend ist, die Rolle eines Helfers (vgl. MOELLER, 1977). Die Methode ist indiziert, wenn die Eltern und Erzieher einen neuen Zugang zu sich selbst, zu ihren Partnern und zu ihren Kindern finden möchten, und die Probleme mehr auf der Einstellungsebene als auf der Verhaltensebene liegen (Näheres s. GORDON, 1972; PERREZ/MINSEL/WIMMER, 1975; SATIR, 1977).
Therapiemethoden für Eltern und Erzieher sind dann indiziert, wenn die Möglichkeiten zur Selbsthilfe so eingeschränkt sind, daß professionelle Hilfe erforderlich ist. Dies ist bei chronifizierten und das Verhalten stark einschränkenden Erlebens- und Kommunikationsstörungen der Fall. Als Verfahren können Erwachsenentherapiemethoden nach psychoanalytischen oder klientenzentrierten Konzepten eingesetzt werden.
Methoden der *Verhaltensberatung* werden angewendet, wenn es Eltern und Erziehern an Informationen über die Persönlichkeit und Entwicklung ihres Kindes sowie über ein adäquates Erzieherverhalten mangelt. Sie gehen davon aus, daß diese Informationen von den Erziehern ohne Hilfe oder Training in Verhaltenskonsequenzen umgesetzt werden können. Die Verfahren setzen eine gewisse erzieherische Kompetenz voraus sowie die Fähigkeit, aus kognitiven Informationen Verhaltenskorrekturen abzuleiten (Näheres s. PATTERSON, 1975; SCHNEEWIND/LUKESCH, 1978; BOMMERT/PLESSEN, 1978). Ist die allgemeine erzieherische Kompetenz und die Fähigkeit zum kognitiv induzierten Lernen gering, dann müssen neben Beratungstechniken Trainingsverfahren eingesetzt werden. *Verhaltenstrainings* sind dann indiziert, wenn die Eltern und Erzieher eine adäquate Einstellung zu ihren Kindern und Problemeinsicht haben, aber zu wenig Fundamente für das neu zu erwerbende Erziehungsverhalten vorliegen. Dann müssen diese in systematisch aufgebauten Trainingsprogrammen vermittelt werden (s. INNERHOFER, 1977).

In vielen Fällen müssen alle genannten Verfahren, zumindest in Teilaspekten, angewendet werden. Dies gilt für den Fall, daß das Problemverhalten ursächlich auf inadäquates Umwelt- und Subjektverhalten zurückgeht und so tief in der Persönlichkeitsstruktur der Eltern und Kinder verankert ist, daß sowohl persönlichkeits- als auch verhaltensorientierte Verfahren zum Einsatz kommen müssen. Diese multidimensionale Therapie wird im allgemeinen unter dem Begriff *Familientherapie* durchgeführt. Sie besagt, daß alle Angehörigen des Familienverbandes im Blickpunkt der Behandlung stehen. Des weiteren ist es häufig erforderlich, auch die physikalische Umwelt (z.B. Wohn- und Arbeitsplatzbedingungen, Schulbedingungen etc.) zu verändern. Hier sind *ökotherapeutische* Interventionen erforderlich (s. KAMINSKI, 1978).

4 Zusammenfassung

Die KJPT hat sich als ein eigenständiger therapeutischer Anwendungsbereich von der Erwachsenentherapie abgegrenzt. Sie erfordert wegen der großen Altersstreuung der Klienten, deren oftmals geringer Störungseinsicht und Therapiemotivation, entwicklungsbedingter Störreize und der großen Abhängigkeit von Eltern und Erziehern einen multidimensionalen Ansatz. In ihm sind subjekt- und umweltzentrierte Verfahren unter persönlichkeits- und verhaltensmodifizierender Zielrichtung einzusetzen. Dabei stehen sowohl das Kind als auch dessen Eltern im Blickpunkt der Behandlung.

Verweis auf andere Stichwörter

→Abweichendes Verhalten →Diagnostik →Gesprächspsychotherapie →Psychoanalyse →Psychotherapie →Spiel →Therapieforschung →Verhaltenstherapie

Literatur

AXLINE, V.: Kinderspieltherapie im nichtdirektiven Verfahren. München: Reinhardt 1972 (engl. 1947).
BAUMGÄRTEL, F.: Theorie und Praxis der Kinderpsychologie. München: Pfeiffer 1976.
BAUMHAUER, J.: Verhaltenstherapie bei geistig behinderten Kindern. In: PONGRATZ, L. (Hrsg.): Handbuch der Psychologie, Bd. 8/2. Göttingen: Hogrefe 1978.
BIERMANN, G. (Hrsg.): Handbuch der Kinderpsychotherapie, Bd. 1. München: Reinhardt 1969. Ergänzungsband 1976.
BLACKHAM, G. J./SILBERMAN, A.: Modification of child and adolescent behavior. Belmont: Wadsworth [2]1975.
BOMMERT, H./PLESSEN, U.: Psychologische Erziehungsberatung. Stuttgart: Kohlhammer 1978.
BOMMERT, H.: Möglichkeiten und Grenzen des Gesprächs als therapeutisches Medium. In: S. SCHMIDTCHEN, S./BAUMGÄRTEL, F. (Hrsg.): Methoden der Kinderpsychotherapie. Stuttgart: Kohlhammer 1979.
CLARIZIO, H./MCCOY, B.: Behavior disorders in schoolaged children. Scranton: Chandler 1970.
DÜHRSSEN, A.: Psychotherapie mit Kindern und Jugendlichen. Göttingen 1960, [5]1974.
FREUD, A.: Einführung in die Technik der Kinderanalyse. München: Reinhardt 1973 (1. Aufl. 1927).
GOETZE, H./JAEDE, W.: Die nichtdirektive Spieltherapie. München: Kindler 1974.
GORDON, T.: Familienkonferenz. Hamburg: Hoffmann & Campe 1972.

INNERHOFER, P.: Verhaltensänderung, Beobachtung, Interaktionsanalyse. Das Münchener Trainingsmodell. Berlin: Springer 1977.
KAMINSKI, G.: Ökopsychologie und Klinische Psychologie. In: BAUMANN, U./BERBALK, H./SEIDENSTÜCKER, G. (Hrsg.): Klinische Psychologie. Trends in Forschung und Praxis. Band 1. Bern: Huber 1978, 32.
KUHLEN, V.: Verhaltenstherapie im Kindesalter. München: Juventa 1974.
LEVITT, E.: Research on psychotherapy with children. In: BERGIN, A./GARFIELD, S. (Hrsg.): Handbook of psychotherapy and behavior change. New York: Wiley 1971.
MOELLER, L.: Wodurch wirken Selbsthilfegruppen? Gruppendynamik, 8. Stuttgart: Klett 1977.
O'LEARY, K. D./WILSON, G.: Behavior therapy. Application and outcome. Englewood Cliffs: Prentice-Hall 1975.
PATTERSON, G.: Soziales Lernen in der Familie. Psychologische Hilfe für Eltern und Kinder. München: Pfeiffer 1975.
PERREZ, M./MINSEL, B./WIMMER, H.: Eltern-Verhaltenstraining. Salzburg: Müller 1974.
ROGERS, C.: Die nichtdirektive Beratung. München: Kindler 1972 (engl. 1942).
ROGERS, C.: Lernen in Freiheit. München: Kösel 1974 (engl. 1969).
ROSS, A.: Psychological disorders of children. New York: McGraw-Hill 1974.
SATIR, V.: Familienbehandlung. Freiburg: Lambertus 1977.
SCHMIDTCHEN, S.: Verhaltenstherapie bei Kindern und Jugendlichen. In: PONGRATZ, L. (Hrsg.): Handbuch der Psychologie, Bd. 8/2. Göttingen: Hogrefe 1978a.
SCHMIDTCHEN, S.: Handeln in der Kinderpsychotherapie. Stuttgart: Kohlhammer 1978b.
SCHMIDTCHEN, S.: Klientenzentrierte Spieltherapie. Weinheim: Beltz 1978c.
SCHMIDTCHEN, S./KAATZ, S.: Gesprächspsychotherapie bei Jugendlichen. In: BIERMANN, G. (Hrsg.): Handbuch der Kinderpsychotherapie, Bd. 3. München: Reinhardt 1976.
SCHMIDTCHEN, S./BAUMGÄRTEL, F. (Hrsg.): Methoden der Kinderpsychotherapie. Stuttgart: Kohlhammer 1979.
SCHNEEWIND, D./LUKESCH, H. (Hrsg.): Familiäre Sozialisation. Stuttgart: Klett-Cotta 1978.
SCHRÖDER, G.: Verhaltenstherapie mit Kindern und Jugendlichen. München: Pfeiffer 1977.
SHEPHERD, M./OPPENHEIM, B./MITCHELL, S.: Auffälliges Verhalten bei Kindern. Göttingen: Vandenhoeck & Ruprecht 1973.
SLAVSON, S./SCHIFFER, M.: Gruppenpsychotherapie mit Kindern. Göttingen: Vandenhoeck & Ruprecht 1975.

Stefan Schmidtchen

Kollektives Verhalten

1 Gegenstandsbereich

Aus der *Massenpsychologie* der zweiten Hälfte des 19. Jahrhunderts, wie sie von den Franzosen G. LE BON (1841–1931) und G. TARDE (1834–1904) kreiert wurde, entwickelte sich in den USA der zwanziger Jahre die empirisch ausgerichtete Theorie des k.V., die auf psychologische und soziologische Hypothesen zurückgreift (PARK/BURGESS, 1921). Hatte in der Tradition der Massenpsychologie das Vokabular der Psychopathologie bei der Erklärung k.V.phänomene vorgeherrscht, so findet sich in zeitgenössischen Theorien die Tendenz, die verschiedenen Erscheinungsformen k.V. nach Art und Dauer der Interaktionsprozesse und dem Organisationsgrad zu klassifizieren und das Bemühen, auf die *politischen* und *ökonomischen Verhältnisse* einzugehen, die an der Wurzel von Aktionsgruppen, Bürgerinitiativen und Protestbewegungen liegen (vgl. HEINZ/SCHÖBER, 1972). Der Gegenstandsbereich der Theorien k.V. ist das spontane Zusammenwirken von Individuen in Menschenmengen, Gruppen oder Bewegungen, die *außerhalb* etablierter Institutionen mit unkonventionellen Mitteln für die Durchsetzung ihrer Bedürfnisse, Interessen und Überzeugungen eintreten.

In der Literatur werden zwei breite Bereiche k. Handelns unterschieden: 1. Krisenreaktionen in Form von *Episoden k.V.* und 2. Protestaktionen in Form *sozialer Bewegungen* (vgl. zusammenfassend: BROWN, 1965, Kap. 14; MILGRAM/. TOCH, 1969). Zu den Krisenreaktionen zählen etwa Panik, Krawalle, Demonstrationen, Sit-Ins, Aufruhr. Ihre Merkmale sind als Elementarformen k.V. zu verstehen, nämlich Problemlösungsversuche von Menschengruppen, die mit einer unvorhergesehenen Situation konfrontiert sind. K. Handeln stellt hier eine *spontane Neudefinition* von Handlungsnormen dar, die notwendig wird, wenn konventionelle Regeln nicht anwendbar sind, bewußt mißachtet oder in ihrer Legitimität bestritten werden. Wie BROWN (1965) deutlich macht, sind bei Unruhen und gewaltsamen Protesten immer sozialstrukturelle Faktoren (z.B. Konkurrenz um Arbeitsplätze), historische Bedingungen (Disparitäten im Versorgungssystem als Ausdruck von Machtstrukturen), personale Faktoren (Autoritarismus, Aggressionsverlagerung) und Situationsdeter-

minanten (Gerüchte, Anführer und Aktionen der Kontrollinstanzen) zu berücksichtigen, wenn eine Erklärung von Ausbruch, Verlauf und Erfolg der k. Aktion beabsichtigt wird. Bei k. Episoden stellen die Menschen, die sich zur selben Zeit am selben Ort aufhalten und gemeinsam einem Ereignis ausgesetzt sind, wechselseitige Bezugseinheiten für Verhaltensorientierung und Normentwicklung dar, wobei die auftretende Verhaltenskonvergenz *selten* durch eine übereinstimmende Situationsdeutung der Beteiligten gestützt wird.
Demgegenüber sind soziale Bewegungen durch a) geplante Organisationsformen, b) Ideologien und c) Aktionsprogramme gekennzeichnet. Sie zielen auf eine *längerfristige* Agitation und Auseinandersetzung mit gesellschaftlichen Entscheidungsträgern mit dem Ziel der Veränderung lokaler, regionaler und gesamtgesellschaftlicher Machtstrukturen. Reform-, Protest- und Revolutionsbewegungen können, müssen aber nicht aus k. Episoden hervorgehen. Eine wesentliche Bedingung für eine Transformation dieser Art sind die Reaktionen der Öffentlichkeit, vor allem des Staates und der Medien bei der Eindämmung und Kontrolle k. Aktionen (Turner, 1972).

2 Theoriegeschichte

In der Geschichte der Theorien k.V. dominierten zunächst *psychologisierende* Ansätze, die Licht in die verwirrenden und bedrohlichen Aktionen protestierender Massen bringen sollten. Unter Vernachlässigung der ökonomischen Lage und der sozialen Machtlosigkeit derjenigen, die sich zu spontanem Widerstand zusammentaten, wurden die Suggestibilität, Verführbarkeit, Hysterie, Irrationalität und Anonymität der Teilnehmer an Massenaktionen (Pöbel, Mob) hervorgehoben. So entwickelte Le Bon (1895), erschreckt durch die Französische Revolution und die politischen Aufstände der 3. Republik, eine Ideologie der Massenpsychologie, die vorgab, die Primitivität, Verantwortungslosigkeit und Unzurechnungsfähigkeit k. Aktionen mittels psychologischer Gesetzmäßigkeiten der kurzgeschlossenen Emotionalität durch ansteckende *Massenhysterie* zu erklären. Freud (1921) hat in seiner Massenpsychologie die Bedeutung des Führers herausgehoben, der die in schwierigen und kritischen Situationen entstehende Unsicherheit und Angst in Massenansammlungen abbauen könne. Freud nahm an, daß die psychischen Mechanismen der *Projektion* und *Identifikation* mit dem *Führer* die Individuen in der Menge zu einer Aktionseinheit zusammenschweißen.
Gegen diese eindimensionalen Erklärungsversuche hebt Hofstätter (1957) in seiner *Kritik der Massenpsychologie* hervor, daß k.V.weisen nicht durch Suggestion und Nachahmung, sondern durch Kooperations- und Kommunikationsprozesse sowie Rollendifferenzierung und Organisationsstrukturen zustande kommen.
Neuere Erklärungsversuche können nach Turner (1964) auf drei Modelle zurückgeführt werden, nämlich das der „*emotionalen Ansteckung*", der „*Verhaltenskonvergenz*" und der „*Normentstehung*". Sind die beiden ersten Modelle noch weitgehend einer individualistischen Perspektive verhaftet, indem sie Aggressionsabfuhr und Irrationalität zum Merkmal der agierenden Kollektivität verdichten, so strebt die These der Normentstehung an, die Prozesse zu analysieren, die koordiniertes Agieren in Sondersituationen und in Protestorganisationen erst ermöglichen.
Neben dieser eher sozialpsychologischen Herangehensweise ist vor allem die Theorie von Smelser (1972) hervorzuheben, die eine *nichtpsychologische Analyse* der Herausbildung k.V. formuliert. Smelser sieht k.V. als Ergebnis eines kumulativen Prozesses, der durch sechs Bedingungen in Gang gesetzt wird: 1. Strukturelle Bedingungen in der Gesellschaft (z.B. Rassentrennung), 2. strukturelle Spannungen (z.B. Widerspruch zwischen Postulat der Chancengleichheit und Einstellungspraktiken), 3. Entstehung und Verbreitung allgemeiner Überzeugungen, die auf Ursachen der Spannungen und deren Überwindung verweisen, 4. auslösende Ereignisse, die im Licht der Faktoren 1 bis 3 gedeutet werden, 5. Mobilisierung der Betroffenen und 6. Reaktionen der Kontrollinstanzen (Behörden).
Dieses Modell wird von Smelser auf den feindseligen Ausbruch (Aufruhr), die normorientierte und die wertorientierte soziale Bewegung angewendet. Es weist jedoch systematische Mängel auf, die seinen Erklärungswert einschränken. Weder die Herrschaftsverhältnisse noch strukturelle Konfliktfelder, wie sie in Klassengesellschaften virulent sind, werden thematisiert. Überdies fehlt es im Modell Smelsers an einer Begrifflichkeit, die geeignet wäre, die Interpretationen der Beteiligten zu erfassen.

3 Gesellschaftliche Entwicklung und Forschungsgegenstand

Das Wiederaufleben der Theorien k.V. ist auf die reale gesellschaftliche Entwicklung zurückzuführen. Die Zunahme oppositioneller Aktionen, die sich in Krisenfeldern der gesellschaftlichen Reproduktion (Arbeit, Energiepolitik, Bildung, Wohnen) herausbilden, hat die Nachfrage nach Ursachen- und Prozeßanalysen dieser organisierten Formen kollektiven Handelns erzeugt. Demgemäß sind gegenwärtig weniger kollektive Episoden, sondern *soziale Bewegungen* Gegenstand der Forschung.

Zu einer sozialen Bewegung kommt es nach SMELSER (1972), wenn zu Empörung und Protest ein gemeinsames Bewußtsein über Ursachen gesellschaftlicher Mißstände und Handlungsalternativen tritt. In der Revolutionstheorie von MARX wurde dieser Prozeß als die Umwandlung einer gesellschaftlichen Klasse in eine „Klasse für sich", d.h. das Handeln einer Kollektivität auf Grundlage von *Klassenbewußtsein* formuliert (vgl. MARX, 1971).

In Theorien k.V. wird angenommen, daß sich die strukturellen Widersprüche in psychische Belastungen umsetzen, aus denen Protestpotential entsteht. GURR (1970) und DAVIES (1969) haben einen Mechanismus der *„relativen Deprivation"* postuliert; wenn nach einer Periode wirtschaftlichen Aufschwungs eine plötzliche Verschlechterung der Lebensbedingungen auftritt, dann führt die perzipierte Diskrepanz zwischen den Erwartungen der Massen und ihren Verwirklichungschancen zu k. Formen der Artikulation von Unzufriedenheit. Dieser sozialpsychologische Erklärungsversuch operiert mit einer allgemeinen Theorie des Anspruchsniveaus und kann daher keine Aufschlüsse über die Auswirkung sozialer Lagen, von Klassen- und Machtkämpfen geben, die letztlich über Entstehung und Erfolgschancen sozialer Bewegungen entscheiden (vgl. OBERSCHALL, 1973). So haben die Sozialhistoriker SNYDER und TILLY (1972) im Gefolge von RUDÉ (1964) bestritten, daß k. Aktionen allein auf eine Kluft zwischen Erwartungen und Realisierungschancen im ökonomischen Bereich zurückzuführen seien. Es sind vielmehr *politische Machtauseinandersetzungen*, die von k. Protest und Gewalt begleitet werden, deren Entstehung weitgehend von den präventiven Kontrollen und akuten Repressionen des Staates abhängig sind.

Von besonderer Bedeutung in der Anfangsphase sozialer Bewegungen ist die *organisierte* Mobilisierung bzw. Rekrutierung von Betroffenen. Hierbei erweist sich die politisch-theoretische Vorarbeit in Verbindung mit der Planung und Erprobung von Aktionsformen als wichtig für den Aufbau einer Bewegungsorganisation (OBERSCHALL, 1973). Das Überleben einer sozialen Bewegung hängt von der Homogenität der Teilnehmermotive, der Klarheit der Zielsetzung und der Bündnisfähigkeit ab (ZALD/ASH, 1972), aber auch von der Lernfähigkeit, der „Selbst-Reflexion" über Ursachen von Erfolgen und Niederlagen. Dies gilt insbesondere für Bürgerinitiativen und Aktionsgruppen, die eine Vermittlung von Selbsterfahrung und politischer Aktion im Rahmen einer demokratischen Bewegungsorganisation anstreben (GRONEMEYER, 1976). Inwieweit aus der Beteiligung an k. Problemlösungen ein Abbau psychosozialer Barrieren gegen Partizipation und eine Politisierung des Bewußtseins eingeleitet werden können, d.h. alternative Formen und Inhalte der politischen Sozialisation vermittelt werden, ist eine Frage, die aus dem engeren Bereich der Theorien k.V. hinausweist. Sie weist diesem Forschungsgebiet jedoch eine besondere psychologische Relevanz zu.

Verweis auf andere Stichwörter

→Aggression →Machtbeziehungen →Politische Psychologie →Psychologismus →Sozialpsychologie →Soziologie →Verhalten und Handlung

Literatur

BROWN, R.: Social Psychology. New York: Free Press 1965.

DAVIES, J. C.: Eine Theorie der Revolution. In: ZAPF, W. (Hrsg.): Theorien des sozialen Wandels. Köln: Kiepenheuer & Witsch 1969.

FREUD, S.: Massenpsychologie und Ich-Analyse. In: Gesammelte Werke, Bd. 13. Frankfurt/M.: Fischer 1967 (zuerst 1921).

GRONEMEYER, M.: Motivation und politisches Handeln. Hamburg: Hoffmann & Campe 1976.

GURR, T. R.: Why Men Rebel. Princeton, N.J.: Princeton U.P. 1970.

HEINZ, W. R./SCHÖBER, P. (Hrsg.): Theorien kollektiven Verhaltens. 2 Bde. Darmstadt/Neuwied: Luchterhand 1972.

HOFSTÄTTER, P. R.: Gruppendynamik. Die Kritik der Massenpsychologie. Hamburg: Rowohlt 1957.

LE BON: G. Psychologie der Massen. Stuttgart 1957 (zuerst 1895).

MARX, K.: Der achtzehnte Brumaire des Louis Bonaparte. Berlin-Ost: Dietz [4]1971.

MILGRAM, S./TOCH, H.: Collective Behavior: Crowds and Social Movements. In: LINDZEY, G./ARONSON, E. (Hrsg.): The Handbook of Social Psychology, 2. Aufl., Bd. 4. Reading Mass.: Addison-Wesley 1969.
OBERSCHALL, A.: Social Conflict and Social Movements. Englewood Cliffs, N.J.: Prentice-Hall 1973.
PARK, R. E./BURGESS, E. W.: Introduction to the Science of Sociology. Chicago 1921.
RUDÉ, G.: The Crowd in History. New York: Wiley 1964.
SMELSER, N. J.: Theorie des kollektiven Verhaltens. Köln: Kiepenheuer & Witsch 1972 (zuerst 1963).
SNYDER, D./TILLY, C.: Hardship and Collective Violence in France 1830 to 1960. American Sociological Review, 37, 1972, S. 520–532.
TURNER, R. H.: Die Wahrnehmung von Protest in der Öffentlichkeit. In: HEINZ, W. R./SCHÖBER, P. (Hrsg.): Theorien kollektiven Verhaltens, Bd. 2. Darmstadt/Neuwied: Luchterhand 1972.
TURNER, R. H.: Collective Behavior. In: FARIS, R. E. L. (Hrsg.): Handbook of Modern Sociology. Chicago: Rand McNally 1964.
ZALD, M. N./ASH, R.: Organisationsformen sozialer Bewegungen. In: HEINZ, W. R./SCHÖBER, P. (Hrsg.): Theorien kollektiven Verhaltens, Bd. 2. Darmstadt/Neuwied: Luchterhand 1972.

Walter R. Heinz

Kreativität

1 Begriff und Geschichte

Ein allgemeiner Begriff der K. müßte eigentlich im Zusammenhang mit dem Begriff der *spezifisch menschlichen Tätigkeit*, der *gesellschaftlichen Produktion*, entwickelt werden. Jener Aspekt der gesellschaftlichen Aneignung der Natur, in dem die Erkenntnis der Gesetzmäßigkeiten der Natur und der Bewegungsgesetze der Gesellschaft vorangetrieben wird („Entdeckungen"), und die entsprechenden Fähigkeiten entwickelt werden bzw. in dem die Natur und die gesellschaftlichen Verhältnisse den menschlichen Bedürfnissen auf neue Weise angepaßt („Erfindungen"), und die entsprechenden Bedürfnisse entfaltet werden, ist der *kreative* Aspekt der spezifisch menschlichen Tätigkeit, der Arbeit. In der psychologischen Forschung zum Thema K. wurde allerdings nicht von einem Begriff der Arbeit ausgegangen, sondern unter Kreativität eine *Persönlichkeitseigenschaft* gefaßt, die es ermöglicht, neue Ideen zu finden.
Die explizite psychologische K.forschung begann nach dem 2. Weltkrieg in den USA, wurde seit 1957 („Sputnikschock") intensiviert und stagnierte dort seit Ende der sechziger Jahre quantitativ und qualitativ – zu einer Zeit, als sie in der BRD erst in größerem Umfang zur Kenntnis genommen wurde (ULMANN, 1968) und wo sie seitdem in einer besonderen Abwandlung fortlebt.
Es waren im wesentlichen drei, zunächst voneinander unabhängige Forschungsrichtungen, die sich unter dem Titel „creativity" vereinten. Zum ersten wurde, insbesondere in der amerikanischen Luftwaffe, entdeckt, daß Personen mit extrem hohem Intelligenzquotienten ihre ihnen zugedachte Funktion als Erfinder oder Entdekker keineswegs in erwarteter Genialität meisterten. Es mußte befürchtet werden, daß die USA mit der UdSSR nicht mehr erfolgreich konkurrieren könnten, wenn sie nicht der Fähigkeit zum Entdecken und Erfinden adäquatere Diagnosemethoden – und bessere Erziehungstechniken – als bisher anwendete (vgl. GUILFORD, 1950). Zum zweiten wurde „creativity" ein Begriff, mit dem man „mental health" besser zu definieren hoffte als mit „Abwesenheit psychischer Störungen" (vgl. BARRON, 1969); *psychische Gesundheit* wurde als unbedingtes Erfordernis aller Arbeitskräfte entdeckt – wer psy-

chisch krank ist, leistet nicht viel. Zum dritten brauchte die Industrie dringend neue *Werbe- und Verkaufsstrategien*, und es war nötig, neue verkaufbare Produkte zu erfinden (Produktinnovation). – Wenn die Wissenschaftler, um diesen Anforderungen zu genügen, sich auf die menschliche Fähigkeit, etwas zu entdecken und zu erfinden, besannen, so ging es eigentlich um die Bewältigung von Krisen; Fortschritt mußte nur soweit in Kauf genommen werden, wie er verwertbar war oder dazu beitrug, konkurrenzfähig zu bleiben.

2 Forschungsschwerpunkte

Weil die verschiedenen Intentionen sich unreflektiert unter dem Begriff „Kreativität" vereinten, blieb der Begriff verschwommen. – In Ermangelung eines einheitlichen Ansatzes spezialisierten sich die Forscher rasch auf einen von vier Aspekten der K. (die 4 „p"), auf die Erforschung der Umweltbedingungen („press"), der Persönlichkeit, des Prozesses oder des Produktes. Die Ergebnisse sind im folgenden kurz zusammengestellt (vgl. auch Ulmann, 1968, 1973).

2.1 Ein *kreatives Produkt* – ob nun Idee oder Gegenstand – muß *neu* sein. Obwohl immer wieder darauf hingewiesen wurde, daß dieses Kriterium allein nicht genüge, da etwas neues auch ganz sinnlos sein könne, hat sich der größte Teil der Diskussion darauf konzentriert zu definieren, was unter „neu" zu verstehen sei. Soll „neu" erstmalig in der Menschheitsgeschichte bedeuten oder erstmalig für das Individuum? Kann es eine Schöpfung aus dem Nichts geben oder ist alles Neue immer nur Abwandlung des Bestehenden? Das erst hinreichende Kriterium „sinnvoll", „brauchbar", „notwendig" konnte, wenn Brauchbarkeit nur als Verwertbarkeit verstanden werden kann, diese sich aber in einer nicht planenden Gesellschaft erst im nachhinein herausstellt, nicht als „menschliche Bedürfnisse befriedigend" begriffen werden. Die Kriterien bleiben so letztlich undefinierbar und unerklärlich, das kreative Produkt bleibt ein „Wunder".

2.2 Ein *kreativer Prozeß* wurde als Denkprozeß, als Problemlösungsprozeß besonderer Art gefaßt; die Besonderheit ergibt sich eben daraus, daß die Lösung neu – und brauchbar – ist. Das Gewicht liegt in dieser Konzeption auf dem *Lösen* von Problemen. Die Problem*stellung* geriet außer Sicht, denn es ging ja darum, die Probleme, die in Politik und Wirtschaft bereits gestellt waren, zu lösen. Dieser Lösungsprozeß wurde in vier Phasen beschrieben: Vorbereitungsphase (in der Wissen über den problematischen Bereich gesammelt wird), Inkubationsphase (die „schöpferische Pause"), Illumination (die plötzliche Erleuchtung) und Kommunikations- und Verifikationsphase.
Der eigentliche kreative Prozeß wurde in der *Inkubationsphase* angesiedelt, lag sie doch zwischen Nichtlösung (in der Vorbereitungsphase) und Lösung (Illumination). Soweit die Forscher sich nicht damit begnügten, unbewußte Prozesse anzunehmen, die – forciert evtl. durch probierendes oder spielerisches Verhalten, u. U. aber auch dadurch, daß man etwas ganz anderes tut, abschaltet – auf geheimnisvolle Weise bewußt werden, wurden die hier ablaufenden Denkprozesse als Assoziation von Ideen oder als Umstrukturierung des Problembereichs beschrieben. Der kognitive Prozeß konnte nicht genauer erklärt werden, insofern handelt es sich eigentlich nur um scheinbar wissenschaftliche Umschreibungen der „Eingebung".

2.3 Die Erforschung der *kreativen Persönlichkeit* erfolgte im wesentlichen auf zwei Wegen. Zum einen wurden solche Personen, die eindeutig als kreative anerkannt wurden, mit gängigen Tests auf ihre kognitiven und motivationalen Eigenschaften hin untersucht (vgl. bes. Barron, 1969), zum anderen wurden von der Vorstellung über das kreative Produkt und den kreativen Prozeß her spezielle, hierfür notwendige kognitive Eigenschaften konzipiert und in Testaufgaben umgesetzt. Hierbei ging es hauptsächlich um eine Unterscheidung der gesuchten Eigenschaft „K." von *„Intelligenz"*. Guilford (1950 und nach ihm Torrance, 1968) unterscheidet „divergierendes Denken" (gegliedert in Gedankenflüssigkeit, Flexibilität, Originalität und Bewertungsfähigkeit) von „konvergierendem Denken" (traditioneller Intelligenzbegriff); viele Tests (vgl. Mednick, 1968; Wallach/Kogan, 1965) erfassen nur *Assoziationsfähigkeit*. Bald stellte sich heraus, daß alle K.tests hoch mit „Gedankenflüssigkeit" korrelieren, ein Test-Kreativer also einer ist, dem viel einfällt, Test-K. also Assoziationsfähigkeit bleibt. Weiterhin stellte sich heraus, daß Personen, denen K. zugeschrieben wurde, keine hohen Punktwerte bei diesen K.tests erreichten.

Dennoch erstreckt sich der größte Teil der experimentellen Forschung seit Jahren darauf, diese Tests untereinander und mit Intelligenztests zu korrelieren. Da immer wieder verschiedene Tests und verschiedene Versuchspersonengruppen herangezogen werden, ergeben sich unterschiedlichste Koeffizienten – die Eigenschaft bleibt mysteriös. Darüber hinaus wurde in unzähligen Experimenten geprüft, ob diese Tests etwas anderes als Intelligenztests messen – oder ob intelligente Personen auch kreativ sind. Der hierin liegende Zirkelschluß blieb übrigens unbemerkt.
Die Erforschung der *motivationalen* Aspekte der kreativen Persönlichkeit brachte ebenfalls keine klaren Ergebnisse. Die kreative Persönlichkeit wird als unkonventionell, unsozial bis asozial beschrieben, und da anerkannt kreative Personen auf Tests der Leistungsmotivation keinen hohen Punktwert erreichten, kann die Motivation zu K. nur als Aggression (McClelland, 1955) oder einfach als „Bedürfnis nach Neuem" (Maddi, 1965), „Vorliebe für Komplexität" (Barron/Welsh, 1953) beschrieben werden.
Ziel der Erforschung der kreativen Persönlichkeit ist es immer gewesen, diagnostische Methoden zu entwickeln, um kreative Personen erkennen, verwerten bzw. gezielt fördern zu können (vgl. Guilford, 1967). „Kreativität" wird also als Eigenschaft gefaßt, die man haben oder nicht haben (bzw. in gewissem Ausmaß, Teilaspekten haben) kann, letztlich also als *„Begabung"*.

2.4 Um zu gewährleisten, daß als kreativ diagnostizierte Personen im Produktionsprozeß auch wirklich kreative Ideen liefern, mußten auch die für kreative Prozesse günstigen *Bedingungen* untersucht werden. In diesem Zusammenhang wurden verschiedene *Techniken* zur Stimulation der K. entwickelt, von denen „brainstorming" (Osborn, 1953; Parnes, 1966) und „Synectics" (Gordon, 1961) sich durchgesetzt haben. Diese Techniken beruhen darauf, daß Teilnehmer einer Gruppe sich durch eine nichtbewertende Haltung gegenseitig zu möglichst vielen und unwahrscheinlichen Assoziationen bzw. Analogiebildungen stimulieren. Die Effektivität dieser Techniken wird bezweifelt und konnte nie belegt werden. Bei genauerem Zusehen entpuppen sie sich als Versuche, das Warten auf die „Eingebung" zu verkürzen, indem man dem Zufall eine größere Chance gibt.

Obwohl die amerikanische K.forschung als gescheitert betrachtet werden muß – da die K. nicht erklärt werden konnte, da weder Tests noch die Stimulationsmethoden sich bewährt haben –, lebt sie unverändert fort (vgl. etwa im Journal of Creative Behavior, 1967–1978).

3 Kreativitätsforschung in der BRD

In der BRD hat es nie eine nennenswerte empirische K.forschung gegeben. Die Stimulationstechniken werden bisweilen in der *Managementschulung* eingesetzt. Für private Zwecke werden Bücher angeboten, die den amerikanischen K.tests ähnliche Aufgaben enthalten, und es wird versprochen, daß es sich dabei sowohl um eine unterhaltsame *Freizeitbeschäftigung* handele, als auch, daß dies Training sich auszahle (vgl. etwa Kirst/Diekmeyer, 1971; Beer/Erl, 1972). Validierungsuntersuchungen liegen nicht vor. – Das Wort „Kreativität" muß ansonsten als unbegründeter Wert an sich zur Legitimation von ästhetischer Erziehung und bestimmten Formen institutionell gelenkter Freizeitgestaltung herhalten. „Kreativität" ist hierbei zur einzigartigen Selbstdarstellung, zur persönlichen Note degradiert; kreativ ist Synonym für „konstruktiv", „spontan", „originell" im Sinne von einmalig. Tätigkeiten ohne Problemstellung und ohne Zielangabe wie Malen, Töpfern bis (Rollen-)Spielen um ihrer selbst willen werden – weil sie K. im Sinne von „Selbstverwirklichung" zu fördern versprechen – sowohl als *Erziehung* als auch als *Therapie* angeboten. Bewährungskontrollen zeigen, daß Teilnehmer derartiger Kurse gelernt haben, sich einzurichten und keine Veränderung der Verhältnisse mehr erwarten, geschweige denn herbeiführen (vgl. Petzold, 1973). Was hier „kreative Selbstverwirklichung" genannt wird, wäre adäquater mit *Ablenkung* von den wirklichen Problemen zu bezeichnen.

4 Kreativität als gesellschaftliche Notwendigkeit?

Entspricht diese Art von „Kreativität" einem gesellschaftlichen Erfordernis? Möglicherweise erleichtert eine derartige einfallsreiche Freizeitgestaltung, in der sozusagen alles, auch Unsinnigstes, erlaubt ist, den Arbeitskräften weiterhin monotone und fremdbestimmte Arbeit zu verrichten, sie erhöht u. U. ihre vielseitige Einsetzbarkeit. – In welcher Form K. als *berufliche Anforderung*, die dem fortgeschrittensten Stand der Entwicklung der Produktivkräfte, der automatischen Produktion, entspricht, verlangt wird, hat F. HAUG (1977) in kritischer Analyse herausgearbeitet. Wie sie darlegt, erfordert die automatische Produktion ein höheres Qualifikationsniveau, bestimmbar zum einen durch die Kenntnis des gesamten Prozeßablaufs, zum anderen als eine „kritische Haltung" dem Produktionsprozeß gegenüber. Dieser Prozeß muß „beständig gesehen werden unter der Perspektive der möglichen Änderung, die als Störung auftritt, wie auch unter der Änderbarkeit als Beheben von Störungen und ihrer Vermeidung bis zum Niveau einer anderen Organisation, eines anderen Arbeitsablaufs" (S. 34), die bis zu ökonomischen Überlegungen reicht. Diese Anforderungen, die sich auf die Produktivkraftentwicklung beziehen, stehen jedoch im Widerspruch zu den Anforderungen an die Produzenten als Lohnarbeiter. Systemübergreifendes Denken, K. als beständige Veränderung, muß sich auf den Produktionsprozeß, soll sich aber nicht auf die Produktionsverhältnisse beziehen, also nicht auf die Verhältnisse, in denen der Produzent selbst zu den Eigentümern der Produktionsmittel steht. Wie HAUG herausstellt, scheint gerade das Rollenspiel diese widersprüchlichen Anforderungen nach einer von vornherein begrenzten K. zu erfüllen.

Für die Entwicklung eines allgemeinen Begriffs der K. sind von HOLZKAMP (1973) und HOLZKAMP-OSTERKAMP (1975, 1976) in historisch-materialistischer Analyse mit den Konzepten des *„begreifenden Erkennens"* und der *„produktiven Motivation"* bereits wichtige Grundlagen gelegt worden. „Begreifendes Erkennen" bedeutet die Möglichkeit, die gesellschaftlichen Verhältnisse als in historisch-gesellschaftlichem Prozeß produzierte und damit auch *gesellschaftlich veränderbare*, und die Umwelt als Vergegenständlichung menschlicher Zwecksetzungen und Interessen, in denen sich die gesellschaftlichen Lebensnotwendigkeiten gebrochen und widersprüchlich durchsetzen, zu erkennen. Das Individuum kann sich selbst als im widersprüchlichen gesellschaftlichen Interessenzusammenhang stehend erkennen und begreifen, daß seine individuelle Lebensbewältigung nur im gesellschaftlichen Zusammenhang, also im kooperativen Zusammenschluß mit jenen möglich ist, die die gleichen Interessen haben.

„Produktive Motivation" ist zu verstehen als Motiv zur „Teilhabe an gesellschaftlicher Realitätskontrolle durch bewußte Veränderung der Natur zur vorsorgenden Absicherung des Lebens der Gesellungseinheit *und* Integration in den kooperativen Zusammenhang arbeitsteiliger gesellschaftlicher Beziehungen, über die die gesellschaftliche Realitätskontrolle allein möglich ist" (HOLZKAMP-OSTERKAMP, 1976, S. 22). Insofern bedingen sich begreifendes Erkennen und produktive Motivation im Prozeß der gesellschaftlichen Aneignung der Natur gegenseitig und stehen in engem Zusammenhang. Erst die entwickelten Formen des begreifenden Erkennens und der produktiven Motivation ermöglichen K. im Sinne der *bewußten und planenden Teilnahme* an der *gesellschaftlichen Aneignung*, als bewußtes Stellen und Entfalten gesellschaftlicher Probleme (die auch die eigenen sind), wobei die Probleme in der Regel nicht abgeschlossene, sondern offene sind, Lösungen nur Teilerkenntnisse im Gesamtzusammenhang sein können und dazu beitragen, den Gesamtzusammenhang immer weitergehend zu erkennen und zu verändern (vgl. SEIDEL, 1976).

Genauer herauszuarbeiten bleiben die gesellschaftlichen und individuellen Bedingungen, unter denen es zu Veränderungen, zu neuen Lösungen erkannter Probleme, kommt. – Aufgabe zukünftiger empirischer Forschung bleibt, die Bedingungen der Entwicklung von K. im individuellen Aneignungsprozeß zu untersuchen. Dabei müssen wir grundsätzlich davon ausgehen, daß K. nicht „Begabung" ist, sondern „Aufgabe" innerhalb des Aneignungsprozesses.

Verweis auf andere Stichwörter

→Berufliche Sozialisation →Denken und Problemlösen →Intelligenz und Begabung →Motivation →Organisationspsychologie →Persönlichkeit

Literatur

BARRON, F.: Creative person and creative process. New York: 1969.

BARRON, F./WELSH, G. S.: Artistic perception as a possible factor in personality style: Its measurement by a figure preference test. J. of psychol., 33, 1953, S. 199–203 (deutsch in: G. ULMANN, 1973).

BEER, U./ERL, W.: Entfaltung der Kreativität. Tübingen: Katzmann 1972.

GORDON, W. J. J.: Synectics. The development of creative capacity. New York 1961.

GUILFORD, J. P.: Creativity. American psychologist, 5, 1950, S. 444–454 (deutsch in: G. ULMANN, 1973).
GUILFORD, J. P.: Creativity: Yesterday, today, and tomorrow. J. of creat. behav., 1, 1967, S. 3–14.
HAUG, F.: Erziehung und gesellschaftliche Produktion: Kritik des Rollenspiels. Frankfurt/M., New York: Campus 1977.
HOLZKAMP, K.: Sinnliche Erkenntnis – Historischer Ursprung und gesellschaftliche Funktion der Wahrnehmung. Frankfurt/M.: Athenäum Fischer Taschenbuch 1973.
HOLZKAMP-OSTERKAMP, U.: Grundlagen der psychologischen Motivationsforschung 1. Frankfurt/M., New York: Campus 1975.
HOLZKAMP-OSTERKAMP, U.: Motivationsforschung 2. Frankfurt/M., New York: Campus 1976.
KIRST, W./DIEKMEYER, U.: Creativitätstraining. Stuttgart 1971.
MADDI, S. R.: Motivational aspects of creativity. J. of Pers., 33, 1965, S. 330–347 (deutsch in: G. ULMANN, 1973).
MCCLELLAND, D.: The calculated risk: an aspect of scientific performance. In: TAYLOR, C. W./BARRON, F. (Eds.): Scientific creativity: its recognition and development. New York, London 1964 (deutsch in: G. ULMANN, 1973).
MEDNICK, S. A.: The Remote Associates Test. J. of creat. behavior, 2, 1968, S. 213–214.
OSBORN, A. F.: Applied imagination: Principles and procedures of creative thinking. New York 1953.
PARNES, S. J.: Creative behavior guidebook, und: Creative behavior workbook. New York 1966.
PETZOLD, H.: Kreativität & Konflikte. Psychologische Gruppenarbeit mit Erwachsenen. Paderborn: Junfermannsche Verlagsbuchhandlung 1973.
SEIDEL, R.: Denken. Psychologische Analyse der Entstehung und Lösung von Problemen. Frankfurt/M., New York: Campus 1976.
TORRANCE, E. P.: Neue Item-Arten zur Erfassung kreativer Denkfähigkeiten. In: INGENKAMP, K./MARSOLEK, T. (Hrsg.): Möglichkeiten und Grenzen bei der Testanwendung in der Schule. Weinheim, Berlin, Basel: Beltz 1968, S. 325–343.
ULMANN, G.: Kreativität. Neue amerikanische Ansätze zur Erweiterung des Intelligenzkonzeptes. Weinheim, Berlin, Basel: Beltz 1968.
ULMANN, G. (Hrsg.): Kreativitätsforschung. Köln: Kiepenheuer & Witsch 1973.
WALLACH, M. A./KOGAN, N.: Modes of thinking in young children. A study of the creativity-intelligence distinction. New York 1965.

Gisela Ulmann

Kritische Psychologie

1 Zur Geschichte der Kritischen Psychologie

Im Rahmen des Erstarkens der demokratischen Bewegung seit Ende der 60er Jahre Jahre, auch und gerade an den Hochschulen, hat sich schrittweise die Kritische Psychologie als eine spezifische Richtung der psychologischen Theoriebildung und Forschung herausgebildet. Sie nahm ihren Ausgangspunkt in dem Unbehagen an der traditionellen, meist positivistischen Psychologie, die wesentlich durch eine mangelnde gesellschaftliche Relevanz ihrer Forschung charakterisiert ist. Erst in dem Methodenstreit mit führenden Vertretern des Kritischen Rationalismus wurde die Erkenntnis erarbeitet, daß diese Irrelevanz ihren wirklichen Grund in einem spezifischen Verständnis des psychologischen Gegenstandes hat: In der Vorstellung von dem isolierten Individuum, welches sich relativ unabhängig von den gesellschaftlichen Lebensbedingungen konstituiert und sich daher allenfalls sekundär auf die Gesellschaft bezieht (vgl. HOLZKAMP, 1972). Die demgegenüber betonte Einsicht in die Gesellschaftlichkeit des konkreten Individuums konnte aber in der Kritik an der traditionellen Psychologie nicht nur proklamiert werden, sondern man mußte sie als Resultat eigenständiger Forschungen auch im einzelnen belegen. Als erstes Resultat dieser Bemühungen erschien 1973 die „Sinnliche Erkenntnis" (HOLZKAMP, 1973), die am spezifischen Gegenstand der menschlichen Wahrnehmungstätigkeit nicht nur deren gesellschaftliche Eingebundenheit zeigte, sondern die auch präzisierte, was der Begriff „Kritik" in der Bezeichnung Kritische Psychologie meint: Daß sich diese Theorie- und Forschungsrichtung kritisch verhält zu den realen Behinderungen der Persönlichkeitsentwicklung für die Mitglieder der lohnabhängigen Klassen und Schichten in der bürgerlichen Klassengesellschaft; und zugleich auch kritisch gegenüber allen theoretischen Versuchen, die gesellschaftlichen Ursachen dieser Entwicklungsbehinderungen zu leugnen oder zu rechtfertigen.

Während bei der Entstehung der Kritischen Psychologie die Rezeption von Arbeiten der kulturhistorischen Schule der sowjetischen Psychologie eine große Rolle spielte (vgl. WYGOTSKI, 1977; LEONTJEW, 1973; HIEBSCH, 1969), so war zunächst für die philosophische Absicherung des Konzeptes die Verarbeitung der französischen Theorietraditionen von Bedeutung (vgl. Politzer, 1974, 1978; Sève, 1977). Die weitere Entwicklung war dann besonders von dem Bemühen geprägt, durch Analyse anderer psychologischer Probleme, z.B. Motivation, Denken, Verhältnis Arbeit – Erziehung – Persönlichkeitsentwicklung das gesamte Konzept zu verbreitern, abzusichern und an gewissen Punkten zu korrigieren (vgl. Haug, 1977; Haug u. a., 1976, 1978; Holzkamp, 1978; Holzkamp-Osterkamp, 1976, 1977; Schurig, 1975, 1976; Seidel, 1976). Auf dem 1. internationalen Kongreß Kritische Psychologie (13.–15. Mai 1977) konnte nicht nur die erreichte theoretische Breite deutlich gemacht werden, sondern es wurden auch die bestehenden vielschichtigen Meinungsverschiedenheiten in produktiver Weise ausgetragen (vgl. Holzkamp/Braun, 1977). In diesem Sinne hat die Kritische Psychologie sich auch nach diesem Kongreß um Verbreiterung, Vertiefung und eventuelle Korrektur ihres Ansatzes bemüht, und dies hat auch den 2. internationalen Kongreß Kritische Psychologie mit dem Thema „Arbeit und Arbeitslosigkeit in kritisch-psychologischer Sicht" (4.–6. Mai 1979) geprägt.

2 Theoretische Grundlagen

2.1 Allgemeine Merkmale der individuellen Lebenstätigkeit

a) Im Gegensatz zu den Tieren können sich – nach Auffassung der Kritischen Psychologie – die Menschen *vergegenständlichen*, können Produkte und mit ihnen gesellschaftliche Verhältnisse außerhalb ihrer individuellen Existenz schaffen, die anderen Menschen, Generationen, Völkern als Voraussetzung von deren Handeln dienen. D.h. die Erfahrungen der Menschen gehen durch den individuellen Tod nicht verloren, sondern sie bleiben erhalten und werden gespeichert in den materiellen und geistigen Produkten der Menschheit. Diese Resultate der Menschheit muß sich der einzelne Mensch *aneignen*, muß sie in ihrer Bedeutung theoretisch und praktisch begreifen lernen, damit er am gesellschaftlichen Leben (auf dessen konkret-historischem Entwicklungsniveau) angemessen teilnehmen und somit bedeutsame Aufgaben zur gesellschaftlichen Lebenserhaltung übernehmen kann.

b) Dieser Mensch-Welt-Zusammenhang hat seine notwendigen naturgeschichtlichen Voraussetzungen im Organismus-Umwelt-Zusammenhang. Im Gang der Naturgeschichte hat sich dabei einerseits bei den Einzelorganismen eine immer größere Lernfähigkeit herausgebildet, also die verstärkte Möglichkeit der Veränderung der Lebensaktivitäten in der Ontogenese; andererseits sind tierische Sozialstrukturen entstanden, also Formen des Zusammenlebens, auf die die Einzelexemplare der Gattung zwingend angewiesen waren. – In einem langwierigen und widersprüchlichen Prozeß, der vor ca. 0,5 Mill. Jahren einsetzte, hat sich im *Tier-Mensch-Übergangsfeld* der gesellschaftliche Mensch in der menschlichen Gesellschaft herausgebildet, wobei hier zwei Momente von wesentlicher Bedeutung waren: einmal die Entwicklung der Fähigkeit zur *systematischen Werkzeugherstellung* und damit die Möglichkeit der bewußten Naturveränderung auf Grund menschlicher Zwecksetzungen; zum anderen die Entstehung der *Kooperation*, die sich durch folgende Merkmale auszeichnet: aufeinander notwendig bezogene Aufteilung der Gesamtaktivitäten in Einzelaktivitäten; Realisierung von Zwischenzielen durch bestimmte Einzelhandlungen, ohne die die folgenden Handlungen nicht möglich sind; Umverteilung des Gesamtresultats an alle Beteiligten. Im historischen Zusammenwachsen dieser beiden Momente bildete sich die *gesellschaftliche Arbeit* als Grundlage der gesellschaftlichen wie individuellen Lebenstätigkeit heraus. – Nach Auffassung der Kritischen Psychologie verkennt die traditionelle Psychologie gerade diesen kooperativen Inhalt der zwischenmenschlichen Beziehungen, wenn sie mit ihrer Auffassung von den „sozialen" Beziehungen deren Inhalt in Gestalt der individuellen Lebensnotwendigkeiten nicht mitreflektiert.

c) Wir sagten, daß sich das einzelne Individuum die materiellen und geistigen Errungenschaften der Menschheit theoretisch und praktisch aneignen muß, um am gesellschaftlichen Lebensprozeß angemessen teilhaben zu können. Dieser Aneignungsprozeß als Prozeß der Entwicklung der Persönlichkeit umfaßt folgende Momente: Die Grundlage stellt die *Tätigkeit* dar, worunter die aktive funktionale Widerspiegelung der konkret-historischen Realität im praktischen Umgang mit ihr verstanden wird; die Tätigkeiten gewinnen so über die reale Vermittlung mit historisch bestimmten Welttatbeständen sachlicher wie personaler Art selbst historischen

Charakter und unterliegen so dem geschichtlichen Wandel. Sofern diese Tätigkeiten Bestandteil des gesellschaftlichen Produktions- und Reproduktionsprozesses sind, sind sie Arbeit, Arbeitstätigkeiten. – Resultat und Voraussetzung dieser Tätigkeiten bildet das *Bewußtsein*, welches sein menschliches Spezifikum darin hat, daß die individuelle Informationsverarbeitungskapazität höher ist als das aktuelle Informationsangebot der Umwelt, und daß das Bewußtsein daher *aktiv* auf die Umwelt einwirken, sich in ihr sekundär materialisieren kann. Dies begründet die bewußte Lebenskontrolle auf menschlichem Niveau, die nicht lediglich in der Bewältigung einer aktuellen Situation durch Zielantizipation und Handlunskontrolle besteht, sondern in der planenden Voraussicht und Vorsorge für zukünftig eintretende Situationen. – Die menschliche *Denkfähigkeit* besteht damit in der rationalen Erfassung der objektiven und bedeutungsvollen Welt, der in ihnen liegenden Handlungsnotwendigkeiten als Handlungsaufforderungen und der Lösung von Problemen, die dadurch entstehen, daß eine Diskrepanz zwischen dem Ziel einer Handlung und den Mitteln zu ihrer Realisierung auftritt. Diese Diskrepanz muß durch das Auffinden neuer Mittel und Veränderung der Problementstehungsbedingungen gelöst werden, und insofern ist Denken stets ein aktiver, produktiver, auf Erneuerung und erweiterte Realitätskontrolle gerichteter Prozeß. – Dies ist auch für die menschlichen *Bedürfnisse* entscheidend; der Mensch verfügt nämlich, nach dem kritisch-psychologischen Konzept menschlicher Subjektivität, nicht nur über sinnlich-vitale Bedürfnisse (organischer wie sexuell-familialer Art), sondern auch und primär über „produktive" Bedürfnisse, die auf die Erweiterung der Kontrolle über die relevanten gesellschaftlichen und individuellen Lebensbedingungen, damit auf die Verstärkung der sozialen Beziehungen und der sozialen Integration gerichtet sind. Diese Bedürfnisse werden zum Motor des *motivierten* Handelns, sofern der Mensch gesellschaftliche Ziele, die die Erweiterung der Kontrolle über die eigenen Lebensbedingungen ermöglichen, durch positive emotionale Bewertung subjektiv übernommen hat und so seine Befindlichkeit und sein Handeln auf ihre Realisierung ausrichtet. Diese emotional-motivationalen Prozesse auf spezifisch menschlichem Niveau (dabei werden die Bedürfnisse, Emotionen und Motivationen sinnlich-vitaler Art hierin aufgehoben, also nicht abgeschafft) stellen die entscheidende Voraussetzung dafür dar, daß die rational erkannten objektiven gesellschaftlichen Anforderungen durch die emotional positive Bewertung auch zu individuell bedeutsamen werden (vgl. Holzkamp-Osterkamp, 1976, 4. Kap.). – Tätigkeit und Bewußtsein des konkreten Individuums stehen in keiner direkten Beziehung zueinander, sondern sind über die *Sprache* vermittelt. Die sprachlichen Symbolbedeutungen haben sich als Verallgemeinerungen und „begriffliche" Fassungen der vom Menschen produzierten materiellen Realität herausdifferenziert und bilden die Grundlage für die gesellschaftliche Erfahrungsakkumulation auf erweiterter Stufenleiter. Im individuellen Aneignungsprozeß stehen Tätigkeit und Sprache in einem relativ engen Zusammenhang, weil die Erfassung der inhaltlichen Bedeutung der Sprache nur zu gewährleisten ist, wenn die realen materiellen Bedingungen und Verhältnisse, worauf sich die Symbolbedeutungen beziehen, auch im praktischen Umgang angeeignet wurden. Dabei ermöglich die repräsentative Funktion der Sprache dadurch eine erweiterte Wirklichkeitserfassung, daß sie das abstrakte Denken erlaubt und so zwischen Denken und Wahrnehmung vermittelt.

2.2 *Persönlichkeitsentwicklung in der bürgerlichen Klassengesellschaft*

Während wir bisher die Auffassungen der Kritischen Psychologie zu den abstrakt-allgemeinen Merkmalen der menschlich-individuellen Lebenstätigkeit dargestellt haben, wenden wir uns nun der Frage zu, wie sich diese allgemeinen Merkmale für die bürgerliche Klassengesellschaft konkretisieren und spezifizieren.

a) Unter den Bedingungen einer Klassengesellschaft (ein kleiner Teil der Bevölkerung verfügt über die entscheidenden Produktionsmittel und kann dadurch den größten Teil ausbeuten, da dieser arbeiten muß, um sein Leben zu erhalten) ist die theoretische und praktische Aneignung der Errungenschaften der Menschheit für die Mitglieder der unterdrückten und ausgebeuteten Klassen kein „unproblematischer" Prozeß. Denn die jeweils herrschende Klasse hat kein prinzipielles Interesse an einer allseitigen und harmonischen Entwicklung der Persönlichkeiten der Beherrschten, sondern nur an einer, die ihre Ausbeutungsmöglichkeiten sichert bzw.

verbessert. Im Kapitalismus ist dabei das entscheidende Kriterium *letztlich* die Sicherung bzw. Erweiterung der Profitmöglichkeiten. Die individuellen Entwicklungsgrenzen für diejenigen, die vom Verkauf ihrer Ware Arbeitskraft leben, sind also durch die bürgerlichen Klassenverhältnisse bestimmt. Diese Aneignungsgrenzen als Klassengrenzen können zwar (wie z.B. die Auseinandersetzungen im Erziehungsbereich stets deutlich machen) durch entsprechende soziale und politische Zusammenschlüsse und Aktivitäten der Lohnabhängigen relativ verändert werden. Aber ihre prinzipielle Beseitigung setzt die Aufhebung des Profitprinzips in der Wirtschaft voraus.

b) Diese Behinderungen der Persönlichkeitsentwicklung setzen sich individuell vermittels *psychischer Konflikte* durch. Das kritisch-psychologische Konfliktmodell geht dabei von einem spezifischen Widerspruchsverhältnis aus: *Einerseits* erkennt der Lohnabhängige rational, daß und wie er durch bestimmte Aktivitäten (z.B. gewerkschaftlichen Streik) bestimmte Ziele (z.B. Sicherung der Arbeitsplätze) erreichen kann, die ihm eine höhere Kontrolle über seine eigenen Lebensbedingungen dadurch gewähren, daß er auf bestimmte gesellschaftliche Entwicklungs- und Entscheidungsprozesse (z.B. die Wirtschaftspolitik) Einfluß gewinnt. Durch diese Antizipation erweiterter individueller Selbstbestimmung durch gesellschaftliche Mitbestimmung werden entsprechende Handlungen zu ihrer Realisierung emotional positiv gewertet. *Andererseits* antizipiert er auch rational, daß die Herrschenden direkt (z.B. durch Aussperrung) oder durch bestimmte Machtinstanzen (z.B. Gerichte, die die Aussperrung legitimieren) seine individuelle Existenz gefährden können und dies in der Regel auch tun werden, um ihr Herrschaftsinteresse durchzusetzen; diese Antizipation der Existenzgefährdung wird emotional negativ gewertet, löst also Ängste aus. *Angst* in ihrer menschlichen Spezifik ist also kein rein innerpsychischer Vorgang, sondern die emotionale Bewertung realer Existenzgefährdung, ohne daß das Individuum Wege sieht, dieser Ausgeliefertheit gegenüber den Mächtigeren entgegenzutreten.

c) Dieser innere Widerspruch zwischen dem Bestreben nach mehr Selbstbestimmung und der Angst vor der Existenzgefährdung muß nach der einen oder anderen Seite hin „gelöst" werden. Die eine Lösungsmöglichkeit stellt nach diesem Konfliktverständnis die *Konfliktabwehr* dar. In diesem Fall bestimmt die Angst entscheidend die emotionale Gesamtbefindlichkeit. Da Angst notwendigerweise zur individuellen Handlungsunfähigkeit führt, das Individuum aber über längere biographische Zeiträume nicht inaktiv bleiben kann, muß es zur Wiedererlangung seiner Handlungsfähigkeit die als gefährlich erlebten Kognitionen und die damit verbundenen emotionalen Bewertungen *verfälschen*, also einmal schon erreichte Einsichten in die mögliche Erweiterung der eigenen Handlungsfähigkeiten in einem emotional gegründeten Prozeß *aktiv* (wenngleich auch in der Regel unbewußt) abwehren. Sofern diese Abwehrprozesse sich nicht auf bestimmte Aspekte der individuellen Lebenspraxis beschränken, sondern zu einem allgemeinen Persönlichkeitsmerkmal werden, schränken sie die prinzipiell vorhandenen Tätigkeits-, Denk- und Motivierungsmöglichkeiten schrittweise ein, vermindern somit generell den Grad der individuellen Vergesellschaftung und erhöhen – reziprok – das Maß der Abhängigkeit von anderen Menschen. In Fällen einer extremen Konfliktabwehr kann es auch zu Vorformen *psychischer Störungen* bzw. zu manifesten psychischen Störungen kommen, die dann sowohl psychotherapeutische wie auch pädagogische Maßnahmen notwendig machen, um dem Individuum wieder ein angemessenes Maß an gesellschaftlicher und individueller Realitätskontrolle zu ermöglichen (vgl. KAPPELER/HOLZKAMP/HOLZKAMP-OSTERKAMP, 1977).

d) Die alternative Tendenz zur Konfliktabwehr ist die *Konfliktverarbeitung*. Hier gelingt es durch intensives Durcharbeiten der objektiven Lebensbedingungen wie der eigenen Emotionalität die Angst zu überwinden, eine positive emotionale Gesamtbefindlichkeit herzustellen und somit das angestrebte Ziel motiviert zu übernehmen. Sofern diese rationale Zielanalyse wie emotionale Zielbewertung das Ziel als gegenwärtig realisierbar und somit die Risiken für sinnvoll tragbar herausstellt, kommt es dann zu den entsprechenden Handlungen. Sofern das Ziel aber aktuell aus objektiven wie subjektiven Gründen nicht verwirklicht werden kann, so wird das Ziel allerdings nicht aufgegeben, sondern es werden „Etappenziele" bestimmt, die die objektiven wie subjektiven Lebensbedingungen so verändern, daß das langfristige Ziel verwirklichbar werden kann. – Besonders an den verschiedenen Formen und Qualitäten der Konfliktverarbeitung setzt das Erkenntnisinteresse der *Politischen Psychologie* an, welche die Trias von objektiven Bedingungen, gesellschaftlichem Subjekt und individuellem Subjekt im politischen Überbau der Gesellschaft zu ihrem Gegenstand hat (vgl. BRAUN, 1978, Teil III) und das danach fragt, wie bestimmte politisch-soziale Bewegungen und Organisationen diese Konfliktverarbeitung fördern bzw. hemmen.

3 Methodenfragen

Das allgemeinste methodische Prinzip der Kritischen Psychologie ist das *historische Herangehen* an die Untersuchung der menschlichen Persönlichkeit. Dem liegt die Auffassung zugrunde, daß eine Erscheinung und ein Gegenstand erst dadurch in seinen wesentlichen und gesetzmäßigen Bedingungen erkennbar wird, wenn man seine historische Gewordenheit herausarbeitet. Aus dieser historischen Gewordenheit werden dann die *wesentlichen* Zusammenhänge als *logische* Begriffe und Beziehungen bestimmt und von der Vielfältigkeit und Zufälligkeit des Realprozesses relativ isoliert. Die logischen Begriffe und Beziehungen spiegeln somit in vereinfachter Form den historischen Realprozeß wider. Die empirische und besonders die experimentelle Forschung gewinnt in diesem allgemeinen Zusammenhang ihren spezifischen Stellenwert, der sich danach bemißt, inwieweit sie die Einsichten in die reale Gewordenheit der menschlichen Persönlichkeit unter konkret-historischen Entwicklungsbedingungen in der Lage sind weiterzutreiben. So wenig auf empirische und auch experimentelle Analysen verzichtet werden kann, so wenig ist die psychologische Forschung darauf zu beschränken. – Wesentliche Bereiche der historischen Analyse stellen die naturgeschichtliche Gewordenheit des Verhältnisses von Individuum und Gesellschaft dar, seine Entwicklung während der bisherigen Sozialgeschichte sowie besonders die Entwicklung der Gesellschaftlichkeit des konkreten Individuum in der bürgerlichen Klassengesellschaft.

4 Gegenwärtige Kontroversen und Forschungsprobleme

Ein zentraler Problemkreis der gegenwärtigen Kontroversen setzt am Marxismusverständnis der Kritischen Psychologie an, welches davon ausgeht, daß es im Rahmen der marxistischen Theorie eine materialistische Persönlichkeitstheorie und somit auch eine Kritische Psychologie geben kann und muß (vgl. HOLZKAMP, 1977, S. 49ff., 56ff.). Dem wird von der französischen ALTHUSSER-*Schule* entgegengehalten, daß der Marxismus ein theoretischer Antihumanismus sei und es somit keine marxistisch fundierte Psychologie geben könne, sondern solche Auffassungen einen Rückfall in die bürgerliche Ideologie darstellten. Andererseits geht die *Kritische Theorie des Subjekts* (HORN, LORENZER) davon aus, daß es zwar eine Theorie des Subjekts geben müsse, diese aber nicht direkt aus der marxistischen Theorie heraus entwickelt werden könne, sondern nur durch eine kritisch verarbeitete Psychoanalyse zu konstituieren und dann quasi „von außen" an den Marxismus zu koppeln sei (vgl. zur Kritik BRAUN, 1978).
Ein anderer Problemkreis betrifft mehr Fragen, die „innerhalb" der Kritischen Psychologie diskutiert werden, wobei hier besonders folgende Punkte summarisch zu nennen sind: Wie vermitteln sich Natur und Gesellschaft konkret in der Individualgeschichte? Wie ist die Einmaligkeit der Persönlichkeit angesichts der gesellschaftlichen Vermitteltheit der Persönlichkeitsentwicklung zu bestimmen? Wie ist das Verhältnis zwischen der objektiven Bestimmtheit durch die gesellschaftlichen Verhältnisse und der bewußten Bestimmung der gesellschaftlichen Verhältnisse auf der Ebene des Individuums kategorial und empirisch präzise zu erfassen? Welchen Gesetzmäßigkeiten folgt der individuelle Entwicklungsprozeß, besonders in den frühesten Stadien, und in welchem Verhältnis stehen die individuellen zu den gesellschaftlichen Entwicklungsgesetzen? Wie ist die Emotionalität einerseits als „vorbegriffliche" Leitlinie individueller Erkenntnisprozesse und andererseits als mögliche Störbedingung des Denkens theoretisch abzuleiten und empirisch zu untersuchen? Welche methodischen Möglichkeiten bestehen zur Verobjektivierung von Untersuchungen über Prozesse, die nicht lediglich durch äußere Bedingungen determiniert sind, sondern Resultat selbstbestimmter Praxis individueller Subjekte darstellen? Welche Probleme ergeben sich aus dem emanzipatorischen Gehalt der Kritischen Psychologie im Hinblick auf ihre konkrete Umsetzung in psychologische Berufspraxis und generell gesellschaftliche Praxis innerhalb der bürgerlichen Klassengesellschaft? Auf welche Weise können die zur Klärung dieser Fragen

nötigen Funktionsanalysen der Psychologie im jeweiligen institutionellen Rahmen in das theoretische Gesamtkonzept der Kritischen Psychologie integriert werden, und wie ist dabei solche Umsetzbarkeit in der Praxis als Bewährungskriterium der Theorie zu bestimmen?

5 Politische Voraussetzungen und Wirkungen

Wie jede andere demokratische Wissenschaft (von der die marxistische Wissenschaft stets einen Teil darstellt) hat die Kritische Psychologie immer die Frage nach den gesellschaftlichen Voraussetzungen und Wirkungen ihrer Theorie und Praxis gestellt. Dabei teilt sie mit anderen demokratisch engagierten Wissenschaftsrichtungen einerseits das Bemühen, die Lebenslage der Lohnabhängigen konkret zu erforschen und Bedingungen und Wege zu benennen, unter denen diese verbessert werden kann. Andererseits ist sie damit auch den politischen Angriffen konservativer wie reaktionärer Kräfte ausgesetzt, die vermittels selektiver Sparmaßnahmen, Demokratisierungsverbote, verfassungswidriger Berufsverbote u.ä. Maßnahmen dieses demokratische Engagement versuchen zu behindern und zu verhindern. Das einzige langfristig wirksame Mittel gegen solche antidemokratischen Angriffe stellt nach Auffassung der Kritischen Psychologie das konkrete Bündnis mit der Arbeiterbewegung und besonders mit den Gewerkschaften im Rahmen von Kooperationsbeziehungen dar, die dem inneren Zusammenhang von demokratischer Wissenschaft und Arbeiterbewegung den notwendigen institutionellen Ausdruck verleiht. Ein wesentlicher Teil der wissenschaftspolitischen Aktivitäten der Kritischen Psychologie ist genau darauf gerichtet.

Verweis auf andere Stichwörter

→Arbeitspsychologie →Denken und Problemlösen →Experiment →Handlungsforschung →Psychiatrie →Sozialpsychiatrie

Literatur

Allgemein sei darauf verwiesen, daß die wichtigsten Arbeiten zur Kritischen Psychologie gesammelt sind in den beiden Buchreihen „Texte zur Kritischen Psychologie“ (Campus-Verlag, Frankfurt/M.) und „Studien zur Kritischen Psychologie“ (Pahl-Rugenstein Verlag, Köln) sowie in der Zeitschrift „Forum Kritische Psychologie“ (Argument-Verlag, Berlin).

BRAUN, K.-H.: Einführung in die Politische Psychologie. Zum Verhältnis von gesellschaftlichem und individuellem Subjekt. Köln: Pahl-Rugenstein 1978.

BRAUN, K.-H.: Kritik des Freudo-Marxismus. Zur marxistischen Aufhebung der Psychoanalyse. Köln: Pahl-Rugenstein 1979.

FRIEDRICH, W. (Hrsg.): Kritik der Psychoanalyse und biologistischer Konzeptionen. Frankfurt/M.: Marxistische Blätter 1977.

GERHARD, W.: Psychoanalyse und Sozialisationstheorie. Probleme einer Kritischen Theorie des Subjekts. Frankfurt/M.: Campus 1977.

GROSSKURTH, P./VOLPERT, W.: Lohnarbeitspsychologie. Berufliche Sozialisation: Emanzipation zur Anpassung. Frankfurt/M.: Fischer Taschenbuch 1975.

HAUG, F.: Erziehung und gesellschaftliche Produktion: Kritik des Rollenspiels. Frankfurt/M.: Campus 1977.

HAUG, F. u.a.: Automation in der BRD. Argument-Sonderband 7. Berlin: Argument ²1976.

HAUG, F. u.a.: Entwicklung der Arbeitstätigkeiten und die Methode ihrer Erfassung. Argument-Sonderband 19. Berlin: Argument 1978.

HIEBSCH, H. (Hrsg.): Ergebnisse der sowjetischen Psychologie. Stuttgart: Klett 1969.

HOLLITSCHER, W.: Der Mensch im Weltbild der Wissenschaften. Wien: Globus 1969.

HOLZKAMP, K.: Kritische Psychologie. Vorbereitende Arbeiten. Frankfurt/M.: Fischer Taschenbuch 1972.

HOLZKAMP, K.: Sinnliche Erkenntnis – Historischer Ursprung und gesellschaftliche Funktion der Wahrnehmung. Frankfurt/M.: Fischer Athenäum 1973.

HOLZKAMP, K.: Gesellschaftlichkeit des Individuums. Köln: Pahl-Rugenstein 1978.

HOLZKAMP, K.: Kann es im Rahmen der marxistischen Theorie eine Kritische Psychologie geben?. In: HOLZKAMP/BRAUN, 1977.

HOLZKAMP, K./BRAUN, K.-H. (Hrsg.): Kritische Psychologie. Bericht über den 1. internationalen Kongreß Kritische Psychologie vom 13.–15. Mai 1977 in Marburg. Bd. 1: Einführende Referate, Bd. 2: Diskussion. Köln: Pahl-Rugenstein 1977.

HOLZKAMP-OSTERKAMP, U.: Grundlagen der psychologischen Motivationsforschung 1. Frankfurt/M.: Campus ²1977.

HOLZKAMP-OSTERKAMP, U.: Grundlagen der psychologischen Motivationsforschung 2: Besonderheit der menschlichen Bedürfnisse – Problematik und Erkenntnisgehalt der Psychoanalyse. Frankfurt/M.: Campus 1976.

KAPPELER, M./HOLZKAMP, K./HOLZKAMP-OSTERKAMP, U.: Psychologische Therapie und politisches Handeln. Frankfurt/M.: Campus 1977.

LEISER, E.: Einführung in die statistischen Methoden der Erkenntnisgewinnung. Köln: Pahl-Rugenstein 1978.

LEONTJEW, A. N.: Probleme der Entwicklung des Psychischen. Mit einer Einführung von K. HOLZKAMP und V. SCHURIG. Frankfurt/M.: Fischer-Athenäum 1973.

MASCHEWSKY, W.: Das Experiment in der Psychologie. Frankfurt/M.: Campus 1977.

POLITZER, G.: Kritik der Klassischen Psychologie. Einleitung: TH. LEITHÄUSER, Nachwort: F. STREIFFLER. Köln: Europäische Verlagsanstalt 1974.

POLITZER, G.: Kritik der Grundlagen der Psychologie. Einleitung: H. FÜCHTNER, Nachwort: A. LORENZER. Frankfurt/M.: Suhrkamp 1978.

SCHURIG, V.: Naturgeschichte des Psychischen 1: Psychogenese und elementare Formen der Tierkommunikation. Frankfurt/M.: Campus 1975.
SCHURIG, V.: Naturgeschichte des Psychischen 2: Lernen und Abstraktionsleistungen bei Tieren. Frankfurt/M.: Campus 1975.
SCHURIG, V.: Die Entstehung des Bewußtseins. Frankfurt/M.: Campus 1976.
SEIDEL, R.: Denken. Psychologische Analyse der Entstehung und Lösung von Problemen. Frankfurt/M.: Campus 1976.
SÈVE, L.: Marxismus und Theorie der Persönlichkeit. 3., erweiterte Aufl. Frankfurt/M.: Marxistische Blätter 1977.
ULMANN, G.: Sprache und Wahrnehmung. Verfestigen und Aufbrechen von Anschauungen durch Wörter. Frankfurt/M.: Campus 1975.
WYGOTSKI, L. S.: Denken und Sprechen. Frankfurt/M.: Fischer Taschenbuch 1977.

Karl-Heinz Braun

Kybernetik

1 Allgemeine Einführung in das Problemgebiet der Kybernetik

Die K. ist eine *Querschnitts*wissenschaft, deren Gegenstand und Inhalt nicht einheitlich definiert sind. Unter K. im engeren Sinne wird die Anwendung adaptiver Systemeigenschaften in Gerätekonstruktionen verstanden. In einem weiten Sinne jedoch versteht man darunter die Wissenschaft von den Struktur- und Funktionseigenschaften großer, selbstregulierender und selbstoptimierender Systeme. In diesem Sinne ist die K. eine Querschnittswissenschaft, die unter diesem Aspekt sowohl technische als auch biologische Systeme, mathematische Strukturen und ökonomische wie soziologische Prozesse umfaßt, um nur einige wesentliche Beispiele zu nennen. Den Querschnittscharakter gewinnt die K. dadurch, daß in ihr die *allgemeinen* Struktur- und Funktionseigenschaften derartiger Systeme beschrieben werden. Dies ist nur durch Abstraktion von den *konkreten* Systemeigenschaften und ihrer Darstellung in *verallgemeinerter,* d.h. formalisierter Sprache möglich. In der Tat sind von den Formalisierungsansätzen im Rahmen der K. bedeutsame Impulse zur Mathematisierung einzelwissenschaftlicher Disziplinen ausgegangen. Dies läßt sich deutlich am Beispiel einiger historischer Entwicklungen der K. aufzeigen. Es ist ein Stück moderner Wissenschaftsgeschichte, die zur Entdeckung einiger bedeutsamer systemtheoretischer Universalien geführt hat.

2 Zur Geschichte der Wechselwirkung von Kybernetik und Psychologie

Die Erkenntnis der ersten systemtheoretischen Universalien liegt *vor* der eigentlichen „kybernetischen Welle" während der 60er Jahre. Es war die Entdeckung des *Regelungs-* und *Rückmeldungs*prinzips in der Funktionsweise biologischer *und* technischer Systeme (P. K. ANOCHIN, R. WAGNER, E. v. HOLST und MITTELSTAEDT). Dem lag die unabhängige und gemeinsame Erkenntnis zugrunde, daß stabiles Systemverhalten bei zufälligen Störungen oder dynamischen Veränderungen der Eingangsbedingungen dann am besten erreichbar wird, wenn der momentane Fehler als Korrekturgröße zurückgemeldet und zur Fehlerbeseitigung verwendet wird. Der Fliehkraftregler, die Temperaturfixierung durch 2-Punkt-Regler u. v. a. sind dafür aus der Technik bekannt. Die Stabilisierung des Blutdrucks, des Blutzuckers, der Körpertemperatur und zahlreicher anderer biologischer „Soll-Größen" folgt ebenso den Prinzipien der Regelung wie die Augenfolgebewegung oder die Steuerung der Willkürmotorik. Eine Einsicht ähnlicher Art war die Entdeckung der Tatsache, daß die optimale Steuerung großer Systeme eine hierarchische Organisation der Teilsysteme erfordert. Nach diesem Prinzip ist die Funktion eines Zentralnervensystems ebenso aufgebaut wie die Steuerung eines optimal funktionsfähigen ökonomischen Systems oder einer operativen Verkoppelung militärischer Gruppierungen, die als wechselwirkende Teilsysteme aufgefaßt werden können (vgl. dazu KLIR, 1972; MESAROVIC u. a., 1970).

Die bedeutsamste universelle Kategorie kybernetischen Denkens war mit der Formulierung der *Information* verbunden. Dabei ist nicht so sehr die Entdeckung der Meßbarkeit oder ihrer physikalisch-nachrichtentechnischen Eigenschaften durch SHANNON (1960), CHINTSCHIN (1957), FANO (1961), FEINSTEIN (1958) u. a. von Bedeutung, als vielmehr die Erfassung des *Wesens* der Information: den Nachrichtengehalt einer Signalquelle in einer (diskreten) Folge von Zustandsgrößen auszudrücken und mit den Eigenschaften der Kodierbarkeit, der Übertragbarkeit und der Speicherbarkeit ausgestattet zu sein. Nachdem diese Grundprinzipien einmal erkannt waren, war auch klar, daß damit nicht nur funktionelle Bedingungen bei der Nachrichtenübertragung, bei technisch realisierten Steuerungs- und Kontrollprozessen gleichermaßen erfaßbar waren, sondern daß prinzipiell *alle* Steuerungs- und Kontrollprozesse auf der Aufnahme, Übertragung, Verarbeitung oder Speicherung von Information beruhen müssen, auch und insbesondere die des *Zentralnervensystems.*

Eine sozusagen stille Revolution der Physiologie und insbesondere der Sinnesphysiologie ging und geht mit dieser Einsicht einher. Nur ein Beispiel sei dafür genannt: Die jahrzehntelange Einsicht, daß die wesentliche Aktivierungseigenschaft eines Reizes für einen Rezeptor dessen Energie ist, muß geändert werden. Es ist vielmehr die im Reiz enthaltene Information über die Eigenschaften der Umgebung am Ursprungsort des Reizes, die von den Sinnesorganen ausgewertet wird. Der Energiegehalt des Reizes ist nur das physikalische Vehikel für den Transport der Information. Und dies ist auch der Grund, weshalb die Wahrnehmungsbilder von einer Umgebung so genau mit deren Eigenschaften übereinstimmen können, wo doch die Reizeinwirkung an den Sinnesorganen so wenig Ähnlichkeit hat mit den Eigenschaften dieser Umgebung. So stellt sich ein fundamentaler Zusammenhang zwischen K. und Psychologie über die Entdeckung der Fundamentaleigenschaften der Information her.

In der Tat ist die klassische Beziehung von Sinnesphysiologie und Wahrnehmungspsychologie auch die erste historische Brücke zur Erkenntnis der Bedeutung der K. für Probleme der Psychologie gewesen. Das wurde vertieft und erweitert durch die Konstruktion von Systemen, die Invarianzeigenschaften der Wahrnehmung nachbilden, wie z.B. das Perzeptron (ROSENBLATT) bzw. die Lernmatrix (STEINBUCH). Gestalteigenschaften der menschlichen Wahrnehmung wurden im Rahmen solcher Modellentwicklungen in ihrer adaptiven Funktion aufgeklärt. Wenn auch die Analyse der motorischen Verhaltenssteuerung durch die Hereinnahme des Regelungs- und des Hierarchieprinzips in die Handlungspsychologie (MILLER, GALANTER, PRIBRAM) neue Impulse erhielt, wenn auch das Verständnis sensorischer Leistungen durch die Anwendung des Informationsbegriffs befruchtet wurde, so ist doch der bedeutsamste Einfluß kybernetischen Denkens in der Psychologie mit der Vertiefung des Verständnisses *kognitiver* Prozesse und Leistungen gegeben.

Rückblickend kann man sagen, daß sich die Herausbildung einer *kognitiven Psychologie* als Teildisziplin der Allgemeinen Psychologie unter starkem Einfluß kybernetischer Entwicklungen und Erkenntnisse vollzogen hat. Historisch begann dieser Prozeß mit der computertechnischen Simulation einfacher Problemlösungsprozesse (GPS) durch NEWELL/SHAW/SIMON (1963). Das GPS-System war gewiß ein stark vereinfachtes Modell elementarer kognitiver Anforderungen und Leistungen. Sein großer heuristischer Wert bestand jedoch in dem Nachweis, daß das Finden von Lösungen in einer Problemstruktur auf wohldefinierten Regeln der Informationsaufnahme und -nutzung beruhen kann. Durch Entwicklungen der *Automatentheorie* und die Entdeckung sehr verschiedenartiger *algorithmischer* Strukturen im Rahmen der mathematischen K. wurde dieser methodische Zugang schrittweise vertieft und als fruchtbar ausgewiesen: Bei der Analyse des Erwerbs von Begriffen (Hunt, Marin, Stone), bei der Analyse von Strategien in Problemlösungsprozessen (Klix/Goede, 1968; Sydow, 1970; Krause, 1970) und bei der Analyse von Mechanismen des Sprachverstehens (Lehmann, 1979). Mit der Entstehung der *Computerlinguistik* ist in der gegenwärtigen K.forschung die Sprachanalyse und die Sprachgenerierung stark in den Vordergrund getreten. (Dabei ist der Begriff Sprache sehr weit zu verstehen. Er reicht von der mathematischen Formelsprache über die verschiedenen Programmiersprachen bis zu den Eigenschaften „natürlicher" Sprachen, wie sie sich mit der Entwicklung der menschlichen Gesellschaft herausgebildet haben.)

Verfolgt man so die Geschichte des Zusammenhangs von K. und Psychologie, so zeigt sich eine Verlagerung von der Erfassung peripherer Mechanismen der Verhaltensregulation hin zu den mehr zentralen, kognitiven Leistungen der Wissensrepräsentation im Gedächtnis, zu denen des Sprachverstehens und des Problemlösens. Dabei gibt es echte Wechselwirkungen.

3 Kybernetik als Querschnittswissenschaft und als Methodik des Erkenntnisgewinns

Die historischen Anmerkungen zeigen, wodurch der Querschnittscharakter der K. entsteht: Durch die Abstraktion von den Materialeigenschaften eines Systems und die formale Charakteristik seiner Struktur- und Funktionseigenschaften, seines „Wirkungsgefüges" (vgl. Mittelstaedt, 1954, und Bischof, 1966), wird eine Darstellungsweise entwickelt, durch die erst die *Analogien* hinter den verschiedenartigsten Realisierungsformen von Systemeigenschaften erkennbar werden. Dabei wurden zur Beschreibung verschiedener Aspekte von Systemfunktionen relativ eigenständige formale Kalküle ausgearbeitet bzw. entwickelt: für die Darstellung von Eigenschaften der adaptiven Kontrolle und Steuerung die *Regelungstheorie*, für Prozesse der Informationsaufnahme, -übertragung und -verarbeitung die *Informationstheorie*, für die Darstellung informationsverarbeitender und (ebenso wichtig) informationserzeugender Prozeduren die *Automaten-* und *Algorithmentheorie*, für die Strategien effektiver Entscheidungsbildung die *Spieltheorie*. Diese Kalküle zur Beschreibung von Systemeigenschaften stellen als Darstellungsmittel zugleich die typisch kybernetischen Modellmethoden dar.

Im allgemeinen Sinne versteht man unter einem Modell die Abbildung eines Urbildes in den Bildbereich einer Modellebene. Die Art der Abbildung kann sehr verschieden sein. Wesentliche Bedingung ist, daß einige, für die Modellbildung charakteristische Relationen zwischen Urbild und Abbild erhalten bleiben (bei Architekturmodellen räumliche Relationen, bei astronomischen Modellen räumliche *und* zeitliche Relationen, bei mathematischen Modellen die räumliche und zeitliche *Struktur* eines Systems *und seines Verhaltens unter bestimmten Bedingungen*). Diese letzte Eigenschaft ist auch den kybernetischen Modellen eigen. Ihnen kommt Erkenntniswert dann zu, wenn die Modelleigenschaften in der Bildebene Verwandtschaften mit anderen bekannten Systemen erkennen lassen, aus deren *weiteren* Eigenschaften dann auf unbekannte Ursachen des modellierten Systemverhaltens zurückgeschlossen werden kann. Wenn also die Beschreibung der sensomotorischen Folgebewegung zu einem Systemverhalten 2. Ordnung mit verschiedenen Zeitkonstanten führt, so ist anzunehmen, daß zwei verschiedene neurobiologische Instanzen existieren, für die diese Zeitkonstanten charakteristische Größen darstellen, die auch bei völlig anderen Bewegungsabwicklungen eine Rolle spielen. Oder: Wenn in einem Schachspiel eine Folge von Zugentscheidungen schließlich zu Zwangszügen des Gegners führt, dann hat diesen Entscheidungen eine wohlbestimmte Strategie zugrunde gelegen, die aus der exakten Beschreibung der Entscheidungsabfolge erkannt und simuliert werden kann. In der Tat kommt der *Simulationsmethode* die stärkste Erkenntniswirkung der kybernetischen Modellmethodik zu.

4 Die kybernetische Simulationsmethodik als Erkenntnismittel

In den Anfängen der K. hat (in Fortführung technischer Gepflogenheiten) die sog. *blackbox-Methode* eine große Rolle gespielt – in philosophischen Überlegungen aber mehr als in der einzelwissenschaftlichen Praxis. Das Prinzip dieser Methode beruht bekanntlich darauf, daß man durch Variation der Eingangsbedingungen (Impulse, Reize, Verstärker in Lernexperimenten) und der zugehörigen Registrierung der

Ausgangsbedingungen versucht, jene interne Systemcharakteristik abzuleiten, die dieses „Übergangs“- oder „Übertragungsverhalten“ bewirkt. Tatsächlich sind in der psychologischen wie in der biologischen Forschung durch die explizite Anwendung dieser Methode keine wesentlich neuen Erkenntnisse gewonnen worden. (In der Psychologie schon deshalb nicht, weil die Begrenztheit dieses methodischen Prinzips bereits lange vor dem „black-box“-Paradigma durch den frühen, mechanistischen *Behaviorismus* belegt worden war.) In der Technik mag es damit anders sein, allerdings wohl auch nur bei wenig komplexen, verhältnismäßig einfach organisierten Systemen. Je höher nämlich die Komplexität wird, durch um so verschiedenartigere innere Bedingungen und ihre Verknüpfungen kann gleiches Übergangsverhalten nachgebildet werden.

Von ungleich größerer Bedeutung für Biologie und Psychologie hat sich die *Simulationsmethodik* erwiesen. Im strengen Sinne versteht man darunter die rechentechnische Realisierung einer hypothetischen Systemstruktur. Aus der Analogie der Wirkungen zwischen Programm- und realem Systemverhalten gewinnt man Informationen darüber, wie weit die im Programm verwirklichten Parameter das Systemverhalten nachzubilden in der Lage sind. Ein hoher heuristischer Wert kommt dieser Simulationsmethode bei der Variation der Bedingungen zu. Das kann an einem Beispiel erläutert werden. Bekanntlich beruht der Erwerb von Begriffen auf der Klassifizierung von Objektmengen auf Grund von Merkmalen (vgl. GOEDE/KLIX, 1972). Versuchspersonen bilden Merkmalshypothesen, nach denen sie die zu klassifizierenden Objekte einer Klasse zuordnen oder nicht. Falsche Zuordnungen führen zu einer Korrektur der Hypothese und dies solange, bis nur noch richtige Rückmeldungen erzielt werden. Es gibt dann keinen Lernfortschritt mehr, weil alle Entscheidungen als korrekt rückgemeldet werden. Diesen Prozeß der Hypothesenbildung und Rückmeldung, der Ausnutzung der rückgemeldeten Information für die neuerliche Entscheidungsbildung usf. kann man mit Hilfe eines Rechnerprogramms simulieren. Wenn das Erlernen der Klassenbildung bei der gleichen Beispielmenge an Objekten zwischen Programm und Versuchspersonen (statistisch gesehen) ununterscheidbar ist, dann kann man das Programm als *Modell der Klassifizierungsstrategie* von Versuchspersonen ansehen. Ein solches Programm ist ein kybernetisches Modell einer kognitiven Leistung.

5 Die Praxisrelevanz der kybernetischen Modellmethodik in der Psychologie

Schon am Beispiel der Simulation von Klassifizierungsleistungen läßt sich die praktische Relevanz der kybernetischen Simulation kognitiver Leistungen nachweisen. Experimente von KUKLA (1975) und WYSOTZKI/ULBRICH (1974) haben gezeigt, daß Simulationsprogramme menschlicher Klassifizierungsleistungen auch zur Klassifikation von Krankheitsbildern auf Grund der Merkmalseigenschaften von Röntgenbildern verwendet werden können. SOMMERFELD (1978) und KRAUSE (1978) haben gezeigt, daß die Simulation von Informationsverarbeitungsprozessen in Problemlösungssituationen bei der Automatisierung von Entwurfs- und Konstruktionsprozessen angewendet werden kann. Dabei schafft die kybernetische Modellmethodik bei der Simulation kognitiver Prozesse grundsätzliche Voraussetzungen für die Automatisierung formalisierbarer geistiger Prozesse vor allem in Phasen der Produktionsvorbereitung.

6 Die Grenzen der kybernetischen Modellbildung in der Psychologie

Es gibt psychische Phänomene, die sich, derzeit wenigstens, einer kybernetischen Modellbildung entziehen. Dazu gehört die Fähigkeit zur *Selbstreflexion* z.B. in Konfliktsituationen (DÖRNER, 1979). Die Rolle des „Ich“ oder des „Selbst“ im Ablauf psychischer Prozesse liegt gegenwärtig weit jenseits der kybernetischen Modellbildung, auch wenn man in jedes Modell eine Instanz einführen kann, die einige als „Ich“ nachgemachte Funktionen erfüllt. Es geht um die relativ autonome, regulative, bewertende, motivationsstiftende Rolle und Funktion dieser Instanz. Möglicherweise handelt es sich hierbei aber auch weniger um eine prinzipielle Leistungsgrenze der K. als vielmehr um eine Grenze des Erkenntnisstandes der Psychologie.

Verweis auf andere Stichwörter

→Denken und Problemlösen →Entscheidungstheorie →Gedächtnis →Informationstheorie →Mathematische Psychologie →Sprache →Wahrnehmung

Literatur

BISCHOF, N.: Psychophysik der Raumwahrnehmung. In: Handbuch der Psychologie I/1. Göttingen 1966.
CHINTSCHIN, A. J.: Über grundlegende Sätze der Informationstheorie. In: Arbeiten zur Informationstheorie I. Berlin 1957.
DÖRNER, D.: Self Reflection and Problem Solving. In: KLIX, F. (Hrsg.): Human and Artificial Intelligence. Berlin 1979.
FANO, R. M.: Transmission of Information. New York, London 1961.
FEINSTEIN, A.: Foundations of Information Theory. New York, London 1958.
GOEDE, K./KLIX, F.: Lernabhängige Strategien der Merkmalsgewinnung und der Klassenbildung beim Menschen. In: Kybernetik-Forschung. Berlin 1972.
KLIR, G. J.: Trends in General Systemy Theory. New York, London, Sydney, Toronto 1972.
KLIX, F./GOEDE, K.: Struktur- und Komponentenanalyse von Problemlösungsprozessen. Z. Psychol. 174 (1968).
KRAUSE, W.: Untersuchungen zur Komponentenanalyse in einfachen Problemlösungsprozessen. Z. Psychol. 177 (1970).
KRAUSE, W.: Problemlösungsstrategien. Dissertation B. Humboldt-Universität zu Berlin, 1978.
KUKLA, F.: Experimentalpsychologische Analysen von Diagnoseprozessen. Z. Psychol. H. 3, 233–267 (1975).
LEHMANN, E.: Human like knowledge acquisition by natural language understanding and learning. In: KLIX, F. (Hrsg.): Human and Artificial Intelligence. Berlin 1979.
MESAROVIC, M. D. et al.: Theory of Hierarchical, Multilevel Systems. New York, London 1970.
MITTELSTAEDT, H.: Regelung und Steuerung bei der Orientierung der Lebewesen. Regelungstechnik 2 (1954).
NEWELL, A./SHAW, E./SIMON, H. A.: GPS – a program that simulates human thought. New York 1963.
SHANNON, CL. E.: Recent Development in Communication Theory. Electronics Apr. 1960.
SOMMERFELD, E.: Zur Analyse und Synthese von Problemlösungsprozessen bei einer Klasse von Zerlegungsproblemen. Dissertation A. AdW der DDR, Berlin 1978.
SYDOW, H.: Zur metrischen Erfassung von subjektiven Problemzuständen und zu deren Veränderung im Denkprozeß. Z. Psychol. 177 (1970).
WYSOTZKI, F./ULBRICH, P.: Simulationsexperimente mit Entscheidungsstrukturen bei statistischen Klassenbildungen. In: KLIX, F. (Hrsg.): Organismische Informationsverarbeitung. Berlin 1974.

Friedhart Klix

Lernen

1 Begriffsbestimmung und Beispiele

Wenn in der Alltagssprache von „Lernen“ die Rede ist, so denkt man ziemlich ausschließlich an den Erwerb von Wissen (speziell in schulischen Situationen) und von Fertigkeiten (namentlich von motorischen und sprachlichen). In der Psychologie hingegen spricht man von Lernen immer schon, *wenn ein Subjekt infolge mehr oder weniger passiv gemachter Erfahrung und/ oder eigener Aktivität (und ihrer Konsequenzen) sein Verhalten in einer bestimmten Situation (technisch gesprochen: einem bestimmten Reiz gegenüber) mehr als nur vorübergehend ändert.* Nach dieser Definition, die alle wesentlichen Züge der in gängigen Lehrbüchern (vgl. KIMBLE, 1961; HILGARD/BOWER, 1975/1971) vorzufindenden, vermehrt um einige Präzisierungen, enthält, ist von „Lernen“ auch zu sprechen:
(a) wenn beispielsweise jemand eine bestimmte Person oder eine bestimmte Stimme wiederholt sieht bzw. hört und sie daraufhin immer rascher *wiedererkennt* (d.h. mit dem Eindruck der Bekanntheit darauf reagiert);
(b) wenn jemand ein bestimmtes Symbol in Verbindung mit beispielsweise dem Namen eines bestimmten Produkts sieht und dann beim Anblick dieses Symbols an dieses Produkt *denkt;* oder auch wenn jemand an einem bestimmten Ort etwas erlebt hat und dann, an diesen Ort wiedergekehrt, sich des Erlebens *erinnert;*
(c) wenn jemand eine bestimmte Speise mit Genuß ißt und daraufhin bei einer späteren Gelegenheit, obwohl zunächst noch unhungrig, beim Anblick dieser Speise *ein Hungergefühl („Appetit“) bekommt;* oder von jemand böse zurechtgewiesen wird und dann beim Hören der Stimme des Betreffenden *mit Unbehagen oder Angst reagiert;*
(d) wenn jemand an einer saftigen Zitrone leckt und dabei stark saliviert, und ihm danach schon beim Anblick der Zitrone *das Wasser im Mund zusammenläuft;*
(e) wenn jemand es schafft, mit einem bestimmten Handgriff eine klemmende Tür zu öffnen und nun bei der nächsten Gelegenheit diesen Handgriff sofort *wieder anwendet* (ihn im Lauf der Zeit vielleicht sogar perfektioniert); ebenso wenn jemand durch Verwendung einer be-

stimmten Wortwahl einem andern etwas begreiflich machen kann und sich daraufhin bei späteren ähnlichen Gelegenheiten *derselben Wortwahl bedient;* oder durch eine bestimmte Handlungsweise die freundliche Anerkennung einer Person oder Gruppe gewinnt und nun bei der nächsten ähnlichen Gelegenheit *eben diese Handlungsweise wieder probiert;* oder auch wenn jemand sich mit Erfolg eine Information bestimmter Art durch Befragung eines Lexikons beschafft und daraufhin bei der nächsten ähnlichen Gelegenheit *dieselbe Informationsquelle heranzieht.*

2 Lernphänomene als Gegenstand psychologischer Forschung

Die genannten Beispiele sollen eine ungefähre Vorstellung geben von der Vielfalt der Phänomene, die unter den Begriff „Lernen" fallen. Nicht alle diese Phänomene haben allerdings in der wissenschaftlichen Psychologie gleichermaßen Beachtung gefunden.
So sind Lernphänomene wie die unter (a) genannten („Wahrnehmungslernen") lange Zeit kaum gesehen und erst von Hebb (1949), Gibson (1950/1973) und vor allem Konorski (1967) gebührend beachtet worden.
Gewisse Varianten der durch die unter (b) genannten Beispiele repräsentierten Lernphänomene sind zwar schon sehr früh Gegenstand experimenteller Forschung gewesen (Ebbinghaus, 1885/1971), doch ist diese Forschung – unter der Bezeichnung „Gedächtnispsychologie" oder „Psychologie des verbalen Lernens" – bis heute überaus schmalspurig betrieben worden und hat unser Verständnis von diesen im menschlichen Leben ebenso alltäglichen wie wichtigen Phänomenen des „kognitiven assoziativen Lernens" (oder „Bedingens kognitiver Prozesse") nur wenig vorangebracht (s. etwa Hall, 1971, oder Anderson/Bower, 1974).
Wesentlich erfolgreicher ist – im Anschluß an die Pionierarbeiten von I. P. Pawlow (1927/1953) – die Erforschung der durch die Beispiele unter (c) und (d) angesprochenen Lernphänomene („Bedingen emotional-motivationaler Prozesse" und „Bedingen von Reflexreaktionen" oder „Klassisches Bedingen") verlaufen; doch ist auch hier anzumerken, daß gewisse Phänomene, wie das Bedingen von Sicherheit (Angsthemmung) sowie von Hunger oder Sättigung, erst in jüngster Zeit angemessene Beachtung gefunden haben (Konorski, 1967; Fürntratt, 1974, Kap. 2).
Weitaus am intensivsten und erfolgreichsten erforscht sind die Phänomene des „instrumentellen Lernens" oder „operanten Bedingens", für die die unter (e) aufgeführten Beispiele – je eines für „motorisches", „verbales" und „soziales" instrumentelles Lernen sowie für das Erlernen „lernerischer Aktivitäten" (vgl. Fürntratt, 1976) – repräsentativ sein sollen (wobei noch anzumerken wäre, daß allem Anschein nach auch autonom kontrollierte Reaktionen innerer Organe und Drüsen sowie „mentale Verhaltensweisen" Gegenstand operanten Bedingens werden können – vgl. Miller, 1969 bzw. Fürntratt, 1978). Um die Erforschung des instrumentellen L. haben sich vor allem die amerikanischen Lerntheoretiker E. L. Thorndike (1913), C. L. Hull (1943, 1951, 1952) und B. F. Skinner (1938, 1953) sowie – wiederum – der polnische Neurophysiologe Konorski (1967) mit ihren jeweiligen Mitarbeitern und Schülern verdient gemacht. Dem für das Verständnis menschlichen Verhaltens (insbesondere *Fehl*verhaltens) besonders wichtigen instrumentellen Lernen unter Angst ist erstmals von Fürntratt (1974, Kap. 5) konzentrierte Beachtung geschenkt worden.

3 Drei Hauptarten von Lernen

Wie durch die obigen Beispiele schon angedeutet, können (in Anknüpfung an die am wenigsten einseitige und gleichzeitig konsistenteste der derzeit existierenden Lerntheorien, nämlich die Konorskis) drei Hauptarten von Lernen unterschieden werden: *Wahrnehmungslernen, Assoziatives Lernen* („Bedingen") und *Instrumentelles Lernen* („Operantes Bedingen" oder „Lernen am Erfolg"). Daß das „Lernen am Modell" oder „Imitationslernen" hier nicht als eine besondere Lernart erscheint, hat seinen Grund in der Auffassung des Verfassers dieses Beitrags, daß die Beobachtung eines „Modell"-Verhaltens – abgesehen von dem Assoziativen Lernen (Wissen um die Möglichkeit des betreffenden Verhaltens), zu dem sie führen kann – nur die *Anregung* eines (entsprechenden) Verhaltens, nicht aber (ohne weiteres) dessen *Etablierung* als „Gewohnheit" oder „instrumentelle Verhaltensweise" oder „Problemlösungstechnik" bewirken kann; dieses letztere könnte sich *erst als Folge einer „Belohnung"* des „nachahmend ausprobierten" Verhaltens ergeben.

4 Wahrnehmungslernen

Das Prinzip des Wahrnehmungslernens (WL) kann wie folgt formuliert werden: *Wird ein Sinnesorgan (im Wachzustand) wiederholt oder längere Zeit hindurch ein und demselben Reiz S (für „Stimulus") ausgesetzt, so lernt das Subjekt allmählich, auf diesen (und ähnliche) Reiz(e) wahrnehmungsmäßig in einer ganz bestimmten Weise zu reagieren, ihn immer als denselben wiederzuerkennen;* die Prozesse, die so gelernt werden, können als *„invariante Wahrnehmungen"* bezeichnet werden.

Was hier „Reiz" genannt wird, kann *von beliebiger Komplexität* (also beispielsweise ein Lichtfleck bestimmter Farbe ebenso wie ein ganzes Gemälde) und auch *von beliebiger Modalität* (visuell, akustisch, taktil, olfaktorisch usw.) sein. Die Einfügung „und ähnliche" weist auf die Möglichkeit der *„Generalisation"*, d. h. gleichartigen Reagierens auf (in Grenzen) unterschiedliche Reize hin, eine Möglichkeit, die übrigens bei *allen* Formen von Lernen gegeben ist.

WL, wie hier definiert, führt lediglich zum *Wiedererkennen* des Reizes (das wohlgemerkt nicht bewußt erfolgen muß) und in ausgeprägten Fällen zum (bewußten) Eindruck der Bekanntheit, nicht aber ohne weiteres zu seiner „Identifizierung", d. h. zum Auftauchen irgendwelcher Vorstellungen oder Erinnerungen, die mit ihm in Zusammenhang stehen. WL ist somit zwar die primitivste Form von Lernen, aber immerhin Voraussetzung für alle „höheren" Formen.

5 Assoziatives Lernen

Assoziatives Lernen (AL) geschieht nach folgendem Prinzip: *Sind zwei Reize, S 1 und S 2, ein oder einige Male in dieser Reihenfolge aufgetreten, so kann sich eine Assoziation entwickeln, derart, daß S 1 (wie auch jeder ihm ähnliche Reiz) alle diejenigen Prozesse auslöst, die ursprünglich S 2 auslöste;* S 1 kann nun als *„bedingter Reiz" (BS)*, das von ihm Ausgelöste als *„bedingte Reaktion" (BR)* bezeichnet werden.

Wie oben durch die Unterscheidung b/c/d angedeutet, können drei Klassen bedingbarer psychophysiologischer Prozesse und damit drei Formen von AL unterschieden werden:

Das *Bedingen kognitiver Prozesse*, d. h. vor allem das Lernen von Vorstellungen oder Erwartungen bei Auftreten bestimmter Reize, von Wort- und sonstigen Symbolbedeutungen, von Namen für Dinge, Vorgänge und Eigenschaften von Dingen oder Vorgängen, von Erinnerungen, von einfachem und komplexerem Wissen und nicht zuletzt das Lernen von Zusammenhängen, d. h. die Entwicklung von „Verständnis" für Zusammenhänge und von komplexen Begriffen.

Das *Bedingen emotional-motivationaler Prozesse*, d. h. vor allem das Lernen von Angst-, Sicherheits- und Lust-, von Hunger-, Sättigungs- und Ekel-, von Neugier- und Langeweile-, von Zorn- und Friedlichkeitsreaktionen auf ursprünglich „neutrale" Reize. Sehr häufig wird infolge von AL auf einen bestimmten BS gleichzeitig mit einer kognitiven und einer emotional-motivationalen BR reagiert, so daß entsprechend der unendlichen Vielfalt möglicher kognitiver BR eine unendliche Vielfalt unterschiedlicher kognitiv-emotional-motivationaler BR bzw. Zustände möglich ist, z. B. – um nur einige der verbreitetsten zu nennen – Eifersucht, Neid, Haß, Lampenfieber, Erwartungsspannung, Vorfreude, Leistungsstolz, Liebe zu einer bestimmten Person. Besondere Erwähnung verdient die Tatsache, daß das Bedingen von Angst die Grundlage der verhaltenshemmenden Wirkung aversiver, „bestrafender" Verhaltenskonsequenzen ist (vgl. Fürntratt, 1974, Kap. 3).

Das *Bedingen von Reflexreaktionen*, etwa des Speichel-, des Lidschlag-, des Hautwiderstands- oder der verschiedenen Rückzugs- und Schutzreflexe, hat zwar, wie erwähnt, in der lernpsychologischen Forschung eine große Rolle gespielt, kann aber unter dem Gesichtspunkt der Praxis bis auf weiteres – d. h. bis etwa zweifelsfrei gezeigt ist, daß diese Lernform bei der Entwicklung psychosomatischer und mancher heute noch als „rein" somatisch angesehener Erkrankungen eine Schlüsselrolle spielt – als vergleichsweise uninteressant gelten.

Für alle Formen von AL gelten die folgenden Gesetzmäßigkeiten:

1. Werden die beiden Reize S1 und S2 immer nur in dieser Reihenfolge dargeboten bzw. wahrgenommen, so wird S1, nicht aber S2 zu einem BS („Einbahnigkeit von Assoziationen").
2. Bei wiederholter Darbietung der S1-S2-Folge nimmt die Wahrscheinlichkeit und/oder Stärke der BR negativ akzeleriert (d. h. von Mal zu Mal weniger) zu.
3. Bleibt der S2 nach Darbietung von S1 gelegentlich aus („intermittierende Bekräftigung" des S1 durch S2), so entwickelt sich die

BR langsamer und zu geringerer Stärke, erweist sich aber als „löschungsresistenter" (s. u.) als nach „jedesmaliger Bekräftigung".
4. Je intensiver S2, desto rascher wird die S1-S2-Assoziation gelernt, und desto stärker fällt unter sonst gleichen Umständen die BR aus.
5. Der Aufmerksamkeits- und Aktivierungsgrad sowie (bei AL der zweiten und dritten Variante) die Stärke spezieller motivationaler Bedingungen (z. B. Angst beim Bedingen von Angst oder angstkontrollierten Schutzreflexen) bestimmen bis zu einer oberen Grenze positiv, von da ab eher negativ die Leichtigkeit, mit der AL sich vollzieht.
6. Gehen ein S1 und ein ihm ähnlicher S1′ abwechselnd unterschiedlichen S2 voraus, so wird in der Regel die bestehende Tendenz zur Generalisation (s. o.) überwunden; das Subjekt lernt, auf S1 und S1′ unterschiedlich zu reagieren („Differenzierungslernen").
7. Beim Bedingen von Reflexreaktionen und (mit Einschränkungen) beim Bedingen emotional-motivationaler Prozesse gilt, daß die wiederholte Darbietung des S1 ohne nachfolgenden S2 nach erfolgtem Bedingen allmählich zum Verschwinden der BR führt („Löschung"); tritt danach allerdings S2 wieder auf, so „erholt" sich die BR gewöhnlich sehr rasch (was zeigt, daß die einmal gelernte Assoziation nicht vernichtet ist).

6 Instrumentelles Lernen

Instrumentelles Lernen (IL) spielt sich wie folgt ab: *Bringt ein Subjekt in einer bestimmten Situation und bei Aktivität eines bestimmten Triebes eine bestimmte Reaktion hervor und folgt dieser eine triebadäquate Belohnung, so erhöht sich die Wahrscheinlichkeit für das Auftreten dieser Reaktion in dieser (und ähnlichen) Situation(en) und bei Aktivität dieses Triebes;* die Reaktion ist *„verstärkt"* bzw. zu einer *„instrumentellen Reaktion" (IR)* geworden.
Als „Triebe" können hierbei vor allem Hunger, Durst, Sex, Stimulationshunger, Angst und Zorn fungieren.
Die „Reaktion" kann auf sehr verschiedene Weisen zustandekommen: als Ergebnis zielloser Aktivität, als mehr oder weniger durch früheres IL determinierter Versuch („Lernen durch Versuch-und-Irrtum"), als spontane oder hervorgelockte Reflexreaktion, als erzwungene Reaktion, als Befolgung einer verbalen Anweisung oder Nachahmung eines Modellverhaltens, als Ergebnis eigenen Nachdenkens. Wie sie zustandekommt, ist für den Lerneffekt unerheblich; es kommt lediglich darauf an, ob sie „triebadäquat" belohnt wird oder nicht, ferner darauf, ob sie mit einer stärkeren und/oder qualitativ höherwertigen Konsequenz und/oder durchschnittlich prompter und/oder relativ häufiger belohnt wird als eventuelle Alternativreaktionen („differentielle Belohnung" oder „Verstärkung") und schließlich überhaupt auf die Promptheit der Belohnung (eine Belohnung, die mehr als einige Sekunden auf sich warten läßt, ist gewöhnlich unwirksam, es sei denn, das Subjekt hätte die ausgeführte Reaktion noch oder wieder vorstellungsmäßig gegenwärtig).
Unerheblich ist auch, ob die Belohnung durch die vorausgegangene Reaktion tatsächlich bewirkt wurde oder ihr nur „zufällig" folgte; im letzteren Fall ergibt sich sog. „abergläubisches Verhalten" (Skinner, 1948).
Eine Reaktionskonsequenz kann entweder ohne vorangegangenes Lernen als Belohnung wirken („primäre Belohnungen" oder „Verstärker") oder auf Grund einer durch AL gelernten unmittelbaren oder mittelbaren Assoziation mit einem primären Verstärker („sekundäre Verstärker"). Sekundäre Verstärker spielen beim menschlichen IL eine sehr viel größere Rolle als primäre.
Intermittierende (im Unterschied zu jedesmaliger) Belohnung einer IR hat völlig entsprechende Effekte wie intermittierende Bekräftigung eines S1 beim AL (s. o.).
Auch gilt, daß fortgesetzte Nichtbelohnung einer IR allmählich zu deren „Löschung" führt, daß eine „gelöschte" IR aber bei Wiederauftreten der Belohnung meist rasch wieder da ist.
Eine ausgezeichnete Einführung in die Psychologie des IL bietet der programmierte Text von Holland/Skinner (1961/1974). Eine verschiedene theoretische Betrachtungsweisen integrierende Theorie des IL-Mechanismus findet sich bei Fürntratt (1976, Kap. 4).
IL tritt (immer als Ergebnis differentieller Verstärkung) in verschiedenen Formen von aufsteigender Komplexität bzw. abnehmender Durchschaubarkeit in Erscheinung:
1. als *Instrumentalisierung*, d. h. Bindung einer bereits gekonnten Reaktion an eine bestimmte Situation und einen bestimmten Trieb;
2. als *Formung*, d. h. schrittweise Veränderung in Richtung einer besonderen (meist perfekteren, effektiveren) Ausführungsweise einer bereits instrumentalisierten Reaktion;

3. als *„do-don't"-Differenzierung*, d.h. Lernen, eine bestimmte IR in einer Situation A auszuführen, in einer Situation B aber nicht;
4. als *„doA-doB"-Differenzierung*, d.h. Lernen, in einer Situation A eine IR1, in einer Situation B aber eine IR2 (und eventuell so weiter) auszuführen;
5. als *Lernen und Perfektionierung von Verhaltensketten*, d.h. Lernen, mehrere differenzierte IR immer rascher und sicherer und in optimaler Reihenfolge auszuführen;
6. als *Lernen von Verfahrensweisen*, d.h. Lernen, auf eine „komplex" oder „abstrakt" definierte Situation mit einer bestimmten, aber in der konkreten Ausführung von Fall zu Fall variierenden Vorgehensweise zu reagieren.

7 Die funktionale Beziehung zwischen WL, AL und IL

WL, AL und IL sind nicht drei nebeneinanderstehende Lernarten, sondern bedingen und ermöglichen einander. Insbesondere gilt: Wenn WL zum invarianten wahrnehmungsmäßigen Reagieren auf einzelne Reize führt und damit die Voraussetzung für alles weitere Lernen darstellt und AL kognitiv, emotional-motivational und/oder reflexmäßig antizipatorisches Reagieren ermöglicht und damit die Voraussetzung ist für vorbeugendes und planendes Handeln, so führt IL zur Entwicklung von Lösungstechniken für mehr oder weniger gleichartig immer wiederkehrende Problemsituationen und ist damit die Voraussetzung für handelnde Lebensbewältigung wie auch für problemlösendes Denken.

8 Zum Stellenwert und Nutzen der Lernpsychologie

Die Psychologie des Lernens wird wegen ihrer offensichtlichen Praxisrelevanz im allgemeinen mit größerer Skepsis betrachtet als so manche andere psychologische Teildisziplin. Deshalb zum Schluß einige Bemerkungen zum Sinn und Zweck einer Psychologie des Lernens:
Da die allermeisten, namentlich die irgendwie problematischen und deshalb praktisch relevanten Erscheinungsformen des Verhaltens höherer Organismen und insbesondere des Menschen, wie heute weithin anerkannt wird, sich im wesentlichen aus der Auseinandersetzung mit der je individuellen Umwelt ergeben, d.h. gelernt werden, kann die Psychologie des Lernens als eine, wenn nicht *die* grundlegende Teildisziplin der Psychologie angesehen werden (vergleichbar etwa der Physiologie innerhalb der Medizin); keine Wahrnehmungs-, keine Motivations-, keine Denk-, keine Sozial-, Entwicklungs- oder Persönlichkeitspsychologie kann allzu weit kommen, wenn sie nicht die Erkenntnisse der Psychologie des Lernens beachtet, ja sich in ihrer Theorieentwicklung an ihnen orientiert.
Darüber hinaus stellen die Bereiche der *Pädagogik* und der *Therapie* im weitesten Sinn Felder für die unmittelbare Anwendung der Psychologie des Lernens dar. Was den ersteren betrifft, so versteht es sich von selbst, daß alle Formen von Unterricht und Erziehung, d.h. von gezielter Wissens- und Fertigkeitsvermittlung bzw. Verhaltensformung, eine Psychologie des Lernens als Grundlage direkt erfordern. Was den letzteren betrifft, so darf man mittlerweile mit guten Gründen annehmen, daß die meisten Problemverhaltensweisen und Verhaltungsstörungen (wahrscheinlich auch die meisten „Geisteskrankheiten", „Neurosen", Süchte, psychosomatischen Erkrankungen usw.) im wesentlichen nach dem IL- und/oder AL-Modus gelernt werden, und deshalb erwarten, daß ein verbessertes Verständnis dieser Lernprozesse ein besseres Verständnis der Genese mehr oder weniger allgemein verbreiteter (z.B. Aggression) wie auch völlig individueller Problemverhaltensweisen und Verhaltensstörungen ermöglichen und immer deutlicher Wege der Vorbeugung und Behandlung weisen wird.
Daß Erkenntnisse der Psychologie des Lernens wie praktisch alle wissenschaftlichen Erkenntnisse auch zum Zweck der Manipulation und Dressur und der Aufrechterhaltung der Herrschaft von Menschen über Menschen mißbraucht werden können, ist selbstverständlich nicht zu bestreiten – ebensowenig wie die Möglichkeit, daß a) dieselben Erkenntnisse allmählich die Formen der Herrschaftsausübung in Richtung einer Humanisierung modifizieren könnten (wie es bisher jede Aufklärung in gewissem Maße getan hat) und vor allem daß b) die Beherrschten eben diese Erkenntnisse im Sinne ihrer Befreiung von Herrschaft nutzbar machen könnten.

Verweis auf andere Stichwörter

→Behaviorismus →Denken und Problemlösen →Gedächtnis →Pädagogische Psychologie →Verhaltenstherapie →Wahrnehmung

Literatur

ANDERSON, J. R./BOWER, G. H.: Human Associative Memory. New York: Wiley 1974.

EBBINGHAUS, H.: Über das Gedächtnis. Leipzig: Duncker & Humboldt 1885; Nachdruck: Darmstadt: Wissenschaftliche Buchgesellschaft 1971.

FÜRNTRATT, E.: Angst und instrumentelle Aggression. Weinheim: Beltz 1974.

FÜRNTRATT, E.: Motivation schulischen Lernens. Weinheim: Beltz 1976.

FÜRNTRATT, E.: Problemlösendes Denken als mentales Verhalten. In: UECKERT, H./RHENIUS, D. (Hrsg.): Komplexe menschliche Informationsverarbeitung. Bern: Huber 1978.

GIBSON, J. J.: The Perception of the Visual World. Boston: Houghton Mifflin 1950; deutsch: Die Wahrnehmung der visuellen Welt. Weinheim: Beltz 1973.

HALL, J. F.: Verbal Learning and Retention. Philadelphia: Lippincott 1971.

HEBB, D. O.: The Organization of Behavior. New York: Wiley 1949.

HILGARD, E. R./BOWER, G. H.: Theories of Learning. 4th Ed. Englewood Cliffs, N.J.: Prentice Hall 1975; deutsch: Theorien des Lernens. 2 Bde. Stuttgart: Klett [2]1971.

HOLLAND, J. G./SKINNER, B. F.: The Analysis of Behavior. New York: McGraw Hill 1961; deutsch: Analyse des Verhaltens. München: Urban & Schwarzenberg [2]1974.

HULL, C. L.: Principles of Behavior. New York: Appleton-Century-Crofts 1943.

HULL, C. L.: Essentials of Behavior. New Haven: Yale 1951.

HULL, C. L.: A Behavior System. New Haven: Yale 1952.

KIMBLE, G. A.: Hilgard and Marquis' Conditioning and Learning. New York: Appleton-Century-Crofts [2]1961.

KONORSKI, J.: Integrative Activity of the Brain. Chicago: Chicago University Press 1967.

MILLER, N. E.: Learning of visceral and glandular responses. Science 1969, 163, 434–445.

PAWLOW, I. P.: Vorlesungen über die Arbeit der Großhirnhemisphären. In: PAWLOW, I. P.: Sämtliche Werke, Bd. IV. Berlin: Akademieverlag 1953 (erstmals veröffentlicht 1927).

SKINNER, B. F.: The Behavior of Organisms: An Experimental Analysis. New York: Appleton-Century-Crofts 1938.

SKINNER, B. F.: „Superstition" in the pigeon. Journal of Experimental Psychology, 1948, 38, 168–172.

SKINNER, B. F.: Science and Human Behavior. New York: Macmillan 1953.

THORNDIKE, E. L.: Educational Psychology: II. The Psychology of Learning. New York: Teachers College 1913.

Ernst Fürntratt

Life-Event-Forschung

1 Einleitung

Der englische Ausdruck „Life Event" (mit Lebensereignis, lebensveränderndes Ereignis, Lebensveränderung nur ungenau ins Deutsche zu übersetzen) ist in den vergangenen zehn Jahren ein in psychiatrischen und psychosomatischen Fachzeitschriften viel gebrauchter (aber auch mißbrauchter) Begriff geworden. Er verdankt seine Ausbreitung der L.-E.-Forschung, einer Forschungsrichtung, die in den vergangenen 15 Jahren im angloamerikanischen Bereich entstanden ist und Erhebungsinstrumente entwickelt hat, die auf die Erfassung der Belastung eines Menschen durch Ereignisse oder Veränderungen im Leben abzielen, die mehr oder minder zum normalen Erwartungshorizont jedes Menschen zählen, wie Heirat, Umzug, Arbeitsplatzwechsel oder Tod nahestehender Personen. Bei einer gewissen zeitlichen Häufung oder Intensität der Belastung – so lautet die Grundhypothese der L.-E.-Forschung – würde die notwendige Anpassungsleistung an diese Veränderungen nicht mehr erbracht werden können, und die Auftrittswahrscheinlichkeit von psychischen und körperlichen Erkrankungen würde dadurch steigen. Aus den unzähligen Arbeiten, die sich der genannten Erhebungsinstrumente bedienen (vgl. RAHE/ARTHUR, 1978; HULL, 1977) muß der Eindruck entstehen, die L.-E.-Forschung habe ihr Ziel erreicht: gleich, ob Schizophrenie (z.B. BROWN/BIRLEY, 1968), Depression (z.B. PAYKEL u.a., 1969) oder Neurosen (COOPER/SYLPH, 1973) im Bereich der Psychiatrie, Herzinfarkt (RAHE/LIND, 1971), Hernien (RAHE u.a., 1964) oder Diabetes (GRANT u.a., 1974) im Bereich der somatischen Medizin Gegenstand von L.-E.-Studien waren, in allen Fällen ergaben sich, so scheint es zumindest, Hinweise für einen Zusammenhang zwischen L.E. und dem Auftreten der Krankheit. Es besteht jedoch der berechtigte Verdacht (vgl. BROWN, 1974; KATSCHNIG, 1979), daß gerade die am häufigsten verwendeten Erhebungsinstrumente – besonders die „Schedule of Recent Experience" – schwerwiegende Mängel aufweisen, die es wahrscheinlich machen, daß viele der gefundenen positiven Zusammenhänge Kunstprodukte sind.

Die L.-E.-Forschung wurde in den sechziger Jahren von den beiden Psychiatern HOLMES und

RAHE (1967) begründet. Sie berufen sich auf den schweizerisch-amerikanischen Psychiater ADOLF MAYER (vgl. LIEF, 1948), der schon um die Jahrhundertwende in seiner „psychobiologischen Psychiatrie" ein Modell der Entstehung psychischer Krankheit vertreten hatte, in dem soziale, psychische und somatische Faktoren gleichbedeutend waren. HOLMES/RAHE entwickelten eine Liste von 42 Lebensveränderungen (life changes), die *„Schedule of Recent Experience"*, die als Selbstbeurteilungsbogen wegen ihrer einfachen Anwendbarkeit weite Verbreitung fand, besonders in der als „Social Readjustment Rating Scale" bezeichneten Variante, in der den einzelnen Lebensveränderungen Gewichte zugeordnet sind. Inzwischen gibt es ungezählte Abwandlungen dieser ursprünglichen „Schedule of Recent Experience", wie auch Erhebungsinstrumente für L.E.s, die nach völlig anderen Konstruktionsprinzipien gestaltet wurden, zum Teil von Kritikern der „Schedule of Recent Experience" (z. B. BROWN/BIRLEY, 1968; BROWN, 1974).

2 Abgrenzung der Life-Event-Forschung

Die L.-E.-Forschung hatte zunächst und durch lange Zeit einen recht eng definierten Anspruch: nachzuweisen, daß sich vor dem Ausbruch von Krankheiten lebensverändernde Ereignisse häufen. Sie läßt sich von ähnlichen Forschungsrichtungen durch sechs Kriterien abgrenzen:

2.1 *Veränderungen der sozialen Situation versus soziale Situation als solche*

Von der *klassischen sozialen Epidemiologie* unterscheidet sich die L.-E.-Forschung dadurch, daß nicht einfach statische Assoziationen zwischen pathologischen Phänomenen (Schizophrenie, Herzinfarkt, Kriminalität) und Kennzeichen des sozialen Ortes, an dem die betroffenen Personen leben (Unterschicht, Land, verheiratet), gesucht werden, sondern daß die *Folgen* von *Veränderungen* in diesen sozialen Situationen festgestellt werden sollen. Gegenüber den ätiologisch mehrdeutigen statischen Assoziationen der klassischen sozialen Epidemiologie wird also hier explizit das *Vorher* von möglicherweise ätiologischem Faktor (life event, life change, Veränderung der Lebenssituation) mit dem *Nachher* eines pathologischen Phänomens in Beziehung gesetzt. Zumindest vom Ansatz her sollte also die L.-E.-Forschung Relevanteres zu ätiologischen Fragestellungen beitragen als die zunehmend in einem Datenfriedhof erstickende soziale Epidemiologie (vgl. DOHRENWEND/DOHRENWEND, 1969).

2.2 *Alltagsereignisse im Feld versus Laborforschung*

Die L.-E.-Forschung befaßt sich mit *Menschen im Alltag* und nicht mit Versuchspersonen oder Versuchstieren in Laboratoriumssituationen. Dies bedeutet den Verzicht auf eine gezielte Manipulation unabhängiger Variablen, wie sie in der Laborforschung mit ihren experimentellen Designs die Regel ist (vgl. VENABLES/CHRISTIE, 1975; LADER, 1975). In Laborsituationen können einzelne sozialpsychologische Komponenten des Umgangs mit plötzlich auftretenden Belastungen (Rechenaufgaben, Lärm, Schrecksituationen) systematisch bearbeitet werden, dies aber nur dadurch, daß gerade diejenigen Faktoren systematisch ausgeblendet werden, die den Alltag der Menschen so verwirrend individuell und unterschiedlich machen. Die Erkenntnismöglichkeiten einer derartigen nichtexperimentellen Beobachtungsforschung sind begrenzt (BLALOCK, 1961).

2.3 *Häufige Ereignisse versus Katastrophen*

Katastrophale Ereignisse haben schon lange das Interesse von sozialmedizinisch orientierten Forschern erweckt. Großbrände mit Hunderten von Toten (LINDEMANN, 1944), Dammbrüche (LIFTON/OLSON, 1976), Schiffskatastrophen (FRIEDMANN/LINN, 1971) und Kriege mit ihren Extrembelastungen für Soldaten und Zivilbevölkerung (Kampfeinwirkung: GLASS/BERNUCCI, 1966; Konzentrationslagerhaft: EITINGER, 1964; VON BAEYER u. a., 1964; Vertreibung: ZWINGMANN/PFISTER-AMMENDE, 1973) haben jedoch regelmäßig auf praktisch alle Beteiligten so intensive Auswirkungen, daß man daraus für die mögliche pathogene Wirkung alltäglicher Veränderungen, die in der Bevölkerung insgesamt gesehen nichts Seltenes sind, keine Schlüsse ziehen kann. Gerade um diese häufigen *alltäglichen* Ereignisse geht es aber der L.-E.-Forschung.

2.4 Globales Maß versus Einzelereignis

Für die weite Verbreitung der L.-E.-Methoden ausschlaggebend war, daß sie quantitative Maßzahlen für die Belastung durch L.E. liefern, die einer einfachen statistischen Bearbeitung zugänglich sind. Im Gegensatz zu Untersuchungen über die Krankheitsfolgen von Einzelereignissen, wie Tod des Ehepartners (CLAYTON u.a., 1972) oder Wohnortveränderung (KASL, 1972), wird in der L.-E.-Forschung ein globales Maß berechnet, das die Belastung durch *sämtliche* L.E.s in einem bestimmten Zeitraum widerspiegelt. Diese Vorgehensweise ist jedoch nur um den Preis der Annahme der *qualitativen Gleichheit* aller L.E.s möglich. Diese recht fragwürdige Annahme der „Unspezifizität des Stimulus" verbindet die L.-E.-Forschung mit der SELYEschen Streßtheorie (zur Kritik dieses globalen Ansatzes vgl. KATSCHNIG, 1979).

2.5 Kurzfristige versus langfristige Wirkung

Die pathologischen Folgen von belastenden Lebenssituationen stellen im Grunde auch das Hauptinteresse der psychoanalytischen Theorienbildung dar. Im Gegensatz zur Psychoanalyse, der es um die „Fernwirkung" von Ereignissen geht, die lange Zeit zurückliegen und gewissermaßen eine Disposition für die Entstehung psychischer Störungen erzeugt haben, liegt das Interesse der L.-E.-Forschung auf der pathogenen Wirkung von nur kurze Zeit zurückliegenden Ereignissen. Es ist die Idee der *Reaktivität* (vgl. COOPER, 1979; STAROBINSKI, 1977), die Idee des unmittelbaren Reagierens auf einen Stimulus, die hinter der L.-E.-Forschung steht, wenngleich die tatsächliche Vorgehensweise – die Zeiträume, für die L.E.s vor einem Krankheitsausbruch erfaßt werden, reichen bis zu zwei Jahre zurück – ebenfalls eher der Idee der Erzeugung einer Disposition als der der Reaktivität entspricht.

2.6 Statistische Assoziation versus Erklärung

Den meisten Forschern, die L.-E.-Methoden verwenden, scheint es lediglich um den Nachweis einer statistischen Assoziation zwischen dem gewählten Maß für „Belastung durch lebensverändernde Ereignisse" und dem Ausbruch von Krankheiten zu gehen, und nicht um eine tatsächliche Überprüfung inhaltlicher Hypothesen. Dem großen methodischen Aufwand bei der Konstruktion von Erhebungsinstrumenten steht eine recht bescheidene Theorienbildung gegenüber, die sich in der Regel nicht wesentlich über die Hypothese hinausbewegt, L.E.s würden sich vor dem Ausbruch von Krankheiten häufen. Dieses Theoriedefizit wird zunehmend auch innerhalb der L.-E.-Forschung wahrgenommen, wenn Rufe danach laut werden, neben L.E.s etwa auch „intervenierende Faktoren" (*Vulnerabilitätsfaktoren*) ausführlicher als bisher zu erfassen (RAHE/ARTHUR, 1978; vgl. auch KATSCHNIG, 1979).

3 Methoden der Life-Event-Forschung

Es ist kennzeichnend für die L.-E.-Forschung, daß sie die Messung einer einzigen unabhängigen Variablen, der Belastung durch lebensverändernde Ereignisse, zu perfektionieren versucht und andere Variablen vernachlässigt. Die L.-E.-Methoden liefern für die Belastung einer Person durch lebensverändernde Ereignisse während einer bestimmten Zeitstrecke einen globalen quantitativen Wert, wobei bei manchen Methoden eine *„Additivität"* mehrerer L.E.s angenommen wird (z.B. HOLMES/RAHE, 1967; PAYKEL u.a., 1969), bei anderen wieder ein *Schwellenmodell* zugrunde gelegt wird (BROWN/BIRLEY, 1968). In den in der L.-E.-Forschung üblichen retrospektiven Forschungsansätzen werden diese einzelnen Globalwerte dann zu Gesamtwerten (Mittelwerten, Prozentsätzen) für die untersuchten Populationen zusammengefaßt, die die Grundlage für die aus Gruppenvergleichen gewonnenen kausalen Aussagen darstellen.

Die einfachste Art, zu einem quantitativen Maß für die Belastung eines Menschen durch lebensverändernde Ereignisse in einem bestimmten Zeitraum zu gelangen, besteht darin, die aus einer vorgegebenen Liste zutreffenden Ereignisse einfach aufzuaddieren. Diese Vorgehensweise impliziert nicht nur die Annahme, daß jedes lebensverändernde Ereignis der Liste in der gleichen Art und Weise belastend wirkt, sondern auch, daß jedes lebensverändernde Ereignis gleich stark belastend ist. Die *„Schedule of Recent Experience"* (RAHE u.a., 1964) wurde zunächst auf diese Art und Weise eingesetzt. Auch die meisten Arbeiten der New-Haven-Gruppe um PAYKEL und MYERS (z.B.

PAYKEL u.a., 1969) verwenden diese einfache Art der „Quantifizierung". Eine Geburt, ein Urlaub oder der Tod des Ehepartners werden bei dieser Vorgehensweise äquivalent gesetzt, wenngleich in den Untersuchungen der New-Haven-Gruppe der Versuch unternommen wird, lebensverändernde Ereignisse in verschiedene Unterkategorien (z.B. Verlustereignisse und „Zuwachsereignisse", wünschenswerte und nicht wünschenswerte Ereignisse) einzuteilen.

Eine gewisse Differenzierung wurde dadurch erreicht, daß den in einer Liste vorgegebenen lebensverändernden Ereignissen eine zwar qualitativ gleichartige, aber verschieden starke Belastungswirkung zugeschrieben wurde. Die mit derartigen Belastungswerten (Life Change Units) versehene „Schedule of Recent Experience" wurde von HOLMES/RAHE (1967) *„Social Readjustment Rating Scale"* genannt; die „Life Change Units" wurden dabei durch eine Kalibrierungsstudie an knapp 400 Personen gewonnen. PAYKEL u.a. (1971) vergaben ähnliche Gewichte für die Items ihrer eigenen, etwas längeren Liste von lebensverändernden Ereignissen.

Die beiden bisher genannten *„Quantifizierungsmethoden"* sind dadurch gekennzeichnet, daß sie unabhängig von der untersuchten Person und ihrer Lebenssituation fixe Belastungswerte für lebensverändernde Ereignisse vergeben. BROWN (1974; vgl. auch BROWN/BIRLEY, 1968) geht einen Schritt weiter: Die von ihm und seiner Gruppe ausgearbeiteten Regeln, welches „Bedrohungsrating" einem bestimmten lebensverändernden Ereignis zukommt, berücksichtigen explizit den „Kontext", d.h. die Lebenssituation, in der sich die von einem lebensverändernden Ereignis betroffene Person befindet. Die Geburt eines Kindes kann, je nach Umständen, als wenig belastend (zweite Geburt ohne Komplikationen) oder als extrem belastend (Geburt eines mißgebildeten Kindes) eingestuft werden. Damit wird eine zwar a priori festgelegte, aber recht differenzierte Beurteilung der Belastungswirkung eines lebensverändernden Ereignisses möglich.

Die an sich wünschenswerte Erfassung der zum Zeitpunkt des Eintretens eines Ereignisses tatsächlich erlebten subjektiven Belastung ist schwierig, wenn nicht überhaupt unmöglich. Bei der typischen Art der Erhebung lebensverändernder Ereignisse – sie muß in der Regel retrospektiv erfolgen – ist nämlich nicht unwahrscheinlich, daß eine bereits aufgetretene Krankheit die nachträgliche Bewertung des Ereignisses eher in Richtung einer stärkeren Belastung, als sie zum Zeitpunkt seines wirklichen Eintritts geherrscht hat, beeinflußt. Damit würde eine künstliche Korrelation zwischen lebensverändernden Ereignissen und Krankheitsausbruch geschaffen werden, ein Vorwurf, der besonders gegen die so objektiv anmutende „Schedule of Recent Experience" erhoben werden kann: In diesem Erhebungsinstrument sind die einzelnen Ereignisse so kurz und vage definiert, daß es für die ausfüllende Person ein Leichtes ist, je nach „Kausalitätsbedürfnis" tatsächlich Vorgefallenes einmal als in eine vorgegebene Kategorie „passend", einmal als nicht dorthin „passend" einzustufen (vgl. Attribuierungstheorie).

Die theoretische Begründung für die spezifische Art der Belastung, die nach Ansicht verschiedener Autoren mit ihrer eigenen L.-E.-Methode erfaßt wird, bleibt durchgehend sehr dürftig. HOLMES und RAHE (1967) sprechen nur kurz davon, daß ihre „Social Readjustment Rating Scale" die Wiederanpassungsleistung mißt, die durch lebensverändernde Ereignisse notwendig wird. PAYKEL u.a. (1971) messen mit ihrem Erhebungsinstrument „Upsettingness", also etwa den Grad der „Gestörtheit" oder „Beeinträchtigung", den ein lebensveränderndes Ereignis hervorruft, BROWN (1974) hinwiederum bemüht sich, die kurz- und langfristige „Bedrohung" („threat") zu erfassen, die mit bestimmten lebensverändernden Ereignissen einhergeht. Nähere theoretische Erörterungen über die Konzepte „readjustment", „upsettingness" oder „threat" sucht man aber vergeblich.

Die „Schedule of Recent Experience" bzw. „Social Readjustment Rating Scale" (HOLMES/RAHE, 1967) ist die bekannteste und verbreitetste L.-E.-Methode (sie wurde am geschicktesten vermarktet und wird ähnlich wie ein Intelligenztest samt Auswertungsprogramm zum Kauf angeboten), wie aber schon deutlich geworden ist, gibt es noch viele andere L.-E.-Methoden, die hier im Detail nicht besprochen werden können (z.B. COCHRANE/ROBERTS, 1973; GRANT u.a., 1974; RAHE, 1975; TENNANT/ANDREWS, 1976; HOROWITZ u.a., 1977; DOHRENWEND u.a., 1978; MUELLER u.a., 1978).

4 Zu den bisherigen Ergebnissen der Life-Event-Forschung

Im hier vorgegebenen Rahmen kann nicht im Detail auf Ergebnisse von L.-E.-Untersuchungen eingegangen werden (vgl. dazu die Sammelbände von GUNDERSON/RAHE, 1974, und DOHRENWEND/DOHRENWEND, 1974; die Überblicksarbeiten von RAHE/ARTHUR, 1978, und KASL, 1977; für psychische Krankheiten siehe: KATSCHNIG, 1979). Es sind jedoch einige kritische Bemerkungen zu den bisher publizierten Ergebnissen der L.-E.-Forschung angebracht.

Die meisten L.-E.-Untersuchungen – gleich, mit welcher der vielen verfügbaren Methoden sie durchgeführt werden – gehen nicht darüber hinaus, einen Anstieg der Belastung durch lebensverändernde Ereignisse vor einem Krankheitsausbruch nachzuweisen – in der Regel nicht für einzelne Personen, sondern nur pauschal für eine ganze untersuchte Population. Dieser Anstieg wird oft graphisch recht eindrucksvoll und suggestiv dargestellt (vgl. z. B. BROWN/BIRLEY, 1970; RAHE/LIND, 1971; PAYKEL u. a., 1975). Der tatsächliche Erkenntnisgewinn aus derartigen Resultaten ist jedoch bei näherem Hinsehen nicht klar. Zum einen konnte gezeigt werden, daß verschiedene L.-E.-Methoden bei ein und derselben Gruppe zwar identische Resultate liefern, auf der Ebene der individuellen betroffenen Person jedoch keineswegs miteinander korrelieren (KATSCHNIG, 1979), was den Schluß nahelegt, daß verschiedene L.-E.-Methoden inhaltlich Verschiedenes messen. Eine Diskussion über diesen für die tatsächlichen Mechanismen der Wirkung von L.E.s entscheidenden Sachverhalt findet man in der L.-E.-Literatur jedoch nirgends. Zum andern ist ja nicht unwahrscheinlich, daß viele der berichteten Korrelationen Kunstprodukte in dem Sinn sind, daß bereits erkrankte Personen zum „Überberichten" neigen, und daß – besonders bei langsam beginnenden Erkrankungen – manche der berichteten Ereignisse bereits die Folge der schon begonnenen Krankheit sind. Manche L.-E.-Methoden (z. B. BROWN, 1974) versuchen, diese beiden Fehler durch Verwendung eines Interviews möglichst gering zu halten.

Weiter ist festzuhalten, daß die meisten der bisherigen L.-E.-Untersuchungen klinische „Fall-Kontroll-Studien" waren und nicht epidemiologische Studien (Ausnahme z. B. BROWN u. a., 1975). Damit stellt sich einerseits die Frage der Repräsentativität der in klinischen Untersuchungen gefundenen Ergebnisse, andererseits erscheint unter epidemiologischen Gesichtspunkten das Problem der Intensität des gefundenen Zusammenhanges in einem anderen Licht: wie PAYKEL (1979) mit Hilfe des epidemiologischen Konzepts des „relativen Risikos" zeigen konnte, ist der Einfluß, den lebensverändernde Ereignisse *allein* auf die Entstehung einer Depression haben, epidemiologisch betrachtet sehr gering.

Dies führt zu dem bis jetzt am meisten vernachlässigten Aspekt der L.-E.-Forschung: dem der intervenierenden Variablen bzw. der *Vulnerabilitätsfaktoren*, die vorhanden sein müßten, damit lebensverändernde Ereignisse tatsächlich krankheitsauslösend wirken. CLAYTON u. a. (1972) gelang es zu zeigen, daß nur diejenigen Witwer prolongierte Trauerreaktionen vom Stellenwert einer klinischen Depression aufwiesen, die nicht in der Nähe ihrer schon erwachsenen Kinder wohnten und damit keine Kontaktmöglichkeiten mit diesen hatten. Ähnlich konnten BROWN u. a. (1975) nachweisen, daß lebensverändernde Ereignisse nur im Verein mit sogenannten „Vulnerabilitätsfaktoren" (Fehlen einer vertrauensvollen Beziehung zu einem Partner, fehlende Berufstätigkeit u. a.) zur Entstehung einer Depression führen. MILLER u. a. (1976) schließlich konnten zeigen, daß psychovegetative Störungen nach lebensverändernden Ereignissen dann häufiger auftreten, wenn die betroffene Person über kein ausreichend großes Netzwerk von sozialen Beziehungen verfügt. Ein tatsächlicher Erkenntniszuwachs wird sich nur dann ergeben, wenn es gelingt, in epidemiologischen, tunlichst prospektiv angelegten Untersuchungen neben den lebensverändernden Ereignissen auch intraindividuelle und kontextuelle Vulnerabilitätsfaktoren zu berücksichtigen. Die klassische Epidemieforschung des vergangenen Jahrhunderts hat mit ihrer epidemiologischen Trias „Wirt/schädliches Agens/Umwelt" hierfür bereits ein recht brauchbares Modell vorgegeben (vgl. KATSCHNIG, 1977, und KATSCHNIG, 1979).

5 Schlußbemerkung

Trotz der noch vielen ungeklärten Probleme – neben den hier angeschnittenen sind etwa auch noch Skalierungsprobleme zu diskutieren (HOUGH u. a., 1976) – ist der L.-E.-Forschung das Verdienst zuzusprechen, das Interesse an der Erforschung des Beitrages psychosozialer Faktoren zur Krankheitsentstehung breit stimuliert zu haben. Sicher ist, daß einfach anzuwendende Erhebungsinstrumente vom Typ der „Schedule of Recent Experiences" nicht mehr unwidersprochen eingesetzt werden können. Halbstandardisierte Interviews, wie etwa die Methode des Londoner Medizinsoziologen BROWN (1974), sind zwar schwieriger zu erlernen und aufwendiger in ihrer Anwendung, dürften jedoch den optimalen Mittelweg zwischen den genannten Selbstbeurteilungsbögen und ausführlichen unstrukturierten biographischen Anamnesen darstellen. Es ist bemerkenswert, daß in einer kürzlich ausgetragenen Kontroverse zwischen BROWN und seinen Kritikern (TENNANT/BEBBINGTON, 1978; BROWN/HARRIS, 1978) die für die Methode BROWNS kennzeichnende Vorgehensweise der Erfassung und Bewertung lebensverändernder Ereignisse nicht Gegenstand der Auseinandersetzung war. Den im Editorial der gleichen Zeitschrift (ANDREWS/TENNANT, 1978) angeschlagenen pessimistischen Tönen bezüglich der weiteren Entwicklungsmöglichkeiten der L.-E.-Forschung kann sich der Autor des hier vorliegenden Beitrages nicht anschließen.

Verweis auf andere Stichwörter

→Psychiatrie →Psychotherapie →Sozialepidemiologie →Streß

Literatur

ANDREWS, G./TENNANT, C.: Life event stress and psychiatric illness. Psychol. Med. 8 (1978) 545–549.

VON BAEYER, W./HÄFNER, H./KISKER, K. P.: Psychiatrie der Verfolgten. Berlin, Göttingen, Heidelberg, New York: Springer 1964.

BLALOCK, H. M.: Causal Inference in Nonexperimental Research. Chapel Hill: The University of North Carolina Press 1961.

BROWN, G. W.: Meaning, measurement and stress of life events. In: DOHRENWEND, B. S./DOHRENWEND, B. P. (Eds.): Stressful Life Events: Their Nature and Effects. New York: Wiley 1974.

BROWN, G. W./BIRLEY, J. L. T.: Crises and Life Changes and the Onset of Schizophrenia. J. Health Soc. Behav. 9 (1968) 203–214.

BROWN, G. W./BIRLEY, J. L. T.: Social precipitants of severe psychiatric disorders. In: HARE, E. H./WING, J. K. (Eds.): Psychiatric Epidemiology. An International Symposium. London, New York, Toronto: Oxford University Press 1970.

BROWN, G. W./BHROLCHAIN, MÁIRE NI/HARRIS, T. O.: Social Class and Psychiatric Distrubance Among Women in an Urban Population. Sociology 9 (1975) 225–254.

BROWN, G. W./HARRIS, T. O.: Social origins of depression. Tavistock Publications Ltd., London 1978.

BROWN, G. W./HARRIS, T. O.: Social origins of depression: a reply. Psychol. Med. 8 (1978) 577–588.

CLAYTON, P. J./HALIKAS, J. A./MAURICE, W. L.: The depression of widowhood. Brit. J. Psychiat. 120 (1972) 71–78.

COCHRANE, R./ROBERTS, A.: The life events inventory. A measure of the relative severity of psycho-social stressors. J. Psychosom. Res. 17 (1973) 135–139.

COOPER, B.: Psychische Störungen als Reaktion: Die Geschichte eines psychiatrischen Konzepts. In: KATSCHNIG, H. (Hrsg.): Sozialer Streß und psychische Erkrankung – lebensverändernde Ereignisse als Auslöser seelischer Störungen? München: Urban & Schwarzenberg 1979.

COOPER, B./SYLPH, J.: Life events and the onset of neurotic illness: An investigation in general practice. Psychol. Medicine 3 (1973) 421–435.

DOHRENWEND, B. P./DOHRENWEND, B. S.: Social Status and Psychological Disorders: A Causal Inquiry. New York: Wiley 1969.

DOHRENWEND, B. P./DOHRENWEND, B. S. (Eds.): Stressful Life Events: Their Nature and Effects. New York: Wiley 1974.

DOHRENWEND, B. S./KRASNOFF, L./ASKENASY, A. R./DOHRENWEND, B. P.: Exemplification of a method for scaling liefe events – PERI life events scale. J. Hlth. Soc. Behav. 19 (1978) 205–229.

EITINGER, L.: Concentration Camp Survivors in Norway and Israel. Oslo, London: Universitetsforlaget, Allan & Unwin 1964.

FRIEDMAN, P./LINN, L.: Einige psychiatrische Bemerkungen zur Andrea-Doria-Katastrophe. In: ZWINGMANN, CH. (Hrsg.): Katastrophenreaktionen. Frankfurt/M.: Akademische Verlagsgesellschaft 1971.

GLASS, A. J./BERNUCCI, R. J.: Neuropsychiatry in World War II. Washington D.C.: Office of the Surgeon General, Department of the Army 1966.

GRANT, I./TEICHMAN, A./MENDELS, J.: Recent Life Events and Diabetes in Adults. Psychosomatic Medinice 2 (1974) 121–128.

GUNDERSON, E. K. E./RAHE, R. H. (Eds.): Life Stress and Illness. Springfield, Ill.: Thomas 1974.

HOLMES, TH. H./RAHE, R. H.: The social readjustment rating scale. J. Psychosom. Res. 11 (1967) 213–218.

HOROWITZ, M./SCHAEFER, C./HIROTO, D./WILNER, N./LEVIN, B.: Life Event Questionnaire for Measuring Presumptive Stress. Psychosom. Med. 39 (1977) 413–431.

HOUGH, R. L./FAIRBANK, D. T./GARCIA, A. M.: Problems in the Ratio Measurement of Life Stress. J. Hlth. Soc. Behav. 17 (1976) 70–82.

HULL, D.: Life Circumstances and Physical Illness: A Cross Disciplinary Survey of Research Content and Method for the Decade 1965–1975. J. Psychosom. Res. 21 (1977) 115–139.

KASL, S. V.: Physical and mental health effects of involuntary relocation and institutionalization of the elderly. A review. Am. J. Publ. Hlth. 62 (1972) 377–384.

KASL, S. V.: Contributions of Social Epidemiology to Studies in Psychosomatic Medicine. Adv. Psychosom. Med. 9 (1977) 160–223.

KATSCHNIG, H.: Epidemiologie und primäre Soziogenese psychischer Erkrankungen. In: BECKER, A. M./REITER, L. (Hrsg.): Psychotherapie als Denken und Handeln. München: Kindler 1977.

KATSCHNIG, H. (Hrsg.): Sozialer Streß und psychische Erkrankung – Lebensverändernde Ereignisse als Auslöser seelischer Störungen?. München: Urban & Schwarzenberg 1979.
LADER, M. H.: The Psychophysiology of Mental Illness. London: Routledge & Kegan Paul 1975.
LIEF, A. (Ed.): The Commonsense Psychiatry of Dr. Adolf Meyer. New York: McGraw-Hill 1948.
LIFTON, R. J./OLSON, E.: The human meaning of total disaster. Psychiat. 39 (1976) 1–17.
LINDEMANN, E.: The symptomatology and management of acute grief. Am. J. Psychiat. 101 (1944) 141–148.
McC. MILLER, P./INGHAM, J. G./DAVIDSON, S.: Life events, symptoms and social support. J. Psychosom. Res. 20 (1976) 515–522.
MUELLER, D. P./EDWARDS, D. W./YARVIS, R. M.: Stressful life events and community mental health center patients. J. Nerv. Ment. Dis. 166 (1978) 16–24.
PAYKEL, E. S.: Der Bedeutungsgehalt lebensverändernder Ereignisse und die individuelle Disposition: Ihre Rolle bei der Entstehung psychischer Erkrankungen. In: KATSCHNIG, H. (Hrsg.): Sozialer Streß und psychische Krankheit – Lebensverändernde Ereignisse als Auslöser seelischer Störungen? München: Urban & Schwarzenberg 1979.
PAYKEL, E. S./MYERS, J. K./DIENELT, M. N./KLERMAN, G. L./LINDENTHAL, J. J./PEPPER, M. P.: Life events and depression. A controlled study. Arch. Gen. Psychiat. 21 (1969) 753–760.
PAYKEL, E. S./PRUSOFF, B. A./UHLENHUTH, E. H.: Scaling of life events. Arch. Gen. Psychiat. 25 (1971) 340–347.
PAYKEL, E. S./PRUSOFF, B. A./MYERS, J. K.: Suicide attempts and recent life events. Arch. Gen. Psychiat. 32 (1975) 327–333.
RAHE, R. H.: Epidemiological studies of life change and illness. Int. J. Psychiat. Med. 6 (1975) 133–146.
RAHE, R. H./MEYER, M./SMITH, M./KJAER, G./HOLMES, T. H.: Social stress and illness onset. J. Psychosom. Res. 8 (1964) 35–44.
RAHE, R. H./LIND, E.: Psychosocial factors and sudden cardiac death: A pilot study. J. Psychosom. Res. 15 (1971) 19–24.
RAHE, R. H./ARTHUR, R. J.: Life change and illness studies: Past history and future. J. Hum. Stress 4 (1978) 3–15.
STAROBINSKI, J.: The word reaction: from physics to psychiatry. Psychol. Med. 7 (1977) 373–386.
TENNANT, C./ANDREWS, G.: A scale to measure the stress of life events. Aust. N. Z. J. Psychiat. 10 (1976) 27–32.
TENNANT, C./BEBBINGTON, P.: The social causation of depression a critique of the work of Brown and his colleagues. Psychol. Med. 8 (1978) 565–575.
VENABLES, P. H./CHRISTIE, M. J. (Eds.): Research in Psychophysiology. New York: Wiley 1975.
ZWINGMANN, C. A./PFISTER-AMMENDE, M. (Eds.): Uprooting and After ... Berlin, Heidelberg, New York: Springer 1973.

Heinz Katschnig

Machtbeziehungen

1 Zum Begriff der Macht

„Macht" ist in vielen Wissenschaften ein grundlegender Begriff: in der Politologie, die manchmal als Wissenschaft von der Macht definiert wird, in der Soziologie, der Sozialpsychologie, der Differentiellen Psychologie, der Philosophie, der Ökonomie usw. So finden wir eine große Zahl unterschiedlicher Definitionen der Macht, wie sie z. B. bei ZELGER (1975) und bei SCHNEIDER (1977) diskutiert werden.

Einigkeit besteht darüber, daß Macht ein *relationaler* Begriff ist. Macht kann nur über andere Personen und – bei Unterteilung der Person in mehrere Instanzen – über andere Einheiten der eigenen Person ausgeübt werden. Damit eine M. zustande kommt, muß die eine Seite nicht nur über ausreichende Ressourcen verfügen, sondern die andere Seite muß auch bereit sein, die Überlegenheit des Partners anzuerkennen. Die für einen bestimmten Bereich gültige M. kann dann bedeuten:

- eine „Fähigkeit" oder Möglichkeit, das Verhalten des Partners zu beeinflussen („potentielle Macht");
- die Bedingung der tatsächlichen Beeinflussung („aktualisierte Macht");
- das Erreichen beabsichtigter Wirkungen oder Teilwirkungen (im Gegensatz zur „negativen Macht", die absichtskonträre Effekte erbringt).

Als Sonderformen der Macht werden oft *„Einfluß"* (freiwillige Unterordnung des Partners) und *„Autorität"* (durch das Normengefüge legitimierte Macht) beschrieben.

Trotz der intensiven Bemühungen in der Literatur um begriffliche Klärungen findet die eigentliche Entwicklung auf den Gebieten der Machttheorien und der empirischen Forschung statt.

2 Machttheorien

Es gibt einige Versuche, LEWINS *Feldtheorie* auf die Analyse von M.n anzuwenden (z. B. CARTWRIGHT, 1959; FRENCH, 1968). Danach wäre eine M. zwischen zwei Akteuren A und B bestimmt durch die Resultierende aus den Kräften, die A in B zur Realisierung seines Zieles hervorrufen kann, und die Kräfte, die B gegen diese Vektoren einsetzen kann. Die Schwierigkeit, die sich überschneidenden Kraftfelder zu messen, dürfte dazu geführt haben, daß die anschauliche und plausible feldtheoretische Interpretation kaum aufgegriffen wurde.

Die *Lerntheorie* diente ADAMS/ROMNEY (1959) als Ausgangsbasis für eine Machttheorie. Eine M. zwischen A und B liege demnach dann vor, wenn B das Verhalten von A in einer Form verstärkt, die A bestimmt (z.B. im Examen: „Was wissen Sie von der Lerntheorie?“ = Verhalten von A; Beschreibung einiger Lerntheorien = Verstärkung von A's Verhalten durch B). Aber auch A muß B's Reaktion wieder belohnen, damit B in ähnlichen Situationen das gewünschte Antwortverhalten zeigt – nur bestimmt A die Form der Belohnung selbst. Durch die *Verfügungsgewalt über Belohnungsmittel* für wunschgemäßes Verhalten und über Bestrafungsmittel für unerwünschte Verhaltensweisen kann A eine M. gegenüber B aufbauen. Differenzierungen dieser lerntheoretischen Machttheorie werden von ADAMS/ROMNEY (1959) in ihrem Modell berücksichtigt.

Austauschtheoretische Begründungen von Macht, wie sie von HOMANS (1968), BLAU (1964) und THIBAUT/KELLEY (1959) vorgelegt wurden, fanden eine stärkere Beobachtung. Danach wird die Person A Macht über ihren Partner B gewinnen, wenn A B belohnen und/oder bestrafen kann und wenn B keine attraktiveren Alternativen hat. Der soziale Austausch im Rahmen der M. wird nur fortgesetzt, wenn beide Seiten größeren Nutzen erhalten als durch andere Interaktionen. BLAU (1964) analysiert die Fälle, in denen B die Rückzahlung des von A bezogenen Nutzens nicht möglich ist, und stellt fest, daß B sich den Wünschen von A unterordnen wird, solange der Ausgleich noch nicht vollzogen ist. Die Unterordnung ist dann der Nutzen, der A zuteil wird. Kritik wurde vor allem in BARRY (1976) geäußert.

Die *Entscheidungstheorie* (TEDESCHI/BONOMA/SCHLENKER, 1972) geht von der Grundannahme aus, daß ein Individuum die Wahrscheinlichkeiten von erwarteten Gewinnen und Kosten aus einer Auswahl von Verhaltensweisen bestimmt und sich für das günstigste Ergebnis entscheidet. A wird versuchen, B zu einer bestimmten Entscheidung zu führen, indem er auf B's Einschätzungen der Wahrscheinlichkeiten und der Höhe von Gewinnen und Kosten durch Informationen, Drohungen oder Versprechungen einwirkt.

Umfassende Machttheorien (z.B. PARSONS, 1963a, b; LUHMANN, 1975), die Macht als ein Element in einem von der Interessenrichtung der Autoren bestimmten Kommunikationssystem sehen, sind schwer operationalisierbar. Sie werden daher nur selten in empirischen Arbeiten angewandt.

3 Deskriptive Klassifikationen von Machtbeziehungen

Die weiteste Verbreitung aller Versuche, Machtrelationen zu beschreiben, hat die eher *phänomenologische* Analyse der Grundlagen der Macht von FRENCH/RAVEN (1959, Weiterführungen bei RAVEN/KRUGLANSKI, 1970; RAVEN, 1974; RAVEN/RUBIN, 1976) gefunden:

- *Macht durch Belohnung* leitet sich aus der – tatsächlichen oder vermuteten – Fähigkeit des Akteurs A ab, seinem Partner B Belohnungen zukommen zu lassen, während *Macht durch Zwang* auf der Fähigkeit von A beruht, den Partner B bei fehlender Einwilligung zu bestrafen. Beide Machtgrundlagen setzen voraus, daß A B's Verhalten überwacht. Sie sind also wegen der Belohnungen oder Bestrafungen und wegen der Kontrollen kostenintensiv.
- *Macht durch Legitimation* basiert auf sozialen Normen und Werten, die der Person A das Recht zusprechen, B Befehle zu erteilen, und B die Pflicht auferlegen, diesen Befehlen zu gehorchen. Auch ein Versprechen kann Macht durch Legitimation begründen. Da die Gruppe die Einhaltung der Normen überwacht oder da die Person B sich selbst ihren Werten verpflichtet fühlt, ist eine Kontrolle durch A nicht mehr nötig.
- *Macht durch Identifikation* liegt vor, wenn B den Partner A als Vorbild oder als Bezugsperson sieht und dessen Verhalten imitiert, weil er ebenso werden möchte wie A. Hier kann sogar Macht ausgeübt werden, ohne daß A es beabsichtigt. Die kostengünstige Macht durch Identifikation kann auch aus der Macht durch Belohnung hervorgehen.
- *Macht durch Sachkenntnis* leitet sich aus der vermuteten Überlegenheit in Wissen oder Können der Person A ab. B verhält sich nach A's Anweisungen, weil er ihm die nötige Einsicht in die Zusammenhänge zutraut. Daher ist auch keine Überwachung notwendig. Macht durch Sachkenntnis ist eine Sonder-

form der *Macht durch Information.* Oft ist sie an Personen gebunden; wenn ausschließlich der Kommunikationsinhalt wirkt, haben wir jedoch eine sozial unabhängige Macht vor uns.

- Diese Klassifikation sollte ergänzt werden durch die *Macht durch situative Kontrolle*, die der Person A die Möglichkeit bietet, über die Gestaltung der räumlichen, zeitlichen oder sozialen Bedingungen spezifische Handlungsweisen aufzuerlegen.
  In konkreten Situationen können sich die spezifischen Machtgrundlagen überlagern und dadurch eine Verstärkung oder eine Schwächung bewirken. Eine ausführliche Beschreibung von Wechselwirkungen findet sich bei RAVEN/KRUGLANSKI (1970).

Einen anderen Ansatz der Klassifikation der Macht versucht DAHL (1957), indem er Machtgrundlagen (militärische, juristische usw. Ressourcen), Machtmittel (Versprechen, Drohung), Machtbereiche (Verhaltensweisen von B, die A bestimmen kann), Machtfülle (Wahrscheinlichkeit der erfolgreichen Einflußnahme) und Machtausdehnung (Zahl der Personen, auf die sich die Macht erstreckt) voneinander abhebt. Als Erweiterung werden die Zeitdimension und die mit der Machtausübung verbundenen Kosten vorgeschlagen.
Obwohl es möglich ist, eigene Experimente zur Demonstration der Wirksamkeit spezifischer Machtgrundlagen durchzuführen oder bekannte Versuche als Beispiele für ihre Berechtigung heranzuziehen, läßt sich die Frage nach der Zahl der Machtdimensionen nur empirisch entscheiden. Erste Versuche legen den Schluß nahe, daß eine *Reduktion* der sieben Machtgrundlagen auf vielleicht zwei Wurzeldimensionen sinnvoll ist.

4 Beispiele für Untersuchungen über Machtbeziehungen im Labor

Letzten Endes ist der gesamten Sozialpsychologie die Aufgabe gestellt, M.n zu untersuchen, weil Wirkungen einer oder mehrerer Personen auf andere Personen auch immer Machtrelationen darstellen. Ehe wir darauf zurückkommen, wollen wir einige Fragestellungen betrachten, die sich speziell mit Hypothesen über M.n befassen.

4.1 Die Theorie der Machtdistanzreduktion von Mulder

1977 faßte MULDER Arbeiten an einer Theorie der Machtdistanzreduktion in einer Monografie zusammen. Ausgangspunkt dieser Theorie ist das Axiom, das Individuum übe *gerne* Macht aus, es schöpfe aus der Machtausübung Zufriedenheit und versuche deshalb, seine Macht auszuweiten. Daraus leiten sich vier Hypothesen ab, die in einer Serie von Labor- und Feldexperimenten und in einer Befragung bestätigt wurden:

- das Individuum ist bestrebt, die Machtdistanz zu mächtigeren Partnern zu verringern;
- je geringer der Machtabstand, desto größer ist die Tendenz zur Machtdistanzreduktion;
- gleichzeitig will das Individuum die Machtdistanz zu den unterlegenen Partnern erweitern;
- je größer der Machtabstand, desto geringer ist die Tendenz zur Machtdistanzausweitung.

Diese Tendenzen können auf der Realitätsebene (Verhalten) und/oder auf der Irrealitätsebene (Vorstellungen) wirksam sein. Sie gelten für legitime und für illegitime M.n. Sie werden beeinflußt von Persönlichkeitseigenschaften, wie z.B. dem Selbstbewußtsein.
Die *soziale Relevanz* dieser Forschung besteht darin, daß Individuen nur dann aufsteigen wollen, wenn sie in der Hierarchie schon recht weit oben stehen. Wer sich am Ende der Leiter befindet, wird von sich aus keine Anstrengungen zur Verbesserung seiner Machtstellung unternehmen. Und selbst wenn eine Solidarisierung der Machtlosen erfolgte, würde die Basis wiederum kaum Einflußversuche auf das Vorgehen ihrer Vertreter starten. Die Inhaber von Machtpositionen selbst akzeptieren eher Personen, die fast ihr Niveau erreicht haben und verzichten auf Kontakte mit Angehörigen der machtniedersten Gruppen. Alle Versuche zur Verminderung der Machtlosigkeit der unteren Schichten würden nach den Annahmen der Machtdistanzreduktionstheorie erfolglos bleiben.

4.2 Die Machtausgleichstheorie

Einzelne Versuchsergebnisse lassen sich nur mit Zusatzannahmen in die Machtdistanzreduktionstheorie einordnen. Dies veranlaßte SCHNEIDER (1977), eine an die Gleichheitstheorie angelehnte *Theorie des Machtausgleichs* vorzuschlagen, die unter der Voraussetzung der Gültigkeit der Gleichheitsnorm gilt. Nach diesen Überlegungen führt Machtgleichheit zu stabilen und alle Partner befriedigenden Sozialbeziehungen. Wahrgenommene Machtunterschiede regen zu Bemühungen an, die Differenzen zu reduzieren – und zwar auf seiten der unterlegenen *und* auf seiten der überlegenen Partner. Entsprechend der Gleichheitstheorie kann man dann von ausgeglichenen Machtverhältnissen sprechen, wenn:

$$\frac{\text{Macht}_A - \text{Aufwendungen}_A}{\text{Aufwendungen}_A} = \frac{\text{Macht}_B - \text{Aufwendungen}_B}{\text{Aufwendungen}_B},$$

wobei alle Variablen phänomenale Größen darstellen. Ungleiche M.n lassen sich durch objektive und/oder subjektive Veränderungen aller Größen erreichen.

Verschiedene Befragungen und Rollenspiele bestätigen die Prognosen. Beispielsweise zeigte es sich in Untersuchungen zur *Koalitionsbildung* in Kleingruppen, daß dominierende Partner in der Koalition in der Regel einen im Vergleich zu ihrem Ressourcenanteil unterproportionalen Gewinn beanspruchen, während die unterlegenen Personen einen überproportionalen Gewinnanteil fordern.

Die Bedeutung dieser Theorie, die noch weiter experimentell abzusichern ist, liegt darin, daß unter der Bedingung einer geltenden Gleichheitsnorm eine *Bereitschaft zum Machtverzicht* des überlegenen Partners und ein – auch von MULDER (1977) postulierter – *Anspruch auf Machtzuwachs* der unterlegenen Seite zu erwarten ist.

4.3 Die korrumpierende Wirkung der Macht

KIPNIS (1972) packte eine neuartige Fragestellung an, indem er die *Selbstperzeption* von Machtinhabern und ihre Sicht der Unterlegenen experimentell untersuchte. KIPNIS vermutet, der Gehorsam der Abhängigen führe den Machtinhaber zu der Überzeugung, er sei anderen Menschen nach seinen Fähigkeiten und Fertigkeiten überlegen. Schmeicheleien der Abhängigen verstärken diesen Eindruck noch. Da die Interessen der Machtposition allgemeinen Wertvorstellungen zuwiderlaufen können, werde das Verhalten des Machtinhabers eher von einer machtbezogenen Moral geprägt. Auch werde der Machtinhaber die Unterlegenen abwerten, weil er sich selbst als die Ursache der Ereignisse und die Abhängigen als seine Werkzeuge sieht. Daraus folge schließlich eine Tendenz zur Erweiterung der Distanz gegenüber den unterlegenen Partnern, eine Aussage, die mit einem Teil der Machtdistanzreduktionstheorie von MULDER (1977) übereinstimmt.

In einem Experiment arbeiteten die Versuchspersonen (Vpn) als Manager in einer simulierten Industrieproduktion mit der Aufgabe, vier „Arbeiter“ zu einer hohen Produktivität in einfachen Papier- und Bleistiftaufgaben zu veranlassen. Einer Hälfte der Vpn standen Machtmittel zur Verfügung, die andere Hälfte konnte nur ihre Legitimität als Vorgesetzte und ihre naive Überzeugungsfähigkeit einsetzen, um die Produktivität der Arbeiter zu steigern. Die Vpn mit Machtmitteln versuchten häufiger, die Untergebenen zu beeinflussen, sie bewerteten sie negativer, sie schrieben die Arbeitsleistung eher ihren Führungstechniken zu und sie waren weniger bereit, sich mit den „Arbeitern“ nach dem Experiment zum Plaudern zusammenzusetzen.

Aus diesen Befunden leitet KIPNIS (1972) eine *4-Stufen-Wirkung* der Macht ab: 1. Macht führt dazu, daß man sie auch einsetzt; 2. die Benutzung der Machtmittel nährt die Überzeugung, das Verhalten der Partner sei vom Machtinhaber und nicht von ihnen selbst bestimmt; 3. die Leistung der untergeordneten Partner wird abgewertet; 4. die psychologische Distanz zu ihnen vergrößert sich und die Untergeordneten werden als beeinflußbares Spielmaterial (objects of manipulation) gesehen.

Noch ist eine Verallgemeinerung dieser Ergebnisse nicht möglich, weil simulierte Industrieverhältnisse unter Umständen zu Artefakten oder auch zu spezifischem Rollenverhalten führen, das in anderen Machtrelationen nicht erscheint. Andererseits lassen sich zahlreiche soziale Situationen vorstellen, in denen ähnliche Wirkungen möglich sind (z. B. Eltern – Kinder, Polizei – Bürger, Psychologe – Klient). Eine Intensivierung der Forschung auf diesem Gebiet ist daher wünschenswert.

4.4 Die Bedeutung von Machtmitteln bei der Simulation interpersonaler Konflikte

Der Befund, daß verfügbare Machtmittel auch eingesetzt werden, wurde schon in dem klassischen „trucking game" von DEUTSCH/KRAUSS (1962) vorgelegt. Dort hatten zwei Vpn die Aufgabe, als Lastwagenfahrer ihre Ladung möglichst schnell vom Start zum Ziel zu befördern. Ein Teil der kürzesten Strecke konnte jedoch nur jeweils von einem Wagen befahren werden, so daß ein Fahrer warten mußte, um dem Partner den Weg freizugeben. Unter der Bedingung, in der beide Vpn. ihrem Partner mit einer Schranke (einem Machtmittel also) die Straße sperren konnten, waren ihre Zeitverluste größer als wenn nur eine Seite eine Schranke einsetzen konnte. Der Zeitbedarf beider Seiten in dieser Variante überstieg wieder den Zeitaufwand beider Vpn ohne Machtmittel.

Zahlreiche Kontrollexperimente (s. SCHNEIDER, 1977) weisen darauf hin, daß die Aussage, der Besitz von Machtmitteln führe zu ihrem Einsatz und damit für beide Seiten zu einem ungünstigen Ergebnis, *verfrüht* war. Andere Machtmittel (z.B. Elektroschocks statt Barrieren), andere Spielmotive (z.B. Geld statt Spielpunkte), andere Umweltbedingungen (keine Ausweichroute statt kurze kritische Strecke + Umweg) und andere Kommunikationsbedingungen (z.B. Vorankündigung des Machtmitteleinsatzes) wirkten sich nämlich nicht in der Steigerung der Verluste aus.

Vor allem mit der *Gefangenendilemma*-Anordnung (s. z.B. SCHNEIDER, 1975) wurde die Wirkung des Einsatzes belohnender und bestrafender Machtmittel auf das Partnerverhalten untersucht. In diesem Versuchsparadigma entscheiden sich zwei Partner jeweils für eine von zwei Verhaltensmöglichkeiten, wobei sie die gesamte symmetrische Auszahlungsmatrix kennen. Wählt A die „kooperative" Möglichkeit a_1 (s. Abb.), können beide Partner einen mittleren Gewinn von 10 erhalten – falls nicht B die Wahl b_2 trifft und sich dadurch einen hohen Gewinn, dem Partner A jedoch einen relativen Verlust verschafft.

Zahlreiche Experimente (s. z.B. OSKAMP, 1971) zeigen, daß durch Bestrafung einer ungünstigen und durch Belohnung einer günstigen Wahl, also durch spiegelnden Gebrauch von Machtmitteln, der Partner zu einem Verhalten veranlaßt wird, das beiden Seiten am meisten nützt. Permanente Kooperation erbringt ebenfalls ein relativ wünschenswertes Partnerverhalten, während die permanente Wahl 2 beiden Seiten die geringsten Erträge liefert. Da jedoch auch bei diesem Paradigma die Motivation, die Kommunikationsbedingungen und die Beziehungen der Vpn vor dem Spiel die Wahlen beeinflussen, dürfte der Wert dieser Arbeitsrichtung auf die Hypothesenentwicklung beschränkt sein (s. NEMETH, 1973). Die Prüfung der Hypothesen müßte dann unter *lebensnäheren* Bedingungen erfolgen.

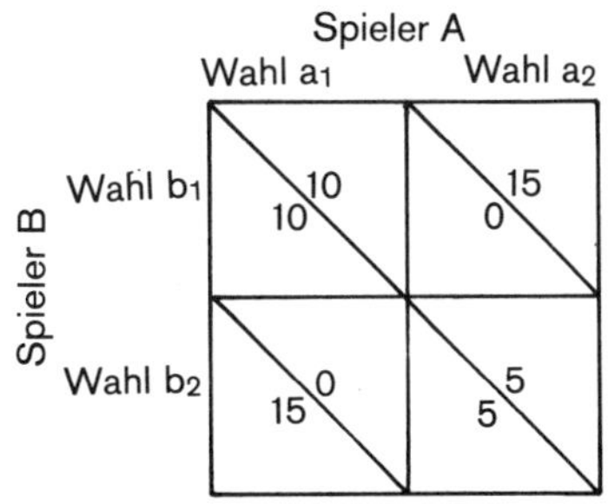

Beispiel einer Gefangenendilemma-Matrix

4.5 Machtattribution: die entscheidende Frage

Macht ist keine objektive, sondern eine phänomenale Größe, denn nur wenn der Partner dem Machtinhaber den Einsatz von Machtmitteln zutraut, wird er sich seinen Ansprüchen beugen. In den letzten Jahren wird daher unter dem Stichwort „Machtattribution" untersucht, unter welchen Bedingungen wir eine andere Person oder uns selbst als mächtig erleben, und welche Konsequenzen diese Einschätzungen haben.

SCHOPLER/LAYTON (1974) beschreiben einige solcher Bedingungen, z.B.: je weniger das Verhalten einer Person voraussehbar war und je mehr es mit der Intervention einer anderen Person in Zusammenhang gebracht werden kann, desto eher wird dieser zweiten Person Macht zugeschrieben. Oder: der Abhängige wird sich bei positiven Ereignissen selbst als Urheber sehen; bei negativen Ereignissen wird er dem Machtinhaber die Verantwortung zuschreiben. Daraus leiten SCHOPLER/LAYTON (1974) die Empfehlung ab, daß der Machtinhaber die Bedingungen seiner Machtausübung so mehrdeutig lassen sollte, daß der Abhängige sein Verhalten zwar nach den Vorstellungen des Überlegenen ausrichtet, es aber unter seiner eigenen Kontrolle erlebt.

Eine noch umfangreichere Sammlung von Hypothesen legt KAPLOWITZ (1978) vor. Die von diesem Theorieansatz ausgehende Fragestellung wird einmal über den Einsatz von Machtmitteln im interpersonalen und im politischen Bereich Auskunft erteilen können. Unter den noch abzuklärenden Bedingungen, unter denen der Überlegene vermutet, sein Partner schreibe ihm keine ausreichende Macht zu, wird er nämlich eher zum Einsatz seiner Machtmittel bereit sein. Wenn andererseits der Unterlegene annimmt, der Machtinhaber rechne mit seiner Gegenmacht, wird er dessen Einflußversuchen Widerstand entgegensetzen. Wenn er glaubt, der Überlegene attribuiere ihm keine Gegenmacht, wird er – unter noch zu ermittelnden Voraussetzungen – entweder seine Gegenmacht demonstrativ gebrauchen oder auf Widerstand verzichten.

Sobald das Hypothesengebäude empirisch weiter abgesichert ist als heute, wird die Attributionsforschung das Wissen bereitstellen, wie das folgenreiche Verhalten von Machtpartnern vorausgesagt und beeinflußt werden kann.

5 Beispiele für Untersuchungen von Machtbeziehungen im Feld

Es finden sich schon recht frühzeitig Versuche, M.n in *natürlichen* Situationen zu erforschen. Vor allem geht es dabei um Macht in der Gemeinde, in der Familie und in Betrieben. Eine gegenseitige Befruchtung der Labor- und der Feldforschung hat jedoch noch nicht stattgefunden.

Die Forschung zur *Macht in der Gemeinde* zeichnet sich durch unterschiedliche Methoden aus, die zu abweichenden Ergebnissen führen. Der von HUNTER (1953) begründete „reputational approach" läßt wichtige Personen eines Ortes eine Liste von Persönlichkeiten nach ihrem Einfluß ordnen und gelangt zu einer relativ kleinen Machtelite, die das Geschehen im Ort bestimmt. DAHL (1961) schlug deshalb vor, von konkreten Entscheidungen auszugehen und zu untersuchen, wie solche Einzelfragen behandelt werden. Er fand dann, daß sich die Einflußbereiche spezifischer Personen kaum überschneiden und spricht deshalb von einem Pluralismus der Macht.

Die Beziehungen der Machtinhaber untereinander werden nur am Rande, und ihr Verhältnis zu den Abhängigen überhaupt nicht erfaßt. Die zweite Fragestellung wird in der *Wahlforschung* (*Wahlforschung*, 1977) und im Zusammenhang mit der *politischen Kommunikation* (CHAFFEE, 1975) angegangen, ohne daß Verbindungen zu sozialpsychologischen Konzepten hergestellt sind.

Das Interesse an *Machtbeziehungen in der Familie* wurde durch die Studie von BLOOD/WOLFE (1960) geweckt. Das dort benutzte Meßinstrument läßt die Familienmitglieder angeben, wer in der Familie die Entscheidungen hinsichtlich mehrerer Handlungen, wie Autokauf, Arztkonsultation usw. trifft. Viele Untersuchungen belegen, daß die Machtverteilung in der Familie von den Ressourcen abhängt, mit denen man die Bedürfnisse seines Partners befriedigen kann, von den Alternativen, die einem zur Wunscherfüllung offenstehen, von den herrschenden Normen und von dem Ort im Familienzyklus (s. LÜSCHER/LUPRI, 1970). Auch hier fehlen Bezüge zu sozialpsychologischen Machtkonzepten.

Arbeiten zur *Macht im Betrieb* sind integriert in die Psychologie der *Führung* (s. KUNCZIK, 1972). Die theoretischen Ansätze, daß bestimmte Eigenschaften den Führer ausmachen (Eigenschaftstheorie), daß es von der Situation abhängt, ob eine Person sich mit ihren Dispositionen Einfluß verschafft (Situationstheorie), daß spezifische Verhaltensmuster die Steuerung der unterstellten Mitarbeiter erleichtern (Verhaltenstheorie), wurden abgelöst von Vorstellungen der mehrdimensionalen Bedingtheit von Führungserfolg, wie sie z. B. in FIEDLERS (1964) Kontingenzmodell der Führung zum Ausdruck kommt.

6 Zusammenfassung: die Zukunft der Machtforschung

Das Forschungsgebiet der M.n leidet unter mehreren Schwierigkeiten:

- zwar ist ausführlich diskutiert worden, was man unter Macht verstehen könnte; die Bearbeiter weisen jedoch so heterogene Grundlagen auf, daß eine allmähliche Übereinstimmung noch nicht in Sicht ist;
- zwar finden wir eine ansehnliche Menge von Theorien, Labor- und Feldexperimenten; eine Kommunikation zwischen diesen Arbeitsbereichen findet jedoch noch kaum statt;
- zwar untersucht die Sozialpsychologie, wie einzelne oder Gruppen auf andere Personen

Einfuß ausüben. Obwohl damit eindeutig M.n angesprochen sind, fehlt – abgesehen von Einzelfällen – eine Verbindung zwischen der Machtforschung und anderen Gebieten der Sozialpsychologie.

Trotz ihrer eminenten potentiellen praktischen Bedeutung und trotz ihrer möglichen Anwendung auf viele Fragestellungen der Sozialpsychologie hält sich die Machtforschung heute immer noch weithin unbeachtet in einer Nische auf. Eine bessere intradisziplinäre Zusammenarbeit mit dem Ziel der Entwicklung tragfähiger Theorien der Machtbeziehungen und ihrer Integration in die allgemeine Sozialpsychologie, wie es JACOBSON (1972) versuchte, tut daher not. Die Bedeutung der Machtforschung in den nächsten Jahrzehnten wird daher davon abhängen, wie gut es gelingt, übergreifende Interpretationskonzepte auszuarbeiten und auf breite Bereiche der Sozialpsychologie, wenn nicht der gesamten Psychologie, anzuwenden.

Verweis auf andere Stichwörter

→Aggression →Interaktion und Kommunikation →Kollektives Verhalten →Meinungsforschung →Organisationspsychologie →Sozialpsychologie

Literatur

ADAMS, J. S./ROMNEY, A. K.: A functional analysis of authority. Psychological Review 66/1959, 234–251.

BARRY, B. (Ed.): Power and political theory. London: Wiley 1976.

BLAU, P. M.: Exchange and power in social life. New York: Wiley 1964.

BLOOD, R. O./WOLFE, D. M.: Husbands and wives. Glencoe, Ill.: Free Press 1960.

CARTWRIGHT, D.: A field-theoretical conception of power. In: CARTWRIGHT, D. (Ed.): Studies in social power. Ann Arbor: University of Michigan 1959.

CHAFFEE, S. H. (Ed.): Political communication. Issues and strategies for research. Beverley Hills: Sage 1975.

DAHL, R. A.: The concept of power. Behavioral Science 2/1957, 201–215.

DAHL, R. A.: Who governs? Democracy and power in an American city. New Haven: Yale University 1961.

DEUTSCH, M./KRAUSS, R. M.: Studies of interpersonal bargaining. Journal of Conflict Resolution 6/1962, 52–76.

FIEDLER, F. E.: A contingency model of leadership effectiveness. In: BERKOWITZ, L. (Ed.): Advances in experimental social psychology, volume 1. New York: Academic Press 1964, 150–191.

FRENCH, J. R. P.: A formal theory of social power. In: CARTWRIGHT, D./ZANDER, A. (Eds.): Group dynamics. Research and theory. New York: Harper & Row 1968, 557–568.

FRENCH, J. R. P./RAVEN, B. H.: The bases of power. In: CARTWRIGHT, D. (Ed.): Studies in social power. Ann Arbor: University of Michigan 1959, 150–167.

HOMANS, C. G.: Elementarformen sozialen Verhaltens. Köln: Westdeutscher Verlag 1968.

HUNTER, F.: Community power structure. Chapel Hill, N.C.: University of North Carolina 1953.

JACOBSON, W. D.: Power and interpersonal relations. Belmont, Cal.: Wadsworth 1972.

KAPLOWITZ, S. A.: Towards a systematic theory of power attribution. Social Psychology 1978/41, 131–148.

KIPNIS, D.: Does power corupt? Journal of Personality and Social Psychology 24/1972, 33–41.

KUNCZIK, M. (Hrsg.): Führung. Theorien und Ergebnisse. Düsseldorf: Econ 1972.

LUHMANN, N.: Macht. Stuttgart: Enke 1975.

LÜSCHER, G./LUPRI, E. (Hrsg.): Soziologie der Familie. Kölner Zeitschrift für Soziologie und Sozialpsychologie, Sonderheft 14. Köln: Westdeutscher Verlag 1970.

MULDER, M.: The daily power game. Leiden: Martinus 1977.

NEMETH, C.: A critical analysis of research utilizing the prisoner's dilemma paradigm for the study of bargaining. In: BERKOWITZ, L. (Ed.): Advances in experimental social psychology, volume 6. New York: Academic Press 1973, 203–234.

OSKAMP, S.: Effects of programmed strategies on cooperation in the prisoner's dilemma and other mixed-motive games. Jorunal of Conflict Resolution 15/1971, 225–259.

PARSONS, T.: On the concept of influence. Public Opinion Quarterly 27/1963, 37–62 (a).

PARSONS, T.: On the concept of political power. Proceedings of the American Philosophical Society 107/1963, 232–262 (b).

RAVEN, B. H.: The comparative analysis of power and power preference. In: TEDESCHI, J. T. (Ed.): Perspectives on social power. Chicago: Aldine 1974, 172–198.

RAVEN, B. H./KRUGLANSKI, A. W.: Conflict and power. In: SWINGLE, P. (Ed.): The structure of conflict. New York: Academic Press 1970, 69–109.

RAVEN, B. H./RUBIN, J. Z.: Social psychology: people in groups. New York: Wiley 1976.

SCHNEIDER, H.-D.: Kleingruppenforschung. Stuttgart: Teubner 1975.

SCHNEIDER, H.-D.: Sozialpsychologie der Machtbeziehungen. Stuttgart: Enke 1977.

SCHOPLER, J./LAYTON, B.: Attributions and interpersonal power. In: TEDESCHI, J. T. (Ed.): Perspectives on social power. Chicago: Aldine 1974, 34–60.

TEDESCHI, J. T./BONOMA, T. V./SCHLENKER, B. R.: Influence, decision, and compliance. In: TEDESCHI, J. T. (Ed.): Social influence processes. Chicago: Aldine 1972, 346–418.

THIBAUT, J. W./KELLEY, H. H.: The social psychology of groups. New York: Wiley 1959.

Wahlforschung: Sonden im politischen Markt. Köln: Westdeutscher Verlag ²1977.

ZELGER, J.: Konzepte zur Messung der Macht. Berlin: Duncker & Humblot 1975.

Hans-Dieter Schneider

Massenkommunikation

1 Begriffliche Klärung

M. ist ein Sonderfall von Kommunikation, der dadurch gekennzeichnet ist, daß „Aussagen öffentlich (...) durch technische Verbreitungsmittel (*Medien*), indirekt (also bei räumlicher oder zeitlicher (...) Distanz zwischen Kommunikationspartnern) und einseitig (also ohne Rollenwechsel zwischen Aussagendem und Aufnehmendem) an ein disperses Publikum (...) vermittelt werden" (MALETZKE, 1963, 32). „Masse" ist hier also kein wertender Begriff, etwa i. S. einer kulturkritischen oder -pessimistischen Theorie, sondern bezieht sich auf die Tatsache, daß sich Kommunikation an ein „Publikum" richtet, daß in sich heterogen, zahlenmäßig mehr oder weniger groß und in seiner Gesamtheit kein überdauerndes soziales Gebilde ist.

Die Möglichkeit, sich an ein meist sehr großes, dem „Sender" (Kommunikator) nicht persönlich bekanntes Publikum (die Rezipienten) zu wenden, ergibt sich erst mit der Entwicklung geeigneter technischer Übertragungsmittel, deren erstes wichtiges GUTENBERGS Erfindung des Buchdrucks war. Weitere technische Innovationen (z. B. Erfindung der Rotationsmaschine um 1865, der Setzmaschine um 1885) waren nötig, um eine über einen relativ elitären Kreis von Medienbenutzern hinausgehende, „massenhafte" Rezipientenschaft erreichen zu können. Die Entwicklung von Massenmedien und damit M. ist also in Zusammenhang mit sozialen und ökonomischen Veränderungen zu sehen.

Unter Massenmedien werden heute vor allem verstanden: 1. die Presse (Zeitungen, Zeitschriften, Magazine), 2. „trivial"-literarische, populär-unterhaltende Formen wie Groschenhefte, Taschenbücher, Comics, 3. Bücher (belletristischen, wissensvermittelnden, religiös-erbauenden usf. Inhaltes), 4. Flugblätter, Plakate, Wandzeitungen und andere ephemere Formen, 5. Schauspiel und Theater, 6. Filme bzw. „Kino", 7. Rundfunk, 8. Fernsehen (und Farbfernsehen), 9. Schallplatten. Ausgeblendet bleiben dabei „reine" Übertragungsvorrichtungen, die (technischen) Medien im engeren Sinne, wie z. B. Telefon, Morsetelegraph, transatlantische Telegraphenkabel. Entsprechend dem Stand der technischen, wirtschaftlichen, sozialen und politischen Entwicklung werden „alte" Medien von neuen verdrängt, die den Bedürfnissen der Kommunikatoren und Rezipienten besser entsprechen (Beispiel: Ablösung der Wochenschauen in den sechziger Jahren durch das Fernsehen).

Dabei spielen immer auch *ökonomische Interessen* an neuen Medien eine gewichtige Rolle; dies zeigte die überhastet und von den Rezipienten keineswegs als dringlich empfundene Einführung des Farbfernsehens oder die von den multinationalen Medienkonzernen (u. a. CBS, RCA, PHILIPS) betriebene Einführung verschiedener audiovisueller Aufzeichnungs- und Kassettensysteme, die von den Rezipienten nicht unbedingt akzeptiert wurden (Beispiel Bildschallplatte). Tendenziell können dabei „neue" Medien auch bisher übliche Kommunikations- und Interaktionsformen in Frage stellen. Die neu entwickelten Kassetten- und Videosysteme erleichtern nicht nur das Speichern und beliebige Abrufen von Fernsehprogrammen (Beispiel: Sprachkurse im Fernsehen), sondern bieten (durch einfach Handhabung) den bisher passiven Zuschauern auch die Möglichkeiten des aktiven Umgangs mit den Medien, d. h. Produktion und Verbreitung von Aussagen in eigener Regie („Bürgermedium Video"). Kabelfernsehsysteme erlauben Interaktionen zwischen Sender und Empfänger und ermöglichen so u. U. die Aufhebbarkeit des „einseitigen" Kommunikationsflusses und damit die Umkehrung der Kommunikationsrollen.

2 Funktionen der Massenmedien

Massenmedien können verschiedene Funktionen (Aufgaben) haben:

(a) *Vermittlung von aktuellen Informationen*, „die (vorwiegend sachorientierte, anschauliche, detaillierte und umfassende) Darstellung von Problemen, Ereignissen, Zuständen, Institutionen und Persönlichkeiten aus allen Sektoren der Gesellschaft" (HOLZER, 1969, 19);

(b) *Unterhaltung*, wobei aber betont werden muß, daß es keine Trennung von „rein" unterhaltenden und informierenden Medien geben kann; Rezipienten können stets verschiedene Arten von „Nutzen" aus den Aussagen der Medien ziehen (Beispiel: die auch als unterhaltsam empfundenen Nachrichtensendungen des Fernsehens);

(c) *Weitergabe sozialer, politischer und religiöser Normen und Werte*, der Transport von Ideologie

(Beispiel: religiöse Schriften im Mittelalter, Flugblätter der Französischen Revolution, Abwurf von Propagandacomics im Korea-Krieg). Dabei spielt es keine Rolle, ob die „Manipulationsfunktion" beabsichtigt ist oder nicht (z.B. geschieht die Tradierung von patriarchalischen Frauenklischees in den Humorcomics und Kriminalromanheften eher unbeabsichtigt);
(d) *Wissensvermittlung und Bildung:* die gezielte, auch didaktisch strukturierte Weitergabe von „Wissen", z.B. im Rahmen von Aus-, Fort-, Weiterbildungsprozessen, unter Zuhilfenahme der technischen Medieninnovationen, insbesondere der audiovisuellen Kommunikationsmittel (Beispiel: Grundschulfibeln, Funkkolleg im Medienverbund);
(e) *„Lebenshilfe"* in direkter Form (z.B. durch Sexualberatung in Jugendzeitschriften) oder in eher indirekter Form (durch Spielfilmserien, die Anpassungshilfen geben).
Daneben kann als eine wichtige, allen Massenmedien gemeinsame Funktion die *Selektion* von Themen und ihre Internalisierung herausgestellt werden: Vielseitigkeit und Universalität der Inhalte von Massenmedien ist nur scheinbar gegeben; tradierte Aufmerksamkeits- oder Selektionsregeln (etwa: die Hervorhebung des Neuartigen, des Außergewöhnlichen, des Persönlichen usf.; vgl. Böckelmann, 1975, 66f.) legen fest, was aus der Fülle von Inhalten und Themen herausgesucht (und den Rezipienten geboten) wird und damit letztlich zur Schaffung einer eigenen „Realität" führt.

3 Theorieaspekte

M.theorien waren lange Zeit einseitig und vordergründig auf „Wirkung" ausgerichtet.

3.1 Traditionelles S-R-Modell

Ob es sich um Flugblattpropaganda im Zweiten Weltkrieg oder Werbekampagnen zur Einführung eines neues Waschmittels handelt, immer ist dabei der für die M. charakteristische Aspekt der gezielte Einsatz von „Botschaften", mit denen ein Publikum in irgendeiner Weise *beeinflußt* werden soll. Dem entspricht ein lange Zeit vorherrschendes Theoriemodell von M., das Kommunikation als *einbahnigen* Vorgang (von Kommunikator zum Rezipienten) auffaßt und sich dabei besonders um die dadurch erzielte (oder erzielbare) „Wirkung" bei den Rezipienten kümmert. Dieses heute zu Recht als unvollkommen und ideologisch (Lindner, 1974; Bisky, 1976) bewertete Modell ist eine einfache Adaption des aus der Informationstheorie/Kybernetik übernommenen „Kommunikationsmodells"; es initiierte eine Forschungsperspektive, die durch die einprägsame Formel von Lasswell (1948, 37) – „wer sagt was über welche Kanäle zu wem mit welcher Wirkung?" gekennzeichnet ist, und viele Jahrzehnte theoretische und empirische Schwerpunkte für die amerikanische M.wissenschaft setzte. M. wird hier als simpler Stimulus-Response-Vorgang aufgefaßt. Die wesentlichsten Leitgedanken sind dabei einem naturwissenschaftlich orientierten Paradigma (dem Behaviorismus) entlehnt. Grundannahme ist, daß jedes Individuum die gezielt strukturierten Stimuli in ungefähr derselben Weise perzipiert und darauf im Prinzip in gleicher Weise reagiert, was impliziert, daß der Inhalt einer Kommunikation mit der Richtung des Effektes gleichgesetzt wird. Bis etwa 1945 dominiert die populäre Vorstellung von der *„Allmacht" der Medien*: Botschaften werden auf ein Publikum losgelassen, das, ob es will oder nicht, die in den Botschaften formulierten Einstellungs- oder Verhaltensmaximen akzeptieren und nachvollziehen muß (daher auch die Bezeichnung „hypodermic needle" oder „Impfnadelmodell"). Neben der Erfahrung von Propagandawirkungen schienen Beobachtungen aus verschiedenen Medienbereichen solche Annahmen zu stützen. Ein besonders häufig angeführtes Beispiel ist das Hörspiel „Invasion vom Mars", das 1938 in den USA eine Panik bei Tausenden von Zuhörern auslöste, die den fiktiven Charakter der Sendung nicht wahrnahmen (Cantril, 1940).

3.2 Modifikationen des S-R-Modells

Erste Zweifel an der Gültigkeit der S-R-Theorie traten auf, als man feststellen mußte, daß in wichtigen Teilbereichen der persönliche Einfluß von menschlichen Interaktionspartnern weitaus mehr Wirkungen als der Einfluß von Medienaussagen zeitigte. Aus den Ergebnissen der vor allem in den vierziger Jahren sehr intensiv betriebenen Wählerforschung resultierten erste Modifizierungen des S-R-Konzeptes, die unter dem Stichwort des „zwei- (bzw. mehr-)stufigen Kommunikationsflusses" (Renckstorff,

1970) bekannt geworden sind. Demnach orientieren sich Menschen in gewichtigen Fragen (etwa anläßlich der Wahl eines neuen Präsidenten) nicht an der Wahlpropaganda, sondern an „Opinion Leaders" (Meinungsführern), wichtigen Leuten ihrer spezifischen sozialen Umgebung, die ihrerseits die Medien intensiv nutzen. Man entdeckte die Bedeutung der Primärgruppe und den Einfluß *sozialer Faktoren* (Schichtzugehörigkeit, Wohngegend usf.) für den Kommunikationsprozeß und die Meinungsbildung und fügte intervenierende soziologische, individual- und sozialpsychologische Variablen („Einstellungen" und „Meinungen") in den S-R-Ansatz ein.

3.3 Der Ansatz von Klapper

Von besonderer Bedeutung wurde in der Folgezeit der theoretische Ansatz von KLAPPER (1960), der in seinem phänomenistisch-funktionalen Konzept die Existenz und den Einfluß einer Fülle von sog. *mediatisierenden Faktoren* (mediating factors), z.B. situativer, aber auch sozialer Art betonte, deren spezifischer Einfluß letztlich nicht oder nur unzureichend erfaßt werden könne. Damit wurde auch die Misere der traditionellen (Massen-)Kommunikationswissenschaft deutlich, die implizit oder explizit von ahistorischen, in gesellschaftsfreien Räumen angelegten Kommunikationsprozessen ausgegangen war. Allerdings machte auch KLAPPER relativ dezidierte Aussagen über bestimmte Konstellationen von M.prozessen, etwa dahingehend, daß eine „Umkehrung" von Einstellungen der Rezipienten durch massenkommunikativ verbreitete Botschaften nur selten möglich sei, sondern in der Regel nur eine *Verstärkung* schon vorhandener Meinungen etc. erreicht werden könne. KLAPPERS Systematisierung der Ergebnisse psychologischer und soziologischer M.forschung stellte die Unhaltbarkeit des klassischen S-R-Konzeptes klar heraus; zugleich bedeutete sein Ansatz auch den Beginn einer eher pessimistischen Phase, denn die Aussicht, eine zahlenmäßig kaum zu bestimmende, in jedem Fall große Anzahl von *Wirk*-Variablen in ihrer kurz- und längerfristigen Relevanz berücksichtigen zu müssen, schreckte zweifellos ab und ließ höchstens jene eingeschränkte Forschungschance offen, die BERELSON (1954, 345) originell-resignativ mit den Worten formuliert hatte: „Bestimmte Aussagen zu bestimmten Themen, die die Aufmerksamkeit eines bestimmten Publikums unter bestimmten Bedingungen erreichen, haben bestimmte Wirkungen".

3.4 Neuere Ansätze

Ohne daß sich die Vorstellungen der „Laien" geändert hätten, die nach wie vor bereit waren, vereinfachende Kausalschlüsse etwa zwischen Fernseh- oder Comicskonsum und kriminellem Verhalten bei Jugendlichen und damit die S-R-Hypothese zu akzeptieren, kamen in den sechziger und siebziger Jahren einige neue theoretische Konzeptionen in der wissenschaftlichen Betrachtung von M. auf: Einmal wurde versucht, die große Zahl intervenierender Variablen weiter zu untersuchen, zu systematisieren und nach Möglichkeit zu reduzieren, wobei Schwerpunkte z.B. in der Untersuchung des Einflusses *interpersoneller Faktoren* auf Rezeptionssituation und Rezeptionsgewohnheiten (vgl. etwa HUNZIKER, 1976) und in der Analyse der Bedeutung anderer Sozialisationsinstanzen für die je spezifische Wirkung von Medienaussagen liegen. Die Fragestellungen wurden auch auf *makrostrukturelle, sozioökonomische Faktoren* ausgeweitet: „Welche politischen, ökonomischen oder kulturellen Bedingungen bewirken, daß die Massenmedien so arbeiten, wie sie es tun?" (DE FLEUR, 1966, 6–7). Dazu gehört z.B. die Analyse ökonomisch-publizistischer Konzentrationstendenzen von Medien (DIEDERICHS, 1973) und der daraus resultierenden Einschränkung von Informationsmöglichkeiten bzw. der inhaltlichen Themenselektion, die zur Veränderung oder Verstärkung von politischen Meinungen und Einstellungen führen kann. Intensiv ist dies am Beispiel der Massen- oder Boulevardpresse („BILD-ZEITUNG") geschehen, – wobei allerdings nicht selten die in diesem Zusammenhang angeführten „Manipulations"-Theorien auf ähnlich einfachem Niveau lagen wie die früheren S-R-Modelle (DRÖGE/WEISSENBORN/HAFT, 1973, XVIII).

Weiter sind *materialistische* Ansätze über M. entwickelt worden (DRÖGE/MODELMOG, 1972; BISKY, 1976; KREIMEIER, 1972). Daneben finden – gerade bei der Untersuchung der Wirkungen von „Mediengewalt" – *lerntheoretische* Konzepte eine verstärkte Beachtung; es wird angenommen, daß unter bestimmten Bedingungen (Charakteristika des Rezipienten und der in

den Medieninhalten agierenden Personen) Individuen als Folge der Beobachtung des Verhaltens von „Modell"-Personen (in den Medieninhalten) sich neue Verhaltensweisen aneignen oder schon latent vorhandene äußern. Schließlich wurde ein *„transaktionistischer* Theorieansatz" konzipiert (BAUER, 1973), der darauf hinausläuft, den sozialen Kommunikationsprozeß als einen wechselseitigen Vorgang zu sehen, in dem sich Kommunikator und Rezipient gegenseitig beeinflussen und in dem auch das Publikum sich initiativ entfalten kann, indem es bestimmte Botschaften auswählt und sich anderen gegenüber ablehnend verhält.
Ein relativ neues und zur Zeit intensiv diskutiertes Konzept ist der *„Nutzen"-Ansatz* („uses and gratifications approach"; TEICHERT, 1975; BLUMER/KATZ, 1974), der sich als Ergänzung und Alternative zu einem einseitig auf die Analyse massenmedialer Wirkungen („Was machen die Medien mit den Rezipienten?") zentrierten Verständnis entwickelte und nach den für verschiedene Rezipienten je unterschiedlichen Nutzen- und Befriedigungsmöglichkeiten durch Medien (-aussagen) fragt („Was machen die Rezipienten mit den Medien?"). Vom Nutzenansatz ist gerade für die psychologische Medienforschung in der Zukunft noch einiges zu erwarten, vorausgesetzt es gelingt, eine ähnlich einseitige Perspektive, wie sie die traditionelle Wirkungsforschung aufweist, zu vermeiden und die methodischen Probleme zu lösen.

4 Methoden, Ergebnisse und Forschungsschwerpunkte

Eine Abgrenzung von psychologischer gegenüber publizistischer oder soziologischer M.forschung ist schwierig und auch kaum wünschenswert, da diese Bereiche einander stark überschneiden. Eine Auflistung wie die folgende kann daher nur zu einer ersten Orientierung über diejenigen Fragestellungen und Probleme dienen, bei denen Psychologen disziplinär-spezifische Beiträge leisten können – wobei aber vor einer *psychologisierenden* Betrachtungsweise von gesellschaftlichen Kommunikationsprozessen (vgl. dazu DRÖGE/WEISSENBORN/HAFT, 1973, 51) gewarnt werden muß, die etwa dann droht, wenn einzelne Elemente (z.B. Persönlichkeitszüge von Kommunikator oder Rezipient) – nicht zuletzt auch auf Grund methodischer Beschränkungen – abstrahiert von anderen Elementen untersucht werden.

4.1 Wahrnehmungspsychologische Grundlagenforschung, die als Ausgangspunkt für Erklärung und Untersuchung von M.prozessen und ihren Wirkungen dienen kann. Dazu gehören die Bestimmung der spezifischen Merkmale und charakteristischen Eigenschaften der verschiedenen Medien und der ihnen entsprechenden Reizarten bzw. Sinneskanäle (optisch, akustisch) und die Klärung spezifischer Wahrnehmungsweisen (etwa „Fernsehwahrnehmung" in Abhebung von „normaler" Wahrnehmung; vgl. dazu BENESCH, 1968), ferner Komplexe wie die altersspezifische Entwicklung der Medienwahrnehmung bei Kindern. Neben der Analyse des Erlebens von M.prozessen (Beispiel Scheinbewegungen: Das Erleben eines kontinuierlichen Bewegungsablaufes durch die Abfolge von 24 eigentlich ruhenden Bildern im (Ton-)Film als Folge der Trägheit des menschlichen Sehvorgangs und des Phi-Phänomens) ist die Anwendung wahrnehmungs- (darunter auch: gestalt-) psychologischen Grundlagenwissens auch für die Gestaltung von Medienaussagen relevant (Beispiel: die Akzentuierung von Tiefeneffekten durch dreidimensionale Filme und besondere stereoskopische Projektionsvorrichtungen).

4.2 Ein Sonderkomplex ist die Untersuchung der *„Selektivitäts"-Prozesse.* Dabei geht es einmal darum, daß sich der Rezipient (in der präkommunikativen Phase) je nach spezifischer Bedürfnislage, Erwartungen und Erfahrungen nur ganz bestimmten Medien bzw. Aussagen zuwendet (Beispiel: Raucher schauen sich nur höchst ungern Filme an, die über die Zusammenhänge zwischen Rauchen und Lungenkrebs berichten: vgl. CANNELL/MCDONALD, 1956). In Anlehnung an verschiedene (sozialpsychologische) Konsistenzkonzepte, insbesondere an die „kognitive Dissonanz"-Theorie von FESTINGER, geht man hier von der allerdings nicht universell gültigen Tatsache aus, daß Individuen Medieninhalte nur dann rezipieren, wenn diese nicht in Widerspruch zu ihren Einstellungen oder Werten stehen. Zweitens geht es um Prozesse der selektiven Aufmerksamkeitssteuerung („Selektive", auch „Soziale Wahrnehmung"): Rezipienten, durch die verschiedensten sozialen und psychologischen Faktoren beeinflußt, nehmen nur bestimmte Inhalte, „Reize" aus der Menge des Dargebotenen wahr. Drittens ist hier das „Selektive Behalten" gemeint, – die Tatsache, daß der Rezipient sich (in der postkommunikativen Phase) nur an bestimmte Botschaften wieder erinnert.

4.3 *Lern*theoretisch fundierte Untersuchungen, insbesondere Experimente zur Klärung (der Wirkungen) von M.prozessen, wobei die aus der Rezeption von *Gewaltdarstellungen* resultierenden Auswirkungen auf Verhalten und Einstellungen der (vor allem jugendlichen) Rezipienten traditionell einen Schwerpunkt der Forschungstätigkeit bilden (vgl. Kunczik, 1976).

4.4 Im Bereich der *Pädagogischen Psychologie*: Analyse von Wirkungen *emotionaler* Art bei den Rezipienten als Folge geplanter oder „zufälliger" Medienprozesse (die allerdings in der BRD noch in den Anfängen steht) und die Untersuchung der Wirkungen *kognitiver* Art, die eine große Praxisrelevanz für alle institutionalisierten Formen von Wissensvermittlung, Bildung und Ausbildung hat; etwa die Überprüfung effizienten Fernseheinsatzes im Unterricht oder die Evaluation von Aufklärungskampagnen (z.B. allgemeinverständliche naturwissenschaftliche Fernsehsendungen).

4.5 Innerhalb der *Sozialisationspsychologie* die Erforschung sozialer Medienwirkungen, allgemein der *Sozialisations*funktion von Massenmedien (Ronneberger, 1971). Hier entwikkelte sich – als Folge der in den sechziger Jahren geführten bildungspolitischen Diskussion um die Notwendigkeit „kompensatorischer" Erziehungsmaßnahmen für „unterprivilegierte" Kinder – ein Forschungsschwerpunkt in der Untersuchung des *Vorschul*alters und der in diesem Zusammenhang eingesetzten bzw. effektiv einzusetzenden Medienmaterialien (Fernsehserien wie *Sesamstraße* u.a., vgl. Berghaus u.a., 1978). Als Gegengewicht zur bislang üblichen Konzentration auf „schädliche" Medienwirkungen (Gewalt, Aggression, Vorurteile) tritt zunehmend die Untersuchung *prosozialer* Inhalte und ihrer möglichen Effekte auf die jugendlichen Rezipienten in den Vordergrund.

4.6 *Methodische Weiterentwicklungen* betreffen – neben den Versuchen, auch *längerfristige* Wirkungen von M. zu messen, besonders die Integration *nichtreaktiver* Verfahren in das Instrumentarium der Medienforschung. Neben der Verfeinerung von Beobachtungsverfahren mittels neuer technischer Entwicklungen (z.B. gleichzeitige Aufzeichnung von Medienaussagen und beobachtetem Rezipientenverhalten auf Videoband) sind es hier die verschiedenen Methoden der (Aussagen- oder) *Inhaltsanalyse* (Lisch/Kriz, 1978), die – im Gegensatz zu anderen gebräuchlichen, aus der empirischen Sozialforschung übernommenen Verfahren wie Interview und Befragung – speziell für die Untersuchung von M. entwickelt wurden. Inhaltsanalysen bieten die Möglichkeit des Rückschlusses auf andere „Feldfaktoren" des Kommunikationsprozsses an, z.B. auf den Kommunikator und seine (vermutlichen) Motive, Intentionen, die zur Aussendung der betreffenden Botschaft geführt haben, – auf den Rezipienten und seine Bedürfnisse, – oder auf die (sozialen, politischen etc.) Strukturen der Gesellschaft, als deren (mehr oder weniger verzerrte) Widerspiegelung die „Medienwelt" begriffen werden kann (sog. Reflexionshypothese). Die wichtigste Funktion von Inhaltsanalysen scheint vor allem darin zu bestehen, Basisdaten zur Durchführung von Wirkungsanalysen zu liefern, denn die Untersuchung der Wirkung setzt die genaue Kenntnis der „wirkenden" inhaltlichen Elemente und Strukturen voraus. Hinzuweisen ist etwa auf die Untersuchungen, die sich mit der Darstellung psychisch abweichenden oder kriminellen Verhaltens in den Medien (Stein-Hilbers, 1977; Kagelmann/Reisbeck, 1979) befassen.

4.7 Nach wie vor in der *Sozialpsychologie* präferiert ist die Erforschung der *Veränderung* von Meinungen und Einstellungen als Konsequenz der Rezeption von Medienaussagen. Bei der Untersuchung dieses Bereiches tendiert man dazu, die verschiedenen Elemente des M.prozesses – Kommunikator, Rezipient, Medium, Aussage, Situation – nicht selten isoliert voneinander daraufhin zu untersuchen, ob sich charakteristische Merkmale – Variablen oder Variablenkomplexe – ermitteln lassen, die für einen *Einstellungswandel* entscheidend (oder begünstigend) sind. Von daher läßt sich eine Differenzierung der Forschungsaktivität auch in Kommunikator-, Rezipienten- usf. bezogene Forschung unternehmen; da sich die Psychologie vornehmlich für die am Kommunikationsprozeß beteiligten Individuen interessiert, wird auf diese zwei Bereiche näher eingegangen:
Die *Kommunikator*forschung umfaßt einmal die Untersuchung des Einflusses soziodemographischer Variablen, Persönlichkeitsfaktoren, institutioneller, ökonomischer Abhängigkeiten und

außerinstitutioneller Zwänge („öffentliche Meinung", dominierende Wertvorstellungen) und sozialer Faktoren (Gruppenbeziehungen). Besondere Bedeutung gewannen in diesem Zusammenhang die Arbeiten zum „gatekeeper"-Konzept, d.h. die Untersuchung der Personen, die an verantwortlicher Stelle (z.B. in Nachrichtenredaktionen) über die Weitergabe von Botschaften entscheiden (ROBINSON, 1973). Zweitens werden die (sozial-)psychologischen Faktoren analysiert, die eine (z.B. überredende, einstellungsverändernde) Wirkung bei den Rezipienten hervorrufen, also: die den Kommunikatoren zugeschriebene Glaubwürdigkeit (Vertrauenswürdigkeit, Sachkenntnis), ihre Attraktivität, die ihnen entgegengebrachte Sympathie usf. Obwohl einzelne dieser Bereiche z.T. sehr ausführlich untersucht worden sind, lassen sich zum gegenwärtigen Zeitpunkt keine allgemeingültigen Aussagen über die anteilsmäßige Wirkungsrelevanz der verschiedenen Kommunikatorvariablen treffen.

Die *Rezipienten*forschung steht traditionellerweise im Zentrum des Interesses der Medienwissenschaft. Es dominieren zwei bedeutende Forschungskomplexe: Einmal die Untersuchung der Struktur des rezipierenden Publikums, vor allem nach soziodemographischen Variablen, wobei mittlerweile allerdings nicht mehr nur die deskriptiven Analysen der Nutzungs- und Konsumgewohnheiten (Beispiel: Freizeitaufteilung und Medienzuwendung) verfolgt werden, sondern auch die Untersuchung der Motive für Mediennutzung und die Klärung der dem Medienkonsum zugrundeliegenden Bedürfnisse (i.S. des erwähnten Nutzenansatzes). Zum zweiten ist nach wie vor eine Konzentration auf die „Wirkungen" (d.h. auf alle Folgen) des Konsums von Medienaussagen (beim Rezipienten) zu konstatieren (zusammenfassend dazu: HACKFORTH, 1976). „Wirkung" wird dabei definiert als – meßbare – Differenz zwischen präkommunikativ vorhandenen und nach dem Ansehen, Lesen, Hören etc. von Medieninhalten feststellbaren Einstellungsstrukturen. Für die Psychologie war dabei die Frage nach den Bedingungen (vor allem auf der Rezipientenseite) wichtig, die – empirisch nachprüfbar – einen „Erfolg" von M. zu begünstigen oder zu beeinflussen schienen. Ob es zu einem postkommunikativen „Effekt" (also z.B. einem Einstellungswandel etwa nach einer politischen Fernsehsendung) kommt, hängt wesentlich von den *Prädispositionen* des rezipierenden Individuums (der Richtung, Stärke, Komplexität seiner Einstellungen bestimmten Objekten gegenüber) ab, von Persönlichkeitsmerkmalen wie Selbstwertgefühl, Phantasie, Intelligenz, emotionale Beteiligung (ego-involvement) und schließlich seinen sozialen Beziehungen (Zugehörigkeit zu sozialen Gruppen).

5 Zusammenfassung: Wirkungsforschung und gesellschaftliche Relevanz

Medienforschung ist lange Zeit fast ausschließlich *Wirkungsforschung* gewesen, was auf die Dominanz der S-R-Theorie(n) von M. zurückgeführt werden kann und letztlich aus der Tatsache erklärt werden muß, daß sich in den zwanziger und dreißiger Jahren große Medienkonzerne, Werbeagenturen und werbungtreibende Unternehmen für die Optimierung der Absatzchancen ihrer Waren interessierten und möglichst detaillierte Daten über das Publikum zu erfahren wünschten. Später ging man über statistische Untersuchungen hinaus und erforschte die Reaktionen der *Rezipienten.* Die Ausdehnung auf die Komplexe *Propaganda-* und *Wähler*forschung in den dreißiger und vierziger Jahren (unter dem Zwang politischer Entwicklungen) war eine konsequente Weiterführung, denn nur bei genauer Kenntnis der Wirkung von massenmedialen Botschaften auf die Menschen ergab sich die Möglichkeit der gezielten, kontrollierten Beeinflussung des Publikums für die verschiedensten Zwecke. „Aber eine solche Forschungsentstehung bringt es mit sich, daß das Wirkungsproblem als eine Fragestellung, die auf den gesamten Kommunikationszusammenhang vergesellschafteter Individuen abzielt, aufgelöst wird in eine unübersehbare Fülle von Problemstellungen, die zumeist mit singulären Aussagen, über einen Werbeimpuls in künstlich isolierten Medien, verknüpft sind. Trotz dieser Forschungsfülle (...) gibt es folglich so gut wie keine gesicherten Erkenntnisse über allgemeine Zusammenhänge in der Empirie der Wirkungsprozesse" (DRÖGE/WEISSENBORN/HAFT, 1973, IX). Dieses Dilemma wird erst dann überwunden sein, wenn eine übergreifende Theorie von M. entwickelt und die einseitige Fixierung auf „Wirkungen" überwunden worden ist.

Verweis auf andere Stichwörter

→Aggression →Ausdruckspsychologie →Einstellung →Entwicklung und Sozialisation →Interaktion und Kommunikation →Machtbeziehungen →Meinungsforschung →Sozialpsychologie

Literatur

AUFERMANN, J./BOHRMANN, H./SÜLZER, R. (Hrsg.): Gesellschaftliche Kommunikation und Information. Frankfurt/M.: Athenäum-Fischer 1973.

BAUER, R. A.: Das widerspenstige Publikum. Der Einflußprozeß aus der Sicht sozialer Kommunikation. In: PROKOP, D. (Hrsg.): Massenkommunikationsforschung, Bd. 2. Frankfurt/M.: Fischer 1973, S. 152–166.

BENESCH, H.: Experimentelle Psychologie des Fernsehens. München, Basel: Reinhardt 1968.

BERELSON, B.: Communication and public opinion. In: SCHRAMM, W. (Hrsg.): The process and effects of mass communication. Urbana 1954, S. 342–356.

BERGHAUS, M./KOB, J./MARENCIC, H./VOWINCKEL, G.: Vorschule im Fernsehen. Weinheim, Basel: Beltz 1978.

BISKY, L.: Zur Kritik der bürgerlichen Massenkommunikationsforschung. Berlin: Dt. Verlag der Wissenschaften 1976.

BLUMER, J. G./KATZ, E.: The uses of mass communications. Current perspectives on gratifications research. Beverly Hills, London: Sage 1974.

BÖCKELMANN, F.: Theorie der Massenkommunikation. Frankfurt/M.: Suhrkamp 1975.

CANNELL, C. F./MACDONALD, J. C.: The impact of health news on attitudes and behavior. Journalism Quarterly, 33, 1956, S. 315–323.

CANTRIL, H.: The invasion from Mars. Princeton: University Press 1940.

DADEK, W.: Das Filmmedium. Zur Begründung einer Allgemeinen Filmtheorie. München, Basel: Reinhardt 1968.

DE FLEUR, M. L.: Theories of mass communications. New York: McKay 1966.

DIEDERICHS, H. H.: Konzentration in den Massenmedien. Systematischer Überblick zur Situation in der BRD. München: Hanser 1973.

DRÖGE, F./MODELMOG, I.: Wissen ohne Bewußtsein. Materialien zur Medienanalyse der Bundesrepublik Deutschland. Frankfurt/M.: Athenäum-Fischer 1972.

DRÖGE, F./WEISSENBORN, R./HAFT, H.: Wirkungen der Massenkommunikation. Frankfurt/M.: Athenäum-Fischer 1973.

HACKFORTH, J.: Massenmedien und ihre Wirkungen. Göttingen: Schwartz 1976.

HOLZER, H.: Massenkommunikation und Demokratie in der Bundesrepublik. Opladen: Leske 1969.

HUNZIKER, R.: Fernsehen und interpersonelle Kommunikation in der Familie. Publizistik, 21, 1976, S. 180–195.

KAGELMANN, H. J./REISBECK, G.: Die Darstellung psychisch abweichenden Verhaltens in den Massenmedien. In: REICHWALD, U. (Hrsg.): Gesundheit und Krankheit in den Massenmedien. Frankfurt/M.: Campus 1979.

KLAPPER, J. T.: The effects of mass communication. Glencoe, Ill.: The Free Press 1960.

KREIMEIER, E.: Grundsätzliche Überlegungen zu einer materialistischen Theorie der Massenmedien. In: PROKOP, D. (Hrsg.): Massenkommunikationsforschung, Bd. 1. Frankfurt/M.: Fischer 1972, S. 209–322.

KUNCZIK, M.: Gewalt im Fernsehen. Eine Analyse der potentiell kriminogenen Effekte. Köln, Wien: Böhlau 1976.

LASSWELL, H. D.: The structure and function of communication in society. In: BRYSON, L. (Hrsg.): The communication of ideas. New York: Harper & Row 1948, S. 37–51.

LINDNER, R.: Stichworte zur Kritik der amerikanischen Massenkommunikationsforschung. Ästhetik und Kommunikation, 1974, Nr. 14, S. 36–50.

LISCH, R./KRIZ, J.: Grundlagen und Modelle der Inhaltsanalyse. Reinbek: Rowohlt 1978.

MALETZKE, G.: Psychologie der Massenkommunikation. Hamburg: H.-Bredow-Institut 1963.

NASCHOLD, F.: Kommunikationstheorien. In: AUFERMANN, J./BOHRMANN, H./SÜLZER, R. (Hrsg.): Gesellschaftliche Kommunikation und Information. Frankfurt/M.: Athenäum-Fischer 1973, S. 11–48.

PROKOP, D. (Hrsg.): Massenkommunikationsforschung, Bd. 1 (Produktion), Bd. 2 (Konsumtion), Bd. 3 (Produktanalysen). Frankfurt/M.: Fischer 1972, 1973, 1977.

RENCKSTORFF, K.: Zur Hypothese des „two-step flow" der Massenkommunikation. Rundfunk und Fernsehen, 18, 1970, S. 314–333.

ROBINSON, G. J.: 25 Jahre „gatekeeper"-Forschung: Eine kritische Rückschau und Bewertung. In: AUFERMANN, J./BOHRMANN, H./SÜLZER, R. (Hrsg.): Gesellschaftliche Kommunikation und Information. Frankfurt/M.: Athenäum-Fischer 1973, S. 344–355.

RONNEBERGER, F.: Sozialisation durch Massenkommunikation. Stuttgart: Enke 1971.

STEIN-HILBERS, M. Kriminalität im Fernsehen. Eine inhaltsanalytische Untersuchung. Stuttgart: Enke 1977.

TEICHERT, W.: Bedürfnisstruktur und Mediennutzung. Fragestellung und Problematik des ‚uses and gratifications approach'. Rundfunk und Fernsehen, 23, 1975, S. 269–283.

Jürgen Kagelmann

Mathematische Psychologie

1 Gegenstand der Mathematischen Psychologie

Unter „Mathematischer Psychologie" faßt man alle Bemühungen zusammen, psychische Vorgänge mittels mathematischer Modelle (oder Theorien) zu erfassen und zu beschreiben. Im Hintergrund steht dabei die allgemeine wissenschaftstheoretische Vorstellung, daß es das Anliegen jeder empirischen Wissenschaft sei, Sachverhalte aus einer empirisch erfaßbaren Welt durch symbolische Systeme abzubilden oder zu repräsentieren; solche symbolischen Systeme sind beispielsweise die Sprache, in der Sprache formulierte Theorien, und im Falle der M.P. in mathematischen Symbolen formulierte Darstellungen eines Ausschnitts der beobachteten Welt. Die M.P. unterscheidet sich damit also weder grundsätzlich von verbal formulierten theoretischen Ansätzen, noch hat sie ein eigenes (inhaltliches) Anwendungsgebiet. Sie bringt aber wegen ihrer *stärkeren Formalisierung und Präzisierung* der Variablen und deren Beziehungen untereinander Vorteile gegenüber verbalen Ansätzen, wenn es darum geht, innerhalb einer Theorie Axiome (zunächst ungeprüft vorausgesetzte Annahmen) klar von den aus diesen deduktiv abgeleiteten Sätze zu unterscheiden, die Vollständigkeit und Widerspruchsfreiheit der Theorie zu prüfen und aus ihr Voraussagen für beobachtbares Verhalten abzuleiten, die

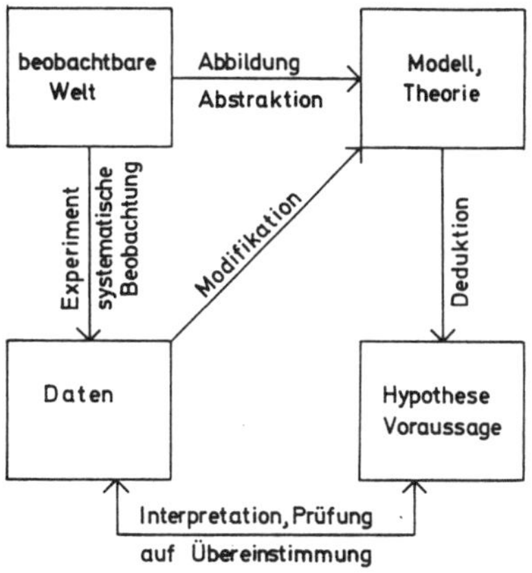

Abb. 1: Schema des Erkenntnisgewinns in einer empirischen Wissenschaft nach Coombs/Dawes/Tversky, 1970 (1974).

dann an der Realität durch Experimente oder gezielte Beobachtungen bestätigt oder verworfen werden können – im letzteren Falle mit ihnen auch die Theorie, aus der sie abgeleitet wurden. Dieser Vorgang des Erkenntnisgewinns in einer empirischen Wissenschaft wird in Abb. 1 illustriert: oben links haben wir einen Ausschnitt der *beobachtbaren Welt*, über die eine *Theorie* eine Aussage machen soll. Dazu werden bestimmte, für relevant erachtete Aspekte oder Eigenschaften der Welt – Variablen (Merkmale) und ihre Beziehungen untereinander – abstrahiert und in einem theoretischen System abgebildet. In einer verbalen Theorie werden die Gegenstände und Sachverhalte der Welt dabei durch Worte repräsentiert, in einer mathematisch formulierten durch *Buchstaben, Funktionen, Gleichungen* und *Ungleichungen*. In beiden Fällen wird von dem theoretischen System erwartet, daß es bestimmten formalen Anforderungen genügt, beispielsweise widerspruchsfrei ist: d.h., es darf aus ihm nicht eine Aussage und ihr Gegenteil gleichzeitig ableitbar sein. Solche Eigenschaften lassen sich an mathematisch formulierten Systemen leichter überprüfen als an verbalen.

In beiden Fällen werden aus dem theoretischen System zur empirischen Überprüfung weitere Aussagen *deduktiv* abgeleitet; auch hierbei ist die mathematisch formulierte Theorie meistens im Vorteil. Diese abgeleiteten Aussagen oder *Hypothesen* spielen bei der empirischen Überprüfung die Rolle von Vorhersagen, die mit den Ergebnissen (Daten) von Experimenten oder entsprechenden systematischen Beobachtungen (Feldstudien) verglichen werden müssen. In unserem Schema der Abb. 1 bedeutet das, daß in der beobachtbaren Welt (links) Bedingungen geschaffen oder aufgesucht werden, unter denen Beobachtungen gemacht (Daten erhoben) werden können, die den im theoretischen System (rechts) abgeleiteten Vorhersagen entsprechen. Mit Hilfe *statistischer Tests* wird dann geprüft, ob eine beobachtete Übereinstimmung zwischen Daten und Vorhersagen auf Zufälligkeiten der gewählten Stichprobe beruhen kann oder ob man sie als systematisch betrachten will. Tritt keine oder nur zufällige Übereinstimmung auf, so muß damit das ganze Modell verworfen oder modifiziert werden. Zu dieser Entscheidung bedarf es eines wahrscheinlichkeitstheoretischen Modells, das es gestattet, die Zufallswahrscheinlichkeit der aufgetretenen Daten (sowie gegebenenfalls ihre Auftretenswahrscheinlichkeit bei Zutreffen der Theorie) zu bestimmen. Solche Wahrscheinlichkeitsberechnungen sind bei mathematisch formulierten Theorien in den meisten Fällen leichter und unmittelbarer möglich als bei verbalen.

Im folgenden sollen einige Teilbereiche der Psychologie genannt werden, in denen mathematische Modelle mehr oder weniger erfolgreich angewandt worden sind.

2 Mathematische Lernmodelle

Insbesondere in lernpsychologischen Theorien, wo das Lernen von vornherein als Änderung einer Reaktionswahrscheinlichkeit definiert wird, ist es naheliegend, ein mathematisch formuliertes Gesetz zur Änderung dieser Reaktionswahrscheinlichkeit in Abhängigkeit von der Versuchszahl (Wiederholungen) anzusetzen. Die dafür am häufigsten verwendeten Lernmodelle lassen sich grob in zwei Klassen einteilen: die sog. *inkrementellen* und die *Zustandsmodelle.* Bei den inkrementellen Modellen ändert sich die Wahrscheinlichkeit einer bestimmten, zu erlernenden Reaktion (beispielsweise eines „Treffers“, also einer „richtigen“ Antwort) von Versuch zu Versuch um einen kleinen Betrag, so daß eine prinzipiell *stetige* Lernkurve entsteht, welche die Trefferwahrscheinlichkeit in Abhängigkeit von der Anzahl soweit durchgeführten Versuche (oder der Zeit) angibt. Die Zustandsmodelle nehmen dagegen an, daß Lernen *nicht stetig* verläuft, sondern daß sich der Organismus zu jedem Zeitpunkt in genau einem von zwei (oder mehreren) möglichen Zuständen befindet, beispielsweise in dem unkonditionierten Zustand – dann ist jeder „Treffer“ zufällig richtig geraten (mit einer gewissen Ratewahrscheinlichkeit), oder der Organismus befindet sich in dem konditionierten Zustand (gelernt), – dann erfolgen nur richtige Reaktionen (mit Wahrscheinlichkeit Eins), oder er hat das Gelernte wieder vergessen usw. Für jedes Paar dieser möglichen Zustände sieht das Modell dann wieder eine Übergangswahrscheinlichkeit vor, mit der das lernende Individuum von dem einen in den anderen Zustand übergeht. Die Lernkurve stellt bei den Zustandsmodellen eine *Erwartungs- oder Durchschnittskurve* dar, da jedes Einzelindividuum seine Trefferwahrscheinlichkeit ja *sprunghaft* ändert.

Für ein Beispiel zu den inkrementellen Lernmodellen nehmen wir an, daß eine Versuchsperson eine Serie von Lernversuchen mit einer gewissen Anfangs- (= Zufalls-) Trefferwahrscheinlichkeit (r) beginne und dann in jeden Einzelversuch einen gewissen Anteil a ($0<a<1$) des bis dahin noch nicht gelernten Stoffes lerne, aber auch einen Anteil b ($0<b<1$) des bereits gelernten Stoffes wieder vergesse. Hat sie auf diese Weise im i-ten Einzelversuch eine Trefferwahrscheinlichkeit p_i erreicht, so wird diese im nächsten (i + 1sten) sein: $p_{i+1} = p_i + a(1-p_i) - bp_i = p_i + a + ap_i - bp_i = a + p_i(1+a-b)$. p_{i+1} ist also eine *lineare Funktion* von p_i. Auf Basis dieser Annahmen läßt sich die ganze Lernkurve errechnen und mit beobachteten Daten vergleichen. Häufig geht man dabei so vor, daß man die Parameter der Kurve (hier: r, a, b) aus den Daten (oder aus einem Teil der Daten) schätzt, um die für den jeweiligen Fall zutreffende individuelle Lernkurve zu konstruieren (von der die beobachteten Daten dann immer noch abweichen können, wenn die Form a der Kurve, d.h. das angenommene allgemeine Konstruktionsprinzip auf sie nicht zutrifft!).

Für ein Beispiel eines Zustandslernmodells nehmen wir an, ein Organismus könne nur einen von zwei möglichen Zuständen (hinsichtlich der Lernaufgabe) annehmen: entweder er habe „gelernt“ (Zustand L) oder aber nicht (Zustand U). Im Zustand L liefere er mit Sicherheit (Wahrscheinlichkeit 1) nur Treffer, im Zustand U dagegen mit der (Zufalls-)Wahrscheinlichkeit r. In jedem Einzelversuch bestehe nun eine Übergangswahrscheinlichkeit g dafür, daß er „lerne“, also vom Zustand U in den Zustand L übergeht. Hat er diesen einmal erreicht, so nehmen wir (um die Dinge nicht zu sehr zu verkomplizieren) an, daß er dort bleibt, also mit Sicherheit im nächsten Einzelversuch wieder im Zustand L ist. Die Trefferwahrscheinlichkeit im ersten Einzelversuch ist r; bei einem Treffer im zweiten hat der Organismus entweder im ersten Einzelversuch nicht gelernt (mit Wahrscheinlichkeit $1-g$) *und* im zweiten gelernt (mit Wahrscheinlichkeit g, Gesamtwahrscheinlichkeit also $(1-g)g$), oder aber in beiden Einzelversuchen nicht gelernt (Gesamtwahrscheinlichkeit $(1-g)\,(1-g)$) *und* richtig geraten (mit Wahrscheinlichkeit r). Die Gesamtwahrscheinlichkeit, auf die eine *oder* andere Weise im zweiten Einzelversuch einen Treffer zu erzielen, ist also $(1-g)g + (1-g)\,(1-g)r$.

Im i-ten Einzelversuch ist entweder bislang kein Übergang von U nach L erfolgt, also $(i-1)$mal mit Wahrscheinlichkeit $(1-g)$, *und* dann richtig geraten worden, insgesamt also $(1-g)^{i-1}r$, *oder* es ist soeben ein Übergang mit L erfolgt, *und* in den vorangegangenen $(i-1)$ Einzelversuchen keiner, insgesamt also eine Wahrscheinlichkeit $g(1-g)^{i-1}$. Die Gesamttrefferwahrscheinlichkeit ergibt sich dann als $p_i = g(1-g)^{i-1} + (1-g)^{i-1}r = (g+r)\ (1-g)^{i-1}$. Wie bei den inkrementellen Modellen, so kann auch bei den Zustandsmodellen eine Trefferwahrscheinlichkeit bestimmt und mit den Durchschnittswerten empirischer Lernkurven verglichen werden.

Ein Problem bei konkurrierenden Modellen (wie oben) zur Beschreibung eines Lernverlaufs (oder auch anderer Prozesse) besteht darin, daß die beobachteten Daten so weit um die Vorhersagen beider Modelle streuen, daß eine Entscheidung zwischen ihnen auf statistischer Basis kaum möglich ist. Prinzipiell die gleiche Vorgehensweise wie bei den mathematischen Lernmodellen läßt sich auch auf andere psychologische Probleme anwenden, in denen es um die Erklärung oder Vorhersage einer abhängigen Variablen (bei den Lernmodellen: Trefferwahrscheinlichkeit) auf Grund einer unabhängigen Variablen (bei den Lernmodellen: Nummer des Einzelversuchs) geht. Beispiele: Wachstums- und Entwicklungsprozesse, Wahl- und Reaktionswahrscheinlichkeiten in Abhängigkeit von Situations- und Personenparametern. Die Schätzung der Parameter in solchen Modellen geschieht prinzipiell nach den Methoden der nichtlinearen (und ggf. multiplen) Regressionsrechnung. Jedoch sollten sich die Bemühungen um eine möglichst genaue Beschreibung von Prozessen durch Gleichungen nicht in einem reinen „Kurvenanpassen" erschöpfen. Die Wahl eines mathematischen Modells, einer Funktion zur Beschreibung eines Zusammenhanges sollte vielmehr zunächst von theoretischen Überlegungen ausgehen und von dort zu Modellen führen, in denen die Variablen und Parameter auch inhaltlich interpretativ sinnvoll sind.

3 Die Katastrophentheorie

Lange Zeit waren die Bemühungen der M.P. um die Beschreibung psychischer Prozesse auf solche beschränkt, die sich prinzipiell durch stetige, differenzierbare Funktionen abbilden ließen. Plötzliche Sprünge oder „Zusammenbrüche" waren mit diesen Modellen nicht erklärbar. Erst seit einigen Jahren ermöglicht es die sog. Katastrophentheorie (ZEEMAN, 1976), auch *nichtstetige Prozesse* abzubilden. Sie bietet eine Familie von Funktionen einer abhängigen Variablen von ggf. mehreren unabhängigen Variablen, deren gemeinsames Merkmal es ist, daß die Menge der Funktionswerte der abhängigen Variablen zwar stetig ist, aber (als Kurve,

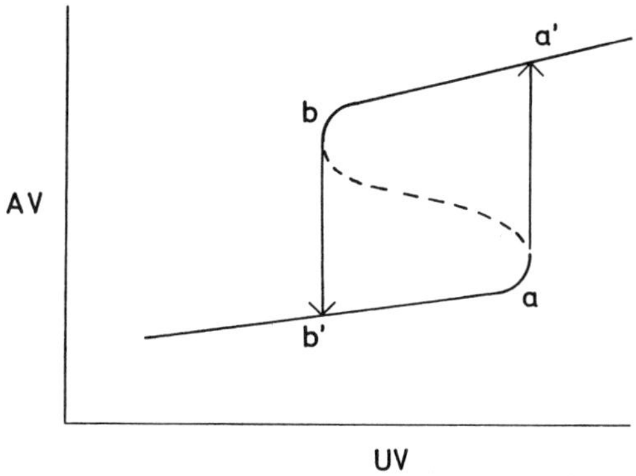

Abb. 2a: Beispiel einer Funktion mit einer „Falte": Verändert sich die unabhängige Variable (UV) von links her, so bleibt der Funktionswert der abhängigen Variablen (AV) zunächst vom unteren Teil der Funktion bestimmt, bis UV an den Knick bei a kommt. Dort endet der untere Teil der Funktion, und der Funktionswert geht sprunghaft auf den oberen Teil (bei a') über: eine „Katastrophe" in der sonst stetigen Beziehung findet statt. Geht UV dann wieder weiter nach links, so bleibt der Funktionswert AV vom oberen Teil bestimmt, bis bei b eine neue „Katastrophe" eintritt und der Funktionswert sprunghaft auf den unteren Wert (bei b') abfällt.

bzw. Fläche, bzw. Hyperfläche über der Ebene bzw. Hyperebene der unabhängigen Variablen) *„Falten"* und *„Knicke"* hat, so daß einem Wert bzw. Vektor der unabhängigen Variablen mehrere Werte der abhängigen Variablen zugeordnet sind. Welchen dieser Werte die abhängige Variable im konkreten Fall annimmt, hängt davon ab, von welcher Seite die unabhängige Variable der „Falte" genähert wird: Sie bleibt solange auf dem Ast bzw. der Ebene der Kurve oder Fläche, auf dem sie bisher gewesen ist, und geht sprungartig auf die andere über, wenn die erste an einem „Knick" zu Ende ist. Die Abb. 2a und 2b illustrierten dies an je einem Beispiel.

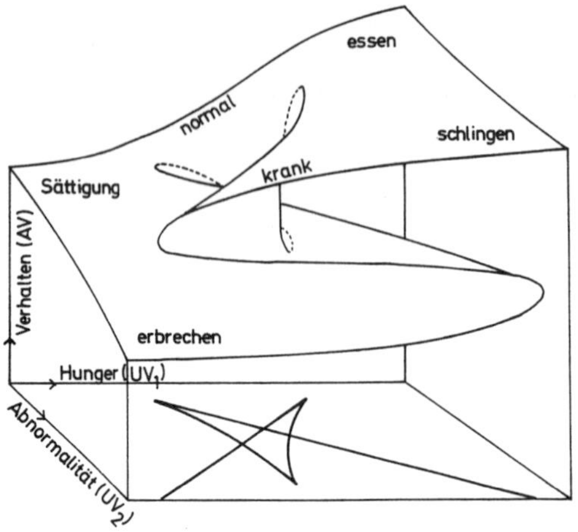

Abb. 2b: Sprunghaftes Verhalten einer abhängigen Variablen (AV) in Abhängigkeit von zwei unabhängigen Variablen (UV_1 und UV_2): je nach dem Zustand von UV_2 ist die Beziehung zwischen UV_1 und AV entweder stetig (hinten in der UV_1-/UV_2-Ebene). Ein konkretes Beispiel hierzu: Bei Normalen (hinten in der Ebene der UV) besteht eine stetige Beziehung zwischen dem Ausmaß an Hunger (UV_1) und Nahrungsaufnahme. Bei Anorektikern (Magersüchtigen) (vorne in der Ebene der UV) ist diese Beziehung in der Weise gestört, daß die Patienten entweder extrem fasten und fast jede Nahrungsaufnahme verweigern oder bis zum Erbrechen Nahrung hinunterschlingen. Ziel der Therapie ist es, die UV_2 der Patienten so zu verändern, daß sie wieder in den normalen Bereich kommen.

4 Mathematische Auswahlmodelle

Bei den Auswahlmodellen geht es wie bei den mathematischen Lernmodellen um die Vorhersage oder Berechnung der Wahrscheinlicheiten bestimmter Reaktionen auf Grund von Parametern für Individuen und Situationen, die zum Teil aus den Daten selbst geschätzt werden. Einige dieser Auswahlmodelle sind eng mit bestimmten *Skalierungsverfahren* verknüpft bzw. liegen diesen sogar zugrunde. Fast alle Modelle basieren auf der Annahme, daß die Wahrscheinlichkeiten, mit denen eine Versuchsperson in einer Situation zwischen zwei Reizen einen bestimmten auswählt, in einer *isotonen Beziehung* zu den Abständen dieser Reize auf einem (meistens hypothetischen) Reizkontinuum stehen: Je weiter ein Reiz X auf diesem Kontinuum von einem Reiz Y entfernt ist, desto mehr entfernt sich die Wahrscheinlichkeit, daß er gewählt wird, von 0.5. Dabei kann sich „wählen“ auf Aufgaben vielerlei Art beziehen, von der einfachen Feststellung, welcher Reiz in irgendeiner Hinsicht „größer“ ist bis zur individuell-persönlichen Bevorzugung, beispielsweise von Speisen oder Politikern.

Das THURSTONsche *Modell der Reizdiskrimination* nimmt dabei (in Anlehnung an die *Psychophysik* an, daß die Beziehung zwischen Reizdistanz und Wahrscheinlichkeit sich durch die kumulierte Normalverteilung (Ogive) beschreiben läßt; das BRADLEY-/TERRY-/LUCE-*(BTL-)Modell* dagegen arbeitet mit Wahlwahrscheinlichkeiten, die den Skalenwerten der Reize direkt proportional sind. (D.h., wenn ich Hähnchen doppelt so gern habe wie Leber, werde ich auf einer Speisekarte, die diese beiden Alternativen enthält, auch doppelt so häufig Hähnchen wählen wie Leber.) (LUCE, 1959)

Dem BTL-Modell im Ansatz ähnlich ist das *Testmodell* von RASCH, das – ursprünglich für die Analyse psychologischer Tests konzipiert – ebenfalls annimmt, daß die Wahrscheinlichkeit, daß ein bestimmter Proband eine bestimmte Testaufgabe löst, zum einen proportional ist der Fähigkeit des Probanden, solche Aufgaben zu lösen, und zum andern proportional ist der Leichtigkeit der betreffenden Aufgabe. „Probandenfähigkeit“ und „Aufgabenleichtigkeit“ lassen sich nach diesem Modell (analog zwei Reizen X und Y beim BTL-Modell) auf einem gemeinsamen Kontinuum darstellen. Für das RASCH-Modell der Testkonstruktion haben in den letzten Jahren vor allem FISCHER und seine Mitarbeiter und Schüler eine Fülle neuer Anwendungsmöglichkeiten erschlossen, indem sie an die Stelle der Variablen X und Y, „Probandenfähigkeit“ und „Aufgabenleichtigkeit“ andere Merkmale einsetzten: Bei *Soziogrammen* beispielsweise läßt sich die Wahrscheinlichkeit der Wahl eines Partners vorhersagen aus der Wahlfreudigkeit des Wählers und der Beliebtheit des Gewählten (SCHEIBLECHNER, 1977); beim *Problemlösen* ergibt sich die Lösungswahrscheinlichkeit aus der Verfügbarkeit der zur Lösung notwendigen Operatoren beim Problemlösen und aus der Wichtigkeit dieser Operatoren für die Lösung des Problems (SPADA, 1976).

5 Weitere Teilgebiete der Mathematischen Psychologie

Die theoretische Fundierung der Messung selbst, d.h. der Repräsentation von Ereignissen durch Zahlen, ist ein weiteres Teilgebiet der M.P., die sog. *Meßtheorie.* Hier geht es darum, ob und unter welchen Bedingungen Ereignisse durch Zahlen in einer Theorie repräsentiert werden können, und welche Eigenschaften dieser Zahlen ausgenutzt werden können, um sinnvolle Aussagen mit ihrer Hilfe über die abgebildeten Ereignisse zu machen. Die erste dieser Fragen ist die nach dem *Repräsentationssatz,* die zweite die nach der Eindeutigkeit oder Einzigartigkeit der Zuordnung der Zahlen zu den Ereignissen bzw. nach den zulässigen Transformationen (und damit der *Skalenqualität* im Sinne der Skalierung) und die dritte die nach der *Invarianz* der Aussagen unter (zulässigen) Skalentransformationen. Eine kurzgefaßte deutsche Einführung in die Meßtheorie bietet ORTH (1974), eine umfassende Darstellung KRANTZ et al. (1971).

Eine leichtverständliche Einführung in die Teilgebiete der M.P. geben COOMBS/DAWES/TVERSKY (1970, deutsche Übersetzung 1974); umfassendere Darstellungen sind: LUCE/BUSH/GALANTER (1963) und KRANTZ u.a. (1974). Über die jeweils neuesten Entwicklungen wird im *Journal of Mathematical Psychology* berichtet. Psychologen, die in Europa auf diesen Gebieten arbeiten, treffen sich regelmäßig zu den „European Meeting of Mathematical Psychologists", darüber hinaus ist auf den „Tagungen experimentell arbeitender Psychologen" (sog. „Ostertagungen") in den letzten Jahren regelmäßig eine halb- oder ganztägige Arbeitsgruppe vorgesehen gewesen.

Einige weitere Teilgebiete der Psychologie, in denen mathematische Modelle besonders naheliegend waren oder fruchtbar eingesetzt werden konnten, sind in diesem Band in eigenen Stichwörtern behandelt, wie beispielsweise *Entscheidungstheorie, Psychophysik* (einschließlich der aus der Entscheidungstheorie erwachsenen Signal-Entdeckungs-Theorie), *Skalierung, Informationstheorie.*

Verweis auf andere Stichwörter

→Entscheidungstheorie →Informationstheorie →Kybernetik →Lernen →Psychophysik →Skalierung →Statistik →Tests und Testtheorie

Literatur

COOMBS, C. H./DAWES, R. M./TVERSKY, A.: Mathematical Psychology: An Elementary Introduktion. Englewood Cliffs, N.J.: Prentice Hall 1970. Deutsch: Mathematische Psychologie. Eine Einführung. Weinheim, Basel: Beltz 1975.

KRANTZ, D. H./ATKINSON, R. C./LUCE, D. R./SUPPES, P.: Contemporary Developments in Mathematical Psychology. Vol. I, II. San Francisco: Freeman 1974.

KRANTZ, D. H./LUCE, R. D./SUPPES, P./TVERSKY, A.: Foundations of Measurement. New York, London: Academic Press 1971.

LUCE, R. D.: Individual Choice Behaviour. New York: Wiley 1959.

LUCE, R. D./BUSH, R. R./GALANTER, E.: Handbook of Mathematical Psychology. Vols. I, II, III. New York: Wiley 1963.

ORTH, B.: Einführung in die Theorie des Messens. Stuttgart: Kohlhammer 1974.

SCHEIBLECHNER, H.: The social structure of large groups. In: KEMPF, W. F./REPP, B. H. (Eds.): Mathematical Models for Social Psychology, Ch. 6, p. 170–182. Bern: Huber 1977.

SPADA, H.: Modelle des Denkens und Lernens. Bern: Huber 1976.

ZEEMAN, E. C.: Catastrophe theory. Scientific American, Vol. 234 (4), April 1976.

Dirk Wendt

Medizinische Psychologie

1 Medizinische Psychologie als Studienfach

M.P. ist ein Fach der Medizin. Es wurde in der Neufassung der Approbationsordnung für Ärzte der BRD im Jahre 1970 Pflichtfach und wird als solches seit dem Sommersemester 1972 offiziell gelehrt. Die Medizinstudenten müssen zur ärztlichen Vorprüfung (Physikum) einen Schein vorlegen, der die erfolgreiche und regelmäßige Teilnahme an einem Kursus der M.P. nachweist. Dieser Kursus ist im Gegensatz zur Vorlesung und zum Seminar eine Pflichtlehrveranstaltung. In der ärztlichen Vorprüfung, die inzwischen schriftlich stattfindet, betreffen 40 von 300 Fragen dieses Fach. Die anderen Fragen entstammen den Fächern Physik, Physiologie, Chemie, physiologische Chemie, Biologie, Anatomie und Medizinische Soziologie. Verpflichtende Kursstunden für alle diese Fächer während der ersten 4 Semester bis zur Vorprüfung sind 480. Damit entfallen auf das Fach M.P. 62,5 Stunden, wenn man den prozentualen Anteil der Prüfungsfragen auf die Kursstunden überträgt (13% von 480). Um diese Stundenzahl zu erreichen, müßte in einem Semester ein fünfstündiger Kurs angeboten werden. Bei einer durchschnittlichen Semesterdauer von 3 Monaten würde das zu 60 Stunden führen. Tatsächlich ist an den meisten Medizinischen Fakultäten aber nur ein 3–4stündiger Kurs vorgesehen. Allerdings begleiten meistens Vorlesungen und Seminare diese Veranstaltung, so daß das Angebot meistens in angemessenem Verhältnis zu den anderen Fächern steht. Das Fach wird nur innerhalb des medizinischen Fachbereichs gelehrt, nirgendwo bis jetzt innerhalb der Psychologie.

2 Medizinische Psychologie zwischen Psychologie und Medizin

Die Definition „... Medizinische Psychologie ist Psychologie für Mediziner ...“ ist mißverständlich und hilflos. Sie entstammt einer Stellungnahme zur Einrichtung des Faches M.P., die 1974 in der Psychologischen Rundschau veröffentlicht wurde (Stellungnahme, 1974). Initiator dieser Stellungnahme waren die Deutsche Gesellschaft für Psychologie (DGP) und der Berufsverband deutscher Psychologen (BDP). Zu ihrer Ausarbeitung wurden zwei Fachvertreter aus dem Bereich der M.P., zwei aus dem Bereich der Psychotherapie und drei aus dem Bereich der Psychiatrie zugezogen. Sinn der Stellungnahme war, eine Information über das Fach und eine Empfehlung zu dessen Etablierung an die Kultusminister, die Medizinischen Fakultäten und an andere Fachgesellschaften zu geben. Die Ausarbeitung der Stellungnahme erforderte mehrere, sehr langwierige Arbeitssitzungen, die letztlich nur Kompromißformeln erbrachten. Das unausgesprochene Ziel dieser Aktion war, das neue Fach für die Psychologie und für die Psychologen zu sichern und der Medizin ihre Kompetenz dafür zu begrenzen. Diese Stellungnahme und die darin gegebene Definition der M.P. verkennt die Geschichte des Faches und seine Stellung innerhalb der anderen medizinischen Disziplinen.

Das Fach M.P. war in Preußen bereits von 1825 bis 1861 Gegenstand der ärztlichen Prüfung (DAHME, 1977, 11). Zu der Zeit also war M.P. eindeutig der Medizin zugeordnet. Der in Göttingen lebende Philosoph und Erkenntnistheoretiker LOTZE hat 1852 ein Buch mit dem Titel „Medizinische Psychologie“ veröffentlicht (LOTZE, 1852). Dies hatte zum Ziel, im „Kampf um die Seele“ (WINDELBAND/HEIMSOETH, 1935) die Psychologie als selbständiges Fach von der Philosophie zu trennen. Das Buch ist vom philosophischen und erkenntnistheoretischen Standpunkt aus geschrieben und beinhaltet das, was wir heute *Psychophysiologie* nennen würden. Der Ansatz ist, von Medizin und Physiologie aus eine Psychologie als selbständige empirische Wissenschaft zu ermöglichen. Dies ist das einzige Buch, das M.P. als Teilgebiet der Psychologie verstanden hat.

In diesem Jahrhundert griffen wieder Mediziner, insbesondere Psychiater, zur Feder über dieses Thema. Berühmt geworden ist die „Medizinische Psychologie“ von KRETSCHMER, die 1922 in erster Auflage erschien und bis heute die 14. Auflage erreicht hat. In diesem, unter historischem Gesichtspunkt immer noch lesenswerten Buch, beschäftigt sich ein Psychiater mit psychologischen Problemen, die für ihn im ärztlichen Alltag Bedeutung hatten (KRETSCHMER, 1975).

Zwei französische Psychiater, die sich besonders auf dem Gebiet der pharmakologischen Behandlung psychiatrischer Erkrankungen verdient gemacht haben, DELAY und PICHOT, veröffentlichten 1952 eine „Medizinische Psychologie", die inzwischen vier Auflagen erreicht hat und deutsch übersetzt wurde (DELAY/PICHOT, 1973). Im Gegensatz zu KRETSCHMER ist PICHOT außer Arzt auch ausgebildeter Psychologe. Er greift aus der Psychologie die Themen und Bereiche heraus, die ihm für den Mediziner und Arzt wissenswert erscheinen.

Nach Einführung der neuen Approbationsordnung 1970 sind eine Reihe von Lehrbüchern der M.P. entstanden. Je nach Schulzugehörigkeit und Berufszugehörigkeit liegt bei manchen der Schwerpunkt mehr in der Medizin, bei anderen mehr in der Psychologie. Kritisch betrachtet ist es keinem der Lehrbücher gelungen, eine M.P. darzustellen, die nach Gegenstand und Methode von anderen Fächern abgegrenzt wäre (u.a. ENKE, 1977). Eine erste Ausnahme scheint sich durch TEWES et al. (1978) anzubahnen.

Der historische Rückblick wies die M.P. als Fach der Medizin aus – dies allerdings mehr nach formalen Kriterien. Daraus ergibt sich die Notwendigkeit, M.P. nach Gegenstand und Methode als eigenständiges Fach der Medizin inhaltlich zu bestimmen. Einige Fachvertreter sind der Meinung, daß M.P. ein Teilbereich der Psychologie ist und als sog. spezielle Psychologie für einen bestimmten Tätigkeitsbereich, wie z.B. für die Pädagogik Pädagogische Psychologie, einzuordnen wäre. Weiterhin sind einige Fachvertreter der Meinung, daß das Erlernen von M.P. weitgehend am besten durch die Vermittlung von Lehrinhalten geschähe, wie sie zur Vorbereitung auf den Diplompsychologen verlangt werden (DAHME et al., 1977). Demgegenüber ist festzustellen, daß der Arzt als Gegenstand der M.P. von keiner anderen Disziplin bearbeitet wird und weiter, daß die Selbstwahrnehmung ebenso wenig eine Methode ist, die zur Bearbeitung dieses Gegenstandes von einem anderen Fach eingesetzt würde (POHLMEIER, 1977). Die Definition der M.P. als ein Fach der Medizin, weil sie nur in diesem Bereich vertreten ist und als ein selbständiges Fach, weil sie durch einen Gegenstand und eine eigene Methode von anderen abgrenzbar ist, erlaubt konsequent dazu die Beschreibung der Aufgaben und Tätigkeiten des Faches in Forschung und Lehre.

3 Lernziele der Medizinischen Psychologie

Die Lehre steht für das Fach M.P. im Vordergrund. Das liegt am Auftrag des Gesetzgebers und am Gegenstand Arzt: Er soll sich kennenlernen in seinen Reaktionen auf seinen Patienten. Wie wird das gelehrt? Dazu sind seit 1970 Lernziele erarbeitet worden, die 1973 veröffentlicht und 1977 neu formuliert wurden, wobei die Neuformulierung in einer Differenzierung und Operationalisierung bestand, die nicht unbedingt zur Deutlichkeit und Klarheit beigetragen hat. Die Lernziele, die von Kommissionen der Fachgesellschaft, der Sektion M.P. innerhalb der ständigen Konferenz der Hochschullehrer für Psychosomatik/Psychotherapie, M.P. und Medizinische Soziologie entwikkelt wurden, heißen psychologische Einstellung, methodenkritisches Verständnis, praktisch-psychologische Fähigkeiten und medizinisch-psychologische Grundkenntnisse. Die erwähnte Neuformulierung hat aus den vier genannten Lernzielen fünf gemacht und dafür andere Wörter gefunden: Selbst- und Fremdwahrnehmung, Problembewußtsein für medizinisch-psychologische Methodik, psychologisch aufgeschlossene Haltung gegenüber dem Patienten, Elementee ärztlich-psychologischen Handelns, professionelle Kooperation.

3.1 Psychologische Einstellung soll keine Weltanschauung sein, sondern eine Fähigkeit des Arztes seinen Patienten in einem multidimensionalen Zusammenhang seiner biologischen, biographischen und sozialen Bedingtheiten zu erleben. Ausgehend von der Erfahrung, daß Krankheit nicht nur nach dem Erregermodell entsteht und nicht nur physikalisch-chemisch geheilt werden kann, soll die Fähigkeit erlernt werden, die augenblickliche Situation des Patienten in seiner Vielfältigkeit wahrzunehmen und den Stellenwert zu erfassen, den der Arzt in dem Augenblick der Begegnung mit dem Patienten hat. Es handelt sich um die Fähigkeit zu spüren, welche Gefühle den Patienten bewegen und wie der Umgang des Arztes mit dem Patienten diese Gefühlssituation beeinflußt und diese wiederum den Krankheitsverlauf. Der Arzt soll lernen, daß er Angst verstärken oder vermindern kann, daß er Mitarbeit des Patienten fördern oder hemmen kann, daß er Verzweiflung auslösen oder Trost spenden kann, daß er als Arzt selbst eine Droge ist (BALINT, 1965). Erreicht werden soll dieses Lernziel durch Selbsterfahrung in Unterrichtsgruppen, durch Rollenspiel, durch Gesprächsführung untereinander oder mit Patienten, durch Besuche bei Ärzten und in Kliniken u.a.

3.2 Methodenkritisches Verständnis ist für den Arzt eine notwendige Fähigkeit, wenn ihm die Effizienz seiner Maßnahmen wichtig ist. Die Entwicklung therapeutischer Strategien unter dem Gesichtspunkt des Nichtschadens genügt in einer Zeit der Kostenexplosion im Gesundheitswesen nicht mehr. So wird der Arzt darauf angewiesen, kritisch unter den vorhandenen Möglichkeiten der Therapie und Diagnostik auszuwählen, was sinnvoll ist. Bei Herzschmerzen z.B. in jedem Falle ein EKG zu schreiben oder gar den Katheter anzuwenden, ist nicht mehr ärztliche Kunst. Der Student soll lernen, die Relativität seiner Untersuchungsmethoden zu erkennen und daraus Konsequenzen zu ziehen. Insbesondere geht es um die Abhängigkeit ärztlicher Untersuchungsergebnisse von der Untersuchungssituation, von der momentanen Befindlichkeit des Patienten und der Einstellung des Arztes. Zur Erreichung dieses Lernzieles dient eine Information über die sog. systematischen Untersuchungsfehler, eine Information über die Gütekriterien der in der Medizin angewandten Methoden und die experimentelle Durchführung einzelner Methoden, um deren Unsicherheit dabei zu erfahren. Methodenkritisches Verständnis setzt konstruktive Kritikfähigkeit ganz allgemein voraus. Diese kann direkt durch kritische Stellungnahme zu den Unterrichtsveranstaltungen und alternative Verbesserungsvorschläge erlernt werden, die u.U. auch eigenverantwortlich durchgeführt werden.

3.3 Praktisch-psychologische Fähigkeiten sehen die Erreichung eines Lernziels vor, das nun bestimmte Fähigkeiten vom Arzt verlangt, wie er in bestimmten Situationen mit bestimmten Patienten umgeht. Es hat sich gezeigt, daß der Arzt in der Lage sein muß, Intelligenz, Leistungsfähigkeit, Arbeitsfähigkeit, Verantwortlichkeit, Kommunikationsfähigkeit, Gefühlsfähigkeit u.a. bei seinen Patienten festzustellen. Er muß auch unter gegebenen Umständen in der Lage sein, Fähigkeiten oder Unfähigkeiten seiner Patienten zu beeinflussen. Dazu bedarf es bestimmter Techniken, z.B. der Gesprächsführung, der Beratung, der Begutachtung, der Durchführung von Tests, der Anwendung sehr allgemeiner psychologischer Therapieformen. Der Erreichung dieses Lernziels dient einmal Information über Eigenschaften und Möglichkeiten der Persönlichkeit überhaupt, Information über Interaktionsmuster, wie sie zwischen Arzt und Patient ablaufen können, Information über Abwehrstrategien auf seiten des Patienten und auch des Arztes, die eine zutreffende Einschätzung verhindern und schließlich die Durchführung einiger spezieller Techniken, bei denen Übertragung und Gegenübertragung zwischen Arzt und Patient sichtbar werden.

3.4 Medizinisch-psychologische Grundkenntnisse werden vom Studenten verlangt in der Überlegung, daß der Erwerb von Fähigkeiten an Wissen gebunden ist. Da Arzt und Patient Personen sind, ist es nützlich, Grundzüge von Persönlichkeitstheorien zu kennen. Da Arzt und Patient in einer Beziehung zueinander stehen (auch Ärzte untereinander und diese wiederum mit nichtmedizinischem Personal), ist es nützlich, Grundzüge der Kommunikationstheorie zu kennen. Da Arzt und Patient unter der Überschrift Heilen und Geheiltwerden stehen, ist es nützlich, Grundzüge therapeutischer Konzepte zu kennen. Da Krankheit den körperlichen, seelischen und sozialen Bereich des Menschen betrifft, ist es nützlich, Grundzüge des Zusammenhangs zwischen diesen zu kennen. Da der Arzt in seiner diagnostischen und therapeutischen Tätigkeit ständig von bestimmten Methoden Gebrauch macht, ist es nützlich, Grundzüge der Entwicklung von Methoden und ihrer Anwendung zu kennen. Diese notwendige kognitive Wissensvermittlung geschieht vorwiegend in Vorlesungen und Repetitorien. Dies ist auch der Stoff, der in der ärztlichen Vorprüfung abgefragt wird und im Gegenstandskatalog des Instituts für Medizinische und Pharmazeutische Prüfungsfragen in Mainz niedergelegt ist. Durch die Verpflichtung für die Medizinstudenten, am Kusus M.P. teilzunehmen, kann vermieden werden, M.P. als Prüfungsfach zu mißbrauchen. Zwar sind Fähigkeiten nicht so leicht zu überprüfen wie Wissen – und nur dieses wird nach dem Gegenstandskatalog in der ärztlichen Vorprüfung verlangt – jedoch braucht die Möglichkeit zur Erreichung von Fähigkeiten nicht zu gering veranschlagt werden (Herwig/Pohlmeier, 1977).

4 Forschung

Die Forschung in der M.P. steht gegenüber der Lehre zurück. Vermutlich wird das so bleiben, denn der einzige legitim zu erforschende Bereich der Arzt-Patient-Beziehung ist methodisch schwer anzugehen, darüber hinaus sehr zeitintensiv und personalaufwendig. An einigen Stellen in der BRD werden im Verbund entsprechende Projekte durchgeführt. Viele Arbeiten, die sich als medizinpsychologische ausgeben, gehören allerdings in den Bereich der Psychophysiologie, Psychosomatik oder Psychotherapie.

Verweis auf andere Stichwörter

→Ausbildung in Psychologie →Physiologische Psychologie →Psychiatrie

Literatur

BALINT, M.: Der Arzt, sein Patient und die Krankheit. Stuttgart: Klett [3]1965.

DAHME, B. et al.: Lernziele der Medizinischen Psychologie. Empfehlungen zu den Zielen und Methoden des Unterrichts. München, Wien, Baltimore: Urban & Schwarzenberg 1977.

DELAY, J./PICHOT, P.: Medizinische Psychologie. Stuttgart: Thieme [4]1973.

ENKE, H. et al.: Lehrbuch der Medizinischen Psychologie. München, Wien, Baltimore: Urban & Schwarzenberg [4]1977.

HERWIG, H./POHLMEIER, H.: Unterricht Medizinische Psychologie in Göttingen. Med. Psychol. 3 (1977), 70–73.

KRETSCHMER, E.: Medizinische Psychologie. Heidelberg, Berlin, New York: Springer [14]1975 (1. Auflage 1922).

LOTZE, R. H.: Medizinische Psychologie. Leipzig 1852.

POHLMEIER, H.: Selbstmordverhütung und Medizinische Psychologie. Med. Psychol. 3 (1977), 185–197.

Stellungnahme zur Einrichtung des Faches Medizinische Psychologie. In: Psychologische Rundschau25 (1974), 248–250.

TEWES, U. et al.: Medizinische Psychologie. Stuttgart: Kohlhammer 1978.

WINDELBAND, W./HEIMSOETH, H.: Lehrbuch der Geschichte der Philosophie. Tübingen: Siebeck & Mohr [13]1935.

Hermann Pohlmeier

Meinungsforschung

1 Begriffsklärung und Gegenstand

Der Terminus M. ist die nicht exakte Übersetzung der im Englischen verwendeten Bezeichnung „Public Opinion Research". Obwohl NOELLE (1963) immer wieder auf diese verkürzte Übersetzung hinweist und selbst von *Demoskopie* oder *Umfrageforschung* spricht, hat sich der Begriff M. weitgehend durchgesetzt. M. ist ein Instrumentarium psychologischer und soziologischer Methoden zur Befragung mehr oder weniger repräsentativer Bevölkerungsstichproben. Meinungen werden sowohl mündlich durch den Interviewer erhoben als auch schriftlich, indem die Befragungsperson den Fragebogen selbst ausfüllt.

Im Grunde genommen könnte jedes Thema, das zu einem bestimmten Zeitpunkt von öffentlichem Interesse ist, zum demoskopischen Erkenntnisgegenstand werden. Klassifiziert man die demoskopischen Themenstellungen, dann stehen ökonomische Untersuchungen, insbesondere das *Kauf- und Verbrauchsverhalten*, zahlenmäßig an erster Stelle. Dieser Gegenstandsbereich umfaßt auch Untersuchungen zur Wirkung von Werbemitteln. An nächster Stelle ist die *Mediaforschung* zu nennen. Hier geht es um die Erforschung des Nutzungsverhaltens von Zeitungs- und Zeitschriftenlesern sowie von Rundfunkhörern und Fernsehzuschauern (*Teleskopie*). Die *Sozialforschung* rangiert als weiterer Gegenstandsbereich. Hierunter rubriziert man Studien über Arbeitswelt, Freizeit, Gesundheitswesen, Wohnungsfragen, Bildung usw. Die *politische M.*, wozu vor allem die *Wahlforschung* gehört, macht nur einen kleinen Anteil demoskopischer Forschung aus. Nicht zuletzt befaßt sich M. auch mit dem Prozeß der Meinungsbildung und Meinungs*beeinflussung* (HOFFMANN, 1976). Denn die verschiedensten Auftraggeber erwarten von der M. nicht nur Datenerhebungen, sondern auch Informationen darüber, wie Meinungen modifiziert werden können.

Bis heute hat sich die M. nicht darüber verständigt, was eine Meinung, streng definiert, eigentlich ist. In der Sozialpsychologie gibt es zumindest Versuche, den Terminus „Meinung" fachsprachlich zu verorten. So unterscheiden BERELSON/STEINER (1972, 353) zwischen *Meinungen, Einstellungen, Überzeugungen.* Unter

Meinungen verstehen sie kurzlebige Urteile über augenblickliche, für die Öffentlichkeit relevante Themen. Einstellungen halten sie für zeitlich stabiler und weniger situationsabhängig. Überzeugungen repräsentieren die zentralen Wertorientierungen der Person, die sich durch ein noch höheres Maß an zeitlicher Stabilität und situativer Unabhängigkeit auszeichnen. Andere Autoren heben bei der Unterscheidung zwischen Meinungen einerseits und Einstellungen sowie Überzeugungen/Wertorientierungen andererseits hervor, daß Meinungen die affektive Komponente fehle (BERGLER/SIX, 1972, 380; SÜLLWOLD, 1969, 476). Für sie sind Meinungen im wesentlichen verbale, rein kognitive Reaktionen. ROKEACH (1968) betrachtet Meinungen als den verbalen Ausdruck von Einstellungen, die er als tiefer liegende, latente Variablen bezeichnet. Meinungen könnten zwar, müßten aber nicht mit Einstellungen identisch sein. Zumeist seien sie von Situationen abhängig und hätten nur einen geringen Bezug zum tatsächlichen Verhalten. ROKEACH wirft der Einstellungsforschung vor, daß sie diese Differenzierung nicht beachte und im Grunde keine Einstellungen, sondern deren situationsabhängige Verbalisationen bzw. Meinungen messe. Einstellungen könne man weniger aus verbalen Reaktionen erkennen, sondern vielmehr aus nonverbalen Reaktionen, d.h. Handlungen.

Der *geringe Handlungsbezug* verbaler Reaktionen wird in der demoskopischen Forschungspraxis und bei der Interpretation demoskopischer Forschungsresultate nicht genügend beachtet. Die Diskrepanz zwischen Meinungen, den Verbalisationen von Einstellungen und tatsächlichem sozialen Verhalten (MEINEFELD, 1977; TRIANDIS, 1975; FREY, 1972) zeigt, daß demoskopische Daten, die mittels schriftlicher und mündlicher Befragungen erhoben werden, aktuelle und zukünftige soziale Realität nur in eingeschränktem Maße diagnostizieren und prognostizieren können.

2 Entstehungsgeschichte

Die Geschichte der wissenschaftlichen, methodisch exakten M. beginnt Mitte der dreißiger Jahre in den USA. Sie ist bestimmt durch die Anwendung repräsentativ-statistischer Auswahlverfahren sowie durch eine Standardisierung der Umfragesituationen und Umfrageinstrumente. Personell und institutionell läßt sich die Anfangsphase der M. markieren durch GALLUP und sein privates American Institute of Public Opinions sowie durch LAZARSFELD und das von ihm geleitete Hochschulinstitut Bureau of Applied Social Research (LERG, 1977). In jenem Zeitraum entwickelte sich eine intensive Kommunikation zwischen kommerziellen und öffentlichen M.instituten. In Gang gesetzt wurde dieser Austauschprozeß durch die Fachzeitschrift „Public Opinion Quarterly", auch heute noch das wichtigste Medium internationaler M. Die vierziger, fünfziger und sechziger Jahre brachten eine *Expansion* des demoskopischen Erkenntnisvorrats, sowohl hinsichtlich der Entwicklung der Methodik als auch in bezug auf die Erforschung der Meinungsbildung (CANTRIL, 1944; HYMAN et al., 1954; LAZARSFELD/ROSENBERG, 1955; CANNEL/KAHN, 1968). Eine gewisse *Stagnation* der M. läßt sich in den letzten Jahren konstatieren. Die amerikanische M., ursprünglich Produzentin stetig steigender Erkenntnisse, konzentrierte sich in diesem Zeitraum hauptsächlich auf die *Mathematisierung* der Demoskopie. Innovationen konnte man währenddessen von der nichtamerikanischen M. kaum erwarten, da sie zu sehr mit der Rezeption des „Survey Research" beschäftigt war.

In der BRD gibt es derzeit über 100 M.institute, von denen weitaus die meisten *privatwirtschaftlich* organisiert sind und hauptsächlich ökonomische Themenstellungen bearbeiten. Ein Teil davon gehört dem Arbeitskreis Deutscher Marktforschungsinstitute (ADM) an, dessen Mitgliedschaft mit der Erfüllung gewisser methodischer Standards gekoppelt ist. Die umsatzmäßig größten M.institute sind Infratest (München) und die Nürnberger Gesellschaft für Konsum-, Markt- und Absatzforschung (GfK). Darüber hinaus sind zu nennen: Emnid (Bielefeld), Getas (Bremen), Ifak (Wiesbaden), IfD (Allensbach), Infas (Bonn), Marplan (Offenbach) und Wickert (Tübingen-Illereichen). Von den mit politischer M. befaßten Instituten befindet sich lediglich Infas in manifester Parteinähe (SPD). Da aber Parteien und Regierungsinstitutionen bei der Erteilung von demoskopischen Aufträgen bestimmte Institute präferieren, ist bei manchen eine latente *politische Affinität* zu beobachten.

3 Methodische Probleme

Was die Art der in Auftrag gegebenen Umfragen anbelangt, kann man zwischen *Ad-hoc*-Studien, *Mehrthemen*studien, *Panel*studien und *Trend*studien unterscheiden. Ad-hoc-Studien beziehen sich nur auf einen ganz bestimmten Gegenstandsbereich und werden nur einmal durchgeführt. Mehrthemenumfragen, auch „Omnibusse" genannt, werden in regelmäßigen Abständen ins Feld geschickt, wobei sich daran verschiedene Auftraggeber mit unterschiedlichen Themenstellungen beteiligen können. Eine Panelerhebung ist die wiederholte Befragung einer identischen Stichprobe. Trenderhebungen sind wiederholte Befragungen mit gleicher Themenstellung von soziodemographisch ähnlichen, aber nicht identischen Stichproben.

M. läßt sich vor allem durch die von ihr verwendeten Methoden operational definieren. Ihre Forschungsinstrumente sind der zentralen Kategorie „Methoden der empirischen Sozialforschung" zuzuordnen. Diese Teildisziplin der Sozialwissenschaft (König, 1973; Friedrichs, 1973; Holm, 1975; Koolwijk/Wieken-Mayser, 1974) bestimmt inzwischen jene *Standards*, an denen die methodische Qualität von M. bewertet wird. Sie liefert Handlungsanweisungen für die Konzeptualisierung von Umfragen, die Stichprobenbildung, die Frageformulierung, die Fragebogenvariante, die Fragebogenauswertung oder die Ergebnisdarstellung.

Ein Methodenproblem, das am Anfang jeder Umfrageplanung steht, ist die *Modalität des Auswahlverfahrens*. Hier geht es um die prinzipielle Überlegung, ob die Befragungspersonen per Zufall aus der jeweiligen Grundgesamtheit ausgewählt werden (Random-Methode), oder die Stichprobe auf Grund bereits bekannter soziodemographischer Populationsmerkmale hergestellt wird (Quota-Methode). Wichtig dabei ist, daß der Demoskop mittels seiner Erhebungsmethode eine Stichprobe organisiert, welche die betreffende Grundgesamtheit modellhaft abbildet.

Von gleichrangiger Bedeutung ist die *Fragebogenkonstruktion*. Zunächst einmal wird die adäquate Umfrageform erörtert. Soll mündlich gefragt werden mit streng strukturiertem Aufbau und großenteils vorgegebenen Antwortalternativen? Kann derselbe Fragebogen in Form einer schriftlichen Umfrage von der Befragungsperson selbständig beantwortet werden? Ist der Meinungsgegenstand so beschaffen, daß mit wenig oder unstrukturierten Methoden (Intensiv- oder Tiefeninterviews) gearbeitet werden muß? Weitere Reflexionen beziehen sich auf die Art der *Frageformulierung*, die vom Informationsstand des Respondenten und vom Inhalt des Meinungsgegenstandes abhängt. Dabei wird überlegt, ob direkt oder indirekt gefragt wird, wie die Fragen gereiht werden, welche Einleitungs-, Konzentrations-, Motivations- oder Kontrollfragen zu benutzen sind. Bei einer rein verbalen Fragestellung müssen eine Reihe wichtiger Regeln beachtet werden: einfache Formulierungen, Vermeidung langer Fragen, Verwendung konkreter Fragen, Vermeidung von Suggestivfragen.

Bevor der Fragebogen dann schließlich ins Feld geht, konzentrieren sich bei mündlichen Befragungen die demoskopischen Überlegungen auch auf den *Inverviewer* und die *Interviewsituation* (s. Cicourel, 1970). Denn die Qualität der Daten steht und fällt mit der Qualität des Interviewerverhaltens. Der Interviewerbias kann sich in verschiedenen Fehlverhaltensmodi ausdrücken: bewußte Fälschungen, Abweichungen von der Diktion des Fragebogens, verbale oder nonverbale Verstärkung der Meinungsproduktion sowie der Meinungsrichtung, selektive Protokollierung bei offenen Fragen.

Das letzte Prozeßglied der demoskopischen Untersuchung ist die *Verrechnung* sowie die *Interpretation* der Umfragedaten. Vorbereitungen für die zumeist auf EDV-Basis stattfindenden mathematisch-statistischen Operationen werden bereits schon im Stadium der Fragebogenkonstruktion getroffen. Denn der Interviewer soll eine Vielzahl von Antworten direkt vorgegebenen Codes zuordnen können. Schwieriger hingegen wird die Abbildung von offenen Antworten im Zahlenraum. Hier findet die Codekonstruktion erst statt, wenn die Fragebögen wieder aus dem Feld zurückgelaufen sind. Das zentrale Problem des danach erfolgenden Codierungsprozesses ist die oft geringe Reliabilität der Zuordnungen von offener Antwort und einzelner Codekategorie.

Diese methodischen Standards sind zunächst idealiter zu verstehen. Im Falle der M. sollte aber die Einhaltung methodischer Regeln besonders kritisch geprüft werden, da demoskopische Daten oft zur gezielten Erzeugung oder Korrektur öffentlicher Meinung benutzt werden. Meinungslose und Unentschiedene sollen durch die Darbietung von „Mehrheitsmeinungen" zur Adoption derselben gebracht werden.

Die Prüfung muß mit der Frage nach der *Repräsentativität* der Stichprobe beginnen, da Umfrageergebnisse manchmal allzu rasch auf das Meinen der Gesamtbevölkerung verallgemeinert werden. Ein Beispiel hierfür sind die von der Boulevardpresse gern kommunizierten *Blitzumfragen* der Wickert-Institute (Der Spiegel, 1978), die mit sozialstrukturell nicht repräsentativen *Telefonbesitzerstichproben* durchgeführt werden. Auf die Art der Frageformulierung und Antwortvorgabe sollte ebenfalls verstärkt geachtet werden, da diese genügend Möglichkeiten bieten, das Antwortverhalten im Sinne des Meinungsforschers oder des Auftraggebers zu beeinflussen. Wesentlich schwerer sind Mängel zu erkennen, die auf die Person des Interviewers zurückgehen. Hierunter sind sowohl auf den Befragten einwirkende Interviewererwartungen als auch bewußte Fälschungen zu rubrizieren. Für die Beurteilung der Qualität einer Meinungsstudie wäre es deshalb wichtig zu wissen, ob zur Vermeidung systematischer Interviewerfehler die Interviews auf möglichst viele Interviewer verteilt worden sind, und ob eine ausreichende Interviewerschulung stattgefunden hat. Außerdem ist zu prüfen, in wieviel Prozent der Fälle eine Kontrolle der Interviewer durch telefonische oder postalische Rückfragen bei den Befragten erfolgt ist.

4 Die Analyse des Meinungsbildungsprozesses

Neben der Entwicklung eines Inventars demoskopischer Methoden war das zweite Erkenntnisziel der M. auf die Analyse des Meinungsbildungsprozesses gerichtet. Von Beginn an ging es um die Frage, ob das Urteil des Einzelnen über die verschiedenen Meinungsgegenstände direkt von den *Medien* beeinflußt wird. Eine Antwort darauf suchte LAZARSFELD im Präsidentschaftswahlkampf 1940 mittels einer aus 7 Wellen bestehenden Panelbefragung in der amerikanischen Gemeinde Erie County. Fazit seiner Untersuchung war, daß von den Massenmedien zwar ein starker Einfluß auf die individuelle Meinungsbildung ausgeht, dieser aber größtenteils nicht direkt wirkt, sondern über sogenannte *Meinungsführer* (LAZARSFELD et al., 1944; KATZ/LAZARSFELD, 1962) mediatisiert wird. LAZARSFELD sprach in diesem Zusammenhang von einem *Zweistufenfluß* der Massenkommunikation. Massenmedien sind erst dann meinungsbildend, wenn die mediale mit interpersonaler Kommunikation verknüpft wird. Dieses Modell der Meinungsbeeinflussung blieb in seinen wesentlichsten Aussagen lange Zeit unangetastet. Modifiziert wurde es dann schließlich in bezug auf die Rolle des Meinungsführers. Denn die Massenkommunikation benötigt, um die Meinungsbildung des Rezipienten zu erreichen, nicht auf jeden Fall den Meinungsführer. Für ROGERS (1973), der sein Modell *Mehrstufenfluß* nennt, gibt es Personen, die Medieninhalte direkt rezipieren und erst in der postkommunikativen Phase in den Wirkungsbereich der Meinungsführer geraten. Dies bedeutet, daß hier der Opinion Leader weniger eine informative als vielmehr eine persuasive Funktion ausübt. Darüber hinaus gibt es im sozialen Feld weiterhin Personen, die sich über aktuelle Meinungsgegenstände nur oberflächlich oder kaum informieren. Für diese ist der Meinungsführer sowohl Informations- als auch Einflußträger. Im übrigen sei darauf hingewiesen, daß sich Meinungsführer durch ein bestimmtes Merkmalsmuster von den Meinungsfolgern unterscheiden (EURICH, 1976). Sie sind informierter, medial exponierter, politisch interessierter sowie eher einer höheren Sozialschicht zugehörig.

Im Zusammenhang mit dem Meinungsbildungsprozeß wird immer wieder die Frage diskutiert, ob die *Veröffentlichung demoskopischer Ergebnisse* Meinungen beeinflußt. Von besonderem Interesse ist dabei der mögliche Einfluß von Wahlumfragen auf das Wählerverhalten. Man hält zwei Effekte für möglich: den *Mitläufereffekt* und den *Mitleidseffekt.* Der erste Effekt, auch bandwagon-effect genannt, besteht darin, daß sich Wähler vom demoskopisch prognostizierten Gewinner anziehen lassen und diesen gehäuft wählen. Der zweite Effekt, auch als underdog-effect bezeichnet, tritt ein, wenn Wähler demoskopisch prognostizierte Verlierer aus Mitleid unterstützen. Obwohl diese Annahmen eine gewisse Plausibilität aufweisen, gibt es bis heute *keinen empirischen Beweis* für die demoskopische Beeinflussung von Wahlentscheidungen (HARTENSTEIN, 1976). Es ist zwar erwiesen, daß Meinungsführer demoskopische Resultate vermehrt wahrnehmen und in ihren Einflußkreisen diskutieren (LUPRI, 1969), ob aber daraus ein indirekter Effekt entstehen kann, bleibt weiterhin fraglich. Denn es ist bekannt, daß der Meinungsführer nur jene massenkommunikativen Inhalte aufnimmt, die seine Meinungen, Einstellungen und Überzeugungen positiv verstärken. Das heißt, er perzipiert und interpretiert demoskopische Ergebnisse entsprechend seinen politischen Präferenzen. Der oft erhobenen Forderung nach einem Veröffentlichungsverbot von Umfrageergebnissen im Vorfeld von Wahlen fehlt weiterhin die empirische Legitimationsgrundlage.

5 Psychologie und Meinungsforschung

Zu fragen ist, welche Rolle die Psychologie, abgesehen vom beruflichen Engagement, in der M. spielt. Es ist nämlich festzustellen, daß seitens der psychologischen Forschung zwar eine Reihe kritischer Erkenntnisse zur Methodik und zum Inhalt der Demoskopie erarbeitet worden sind, diese aber kaum zu einer Veränderung der demoskopischen Praxis geführt haben. Psychologie und auch Soziologie haben die Mängel der klassischen Befragung hinsichtlich der Verzerrung der Meinungserhebung durch Fragebogen- und Interviewervariablen aufgezeigt und die Inkonsistenz von Meinung und Verhalten nachgewiesen. So gibt es inzwischen im Arsenal empirischer Sozialforschung *nichtreaktive Meßverfahren* (WEBB et al., 1975), durch die Störfaktoren der Meinungserhebung sowie Diskrepanzen zwischen Meinungs- und Verhaltensdaten reduziert werden könnten. Bei nichtreaktiven Messungen erfahren die Untersuchungspersonen nichts vom Untersuchungsprozeß. Beispiele hierfür sind die Auswertung von Archivdaten oder privaten Dokumenten, die Messung physischer Spuren oder Beobachtungsstudien im sozialen Feld. Eine andere Möglichkeit der Anwendung alternativer Methoden besteht in einem häufigeren Gebrauch der *Gruppendiskussion* als Methode der Meinungserhebung (MANGOLD, 1973). In der traditionellen demoskopischen Forschung wird die Gruppendiskussion hauptsächlich im Rahmen von Vorstudien zum Zwecke der Hypothesengewinnung eingesetzt, weil die geäußerten Einzelmeinungen nur schwer zu quantifizieren sind. Da aber in der Gruppendiskussion die reale Kommunikation von Meinungen relativ gut simuliert werden kann, sollte durch eine Verbesserung der inhaltsanalytischen Auswertung von Gruppendiskussionsprotokollen versucht werden, die Methode auch als Haupterhebungsinstrument einzusetzen. Mehr Beachtung sollte auch Ansätzen geschenkt werden, welche die Meinungsbildung unter *sozialpsychologischen* Aspekten betrachten. Denn die Bekundung von Meinungen ist in vielen Fällen von der Wahrnehmung des Meinungsklimas der Primärumwelt gesteuert. NOELLE-NEUMANN (1976) nennt das sich auf Grund von Umweltbeobachtung und Konformitätsdruck vollziehende Durchsetzen einer Mehrheitsmeinung *Schweigespirale.* KELLER/KELLER (1976) haben eine Umfragemethode entwickelt, die den Respondenten nicht nach seiner individuellen Meinung befragt, sondern nach den in seiner Primärumwelt getätigten Meinungsbeobachtungen. Es gibt nämlich im sozialen Feld Personen, *Meinungshörer* genannt, die auf Grund beruflich bedingter Kontakte (z. B. Friseure oder Taxifahrer) den Spiral- bzw. Konformitätsprozeß öffentlicher Meinung besonders scharf beobachten und wiedergeben können.

6 Zusammenfassung

M. versucht mittels schriftlicher oder mündlicher Befragungen zu eruieren, wie soziodemographisch beschreibbare Gruppen über öffentlich relevante Themen urteilen. Dabei wird in der demoskopischen Praxis nicht klar genug getrennt zwischen Meinungen auf der einen und Einstellungen sowie Wertorientierungen auf der anderen Seite. Denn Meinungen sind zeitlich instabil, situationsspezifisch und oft nicht mit dem tatsächlichen Verhalten kongruent. Die Meinungsbildung vollzieht sich in Primärgruppen, wobei private Einflußpersonen (Meinungsführer) hinsichtlich Information und Persuasion eine gewichtige Rolle spielen. Der direkte meinungsdeterminierende Effekt der Massenmedien ist geringer als in der medienpolitischen Diskussion vermutet. Die Demoskopie übt auf politische und ökonomische Entscheidungen einen wichtigen, beratenden Einfluß aus. Besonders kritisch daran ist, daß Meinungen häufig mit Handlungen verwechselt werden und somit von der Umfrageklientel mißinterpretiert und mißbraucht werden können. In Zukunft bedarf die M., die derzeit von der Methodologie dominiert wird, einer inhaltlichen Fundierung, was die Bestimmung des Meinungsbegriffes sowie die Entwicklung einer Theorie der öffentlichen Meinung betrifft. Außerdem müßte sich die Wissenschaft stärker an der Diskussion um die Mißbräuche demoskopischer Praxis beteiligen. In beiden Fällen kann die Psychologie entscheidende Beiträge leisten.

Verweis auf andere Stichwörter

→Einstellung →Empirische Forschungsmethoden der Psychologie →Massenkommunikation →Politische Psychologie →Sozialpsychologie →Warenästhetik und Werbung

Literatur

BERELSON, B./STEINER, G. A.: Menschliches Verhalten, Bd. 2. Weinheim und Basel: Beltz 1972.

BERGLER, R./SIX, B.: Stereotype und Vorurteile. In: Handbuch der Psychologie, Bd. 7, Sozialpsychologie. Göttingen: Hogrefe 1972.

CANNEL, C. P./KAHN, R. L.: Interviewing. In: LINDZEY, G./ARONSON, E. (eds.): The handbook of social psychology, vol 2. Reading, Mass.: Addison-Wesley 1968.

CANTRIL, H.: Gauging public opinion. Princeton 1944.

CICOUREL, A. V.: Methode und Messung in der Soziologie. Frankfurt: Suhrkamp 1970.

Der Spiegel: Falsche und gefälschte Zahlen, Demoskopie in Deutschland (III). Wickert intern, 32, 41, 65–86.

EURICH, C.: Politische Meinungsführer. München: Verlag Dokumentation 1976.

FREY, H. P.: Die Brauchbarkeit von Einstellungen als Prädiktor von Verhalten. Soziale Welt, 23, 257–268, 1972.

FRIEDRICHS, J.: Methoden empirischer Sozialforschung. Reinbek: Rowohlt 1973.

HARTENSTEIN, W.: Vom Nutzen und Schaden veröffentlichter Umfrageergebnisse. In: Transfer 2, Wahlforschung: Sonden in den politischen Markt. Opladen: Westdeutscher Verlag 1976.

HOFFMANN, H. J.: Psychologie und Massenkommunikation. Planung, Durchführung und Analyse öffentlicher Beeinflussung. Berlin, New York: de Gruyter 1976.

HOLM, K. (Hrsg.): Die Befragung, 6 Bände. München: Francke 1975.

HYMAN, H. H. et al.: Interviewing in social research. Chicago: University of Chicago Press 1954.

KATZ, E./LAZARSFELD, P.: Persönlicher Einfluß und Meinungsbildung. München: Oldenbourg 1962.

KELLER, G./KELLER, W.: Meinungshörerstudie. Ein sozialpsychologisches Experiment zur Bundestagswahl 1976. psychologie heute, 1, 4 und 9, 1976.

KÖNIG, R. (Hrsg.): Handbuch der empirischen Sozialforschung. 12 Bände. Stuttgart: Enke 1973.

KOOLWIJK, J. V./WIEKEN-MAYSER, M. (Hrsg.): Techniken der empirischen Sozialforschung. Ein Lehrbuch in 8 Bänden. München: Oldenbourg 1974.

LAZARSFELD, P. et al.: The people's choice. New York 1944. Deutsch: Wahlen und Wähler, Soziologie des Wahlverhaltens. Neuwied: Luchterhand 1969.

LAZARSFELD, P./ROSENBERG, M. (Hrsg.): The language of social research. Glencoe 1955.

LERG, W. B.: Paul Felix Lazarsfeld und die Kommunikationsforschung. Publizistik, 22, 1, 1977.

LUPRI, E.: Soziologische Bedeutung der Wahlprognosse. Über den Einfluß von Meinungsforschungsergebnissen auf die politische Willensbildung. In: HARTMANN, K. D. (Hrsg.): Politische Beeinflussung, Voraussetzungen, Ablauf und Wirkungen. Frankfurt/M.: Europäische Verlagsanstalt 1969.

MANGOLD, W.: Gruppendiskussionen. In: KÖNIG, R. (Hrsg.): Handbuch der empirischen Sozialforschung, Bd. 2. Stuttgart: Enke 1973.

MEINEFELD, W.: Einstellung und soziales Handeln. Reinbek: Rowohlt 1977.

NOELLE, E.: Umfragen in der Massengesellschaft. Reinbek: Rowohlt 1963.

NOELLE-NEUMANN, E.: Menschen unter Konformitätsdruck. Eine Theorie der öffentlichen Meinung. In: transfer 2, Wahlforschung: Sonden in den politischen Markt. Opladen: Westdeutscher Verlag 1976.

NOELLE-NEUMANN, E.: Das doppelte Meinungsklima. Der Einfluß des Fernsehens im Wahlkampf 1976. Politische Vierteljahresschrift, 18, 2/3, 1977.

ROGERS, E. M.: Mass media and interpersonal communication. In: SOLA POOL, I. DE et al. (Hrsg.): Handbook of communication. Chicago 1973.

ROKEACH, M.: The nature of attitudes. In: SILLS, D. L. (Hrsg.): International encyclopedia of the social sciences, Bd. 1, 449–458. New York 1968.

SÜLLWOLD, F.: Theorie und Methodik der Einstellungsmessung. In: Handbuch der Psychologie, Bd. 7, Sozialpsychologie. Göttingen: Hogrefe 1969.

TRIANDIS, H. C.: Einstellungen und Einstellungsänderungen. Weinheim und Basel: Beltz 1975.

WEBB, E. J. et al.: Nichtreaktive Meßverfahren. Weinheim und Basel: Beltz 1975.

Gustav Keller

Militärpsychiatrie und -psychologie

Militärpsychiatrie und Militärpsychologie haben die Aufgabe, den Faktor Psyche durch gezielte Selektion, Plazierung, Ausbildungsmethoden, Human Engineering und Psychotherapie der Soldaten zu optimieren und Reibungsverluste zu verhindern, bemessen am Kriterium der militärischen Effizienz.

Ihren eigentlichen Ausgangspunkt nahmen beide Disziplinen von den militärischen Erfordernissen des 1. Weltkriegs. Die damals gesammelten Erfahrungen wurden im 2. Weltkrieg verwertet. Die schon damals zunehmend verfeinerten und besonders von den USA im Korea- und Vietnamkrieg erfolgreich erprobten Methoden sind inzwischen auch für andere Staaten, insbesondere die BRD, richtungweisend geworden.

1 Militärpsychiatrie

Im *1. Weltkrieg* wurden die militärischen Planungen zunehmend gestört durch den Massenanfall von *„Kriegsneurosen“* bei Frontsoldaten (Synonyma: traumatische Neurosen, Schreckneurosen, Kriegshysterie; engl.: shell shock, gas neurosis etc.). Die Symptome (funktionelle Lähmungen, oft bizarre Kontrakturen, Krämpfe, Tics, Brechanfälle, Blindheit, Taubheit, Stummheit etc.) waren ätiologisch nicht eindeutig einzuordnen und blieben durch die „weichen“ Therapiemethoden in den Heimatlazaretten (Suggestion, Hypnose, Elektrisieren mit schwachen Strömen) entweder völlig unbeeinflußt oder aber es kam nach Rückkehr an die Front sofort zum Rückfall. Auch zunehmend *aggressivere Therapiemethoden*, an deren Entwicklung und Anwendung sich die überwältigende Mehrzahl der damaligen Neurologen und Psychiater beteiligte – und deren Beschreibung das wissenschaftliche Schrifttum während der Kriegsjahre thematisch wesentlich mitbestimmte (vgl. GAUPP, 1916; MANN, 1916; KAUFMANN, 1916; KEHRER, 1917) –, konnten die „Heilungsquote“ nicht wesentlich erhöhen bzw. die Rezidivquote an der Front nicht entscheidend reduzieren; Methoden waren u.a. BINSWANGERS *„psychische Abstinenzkur“* (wochenlange totale Isolierung mit weitgehendem Nahrungsentzug), ferner tagelange Dauerbäder, Scheinoperationen, stundenlange Applikation immer stärkerer elektrischer Ströme etc.

Eine entscheidende Neuerung war schließlich die u.a. von Kurt SCHNEIDER (1918) propagierte *„frontnahe Behandlung“* mit dem expliziten Ziel, den Kriegsneurotikern den sekundären Krankheitsgewinn in Form der Rückverlegung in die Heimat zu verbauen und damit den Durchhaltezwang an den Fronten durch psychotherapeutische Maßnahmen nicht in Frage stellen zu lassen.

NONNE (1922) ging noch weiter und forderte nicht nur *spezielle Kompanien* für Bettnässer und andere psychisch Irritierte, um deren Ausmusterung zu verhindern, sondern schlug auch vor, aus Neurotikerabteilungen in der Heimat Patienten in Kriegslazarette an der Front zu verlegen. FREUD, nach dem 1. Weltkrieg zum Prozeß eines ehemaligen Patienten gegen seinen „Therapeuten“ als Gutachter geladen, beschrieb diesen Umgang mit dem sogenannten Kriegsneurotiker folgendermaßen: „War er aus dem Krieg in die Krankheit geflüchtet, so wandte man Mittel an, die ihn zwangen, aus der Krankheit in die Gesundheit, also in die Kriegsdiensttauglichkeit zurückzufliehen.... Den Ärzten ist etwas wie die Rolle von Maschinengewehren hinter der Front zugefallen, die Rolle, die Flüchtlinge zurückzutreiben“ (zit. in GICKLHORN, 1972).

Als Konsequenz aus den Erfahrungen des 1. Weltkriegs wurde auch für künftige Kriege die „frontnahe Behandlung“ (angloamerikanisch: forward psychiatry) gefordert. – In Deutschland wurden schon 1936 Meldelisten zur Früherfassung von im Ernstfall möglicherweise „störenden Versagern“ (damals bezeichnet als „linker Flügel der Psychopathen“) gefordert, um sie im Kriegsfall in Konzentrationslager zuammenziehen zu können. Die militärpsychiatrische Strategie im faschistischen Deutschland war: alle Tauglichen an die Front, die „Versager“ in die Kriegs- oder Zivilwirtschaft und die „Störer“ in Arbeits- und Konzentrationslager (vgl. HEIDENHAIN, 1938; WEBER, 1939; STIER, 1936).

Die anfangs erwartete Epidemie von klassischen Kriegsneurosen blieb im *2. Weltkrieg* jedoch auch auf deutscher Seite aus; die psychischen Zusammenbrüche wurden frontnah behandelt und teils in „Schleusenlazaretten“ wieder frontfähig therapiert (vgl. die Darstellung dieser Therapiemethoden in JUILLET/MOUTIN, 1969).

Hingegen kam es – wie auch bei neurotischen Erkrankungen vor dem Krieg bereits festgestellt – zu einem Symptomwandel von den groben, demonstrativen, „lärmenden" hysterischen Symptomen zu *funktionellen Organstörungen* besonders des Magen-Darm-Bereichs (was dazu führte, daß sich die Funktion der „Maschinengewehre hinter der Front" nunmehr z.T. auf die Innere Medizin verlagerte, mit deren Hilfe auf deutscher Seite u.a. Magenbataillone mit Spezialdiät für Ulcuskranke aufgestellt wurden; vgl. Weber, 1939; Tidow, 1943).

Beim Aufbau der Militärpsychiatrie der *Bundeswehr* wurden die Erfahrungen der beiden Weltkriege berücksichtigt, die auch durch die personelle Kontinuität (der überwiegend ehemaligen Sanitätsoffiziere der Wehrmacht) garantiert waren. Das Prinzip der „frontnahen Behandlung" wurde ausdrücklich übernommen, ergänzt durch amerikanische Erfahrungen, die zusätzlich im Korea- und Vietnamkrieg gemacht wurden, dadurch für die NATO richtungsweisend geworden und explizit u.a. folgendermaßen formuliert sind:

a) Die Diagnose für neuropsychiatrisch erkrankte Soldaten soll möglichst nichtssagend sein (z.B. „Erschöpfungsreaktion") und eine Sofortheilung suggerieren, um dem Betroffenen nicht die Möglichkeit zu geben, „sich hinter der Diagnose zu verstecken".
b) Der Patient soll möglichst lange in Uniform unter der Kommandogewalt militärischer Vorgesetzter verbleiben.
c) Diagnostische und therapeutische Maßnahmen – selbstverständlich frontnah – sollen so kurz wie möglich sein, um dem Soldaten den Patientenstatus soweit als möglich zu verweigern. Sympathie oder Identifikation von seiten des Sanitätspersonals mit dem Betroffenen sind zu unterdrücken (vgl. Hausmann, 1971; Bourne, 1969; Roghmann/Ziegler, 1969; Rioch, 1968; Ginzberg, 1959).

2 Militärpsychologie

Die Militärpsychologie erlebte ihren Aufschwung im *1. Weltkrieg* mit der massenhaften Anwendung testpsychologischer Verfahren; so wurde der ARMY-ALPHA-Test in den USA zwischen 1915 und 1918 bei fast 2 Mill. Wehrpflichtigen eingesetzt. – In Deutschland wurde die Heerespsychologie nach 1925 systematisch ausgebaut (Rieffert, Simoneit). Dem Leiter des Psychologischen Laboratoriums beim Reichskriegsministerium waren im 2. Weltkrieg bis zur Auflösung etwa 150 Psychologen unterstellt, die vorwiegend Intelligenz-, Reaktions- und Persönlichkeitstests anwandten. „Aus diesem immer zugleich wissenschaftlich tätigen Psychologenkreis rekrutierten sich nach dem 2. Weltkrieg nahezu ausschließlich die Ordinarien der Psychologielehrstühle (z.B. Lersch, Hofstätter, Heiss, Rudert). ... Schon im Zuge des geplanten Aufbaus der Bundeswehr waren es wiederum die inzwischen als Hochschullehrer anerkannten Psychologen, die beim Konzept für die Auswahl für kriegsgediente Soldaten/Offiziere beratend tätig wurden" (zit. n. Zoll u.a., 1977).

Ab 1956 wurde der Psychologische Dienst der Bundeswehr aufgebaut, der gegenwärtig etwa 130 Psychologen umfaßt (mit den Aufgabenschwerpunkten Personalpsychologie, Ausbildungspsychologie, Organisationspsychologie, Sozialpsychologie und klinische Psychologie). Kooperation besteht im Rahmen der NATO insbesondere mit Militärpsychologen der USA, im Inland mit Psychologischen Instituten verschiedener Universitäten (z.B. Würzburg) über Forschungsaufträge und Fortbildungsveranstaltungen.

Um den Problemen (z.B. Fahnenflucht, Drogenabusus, Suicidalität, Kriegsdienstverweigerung) effektiver begegnen zu können, übernahmen Militärpsychologie und Militärpsychiatrie der Bundeswehr zunehmend verfeinerte, in den USA bewährte *Sozialtechniken* durch Einbeziehung neuerer Erkenntnisse der Gruppendynamik, Sozialpsychologie, Psychoanalyse und Lerntheorie (vgl. Puzicha, 1971; Overbeck, 1970; Ziese, 1970).

Beispiel: Im Juli 1971 wurde in Würzburg ein „Arbeitskreis Gruppendynamik" gegründet, der sich u.a. mit der Effizienzsteigerung von militärischem Führungsverhalten beschäftigt. Der Sexualforscher Giese wurde mit einer Geheimstudie über die Verwendungsfähigkeit homosexueller Soldaten beauftragt. An den Universitäten München und Gießen führten Psychoanalytiker Auftragsforschungen zum Thema „Bundeswehr und Autoritätskonflikt" durch und unterbreiteten als Resultat der Bundeswehrführung Vorschläge für den Umgang von Offizieren mit Soldaten. An einer Fortbildungsveranstaltung über Verhaltenstherapie

und Verhaltenspsychologie vom 22. bis 25.4.1974 im Max-Planck-Institut für Psychiatrie in München nahmen 24 Bundeswehrpsychologen teil.
Eine wichtige Aufgabe sehen Militärpsychologen und Militärpsychiater in der *Panikprophylaxe* im „Ernstfall“, die nach Brickenstein (1967), einem führenden Psychiater der Bundeswehr, folgendermaßen zu leisten ist und als exemplarisch für die Kooperation von Militärpsychiatrie mit den neuen Psychotechniken gesehen werden kann:
„1. Vorbeugend: keine Einziehung, ggf. vorzeitige Entlassung von Minderbegabten, Psychopathen und Neurotikern. Sicherung des Vertrauens zur oberen Führung. Anstreben einer persönlichen Bindung des Soldaten an die unteren Führer und deren Stellvertreter. Förderung einer vertrauensvollen Gemeinschaft in den Einheiten (hierbei Nutzung landsmannschaftlicher Bindungen).
2. Bei Panikstimmung: Nachdrückliche Erinnerung an die eigenen Kriegsziele. Dabei Ansprechen der persönlichen Affekte des Einzelnen ...
3. In der akuten Panik: Nachdrückliches Befehlen (evtl. durch Gesten) eingedrillter Tätigkeiten. Unzweideutige energische Befehlsgebung. Versprechen von Auszeichnungen.“
Das neueste Ziel der *Eignungsdiagnostik* ist die Weiterentwicklung von Musterungstests zur Vorausbestimmung von *Streßtoleranz* und *Kampfverhalten.* Seit mehreren Jahren werden Methoden erarbeitet, die voraussagen sollen, ob der Rekrut später eher zum direkten Töten Mann gegen Mann im Fronteinsatz oder eher zum „technologischen Kämpfer“ geeignet sei. Die mittels Computer angestrebte, möglichst lückenlose Erfassung von testpsychologischen und sozialen Daten soll nicht nur den „richtigen Mann“ an den „richtigen Platz“ in der Armee verweisen und damit militärisch möglicherweise dysfunktionales Verhalten wieder einsatzfähig machen, sondern ist, in Verlängerung dieser Perspektive gesehen, ein systematischer Versuch der Militärs in Kooperation mit ihren Psychotechnikern ein so feinmaschiges präventives und frontnah-therapeutisches Netz um den Soldaten zu spannen, daß er seiner Verplan- und Verwendbarkeit weder durch Symptomentwicklung noch durch bewußte Intention entgehen kann. Damit ist die Militärpsychologie zusammen mit der Militärsoziologie auch Schrittmacher für die computergesteuerte systematische Ortung, manipulative Beeinflussung oder Eliminierung von Faktoren, die das militärische und industrielle Gesamtsystem stören (vgl. Schlüter, 1972; Fritscher, 1973; Fritscher/Koch, 1973).
Dieses neue Stadium wird exemplifiziert durch das NATO-Symposium in Brüssel (2. bis 6.4.1971) über „Leadership and Management Appraisal“; dort wurden von militärischen und zivilen Spezialisten u.a. folgende Problembereiche behandelt: „Welche Faktoren üben einen Einfluß darauf aus, unternehmerische Ziele akzeptabel zu machen? Wie kommt man zu ‚Gehorsam‘ (compliance) und Konformität in einer Organisation, damit sie effektiv arbeiten kann, und welche Art des Führungsstils ist dazu notwendig?“ In lapidarer Kürze wird schließlich formuliert: *„Eine Aufteilung nach militärischen und zivilen Problemstellungen wurde im Symposium nicht vorgenommen, da man allgemein der Ansicht war, daß die Thematik sowie die Ergebnisse für beide Bereiche von gleicher Relevanz sind.“*
Die fatale Rolle der Psychiatrie und Psychologie im militärischen Komplex wird schließlich noch durch die Tatsache illustriert, daß diese Disziplinen nach den vorliegenden Informationen auch von den Staaten des Warschauer Paktes in ähnlicher Weise wie in der NATO pervertiert werden (vgl. Handbuch für Militärmedizin, 1971).

Verweis auf andere Stichwörter

→Allgemeine und Angewandte Psychologie →Angst →Diagnostik →Organisationspsychologie →Politische Psychologie →Psychiatrie →Psychosomatik

Literatur

Bourne, P. G. (Hrsg.): The Psychology and Physiology of Stress. New York, London 1969.
Brickenstein, R.: Panikprobleme im Rahmen der Landesverteidigung. Beiträge zur Wehrpsychiatrie. Bonn 1967, Heft 3, 195.
Brody, M. W.: Psychiatric diagnosis in military service. Arch. Neurol. 59 (1948), 267–269.
Fritscher, W.: Maschinelle Einplanung von ungedienten Wehrpflichtigen mit EVP-Ergebnissen. Wehrpsycholog. Mittlg. Heft 3 (1973), 45.
Fritscher, W./Koch, E. W.: Einsatz datenverarbeitender Anlagen im Psychologischen Dienst des Wehrersatzwesens. Wehrpsycholog. Mittlg. Heft 4 (1973), 22–29.
Gaupp, R.: Kriegsneurosen. Zeitschrift für die gesamte Neurologie und Psychiatrie 34 (1916), 370ff.

GICKLHORN, R. (Hrsg.): Protokoll des Untersuchungsverfahrens gegen Wagner-Jauregg im Oktober 1920. Psyche 26 (1972), 939–591.
GINZBERG, E. et al.: The Ineffective Soldier. Lessons for Management and the Nation. Vol. 1: The Lost Divisions, Vol. 2: Patterns of Performance, Vol. 3: Breakdown and Recovery 1959.
Handbuch für Militärmedizin: Medizinische Sicherstellung im Kriege. Militärverlag der DDR, 1971, 310–315.
HAUSMANN, W./RIOCH, D.: Military Psychiatry. Arch. Gen. Psychiat. 16 (1971, 727–739.
HEIDENHAIN, A.: Die Psychiatrie im Dienste der Wehrmacht. Leipzig 1938.
JUILLET, P./MOUTIN, P.: Psychiatrie militaire. Paris 1969.
KAUFMANN, F.: Die planmäßige Heilung komplizierter psychogener Bewegungsstörungen bei Soldaten in einer Sitzung. Münch. med. Wschr. 63 (1916), 302–304 (Feldärztl. Beilage).
KEHRER, F.: Zur Frage der Behandlung der Kriegsneurosen. Z. ges. Neurol. Psychiat. 36 (1917), 1–22.
MANN, L.: Neue Methoden und Gesichtspunkte zur Behandlung der Kriegsneurosen. Berlin. klin. Wschr. 53 (1916), 1333–1338.
NONNE: Handbuch der Ärztlichen Erfahrungen im Weltkriege 1914/18, Band IV, hrsg. von K. BONHOEFFER, 1. Teil. Leipzig 1922, S. 102–121.
OVERBECK, G./BECKMANN, D.: Krankmeldungen in der Truppe und ihre Beziehung zu sozialpsychologischen Faktoren. Sozialmedizinische Untersuchung an Soldaten der Bundeswehr in Zusammenarbeit mit der Psychosomatischen Universitätsklinik Gießen (Direktor: Prof. Dr. H. E. RICHTER). Wehrmed. Mschr. 14 (1970), 230–236.
PUZICHA, K.: Kleingruppenforschung in der Bundeswehr. Eine Begründung ihrer Notwendigkeit. Wehrpsycholog. Mittlg. Heft 1 (1971), 13.
RIEDESSER, P.: Militär und Medizin. Materialien zur Kritik der Sanitätsmedizin am Beispiel der Militärpsychiatrie. Das Argument, Sonderband 4, 1974, 231–279.
RIOCH, D.: Prevention: The Major Task of Military Psychiatry. Psychother. Psychosom. 16 (1968), 55–63.
ROGHMANN, K./ZIEGLER, R.: Militärsoziologie. In: KÖNIG, R. (Hrsg.): Handbuch der empirischen Sozialforschung. Stuttgart: 1969, 514–566.
SCHLÜTER, P.: Neurotizismus bei Wehrpflichtigen und seine Vorhersagbarkeit durch den EVT. Wehrpsycholog. Unters. 7 (1972), Heft 3, 133–142.
SCHNEIDER, K.: Einige psychiatrische Erfahrungen als Truppenarzt. Z. ges. Neurol. Psychiat. 39 (1918), 307–314.
STIER, E.: Psychiatrie und Heer. Der Deutsche Militärarzt, 1 (1936), 17.
TIDOW, R.: Die Wehrdienstfähigkeit von Ulkusträgern. In: Veröffentl. aus d. Gebiet d. Marine-Sanitätswesens 35, Berlin 1943, s. d. bes. Kapitel VII: „Organisatorische Vorschläge zur Lösung der Ulkusfrage in der Kriegsmarine", 50ff.
WEBER, F. W. A.: Wie sollen wir uns in einem zukünftigen Kriege zu den Kriegsneurotikern stellen? Münch. med. Wschr. (1939), 1305–1306.
ZIESE, P./LINGNAU, D.: Bundeswehr und Autoritätskonflikt. Wehrmed. Mschr. 14 (1970), 77–82.
ZOLL, R. u.a. (Hrsg.): Bundeswehr und Gesellschaft. Opladen 1977.

Peter Riedesser

Motivation

1 Begriffsgeschichte

Eine sehr beliebte Umschreibung des Begriffs „Motivation" lautet, daß es sich dabei um den Versuch einer Antwort nach dem „*Warum*" des Verhaltens handle. „Warum steht Herr Maier Streikposten, während sein Bruder doch zum Management gehört?" „Warum sind Rita's Schulleistungen auf einmal so stark gesunken, wo sie doch so gut begabt ist?" In diesem Sinne geht die M.psychologie zurück bis auf die Bibel, die nicht nur bei theologisch orientierten Autoren als eines der ersten Dokumente eines Nachdenkens über die Beweggründe menschlichen Handelns genannt wird. HOMER war besonders in seiner Ilias einer der ersten großen M.psychologen, und die Geschichte des Gebiets ginge über PLATON, ARISTOTELES, THEOPHRAST, Thomas VON AQUIN, die Affektenlehre von SPINOZA, die Staatsphilosophie von Thomas HOBBES, die Essays der französischen Moralisten des 17. und 18. Jh. durch bis zu SCHOPENHAUERS Philosophie des Willens, NIETZSCHES Lehre vom Willen zur Macht und FREUDS Lehre von den Wandlungen der Libido (COFER/APPLEY, 1964; THOMAE, 1965).

In Wirklichkeit ist die Verwendung des Begriffes „Motivation" als einer Sammelbezeichnung für alle Prozesse und Konstrukte, mittels deren das „Warum" menschlichen Verhaltens zu klären versucht wird, relativ neueren Datums. In der experimentellen Psychologie, wie sie von WUNDT ausging, sprach man nur von „*Gefühlen*" und „*Willenserlebnis*". Einer der ersten deutschen Psychologen, der den Begriff „Motivation" systematisch verwendete, war N. ACH (1935), der den Ablauf der *Willenshandlung* klar von deren M. trennte. Im übrigen kam der Begriff aus der amerikanischen Psychologie zu uns zurück. Dort wurde er von TROLAND (1928) oder YOUNG (1936) als Alternative für die zuvor sehr bevorzugt gewesenen Begriffe „*drive*", „*instinct*" oder *need*" eingeführt. Wie lange es bedurfte, bis sich der M.begriff gegen diese alternativen Bezeichnungen durchsetzte, wird an der ersten systematischen Behandlung der M.theorien deutlich. Unter den 20 von MADSEN (1968) behandelten Autoren von M.theorien gebrauchen nur fünf den Begriff ausdrücklich, nämlich P. T. YOUNG, D. MCCLELLAND, G. FREEMAN, G. W. ALLPORT und MASLOW.

2 Motivationsbegriff und Motivationstheorien

2.1 Das homöostatische Motivationskonzept

Mit den Begriffen „Trieb“, „Instinkt“, „Bedürfnis“ usf. hat jener des *Motivs* gemeinsam, daß damit eine Reaktion auf einen Mangelzustand des Organismus umschrieben wird, der durch eine Verhaltensweise auszugleichen ist. Insofern waren die ersten M.theorien *homöostatisch* orientiert. Unter Homöostase faßte CANNON (1928) alle Vorgänge chemisch-physiologischer, aber auch molarer Natur zusammen, durch die das „interne Milieu des Organismus“ konstant gehalten wird. Hunger ist das klassische Beispiel eines der Homöostase dienenden motivationalen Zustandes. Nahrungsdeprivation als Abweichung vom optimalen internen Milieu erzeugt Unruhe, es setzt Suche nach Futter ein. Nach der Nahrungsaufnahme hören Aktivität und Interesse auf. Verhalten ist also die Folge eines Bedürfniszustandes (M.), der durch eine Störung des psychologischen Gleichgewichts bedingt ist, und dient der Wiederherstellung dieses Gleichgewichts.

Diesem homöostatischen Denkmodell folgten viele Verhaltenstheorien, von FREUD (in der Interpretation von RAPAPORT, 1959, und MITSCHERLICH/VOGEL, 1965) über HULL (1952) und die meisten der übrigen *Neobehavioristen.* Aber auch für LEWIN und seine Schüler ist Verhalten stets die Folge der Störung des Gleichgewichts der *Feldkräfte* und es ist stets auf die Wiederherstellung des Gleichgewichts gerichtet. In unterschiedlichster Modifikation hat dieses homöostatische Denkprinzip auch in andere Ansätze Eingang gefunden, so in die Lehre von der *kognitiven Dissonanz,* einem Zustand, der stets eine Tendenz zur Dissonanzreduktion auslöse (FESTINGER, 1958), in die sozialpsychologischen *Konsistenztheorien* und in das Konzept der *Leistungsmotivation* als einer Antwort einer in bestimmter Weise sozialisierten Person auf eine Istlage, die von einer Soll-Lage in einem gewissen Maße abweicht. STAGNER (1977) glaubt nachweisen zu können, daß alle motivationspsychologischen Befunde Konstrukte und Theorien am besten in das biologische Homöostasemodell eingeordnet werden können.

2.2 Aktivation, Exploration, Kompetenz

Nicht nur die von STAGNER forcierte Anbindung der homöostatischen M.theorie an die Biologie, sondern auch der von ihm noch nach Jahrzehnten einer immer wieder neu vorgebrachten Kritik vorgetragene Anspruch auf *universelle* Geltung des Homöostaseprinzips in der menschlichen M. aber schaffen die meisten Bedenken gegen diese Theorie. Die erwähnte Kritik geht aus von Ergebnissen der Neurophysiologie, der Verhaltensphysiologie, Entwicklungspsychologie und ihren Rückwirkungen auf die M.theorie. HEBB (1955) faßte die relevanten neurophysiologischen Erkenntnisse in der Feststellung zusammen, daß jeder organisierte Vorgang im Gehirn unvermeidlich „motiviert“, d. h. *aktiviert* sei. Das Gehirn sei darauf angelegt, Aktivität zu entwickeln; solange es entsprechend ernährt werde, werde es auch weiterhin aktiv bleiben. Die Vorstellung, daß auch Mangelzustände zu Aktivität im motivierenden Organismus führen, wird durch die Annahme eines *ständig aktiven* Organismus ersetzt. Neurophysiologisch ist dieses Aktivitätskontinuum etwa durch EEG-Kurven während des Tages und der Nacht zu belegen. Außerdem wurde die Entdeckung der Funktion der Formatio reticularis als eines „aufsteigenden Aktivierungssystems“ und des Zusammenhangs zwischen einem mittleren zentralnervösen Erregungsgrad und optimaler Lern- und Anpassungsfähigkeit Veranlassung, die Notwendigkeit des M.begriffs überhaupt in Frage zu stellen. Empirische Forschung habe sich auf die Messung der Aktivitäten und die Erforschung der Bedingungen unterschiedlicher Grade von Aktivation zu konzentrieren (DUFFY, 1951).

Im Tierversuch wurde gezeigt, daß nicht nur hungrige Ratten bereit und fähig sind zu lernen und daß Rhesusaffen lange Zeit mit einem Riegelbrett manipulieren, ohne jede „extrinsische“ Motivierung, aber mit der Tätigkeit und deren Erfolg, dem Öffnen des Systems, als Belohnung. Vor allem aber hat man die Reizbedingungen unterschiedlicher Aktivierungsgrade erforscht. In Tierversuchen und in Versuchen an Kindern und Erwachsenen zeigte BERLYNE (1976), daß Aufmerksamkeit erregt und damit Verhalten sowohl intensiviert wie in eine andere Richtung gelenkt wird durch Reizmuster, die a) neuartig sind, b) Ungewißheit aktivieren oder dämpfen, c) Konflikt aktivieren oder dämpfen und d) komplexer Natur sind.

Jede dieser Reizmusterqualitäten wird nur in einem *mittleren* Ausprägungsgrad die optimale aktivierende und richtende Funktion haben. Der Komplexitätsgrad der Umgebung aber wird durch das Maß an Ungewißheit definiert, der bleibt, wenn ein Teil der Umgebung erkundet wird.

Verhalten, das durch diese „anregenden Qualitäten der Umgebung“ ausgelöst wird, ist in sich selbst belohnend, es ist „intrinsisch“ motiviert. Verhaltensweisen dieser Art sind es, in denen das sich entwickelnde Kind seine eigene *Kompetenz* im Umgang mit der Umgebung erfährt.

DECI (1975) hat im Anschluß an eine große Anzahl von Autoren, welche diese auf „Wachstum“ gerichtete, statt durch Defizite im Wohlbefinden ausgelöste M. der Kompetenz als einen spezifisch menschlichen Wesenszug herausarbeiteten, intrinsische M. vor allem den Inbegriff aller Bestrebungen genannt, sich als kompetent und als sich selbst bestimmend zu erfahren. Dies ist zweifellos eine sehr humanistische Charakterisierung der „eigentlichen“ Motivierung unseres Verhaltens. Sie kann deshalb auch die M.theorien von Kurt GOLDSTEIN (1939) und Abraham MASLOW (1970) in sich integrieren, welche die Tendenz zur *Selbstverwirklichung* als die letzte Triebfeder menschlichen Handelns ansehen.

3 Der neue Motivationsbegriff und der Inhalt der Motivationspsychologie

Wenn nach den Ergebnissen der Aktivierungsforschung der M.begriff nicht benötigt wird, um die Auslösung des Verhaltens zu erklären, dann kann die Konsequenz aus dieser Erkenntnis keineswegs in der Eliminierung des M.begriffes bestehen. Nicht um Verhalten schlechthin zu erklären, wohl aber um Veränderungen des Verhaltens hinsichtlich der *Intensität* und *Richtung* zu erklären, muß man M.vorgänge annehmen. Neben den schon erwähnten Beziehungen zwischen explorativen Eigenschaften von Reizmustern und intrinsisch motiviertem Erkundungsverhalten zeigen Versuche über die Wirkung der *Ichbeteiligung* (ego-involvement) die aktivierende Rolle z. B. der Information, eine zu lösende Testaufgabe prüfe eine für die geplante Karriere wichtige Eigenschaft. Außerdem werden unterschiedlich hohe Grade an genereller *Ängstlichkeit* als unterschiedliche Intensivierungs- (Aktivierungs)stufen angesehen, die – je nach der Schwere der Aufgabe – Lernleistungen verbessern oder verschlechtern können (FRÖHLICH, 1979).

Für die Erklärung von Änderungen in der Richtung des Verhaltens werden vor allem unterschiedliche *Motiv*arten hypostasiert. Wenn etwa ein kooperatives Verhalten unter Kindern auf einmal in ein aggressives übergeht, wird man geneigt sein, entweder einen aggressiven Instinkt oder eine erlernte aggressive Tendenz dafür verantwortlich zu machen. Beides, Instinkt oder Tendenz aber würden als ein Motiv zu aggressivem Verhalten definiert, d. h. eine Bereitschaft, nicht nur in der spezifischen Interaktionssituation, sondern in *allen ähnlichen Situationen* der Konkurrenz aggressiv zu reagieren. Im Unterschied zur M., die sich auf einen aktuellen Vorgang der Änderung des Verhaltens bezieht, stellt ein Motiv ein Konstrukt dar, das die Präferenz einer bestimmten Richtungsänderung des Verhaltens bzw. die Sicherung einer Persistenz des Verhaltens über die einmalige Situation hinweg zu erklären sucht. Motive haben deshalb *trait-Charakter*, M. hat *Prozeßcharakter.*

Ein wesentlicher Teil der M.psychologie beschäftigt sich mit der Definition, Messung und Wirkungs- wie Bedingungsanalyse von Motiven wie Leistungsmotiv, Ängstlichkeit, Aggression, Machtmotiv, Altruismus, Sexualität usf. Wenig entwickelt ist die Forschung über eine dritte Änderungsdimension des Verhaltens, zu denen M.prozesse in Beziehung stehen, nämlich zu der *Form* des Verhaltens. Eine solche Änderung der Form des Verhaltens geht vor sich, wenn etwa die Liebe zu einem anderen Menschen zu einer Leidenschaft wird, das Bedürfnis nach einer Droge oder einem alkoholisierenden Getränk zu einer Sucht. Drang, Trieb, Sucht, Wunsch, Begehren, Gefühl, Neigung, Wille sind sprachliche Umschreibungen unterschiedlicher M.formen, die zu Änderungen der Form des Verhaltens in Beziehung stehen. Mit einigen dieser M.formen, wie z. B. Drang und Sucht, beschäftigen sich Psychopathologie und klinische Psychologie, andere sind noch wenig bearbeitet.

Dagegen gibt es M.lagen, die zu Änderungen des Verhaltens in Intensität, Richtung und Form in Beziehung stehen und die daher besonders komplexer Modelle und Theorien zu ihrer Erklärung bedürfen. Eine derartige M.lage ist die *Frustration,* die unter anderen Reaktionsarten *Aggressionen* unterschiedlichen Intensitätsgrades und unterschiedlicher Form auslösen kann.

Als Frustration bezeichnet man jede Situation, in der ein Organismus an der Erreichung seines Zieles gehindert wird, darüber hinaus aber alle Situationen, in denen Ärger ausgelöst, das Selbstgefühl beeinträchtigt, kurz die Homöostase stark gestört wird.
Eine noch erheblichere Beeinträchtigung der Homöostase liegt im Zustand des *Streß* vor, der deshalb mit einem sehr komplexen Reaktionsmuster beantwortet wird, in das Änderung von Intensität, Richtung und Form des Verhaltens eingehen. Das gleiche gilt vom Zustand des *Konflikts.* Für die M.psychologie ist hier vor allem der *interpersonale* Konflikt als Zustand der Auslösung mehrerer, miteinander nicht vereinbarer Verhaltenstendenzen zu verstehen. Wie bei Frustration und Streß wird die Antwort auf den Konflikt zunächst von einer „primären Bewertung" (ARNOLD, 1960) abhängen, bei der es um die Schwere oder Tiefe des Belastungsgrades des Konfliktes geht. Diese Bewertung des gleichen Konflikts kann je nach der augenblicklichen Situation und früheren Erlebnissen bei verschiedenen Personen unterschiedlich verlaufen. Die Auswahl der Antworten wird von der Einschätzung der Folgen dieser Antworten bestimmt. Eine solche den Konflikt angehende und ihn durch eine komplexe Kognitions-Motivations-Interaktion zur Lösung bringende Antwortform stellt die *Entscheidung* dar (THOMAE, 1974).
In diese komplexen M.modelle gehen homöostatische wie „intrinsische" M.modelle ein, es sei denn, der Blick auf die Komplexität sei durch biologische oder kognitive Ideologien verstellt. Eine einseitige biologische Sicht wird die Bedeutung intrinsischer Prozesse unterschätzen, die an sich so fruchtbaren kognitiven Theorien des Verhaltens aber können zur Ideologie werden, welche sogar die Sicht auf die Bedeutung der M. verliert.

4 Der Aufstieg kognitiver Theorien – das Ende der Motivationspsychologie?

Die Einsicht, daß Verhalten nicht Reaktion auf die objektive Situation, sondern auf die *kognitive Repräsentation* dieser Situation sei (THOMAE, 1973), hat sehr viele fruchtbare Forschungsansätze und Überprüfungen bisheriger Theorien gebracht. Kognitive Theorien des Verhaltens rückten daher in den letzten beiden Jahrzehnten in den Mittelpunkt. So sehr man die dadurch begünstigte Überwindung der S-R-Psychologie begrüßen mag, so sehr muß man doch vor Konsequenzen warnen, wenn BOLLES (1974) etwa alle bisherigen Verhaltensmodelle, in denen Konstrukte wie „Trieb", „Erwartung" oder „Motiv" eine Rolle spielten, durch die Formel ersetzen zu können glaubt: *Verhalten = f (kognitive Prozesse).* Diese *Überschätzung* der Bedeutung kognitiver Prozesse kommt auch in Thesen zum Ausdruck, wonach „Gedanken unsere Gefühlen" lenken, und denen zufolge der Inhalt von Gefühlen in keiner Weise mehr von einem physiologisch-affektiven Erregungsprozeß, sondern allein von kognitiven Faktoren abhänge. Auch die Uminterpretation des Konstrukts „Leistungsmotiv" als einer Tendenz, Erfolg zu erringen und Mißerfolg zu meiden (HECKHAUSEN, 1963, 1977), in das bloße Bemühen, Information über die eigene Leistung zu erhalten, entspricht diesem *kognitivistischen* oder besser *intellektualistischen Trend* der Gegenwart (SCHMALT/MEYER, 1976).
Zu nennen wäre ferner die sehr starke Einschätzung der Bedeutung von *Attribuierungsprozessen* bei der Genese von Gefühl, Erfolgserlebnis, Aggression und anderen M.prozessen. Je mehr im experimentellen Design der Urteilsprozeß, worauf dies oder jenes Ereignis zurückzuführen seien, dominiert, desto geringere motivationale Relevanz hat eine derartige Studie.
Derartige Bemühungen zeigen, wie man eine ursprünglich gute Idee ad absurdum zu führen gedenkt. Eine ausschließliche Reduktion menschlichen Verhaltens auf kognitive Prozesse bedeutet eine ebenso verhängnisvolle Vereinfachung wie die Reduktion dieses Verhaltens auf Triebdynamik. Das eigentliche Thema der M.psychologie ist das Studium der Interaktion von motivationalen und kognitiven Prozessen. Diese Interaktion darf man nicht nur von der im großen und ganzen ausgeglichenen Bedürfnislage von Angehörigen einer sozialen Mittelschicht in einer Zeit wirtschaftlicher Prosperität sehen – in dieser Epoche begann der Aufstieg des Kognitivismus –, sondern auch von der großer Bevölkerungsteile, die in chronischen Ungleichgewichtszuständen leben. Nur eine M.psychologie, die sich an diesen Bedürfnislagen orientiert, wird auch in *Praxis* umgesetzt werden: in der Industriellen Psychologie, die heute ebenfalls zu stark unter dem Eindruck rationalistischer Modelle der Arbeitsmotivation steht; in der Pädagogischen Psychologie, die verhängnisvollen Irrtümern verfällt, wenn sie Leistung als den

einzigen Wert und Leistungsmotivation als das bloße Bestreben, Information über Leistung zu gewinnen, ansieht. Nicht zuletzt würde die gesamte psychosomatische Forschung samt allen Anwendungen in Medizin und Psychologie entscheidende Rückschläge erfahren, wenn die so fruchtbaren kognitiven Ansätze zu einer neuen *Überbetonung* von Rationalität und Intellektualität führen würde.

Verweis auf andere Stichwörter

→Angst →Aggression →Emotion →Machtbeziehungen →Physiologische Psychologie →Sexualität →Verhalten und Handlung

Literatur

ACH, N.: Analyse des Willens. Berlin, Wien: Urban & Schwarzenberg 1935.

ARNOLD, M. B.: Emotion and personality. New York: Columbia Univ. Press 1960.

BERLYNE, D.: Konflikt, Erregung, Neugier. Stuttgart: Klett 1976.

BOLLES, R. C.: Cognition and motivation: some historical trends. In: WEINER, B. (Ed.): Cognitive views of human motivation. New York: Academic Press 1974, 1–20.

CANNON, W. B.: The wisdom of the body. New York: Norton 1928.

COFER, C. N./APPLEY, M. H.: Motivation, theory and research. New York: Wiley 1964.

DECI, E. L.: Intrinsic motivation. New York u. London: Plenum Press, 1975.

DUFFY, E.: Activation of behavior. New York: Wiley 1951.

FESTINGER, L.: The motivating effect of cognitive dissonance. In: LINDZEY, G. (Hrsg.): Assesment of human motives. New York: Rinehart 1958, 65–86.

FRÖHLICH, W. D.: Angst und Furcht. In: THOMAE, H.: Handbuch der Psychologie, Bd. 2. Göttingen: Verlag f. Psychologie [2]1979.

GOLDSTEIN, K.: The organism. New York: Americanbook 1939.

HEBB, D. O.: The CNS and behavior. Psychol. Review 1955, 62, 243–254.

HECKHAUSEN, H.: Furcht und Hoffnung in der Leistungsmotivation. Meisenheim: Hain 1963.

HECKHAUSEN, H.: Achievement motivation and its constructs: a cognitive model. Motivation and emotion 1977, 1.

HULL, C. L.: A behavior system. New Haven: Yale Univ. Press 1952.

MADSEN, K. B.: Theories of motivation. 4th ed. Copenhagen: Munksgaard 1968.

MASLOW, A. H.: Motivation and personality (2nd ed.). New York: Harper & Row 1970.

MITSCHERLICH, A./VOGEL, TH.: Psychoanalytische Motivationstheorie. In: THOMAE, H. (Hrsg.): Handbuch d. Psychologie, Bd. 2. Göttingen: Verlag f. Psychologie 1965.

MUMMENDEY, A.: Aggression und Attribution. Bielefelder Arbeiten zur Sozialpsychologie. Bielefeld 1978.

RAPAPORT, D.: Die Struktur der psychoanalytischen Theorie. Stuttgart: Klett 1959.

SCHMALT, H. D./MEYER, W. U. (Hrsg.): Leistungsmotivation und Verhalten. Stuttgart: Klett 1976.

STAGNER, R.: Homeostasis, discrepancy, dissonance. A theory of motives and motivation. Motivation and Emotion 1977, 1, 103–138.

THOMAE, H. (Hrsg.): Handbuch der Psychologie. Bd. 2 (Motivation). Göttingen: Verlag f. Psychologie 1965.

THOMAE, H.: Cognition and motivation. Modern aspects of an ancient problem. Psychologia (Kyoto) 1973.

THOMAE, H.: Konflikt, Verantwortung, Entscheidung. Stuttgart: Kohlhammer 1974.

TROLAND, L. T.: The fundamentals of human motivation. New York: van Nostrand 1928.

YOUNG, P. T.: Motivation of behavior. New York-London: Chapman 1936.

Hans Thomae

Ökologische Psychologie

1 Gegenstand und Aufgabe

In der ökologischen Perspektive gibt es kein soziales System, das nicht *in eine materielle Umwelt eingelagert* ist und in engster Beziehung zu ihr steht. Der Mensch bezieht wesentliche Momente seiner Selbsterfahrung aus der Auseinandersetzung mit der gesellschaftlichen Umwelt. Diese kollektive Umwelt stellt den materiellen Bezugspunkt einer übergreifenden Identität dar; sie ist räumlicher Ausdruck sozialer Energien. Die eigene Umwelt zu kontrollieren, bedeutet für ein soziales System folglich, über die eigene Zukunft zu entscheiden (ITTELSON et al., 1977). Thema der Ö.P. ist der Mensch, der durch *Interaktionsgeschichte*, Einbindung in spezifische *Sozialstrukturen* und unterschiedliche Möglichkeiten und Formen der *Teilhabe an der gesellschaftlichen Entwicklung* auf spezifische Weise geprägt ist. Er tritt als *sozialer Akteur*, als Handelnder und Betroffener von Handlungen im *Alltagsleben* in der von (anderen) Menschen

- unter spezifischen *Produktionsverhältnissen* gemachten,
- nach sozialen *Konventionen* und
- *kulturellen Normen* strukturierten,
- *symbolisch überformten* und *vermittelten*,
- *dauerhaften sozial-räumlichen Umwelt* auf.

Als Konzept für die theoretische Erfassung dieses Aufeinandertreffens von Mensch und Umwelt einerseits, für das Eingelagertsein in vertraute sozial-räumliche Gegebenheiten andererseits fungiert das theoretische Konstrukt der *dynamischen Wechselwirkung*, das in verschiedenen Ausprägungsformen diskutiert wird. Zentrale Aufgabe der Ö.P. ist es zu zeigen, wie die auf den Menschen einwirkenden gesellschaftlichen Rahmenbedingungen *in Gestalt der sozial-räumlichen Umwelt* Entstehung und Veränderung des Erlebens und Verhaltens beeinflussen,

- wie also einerseits Umweltgegebenheiten vom sich entwickelnden Menschen in ihrer *Komplexität* stufenweise erschlossen und gehandhabt werden,
- wie in stabilisierten oder konfligierenden Situationen Umweltgegebenheiten mit psychischen Prozessen korrespondieren,
- wie andererseits die psychische Bereitschaft, *in einer gegebenen Umwelt* bestimmte Erlebnis- und Verhaltensweisen zu entwickeln über das Handeln in konkreten Situationen auf eben diese Umwelt zurückwirkt: in der Form zielorientierten, planenden Handelns.

Ö.P. ist der Ausdruck des Versuchs, ein historisches Versäumnis der Allgemeinen Psychologie wettzumachen und bei der Untersuchung der vielschichtigen Bedingtheit menschlichen Erlebens und Verhaltens dem Menschen sowohl in seiner *räumlichen Lagerung* als auch in seiner *Sozialität* und *Historizität* besser gerecht zu werden, die zusammengenommen erst seine *vielschichtige Umweltbezogenheit* ausmachen. Die allgemeinste Kennzeichnung dieser analytischen Bemühung findet Ausdruck im Konzept der Untersuchung von sog. „Mensch-Umwelt-Beziehungen"; damit ist gemeint, daß Menschen in konkreten, alltäglichen Situationen aufgesucht und nicht im Labor um eben diese vielschichtige Verflochtenheit mit ihrer sozialräumlichen Lagerung reduziert werden. Die unter Berücksichtigung der ökologischen Dimension ausgebildeten theoretischen Konzepte zielen auf eine grundlegende *Maßstabsvergrößerung* des psychologischen Gegenstandsbereiches, den sie überdies in seiner *gesellschaftlichen Verflechtung* zu erforschen suchen.

2 Entwicklung, Zuordnung, innere Differenzierung

Die Lokalisierung des Anstoßes zur Entwicklung einer ökologischen Perspektive innerhalb der Psychologie wird kontrovers gehandhabt. Einerseits wird gegenwärtig versucht, historische Wurzeln der ökologischen Maßstabsvergrößerung *innerhalb* älterer psychologischer Konzeptualisierungsversuche aufzuzeigen (HELLPACH, 1924), um damit eine innerpsychologische (speziell deutsche) Entwicklung belegen zu können (GRAUMANN, 1976). Andererseits ist der zeitgenössische (speziell amerikanische) Anstoß für die Erweiterung der Perspektive der Psychologie doch eher exterioren, *gesellschaftlichen Konfliktsituationen* zuzuschreiben (PREISER, 1972; ITTELSON et al., 1977), die verstärkt seit den späten sechziger Jahren eine Reaktion derjenigen Wissenschaften herausforderten, die zum Sektor der *Humanökologie* gerechnet werden (z.B. Soziologie, Medizin, Geographie, Kulturanthropologie, Architektur- und Planungswissenschaften). Speziell ökopsychologische Ansätze wurden, verstärkt seit 1970, vor allem in den USA veröffentlicht (BARKER, 1968; SOMMER, 1969; MICHELSON, 1970; PROSHANSKY/ITTELSON/RIVLIN, 1970; CRAIK, 1970; SPROUT/SPROUT, 1971; ITTELSON et al., 1974; BRONFENBRENNER, 1976). Seither hat sich ein rasch wachsender Forschungsbereich etabliert, der sich auch in der BRD etwa seit Mitte der siebziger Jahre in verstärktem Maße in einschlägigen Publikationen dokumentiert (KRUSE, 1974, 1975; FRANKE, 1974, 1976; KAMINSKI, 1976; KRAUSE, 1976; KONAU, 1977; JOERGES, 1977; GRAUMANN, 1978).

Nur auf den ersten Blick gleichen die theoretischen Konzepte der Ö.P. in der allgemeinen Anlage jedem beliebigen anderen psychologischen Ansatz: sie sind darauf gerichtet, *Struktur- und Wirkungszusammenhänge* innerhalb einer definierten Menge von Fakten zu belegen und diese mittels geeigneter Hypothesen, Explorationen und Gesetzesaussagen begrifflich und empirisch so umfassend wie möglich zu charakterisieren; daß im Rahmen der Ö.P. die definierte Menge von Fakten jedoch die *Gesamtheit* der Erscheinungsformen der sozial-räumlichen Lebenswelt von Einzelnen oder Gruppen umfassen kann, verdeutlicht die entscheidende Maßstabsvergrößerung und ihre *methodologischen Konsequenzen.*

Die Korrespondenz mit anderen Forschungsbereichen der Psychologie besteht (einstweilen) in der formalen Übereinstimmung auf dem Gebiet allgemeiner wissenschaftstheoretischer Richtlinien – während die inhaltlichen Ergebnisse und die methodischen Instrumente anderer psychologischer Zweige von der Ö.P. dahingehend überprüft werden müssen, ob auf ihnen unter dem Aspekt der Maßstabsvergrößerung sinnvoll aufgebaut werden kann. Damit ist das Vorgehen gemeint, „bewährte psychologische Theorien zunächst daraufhin zu prüfen, ob sich ihre begrenzten Geltungsbereiche durch Modifikation sukzessiv erweitern und auf ökologische Bedingungen des menschlichen Verhaltens ausdehnen lassen" (STAPF, 1976). Obwohl spezifische Ausschnitte aus Theorien, die in der Psychologie und in anderen Disziplinen entwikkelt wurden, bei der Konstituierung des Konzeptinventars der Ö.P. eingesetzt werden, gehen verschiedene Autoren davon aus, daß *keine* der gegenwärtig vorhandenen Theorien in ihrer Ganzheit zur Stützung der ökologischen Position herangezogen werden könne (ITTELSON et al., 1977). Es komme ihnen beim gegenwärtigen Entwicklungsstand allenfalls der Standard von Instrumenten der Problemlösung in *Teilbereichen* zu, und die Ö.P. sei noch weithin auf interdisziplinäre Erkundungsarbeit angewiesen, aus der erst allmählich theoretische Systeme hervorwachsen könnten (KAMINSKI, 1976).

Unter diesen Gesichtspunkten wird auch das Problem der Zuordnung und Klassifizierung dieses jungen Forschungsbereiches interessant – handelt es sich um eine eigenständige Teildisziplin *innerhalb* der Psychologie, bedarf die Psychologie *insgesamt,* d.h. in all ihren Erscheinungsformen, einer ökologischen Orientierung (WILLEMS/RAUSH, 1969; GRAUMANN, 1976) – oder soll man sie von vornherein einer neuen Generation von Wissenschaften *außerhalb* traditioneller Disziplingrenzen zuordnen, die erst in der Überwindung traditioneller Paradigmata dem Anspruch interdisziplinärer Problemstellungen gerecht zu werden vermögen?

Die innere Differenzierung des Forschungsbereichs der Ö.P. hängt u.a. davon ab, ob das psychologische Erkenntnisinteresse die wissenschaftliche Untersuchung von *Wert- und Normvorstellungen* einschließen soll oder nicht, die in Zusammenhang mit dem Problem der Steuerung der Umweltentwicklung artikuliert werden. Die Schwelle, an der verschiedene Autoren eine *strikt grundlagenwissenschaftlich* orientierte ökopsychologische Fragestellung gerade von diesem eher *gesellschaftspolitisch* orientierten Hintergrund geschieden wissen wollen, ist in der Diskussion bereits angelegt. PAWLIK (1975) schlägt vor, „unter *Ökopsychologie* die wissenschaftliche Erforschung der Abhängigkeit des menschlichen Erlebens und Verhaltens von seinen (insbesondere molaren) Umweltbedingungen zu verstehen, unter *Umweltpsychologie* die psychologische Forschung und Praxis im Angesicht der heute aktualisierten konkreten Umweltfragen". ECKENSBERGER (1976) konkretisiert, Umweltpsychologie habe mit Ö.P. zwar die „Objektorientierung" und die methodische Orientierung gemeinsam, charakteristisch für Umweltpsychologie sei jedoch zusätzlich „ihre *Zukunftsorientierung* und damit ihre *normative Ausrichtung*". In der anwendungsorientierten Integration könnte sich das Grundlagenwissen der Ö.P. und das Prozeßwissen sowie das normative Repertoire der Umweltpsychologie in einer „*Psychologie des geplanten soziokulturellen Wandels*" (ECKENSBERGER) konkretisieren.

Mit dem Vorschlag der Trennung von Ö.P. und Umweltpsychologie ist gemeint, daß man in der ökopsychologischen Perspektive den scheinbaren Freiraum anvisiert, in dem – von gesellschaftspolitischen Implikationen unberührt – „wertfreies" Grundlagenwissen erarbeitet werden soll. Die umweltpsychologische Perspektive hingegen – von vornherein als anwendungsorientierte Forschung angelegt – versteht die gesellschaftspolitische Dimension des ökologischen Problems als *Ausgangspunkt* ihrer Fragestellung.

Unter dem Gesichtspunkt der Anwendung psychologischen Wissens wird in der Praxis schnell deutlich, daß problemorientiert und weniger methodenorientiert gearbeitet werden muß, wenn drängende gesellschaftliche Planungsprobleme gelöst werden sollen. Planungsprobleme sind darüber hinaus in der Regel Normen- und Zielprobleme. Die Konsequenz daraus verdeutlicht SCHMALE (1976): „Umweltpsychologie muß deswegen eine zielorientierte Wissenschaft sein. Sie muß in ihrer Methodik die Diskussion der Ziele der von der Planung betroffenen Menschen – also eine philosophische und werttheoretische Frage – berücksichtigen und zum Ausgangspunkt ihrer Forschung machen. Die Beobachtung des Istzustandes kann dabei nur ein Teilaspekt unserer Arbeit sein und im Vergleich mit dem diskutierten Sollwert unsere wissenschaftliche Arbeit bestimmen. Umweltpsychologie ist daher bewußt eine normative Wissenschaft, die solange ein Spielball von Zufällen und reaktiver Sklave von momentanen Zuständen ist, als sie diesen Normsetzungsprozeß nicht in ihre Forschungsstrategie einbaut."

3 Perspektiven der Entwicklung des Problemfeldes

Die erforderliche Auseinandersetzung mit der gesellschaftspolitischen Dimension des ökologischen Problems ist nicht nur eine Frage des psychologischen Selbstverständnisses. Angesichts der von vielen Autoren artikulierten Befürchtung, daß die gesellschaftliche Dynamik in Gestalt gebündelter Eingriffe des Menschen in die Umwelt nur ungenügend kontrolliert und abgesichert verlaufe, so daß die (ungewollten) psychologischen Wirkungen der selbstgeschaffenen Umwelt sich als Kernpunkt des Ökologieproblems erweisen könnten (ITTELSON et al., 1977), scheint es beim gegenwärtigen Entwicklungsstand sinnvoller zu sein, die ökopsychologische Fragestellung als Widerspiegelung gravierender gesellschaftlicher Probleme, ihre innerpsychologische Ableitung dagegen als nachrangige Herausforderung zu verstehen. Unter diesem Gesichtspunkt ist es zweifelhaft, ob eine eher „interessenbestimmte" Trennung von Ö.P. und Umweltpsychologie auf die Dauer sinnvoll ist.

Umweltgegebenheiten sind auf der gegenwärtigen Stufe des sozioökonomischen Prozesses in entwickelten Gesellschaften nicht mehr „natürliche", sondern „gesellschaftliche" Bedingungen, gleichsam verdinglichte gesellschaftliche Energien. Der „Mensch in konkreten Situationen" bewegt sich unter sozial-räumlichen Bedingungen (im städtischen oder ländlichen Raum, in Wohn-, Arbeits- oder Freizeit-„Welten"), die auf spezifische Weise durch die gesellschaftlichen Verhältnisse, unter denen sie entstanden sind und weiterentwickelt werden, geprägt wurden.

Der Strukturwandel des sozioökonomischen Prozesses in entwickelten Gesellschaften konkretisiert sich in einem tiefgreifenden Wandel der gesellschaftlichen Raumnutzung und den daraus resultierenden Anpassungsproblemen in der Alltagswelt. Diese werden dem Einzelnen in einer Weise auferlegt, daß das notwendige *Vertrauen* in die *arbeitsteilig bewirkte*, geplante Veränderung der Umwelt immer mehr den Charakter einer „riskanten Vorleistung" annimmt. Von umweltwirksamen gesellschaftlichen Veränderungen sich betroffen zu fühlen, ohne Entstehung und Zielrichtung überschauen zu können oder an Schlüsselentscheidungen beteiligt gewesen zu sein, gehört zu den „selbstverständlichen" Alltagserfahrungen des Einzelnen.

Diese Erfahrungen reichen, um einige Beispiele zu geben, von der Empfindung einer allgemeinen Bedrohung durch die Entwicklung der Technologie auf dem *Kernenergiesektor* mit ihren absehbaren und unabsehbaren materiellen Umweltfolgen und ihren sozialen Auswirkungen auf die Organisation des Gemeinwesens bis – auf einem anderen Feld – zur Erfahrung von ungewollten Einwirkungen auf die sozial-räumliche Umwelt, die bis in die unmittelbare persönliche Lebenswelt des Einzelnen hineinreichen. Hier gibt es eine Vielfalt von Situationen – von der Vereinsamung des Menschen in *„anonymen Wohnmaschinen"* bis zum Verlust vertrauter Umwelt, die als Folge der Umsetzung bei der *Sanierung städtischer Quartiere* beklagt wird.

Umwelt wird in diesen Situationen als verdinglichte Störvariable isolierbar, die die sozialen Beziehungen ursächlich beeinflußt; identifizierbar wird, daß die *Selbstverständlichkeit* der Wahrnehmung und Bewältigung der jeweiligen räumlichen Bedingungen sozialer Beziehungen aufgehoben ist. Umgekehrt kann, neben der Definition von Fehlentwicklungen, in bestimmten gesellschaftlichen Verhältnissen auch eine *positive* Hypostasierung sozial-räumlicher Faktoren eintreten: bestimmte Umweltvoraussetzungen erscheinen dann als unerläßliche, geplant herzustellende Voraussetzungen für die Entwicklung bestimmter Typen von Interaktionsbeziehungen (MATTHES, 1979).

Zur Kennzeichnung der gesellschaftlichen Ausgangslage, die für die Konstruktion einer ökopsychologischen Gesamtsystematik unumgänglich erscheint, empfiehlt es sich, am Konzept der *gesellschaftlichen Arbeitsteilung* anzuknüpfen. Hierbei handelt es sich um eine zentrale Kategorie, die in direktem Zusammenhang mit anderen Größen steht, welche für das Verständnis von Mensch-Umwelt-Beziehungen grundlegend sind. Wenn es möglich ist, die Komplexität dieser Ausgangsposition so zu reduzieren, daß sie mit den Methoden der Psychologie noch zu erfassen ist, könnten als Kern dieses Rekurses auf gesellschaftstheoretische Grundlagen die Probleme der Identifikation mit fremdbestimmter Umwelt und die Probleme der Disposition menschlicher Zukunft erkenntnisleitend werden: in modernen, komplexen Gesellschaften ist der umfassende Eingriff in die sozial-räumliche Umwelt, verstanden als vorausschauende Daseinsvorsorge, aus dem Bereich der unmittelbaren Zuständigkeit des Einzelnen in der Alltagswelt und damit aus dem Bereich der Erfahrung durch direkte Teilhabe an zukunftswirksamen Entscheidungen ausgeblendet. Diese Aufgabe bleibt *planenden Eliten* vorbehalten – damit wird der Einzelne zum *Objekt* politisch-administrativer oder ökonomischer Zielsetzungen. Die Identität von Subjekt und Objekt der Planung ist aufgehoben und damit wird nicht nur die Zielproblematik planenden Handelns unmittelbar relevant, sondern auch die Legitimation des Eingriffes in die Umwelt. Planung realisiert sich in Abhängigkeitsverhältnissen, da das planende Subjekt durch weitreichende Eingriffe in die Umwelt, die Disposition individueller Zukunft bedeuten, über das Objekt verfügt (WERNER, 1975). Das Individuum, dem in der Regel nur die *nachträgliche* Aneignung bereits fertiger, fremdbestimmter Umwelt offensteht, befindet sich in der *Konfliktsituation*, einerseits eine wachsende Inkongruenz zwischen seinen Bedürfnissen und den vorgefundenen Entsprechungen in Gestalt arbeitsteilig erzeugter Umwelt festzustellen, andererseits sich einer existentiellen Dispositionsmöglichkeit beraubt zu sehen, die normativ bedeutsam ist: die eigene Umwelt zu kontrollieren, bedeutet weitgehend, über die eigene Zukunft zu entscheiden und die Freiheit zu gewinnen, sich selbst durch den Akt der Umweltmodifikation genauer zu definieren (ITTELSON et al., 1977).

Nach diesem ersten Blick auf die gesellschaftlichen Rahmenbedingungen von Mensch-Umwelt-Beziehungen ist es wesentlich, die Kategorie des Raumes, der sozial-räumlichen Umwelt von vornherein in ihrer ökologischen Relevanz zu bestimmen. Raum, sozial-räumliche Umwelt und ähnliche Konzepte werden nicht als „selbstverständliche“ oder „natürliche“ Vorgegebenheiten verstanden, auf die sich das Erleben und Verhalten gleichsam „neutral“ und „nachträglich“ beziehen läßt, so daß bei der Untersuchung konkreter Situationen von den sozial-räumlichen Bedingungen abstrahiert werden kann; sie werden vielmehr als *konstitutive Bedingungen des Erlebens und Verhaltens* selbst bestimmt. Damit wird dem Sachverhalt Rechnung getragen, daß alles Verhalten und alles zwischenmenschliche Geschehen seinen räumlichen Ausdruck *an sich* und *in sich* hat (MATTHES, 1979). Auf diesem Verständnis baut das Konzept der *dynamischen Wechselwirkung* zwischen dem Menschen und seiner Umwelt auf, das den Menschen als zielgerichtetes Wesen begreift, das auf seine Umwelt einwirkt, aber seinerseits auch wieder von ihr beeinflußt wird (ITTELSON et al., 1977).

Mit der Betonung dieser Perspektive darf jedoch die Einsicht nicht verloren gehen, daß der umweltgegebene Spielraum individuellen Verhaltens für den Einzelnen wie für die sozialen Beziehungen vieler beteiligter Handelnder nicht beliebig verfügbar und gestaltbar ist. Dieser Sachverhalt ist in der Lebensgeschichte und im Handlungsspielraum des Einzelnen nur fragmentarisch und in vielfältiger Vermittlung präsent. Da Umwelt immer schon gegeben und in ihren Erscheinungsformen überdies dauerhaft ist, erscheint sie dem Einzelnen als vertraute, quasi-naturale *Vorgegebenheit* – als *Konstante*, nicht als Veränderliche, die aus verbindlichen Festlegungen hervorgehen könnte, die in argu-

mentativen Diskursen zwischen Produzenten und Betroffenen entschieden werden. Sie wird über die Sozialisation der Gesellschaftsmitglieder in die bestehende gesellschaftspolitische Ordnung hinein bereits als gegeben und unveränderlich in den Horizont der Wahrnehmung und Lebensplanung des Individuums eingeführt (MATTHES, 1979).
Die Bezeichnung der sozial-räumlichen Umwelt, in die das Individuum eingelagert ist, als „natürlich" und die Kennzeichnung der Methoden der empirischen Annäherung an diese komplexe Beziehung als „naturalistisch" (WILLEMS/RAUSH, 1969; WILLEMS, 1973), verkennt schon von der Begriffswahl her das Faktum der gesellschaftlichen Bedingtheit der Entstehung der wirksamen Umwelt. Die Ö.P. setzt sich, wenn sie sich bei ihren Expertisen vom traditionellen Laborexperiment löst, nicht mit „natürlichen" Bedingungen auseinander, sondern mit gesellschaftlichen, in denen die Macht von Menschen über andere Menschen zum Ausdruck kommt. Diese Bedingtheit im Interesse einer „reinen" Grundlagenwissenschaft zu verkennen, würde zu einem systematischen Fehler, einer grundlegenden perspektivischen Verzerrung etwa bei der Beurteilung des Problems führen, ob den Faktoren der sozial-räumlichen Umwelt ein erheblicher Stellenwert bei der Beeinflussung menschlichen Erlebens und Verhaltens zukommt oder nicht – ob also durch gezielte Umweltplanung die Bereitschaft des Menschen zu *steuern* ist, (veränderte) Erlebnis- und Verhaltensweisen zu *entwickeln* (JOERGES, 1977).

4 Forschungsperspektiven

In der gegenwärtigen Situation kann noch nicht beurteilt werden, wie die Ö.P. das Problem der Maßstabsvergrößerung und das damit verbundene Problem der Durchstrukturierung des komplexen Forschungsfeldes bewältigen, wie die Allgemeine Psychologie die Herausforderung durch die Umweltdimension und ihren gesellschaftlichen Hintergrund beantworten wird. Versteht man Umwelt als allgemeine und umfassende Bezeichnung für die Gesamtheit aller von außen auf den Menschen einwirkenden Erscheinungen und Einflüsse und aller von ihm aus zu erschließenden bzw. zu planenden Handlungsfelder, dann wird deutlich, daß *psychologische Basiskonzepte* wie Wahrnehmung und Diskrimination, Versprachlichung der Wahrnehmung, Erkennen, Denken und Gedächtnis, Bewußtsein und Zielorientierung, Emotion, Einstellung und Motivation, schließlich Struktur und Prozeß des Lernens unter den Bedingungen der sozial-räumlichen Einlagerung von Menschen *neu überdacht* werden müssen. Das gilt gleichermaßen für die sog. *Bindestrichpsychologien*, von der Entwicklungs- bis zur Sozialpsychologie, von der Psycholinguistik bis zur Politischen Psychologie. Neben Konzepte umweltbezogenen Erlebens und Verhaltens und neben Modelle der umweltverflochtenen Persönlichkeit müssen *neue methodische Strategien* treten.
Angesichts der Problematik der Entwicklung des Gegenstandsbereiches und der damit zusammenhängenden Normprobleme ist die Beobachtung von Istzuständen nur sinnvoll, wenn daraus deutlich wird, daß Verhaltens- und Persönlichkeitsschemata eben *historische* Verhaltens- und Persönlichkeitsschemata unserer Gesellschaft sind. Sie werden dem Einzelnen in der gesellschaftlich konstituierten sozial-räumlichen Umwelt durch stetige Modellierung von klein auf eingeprägt und durch die fixierten, durch Machtverhältnisse gesicherten, materiellen Umweltbedingungen einerseits, durch soziale Kontrolle andererseits vertieft und wachgehalten. Politische und kulturelle Konsequenzen kann die ökologische Perspektive nur dann haben, wenn gezeigt werden kann, daß und wie der Aufbau der psychischen Funktionen, das jeweilige „Standardgepräge der Verhaltenssteuerung" (ELIAS), mit dem Aufbau und der Differenzierung der gesellschaftlichen Funktionen, mit dem Wandel der zwischenmenschlichen Beziehungen und mit dem Wandel der materiellen Umwelt zusammenhängt, in die die Interaktionsbeziehungen eingelagert sind.
In diesem Zusammenhang ist der Bedeutungsgewinn der ökologischen Perspektive an sich schon aufschlußreich. Ihre Entstehung kann als *problemorientierte Reaktion* der Wissenschaft auf offen zutage getretene oder latente *Konfliktsituationen in der Gesellschaft* verstanden werden, die dadurch ausgelöst werden, daß eine wachsende Inkongruenz zwischen den sozialen Anforderungen an die Umwelt und den angebotenen baulichen Konkretisierungen einerseits auftritt, andererseits immer wuchtigere Eingriffe und Zerstörungen empfindlicher landschaftlicher und städtebaulicher Ressourcen zu charakteristischen Störungen der gesellschaftlichen Raumnutzung geführt haben. Die These der

Inkongruenz zwischen den sozialen Anforderungen an eine humane Umwelt und der angebotenen Umweltrealität wird gestützt durch eine Vielzahl von Beobachtungen, die den Sachverhalt thematisieren, daß in modernen, hoch arbeitsteiligen Gesellschaften trotz immer besserer materieller Bedürfniserfüllung die Befriedigung immaterieller Bedürfnisse wie Identität, Selbstverwirklichung, Kreativität und Annehmbarkeit der sozial-räumlichen Umwelt in immer geringerem Maße möglich zu sein scheine. Es wird deutlich, daß die Psychologie, wenn sie diese Konfliktsituation angemessen analysieren und erklären – sowie darüber hinausgreifend steuernd auf den Prozeß der Planung einwirken will, sowohl in retrospektiv-erklärender als auch in prospektiv-planender Funktion in immer größeren Zusammenhängen zu denken und zu entscheiden hat, als sie es bislang gewohnt war (Kaminski, 1976).

Verweis auf andere Stichwörter

→Allgemeine und Angewandte Psychologie →Entwicklung und Sozialisation →Interaktion und Kommunikation →Psychologismus →Soziologie →Wissenschaftstheorie und Psychologie

Literatur

Barker, R. G.: Ecological psychology. Stanford: Stanford University Press 1968.

Bronfenbrenner, U.: Ökologische Sozialisationsforschung. Stuttgart: Klett-Cotta 1976.

Craik, K. H.: Environmental psychology. In: Craik, K. H. et al.: New Directions in Psychology, 4. New York: Holt, Rinehart & Winston 1970.

Eckensberger, L. H.: Der Beitrag kulturvergleichender Forschung zur Fragestellung der Umweltpsychologie. In: Kaminski, G. (Hrsg.): Umweltpsychologie: Perspektiven – Probleme – Praxis. Stuttgart: Klett 1976.

Elias, N.: Über den Prozeß der Zivilisation. 1 u. 2. Frankfurt/M.: Suhrkamp 1977.

Franke, J.: Stadtgestalt als Wissenschaft. In: Markelin, A./Trieb, M. (Hrsg.): Mensch und Stadtgestalt. Stuttgart: dva 1974.

Franke, J.: Zur Strategie einer praxisbezogenen Ökologischen Psychologie. In: Kaminski, G. (Hrsg.), 1976.

Graumann, C. F.: Die ökologische Fragestellung – 50 Jahre nach Hellpachs „Psychologie der Umwelt". In: Kaminski, G. (Hrsg.), 1976.

Graumann, C. F.: Ökologische Perspektiven in der Psychologie. Bern, Stuttgart, Wien: Huber 1978.

Hellpach, W.: Psychologie der Umwelt. In: Abderhalden, E. (Hrsg.): Handbuch der biologischen Arbeitsmethoden. Wien: Urban & Schwarzenberg 1924.

Ittelson, W. H./Proshansky, H. M./Rivlin, L. G./Winkel, G. H.: Einführung in die Umweltpsychologie. Stuttgart: Klett-Cotta 1977.

Joerges, B.: Gebaute Umwelt und Verhalten. Baden-Baden: Nomos 1977.

Kaminski, G. (Hrsg.): Umweltpsychologie: Perspektiven – Probleme – Praxis. Stuttgart: Klett 1976.

Konau, E.: Raum und soziales Handeln. Stuttgart: Enke 1977.

Krause, K.-J.: Verhaltensbezogene städtebauliche Gestaltung, 1 u. 2. Hannover: Institut für Architektur- und Stadtforschung 1976.

Kruse, L.: Räumliche Umwelt – Die Phänomenologie des räumlichen Verhaltens als Beitrag zu einer psychologischen Theorie der Umwelt. Berlin: de Gruyter 1974.

Kruse, L.: Umfrage: Umweltpsychologische Forschung im deutschsprachigen Raum. Zeitschrift für Sozialpsychologie 6/1975.

Matthes, J.: Strukturen und Regeln sozialen Verhaltens in der Wohnumwelt. In: Matthes, J./Wustlich, R.: Wohnen: Konzept der Lebenswelt. Bonn: Eichholz 1979.

Michelson, W.: Man and His Urban Environment: A Sociological Approach. Reading, Mass.: Addison-Wesley 1970.

Pawlik, K.: Umweltpsychologie und Ökopsychologie. In: Tack, W. H. (Hrsg.): Bericht über den 29. Kongreß der Deutschen Gesellschaft für Psychologie in Salzburg 1974, 2. Göttingen: Hogrefe 1975.

Preiser, W. F. E.: Umweltpsychologie – Plädoyer für eine neue Disziplin. In: Umwelt, Bd. 6, 1972.

Proshansky, H. M./Ittelson, W. H./Rivlin, L. G. (Hrsg.): Environmental psychology – Man an his physical setting. New York: Holt, Rinehart & Winston 1970.

Schmale, H.: Probleme der Umweltpsychologie. In: Kaminski, G. (Hrsg.), 1976.

Sommer, R.: Personal space: The behavioral basis of design. Englewood Cliffs: Prentice Hall 1969.

Sprout, H./Sprout, M.: Ökologie Mensch – Umwelt. München: Goldmann 1971.

Stapf, K. H.: Bemerkungen zur Gegenstands- und Methodendiskussion in der Umweltpsychologie. In: Kaminski, G. (Hrsg.), 1976.

Werner, R.: Soziale Indikatoren und politische Planung. Reinbek: Rowohlt 1975.

Willems, E. P./Raush, H. L. (Hrsg.): Naturalistic viewpoints in psychological research. New York, Rinehart & Winston 1969.

Willems, E. P.: Behavioral ecology and experimental analysis: Courtship is not enough. In: Nesselroade, J. R./Reese, H. W. (Hrsg.): Life-span developmental psychology – Methodological issues. New York: Academic Press 1973.

Reinhart Wustlich

Organisationspsychologie

1 Gegenstand und Bedeutung

Alle wichtigen gesellschaftlichen Bereiche werden von Organisationen (O.n) beherrscht, von Industriebetrieben, Behörden, Banken, Versicherungsgesellschaften, Gewerkschaften, Parteien, Zeitungsverlagen, Schulen, Krankenhäusern, Heimen und anderen. Nach ETZIONI leben wir in einer *organisierten Gesellschaft.* „Wir werden in Organisationen geboren, wir werden von ihnen erzogen, und die meisten von uns arbeiten einen beträchtlichen Teil ihres Lebens für Organisationen. Auch einen großen Teil unserer Freizeit verbringen wir in ihnen: dort geben wir Geld aus, dort spielen und beten wir. Die meisten von uns werden in einer Organisation sterben und selbst das Begräbnis muß von der umfassendsten aller Organisationen, dem Staat, genehmigt werden" (ETZIONI, 1967, 9). Dieses Zitat drückt die gemeinsame Überzeugung von Soziologen, Betriebswirten und Sozialpsychologen aus, die sich mit der Bedeutung nicht nur betrieblicher, sondern allgemein organisationaler Bedingungen für den Menschen auseinandersetzen. Die Wechselbeziehungen zwischen organisationalen Bedingungen und menschlichem Verhalten und ihre Veränderungsmöglichkeiten werden zunehmend zum Gegenstand theoretischer Analysen und interdisziplinärer empirischer Forschungsarbeit (vgl. KIESER/KUBICEK, 1977).

1.1 Was ist eine Organisation?

Weder innerhalb noch zwischen den verschiedenen Wissenschaftsdisziplinen gibt es einheitliche Auffassungen zum O.begriff. In der betriebswirtschaftlichen „Organisationslehre" wird beispielsweise der Begriff der O. vorwiegend im Sinne einer „Tätigkeit des Organisierens" gebraucht, also die prozessuale Seite hervorgehoben. Die „soziologische Analyse interessiert sich" – im Unterschied dazu – „für das soziale Gebilde als Ganzes, mit allen ungeplanten und unvorhergesehenen Prozessen, die darin ablaufen" (MAYNTZ, 1963, 37).
Uneinheitlich ist außerdem die Antwort auf die Frage, welche *Größenordnungen* von sozialen Gebilden als „Organisationen" bezeichnet werden sollen. Gebräuchlich ist die Auffassung von MAYNTZ (1963) oder CYERT/MCCRIMMON (1969), wonach die Mitgliederzahl einer O. zwischen der einer Kleingruppe und der Gesamtgesellschaft anzusiedeln ist. Andere Autoren wie MCDAVID/HARARI (1968) sehen dagegen das Merkmal der „Organisiertheit" gerade als Hauptcharakteristikum auch jeder Kleingruppe an. Ähnliches gilt auch für die Ebene der Gesamtgesellschaft. Wie das Eingangszitat zeigt, bezeichnet ETZIONI auch die Gesamtgesellschaft, den Staat, als eine O.
Zur Präzisierung des Begriffs wurde an anderer Stelle (GREIF, 1978) auf der Basis der *Systemtheorie* versucht, O.n allgemein als „offene Systeme von Menschen und nichtmenschlichen Objekten" unter Verwendung der Prädikatenlogik zu definieren. Ein „System" kann in Anlehnung an HALL/FAGEN (1971, 94) bestimmt werden als: „eine Menge von Elementen (bzw. Objekten) zusammen mit den Beziehungen zwischen den Elementen und den Merkmalen der Elemente". „*Offene* Systeme" sind dadurch charakterisiert, daß sie Elemente besitzen, die mit Elementen von Systemen außerhalb des Systems (aus der „Umgebung" des Systems) in Beziehung stehen. Wenn man O.n als „offene" Systeme bezeichnet, betont man also, daß die in ihr ablaufenden Prozesse nicht unabhängig von äußeren Einflüssen sind. O.n entwickeln sich in ständigen Austauschprozessen mit ihrer Umgebung (anderen O.n und allgemeinen, übergeordneten Bedingungen).

1.2 Gegenstand der Organisationspsychologie

Die O.forschung hat durch die Zusammenarbeit von Wissenschaftlern verschiedener Disziplinen entscheidende Impulse erhalten und eine scharfe Abgrenzung des Gegenstands O.psychologie von anderen Teildisziplinen wie O.*soziologie* wäre kaum zweckmäßig. *Integrierte Darstellungen,* wie sie von KIESER/KUBICEK (1977) vorgelegt werden, werden dem komplexen Gegenstand am ehesten gerecht. Die folgende Umschreibung des Gegenstands der O.psychologie soll lediglich die spezifische Bedeutung psychologischer Ergebnisse und Theorien im Rahmen der interdisziplinären O.forschung hervorheben und Ausgangspunkt für Überlegungen sein, welche Bedeutung organisationale Bedingungen für die Entwicklung psychologischer Theorien und für praktisch-psychologische Probleme haben können.

Mit dieser Einschränkung ist der Gegenstand der O.psychologie die Beschreibung, Erklärung und Prognose menschlichen Verhaltens in ihrer Wechselwirkung mit Merkmalen der gesamten O. (z.B. der Struktur der O., siehe unten). Im Vordergrund steht dabei die *Analyse des Verhaltens von Individuen und Gruppen.* Die O.soziologie beschäftigt sich im Unterschied dazu stärker mit der Analyse von Merkmalen und Prozessen des gesamten Systems der O. und mit Wechselbeziehungen zwischen O. sowie O.n und ihrer Umgebung. Besonders empfehlenswert als neuere Einführung in die Betriebs- und O.psychologie ist HOWELL (1976). Als deutschsprachige Einführungen wird auf HOEFERT (1976) und ROSENSTIEL/MOLT/RÜTTINGER (1972) verwiesen.

Nach SCHEIN (1970, 3) war es die Entdeckung, daß die „Organisation ein komplexes soziales Gebilde ist, das als ganzes System untersucht werden muß, wenn das in ihm ablaufende individuelle Verhalten richtig verstanden werden soll", die zur Entstehung der O.psychologie als eigenständiger Teildisziplin der Psychologie führte. KATZ/KAHN (1966, 1ff.) kritisieren die herkömmliche Psychologie, die von der impliziten Annahme ausgeht, daß der Mensch in einem „sozialen Vakuum" lebt. Die üblichen psychologischen Methoden der Verhaltensänderung durch Trainingsverfahren, gruppendynamische Techniken, Gruppen- oder Einzeltherapie beschränken sich in der Regel darauf, die zu verändernden Personen aus ihrer organisationalen Situation herausnehmen und nach Abschluß des Trainings oder der Therapie in eine unveränderte organisationale Situation wieder zu entlassen. In der O. werden sie nun mit den „alten Rollenerwartungen ihrer Untergebenen, dem alten Druck ihrer Vorgesetzten und denselben Funktionen wie vorher" konfrontiert (KATZ/KAHN, 1966, 390, freie Übersetzung). Wesentlich wirksamer für eine langfristige Verhaltensänderung wäre eine gleichzeitige *Veränderung der organisationalen Bedingungen* (z.B. der Struktur oder der Technologie), die das Verhalten kontrollieren (siehe unten zur „Organisationsentwicklung").

2 Verschiedene Arten von Organisation

Zur Unterscheidung verschiedener Arten von O. kann man verschiedene Ansätze wählen. Ein einfacher Ansatz ist die schon angeführte Unterscheidung nach der *Größe der O.* anhand der Anzahl der menschlichen Mitglieder.

Ein weiterer Ansatz kann anhand der *Merkmale der nichtmenschlichen Objekte* gefunden werden (z.B. verschiedene „Produktionszweige" nach dem Verwendungszweck der jeweils vornehmlich produzierten Waren; nach dem in der O. verfügbaren oder einzelnen Mitgliedern gehörenden Kapital; nach der Höhe des jährlichen Umsatzes). Die Unterschiede im Verhalten von O.mitgliedern in verschiedenen „Branchen", vielleicht sogar innerhalb von Branchen in Abhängigkeit von Umsatzgrößenklassen sind bisher wissenschaftlich noch nicht untersucht worden, obwohl dies zweifellos lohnenswert wäre. Besonders augenfällig zeigen sich Branchenunterschiede in Streikhäufigkeiten und verschiedenen Formen gewerkschaftlicher Aktivitäten.

Eine komplexere *O.typologie* stammt von KATZ/KAHN (1966, 110). Vier abstrakte Dimensionen sehen sie als die Grundfunktionen, die beliebige soziale Systeme in einer Gesellschaft haben können: Produktion, Aufrechterhaltung, Adaption und Leitung. Entsprechend gehören O.n nach ihren Hauptaufgaben in der Gesellschaft zu einem der folgenden Haupttypen:

1. *Produktive oder ökonomische O.:* Ihre Hauptaufgaben bestehen in der Produktion von Waren und Gütern, der Mehrwertbildung und den Dienstleistungen für die allgemeine Öffentlichkeit oder für spezifische Abnehmer.
2. *Aufrechterhaltungs-O.n:* Ihre Hauptaufgabe ist die Sozialisation von Menschen für ihre Rollen in anderen O.n oder in der gesamten Gesellschaft und die Aufrechterhaltung sozialer Strukturen und Ordnungen.
3. *Adaptive O.n:* Sie zielen darauf ab, neues Wissen zu strukturieren, Theorien zu entwickeln und zu testen und Erkenntnisse zur Lösung bestehender Probleme anzuwenden. Diese Funktion wird vorwiegend durch die Forschungsaktivitäten von Universitäten und anderen Forschungsorganisationen wahrgenommen.
4. *Politische und Leitungs-O.n:* Dieser letzte Typ von O.n betrifft die Zuordnung, Koordination und Kontrolle vom Menschen, Mitteln und Subsystemen. In der Gesellschaft wird diese Aufgabe durch verschiedene formelle Regierungsorganisationen aber auch andere politische und Interessengruppierungen wahrgenommen, wie Parteien, Gewerkschaften, Arbeitgeberverbände. Zu dieser Kategorie gehören außerdem gerichtliche Institutionen und die Polizei.

KATZ und KAHN nehmen an, daß die unterschiedliche *Loyalität* der Mitglieder eines Industriebetriebes und einer politischen Partei durch die unterschiedlichen Funktionen dieser O.n verursacht werden. Im Industriebetrieb werden die Menschen im allgemeinen dem „dominierenden Mechanisierungsprinzip" unterworfen und haben weniger Möglichkeiten, ihren persönlichen Interessen und Fähigkeiten nachzugehen. Ihr Verhältnis zur O. ist im Unterschied zur politischen Partei ein sehr einfaches, instrumentelles, weniger loyales. Daraus ergeben sich eine Reihe von Folgeproblemen, die nur durch weitgehende Änderungen der organisationalen Bedingungen aufgehoben werden können.

Diese und andere theoretische Überlegungen von KATZ und KAHN mögen durchaus plausibel erscheinen. Die Schwäche des Ansatzes ist jedoch, daß er bei Plausibilitätsüberlegungen stehen bleibt, die bisher kaum durch wissenschaftlich-empirische Untersuchungen belegt werden. KATZ und KAHN zeigen nicht einmal, mit welchen Methoden es möglich sein könnte, ihre Hypothesen empirisch zu überprüfen (vgl. GREIF, 1979).

Die O.psychologie ist in ihrer Entwicklung aus der *Betriebspsychologie* hervorgegangen. Die Arbeit von KATZ und KAHN stützt sich noch sehr stark auf diese Tradition, geht jedoch über diese Eingrenzung bereits hinaus und versucht, mit ihrem typologischen Ansatz und weitergehenden rollentheoretischen Überlegungen (s. dazu unten) auch andere Arten von O.n zu analysieren. In neuerer Zeit mehren sich Forschungsarbeiten und praktische Veränderungsversuche zu O.n außerhalb des betrieblichen Bereichs, z.B. von Schulorganisationen (JOHNSON, 1970), von Krankenhäusern, Psychiatrischen Kliniken und Gefängnisorganisationen. Hier zeichnet sich ein Trend zur Verbreitung der Anwendung organisationspsychologischer Erkenntnisse und Methoden ab, der von TREUHEIT (1977) als folgerichtige historische Entwicklung in der Psychologie beschrieben wird.

3 Organisationsstruktur und Organisationsklima

Welche Merkmale der O. haben nun einen besonders großen Einfluß auf das Verhalten der O.mitglieder?

3.1 Organisationsstruktur

Nach der Auffassung der meisten O.wissenschaftler gehören Merkmale der *O.struktur* zu den bedeutsamsten verhaltensbeeinflussenden Faktoren. KIESER/KUBICEK (1977, 15) unterscheiden die „*formale Struktur*" und die „*Sozialstruktur*" einer O. Die formale Struktur wird im allgemeinen als „System von legitimen Regeln" angesehen (KUBICEK, 1979). Sie beruht nicht auf dem tatsächlich beobachteten Verhalten, sondern auf geplanten und angestrebten Verhaltensweisen der O.mitglieder. Der Begriff „Sozialstruktur" bezieht sich dagegen auf die im tatsächlichen Verhalten der Mitglieder beruhenden sozialen Beziehungen.

In den meisten Untersuchungen beschränkt man sich auf Merkmale der formalen O.struktur. Sie werden aus dem von der Unternehmensleitung fixierten O.plan und aus Beschreibungen der Arbeitsaufgaben der O.mitglieder gewonnen. Zu den wichtigsten Merkmalen gehören die O.größe, die Zahl der Hierarchieebenen, die Zahl und Größe von Arbeitsgruppen, Maße zur Erfassung der Spezialisierung oder Arbeitsteilung in der O., Maße zur Erfassung der Formalisierung oder der Standardisierung der verschiedenen Arbeitstätigkeiten, die Kontrollspanne (die Anzahl der Untergebenen, die einem Leiter jeweils untergeordnet sind) und Maße zur Erfassung der Zentralisierung versus Dezentralisierung von Entscheidungen zur Messung der O.struktur (vgl. KUBICEK, 1979). Die Ergebnisse empirischer Untersuchungen zeigen im allgemeinen, daß in O.n mit geringerer Zentralisierung, Spezialisierung und Formalisierung O.- und Arbeitsgruppengröße die *Abwesenheitsrate* geringer und die *Arbeitszufriedenheit* größer ist. Andererseits ist die Produktivität und Effektivität in großen O.n mit starker Arbeitsteilung höher (STEERS, 1977, 68). Die O.mitglieder fühlen sich also eher wohl und fehlen seltener, wenn O.n und Arbeitsgruppe nicht zu groß sind, wenn ihnen ihre Arbeit nicht durch Regeln und Vorschriften komplett vorgeschrieben wird, und wenn ihnen ein hinreichender Entscheidungsspielraum bleibt.

Bevor man derartige Ergebnisse jedoch als „gesicherte wissenschaftliche Erkenntnisse" vorschnell verallgemeinert, ist zweierlei zu bedenken: (1) Die gefundenen Zusammenhänge sind nicht sehr stark ausgeprägt. (2) Die Ergebnisse – insbesondere zum Leistungsverhalten – sind keineswegs einheitlich. In verschiedenen Untersuchungen sind auch gegenläufige Tendenzen nachgewiesen worden. STEERS (1977, 100ff.) begründet dies z.B. damit, daß in den genannten Untersuchungen das „*Organisations-*

klima" als wichtigste intervenierende Variable nicht berücksichtigt worden ist.

3.2 Organisationsklima

Das O.klima beschreibt die *subjektive Wahrnehmung* der Arbeitsumgebung durch die O.mitglieder selbst. Diese Wahrnehmung muß nicht mit den objektiven Bedingungen in der O. identisch sein. Es wird zwar von der O.struktur mitbestimmt, hängt aber zusätzlich ab vom Führungsstil der Manager, der Technologie und anderen Faktoren. Obwohl bisher nur verhältnismäßig wenige Untersuchungen hierzu vorliegen, verspricht sich STEERS von der Untersuchung der subjektiven Wahrnehmung der O., wie sie sich im Klima ausdrückt, bessere Prognosen der Arbeitszufriedenheit und des Arbeitsverhaltens. Die Frage ist allerdings, ob sich die Wechselwirkung zwischen objektiven und subjektiven Bedingungen adäquat und genau genug durch herkömmliche Analysen der O.struktur und mit Fragebogeninstrumenten zum O.klima erfassen läßt.
Man sollte deshalb versuchen, *zusätzlich* objektive Strukturmerkmale der O. und ihre subjektive Wahrnehmung durch die O.mitglieder zu analysieren. Nach der Systemtheorie wird der Begriff der „Struktur" definiert als die Menge der Relationen zwischen den Elementen des Systems. Die „Elemente" von O.n sind, wie oben dargelegt wurde, Menschen und nichtmenschliche Objekte. Man kann nun versuchen, die *beobachtbaren Relationen* oder Interaktionen zwischen allen Elementen zu analysieren und die „Stärke der Relationen" zu bestimmen (vgl. GREIF, 1978). Die Stärke der Relationen zwischen allen Paaren von Elementen einer O. kann in einer *Strukturmatrix* zusammenfassend dargestellt werden. Diese Strukturmatrix beschreibt die objektiv beobachtbaren Interaktionen zwischen Merkmalen und Verhaltensweisen der O.mitglieder und der nichtmenschlichen Objekte, mit denen sie in der O. in Wechselbeziehungen stehen. Sie dient demnach eher zur Erfassung der „Sozialstruktur" sensu KIESER und KUBICEK als der „formalen Struktur". Ein derartiger Ansatz könnte geeignet sein, detaillierte, verhaltensnahe Analysen und Prognosen durchzuführen und könnte mit bewährten kognitiv-behavioralen psychologischen Theorien verbunden werden (GREIF, 1978, 1979).
Im Unterschied zur Erfassung des allgemeinen O.klimas wären im Rahmen eines derartigen Ansatzes wesentlich *spezifischer* subjektive Wahrnehmungs- und Interpretationsprozesse zu analysieren. Ähnlich, wie es sich in der psychologischen Einstellungsforschung gezeigt hat, daß kein großer Zusammenhang zwischen allgemeinen Einstellungen und konkreten Handlungen besteht (vgl. z.B. WICKER, 1969), und daß es für Verhaltensprognosen günstiger ist, nach spezifischen, verhaltensbezogenen Einstellungen zu fragen (FISHBEIN/AJZEN, 1975), erscheint es im vorliegenden Bereich zweckmäßiger, Wahrnehmungen und Einstellungen zu spezifischen Verhaltensweisen und Merkmalen der anderen Mitglieder der O. (z.B. bestimmte beobachtbare Verhaltensmuster des Vorgesetzten) und der technischen Ausstattung des Arbeitsplatzes (z.B. leichte Bedienbarkeit der Maschine usw.) zu erfassen, als allgemeine Dimensionen der Wahrnehmung und Einstellung zur O.

4 Theoretische Ansätze

Streng genommen gibt es in der O.psychologie keine „wissenschaftliche Theorie", die aus einem systematisch ausgearbeiteten Gefüge von Gesetzen und theoretischen Aussagen mit exakt definierten Begriffen besteht und Zuordnungsregeln zwischen Theorie- und Beobachtungssprache enthält. Theoretische Überlegungen über menschliches Verhalten in O.n und Ansätze, die Konzeptionen oder praktisch verwertbare Modellvorstellungen zur Gestaltung von O.n zur Veränderung menschlichen Verhaltens enthalten, gibt es jedoch seit langem. Einige wichtige Ansätze sollen kurz charakterisiert werden. Für eine ausführliche Darstellung und Kritik wird auf GREIF (1979) verwiesen.

4.1 Klassische Organisationstheorien

Der Arbeitsingenieur Frederick W. TAYLOR hat sich bereits zu Anfang dieses Jahrhunderts nicht nur mit Zeit- und Bewegungsstudien sowie Prinzipien der Arbeitsgestaltung beschäftigt, sondern auch eine Reihe von Managementprinzipien zur Führung von O.n und Leitlinien zur Arbeitsteilung in der gesamten O. vorgeschlagen. Zur Erhöhung der Arbeitsleistung hielt er eine möglichst große Arbeitsteilung und Spezialisierung für zweckmäßig. Durch Leistungsentlohnung und Kontrolle sollte danach die Führungskraft den Arbeiter dazu anhalten, die nach „wissenschaftlichen“ Erkenntnissen besten Bewegungen und Pauseneinteilungen zum optimalen Kräfteeinsatz auszuführen. Das zynische Menschenbild des *„Taylorismus“* ist seither Gegenstand vieler kritischer Auseinandersetzungen geworden (vgl. z.B. McGREGOR, 1970; TANNENBAUM, 1966, 16f.; HOLZKAMP-OSTERKAMP, 1975, 14ff.; VOLPERT, 1975, 19ff.). Man muß VOLPERT zustimmen, wenn er feststellt, daß man einer Auseinandersetzung mit TAYLOR nicht einfach dadurch ausweichen kann, indem man ihn für „überwunden“ erklärt. Auch die klassischen Managementtheorien, deren bekanntester Vertreter FAYOL ist (vgl. KIESER/KUBICEK, 1978, 120ff.), mögen wissenschaftlich überholt erscheinen, weil in ihnen der nicht haltbare Versuch gemacht wurde, *praktische Regeln der Menschenführung* allgemeingültig in der Form von Sätzen zu formulieren, wie z.B.: „ein Mann ein Boß“ (Einliniensystem) – „die Autorität muß der Verantwortung entsprechen“ – „Spezialisierung steigert Effektivität“ usw. Diese Ansätze sind aber zumindest deshalb interessant, weil sie in sehr konkreter Form die Überzeugungen von Führungskräften beschreiben, nach denen diese noch heute ihren Betrieb leiten.

4.2 Human-Relations-Ansatz

Die Untersuchungen von Elton MAYO und seinen Mitarbeitern (ROETHLISBERGER/DICKSON, 1964) in den *Hawthorne-Werken* brachten die Erkenntnis zutage, daß keineswegs der Lohnanreiz allein das Verhalten der Arbeiter bestimmt. Die Bedeutung *zwischenmenschlicher Beziehungen* als „subjektiver Faktor“ wurde hervorgehoben. Die Führungskraft wurde angehalten, sich auch um die persönlichen Belange der Untergebenen zu kümmern. Arbeitsgruppen sollten nach Sympathiebeziehungen gebildet werden, um die Arbeitszufriedenheit zu erhöhen und auf diesem Wege auch eine Produktivitätssteigerung zu erreichen. Die *„informale Organisation“* als Netz persönlicher Beziehungen sollte genutzt werden, um ohne wesentliche Veränderungen Konflikte zu lösen und Leistungssteigerungen zu ermöglichen.
Inzwischen hat sich jedoch gezeigt, daß diese im Rahmen der „Human-Relations-Bewegung“ formulierten Konzeptionen kaum in so einfacher Weise gelten. Zufriedene Arbeiter leisten keineswegs ohne weiteres mehr als unzufriedene.

4.3 Humanistische Ansätze

Eine „Theorie“ von McGREGOR (1970) zählt zu den populärsten „humanistischen Ansätzen“ der O.psychologie. In Anlehnung an die Bedürfnistheorie von MASLOW geht McGREGOR davon aus, daß sich die Entwicklung der menschlichen Bedürfnisse *stufenweise* vollzieht. Nach der Befriedigung physiologischer Bedürfnisse strebt der Mensch nach Sicherheit, dann nach Anerkennung und Selbstvertrauen, und wenn diese Bedürfnisse befriedigt sind, nach Selbstverwirklichung und Autonomie. Nach McGREGOR sind es letztlich Vorurteile, die einer optimalen Gestaltung von O.n nach seiner Theorie (das optimale Modell bezeichnet er als *„Theorie Y“*, das vorurteilsbehaftete traditionelle hierarchische Modell der O. als *„Theorie X“*) entgegenstehen. Der erste Schritt zur Änderung ist, das Management zu überzeugen, daß der Mensch dann, wenn man ihm die Möglichkeiten dafür gibt, auch im Sinne der Unternehmensziele seine Bedürfnisse nach Selbstverwirklichung einzusetzen bereit ist, und daß es falsch ist, davon auszugehen, daß der Mensch im Grunde geringen Ehrgeiz habe und daß Kontrolle und Strenge notwendig sei, um ihn zur Arbeit anzuhalten. Die wichtigste Maßnahme sei dann die Einführung eines neuen Führungsstils, der *„Führung durch Integration und Selbstkontrolle“*. Nach dieser Führungsmethode kommt es auf allen Hierarchieebenen der O. vor allem darauf an, das Potential zu fördern, selbständig Ziele und Änderungsstrategien vorzuschlagen und zu realisieren. Der jeweilige Vorgesetzte soll lediglich die Rolle eines Beraters oder Experten spielen, der seinen Untergebenen dabei hilft, Ziele realistisch zu formulieren und konsequent zu verfolgen. Als Ziele sollen sowohl Ziele der Gesamtorganisation als auch individuelle Ziele einbezogen werden.
Neben anderen Schwächen (vgl. GREIF, 1979) erscheint an diesem Ansatz die sehr *idealistische* Annahme einer Übereinstimmung der Ziele sämtlicher O.mitglieder besonders fragwürdig.
Chris ARGYRIS (1964) hat einen wesentlich differenzierteren humanistischen Ansatz entwickelt, in dem ebenfalls das *Autonomiestreben* der O.mitglieder als grundlegend betont wird.

Er geht davon aus, daß Diskrepanzen zwischen dem Wertsystem der O. und dem der Mitglieder bestehen. Um diese Diskrepanzen abzubauen, sind *neue* O.strukturen erforderlich, die eine allmähliche Integration oder Fusion der Werte gestatten, wodurch eine Erhöhung der Effizienz erreicht werden kann. Für verschiedene Anwendungsprobleme hält er unterschiedliche Strukturen für optimal.

Bei der Analyse von Zieldiskrepanzen ist der Ansatz von ARGYRIS zweifellos realistischer als MCGREGORS „Theorie". Dennoch bleibt zu fragen, ob es ausreichend ist, eine Integration von Wertsystemen zu erreichen, um Effizienzsteigerungen hervorzurufen. Bei der Analyse von Wertsystemen und anderen Merkmalen beschränkt sich ARGYRIS auf subjektive Daten, die er aus Fragebogenerhebungen gewinnt. Es ist kaum anzunehmen, daß ein derart *subjektivistisch* fundierter Ansatz tragfähig ist.

4.4 Partizipation und überlappende Gruppen

Rensis LIKERT (1972) kam auf der Grundlage von Erhebungen der sogenannten „Michigan-Gruppe" und eigenen Befragungen der Michigan-Gruppe zu der Überzeugung, daß entscheidend der *Führungsstil* und die *Gestaltung der Arbeitsgruppen* in der O. für den Erfolg verantwortlich ist. Er entwickelte das Konzept der „unterstützenden Beziehung", d.h. der Führung einer Gruppe durch Vertrauen und Unterstützung der Gruppenmitglieder durch die Führungskraft und vertrat die Auffassung, daß eine flexible O., in der variable Arbeitsgruppen mit Mehrfachmitgliedschaft fungieren, für alle Arten von O.n optimal sei. Nicht nur die Führungskräfte, sondern auch die Mitglieder ihrer Arbeitsgruppen sollen dabei an allen Entscheidungen partizipieren.

Abgesehen von *methodischen Schwächen* der zu diesem Ansatz vorliegenden Untersuchungen erscheint LIKERTS Modell einer flexiblen Gruppenorganisation bis heute noch als ziemlich utopisch für eine Anwendung auf beliebige O.arten. Geeignet wäre es u.U. zur Gestaltung von O.n mit einem durchgehend hohen Qualifikationsniveau und komplexen Aufgaben. Andererseits ist zu fragen, ob nicht weitergehende Mitwirkungsrechte bei Entscheidungen zweckmäßig wären, als sie in LIKERTS Partizipationskonzept enthalten sind. Rechtlich abgesicherte Mitbestimmungsregelungen gehen über sein Modell hinaus.

4.5 Neuere systemtheoretische Ansätze

O.n sind nach KATZ und KAHN als energetische Input-Throughput-Output-Systeme anzusehen, die „Energie" in Form von Rohmaterialien und menschlicher Arbeit aus der externen Umwelt aufnehmen (Input), innerhalb des Systems durch innerorganisationale Prozesse umwandeln (Throughput) und dann in Form irgendeines Produkts (Output) wieder an die Umwelt abgeben. Das Produkt wird wiederum (z.B. durch seinen Geldwert) verwertet, das energetische Input des Systems aufrechtzuerhalten. Dieser *ständige Kreislaufprozeß* ist charakteristisch für offene Systeme. Ihre „Effizienz" kann allgemein durch das Verhältnis von aufgenommener zu abgegebener Energie bzw. von Input zu Output bestimmt werden.

Zur Analyse innerorganisationaler Transformationsprozesse verwenden KATZ und KAHN *komplexe rollentheoretische Modelle.* Ihrer Auffassung nach können die ständig wiederkehrenden zyklischen Aktivitäten und Interaktionen der O.mitglieder am besten durch eine Menge von miteinander verknüpften Rollen beschrieben werden, die von den O.mitgliedern bei der Bewältigung ihrer Aufgaben und bei der Verfolgung eigener Ziele nach den Normen und Wertvorstellungen ihrer Umgebung ausgeführt werden. Auf dieser Grundlage wurde ein umfassender theoretischer Ansatz entwickelt, der kaum kurz zusammengefaßt wiedergegeben werden kann (vgl. dazu KATZ/KAHN, 1966). Neben der bereits oben erwähnten Typologie der O. und der Analyse charakteristischer O.merkmale entwickeln sie ein vielschichtiges Konzept der organisationalen Effektivität (vgl. dazu STEERS, 1977), analysieren innerorganisationale O.prozesse als Prozeß des Lernens von Rollen und behandeln die Entstehung und Veränderung von innerorganisationalen Konflikten. Außerdem setzen sie sich mit Kommunikationsprozessen, Entscheidungsbildung sowie Macht- und Autoritätsstrukturen in der O. auseinander und untersuchen die Frage, welcher Führungsstil auf verschiedenen Ebenen der O. und unter unterschiedlichen Entwicklungsbedingungen optimal erscheint.

5 Strategien der Veränderung: „Organisationsentwicklung"

KATZ und KAHN beschäftigen sich auch mit der Frage, welche Veränderungsprozesse in O.n ablaufen und wie man organisationale Änderungsprozesse planen und steuern kann. Diese praktische Problemstellung nimmt in der O.psychologie unter dem Thema „geplanter organisationaler Wandel" (vgl. BENNIS, 1972) oder „Organisationsentwicklung" (vgl. FRENCH/BELL, 1977; GEBERT, 1974) einen bedeutsamen Stellenwert ein. Die Anfänge solcher Interventionsstrategien durch interdisziplinär zusammengesetzte Stäbe von „Change agents" gehen zurück auf gruppendynamische Experimente von Kurt LEWIN in der Mitte der vierziger Jahre. KATZ und KAHN setzen sich mit verschiedenen Änderungsstrategien auseinander: (1) Anwendung gruppendynamischer und gruppentherapeutischer Methoden, (2) systematische Verwendung von Feedback und Gruppendiskussionen, (3) Änderungen der Entscheidungsstruktur und (4) der gemeinsamen Veränderung technologischer und sozialer Prozesse in der O. Der zuletzt genannte Veränderungsansatz ist unter dem Begriff *„teilautonome Arbeitsgruppen"* in Forschung und Praxis sehr beachtet worden und strebt eine Verbesserung der „Qualität des Arbeitslebens" durch Erhöhung der Variabilität der Arbeit und Erweiterung des Entscheidungsspielraums (vgl. ULICH/GROSKURTH/BRUGGEMANN, 1973) an.

In ihrem zweifellos für die O.psychologie bis heute zentralen Buch haben KATZ und KAHN eine Fülle empirischer Untersuchungen aufgearbeitet. Die verallgemeinerten Annahmen erscheinen jedoch trotz aller Hinweise auf empirische Ergebnisse ausgesprochen spekulativ. Die Hauptschwächen des Ansatzes sind unpräzise Begriffe, unscharfe methodische Konzeptionen und insbesondere eine sehr allgemein formulierte rollentheoretische Konzeption. Aus diesem Grunde erscheint es notwendig, nach neuen theoretischen Ansätzen zu suchen, die präzisere und empirisch prüfbare Hypothesen über Prozesse und Bedingungen in O.n zu formulieren gestatten. Hierfür könnte es lohnenswert sein, bewährte Erkenntnisse kognitiv-behavioraler Theorien heranzuziehen (vgl. GREIF, 1979), wie dies in der Arbeitspsychologie durch Ansätze zur Entwicklung einer Handlungstheorie (HAKKER, 1978; VOLPERT, 1974) versucht wird.

Verweis auf andere Stichwörter

→Arbeitslosigkeit →Arbeitspsychologie →Berufliche Sozialisation →Humanistische Psychologie →Machtbeziehungen →Militärpsychiatrie und -psychologie →Motivation →Ökologische Psychologie →Soziologie →Verhalten und Handlung

Literatur

ARGYRIS, CH.: Integrating the Individual and the Organization. New York: Wiley 1964.

BENNIS, W. G.: Theory and Method in applying behavioral science to planned organizational change. In: BASS, B. M./DEEG, S. D. (Hrsg.): Studies in Organizational Psychology. Boston: Allyn & Bacon 1972, S. 521–542.

CYERT, R. M./MCCRIMMON, R.: Organizations. In: LINDZEY, G./ARONSON, E. (Hrsg.): The Handbook of Social Psychology. Vol. I, ch. 8. Reading, Mass.: Addison-Wesley 1969.

ETZIONI, A.: Soziologie der Organisation. München: Juventa 1967.

FISHBEIN, M./AJZEN, I.: Belief, Attitude, Intention and Behavior. Reading, Mass.: Addison-Wesley 1975.

FRENCH, W. L./BELL, C. H.: Organisationsentwicklung. Bern: Haupt (UTB) 1977.

GEBERT, D.: Organisationsentwicklung. Stuttgart: Kohlhammer 1974.

GREIF, S.: Entwicklung einer systemtheoretischen Definition des Begriffs der Organisation. Z. f. Sozialpsychologie, 9 (3), 1978, S. 206–221.

GREIF, S.: Theoretische Ansätze in der Organisationspsychologie. Bern: Huber 1979 (in Vorbereitung).

HACKER, W.: Allgemeine Arbeits- und Ingenieurpsychologie. Bern: Huber 1978.

HALL, A. D./FAGEN, R. E.: Definition des Systems. In: TJADEN, K. H. (Hrsg.): Soziale Systeme. Neuwied: Luchterhand 1971, S. 94–103.

HOEFERT, H.-W.: Psychologische und soziologische Grundlagen der Organisation. Gießen: Schmidt 1976.

HOLZKAMP-OSTERKAMP, U.: Grundlagen der psychologischen Motivationsforschung, Band 1. Frankfurt/M.: Campus 1975.

HOWELL, W. C.: Essentials of Industrial and Organizational Psychology. Homewood, Ill.: Dorsey 1976.

JOHNSON, D. W.: The Social Psychology of Education. New York: Holt, Rinehart & Winston 1970.

KATZ, D./KAHN, R. L.: The Social Psychology of Organizations. New York: Wiley 1966.

KIESER, A./KUBICEK, H.: Organisation. Berlin: Gruyter 1977.

KIESER, A./KUBICEK, H.: Organisationstheorien I. Stuttgart: Kohlhammer 1978.

KUBICEK, H.: Messung der Organisationsstruktur. In: GROCHLA, E. (Hrsg.): Handwörterbuch der Organisation. Stuttgart [2]1979.

LIKERT, R.: Neue Ansätze der Unternehmensführung. Bern: Haupt 1972.

MAYNTZ, R.: Soziologie der Organisation. Reinbek: Rowohlt 1963.

MCDAVID, J./HARARI, H.: Social Psychology. New York: Harper 1968.

MCGREGOR, D.: Der Mensch im Unternehmen. Düsseldorf: Econ 1970.

PRITCHARD, R./KARASECK, B.: The effects of organizational climate on managerical performance and job satisfaction. Organiz. Behav. and Human Perform., 9, 1973, S. 110–119.
ROETHLISBERGER, F. J./DICKSON, W. J.: Management and the Worker. Cambridge, Mass.: Harvard Univ. Press 1964.
ROSENSTIEL, L. VON/MOLT, W./RÜTTINGER, B.: Organisationspsychologie. Stuttgart: Kohlhammer 1972.
SCHEIN, E. H.: Organizational Psychology. Englewood Cliffs, N.J.: Prentice Hall 1970.
STEERS, R. M.: Organizational Effectiveness. Santa Monica, Calif.: Goodyear Publ. Comp. 1977.
TANNENBAUM, A. S.: Social Psychology of the Work Organization. London: Tavistock 1966.
TREUHEIT, L.: Der wissenschaftssystematische und -historische Ort der Organisationspsychologie. Z. f. Sozialpsychologie, 8, 1977, S. 218–233.
ULICH, E./GROSKURTH, P./BRUGGEMANN, A.: Neue Formen der Arbeitsgestaltung. Frankfurt/M.: Europäische Verlagsanstalt 1973.
VOLPERT, W.: Handlungsstrukturanalyse. Köln: Pahl-Rugenstein 1974.
VOLPERT, W.: Die Lohnarbeitswissenschaft und die Psychologie der Arbeitstätigkeit. In: GROSKURTH, P./VOLPERT, W.: Lohnarbeitspsychologie. Frankfurt/M.: Fischer 1975.
WICKER, A. W.: Attitudes versus actions: The relationship of verbal and overt behavioral responses to attitude objects. J. of Soc. Iss., 25, 1969, S. 41–78.

Siegfried Greif

Pädagogische Psychologie

1 Definition der Pädagogischen Psychologie

Die P.P. ist eine Teildisziplin der Psychologie, die heute ständig an Bedeutung gewinnt. Die fortschreitende Institutionalisierung von Erziehungs- und Ausbildungsfunktionen, die wachsende Sensibilität für die Störanfälligkeit von Entwicklungs- und Lernprozessen sowie die Verfeinerung von Auswahl- und Kontrollmechanismen im Bildungswesen (vgl. Gesamtschule oder den tertiären Bildungsbereich) haben das Interesse für P.P. gewaltig gesteigert. In Diplomordnungen wird der P.P. größeres Gewicht gegeben; die Reform der Lehrerbildung hat den Anteil der P.P. an der grundwissenschaftlichen Ausbildung erhöht; neue Studiengänge (z.B. Beratungslehrer, Schulpsychologe) wurden auf pädagogisch-psychologischer Grundlage geschaffen; in manchen Ländern umfaßt die Forschung in P.P. zwischen 30 und 50% der gesamten psychologischen Forschungsaktivität. Die P.P. ist heute weder reine Grundlagenforschung („Lernpsychologie“) noch nur eine spezielle Richtung angewandter Psychologie. Sondern die P.P. bearbeitet ihre Fragestellungen (s.u.) unter Einsatz aller akzeptierten Methoden und Erkenntnisse der gesamten Psychologie.

Mit dem Begriff „Pädagogische Psychologie“ verbinden sich im Alltag und in der Wissenschaft erstaunlich einheitliche Auffassungen. In der Regel erwartet man von der P.P. Informationen über Gesetzmäßigkeiten des Lehrens und Lernens (im weitesten Sinne) sowie über erzieherische und unterrichtliche Einflußmöglichkeiten. Man erhofft sich Hilfe bei der Gestaltung „optimaler“ Lern- und Interaktionssituationen, bei der Lösung von Problemen im Bereich von Familie und Schule, bei der Entscheidung über Steuerungs-, Zuweisungs- und Interventionsmaßnahmen vielfältigster Art. Man hält pädagogische Psychologen für die Behandlung etwa folgender Probleme kompetent: Erziehungsschwierigkeiten in der Familie, Aggressivität im Freizeitheim, Schulangst, Schullaufbahnentscheidungen, Verbesserung von Unterrichtseffektivität, Prävention von Schulversagen, Untersuchung und Verbesserung von Führungstechniken in Wirtschaft und Verwaltung.

Auch wenn die Auffassungen im einzelnen differieren, kann man P.P. in erster Annäherung definieren als ein *System von Kenntnissen über Erziehungs- und Unterrichtsprozesse unter besonderer Berücksichtigung psychologischer Probleme.* Diese Auffassung läßt noch vieles offen, was sich weiter präzisieren läßt. Nicht beliebige Kenntnisse sind gemeint, sondern vor allem empirisch begründete oder begründbare Aussagen. Es sind nicht nur Erziehungs- und Unterrichtsprozesse im üblichen Wortsinn gemeint, sondern auch Bereiche der Aus- und Weiterbildung (Erwachsener), der Rehabilitation und Resozialisierung, pädagogische Aspekte der Gerontologie und andere Probleme des „lebenslangen Lernens". P.P. bezieht sich in umfassender Weise auf Sozialisationsprozesse in Institutionen (z.B. Kindergarten, Schule, Berufsausbildung, sozialpädagogische Institutionen) und in außerinstitutionellen Bereichen (wie z.B. Familie, Berufsleben, peer-group, Medien, Freizeit). Aus dieser weiten Gegenstandsbestimmung folgt die Unmöglichkeit, bestimmte Probleme *als psychologische* an vereinzelten Individuen festzumachen; die interpersonellen und gesellschaftlichen Einflußebenen und -prozesse müssen stets hinzugenommen werden.

Die gegenwärtige Auffassung von P.P. trifft WEINERT (1975, 50) wohl am besten, wenn er sie bezeichnet als das „Insgesamt an erfahrungswissenschaftlich fundierten Theorien und Befunden zur psychologischen Beschreibung und Erklärung der unter Erziehungseinflüssen stehenden Menschen". Hier ist der Gesichtspunkt des *Wissens* im Vordergrund. P.P. hat jedoch nicht nur mit Wissen, sondern auch mit Handeln zu tun. Das Wissen wird nach bestimmten Regeln (vorwiegend der empirisch-analytischen Methodologie) erhoben, und auch das Handeln folgt bestimmten Regeln. Wenn es sich in Praxis umsetzen soll, muß das Wissen vermittelt werden. Diese Gesichtspunkte zusammenfassend, kann man P.P. folgendermaßen definieren (vgl. auch BRANDSTÄTTER u.a., 1974, 3): *Pädagogische Psychologie ist eine Einrichtung zur systematischen und kontrollierten Gewinnung, Vermittlung und Anwendung von Kenntnissen über Sozialisations-, Erziehungs- und Unterrichtsprozesse unter besonderer Berücksichtigung psychologischer Aspekte.*

Weder erfahrungswissenschaftliche noch praktische pädagogisch-psychologische Tätigkeiten erfolgen natürlich wertfrei; vielmehr werden in der Regel Zwecke wie „Problemlösung" oder „Optimierung" verfolgt. Unter dem Gesichtspunkt der „Optimierung" erscheint die Forschungstätigkeit als Versuch der theoretisch-empirischen Rekonstruktion, kontrollierten Planung und Überprüfung von Interaktions- und Lernbedingungen sowie -prozessen und Wirkungen unter dem Gesichtspunkt der Erreichung wünschenswerter (Sozialisations-)Ziele. Bei der Bestimmung des „Wünschenswerten" und „Optimalen" braucht der Wissenschaftler nicht passiv beiseite zu stehen. Vielmehr wird es heute als legitim und notwendig angesehen, „implizite und explizite Erziehungsziele verschiedener gesellschaftlicher Gruppen zu identifizieren und zu analysieren; neue Erziehungs- und Unterrichtsziele durch psychologische Forschungen zu erschließen; die meist sehr abstrakten pädagogischen Ziele psychologisch zu konkretisieren und ihre Verträglichkeit mit übergeordneten und nebengeordneten pädagogischen Intentionen zu überprüfen" (WEINERT, 1974, 445). Diese Aufgaben erfordern freilich eine Erweiterung des Methodenarsenals (z.B. Einbeziehung hermeneutisch-ideologiekritischer Verfahren), die auf traditionsbedingte Barrieren stoßen wird. Außerdem ist die Forschung bisher zu wenig anwendungsorientiert, um tatsächlich Möglichkeiten konkreter Zielverwirklichungen planen und überprüfen zu können. Und schließlich ist gerade in der P.P. die Neigung wenig verbreitet, mittels wissenschaftshistorischer und wissenschaftssoziologischer Selbstanalyse und Selbstkritik die eigenen Erkenntnisinteressen und Verwertungseffekte zu analysieren (vgl. für die Sozialpsychologie z.B. ARGYRIS, 1976).

2 Systematik von Aufgaben

Im folgenden sollen unter besonderer Berücksichtigung pädagogisch-psychologischer Fragestellungen einige Aufgaben genannt werden, die im Gesamtablauf psychologischer Forschung und praktischer Tätigkeit regelmäßig vorkommen und in einem Zusammenhang zueinander stehen, der freilich keine chronologische Ordnung ist und von Fall zu Fall unterschiedlich sein kann. Wenn man theoretisch-empirische und praxisorientierte Aufgaben zusammennimmt, ergibt sich folgende Systematik (vgl. auch SCHNEEWIND, 1977, 16f.):

a) *Beschreibung:* Darunter versteht man die systematische, theoriegeleitete und kontrollierte Erfassung bestimmter Zustände (z.B. Angst), Prozesse (z.B. Lehrer-Schüler-Interaktion), Veränderungen in der Zeit (z.B. Lernzuwachsmessung) oder auch der jeweils angestrebten „Endzustände“ bzw. Verhaltensänderungen. Beschreibungen erfolgen in der Regel mit Hilfe von Kategorien- oder Merkmalssystemen; sie werden sowohl zur Erfassung von Ausgangsbedingungen wie zur Effizienzkontrolle von Interventionen eingesetzt. Wenn z.B. behauptet wird, „autoritäre“ Lehrer hätten schlechte Auswirkungen auf die Entfaltung ihrer Schüler, so muß man erstens wissen, was diese Lehrer tatsächlich *tun*, wie sie sich verhalten, wie sie Macht einsetzen usw., und zweitens muß man die Auswirkungen auf der Schülerseite (z.B. Angst und Streß) messen können. Die Operationalisierung von Begriffen ist oft der erste Schritt hin zur Beschreibung, die Messung ist meist der letzte Akt.

b) *Erklärung:* Erklären heißt, die Ursachen für das Zustandekommen von Ereignissen, Handlungen und Zuständen anzugeben. Welche Bedingungen sind für bestimmte Auffälligkeiten, Veränderungen oder auch Regelmäßigkeiten verantwortlich zu machen? Erklärungen haben häufig die sprachliche Form „wenn A, dann B“, „je größer X, desto größer Y“ usw. Die bloße Angabe einer Kovariation ist allerdings als Erklärung meist unzureichend, weil die Ursachen der Kovariation ihrerseits gefunden werden müssen.
So genügt es nicht, Schülerängste nur mit Lehrerverhalten zu korrelieren, sondern man muß auch diejenigen (z.B. institutionellen) Bedingungen finden, von denen beides in vergleichbarer Weise abhängt. Diese (theoretischen) Erklärungen sind nur dann möglich, wenn auch eine Theorie (z.B. über schulische Sozialisation) vorliegt. Erklärungen etwa von konkretem Schulversagen werden nicht nur vom Wissenschaftler versucht (vgl. KRAPP, 1977), sondern wir schreiben auch im Alltag ständig bestimmten Ereignissen und Handlungen irgendwelche Ursachen zu (vgl. HECKHAUSEN, 1973) – zu Recht oder zu Unrecht.

c) *Prognose:* Während bei einer Erklärung eine allgemeine Gesetzmäßigkeit sowie bestimmte konkrete Verursachungsbedingungen gesucht werden und ein konkreter Fall gegeben ist, so ist dies bei der Prognose umgekehrt: Eine Gesetzmäßigkeit sowie die Ausgangsbedingungen sind bekannt, gesucht wird die Konsequenz bzw. das Ereignis, das bei Vorliegen der Ausgangsbedingungen und bei Geltung der Gesetzmäßigkeit eintritt (zum Verhältnis von Erklärung und Prognose vgl. KRAPP, 1979). Die Fragestellung lautet also z.B.: *Was geschieht, wenn* Lehrer sich „autoritär“ verhalten? Wenn man weiß, wie Angst in der Schule zustandekommt, dann kann man vorhersagen, unter welchen Umständen und bei welchen Schülern und Lehrern das Auftreten von Angst wahrscheinlich ist. Man kann dann möglicherweise dem Auftreten von Angst durch die Einleitung präventiver Maßnahmen vorbeugen. Ein anderes Beispiel (Einführung von programmierter Unterweisung): Welche Konsequenzen ergeben sich, wenn die Maßnahme X durchgeführt wird? Konkret: Welche *unerwünschten* Nebenwirkungen kann die geplante Einführung von PU außer der *beabsichtigten* Wirkung der Lernzeitdifferenzierung haben? Die Prognose kommt dadurch zustande, daß der Forscher die gesuchten Nebenwirkungen a) aus einer empirisch begründeten Theorie, z.B. über Motivation im Unterricht, und b) aus einer genauen Kenntnis der geplanten Situationsbedingungen ableitet.

d) *Kontrolle:* Damit ist die Überprüfung der Effekte von Maßnahmen und Interventionen gemeint. Kontrolle meint Rückkoppelung im Sinne einer Information des Lehrers oder Erziehers über die Wirkungen seines Tuns.
Wenn z.B. in einer Schule Förderkurse für schwache Schüler eingerichtet wurden, so kann man deren Wirkungen durch einen Vergleich von Schülern „mit“ und „ohne“ Zusatzunterricht erfassen.

e) *Intervention:* Dies ist der gezielte und direkte Eingriff in Lernprozesse, also z.B. der Versuch der Verhaltensänderung bei Verhaltensauffälligkeiten, Leistungsversagen u.a. (Überblick zum Schulversagen bei MINSEL u.a., 1978). Der Psychologe ist entweder – z.B. als Schulpsychologe – diagnostisch und beratend, oder – z.B. in einer Erziehungsberatungsstelle – auch therapeutisch tätig.

f) *Innovation:* Während Intervention meist an einem einzelnen Individuum ansetzt und allenfalls noch dessen wichtigste Bezugspersonen miteinbezieht, geht es bei innovativen Veränderungen von Lernbedingungen um Eingriffe im übergeordneten Bedingungsfeld, also im Bereich bildungspolitischer Entscheidungen, Schulreformen, Curriculumplanung, Organisation von Institutionen usw. Hier kann die Psychologie auf die Notwendigkeit von Änderungen hinweisen, die sich z.B. aus einem Ansteigen von Leistungsstörungen ergibt. Beispiele für Innovationen, an denen Psychologen mitgewirkt haben, sind: Veränderung der Benotungspraxis in den ersten Grundschulklassen; Modifizierung bestimmter Formen von Leistungsdifferenzierung; verstärkte Entwicklung schulpsychologischer Dienste. Entscheidend ist hier die richtige Verbindung von Innovation und Intervention, denn nur vorbeugende Maßnahmen auf der obersten Entscheidungs- und Planungsebene (primäre Präventionen) können z.B. die Häufigkeit von Angst und Streß in der Schule entscheidend reduzieren (vgl. KEUPP, 1976). Sonst beschränkt sich die Intervention des Psychologen auf das Aussortieren von Störern und Versagern oder erschöpft sich in – kurzfristig vielleicht sogar erfolgreichem – Konfliktmanagement.

3 Historische Entwicklung und Fragerichtungen der P.P.

Bis in die sechziger Jahre hinein war die P.P. durch zwei inzwischen überwundene einengende Tendenzen gekennzeichnet: In der Forschung Beschränkung auf Lernpsychologie und im Anwendungsbereich Konzentration auf Schule bzw. Volksschule. Man kann rückblikkend mindestens sechs Forschungstraditionen erkennen, die auch heute noch die wichtigsten Fragerichtungen der P.P. ausmachen (nach WEINERT, 1975, 44ff.):

a) *Die entwicklungspsychologische Tradition:* Wenn man Entwicklung als einen durch interne Reifungsvorgänge einem festliegenden phasen- oder stufenförmig aufgebauten Programm folgenden Entfaltungsprozeß begreift, so muß sich die P.P. darauf beschränken, die jeweilige Angemessenheit erzieherischer Beeinflussungen sowie die altersbezogenen unterschiedlichen Reifegrade von Kindern zu konstatieren. Heute hat man die Milieu- und Kulturabhängigkeit derjenigen Sozialisations- und Lernprozesse erkannt, die zu bestimmten alterstypischen Entwicklungsformen und Fähigkeiten führen. So spricht man z.B. heute nicht mehr von Schul*reife*, sondern von Schul*fähigkeit*.

b) *Die lernpsychologische Tradition:* Jahrzehntelang versuchten Psychologen, in unzähligen (Tier-)Experimenten die Gesetze des Lernens durch Übung, Verstärkung, Einsicht usw. zu entdecken. Die Erfolge waren gering, weil man dabei von objektiven und subjektiven Sinnstrukturen sowie von Wechselwirkungen zwischen Inhalt und Lernformen, zwischen Umwelterwartungen und individuellen Motivstrukturen abstrahierte. Wichtig ist noch immer die Erkenntnis, daß nicht nur Wissen und Fertigkeiten gelernt werden, sondern auch Einstellungen, Werthaltungen, Emotionen und Motive. Heute bezieht man die interpersonelle Ebene von Lernprozessen, den Inhaltsaspekt, Merkmale der konkreten Lernsituation, vorgegebene Zielkriterien und schließlich die Interaktion zwischen unterschiedlichen treatments und unterschiedlichen Lernvoraussetzungen in die Forschung und Anwendung mit ein.

c) *Die sozialpsychologische Tradition:* Erst die berühmten Untersuchungen von Kurt LEWIN haben der Einsicht zum Durchbruch verholfen, daß menschliches Lernen stets innerhalb sozialer Beziehungsgeflechte stattfindet, die nicht nur „Randbedingungen", sondern auch selbst Gegenstand von Lernprozessen sind (z.B. Rollenfindung in der Familie und peer-group, Entwicklung des Selbstbildes, sozialer Erwartungen und Orientierungsmuster). Inzwischen geht man wie selbstverständlich davon aus, daß z.B. Schulerfolge von der Beziehung zum Lehrer und zu den Mitschülern, vom sozial vermittelten Selbstbild des Schülers, von den Interaktionsbeziehungen in der Familie, von sozial kontrollierten Äußerungs- und Durchsetzungsmöglichkeiten und sozialen „Fertigkeiten" abhängen, die ihrerseits den Rangplatz und Beliebtheitsgrad in der Schulklasse mitbestimmen. Wichtige Forschungsbereiche sind heute mit den Schlagworten „Lehrererwartungen", „Labeling-Perspektive", „Attributionsprozesse", „Soziale Wahrnehmung", „Lehrer-Schüler-Interaktion", „Rolle", „verbale/nonverbale Kommunikation" gekennzeichnet.

d) *Die testpsychologische Tradition:* Diese gehört in den Bereich der differentiellen Psychologie, die sich bekanntlich für Unterschiede inter- und intraindividueller Art interessiert. Nachdem lange Zeit die selegierende Diagnose hauptsächlich kognitiver Fähigkeiten (Intelligenztests) im Vordergrund stand, gilt das Interesse gegenwärtig auch der Messung nichtkognitiver psychischer Merkmale wie z. B. Leistungsmotivation, Angst, Einstellungen. Lernziel- und kriteriumsorientierte Tests stehen neben normorientierten Verfahren; nicht nur Selektion wird angestrebt, sondern auch Individualisierung, Förderung, Prävention (vgl. KRAPP, 1979).

e) *Die klinisch-psychologische Tradition:* Sie hat, neben der sozialpsychologischen Richtung, in den letzten 10 Jahren den größten Aufschwung genommen. Die Diagnose, Therapie und Prävention von Lern- und Erziehungsschwierigkeiten macht einen wesentlichen Teil der praktischen Arbeit von pädagogischen Psychologen aus. Im Bereich der Wissenschaft läuft nicht nur die Diskussion zwischen den verschiedenen Richtungen (z. B. Psychoanalyse und Verhaltenstherapie, vgl. KEUPP/KRAIKER, 1977) mit unverminderter Heftigkeit weiter, es hat sich auch ein eigener Bereich der vergleichenden Therapieforschung etabliert. Es werden neue Erklärungs- und Therapiemodelle entwikkelt (vgl. Labeling-Perspektive, Sozialepidemiologie, Sozialpsychiatrie, Gemeindepsychologie).

f) *Die unterrichtspsychologische Tradition:* Unterrichtstheorien fußen auf einem Vergleich verschiedener Lehrmethoden, auf einer Erfassung der unterschiedlichen Wechselwirkungen zwischen Bedingungen der Lernsituation, Unterrichtszielen, Führungsstilen, Curriculumelementen (Inhalten), Merkmalen der Lernenden sowie Formen der Beurteilung (Erfolgskontrolle, feed-back). Es wird die Formulierung von Regeln angestrebt, die eine optimale Organisation von Lernprozessen für bestimmte Gruppen von Lernenden unter Berücksichtigung gegebener Rahmenbedingungen erlauben sollen.

4 Theoretische Grundkonzepte unter besonderer Berücksichtigung der „sozialwissenschaftlichen Wende“

4.1 Analyseebenen

Auch in der P.P. werden in zunehmendem Maße die soziale Einbettung und Vermitteltheit allen Handelns, die Geschichtsbedingtheit sowohl der Gegenstände wie auch der Erkenntnisinteressen und -methoden, die Zielorientiertheit und die normativen Bezüge wissenschaftlicher und praktischer Tätigkeit anerkannt (vgl. GROEBEN/WESTMEYER, 1975, 21 f.). Empirisch orientierte Sozialwissenschaften versuchen eine Erklärung jener Regelhaftigkeiten des Verhaltens, die durch Person-Umwelt-Bezüge, soziale Interaktionen zwischen den Individuen und die dadurch hervorgebrachten strukturellen Zusammenhänge auf individual-psychologischer (Persönlichkeitsstruktur), interpersoneller (Beziehungsstruktur) und gesamtgesellschaftlicher Ebene (Gesellschaftsstruktur) konstituiert werden.
Für die P.P. ergibt sich daraus die Notwendigkeit, auf allen drei der genannten Analyseebenen Fragen zu stellen und zugleich die Beziehungen zwischen den Ebenen zu untersuchen:

a) Welches sind die gesellschaftlichen Ziele, Institutionen und Organisationsformen von Unterricht und Erziehung? (Fragen nach der Struktur und Dynamik des gesellschaftlichen Konstitutionszusammenhanges);
b) wie sind die dort ablaufenden Prozesse der interpersonellen Beeinflussung beschaffen? (Fragen nach dem spezifischen Prozeßcharakter pädagogischer Interaktionen);
c) was bewirken diese Prozesse und wie kommen die Wirkungen auf individualpsychologischer Ebene zustande? (Fragen nach Entwicklung, Verhaltensänderung, Lernen, Persönlichkeitsstrukturen).

4.2 Sozialisationsbegriff

Das sozialwissenschaftliche Konzept, das die Vermittlung zwischen den auf den drei Ebenen ablaufenden Prozessen bezeichnen soll, ist der Sozialisationsbegriff (vgl. HURRELMANN/ULICH, i. V.). Der damit gemeinte Prozeß wird als systemnotwendig und systemerhaltend aufgefaßt: Aus den generationsbedingten Reproduktionsproblemen der Gesellschaft ergibt sich die Notwendigkeit, vor allem den Kindern und Jugendlichen die in einer Gesellschaft herrschenden Werte, Normen und Lebenstechniken zu vermitteln und zugleich verbindlich zu machen (vgl. FEND, 1974, 11 ff.; NEIDHARDT, 1966, 61). Sozialisation umfaßt – wenigstens dem Anspruch der Theorie nach – alle Ebenen, denn damit ist der Aufbau von Handlungsorientierungen und die Entwicklung von Fertigkeiten durch interpersonell angelegte Lernprozesse gemeint was gleichzeitig eine Einführung in

alters-, geschlechts-, gruppen- und berufsspezifische Rollen bedeutet. Der gesellschaftliche Einfluß ist auch in der Institutionalisierung dieser Lernprozesse (d.h.: systematischen Organisation, Standardisierung, Normierung und Sanktionierung) gegeben; der Heranwachsende setzt sich nicht mit beliebigen, zufälligen, „privaten" Erwartungen auseinander, sondern mit den Werten, Symbolsystemen und Interpretationsmustern seiner Gruppe und Gesellschaft.
Aufgabe der Psychologie ist es hier, diejenigen Interaktions- und Lernformen herauszuarbeiten, die unter jeweils gegebenen Bedingungen zur Ausprägung „typischer" Persönlichkeitsstrukturen führen. Dabei wird sie besonders auf die konfliktreiche Beziehung zwischen normativen Anforderungen einerseits und individuellen Bedürfnissen und Interessen andererseits achten müssen. Außerdem gibt es unterschiedliche soziale Bezugssysteme, deren Forderungen nicht immer übereinstimmen. Schließlich ist zu bedenken, daß Sozialisation nicht nur als Internalisierung von Normen, Beziehungsmustern und Interpretationssystemen aufzufassen ist, sondern zugleich auch als aktive Auseinandersetzung und Aneignung, in die vom Kind aus stets Eigenständiges miteingeht (Aufbau von abstrakten generativen Regelsystemen, vgl. PIAGET; auch BANDURA, 1976).

4.3 Erziehungsbegriff

Während Sozialisation im weitesten Sinne die „Vergesellschaftung menschlicher Natur" meint (DURKHEIM), wird mit dem Begriff „Erziehung" auf konkrete soziale Handlungen einzelner Personen Bezug genommen und weniger auf die gesellschaftlichen Bestimmungsfaktoren dieses Handelns. Erziehung ist ein Sonderfall von Sozialisation, nämlich die bewußt geplante Anregung und Steuerung von Lernprozessen in direkten Interaktionen. Erziehung realisiert sich in einer spezifischen Interaktionsbeziehung: Sie kommt nicht zufällig zustande (wie etwa, wenn ein Polizist ein Kind ermahnt, das bei „Rot" über die Straße geht); sie ist von einer Dauerhaftigkeit, die sich allein aus dem gesellschaftlichen Auftrag erklären läßt (und nicht aus der Stabilität emotionaler Beziehungen usw.); sie ist von einer besonders legitimierten und sanktionierten Qualität (ein Hausmeister, der täglich fremde Kinder reglementiert, übt deshalb noch lange keine Erziehungsfunktion aus).

Unter verhaltenstheoretischem Aspekt erscheint Erziehung als eine besondere Form der Verhaltensänderung durch soziale Einflußnahme (vgl. zu entsprechenden Theorien ULICH, 1976, 3. Kap.). Auch diese Auffassung betont den intentionalen Charakter pädagogischen Handelns und fragt darüber hinaus gezielt nach den Grundlagen erfolgreicher Einflußnahme (soziale Macht, Abhängigkeit, Verstärkung, motivationale Grundlagen usw.). Bezogen auf die oben unterschiedenen drei Analyseebenen läßt sich Verhaltenssteuerung auffassen als a) Ausübung sozialer Kontrolle, b) interpersonelle Beeinflussung und c) individualpsychologische Intervention.
Letztere kann man als sequentiellen, stufenförmigen Entscheidungsprozeß analysieren, in dem „Bedingungswissen", „Änderungswissen" und „Legitimationswissen" eingesetzt werden; diese entscheidungstheoretische Sichtweise macht die wechselseitigen Beziehungen zwischen theoretisch-empirischem Wissen, Urteils- und Interventionsprozessen deutlich (vgl. KAMINSKI, 1970; KRAPP, 1979). Erst eine Verbindung der Analyseebenen ermöglicht allerdings Selbstkritik und Verantwortlichkeit im wissenschaftlichen und praktischen Handeln, weil ansonsten nicht mehr nach Zielkriterien und Zweck-Mittel-Relationen gefragt werden kann.

Verweis auf andere Stichwörter

→Behaviorismus →Entwicklung und Sozialisation →Kinder- und Jugendlichenpsychotherapie →Lernen →Wissenschaftstheorie und Psychologie

Literatur

ARGYRIS, CHR.: Gefahren bei der Anwendung von Ergebnissen aus der experimentellen Sozialpsychologie. In: GOTTWALD, P./KRAIKER, CHR. (Hrsg.): Zum Verhältnis von Theorie und Praxis in der Psychologie. Bochum: DGVT, 1976, S. 121–151.

BANDURA, A.: Verhaltenstheorie und die Modelle des Menschen. In: Ders. (Hrsg.): Lernen am Modell. Stuttgart: Klett 1976, S. 205–229.

BRANDSTÄTTER, J. u.a.: Entwurf eines heuristisch-taxonomischen Schemas zur Strukturierung von Zielbereichen pädagogisch-psychologischer Forschung und Lehre. Zeitschrift für Entwicklungspsychologie und Pädagogische Psychologie VI, 1974, S. 1–18.

EDELSTEIN, W./HOPF, D. (Hrsg.): Bedingungen des Bildungsprozesses. Stuttgart: Klett 1973.

FEND, H.: Gesellschaftliche Bedingungen schulischer Sozialisation. Weinheim: Beltz 1974.

GAGE, N. L./BERLINER, D. C.: Pädagogische Psychologie. München: Urban & Schwarzenberg 1977.
GROEBEN, N./WESTMEYER, H.: Kriterien psychologischer Forschung. München: Juventa 1975.
HECKHAUSEN, H.: Kausalattribuierung und Leistungsmotivation. In: Funkkolleg Pädagogische Psychologie, Studienbegleitheft 7. Weinheim: Beltz 1973, S. 55–69.
HURRELMANN, K./ULICH, D. (Hrsg.): Handbuch der Sozialisationsforschung. Weinheim: Beltz (in Vorb.).
INGENKAMP, K.-H./PAREY, E. (Hrsg.): Handbuch der Unterrichtsforschung. Weinheim: Beltz 1970.
KAMINSKI, G.: Verhaltenstheorie und Verhaltensmodifikation. Stuttgart: Klett 1970.
KEUPP, H.: Abweichung und Alltagsroutine. Hamburg: Hoffmann & Campe 1976.
KEUPP, H./KRAIKER, CHR.: Die Kontroverse zwischen Verhaltenstherapie und Psychoanalyse. In: ZEIER, H. (Hrsg.): Pawlow und die Folgen. München: Kindler 1977, S. 666–712.
KRAPP, A.: Ursachen und Folgen des Schulversagens. In: KLAUER, K. J./REINARTZ, A. (Hrsg.): Handbuch der Sonderpädagogik, Bd. 9. Berlin: Marhold 1977.
KRAPP, A.: Prognose und Entscheidung. Weinheim: Beltz 1979.
KROHNE, H. W. (Hrsg.): Fortschritte der Pädagogischen Psychologie. München: Reinhardt 1975.
MIETZEL, G.: Pädagogische Psychologie. Göttingen: Hogrefe 1973.
MINSEL, W. R./ONDARZA, G./HÜMME, E.: Schulversagen. In: PONGRATZ, L. J. (Hrsg.): Handbuch der Psychologie, Bd. VII/2 (Klinische Psychologie). Göttingen: Hogrefe 1978, S. 2537–2590.
NEIDHARDT, F.: Die Familie in Deutschland. Opladen: Leske 1966.
NICKEL, H./LANGHORST, E. (Hrsg.): Brennpunkte der Pädagogischen Psychologie. Bern, Stuttgart: Huber/Klett 1973.
ROTH, H. (Hrsg.): Begabung und Lernen. Stuttgart: Klett 1969.
ROTH, H./FRIEDRICHS, D. (Hrsg.): Bildungsforschung (Teil 1 und 2). Stuttgart: Klett 1975.
SCHNEEWIND, K. A.: Zum Verhältnis von Psychologie und Wissenschaftstheorie. In: Ders. (Hrsg.): Wissenschaftstheoretische Grundlagen der Psychologie. München: Reinhardt 1977, S. 11–26.
ULICH, D.: Pädagogische Interaktion. Theorien erzieherischen Handelns und sozialen Lernens. Weinheim: Beltz 1976 (²1979).
WEINERT, F. E. (Hrsg.): Pädagogische Psychologie. Köln, Berlin: Kiepenheuer & Witsch 1968.
WEINERT, F. E.: Pädagogische Psychologie. In: WULF, CHR. (Hrsg.): Wörterbuch der Erziehung. München: Piper 1974, S. 443–447.
WEINERT, F. E.: Einführung. In: WEINERT, F. E. u.a. (Hrsg.): Funkkolleg Pädagogische Psychologie. Frankfurt: Fischer 1975, Bd. 1.
WEINERT, F. E. u.a. (Hrsg.): Funkkolleg Pädagogische Psychologie (Grundlagentexte, Reader, Studienbegleitbriefe). Frankfurt: Fischer 1975, und Weinheim: Beltz 1973 bzw. 1976 (Neuausgabe d. Begleitbriefe als „Beltz-Lehrgang").

Dieter Ulich

Parapsychologie

1 Begriff

Unter P. wird hier die Anwendung empirischer Forschungsstrategien auf solche Erlebnisse und Verhaltensweisen des Menschen verstanden, die aus dem bisher bekannten Erklärungsrahmen der etablierten Disziplinen von Psychologie, Biologie und Physik herausfallen. Damit steht die P. notwendigerweise im Schnittpunkt ganz unterschiedlicher Methodologien, muß also *interdisziplinär* betrieben werden (vgl. SCHMEIDLER, 1976). Die Frage, was ein „paranormales" Phänomen ausmacht, und wie sich der Gegenstandsbereich der P. von „pseudowissenschaftlichen" Fragestellungen abgrenzen läßt, ist bis heute kontrovers (vgl. BELOFF, 1978; BUNGE, 1967; RHINE, 1972); mit der bisher einflußreichsten Schule der experimentellen P., derjenigen von J. B. RHINE (NILSSON, 1977), haben sich zwei Forschungsbereiche durchgesetzt:

(1) unter dem „kognitiven" Aspekt als *„außersinnliche Wahrnehmung"* (ASW) wird die Frage untersucht, ob und unter welchen Bedingungen Menschen in der Lage sind, Informationen außerhalb bisher bekannter und definierter sensorischer Trägerprozesse aufzunehmen und/oder abzugeben; (2) unter dem „motorischen" Aspekt als *„Psychokinese"* (PK) wird die Frage untersucht, ob und unter welchen Bedingungen Menschen eine direkte psychische Wirkung auf materielle Systeme außerhalb bisher bekannter und definierter physikalischer Erklärungszusammenhänge ausüben können.

Die Frage nach ASW- und PK-„Fähigkeiten" bei höher organisierten Lebewesen (z.B. Tieren) wird ebenfalls thematisiert (vgl. MORRIS, 1977). Die gängigen parapsychologischen Termine wie ASW und PK sind unbefriedigend und mit Recht kritisierbar (FLEW, 1977), da solche Begriffe keinen Erklärungswert haben, sondern nur verbale Etiketten für Phänomengruppen darstellen, die bezogen auf bisher bekanntes Bedingungswissen als „anomal" erscheinen. Der von THOULESS und WIESNER (1946) stammende Vorschlag, die Gesamtheit paranormaler oder parapsychischer Vorgänge mit *„Psi"* (dem 23. Buchstaben des griechischen Alphabets) zu bezeichnen, um ein theorieneutrales Kürzel zur Hand zu haben, hat sich im parapsychologischen

Sprachgebrauch durchgesetzt; heute ist „Psi" jedoch auch zu einem fragwürdigen Modewort mit geradezu inflationärer Bedeutungsaufschwemmung geworden.

2 Randbedingungen parapsychologischer Forschung

Eine systematische Forschung auf parapsychologischem Gebiet beginnt 1882 mit der Gründung der noch heute aktiven „Society for Psychical Research" in London (Details der Gründungsgeschichte und des wissenschaftlichen Hintergrundes siehe bei GAULD, 1968). Die erste akademische Integration datiert von 1934, der Gründung des Parapsychologischen Laboratoriums an der Duke-Universität Durham (North Carolina, USA) durch den Psychologen W. MCDOUGALL und den Biologen J. B. RHINE, das 1965 (nach RHINES Emeritierung) in eine private Forschungsstiftung umgewandelt wurde, die zusammen mit fünf anderen (zumeist privat finanzierten) Institutionen in den USA den Schwerpunkt der gegenwärtigen Forschung bilden (siehe die Übersicht bei WHITE, 1974). Das einzige Ordinariat für P. der Welt gibt es seit 1974 am Psychologischen Institut der Reichsuniversität Utrecht (Inhaber Martin JOHNSON), in der Bundesrepublik Deutschland wurde 1954 an der Universität Freiburg i. Br. ein Lehrstuhl für Grenzgebiete der Psychologie eingerichtet, der 1967 in ein Ordinariat für Psychologie und Grenzgebiete der Psychologie umgewandelt wurde (Lehrstuhlinhaber bis 1975 Hans BENDER, Nachfolger Johannes MISCHO). BENDER ist ferner Leiter eines 1950 von ihm gegründeten privat finanzierten „Instituts für Grenzgebiete der Psychologie und Psychohygiene e.V.", das über eine parapsychologische Schwerpunktsbibliothek verfügt.
Parapsychologische Forschung ist nicht institutionell abgesichert; ihre Vertreter rekrutieren sich aus den verschiedensten Disziplinen (neuerdings in verstärktem Maße aus der Physik). Da die P. weder über ein fest umrissenes Gegenstandsgebiet verfügt, noch über einen etablierten Methodenkanon, noch über eine wissenschaftlich geregelte Ausbildung zum „Parapsychologen" im universitären Rahmen, ist der Anteil von Laien und Amateurforschern sehr groß, was seitens der „etablierten" Wissenschaften zum vorherrschenden Eindruck von Unseriosität und Dilettantismus parapsychologischer Forschungspraxis führt. Infolge dieser fehlenden Professionalisierung gibt es in der P. auch keine „Autoritäten", die von der breiten Zustimmung interessierter Wissenschaftler unterstützt werden; es gibt allenfalls „Experten", wobei Sinn und Bedeutung von Experten verschieden gewichtet werden, je nachdem, ob man die Rolle des Experimentalpsychologen oder -physikers, des Trickexperten oder des Kriminalisten bei der Untersuchung paranormaler Phänomene als kompetent ansieht.
Eine wesentliche Voraussetzung für die adäquate Beurteilung des experimentellen Materials, das für oder gegen parapsychologische Phänomene spricht, bietet ein Training in natur- oder sozialwissenschaftlicher Methodologie. An diesen Maßstäben gemessen gibt es sicher nur wenige Dutzend ausreichend qualifizierter und aktiver Forscher auf diesem Gebiet. Ansätze zur Standardisierung der Anforderungen an experimentelle Arbeiten und deren Publikation versucht die 1957 gegründete „Parapsychological Association" (P.A.) – ein internationaler Zusammenschluß von wissenschaftlich ausgebildeten Parapsychologen (darunter ein Drittel Psychologen) und ernsthaft interessierter Laien. Die P.A. wurde 1969 in den Dachverband der amerikanischen Wissenschaften, die „American Association for the Advancement of Science" (AAAS) aufgenommen – ein bedeutsamer Schritt, insofern er parapsychologischen Forschern ein interdisziplinäres Diskussionsforum eröffnete, jedoch die materielle Unterstützung parapsychologischer Forschung nicht nennenswert verbesserte.
Vom wissenssoziologischen Standpunkt aus bietet die P. ein eindrucksvolles Beispiel für eine Forschungsrichtung, der es trotz großer Anstrengungen ihrer Hauptvertreter bisher nicht gelungen ist, zum akzeptierten Bestandteil der „mainstream"-Wissenschaft zu werden, und die trotz dieser vergleichsweisen Isolierung unter einem ständigen Legitimationszwang stehend auf die Einhaltung wissenschaftlicher Spielregeln Wert legt. Diese enge Verzahnung zwischen der Organisation einer innovativen Gruppe und der weitgehenden Ablehnung der „established science" analysieren ALLISON (1973) am Beispiel der P.A. und MAUSKOPF und MCVAUGH (1977) am Beispiel der Reaktion der amerikanischen Psychologenschaft auf die Experimente J. B. RHINES.

3 Forschungsmethoden und Ergebnisse

Der konsequenteste und am breitesten angelegte Versuch, den ASW-Nachweis mit experimentalpsychologischer Methodik zu führen, stellen die von J. B. RHINE entwickelten *Kartenexperimente* dar: Unausgewählte Versuchspersonen sollen unter sensorisch gut abgeschirmten Bedingungen eine zufällig erzeugte Zielfolge erraten, die z.B. aus 25 Karten mit je 5 verschiedenen geometrischen Zeichen (Kreis, Quadrat, Kreuz, Welle, Stern) besteht. Eine Übereinstimmung der Rate- mit der Zielfolge, die statistisch signifikant bei genügend langen Versuchsserien von der mittleren Zufallserwartung (5 Treffer bei 25 Aussagen) abweicht, wird im Sinne der ASW-Hypothese interpretiert – vorausgesetzt, die experimentellen Bedingungen schließen „sensomotorische Lecks“, Protokollierfehler, logisches Kombinieren oder Betrug seitens der Versuchspersonen zuverlässig aus.

Der RHINESche Grundversuch sieht folgende Variationen vor (vgl. RHINE/PRATT, 1962): (a) „Telepathie“: eine Versuchsperson („Empfänger“) sitzt in einem Raum und versucht, die Reihenfolge der Karten richtig zu erraten, die eine zweite Versuchsperson („Agent“) in einem anderen Raum betrachtet; (b) „Hellsehen“: die Versuchsperson versucht, die Reihenfolge der Karten „direkt“ zu erraten, die sich z.B. in einem verschlossenen Umschlag oder in einem anderen Raum (ohne Agenten) befinden; (c) „Präkognition“: die Versuchsperson gibt ihre Ratefolge zu Protokoll, *bevor* die Karten gemischt werden oder eine entsprechende Zielfolge erzeugt wird.

Mit dieser später vielfach modifizierten Technik berichtete RHINE vor allem in der Frühphase seiner Forschungsarbeit (RHINE, 1934) hochsignifikante Ergebnisse, deren Validierung jedoch problematisch ist, da die Resultate informeller, exploratorischer Versuche mit solchen „gepoolt“ wurden, die unter besser kontrollierten Bedingungen stattfanden. In der Folgezeit zeigte sich: je rigider die Kontrollbedingungen wurden, desto mehr näherten sich die Trefferleistungen der Zufallserwartung, ohne daß jedoch die verbleibenden marginalen Effekte befriedigend auf Fehler der Versuchsplanung und -durchführung oder der statistischen Auswertung reduziert werden konnten.

Die Frage der *Psychokinese* überprüfte RHINE anhand des Würfelfalls: frei fallende oder auf einer schiefen Ebene rollende Würfel sollten durch Versuchspersonen durch „Wünschen“ so beeinflußt werden, daß bestimmte Augenzahlen überzufällig nach oben zu liegen kämen. Die Länge einer standardisierten Reihe wurde auf 24 Einzelversuche mit einem Würfel festgesetzt, auf 12 mit 2 Würfeln, auf 6 mit 3 und so fort. Die Zufallserwartung beträgt entsprechend der sechs Seiten des Würfels vier Treffer auf 24 Einzelversuche. Auch hier läßt sich mit einfachen statistischen Methoden errechnen, wie gering die Wahrscheinlichkeit dafür ist, daß der jeweils erzielte Trefferwert durch Zufall zustande kommt. Eine Zusammenfassung der mit dieser Technik gewonnenen Ergebnisse (Stand 1968), der Variationen der Versuchsbedingungen sowie methodischer Fortentwicklungen gibt L. E. RHINE (1977).

Die wissenschaftsgeschichtliche Bedeutung der RHINEschen Schule liegt in folgendem: (1) zum erstenmal wurde ein Paradigma der experimentellen P. geschaffen, das im wesentlichen auf eine erfolgreiche Syntheseleistung bereits existierender Forschungsansätze hinauslief (wie: beliebige Versuchspersonen, einfache Versuchstechnik, Laborbedingungen, statistische Auswertung) (vgl. MCVAUGH/MAUSKOPF, 1976); (2) zum erstenmal wurde auch die wissenschaftliche Gemeinschaft, vor allem die der amerikanischen Psychologen, durch ungewöhnliche experimentelle Ergebnisse herausgefordert, die durch eine konventionelle Methodik gewonnen worden waren. Entsprechend lebhaft war die Reaktion auf die Methodologie der Kartenexperimente: zwischen 1935 und 1940 erschienen vor allem in der psychologischen Fachliteratur ungefähr 60 kritische Artikel (HONORTON, 1975), die besonders drei Aspekte diskutierten: (1) die mathematisch-statistischen Voraussetzungen der Auswertungstechniken; (2) die Adäquatheit der experimentellen Prozedur; (3) der zwingenden Schlüssigkeit der ASW-Hypothese.

Um alle vorgebrachten Kritiken definitiv zu entkräften, verfaßten RHINE und seine Mitarbeiter 1940 eine Bilanz aller wichtigen experimentellen Untersuchungen der Parapsychologie zwischen 1882 und 1940 (PRATT, RHINE, SMITH, STUART, GREENWOOD, 1940), wobei sie 35 „Gegenhypothesen“ zu ASW auflisteten. Darunter fielen z.B. fehlerhafte statistische Methoden, einseitige Datenselektion, unvollständiges Mischen der Kartensätze, Abbruch der Experimente bei einem „günstigen“ Moment („optional stopping“), unbewußt motivierte Fehler bei Aufzeichnung und Überprüfung der Ratefolgen, mangelnde Kontrollen sensorischer Hinweise (z.B. unbewußtes Flüstern, fehlerhafte Karten), schließlich Inkompetenz oder Kritiklosigkeit der Experimentatoren. Von 142 Veröffentlichungen im Zeitraum von 60 Jahren halten nur sechs diesen Einwänden stand – liefern also (nach Meinung der Autoren) einen validen Nachweis paranormaler Kognition, und zwar alles Experimente, die seit 1927 am Duke-Laboratorium durchgeführt worden waren. Durch dieses objektive Vorgehen der Duke-Gruppe verstummte die Kritik vor allem seitens der Psychologen, nicht zuletzt deshalb, weil stichhaltige Einwände in der weiteren Versuchsplanung berücksichtigt wurden.

Somit besteht seit Anfang der vierziger Jahre zwar kein allgemeiner Konsensus hinsichtlich der Realität der ASW, zumindest aber eine auch von kompetenten psychologischen Kritikern geteilte Überzeugung, welche Kriterien an ein gutes ASW-Experiment anzulegen sind (vgl. SCHMEIDLER, 1977): (1) Verläßliche sensorische Abschirmung der Versuchspersonen voneinander; (2) verläßliche Randomisierung des Zielmaterials; (3) Festlegung der Anzahl der Versuchsserien bzw. der Länge des Experiments vor Beginn; (4) unabhängige Protokollierung und Auswertung der Ziel- und Ratefolgen; (5) Abschirmung des Zielmaterials vor den Versuchspersonen und auch den Experimentatoren, die Kontakt mit den Versuchspersonen haben; (6) unabhängige Versuchsreplikation: Versuchspersonen, die hohe Trefferleistungen erzielt haben, sollen von anderen Experimentatoren in eigener Verantwortung getestet werden, um signifikante Ergebnisse zu bestätigen; (7) Sicherung vor Versuchsleiterbetrug, z.B. durch doppelte Protokollierung.

Die Mehrzahl der experimentell arbeitenden Parapsychologen, die dem RHINEschen Paradigma verpflichtet ist, hält folgende Merkmale von Psi für empirisch gesichert (vgl. die Zusammenfassungen von NASH, 1978; THOULESS, 1972; das Meinungsbild bei SCHMEIDLER, 1972):

(1) ASW und PK sind unter Laborbedingungen statistisch-experimentell nachgewiesen; (2) es handelt sich dabei um allgemein verbreitete, aber unterschiedlich ausgeprägte „Fähigkeiten" des Menschen (und vermutlich anderer Lebewesen unterschiedlichen Organisationsgrades); (3) die Psi-Fähigkeit hängt von unbewußten Faktoren ab, tritt sporadisch und unvorhersehbar auf und ist nicht beliebig steuerbar; (4) äußere physikalische Parameter (z.B. Beschaffenheit der Zielobjekte, räumliche oder zeitliche Distanz, Abschirmungen usw.) spielen kaum eine Rolle; dagegen dominieren psychologische Variablen (wie Motivation und Stimmung der Versuchsperson, Glauben der Versuchsperson an ihren Erfolg im Experiment, die Beziehung zwischen Versuchsperson und Experimentator usw.); (5) ASW und PK sind strukturell verwandt; ihre Ablaufformen lassen sich in Form sog. „Positionseffekte" psychologisch sinnvoll interpretieren, z.B. als „Absinkungseffekte" oder „U-Kurven", die als psychologisch bedingte Leistungsschwankungen im Testverhalten auf Grund von Monotonie oder Ermüdung gedeutet werden (vgl. die Übersicht der „Positionseffekte" bei RHINE, 1969).

4 Kritik der parapsychologischen Forschungsmethoden

Dieser Merkmalskatalog, der aus Hunderten experimenteller Untersuchungen destilliert ist (vgl. das Fazit bei RAO, 1966), stieß und stößt auf Widerspruch. Eine der vermutlich einflußreichsten Kritiken der P. wurde von dem Chemiker PRICE (1955) formuliert. Da die Existenz der ASW für PRICE „mit der gegenwärtigen wissenschaftlichen Theorie unvereinbar" war, sah er nur die Möglichkeit, alle nichtzufälligen Ergebnisse parapsychologischer Experimente, die *nicht* mit Protokoll- oder statistischen Irrtümern oder dem unbewußten Gebrauch sensorischer Signale erklärbar seien, auf „bewußten Betrug oder leicht abnorme psychische Bedingungen" zu reduzieren (PRICE, 1955, 360).

PRICE nahm zwar 17 Jahre später den Betrugsverdacht, der sich vor allem gegen RHINE und den englischen Mathematiker SOAL gerichtet hatte, als „äußerst unfair" wieder zurück (PRICE, 1972, 359), dennoch wurden die beiden Schlüsselargumente gegen die Sache der P. – das a priori- und das Betrugsargument – von dem englischen Experimentalpsychologen HANSEL (1966) wieder aufgegriffen und vertieft, dessen Buch außerhalb der parapsychologischen Gemeinschaft mitunter als das vernichtendste Urteil über das ganze Gebiet gilt (vgl. die begeisterte Rezension von STEVENS, 1967). Nach HANSELS Meinung ist der in der Parapsychologie untersuchte Prozeß „sowohl hypothetisch wie auch a priori höchst unwahrscheinlich" (HANSEL, 1966, 17); so genüge allein der Aufweis einer *Betrugsmöglichkeit* – und sei sei auch noch so unwahrscheinlich (wie der Kollektivbetrug von Versuchspersonen und Versuchsleiter) –

um den Anspruch eines „zwingenden ASW-Nachweises“ zu entkräften (Hansel, 1966, 241). Von den vier von Hansel unter diesem Gesichtspunkt analysierten Versuchsreihen, von denen drei zu den „klassischen“ ASW-Nachweisen gerechnet werden (Thouless, 1972), ist jetzt zumindest bei den Soal-Goldney-Experimenten kein Zweifel mehr möglich, daß Soal seine Daten manipuliert hat (vgl. Markwick, 1978).

Dieser Trend zur „Erosion der Evidenz“, der besagt, daß die anfangs so überzeugenden Resultate parapsychologischer Experimente mit fortgesetzter Überprüfung dahinzuschwinden scheinen, läßt sich vielfach belegen (weitere Beispiele bei Bauer, 1979). In diese Richtung geht auch die Grundlagenkritik des Psychologen Girden (1962) an 200 PK-Würfelexperimenten, die zum Schluß kommt, „daß Beweise für PK als psychologisches Phänomen völlig fehlen, und daß dieser Mangel solange anhalten wird, bis der Effekt sich bei der Anwesenheit einer bestimmten psychologischen Variablen einstellt und bei ihrer Abwesenheit ausbleibt“ (Girden, 1962, 384). Diese Kritik trifft im Grunde für den größten Teil der Experimente zu, die psychologische oder physiologische Variablen mit bestimmten Psi-Trefferleistungen korrelieren. Ganz abgesehen davon, daß die meistenteils verwendeten uni- oder bivariaten Analysekonzepte kaum befriedigend sind (vgl. Mischo, 1974), zeigen die geringen und schlecht reproduzierbaren Kovarianzen, daß es in der P. bisher noch nicht gelungen ist, eine Prädiktorvariable ausfindig zu machen, die die Abweichungen einer Trefferleistung von der Zufallserwartung zuverlässig in Richtung und Größenordnung vorherbestimmen könnte.

Ein Beispiel dafür sind die Untersuchungen der Psychologin G. Schmeidler zur Frage, inwiefern eine unterschiedliche ASW-Trefferleistung („psi-hitting“ bzw. „psi-missing“) mit bestimmten Persönlichkeitsmerkmalen korreliert ist („Sheep-goat“-Effekt, vgl. Palmer, 1977).

Jedenfalls geht der heutige Forschungstrend in der P. dahin, den rein „beweisorientierten“ durch einen „prozeßorientierten“ Zugang abzulösen (als repräsentatives Beispiel dafür vgl. das von Wolman, 1977, edierte „Handbook of Parapsychology“). Hier wäre das von Braud (1978) und Honorton (1978) entwickelte Konzept der „psi conducive states“ zu nennen, also die Klassifikation eines Syndroms verschiedener Bewußtseinszustände, die durch verschiedene Techniken (wie Hypnose, Meditation, sensorische Deprivation oder Biofeedback) induziert werden, und die eine innere „Sensitivität“ für ASW-vermittelte Informationen fördern sollen. Durch dieses Vorgehen sollen spezifische, funktionelle Beziehungen zwischen meßbaren und/oder kontrollierbaren Nicht-ASW-Faktoren und der jeweiligen Ausprägung der Psi-Leistung formuliert werden. Wenn sich ein solcher Ansatz bewährt, wäre er eine Antwort auf einen stichhaltigen Einwand, der besagt, solange nichts über die *Randbedingungen* paranormaler Phänomene bekannt sei (also die Bedingungen, unter denen sie auftreten oder nicht), solange dürfte man sich nicht wundern, daß die Mehrzahl der Wissenschaftler die Beschäftigung mit solchen „Zufallsergebnissen“ ablehnt bzw. für überflüssig hält (vgl. Stanford, 1974).

5 Neue Forschungstechnologien

Seit 1970 hat sich auch in der PK-Forschung eine neue experimentelle Technologie mit erheblichen methodischen Verbesserungen in Form von *Zufallsgeneratoren* durchgesetzt (vgl. Rush, 1977; Stanford, 1977). Diese vor allem von dem Physiker H. Schmidt entwickelten Zufallsgeneratoren beruhen z.B. auf dem spontanen radioaktiven Zerfall und weisen folgende Vorteile auf: verläßliche Randomisierung der Zielfolge, frei wählbare Geschwindigkeit des Versuchsablaufs, flexible Wahl der Versuchsmodalitäten, psychologische Einstimmung der Versuchsperson durch verschiedene Displays und Trefferrückmeldung, weitgehend Betrugssicherheit seitens der Versuchsperson, Zuverlässigkeit von Protokollierung und Auswertung durch automatische Registrierung, Zuverlässigkeitstests der Apparatur durch beliebig lange Kontrolläufe, geringer Zeitaufwand pro Versuchsperson bei Reihentests. Die Versuchsperson wird instruiert, eine vom Zufallsgenerator erzeugte Folge von Ereignissen, z.B. das Aufleuchten von Lampen, durch Willensanstrengung in eine vorgegebene Richtung zu beeinflussen. Schmidt (1974) berichtet von einer Reihe sehr signifikanter Ergebnisse, wobei die unabhängig vorgenommene Wiederholung dieser Versuche ein uneinheitliches Bild ergibt (vgl. Bauer/v. Lucadou, 1979).

Offenbar gilt für das parapsychologische Experiment in besonderem Maße, daß eine Reproduzierbarkeit des Ergebnisses nicht nur eine

Gleichheit des Versuchsablaufs erfordert, sondern auch eine Gleichheit der Bedingungen psychologischer Natur, z. B. Einstellungserwartungen von Versuchsperson und/oder Experimentator. Somit ist keine weitreichende „Präparation“ des Anfangszustands für ein solches Experiment in dem Maße möglich, wie dies beim Einstellen einer rein physikalischen Apparatur erforderlich wäre. Ein Vergleich der einzelnen experimentellen Ergebnisse wird dadurch sehr erschwert. Da zudem die meisten positiven Resultate in der P. nur von wenigen Experimentatoren erzielt worden sind, die ihre Befunde oft mit erstaunlicher Konsistenz replizieren konnten (Honorton, 1978), scheint der „*Versuchsleitereffekt*“ ausschlaggebend zu sein (White, 1977); vielleicht sollten Experimentator und Versuchsperson als eine psychologische Einheit gesehen werden und Psi als holistischer Bestandteil einer Gruppe (Parker, 1978).

6 Aktuelle Aufgaben

Gegenwärtig sieht sich die kaum institutionalisierte und geförderte Randdisziplin P. einem immer stärker anwachsenden Heilsbedürfnis gegenüber, so daß sie – gerade bei unkritischer Propagierung ihrer kontroversen Befunde – Merkmale einer Ersatzreligion annehmen kann (Hutten, 1974). Dieser Gefahr sollte die P. begegnen, indem sie eine aufklärerische Funktion wahrnimmt, also Betrug Betrug nennt, die in Frage kommenden Effekte von metaphysischen Wunschvorstellungen befreit und sich der sozialpsychologischen Auswirkungen immer noch weit verbreiteter „okkulter Praktiken“ annimmt. Die parapsychologische Forschung muß stärker als bisher mitreflektieren, in welchem ideologischen und sozialen Kontext der Glaube an „Psi“ zum Aberglauben an eine falsch verstandene Transzendenz und zur kommerziellen Ausbeutung individueller und sozialer Ängste werden kann. Ob die P. aus dem Zustand einer „Protowissenschaft“ heraustritt, hängt nicht zuletzt von der Verbesserung der materiellen Fundierung einer solchen Forschung ab. Im gegenwärtigen Stadium ist es völlig offen, ob es gelingt oder ob es wünschenswert ist, paranormale Erscheinungen zu „normalisieren“ und sie damit in eines der akzeptierten Weltbilder von Psychologie, Physik oder Täuschungskunst zu integrieren.

Verweis auf andere Stichwörter

→Empirische Forschungsmethoden der Psychologie
→Experiment →Statistik →Tests und Testtheorie

Literatur

Allison, P. D.: Social Aspects of Scientific Innovation: The Case of Parapsychology. Unpublished Masters Thesis: University of Wisconsin 1973.

Bauer, E.: Kritik und Kontroversen der Parapsychologie. In: Condrau, C. (Hrsg.): Transzendenz, Imagination und Kreativität (= Die Psychologie des 20. Jahrhunderts, Band XV). Zürich: Kindler 1979.

Bauer, E./Lucadou, W. v.: Methoden und Ergebnisse der Psychokinese-Forschung. In: Condrau, C. (Hrsg.): Transzendenz, Imagination und Kreativität (= Die Psychologie des 20. Jahrhunderts, Band XV). Zürich: Kindler 1979.

Beloff, J.: The limits of parapsychology. European Journal of Parapsychology, 3, 1978, S. 291–303.

Braud, W.: Psi conducive states: explorations and interpretations. In: Shapin, B./Coly, L. (Hrsg.): Psi and States of Awareness. New York: Parapsychology Foundation 1978, S. 1–34.

Bunge, M.: Scientific Research I. Berlin, Heidelberg, New York: Springer 1967.

Flew, A.: Describing and explaining. In: Ludwig, J. (Hrsg.): Philosophy and Parapsychology. Buffalo: Prometheus Books 1977, S. 207–226.

Gauld, A.: The Founders of Psychical Research. London: Routledge & Kegan Paul 1968.

Girden, E.: A review of psychokinesis (PK). Psychological Bulletin, 59, 1962, S. 353–388.

Hansel, C. E. M.: ESP: A Scientific Evaluation. New York: Scribner's 1966.

Honorton, C.: Error Some Place! Journal of Communication, 25, 1975, S. 103–116.

Honorton, C.: Psi and internal attention states: information retrieval in the Ganzfeld. In: Shapin, B./Coly, L. (Hrsg.): Psi and States of Awareness. New York: Parapsychology Foundation 1978, S. 79–90.

Hutten, K.: Überweltpropheten gegen Diesseitigkeitsapostel. In: Bauer, E. (Hrsg.): Psi und Psyche. Festschrift für Hans Bender. Stuttgart: Deutsche Verlags-Anstalt 1974, S. 75–93.

Markwick, B.: The Soal-Goldney experiments with Basil Shackelton: new evidence of data manipulation. In: Proceedings of the Society for Psychical Research, 56 (pt. 211), 1978, S. 250–277.

Mauskopf, S. H./McVaugh, M. R.: Parapsychology and the American psychologists: a study of scientific ambivalence. In: Shapin, B./Coly, L. (Hrsg.): The Philosophy of Parapsychology. New York: Parapsychology Foundation 1977, S. 216–233.

McVaugh, M. R./Mauskopf, S. H.: Rhine's Extra-Sensory Perception and its background in psychical research. Isis, 67, 1976, S. 161–189.

Mischo, J.: Neue Perspektiven parapsychologischer Forschung: Der Weg zum multivariaten Experiment. In: Bauer, E. (Hrsg.): Psi und Psyche. Stuttgart: Deutsche Verlags-Anstalt 1974, S. 133–143.

Morris, R. L.: Parapsychology, biology and anpsi. In: Wolman, B. B. (Hrsg.): S. 687–715.

NASH, C. B.: Science of Psi: ESP and PK. Springfield: Thomas 1978.
NILSSON, I.: Das Paradigma der Rhineschen Schule. Zeitschrift für Parapsychologie und Grenzgebiete der Psychologie, 19, 1977, S. 101–128.
PALMER, J.: Attitudes and personality traits in experimental ESP research. In: WOLMAN, B. B. (Hrsg.): S. 175–201.
PARKER, A.: A holistic method in Psi and ASC research. In: SHAPIN, B./COLY, L. (Hrsg.): Psi and States of Awareness. New York: Parapsychology Foundation 1978, S. 42–53.
PRATT, J. G./RHINE, J. B./SMITH, B. M./STUART, C. E./GREENWOOD, J. A.: Extra-Sensory Perception After Sixty Years. Boston: Humphries 1940.
PRICE, G. R.: Science and the supernatural. Science, 122, 1955, S. 359–367.
PRICE, G. R.: Apology to Rhine and Soal (letter). Science, 1975, 1972, S. 359.
RAO, K. R.: Experimental Parapsychology: A Review and Interpretation. Springfield: Thomas 1966.
RHINE, J. B.: Extra-Sensory Perception. Boston: Boston Society for Psychical Research 1934.
RHINE, J. B.: Position effects in psi tests results. Journal of Parapsychology, 33, 1969, S. 136–157.
RHINE, J. B.: Is parapsychology losing its way? Journal of Parapsychology, 36, 1972, 170–176.
RHINE, J. B./PRATT, J. G.: Parapsychologie-Grenzwissenschaft der Psyche. Bern, München: Francke 1962.
RHINE, L. E.: Psychokinese. Genf: Ariston 1977.
RUSH, J. H.: Problems and methods in psychokinesis research. In: KRIPPNER, S. (Hrsg.): Advances in Parapsychological Research, vol. 1: Psychokinesis. New York, London: Plenum Press 1977, S. 15–78.
SCHMEIDLER, G. R.: Ansichten von Parapsychologen über Parapsychologie – 1971. Zeitschrift für Parapsychologie und Grenzgebiete der Psychologie, 14, 1972, S. 198–206.
SCHMEIDLER, G. R. (Hrsg.): Parapsychology: Its Relation to Physics, Biology, Psychology, and Psychiatry. Metuchen, N. J.: Scarecrow 1976.
SCHMEIDLER, G. R.: Methods for controlled research on ESP and PK. In: WOLMAN, B. B. (Hrsg.): S. 131–159.
SCHMIDT, H.: Psi als Wechselwirkung zwischen geistigen Vorgängen und äußeren Quantenprozessen. In: BAUER, E. (Hrsg.): Psi und Psyche. Festschrift für Hans Bender. Stuttgart: Deutsche Verlags-Anstalt 1974, S. 187–196.
STANFORD, R. G.: Concept and Psi. In: ROLL, W. G./MORRIS, R. L./MORRIS, J. D. (Hrsg.): Research in Parapsychology 1973. Metuchen, N. J.: Scarecrow 1974, S. 137–162.
STANFORD, R. G.: Experimental psychokinesis: a review from diverse perspectives. In: WOLMAN, B. B. (Hrsg.): S. 324–381.
STEVENS, S. S.: The market for miracles. Contemporary Psychology, 12, 1967, S. 1–3.
THOULESS, R. H.: From Anecdote to Experiment in Psychical Research. London: Routledge & Kegan Paul 1972.
THOULESS, R. H./WIESNER, B. P.: On the nature of Psi phenomena. Journal of Parapsychology, 10, 1946, S. 107–119.
WHITE, R. A.: Parapsychology today. In: MITCHELL, E. D./WHITE, J. (Hrsg.): Psychic Exploration: A Challenge for Science. New York: Putnam's 1974, S. 195–221.
WHITE, R. A.: The influence of experimenter motivation, attitudes, and methods of handling subjects and Psi test results. In: WOLMAN, B. B. (Hrsg.): S. 273–301.
WOLMAN, B. B. (Hrsg.): Handbook of Parapsychology. New York: Van Nostrand 1977.

Eberhard Bauer und Klaus Kornwachs

Persönlichkeit

1 Begriffsbestimmungen

P. ist ein theoretisches Konstrukt (hypothetisches Konstrukt) bzw. eine Sammelbezeichnung für Einzelkonstrukte, welche dem „Persönlichkeitsbereich" zuzuordnen sind. P. wird innerhalb der Differentiellen Psychologie bzw. der empirischen P.forschung zum Gegenstand der Untersuchung gemacht oder aus den empirischen Untersuchungen dieses Forschungsgebietes abgeleitet. Je nach theoretischer und methodischer Ausrichtung der P.forscher wird der Begriff unterschiedlich definiert bzw. es werden verschiedene empirische Sachverhalte darunter subsumiert.

Etymologisch ist der Begriff „Persönlichkeit" nicht eindeutig zu bestimmen. So hat z. B. das lateinische Wort „persona" bereits mehrfache Bedeutung. Betrachtet man die Entwicklung der Wortbedeutung im Laufe der Geschichte, so zeigt sich, daß der Begriff „Person" in sehr unterschiedlichen Zusammenhängen benutzt wird (vgl. KOCH, 1960).

Auch die fachpsychologische Definition des Begriffes „Persönlichkeit" ist keineswegs einheitlich. Unterschiedliche methodische Positionen wirken sich sowohl inhaltlich als auch formal auf die Definitionsversuche aus. Während die mehr *philosophisch* bzw. nichtempirisch orientierten P.psychologen den methodischen oder operationalen Aspekt fast völlig vernachlässigen, tritt er innerhalb der *psychometrisch* orientierten P.forscher in seiner forschungsleitenden Funktion sehr stark in den Vordergrund. Die extreme psychometrische Position lehnt eine Definition des Begriffes „Persönlichkeit" ganz ab und setzt P. mit denjenigen Aspekten des Verhaltens bzw. denjenigen psychologischen Sachverhalten gleich, welche eine Verhaltensbeschreibung und eine Verhaltensvorhersage ermöglichen.

Extreme Positionen über das, was man unter P. versteht, werden z. B. in den Definitionen von THOMAE und CATTELL deutlich. Nach THOMAE ist P. „der individuelle Aspekt des Menschseins". P. ist der „Inbegriff einer zum Sinngebilde der Individualität integrierten Reihe von Ablaufsgestalten oder -prozessen" (THOMAE, 1968). CATTELL (1950) definiert die P. als dasjenige System, welches eine Verhaltensvorhersage möglich macht. Aber auch innerhalb relativ einheitlicher Modellannahmen, z.B. im Rahmen des Eigenschaftsmodells, sind noch erhebliche Variationen bezüglich der Reichweite des theoretischen Konstruktes P. feststellbar. Nach EYSENCK (1953) ist P. „die mehr oder weniger feste und überdauernde Organisation des Charakters, des Temperamentes, des Intellekts und der Physis eines Menschen". Nach GUILFORD (1964) umfaßt das Konstrukt der P. die gesamte Struktur von P.zügen (*Traits*). Als P.zug werden alle Dimensionen verstanden, welche an einem Individuum feststellbar sind (z.B. morphologische, physiologische, motivationale Züge sowie Interessen, Einstellungen, Fähigkeiten, Temperamentsdimensionen).

2 Gegenstände und Zielsetzungen der Persönlichkeitsforschung

Die Bemühungen der empirischen P.psychologie sind nun weniger auf definitorische Umschreibungen ausgerichtet, sondern streben vielmehr eine *systematische Ordnung*, eine Modellbildung bzw. eine Theorie der empirisch umfassend analysierten inter- und intraindividuellen Unterschiede an. Unterscheidet man mit HERRMANN (1976) zwischen P.beschreibung und P.erklärung, so verfolgt die empirische P.forschung beide Ziele gleichzeitig.

In der P.forschung sind bezüglich methodischer und inhaltlicher Strategien sehr heterogene Ansätze vertreten, die z.T. darauf zurückzuführen sind, daß nach verschiedenen Forschungsmodellen vorgegangen wird (vgl. HERRMANN, 1976). Die vielfältigen Ergebnisse der empirisch orientierten P.forschung und die Bedeutung dieser Ergebnisse sind dann adäquat einzuschätzen, wenn man berücksichtigt, daß mit sehr vielfältigen Methoden empirisch ermittelbare Sachverhalte festgestellt werden. Diese empirischen Sachverhalte werden zu hypothetischen Konstrukten abstrahiert. Die Konstrukte haben sich wieder in der empirischen Analyse zu bewähren oder werden an empirischen Sachverhalten korrigiert.

Wenn man als Intention der *Allgemeinen Psychologie* das Aufstellen von *allgemeingültigen Gesetzmäßigkeiten* im Bereich der psychischen Funktionen sehen kann, so verfolgt die P.psychologie das Ziel, die *individuellen Besonderheiten*, deren Bedingungen und Auswirkungen zu untersuchen. Eine strikte Trennung zwischen Allgemeiner Psychologie, P.psychologie bzw. Differentieller Psychologie erscheint jedoch nur forschungsorganisatorisch sinnvoll, da es eine große Zahl von empirischen Befunden gibt, welche die Bedeutung von individuellen Unterschieden im P.bereich in ihrer Auswirkung auf psychische Funktionen wie z.B. Lernen, Wahrnehmen usw. demonstrieren konnten. Zum Zwecke einer fundierten Bedingungsanalyse psychischer Funktionen ist es deshalb nicht angebracht, innerhalb der Allgemeinen Psychologie differentielle Aspekte zu ignorieren bzw. als Fehlerquelle auszuschließen. Ebensowenig ist es angebracht, bei der differentiellen Betrachtung allgemeingültige Aussagen nicht zu berücksichtigen. Dieses umfangreiche Forschungsprogramm der Differentiellen Psychologie hat bereits William STERN (1911) in der Darstellung der verschiedenen Methoden zum Ausdruck gebracht, indem er Untersuchungsmethoden der „Variation", „Korrelation" und „Komparation" forderte.

Die P.forschung ist nicht nur in einem bestimmten Verhältnis zur Allgemeinen Psychologie zu sehen, sondern auch zur *Psychologischen Diagnostik* und speziell zu denjenigen diagnostischen Bereichen, welche den gesamten P.sektor umfassen. Die psychologische Diagnostik kann aber auch durch ihre Untersuchungen einen Beitrag zur Entwicklung der persönlichkeitspsychologischen Dimensionen leisten.

Unter der Forderung nach einer verstärkten Integration verschiedener psychologischer Teilgebiete sollte auch in besonderem Maße die Bedeutung der *Entwicklungspsychologie* für die P.forschung erwähnt werden. Da im Rahmen der unterschiedlichen P.modelle die Frage nach den Entstehungsbedingungen und nach den Veränderungsmodalitäten von Bedeutung ist, sollte die Genese von P.dimensionen verstärkt unter entwicklungspsychologischem Aspekt betrachtet werden.

3 Theoretische Modelle der Persönlichkeitspsychologie

Historisch sind die ersten Untersuchungen zur Bestimmung von individuellen Unterschieden mit den Namen James McKeen CATTELL und mit GALTON verbunden. Im Verlauf der P.forschung lassen sich vier Phasen aufzeigen (siehe BRENGELMANN, 1968). Die *philosophisch orientierten Typenlehren* bilden die erste Phase.

Sie sind hauptsächlich durch das methodische Vorgehen der Intuition bzw. der Introspektion gekennzeichnet. Diese philosophisch orientierten Typenlehren werden von den *experimentell arbeitenden Typenforschern* abgelöst bzw. ergänzt. An diese zweite Phase schließt sich dann die mit empirischen Methoden arbeitende *P.psychologie* an. Sie ist hauptsächlich dadurch zu kennzeichnen, daß mit statistischen Methoden einzelne Komponenten bzw. Komponentengruppen von P.dimensionen ermittelt werden. Die bevorzugten statistischen Methoden sind dabei die Korrelationstechnik und die darauf aufbauende Faktorenanalyse. Die vierte Phase kann als *experimentell orientierte Richtung der P.forschung* bezeichnet werden. Unter Verwendung des Experiments werden Funktionen zwischen unabhängigen und abhängigen Variablen ermittelt. Erfolge bzw. Mißerfolge bei der Anwendung nur einer Methode lassen erkennen, daß es auch im Bereich der P.forschung angebracht ist, einen multiplen Methodenansatz zur Anwendung zu bringen.

Unterschiedliche methodische und theoretische Ausgangspositionen bei der Untersuchung von individuellen Unterschieden haben zu einer großen Zahl von empirisch ermittelten Einzelbefunden aber auch empirisch nicht abgesicherten Beschreibungsaspekten geführt. Versucht man, diese Befunde zu ordnen und auf verschiedene Modellannahmen zu beziehen, so ergeben sich in Abhängigkeit zum Abstraktionsgrad der Beschreibungskategorien sehr unterschiedliche Darstellungen. Bezieht man sich auf eine Detailanalyse, so kann man zwischen je einzelnen Autoren bereits beträchtliche Unterschiede bezüglich theoretischer Annahmen, empirischer Methoden und daraus abgeleiteter empirischer Befunde feststellen (siehe z.B. HALL/LINDZEY, 1957).

Subsumiert man unterschiedliche theoretische Positionen unter relativ weitgefaßte Prinzipien, wie es z.B. MISCHEL (1971) vorzieht, so kann man Typen- und Eigenschaftstheorien, psychodynamische Theorien, psychodynamische Verhaltenstheorien, soziale Verhaltenstheorien und phänomenologische Theorien der P. gegeneinander abgrenzen. *Typen- und Eigenschaftstheorien* machen Annahmen über grundlegende und allgemeine Eigenschaften, welche das Verhalten determinieren. Sie versuchen, mit quantitativen Methoden diese grundlegenden Dimensionen zu ermitteln. Die *psychodynamischen* Konzeptionen gehen auf die analytischen Vorstellungen der Dreiteilung des Individuums nach Ich, Es und Überich von FREUD zurück. Zwischen psychodynamischer P.theorie und Eigenschaftstheorie sind einige Ähnlichkeiten festzustellen. Im methodischen Bereich sind die Unterschiede jedoch sehr groß.

Versucht man, P.modelle noch abstrakter und nach sehr allgemeinen Gesichtspunkten zu klassifizieren, so könnte man mit MAGNUSSON und ENDLER (1976) zwischen psychodynamischen, eigenschaftsorientierten, situationistischen und interaktionistischen Modellen unterscheiden (siehe Abb. 1). Der persönlichkeitspsychologische *Situationismus* stellt eine Gegenposition zum Eigenschaftsmodell dar. Der Situationismus postuliert, daß Verhalten eine Funktion der Situation ist. Als Forschungsinstrument benutzt er das klassische Experiment. Nach dem *interaktionistischen* Modell resultiert das aktuelle Verhalten aus einer nicht trennbaren und dauernd stattfindenden Interaktion zwischen Person und Situation. Dieses Interaktionsverhältnis ist nicht einseitig gedacht, sondern stellt einen reziproken Prozeß dar. Die Hauptdeterminanten des Verhaltens sind nach diesem Modell weder die Traits noch die Situationen, sondern die Situationen stellen eine Funktion der Person dar, wie das Personenverhalten eine Funktion der Situation ist.

Wählt man für die Einteilung von P.modellen nur diese vier Kategorien, so wird dadurch eine große Zahl von Unterscheidungsmöglichkeiten zwischen den Theorien vernachlässigt.

4 Methoden

Für die empirische Analyse der einzelnen Aspekte des Konstruktes der P. ist ein breites Spektrum von *Methoden* eingesetzt worden. Die *qualitativen Methoden* der P.forschung verfolgen das Ziel einer „Wesenserfassung" (SALBER, 1960). Zu diesem Zwecke werden Personenbeschreibungen, phänomenologische Analysen, tiefenpsychologische Betrachtungen und die biographische Technik vorrangig gewählt. Grundsätzlich können die über solche Datenerhebungstechniken gewonnenen Daten statistisch verarbeitet werden.

Von *quantitativen Methoden* könnte man dann sprechen, wenn die P.analyse mit dem Ziel verfolgt wird, mit psychologischen Untersuchungstechniken meßbare Aspekte der Person zu erfassen. Dieses Erkenntnisziel ist dann meist mit der Anwendung von traditionellen Versuchsanordnungen und dem Einsatz von statistischen Verfahren verbunden. Lassen sich abhängige und unabhängige Variablen definieren, so kann man sowohl einfachere als auch komplexere Dependenzanalysen durchführen (MITTENECKER, 1960). Sehr gebräuchlich in der P.forschung sind korrelationale Analysen, bei welchen mehrere Variablen gleichzeitig „beobachtet" werden können. Die weitere Verarbeitung der Zusammenhangsmaße über faktorenanalytische Methoden bietet sich aus Gründen der Datenreduktion an, ist aber im Sinne einer Modellentwicklung nur dann angemessen, wenn

Abb. 1: Schematischer Vergleich der vier Persönlichkeitsmodelle (aus: ENDLER, N. S./MAGNUSSON, D., 1976)

	Modelle			
Vergleichsparameter	Psychodynamik	Trait	Situationismus	Interaktionismus
1. Determinanten des Verhaltens	Innengesteuert	Innengesteuert	Außengesteuert	Innen-außen-gesteuert
2. Entwicklung				
a) Interesse an der Entwickl.	a) ja	a) nein	a) ja	a) ja
b) Nativismus-Empirismus	b) beides	b) Nativismus	b) Empirismus	b) Empirismus
c) biologisch-psycholog. Betonung	c) beides	c) biologisch	c) psychologisch	c) beide
3. Forschungsstrategien (Messung und Datenverarb.)				
a) Methoden der Datensammlung	a) Interview, Falldarstellung.	a) Fragebogen, Ratings, Tests	a) Experiment	a) Beobachtungen, Tests, Fragebogen, Experimente
b) Arten von Daten	b) verbale Berichte	b) Fragebogenmeßwerte, Testm.-w. Ratingw.	b) experimentelle Daten, Häufigkeitsauszähl.	b) Testwerte, Fragebogenwerte, ex. Daten
c) Datenverarbeitung	c) Interpretation verbal. Berichte	c) Korrelationsanalyse, Faktorenanalyse	c) Varianzanalyse	c) Varianzanalyse, Faktorenanalyse, Korrelationsmuster, Markov-Ketten
4. Stichproben				
a) Alter der Stichproben	a) Erwachsene und Kinder	a) Erwachsene	a) Erwachsene und Kinder	a) Erwachsene und Kinder
b) normal – klinisch	b) klinisch Auffällige	b) beide	b) Normale	b) Normale
5. Konsistenz – Spezifitätsansatz	Konsistenz des Verhaltens über Situationen hinweg	Konsistenz des Verhaltens über Situationen hinweg	Inkonsistenz des Verhaltens über Situationen hinweg (Spezifität)	Person-Situation-Interaktion und and. Interaktionen, das Verhalten variiert über Situation und Personen
6. Analyseeinheiten	Dynamische Einheiten (die dem Verhalten zugrundeliegen; Motive und Instinkte; Eigenschaften)	Traits	Situationen	Person-Situation-Interaktion u.a. Aktionen
7. Art der Gesetzesaussagen	R-R und S-R	R-R	S-R	S-R-S-R-S-R ...

Vermutungen berechtigt sind, daß individuelle Unterschiede in verschiedenen Merkmalen auf identische Ursachenfaktoren zurückzuführen sind (siehe Pawlik, 1977).
Da es in der P.forschung häufig nicht möglich ist, beim Ausgangspunkt der Untersuchung die unabhängige bzw. die abhängige Variable zu definieren, wird häufig das korrelationale Forschungsdesign angewandt. Zur Untersuchung eines detaillierten Bedingungsgefüges von P.variablen ist es jedoch angebracht, korrelational gewonnene Befunde dependenzanalytischen Kontrollen zu unterwerfen.

5 Zusammenfassende Bewertung der Forschungsergebnisse

Die Ergebnisse der empirischen P.forschung lassen sich aus verschiedenen Gründen umfassend und detailliert nur sehr schwer darstellen. Gründe, welche zu dieser Schwierigkeit führen, sind nicht nur darin zu sehen, daß eine fast nicht mehr überschaubare Menge von einzelnen empirischen Befunden vorliegt, sondern sind auch in der Tatsache zu suchen, daß sowohl auf dem Sektor der Methoden als auch der Inhalte eine beachtliche Divergenz vorliegt.
Versucht man unter Heranziehung vergleichbarer Positionen eine Einschätzung bezüglich der bis jetzt gesicherten empirischen Befunde, so ist es angebracht, sich einerseits auf die „großen Systeme" und andererseits auf Ergebnisse von Untersuchungen zu umschriebenen P.konstrukten zu beziehen.
Bei den Gesamtsystemen läßt sich zumindest im Bereich der faktorenanalytischen Modelle erkennen, daß wir es hier mit einer überschaubaren und relativ konstanten Anzahl von Konstrukten zu tun haben. Die Inhalte dieser Konstrukte und deren externe Beziehung sind dann replizierbar, wenn bei der Datenerhebung identische oder zumindest vergleichbare Methoden angewandt werden. Im kognitiven Bereich der P.dimensionen lassen sich ca. 20 bis 25 Primärfaktoren identifizieren. Der nichtkognitive Sektor, also der Bereich der Gefühle, Einstellungen usw. läßt sich faktorenanalytisch mit 10 bis 15 Dimensionen umschreiben (siehe Pawlik, 1968, 1977).
Als ein nicht unwesentliches Nebenprodukt dieser methodischen Ausrichtung in der P.forschung lassen sich Negativergebnisse formulieren. Es haben sich nämlich verschiedene Eigenschaftshypothesen für spezifische Konstrukte nicht bestätigen lassen. Der faktoriell erfaßbare Dimensionsraum scheint also abgesteckt zu sein. Wenn auch die Beziehungen zwischen externen Kriterien und Faktoren in der erhofften Höhe nicht bestätigt werden konnten, so kennt man heute den Beitrag, den die Faktoren bei der Varianzaufklärung leisten können. Unterschiedliche Dimensionsbenennungen oder divergente Faktorenanzahlen ergeben sich durch den möglichen Interpretationsspielraum, durch die gewählte statistische Methode oder lassen sich durch die Wahl des spezifischen oder allgemeineren Niveaus der Datenerhebungsmethoden erklären. Dieser Sachverhalt ist am Modell der hierarchischen Konzeption, welches der faktoriellen Beschreibung zugrundeliegt, am deutlichsten zu erkennen (siehe Abb. 2).
Versucht man, die Situation auf dem Gebiet einzelner deskriptiver Konstrukte wie z.B. „sensation-seeking", „Abwehr-Sensibilisierung", „locus of control", „Leistungsstreben" usw. zu analysieren, so kann festgestellt werden, daß die interne und externe Validierung solcher Dimensionen soweit geklärt ist, daß man sie zur Varianzaufklärung heranziehen kann bzw. daß sie als Merkmale von Individuen gelten können (siehe Herrmann, 1969; London/Exner, 1978).

6 Ausblick

Die empirischen Untersuchungen zur internen und externen Validität der deskriptiven Einzelkonstrukte können noch nicht als abgeschlossen gelten. Zum jetzigen Zeitpunkt läßt sich aber bereits feststellen, daß diese Analysen neue Aspekte der Beschreibungsdimensionen eröffnet haben und dazu führen, Datenerhebungstechniken einzubeziehen, die bisher zur Beschreibung von Individuen in zu geringem Maße verwendet wurden. Neue Methoden können nicht nur neue Varianzquellen erschließen, sondern produzieren auch neue Methodenvarianz und Fehlervarianz, die in systematischen Analysen erkundet werden müssen.
Nach einem längeren Zeitraum der empirischen und theoretischen Stagnation im Bereich des hypothetischen Konstruktes der P. zeichnet sich, angeregt durch die Nichterfüllung der unrealistischen Erwartungen, die mit der psychometrisch orientierten Trait-Psychologie verbunden wurden, und beschleunigt durch den nicht neuen

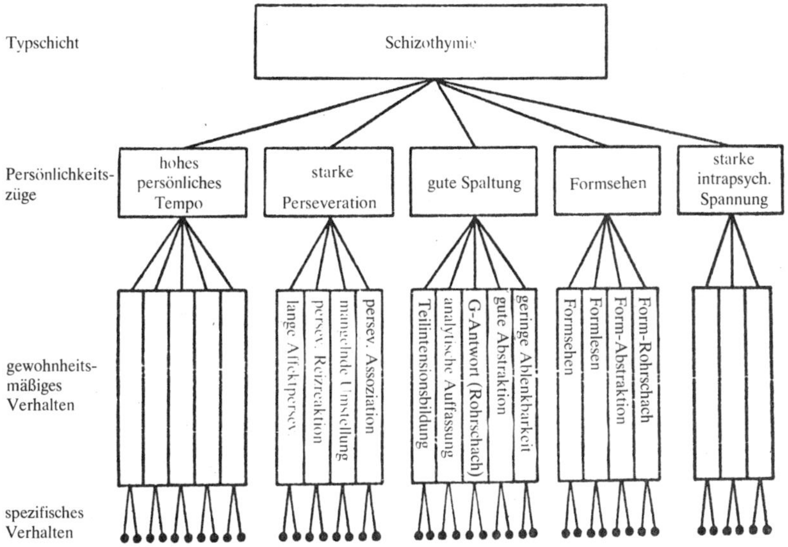

Abb. 2: Schema der hierarchischen Organisation der Persönlichkeit (nach EYSENCK, 1953).
Aus: BRENGELMANN, J. C.: Persönlichkeit. In: MEILI, R./ROHRACHER, H. (Eds.): Lehrbuch der experimentellen Psychologie. Bern 1969.

aber wieder aufgegriffenen Gedanken der Interaktion von Person und Situation eine intensivere Diskussion im Bereich der P.psychologie ab. Eine Zunahme an entsprechenden Publikationen ist zu erkennen (MAGNUSSON/ENDLER, 1977). Die Nachteile „älterer" und vielleicht „einfacher" Modellvorstellungen werden aber nicht dadurch überwunden, daß neue Modelle sie völlig ablösen, sondern daß sie im Bereich ihrer Defizite ergänzt werden. Wenn anspruchsvolle neue Modellbezeichnungen wie z.B. die kognitiv-soziale P.theorie von MISCHEL bisher bestehende Modelle ersetzen sollen, so ist zu fragen, was neu an den dem Modell zugrundeliegenden Personenvariablen wie z.B. den Kompetenzen, den Wahrnehmungsstrategien, den Selbstregulationen und Plänen ist. Um für zukünftige Weiterentwicklungen die Feststellung von BERGIUS (1977) nicht anwenden zu müssen, daß an MISCHELS neuen Personenvariablen nichts Neues bleibt, sollte für neue Entwicklungen eine Integration der Methoden und der Modelle angestrebt werden.

Verweis auf andere Stichwörter

→Differentielle Psychologie →Diagnostik →Entwicklung und Sozialisation →Identität und Selbstkonzept →Interaktion und Kommunikation →Subjekt

Literatur

BERGIUS, R.: Verhaltenstheoretische Ansätze in der Persönlichkeitsforschung. In: STRUBE, M. (Ed.): Die Psychologie des 20. Jahrhunderts, Band V. Zürich 1977.

BRENGELMANN, J. C.: Persönlichkeit. In: MEILI, R./ROHRACHER, H. (Ed.): Lehrbuch der Experimentellen Psychologie. Bern 1968, S. 327–374.

CATTELL, R. B.: Personality: a systematic theoretical, and factual study. New York 1950.

CATTELL, R. B.: Die empirische Erforschung der Persönlichkeit. Weinheim 1978.

CATTELL, R. B./DREGER, R. M. (Ed.): Handbook of Modern Personality Theory. New York 1977.

EYSENCK, H. J.: The scientific study of personality. London 1952.

EYSENCK, H. J.: The structure of human personality. London 1953.

GUILFORD, J. P.: Persönlichkeit. Weinheim 1964.

HALL, C. S./LINDZEY, G.: Theories of Personality. New York 1957.
HERRMANN, TH.: Lehrbuch der empirischen Persönlichkeitsforschung. Göttingen 1969, 1976.
KOCH, M.: Die Begriffe Person, Persönlichkeit und Charakter. In: LERSCH, PH./THOMAE, H. (Ed.): Persönlichkeitsforschung und Persönlichkeitstheorie. Hdb. d. Psychologie, Band 4. Göttingen 1960.
LONDON, H./EXNER, J. E. (Ed.): Dimensions of personality. New York 1978.
MAGNUSSON, D./ENDLER, N. S. (Ed.): Personality at the crossroad. New York 1977.
MAGNUSSON, D./ENDLER, N. S.: Personality and person by situation, interaction. In: ENDLER/MAGNUSSON (Ed.): Interactional Psychology. New York 1976.
MISCHEL, W.: Personality and assessment. New York 1968.
MISCHEL, W.: Introduction to personality. New York 1971.
MITTENECKER, E.: Die quantitative Analyse der Persönlichkeit. In: LERSCH, PH./THOMAE, H. (Ed.): Persönlichkeitsforschung und Persönlichkeitstheorie. Hdb. der Psychologie, Band 4. Göttingen 1960.
PAWLIK, K.: Faktorenanalytische Persönlichkeitsforschung. In: STRUBE, M. (Ed.): Die Psychologie des 20. Jahrhunderts, Band V. Zürich 1977.
PAWLIK, K.: Dimensionen des Verhaltens. Bern 1968.
ROTH, E.: Persönlichkeitspsychologie. Eine Einführung. Stuttgart 1969.
SALBER, W.: Qualitative Methoden der Persönlichkeitsforschung. In: THOMAE, H. (Ed.): Persönlichkeitsforschung und Persönlichkeitstheorie. Hdb. der Psychologie, Band 4. Göttingen 1960.
STERN, W.: Die differentielle Psychologie in ihren methodischen Grundlagen. Leipzig 1911.
THOMAE, H.: Das Individuum und seine Welt. Göttingen 1968.

Hartmut Häcker

Physiologische Psychologie

1 Physiologische Psychologie im weiteren Sinn

Der Ausdruck P.P. wird heute im weiteren Sinn als Oberbegriff für die Disziplinen gebraucht, die sich mit dem Zusammenhang von psychischen Vorgängen und Verhalten mit physiologischen Prozessen mit den Mitteln der empirischen Wissenschaften beschäftigen. Es sind dies vor allem die *P.P. im engeren Sinn* (i.e.S.), die *Psychophysiologie*, die *Neuropsychologie* und die *Psychopharmakologie.* Im Altertum und Mittelalter wurden diese Fragen entweder in der Philosophie als Leib-Seele-Problem rein spekulativ oder in der galenischen Medizin unter Krankheiten seelischen Ursprungs behandelt. Mit dem Aufkommen der naturwissenschaftlichen Medizin und der experimentellen Psychologie begann auch die experimentelle Analyse der alltäglichen Erfahrung, daß seelische und körperliche Vorgänge untrennbar verknüpft sind. Mit W. WUNDTs Lehrbuch (1874) setzt der Versuch ein, Ergebnisse der experimentellen Psychologie und Vorstellungen vom Arbeiten des Gehirns aufeinander zu beziehen. Daß das Gehirn das „Organ der Seele" sei, wurde jedoch schon im Altertum und wieder in der Renaissance geglaubt und hat seinen prägnantesten Ausdruck in DESCARTES „hydraulischer Ventiltheorie" der Reflexe gefunden. Ein exemplarisch einführender Gang durch die P.P. i.w.S. findet sich bei BIRBAUMER (1975).

2 Physiologische Psychologie im engeren Sinn

Seit der Behaviorismusdiskussion umreißt man das Gegenstandsgebiet einer P.P. im engeren Sinn pragmatisch eher mit der Formel „Gehirn und Verhalten", wobei der prinzipielle weitgehend dem methodischen Behaviorismus gewichen ist. Geblieben ist die starke Orientierung am *Tierexperiment*, in dem die Auswirkungen von experimentellen Eingriffen ins Gehirn (Reizung oder Läsion) auf Wahrnehmung, Lernen oder motiviertes Verhalten (Motivation) untersucht wird. Einen klassischen Überblick über das Fach gibt P. M. MILNER (1970).

2.1 *Methoden*

Die P.P. i.e.S. ist neben spezifischen Fragestellungen besonders durch ihre experimentellen Techniken gekennzeichnet. Dabei wird zum einen Verhalten durch *Manipulationen* am Nervensystem, besonders dem Gehirn, verändert, und zum anderen werden mit diesen Verhaltensänderungen einhergehende funktionelle Kennwerte der vermutlich beteiligten Nervenstrukturen *registriert.* Zwei Hauptgruppen von Manipulationstechniken lassen sich unterscheiden: *Läsionen* und *Stimulationsverfahren.*
Bei Läsionsexperimenten werden entweder permanente Schädigungen durch Gewebsabtragung bzw. Koagulation oder reversible Funktionsstörungen der Nervengewebe durch Kühlung unter ca. 25° C bzw. lokale Behandlung mit 10–20%iger KCl-Lösung („cortical spreading depression") in ihrer Auswirkung auf Lernen, Wahrnehmung und motiviertes Verhalten untersucht. Bei Stimulationsexperimenten werden über ins Gehirn implantierte Elektroden elektrisch oder über Kanülen auf chemischem Weg eng umschriebene Neuronenpopulationen zu Entladungen angeregt, und auf diese Weise entsprechend der funktionellen Bedeutung der betroffenen Zellen Verhaltenswirkungen erzielt.
Eine moderne Übersicht über die Experimentiertechniken der P.P. i.e.S., nach Anwendungsproblemen geordnet, geben MILNER (1970) und BUREŠ et al. (1976).

2.2 *Forschungsgebiete, Probleme, Entwicklungen*

2.2.1 *Motorik.* Die neuronalen Mechanismen der Bewegungskontrolle, ob peripher (Rückenmark) oder zentral (Kleinhirn, Stammhirn, Motorische Rinde) sind entscheidend für die meisten anderen Gegenstandsgebiete der Psychologie. Denn die Motorik ist die „gemeinsame Endstrecke" aller Systeme, die Verhalten determinieren (MILNER, 1970, 91ff.; GROSSMAN, 1967, 265ff.).

Die frühe behavioristische oder PAWLOWsche Konzeption der Motorik als ein Bündel von konditionierten Reflexen zwischen sensorischen und motorischen Cortexarealen wurde bereits von LASHLEY (1917, 1951) widerlegt. Von LASHLEY stammt die heute noch gültige Grundidee der hierarchischen Bewegungsorganisation. LASHLEY schlug zwei verschiedene Steuerprozesse vor. Der eine neuronale Mechanismus soll dabei eine Vorauswahl und Aktivierung der benötigten Bewegungskomponenten vornehmen und während des ganzen Ablaufs andauern, während der zweite diese Komponenten zur rechten Zeit und in der richtigen Folge auslöst. Regeltechnisch würde man dies als *Programmsteuerung* bezeichnen. Das Zweiebenenkonzept wird von physiologischen, neurologischen und histologischen Arbeiten gestützt und heute insofern erweitert und spezifiziert, als man sich die Bewegungskomponenten selbst durch Servomechanismen gesteuert vorstellt (GROSSMAN, 1967, 266f.). Die regeltechnische Darstellung der Physiologie komplexer Willkürbewegungen (STARCK, 1968) hat inzwischen auch in der Psychologie praktische Anwendung gefunden.

2.2.2 *Wahrnehmung.* Von allen Forschungsgegenständen der P.P. ist die Analyse der Sinneswahrnehmungen wohl der älteste. Sie setzt mit den sinnesphysiologischen Studien von Johannes MÜLLER Anfang des letzten Jahrhunderts ein und führt über die FECHNERsche Psychophysik und die HELMHOLTZschen Theorien zum Farbensehen und zur Tonhöhenunterscheidung bis zu den gegenwärtigen komplexen neurophysiologischen Modellen der visuellen Formerkennung.

Exemplarisch seien hier nur die berühmten Arbeiten HUBELS und WIESELS (1962) zur visuellen Formwahrnehmung erwähnt. Die Autoren fanden im visuellen Cortex der Katze verschiedene Zelltypen, die durch unterschiedlich geformte, orientierte oder bewegte Sehreize zur Entladung gebracht werden konnten. Neben einfach organisierten Zellen entdeckten sie auch Cortexzellen, bei denen die Lokalisation des Reizes auf der Retina kaum von Einfluß war und die allein auf ein bestimmtes Formmerkmal reagierten. Eine ganze Reihe von solchen „Formdetektoren", die selektiv bestimmte Muster erkannten, wurde gefunden. Darauf baut eine Theorie der Formwahrnehmung auf, nach der das Sehobjekt zunächst in eine Reihe von Grundmustern („features") zerlegt wird, aus denen die eigentliche Wahrnehmung synthetisiert werden soll. Diese „Elemententheorie" ist sehr bald kritisiert worden. Ein alternatives Modell konzeptualisiert das visuelle System als eine Batterie von „Ortsfrequenzfiltern", welche die Matrix der Hell-Dunkel-Verteilungen auf der Retina in sukzessiven Verarbeitungsebenen in einzelne Hell-Dunkel-Komponenten zerlegt. Diese Komponenten charakterisieren das ganze visuelle Feld und nicht einen bestimmten retinalen Ort. Dieses Modell könnte daher der „elementaristischen" Feature-extraction-Theorie gegenübergestellt und als vergleichsweise „ganzheitlich" bezeichnet werden. Tatsächlich besteht eine gewisse Ähnlichkeit zur gestaltpsychologischen „Feldtheorie" der Wahrnehmung. Der Streit um die beiden Alternativmodelle ist genau so wenig abgeschlossen wie in der Wahrnehmungspsychologie (CAELLI et al., 1978).

2.2.3 *Gedächtnis und Lernen.* Die Versuche, das Lernen von Signalkombinationen und die Bildung von Erfahrungen bei Wirbeltieren vom physiologischen Substrat der Nervensysteme her zu erklären, lassen sich in physiologische und biochemische Modelle gruppieren (vgl. MILNER, 1970, 425ff., und GROSSMAN, 1967, 815ff.). Darüber hinaus unterscheiden sich die Theorien zur Erklärung dessen, was wir „Übung" nennen, von denen, die sich mit dem „Lernen am Erfolg" beschäftigen. Diese Ansätze schließen aber einander nicht aus.

Physiologisch orientierte Theorien des Lernens gehen im wesentlichen auf die frühen Beiträge LASHLEYS (Zusammenfassung in LASHLEY, 1950, und D. O. HEBB, 1949) zurück. LASHLEYS ausgedehnten Läsionsexperimenten mit verschiedenen Versuchstierspezies ist die Durchsetzung der Überzeugung zu danken, daß es keinen definierten Speicherort des „Engramms" gibt, sondern daß, wenn nicht das ganze Gehirn, so doch stets weite Cortexbereiche am Behalten bestimmter Lernerfahrungen beteiligt sind. Daher haben experimentell gesetzte Hirnschädigungen kaum ortsspezifische, sondern meist nur vom Ausmaß der Gewebszerstörung abhängige Wirkungen. D. O. HEBB formulierte die Hypothese der funktionellen Zellgruppierungen („cell assemblies"), die ankommende Signale in geschlossenen Erregungskreisen aufrechterhalten sollen (Kurzzeitspeicherung) bis durch die fortdauernden Entladungen dieser „reverberating circuits" relativ überdauernde Veränderungen entstanden sind (Langzeitspeicherung). Dieses erste im Detail durchdachte physiologische Modell der Erscheinung der *„Konsolidierung"* (Lernen) hat eine Fülle von Experimenten angeregt, in denen z.B. mit elektrisch ausgelösten Krämpfen oder chemisch verursachter Funktionsstörung des Cortex der Einprägungsvorgang unterbrochen oder durch Läsionen des Hippocampus, einer entwicklungsgeschichtlich alten Hirnrindenstruktur, verhindert wurde. Diese tierexperimentellen Ergebnisse zusammen mit den neuropsychologischen Untersuchungen an hirngeschädigten Patienten (besonders durch B. MILNER) werden heute als gute Stütze einer Zwei-Phasen-Theorie der Einprägung verstanden. Eine modernere und empirisch z.T. gut illustrierte Version stellt E. R. JOHNS probabilistische Theorie der Speicherfunktion von Nervenzellverbänden dar (JOHN, 1967, 1971; Übersicht in BIRBAUMER, 1975, 144ff.). Ein interessanter Aspekt dieser Theorie ist die Verbindung zu biochemischen Untersuchungen des Gedächtnisses in der „Derepressorhypothese". Diese besagt vereinfacht ausgedrückt, daß anhaltende neuronale Erregungsmuster vermittelt über den bekannten von Nukleinsäuren gesteuerten Mechanismus der Enzymsynthese die Reaktivität der betroffenen Zelle gegenüber diesem Impulsmuster verändern.

2.2.4 *Biochemische Gedächtnismodelle* gehen von der 1950 von KATZ und HALSTEAD erstmals vorgetragenen Hypothese aus, daß die Erbsubstanz (Desoxyribonukleinsäure = DNS) auch das Substrat der ontogenetischen Informationsspeicherung sein könnte.

Dieser Ansatz erfuhr vor allem durch die Untersuchungen HYDÉNS und seiner Mitarbeiter (1970) weite Verbreitung; dabei werden allerdings die Ribonukleinsäuren (RNS) und von ihnen abgeleitete Proteine als potentielle Speichermedien vorgezogen. Die teilweise spektakulären Versuche der „Gedächtnisübertragung" durch RNS-Injektionen u.ä. sind mit unterschiedlichem Erfolg reproduziert worden und harren nach wie vor der Klärung. Daß jedoch für die Langzeitspeicherung irgendeine chemische Basis, ob in den Nervenzellkörpern oder den Synapsen, verantwortlich sein muß, folgt zwingend aus der geringen Störbarkeit einmal gut eingeprägter („konsolidierter") Information.

2.2.5 *Aktivierung, Motivation, Emotion.* Unter dem Sammelbegriff der „Aktivation" (verwandte Begriffe: „arousal", Wachheit, Bewußtsein, Erregung, Emotion) werden eine Reihe von physiologisch-psychologischen Forschungsgebieten zusammengefaßt. Seit den Arbeiten von MORUZZI/MAGOUN (1949), LINDSLEY et al. (1949) und JASPER (1949) ist vor allem die Vorstellung von einem *„aufsteigenden retikulären Aktivierungssystem (ARAS)"* im Hirnstamm von großem Einfluß gewesen.

In diesen Untersuchungen konnte durch Reizung der sog. Formatio reticularis bei Katzen ein Weckeffekt mit gleichzeitiger „Desynchronisation" des Cortex, d.h. Übergang zu unregelmäßigem, schnellem und niedergespanntem EEG, bewirkt werden. Auch Sinnesreize können über „unspezifische" Nebenbahnen (Kollateralen) zur Formatio reticularis diese „Aktivierung" bewirken. Die direkten Effekte der sensorischen Reizung auf die primären Sinneszentren der Hirnrinde werden davon moduliert (abgeschwächt oder verstärkt). Darauf aufbauend und unterstützt durch eine Fülle von Tierexperimenten und EEG-Untersuchungen am Menschen sind eine Reihe von „aktivierungstheoretischen" Modellen der *Aufmerksamkeit, Habituation, Vigilanz* (Wachheit), *Schlaf-Wach-Regulation* bis hin zu den stark vereinfachenden Aktivierungstheorien der Gefühle entwickelt worden. BERLYNE (1969) und ROUTTENBERG (1968) haben darüber hinaus die Brücke zum Begriff der „Verstärkung" geschlagen. BERLYNE geht von der Annahme eines optimalen mittleren Aktivierungsniveaus aus

und erklärt Verstärkung als Übergang von unter- oder überoptimalen Aktivationszuständen zu optimalen. Dazu fordert BERLYNE die separate Existenz eines Belohnungs- und eines Aversionssystems. Diese Hypothese wird ergänzt durch ROUTTENBERGS These von zwei Arousalsystemen im Hirnstamm und limbischen Cortex, welche in gegenseitiger Wechselwirkung jeweils für „Antrieb" und „Belohnung" sorgen. Diese Erklärungsansätze sind zwar empirisch teilweise untermauert, aber noch weitgehend spekulativ und insofern typisch für den Entwicklungsstand physiologisch-psychologischer Theoriebildung.
Ähnliches gilt auch für die auf die Selbststimulationsexperimente von OLDS und Mitarbeitern aufgebauten Erklärungsmodelle primär und sekundär motivierten Verhaltens. Allerdings ist hier die empirische Datenbasis wesentlich besser (Übersicht in OLDS, 1977).

Die Bewertung der vielfältigen Experimente zu diesen Problemen ist generell schwierig und nur durch ausführliche Darstellung der z.T. kontroversen Resultate möglich.

3 Psychophysiologie

Die Vorliebe für ein bestimmtes Versuchsobjekt, aber auch für einen besonderen Untersuchungsansatz (experimentelle Manipulation von Verhalten durch Veränderung am Nervensystem, bevorzugt des ZNS) unterscheidet nach dem heute gängigsten Sprachgebrauch die P.P. i.e.S. von der sogenannten *„Psychophysiologie"*. Diese arbeitet bevorzugt an der menschlichen Versuchsperson, an der sich physiologische Manipulationen aus ethischen Gründen im allgemeinen genau so verbieten wie direkte invasive elektrische Ableitungen aus dem Gehirn. Daher wird in der Psychophysiologie meist versucht, mit psychologischen Einflüssen (Testaufgaben, Orientierungs- und Belastungsreizen u.v.a.m.) physiologische Wirkungen zu erzielen, deren indirekten Ausdruck man in abgeleiteten physiologischen Meßwerten erfaßt, die an der unverletzten Körperoberfläche mehr oder weniger leicht erfaßbar sind. Der Bedingungszusammenhang wird fast ausschließlich korrelativ beschrieben. In der folgenden Tabelle sind diese Unterschiede zusammengestellt. Es gibt jedoch auch Ausnahmen. Die beiden Begriffe sind daher als akzentuierende Beschreibungen dessen zu verstehen, was die Mehrheit derjenigen, die sich „Psychophysiologen" nennen, im Vergleich zu den meisten „Physiologischen Psychologen" untersucht.
Auch in den bevorzugten Meßtechniken unterscheiden sich die beiden Unterdisziplinen (siehe STERNBACH, 1966, 3f.). Während der physiologische Psychologe die verschiedensten Aufzeichnungsverfahren einsetzen mag, arbeiten die Psychophysiologen bevorzugt am „Polygraphen", einem Mehrkanalverstärkersystem für physiologische Oberflächensignale. Aber eine spezifische Differenz läßt sich daraus nicht ableiten. Diesen Unterscheidungsmerkmalen entsprechend gibt STERNBACH (1966) folgende Abgrenzung der *Psychophysiologie: „Psychophysiologie ist das Studium der Beziehungen zwischen physiologischen und psychologischen Aspekten des Verhaltens. Dabei wird typischerweise mit menschlichen Versuchspersonen gearbeitet, deren physiologische Reaktionen gewöhnlich mit einem Polygraphen registriert werden, während der Versuchsperson Reize dargeboten*

Vergleich der unabhängigen und abhängigen Variablen in Psychophysiologie und Physiologischer Psychologie i.e.S.

	Unabhängige Variable	Abhängige Variable
Physiologische Psychologie	Hirnläsion	Lernen (am Verhalten gemessen)
	Hirnstimulation	Leistung (Emission von gelerntem Verhalten)
	Drogenanwendung	Konditionierung
	Manipulation der Diät	Futterwahl
(Überlappung)	Akustische Reizung	Habituation der Orientierungsreaktion
Psychophysiologie	Vigilanzexperiment	Evoziertes Potential (EEG)
	Schlafdeprivation	Hintergrund-EEG
	Psychologischer oder psychiatrischer Zustand (Furcht, Angst, Depression)	Konditionierbarkeit der einzelnen physiologischen Systeme
	Träume	Physiologische Korrelate

(Mod. n. STERN, 1964)

werden, von denen angenommen werden kann, daß sie kognitives, emotionales oder motorisches Verhalten beeinflussen; ...".
Seit der Monographie von STERNBACH haben sich Arbeitsweise und Problemstellungen in Teilbereichen geändert (s.u.). Für einen Großteil der Psychophysiologie gilt die Beschreibung nach wie vor.

3.1 Methoden

Ein häufiges, aber nicht ausschließliches Hauptmerkmal ist die „Nichtinvasivität" der Meßtechniken.
Diese *Oberflächenableitungen* hatten eine starke Orientierung auf das *autonome Nervensystem (ANS)* zur Folge, da dessen Wirkungen auf Herz, Haut und Gefäße relativ leicht von der Körperoberfläche als Elektrokardiogramm (EKG), Galvanische Hautreaktion (GHR bzw. GSR oder PGR) oder (Finger-)„Plethysmogramm" erkennbar sind. Diese und verwandte Variablen wurden in den USA schon früh zur umstrittenen „Lügendetektion" herangezogen, die eine der verschiedenen Wurzeln der Psychophysiologie darstellt. Später kamen Oberflächenindizes der Funktion des Zentralnervensystems (ZNS) hinzu: entweder als direkte Ableitung der Summenaktionspotentiale der Hirnrindenneurone im Elektroenzephalogramm (EEG) oder in der Form der summierten Aktivität der Skelettmuskeln im Elektromyogramm (EMG).
Mit fortschreitender Meßtechnologie nach dem zweiten Weltkrieg, ganz besonders beschleunigt in den letzten zehn Jahren durch die moderne Mikroelektronik hat sich die Zahl der von der Oberfläche detektierbaren physiologischen Größen vervielfacht. Damit änderte sich an der Grundproblematik psychophysiologischen Messens jedoch wenig: Die von der Körperoberfläche erhältlichen elektrischen oder elektrisch gewandelten nichtelektrischen Signale sind nicht nur *indirekte* Maße der Funktion eines tiefliegenden Organsystems, sondern stets auch *zusammengesetzte* Signalkomplexe mit zwei oder mehreren physiologischen Quellen („sources"). Die Mehrdeutigkeit bisheriger Ableitetechnik rührte u.a. daher, daß dieser prinzipielle Zusammenhang nur für ein durch bessere Meßmethoden zu überwindendes notwendiges Übel gehalten wurde. Heute geht die Entwicklung dahin, unter Zuhilfenahme von Methoden, wie sie aus der sog. „zerstörungsfreien Messung" technischer Systeme und der Nachrichtentechnik bekannt sind, die zusammengesetzten Oberflächensignale als solche zu behandeln und die einzelnen Signalkomponenten bzw. die Funktion der „sources" zu identifizieren. Dabei wird von den *Prinzipien* der *„mitgemessenen Störung"* und des *„Signals als Schnittmenge"* Gebrauch gemacht. Das erste bezieht sich auf die Möglichkeit, einen separat gemessenen Störanteil aus dem Gesamtsignal zu extrahieren; nach dem zweiten Meßprinzip werden zwei unabhängige Signalkomplexe mit einer gemeinsamen Nutzsignalkomponente kombiniert, und so nichtidentische Störanteile der beiden Signalkomplexe zurückgewiesen.

Auf die sprunghafte Entwicklung der Meßwandlertechnik soll hier nur noch hingewiesen, aber nicht mehr eingegangen werden. Meßwandler, engl. „transducer", sind Meßfühler, die nichtelektrische Größen, z.B. Blutdruck, in elektrische, z.B. Spannung, überführen. Immer mehr bisher schwierig zu messende physiologische Zustandsgrößen, von relativ einfachen Signalen wie Körpertemperatur bis hin zum Verhältnis von Hämoglobin zu Oxyhämoglobin im Blut, werden durch extreme Verkleinerung der Meßwertaufnehmer und durch Anwendung neuer Transduktionsprinzipien für psychophysiologische Untersuchungen zugänglich.

Die Handbücher von GREENFIELD und STERNBACH (1972), BROWN (1967), VENABLES und MARTIN (1967) geben einen guten, wenn auch leider nicht mehr ganz aktuellen Einblick. In LANC (1977) sind die wichtigsten Verfahren zusammengefaßt.
Zur Methodik im weiteren Sinn gehören außerdem Fragen der *Versuchsplanung* und der *Datenverarbeitung*, die ebenfalls gewisse Besonderheiten gegenüber der übrigen Experimentalpsychologie aufweisen.

Die Datenverarbeitung geschieht grundsätzlich in zwei Stufen. Auf der ersten Stufe, der *„primären Biosignalverarbeitung"* werden, meist mit Prozeßrechnerunterstützung, aus den elektrisch gewandelten, verstärkten und gefilterten Originalsignalen bestimmte *Parameter* (z.B. mittlere Reaktionsamplituden oder ähnliches) errechnet, welche für die Fragestellung relevante Aspekte der physiologischen Funktion innerhalb einer Versuchsperson pro Versuchsdurchgang summarisch bewerten.
Um die psychologischen Determinanten dieser Parameter zu finden, kann man auf der zweiten Ebene der Datenanalyse, der eigentlichen *statistischen Auswer-*

tung, auf mehrere prinzipiell verschiedene Weisen vorgehen. Diese Grundansätze bestimmen auch weitgehend die Versuchsplanung: Bei Fragestellungen, die interindividuelle Differenzen einbeziehen, bedient man sich auch heute noch vielfach des korrelationsanalytischen Ansatzes (FAHRENBERG, 1967). Bei mehr allgemeinpsychologisch orientierten Untersuchungen bedient man sich meist der klassischen Gruppenversuchspläne.
Aus klinisch ausgerichteten Arbeiten stammt ein am Einzelfall interessierter Ansatz. Wegen der großen interindividuellen Variabilität psychophysiologischer Reaktionen hat sich aber auch in rein experimentellen Studien die Praxis verbreitet, die Versuchsperson sowohl der Kontroll- wie der Experimentalbedingung auszusetzen (Innerhalb-Design) oder von vornherein mit Einzelfallstatistik der Verläufe der Meßparameter (Zeitreihenstatistik) zu arbeiten.

3.2 *Forschungsgebiete und Hauptprobleme*

Insofern sich Psychophysiologie und PP. i.e.S. zunächst nur im methodischen Ansatz und im Versuchsobjekt unterscheiden (s.o.), sind die inhaltlichen Arbeitsgebiete identisch. Die genannte Orientierung auf das autonome Nervensystem und die Nähe zu klinischen Fragen haben jedoch zu einer anderen Gewichtsverteilung und darüber hinaus zu einigen genuin psychophysiologischen Problemstellungen geführt.
Eine typische psychophysiologische Präferenz zeigt sich in der umfangreichen Literatur zur „*Aktivierung*" (siehe unter 2.2.5), zu „*Streß*" und deren Bewertung, Entstehung und Wirkung. Eine beispielhafte Skizzierung der spezifisch psychophysiologischen Grundkonzepte und ihrer experimentellen Untermauerung gibt STERNBACH (1966). Einige dieser „*Principles of Psychophysiology*" mit einer kurzen Erläuterung folgen anschließend.

Vegetatives Gleichgewicht („autonomic balance") beschreibt das Verhältnis von Sympathikus- und Parasympathikusaktivität (die beiden Äste des ANS; vgl. FAHRENBERG, 1967).
Anfangswertgesetz („law of initial value" = LIV) nennt man nach WILDER die Tatsache, daß die von einem bestimmten Reiz auszulösenden ANS-Reaktionen in Größe und Richtung von der Ausgangslage abhängen, so daß eine bereits hoch erregte Person oft paradox niedrige Reaktionen auf weitere Reizung zeigt.
Reiz-Reaktions-Spezifität („stimulus-response specificity") bezeichnet nach LACEY u.a. (1963) die Erscheinung, daß unterschiedliche Aktivierungsreize mit unterschiedlichen psychologischen „Bedeutungen" zu unterschiedlichen physiologischen „Reaktionsmustern" und nicht (wie seit CANNON, 1936, angenommen) zu einer stets gleichartigen globalen Aktivierungsreaktion in allen Organen führen. Das Gegenstück hierzu, die Tendenz einzelner Personen, auf viele verschiedene Reizsituationen mit immer der gleichen idiosynkratischen vegetativen Reaktion, z.B. Blutdruckanstieg oder Magenkontraktionen, zu antworten, wurde „*Individuelle Reaktionsstereotypie*" genannt. Häufig sind auch individuell stereotypisierte Reaktionen auf spezifische Reize im Unterschied zu den Reaktionen auf andere Reize zu beobachten (individuell stabile, jedoch reizspezifische vegetative Reaktionsmuster).

Diese Konzepte haben große Bedeutung in der experimentellen Psychosomatik erlangt, da sie einen empirischen Zugang zu dem Problem der sog. „Organwahl" eröffnen.

3.3 *Anwendungsgebiete*

Wie aus der hauptsächlich methodisch orientierten Abgrenzung des Feldes der Psychophysiologie nicht anders zu erwarten ist, gibt es hier mehr als bei den anderen genannten Teilgebieten weitverzweigte praktische Anwendungsmöglichkeiten. Ein ständig an Bedeutung und Umfang wachsender Bereich bezieht sich auf die experimentelle Analyse der Genese und Therapie sog. *psychosomatischer Störungen.* Dieser Versuch, von der experimentalpsychologischen Seite eine Alternative zu den psychoanalytischen Ansätzen in der Psychosomatik aufzubauen, stützt sich auf die physiologisch-psychologischen (i.e.S.) Arbeiten zur tierexperimentellen Erzeugung von als „psychosomatisch" anerkannten Störungen wie Streßulcera u.ä. (BRADY et al., 1958) und hat durch die Entdeckung, daß das ANS am Erfolg lernen kann (MILLER, 1969), im Verlauf der sog. *Biofeedback*-Forschung eine stürmische und anhaltende Entwicklung durchgemacht (vgl. KAMIYA et al., 1971). Das Gebiet konsolidiert sich zur Zeit, indem diese neuen Behandlungs- und Untersuchungsmöglichkeiten von der Verhaltenstherapie integriert werden, in der psychophysiologisches Messen in Verhaltensdiagnose und Therapiekontrolle schon eine lange Tradition besitzen (s. LANG, 1973). Eines der aktuellsten Felder der Zusammenarbeit von Psychophysiologen und Wissenschaftlern einer anderen Disziplin hat sich im Bereich der Entwicklungspsychologie ergeben. Die Arbeiten von CAMPOS (1976)

zur Untersuchung der emotionalen Entwicklung von Säuglingen mit psychophysiologischer Methodik könnten wegweisend werden. Die Frage der Entstehung der von LACEY (s.o.) genannten psychophysiologischen Idiosynkrasien und damit einige andere zentrale Probleme der experimentellen Psychosomatik finden so eine adäquate Form der Behandlung.
Ein sich ebenfalls rasch ausdehnendes Arbeitsfeld der Psychophysiologie mit bereits längerer Geschichte stellt die Bewertung der Wirkung von *Psychopharmaka* (s.u.) nach ihren vegetativen Wirkungen dar. Dort hat sich eine eigene Methodologie entwickelt (STROEBEL, 1972).
In jüngerer Zeit macht sich außerdem eine Konvergenz der arbeitsphysiologischen und -psychologischen Belastungsforschung mit den psychophysiologischen Verfahren, „Streß" zu messen, bemerkbar. Damit in Zusammenhang stehen auch die beginnenden Bemühungen, mit psychophysiologischen Untersuchungsmethoden einen besseren Zugang zur Prävention von Herz-Kreislauf-Erkrankungen zu finden.
Ganz allgemein kristallisiert sich ein Gebiet der *Klinischen Psychophysiologie* heraus, deren Arbeitsbereich quer durch Psychologie und Medizin geht. Eine zusammenfassende Darstellung dieser jüngsten Entwicklungen gibt es leider noch nicht.

4 Neuropsychologie

Die dritte Spezialisierungsrichtung in der P.P. i.w.S., die *Neuropsychologie*, beschäftigt sich ursprünglich mit der experimentalpsychologischen Untersuchung gehirngeschädigter Patienten (TEUBER, 1969; LURIA, 1970, s.u.). Der Gebrauch dieses Begriffs ist allerdings inzwischen uneinheitlich. Einige Autoren bezeichnen damit auch Teile dessen, was hier unter P.P. i.e.S. verstanden wird; andere, besonders ehemalige ROHRACHER-Schüler, identifizieren die Neuropsychologie mit der Psychophysiologie des autonomen Nervensystems oder mit – der Methodik und Fragestellung nach – psychophysiologisch zu nennenden EEG-Studien. Diese Sprachverwirrung wird hier nicht weiterempfohlen, sondern der TEUBERsche Sinn beibehalten. Eine gute Orientierung in diesem Gebiet gibt die Monographie von WALSH (1978).
Die historischen Wurzeln der Neuropsychologie sind älter als allgemein angenommen (vgl. WALSH, 1978, 1–5). Die systematische experimentalpsychologische Analyse der Effekte von Hirnschädigungen setzt jedoch praktisch erst nach dem 2. Weltkrieg ein. In den vergangenen $2^1/_2$ Jahrzehnten ist aus diesen Untersuchungen und konvergierenden Ergebnissen der Mutterdisziplinen Neurologie und Psychologie ein eigenes Fach mit ausgedehnter Spezialliteratur geworden.

4.1 *Methoden*

Ihrer fachübergreifenden Natur entsprechend stellt sich die neuropsychologische Methodik als Kombination von neurologischen Untersuchungstechniken und psychologischen Verfahren dar. Gegenüber den früheren im großen und ganzen mißlungenen Versuchen, mit gruppenvalidierten Tests wie dem bekannten BENTON-Test zu diagnostisch verwertbaren Aussagen zu kommen, ist im Zuge dieser interdisziplinären Entwicklung die intensive experimentelle Analyse des Einzelfalls in den Vordergrund gerückt (vgl. SHAPIRO, 1973; WALSH, 1978, 297ff.).

4.2 *Grundkonzepte*

Auch für die Herausarbeitung der neuropsychologischen Grundbegriffe ist die Wechselwirkung von Neurologie und Psychologie bestimmend. Nach den wenig befriedigenden testpsychologischen Ansätzen, „Hirnschädigung" zu messen, werden Hirnfunktionen wieder zunehmend in Form von Syndromen beschrieben. Dabei tritt aber die experimentelle Analyse der Ausfälle und ihres funktionellen Zusammenhangs als *neuropsychologisches Syndrom* (WALSH, 1978, 19; KINSBOURNE, 1971, 290f.) an die Stelle der rein klinischen Interpretation. Dieser Begriff hängt eng mit dem des *funktionalen Systems* als Basis einer komplexen psychologischen Funktion zusammen (s. bes. LURIA, 1973). Er bezeichnet den Komplex von verschiedenen Gehirnteilen (Zellarealen, Kerngebieten und verbindenden Bahnen), der geordnet zusammenwirken muß, um eine bestimmte Aufgabe, z.B. aus dem Bereich der Wahrnehmung, zu lösen. Je nachdem, welche Teilsysteme (ob primäre Sinneszentren, Projektionsbahnen oder für die Ergebnisausgabe, der „Reaktion", verantwortliche Gebiete) betroffen sind, ändert sich das Detailbild des Syndroms. Einzelergebnisse findet der Leser außer in dem zitierten Buch von

WALSH (1978) in MILNER (1970, Kapitel 13, Sprache und Hemisphärendominanz, 19 und 20, in letzterem Details zu läsionsbedingten Gedächtnisstörungen) und in den Büchern von LURIA (1970, 1973), der sich besonders auch mit der Rolle der Sprache beschäftigt hat. Die Zeitschrift *Neuropsychologia* veröffentlicht Originalarbeiten.

5 Psychopharmakologie

Während sich für die genannten Unterdisziplinen einigermaßen spezifische Arbeitsbereiche angeben lassen, bezieht die *Psychopharmakologie* ihre Fragestellungen und Untersuchungstechniken aus einer Reihe von Sachgebieten der P.P. i.w.S. RECH und MOORE (1971) geben eine Einführung, die dieses breite Spektrum einigermaßen spiegelt: Die Arbeiten reichen von der Untersuchung biochemischer und elektrophysiologischer (EEG) Korrelate der Drogenwirkung über die Neurophysiologie bzw. Neuropharmakologie des Limbischen Systems (s. u.) bis zu verhaltenspharmakologischer Methodik (tierexperimentelle Drogenbewertung) und psychiatrischen Anwendungen, d.h. Untersuchungen der antipsychotischen Drogenwirkungen.

Man kann das Sachgebiet als „Pharmakopsychologie" mit der Untersuchung jeglicher Art von chemischer Einwirkung auf psychische Funktionen identifizieren wie in der frühen Monographie von LIPPERT (1972) oder bei JAHNKE (1977a, b), dessen Einführung (b) zu empfehlen ist. Im allgemeinen bezieht man sich einschränkend auf Verbindungsklassen, deren „psychotrope" Wirkung gegenüber Nebenwirkungen in anderen Bereichen im Vordergrund steht, und die in der Behandlung von endogenen Psychosen in der großen und von Angstzuständen etc. in der kleinen Psychiatrie Verwendung finden. Hinzu kommen Stoffe wie LSD, Opiate oder auch Haschisch, welche wegen ihrer halluzinogenen oder sonstigen „bewußtseinsverändernden" Wirkung von Laien ohne medizinische Indikation eingenommen werden, jedoch bislang kaum therapeutische Bedeutung erlangt haben. Der Einteilung von DELAY folgend (zit. nach JAHNKE, 1977a), unterscheidet man *Psychoanaleptika, Psycholeptika* und *Psychodysleptika.* Die erste Verbindungsgruppe wirkt anregend, die zweite hemmend und die dritte „dysregulatorisch" (störend) auf psychische Funktionen ein. Zu den Psycholeptika zählen eine Vielzahl von Stoffen, deren Palette von den in der Schizophreniebehandlung eingesetzten Neuroleptika (Chlorpromazin, Haloperidol) über Tranquilizer (Beruhigungsmittel wie Diazepam) und Hypnotika (Schlafmittel) bis zu Narkotika und Analgetika reicht. Die Klasse der Psychoanaleptika umfaßt die eigentlichen Antidepressiva und die sog. Psychostimulantien wie die Amphetamine („Weckamine") und Captagon®.

Neben dieser Einteilung nach psychischer Wirkung werden die Psychopharmaka auch nach therapeutischer Zielsetzung, nach den betroffenen physiologischen Systemen (ZNS- vs. ANS-Wirkung u. ä.) und nach dem biochemischen Wirkungsmechanismus (z. B. adrenerge vs. cholinerge Pharmaka) gruppiert.

Über die psychiatrischen Anwendungen hinaus hat die Psychopharmakologie auch in der P.P. i.e.S. bei der Untersuchung von Motivation (vgl. STEIN, 1969) und Emotion (SCHACHTER/SINGER, 1962) sowie in der Gedächtnisforschung erheblich an Bedeutung gewonnen. Auch in der Differentiellen Psychologie und der Angewandten Psychologie haben psychopharmakologische Untersuchungen wichtige Beiträge geliefert (s. hierzu wiederum JAHNKE, 1977b; dort auch weitere bibliographische Angaben).

6 Grundprobleme der Physiologischen Psychologie i.w.S.

Insofern sich die P.P. i.w.S. immer mit der Beziehung zwischen psychischen und physischen Vorgängen befaßt, ist das sog. *Leib-Seele-Problem* sozusagen mit der Disziplin selbst identisch. Tatsächlich ist die Forschung jedoch weitgehend von der prinzipielleren Diskussion der Relation *des* Psychischen (bzw. Verhaltens) zu *dem* Physischen zu einer konkreten experimentellen Definition der Beziehung zwischen spezifischen psychischen und physischen Einzelvariablen übergegangen. Das heißt jedoch nicht, daß die Erörterung des Grundproblems als sinnlos angesehen wird. Unter dem Einfluß des logischen Positivismus, oft aber auch ohne ausgesprochene wissenschaftstheoretische Orientierung sind besonders in den letzten drei Jahrzehnten zunehmend formale Beziehungen zwischen operational eingeführten Variablen der einen und solchen der anderen Ebene experimentell untersucht worden. Befriedigende zusammenfassende Theorien und Modelle sind dabei trotz enormen Wachstums empirischen Detailwissens nicht entstanden. Die Gründe dafür werden von manchen Forschern darin gesehen, daß das philosophische Hauptproblem der P.P. nur vermieden, aber nicht gelöst ist. Da implizite Leib-Seele-Modelle kaum auszuschalten seien, ergäben sich unkontrollierte Mehrdeutigkeiten in der Verständigung über beobachtete Beziehungen zwischen physischen und psychischen Größen oder über Erklärungsmodelle für diese Beziehungen (vgl. BISCHOF, 1966, über die verschiedenen möglichen „psychophysischen" Grundstandpunkte). Andere Wissenschaftler machen eher den unzureichenden methodischen Stand der Neurophysiologie größerer Neuronenverbände einerseits und der experimentellen Psychologie der zugehörigen Verhaltenskorrelate andererseits verantwortlich und vertreten eine praktische „psychophysische Neutralität". Damit ist gemeint, daß ohne Rücksicht auf das Substrat Funktionsmodelle für den Zusammenhang zwischen meßbaren Größen aufgebaut werden. Diese Ebenenneutralität ist besonders konsequent in kybernetischen Ansätzen durchgehalten, in denen explizit von der „gerätetechnischen" Realisation eines „Systems" abgesehen wird (vgl. MESAROVIĆ, 1968, über „Multilevel Modeling"). Unter System wird hierbei ein Satz von Variablen zusammen mit ihren Verknüpfungsregeln verstanden.

Die kybernetische Modellstrategie der „Black Box Analyse" stößt im vorliegenden Fall jedoch auf eine Reihe von Schwierigkeiten, weshalb dieses Vorgehen nur manchmal aus dem Dilemma der P.P. herausführt. Wegen der unvorstellbar großen *Komplexität* scheitert der empirische Analyseversuch überall da, wo eine inhaltlich sinnvolle und physiologisch zu untermauernde Ausgliederung eines relativ (!) einfachen Untersystems, z.B. der Okulomotorik oder ähnlicher Untereinheiten, nicht gelingt. Darüber hinaus entspricht der methodologische Stand der beteiligten Einzelwissenschaften oft nicht den Erfordernissen einer experimentell-kybernetischen Analyse des Problems. Ihre Meßverfahren differieren beträchtlich. Die gleiche Frage wird nicht selten mit unterschiedlichen Experimentaltechniken unterschiedlich beantwortet (*Methodenrelativismus*). Die heterogene Methodologie produziert schlecht aufeinander beziehbare *Mikromodelle* für sehr beschränkte Datensätze aus wenigen Experimenten. Dies verhindert umfassendere Theoriebildungen oder zwingt zu so vagen Formulierungen, daß die Prüfbarkeit verloren geht.

Neben dem Grundproblem der „Leib-Seele-Beziehung" und den dadurch bedingten Schwierigkeiten der Untersuchung und Interpretation stellt sich bereits die Frage der adäquaten Definition des „Psychischen". Dieses Problem ist jedoch nicht spezifisch für die P.P. alleine.

Andere Fragen ergeben sich mehr aus speziellen Anwendungsfällen oder eingesetzten Untersuchungsverfahren als aus der Kernproblematik des Faches. So kann in Psychophysiologie und Neuropsychologie z.B. das Problem der Ethik des Experiments an Menschen (aber auch am Tier) unüberwindlich werden, da der Untersucher oft vor die Notwendigkeit gestellt wird, in das Körpergeschehen des Patienten oder der Versuchspersonen, und sei es geringfügig, einzugreifen. Auf der anderen Seite haben gerade neuropsychologische Untersuchungen sehr viel dazu beigetragen, daß fragwürdige neurochirurgische Eingriffe bei rein psychiatrischer Indikationsstellung („Psychochirurgie") immer seltener ausgeführt werden.

Verweis auf andere Stichwörter

→Angst →Emotion →Experiment →Gedächtnis →Lernen →Motivation →Psychiatrie →Psychophysik →Schlaf und Traum →Sprache →Streß →Wahrnehmung

Literatur

BERLYNE, D. E.: The reward value of indifferent stimulation. In: TAPP, J. T. (Hrsg.): Reinforcement and Behavior. New York: Academic Press 1969.

BIRBAUMER, N.: Physiologische Psychologie. Berlin u.a.: Springer 1975.

BISCHOF, N.: Erkenntnistheoretische Grundlagenprobleme der Wahrnehmungspsychologie. In: GOTTSCHALDT, K./LERSCH, PH./SANDER, I./THOMAE, H. (Hrsg.): Handbuch der Psychologie in 12 Bänden, 1. Bd., 1. Halbbd. (hrsg. von W. METZGER). Göttingen: Hogrefe 1966, S. 21–78.

BRADY, J. V./PORTER, R. W./CONRAD, D./MASON, J. W.: Avoidance behavior and development of gastro-duodenal ulcers. J. exp. Anal. Behavior, 1, 1958, S. 69–73.

BROWN, C. C. (Hrsg.): Methods in Psychophysiology. Baltimore: Williams, Wilkins 1967.

BURES, J./BURESOVÁ, O./HUSTON, J. P.: Techniques and basic experiments for the study of brain and behavior. New York u.a.: Elsevier 1976.

CAELLI, T. M./PRESTON, G. A. N./HOWELL, E. R.: Implications of spatial summation models for processes of contour perception: A geometric perspective. Vision Research, 18, 1978, S. 723–734.

CAMPOS, J. J.: Heart rate: A sensitive tool for the study of emotional development in the infant. In: LIPSITT, L. P. (Hrsg.): Developmental Psychology. New York u. a.: Wiley 1976.

CANNON, W. B.: Bodily changes in pain, hunger, fear and rage. New York: Appleton-Century 1936.

FAHRENBERG, J.: Psychophysiologische Persönlichkeitsforschung. Göttingen: Hogrefe 1967.

GREENFIELD, N. S./STERNBACH, R. A. (Hrsg.): Handbook of Psychophysiology. New York u. a.: Holt, Rinehart, Winston 1972.

GROSSMAN, S. P.: A Textbook of Physiological Psychology. New York u. a.: Wiley 1967.

HEBB, D. O.: The Organization of Behavior. New York: Wiley 1949.

HUBEL, D. H./WIESEL, T. N.: Receptive fields, binocular interaction and functional architecture in the cat's visual cortex. Journal of Physiology, 160, 1962, S. 106–154.

HYDÉN, H.: The question of a molecular basis of the memory trace. In: PRIBRAM, K. H./BROADBENT, D. E. (Hrsg.): Biology of Memory. New York: Academic Press 1970.

JAHNKE, W.: Pharmakopsychologie. In: HERRMANN, TH./HOFSTÄTTER, P. R./HUBER, H. P./WEINERT, E. (Hrsg.): Handbuch psychologischer Grundbegriffe. München: Kösel 1977, S. 355–366 (a).

JAHNKE, W.: Einführung in die Pharmakopsychologie. Stuttgart, 1977 (b).

JASPER, H. H.: Diffuse projection systems: the integrative action of the thalamic reticular system. Electroenceph. clin. Neurophysiol., 1, 1949, S. 405–420.

JOHN, E. R.: Mechanisms of Memory. New York: Academic Press 1967.

JOHN, E. R.: Brain mechanisms of memory. In: MCGAUGH, L. (Hrsg.): Psychobiology. New York: Academic Press 1971.

KAMIYA, J./BARBER, TH. X./DICARA, L. V./MILLER, N. E./SHAPIRO, D./STOYVA, J.: Biofeedback and Self-Control. Chicago: Aldine 1971.

KINSBOURNE, M.: Cognitive deficit: Experimental analysis. In: MCGAUGH, J. H. (Hrsg.): Psychobiology. New York: Academic Press 1971, Kap. 7.

LACEY, J. I./KAGAN, J./LACEY, B. C./MOSS, H. A.: The visceral level: Situational determinants and behavioral correlates of autonomic response patterns. In: KNAPP, P. H. (Hrsg.): Expression of the Emotions in Man. New York: Int. Univ. Press 1963.

LANC, O.: Psychophysiologische Methoden. Stuttgart: Kohlhammer 1977.

LANG, P. J.: Die Anwendung psychophysiologischer Methoden in Psychotherapie und Verhaltensmodifikation. In: BIRBAUMER, N. (Hrsg.): Neuropsychologie der Angst. München u. a.: Urban & Schwarzenberg 1973, S. 11–79.

LASHLEY, K. S.: The accuracy of movement in the absence of excitation from the moving organ. American Journal of Physiology, 43, 1917, S. 169–194.

LASHLEY, K. S.: The problem of serial order in behavior. In: JEFFRESS, L. A. (Hrsg.): Cerebral mechanisms of behavior. New York: Wiley 1951, S. 112–136.

LASHLEY, K. S.: In search of the engram. Symposia of the Society for Experimental Biology, 4, 1950, S. 454–482.

LINDSLEY, D. B./BOWDEN, J. W./MAGOUN, H. W.: Effect upon the EEG of acute injury to the brain stem activating system. Electroenceph. clin. Neurophysiol., 1, 1949, S. 475–486.

LIPPERT, H.: Einführung in die Pharmakopsychologie. München: Kindler ²1972.

LURIA, A. R.: Die höheren kortikalen Funktionen und ihre Störungen bei örtlichen Hirnschädigungen. Berlin: VEB Deutscher Verl. d. Wiss. 1970.

LURIA, A. R.: The Working Brain. London: Penguin Press 1973.

MESAROVIĆ, M. D.: Systems theory and biology – view of a theoretician. In: MESAROVIĆ, M. D. (Hrsg.): Systems Theory and Biology, Proceedings of the III Systems Symposium at Case Institute of Technology. Berlin u. a.: Springer 1968, S. 59–87.

MILLER, N. E.: Learning of visceral and glandular responses. Science, 163, 1969, S. 434–445.

MILNER, P. M.: Physiological Psychology. London u. a.: Holt, Rinehart, Winston 1970.

MORUZZI, G./MAGOUN, H. W.: Brain stem reticular formation and activation of the EEG. Electroenceph. clin. Neurophysiol., 1, 1949, S. 455–473.

OLDS, J.: Drives and Reinforcements. New York: Raven 1977.

ROUTTENBERG, A.: The two-arousal hypothesis: reticular formation and limbic system. Psychol. Rev., 75, 1968, 51–80.

RECH, R. H./MOORE, K. E. (Hrsg.): An Introduction to Psychopharmacology. New York: Raven 1971.

SCHACHTER, S./SINGER, J. E.: Cognitive, social and physiological determinants oft emotional state. Psychol. Rev., 69, 1962, S. 379–399.

SHAPIRO, M. B.: Intensive assessment of the single case: an inductive deductive approach. In: MITTLER, P. E. (Hrsg.): The Psychological Assessment of Mental and Physical Handicaps. London: Tavistock 1973, Kap. 21.

STARCK, L.: Neurological Control Systems. New York: Plenum 1968, Section V.

STEIN, L.: Chemistry of purposive behavior. In: TAPP, J. (Hrsg.): Reinforcement and behavior. New York: Academic Press 1969, S. 328–355.

STERN, J. A.: Toward a definition of psychophysiology. Psychophysiology, 1, 1964, S. 90–91.

STERNBACH, R. A.: Principles of Psychophysiology. New York: Academic Press 1966.

STROEBEL, C. F.: Psychophysiological Pharmacology. In: GREENFIELD, N. S./STERNBACH, R. A. (Hrsg.): Handbook of Psychophysiology. New York u. a.: Holt, Rinehart, Winston 1972, S. 787–838.

TEUBER, H. L.: Some alterations in behavior after cerebral lesions in man. In: GROSS, C. G./ZEIGLER, H. P. (Hrsg.): Readings in Physiological Psychology. New York: Harper 1969, S. 170–199.

VENABLES, P. H./MARTIN, J. (Hrsg.): A Manual of Psychophysiological Methods. New York: Wiley 1967.

WALSH, K. W.: Neuropsychology. Edinburgh u. a.: Churchill 1978.

WUNDT, W.: Grundzüge der physiologischen Psychologie. Leipzig: Engelmann 1874.

Rupert Hölzl

Politische Psychologie

1 Definition

Die p.P. läßt sich zunächst vom Gegenstandsbereich her definieren als „Psychologie, soweit sie sich mit politischen Erscheinungen befaßt" (Jacobsen, 1963, 9; Baeyer-Katte, 1972, 1044). Jacobsen stellt einen Problemkatalog der p.P. auf, der folgende Themen enthält: politische Grundeinstellungen, politische Urteilsbildung, Meinungsforschung, politische Gewissenskonflikte, Vorurteile und Stereotypen, politische Pädagogik, politische Propaganda, Demagogie, politisch-ideologische Infiltrationsmethoden, völkercharakterologische Probleme, geistige und charakterliche Bedingungen der Demokratie, Völkerverständigung (Jacobsen, 1963, 15f.). Von dieser Position aus erweist sich die p.P. als *Teildisziplin der Sozialpsychologie*: als Ausgrenzung der im engeren Sinne politischen Gegenstände der sozialpsychologischen Forschung.
Im Gegensatz zu dieser Auffassung wird der Begriff „politische Psychologie" von einer Gruppe jüngerer Forscher als politischer *Gegenbegriff zur eher traditionell-empirisch verfahrenden Sozialpsychologie* verwendet. Diese von der Psychoanalyse und der Kritischen Theorie herkommenden Forscher wollen durch die polemische Verwendung des Begriffs „politische Psychologie" deutlich machen, daß es Aufgabe einer sich politisch verstehenden Psychologie sei, jene gesellschaftliche Blindheit aufzuheben, die die traditionelle Psychologie in ihrem naturwissenschaftlich-objektivistischen Methodenverständnis mit ihren Untersuchungsobjekten teilt. Dieser Richtung der p.P. geht es darum, durch die Analyse des „gesellschaftlichen Schicksals individueller Sinnlichkeit" (Horn, 1974, 8) jene Irrationalität im gesellschaftlichen und politischen Handeln aufzuhellen, die Menschen dazu bringt, gegen ihre Interessen zu handeln und die gesellschaftlichen Gewaltverhältnisse psychisch zu wiederholen. Die zentralen Gegenstände sind deshalb vor allem die psychischen Formen von Gewalt und die Mechanismen, mit denen Gewalt psychisch sich reproduziert: Aggression, Antisemitismus, Vorurteile, Feindbilder, Angst, politische Apathie.
Die erste Gruppe sozialpsychologisch arbeitender Forscher ist vor allem in der 1959 gegründeten Sektion „Politische Psychologie" des Berufsverbandes Deutscher Psychologen vereinigt, die zweite Gruppe hat sich 1973 als Arbeitskreis „Politische Psychologie" in der Deutschen Vereinigung für Politische Wissenschaft organisiert.

2 Theoriegeschichte und Forschungsthemen

2.1 *Entstehung*

Die Entstehung der p.P. ist verbunden mit der Entwicklung der bürgerlichen Demokratie und dem Eintreten immer größerer Bevölkerungsschichten in die Politik. Wenn Politik nicht mehr Sache einer kleinen aristokratischen Elite, sondern tendenziell aller Bürger wird, dann gewinnt die Frage nach den Mechanismen, die deren politisches Handeln bestimmen, entscheidendes Gewicht. Dieses Interesse entsteht zunächst bei konservativen Theoretikern, die in der „Heraufkunft der Massen" ein bedrohliches Phänomen sehen. Wenn man – wie die konservativen Theoretiker – bei den traditionellen politischen Eliten unbefragt Rationalität, abgewogenes Urteil und Sachbezogenheit unterstellt, so bedeutet das Eintreten der „Massen" in die Politik, daß nunmehr politische Entscheidungen dem unkalkulierbaren Spiel von Irrationalität und wechselnden Launen anheimgegeben werden. Klassisches Dokument dieser konservativen Reaktion auf die Demokratisierung politischer Entscheidungen sind Le Bons Schriften, von dem auch die erste „Politische Psychologie" stammt (Psychologie Politique, 1910).

2.2 *Massenpsychologie*

Le Bon beschreibt in seinem Werk „Psychologie der Massen", das in Deutschland eine ebenso große Wirkung hatte wie in Frankreich, dieses Eintreten der „Massen" in die Politik als einen Einbruch von Irrationalität und Unberechenbarkeit. Ziel Le Bons ist es, die Regeln und Mechanismen dieses Massenverhaltens verständlich zu machen. Ausgangspunkt seiner Überlegungen ist das, was er *„Massenseele"* nennt. „In der Seele der Massen", nicht mehr in den Fürstenberatungen, bereiten sich „die Schicksale der Völker vor" (Le Bon, 1961, 2). Eigenschaften dieser Massenseele sind „Triebhaftigkeit (impulsivité), Reizbarkeit (irritiabilité), Unfähigkeit zum logischen Denken, Mangel an Urteil und kritischem Geist, Überschwang

der Gefühle (exavégation des sentiments)" (LE BON, 1961, 19).
Ziel der Massenpsychologie ist die Entwicklung von Methoden zur Beherrschung der Massen, wenngleich LE BON skeptisch ist, ob dies gelingen kann. Hitler hat später LE BONS Massenpsychologie studiert und die Ergebnisse seiner Beschreibung der Eigenschaften der Masse zu einer Art Leitfaden für den Demagogen umformuliert (HOCHHEIMER, 1962/63, 18).
FREUD versucht in seiner Schrift „Massenpsychologie und Ichanalyse" (1921), das, was LE BON der Wirkung der „Massenseele" zuschreibt, die Steigerung der Affektivität und die Einschränkung der Rationalität, durch individualpsychologische Mechanismen zu erklären, also die „Psychologie der Massen in Individualpsychologie umzuwandeln" (FREUD, XII, 138). Für FREUD ist für die Entstehung einer psychologischen Masse das *Verhältnis Masse – Führer* entscheidend. Die libidinöse Bindung des einzelnen an den Führer stellt zugleich die Bindung zwischen den Massenindividuen her. Das Individuum setzt in der Form einer hypnotischen Beziehung den Führer an die Stelle seines Ichideals und identifiziert sich mit den anderen Massenindividuen. Die Hypnose ist gewissermaßen eine „Massenbildung zu zweien" (FREUD, XIII, 126). Durch diese Externalisierung des Ichideals wird der Einzelne zum willenlosen Objekt des Führers, der durch die Übernahme von Überichfunktionen zur Steuerungsinstanz der Massenmitglieder wird. Diese Konstitution der Masse durch den Führer erklärt die panische Angst, die frei wird, wenn die Masse den Führer verliert: sie ist die Folge des Zusammenbrechens der libidinösen Bindungen der Massenindividuen untereinander, die nur durch den Führer vermittelt waren; aus der durch den Führer zusammengehaltenen Masse wird ein Haufen isolierter Einzelner.
FREUD hat mit seiner Analyse das Instrumentarium für das Verständnis der späteren faschistischen Massenbewegungen geliefert.

2.3 Psychologie des Faschismus

Die Entstehung der faschistischen Bewegungen in den zwanziger Jahren und das Unvermögen ökonomischer und soziologischer Faschismustheorien, die „*Massenbasis*" des Faschismus zu erklären, wird in der Folge das zentrale Thema der p.P. Das theoretische Interesse, die psychischen Ursachen dieses Ausbruchs des Irrationalismus und Massenwahns zu analysieren, verband sich dabei unmittelbar mit praktischen Intentionen: ist es möglich, durch die Erhellung der psychischen Mechanismen dem Rückfall einer scheinbar aufgeklärten Zivilisation in irrationalen Haß und wahnhafte Atavismen zu begegnen? Wichtigstes Werk, das sich dieser Frage zuwendet, war die umfangreiche, von Max HORKHEIMER geleitete Kollektivarbeit „Studies in Prejudice" (HORKHEIMER/FLOWERMAN, 1949/50).
Ziel dieser Forschungen war es, die psychologischen Voraussetzungen des modernen totalitären Wahns zu ermitteln, also die unbewußten seelischen Bedingungen, die es möglich machen, die Massen für eine Politik zu gewinnen, die ihren eigenen vernünftigen Interessen entgegengesetzt ist. Obzwar die Untersuchung auf die faschistischen und demagogischen Tendenzen in der amerikanischen Gesellschaft gerichtet ist, handelt es sich nach Auffassung der Autoren bei den Ergebnissen um Befunde, die bis zu einem gewissen Grade unabhängig von den besonderen wirtschaftlichen, politischen und auch geographischen Bedingungen sind, unter denen sie erhoben wurden.
Ausgangshypothese der Arbeit über den „*autoritären Charakter*" war, daß „die politischen, wirtschaftlichen und gesellschaftlichen Überzeugungen eines Individuums häufig ein umfassendes und kohärentes, gleichsam durch eine ‚Mentalität' oder einen ‚Geist' zusammengehaltenes Denkmuster bilden, und daß dieses Denkmuster Ausdruck verborgener Züge der individuellen Charakterstruktur ist" (ADORNO, 1973, 1).
Als für faschistische und irrationalistische Bewegungen disponiert ermittelte die Studie, die die Methoden der Umfrage, des Tiefeninterviews und des Thematic Apperception Tests (TAT) benutzte, den „autoritätsgebundenen Charakter". Diese Charakterstruktur zeichnet sich aus durch eine auf Autoritäten fixierte, starre, irrationale, stereotypisierende Einstellung zu Gesellschaft und Politik. Wesentlich für die Starrheit dieses Charaktertypus

> „ist dessen Autoritätsgebundenheit – die blinde, verbissene, insgeheim aufmuckende Anerkennung alles dessen, was ist, was Macht hat. Nachdruck wird gelegt auf jeweils geltende konventionelle Werte, wie äußerlich korrektes Benehmen, Erfolg, Fleiß, Tüchtigkeit, physische Sauberkeit, Gesundheit und konfor-

mistisches, unkritisches Verhalten. Durchweg denken und empfinden solche Menschen hierarchisch. Sie unterwerfen sich der idealisierten moralischen Autorität der Gruppe, zu der sie sich selbst rechnen ... und stehen allemal auf dem Sprung, den, der nicht dazu gehört, oder von dem man glaubt, er stehe unter einem, unter allerhand Vorwänden zu verdammen. Die populäre Rede von der ,Radfahrernatur' trifft diese Verhaltensweise recht genau. Das Lebensgefühl jener Menschen ist veräußerlicht: um das Gefühl zu haben, etwas zu sein, bedürfen sie der Identifikation mit der vorgegebenen Ordnung und identifizieren sich mit ihr um so lieber, je strenger und machtvoller sie auftritt" (Institut für Sozialforschung, 1956, 156f.).

Die autoritäre Persönlichkeit lebt in einer feindlichen, gefährlich und bedrohlich empfundenen Welt, einem Dschungel, wo jeder gegen jeden ist, und wo der andere aufgefaßt wird als selbstsüchtig, böse oder dumm. Sicherheit kann man nur durch Stärke erlangen. Wenn man selbst nicht stark genug ist, ist die einzige Alternative, einen starken Beschützer zu finden. Hinter dieser Haltung steht eine tiefe Schäche des eigenen Ich, die zurückverweist auf eine rigide Erziehung. Die psychologischen Einzeluntersuchungen der Studie erbrachten, daß die betreffenden Charaktere in ihrer Jugend durchweg, sei es durch einen strengen Vater, sei es allgemein durch mangelnde Zuwendung und Liebe „gebrochen" wurden und, um seelisch weiterleben zu können, ihrerseits wiederholen, was ihnen selber einmal widerfuhr.
Die Studie regte – trotz der vor allem auf die angewendeten Methoden sich richtende Kritik – eine große Zahl von Nachfolgeuntersuchungen an. Einen Überblick über diese Forschungen geben KIRSCHT/DILLEHAY (1967), eine Kritik deutschsprachiger Folgeuntersuchungen ROGHMANN (1966).

2.4 *Veränderungen im Sozialcharakter*

In den „Studien über Autorität und Familie" des Frankfurter Instituts für Sozialforschung (HORKHEIMER, 1936), die den theoretischen Rahmen für die Untersuchungen zum „autoritären Charakter" entwickelten, hatten HORKHEIMER und FROMM den Begriff des *„Sozialcharakters"* geprägt. Dieser Begriff sollte die spezifische Anpassung der individuellen Bedürfnisse an den besonderen Daseinsmodus einer bestimmten Gesellschaft bezeichnen. Ort der Entstehung des Sozialcharakters ist die *Familie* als die psychische „Agentur der Gesellschaft" (HORKHEIMER, 1936, 49ff.). An diese Überlegungen knüpft die Schrift Erich FROMMS „Die Furcht vor der Freiheit" an, die eine Interpretation der spezifischen Charakterstrukturen der faschistischen und nachfaschistischen Zeit versucht. Es geht ihm dabei um die Erklärung des destruktiven Potentials, das im Faschismus frei geworden war und dessen Ursache er in der immer stärkeren Unterdrückung der individuellen Lebensentfaltung durch die Gesellschaft sieht. Die Summe zerstörerischer Tendenzen stehe im direkten Verhältnis zu dem Ausmaß der Einschränkung der Lebensentfaltung, wobei nicht eine zufällige individuelle Versagung gemeint ist, sondern die Vereitelung des Lebensganzen, die Verhinderung der freien Entfaltung aller menschlichen Fähigkeiten: „Der Zerstörungstrieb ist die Folge des ungelebten Lebens" (FROMM, 1945, 181).
Die Untersuchungen zum autoritären Charakter hatten einen spezifischen Punkt in der gesellschaftlichen Entwicklung und ihre psychischen Folgen analysiert: die Deformationen der spätbürgerlichen Familie und die Depravation der väterlichen Autorität als Folge ökonomischer Veränderungen.
In der Diskussion der fünfziger und sechziger Jahre trat die Frage immer mehr in den Vordergrund, ob der autoritäre Charakter noch eine angemessene Beschreibung der psychischen Struktur der inzwischen fortgeschrittenen sozioökonomischen Entwicklung sei.
Übereinstimmend werden Veränderungen in der Struktur des psychischen Apparats festgestellt, die in Richtung der Schwächung der psychischen Instanz des Selbst gehen. Herbert MARCUSE sieht in den gesellschaftlichen Veränderungen und den damit einhergehenden psychischen Veränderungen einen Vorgang, der zu einem tendenziellen *„Veralten der Psychoanalyse"* führt, weil in der spätkapitalistischen Gesellschaft und der veränderten Familienstruktur jene psychischen Instanzen nicht mehr aufgebaut werden können, die FREUDS Triebdynamik beschreibt (MARCUSE, 1965). RIESMAN sieht in diesem Prozeß das Hervortreten des Charaktertypus des *„außengeleiteten Menschen"*. An die Stelle des „innengeleiteten" Menschen, der durch die Verinnerlichung gesellschaftlicher Normen stabile Ichstrukturen aufgebaut habe und dadurch instandgesetzt werde, autonom zu handeln, trete immer mehr der außengeleitete Typus, der ohne eigene Steuerungsinstanzen auf

gesellschaftliche Signale reagiere (RIESMAN/DENNEY/GLAZER, 1958). Alexander MITSCHERLICH spricht von der „vaterlosen Gesellschaft“ (MITSCHERLICH, 1963).
Diese Entwicklung hat wichtige Folgen für das politische Verhalten. Insbesondere wird die Beziehung zur Realität betroffen. Der innengeleitete Typus war durch die Entwicklung der Ichinstanzen in der Lage, immer wieder das prekäre Gleichgewicht zwischen Triebbedürfnissen und Außenwelt herzustellen und damit zu dem fähig, was FREUD Realitätsprüfung nennt, also der Unterscheidung zwischen inneren Triebansprüchen und äußerer Realität. Gelingt der Aufbau stabiler Ichinstanzen nicht, so treten wahnhafte Formen der Realitätsbewältigung in den Vordergrund: projektive Verformungen der Wahrnehmung, wie sie in extremer Form in Antisemitismus, Antikommunismus und anderen politischen Wahnformen deutlich werden, die große Ähnlichkeit mit paranoiden Krankheitsbildern haben.
Die mangelnde synthetische Funktion des Ich, also die Unfähigkeit, innere psychische Strukturen aufzubauen, die imstande sind, Triebansprüche und Anforderungen der Umwelt regulierend in Beziehung zu setzen, läßt sich als eine Form *narzißtischer Störung* begreifen. Es hat den Anschein, als ob gesellschaftliche Entwicklungen, die sich in der Veränderung der Familienkonstellation niederschlagen, heute eher den narzißtischen Charaktertypus begünstigen, während in der bürgerlichen Ära stärker neurotische Züge hervortraten (STRZYZ, 1978). Für den narzißtischen Charaktertypus sind einerseits Omnipotenzvorstellungen charakteristisch, andererseits aber Angstgefühle vor dem Liebesverlust. Die frühkindlich entstandenen Ängste werden in der jeweiligen gesellschaftlichen Situation wiederbelebt: als Angst vor sozialer Isolierung, als Angst vor dem Verlust gesellschaftlicher Anerkennung. Diese Angst führt einerseits zur vorbehaltlosen Identifizierung mit den von der Gesellschaft angebotenen Verhaltensmustern, andererseits zu projektiver Aggressivität gegen den Außenseiter, den Nichtangepaßten (HORN, 1968).

2.5 *Politische Apathie und Demokratie*

Politische Apathie ist ebenfalls Folge dieser Veränderungen in der psychischen Struktur der Menschen. Politik erscheint undurchschaubar und unbeeinflußbar, gleich einem Naturgeschehen, und erzeugt im einzelnen das Gefühl der Ohnmacht. Es entsteht eine Form von „Sozialanalphabetismus“ (HORN, 1969, 240), dem die Teilnahme an Wahlen keineswegs entgegensteht. LANE versteht beispielsweise das politische Mitspielen der Mittelschichten als Teil von deren unpolitischem Konventionalismus (LANE, 1961, 157). Die Veränderung der Form der Wahlkämpfe spiegelt diese Entpolitisierung: das Zurücktreten von sachbezogener Argumentation und die immer stärkere Personalisierung der Probleme lassen darauf schließen, daß in den Wahlkämpfen „nicht an hochentwickelte Ichleistungen appelliert wird, sondern an infantile Verhaltensschemata“ (HORN, 1969, 243). In dieser Situation gewinnen die Institutionen der *Meinungsmanipulation* besonderes Gewicht. Zwar haben Wirkungsforschungen ergeben, daß die Massenmedien eher verfestigend und bestärkend als verändernd auf Einstellungen, Meinungen und Verhaltensmuster wirken, aber generell ist festzuhalten, daß die Formen der Massenkommunikation wenig zum rationalen Verständnis von Politik beitragen, sondern infantile Wahrnehmungs-, Interpretations- und Verhaltensschemata verstärken.
Ein solches Verständnis von Politik ist nicht vereinbar mit Demokratie, wenn darunter nicht nur Systemstabilität auf Grund formaler Spielregeln verstanden werden soll, sondern die Realisierung von mehr Freiheit, Gerechtigkeit und Selbstbestimmung. Harold D. LASSWELL hat die psychischen Strukturen des „demokratischen Charakters“ so beschrieben: ein offenes Ich, vielfältig aufgeteilte Werte, Zutrauen zu menschlichen Fähigkeiten, Freiheit von Angst, freie Verfügung über Energien aus dem Unbewußten (LASSWELL, 1951, 495).

2.6 *Alltagsbewußtsein und Politik*

Die Veränderungen in den psychischen Strukturen haben auch Folgen für die Wahrnehmung der unmittelbaren Lebenswelt. Henri LEFEBVRES Untersuchungen zum Alltagsleben haben die Aufmerksamkeit der sozialpsychologischen Forschung auf die Frage gerichtet, in welcher Weise Menschen ihren Alltag erfahren und welche Verarbeitungsformen von äußerer Realität diesen Alltagserfahrungen zugrunde liegen (LEFEBVRE, 1974/75). Es zeigte sich, daß im Alltagsbewußtsein die abnehmende synthetische Leistung des Ich sich spiegelt. Das Alltagsbewußtsein kann nicht mehr als konsistentes und kohärentes System von Einstellungen verstanden werden, das auf unmittelbare Erfahrungen in der Lebenspraxis zurückgeht. An die Stelle der in den traditionellen Sozialisationsinstanzen wie der Familie gemachten Erfahrungen treten immer mehr die gesellschaftlich produzierten Erfahrungen der Bewußtseinsindustrie. So drückt das Alltagsbewußtsein die Ohnmacht und Unfähigkeit des vereinzelten Individuums aus, seine zur Umwelt geronnene Alltagspraxis theoretisch oder gar praktisch zu überschreiten (LEITHÄUSER, 1976).

2.7 Psychologie der internationalen Politik

Auch bei den Arbeiten der p.P. zu Problemen der internationalen Politik geht es letztlich um die Auflösung von Irrationalität. Untersuchungen über das Verhalten von Staaten gingen bis ins 20. Jahrhundert von der Voraussetzung des vernünftigen, zweckrationalen Verhaltens aus. Diese Voraussetzung erwies sich spätestens durch die Erfahrungen der beiden Weltkriege als falsch. FREUD sah im Krieg ein Regressionsphänomen; die Kultur beruhe zu einem so hohen Maße auf Triebunterdrückung, daß sowohl der Einzelmensch als auch die „Großindividuen" der Staaten und Völker immer wieder versuchten, dem bestehenden Druck der Gesellschaft für eine Weile zu entfliehen und ihren zurückgehaltenen Trieben vorübergehend Befriedigung zu gönnen. Der Krieg sei ein solcher Exzeß unterdrückter Triebregungen; die soziale Überformung der Triebe werde rückgängig gemacht, und das im Laufe der Kulturentwicklung errichtete prekäre Kulturgebäude breche zusammen. Der menschliche Intellekt könne nur verläßlich arbeiten, wenn er den Einwirkungen starker Gefühlsregungen entrückt sei; im gegenteiligen Falle benehme er sich einfach wie ein Instrument zu Händen eines Willens und liefere das Resultat, das ihm von diesem aufgetragen sei. Die psychoanalytische Erfahrung lehre, daß dann die scharfsinnigsten Menschen plötzlich einsichtslos wie Schwachsinnige sich benähmen. Gleiches gelte für Völker. Sie gehorchten ihren Leidenschaften derzeit weit mehr als ihren Interessen. Sie bedienten sich höchstens der Interessen, um die Leidenschaften zu rationalisieren; sie schöben ihre Interessen vor, um die Befriedigung ihrer Leidenschaften begründen zu können (FREUD, X, 340).

DEUTSCH und SENGHAAS entfalteten diesen Ansatz FREUDS und versuchten einen begrenzten Vergleich bestimmter struktureller Besonderheiten des FREUDschen Modells der individuellen menschlichen Psyche mit bestimmten strukturellen Besonderheiten der nationalen Staaten. Sie kamen zu dem Ergebnis, daß Nationalstaaten wie seelisch kranke Individuen zu destruktiver und selbstzerstörerischer Aktion regredieren können. Die Ichleistungen der Staaten, also die Fähigkeit zu rationalen Entscheidungen bei wechselndem Druck mächtiger Interessengruppen und in Krisensituationen, seien weit geringer, die der Realitätsprüfung in der Außen- und Militärpolitik stärker eingeschränkt als die der Individuen. Insgesamt sei die „Geistesverfassung" von Staaten weitaus brüchiger und prekärer als die von Individuen. Die Veränderungen in der nationalen und der Weltpolitik des 20. Jahrhunderts hätten diese Neigung von Nationalstaaten zu irrationalem Verhalten, zu Fehlentscheidungen und zu zerstörerischem und selbstzerstörerischem Verhalten noch verstärkt (DEUTSCH/SENGHAAS, 1971).

Die Irrationalität zwischenstaatlichen Verhaltens wird exemplarisch am *Rüstungswettlauf* und der *Abschreckungspolitik* deutlich. Abschreckung kann nur funktionieren, wenn sie glaubhaft ist, d.h. der potentielle Gegner davon ausgehen muß, daß auch die Waffensysteme mit der höchsten Vernichtungskraft eingesetzt werden. Dies hat psychische Folgen: die Einübung von Attitüden der Feindseligkeit und des Mißtrauens, „worst-case"-Denken, der Aufbau von *Freund-Feind-Mustern* sind notwendige psychische Konsequenzen der Abschreckungspolitik. Zu der Abschreckungspolitik gehört die Mobilisierung kollektiver Psyche im Rahmen von Drohstrategie, die insofern „autistisch" ist, als es sich um Formen der Abkapselung, übersteigerter Selbstbezogenheit und der Unfähigkeit einer angemessenen Realitätswahrnehmung handelt. Durch die Verringerung der Austauschbeziehungen und somit der Möglichkeit, reale Erfahrungen über den Gegner zu gewinnen, durch Drohungen an die Adresse des Feindes, die von dessen politischer Elite an die eigene Bevölkerung weitergeleitet werden, und schließlich durch das Überwiegen innengerichteter gegenüber außenorientierten Prozessen werden die Feindbilder immer mehr zu innergesellschaftlich erzeugten Vorstellungskomplexen, zu „autistischer Feindschaft" (SENGHAAS, 1969).

2.8 *Weitere Aufgaben der politischen Psychologie*

Zentrales Thema der p.P. bleibt weiterhin das Problem der Irrationalität in Politik und Gesellschaft. Während die Entwicklung und Herstellung von Waffensystemen höchster Rationalität gehorcht, sind die politischen Prozesse, die über ihre Entwicklung und auch ihren Einsatz entscheiden, von höchster Irrationalität. Charles OSGOOD hat das im Rüstungswettlauf befangene und ihn tragende Denken als „Neandertalermentalität" bezeichnet (OSGOOD, 1962). Diese Charakterisierung gilt in ähnlicher Weise für innenpolitische Vorgänge. Solche Irrationalität ist freilich nicht in erster Linie ein psychologisches Problem, sondern sie ist Folge der irrationalen Herrschaftsstrukturen der Gesellschaft und insofern ein objektiver Faktor. Aber jene irrationalen Herrschaftsstrukturen sind darauf angewiesen, daß sie in den psychischen Strukturen der Menschen ihre Entsprechung finden. Aufgabe der p.P. ist es, die vielfältigen Vermittlungszusammenhänge zwischen objektiver und subjektiver Irrationalität zu analysieren und ins Bewußtsein zu heben. Dabei darf man sich freilich keinen Illusionen hingeben. Die „Neandertalermentalität" ist von funktionaler Bedeutung sowohl für die Gesellschaft als auch fürs Individuum. FREUD hat einmal die Schwäche der Vernunft dem Aberwitz, der Unvernunft und der Übermacht der Triebe gegenüber beschrieben. In einer ähnlich schwachen Position befinden sich die Aufklärungsversuche der politischen Psychologie. Aber FREUD verweist zugleich auf die Besonderheit dieser Schwäche der Vernunft: „Die Stimme des Intellekts ist leise, aber sie ruht nicht, ehe sie sich nicht Gehör geschafft hat. Am Ende, nach unzählig oft wiederholten Abweisungen, findet sie es doch. Dies ist einer der wenigen Punkte, in denen man für die Zukunft der Menschheit optimistisch sein darf" (FREUD, XIV, S. 377). Auf diese Besonderheit der Schwäche der Vernunft gilt es bei den Versuchen zu vertrauen, die Wahnformen politischen Verhaltens bewußt zu machen und schließlich abzubauen.

Verweis auf andere Stichwörter

→Aggression →Angst →Bewußtsein →Identität und Selbstkonzept →Kollektives Verhalten →Machtbeziehungen →Massenkommunikation →Militärpsychiatrie und -psychologie →Sozialpsychologie →Vorurteil

Literatur

ADORNO, TH. W.: Studien zum autoritären Charakter. Frankfurt/M. 1973.

BAYER-KATTE, W. VON: Sozialisation im politischen Verhalten. In: Handbuch der Psychologie, 7. Bd., 2. Halbbd. Göttingen 1972, S. 1040–1106.

DEUTSCH, K. W./SENGHAAS, D.: Die brüchige Vernunft von Staaten. In: SENGHAAS, D. (Hrsg.): Kritische Friedensforschung. Frankfurt 1971.

FROMM, E.: Die Furcht vor der Freiheit. Zürich 1945.

HOCHHEIMER, W.: Probleme einer politischen Psychologie. Psyche, 16 (1962/63), S. 1–33.

HORKHEIMER, M.: Studien über Autorität und Familie. Paris 1936.

HORKHEIMER, M./FLOWERMAN, S. H. (Eds.): Studies in Prejudice. 5 Bde. New York 1949–1950. Bd. 1: BETTELHEIM, B./JANOWITZ, M.: Dynamics of Prejudice. Bd. 2: ACKERMANN, N./JAHODA, M.: Anti-Semitism and Emotional Disorder. Bd. 3: MASSING, P. W.: Rehearsal for Destruction. Bd. 4: ADORNO, T. W./FRENKEL-BRUNSWIK, E./LEVINSON, D./SANFORD, R. N.: The Authoritarian Personality. Bd. 5: LÖWENTHAL, L./GUTERMAN, N.: Prophets of Deceit.

HORN, K.: Über den Zusammenhang zwischen Angst und politischer Apathie. In: Aggression und Anpassung in der Industriegesellschaft. Frankfurt/M. 1968, S. 59–79.

HORN, K.: Politische Psychologie: Erkenntnisinteresse, Themen und Materialien. In: KRESS, G./SENGHAAS, D. (Hrsg.): Politikwissenschaft. Eine Einführung in ihre Probleme. Frankfurt/M. 1969.

HORN, K.: Elemente einer politischen Psychologie. In: Politische Psychologie. Wien 1974.

Institut für Sozialforschung (Hrsg.): Soziologische Exkurse. Frankfurt/M. 1956.

JACOBSEN, W.: Was ist „politische Psychologie"?. In: Politische Psychologie, Bd. 1, Politische Psychologie als Aufgabe unserer Zeit. Frankfurt/M. 1963.

KIRSCHT, J. P./DILLEHAY, R. C.: Dimensions of Authoritarianism. A View of Research and Theory. Lexington 1967.

LANE, R. E.: Political Life. Why People get Involved into Politics. [2]1961.

LASSWELL, H. D.: The Political Writings. Glencoe/Ill. 1951.

LE BON, G.: Psychologie der Massen. Stuttgart 1961.

LEFEBVRE, H.: Kritik des Alltagslebens. 3 Bde. München 1974/75.

LEITHÄUSER, TH.: Formen des Alltagsbewußtseins. Frankfurt/M. 1976.

MARCUSE, H.: Das Veralten der Psychoanalyse. In: Ders.: Kultur und Gesellschaft, Bd. II. Frankfurt/M. 1965.

MITSCHERLICH, A.: Auf dem Weg zur vaterlosen Gesellschaft. München 1963.

OSGOOD, CH.: An Alternative to War and Surrender. Urbana 1962.

RIESMAN, D./DENNEY, R./GLAZER, N.: Die einsame Masse. Eine Untersuchung der Wandlungen des amerikanischen Charakters. Reinbek 1958.

ROGHMANN, K.: Dogmatismus und Autoritarismus. Kritik der theoretischen Ansätze und Ergebnisse dreier westdeutscher Untersuchungen. Meisenheim am Glan 1966.

SENGHAAS, D.: Abschreckung und Frieden. Studium zur Kritik organisierter Friedlosigkeit. Frankfurt/M. 1969.

STRZYZ, K.: Sozialisation und Narzißmus. Gesellschaftlicher Wandel und die Veränderung von Charaktermerkmalen. Wiesbaden 1978.

Hans Nicklas

Psychiatrie

1 Historisches

Bis zum 16./17. Jahrhundert blieben die psychisch Kranken in Europa weitgehend in den Familienverband, die Dorfgemeinschaft oder das Stadtviertel eingegliedert. „Irresein" wurde teils übernatürlichen, teils aber auch naturhaften Ursachen zugeschrieben. Manche seiner Erscheinungsformen (Erleuchtung) wurden ehrfurchtsvoll respektiert, andere (Besessenheit) durch Austreibung von Teufeln, Inkubi, bösen Geistern in individuellen oder kollektiven „Scéancen" behandelt, wieder andere durch Kräuter oder andere Naturstoffe angegangen. Diese vorwissenschaftliche P. existiert heute noch in wirtschaftlich und kulturell weniger entwickelten Gebieten, vor allem in der Dritten Welt. Sie findet ihre wissenschaftliche Erforschung durch die Ethnopsychiatrie.

Im 17. Jahrhundert wurden die „Irren" Westeuropas zusammen mit Verbrechern, Bettlern, Arbeitslosen – die letzteren hatten sich mit dem Niedergang der örtlichen Feudalherrschaft in den großen Städten angehäuft – in die Ausgrenzungsinstitutionen der Unvernunft (hôpitaux generaux, Arbeits-, Zucht- und Tollhäuser) eingesperrt. Als mit der beginnenden ersten industriellen Revolution Ende des 18. Jahrhunderts ein Bedarf an freien Lohnarbeitern entstand, leerten sich diese Internierungsstätten zu einem großen Teil. Zurück blieben die durch den genannten neuen gesellschaftlichen Bedarf allein nicht einzugliedernden Insassen: die „armen" Irren (Dörner, 1969; Foucault, 1969). Mit der Entflechtung und Auflösung der Zucht-, Arbeits- und Tollhäuser bzw. der hôpitaux generaux entsteht – auch unter dem Einfluß der Aufklärung – eine neue, für die Heilung und Pflege der „armen Irren" allein zuständige Institution: die P. als medizinisch-naturwissenschaftliche Disziplin.

Die Entwicklung der P. erfolgt in Frankreich infolge der dort siegreichen bürgerlichen Revolution (1789) schneller als in Deutschland, wo sich das Bürgertum als politische Kraft und als Träger aufgeklärt-liberaler Weltanschauung erst sehr viel später durchsetzen kann. Die Pinelsche Geste (1792) – die Befreiung der Irren des Hospitals Kremlin Bicètre am Stadtrand von Paris von ihren Ketten – findet in Deutschland keine ähnlich symbolträchtige Nachahmung. Auch das „non-restraint"-System – der Verzicht auf jeden mechanischen Zwang gegen psychisch Kranke – (Conolly, 1856) findet trotz seiner Befürwortung durch Griesinger (1872) in Deutschland kaum Nachahmer.

In Deutschland währte der Kampf um die Vorherrschaft einer allgemein anerkannten psychiatrischen Lehre bis zur Mitte des 19. Jahrhunderts. An Universitäten dominieren zunächst praxisferne naturphilosophisch-romantische Schulen (Heinroth, 1818; Kieser, 1858; Ideler, 1838; usw.). Erste materialistische Ansätze (Reil, 1803) bleiben ohne Widerhall. An den ab 1830 gegründeten „Irrenanstalten" setzt sich die Schule der Somatiker (Jacobi, 1844, u.a.) zwar durch. Sie bleibt aber einerseits dem naturphilosophischen Denken, das sie verbal ablehnt, weiterhin verpflichtet und sorgt andererseits für die Anlage der neugegründeten Irrenanstalten weitab von städtischen Ballungsstätten in der ländlichen Idylle.

Griesingers dialektischer Ansatz einer naturwissenschaftlich-materialistischen P. in der Nähe von Wohn- und Arbeitsort der Kranken („Stadtasyl") kann sich der Anstaltspsychiatrie gegenüber nicht durchsetzen. Von der Idee des Stadtasyls bleibt lediglich die psychiatrisch-neurologische Universitätsklinik übrig, die sehr bald einerseits zu einer Durchgangsstation zu den Asylen (für die hartnäckiger Kranken und die Nichtprivilegierten), und andererseits zu einer Behandlungsstätte für akute und leichter Kranke und sozial privilegierte Schichten wird. Die den Kranken aus seinen familiären und Arbeitsbezügen isolierende Anstaltspschiatrie ist bis heute die überwiegende Form der psychiatrischen Versorgung geblieben (s. Psychiatrie-Enquête, 1975).

2 Ätiologische Hypothesen und theoretische Auseinandersetzungen ab 1900

Mit Kraepelin verflacht die Dialektik der materialistischen P. Griesingers zu einem dogmatischen Vulgärmaterialismus. Mit seiner Lehre von der *psychiatrischen Krankheitseinheit*, die auf der *Erblichkeit* und *körperlichen Bedingtheit* der meisten psychischen Störungen aufbaut, versucht Kraepelin (1905), die P. an die allgemeine Entwicklung der Medizin zu einer naturwissenschaftlichen Disziplin anzuschließen. Dies bringt der P. zwar die prinzipiel-

le Anerkennung als gleichberechtigtes Fach durch die Universitätsmedizin ein, beengt aber auf der anderen Seite die Praxis-, Denk- und Forschungsansätze, die andere als die somatischen Aspekte der P. betreffen. An dem hypothetischen Charakter der KRAEPELINschen Systematik hat sich bis heute – 80 Jahre nach ihrer Formulierung – nichts geändert: den Beweis für die körperliche Genese der endogenen Psychosen, die Erblichkeit der Psychopathien und anderer psychischer Krankheiten ist die von KRAEPELIN beeinflußte P. weiterhin schuldig geblieben (GÜSE/SCHMACKE, 1976).
Da eine wissenschaftliche Aufklärung der zunächst hypothetischen somatischen Genese der psychischen Krankheiten nicht gelingt, und auf der anderen Seite ihr Charakter als schicksalhaftes „Erbübel" immer stärker betont wird, breitet sich in der deutschen P. von der Zeit um die Jahrhundertwende an ein zunehmender *therapeutischer Nihilismus* aus, der mit einer botanisierend-minutiösen Beschreibung der in den Anstalten produzierten Krankheitssymptome einhergeht (sogenannte deskriptive Psychopathologie vor allem der Heidelberger Schule: JASPERS, 1913; Carl SCHNEIDER, 1930; Kurt SCHNEIDER, 1923; usw.). Vereinzelte pädagogische und arbeitstherapeutische Ansätze (SIMON, 1929), gehen von der Unmündigkeit der Patienten und der Notwendigkeit wohlmeinender, aber strenger „väterlicher" Führung durch die Anstaltspsychiater aus.
Therapeutischer Nihilismus und Erblichkeitsideologie bereiten die während der Herrschaft der Nationalsozialisten erfolgte Ermordung psychisch Kranker als „unwertes Leben" (BINDING/HOCHE, 1922) vor. Etwa 100000 psychisch Kranke werden getötet, eine noch größere Anzahl auf Grund eines „Gesetzes zur Verhütung erbkranken Nachwuchses" zwangssterilisiert (TERNON/HELMAN, 1971).
Nach 1945 wurde die Chance einer Selbstreflexion der P. – vor allem des Zusammenhanges zwischen ihren Theorien und der mörderischen Praxis des Nationalsozialismus – vertan. Wenige prominente Initiatoren der Mordaktionen begingen Selbstmord (DE CRINIS, Carl SCHNEIDER). Kaum einer wurde für seine Mitbeteiligung an den Morden empfindlich bestraft. Die KRAEPELINsche P., angereichert durch die JASPERS-SCHNEIDERsche deskriptive Psychopathologie, blieb weiterhin herrschende Lehre. Ihr gegenüber entwickelte sich in den ersten Nachkriegsjahrzehnten lediglich eine stark irrational getönte phänomenologisch-anthropologische und daseinsanalytische P., die auf keinerlei eigene Praxis zurückgreifen konnte (STRAUS, 1935; GEBSATTEL, 1954; BINSWANGER, 1957; ZUTT, 1963; u.a.). Das Verbot durch die Nationalsozialisten und die Emigration aller bedeutenderen Psychoanalytiker nach 1933 schwächt die Psychoanalyse so stark, daß sie erst ab 1960 innerhalb der bundesdeutschen P. wieder an Einfluß gewinnt.
Anfang der sechziger Jahre werden psychoanalytisch-psychodynamische und sozialpsychiatrische Forschungsansätze vor allem aus den USA auch in der BRD wahrgenommen, zunächst von HÄFNER (1961), KISKER (1962), KULENKAMPFF (1969). Jedoch erst Anfang der siebziger Jahre beginnen diese Forschungsansätze, zum Teil unter dem Einfluß der Studentenbewegung, einen weiteren Widerhall zu finden. Der „Mannheimer Kreis" und die „Deutsche Gesellschaft für soziale Psychiatrie", in denen Angehörige aller psychiatrischen Berufsgruppen sich verbanden, machen sich zum Sprecher vor allem sozialpsychiatrischer Denkansätze und sorgen für eine zunehmend therapiebestimmte Praxisorientierung. Ideologiekritische Ansätze, zum Teil marxistischer Orientierung, die zunächst den Anstoß zur Bildung dieser Gruppe gegeben hatten, treten gegenüber pragmatischen Reformversuchen immer stärker zurück. Das erste greifbare Ergebnis der psychiatrischen Reformbewegung in der Bundesrepublik ist der 1975 veröffentlichte Bericht einer Sachverständigenkommission zur Lage der P. in der BRD (Psychiatrie-Enquête), der vor allem die materiellen und personellen Mängel der psychiatrischen Versorgung in der BRD offenlegt. Die Forderung einer gemeindenahen psychiatrischen Versorgung bleibt jedoch der einzige wichtige Reformvorschlag der Kommission. Fragen der sozialen Ätiologie, des Zusammenhanges zwischen psychischen Störungen und Arbeitswelt werden kaum berührt, das ärztliche Behandlungsmonopol in der P. wird auch im Sachverständigenbericht nicht angetastet. Weder in finanzieller noch in organisatorischer Hinsicht werden die Voraussetzungen für die vorgeschlagene Strukturreform (gemeindenahe Versorgung in abgegrenzten Standardversorgungsgebieten, Integration ambulanter und stationärer Versorgung) geschaffen (GAEDT, 1976). Einige inzwischen entstandene Modelleinrichtungen (Institut für seelische Gesundheit – Mannheim, Psychiatrische Klinik der Medizi-

nischen Hochschule Hannover, Psychiatrisches Krankenhaus Rheydt-Mönchengladbach, Psychosoziale Arbeitsgemeinschaft Gießen-Lahn) haben vorwiegend Alibifunktion.

3 Psychopathologie als psychiatrische Symptomenlehre

3.1 Psychopathologische Schulen

3.1.1 Die *deskriptive Psychopathologie* gibt eine systematische Gliederung der Erscheinungen des normalen Seelenlebens nach verschiedenen „psychischen Funktionen", von denen Abweichungen benannt werden: abnorme Wahrnehmung (Illusionen, Halluzinationen), abnormes Denken (z.B. Zerfahrenheit, Ideenflucht), abnormes Fühlen (z.B. ekstatische Erlebnisse, gemachte Erlebnisse) usw. – Diese Erscheinungen werden in der Fülle ihrer phänomenalen Gestalten beschrieben und nach verschiedenen Gesichtspunkten klassifiziert. Dabei werden Inhalte und Formen von Erleben und Verhalten unterschieden (z.B. inhaltliche Unterscheidung: Verfolgungs- vs. Berufungswahn; formale Unterscheidung: Wahneinfall vs. Wahnwahrnehmung).

Bestimmte formale Kriterien des abnormen Erlebens oder Verhaltens werden von der deskriptiven Psychopathologie für „uneinfühlbar" deklariert (z.B. Wahnwahrnehmungen), und ihr symptomatisches Auftauchen auf somatische Faktoren, die nur „erklärt" werden können, zurückgeführt („verstehende" vs. „erklärende" Psychopathologie, in Anlehnung an DILTHEY, 1894). Formale Abweichungen vom normalen Seelenleben sind für die deskriptive Psychopathologie ein Beweis a) für somatische Verursachungen und b) für das Vorliegen einer Störung von psychotischem Tiefgang.

Aus deskriptiv-psychopathologischer Sicht ist die *Psychose* eine „uneinfühlbare" und/oder in ihren formalen Strukturen – nicht nur in den Inhalten – vom normalen Erleben und Verhalten abweichende seelische Störung. Dies gilt sowohl für die sogenannten „körperlich begründbaren" Psychosen (deren körperliche Ursache bekannt ist, wie bei Psychosen auf dem Boden von Fieberdelirien, Tumoren, Encephalitis oder einer progressiven Paralyse) als auch für die sogenannten „endogenen" Psychosen, deren körperliche Ursache bis heute nicht klar nachweisbar ist, jedoch per Analogieschluß (ähnlich uneinfühlbar, ähnliche formale Abweichungen von der Norm) angenommen wird. Hierzu gehören die Gruppe der Schizophrenien sowie die affektiven Psychosen (= Zyklothymien = manisch-depressives Irresein).

Demgegenüber werden *Neurosen* in abnorme Erlebnisreaktionen (Betonung auf der Aktualsituation) und abnorme Persönlichkeitsentwicklung (Betonung auf der vergangenen Lebensgeschichte) untergliedert. Beide gelten als „einfühlbar" aus Persönlichkeitsanlage und Lebensgeschichte, formale Strukturveränderungen des Denkens oder Erlebens werden hier nicht angenommen. Ein Teil der deskriptiven Psychopathologen sieht auch bei Neurosen bzw. abnormen Persönlichkeiten eine ähnlich starke erbliche Disposition wie bei Psychosen (EYSENCK, 1976).

Kritisch zu dieser Lehre ist zu vermerken, daß es auch formal-strukturelle Abweichungen des Erlebens und Verhaltens gibt (so z.B. die Aufhebung von Ichgrenzen, manche Formen von Halluzinationen), die in anderen Gesellschaften auch bei Gesunden auftreten, und die deshalb für sich genommen noch keinen Hinweis auf somatische Prozesse oder auf das Vorliegen von Psychosen geben können (WULFF, 1972). Die Gleichung „Psychose – körperlich verursacht – erblich bedingt" wird im übrigen durch die *„life-event-Forschung"* widerlegt, die statistische Häufungen von belangvollen lebensgeschichtlichen Ereignissen unmittelbar vor dem Ausbruch von Psychosen feststellen konnte.

3.1.2 Die psychoanalytische Psychopathologie (FREUD) versteht die krankhaften Erscheinungen des Seelenlebens als Folge von Fehlentwicklungen des Triebschicksals. Je nach dem Stadium der Libidoentwicklung, auf das die Krankheitserscheinungen zurückverweisen, werden orale, anale, phallische, narzißtische Symptome voneinander unterschieden. Gleichzeitig wird eine psychoökonomische Dimension (Maß der Libidobesetzung von Objekten) entwickelt, verschiedene Abwehrformen des Ich gegen Triebbedrohungen (Projektion, Reaktionsbildung, Verdrängung, Verschiebung usw.) werden beschrieben, ein metapsychologisches Schema (Es – Ich – Überich, Realitätsprinzip vs. Lustprinzip usw.) verschiedener dynamisch miteinander verbundener Seelenanteile wird konstruiert.

Aus psychoanalytischer Perspektive unterscheiden sich dabei Psychosen und Neurosen in zweifacher Hinsicht: einmal durch den Zeitpunkt der für die Entstehung der seelischen Störung verantwortlich zu machenden Schädigung; bei Psychosen wird diese bereits im ersten Lebensjahr, während der primär-narzißtischen oder oralen Phase angenommen, bei neurotischen Störungen während der späteren kindlichen Entwicklungsphasen. Der zweite wesentliche Unterschied liegt in der vom Ich gewählten – oder diesem aufgezwungenen – Abwehrform. Bei Neurosen bleiben trotz der Mobilisierung von Abwehrstrukturen und trotz Regression die Grenzen zwischen Es, Ich und Überich sowie die Grenzen zwischen Intrapsychischem und der Außenwelt erhalten, wenngleich das Ich unter dem Triebdruck und Zwang zu dessen Abwehr verbogen und in seinen Entfaltungsmöglichkeiten eingeengt wird. Bei Psychosen hingegen wird das Ich von Triebanteilen des Es (Manien, Schizophrenien) oder aber vom Überich (Melancholien) überschwemmt und verliert seine eigenen Grenzen. Dadurch kann es auch die Aufgabe der Realitätsprüfung nicht mehr wahrnehmen. So geht der Psychotiker auch seiner Fähigkeit, die äußere Realität seelisch abzubilden und von seiner inneren Realität zu unterscheiden, verlustig.

Die Psychose stellt also sowohl in der Wahl ihrer Abwehrmechanismen als auch in der Tiefe des Rückzuges auf frühkindliche Entwicklungsstadien (Regression) eine tiefer gehende seelische Störung dar als die Neurose. Nach psychoanalytischer Sicht existieren jedoch zwischen Psychose und Neurose mannigfache Übergänge sowohl in systematischer Hinsicht (Borderline-Fälle) als auch in der klinischen Praxis: psychotische Dekompensationen von Neurosen durch Versagen neurotischer (= weniger regressiver) Abwehrmechanismen.

Die psychoanalytische Psychopathologie stellt bis heute das einzige geschlossene und kohärente Ordnungssystem der verschiedenen Erscheinungen des kranken Seelenlebens dar. Kritisch ist zu vermerken, daß gegenüber der Betonung der Triebentwicklung andere seelische Kräfte unterschätzt werden, und die seelische Entwicklung vom Kind zum Erwachsenen durch eine bestimmte soziale „Brille" – die der bürgerlichen Familie um die Jahrhundertwende – gesehen wird. Lucien SÈVE formuliert kritisch, daß die Psychoanalyse lediglich das kindliche Seelenleben angemessen beschreibe, nicht jedoch die Spezifität der Erwachsenenpersönlichkeit (SÈVE, 1973).

3.1.3 Dynamisch-interaktionelle Psychologie und Psychopathologie begreifen die Erscheinungen des Seelenlebens gesunder bzw. kranker Menschen – ihr Erleben und Verhalten – als von der Persönlichkeit und vom Verhalten ihrer wesentlichen Bezugspersonen und im weiteren Sinne auch vom allgemeinen sozialen Umfeld abhängige Variable. Deshalb gilt es, die Situation, in der bestimmte psychopathologische Erscheinungen (Angst, Sinnestäuschungen, Wahn) auftreten, in Bezugsbegriffen zu fassen. Der Psychiater und Psychologe muß dementsprechend sein eigenes Verhalten (in der Untersuchungs- bzw. therapeutischen Situation) ebenso wie den institutionellen Rahmen, in dem die Untersuchung oder Behandlung stattfindet, reflektieren, wenn er das Erleben und Verhalten seines Patienten richtig verstehen will. In einem weiteren Sinne können auch vorgegebene Strukturen wie Sprache, Verwandtschaftssysteme, gesellschaftliche Bedingungen als tragender Teil eines interaktionellen Zusammenhanges gesehen werden (so in der sogenannten institutionellen Psychotherapie; vgl. OURY u.a., 1976). Moderne psychoanalytische Strömungen haben die interaktionelle Dimension in ihre Theorie aufgenommen (LACAN, 1966; LORENZER, 1973, 1976; RICHTER, 1967; usw.). Die theoretische Grundlage dazu ergibt sich aus FREUDS Begriffen der Übertragung und Gegenübertragung, die sich ursprünglich allerdings nur auf die duale therapeutische Beziehung erstreckten. Eine psychoanalytisch unterlegte interaktionelle Betrachtungsweise hat in der Familientherapie (LIDZ, 1960; STIERLIN, 1974) große Bedeutung erlangt.

Die interaktionale Betrachtung bringt die Beteiligung des Therapeuten und des therapeutischen Rahmens, aber auch der Bezugspersonen des Patienten an seiner Krankheitssymptomatik ans Licht. Ihre Gefahr liegt darin, Krankheitserscheinungen einseitig aus gegebenen Aktualsituationen zu interpretieren und sowohl die Historie des Patienten als auch die soziale Bedingtheit von Aktualsituationen überhaupt zu vernachlässigen.

3.1.4 Der *Labeling-Ansatz* (SCHEFF, 1972; SZASZ, 1972; u.a.) bestreitet demgegenüber, daß psychiatrische Diagnosen und psychopathologische Begriffe überhaupt verschiedene seelische Wirklichkeiten darstellen, und sieht die Unterschiede zwischen psychischen Krankheiten oder Symptomenbildern lediglich in verschiedenen sozialen Zuschreibungsprozessen (Etikettierungen) begründet. Dieser Ansatz untersucht nicht, weshalb es zu verschiedenen Zeiten und in den verschiedenen Gesellschaften zu unterschiedlichen Etikettierungsprozessen kommt. Er abstrahiert also einen – in der Psychopathologie sicher sehr wichtigen – Anteil am Zustandekommen wissenschaftlicher Begriffe und an ihrer konkreten „beschreibenden“ oder „diagnostizierenden“ Anwendung und verabsolutiert diesen Anteil zugleich gegenüber anderen Gegebenheiten, die zu solchen „Etikettierungen“ führen. Zu solchen anderen vernachlässigten Anteilen zählen der tatsächliche Zustand des Patienten, charakteristische pathologische Interaktionsmuster in seiner Familie oder auch in Institutionen der Krankenversorgung sowie der historische Prozeß regelhaft sich entwickelnder gesellschaftlicher Bedürfnisse und Notwendigkeiten.

3.1.5 Zu einer *materialistischen Psychopathologie* liegen mehr als erste Ansätze bisher nicht vor. Persönlichkeitsentwicklungen und -fehlentwicklungen sollen aus dem Verhältnis zur gesellschaftlichen Arbeit und ihren institutionalisierten Formen (letztlich also aus den jeweiligen Produktionsweisen) erklärt werden. Dabei ist vor allem die gegebene Möglichkeit zur Entwicklung von Fähigkeiten bzw. deren Blockierung von wesentlicher Bedeutung. Aus der jeweiligen Produktionsweise zu erklären wäre auch die wissenschaftliche Begrifflichkeit der P. einschließlich ihres nosologischen Systems und des Anteils an Etikettierungsprozessen. Erste systematische Ansätze finden sich bei LEONTJEW (1973), SÈVE (1973), HOLZKAMP (1973) und seiner Schule, ethnopsychologische und -psychiatrische materialistische Interpretationsversuche bei WULFF (1972, 1978).

4 Diagnostik

Psychiatrische Diagnostik zielt heute immer noch, dem medizinischen Krankheitsmodell zufolge, auf Krankheitseinheiten und nicht auf strukturelle Besonderheiten der Persönlichkeit von Patienten (nosologische versus Persönlichkeitsdiagnostik). Sie bedient sich der KRAEPELIN-JASPERS-SCHNEIDERschen Dreiteilung in

1. „körperlich bedingte“ psychische Störungen,
2. „endogene“ Psychosen sowie
3. abnorme Erlebnisreaktionen, abnorme seelische Entwicklungen und abnorme Persönlichkeiten.

Die Oligophrenen (Schwachsinnigen) werden, wenn bei ihnen eine Hirnstörung nachweisbar ist, der ersten Gruppe zugeschlagen, wenn dies nicht der Fall ist, als „Normvarianten der Intelligenz“ (K. SCHNEIDER, 1955) der dritten Gruppe. K. SCHNEIDER spricht dieser dritten Gruppe die Eigenschaft der Krankhaftigkeit überhaupt ab, es handele sich um bloß quantitative Abweichungen vom Bevölkerungsdurchschnitt.

Da für die zweite und dritte Gruppe verbindliche Außenkriterien (z.B. Labor- oder Röntgenbefunde) fehlen, besteht bei ihnen „nicht nur die in der Medizin und Biologie übliche Randunschärfe der diagnostischen Begriffe, sondern die Begriffe selber erscheinen dem kritischen Epidemiologen und manchem Psychiater ohne klare Grenzen“ (PFLANZ/LAMBELET, 1969). Dementsprechend ist der Übereinstimmungsgrad psychiatrischer Diagnostiker in diesem Bereich auch besonders gering (DÖRNER, 1975).

Um die Übereinstimmung in der Diagnostik zu verbessern, bemüht sich eine Forschungsgruppe der Weltgesundheitsorganisation (WHO), für die Diagnosen, insbesondere für die Diagnose der Schizophrenie, verbindliche Konventionen festzulegen. Mit einem solchen Verfahren können sich widersprechende oder grob divergierende Diagnosen verschiedener Institutionen oder Untersucher zwar vermieden werden. Die Widersprüche und Divergenzen in der diagnostischen Praxis ebenso wie in der theoretischen Auseinandersetzung über Krankheitsbegriffe sind jedoch nicht bloß Störungsfaktoren im Aufgabenfeld einer sich universell verstehenden psychiatrischen Epidemiologie. Sie geben zugleich Denkanstöße für eine Weiterentwicklung der nosologischen Theorien ebenso wie zur Erforschung der Realität, die sich unter verschiedenen diagnostischen Etiketten verbirgt (F. HAUG, 1978). Diagnostische Konventionen, die diese Widersprüche beseitigen, drohen den Fortschritt der Wissenschaft zugunsten eines einzigen schmalen Forschungsfeldes: der Auszählung gleichartiger psychopathologischer Symptomkombinationen – zu blockieren. Dies ist in der P. besonders bedenklich, weil „Symptome“ dort nicht ausdrücklich durch Beobachtung feststellbare Eigenschaften der untersuchten Patienten sind, sondern ein Konglomerat aus diesen Eigenschaften, aus Interaktionsergebnissen dieser Eigenschaften mit dem Verhalten und der Persönlichkeit des Untersuchers im Rahmen einer institutionellen Situation und schließlich aus Zuschreibungsprozessen durch den Untersucher, die dessen Vormeinung ebenso wie dessen unbewußten oder bewußten Bedürfnissen entspringen. So läßt sich die Annahme nicht begründen, durch Aufzeichnen gleicher oder ähnlicher Symptomkombinationen tatsächlich gleiche oder ähnliche beim Patienten zugrundeliegende Zustände zu erfassen – und selbst das würde noch nicht bedeuten, mit einer konventionalisierten Symptomkonfiguration als „Diagnose“ tatsächliche Krankheitseinheiten getroffen zu haben.

Das Vorgehen der WHO-Kommission ließe sich jedoch lediglich unter einer solchen Annahme rechtfertigen – oder noch eher mit der entgegengesetzten, daß nämlich nicht nur die Diagnosen, sondern auch die „Symptome“ des Patienten bloßen Zuschreibungs-(„labeling“-)Prozessen (Scheff, 1972; Szasz, 1972) entspringen. Wenn solche Zuschreibungsprozesse die einzige diagnostische Realität darstellen, lassen sie sich natürlich am ehesten und ohne Schaden für die weitere wissenschaftliche Entwicklung konventionalisieren. Ein solches Verfahren verleugnet aber den ganzen Spielraum der Symptomformulierung in einem Interaktionsfeld einerseits und auf dem Boden soziokultureller und persönlichkeitsspezifischer Vorgegebenheiten andererseits.

Bei den durch die WHO erarbeiteten diagnostischen Konventionen handelt es sich also um ein bürokratisch verordnetes Klassifikationsschema ohne Rücksicht auf die Art der in dieses eingebrachten Realität. Da von der darunter liegenden Realität abstrahiert wird, können solche Diagnosen auch keine ärztlich-therapeutischen Handlungsanweisungen geben wie woanders in der Medizin. Sie entsprechen also eher einem Klassifikationsprinzip der Botanik als der Medizin (Dörner, 1975).

5 Therapie

Da – außer im Bereich der körperlich bedingten psychischen Störungen – reale Krankheitseinheiten in der P. nicht bekannt sind, kann die Diagnose auch keine präzisen therapeutischen Handlungsanweisungen – und schon gar nicht in bezug auf die Beseitigung von Krankheitsursachen – geben. Psychiatrische Therapie besteht deshalb im wesentlichen aus einer symptomatischen Behandlung. Angewendet werden:

5.1 Medikamentöse Behandlung (Neuroleptika, Thymoleptika, Anxiolytika usw.). Verschiedene pharmakologische Wirkungen der Medikamente auf den Hirnstoffwechsel (z. B. den Katecholamin- oder Serotoninstoffwechsel) sind bekannt. Sichere Kenntnisse, wie diese Wirkungen mit der Besserung psychopathologischer Symptome verknüpft sind, gibt es einstweilen jedoch nicht (Haase, 1977). Elektroschockbehandlung hat heute nur noch ein sehr enges Indikationsfeld. Gefahren liegen in der Verdinglichung psychosozialer Probleme und ihrer Bewältigung, gegebenenfalls auch in der Verletzung der persönlichen Identität des Patienten.

5.2 Psychotherapeutische Behandlungen werden von verschiedenen psychotherapeutischen Schulen – Psychoanalyse, Gesprächstherapie, Verhaltenstherapie u. a. – in Form von Einzel- oder Gruppentherapien im ambulanten ebenso wie im stationären Rahmen durchgeführt. Die Resultate scheinen eher vom Engagement, der Sensibilität und der Persönlichkeit des Therapeuten sowie der konsequenten Durchführung der Therapie abzuhängen als von der gewählten Methode (Rogers/Kinget, 1962). Den Anspruch, Persönlichkeitsstrukturen durch die Behandlung positiv zu verändern, stellt lediglich die Psychoanalyse. Psychoanalytische Behandlungen von Psychosen bringen zwar erstaunliche therapeutische Resultate in Einzelfällen (Fromm-Reichmann, 1951; Sechehaye, 1950; Pankow, 1974, usw.) sind jedoch so zeitraubend, daß sie als allen zugängliche und dem Bedarf entsprechende Therapie nicht in Frage kommen. Gefahr: Lebenslange Abhängigkeit vom Therapeuten, „unendliche“ Psychotherapie.

5.3 Die *Soziotherapie* will die Patienten wieder an die Anforderungen der Arbeit und das Zusammenleben außerhalb von Institutionen gewöhnen (Einübung von lebenspraktischen Fähigkeiten wie Kochen, Zimmeraufräumen, Sichbewegen im Straßenverkehr, beim Einkaufen, in Lokalen, in der Öffentlichkeit usw.). Zum andern soll der Patient – zunächst mit Unterstützung – dazu gebracht werden, sich die Voraussetzungen für ein selbständiges Leben zu schaffen (Hilfe zum Lebensunterhalt, Suche einer Wohnung, Arbeitssuche etc.). Nach einem solchen Training werden die spezifischen Schwierigkeiten des Patienten besprochen (BAUER u. a., 1975; BAUER, 1977). Gefahren: Anpassungstherapie an gegebene Verhältnisse.

5.4 Emanzipationsfördernde therapeutische Haltungen werden vor allem von der „demokratischen P." (BASAGLIA, 1971; PIRELLA, 1975) Italiens vertreten, finden sich in Ansätzen aber bereits in Konzepten wie der „Therapeutischen Gemeinschaft". Selbstverantwortlichkeit und Entscheidungsfreiheit der Patienten sollen weitestmöglich gefördert werden, einengende Sonderregelungen gegen psychisch Kranke aufgehoben oder eingeschränkt, gegenseitige Hilfe soll in Selbsthilfegruppen, die jeweils an gemeinsamen Bedürfnissen und Schicksalen ansetzen, gegeben werden. Alle anderen angewendeten therapeutischen Verfahren (Medikamente, Psychotherapie, Soziotherapie) werden nur dann eingesetzt, wenn sie einen solchen Emanzipationsprozeß fördern. Den Therapeuten kommt lediglich die Rolle von Helfern in einem solchen Verselbständigungsprozeß der Patienten zu.
Gefahren: Nichterkennen von körperlich bedingten psychischen Störungen, Vernachlässigung von Patienten, die auf Grund schwerster Regression zur Selbstverantwortung noch nicht in der Lage sind.
Radikalisiert ist diese emanzipatorische P. im antipsychiatrischen Denkansatz (LAING, 1969; COOPER, 1970), der jedoch nur auf sporadische Praxisversuche zurückblicken kann. Psychiatrische Diagnostik wird hier ebenso abgelehnt wie jede Art von Therapie. Die Psychose wird vielmehr gesehen:

1. als Auflehnung des Individuums (Selbst) gegen eine unmenschliche und krankmachende Gesellschaft und
2. als Reise ins Innere, in die Tiefe der eigenen Person, wobei der Reisende begleitet, aber nicht aufgehalten werden soll.

Den ersten Aspekt allein griff das Heidelberger Sozialistische Patientenkollektiv (SPK) auf, das aus „Krankheit eine Waffe" gegen die „Machtzentralen des Kapitals" machen wollte. Einzel- und Gruppentherapie wurden – folgerichtig aus dem theoretischen Anspruch abgeleitet – in Einzel- oder Gruppenagitation umbenannt (Fachschaft Medizin Gießen, 1971, 1972).
Bei der Antipsychiatrie besteht die Gefahr zu starker Identifikation der „Reisebegleiter" mit den kranken Anteilen der Patienten, die zu „folie à deux" oder „folie à plusieurs" führen und/oder die Patienten noch tiefer in die psychotische Regression hineinstoßen kann, manchmal in eine „Reise ohne Wiederkehr".
Beim SPK ist die Gefahr unkritischer Außenprojektion psychischer Probleme auf ein vorgegebenes Feindbild wirklich geworden – eine Gefahr, die ebenso groß sein kann, wie die spiegelbildliche einer unkritischen Psychiatrisierung bzw. Psychologisierung politischer und sozialer Probleme. Obwohl dies manchen Patienten vorübergehend Entlastung bringt, treibt eine solche Haltung seelisch labile Menschen rasch in ausweglose Situationen.

6 Prävention

Primäre Prävention kann zum Teil wegen Unkenntnis über die Ursachen, zum Teil wegen der Unmöglichkeit, gegen bekannte Ursachen anzugehen (Getränkewerbung beim Alkohol, Arbeitsbedingungen bei bestimmten Berufsgruppen) nicht betrieben werden. Aber auch die Vermeidung von Rückfällen wird durch die häufige Unbeeinflußbarkeit der Lebensbedingungen der Patienten erschwert (sogenannte Drehtürpsychiatrie). Am ehesten möglich ist es, durch Reformen psychiatrischer Institutionen (Therapeutische Gemeinschaft, gemeindenahe P.) Hospitalismusschäden – sogenannte „sekundäre Behinderungen" – zu vermeiden.

Verweis auf andere Stichwörter

→Abweichendes Verhalten →Gesprächspsychotherapie →Humanistische Psychologie →Psychische Störung und Normalität →Psychoanalyse →Psychosomatik →Psychotherapie →Sozialepidemiologie →Sozialpsychiatrie →Sozialtherapie →Verhaltenstherapie

Literatur

BASAGLIA, F. (Hrsg.): Die negierte Institution. Frankfurt: Suhrkamp 1971.
BAUER, M., u. a.: Psychiatrie, Psychotherapie/Psychosomatik. Stuttgart: Thieme ²1975.
BAUER, M.: Sektorisierte Psychiatrie. Stuttgart: Enke 1977.
BINDING, H./HOCHE, A.: Die Freigabe der Vernichtung lebensunwerten Lebens. Leipzig: ²1922.
BINSWANGER, L.: Schizophrenie. Pfullingen: 1957.
CONOLLY, J.: The treatment for insane without mechanical restraints. London: 1856.

COOPER, D.: Psychiatrie et Anti-Psychiatrie. Paris: Le Seuil 1970.

DEUTSCHER BUNDESTAG, 7. Wahlperiode, Drucksache 7/4200 (Psychiatrie-Enquête): Bericht über die Lage der Psychiatrie in der Bundesrepublik Deutschland: zur psychiatrischen und psychotherapeutischen/psychosomatischen Versorgung der Bevölkerung. Alleinvertrieb: Verlag Dr. Hans Heger, Bonn-Bad Godesberg.

DILTHEY, W.: Ideen über eine beschreibende und zergliedernde Psychologie. Bericht der Berliner Akademie 1894.

DÖRNER, K.: Bürger und Irre. Frankfurt/M.: Europäische Verlagsanstalt 1969.

DÖRNER, K.: Diagnosen in der Psychiatrie. Frankfurt/M.: Campus 1975.

EYSENCK, H. H. J.: Neuroticism. In: KRAUSS, S. (ed.): Encycl. handbook of medical psychology. London: 1976.

Fachschaft Medizin Gießen: Dokumentation zum Sozialistischen Patientenkollektiv Heidelberg. Teil 1 und 2. Gießen: Prolit-Buchvertrieb 1971 u. 1972.

FOUCAULT, M.: Wahnsinn und Gesellschaft. Frankfurt/M.: Suhrkamp 1969.

FREUD, S.: Die Abwehr-Neuropsychosen. GW I, 72ff.

FREUD, S.: Weitere Bemerkungen über Abwehr-Neuropsychosen. GW I, 392.

FREUD, S.: Psychoanalytische Bemerkungen über einen autobiographisch beschriebenen Fall von Paranoida. GW VIII, 312.

FROMM-REICHMANN, F.: Principles of intensive psychotherapy. Chicago: 1957.

GAEDT, CHR.: Ein Lehrstück bundesdeutscher Reformpolitik. Der Bericht über die Lage der Psychiatrie in der BRD. Jahrbuch für kritische Medizin – Argument Sonderband 8. Berlin: Argument-Verlag 1976.

GEBSATTEL, V. v.: Prolegomena zu einer medizinischen Anthropologie. Heidelberg: Springer 1954.

GRIESINGER, W.: Gesammelte Abhandlungen. Berlin: [2]1872.

GÜSE, H. G./SCHMACKE, N.: Psychiatrie zwischen bürgerlicher Revolution und Faschismus. 2 Bde. Frankfurt/M.: Athenäum 1976.

HAASE, H.: Therapie mit Psychopharmaka und anderen seelisches Befinden beeinflussenden Medikamenten. Stuttgart, New York: Schattauer 1977.

HÄFNER, H.: Psychopathen. Monographie aus dem Gesamtgebiet der Neurologie und Psychiatrie, Heft 94. Berlin, Göttingen, Heidelberg 1961.

HAUG, F.: Dialektische Theorie und empirische Methodik. Das Argument 111, S. 664, 1978.

HEINROTH, I. C. A.: Lehrbuch der Störungen des Seelenlebens vom rationalen Standpunkt aus entworfen. Leipzig 1818.

HOLZKAMP, K.: Sinnliche Erkenntnis. Frankfurt/M.: Athenäum 1973.

IDELER, K. W.: Grundriß der Seelenheilkunde. 2 Bde. Berlin 1838.

JACOBI, M.: Die Hauptformen der Seelenstörungen. Leipzig 1844.

JASPERS, K.: Allgemeine Psychopathologie. Berlin, Göttingen, Heidelberg: Springer 1913.

KIESER, G. D.: Von den Leidenschaften und Affekten. Allgem. Zschr. Psychiat. 7, 234–252 (1858).

KISKER, K. P.: Schizophrene und Familie. Nervenarzt 33 (1962), 13–21.

KRAEPELIN, E.: Einführung in die psychiatrische Klinik. Leipzig [2]1905.

KULENKAMPFF, C.: In: BATESON et al., Schizophrenie und Familie. Suhrkamp, Theorie 2. Frankfurt 1969.

LACAN, J.: Ed. du Seuil. Paris 1966.

LAING, R. D.: Phänomenologien der Erfahrung. Edition Suhrkamp 314, Frankfurt 1969.

LEONTJEW, A. N.: Probleme der Entwicklung des Psychischen. Frankfurt/M.: Athenäum 1973.

LIDZ, TH.: Schizophrenia, human integration and the role of the family. In: JACKSON, D.: Etiology of schizophrenia. New York: 1960.

LORENZER, A.: Sprachzerstörung und Rekonstruktion. Suhrkamp Taschenbuch Wissenschaft 31, Frankfurt 1973.

LORENZER, A.: Die Wahrheit der psychoanalytischen Erkenntnis. Frankfurt: Suhrkamp 1976.

PANKOW, G.: Gesprengte Fesseln der Psychose. Kindler-Taschenbücher 2126, München 1976.

PFLANZ, M./LAMBELET, L.: Epidemiologische Aspekte der Depression. In: SCHULTE, W./MENDE, W. (Hrsg.): Melancholie. Stuttgart: Thieme 1969.

PIRELLA, A. (Hrsg.): Soziologie der Ausgeschlossenen. Reinbek: Rowohlt 1975.

OURY, J.: Psychiatrie et psychotherapie institutionelle. Paris: Payot 1976.

REIL, J. C.: Rhapsodien über die Anwendung der psychischen Curmethode auf Geisteszerrüttungen. Halle 1803.

RICHTER, H.-E.: Eltern, Kind und Neurosen. Stuttgart: Klett-Cotta 1967.

ROGERS, C./KINGET, M.: Psychothérapie et relations humaines. 2 Bde. Paris: Louvainet 1962.

SCHEFF, TH. J.: Die Rolle des psychisch Kranken und die Dynamik psychischer Störungen. In: KEUPP, H.: Der Krankheitsmythos in der Psychopathologie. München: Urban & Schwarzenberg 1972.

SCHNEIDER, C.: Psychologie der Schizophrenen. Leipzig: 1930.

SCHNEIDER, K.: Die psychopathischen Persönlichkeiten. Leipzig und Wien: 1923.

SCHNEIDER, K.: Klinische Psychopathologie. Stuttgart: Thieme 1955.

SECHEHAYE, M. A.: Journal d'une schizophrène. PUF, Paris 1950.

SÈVE, L.: Marxismus und Theorie der Persönlichkeit. Frankfurt/M.: Verl. Marxistische Blätter 1973.

SIMON, H.: Aktive Krankenbehandlung in der Irrenanstalt. Berlin: 1929.

STIERLIN, H.: Psychoanalytic approaches to schizophrenia in the light of a family model. Int. Rev. Psycho. Anal. 1, 169–178 (1974).

STRAUS, E.: Vom Sinn der Sinne. Berlin, Göttingen, Heidelberg: 1955.

SZASZ, T. S.: Geisteskrankheit, ein moderner Mythos?. Olten: Walter 1972.

TERNON, Y./HELMAN, S.: Le massacre des alienés – Des thèoriciens nazis aux practiciens. Paris: Casterman 1971.

WHO: Report of the international pilot study ofd schizophrenia. Vol. 1 – WHO-Geneva 1973.

WHO: Report of the first seminar on standardization of psychiatric diagnosis, classification and statistics: schizophrenia Geneva, WHO, unpublished document.

WULFF, E.: Psychiatrie und Klassengesellschaft. Frankfurt/M.: Athenäum 1972.

WULFF, E.: Kolonialismus, ethnische Persönlichkeit und Psychiatrie. In: WULFF, E.: Ethnopsychiatrie. Wiesbaden: Akademische Verlagsgesellschaft 1978.

ZUTT, J.: Auf dem Wege zu einer anthropologischen Psychiatrie. Berlin, Göttingen, Heidelberg: Springer 1963.

Erich Wulff

Psychische Störung und Normalität

1 Problemstellung

Als Antwort auf die Frage, was denn nun eigentlich das Wesen psychischer Störungen sei, ist eine so breite Palette von Argumenten, Behauptungen, Definitionsversuchen und Spekulationen entstanden, daß ein Versuch der systematischen Ordnung fast aussichtslos erscheint. Die Beiträge beziehen sich auf ganz unterschiedliche Ebenen (z.B. die der Intervention, der Prävention, die der existentiellen Bestimmung menschlicher Existenz, die der Diagnose gesellschaftlicher Zustände) und kommen aus dem Selbstverständnis ganz verschiedener Disziplinen und Schulen. Es ist danach zu fragen, welches die Gründe für die beinahe hektisch zu nennende Produktivität der Diskussion um den *„Krankheitsbegriff“* sein könnten; es geht darum zu bilanzieren, wohin uns diese Diskussion geführt hat; und es sind die Ansatzpunkte für ein adäquates Verständnis psychischer Störungen zu bestimmen, Ansatzpunkte, die einen sinnvollen Diskurs einleiten können.

Die Diskussion kreist um solche Fragen wie: Ist es sinnvoll, Individuen, die sich nicht in Übereinstimmung mit sozial weithin akzeptierten Normalitätsmodellen verhalten, als „psychisch krank“ zu bezeichnen? Ist das so verfahrende *„medizinische Modell“* in der Psychopathologie durch vorhandene empirische Evidenzen begründbar? Ist dieses Krankheitsmodell nicht letztlich für einen Umgang mit psychiatrischen Patienten verantwortlich, die diese in inhumaner Weise gesellschaftlich diskriminiert und aus dem gesellschaftlichen Lebensprozeß ausgliedert? KLERMAN (1977) zeigt, daß die Diskussion um den Krankheitsbegriff zu einem öffentlichen Thema geworden ist, und daß mit dem Begriff „medizinisches Modell“ auf Grund seiner unterschiedlichen argumentativen Verwendungsweisen kaum mehr eine klare wissenschaftliche Diskussion geführt werden kann. So wird von Psychiatern und Ärzteverbänden das „medizinische Modell“ als Kristallisationskern all der Errungenschaften verstanden und vertreten, die dem Arzt den alleinigen legitimen Anspruch auf die Zuständigkeit und Verantwortlichkeit für die Behandlung „psychischer Krankheiten“ verschaffen. Genau das ist aber oft genug der Grund dafür, warum sich Psychologen bekenntnisartig vom „medizinischen Modell“ distanzieren oder sich opportunistisch auf dieses einlassen und behaupten, selbst die Kompetenz zur Behandlung „psychischer Krankheiten“ zu besitzen. In deutlicher Anlehnung an das Definitionsmonopol der Ärzte verlangen die zuständigen politischen Körperschaften und Kassen von den Psychologen, die Anspruch auf selbständige Heilbehandlung erheben, doch erst einmal den Nachweis zu erbringen, daß sie wirklich in der Lage sind, „Krankheiten“ zu behandeln. Die Diskussion um das „medizinische Modell“ hat also eine ausgesprochene berufspolitische Ebene. Zwischen Vertretern verschiedener Schulrichtungen ist sie zu einem Element der Auseinandersetzung verschiedener Perspektiven geworden, in der etwa Vertreter der Verhaltensmodifikation solchen der Psychoanalyse vorwerfen, sie seien noch nicht konsequent aus der paradigmatischen Loyalität gegenüber dem „medizinischen Modell“ herausgekommen und zu keiner eigenständig psychologisch-sozialwissenschaftlichen Position gelangt (KEUPP, 1974). Die Diskussion um den Krankheitsbegriff ist auch Teil der sozialpolitischen Debatte um die angemessene Organisationsform der psychosozialen Versorgung. Ein Verständnis von psychischen Störungen, das sich in der Tradition des „medizinischen Modells“ befindet, würde über die kurative Orientierung der Versorgung nicht hinauskommen. Schließlich hat die Diskussion auch noch einen radikalen politischen Kern, geht es doch um die Frage, ob das „medizinische Modell“ nicht letztlich nur die Legitimation für die Unterdrükkung von alternativen Lebensweisen darstellt, die zu einer Gefährdung der herrschenden Vernunft und Normalität geworden sind oder werden könnten (vgl. zusammenfassend v. KARDORFF, 1978).

Als SZASZ zu Beginn der sechziger Jahre die Kontroverse um das „medizinische Modell“ programmatisch einleitete, waren die meisten Aspekte, die die Diskussion heute beherrschen, schon Teil seiner Analyse. Im Mittelpunkt seiner Argumentation stand allerdings die Kritik an der Übertragung des Krankheitsbegriffes der naturwissenschaftlich orientierten Schulmedizin auf die psychische Ebene von Verhalten, Erleben und Denken. Über 20 Jahre hinweg hat SZASZ in einer Vielzahl von Büchern und Aufsätzen seine Einwände gegen das „medizinische Modell“ vertieft und mit vielfältigen Belegen zu untermauern versucht (vgl. die Bibliographie in KEUPP, 1979, S. 374f.). In einem neuen Aufsatz (1978) faßt er die *Haupteinwände gegen das Krankheitsmodell in der Psychopathologie* noch einmal zusammen:

(1) „Psychische Krankheit" sei eine wörtlich genommene Metapher und dadurch zu einem Mythos geworden. Abweichungen im Verhalten, Erleben oder Denken würden so begriffen, als ob sie Krankheiten wären, als Symptome einer ihnen zugrundeliegenden krankhaften Veränderung des organischen Substrats. Da für die allermeisten psychischen Störungen eine organpathologische Grundlage nicht habe nachgewiesen werden können, müsse es als kategorialer Fehler bezeichnet werden, Formen psychischer Devianz als Krankheiten verstehen zu wollen.

(2) „Psychische Krankheit" werde als Begriff so verwendet, als ob er einen Zustand bezeichne, wohingegen er faktisch nur eine soziale Rolle ausdrücke. Obwohl er also lediglich die Tatsache benennen könne, daß jemand als Patient behandelt wird, werde er benutzt, als sei mit ihm der Nachweis erbracht, daß eine Person krank ist.

(3) „Psychische Krankheit" werde als beschreibender Begriff verwendet, obgleich sein Status nur als beurteilender bestimmt werden könne; er sei nicht deskriptiv, sondern präskriptiv. In ihn gingen Normen dafür ein, was richtig und falsch sei, was akzeptiert werde und was nicht mehr toleriert werden könne.

Die Argumente von SZASZ haben in unterschiedliche Muster des organisierten Diskurses Eingang gefunden, die sich nur zum Teil überlappen:

(1) Psychologen und Sozialwissenschaftler kritisieren die Anbindung des Gegenstandsverständnisses von psychischen Störungen an die Paradigmen einer medizinischen Sichtweise als mit ihren empirischen Befunden nicht vereinbar. Weder eine auf die Suche nach organischen Ursachen gerichtete Orientierung noch eine daran auch nur metaphorisch gebundene Perspektive könnten die vielfältigen Einsichten in systematische Zusammenhänge von sozialer Lebenssituation und psychischen Störungen integrieren. Sozialwissenschaftliche Interpretationen epidemiologischer Befunde, kommunikationstheoretische Analysen und vor allem verhaltensanalytische Erklärungen akkumulieren sich zu einer Legitimationskrise des „medizinischen Modells".

(2) Organisationsanalysen der vorhandenen Infrastruktur psychosozialer Dienste, Studien zu ihrer Effizienz und Kostenentwicklung führten dazu, die Qualität der psychosozialen Versorgung als in hohem Maße defizitär zu bewerten. In historischer Ungleichzeitigkeit, aber letztlich zu ähnlichen Ergebnissen führend sind in allen westlichen kapitalistischen Ländern in den letzten Jahren groß angelegte Bestandsaufnahmen der psychosozialen Versorgung durchgeführt worden. Wenn auch nicht jeweils mit der gleichen Schärfe und Konsequenz sind für viele Versorgungsmängel das „medizinische Modell" und die aus ihm folgende rein kurative und oft überhaupt nur verwahrende Praxis verantwortlich gemacht worden.

(3) Der schärfste Angriff auf das „medizinische Modell" kam jedoch aus der politischen Kultur der weltweiten Studentenbewegung, die den Repressionscharakter der spätkapitalistischen Gesellschaftsformation exemplarisch an der ausgrenzenden und stigmatisierenden Praxis gegenüber dem Wahnsinn zu entlarven versuchte. In der von SZASZ aufgezeigten bewertenden Struktur des Begriffes „psychische Krankheit" wird dessen eigentliches Wesen gesehen. Er erfüllt die Funktion einer scheinwissenschaftlichen Verschleierung dessen, was Psychiatrie und Psychotherapie unter Berufung auf ihn eigentlich nur tun: Sie sind Formen repressiver sozialer Kontrolle. Der Psychiatrie wird eine „*Antipsychiatrie*" entgegengesetzt, die eine Befreiung der psychiatrisierten Menschen betreiben soll. Sie soll jenen Ausbruchsversuchen aus einer entfremdeten Welt eine Artikulations- und Realisierungschance geben, die durch das „medizinische Modell" als „Geisteskrankheit" und damit als nicht mehr verständliche Reaktion auf eine Welt der Unterdrückung und Ausbeutung „medizinisiert" werden.

Die um wissenschaftliche Beweisführung bemühte, die gesundheitspolitisch begründete und vor allem die radikale antipsychiatrische Kritik am „medizinischen Modell" machten auf einen großen Teil der psychiatrischen Profession und Wissenschaft nur geringen Eindruck. Nach einer Phase der verhaltenen Defensive ist in den letzten Jahren wieder eine zunehmend offensive Verteidigung des „medizinischen Modells" als notwendiger paradigmatischer Grundlage des psychiatrischen Denkens und Handelns zu beobachten (vgl. GUZE, 1977; LUDWIG/OTHMER, 1977; KLEIN, 1978; SPITZER/ENDICOTT, 1978; WING, 1978). Nach Auffassung von GUZE

„stellt das medizinische Modell die Natur der Krankheit ins Zentrum der Aufmerksamkeit. Andere Faktoren, ob soziale, familiale oder persönliche können sehr wichtig sein, aber ihre Bedeutung hängt von der Krankheit selbst ab“ (1977, 227). Psychische Störungen seien deshalb angemessen durch das „medizinische Modell“ zu erklären, weil man sinnvollerweise von zwei prinzipiellen Annahmen ausgehen könne: „a) Psychiatrische Bedingungen treten wie allgemeinmedizinische in einer Vielzahl getrennter Störungen auf, jede mit einer unterschiedlichen Ätiologie, Pathogenese, Verlaufsform, Behandlungsansprechbarkeit und -folge. b) Biologische Variation und Neurobiologie sind für ein optimales Verständnis und für die wirksamste Behandlung psychischer Störungen ebenso wichtig wie es die Biologie für den Rest der Medizin ist“ (ebd., 228). Diese Annahmen führen dazu, daß lebensgeschichtliche Faktoren und ihre Auswirkungen auf psychische Leidensprozesse entweder vollständig aus dem Bereich der psychiatrischen Krankheitslehre ausgeschlossen werden (so bei LUDWIG/OTHMER, 1977, 1088) oder allenfalls als pathoplastische Variablen akzeptiert werden.
Eine Modifikation in der Darstellung der psychiatrischen Krankheitslehre ist allerdings als Folge der Angriffe auf ihre fragwürdige paradigmatische Basis erkennbar. Das „medizinische Modell“ wird kaum mehr mit dem Anspruch „ontologischer Gültigkeit“ begründet. Der Begriff „Modell“ wird akzeptiert und das beinhaltet: „Modelle sind weder real noch sakrosankt; sie sind vom menschlichen Geist eingeführte Abstraktionen, um Fakten, Ereignisse und Theorien in einen systematischen Bezugsrahmen zu bringen ... Weil Modelle weder wahr noch falsch sind, können sie nur an ihrer relativen Nützlichkeit oder Nutzlosigkeit beurteilt werden“ (LUDWIG/OTHMER, 1977, 1087). Für KLERMAN sind das „medizinische Modell“ und das Konzept von der „psychischen Krankheit“ soziale Konstrukte (1977, 231), und die aus ihnen abgeleiteten Strategien der Diagnose, Behandlung, Prävention und Versorgung „beruhen auf sozialem Konsensus innerhalb der Gesundheitsprofessionen, zwischen den Gesundheitsprofessionen und zwischen den Professionen und der Gesellschaft als ganzer“ (221). Mit der Anerkennung des konstruktivistischen Charakters von Modellen wird einerseits die Erfahrungszugänglichkeit der Modelle konzidiert: „Ein Modell, das nicht genügend umfassend ist, das widersprechende oder inkongruente Daten ausschließt oder das häufige Umstrukturierungen notwendig macht, damit neue Informationen berücksichtigt werden können, hört auf intellektuell befriedigend oder praktisch nützlich zu sein“ (LUDWIG/OTHMER, 1977, 1087). All dies trifft zwar nach der Auffassung der Autoren für das „medizinische Modell“ in keiner Weise zu, doch könnte dies prinzipiell der Fall sein.
Mit dem Verweis auf den sozialen Konsensus innerhalb und zwischen den Professionen sowie zwischen diesen und der Gesellschaft wird jedoch andererseits eine Dimension der gesellschaftlichen Absicherung von Paradigmen angesprochen, die jener anderen Ebene des wissenschaftlichen Erkenntniszuwachses und den dort geltenden Prinzipien progressiver Theorieentwicklung entgegenwirken könnten. Genau das ist das Resultat einer wissenschaftssoziologischen Analyse der relativen Folgenlosigkeit der Paradigmadiskussion zum „medizinischen Modell“ in der Psychiatrie im Unterschied zur Klinischen Psychologie und den Sozialwissenschaften (FALK, 1977). Die pragmatische Dimension von Modellen und ihre Abhängigkeit von administrativen und professionsspezifischen Macht- und Selektivitätskriterien muß also notwendig ein Teil der Diskussion der geltenden Interpretationsmuster des Wesens psychischer Störungen sein.

2 Das „medizinische Modell“: Ergebnisse einer Diskussion

Das Suchen nach einem adäquaten Verständnis psychischer Störungen war in den letzten Jahren Teil der Diskussion um das „medizinische Modell“. Dieser Fokus wird deutlich, wenn man den Ertrag dieser Diskussion zu bilanzieren versucht:

1. Es ist einsichtig geworden, daß psychische Störungen und Normalität keine naturgeschichtlichen Produkte sind, sondern nur eingebettet in die gesellschaftliche Lebenspraxis verstanden werden können. Es gibt deshalb auch *keine universellen Kriterien für Normalität und für Störung*. Was jeweils als angemessenes Handlungssystem oder als Störung betrachtet wird, ist nur zu verstehen, wenn man den gesellschaftlichen Lebenszusammenhang kennt, in dem ein Individuum steht und seine Identität

entwickelt. Wenn festgestellt wird, daß es zwischen Normalität und Devianz keinen qualitativen Unterschied im Entstehungsprozeß gibt, dann wird damit auf den gemeinsamen Lebenszusammenhang verwiesen, in dem beide ihre Existenzform gewinnen (vgl. KEUPP, 1972, 1974).

2. Die vor allem ideologiekritisch ansetzende Destruktion der Anwendung eines objektivistischen, naturalisierenden Krankheitsbegriffs auf Probleme psychischer Devianz hat in hohem Maße zu einem kulturellen Relativismus geführt und darüber hinaus zu der häufig vertretenen Aussage, psychische Störungen seien bloßes Resultat einer jeweils kultur- oder subkulturspezifischen Definitionspraxis. Daraus folgt dann die weitere Annahme, psychisches Leiden sei Resultat der Tatsache, daß bestimmte Formen der individuellen Lebensorganisation nicht toleriert und deshalb stigmatisiert werden. Daß die Lebenspraxis selbst die Realisierung einer sinnvollen Perspektive verhindern kann, wird bei der Verabsolutierung der Definitionsdimension und bei einer Vernachlässigung der Handlungsdimension nicht mehr zum Thema. Vor allem der Definitionsidealismus der Labeling-Perspektive hat hier zu einer Verkürzung der Problemperspektive geführt (vgl. KEUPP, 1976).

3. Die Kontroverse um das „medizinische Modell" ist sehr entscheidend von *antipsychiatrischen* Argumenten und Intentionen geprägt worden. Dieser Einfluß hat wichtigen Einsichten und Haltungen den Weg gebahnt, aber auch zu neuen Mythologisierungen geführt. JERVIS (1978b, S. 40) hat drei wichtige Leistungen der antipsychiatrischen Provokation festgehalten: (a) Sie hat die Distanz aufhebende Formen des Verständnisses und der Hilfsbereitschaft gegenüber psychischer Devianz entworfen und erprobt, die zu Solidarität und Sympathie führen. (b) Sie hat das Bewußtsein dafür entwickelt, daß der Dissens gegenüber vorherrschenden Normalitätsmodellen ein Recht ist, das es zu proklamieren und zu verteidigen gilt. (c) Sie hat schließlich auch die Einsicht vermittelt, daß der Dissens eine Aussage zur vorherrschenden sozialen und politischen Realität ist und deshalb auch in dieser zu einem politisierenden Faktor zu werden hat (vgl. hierzu COOPER, 1978a, b). Die Mythologisierungstendenz der Antipsychiatrie andererseits ist etwa in der Annahme zu sehen, daß die Erfahrung der Schizophrenie etwas sei, „das immer mit einer positiven ‚befreiten' und revolutionären Dimension der Existenz zu tun habe" (JERVIS, 1978a, 84). Hier wird psychische Devianz mystifiziert, und dabei geht die Interpretationsmöglichkeit verloren, die so formuliert werden könnte: „Der Wahnsinn ist ein *schlechter Rückfall* in die Normalität, beim Versuch, sie zu verlassen" (JERVIS, 1978b, 57).

4. Der Diskurs zum „medizinischen Modell" ist einseitig als Modelldiskussion geführt worden, als Konkurrenz von theoretischen Perspektiven. Diese Form der Auseinandersetzung setzt Theorie und praktisches Handeln in ein deduktives Verhältnis: Aus dem jeweils akzeptierten und vertretenen theoretischen Modell folgt eine spezifische und nur diese spezifische Praxis. Verloren geht dabei die Einsicht, daß der institutionelle Kontext seine eigene Rationalität hat, die durch ein Modell gar nicht angemessen zu erfassen ist. Die spezifischen rechtlichen, finanziellen und administrativen Strukturierungsbedingungen eines Handlungsfeldes können die explizit vertretene Position eines „sozialwissenschaftlichen Störungsmodells" durchaus in einer Weise unterlaufen, die das Handeln oft unbemerkt in die Gebrauchslogik des „medizinischen Modells" einfädelt. In diesem Zusammenhang ist weiterhin von Bedeutung, daß ein Praktiker nie das „medizinische Modell" oder irgendeine Alternative zu diesem zu seiner Handlungsgrundlage macht, sondern nur in Form von praxisbezogenen „pragmatischen Alltagstheorien" (KEUPP, 1976), die es ihm erlauben, die Routine seines Alltags zu organisieren. Ein Defizit der bisherigen Diskussion liegt darin, daß man sie als Auseinandersetzung zwischen Paradigmen allein geführt hat und dabei die Relevanz der „Ethnoparadigmen" (IMERSHEIN, 1977) vernachlässigt hat.

3 Bestimmungsmerkmale psychischer Störungen

Ein angemessenes Verständnis psychischer Störungen kann aus der abgelaufenen Diskussionsphase eine Reihe von Anregungen aufnehmen, bedarf aber einer produktiven Weiterentwicklung und kann sich nicht auf eine noch so differenzierte Analyse und Kritik der Prämissen und Konsequenzen des „medizinischen Modells" beschränken (vgl. KEUPP, 1979). Folgende Dimensionen haben sich als unverzichtbare Bestimmungsmerkmale psychischer Störungen erwiesen:

1. Psychische Störungen sind auf der Dimension der *psychischen Widerspiegelung* zu analysieren, als ein Strukturmuster der Aneignung der gesellschaftlichen Realität. Sie stellen eine spezifische Form dar, sich als Persönlichkeit und Subjekt auf den gesellschaftlichen Lebenszusammenhang zu beziehen. Eine im engeren Sinne psychologische und persönlichkeitstheoretische Analyse psychischer Störungen fragt nach den Bedingungen, unter denen sich psychische Strukturen in der Form von habituell verfestigten „Leitfäden" für die Bewältigung konkreter Aufgaben und Anforderungen herausbilden. Diese Strukturen entwickeln sich aus der realen, gegenständlichen Lebenspraxis, die bestimmte Aneignungsbedingungen von Realität produzieren und diese zu habituellen Orientierungsmustern strukturieren. Psychische Störungen können im Rahmen der psychologischen Widerspiegelungstheorie als solche Leitfäden der Lebensorganisation verstanden werden, die zu nur noch symptomatischer Bewältigung von Orientierungskrisen führen können (vgl. Gleiss, 1978, 1979).

2. Die *persönlichkeitspsychologische* Betrachtungsweise erlaubt es, die individuell mißlingenden Verarbeitungsformen von Lebensanforderungen zu explizieren. Diese „operativen Funktionen" des Individuums befinden „sich im Kampf mit bestimmten *Fakten*, die es ihm nicht auf gesellschaftlich zufriedenstellende Weise zu verarbeiten gelingt" (Jervis, 1978a, 87). Diese Fakten des gesellschaftlichen Alltags sind soziale Situationen oder sozial interpretierte Ereignisse. Sie muß man kennen, um die individuellen Aneignungsbedingungen und die Anforderungsstrukturen konkret bestimmen zu können. Man ist verwiesen auf die sozialen Beziehungen (Familie und andere soziale Netzwerke am Arbeitsplatz und im Reproduktionsbereich) und die durch sie vermittelten Ressourcen zur Bewältigung von belastenden, widersprüchlichen Lebensbedingungen.

3. Psychische Störungen sind schließlich noch auf die Ebene *systematischer gesellschaftlicher Widersprüche* und *Restriktionen der sozialen Lebenspraxis* zu beziehen. Die Sozialepidemiologie zeigt, daß die Stellung eines Individuums im gesellschaftlichen Gesamtsystem die Wahrscheinlichkeit bestimmt, mit der man die Erfahrung einer nicht mehr zu verarbeitenden Belastungsakkumulation macht.

Die drei bisher genannten Punkte beziehen sich auf solche Bedingungen, die das Auftreten von Lebenskrisen und Leidenszuständen als Folge von fehlender sozialer Kompetenz zur Erreichung persönlich relevanter Lebensziele einsichtig machen können. Diese Leidenszustände, Probleme oder Krisen sind jedoch immer auch Probleme für andere oder werden dazu: Für unmittelbare Bezugspersonen, die sie als Bedrohung der eigenen Lebenspraxis erleben, als Aufforderung zur Hilfeleistung oder als Störung der Alltagsroutine; für ein soziales System als mögliche Zustands- und Bestandsbedrohung, vor allem dann, wenn Probleme bei mehreren Mitgliedern auftreten. Auf psychische Störungen wird deshalb reagiert und die verschiedenen Reaktionsmuster können in entscheidendem Maße die Sozialgeschichte einer Störung determinieren. Sie stellen die gesellschaftlichen Kontingenzen dar, die einer Störung einen typischen „Karriereverlauf" (Forster/Pelikan, 1977) geben. Die drei im folgenden genannten Dimensionen gehören zur gesellschaftlichen Bearbeitung und Organisierung psychischen Leidens.

4. Im unmittelbaren gesellschaftlichen *Alltagszusammenhang* eines Individuums, das den dort als gültig betrachteten Normalitätsvorstellungen nicht mehr zu entsprechen vermag, das die Routine der Lebenswelt stört, wird in vielfältiger Weise auf solche Störungen reagiert; es können Normalisierungsversuche unternommen werden, es kann Unterstützung organisiert werden, es kann aber auch zum Abbruch sozialer Beziehungen kommen, zur Stigmatisierung und Ausgrenzung. Ein großer Teil von Krisen wird in den sozialen Netzwerken des Alltags produktiv bewältigt.

5. Können Probleme und Krisen nicht mehr im Alltagszusammenhang normalisiert werden, reichen die Ressourcen der sozialen Netzwerke nicht aus oder sind sie nur in unzureichender Qualität verfügbar, dann wird es zur *professionellen Problembearbeitung* kommen. Die spezifische alltagsweltliche Sensibilität professionellen Handelns, die jeweils bestimmenden pragmatischen Alltagstheorien oder Ethnoparadig-

men stellen einen wichtigen interpretativen Filter und ein systematisches Bearbeitungssystem dar, die die Sozialgeschichte einer Störung in sehr spezifischer Weise produzieren.

6. Das Gesundheitssystem bzw. sein Teilsystem der psychosozialen Versorgung stellen eine *gesamtstaatliche Reaktionsform* auf das soziale Problem psychischer Störung dar. In seinen ökonomischen, sozialpolitischen und professionsspezifischen Steuerungsgrößen und Strategien bestimmt es die Ansatzpunkte für Interventionen, den Umfang der erwartbaren finanziellen und sozialen Ressourcen zur Prävention und Rehabilitation von psychischen Krisen und die jeweils ausgeübte Form sozialer Kontrolle, die von einer segregativen bis zu einer sozialintegrativen reichen kann.

Mit der Formulierung dieser Dimensionen ist die Diskussion sicherlich über die antithetische Diskursphase hinausgelangt, in der die Hauptaufgabe darin gesehen wurde, den tradierten Denk- und Handlungsstrukturen die Legitimität zu bestreiten und zu nehmen. Gleichzeitig kann die Aufgabe der jetzt eingeleiteten Diskussionsphase nicht darin gesehen werden, die benennbaren Dimensionen zu einer integrierten Plattform zu verbinden, auf deren Grundlage dann die notwendige therapeutische, präventive und gesundheitspolitische Arbeit in gesicherten Grenzen geleistet werden kann. Die Diskussion über das, was das Wesen psychischer Störungen und von Normalität ist, ist in dem Sinne unabschließbar, als sie immer auch eine Diskussion darüber ist, wie sich die individuelle Existenz im Rahmen der gegebenen gesellschaftlichen Verhältnisse realisieren kann. Mit der Veränderung gesellschaftlicher Verhältnisse ist diese Frage deshalb auch kontinuierlich immer wieder neu zu thematisieren.

Verweis auf andere Stichwörter

→Abweichendes Verhalten →Psychiatrie →Psychotherapie →Sozialepidemiologie

Literatur

Cooper, D.: Wer ist Dissident?. Berlin: Rotbuch 1978 (a).

Cooper, D.: Die Sprache der Verrücktheit. Berlin: Rotbuch 1978 (b).

Falk, G.: Das Pathologiemodell auffälligen und abweichenden Verhaltens. In: Freisitzer, K./Haller, R. (Hrsg.): Probleme des Erkenntnisfortschritts. Wien: VWGÖ, 1977, S. 289–333.

Forster, R./Pelikan, J. M.: Krankheit als Karriereprozeß – Zur Entstehung, Versorgung psychischer Störungen. Österreichische Zeitschrift für Soziologie, Heft 3/4, 1977, S. 29–42.

Gleiss, I.: Probleme und Perspektiven der sozialen Epidemiologie psychischer Störungen. In: Keupp, H./Zaumseil, M. (Hrsg.): Die gesellschaftliche Organisierung psychischen Leidens. Frankfurt: Suhrkamp 1978, S. 499–538.

Gleiss, I.: Psychische Störungen als Bewegungsform des Subjekts im gesellschaftlichen Alltag – ein handlungstheoretischer Entwurf. In: Keupp, H. (Hrsg.): Normalität und Abweichung. München: Urban & Schwarzenberg 1979, S. 241–276.

Guze, S. B.: The future of psychiatry: Medicine or social science?. The Journal of Nervous and Mental Disease, 165, 1977, S. 225–230.

Imershein, A. W.: The epistemological bases of social order: Toward ethnoparadigm analysis. In: Heise, D. R. (Hrsg.): Sociological methodology 1977. San Francisco: Jossey-Bass 1977, S. 1–51.

Jervis, G.: Kritisches Handbuch der Psychiatrie. Frankfurt: Syndikat 1978 (a).

Jervis, G.: Der Mythos der Antipsychiatrie. In: Jervis/Rella, F.: Der Mythos der Antipsychiatrie. Berlin: Merve 1978, S. 7–59 (b).

Kardorff, E. v.: Modellvorstellungen über psychische Störungen: Gesellschaftliche Entstehung, Auswirkungen, Probleme. In: Keupp, H./Zaumseil, M. (Hrsg.): Die gesellschaftliche Organisierung psychischen Leidens. Frankfurt: Suhrkamp 1978, S. 539–589.

Keupp, H. (Hrsg.): Der Krankheitsmythos in der Psychopathologie. Darstellung einer Kontroverse. München: Urban & Schwarzenberg 1972.

Keupp, H.: Modellvorstellungen von Verhaltensstörungen: „Medizinisches Modell“ und mögliche Alternativen. In: Kraiker, C. (Hrsg.): Handbuch der Verhaltenstherapie. München: Kindler 1974, S. 117–148.

Keupp, H.: Abweichung und Alltagsroutine. Die Labeling-Perspektive in Theorie und Praxis. Hamburg: Hoffmann & Campe 1976.

Keupp, H. (Hrsg.): Normalität und Abweichung. Fortsetzung einer notwendigen Kontroverse. München: Urban & Schwarzenberg 1979.

Klein, D. F.: A proposed definition of mental illness. In: Spitzer, R. L./Klein, D. F. (Hrsg.): Critical issues in psychiatric diagnosis. New York: Raven 1978, S. 41–71.

Klerman, G. L.: Mental illness, the medical model, and psychiatry. The Journal of Medicine and Philosophy, 1977, 2, S. 220–243.

Ludwig, A. M./Othmer, E.: The medical basis of psychiatry. American Journal of Psychiatry, 134, 1977, S. 1087–1092.

Mischel, T.: The concepts of mental health and disease: An analysis of the controversy between behavioral and psychodynamic approaches. The Journal of Medicine and Philosophy, 2, 1977, S. 197–219.

Spitzer, R. L.: Medical and mental disorder: Proposed definition and criteria. In: Spitzer, R. L./Klein, D. F. (Hrsg.): Critical issues in psychiatric diagnosis. New York: Raven 1978, S. 15–39.

Szasz, T. S.: The concept of mental illness: Explanation or justification?. In: Engelhardt, H. T./Spicker, S. F. (Hrsg.): Mental health: Philosophical perspectives. Dordrecht/Boston: Reidel 1978, S. 235–250.

Wing J. K.: Reasoning about madness. Oxford: Oxford University Press 1978.

Heinrich Keupp

Psychoanalyse

Der Begriff P. umfaßt drei abgrenzbare Bereiche:

1. eine Methode zur Erforschung psychischer Vorgänge,
2. eine Theorie menschlichen Erlebens und Verhaltens,
3. eine Methode zur Behandlung psychischer Störungen.

Der Begriff P. wurde geprägt und theoretisch sowie methodisch ausgeführt von Sigmund FREUD (1856–1939). FREUDs durchgängigstes Verständnis der P. ist das einer „Wissenschaft von den unbewußten seelischen Vorgängen“ (GW Bd. 14, 300). FREUD betrachtete die P. als einen Teil der Psychologie („Tiefenpsychologie“) und damit der Naturwissenschaften. Von seiner Ausbildung her war FREUD Physiologe, Neurologe und Psychiater. In seinem Denken finden sich die Einflüsse von HERBART, HELMHOLTZ, BRÜCKE u.a. FREUDS Modellvorstellungen sind zwar dezidiert psychologische, zeigen aber teilweise noch deutlich ihre Herkunft aus Biologie, Physiologie und Physik. Einführungen in das Gesamtgebiet der P. stammen von FREUD selbst (GW Bd. 11 u. 15) sowie z.B. von BRENNER, WAELDER und BALLY. Die Entwicklung der theoretischen Konzepte ist gut dargestellt bei NAGERA und Mitarb. (1974).

1 Psychoanalyse als Methode zur Erforschung psychischer Vorgänge

Eine Methode zur Erforschung seelischer Vorgänge ist die P. insofern, als sie Wege aufgewiesen hat, bestimmte Inhalte, nämlich unbewußte Prozesse, zu erfassen und zu beschreiben. Die Einzelschritte sind insbesondere die Verwendung der *freien Assoziation*, die *Analyse von Träumen*, Phantasien und Vorstellungen sowie die Analyse bestimmter Handlungsweisen, der sogenannten *Fehlleistungen.* Das Prinzip der freien Assoziation beruht auf der Annahme, daß eine generelle Verbundenheit (Interkohärenz, Interkommunikation) aller psychischen Vorgänge besteht. In einem entspannten Zustand, in dem sich die Versuchsperson (das ist in der P. als Therapie der Patient/Klient) ihren Gedanken, Phantasien und Einfällen ohne besondere Auswahl überläßt und diese ausspricht, wird es einem entsprechend ausgebildeten Beobachter möglich, den motivationalen Zusammenhang der assoziativen Ketten zu erfassen. Die Traumanalyse bedient sich ebenfalls in erster Linie des Mittels der freien Assoziation („Was fällt Ihnen dazu ein?“), um die Bedeutung des „latenten Traumgedankens“, der hinter dem „manifesten Trauminhalt“ steht, zu erfassen. Die Fehlleistungen (Versprechen, Fehlhandeln) verstand FREUD als Handlungen, die wie die Träume, ebenfalls weitgehend auf unbewußte Motive zurückgehen. („Trauring aber wahr“ – dieser Seufzer eines Ehemannes weist ohne erforderlichen Kommentar auf den unbewußten Problembereich des Betreffenden.)

2 Psychoanalyse als Theorie menschlichen Erlebens und Verhaltens

Die psychoanalytische Theorie macht Aussagen zu einer (a) Entwicklungspsychologie, (b) einer Persönlichkeitspsychologie, (c) einer Motivationspsychologie, (d) einer klinischen Psychologie, die in erster Linie eine Neurosenlehre ist, und (e) zu einer allgemeinen Psychologie. Diese Bereiche lassen sich in der Darstellung nur schwer voneinander abgrenzen. FREUD hatte die Theorie relativ wenig systematisiert. Ein Problem ist vor allem, daß er im Laufe der Zeit neue Alternativen und Fortentwicklungen einführte, ohne den Stellenwert der älteren Konzepte und Theoreme eindeutig zu klären. Ein korrektes Verständnis der psychoanalytischen Theorie ist daher nur möglich unter Berücksichtigung ihrer historischen Entwicklung und des jeweiligen Standes der konzeptuellen Ausarbeitung. Das erschwert dem Anfänger das Verständnis und ist andererseits Anlaß zu späteren Interpretationsfragen geworden, z.B. ob man sich auf den „frühen FREUD“ beruft, wo die Theorie der Triebe und des Unbewußten im Vordergrund stand, oder auf den „späten FREUD“, wo die Ichpsychologie und die Bedeutung der sozialen Bezüge (Objektbeziehungen) das Übergewicht bekamen. Als die „essentials“ der psychoanalytischen Theorie sah FREUD an: Die Konzepte vom Unbewußten, vom Widerstand und der Verdrängung sowie die zentrale Rolle der Sexualität und des Ödipuskomplexes (GW Bd. 13, 223). Die systematische Durchstrukturierung der gesamten Theorie ist das Werk von Nachfolgern, wobei im Bereich der klinischen Theorie vor allem O. FENICHEL (1945) und im Bereich der Persönlichkeits- und Motivationstheorie D. RAPAPORT (1959) weite Anerkennung fanden.

2.1 *Die psychoanalytische Entwicklungspsychologie*

Die psychoanalytische *Entwicklungspsychologie* ist ursprünglich eine Theorie der Entwicklung der Triebe, Emotionen und Affekte. Erst später wurden andere Bereiche einbezogen. Wie alle anderen Theoriebereiche hat sie immer unter dem Aspekt der Neurosengenese gestanden und zeigt weniger Bearbeitung von hierfür nicht relevanten Entwicklungselementen. In ihrer ursprünglichen Form ist die psychoanalytische Entwicklungstheorie eine Phasenlehre, die Entwicklungsabschnitte der Organisation der Sexualenergie („Libido") beschreibt. Dabei folgt die „psychosexuelle Entwicklung" (FREUD) physiologischen Leitorganen. Es wird unterschieden die orale Phase (1. Lebensjahr), die anale Phase (2. und 3. Lebensjahr), die phallische Phase (4. bis 6. Lebensjahr), die Latenz (6. bis 12. Lebensjahr) und die Pubertät. Der wichtigste Entwicklungsabschnitt aus neurosenpsychologischer Sicht ist der sogenannte Ödipuskomplex. FREUD schreibt ihm eine für die Neurosengenese zentrale Rolle zu. Gemeint sind mit dieser Konfliktkonstellation der phallischen Phase die rivalisierenden und aggressiven Gefühle gegenüber dem gleichgeschlechtlichen Elternteil und die positiven und zugeneigten gegenüber dem gegengeschlechtlichen. Dieser Entwicklungsabschnitt endet mit der Identitätsübernahme („Identifizierung") des gleichgeschlechtlichen Elternteils. Es folgt eine Zeit der Triebruhe, die dann vom eigentlichen Beginn der menschlichen Sexualität in der Pubertät abgelöst wird. Die beste Systematisierung dieser klassischen Entwicklungstheorie als Triebentwicklung erfolgte durch K. ABRAHAM (1924). Dieser Ansatz, der auch schon bei FREUD und ABRAHAM zahlreiche über eine Theorie der Libidoentwicklung hinausgehende Elemente enthält, wird dann in der Folge durch eine Reihe bedeutender Bearbeiter zu einer Entwicklungspsychologie ausgeweitet, in der das Triebmoment deutlich zugunsten der psychosozialen Entwicklung relativiert wird. Auch kognitive und andere Bedingungen werden einbezogen. Zu nennen sind hier vor allem E. H. ERIKSON (1965), A. FREUD (1968), R. SPITZ (1967), M. S. MAHLER (1972) und J. BOWLBY (1976).

2.2 *Die psychoanalytische Persönlichkeits- und Motivationstheorie*

Die *Persönlichkeits-* und *Motivationstheorie* der P. macht Aussagen über stabile psychische Substrukturen, die als Funktionseinheiten wirken, ihre Beziehung untereinander und über die Entstehung von Motiven. Das erste psychoanalytische Persönlichkeitsmodell war das sogenannte *Reflexbogenmodell*, das FREUD 1900 entwarf („Der Reflexvorgang bleibt das Vorbild auch aller psychischen Leistung"; GW Bd. 2/3, 543). Das nachfolgende, sogenannte *topographische Modell* ist ein Schichtenmodell: Die Inhalte steigen aus der untersten Schicht, dem System „Unbewußtes", über das System „Vorbewußtes" in das System „Bewußtsein". Für diesen Vorgang von Bedeutung ist die „Besetzung" eines Inhaltes mit psychischer Energie. Der Entzug von Besetzung bewirkt das Unbewußtmachen bzw. -bleiben. Diesen aktiven Vorgang nennt FREUD „Verdrängung" und räumt ihm eine zentrale Stellung in seiner Theorie ein. *Verdrängung* ist somit ein motiviertes Vergessen von Inhalten. Hinter der Verdrängung steht die sogenannte „Zensur". Ob ein Inhalt der Verdrängung unterliegt, darüber entscheidet, ob er „bewußtseinsfähig" ist. Diese Annahme begründet die Auffassung vom dynamischen (und nicht deskriptiven) Unbewußten: Die Inhalte des Vorbewußten sind potentiell bewußtseinsfähig, die des Unbewußten nicht. Am nachhaltigsten hat sich das sogenannte *strukturelle Persönlichkeitsmodell* durchgesetzt. Diese Persönlichkeitstheorie unterscheidet psychische Substrukturen, sogenannte Instanzen, die mit den Eigennamen „Ich", „Überich" und „Es" gekennzeichnet werden. Das *Überich* erfaßt den normativen Bereich im Menschen, die soziokulturell vermittelten Normen und Ideale, das Gewissen. Zum Aufbau des Überichs sind Identifizierungsvorgänge von großer Wichtigkeit. Meist wird der Bereich der Wert- und Zielvorstellungen als Teilbereich des Überichs beschrieben: als *„Ichideal"*. Den Bereich der primären Impulse, der triebhaften Grundbedürfnisse, der in sich nicht mehr auflösbaren basalen Bedürfnisse, nennt FREUD das *Es*. Die Vermittlungsfunktion zwischen den basalen Bedürfnissen des Menschen: Aktivität, Passivität, Liebe, Haß u.a.m. – und den normativen Werten des Überich stellt das Ich dar. Das *Ich* muß den Kompromiß, die Synthese zwischen den emotionalen Grundbedürfnissen des Menschen (Es), dem, was der Mensch sich moralisch gestatten kann (Überich) und den Erfordernissen und Realitäten der äußeren Wirklichkeit (soziale und materielle Umwelt) herstellen. Das Ich wird damit zu einer zentralen Funktionsinstanz, deren primäre Aufgabe ein Ausgleich der inneren Bedürfnisse des Menschen mit den inneren Normen und den äußeren Realitäten darstellt. Das Ich ist es, das bei der Neurose die Symptome ausbildet, das der Ort der Affekte, insbesondere der Ängste ist, und das jene psychischen Maßnahmen zur Herstellung eines inneren Gleichgewichts ergreift, die „Abwehr" genannt werden. Aus den „Systemen" (Bw, Vbw, Ubw) im topographischen Modell sind jetzt die „Qualitäten" bewußt, vorbewußt und unbewußt geworden, die in verschiedener Weise die Funktion der drei Instanzen auszeichnen. FREUDS letzte Konzeption in bezug auf die Triebtheorie ging von zwei Grundtrieben aus, Sexualität und Aggression, deren Interferenzprodukte die Basis der allgemeinen und pathologischen Motivation darstellen. Dabei wird ein breites Band von quasi originären Triebimpulsen bis hin zu weitgehend „neutralisierten" (HARTMANN) Formen angenommen. Obwohl es einen Anspruch der P. gibt, eine „allgemeine Psychologie" zu sein (besonders HARTMANN), ist in ihrer Persönlichkeitstheorie eigentlich überall der Ursprung aus der Psychopathologie wahrzunehmen. Das „Strukturmodell" etwa wurde entworfen zur Beschreibung und Erklärung innerer Konflikte. Seine Relevanz bleibt letztlich an diesen konfliktorientierten Rahmen gebunden, auch wenn sein Anwendungsbereich weiter reicht.

Eine Darstellung der neueren psychoanalytischen Persönlichkeitstheorie findet sich in den verschiedenen Arbeiten HARTMANNS (1972). Den Übergang von der topographischen zur strukturellen Betrachtung untersuchen ARLOW und BRENNER (1976). Die Beziehung zur akademischen Psychologie wurde auch hier immer wieder von D. RAPAPORT hergestellt (1967). Eine Übersicht über die psychoanalytische Motivationstheorie geben MITSCHERLICH und VOGEL (1965).

2.3 *Die psychoanalytische Neurosentheorie*

Die psychoanalytische *Neurosentheorie* impliziert die schon geschilderten Auffassungen. Sie stellt heute nach einer etwa 80jährigen Entwicklung die geschlossenste und beobachtungsreichste Konzeptbildung zu Entstehung, Verlauf und Therapie von Neurosen dar. Bei näherem Hinsehen findet sich aber auch erhebliche Heterogenität, die generell ein Mangel der gesamten psychoanalytischen Theorie ist. In ihrer Grundauffassung sieht die P. die Neurosen als *Kompromißbildungen, Lösungsversuche, Folgezustände von reaktivierten, unbewußten infantilen Konflikten.* Damit ist folgendes gemeint: Die Art der Verarbeitung der unvermeidlichen infantilen Konflikte (in erster Linie solche der Abhängigkeit, Autonomie, Selbstwertthematik, Aggression, Sexualität) führt zu „Fixierungen" an bestimmte Konfliktthemen, an bestimmte Entwicklungs„orte". Über die Fixierung entscheiden vor allem die Variablen Verwöhnung und Versagung, wobei der Frustration die größere Bedeutung zukommt. FREUD: „Die Menschen erkranken neurotisch infolge der Versagung" (GW Bd. 10, 370). Am Beginn der Neurose des Erwachsenen steht eine auslösende Situation, die in der Regel eine strukturelle Ähnlichkeit mit der unbewältigten infantilen Konfliktsituation hat (z. B. Versuchungs-, Versagungs-, Kränkungs-, Trennungssituationen u. a.). Durch die *„Regression"*, von der sich der Patient unbewußt eine Verbesserung erhofft, kommt es zu einer Reaktivierung des pathogen gebliebenen infantilen Konfliktpotentials („Komplexe"), und damit zu einer Erhöhung der psychischen Spannung, die sich als *Angst* darstellt. Durch die Signalfunktion der Angst werden nun die Möglichkeiten des Ich zur Unterdrückung von Angst aktiviert („Abwehr", „Abwehrmechanismen"), deren wichtigster und bedeutendster die „Verdrängung" ist.

Angst kann somit als Motor der Verdrängung und der gesamten Abwehr bezeichnet werden, und der Angstvermeidung kommt die Rolle eines zentralen Motivs in der psychoanalytischen Neurosenpsychologie zu. FREUD ging von vier Grundängsten aus: der Angst vor Objektverlust, der Angst vor Liebesverlust, der Kastrationsangst (das ist die phantasierte Angst vor Verlust des Penis auf dem Höhepunkt des ödipalen Konfliktes; beim Mädchen werden analog diffusere Verletzungsängste beobachtet) und der Überichangst. Das durchbrechende *Symptom* ist ein Versuch des Ichs, den verschiedenen Kräften (Gewissensinhalten, Triebimpulsen, Ichmöglichkeiten, äußere soziale Realität) gerecht zu werden. Es ist in den Worten FREUDS ein „Kompromiß" zwischen den verschiedenen

Faktoren, ein mißlungener „Heilungs- und Rekonstruktionsversuch“ (GW Bd. 13, 389). Neuere Betrachtungsweisen betonen in der Symptombildung den finalen Versuch, eine erträglichere Selbstwahrnehmung herzustellen. Auch wenn die (mißlungene) „Lösung“ im Symptom letztlich unzureichend ist, legt man heute den Akzent darauf, daß das Symptom die nach den individuellen Möglichkeiten jeweils beste Organisationsform eines psychischen Konfliktes ist. Mit anderen Worten: Abwehr und Neurose werden zunehmend weniger unter dem Aspekt der Pathologie als dem der Ichmöglichkeiten betrachtet. Die Neurose ist damit aus dynamischer Sicht ein Sonderfall des Problemlöseverhaltens bei inneren Konflikten (Darstellung der psychoanalytischen Neurosentheorie bei Fenichel, 1974–1977, drei Bände; Kuiper, 1969; Loch u. Mitarb., 1967).

3 Psychoanalyse als Form der Psychotherapie

Die klassische psychoanalytische Therapie („Psychoanalyse“, „Analyse“) läßt sich sowohl vom äußeren Setting (Patient liegt, Behandelnder außerhalb seiner Sicht, hohe Stundenfrequenz, lange Dauer) als auch von bestimmten inhaltlichen Charakteristika her beschreiben, die die Arbeit von Therapeut und Patient auszeichnen. Das Hauptmittel der Materialgewinnung ist die „freie Assoziation“, die wichtigste Interventionsform des Therapeuten ist die „Deutung“, und der eigentliche Gegenstand der Analyse ist die Arbeit an „Übertragung“ und „Widerstand“ zur Aufklärung der unbewußten Konflikte. Freud bezeichnete den als praktizierenden Analytiker, der mit den Konzepten des Widerstandes und der Übertragung arbeite.

Das Konstrukt des *Widerstandes* bezieht sich auf eine Gruppe von Phänomenen unbewußter Art, die gegen den bewußten Willen des Patienten, die Therapie durchzuführen und erfolgreich zu beenden, sich diesem Ziel auf vielfältigste Art entgegenstellen. Die klassische Technik der Behandlung geht davon aus, daß erst nach Aufarbeitung der Widerstände ein Fortschritt in der Behandlung zu erzielen ist (W. Reich: „Keine Sinndeutung, wenn eine Widerstandsdeutung notwendig ist!“). *Übertragung* meint eine ubiquitär vorhandene Neigung des Menschen, Verhaltens-, Empfindens- und Erlebensweisen gegenüber seinen infantilen Beziehungspersonen auf seine gegenwärtigen zu „übertragen“. Übertragung wird so zu einem Mißverständnis der Gegenwart in Begriffen der Vergangenheit (Greenson, 1973). Die Arbeit mit der Übertragung als Möglichkeit des therapeutischen Zugangs zum affektiven Bereich des Patienten kann in ihrer Bedeutung für die psychoanalytische Therapie kaum überschätzt werden. Als „Übertragungsneurose“ wird die Wiederbelebung des infantilen Konfliktes an der Person des Therapeuten bezeichnet. Dieser Prozeß wird durch das regressionsfördernde Setting der klassischen Behandlungsform deutlich gefördert.

Um in der intensiven und intimen Interaktion mit dem Patienten die Neurose des Behandlers – Neurosenfreiheit ist eine Fiktion! – von der des Patienten abgrenzen zu können, ist ein langjähriges Training erforderlich, dessen Kernstück die intensive Analyse der eigenen Person ist. Als grundlegendes Wirkprinzip der P. wird ein Einsichtslernen aufgefaßt, das allerdings, wie Freud schon betonte, nicht auf rationale, sondern auf emotionale Einsichten zurückgehen muß. Übertragungsneurose meint insofern das emotionale Wiederbeleben der alten Konflikte. Im Laufe der Jahrzehnte wurde das sogenannte Standardverfahren sowohl im Verständnis des Therapieprozesses als auch in der Technik stark verfeinert. Als Beispiel sei die Unterscheidung von fünf Interventionsformen angeführt, von denen heute ausgegangen wird: Konfrontation, Klärung, Deutung, Rekonstruktion und Durcharbeiten. Dabei stammen nur die Begriffe der Deutung und des Durcharbeitens von Freud selbst. Diese Differenzierung der Technik hat auch zu einer Reihe von Verfahrensmodifikationen geführt. Man kann gegenwärtig von vier regelmäßig angewandten Behandlungsweisen ausgehen, die genuin psychoanalytisch sind:

1. die Standardmethode oder P. im engeren Sinne (s. o.),
2. die psychoanalytisch orientierte Psychotherapie (Behandlung im Sitzen, eine bis zwei Wochenstunden; es wird weniger Regression als beim Standardverfahren angestrebt),
3. die psychoanalytische Kurztherapie oder Fokaltherapie (insgesamt 20 bis 30 Sitzungen zur Erfassung eines definierten Problems),
4. die psychoanalytische Gruppentherapie (Betonung des Hier und Jetzt, Bearbeitung des dynamischen Prozesses der Gesamtgruppe, nicht der Einzelperson).

Kurze Einführungen in die Technik der psychoanalytischen Psychotherapie finden sich bei BALLY (1971) und WAELDER (1963). Ausführlichere Standardwerke stammen z. B. von FENICHEL (1941), GREENSON (1967) für P., LANGS (1973/74) für analytische Psychotherapie, BELLAK/SMALL (1972) für Kurzpsychotherapie oder PREUSS (1972) für Gruppenanalyse. Auf die Therapievarianten der tiefenpsychologischen Schulen sei nur hingewiesen.

4 Schulen und weitere Entwicklung der Psychoanalyse

Wenn der Begriff P. im wesentlichen den Zugang zu psychologischen Erscheinungen von einer unbewußten Motivation meint, dann ist die oft zitierte „Väterdreiheit" FREUD, JUNG und ADLER unrichtig. Während C. G. JUNG (1875–1961) um die Vorstellung unbewußter Motive herum eine sehr spekulative, aber ausgesprochen ideenreiche und originelle Theorie („kollektives Unbewußtes", „Archetypen") entwickelte, wandte sich A. ADLER (1870–1937) mehr Aspekten zu („Überkompensation"), die erst später im Rahmen der psychoanalytischen Ichpsychologie wieder auftauchen. Das Konzept des Unbewußten wird bei ihm zweitrangig. Die Theorien JUNGS und ADLERS haben sich nie in einer der klassischen P. vergleichbaren Weise durchgesetzt. Das gilt auch für andere „Abfallbewegungen" (FREUD), von denen die O. RANKS wohl die wichtigste war.

Erfolgreicher war und stärker rezipiert wurde indes eine Denkschule, die gewöhnlich als *Neo-P.* bezeichnet wird. Zu ihren Vertretern zählen vor allem K. HORNEY, E. FROMM, H. S. SULLIVAN und H. SCHULTZ-HENCKE. Hinter dem Namen Neo-P. verbirgt sich eine insgesamt heterogene Gruppe von Autoren, die aber eine Reihe gemeinsamer Aspekte aufweist. Dieses sind vor allem die Ablehnung der Triebtheorie (Aggression und Sexualität) und die stärkere Betonung des sozialen Milieus (gegenüber der klassischen Konflikttheorie) für die Entstehung der Neurosen. Dem Anspruch nach ist SCHULTZ-HENCKES Variante der Neo-P. ein Amalgam der Konzeptionen FREUDS, JUNGS und ADLERS, wobei auf die Positionen FREUDS zwei Drittel entfielen. SCHULTZ-HENCKE faßte Neurose insgesamt als ein spezifisches Nichtkönnen („Hemmung") auf und er arbeitet neben der neurotischen Plussymptomatik auch die Minussymptomatik („Lücken") heraus. Bedeutsam sind auch die charakterologischen Beiträge der Neo-P., insbesondere die von FROMM und SCHULTZ-HENCKE. Das dynamische Grundverständnis der P. ist bei den neoanalytischen Autoren erhalten geblieben, auch wenn die Bedeutung unbewußter Faktoren verschieden eingeschätzt wird. (Einen Vergleich von HORNEY, FROMM und SCHULTZ-HENCKE unternimmt HEIGL, 1964.)

In ganz anderer Richtung verliefen die extrem spekulativen Ansätze M. KLEINS, die praktisch die gesamte Neurosengenese ins erste Lebensjahr verlegt. Diese Autorin, die auch die meist abgelehnte Todestriebhypothese FREUDS rezipiert, setzte sich mit ihren Ansichten in Teilen Englands und Südamerikas durch. Die USA hielten als größte analytische Gruppe an FREUD fest, während in neuerer Zeit in Frankreich die Schule von J. LACAN an Einfluß gewann, die wieder ganz auf die Konzeption vom Unbewußten zurückgeht, wie sie FREUD um die Jahrhundertwende vertreten hatte. In Deutschland sind klassische P. und Neo-P. annähernd gleich repräsentiert. Eine gute Übersicht über die tiefenpsychologischen Schulen gibt WYSS (1961; dort findet sich auch weiterführende Literatur zu den hier nicht original zitierten Autoren).

Ihre stärksten Impulse verdankt die Entwicklung der P. in den letzten 25 Jahren wohl amerikanischen (oft ursprünglich deutschsprachigen) Forschern. Die nachhaltigste Systematisierung der wenig geordneten und teilweise widersprüchlichen Theorie unternahm D. RAPAPORT. Die heute führenden amerikanischen Theoretiker sind großenteils seine Schüler oder von ihm beeinflußt. RAPAPORT basiert seinerseits auf H. HARTMANN, der die Ichpsychologie ausbaute, und E. H. ERIKSON, der die ursprünglich triebbezogene Entwicklungspsychologie der P. in ichpsychologische Begriffe umsetzte. FREUD hatte als die Bezugspunkte des stark abstrahierten psychoanalytischen Modells („Metapsychologie") die dynamische, ökonomische und topographische Betrachtungsweise gesetzt. RAPAPORT und GILL (1959) erweitern diese drei Ebenen auf fünf essentielle (dynamische, ökonomische, strukturelle, genetische und adaptive), wobei sie den alten topographischen Bezug durch den neueren strukturellen ersetzen. Die zentralen Aussagen der P. stellen sich nach RAPAPORTS letztem Entwurf wie folgt dar:

a) Das Objekt der P. ist das Verhalten (empirischer Gesichtspunkt).
b) Jedes Verhalten ist integral und unteilbar („Gestalt"-Gesichtspunkt).
c) Kein Verhalten steht isoliert (organismischer Gesichtspunkt).
d) Alles Verhalten ist Teil einer genetischen Reihe (genetischer Gesichtspunkt).
e) Die entscheidenden Determinanten des Verhaltens sind unbewußt (topographischer Gesichtspunkt).
f) Alles Verhalten ist letzten Endes triebbestimmt (dynamischer Gesichtspunkt).
g) Alles Verhalten führt seelische Energie ab und wird durch sie reguliert (ökonomischer Gesichtspunkt).
h) Alles Verhalten hat strukturelle Determinanten (struktureller Gesichtspunkt).
i) Alles Verhalten wird durch die Realität bestimmt (adaptiver Gesichtspunkt).
j) Alles Verhalten ist sozial determiniert (psychosozialer Gesichtspunkt).

Es ist keine Frage, daß der klassische psychoanalytische Ansatz durch RAPAPORTS Bearbeitung eine deutliche „innere Klärung" erfuhr. Gleichzeitig wird sichtbar, daß bestimmte Positionen entweder der Aufgabe oder einer erheblichen Umarbeitung bedürfen. Insbesondere die gesamte Triebpsychologie, von der eigentlich nur die Libidotheorie ausgearbeitet ist, gerät zunehmend in eine weitreichende Kritik, die sich zum Teil auch auf andere metapsychologische Konstrukte bezieht (siehe dazu vor allem HOLT, 1967; GILL/HOLZMAN, 1976; ROSENBLATT/THICKSTUN, 1977; SWANSON, 1977). Alternativ verstandene Motivationsmodelle mit völlig gewandelter Theoriesprache stammen vor allem von G. S. KLEIN (1967; neurophysiologisch), E. PETERFREUND (1971; informationstheoretisch) und R. SCHAFER (1973; aktionsbezogen).

Auch um die wissenschaftstheoretische Basis der P. ist eine intensive Diskussion ausgebrochen. Die vor allem aus der Frankfurter Schule der Soziologie stammende Kritik richtet sich gegen FREUDS eigene Auffassung der P. als Naturwissenschaft des Seelischen, während sie tatsächlich Sozialwissenschaft sei (HABERMAS, 1968: „Szientistisches Selbstmißverständnis FREUDS"). Eine Richtung der Kritik in den USA versucht im direkten Gegensatz dazu eher die naturwissenschaftliche Identität der P. zu fördern und wendet sich gegen den spekulativen Ansatz (z. B. RUBINSTEIN, 1967).

Die experimentelle Überprüfung psychoanalytischer Thesen ist in erster Linie von Nichtanalytikern vorgenommen worden. Die Kritik der am naturwissenschaftlichen Modell orientierten Experimentalpsychologen geht dahin, daß die psychoanalytische Theorie generell mit empirischen Methoden nicht ausreichend zu bestätigen sei. Das Grundproblem all dieser Arbeiten ist, daß sehr komplexe Aussagen der P. zur Überprüfung operational stark reduziert werden müssen, so daß mit Recht gefragt wurde, ob diese reduzierten Aussagen noch psychoanalytische seien. Die beste Übersicht über diesen Forschungsbereich gibt KLINE (1972). Die gegenwärtig produktivste Weiterentwicklung der P. scheint im Bereich der Bearbeitung des Narzißmus und der „frühen Störungen" (KERNBERG, 1975; KOHUT, 1977) stattzufinden, wie auch die immer breitere Verwendung des strukturellen Konstrukts des „Selbst" nach 1960 zeigt. Auch die neuere Entwicklungstheorie (M. S. MAHLER; „Separation", Individuation") schließt sich hier an.

Verweis auf andere Stichwörter

→Angst →Entwicklung und Sozialisation →Identität und Selbstkonzept →Motivation →Persönlichkeit →Psychiatrie →Psychotherapie →Sexualität

Literatur

ABRAHAM, K.: Versuch einer Entwicklungsgeschichte der Libido auf Grund der Psychoanalyse seelischer Störungen (1924). In: Psychoanalytische Studien zur Charakterbildung und andere Schriften. Frankfurt/M.: Fischer 1969, 113–183.

ARLOW, J. A./BRENNER, C.: Grundbegriffe der Psychoanalyse. Reinbek: Rowohlt 1976.

BALLY, G.: Einführung in die Psychoanalyse Freuds. Reinbek: Rowohlt 1971.

BELLAK, L./SMALL, L.: Kurzpsychotherapie und Notfallpsychotherapie. Frankfurt/M.: Suhrkamp 1972.

BOWLBY, J.: Trennung. München: Kindler 1976.

BRENNER, C.: Grundzüge der Psychoanalyse. Frankfurt/M.: Fischer 1968.

ERIKSON, E. H.: Kindheit und Gesellschaft. Stuttgart: Klett [2]1965.

FENICHEL, O.: Problems of Psychoanalytic Technique. New York: Psa. Quart. Inc. 1941.

FENICHEL, O.: Psychoanalytische Neurosenlehre (1945), 3 Bde. Olten: Walter 1974–1977.

FREUD, A.: Wege und Irrwege in der Kinderentwicklung. Bern, Stuttgart: Huber/Klett 1968.

FREUD, S.: Gesammelte Werke, 18 Bde. (Imago-Ausgabe). Frankfurt/M.: Fischer 1940–1968.

GILL, M. M./HOLZMAN, P. (Hrsg.): Psychology versus Metapsychology. Psychol. Issues 1976, 9, Mon. 36.
GREENSON, R. R.: Technik und Praxis der Psychoanalyse. Bd. I. Stuttgart: Klett 1973.
HABERMAS, J.: Erkenntnis und Interesse. Frankfurt/M.: Suhrkamp 1968.
HARTMANN, H.: Ichpsychologie. Stuttgart: Klett 1972.
HEIGL, F.: Gemeinsamkeiten der Neurosenlehren von E. Fromm, K. Horney und H. Schultz-Hencke; verglichen mit der Psychoanalyse S. Freuds. Fortschr. d. Psa. I, 1964, 75–100.
HOLT, R. R. (Hrsg.): Motives and Thought. Psychol. Issues 5, 1967, Mon. 18/19.
KERNBERG, O. F.: Borderline Conditions and Pathological Narcissism. New York: Science House 1975.
KLEIN, G. S.: Peremtory Ideation: Structure and Force in Motivated Ideas. In: HOLT 1967, 80–128.
KLINE, P.: Fact and Fantasy in Freudian Theory. London: Methuen 1972.
KOHUT, H.: The Restoration of the Self. New York: Int. Univ. Pr. 1977.
KUIPER, P. C.: Die seelischen Krankheiten des Menschen. Bern, Stuttgart: Huber/Klett 1968.
LANGS, R.: The Technique of Psychoanalytic Psychotherapy. 2 Bde. New York: Aronson 1973/74.
LOCH, W. (Hrsg.): Die Krankheitslehre der Psychoanalyse. Stuttgart: Hirzel 1967.
MAHLER, M. S.: Symbiose und Individuation. Stuttgart: Klett 1972.
MITSCHERLICH, A./VOGEL, H.: Psychoanalytische Motivationslehre. In: Handb. d. Psychol., Bd. 5, 759–793. Göttingen: Hogrefe 1965.
NAGERA, H. (Hrsg.): Psychoanalytische Grundbegriffe. Frankfurt/M.: Fischer 1974.
PETERFREUND, E.: Informations, Systems, and Psychoanalysis. Psychol. Issues 7, 1971, Mon. 25/26.
PREUSS, H. G. (Hrsg.): Analytische Gruppenpsychotherapie. Reinbek: Rowohlt 1972.
RAPAPORT, D.: Die Struktur der psychoanalytischen Theorie. Stuttgart: Klett o.J. (1959).
RAPAPORT, D.: Collected Papers (Ed.: M. M. GILL). New York: Basic Books 1967.
RAPAPORT, D./GILL, M. M.: The Points of View and Assumptions of Metapsychology. Int. J. Psa. 40, 1959, 153–162.
REICH, W.: Charakteranalyse. Berlin: Selbstverlag 1933.
ROSENBLATT, A. D./THICKSTUN, J. T.: Energy, Information, and Motivation. J. Americ. Psa. Assoc. 25, 1977, 537–558.
RUBINSTEIN, B. B.: Explanation and Mere Description. In: HOLT 1967, 20–77.
SCHAFER, R.: Action: Its Place in Psychoanalytic Interpretation and Theory. Annual Psa. I, 1973, 159–196.
SCHULTZ-HENCKE, H.: Lehrbuch der analytischen Psychotherapie. Stuttgart: Thieme 1951.
SPITZ, R. A.: Vom Säugling zum Kleinkind. Stuttgart: Klett 1967.
SWANSON, D. R.: A Critique of Psychic Energy as an Explanatory Concept. J. Americ. Psa. Assoc. 25, 1977, 603–633.
WAELDER, R.: Die Grundlagen der Psychoanalyse. Bern, Stuttgart: Huber/Klett 1963.
WYSS, D.: Die tiefenpsychologischen Schulen von den Anfängen bis zur Gegenwart. Göttingen: Vandenhoeck & Ruprecht 1961.

S. O. Hoffmann

Psychologiegeschichte

1 Die Geschichte des Leipziger Instituts

Die Psychologie als Lehre vom *Erleben und Verhalten* geht zurück auf Anfänge in Mythos, Dichtung und Religion, wenn wir sie als Fortsetzung aller menschlicher Bemühungen um Selbstverständnis und Verständnis der Mitmenschen begreifen. Insbesondere würde die gesamte Philosophiegeschichte, nicht nur jene des Abendlandes, sondern auch jene Indiens und Ostasiens einzubeziehen sein, wenn wir diesen weiten Begriff von Psychologie wählen.

Verstehen wir dagegen Psychologie als Inbegriff von Ansätzen zu *Beobachtung, Messung* und *Bedingungsanalyse* des Erlebens und Verhaltens (THOMAE/FEGER, 1969), so glaubt die Fachwelt im Jahre 1979 die 100jährige Wiederkehr der Gründung der ersten Arbeitsstätte dieser Disziplin feiern zu können. Im Jahre 1879 erhielt der Prof. Dr. med. W. WUNDT, Ordinarius für Philosophie an der Universität Leipzig, die Erlaubnis, einen Abstellraum für Geräte hinfort als Experimentierraum für sich und seinen Assistenten zu benutzen. Der Ausbau dieses ersten Ansatzes zu einem Psychologischen Institut sollte noch bis zum Jahre 1896 dauern. In den Jahren seiner Leipziger Tätigkeit von 1875–1920, in der er als 92jähriger starb, schuf WUNDT zweifellos ein Arbeitszentrum, zu dem Studierende aus dem Deutschen Reich, aus Europa, USA, Japan und Südamerika strömten, und das nach Rückkehr dieser Schüler dann an vielen Stätten der Welt zum Modell psychologischer Institute wurde. Da WUNDT als Physiologe auf *Wahrnehmungsprobleme* spezialisiert war, war das Arbeitsprogramm in Leipzig wie in den an Leipzig orientierten Instituten zunächst stark auf wahrnehmungspsychologische Probleme zentriert.

WUNDT selbst distanzierte sich später mehr und mehr von der Überbetonung der Wahrnehmungspsychologie und wollte die experimentelle Methode nur auf die einfacheren Bewußtseinstatbestände angewandt wissen. Für die Untersuchung komplexer Vorgänge, etwa des Denkens, sah er die *vergleichend-völkerpsychologische Methode* als die allein angemessene an.

Ein weiteres historisches Detail wird in der Geschichte der Psychologie meist übersehen: WUNDT identifizierte sich in den Jahren seiner Leipziger Tätigkeit immer stärker mit seiner

Rolle als Ordinarius für *Philosophie* und protestierte im Jahre 1911 sehr entschieden gegen einen Aufruf der Philosophieordinarien, welche die Schaffung eigener Psychologielehrstühle forderten, weil die ca. 10 Psychologen, die bis 1920 etwa an deutschen Universitäten lehrten, sämtlich auf Planstellen für Philosophen berufen wurden. In realistischer Einschätzung der Sparsamkeit der Kultusminister fürchtete er bei einer Berücksichtigung dieses Aufrufs mit Recht die Behinderung eines weiteren Ausbaus des Fachs. Darüber hinaus aber sah er in der Errichtung selbständiger psychologischer Lehrstühle auch eine Gefahr für das Fach, da eine adäquate Bearbeitung psychologischer Probleme ohne philosophische Bildung gar nicht möglich sei. Diese Einstellung sollte für die Entwicklung der Psychologie in Leipzig selbst, aber auch an einigen anderen Universitäten in Deutschland und anderen europäischen Ländern bis zum Ende des 2. Weltkrieges von großer Bedeutung werden. Die Nachwirkung von WUNDT auf die internationale Psychologie aber kommt in der Tatsache zum Ausdruck, daß die International Union of Scientific Psychology zur Jahrhundertfeier der damaligen Umfunktionierung eines Universitätsraums ihren 23. Internationalen Kongreß (1980) an der Universität Leipzig durchführt.

2 Die Entstehung experimenteller Institute außerhalb des Schülerkreises von Wundt

Man muß die große Leistung von WUNDT als „Institutsgründer" und Organisator wie als methodischen wie theoretischen Führer des Faches in keiner Weise in Frage stellen, wenn man darauf verweist, daß vor und zu gleicher Zeit wie WUNDT viele Mediziner und Philosophen bestrebt waren, eine eigene Disziplin „Psychologie" zu etablieren und dabei auch erfolgreich waren. Viele methodische und theoretische Anstöße hat das Fach von dem Leipziger Physiker FECHNER (1861–1887), dem Begründer der *Psychophysik*, erfahren. In Göttingen entstand fast zur gleichen Zeit wie in Leipzig ohne Mitwirkung von WUNDT, sogar in deutlicher Distanzierung von ihm, ein voll ausgestattetes Psychologisches Institut, dessen Leiter, Georg Elias MÜLLER, jede Beziehung zur Philosophie entschieden ablehnte. Im Jahre 1894 wurde Herrmann EBBINGHAUS (1850–1909), der Begründer der modernen *Gedächtnispsychologie*, nach Breslau berufen, der ebenfalls nicht aus der Schule von WUNDT kam. Das gleiche gilt für Carl STUMPF (1848–1936), dem Begründer der modernen *Ton-* und *Musikpsychologie*, der philosophische Lehrstühle in Würzburg, Prag, Halle, München und Berlin innehatte und ausschließlich auf psychologischem Gebiet tätig war. Mit WUNDT stand er in einer heftigen Fehde, weil er dessen tonpsychologischen Ansatz als völlig unangemessen kritisiert hatte. Sogar eine der ersten Zeitschriften, die konsequent experimentelle Arbeiten publizierte, wurde ausschließlich von Psychologen gegründet, die nicht aus Leipzig kamen.

3 Erb- und Begabungsforschung und wissenschaftliche Psychologie

Dennoch blieben manche Arbeitsansätze und theoretische Orientierungen dieser außerhalb von Leipzig entstandenen Psychologien in großer Nähe zu dem experimentalpsychologischen Teil des WUNDTschen Lebenswerkes. Dessen philosophische Ausflüge wollte man häufig nicht mitmachen. Weit stärker aber unterschieden sich von der sinnesphysiologischen Tradition von Leipzig, Göttingen und Berlin psychologische Bestrebungen, wie sie von dem englischen Erbforscher F. GALTON (1822–1911) ausgingen. FLUGEL bezeichnete ihn als Gründer einer *Individualpsychologie auf experimenteller Basis*. Aus einem sehr intensiven Interesse an der „Verbesserung der Menschenrasse" heraus entwickelte er die ersten Fähigkeitstests, die er zur Messung von Begabungseigenschaften verwandte, die er als erblich ansah. Die von ihm dabei eingeführten statistischen Methoden erfuhren eine entscheidende Weiterentwicklung durch PEARSON und SPEARMAN, der zwar bei WUNDT ausgebildet worden war, sich aber immer mehr mit der von GALTON begründeten *differentiellen Psychologie* beschäftigte. Von SPEARMAN aber wurden sowohl Sir Cecil BURT wie R. B. CATTELL ausgebildet, welche für die *Intelligenz-* und *Persönlichkeits*forschung der Mitte des 20. Jahrhunderts große Bedeutung gewinnen sollten. Nicht zuletzt steht in dieser Denk- und Arbeitstradition H. J. EYSENCK, dessen große Arbeitsenergie wie jene von GALTON wenigstens großenteils auf den Nachweis der *Erblichkeit* grundlegender Persönlichkeitsunterschiede gerichtet gewesen zu sein scheint. Die Frage, ob man sich als Anhänger des

Konzepts von WUNDT oder von GALTON verstehen solle, bereitete manchem englischen und amerikanischen Psychologen der ersten drei Jahrzehnte dieses Jahrhunderts viel Kopfzerbrechen, ein Faktum, das darauf verweist, daß man dort die Psychologie keineswegs als Fortsetzung der in Leipzig begonnenen Arbeit ansah, sondern in der differentiellen Psychologie (mit oder meist ohne GALTONS *rassistische* Intentionen) eine echte Alternative zu WUNDT erblickte.

4 Reflexologie und Behaviorismus

Als Alternative zu WUNDT empfanden sich auch I. P. PAWLOW und J. B. WATSON, die vor und nach dem ersten Weltkrieg gegen *die „Bewußtseinspsychologie"* der Leipziger, aber auch der Berliner oder Göttinger Psychologen protestierten und eine Zeit verkündeten, in der die Psychologie „sich nicht länger einem trügerischen Denken hingeben darf, das seelische Vorgänge zum Objekt ihrer Beobachtung macht". Die neue Psychologie sollte in Begriffen von Reiz und Reaktion, von Gewohnheitsbildung, Gewohnheitsintegration usw. geschrieben werden.
Der Kaiserliche Militärarzt PAWLOW, der 1908 für die Entdeckung der Physiologie der Verdauung den Nobelpreis erhielt, wurde auch von der Oktoberrevolution in seinen Arbeiten gefördert. Der von ihm entdeckte *„Bedingte Reflex"* schien die wissenschaftliche Grundlage für eine Weltanschauung des Dialektischen Materialismus zu liefern, in der seelische Tätigkeit auf die materielle Tätigkeit in den Nervenbahnen reduziert wurde. Bis in die Jahrhundertmitte hinein schienen die Anhänger PAWLOWS in Sowjetrußland auch so viel Einfluß gewonnen zu haben, daß die Psychologie durch eine *Physiologie* der bedingten Reflexe ersetzbar zu sein schien. Doch verstanden es KORNILOW, RUBINSTEIN und andere, nach einem Dekret der KPdSU von 1936, das aller empirischen Psychologie den Boden zu entziehen schien, eine Neuorientierung der russischen Psychologie herbeizuführen und auf Grund einer psychologischen MARX- und LENIN-Exegese die Notwendigkeit einer eigenständigen, nicht von der Physiologie beherrschten Psychologie des Bewußtseins und zugleich die einer historischen Betrachtung in der Psychologie aufzuweisen. So kam es, daß in der sowjetischen Psychologie das Bewußtseinsproblem schon lange Zeit wieder ein legitimes Problem der Psychologie war, als in der durch den Behaviorismus beherrschten Psychologie des Westens Phänomene wie Bewußtsein noch ein „tabu" für den Psychologen waren (KUSSMANN, 1974).
In vieler Hinsicht kann man sagen, daß die konsequentesten Anwendungen der Lehre von PAWLOW durch den jungen Psychologen James B. WATSON vorgenommen wurden. Sein Programm einer *Reiz-Reaktions-Psychologie* knüpfte unmittelbar und ausdrücklich an die Technik der Bildung bedingter Reflexe („Klassisches Konditionieren") an und verbot dem Psychologen jede Art von Introspektion oder Annahme von psychischen Prozessen, die nicht in Begriffen von Reiz und Reaktion auszudrükken waren. Natürlich war ein derartig rigoroses Programm nicht lange durchzuhalten. In der Phase des *Neobehaviorismus* von C. L. HULL (1884–1952) und E. C. TOLMAN (1886–1959) wurden immer neue „intervenierende Variablen" zwischen Reiz und Reaktion postuliert, welche den ursprünglichen „leeren Organismus" mit Trieben, Bedürfnissen, Gewohnheitsstärken, Erwartungen, Glaube-Wert-Matrizen und dergleichen anfüllten. Die Gebote von J. B. WATSON schienen nur noch bedingt zu gelten. Aber im Rahmen eines rigorosen Behaviorismus mahnte B. F. SKINNER immer wieder, die „Tändeleien" eines Bewußtseins, psychischer Inhalte oder des Glaubens an die Freiheit des Menschen aufzugeben und sich der strengen Wissenschaft des operanten Konditionierens zu widmen. Wenn auch heute die Blütezeit der behavioristischen Psychologie vorüber ist, so zeigt die weltweite Wirkung des Programms eines Behaviorismus von WATSON und jene der Techniken des Konditionierens, daß die gegenwärtige Psychologie keineswegs auf *einen* Ursprungsort zurückgeführt werden kann.

5 Die Wirkungsgeschichte von Außenseitern und die Rolle sozialer Determinanten in der Wissenschaftsgeschichte

Neben dem sinnesphysiologischen Labor im Sinne von WUNDT, dem Testlabor im Sinne von GALTON, den Konditionierungsapparat von PAWLOW und den Rattenlabyrinthen der amerikanischen Behavioristen wären noch manch andere Ursprungsorte der modernen Psychologie zu nennen, etwa die Praxis des damaligen

Wiener Nervenarztes Sigmund FREUD oder die verhaltensphysiologische Beobachtungsstation des damaligen Privatgelehrten Konrad LORENZ in Österreich. Nicht alle Psychologen werden die Arbeitsrichtungen, die von dieser oder jener Wirkungsstätte ihren Ausgang nehmen, dem eigenen Fach zurechnen. Im Falle der *Psychoanalyse* wäre diese Einbeziehung in die akademische Psychologie vielleicht nicht möglich geworden ohne eine politische Entwicklung, in der die Angehörigen der psychoanalytischen Schule großenteils Opfer einer grausamen Verfolgung wurden. Die Loyalität verschiedener prominenter amerikanischer Psychologen ihnen gegenüber führte auch zur Loyalität gegenüber der von den Psychoanalytikern vertretenen Sache. 1969 und 1970 nannten jene 25% Mitglieder der American Psychological Association, die auf eine Frage nach dem bedeutendsten Psychologen des 20. Jahrhunderts antworteten, mit großer Mehrheit FREUD. Für die Gegenwart schrieb man allerdings SKINNER die Rolle des bedeutendsten Psychologen zu.

Hier wird die *Komplexität der Bedingungen* faßbar, welche die Durchsetzung einer psychologischen Theorie bzw. eines Arbeitsansatzes bedingen. In Wirklichkeit ist diese Komplexität noch weit größer, wenn man die Entwicklung der Psychoanalyse bis zu ihren Anfängen zurückverfolgt. Da FREUD in den vorhandenen Institutionen keine Möglichkeiten der Durchsetzung fand, mußte er sich ganz auf eine Gruppe Gleichgesinnter stützen. Die Fähigkeit, diese Gruppe zu bilden und trotz gefährlicher Spaltungsbewegungen, wie sie etwa in der Trennung C. G. JUNGs und Alfred ADLERs von FREUD zum Ausdruck kam, zusammenzuhalten, muß fast ebenso hoch eingeschätzt werden.

Die moderne Psychologie ist Ergebnis einer Vielzahl von Anstößen und Interaktionen, Versuchen und Arbeitsansätzen, die ihren Ursprung in sehr verschiedenen Wissenschaften haben. Diese verschiedenen Ansätze aber sind das Resultat einer Mannigfaltigkeit von sozialen Prozessen: Gruppenformationen, Aktionen Einzelner in einer bestehenden Institution, Desintegrations- und Integrationsprozessen, ökonomischen und politischen Veränderungen. Die *soziale Bedingtheit* der Psychologie kann man nur in der Auswirkung derart konkreter und höchst verschiedenartiger gesellschaftlicher Vorgänge innerhalb jeweils konkreter und verschiedenartiger Arbeitsrichtungen sehen. Erst vor diesem Hintergrund ist auch die Frage des Einflusses sozialer Klassen auf die Wissenschaftsgeschichte diskutierbar. Psychologiegeschichte ist also weder als ein „autonomer", allein aus wissenschaftsimmanenten Prinzipien heraus sich entfaltender Prozeß noch als eine „Geschichte von Menschen", die Psychologie betreiben, noch als eine „solche des Zeitgeistes" zu schreiben.

Kaum nachvollziehbar ist für den Historiographen, der sich an die Quellen hält, die These, daß sich die junge Wissenschaft nur deshalb an den Universitäten entwickeln konnte, weil sie zum *Nutzen der Herrschenden* anwendbar war. Die Versuche einer kommerzialisierten Anwendung der Psychologie durch MÜNSTERBERG und die Anstöße zur Entwicklung der *Psychotechnik*, wie sie durch die Veränderung der Kriegstechnik im Ersten Weltkrieg entstanden, hatten auf die Mehrung der Institute und Lehrstühle und damit auf die Entwicklung der Wissenschaft „Psychologie" so gut wie keinen Einfluß. Arbeitswissenschaftliche und betriebspsychologische Probleme wurden und werden z.T. noch heute vielfach von Ingenieuren und Arbeitsmedizinern behandelt, sie verkauften ihr Wissen und ihre Technologien eben besser. Auf jeden Fall aber ist es unmöglich, den Verlauf der eigentlichen Wissenschaftsgeschichte der Psychologie in Abhängigkeit von der „Psychological Corporation" in New York oder von den paar Lehrbeauftragten für Psychotechnik zu suchen, die es in Deutschland bis 1945 gab.

Bedeutender war da zweifellos die Hoffnung, die man auf die *beratende* und *behandelnde* Psychologie setzte. Sie hatte die stärkste Auswirkung auf die Expansion der Psychologie nach dem 2. Weltkrieg. Ob es dem Nutzen der Herrschenden dient, wenn sie erfolgreich in der Behandlung von Verhaltensstörungen sein kann, ist eine Frage der Weltanschauung. Wollen bestimmte Systemkritiker einem fünfjährigen Jungen seine Verhaltensstörungen lassen, nur weil deren Behandlung zum Nutzen der Herrschenden sein könnte?

Im übrigen ist die von der Psychologie angebotene Hilfe eben in der sogenannten kapitalistischen Welt keineswegs so willkommen wie dies manchem sozial engagierten Menschen erscheint. Das Hauptproblem in den Beziehungen zwischen institutionalisierter Psychologie und Gesellschaft beruht auf der Tatsache, daß diese Gesellschaft in vielen ihren Arbeitsbereichen die Mitarbeit des Psychologen gar nicht sehr schätzt, daß man sie in anderen Bereichen sogar als *Störfaktor* empfindet, und daß manche Konkurrenten in anderen Disziplinen die entscheidenden Prozesse in den Institutionen und Gruppen besser steuern und lenken als die Psychologie dies kann. Die Psychologie in ihrer mannigfachen Gestalt ist zwar in starkem Ausmaß das Resultat solcher konkreten und z.T. auch sehr punktuellen Prozesse z.B. in Fakultäten, bei den Governors von amerikanischen Universitäten oder in Exekutivkomitees politischer Parteien, aber in der *Praxis* war man weniger erfolgreich.

Verweis auf andere Stichwörter

→Allgemeine und Angewandte Psychologie →Behaviorismus →Differentielle Psychologie →Ethologie →Experiment →Humanistische Psychologie →Psychoanalyse →Psychologismus →Psychophysik →Psychotherapie

Literatur

BORING, E. G.: A history of experimental psychology. New York: Appleton Century 1967.

DORSCH, F.: Geschichte und Probleme der Angewandten Psychologie. Bern: Huber 1963.

FLUGEL, J. C.: A hundred years of psychology (1833–1933). New York: Basic Books 1963.

HULL, C. L.: Essentials of behavior. New Haven: Yale Univ. Press 1952.

KOSSAKOWSKI, A.: Wilhelm Wundt und sein wissenschaftliches Erbe. Wissenschaftl. Zeitschrift d. Karl-Marx-Univ. Leipzig 1966, 15, 717–727.

KOSSAKOWSKI, A.: Theoretische Entwicklungslinien in der sowjetischen Psychologie. Wissenschaftl. Zeitschr. der Karl-Marx-Univ., Leipzig 1968, 17, 367–380.

KRAWIEC, T. S. (Hrsg.): The psychologists. Vol. 1/2. New York, London: Oxford Univ. Press 1972/1974.

KUSSMANN, TH.: Sowjetische Psychologie: Auf der Suche nach der Methode. Pawlows Lehre und das Menschenbild der marxistischen Psychologie. Bern, Stuttgart: Huber 1974.

LORENZ, K.: Die Rückseite des Spiegels. München: Piper 1973.

MURCHISON, C.: A history of psychology in autobiographies. Worcester, Mass.: Clark Univ. Press 1930.

SKINNER, B. F.: Beyond freedom and dignity. New York: Knopf 1971.

STUMPF, C.: Selbstdarstellung. In: SCHMIDT, R. (Hrsg.): Die Philosophie der Gegenwart in Selbstdarstellungen. Bd. 5. Leipzig: Meiner 1924, 105–265.

THOMAE, H.: Psychologie in der modernen Gesellschaft. Hamburg 1977.

THOMAE, H./FEGER, H.: Hauptströmungen der neueren Psychologie. Frankfurt: Akademische Verlagsgesellschaft 1969.

WATSON, J. B.: Behaviorism. Rev. Edition. New York: Norton 1930.

WOODWORTH, R. B.: Contemporary schools of psychology. London: Methuen 1931.

WYSS, D.: Geschichte der Tiefenpsychologie. Göttingen: Vandenhoeck & Ruprecht 1967.

Hans Thomae

Psychologisierung des Alltags

1 Das Problem

Unter ‚Psychologisierung des Alltags' ist keiner der großen Anwendungsbereiche oder Begriffe traditioneller oder kritischer Psychologie zu verstehen. Weniger als klassisches Thema, denn als ein *gesellschaftliches Phänomen*, welches sich in einer ganzen Reihe vielschichtiger und widersprüchlicher Tendenzen ausdrückt, muß sie jedoch zum Gegenstand einer sich sozialwissenschaftlich verstehenden Psychologie werden. Die soziale Bedeutung dieses Phänomens liegt darin, daß es zugleich den gegenwärtigen Zustand psychologischer Theorie und Praxis, als *auch* tatsächliche Veränderungen des gesellschaftlichen Krisengeländes selber markiert. ‚Psychologisierung des Alltags' ist ein Stück objektiver Realgeschichte *und* die Tendenz einer sich ausweitenden Psychologie. Auffälligste Indikatoren dieser zweigleisigen Entwicklung sind die Verbreitung seelischer Erkrankungen zu einer Art psychischem Massenelend auf der einen, die inflationäre, undurchschaubar wuchernde Entstehung immer neuer psychologischer Theorien, Therapien, alltagspraktischer Leitfäden etc. auf der anderen Seite.

Die Neigung zur Psychologisierung im Sinne einer Reduktion gesellschaftlicher, historischer und politischer Tatbestände auf rein individuell und privat verstandene seelische Faktoren ist allerdings nicht neu: sie ist Ausdruck der allgemeinen Entfremdung, welche die Menschen von den gesellschaftlichen und ökonomischen Akten, in denen sie ihr Leben und Überleben organisieren, derart abtrennt, daß die von ihnen geschaffenen Verhältnisse als verselbständigte, mit einem Eigenleben behaftete, deshalb unkontrollierbare *erscheinen* (ADORNO, 1972, 56). Eine Psychologisierung dieses Zusammenhangs „vermenschlicht ... tröstlich das Verdinglichte" (1972, 56). Eine Psychologie, welche die Undurchsichtigkeit der gesellschaftlichen Entfremdung auf die Subjekte und ihr beschränktes Selbst zurückwirft, indem sie ihr abgespaltenes Fürsichsein als das Entscheidende, worauf es ankäme, vorspiegelt, trägt zur offiziellen Verschleierung bei. Eine ‚psychologistische Psychologie' wird als Theorie Bestandteil ideologischer Selbstmißverständnisse einer Gesellschaft über sich selber, wie sie als Praxis den gesellschaftlichen Objektstatus der Menschen durch quantifizierende Methoden und manipulative Techniken verdoppelt. Insofern sind die Tendenzen zur Psychologisierung mit Hilfe der Psychologie ein älteres Phänomen, welches sich, spätestens seit es die Betriebs-, Wehr- und Werbepsychologie gibt, allgemein durchgesetzt hat. ‚Psychologisierung des *Alltags*' als Universalisierung psychischen Leidens *und* gleichzeitig psychohygienischer Allheilmittel ist jedoch eindeutig ein Phänomen jüngeren Datums.

2 Vergesellschaftung des Alltags und Fragmentarisierung der Psyche

Die ‚Psychologisierung des Alltags' ist zunächst ein objektives empirisches Phänomen, insofern tiefgreifende sozioökonomische und historische Veränderungen der spätkapitalistischen Gesellschaft und ihrer Institutionen (NEGT/KLUGE, 1972; BRÜCKNER, 1972 u. 1978a; MITSCHERLICH, 1973; HORN, 1969a) weitgehend zu Formen „psychischer Dekompensation" (MENTZOS, 1976, 99) und einer bemerkenswerten Unstrukturiertheit und Instabilität der einzelnen Psychen geführt haben. Nicht nur die quantitative Zunahme seelischer Erkrankungen, sondern vor allem eine deutlich feststellbare Verschiebung und Ausweitung klinischer Krankheitsbilder von eher klassisch-neurotischen zu narzißtischen oder gar psychotischen Störungen, zu Borderline-Fällen, Fällen von Sucht und psychosomatischen Affektionen, weisen darauf hin (vgl. SCHÜLEIN, 1978, 428).
Das Leiden in und an der Gesellschaft hat allgemein zugenommen, aber es ist zugleich *diffuser* geworden. Die neuen psychosozialen Konflikte werden dabei Bestandteil des Alltags, je mehr ihre Veröffentlichung, das bereitwillige Zugeben des Leidens zum Maß gesellschaftlicher Anerkennung wird. Das Leiden wird salonfähig, die Schwäche kultiviert durch zur Schau stellende Mitteilsamkeit. „Der aufgeklärte Mensch sei derjenige, welcher mit den geringsten Widerständen oder dem geringsten Zögern die Produkte seiner Intimsphäre auszubreiten weiß" (ROSENWALD, 1972, 428). Die Entprivatisierung der Intimsphäre zum alltäglichen Gesprächsstoff ist möglich geworden, weil der Alltag selber zunehmend unter den unmittelbaren Einfluß der neueren Vergesellschaftungsprozesse geraten ist. Der Zerfall traditioneller Bereiche von Öffentlichkeit (vgl. NEGT/KLUGE, 1972), die Auflösung der klassischen Sozialisationsagenturen, insbesondere der Familie, und die Aufteilung der primären und sekundären Sozialisationsfunktion unter die verschiedensten Agenturen der Kulturindustrie (vgl. Inst. für Soz.forsch., 1956, 116–133) machen herkömmliche Bewältigungsstrukturen von Alltäglichkeit hinfällig und den *Alltag selber zum Problem.* Entsprechend dem gesellschaftlichen Grad der anarchischen Arbeitsteilung und Zersplitterung in widersprüchliche Teilbereiche wird der Alltag zerfasert, in verschiedene Subsysteme parzelliert (LEITHÄUSER, 1976, 61).
Ohne Chance, relativ stabile Identitäten lebensgeschichtlich ausbilden zu können, bleiben die Subjekte selber fragmentarisiert. MITSCHERLICH bezeichnet in der „Vaterlosen Gesellschaft" diesen neuen Sozialcharakter als *„Momentpersönlichkeit"* (1973, 276). Situativ, d.h. ans Hier und Jetzt gebunden, „ohne daß die einzelnen Momente zu einer einheitlichen Geschichte zusammenwüchsen" (1973, 276) sind diese Charaktere flexibel und anpassungsfähig, gemäß den auf sie einstürzenden, oft widersprüchlichen Anforderungen der Gesellschaft. Die „Pauperisierung des Alltags" (LEITHÄUSER, 1976, 48–69) drückt sich in einer Verflachung von *Objektbeziehungen* der Individuen aus: die innere Struktur und besondere Verfaßtheit der Gegenstände, auf die sich Verhalten richtet, bleibt *äußerlich*, Objekte und Personen werden *austauschbar.* Eher *narzißtische Stabilisierung* suchend, werden suchtähnlich möglichst enge Kontakte geknüpft, ohne jedoch den Charakter wirklicher Objektbeziehungen zu bekommen. Wenn sich die Objekte und Personen als solche zu konturieren beginnen, wird die Diffusität der Erlebnis- und Erfahrungsweisen bedroht. Konfliktunfähig sehen sich die Individuen bei dieser Gefahr zum Rückzug veranlaßt, ohne etwas gelernt zu haben. An die Stelle wirklicher Erfahrungen tritt eine *Unmittelbarkeit*, die sich als „Pseudokonkretheit" entlarven läßt (ZIEHE, 1975, 29–37).
Der geschichtslosen Fixierung an den Augenblick, der Unfähigkeit zu wirklichen Objektbeziehungen, dem narzißtischen Sucht- und zugleich Vermeidungsverhalten entspricht ein Bewußtseinstypus, der sich durch den Hang zu *Mühelosigkeit* und zu psychologisierender *Vereinfachung* gesellschaftlicher Zusammenhänge kennzeichnen läßt. „Das Alltagsbewußtsein ist ein Reduktionsverfahren, für das die Welt zu komplex ist" (LEITHÄUSER, 1976, 63).

‚Psychologisierung des Alltags' bedeutet also realhistorisch: die Zunahme und qualitative Veränderung psychischer Defekte und damit die Entstehung einer allgemeinen und diffusen *Therapiebedürftigkeit* und *gleichzeitig* die Neigung zu und die Suche nach vereinfachenden, identitätsstiftenden *Weltanschauungen.*

3 Psychologie als Ersatz für Ideologie

Dem allgemeinen Regressionsdruck der Gesellschaft auf die Psyche korrespondiert ein *Zerfall traditioneller Normensysteme und Ideologien,* denn deren Basis ist durch die neuen Vergesellschaftungsformen gründlich zerstört worden. Sinnstiftende Deutungssysteme gehören der Vergangenheit an und lassen in und zwischen den Subsystemen des Alltags sowie in den fragmentarisierten Bereichen der menschlichen Psyche Löcher, Risse, offene Widersprüche zurück (Instit. f. Soz.forsch., 1956, 176ff.; HABERMAS, 1973; BRÜCKNER, 1972, 51f.; NEGT/KLUGE, 1972, 283f.; SCHÜLEIN, 1978, 431ff.). Eine Bewußtmachung dieser Widersprüche und eine kollektiv-politische Entfaltung verschütteter oder neu entstandener Bedürfnisse, Sehnsüchte und Hoffnungen mit Mitteln einer aufgeklärten Psychologie hätte jetzt der Entwicklung zur ‚Psychologisierung des Alltags' eine positive politische Dimension geben können. Als „momentanisierte Persönlichkeiten", mit ihrem Bedürfnis nach Vereinfachung komplexer gesellschaftlicher Sachverhalte neigen die Individuen jedoch dazu, diese Möglichkeiten zu verschütten, die entstandenen „Löcher" notdürftig wieder zu stopfen. Auf Grund des „Fehlens subjektiver und gesellschaftlicher Interaktionskompetenz, deren Entwicklung allerdings nicht zuletzt durch ... an privatistischen Interessen orientierten Soziotechniken verhindert wird" (SCHÜLEIN, 1976, 13) sind sie bereit, jeweils wechselnde „Leitbilder" an die Stelle der alten kohärenten „Weltbilder" treten zu lassen.

Als Reflex auf die objektive Verschärfung psychosozialer Konfliktbereiche sind moderne, reduktionistische Psychologien entstanden, welche nun ihrerseits als sinnstiftende Surrogate auf die Situation der Subjekte zurückwirken. Der „*Psychoboom*" auf wissenschaftlichem, literarischem und therapeutischem Gebiet ist mithin *Ausdruck* und *Produzent* der ‚Psychologisierung des Alltags'. Das hat SCHÜLEIN (1976) sehr deutlich am Beispiel der Pragmatischen Kommunikationstheorie von WATZLAWICK u.a., HORN (1969b, 267) am Begriff „basic assumptions" von BION herausgearbeitet: Der Reduktionismus besteht darin, daß hier psychologische Zusammenhänge konstruiert und neue Kategorien entwickelt werden, die, per se eines gesellschaftlichen Gehalts mehr oder weniger entkleidet, *alles* als Problem der Subjekte in ihrer je aktuellen Befindlichkeit interpretieren. Damit paßt sich Theorie ans empirische Bewußtsein in seiner geschichts- und darin ursachenblinden Fixierung ans Hier und Jetzt in anthropologisierender Weise an. Nach HORN (1969b, 267) bezeichnet etwa BROCHER, der sich teilweise auf BION stützt, die Gegebenheiten menschlicher Entwicklungs- und Sozialisationsprozesse ganz offen als anthropologische Realität.

Einer realhistorischen ‚Psychologisierung des Alltags' entspricht also zugleich eine Banalisierung, eine *Veralltäglichung der Psychologie.* Sie wird im Extremfall zur naiven Ausweitung des allgemeinen common-sense. HEIDER, der ‚Psychologe des gesunden Menschenverstandes' weist die Sozialpsychologen auf den richtigen Weg: „..., nach dem Motto GOETHES: Greif nur hinein ins volle Leben, und wo ihr's packt, da ist es interessant" (1977, 25). Die neuen handlichen, leicht verständlichen und umstandslos gegeneinander austauschbaren Psychologien verleihen der ‚Psychologisierung des Alltags' den *Schein einer wissenschaftlichen Objektivität.* Dieser Schein drückt sich auch in einer *Anreicherung der Alltagssprache durch psychologisches Vokabular* aus, wodurch in der Regel das Leiden nur etikettierend verschleiert statt abgeschafft wird. „Diese Maßnahmen haben aber ebensoviel Einfluß auf die nervösen Leidenssymptome wie die Verteilung von Menukarten zur Zeit einer Hungersnot auf den Hunger" (FREUD, 1910, 123). In dem Maße, wie die wirklichen gesellschaftlichen Bedingungen der Subjekte sich in schlechte Unmittelbarkeit verflüchtigen, und die Objekte austauschbar werden, werden jene Begriffe, die doch gerade zur Aufklärung emotionaler und intersubjektiver Vorgänge beitragen könnten, selber formal und inhaltsleer. Das Wort darf nur noch bezeichnen, nichts mehr bedeuten und erstarrt schließlich zur Formel (vgl. HORKHEIMER/ADORNO, 1971, 147ff.). Stereotypisierung von Sprache zu einem „affektneutralen Zeichensystem" (LORENZER, 1970, 85) gilt auch für die Hereinnahme von Begriffen in die öffentliche Sprachregelung, die ursprünglich explizit mit der Vorstellung sozialer Befreiung verbunden waren: ‚Solidarität', ‚Emanzipation', ‚Humanisierung', ‚Kreativität' etc. Neuen, den herkömmlichen Alltag potentiell sprengenden Bedürfnissen gegenüber besteht immer die Gefahr durch den allgemeinen Psychologisierungsdruck ins Bestehende (re-) integriert zu werden.

Hierzu kommt der *kommerzielle Charakter*, der den neuen Modepsychologien anhaftet. Derart standardisiert ist eine Industrialisierung des Bewußtseins möglich, auch und gerade durch Theorien unterstützt, welche gesellschaftliche Einsicht vermitteln könnten. Auf das allgemeine Therapiebedürfnis wird mit steigenden Angeboten reagiert, es ist ein regelrechter *„Psychomarkt"* entstanden, der den gleichen Verwertungsgesetzen unterworfen ist wie andere Bereiche spätkapitalistischer Realität. Der *Konsum* nicht nur von herkömmlichen Waren und Dienstleistungen, sondern von Psychologien, Tests, Therapien, Gruppen, Ratgebern, Psychospielen, Psychopharmaka etc. bekommt „den Charakter einer sozialintegrativen Leitfunktion" (Brückner, 1972, 55). Sinnstiftend wirken weniger die Inhalte und Aussagen der einzelnen Angebote, sondern eher deren Verzehr – ein Konsum, der sich bei gelegentlichem Wechsel der Marken immer wiederholen muß. Ähnlich wie die Werbung an die Waren gekoppelte Phantasiewerte, verkaufen die Agenten des Psychomarktes in Glücksversprechen gekleidete komplette Weltanschauungen (vgl. Negt/Kluge, 1972, 286ff.).

4 Psychotherapeutisierung des Alltags

Alle neuen Therapieformen, welche versprechen, im Rahmen dieser Gesellschaft Erfüllung, Befreiung, Transzendenz, zumindest aber friedliche Versöhnung zu verschaffen, sind Bestandteil dieser Verbraucherkultur. Sie passen letztlich an jene Verhältnisse an, die den Leidensdruck erst geschaffen haben. Das kann nicht bedeuten, auf Psychotherapie überhaupt zu verzichten, denn das wäre der Aktualität psychischer Verelendung gegenüber eine zynische Parole. Es geht hier aber um allgemeine Gefahren einer psychotherapeutischen Durchdringung auch der letzten Nischen des Alltags: Die Vielzahl der Behandlungsmethoden täuscht darüber hinweg, daß die von Kovel als „fetischistisch" bezeichneten Therapien zur kaum unterscheidbaren Massenware werden (1977, 271). Mit ihnen wird der Verbraucher beliefert in der Absicht, gerade *seinem* ‚level' zu entsprechen und *seine* Subjektivität zur Entfaltung zu bringen (vgl. Horkheimer/Adorno, 1971, 101f.). Die *Verallgemeinerung eines psychotherapeutischen Standpunktes* ist Bestandteil der ‚Psychologisierung des Alltags', nicht nur der Wildwuchs der Therapie*formen* alleine. Therapie „entwickelt sich zur Unterabteilung der ‚menschlichen Beziehungen' und schmeichelt sich bei Konzernherren und Militärs ein; die Therapeuten werden zu Ablaßhändlern, die Lebensregeln und andere Wertbegriffe unters Volk bringen" (Kovel, 1977, 271).

5 Psychologisierung frühkindlicher Erziehung

Der Zerfall der bürgerlich-patriarchalen Familie hat zu einer kognitiven Verunsicherung und affektiven Versagung der Eltern gegenüber ihren Kindern geführt (Ziehe, 1975, 109–115). Damit verlor die traditionelle Eltern-Kind-Beziehung ihre Selbstverständlichkeit und Naturwüchsigkeit, aber auch ihren autoritären Charakter. Es entsteht die Gelegenheit, die überkommenen Erziehungsstile zu hinterfragen und alternative Formen von Sozialisation zu entwickeln (wie es ja auch in der Kommunebewegung und der Wohngemeinschaftsdiskussion geschehen ist). Zugleich erzeugte die *Art* dieser tiefgreifenden Verunsicherung der Sozialisierenden jedoch den Wunsch nach psychischer Entlastung, nach Vereinfachung des komplexen Sozialisationsgeländes und nach Kompensation ihrer Hilflosigkeit. Diese Bedürfnisse ermöglichen eine blühende Konjunktur von Ratgebern und Anleitungen zur richtigen Erziehung, welche dann wieder, durch den weitgehenden Verzicht einer Thematisierung der neuen Konfliktbereiche und ihrer gesellschaftlichen Ursachen, auf die Einstellungsweisen der Eltern zurückwirkt.

Die Psychologisierung wird etwa dadurch verdoppelt, daß als Ersatz für eine unmöglich gewordene empathische Bezugnahme auf Säuglinge, deren Aufzucht und Pflege mit einem Erziehungsleitfaden in der Hand erfolgt. Besonders gravierend wirkt sich das aus, wenn an die Stelle duldsamer Einfühlung eine äußerliche Kontrolle über Reifung und Entwicklung des Säuglings erfolgt. Ein Spielraum für die freie Entfaltung kindlicher Subjektivität wird zerstört, wenn anhand populärwissenschaftlicher Entwicklungsschemata jede Abweichung von den *zur Norm erhobenen Durchschnittswerten* registriert und womöglich dem Kinderarzt oder gar -psychiater gemeldet wird. Die Psychologisierung des Säuglings und *seiner* Art von Alltagspraxis setzt paradoxerweise ein, noch ehe sich überhaupt eine konturierte psychische Struktur herausbilden konnte. Das Baby, nicht die zerstörte Zwischenmenschlichkeit der Erwachsenenwelt, wird zum Problem, und das manchmal schon vor seiner Geburt.

6 Psychologisierung und Widerstand

Die ‚Psychologisierung des Alltags' besteht in einem Zirkel von psychischer Verelendung und psychotechnischer Versorgung. Nur eine Sozialpsychologie, die nicht bereit ist, die gesellschaftliche Herkunft und Vermitteltheit psychologisch-empirisch aufweisbarer Tatbestände zu unterschlagen, kann dem Druck widerstehen in diesen Zirkel mit hineingerissen zu werden. Eine sozialwissenschaftlich orientierte Psychologie könnte durchaus „psychosoziale Aufklärung" leisten, wie ENKE es postuliert und mit dieser Aufklärungsfunktion den positiven Charakter der unaufhaltsamen „Psychologisierung der Gesellschaft" zu bestimmen versucht (1976, 14). Aber die geforderte Hinwendung zum „primären sozialen Feld" ist gerade *nicht* zu verwechseln mit Prophylaxe, mit der Anleitung zu besserer psychohygienischer Selbstvorsorge, wie ENKE das tut, wenn er etwa fordert: „Die bakterielle Hygiene muß heute ergänzt werden durch eine psychosoziale Hygiene in den menschlichen Beziehungen" (1976, 14). Den Zusammenhang von gleichzeitiger Entfaltung und Verschüttung von Subjektivität unter den neuen Vergesellschaftungsbedingungen gilt es aufzuklären. Selbstkritisch ihrer eigenen jüngsten Geschichte gegenüber hätte eine Sozialpsychologie zu analysieren, *warum* und *wie* psychologische Theorien und Therapien zum Ausdruck und Produzenten der ‚Psychologisierung' werden konnten (s.o.).

Dazu würde eine sorgfältige und differenzierte Einschätzung dieser Ansätze gehören (vgl. SCHÜLEIN, 1978; KEUPP/ZAUMSEIL, 1978). Eine *vergleichende Therapieforschung* müßte herausarbeiten, daß hier nicht nur Tendenzen zur Vermarktung und Versöhnung mit sich und der Umwelt existieren, sondern die Aktivitäten einer Reihe neuerer Therapieformen *emanzipatorische Momente* enthalten: die Zulassung und systematische Betonung *affektiver* und *körpersprachlicher* Prozesse und die Schaffung zumindest der Möglichkeit, das Leiden nicht mehr privat zu erdulden, sondern es auszudrücken, es mit anderen Betroffenen zu diskutieren und evtl. ein gemeinsames Handeln zu entwickeln.

Damit bekommt die ‚Psychologisierung des Alltags' *auch* eine positive Dimension. Das gilt auch für die Seite der empirischen Subjekte und ihrer Alltagsrealität selber: Es ist *zweifelhaft*, ob das „pauperisierte" Alltagsleben aufgehört hat, Subjekt, d.h. reich an möglicher Subjektivität, zu sein, und zum bloßen Objekt der gesellschaftlichen Organisation geworden ist, wie LEITHÄUSER behauptet (1976, 52–59). Es ist nicht ausgemacht, ob die Annexion von Phantasien, Emotionen und Wünschen durch kapitalistische Verwertungsstrategien bei dem gegenwärtigen Überhang von Subjektivität vollends gelingen kann, wenn diese Strategien den Überhang gerade vergrößern und den Druck auf die Psyche erhöhen. Die Fragmentarisierung des Alltags und der Psyche in isolierte und oft gegeneinander organisierte Teilbereiche, ein System widersprüchlicher Normen, Regeln und Verhaltenszumutungen erschweren es zunehmend, die Risse und „Löcher im Vergesellschaftungsprozeß" (BRÜCKNER, 1978b, 83) mittels wechselnder Leitbilder zu kitten.

Das gesellschaftlich produzierte Leiden ist ein Leiden an der Gesellschaft – ein Bewußtsein davon, wie krude auch immer, macht sich breit. Das ist noch kein Widerstand, und der Rückfall in psychologisierende Vereinfachung der Verhältnisse und in einen Dauerkonsum Veränderung vorgaukelnder Psychotechniken nicht vermieden. Aber selbst die unreflektierteste Forderung nach Befriedigung im Hier und Jetzt hat etwas Unverschämtes und Drängendes, gerade wegen ihres zeitlosen Charakters, denn sie wird nicht nur heute, sondern immer wieder aufgestellt werden. Das Drängende eines *aktiven Wünschens* und die unendliche Verschiebbarkeit des Wunsches, der zwar auch, aber niemals endgültig an die Surrogatwelt der Kulturindustrie gebunden sein kann, sind für STORGARD/SLOTH (1978) das entscheidende Ergebnis der gesellschaftlichen „Freisetzung von Subjektivität". Wunschproduktion kann die passive Auslieferung an die Widersprüchlichkeiten des Alltags überwinden, allerdings nicht in Form einer beschaulichen Pflege der neuen Innerlichkeit,

sondern nur durch öffentliche Artikulation und gemeinschaftliche Bearbeitung. „Ein Wunsch muß als Forderung präsentiert und von einer Bewegung repräsentiert werden, die kollektiv den Wunsch zur Entfaltung bringt" (1978, 37). Die Entwicklung einer Vielzahl alternativer Lebensformen könnte das ermöglichen: „Artikulation und Vertretung eigener Bedürfnisse erscheinen als Maß des *Widerstands* gegen die soziale Integration in den industrialisierten Staaten. Dieser Widerstand muß freilich seine psychische Organisation finden: in der Form einer – nur kollektiv zu entwickelnden – *Gegenidentität* des Einzelnen. Dazu bedarf es also eines alternativen *Gegenmilieus*" (BRÜCKNER, 1978b, 79; Hervorh. i. Orig., R.P.).
Als noch unentfaltete Keime im psychologisierten und psychologisierenden Alltag bereits enthalten, könnten Formen von Politik ohne Ausgrenzung des „subjektiven Faktors" entstehen, welche zu einer radikalen „Umwälzung von Alltäglichkeit und Subjekt" (BRÜCKNER, 1978, 81) beitragen würden: als *Einheit von Widerstand und Leben.*

Verweis auf andere Stichwörter

→Common-Sense-Psychologie →Entfremdung →Handlungsforschung →Identität und Selbstkonzept →Psychologismus →Psychotherapie →Warenästhetik und Werbung

Literatur

ADORNO, TH. W.: Zum Verhältnis von Soziologie und Psychologie. In: ADORNO, TH. W.: Gesammelte Schriften, Bd. 8. Frankfurt/M.: Suhrkamp 1972, S. 42–86.

BRÜCKNER, P.: Zur Sozialpsychologie des Kapitalismus – Sozialpsychologie der antiautoritären Bewegung I. Frankfurt/M.: Europäische Verlagsanstalt 1972.

BRÜCKNER, P.: Versuch, uns und anderen die Bundesrepublik zu erklären. Berlin: Wagenbach 1978a.

BRÜCKNER, P.: Thesen zur Diskussion der „Alternativen". In: BRÜCKNER, P., u.a.: Autonomie oder Getto? Kontroversen über die Alternativbewegung. Frankfurt: Neue Kritik 1978b, S. 68–86.

ENKE, H.: „Die Psychologisierung der Gesellschaft ist nicht aufzuhalten" (Interview). psychologie heute, 11, 1976, S. 13–19.

FREUD, S.: Über „wilde" Psychoanalyse. In: FREUD, S.: Gesammtelte Werke, Bd. VIII. Frankfurt/M.: Fischer 1969, S. 117–127.

HABERMAS, J.: Legitimationsprobleme im Spätkapitalismus. Frankfurt/M.: Suhrkamp 1973.

HEIDER, F.: Der Psychologe des „gesunden Menschenverstandes" (Interview). psychologie heute, 10, 1977, S. 23–25.

HORKHEIMER, M./ADORNO, TH. W.: Dialektik der Aufklärung. Philosophische Fragmente. Frankfurt/M.: Fischer 1971.

HORN, K.: Zur Formulierung der Innerlichkeit. In: SCHÄFER, G./NEDELMANN, C. (Hrsg.): Der CDU-Staat 2 – Analysen zur Verfassungswirklichkeit der Bundesrepublik. Frankfurt/M.: Suhrkamp 1969a, S. 315–355.

HORN, K.: Politische und methodologische Aspekte gruppendynamischer Verfahren. Das Argument, 50, 1969b.

Institut für Sozialforschung: Soziologische Exkurse. Nach Vorträgen und Diskussionen. Frankfurt/M.: Europäische Verlagsanstalt 1956.

KEUPP, H./ZAUMSEIL, M.: Die gesellschaftliche Organisierung psychischen Leidens. Zum Arbeitsfeld klinischer Psychologen. Frankfurt/M.: Suhrkamp 1978.

KOVEL, J.: Kritischer Leitfaden der Psychotherapie. Frankfurt/M.: New York: Campus 1977.

LEITHÄUSER, T.: Kapitalistische Produktion und Vergesellschaftung des Alltags. In: LEITHÄUSER, T./HEINZ, W. R.: Produktion, Arbeit, Sozialisation. Frankfurt/M.: Suhrkamp 1976, S. 48–69.

LORENZER, A.: Sprachzerstörung und Rekonstruktion. Vorarbeiten zu einer Metatheorie der Psychoanalyse. Frankfurt/M.: Suhrkamp 1970.

MENTZOS, S.: Interpersonale und institutionalisierte Abwehr. Frankfurt/M.: Suhrkamp 1976.

MITSCHERLICH, A.: Auf dem Weg zur vaterlosen Gesellschaft. Ideen zur Sozialpsychologie. München: Piper 1973.

NEGT, O./KLUGE, A.: Öffentlichkeit und Erfahrung. Zur Organisationsanalyse von bürgerlicher und proletarischer Öffentlichkeit. Frankfurt/M.: Suhrkamp 1972.

ROSENWALD, G. C.: Zum Objektivierungsproblem in der Gruppenpsychologie. In: HORN, K. (Hrsg.): Gruppendynamik und der ‚subjektive Faktor'. Repressive Entsublimierung oder politisierende Praxis. Frankfurt/M.: Suhrkamp 1972, S. 394–441.

SCHÜLEIN, J. A.: Psychotechnik als Politik. Zur Kritik der Pragmatischen Kommunikationstheorie. Frankfurt/M.: Syndikat 1976.

SCHÜLEIN, J. A.: Psychoanalyse und Psychoboom. Bemerkungen zum sozialen Sinnkontext therapeutischer Modelle. Psyche, 5/6, 1978, S. 420–441.

STORGARD, F./SLOTH, E. KR.: Wunsch und Praxis. Fragmente. Ästhetik und Kommunikation, Dezember 1978, S. 30–45.

ZIEHE, T.: Pubertät und Narzißmus. Sind Jugendliche entpolitisiert?. Frankfurt/M., Köln: Europäische Verlagsanstalt 1975.

Rolf Pohl

Psychologismus

P. bezeichnet *generell* die unangemessene Überbewertung oder Eigenständigkeit des Psychischen bzw. der Psychologie im System der Wissenschaften und wird in der Regel als Vorwurf oder Verdacht solchen Aussagen gegenüber geäußert, die den – erkenntnistheoretisch uneinlösbaren – Anspruch erheben, alle menschlichen (persönlichen, sozialen) Phänomene bzw. alle humanwissenschaftlichen Disziplinen ließen sich letztlich (notwendigerweise, kausal, deterministisch) auf Psychisches bzw. Psychologie zurückführen (reduzieren). *Konkret* tritt der P. in unterschiedlichen Formen auf, die bestimmt werden dadurch, was unter Reduktion oder Psychologie verstanden und wie das Verhältnis von Psychischem/Nichtpsychischem begriffen wird. Die derzeit *aktuelle* Diskussion bezieht sich auf die Bestimmung des Wechselverhältnisses von Gesellschaft und Individuum.

1 Erscheinungsformen

P. ist generell eine *mögliche* Folge des analytischen Denkens, welches die Hauptströmungen der abendländischen Philosophie kennzeichnet.

Die wissenschaftliche Untersuchung der komplexen Realität ist nach dieser Auffassung – am ehesten – möglich dadurch, daß die Welt zuerst in verschiedene Bereiche zergliedert und u. U. hierarchisiert vorgestellt wird (das Materielle, das Soziale, das Psychische usw.; s. ERLENKÄMPER, 1976, 133ff.), für die dann je nach der Dringlichkeit, sie gesondert zu untersuchen, nach dem Prinzip der Arbeitsteilung eigenständige (autonome) Disziplinen für (allein-)zuständig erachtet und institutionalisiert werden (psychisch wird dann in der Regel mit psychologisch gleichgesetzt; von daher die – an dieser Stelle – verkürzende Schreibweise: psych[olog]isch); zu allerletzt wird angenommen, daß die Integration von Forschungsbefunden aller Disziplinen die Erkenntnis bzw. die (Re-)Konstruktion der komplexen Realität bedeutet. In diesem Modell darüber, wie Erkenntnis zustandekommen kann, kann die Gefahr des P. einsetzen, sobald danach gefragt wird, wie Erkenntnisse über verschiedene Bereiche aufeinander zu beziehen (zu reduzieren) oder ineinander zu integrieren sind und wenn dann nur zwei Beantwortungsversuche betrachtet werden: (a) Psychisches ist grundlegend und Psychologie mithin die primäre oder die Einheitswissenschaft, aus der alle Phänomene bzw. Disziplinen abzuleiten sind (ERLENKÄMPER, 1976, 74ff.); (b) Psychisches ist eine eigene, unverwechselbare Qualität und Psychologie mithin eine autonome, d.h. eine unter allen anderen Disziplinen gleichberechtigte Disziplin, deren Erkenntnisse einen eigenständigen, von denen anderer Disziplinen unabhängigen Beitrag liefern.

Aus dieser analytischen Vorstellung über die Erkenntnismöglichkeit der komplexen Realität ergeben sich verschiedene konkrete Erscheinungsformen des P.; ihre Vielfältigkeit soll im folgenden durch die Beantwortung von drei Fragen dargestellt werden:

1.1 Was heißt reduzieren?

Unter Reduktion, als einem der Kernbegriffe des P., wird das (logische) Vorgehen verstanden, Gegenstandsbereiche, Theorien oder Hypothesen einer Disziplin, auch diese selbst, in das Aussagengefüge einer anderen (hier: Psychologie) einzugliedern bzw. durch dieses zu ersetzen. Ersetzen kann bedeuten, daß ein nichtpsych(olog)ischer Sachverhalt mit

– Psychischem bzw. psychologischen Begriffen *beschrieben* wird. Z.B.: Die Gesellschaft verdrängt den Tod; sie ist ein Superindividuum; sie hat Interessen;

– Psychischem bzw. psychologischen Hypothesen *erklärt* (logisch abgeleitet, als logische Implikation begriffen), aber auch vorausgesagt und in der außeruniversitären Praxis kontrolliert wird. In seiner vulgärsten Form liegt P. vor, wenn in Psychischem die entscheidende, angemessene Bedingung bzw. in psychologischen Hypothesen und Theorien die entscheidende (kausale, deterministische) Erklärung vermutet wird (*Monismus*). Diese Erklärungsbehauptung ist oft aus verdeckten Formulierungen herauszulesen wie „Soziales ist eine Form von, zu beziehen auf, zu verstehen als, zu analysieren als". Z.B.: Diebstahl entsteht aus dem Greifimpuls des Menschen (DE BOOR); Manager werden nicht vom Profitdenken gesteuert, sondern von Aberglaube und dunklen Trieben (PAGE); Religion und Ideologie sind Folge psychischer Individualität (FREUD); Krieg ist Produkt des Aggressionstriebs (GLOVER); An- und Abstieg nationaler Indizes des Leistungsmotivs gehen wirtschaftlichem Auf- und Abschwung voran und nicht umgekehrt (HECKHAUSEN). – Dieser *traditio-*

nelle P. ist zwar wissenschaftlich umstritten, wird aber durch schul- oder populärwissenschaftliche Sachbücher aufrechterhalten bzw. als neuester Schrei der „Psychologie“ verkauft.
Von Erklärungsbehauptungen ausgehend ist der Schritt nicht weit zur Annahme, mit Psychologie könnten auch die Probleme der alltäglichen *Praxis* gelöst werden. So wird Psychoanalyse zur Therapie der Kultur erhoben (FROMM); da Krieg in den Köpfen der Menschen beginnt, muß politischer Friede vom Geist her als privater Friede aufgebaut werden, z.B. durch Kontrolle aggressiven Verhaltens (durch Sport) oder durch Abbau von Feindbildern (KELMAN); da politische Katastrophen von psychopathischen Politikern verursacht werden, sollten Diplomaten einer regelmäßigen psychiatrischen Überwachung unterzogen werden (FRANK); psychologisch gezielte Gesten eines Landes führen zur Minderung internationaler Spannungen (ETZIONI).

1.2 *Was wird reduziert?*

In der Regel werden *nichtpsychische (Einzel-) Sachverhalte, nichtspsychologische Theorien* oder *nichtpsychologische Disziplinen* reduziert. Was jeweils darunter zu verstehen ist, variiert von Disziplin zu Disziplin.
So wird in der *Philosophie* vor allem des 19. Jahrhunderts behauptet, die Psychologie könne alle philosophischen Fragen beantworten (*logischer P., ethischer P., ästhetischer P.*), da sie als grundlegende Wissenschaft alles Geistige einschließt. Von herausragender Bedeutung war der *erkenntnistheoretische P.*, demzufolge Erkenntnis nur durch Konstruktion subjektiver Erfahrungselemente (Methode: Introspektion) möglich war (Vertreter: FRIES, BENEKE; Gegenposition: *Anti-P.*, Vertreter: HUSSERL, CARNAP; s. dazu PFEIL, 1973; sekundär: ERLENKÄMPER, 1976, 125ff.).
In *sozialwissenschaftlichen Richtungen der Psychologie* (Kritische Psychologie, HOLZKAMP, 1972; Kritik der Psychologie, BRUDER, 1973; Freudomarxismus, GENTE, 1972) sowie in einigen Bereichen der *Soziologie* bezieht sich der P.-Vorwurf auf das Verhältnis von Gesellschaft und Individuum bzw. auf das Problem der Vergesellschaftung personalen Handelns oder des sozialen Handelns. Der P.-Verdacht wird hier ausgesprochen, wenn beide Fragen individualistisch beantwortet werden.

Diese derzeit aktuelle P.-Debatte geht auf zwei gegensätzliche philosophische Positionen zurück (Holismus/Atomismus), die sich in der Psychologie als Gestalt-/Assoziationspsychologie, in den Sozialwissenschaften als Kollektivismus/Individualismus ausprägen. Ihnen liegen jeweils unterschiedliche Gesellschafts- und Menschenbilder zugrunde (implizite Auffassungen über das „Wesen“ der Gesellschaft bzw. des Menschen). Nach *holistischer* Auffassung stellen soziale Gebilde (Gesellschaften, Institutionen, Gruppen) Ganzheiten eigener Gesetzlichkeit dar, die mehr als die Summe ihrer Teile (Individuen) sind; zugleich werden Menschen als unter historisch wandelbaren Bedingungen vergesellschaftete Subjekte, ihre Verhaltens- und Erlebensweisen als gesellschaftlich vermittelte begriffen. Nach *individualistischer* Auffassung sind Menschen selbständige Einzelpersönlichkeiten, deren Rechte und Interessen von Gesellschaft unabhängig, ja ihr vorgeordnet sind; zugleich wird angenommen, daß nur Individuen verantwortlich sind für das, was auf der sozialen oder gesamtgesellschaftlichen Ebene passiert, und daß sie der empirische und theoretische Ausgangspunkt zur Erkenntnis sozialer Zusammenhänge sind; soziale Gebilde sind nicht wirklich, sondern gedankliche Produkte. – Beide Auffassungen werden durch „methodologisch“ ergänzt, wenn sie zu Handlungsanweisungen konkreter Forschungspraxis präzisiert werden. *Methodologischer Holismus* (auch m. Kollektivismus, m. Sozialismus) besagt, daß soziale Gebilde durch eigenständige, nicht zu reduzierende Disziplinen und nicht durch (Wissenschaften über) Individuen zu untersuchen sind; zugleich, daß Verhaltensweisen von Individuen auf Merkmale sozialer Gebilde (z.B. materiale Lebensumstände; ökonomische Grundlagen) reduziert werden müssen, nur durch diese verstanden werden können (vertreten im Marxismus, in Systemtheorien). *Methodologischer Individualismus* besagt, daß der Mensch aus sich heraus, d.h. durch Analyse seiner Elemente (z.B. Wahrnehmung, Denken, Lernen, Motive) und ohne Bezug auf gesellschaftliche Bedingungen verstanden werden kann (wenn schon Reduktionen vorgenommen werden müssen, dann auf Biologie oder Biochemie); zugleich, daß soziale Gebilde durch Individuen und Beziehungen zwischen Individuen analysierbar, d.h. kollektive Merkmale durch solche von Individuen (oder ihrer Kombination) definierbar und erklärbar sind (vertreten im kritischen Rationalismus und – wenn auch umstritten – in seinen humanwissenschaftlichen Konkretionen der naturwissenschaftlichen, nomothetischen Psychologie oder der verhaltenstheoretischen Soziologie).

P. ist vor diesem Hintergrund die Kombination von methodologischem Individualismus und Psychologie. Nach den zwei Faktoren Gesellschafts- und Menschenbild sind zwei Formen auseinanderzuhalten. P. kann sich ergeben,

– wenn das *Menschenbild* des methodologischen Individualismus die Analyse *psych(olog)ischer Themen* bestimmt und wenn diese nur mit Theorien der Psychologie für durchführbar angesehen wird. In diesem *ersten Sinn* ist P. der Versuch, Psychisches nur durch Psychologie zu erklären, die Auffassung, Psych(olog)isches nicht auf andere Disziplinen reduzieren zu brauchen, oder die Einstellung, psychologische Hypothesen als autonomen Beitrag zu Zusammenhangsvermutungen anderer, vor allem sozialwissenschaftlicher Disziplinen zu betrachten, der diese modifiziert bzw. durch diese bestenfalls relativiert wird. In diesem Sinn ist P. (HORN, 1973) die Reduktion der Wirkungszusammenhänge psych(olog)ischer Phänomene auf einen Bezugsrahmen, der das Subjekt von gesellschaftlicher Praxis isoliert (z. B.: Das Auftreten aggressiven Verhaltens ist von Verstärkungsplänen abhängig; Erfolg ist durch die eigene Person bestimmt). – Eine Variante ist der *Sozial-P.*, eine Mischung aus FREUDscher Psychoanalyse und Quasi-MARXscher Soziologie (das Verständnis des Menschen ist das Verständnis der Qualität von emotionalen Beziehungen bzw. von Interaktionen zwischen Menschen; BARAN, 1973). – Diese erste Seite des P. bestimmt vor allem die P.-Diskussion in der Psychologie und löst z.T. die Kontroverse zwischen zwei Psychologien aus (s. u.);

– wenn das *Gesellschaftsbild* des methodologischen Individualismus die Analyse *sozialer/soziologischer Themen* bestimmt und wenn diese nur mit Theorien der Psychologie für durchführbar angesehen wird. In diesem *zweiten Sinn* ist P. der Versuch, Gesellschaftliches auf Psychisches (HORN, 1975), soziale Phänomene und Gesetze auf psych(olog)ische Phänomene und Gesetze zu reduzieren, in der Regel zu erklären. Die Erklärung wird dabei ermöglicht durch die Behauptung, Soziales gehe unmittelbar (s. o. traditioneller P.) oder mittelbar aus der Kombination von Aussagen über Individuen hervor (z. B.: Krieg ist die Summe individueller Aggressionen, nach SENGHAAS; die Möglichkeit eines Nuklearkriegs besteht solange, bis wir unsere Einstellungen gegenüber zahlreichen Mitmenschen geändert haben, TRIANDIS; Wirtschaftskrisen werden versehentlich durch wohlmeinende Bankiers und Politiker verursacht; die materiellsten finanziellen oder ökonomischen Bewegungen beruhen letztlich auf moralischen Faktoren, PIAGET; die Theorie des Führungsduals in Kleingruppen erklärt die Unbeliebtheit der Deutschen, HOFSTÄTTER). – Diese zweite Seite des P. wird vorwiegend von Wissenschaftstheoretikern der Soziologie diskutiert (s. dazu BÜHL, 1974; EBERLEIN/KONDRATOWITZ, 1977; VANBERG, 1972; auch: ERLENKÄMPER, 1976).

Vereinzelt werden auch in der *Politologie* psychologische Reduktionen vorgenommen. LASSWELL z. B. führt das Verhalten führender Politiker auf ihre Triebstruktur zurück (ihre Sorge um das Gemeinwohl ist nur vorgespielt, weil im Grunde rationalisierende Sublimation unbefriedigter Bedürfnisse) oder EASTON zieht kollektive (aggregierte) Verhaltensdispositionen, Wert- und Einstellungssyndrome zur Erklärung politischer Machtstrukturen bzw. zur Stabilisierung politischer Systeme in Krisensituationen heran. Diese Form reduzierender Forschung wird mit P., bisweilen auch mit *Behavioralismus*, bezeichnet (Gegenposition: *Autonomismus*; s. dazu MERKL, 1965; LEHNER in EBERLEIN/KONDRATOWITZ).
Eine Liste an Phänomenen, die je nach Disziplin zu unterschiedlichen Formen des P. reduziert werden, wird mit dem Verweis auf *Geschichtswissenschaft* (WEHLER, 1971), *Volkswirtschaft* (HAYEK, 1948) und *Psychiatrie* (SZASZ, 1978) abgeschlossen.

1.3 Worauf wird reduziert?

Auch hier werden sehr unterschiedliche Antworten gegeben. Zum einen wird auf die jeweils als *akademisch anerkannte Psychologie* (gegenwärtig: naturwissenschaftliche, behavioristische, nomothetische, kognitive) oder *Psychoanalyse* reduziert. Die Reduktion von Soziologie auf Psychologie (HUMMELL/OPP, 1971) bzw. von soziologischen Theorien (z. B. sozialer Schichtung) auf SKINNERS Lerntheorie (OPP, 1972) sind solche Reduktionen. Zum anderen wird auf *Psychisches, Allgemeinmenschliches* (psychische Grundausstattung des Menschen, POPPER; Verständnis für Situationen, HOMANS), *Zwischenmenschliches* in Abgrenzung von Individualpsychologischem (als Gegensatz zu Sozialpsychologischem), *Individuen, Subjekte* oder die *Individualität konkreter Personen* reduziert. Wenn dies alles mit Psychologie bezeichnet wird, gehen oft *private Alltagspsychologien, überholte Fachpsychologien* (Instinkt- und Affekttheorie, POPPER) oder *Humanethologie* ineinander über. – Mit den

Objektbereichen reduzierender psychologischer (oder als solcher verstandener) Theorien lassen sich weitere Formen des P. kategorisieren: *Personalisierung* wird als Reduktion auf Persönlichkeitspsychologie verstanden (Politik ist angewandte Charakterologie, Baumgarten), *Klinifizierung* als Reduktion auf Psychiatrie oder klinische Psychologie (Studentenbewegung als Revolution der Gestörten, Grossarth-Maticek) und *Naturalismus* (auch Anthropologismus, Biologismus) als Reduktion auf physiologische Psychologie oder Motivationsforschung (kollektive Bedürfnisse, Hondrich).

2 Die aktuelle Diskussion

Der erste Abschnitt nannte die unterschiedlichen Bedingungen, die zu unterschiedlichen und auch zu unterschiedlich aktuellen Formen des P. führen können. Da die Unterschiedlichkeit der Bedingungen nicht immer deutlich genug betont wird, sind in P.-Diskussionen einige Unklarheiten, Mißverständnisse und Verzerrungen zu verzeichnen, die mit sich bringen, daß sich die Disziplinen, vor allem die Psychologie, vom P.-Vorwurf unterschiedlich betroffen wahrnehmen. Dies mag daran liegen, daß der P. im Grunde immer die Fragestellungen und Erkenntnisse von zumindest zwei Disziplinen einschließt, er weniger ein disziplinäres, vielmehr ein zumindest *bidisziplinäres Problem* ist. Die Diskussionen über konkrete P.-Vorwürfe beeindrucken nämlich in der Regel als Kommunikationsprozeß oder als Revierkampf um Zuständigkeiten zwischen zwei Disziplinen, mit denen die Selbstverständnisse der (eigenen) reduzierten Disziplin und zugleich die Verständnisse über den Gegenstandsbereich und den Entwicklungsstand der (fremden) reduzierenden Disziplin berührt werden. *Im folgenden* soll durch die aktuelle, am methodologischen Individualismus (s.o.) orientierte Kontroverse zwischen (naturwissenschaftlicher) Psychologie/Psychoanalyse und sozialwissenschaftlicher Psychologie/Soziologie/Politologie angedeutet werden, mit welchen Merkmalen psychologische (oder als solche verstandene) Aussagen *als unangemessen begründet* werden, welche *erkenntnistheoretischen und ideologiekritischen Implikationen* diese Unangemessenheit besitzen kann und *wie sich die Psychologie in diese P.-Debatte einbezogen sieht.*

Bei sozialwissenschaftlichen Fragestellungen beginnt die Gefahr des P., wenn Psychologie als die weitestentwickelte Wissenschaft verstanden wird, die das Wesen nichtpsych(olog)ischer Sachverhalte am besten beschreibt oder erklärt und die zu einer schärferen Einsicht in die wirklichen sozialen Probleme befähigt (es ist dabei wichtig zu betonen, daß dieser Rekurs auf Psychologie sowohl von Psychologen, die den Geltungsbereich psychologischer Hypothesen überziehen, als auch von Nichtpsychologen vorgenommen werden kann, die Fragen ihrer Disziplin mit Bezug auf Psychisches bzw. Psychologie beantworten. *P. ist mithin nicht nur ein Problem der Psychologie, sondern auch ein Problem solcher Nichtpsychologen, die sich der Psychologie bedienen*). Diese Aufwertung von Psychologie schließt automatisch ein, jeweils andere Disziplinen als nicht zuständig, als weniger entwickelt, in ihrer Existenzberechtigung in Frage gestellt, gar überflüssig wahrzunehmen (im Fall der Reduktion von Soziologie auf Psychologie s. z.B. Wurm, 1974). Der Abwertung wird dann mit dem Argument begegnet, die Psychologie sei als individualistische Disziplin jenen Sachverhalten, die holistisch zu untersuchen sind, erkenntnistheoretisch *nicht angemessen*, ihre Begriffe und Theorien sind damit dem P.-Verdacht auszusetzen. Die Unangemessenheit zeigt sich daran, daß psychologische Forschung die Bedingungsvielfalt sozialer Sachverhalte auf individuelle oder psychologische Variablenzusammenhänge *verkürzt*, damit von den wahren und tieferliegenden (gesellschaftlichen, ökonomischen) Ursachen *ablenkt* und sie *entpolitisiert.* Von daher kann die Psychologie (sei es, daß Psychologen es tun, sei es, daß Psychologie vereinnahmt wird) soziale Sachverhalte weder beschreiben noch erklären.

Diese Beschreibung von Unangemessenheit ist allerdings nicht nur gültig für psychologische Erklärungen nichtpsych(olog)ischer Sachverhalte, sondern – vor allem nach Auffassung sozialwissenschaftlicher Psychologen – auch und geradezu kennzeichnend für psychologische Erklärungen psych(olog)ischer Sachverhalte, wenn diese der strikten Trennung von Psychisch und Sozial folgen. Oft im Gegensatz zu programmatischen Grundsatzerklärungen (wie sie etwa in Vorworten zu Lehrbüchern, vor allem der Sozialpsychologie, abgegeben werden) behandelt nämlich die Psychologie in ihrer Forschungspraxis Gesellschaftliches und Psychisches als voneinander unabhängig, ja sie rechtfertigt ihre Autonomie durch die analytische Trennung von Psychischem und Sozialem (die

Sozialpsychologie sollte den Sirenengesängen der Soziologie widerstehen, JAHODA), was ihr dann die Legitimation zur Beschäftigung mit Psych(olog)ischem ohne Bezug auf Gesellschaftliches – wenn auch stellenweise mit Bezug auf Biologisches – einbringt. Diese Unangemessenheit drückt sich etwa nach POLITZER (1974) darin aus, daß Psychologie *formale Verhaltensklassen* (z.B. soziale Einstellungen), mit denen die Handlungen prinzipiell eines jeden Individuums weitgehend unabhängig von seiner Rolle im gesamtgesellschaftlichen Zusammenhang beschrieben und funktional bestimmt werden (*Abstraktheit* der Psychologie), untersucht und daß nicht komplexe, reale Verhaltensprozesse konkreter Personen in unterschiedlichen Lebenszusammenhängen zum Gegenstand der Psychologie werden. Der formal-abstrakte Charakter drückt sich etwa darin aus, daß die Psychologie eher an allgemeingültigen, d.h. von Inhalten unabhängigen, Hypothesen – etwa zur Einstellungsänderung infolge ein- oder zweiseitiger Argumentationsstrategie – interessiert ist als an den Einstellungsinhalten selbst – etwa am Drogenkonsum von Personen, deren lebensgeschichtlichen Zusammenhängen und dem damit denkbaren Wechselverhältnis von Verhalten, Biographie und Wirksamkeit unterschiedlicher Argumente zu genau diesem Problem; Inhalte scheinen eher als Beiwerk, als Instrumente zur Bildung von Theorien über formale Verhaltensklassen verwendet zu werden, die gleichsam „hinter" unterschiedlichen Inhalten stehend für diese beliebig (kaum: notwendigerweise) und bestenfalls als Anhaltspunkte (heuristisch) abrufbar sind, als daß psychologische Forschungspraxis zur Bedingungsanalyse konkreter sozialer und psychischer Probleme betrieben würde. Nach POLITZER untersucht Psychologie Verhalten in ihrer Forschungspraxis nicht als gesellschaftlich vermitteltes, da sie Psychisches als eigenständig begreift (als psychologischen Aspekt eines sozialen Sachverhalts) und daher den Standpunkt einnimmt, es nur psychologisch (in der Regel durch Verhalten selbst) erklären zu brauchen, wodurch oft Individuen allein für ihr Verhalten verantwortlich gemacht werden und weniger gesellschaftliche Bedingungen; und sie die Auffassung vertritt, hier und heute entwickelte theoretische Konzepte oder (re-) konstruierte Gesetzesaussagen seien für alle Personen zu den unterschiedlichsten Epochen gültig (*Ahistorizität*).

Konsequenterweise werden auch die meisten Formen psychologischer Praxis dem P.-Verdacht ausgesetzt. Zu kurz greifen etwa die Zielsetzungen solcher Psychoanalytiker, die auf gesellschaftlichen Fortschritt durch Initiative von unten, durch Befreiung von autoritären Strukturen in der Gruppe hoffen (RICHTER), oder von Psychologen, die meinen, nur Psychologie könne zur Selbstverwirklichung des Individuums beitragen (ROGERS). Für diese Auffassungen psychologischer Praxis, die in der Beseitigung/Eindämmung der Auswirkungen gesellschaftlicher Probleme auf Verhaltens- und Erlebensweisen (z.B. Arbeitslosigkeit – Minderwertigkeitsgefühle) einen entscheidenden Beitrag zur Beseitigung des Problems sieht, die nur auf die Veränderung von Verhalten ausgerichtet sind, nicht aber Fragen der gesellschaftlichen Funktion von Einflußnahme mitsehen, bürgert sich der Begriff *Symptomtherapie* ein; dieser *sozialtechnische P.* befreit die Psychologie von der Reflexion der gesellschaftlichen Grundlagen von Forschung (des *Werturteilstreits*) sowie ihrer theoretischen Konstrukte (für FREUDS Metapsychologie s. RATTNER, 1969). Indem er vor allem in seinen naturalistischen Formen die Möglichkeit der aktiven Veränderung menschlicher Lebensbedingungen leugnet, *legitimiert* und *stabilisiert* er die herrschenden Verhältnisse (*Fatalismus, Konservatismus*) und spiegelt darin die Verlassenheit und Kraftlosigkeit des Individuums im Kapitalismus wider (BARAN, 1973; zur Ideologiekritik i.a.: HORN, 1973).

Von keinem dieser Argumente sieht sich die Psychologie angesprochen: Weder behauptet sie, sie beabsichtige, Gesellschaftliches zu erklären (alles andere ist Unterstellung oder sind vereinzelte Auswüchse, die sie selbst skeptisch beurteilt), noch wolle sie in anderen Disziplinen dilettieren, noch bestreitet sie, Verhalten sei gesellschaftlich geprägt (sie bezieht soziale Variablen in ihre Hypothesen ein); sie erklärt die P.-Thematik für sich als irrelevant, da die meisten Reduktionen, die sich in Texten zur P.-Debatte finden, von Nichtpsychologen mit wenig Bezug auf psychologische Methoden und Theorien vorgenommen werden; und schließlich seien Probleme der Hypothesenformulierung und -verwertung nicht mit Wissenschaft zu behandeln. Von ihrer Position aus ist P. kein Problem der Psychologie, sondern ein Problem derer, die mit holistischen Ansprüchen Psychologie rezipieren, d.h. die eine andere Auffassung von Wissenschaft sowie vom Gegenstand der Psychologie vertreten und die Erkenntnisse jedweder Psychologie ausschließlich an ihrem eigenen Selbstverständnis messen. Die Berechtigung, den P.-Vorwurf an die Adresse der Psychologie zu richten oder ihn nicht zur Kenntnis nehmen zu brauchen, wäre von ihrer Position aus bestenfalls mit Bezug auf unterschiedliche Konzeptionen von Psychologie und von Wissenschaft zu relativieren. (Einen Einstieg in die Kontroverse zwischen zwei Psychologien, die von der naturwissenschaftlichen Seite wissenschaftslogisch, von der sozialwissenschaftlichen erkenntnistheoretisch geführt wird, vermittelt EBERLEIN/PIEPER, 1976.)

3 Offene Fragen

Der P. ist eine Konsequenz des Individualismus, der seinerseits auf gesellschaftliche Bedingungen zurückgeführt werden kann (Anthropozentrismus, Kapitalismus, Liberalismus). Von daher ist der P. nicht nur das Problem Einzelner, die eigenwillig die Grenzen ihres Fachs überschreiten bzw. dies unterlassen. P. ist auch eine gesellschaftlich vermittelte Erkenntnishaltung. Stärker als bisher sollte daher *(1.)* herausgearbeitet werden, *unter welchen gesellschaftlichen Bedingungen P. an Bedeutung gewinnt bzw. zurückgedrängt wird.* Dabei sollte an Überlegungen angeknüpft werden, nach denen P. immer ein Symptom von Krisen im Selbstverständnis von Disziplinen (so in der verhaltenstheoretischen Soziologie, der kritisch-materialistischen Psychologie) oder des politischen Systems ist (so im Faschismus, in der Studentenbewegung; aktuelles Stichwort: neuer Konservatismus).
Der P. wird vorwiegend unter wissenschaftslogischen Gesichtspunkten diskutiert. Diese Diskussion sollte mit *empirischen Fragen* bereichert werden. Stärker als bisher sollten *(2.)* Forschungsrichtungen der Psychologie und anderer Disziplinen durchgearbeitet werden, um den P.-Verdacht nach Erklärungsbehauptungen, Praxisbezug und ideologischer Wirkung zu prüfen.

Dabei wird sich als notwendig erweisen, zentrale Begriffe – z. B. angemessene Erklärung – mit mehr als Evidenzerlebnissen zu präzisieren (sicher geht Krieg nicht direkt aus den Aggressionen Einzelner hervor; wie aber stehen sie und Krieg wirklich zueinander?) oder zu standardisieren (die Kennzeichnung der Archetypenlehre C. G. JUNGS als *kollektiver P.* wird dem methodologischen Holismus verpflichtet, steht dann aber im Gegensatz zur Auffassung, jeder P. sei eine Form des methodologischen Individualismus; soll P. nur der Reduktion auf die akademische Psychologie vorbehalten werden oder für jede Reduktion auf Psychisches gültig bleiben? Ist P. eine Folge der Reduktion oder des Reduktionismus? Wie bedeutsam für die Gesamtdiskussion bzw. diese wesentlich differenzierend sind Begriffe wie „psychologistisch methodologischer Individualismus" [WATKINS] oder „psychologistischer Individualismus" [AGASSI]?). Zudem sollten die jeweiligen methodischen Prinzipien des P. (Strukturhomologie von Gesellschaft/Gruppe/Individuum; externe Generalisierung, Analogieschluß; Kausalinterpretation von Korrelationen) ermittelt werden. Und nicht zuletzt sollte auf den Widerspruch zwischen nichtpsychologistischen Forschungsansätzen (-programmen) und dann doch psychologistischer Forschungspraxis (wie etwa bei FROMM), die zu am Einzelnen ansetzenden Praxeologien weiterführen kann (wie etwa bei der Diskussion von Aggression innerhalb der Friedensforschung) hingewiesen werden.
In ein solches Forschungsprogramm müßten auch die *außeruniversitären Praxisbereiche* aufgenommen werden. Hierbei wäre z. B. an psychologische Beratungs- und Therapietätigkeiten zu denken, um dem folgenden Verdacht nachzugehen: Durch die psychotherapeutische Gesprächsführung werden dem Probanden (a) die wahren Gründe, die er u. U. ahnt (bei Arbeitslosigkeit etwa Stellenknappheit als Folge von Rationalisierungsmaßnahmen) ausgeredet; statt ihrer werden ihm (b) andere, die vermeintlich richtigen, nämlich persönlich-individuelle, eingeredet (z. B. berufsspezifische Unfähigkeit, mangelnder Leistungswille, mangelnde Durchsetzungsfähigkeit), die von ihm akzeptiert werden (können), da der Psychologe in seiner gesellschaftlichen Rolle als Berater kompetent sein muß; durch Therapieformen werden (c) erfolgversprechende Möglichkeiten zur Beseitigung von denjenigen Problemen geschaffen (z. B. durch Selbstbehauptungstraining), die nicht die (einzig) entscheidenden sind. In einer solchen – vermuteten – Argumentationskette kann der Verdacht geprüft werden, *wie* die Psychologie in ihrer praktischen Anwendung von den tieferliegenden Bedingungen sozialer und psychischer Probleme ablenkt.

In der Regel werden Holismus/Individualismus als prinzipiell unvereinbar dargestellt. Damit wird der Blick auf *vermittelnde methodologische Ansätze* versperrt (z. B. subjektiver Faktor, CAGIN, 1974; methodologischer Individualismus als heuristisches Postulat, LENK, 1977). Stärker als bisher sollte *(3.)* versucht werden, solche Ansätze methodisch auszuarbeiten; sie könnten psychologischer Forschung einen angemessenen Status im System der Wissenschaften zuweisen, sie in geringerem Maß dem Risiko des P. aussetzen, ihr zugleich die Aufgabe zuweisen, den Einseitigkeiten des methodologischen Holismus (*Soziologismus, Ökonomismus*) entgegenzusteuern, und alle Disziplinen an die Aufgabe binden, Sachverhalte interdisziplinär zu untersuchen. Aus der interdisziplinären Erforschung konkreter Sachverhalte könnte noch am ehesten hervorgehen, welche Erkenntnisse welcher Disziplin „angemessen" und wie psychologische Hypothesen in einen Gesamtzusammenhang zu integrieren sind. Sie könnten den P. aus dem Abseits logischer Diskussionen hervorholen und verdeutlichen, wie sehr die interdisziplinäre Problematik des P. die Thematik der Disziplin Psychologie ist. Nach sozialwissenschaftlicher Auffassung nämlich ist der P. keine Entgleisung psychologischer Forschung, vielmehr ist Psychologie die durch disziplinäre Arbeitsteilung verschleierte, die in Forschung, Lehre und Praxis institutionalisierte Form des P.

Verweis auf andere Stichwörter

→Allgemeine und Angewandte Psychologie →Ethologie →Ökologische Psychologie →Psychologiegeschichte →Sozialpsychologie →Soziologie →Subjekt →Wissenschaftstheorie und Psychologie

Literatur

BARAN, P. A.: Persönlichkeit und Gesellschaft. Marxismus Digest 16, 1973, 35–47.

BRUDER, K.-J. (Ed.): Kritik der bürgerlichen Psychologie. Frankfurt/M.: Fischer 1973.

BÜHL, W. L. (Ed.): Reduktionistische Soziologie. München: Nymphenburger Verlagsanstalt 1974.

CAGIN, B. A.: Der subjektive Faktor. Köln: Pahl-Rugenstein 1974.

EBERLEIN, G./PIEPER, R. (Ed.): Psychologie-Wissenschaft ohne Gegenstand?. Frankfurt/M.: Campus 1976.

EBERLEIN, G./KONDRATOWITZ, H.-J. v. (Ed.): Psychologie statt Soziologie?. Frankfurt/M.: Campus 1977.

ERLENKÄMPER, R.: Reduktives Erkennen. München: Reinhardt 1976.

GENTE, H.-P. (Ed.): Marxismus, Psychoanalyse. Sexpol. 2 Bde. Frankfurt/M.: Fischer 1972.

HAYEK, F. A.: Individualism and economic order. Chicago 1948.

HOLZKAMP, K.: Kritische Psychologie. Frankfurt/M.: Fischer 1972.

HORN, K.: Bemerkungen zur politischen Konsequenz des Psychologismus psychologischer Denkmodelle und Vorschläge zu dessen Überwindung. In: WULF, C. (Ed.): Kritische Friedenserziehung. Frankfurt/M.: Suhrkamp 1973, 244–261.

HORN, K.: Gibt es einen Aggressionstrieb?. In: FUNKE, M. (Ed.): Friedensforschung. Bonn: Bundeszentrale für Politische Bildung 1975, 31–46.

HUMMELL, H.-J./OPP, K.-D.: Die Reduzierbarkeit von Soziologie auf Psychologie. Braunschweig: Vieweg 1971.

LENK, H.: Der methodologische Individualismus ist (nur?) ein heuristisches Postulat. In: EICHNER, K./HABERMEHL, W. (Ed.): Probleme der Erklärung sozialen Verhaltens. Meisenheim: Hain 1977, 34–45.

MERKL, P. H.: „Behavioristische" Tendenzen in der amerikanischen Politischen Wissenschaft. Politische Vierteljahresschrift 6, 1965, 58–86.

OPP, K.-D.: Verhaltenstheoretische Soziologie. Reinbek: Rowohlt 1972.

PFEIL, H.: Der Psychologismus im englischen Empirismus. Meisenheim: Hain 1973.

POLITZER, G.: Kritik der klassischen Psychologie. Frankfurt: EVA 1974.

RATTNER, J.: Tiefenpsychologie und Politik. München: Goldmann 1969.

SZASZ, T.: Psychiatrie, die verschleierte Macht. Frankfurt/M.: Fischer 1978.

VANBERG, V.: Der verhaltenstheoretische Ansatz in der Soziologie. In: HOMANS, G. C.: Grundfragen soziologischer Theorie, 141–175. Opladen: Westdeutscher Verlag 1972.

WEHLER, H.-U.: Geschichte und Psychoanalyse. Köln: Kiepenheuer & Witsch 1971.

WURM, W.: Abschaffung der Soziologie? Behaviorismus als Ideologie. Darmstadt: Luchterhand 1974.

Bernhard Kroner

Psychophysik

1 Die Korrespondenz von Physischem und Psychischem

Die Frage, wie Physisches und Psychisches zusammenhängen, führt in die Anfänge der Philosophiegeschichte. Unter dem Sammelbegriff ‚*Leib-Seele-Problem*' wurde jahrhundertelang auf spekulativem Wege versucht, das Verhältnis von Materie und Geist zu bestimmen. Mit den zunehmenden Erfolgen der Naturwissenschaften bei der Entdeckung gesetzmäßiger Beziehungen zwischen physikalischen Größen, wurden vermehrt exakte Methoden zur Lösung dieses Problems herangezogen. FECHNERS Programm der P. (1860) war im Grunde eine einzelwissenschaftliche Formulierung dieses philosophischen Problems. FECHNER suchte streng funktionale Beziehungen zwischen physikalischen Umweltbedingungen (S) und psychischen Empfindungen (R).

Um diese Zusammenhänge gesetzmäßig – in mathematischer Form – erfassen zu können, ist die Messung sowohl der physikalischen als auch der psychischen Dimension Voraussetzung. Die Messung physikalischer Dimensionen bedeutete auch damals schon relativ wenig Schwierigkeiten. Wie mißt man jedoch Psychisches? Wie kann man psychische Dimensionen numerisch abbilden?

Um die Mitte des vorigen Jahrhunderts fand der Physiologe WEBER (1834) heraus, daß zu einem Gewicht ein bestimmtes Mindestgewicht hinzugefügt werden muß, um einen *eben merklichen Unterschied* in der Gewichtsempfindung zu erzielen, und zwar zu einem kleinen ein relativ kleines, zu einem großen ein größeres Gewicht. Um eine eben merkliche Unterschiedsempfindung zu erzielen, muß also der Unterschied in der Intensität zweier Reize umso größer gestaltet werden, je größer der Ausgangsreiz ist. Diese Beziehung ist inzwischen als konstante Größe für alle Sinnesmodalitäten bei mittlerer Reizintensität nachgewiesen und ist jeweils abhängig von den Sinnesmodalitäten und den Reizbedingungen (WEBER, 1834, 1865; HAJOS, 1972).

WEBERS Gesetz war Ausgangspunkt für die Forschungen FECHNERS (1860), des eigentlichen Begründers der P. FECHNER nahm die in WEBERS Gesetz ausgedrückte Beziehung zwischen physikalischen Größen einer Dimension als Mittel für die Messung von Psychischem. Wenn der eben merkliche Unterschied eine konstante Größe ist, dann könne man die Korrespondenz zwischen Reiz und Empfindung quantitativ erfassen. Erhöhe man beispielsweise ein Gewicht von 10 Gramm (S_1) auf 100 Gramm (S_2), so könne man die Änderung in der Empfindungsintensität dadurch erfassen, daß man die zwischen S_1 und S_2 liegenden konstanten, eben merklichen Unterschiede einfach aufsummiert. Aus dem WEBERschen Gesetz folgt außerdem, daß der Zuwachs einer Reizgröße nicht den gleichen Zuwachs der Empfindung bewirkt. Denkt man sich die Beziehung – grafisch dargestellt – mit der Reizintensität auf der Waagrechten und der Empfindungsintensität auf der Senkrechten, so muß die Linie, die die Beziehung zwischen beiden Dimensionen ausdrückt, bei niedrigen Reizintensitäten steil ansteigen, und bei größeren Intensitäten – denn hier ist gemäß WEBERS Gesetz der Zuwachs in der Empfindungsintensität geringer – immer weniger anzusteigen. Numerisch ausgedrückt bedeutet dies, daß – wenn die Empfindungsintensitäten, die eben merklichen Unterschiede – in arithmetischer Folge ansteigen, die Reizintensitäten lediglich in *logarithmischer Folge* angewachsen sein können. Die gefundene mathematische Funktion hat also die Form $R = k \cdot \log(S)$, wobei k eine Konstante ist.

Mit dieser „FECHNERschen Maßformel" war ein Instrument gefunden, um Psychisches auf einer Skala abzubilden. Es stellt sich jedoch die Frage, was FECHNER mit den von ihm bezeichneten ‚Empfindungen' tatsächlich gemessen hat. Dazu sollen die Methoden der sogenannten klassischen P. näher betrachtet werden.

2 Methoden der klassischen Psychophysik

Will man beispielsweise untersuchen, um welchen Betrag der Schalldruck eines vorgegebenen Reizes mit bestimmter Frequenz (allgemein: Standardreiz) erhöht werden muß, um einen eben merklichen Unterschied in der Empfindung hervorzurufen, bieten sich folgende grundlegende experimentelle Vorgehensweisen an:

a) Nach der *Grenzmethode* wird der Versuchsperson (Vp.) gleichzeitig zum Standardton ein Vergleichston (allgemein: Vergleichsreiz) gleicher Frequenz dargeboten, der in der Schallintensität über bzw. unter der des Standardtones liegt. Der Vergleichston wird nun in seiner Intensität, kontinuierlich oder abgestuft, in Richtung auf den Standardton erhöht (bei aufsteigender Darbietung) bzw. erniedrigt (bei absteigender Darbietung). Die Vp. hat nun die Aufgabe, den Vergleichsreiz mit dem Standardreiz zu vergleichen, ob er also lauter oder leiser ist bzw. wann gleiche Lautstärke empfunden wird.

b) In einem nach der *Konstanzmethode* arrangierten Experiment hat die Vp. jeweils ein Paar aus Standardton und Vergleichston zu beurteilen. Nach einer Zufallsreihe liegt der Vergleichston über, unter der Intensität des Standardtones bzw. ist gleicher Intensität.

c) Die *Herstellungsmethode* unterscheidet sich von der Grenzmethode lediglich dadurch, daß die Vp. selbst den Vergleichston so zu ändern hat, daß in ihrer Empfindung Gleichheit mit dem Standardton hergestellt ist.

Mit diesen experimentellen Methoden werden *Schwellen* bestimmt. Wird die Empfindlichkeit eines Sinnesorgans (des Gehörs) bei einem gegebenen Standardreiz bestimmt, handelt es sich um eine *Differenzschwelle*, d.h. der Menge an physikalischer Energie um die die Reizenergie gesteigert werden muß, um einen eben merklichen Unterschied in der Empfindung (Lautstärke) hervorzurufen. Wird ein Reiz ohne Standardreiz dargeboten, wobei die Intensität in Grenzen von Werten, die niemals bis hin zu Werten, die immer wahrgenommen werden, variiert wird, wird die *absolute Schwelle* eines Sinnesorgans bestimmt, d.h. die Menge an physikalischer Energie, die nötig ist, um überhaupt eine Empfindung hervorzurufen. Insgesamt sind so Aussagen über die Leistung des jeweiligen Sinnesorgans möglich (vgl. WOODWORTH/SCHLOSBERG, 1954; TRAXEL, 1961).

3 Die Entwicklung neuer Ansätze – das Potenzgesetz

Erst mit der Erweiterung der methodischen Ansätze durch STEVENS um 1940 konnte die P. aus ihrer jahrelangen Stagnation herausgeführt werden (STEVENS, 1957). STEVENS ging von der Annahme aus, daß es Menschen möglich ist, direkt *Verhältnisse zwischen Reizen* zu beurteilen. Die Herstellungsmethode wurde dahingehend modifiziert, daß die Vpn. beispielsweise einen halb so lauten Ton wie den Standardton herstellen sollte. Führt man nach diesem Prinzip eine Serie von Versuchen durch, gelangt man zu einer Skala, die die Lautheit – als psychisches Kontinuum eines akustischen Reizes – in Abhängigkeit des Schalldruckes mißt. Man erhält so eine Skala, die Verhältnisse abbildet und die die Beziehung zwischen physikalischem Reizkontinuum und psychologischem Kontinuum („sensorische Größe") in einer mathematischen Potenzfunktion abbildet. Steigt die Empfindung linear an, so muß also auf seiten des physikalischen Reizkontinuums ein potenzmäßiger Anstieg vorliegen, also $R = k \cdot S^n$ (STEVENS' *Potenzgesetz*). Der Exponent n ist nach STEVENS spezifisch für die jeweilige Sinnesmodalität. Damit hatte STEVENS über einen veränderten methodischen Ansatz ein Modell über den psychophysischen Zusammenhang entwickelt, das im Gegensatz zu FECHNERS Gesetz stand.

Die Brauchbarkeit eines wissenschaftlichen Modells ist u.a. auch an der prognostischen Fähigkeit ablesbar. STEVENS (1975, 99) versuchte sein Modell zu verifizieren, indem er auf Grund bekannter Potenzfunktionen einzelner Sinnesqualitäten den *intermodalen Zusammenhang* zwischen zwei Modalitäten vorhersagte. Die intermodale Vergleichbarkeit bezieht sich auf Phänomene, die als Synästhesien bekannt sind: Menschen haben beispielsweise beim Hören einer bestimmten Musik ein bestimmtes Farberlebnis.

STEVENS gelang in einer Unzahl von Experimenten – wobei sich erstaunliche Fähigkeiten seiner Vpn. zu intermodalen Vergleichen herausstellten – der Nachweis, daß Intensitäten verschiedener Sinnesqualitäten (z.B. Lautheit und Fingervibrationen) durch einen geeigneten Skalenfaktor ineinander überführbar sind und mit Hilfe einer Potenzfunktion abbildbar sind. Damit ist aber lediglich die Plausibilität der Hypothese gestützt, daß alle unsere Sinnessysteme nach einem fundamentalen Prinzip arbeiten, wie dies EKMAN in dem nach ihm benannten Gesetz, das in Analogie zu WEBERS Gesetz die Beziehungen zwischen sensorischen Größen beschreibt, zu erfassen versucht (TEGHTSOONIAN, 1971, 1974).

Der Unterschied zwischen FECHNERS logarithmischen Kennlinien und STEVENS' Potenzfunktionen besteht darin, daß FECHNER subjektive Unterschiede im System der reellen Zahlen auf Differenzen abbildete, STEVENS hingegen auf

Quotienten (KRISTOF, 1969, 43f.). Darüber hinaus weist HAJOS (1972, 78) auf den Zusammenhang zwischen beiden Modellen hin: STEVENS' Modell setzt die Annahme von FECHNERS Maßformel voraus. Daran zeigt sich, daß Messungen keineswegs ein rein mathematisches, sondern in erster Linie ein Problem der Theorie und des methodischen Ansatzes sind (vgl. ANDERSON, 1976, 127). Vor dem Hintergrund des jeweiligen methodischen Ansatzes lassen sich empirische Evidenzen beibringen, die für die Plausibilität des jeweiligen Modells sprechen. Sogar zwischen STEVENS' Skalen selbst ergaben sich bedeutsame Unterschiede, je nachdem, welche Methode er verwendete (STEVENS, 1962, 8; vgl. auch ANDERSON, 1976).

Wenn man nun davon ausgeht, daß Experimente – um repräsentativ zu sein – in irgendeiner Form einen – wenn auch verzerrten – Ausschnitt aus der Wirklichkeit darstellen, so könnte man über die Modelle nach dem *Kriterium ihres praktischen Nutzens* entscheiden. Aber auch hier zeigt sich analog, daß die Brauchbarkeit der Modelle von dem konkreten Anwendungsproblem abhängt. Die Phonskala – gewonnen mit Hilfe FECHNERS Maßformel – eignet sich gut für Probleme, in denen es darum geht, die Lautstärke, d.h. der Schalldruck, eines Informationssystems zu regeln. Die STEVENSsche Sone-Skala läßt sich besser einsetzen bei Kontrolle der Lärmbedingungen als Umweltstörfaktoren (HAJOS, 1972, 72).

Die oben dargestellte P. reduzierte ihren Gegenstand – also letztendlich den Menschen – auf die Abhängigkeit ‚subjektiver Empfindungen' bzw. ‚sensorischer Größen' von physikalischen Reizgeschehen. Andere psychologische Variablen produzierten allenfalls den ‚Meßfehler' und beeinträchtigten so die ‚Reinheit' der Ergebnisse im Sinne des jeweiligen Modells. Es ist daher nicht verwunderlich, daß die übertrieben analytische, theoriearme P. durch die Erfolge der Gestalttheorie als wissenschaftliches Forschungsprogramm jahrzehntelang ein Schattendasein führte.

4 Die Einbeziehung dynamischer Eigenschaften

Geht man von einem sehr hell erleuchteten Raum in einer dunkleren Raum, so dauert es eine gewisse Zeit, bis man sich orientieren kann. Sinneserregungen werden offensichtlich nicht auf einer starren Skala eingestuft, sondern die Skala selbst ist *variabel*: entsprechend der vorherigen Reizeinwirkung wird die Skala des Sinnessystems in ihrem Nullpunkt verschoben. Schon WEBER wies mit seinem berühmten Dreischalenversuch darauf hin, daß unsere Empfindungen nach ihren früheren Reizgeschichten sehr unterschiedlich ausfallen: Taucht man seine Hände zunächst in lauwarmes Wasser, danach die linke in kaltes, die rechte in warmes, dann wird nach einer gewissen Zeit – Adaptationszeit – die Versuchsperson unterschiedliche Empfindungsurteile beim neuerlichen Eintauchen beider Hände in lauwarmes Wasser fällen: für die linke Hand urteilt sie die Empfindung ‚warm', für die rechte Hand wird sie ‚kalt' registrieren.

Diese für die Wahrnehmung – vor allem für Konstanzleistungen – bedeutsame Eigenschaft der Sinnesorgane wurde von der klassischen P. nur wenig berücksichtigt. FECHNERS Maßformel gilt insofern nur für *statische Empfindlichkeitszustände*. Hierin könnte auch eine empirische Begründung der Unterschiede zwischen FECHNERS und STEVENS' Modell liegen: das STEVENSsche Modell ist auf das im stationären Fall gültige FECHNERsche Gesetz und auf Adaptionsprozesse zurückzuführen (VARJÚ, 1965, n. HAJOS, 1972, 110).

Die Eigenschaft der Sinnesorgane, zu adaptieren, macht es notwendig, psychophysische Untersuchungen auf Bezugssysteme von Reizen auszudehnen. Schon in (klassischen) psychophysischen Experimenten wurde die Beobachtung gemacht, daß zwei identische Reize in Abhängigkeit ihrer räumlichen bzw. zeitlichen Position unterschiedlich beurteilt werden. Solche Zeiteffekte, Raumeffekte versuchte HELSON (1964) mit Hilfe seiner *Adaptationsniveautheorie* zu interpretieren. Werden einer Vp. nacheinander zwei Gewichte zur Beurteilung vorgelegt, so wird der Standardreiz, als ‚Ankerreiz', die Beurteilung eines zweiten Gewichts in einer bestimmten Richtung beeinflussen (HELSON, 1964, 204). Darüber hinaus interagieren mit dem ‚fokalen' (dem zu beurteilenden) Reiz Residualreize, die auf intraindividuelle Faktoren wie Lerngeschichte, Konstitution etc. zurückzuführen sind und aktuellen Hintergrundreizen. In diesem Sinne läßt sich das Konzept der Schwelle transformieren in das jeweilige Adaptationsniveau des Individuums.

Mit der Adaptationsniveautheorie liegt ein Ansatz vor, komplexere Reizbedingungen als Bezugssystem und die Relativität der Urteile in psychophysischen Untersuchungen zu berücksichtigen (vgl. STEVENS, 1958).

5 Signal-Detektions-Theorie

In psychophysischen Experimenten der Signal-Detektions-Theorie wird ansatzweise der Reizkontext als experimentelle Bedingung eingeführt. Aufgabe der Vp. ist es zu urteilen, ob sie einen in sogenanntem ‚weißen Rauschen' – als nicht weiter bestimmbares Hintergrundgeräusch – eingebetteten Reiz (‚Signal') wahrgenommen (‚entdeckt') hat oder nicht. Die Wahrscheinlichkeit des jeweiligen Urteils ist nicht allein abhängig von der Intensität des Signals, sondern auch von nichtsensorischen Faktoren: von *Erwartungen*, die durch die Reihenfolge der gegebenen bzw. nicht gegebenen Signale bedingt, deswegen aber auch experimentell kontrollierbar sind; von *Motiven*, die durch bestimmte motivierende Bedingungen experimentell kontrollierbar sind; von der *Bekanntheit* bzw. *Nichtbekanntheit* des Signals, der Erkennung. (Ein Beispiel aus der *Vigilanzforschung*: ein Fluglotse wird einen Punkt auf dem Radarschirm eher wahrnehmen als ein Laie – mögen auch beide gleichermaßen motiviert zum Entdecken sein.)
Mit der Signal-Entdeckungs-Theorie liegt ein Modell vor, das der Komplexität sensorischer Prozesse gerecht zu werden versucht. Im Kontext dieser Theorie erfährt das Konzept der Schwelle einen radikalen Wandel: die (absolute) Schwelle stellt sich dar als ein Kompromiß zwischen kognitiven und motivationalen Variablen und den sensorischen Grenzen des Individuums (GALANTER, 1962, 110). Mit diesem Ansatz hat sich die P. zu einer komplexen mathematischen Theorie entwickelt, in der besonders Konzepte der statistischen *Entscheidungstheorie* und der *Informationstheorie* aufgenommen sind – sie ist zu einer echten *Wahrnehmungslehre* geworden (GREEN/SWETS, 1966) und insofern ein Bereich der *Wahrnehmungspsychologie*.

6 Psychophysik und Psychologie

Es ist das Verdienst der P., besonders FECHNERS, die Psychologie aus dem Stadium philosophischer Spekulation herausgeführt und zu einer experimentellen Wissenschaft entwickelt zu haben. Die nachhaltigsten Anregungen gab die P. konsequenterweise dem Bereich der psychologischen *Methodenlehre*. Schon 1929 entwickelte THURSTONE nach den Prinzipien der P. Skalen zur Messung von Einstellungsintensitäten. Dies weist darauf hin, daß der Ansatz der P. keineswegs auf die isolierte Beziehung zwischen physikalischen Reizen und Empfindungen beschränkt blieb, sondern auf komplexere soziale Variablen – wie Einstellungen, ästhetische Urteile – ausgedehnt wurde (THURSTONE, 1959).
Die ‚klassischen' Anwendungsgebiete der P. liegen jedoch in Bereichen, in denen es um die Kontrolle und Gestaltung der physikalischen Umwelt geht. Die P. ist in erster Linie eine Domäne der *Arbeits-* und *Ingenieurpsychologie*. Gerade in hochtechnisierten Gesellschaften, wo menschliche Arbeitskraft zunehmend für Kontrollaufgaben eingesetzt wird, gewinnen Erkenntnisse über die psychische Verarbeitung von Umweltreizen an Bedeutung. So sind die Erkenntnisse der *Vigilanzforschung*, die wesentliche Impulse aus der psychophysischen Grundlagenforschung erhält, bei der Gestaltung von Arbeitsabläufen, in denen es um die Entdeckung von Signalen geht (z.B. Flugwesen, Medizin) unerläßlich. Auch die Entwicklung der hochentwickelten Geräte der elektroakustischen Industrie wäre ohne die P. nicht denkbar. Ebenso ist die Messung von Lärmbelästigung – einer der häufigsten *Stressoren* in technisierten Gesellschaften – durch die P. erst ermöglicht worden.
Diese Beispiele – die sich beliebig erweitern ließen – belegen den Erfolg der P., sie offenbaren aber auch deren Menschenbild: letztendlich setzt sich der Mensch aus *isolierten Elementen* zusammen, die nur begrenzt miteinander in Wechselwirkung stehen. Die *Gesellschaftlichkeit* des Menschen bleibt auch aus der modernen P. *ausgeblendet*. Die weiter oben erwähnte Methodenabhängigkeit wissenschaftlicher Erkenntnis schlägt hier durch in der Notwendigkeit eines atomistisch zusammengesetzten Menschen (was sie aber nicht gegen Kritik von behavioristischer Seite immunisierte, vgl. SAVAGE, 1970).
FECHNERS Erfolge sind sicher auf seinen exakten methodischen Ansatz zurückzuführen. Ebenso ist aber auch die strenge Übertragung naturwissenschaftlicher Methodologie auf soziale Gegenstandsbereiche verantwortlich für

die Stagnation seines Forschungsprogramms. An dieser strengen Orientierung an den Normen der Naturwissenschaften hält auch die moderne P. fest – ein Grund dafür, daß psychophysische Forschungen fast völlig aus der Psychologie ausgelagert sind und zunehmend von *Physiologen* betrieben werden.

Verweis auf andere Stichwörter

→Arbeitspsychologie →Entscheidungstheorie →Experiment →Informationstheorie →Mathematische Psychologie →Ökologische Psychologie →Skalierung →Statistik →Wahrnehmung

Literatur

ANDERSON, N. H.: Integration Theory, Functional Measurement and Psychophysical Law. In: GEISSLER/ZABRODIN 1976.

EKMAN, G.: Psychophysik und psychologische Meßmethoden. In: MEILI, R./ROHRACHER, H.: Lehrbuch der experimentellen Psychologie. Bern, Stuttgart: Huber 1963.

FECHNER, G. TH.: Elemente der Psychophysik I. Leipzig 1860.

GALANTER, E.: Contemporary Psychophysics. In: BROWN, R./GALANTER, E./HESS, E./MANDLER, G.: New Directions in Psychology I. New York: Holt, Rinehart & Winston 1962.

GEISSLER, H. G./ZABRODIN, YA. M.: Advances in Psychophysics. Berlin-Ost: VEB Deutscher Verlag der Wissenschaften 1976.

GREEN, D. M./SWETS, J. A.: Signal Detection Theory and Psychophysics. New York: Wiley 1966.

GUILFORD, J. P.: Psychometric Methods. New York: McGraw Hill 1954.

HAJOS, A.: Wahrnehmungspsychologie. Stuttgart: Kohlhammer 1972.

HELSON, H.: Adaptation Level Theory. New York: Harper & Row 1964.

KRISTOF, W.: Untersuchungen zur Theorie psychologischen Messens. Psychologia Universalis, Bd. 13. Meisenheim: Hain 1969.

MARKS, L. E.: Sensory Processes. New York, London: Academic Press 1974.

SAVAGE, W. C.: The Measurement of Sensation. Berkeley, Los Angeles, London: University of California Press 1970.

SCHIFFMAN, H. R.: Sensation and Perception. New York, London, Sidney, Toronto: Wiley 1976.

STEVENS, S. S.: Adaptation Level vs. the Relativity of Judgement. American Journal of Psychology, 71, S. 633–646.

STEVENS, S. S. (Hrsg.): Handbook of Experimental Psychology. New York: Wiley 1960.

STEVENS, S. S.: On the Psychophysical Law. Psychological Review, 64, 1957, S. 153–181.

STEVENS, S. S.: Psychophysics. New York, London, Sidney, Toronto: Wiley 1975.

TEGHTSOONIAN, R.: On Facts and Theories in Psychophysics: Does Ekman's Law Exist?. In: MOSKOWITZ, H. R./SCHARF, B./STEVENS, J. C.: Sensation and Measurement. Dordrecht, Boston: Reidel 1974.

TEGHTSOONIAN, R.: On the exponents in Stevens Law and the Constant in Ekman's Law. Psychol. Review, 78, 1971, S. 71–80.

THURSTONE, L. L.: The Measurement of Values. Chicago: University of Chicago Press 1959.

TORGERSON, W. S.: Theories and Methods of Scaling. New York, London: Wiley 1958.

TRAXEL, W.: Grundlagen und Methoden der Psychologie. Bern, Stuttgart, Wien: Huber 1974.

WEBER, E. H.: De pulsu, resorptione, auditu et tactu: Annotationes anatomicae et physiologicae. Leipzig: Köhler 1834.

WEBER, E. H.: Der Tastsinn und das Gemeingefühl. In: WAGNER, R. (Hrsg.): Handwörterbuch der Physiologie. Leipzig 1846.

WOODWORTH, R. S./SCHLOSBERG, H.: Experimental Psychology. Northampton: Holt, Rinehart & Winston 1954.

Kurt Kersten

Psychosomatik

1 Definition

Der Begriff Psychosomatische Medizin geht zurück auf Heinroth (1818), der eine Psychogenese der meisten körperlichen Krankheiten vertrat. Heute verstehen wir unter dem Begriff P. folgende drei Bereiche:

a) Psychosomatische Medizin beinhaltet eine *ärztliche Grundeinstellung*, die bei der Diagnostik und Therapie von Krankheiten seelische Faktoren mitberücksichtigt. Diese Bedeutung des Begriffes ist am meisten gebräuchlich.
b) Psychosomatische Medizin ist weiterhin eine *Forschungsrichtung*, die mit physiologischen, psychologischen und psychoanalytischen Methoden die Bedeutung seelischer Vorgänge für die Entstehung und Fortdauer von körperlichen Krankheiten untersucht.
c) Psychosomatische Medizin ist schließlich ein *metaphysisch-philosophischer Begriff* und bezeichnet das Bestreben, die psychophysische Totalität des Menschen zu begreifen.

2 Zentrales Problem der Psychosomatik: Das Leib-Seele-Problem

Seit Platon, dem ersten Philosophen, der sich systematisch mit der Seele beschäftigte und ihr eine eigene Wesenheit zuschrieb, gibt es ein psychophysisches Problem. Erst als zwei wesensverschiedene Welten, eine seelische und eine körperliche, unterschieden wurden, wurde auch ihr Verflochtensein, ihr Aufeinanderwirken, zum Problem. Es gibt in der abendländischen Geistesgeschichte verschiedene Ansätze, dieses Problem zu lösen, die jeweils den entsprechenden Zeitgeist widerspiegeln. Es geht um den rätselhaften Sprung vom Psychischen ins Körperliche und umgekehrt, um die Frage, wie seelische und körperliche Dinge sich gegenseitig beeinflussen. Für diese Frage gibt es bis heute keine befriedigende Antwort. Die verschiedenen theoretischen Konzepte und therapeutischen Ansätze sind als Versuche aufzufassen, der Lösung dieses Problems näherzukommen.

3 Psychosomatische Modellvorstellungen

Wir wollen im folgenden die heute am weitesten verbreiteten psychosomatischen Modellvorstellungen kurz skizzieren.

3.1 *Sigmund Freud: Das Konversionsmodell und die Angstneurose*

Die Psychoanalyse, die von S. Freud gegründet wurde, stellt die hauptsächliche theoretische Grundlage der P. dar. Sie ist das wichtigste Hilfsmittel zum psychodynamischen Verständnis und zur diagnostischen Einordnung von psychischen Prozessen bei körperlichen Krankheiten. Freud beobachtete beim Studium der *Hysterie* verschiedene Körpersymptome: den hysterischen Anfall, die hysterische Blindheit, Taubheit, Lähmungen, Parästhesien, Gangstörungen. Er verstand diese körperlichen Symptome als Ausdruck einer *Konversion*. Unter Konversion versteht Freud die Umsetzung der Erregungssumme eines seelischen Konfliktes in körperliche, insbesondere in sensorische und motorische Innervation. Die Symptombildung stellt den Lösungsversuch eines Konfliktes dar und verfolgt psychisch-ökonomisch einen Zweck, nämlich die Vermeidung von unangenehmen oder peinlichen mit den Vorstellungen des Bewußtseins nicht verträglichen Affekten.
Mit der klassischen konversionshysterischen Symptomatik ist ein sexueller Konflikt, der auf der ödipalen Ebene liegt, verbunden. Freud sah den Konversionsbegriff nicht als allgemeines Modell für psychosomatische Krankheiten an.
In einigen neueren Ansätzen (Fenichel, Rangell) wird der Konversionsbegriff nicht mehr nur auf die hysterische Symptombildung beschränkt, sondern auf praegenitale Symptombildungen (Stottern, Tics, Asthma) ausgeweitet bzw. festgestellt, daß Konversionen auf jeder Stufe der Libidoentwicklung möglich sind.
Einen gänzlich anderen Mechanismus der Entstehung von körperlichen Symptomen entdeckte Freud bei der *Angstneurose*. Die im Rahmen dieses klinischen Bildes auftretenden Symptome wie Herzbeschwerden, Atemstörungen, Schweißausbrüche, Heißhunger, Zittern, Diarrhoe, Parästhesien werden als somatische Äquivalente der Angst aufgefaßt. Die körperlichen Symptome entstehen durch Projektion der Angstquelle nach außen. Die Ursache der Angstneurosen sieht Freud in der Anhäufung

sexueller Spannungen bzw. in der fehlenden psychischen Verarbeitung der somatisch-sexuellen Erregung.

3.2 Franz Alexander: Die Theorie krankheitsspezifischer psychodynamischer Konflikte

ALEXANDER (1971) unterscheidet zwischen dem *Konversionssymptom* und der zur Organkrankheit führenden *vegetativen Neurose*. Der Begriff des Konversionssymptoms ist mit der von FREUD eingeführten Definition identisch. Die Symptome der vegetativen Neurose (= Organneurose = Psychosomatose) stellen nach ALEXANDER die funktionellen Begleiterscheinungen von chronisch gehemmten Gefühlsspannungen dar. Der zentrale Konflikt von psychosomatischen Erkrankungen im engeren Sinne liegt in einem unlösbaren Ambivalenzkonflikt zwischen Abhängigkeit und Verselbständigungsthemen im Rahmen einer regressiven Abhängigkeitsbeziehung.
Innerhalb des Abhängigkeitskonfliktes gibt es zwei Lösungsmöglichkeiten:

a) der Organismus reagiert auf die Notwendigkeit zum Handeln mit Rückzug: Ulcus pepticum, Asthma bronchiale, Colitis ulcerosa, Diarrhoe u.a.;
b) der Organismus bleibt im Zustand der Bereitstellung zu einer notwendigen Handlung bestehen: Hypertonie, Migräne, Arthritis rheumatica.

Bedeutsam ist ALEXANDERS Beitrag zur Spezifität:
Die Spezifität der bei vegetativen Störungen wirksamen psychodynamischen Faktoren muß nach ALEXANDER in der Konfliktsituation gesucht werden. Jede emotionale Spannung hat ihr eigenes physiologisches Syndrom, und somit ist jedem psychosomatischen Symptom eine spezifische Konfliktkonfiguration zuzuordnen. Das heißt, im Symptom erscheinen die spezifischen somatischen Begleiterscheinungen der unterdrückten emotionalen Spannung.

3.3 M. Schur: Die Theorie der De- und Resomatisierung

M. SCHUR (1955) beschreibt die Entwicklungs- und Reifungsvorgänge des gesunden Kindes als einen fortlaufenden Prozeß der Desomatisierung. Während das Neugeborene auf Grund seiner noch unentwickelten psychischen und somatischen Strukturen auf Störungen seiner Homöostase körperlich unkoordiniert, unbewußt primärprozeßhaft reagiert, erlaubt die zunehmende Reifung des Ichs zunehmend mehr bewußte sekundärprozeßhafte Verarbeitungsformen.
Unter bestimmten Bedingungen ist der Reifungsvorgang der Desomatisierung umkehrbar. Wenn z.B. eine bestimmte äußere oder innere Gefahr nicht mehr mit der frei verfügbaren Energie bewältigt werden kann, so kommt es unter dem Druck der dadurch entstehenden Angst zu einer Regression in somatische Reaktionen = Resomatisierung. Die Entwicklung solcher frei verfügbaren Energien ist gebunden an die frühkindliche Homöostase, die von der adäquaten Versorgung durch die Umwelt abhängig ist. Als Bedingung für die Bereitschaft zu einer psychosomatischen Regression wird eine Ichschwäche angesehen. Eine Ichschwäche entsteht, wenn bereits in den frühesten Phasen der Desomatisierung Störungen eingetreten sind, die bestimmte Fixierungen an bestimmte Organsysteme zur Folge haben. Die Spezifität liegt hier in der Bereitschaft zu bestimmten spezifischen Organreaktionen.

3.4 Die französische psychosomatische Schule, das Alexithymiemodell

Hauptvertreter: MARTY, DE M'UZAN, DAVID, FAIN.
Der Begriff *Alexithymie* bedeutet das Unvermögen, Gefühle hinreichend wahrnehmen und beschreiben zu können. Die oben genannten Autoren gehen von der Beobachtung aus, daß allen Patienten, die an psychosomatischen Krankheiten leiden, ganz bestimmte Persönlichkeitszüge gemeinsam sind, unabhängig von der Art der jeweiligen Erkrankung. Sie beschreiben eine psychosomatische Struktur, die folgende Merkmale hat:

1. Das *operationale Denken*: Es ist gekennzeichnet durch eine mehr oder weniger ausgeprägte qualitative Armut des Beziehungssystems der Kranken seelischen Dingen gegenüber. Es ist die betonte Neigung, anstelle von Gefühlen irgendwelche faktischen Einzelheiten zu äußern. Die Patienten

haben einen mangelhaften inneren Bezug zu unbewußten Phantasien, so als ob sie von ihrem Unbewußten abgeschnitten sind. Daraus resultiert ein ungenügendes Vermögen zur Selbstreflexion.

2. Die *projektive Verdoppelung*: D.h., der Patient verneint seine eigene Originalität ebenso wie diejenige des anderen, in den er sich projiziert und in dem er eine genaue Entsprechung seines Selbst sieht. Die alexithymen Patienten sind auf die Realpräsenz von Objekten angewiesen, um sich selbst überhaupt wahrnehmen zu können.
3. Die Verminderung der Phantasien bedingt eine Einförmigkeit des Gedankenablaufes und eine Verarmung des Wortschatzes. Die Sprache ist entemotionalisiert, mechanistisch, unpersönlich, formelhaft. Bei den meisten Patienten fehlt die Symbolisierungsfähigkeit.
4. Es finden sich Ichstörungen im Sinne partieller psychischer Unreife, rigider, aber brüchiger Abwehrorganisation. Die Objektbeziehungen sind durch Beziehungsleere gekennzeichnet. Es liegt eine psychosomatische Regression auf ein primitives Abwehrsystem vor, das aggressive und autodestruktive Tendenzen somatisiert.

Die alexithymische Phänomenologie wird als spezielle Variante der neurotischen Fehlentwicklung, nämlich als eine bestimmte Form der praegenitalen Reifungsstörung angesehen.

3.5 Das lerntheoretische Konzept

Das lerntheoretische Konzept geht von der Annahme aus, daß bei der Entstehung und beim Fortbestehen psychischer Störungen Lernprozesse von entscheidender Bedeutung sind. Psychische Störungen werden als Verhaltensstörungen verstanden, die entweder durch unerwünschte oder durch fehlende Lernprozesse entstanden sind und deswegen auch durch erneute Lernprozesse beseitigt werden können. Die meisten Lerntheoretiker halten die Angst für den zentralen Faktor bei neurotischen Störungen. Sie interpretieren die neurotische Angst als eine gelernte emotionale Reaktion, die durch das Zusammentreffen eines vormals neutralen äußeren oder inneren Reizes mit einem aversiven Reiz im Sinne des Lernens von Signalen entstanden ist. Auch die Lerntheorie geht davon aus, daß das affektive Verhalten körperliche Reaktionen auf autonomem und endokrinem Gebiet einbezieht und u.U. zu einer Gewebeschädigung führen kann. Das Problem der Organwahl erklären die Lerntheoretiker durch das Vorhandensein von individuellen Unterschieden in den Mustern vegetativer Reaktionsbereitschaft auf Belastungen.

4 Psychosomatische Forschungsansätze

Man unterscheidet heute nicht mehr zwischen Krankheiten, denen eine überwiegend somatische oder überwiegend psychische Ursache zugrunde liegt, sondern sieht die Krankheit als ein *multifaktorielles* Geschehen, bei dem neben somatischen psychogene, soziale, kulturelle, familiäre etc. Gesichtspunkte zu berücksichtigen sind. So gibt es von den verschiedensten Fachrichtungen aus Forschungsansätze, die versuchen, die Ursachen und Entstehungen von Krankheiten zu erforschen. Die wesentlichsten Aufgaben der psychosomatischen Forschung sind:

a) den psychischen Anteil von körperlichen Symptomen oder von Krankheiten zu erfassen und
b) die Entstehung der psychischen Ursachen zu eruieren und Ansätze zur Behandlung der psychischen Ursachen zu entwickeln.

Wir werden im folgenden die wichtigsten Forschungsansätze kurz skizzieren.

4.1 Die Psychoanalyse

Mit Hilfe der Psychoanalyse ist es möglich, psychodynamische Zusammenhänge zu erfassen, die bei der Auslösung von psychosomatischen Krankheiten eine Rolle spielen. Der Nachteil dieser Methode ist, daß jeder Untersucher nur über eine geringe Fallzahl verfügt, daß die Ergebnisse der einzelnen Untersucher nur schwer vergleichbar sind, da die individuelle Beziehung des Patienten zum Therapeuten und umgekehrt die Beurteilung der Psychodynamik beeinflußt, und daß die Ergebnisse nicht überprüfbar sind.

Neuerdings wird mit Hilfe der semantisch-linguistischen Auswertung von Interviews und von Therapien versucht, besser vergleichbare und objektivierbare Daten zu gewinnen.

4.2 Psychophysiologische Untersuchungen

Hierbei geht es um die Frage, welche physiologischen Auswirkungen durch psychische Erlebnisse und Verhaltensmuster ausgelöst werden, also um die Erfassung des psychophysischen Simultangeschehens. Im Mittelpunkt der heutigen Forschung stehen insbesondere neurophysiologische und neuroendokrinologische Untersuchungen. Durch die modernen Meßmethoden ist es heute eher möglich, physiologische Untersuchungen unter lebensechten Bedingungen durchzuführen.

4.3 Psychologische Untersuchungen

Durch die Entwicklung von standardisierten psychologischen Testverfahren ist es möglich, quantifizierbare Daten über Leistungen und Persönlichkeitsstruktur von Patienten zu gewinnen. Der Vorteil dieser Methoden liegt darin, daß die Ergebnisse meßbar und wiederholbar sind und nur in geringem Ausmaß von der Person des Untersuchers abhängen. Im Bereich der psychosomatischen Medizin werden die Testverfahren in erster Linie dazu verwendet, spezifische Persönlichkeitsprofile aufzustellen, die dann mit bestimmten Krankheitsbildern oder Symptomen in Zusammenhang gebracht werden. Die klassischen Arbeiten in dieser charakterologischen Richtung stammen von Flanders Dunbar.
Eine weitere neuere Richtung der psychologischen Forschung ist der Versuch, mit Hilfe der Faktorenanalyse neue Korrelationen zu erfassen. Hierbei werden die verschiedensten Daten, wie körperliche Befunde, seelische Befunde, Testuntersuchungen, Sozialdaten, Fragebogenerhebungen etc. statistisch ausgewertet. Ihr Ziel ist es, die Vielfalt korrelativer Beziehungen zwischen einer größeren Anzahl von Variablen eines Bereiches auf eine kleinere Zahl von Faktoren zurückzuführen.

4.4 Epidemiologische, soziale und transkulturelle Forschungsrichtungen

Hierbei geht es um die Untersuchung, inwieweit kulturelle, epidemiologische oder soziale Faktoren für die Häufung bzw. das Fehlen von Krankheiten in bestimmten Bevölkerungsgruppen verantwortlich gemacht werden können.
Sehr aufschlußreich insbesondere für die P. sind Forschungsansätze, die sich mit der Bedeutung des familiären Gefüges und der gesellschaftlichen Schichtung für die Auslösung von bestimmten psychosomatischen Krankheiten beschäftigen.

4.5 Der lerntheoretische Forschungsansatz

Die Grundannahme der lerntheoretischen Konzepte ist, daß bei der Entstehung und beim Fortbestehen psychischer Störungen Lernprozesse wichtig sind. Psychische Störungen werden als gelernte, fehlangepaßte Verhaltensweisen erklärt. Diese Forschungsrichtung richtet sich demgemäß auf die Erfassung der Mechanismen, die den fehlangepaßten Verhaltensweisen zugrundeliegen.

5 Psychosomatische Diagnostik

Das wichtigste diagnostische Hilfsmittel ist die Erhebung einer psychosomatisch orientierten Anamnese. Das Ziel einer psychosomatischen Anamnese ist es, einen verstehbaren Zusammenhang zwischen den körperlichen Störungen, der äußeren und inneren Lebenssituation und der psychischen Struktur des Patienten zu finden. Da es sich bei einer Krankheit um ein multifaktorielles Geschehen handelt, gilt es, bei der Erhebung der Anamnese ein möglichst breites Spektrum der Faktoren zu erfassen, die für die Auslösung der Krankheit eine Rolle spielen können. Im Gegensatz zu der typisch internistischen Anamnese oder der psychiatrischen Exploration, bei der die Anamnese nach dem Prinzip der geschlossenen Fragen und nach einem bestimmten Schema erfragt wird, geht es bei der Erhebung der psychosomatischen Anamnese darum, es dem Patienten zu ermöglichen, seine Angaben und Vorstellungen in seinen Worten, in seiner Reihenfolge und zu dem ihm richtig erscheinenden Zeitpunkt zu artikulieren. Hierzu benützt man im wesentlichen offene Fragen. Wichtige diagnostische Hinweise ergeben sich durch die Wahrnehmung der Übertragungs- und Gegenübertragungsdynamik, die während des Gesprächs entsteht. Wichtige Hinweise gewinnt man auch aus der Beobachtung der nonverbalen Äußerungen des Patienten während der Erhebung der Anamnese, wie z. B. Art des Händedrucks, Blickkontakt,

Gestik, Mimik, Körperhaltung. Nach MORGAN und ENGEL dient die Anamnese im wesentlichen drei Aufgaben:

1. Herstellen und Aufbau einer Beziehung zwischen Arzt und Patient, die sowohl diagnostische wie therapeutische Funktion hat.
2. Erarbeitung eines Verständnisses für die biographische Situation, in der die Krankheit auftrat, einschließlich der Bedeutung der Krankheit für den Patienten und für dessen Umgebung.
3. Erfassen der Beschwerden des Patienten und Herausarbeiten des zugrundeliegenden Krankheitsbildes mit dem Ziel einer vorläufigen Diagnosestellung.

Zusätzliche diagnostische Hilfsmittel stellen die psychologischen Testverfahren dar, und zwar sowohl die quantifizierend vorgehenden psychometrischen als auch die projektiven Tests.

6 Therapieformen in der Psychosomatik

Neben der somatischen Behandlung gibt es verschiedene psychotherapeutische Verfahren, die versuchen, die psychischen Faktoren im Krankheitsgeschehen zu beeinflussen. Man unterscheidet im wesentlichen zwischen *konfliktaufdeckenden* und *konfliktzudeckenden* Verfahren.

6.1 Aufdeckende Verfahren

a) Das psychoanalytische Standardverfahren (die klassische Analyse),
b) die analytisch orientierte Psychotherapie,
c) die analytisch orientierte Fokaltherapie,
d) die analytisch orientierte Gruppentherapie,
e) die Gestalttherapie.

Bei den analytisch orientierten Verfahren wird im Rahmen der Übertragungsneurose versucht, unbewußte Konflikte aufzudecken und zu bearbeiten mit dem Ziel, den Patienten in die Lage zu versetzen, eine für sich angemessene Konfliktlösung zu finden. Nach dem Gelingen einer psychoanalytischen Therapie zeichnen sich bleibende Strukturänderungen bei dem Patienten ab, die es ihm ermöglichen, neurotische Fehlentwicklungen zu korrigieren.

f) Konzentrative Bewegungstherapie
Hierbei werden körperliche und gefühlsmäßige Selbstwahrnehmung sowie Schwierigkeiten des Kontaktes durch Übungen in Gruppen aktualisiert.

g) Gestaltungstherapie
Es handelt sich um frei assoziatives Zeichnen, Malen und Gestalten, das bei vielen Patienten praeverbale Ausdrucksmöglichkeiten mobilisiert und einen Zugang zu praeverbalen Konflikten ermöglicht.

6.2 Zudeckende Verfahren

Hierbei handelt es sich nicht um eine konfliktlösende, sondern um eine symptomatische Therapie, die primär auf eine Besserung oder Beseitigung von Symptomen ausgerichtet ist.

a) Das ärztliche Gespräch
Das ärztliche Gespräch als diagnostische und therapeutische Methode ist eine Behandlungsform, die jeder Arzt bewußt oder unbewußt ausübt. Sie wird in ihrer Bedeutung bisher stark unterschätzt. Wenn es dem Arzt gelingt, dem Patienten zu ermöglichen, über seine Bedürfnisse und seine Konflikte zu sprechen, so hat dies eine stark entlastende und oft deutlich symptombessernde Wirkung. Gelingt es, eine tragende Beziehung zwischen Arzt und Patient herzustellen, so wird sich dies deutlich auf den Verlauf und auf die Erfolgschancen einer Behandlung auswirken. Das Zuhörenkönnen und das Gefühl auf der Seite des Patienten, daß ihn der Arzt als Person und in seiner Auseinandersetzung mit der Krankheit versteht, sind nicht zu unterschätzende therapeutische Faktoren.

b) Autogenes Training
Es handelt sich dabei um systematisch aufgebaute autosuggestive körperliche Übungen mit dem Ziel, die allgemeine körperliche und seelische Entspannung zu fördern. Hauptindikationen sind vegetative Regulationsstörungen.

c) Stützende Psychotherapie
Sie kommt für Patienten in Frage, bei denen Deutungen und selbst vorsichtige Konfrontationen nicht angezeigt sind. Das entscheidende therapeutische Element stellt hier der Aufbau einer stabilen Objektbeziehung dar. Oftmals sind Stützung, Gewährung und Ermutigung des Patienten notwendig, um es dem Patienten zu ermöglichen, mit seinen Schwierigkeiten fertig zu werden.

d) Gesprächspsychotherapie (nicht-direktive Psychotherapie nach C. R. ROGERS)
Sie besitzt gleichzeitig zudeckenden und konfliktaufdeckenden Charakter. Dieser Methode liegt jedoch kein konfliktlösendes Modell zugrunde wie z. B. den analytischen Verfahren.

e) Übende Verfahren
Dies sind vorwiegend physikalische Verfahren wie z. B. Atemtherapie, Sprechübungstherapie, Herzkreislauftraining.

f) Konfliktzudeckend wirkt auch die Therapie mit Psychopharmaka.

6.3 Verhaltenstherapie

Hierbei wird von der Grundannahme ausgegangen, daß alle Verhaltensstörungen durch unerwünschte oder fehlende Lernprozesse entstanden sind. Durch verschiedene lerntheoretisch begründete Verfahren wird versucht, das abweichende Verhalten abzubauen und durch erwünschte Verhaltensweisen zu ersetzen. Die Verhaltenstherapie hat sich in neuerer Zeit zunehmend auch psychosomatischen Störungen zugewandt und dabei, wie z. B. bei der Therapie von Eßstörungen, gute Erfolge erbracht.

7 Konzepte psychosomatischer Therapie in der Klinik

7.1 Der psychoanalytische Ansatz

Mit Hilfe von analytischer Gruppentherapie, Einzelgesprächen, Gestaltungstherapie und konzentrativer Bewegungstherapie wird versucht, einen Zugang zu den Konflikten des Patienten zu gewinnen und diese analytisch zu bearbeiten. Die Patienten werden dazu meist mehrfach in größeren Abständen für längere Zeit stationär einbestellt. Eine Variation dieses Modells stellt das Konzept von S. STEPHANOS dar. Sein praktischer Ansatz stützt sich auf die therapeutische Dynamik der Stationsgruppe, die als eine organische Einheit funktioniert. Die Gruppe widmet sich dabei als Ganzes der Aufgabe, sich auf den einzelnen Patienten einzustellen, ihn zu verstehen und ihn analytisch zu therapieren. Eine ambulante Nachbehandlung wird in jedem Falle angestrebt.

7.2 Der patientenzentrierte psychotherapeutische Ansatz

Hierbei steht im Vordergrund der Versuch, mit dem Patienten eine tragfähige Arbeitsbeziehung herzustellen, in der der Patient gegenüber Ärzten und Krankenschwestern ein möglichst selbständiger Partner bei der Behandlung seiner Krankheit wird. Im Rahmen dieser Arbeitsbeziehung, in der der Krankenschwester eine wesentliche therapeutische Rolle zukommt, werden dem Patienten folgende Angebote gemacht: ausreichende Information über seine Krankheit, Hilfestellung bei familiären oder sozialen Schwierigkeiten, Versuch der Erarbeitung eines Konfliktbewußtseins mit dem Ziel einer konfliktbearbeitenden Psychotherapie bzw. einer ambulanten psychotherapeutischen Weiterbehandlung. Dieses Konzept kann innerhalb einer Fachklinik verwirklicht werden, d. h. die Kranken werden nicht speziell nach ihrer Eignung ausgewählt, und es ist nicht die Einrichtung einer psychosomatischen Spezialstation notwendig.

Verweis auf andere Stichwörter

→Gesprächspsychotherapie →Lernen →Psychoanalyse →Psychotherapie →Verhaltenstherapie

Literatur

ALEXANDER, F.: Psychosomatische Medizin. Grundlagen und Anwendungsgebiete. Berlin: de Gruyter 1971.

BRÄUTIGAM, W./CHRISTIAN, P.: Psychosomatische Medizin. Stuttgart: Thieme 1975.

BREDE, K.: Einführung in die Psychosomatische Medizin. Klinische und theoretische Beiträge. Frankfurt/Main: Athenäum Fischer Taschenbuch 1974.

CHESSER, E. S./MEYER, V.: Behavior therapy and psychosomatic illness. In: HILL, D. W.: Modern trends in psychosomatic medicine. London 1970.

CREMERIUS, J.: Freuds Konzept über die Entstehung psychogener Körpersymptome. Psyche 2, 125–139, 1957.

Ders.: Ist die „psychosomatische Struktur" der französischen Schule krankheitsspezifisch?. Psyche 31, 293–317, 1977.

DUNBAR, F.: Emotions and Bodily changes. New York: Columbia University Press 1954.

FENICHEL, O.: Hysterien und Zwangsneurosen. Wien: Int. Psa. Verlag 1931.

Ders.: The psychoanalytic theory of neurosis. New York: Norton 1945.

FREUD, S.: Gesammelte Werke. Frankfurt/M.: Fischer 1972.

FREYBERGER, H.: Psychosomatik des Kindesalters und des erwachsenen Patienten. Klinik der Gegenwart. München, Wien, Baltimore: Urban & Schwarzenberg 1977.

HEINROTH, J. C.: Lehrbuch der Störungen des Seelenlebens oder der Seelenstörungen und ihre Behandlung. Leipzig 1818, Teil II.
IORES, A.: Praktische Psychosomatik. Bern, Stuttgart, Wien: Huber 1976.
KÖHLE, K./BÖCK, D./GRAUHAN, A.: Die internistische psychosomatische Krankenstation. Editiones „Roche“ 1977.
MARTY, P./DE M'UZAN/DAVID, CH.: L'investigation psychosomatique. Paris: Presses Universitaires 1957.
MITSCHERLICH, A.: Krankheit als Konflikt. Studien zur psychosomatischen Medizin 1, 2. Frankfurt/M.: Suhrkamp 1975.
MORGAN, W. L./ENGEL, G. L.: Der klinische Zugang zum Patienten. Bern, Stuttgart, Wien: Huber 1977.
NEMIAH, J./FREYBERGER, H./SIFNEOS, P. E.: Alexithymia: A view of the psychosomatic process. In: HILL, D. W.: Modern trends in psychosomatic medicine. London: Butterworths 1976.
PFLANZ, M.: Transkulturelle Psychosomatik. Praxis 56, 1091, 1967.
RANGELL, L.: The Nature of Conversion. J. Americ. Psychoanalytic Ass. 7, 632–662, 1959.
SCHUR, M.: Comments on the metapsychology of somatization. In: The psychoanalytic study of the child, Vol. 10, 1955.
STEPHANOS, S.: Analytisch-psychosomatische Therapie. Bern, Stuttgart, Wien: Huber 1973.
UEXKÜLL, TH. V.: Grundfragen der psychosomatischen Medizin. Reinbek: Rowohlts Deutsche Enzyklopädie 1963.
ZEPF, S.: Die Sozialisation des psychosomatisch Kranken. Frankfurt/M., New York: Campus 1976.

Gerd Hochapfel

Psychotherapie

1 Einführung in die Problemstellung

Wie kaum auf einem anderen Gebiet der Psychologie und Medizin können wir im Fach P. einen beispiellosen Aufschwung beobachten. Kreative Neuschöpfungen von therapeutischen Verfahren, der Aufstieg der P.forschung mit zahlreichen Publikationen und einer verfeinerten Methodik und schließlich ein wachsendes öffentliches Interesse kennzeichnen die zunehmende Bedeutung der P. Diese sprunghafte Ausweitung und Popularisierung wird erst verständlicher, wenn man sich verschiedene Momente der gesellschaftlichen Entwicklung vor Augen führt, die diesen Aufstieg sicherlich begünstigt haben. Besonders in den letzten Jahren nahmen belastende Faktoren für den Einzelnen deutlich erkennbar zu. Wachsender Arbeitsstreß, erhöhte Leistungsanforderungen, Entfremdung, fehlende Selbstbestimmung und Partizipation, Anpassungsdruck, Norm- und Orientierungslosigkeit im zwischenmenschlichen Bereich sind nur einige wahllos herausgegriffene Beispiele.
„Etwa jeder dritte Bundesbürger hat bereits einmal in seinem Leben irgendeine psychische Krankheit durchgemacht oder leidet noch daran. In der Bundesrepublik Deutschland sind oder waren demnach rund 20 Millionen Menschen andauernd, wiederholt oder wenigstens einmal während ihres Lebens in irgendeiner Form unmittelbar betroffen“ (Deutscher Bundestag, 1975, 7). Die Daten der Psychiatrie-Enquête enthüllen sehr deutlich, daß innerhalb unseres Gesellschaftssystems elementare menschliche Bedürfnisse, wie akzeptiert und geliebt zu werden, von anderen gebraucht zu werden, für sich selbst und andere Zeit haben, kaum oder nur sehr schwer befriedigt werden können.
Diesen wachsenden psychischen Schwierigkeiten ganzer Bevölkerungsgruppen steht ein Rückgang und Defizit des traditionell gewachsenen Potentials an zwischenmenschlicher Hilfe gegenüber. Die Auflösung sozialer Strukturen, die fortschreitende Urbanisierung mit ihrer Isolierung und Anonymisierung des Einzelnen und schließlich auch die Säkularisierung, die die Kirchen aus diesem Aufgabenbereich stärker herausgedrängt hat, haben dazu geführt, daß die Zuständigkeiten neu bestimmt werden mußten.

Der wissenschaftlich vorgebildete Experte ersetzt den guten Freund und die Therapiegruppe die Großfamilie oder Gemeinde.
Zur Bewältigung von psychischen Problemen hat sich eine neue Form von „Dienstleistungsberufen für den persönlichen Bereich" (NORTH, 1975), der Psychotherapeut, herausgebildet.

2 Begriffsbestimmung

Lange Zeit war der Begriff „Psychotherapie" gleichbedeutend mit „Psychoanalyse". Verhaltenstherapie verstand sich in ihren Anfängen geradezu als Alternative zu P. und hat sich strikt von allen bisher praktizierten Methoden abgegrenzt. Erst in den letzten Jahren setzt sich ein Gebrauch des Wortes „Psychotherapie" durch, der so unterschiedliche therapeutische Konzepte wie die klassische Analyse FREUDscher Prägung, ADLERs Individualtherapie, die Verhaltenstherapie, Gesprächspsychotherapie, Gestalttherapie, um einige wichtige zu nennen, einschließt. Es ist offenkundig, daß ein derart umfassender Begriff nicht mit einer einzigen, allgemein gültigen Definition umschrieben werden kann. Wir möchten deshalb die wichtigsten Bestimmungsstücke, wie sie in den vorliegenden Definitionen von P. enthalten sind, zusammenfassen, um so die wesentlichen Aspekte des Konzeptes „Psychotherapie" zu kennzeichnen (BERGIN/STRUPP, 1972; KIESLER, 1973; MELTZOFF/KORNREICH, 1970; STROTZKA, 1978; WOLBERG, 1967):

- P. ist ein Interaktionsprozeß zwischen zwei oder mehreren Personen;
- es besteht eine klare Rollenverteilung: der „Therapeut" ist eine durch Ausbildung und Erfahrung qualifizierte Person, der „Klient" ist eine Person mit einem psychischen Problem, die um Hilfe nachsucht;
- das Verhalten des Therapeuten ist bewußt geplant oder mindestens systematisch kontrollierbar;
- gemeinsames Ziel der Interaktion ist es, die psychischen Probleme, an denen der Klient leidet, zu beseitigen oder zu bessern und seine persönliche Weiterentwicklung zu fördern;
- die angewandten psychologischen Prinzipien der Verhaltens- und Erlebensänderung müssen auf der Basis einer wissenschaftlich gesicherten Theorie erarbeitet oder mit einer solchen beschreibbar und erklärbar sein;
- die angewandten Methoden müssen vermittelt werden können, also lehr- und lernbar sein;
- die Wirkung des therapeutischen Interaktionsprozesses muß intersubjektiv nachprüfbar sein.

Mit einer bloßen Aufzählung von Beschreibungsmerkmalen ist aber die Frage „Was ist Psychotherapie?" noch nicht erschöpfend beantwortet. Versucht man sich zu vergegenwärtigen, wie sich P. in der Praxis konkretisiert, so lassen sich die oben aufgeführten vielfältigen Kriterien auf vier unterschiedlichen Ebenen erfassen. Trotz der unmittelbaren Zusammenhänge zwischen den einzelnen Ebenen sind diese nicht vollständig ineinander überführbar, da jede auch durch eigenständige Momente gekennzeichnet ist:

Theorieebene: P. ist eine Sammlung von allgemeinen Prinzipien und theoretischen Aussagen über Entstehung, Struktur und Veränderung von pathologischem und abweichendem Verhalten und Erleben. Dieses theoretische Gebäude ist in Form von Lehrbüchern, Therapietransskripten, Fallbeschreibungen u.a. dokumentiert.

Ausbildungsebene: P. ist ein Ausbildungsgang, der sich in Richtlinien und Lehrplänen von Instituten und Verbänden niederschlägt. Die Ausbildung umfaßt neben der Erarbeitung dieser Theorie auch Training von Fertigkeiten, Eigenanalyse, Selbsterfahrung und praktische Arbeit unter Supervision.

Tätigkeitsebene: P. ist das, was der Therapeut praktisch tut. In der Therapiesituation wird vom Therapeuten das Gelernte in die Praxis umgesetzt, indem er theoretische Konzepte und trainierte Fertigkeiten prozeß- und phasenspezifisch auf den konkreten Einzelfall abstimmt und anwendet.

Änderungsebene: P. ist das, was beim Klienten subjektiv und objektiv feststellbare Änderung bewirkt.
P. umfaßt alle psychologischen Variablen, die verantwortlich sind für die Veränderungen, die während des therapeutischen Prozesses beim Klienten hervorgerufen werden.

3 Therapieschulen

Mit dem gebräuchlichen Begriff „Therapieschule" werden einzelne Therapiekonzepte zusammengefaßt, die in ihren theoretischen Modellvorstellungen und ihrem therapeutisch-technischen Vorgehen Gemeinsamkeiten aufweisen. Im allgemeinen werden drei große Hauptrichtungen unterschieden:

- Die *tiefenpsychologischen* oder *psychodynamischen* Schulen bauen in ihren Grundannahmen weitgehend auf FREUD auf. Psychische Störungen werden in erster Linie als ein Ausdruck innerpsychischer Konflikte gesehen. Das psychotherapeutische Vorgehen konzentriert sich darauf, mit dem Klienten diese Konflikte durchzuarbeiten und ihm damit mehr Einsicht zu vermitteln.
- Die *verhaltensorientierten* Therapierichtungen haben sich ursprünglich aus der experimentellen Lernpsychologie entwickelt. Im therapeutischen Prozeß wird versucht, die abweichenden Verhaltensmuster des Klienten direkt zu verändern. Psychische Probleme werden in erster Linie als ein Ergebnis der individuellen Lerngeschichte und aktueller kontrollierender Bedingungen gesehen.
- Die *erlebensorientierten* Therapierichtungen sind in ihren theoretischen Ausgangspunkten weniger homogen und enthalten mit unterschiedlichem Akzent tiefenpsychologisches, humanistisches, existentialphilosophisches Gedankengut. Sie vertreten eine ganzheitliche Auffassung vom Menschen, die etwa bei LOWEN und ROLF auch den Körper und bei DÜRCKHEIM und ASSAGIOLI sogar transzendentale Ideen mit einschließen. In der Therapie wird die Bedeutung der zwischenmenschlichen Beziehung betont. In der unmittelbaren Begegnung von Therapeut und Klient wird versucht, die Wahrnehmung und das Erleben des Klienten im Hier und Jetzt zu aktivieren und damit das Wachsen der Persönlichkeit zu fördern.

Eine ganze Reihe weiterer wichtiger theoretischer und praktischer Beiträge zur P. läßt sich nicht ohne weiteres diesen drei Hauptrichtungen zuordnen. Eine vierte Gruppe verbindet ihr gemeinsamer theoretischer Ausgangspunkt: die wissenschaftliche Analyse normaler und pathologischer menschlicher Kommunikation. Auch wenn die „kommunikationsorientierte Psychotherapie" noch nicht im selben Ausmaß therapierelevante Aspekte in ihrer Theorie ausgearbeitet hat, können wir sie auf Grund ihrer zunehmend größeren praktischen Bedeutung als eigenständige Einheit zusammenfassen. Psychische Störungen werden dabei in erster Linie als Kommunikationsstörung, als eine „Taktik in den menschlichen Beziehungen" (HALEY, 1963) aufgefaßt; die therapeutischen Strategien versuchen diese gestörten Interaktions- und Kommunikationsmuster zu verändern.
Die einzelnen therapeutischen Ansätze innerhalb dieser Gruppen unterscheiden sich sehr stark in ihrer Verbreitung, im Grad ihrer theoretischen Ausarbeitung und ihrer empirischen Absicherung. Die wichtigsten Konzepte sind in der folgenden Tabelle zusammengefaßt. Die einzelnen Richtungen werden in Anlehnung an KARASU (1977) durch ein kennzeichnendes Stichwort und den Hauptvertreter bzw. Gründer beschrieben und innerhalb der vier Hauptgruppen in eine annähernd chronologische Reihenfolge gebracht.

4 Der therapeutische Prozeß

Was bewirkt P.? Was sind die notwendigen Bestandteile einer erfolgreichen P.? Diesen zentralen Fragen möchten wir im folgenden schulenübergreifend nachgehen und einige wichtige Ergebnisse empirischer Forschung über die wesentlichen Variablen des therapeutischen Prozesses diskutieren. Beim aktuellen Stand können allerdings keine abschließenden Antworten, sondern vielmehr erste, weitgehend beschreibende Konzepte und hypothetische Überlegungen erwartet werden.
P. ist ein Prozeß, in den (1.) bestimmte Ausgangsgrößen eingehen und der (2.) auf formulierbare Ziele ausgerichtet ist. Innerhalb dieses Prozesses werden (3.) therapeutische Einflußfaktoren wirksam, die (4.) beim Klienten spezifische Veränderungen hervorrufen.

4.1 Ausgangsgrößen

Bereits ehe der Klient das Zimmer des Therapeuten betritt, legen eine ganze Reihe von situativen, soziographischen und psychologischen Faktoren maßgeblich Verlauf und Erfolg einer Behandlung fest. P. wird in der Regel von institutionalisierten Einrichtungen angeboten,

Übersicht über die wichtigsten „Therapieschulen“

Tiefenpsychologische Therapien		Verhaltensorientierte Therapien		Erlebensorientierte Therapien		Kommunikationsorientierte Therapien	
Stichwort	Vertreter	Stichwort	Vertreter	Stichwort	Vertreter	Stichwort	Vertreter
Psychoanalyse	Freud	Verhaltens-	Skinner	Existenz-	Bins-	Kommunika-	Watzla-
Analytische	Jung	analyse		analyse	wanger	tionstherapie	wick/
Therapie		Verhaltens-	Eysenck	Daseins-	Boss	(Palo Alto	Jackson/
Individual-	Adler	therapie		analyse		Schule)	Bateson
therapie		Systemat.	Wolpe	Logotherapie	Frankl	Strategien der	Haley
Interpersonale	Sullivan	Desensibili-		Klientzentr.	Rogers	Psychotherapie	
Psychiatrie		sieren		Gesprächs-		Conjoint	Satir
Charakter-	Reich	Therapeut.	Dollard/	psychotherapie		Family	
analyse		Lernen	Miller	Gestalt-	Perls	Therapy	
Ichanalyse	A. Freud	Soziale Lern-	Rotter,	therapie		Familien-	Selvini-
Chicago-	Alexander	theorie	Bandura	Experiential	Gendlin	therapie	Pallazoli
Schule	French	Fixed Role	Kelly	Therapy		(Ital. Schule)	
Neoanalyse	Schultz-	Therapy		Primärtherapie	Janov	Familien-	Stierlin
	Hencke	Rational-	Ellis	Bioenergetik	Lowen	therapie	
Fokaltherapie	Malan	emotive		Struktur-	Rolf		
Psychodrama	Moreno	Therapie		analyse			
Katathymes	Leuner	Realtherapie	Glasser	Feeling-	Hart		
Bilderleben		Eklektische	Thorne	Therapy			
Transaktions-	Berne	Psychotherapie		Initiatische Th.	Dürckheim		
analyse		Selbstkontrolle	Kanfer	Actualizing	Shostrom		
Dynamische	Ammon	Kognitive Ver-	Mahoney	Therapy			
Psychiatrie		haltenstherapie		Psycho-	Assagioli		
Kollusions-	Willi	Strukturierte	Gold-	synthesis			
therapie		Lerntherapie	stein	Integrative	Petzold		
		Multimodale	Lazarus	Psychotherapie			
		Verhaltens-					
		therapie					

die auf Grund unterschiedlich festgelegter Aufgabenstellung (z.B. Suchtklinik, Erziehungsberatungsstelle, private Einzelpraxis) die Zielrichtung der Behandlung und die Art und Weise des Zugangs der Klienten bestimmen (z.B. Zwangseinweisung, Überweisung durch den Hausarzt, Empfehlung).

Der soziale Rahmen – Individual- oder Gruppentherapie – und das formale Arrangement – klassisches analytisches Setting, Training in den konkreten Problemsituationen – steuern unmittelbar die praktische Ausfüllung der Rolle des Therapeuten und des Klienten.

Zahlreiche empirische Untersuchungen haben gezeigt, daß Vorauswahl, Zugangsmöglichkeit oder Klientenerwartung wichtige Determinanten des Behandlungsverlaufs sein können. Auf seiten des Klienten bestimmen nicht nur Art und Ausmaß der Störung, sondern auch allgemeines Krankheitsverständnis und Krankheitsverhalten, Stärke des Leidensdrucks, Erwartungen bezüglich Therapeutenverhalten und Heilungserfolg Verlauf und Ergebnis der Behandlung.

Auf seiten des Therapeuten sind solche Einflußfaktoren: Ausbildung und praktische Erfahrung, Persönlichkeitsmerkmale, Einstellungen und Wertvorstellungen sowie die mehr oder minder bewußt vorgenommene Auswahl von Klienten. So hat Schofield in einer soziologischen Analyse bereits 1964 darauf hingewiesen, daß Therapeuten einen bestimmten Kliententyp bevorzugt behandeln. Dieser Klient, der sog. Mr. Yavis, ist durch die Merkmale „young“, „attractive“, „verbal“ (redegewandt), „intelligent“ und „successful“ (beruflich erfolgreich) gekennzeichnet. Ein Klient, der diese Merkmale nicht aufweist, hat eine weit geringere Chance, zu einer psychotherapeutischen Behandlung zugelassen zu werden und diese auch erfolgreich zu Ende zu führen.

Trotz erhöhter Forschungsaktivitäten wissen wir noch zu wenig Gesichertes über diese vielfältigen Ausgangsfaktoren, um z.B. klare Kriterien für eine Zuordnung von Therapeuten und

Klienten zu treffen, die erfolgversprechender ist als ein zufälliges Zusammentreffen (BERZINS, 1977).

4.2 Therapieziele

In jeder Form von P. können zwei Klassen von Therapiezielen – vermittelnde und abschließende – unterschieden werden (PARLOFF, 1967). *Vermittelnde* Ziele sind in der Regel schulengebunden, aus der jeweiligen Therapietheorie hergeleitet und damit wissenschaftlich begründbar. Es sind die einzelnen Schritte, die jede Klient-Therapeut-Dyade in einer Therapie durchlaufen soll. So ist z.B. ein Ziel des Verhaltenstherapeuten, die Schwierigkeiten des Klienten als „Verhalten in einer spezifischen Situation" zu beschreiben. Entsprechend der psychoanalytischen Grundregel versucht der Analytiker freies Assoziieren zu erleichtern. Ein wichtiges vermittelndes Ziel in der Gesprächspsychotherapie ist es, dem Klienten zu helfen, von seinem Erleben und Verhalten zu berichten und sich mit dem Berichteten unmittelbar auseinanderzusetzen.

Das Erreichen der vermittelnden Ziele ist somit die wichtigste Voraussetzung für eine erfolgreiche Therapie. Da im Rahmen einer P. auch Kriterien für Erfolg und Mißerfolg einer Behandlung festgelegt werden müssen, haben einzelne Schulen unterschiedliche Leitvorstellungen von der ideal erfolgreich therapierten „reifen Person" bzw. „vom guten Leben" entwikkelt. So stellen Konzepte, wie „die sich voll entfaltende Persönlichkeit (fully functioning person)" in der Gesprächspsychotherapie, wie ein „genügendes Maß an Genuß- und Leistungsfähigkeit" in der Psychoanalyse oder die „erfolgreiche Bewältigung der Umwelt" in der Verhaltenstherapie Idealvorstellungen dar, auf die hin P. ausgerichtet ist. *Abschließende* Ziele besitzen gegenüber den vermittelnden einen geringeren instrumentellen Charakter. Sie sind somit einer empirischen Analyse weniger zugänglich und nicht mehr ausschließlich mit wissenschaftlichen Theorien zu begründen, zumindest solange diese den Anspruch vertreten, wertfrei zu sein.

Die vermittelnden und abschließenden Ziele besitzen normierende Funktion für den Therapieprozeß, da sie für den Therapeuten handlungsleitend sind. Damit wird in jeder Therapie auch die Frage nach der Begründung der in diese Zielformulierung eingehenden Wertaussagen aufgeworfen. Im Dialog zwischen Therapeut und Klient muß jeweils aufs Neue ein befriedigender Ausgleich sehr unterschiedlicher Wertvorstellungen gefunden werden. Dies ist umso schwieriger, als eine letztendliche Begründung und Legitimation normativer Aussagen weder von seiten der Wissenschaft noch von seiten einer pluralistischen Gesellschaftsordnung geliefert werden kann.

Innerhalb des therapeutischen Prozesses werden in den Zielaussagen und in den Vorstellungen von psychischer Normalität die unterschiedlichen Interessen von Therapeut, Klient und Gesellschaft sichtbar. Ein Hauptinteresse der Gesellschaft ist es, vor allem das Gefüge der sozialen Beziehungen, die Rollenverteilung und primär Stabilität, Vorhersagbarkeit und Konformität individuellen Verhaltens zu erhalten, auch wenn dies spontanen Wünschen und Bedürfnissen des Einzelnen zuwider laufen mag. Demgegenüber gewichtet das Individuum persönliches Glück und psychisches Wohlergehen weit höher. Die Vorstellungen des Therapeuten wiederum sind zusätzlich auch von funktionalen und persönlichkeitstheoretischen Überlegungen geprägt (STRUPP/HADLEY, 1977).

Die Aufgabe von Therapeut und Klient besteht nun darin, diese drei unterschiedlichen Wertvorstellungen – soziale Anpassung, subjektives Glück und Wohlbefinden sowie handlungs- und erlebnisfähige Persönlichkeit – auf einen gemeinsamen Nenner zu bringen.

4.3 Therapeutische Einflußfaktoren

Die meisten empirischen Untersuchungen zeigen, daß die verschiedenen Formen von P. positive Effekte bewirken (SMITH/GLASS, 1977; LUBORSKY et al., 1975). Weitgehend offen ist jedoch, welche Faktoren innerhalb des therapeutischen Prozesses diese Änderungen hervorrufen. Von den einzelnen psychotherapeutischen Richtungen werden sehr unterschiedliche Erklärungsmodelle angeboten, die aus der Vielzahl möglicher Wirkvariablen bestimmte Therapeuten-, Klienten- oder Interaktionsvariablen akzentuieren und differenzierter behandeln.

In der Psychoanalyse versucht der Therapeut, die in der Interaktion auftretenden vergangenheitsdeterminierten Momente herauszuarbeiten und diese sog. Übertragungsanteile dem Klienten bewußter zu machen. Mit Hilfe verschiedener therapeutischer Techniken – Deuten, Analyse von Widerständen – bemüht er sich, diesen Prozeß in Gang zu bringen, zu fördern und interpretierend aufzulösen. Während dieses analytischen Prozesses soll sich der Therapeut als Person soweit wie möglich zurücknehmen (Abstinenzregel). Im Gegensatz dazu wird in den Therapieformen der Humanistischen Psychologie die unmittelbare persönliche Beteiligung des Therapeuten als eine der zentralen Wirkvariablen angesehen, während technische Momente stärker in den Hintergrund treten. In der Gesprächspsychotherapie sind „Echtheit, Selbstkongruenz" und „Reales Zugegensein" des Therapeuten Kernbestandteile des Therapieprozesses. Noch entschiedener wird in der Gestalttherapie die Person des Therapeuten, mit ihren Gefühlen, Empfindungen und Einstellungen als das wichtigste therapeutische Instrument herausgestellt. Verhaltenstherapie wiederum sieht vor allem in der korrekten Anwendung von theoretisch hergeleiteten und empirisch begründeten Interventionsmethoden den eigentlichen Faktor therapeutischer Veränderung.

Eine kritische Analyse der bisher vorliegenden Therapietheorien zeigt deutlich, daß jede einzelne psychotherapeutisches Handeln nur unvollständig und einseitig erfaßt (Ford/Urban, 1963). Dieses Theoriedefizit macht sich vor allem in der therapeutischen Praxis bemerkbar und führt dort häufig zu einem unreflektierten Eklektizismus (= Vermischung von Techniken unterschiedlicher Herkunft).

Ausgehend von unterschiedlichen Vorüberlegungen versuchen einzelne Autoren wie Bastine, Burton, Marmor, Strupp, umfassendere, schulenüberschreitende Konzepte des therapeutischen Änderungsprozesses zu formulieren. Während Bastine (1976) und Marmor (1976) die in der therapeutischen Praxis vorfindbaren Gemeinsamkeiten zum Ausgangspunkt ihrer Vorschläge nehmen und eher intuitive, additiv aneinandergereihte Interventionsstrategien formulieren, geht Strupp (1973, 1976, 1977) mit seinen Grundelementen des therapeutischen Prozesses („Basic Ingredients") stärker von Überlegungen der empirischen Forschung aus. Aus diesen Ansätzen sollen hier notwendige und hinreichende Bedingungen des therapeutischen Prozesses zusammengefaßt werden.

Grundsätzlich müssen drei Variablenbereiche realisiert sein, um eine therapeutische Veränderung zu erreichen. Die erste und wichtigste Bedingung ist das Herstellen und Aufrechterhalten einer Beziehung zwischen Klient und Therapeut, die gekennzeichnet ist durch Respekt, Interesse, Engagement, Vertrauen und gegenseitige Wertschätzung. Diese Beziehung erst schafft die grundlegende Voraussetzung für eine gemeinsame Arbeit. Effektive therapeutische Einflußnahme besteht dann in der Fähigkeit des Therapeuten, mit dieser persönlichen Beziehung therapeutisch umzugehen und verschiedene psychologische Interventionsmethoden einzusetzen. In der therapeutischen Beziehung besitzt der Therapeut die Möglichkeit, mit dem Klienten wichtige emotionale zwischenmenschliche Erfahrung zu teilen. Der Klient kann konflikthafte frühere Erfahrung wieder erleben oder unangepaßte soziale Interaktionsmuster erkennen und in Frage stellen. Die therapeutische Beziehung bietet ihm die Möglichkeit, andere vernünftigere, konfliktfreiere Formen menschlicher Begegnung zu erleben und neue Formen der Interaktion zu erproben.

Die Aufgabe psychotherapeutischer Techniken besteht in erster Linie darin, den Klienten zu mehr Einsicht und zu neuen Verhaltensweisen anzuleiten. Dabei können prinzipiell alle ethisch vertretbaren Formen sozialer Einflußnahme als therapeutische Interventionsstrategie eingesetzt werden:

Bewußtmachen und Konfrontieren: Der Therapeut versucht, dem Klienten zu einer klareren Wahrnehmung und Erkenntnis der kognitiven, emotionalen und im Verhalten sichtbaren Anteile seiner Schwierigkeiten zu verhelfen. Indem der Therapeut die persönliche Bedeutung der Äußerungen des Klienten empathisch versteht, kann er sie widerspiegeln, einzelne Teilaspekte herausgreifen und akzentuieren oder den Klienten mit Widersprüchen in seinem Verhalten konfrontieren.

Interpretieren: Der Therapeut bietet Erklärungsansätze für unangepaßte Verhaltensmuster und verzerrte Realitätswahrnehmung an. Dadurch kann der Klient sein Problem besser verstehen, neue Bedeutungen erkennen und sie gedanklich neu ordnen.

Informieren, Vorschlagen: Der Therapeut gibt dem Klienten neue, sein Problem betreffende Informationen. Er macht ihm eine Reihe von Vorschlägen, berät und ermutigt ihn, auch außerhalb der Therapiesituationen neue Verhaltens- und Sichtweisen zu erproben.

Anbieten von Übungssituationen: In der Zusammenarbeit mit dem Therapeuten kann der Klient unmittelbar neue Erfahrung sammeln. Die therapeutische Situation verschafft dem Klienten einen Freiraum, in welchem er seine Erwartungen, Gefühle, Phantasien und Verhaltensmuster bewußter erleben kann. In dieser „Übungssituation" hat der Klient die Möglichkeit, von seinen Schwierigkeiten offener zu sprechen, sie zu reflektieren und angstfrei mit neuen Verhaltensweisen zu experimentieren.

Modellieren: Der Therapeut selbst ist ein wichtiges Modell für neue Verhaltensweisen des Klienten.

Verändern von kontrollierenden Bedingungen: Der Therapeut versucht mit dem Klienten, interne oder externe Bedingungen, die die Störung auslösen oder aufrecht erhalten, zu verändern.

Der Erfolg der aufgezählten Interventionsmethoden hängt nicht nur von den Fertigkeiten des Therapeuten ab, sondern auch von einer dritten Bedingung, der Möglichkeit und Bereitschaft des Klienten, innerhalb des Interaktionsprozesses auf die neuen angebotenen Erfahrungsmöglichkeiten einzugehen und zu lernen. Hierin zeigt sich noch einmal die enge Wechselbeziehung von Therapeuten- und Klientenverhalten und die zentrale Bedeutung, die der therapeutischen Beziehung zukommt.

4.4 *Ergebnisse des therapeutischen Prozesses*

Eine *Unterscheidung von Therapieziel und Therapieergebnis* erscheint notwendig, da beide nur im Idealfall deckungsgleich sind. Das Therapieergebnis beschreibt, in welchem Ausmaß nach Abschluß der Behandlung die aufgestellten Ziele erreicht werden konnten.
Die *empirische P.forschung* hat bereits früh darauf aufmerksam gemacht, wie schwierig es ist, den Therapieerfolg eindeutig zu beurteilen. Die zumeist nur recht global formulierten Therapieziele lassen sich auf sehr unterschiedlichen Ebenen operationalisieren. Je nachdem, welche Kriterien herangezogen werden – globale Beurteilung der Besserung; Verhaltensbeobachtung; psychologische Testsysteme; Indikatoren wie Schulerfolg, Berufswechsel, neue Partnerbeziehung –, ergeben sich unterschiedliche Therapieerfolge. Sogar der Blickwinkel – Klient, Therapeut oder neutrale Person –, von dem aus der Erfolg oder Mißerfolg einer Behandlung beurteilt wird, führt zu sehr unterschiedlichen Einschätzungen (Harty/Horwitz, 1976).
Während die theorie- und zielkonforme Wirkung von P. noch vergleichsweise einfach zu bestimmen ist, blieb das Problem von *Nebenwirkungen* in vielen Untersuchungen noch weitgehend unberücksichtigt. Die weitverbreitete Annahme, daß P. immer positive oder im ungünstigsten Fall keine Effekte bewirkt, muß auf Grund neuerer Untersuchungen revidiert werden (Lambert et al., 1977). Durch den therapeutischen Prozeß werden Störungen nicht nur beseitigt, es können im Gegenteil sogar sog. iatrogene (therapieinduzierte) Störungen, wie Verschlechterung der Symptomatik oder gar Suizid, ausgelöst werden. Die Ursachen hierfür können in einer falschen Indikation, einer nicht sachgemäßen Anwendung therapeutischer Techniken oder einer unzureichenden Ausbildung des Therapeuten liegen. Allerdings muß die Fehlerquelle nicht allein im Therapeutenverhalten zu suchen sein, da alle vorliegenden Theoriesysteme zweifellos noch spezifische Einseitigkeiten und Lücken aufweisen. P. stellt somit für den Klienten nicht nur eine Chance auf Besserung dar, sie birgt ebenso wie größere medizinische Eingriffe auch Gefahren in sich.

5 Sozialer Kontext

P. steht als eine Form sozialen Handelns in vielfältiger Beziehung zu den wirtschaftlichen, kulturellen und politischen Strukturen und Entwicklungsprozessen einer Gesellschaft. Diese Beziehungen ergeben sich daraus, daß P.

- Leiden und Krankheiten behandelt, deren Ursachen z.T. in sozialen Konflikten und Widersprüchen liegen;
- das Ziel verfolgt, dem Klienten ein sinnvolles Handeln in der Gesellschaft zu ermöglichen;
- in ihren Theorien, Methoden und Institutionen an die konkreten Lebensbedingungen gebunden ist (Thom/Löter, 1976).

Die Entstehungsbedingungen der Leidenszustände und abweichenden Verhaltensmuster, die mit P. behandelt werden, sind auch in gesellschaftlichen Widersprüchen und Konflikten zu suchen. In der P. wird aber durch die

Ausrichtung auf die Person des Klienten ein psychisches Problem zunächst nur in seiner individuellen Ausprägung gesehen, untersucht und mit psychologischen Mitteln verändert. Zwangsläufig wird dadurch das Hauptaugenmerk auf individuelle und psychische Aspekte abweichenden Verhaltens eingeengt. Dabei können Therapeut und Klient sehr leicht aus dem Auge verlieren, daß die Gründe auch für das gerade vorliegende psychische Problem nicht nur in einer verzerrten Wahrnehmung der Wirklichkeit, in überzogenen Erwartungen oder in unangemessenen Verhaltensmustern zu suchen sind, sondern auch in den ökonomischen Bedingungen, in Fremdbestimmtheit, in sozialer Benachteiligung oder Isolierung. P., die solche Rahmenbedingungen zu wenig beachtet, läuft dabei Gefahr, mit dazu beizutragen, offenkundige soziale Mißstände zu verfestigen, indem sie vorhandene Probleme zu individualistisch sieht und sie dem Klienten durch die Behandlung u.U. nur erlebnismäßig erträglicher macht.
Allgemeinstes Ziel einer psychotherapeutischen Behandlung ist es immer, dem Klienten zu helfen, einen für ihn sinnvollen und persönlich angemessenen Weg zu finden, in seiner sozialen Umwelt handlungsfähiger zu werden, also „nicht nur in der Welt, sondern mit der Welt" (FREIRE, 1977) leben zu lernen. Damit wird der *Doppelcharakter von P.* offenkundig: sie soll einerseits die eigenständige Entwicklung des Klienten und gleichzeitig eine Anpassung an die Gesellschaft fördern. Mit der Ausrichtung auf diese Zielvorstellungen sind prinzipiell *Wertentscheidungen* verknüpft. Durch den Therapeuten werden innerhalb der Therapie auf zweifache Weise gesellschaftliche Werte vermittelt. Sein persönliches Wertsystem ist das Ergebnis seiner individuellen Lerngeschichte, seiner sozialen Herkunft, seiner Ausbildung und seiner momentanen Lebenslage. Die in der jeweiligen Therapietheorie enthaltenen Vorstellungen von psychischer Normalität bzw. seelischer Gesundheit bilden für den Therapeuten eine Art Orientierungshilfe, die Therapieverlauf und -endpunkt festlegt. Auch hier werden indirekt Wertvorstellungen der Gesellschaft in den therapeutischen Prozeß übernommen. In jeder Behandlung werden diese beiden Wertsysteme aktualisiert und miteinander verwoben. Da der Therapeut gegenüber dem Klienten einen Wissensvorsprung besitzt und soziale Macht ausübt, besteht immer die Gefahr, daß der Klient im Sinne fremder Wertvorstellungen beeinflußt wird. Diese Gefahr erscheint dann besonders groß, wenn die Therapieziele nicht explizit formuliert werden, wenn Werturteile als Tatsachenurteile getarnt werden, wenn Theorien über abweichendes Verhalten vorgeben, wertneutral zu sein oder wenn eine Supervision und Kontrolle des Therapeuten im Selbstverständnis der jeweiligen therapeutischen Schule nicht verankert ist.
Da P. grundsätzlich nicht wertfrei vorstellbar ist, gilt es, alle einfließenden persönlichen und theorieimmanenten Wertvorstellungen offenzulegen und ihre Verwendung zu begründen. Bemühungen, die jeweiligen Veränderungsziele zu rechtfertigen, dürfen jedoch nicht nur innerhalb des therapeutischen Prozesses stattfinden, sie müssen sich vielmehr auch an gesellschaftliche und politische Instanzen richten. Das bedeutet, daß Ziele nicht nur im Dialog zwischen Therapeut und Klient ausgehandelt werden, sondern daß P. auch als aktive, nach außen gerichtete Parteinahme für die Probleme und Leiden des Klienten verstanden werden muß.
Dieser humanistische Anspruch, den P. erhebt, wird auf der gesellschaftspolitischen Ebene mit verschiedenartigen Interessen konfrontiert, die letztlich auch Möglichkeiten und Grenzen psychotherapeutischer Praxis festlegen.
Der Stellenwert, den psychotherapeutische Behandlung institutionell und rechtlich in der Gesundheitsversorgung einnimmt, zeigt am unmittelbarsten und deutlichsten den gesellschaftlichen Einfluß. Es besteht zweifellos ein berechtigtes Interesse von seiten der Bevölkerung – d.h. den Abnehmern von P. – nach einer wirksamen und kontrollierten psychotherapeutischen Versorgung. Dem Gesetzgeber fällt damit die Aufgabe zu, diese Versorgungsansprüche durch gesundheitspolitische Maßnahmen zu befriedigen. Er hat die Aufgabe, einerseits entsprechende Institutionen zu planen, einzurichten und zu finanzieren und andererseits durch gesetzliche Regelung den Klienten vor Mißbrauch zu schützen, indem er Standards für die Ausbildung festsetzt und die Zulassung für die Berufsausübung kontrolliert. Allerdings wurde bisher versäumt, Vorstellungen zu entwickeln, wie P. auf einer breiteren Basis in die Gesundheitsversorgung integriert werden kann. Es ist daher die Gefahr nicht zu übersehen, daß der allgemeine Versorgungsauftrag für Psychotherapeuten weitgehend von berufsständischen und ökonomischen Interessen diktiert wird, und daß die breiteren humanistischen und kritischen

Ansprüche dabei weitgehend „Theorie" bleiben (Nedelmann/Horn, 1976; Pohlen, 1978). Eine Verbesserung der Versorgung dürfte sich daher nicht allein auf die Einrichtung und Finanzierung therapeutischer Institutionen, auf die Erhöhung der Zahl von Fachkräften und die Ausweitung der kassenärztlich anerkannten Dienstleistungen beschränken. In einem derartigen Veränderungsvorschlag bleiben die derzeitgen Stratifikationsbedingungen, die zu einer großen Ungleichheit in der Versorgung führen, unangetastet (Gleiss et al., 1973). In seinem provokativen Artikel „Does including psychotherapy in health insurance represent a subsidy to the rich from the poor?" weist Albee (1977) auf die Gefahr hin, daß eine nur organisatorische und versicherungsrechtliche Reform nicht auch schon eine entscheidende Verbesserung der Versorgungslage bisher unversorgter Personen nach sich zieht. Eine bloße Eingliederung von P. in das weitgehend von der Organmedizin geprägte Versorgungssystem würde die Möglichkeiten psychotherapeutischer Tätigkeit einschränken. Vielmehr gilt es, den Krankheitsbegriff, wie er in den gesetzlichen Regelungen festgelegt ist, zu erweitern. Über die Leidens- und Symptombeseitigung hinaus soll durch die psychotherapeutische Behandlung dem Klienten auch Einsicht in den Zusammenhang zwischen seinem Leiden und beeinträchtigenden Lebensbedingungen vermittelt werden, damit er auch einen aktiveren und selbstverantwortlicheren Anteil am Gesundungsprozeß übernehmen kann.

Eine gelungene Integration von P. in das Versorgungssystem muß auch eine Veränderung der Zugangsbedingungen enthalten. Solange sich P. in einem weitgehend passiven Angebot erschöpft, bleiben Personengruppen mit sehr hoher Schwellenangst, mit einem passiv-rezeptiven Krankheitsverhalten oder mit schlichten Informationslücken und Vorurteilen weitgehend unversorgt. Erst wenn P. in umfassende, kooperative Behandlungsmodelle einbezogen wird, wie sie ansatzweise in der Gemeindepsychologie oder Sozialpsychiatrie vorgeschlagen worden sind, vermag sie ihre potentiellen Möglichkeiten voll zu verwirklichen.

6 Ausbildung und Berufspolitik

Die Entwicklung der P. – vornehmlich der Psychoanalyse – verlief lange Zeit in Anlehnung an medizinische Vorstellungen und Modelle und förderte in Fortführung Freudscher Tradition eine Verknüpfung des Berufsbildes eines Psychotherapeuten mit dem eines Arztes. Bereits in den vierziger und fünfziger Jahren entwickelten auch andere wissenschaftliche Disziplinen – u. a. die Psychologie – neue und eigenständige psychotherapeutische Theorien und Methoden (z. B. Gesprächspsychotherapie, Verhaltenstherapie), die vom damals vorherrschenden, stark medizinisch geprägten Behandlungsansatz abweichen. Während sich diese Entwicklung in den USA rasch auch auf die Berufspraxis ausgewirkt hat, orientiert sich in der BRD die psychotherapeutische Versorgung immer noch stark an der historisch gewachsenen Verbindung von Arzt und Psychotherapeut. Ausbildung in P. steht damit im Spannungsfeld zwischen einer juristischen und berufsständischen Reglementierung der Ausübung von „Heilkunde" und dem expandierenden Methodeninventar und Wissensfortschritt. Auf diesem Hintergrund ist es nicht verwunderlich, daß sich sehr heterogene Ausbildungsmodelle entwickelt haben, die von unterschiedlichen Trägern angeboten werden. P.ausbildung wird von privatwirtschaftlich organisierten Therapieinstituten, von Therapieverbänden und – in eingeschränktem Umfang – im Rahmen der Ausbildung im Fach Psychologie an einzelnen Universitäten durchgeführt.

Unabhängig von Ausbildungsträger und Therapieschule ist die Ausbildung in ihrer Struktur ähnlich aufgebaut: im Anschluß an eine etwa zweijährige Grundausbildung erfolgt eine drei- bis vierjährige Zusatzausbildung, die in der Regel berufsbegleitend ist. Die zentralen Bausteine der psychotherapeutischen Ausbildung umfassen: die Erarbeitung der theoretischen Grundlagen, Training von Interventionsmethoden und Therapeutenverhalten, Analyse und Veränderung der eigenen Person und praktische Arbeit unter Supervision.

Sowohl die wissenschaftliche Ausrichtung der P. als auch die Struktur der gesetzlich verankerten Gesundheitsversorgung haben in der BRD dazu geführt, daß die wichtigste Eingangsvoraussetzung für die Ausbildung ein Hochschulstudium, in der Regel Medizin oder Psychologie, ist. Davon unberührt ist die Berufsausübung durch Gesetz auf Ärzte und Heilpraktiker beschränkt. Somit besteht z. Z. noch die groteske Situation, daß voll ausgebildete Psychotherapeuten keine Therapie ausüben dürfen.

Soweit die Ausbildung nicht an Universitätsinstituten stattfindet, erfolgt sie in unterschiedlichen Organisationsformen. Ausbildung in Psychoanalyse oder Gestalttherapie ist an Ausbildungsinstitute und autorisierte Lehrtherapeuten gebunden. In der Verhaltenstherapie wird einem kooperativen, kollegialen Leistungskontroll- und Supervisionsmodell auf regionaler Ebene der Vorzug gegeben. Der Abschluß der Ausbildung besteht im Nachweis von mehreren erfolgreich durchgeführten Therapien und wird von den einzelnen Verbänden bestätigt. Für alle Psychotherapeuten besteht über den Abschluß der Ausbildung hinaus die Verpflichtung zur lebenslangen Weiterbildung und Supervision der praktischen Arbeit.

7 Aktuelle Trends

Die große Euphorie, mit der die stürmische Entwicklung der P. in den letzten 20 Jahren begleitet war, ist inzwischen einer skeptischeren Einschätzung ihrer Entwicklungs- und Anwendungsmöglichkeiten gewichen. Die große Flut an Literatur über neue psychotherapeutische Methoden und die Ergebnisse empirischer Forschung führten zwar zu einer erheblichen Ausweitung unseres Wissens, zeigten aber zugleich die theoretischen Defizite der einzelnen Konzepte und das Fehlen von angemessenen Forschungsmethoden. Im folgenden sollen thesenartig einige Richtungen und Schwerpunkte der Entwicklung von P., wie sie sich im Moment abzeichnen, dargestellt werden.

7.1 *Psychotherapeuten werden sich zunehmend ihrer Verantwortung gegenüber dem Klienten und der Gesellschaft bewußt*

Die empirische Forschung und die offenere Diskussion zwischen einzelnen therapeutischen Schulen hat gezeigt, daß P.

- auch schädigende Nebenwirkungen haben kann,
- zu einer übermäßigen Abhängigkeit des Klienten führen kann,
- eher nur einer kleinen und ausgewählten Personengruppe zugute kommt.

Das erhöhte Problembewußtsein der Psychotherapeuten und der Öffentlichkeit führt nun dazu, die Ausbildung und Ausübung von Psychotherapie im Dienste des Klienten verantwortungsvoller und kontrollierter zu gestalten. Wir finden ein erhöhtes Bemühen, die Position des Klienten zu stärken, etwa in dem Versuch, das therapeutische Vorgehen transparenter und offener zu machen, den Klienten besser zu informieren, die Expertenrolle und damit das Machtgefälle abzubauen, die Verantwortlichkeit und Eigenständigkeit des Klienten zu fördern. Therapieverbände und Ausbildungsträger versuchen, ihre Ausbildungsgänge zu vereinheitlichen und die Standards den Erfordernissen einer wirksamen und kontrollierten P. anzugleichen.

In der BRD werden die gesetzliche Regelung für die Zulassung und Ausübung von P., die psychotherapeutische Versorgung und ihre Finanzierbarkeit neu überdacht. Die Schwerpunkte der momentanen Diskussion sind dabei die Ausweitung der Zulassung zur Ausübung von Heilkunde auf Psychologen und eventuell auch andere Berufsgruppen, die Frage, in welchem Umfang die Kosten der P. von Krankenkassen übernommen werden kann, inwieweit die Klienten vor Mißbrauch und Scharlatanerie geschützt werden können, und wie eine effektive Kontrolle neuer psychotherapeutischer Verfahren, ähnlich dem Arzneimittelgesetz, erfolgen kann.

7.2 *Einer verstärkten Professionalisierung steht eine wachsende Entprofessionalisierung gegenüber*

Eine ausgeprägte Professionalisierung der helfenden Berufe war notwendig, um eine effektivere, kontrolliertere Versorgung der Bevölkerung sicherzustellen und den Klienten ausreichenden Schutz zu gewähren. Die damit verbundene Reglementierung, Standardisierung und Institutionalisierung von P. bringt jedoch auch eine Reihe nicht zu übersehender Probleme und Nachteile mit sich. Juristische Einengung und festgeschriebene Ausbildungsrichtlinien können die notwendige Innovation und Weiterentwicklung der P. hemmen.

Für den Klienten selbst birgt eine wachsende Psychiatrisierung und Psychotherapeutisierung des täglichen Lebens die Gefahr, daß er eigene Verantwortung an den Therapeuten abtritt und persönliche Initiative und Aktivität verkümmern läßt. Professionelle Helfer neigen eher dazu, den Akzent auf die Hilfsbedürftigkeit und Schwäche des leidenden Menschen zu legen, und vergessen dabei die jedem Klienten innewohnenden Selbstheilungskräfte und die Möglichkeit, gemeinschaftlich psychische Probleme zu lösen. Eine Reihe empirischer Untersuchungen haben gezeigt, daß Selbsterfahrungs- und Selbsthilfegruppen, Laienhelfer und Mediatoren zumindest bei einigen psychischen Problemen (u.a. Alkoholismus, Drogenabhängigkeit) ähnliche Erfolge aufweisen wie ausgebildete Psychotherapeuten. Nichtprofessionelle Hilfe besitzt gegenüber den institutionalisierten Formen der P. eine Reihe zusätzlicher Vorteile. Bei der Vielzahl der vorhandenen psychischen Probleme würde eine ausschließlich auf professionelle Hilfe abgestellte Versorgung die finanziellen und institutionellen Möglichkeiten einer Gesellschaft bei weitem übersteigen. Nichtprofessionellen Formen von Hilfe muß allerdings nicht nur unter ökonomischen Aspekten ein fester Platz eingeräumt werden. Die Hilfe und Unterstützung, die der Einzelne in selbstorganisierten Einrichtungen, wie Patientenklubs, Anonyme Alkoholiker, Release Center u.a. Selbsthilfegruppen bekommt, diskriminieren und stigmatisieren ihn weit weniger als ein Klinikaufenthalt oder der regelmäßige Besuch beim Psychotherapeuten. In der Begegnung und Auseinandersetzung mit den unmittelbar Betroffenen (Leidensgenossen) erfährt er eine andere Art von Verständnis, Unterstützung und gemeinschaftlicher Problembewältigung, als dies durch die P. vermittelt werden kann.

7.3 Die empirische Psychotherapieforschung entwickelt neue Methoden und untersucht differenziertere Fragestellungen

Erst zu Beginn der fünfziger Jahre begann man, den psychotherapeutischen Prozeß systematisch und auf breiter Basis mit empirischen Methoden zu untersuchen. Angeregt durch EYSENCKS Kritik und seinem Konzept der Spontanremission stand die Frage der Effektivität von P. im Vergleich zu unbehandelten Patientengruppen lange Zeit im Zentrum des Interesses. SMITH/GLASS (1977) haben alle verfügbaren Untersuchungen zusammengetragen und annähernd 400 kontrollierte Evaluationsstudien analysiert. Ihre Auswertung ergab, daß der typische P.patient im Durchschnitt eine höhere Besserungsrate aufweist als 75% der nichtbehandelteen Individuen. Zwischen den einzelnen Therapieformen konnten keine bedeutsamen Unterschiede in der Effektivität festgestellt werden. Nach den bisher vorliegenden Untersuchungen erscheint es inzwischen als unbestritten, daß P. im allgemeinen positive Effekte hervorruft. Trotz der zweifellos großen gesundheitspolitischen Relevanz ist die Frage nach der generellen Wirksamkeit von P. aus wissenschaftlicher Perspektive allerdings nur von untergeordneter Bedeutung. Der bisher vertretene Forschungsansatz ist noch zu sehr den von KIESLER (1966) als Mythen bezeichneten Annahmen der Uniformität von Patient und Therapieform verhaftet.

P.forschung beginnt sich erst langsam von dieser globalen Sichtweise zu lösen und sich stärker mit den Einflüssen *individueller Differenzen* bei Klient und Therapeut zu beschäftigen. Damit zeichnet sich ein neuer Forschungsansatz ab, der mit der Kernfrage umschrieben werden kann: *welche Interventionsform, ausgeführt von welchem Psychotherapeuten, führt bei welchem Klienten zu welchen Effekten?* Diese, in erster Linie von KIESLER (1966, 1971, 1973) beeinflußte Neuformulierung eines allgemeinen Ansatzes der P.forschung erfordert allerdings eine stärkere Integration theoretischer Überlegungen in die Forschungspraxis und aufwendigere, differenziertere Untersuchungspläne. Von daher ist es nicht verwunderlich, daß bisher erst wenige Arbeiten vorliegen, die zumindest teilweise den formulierten Ansprüchen genügen. Der Vergleich von Verhaltenstherapie und Gesprächspsychotherapie bei Behandlung von Phobikern (GRAWE, 1976; PLOG, 1976) oder die Untersuchung über den Prozeß und das Ergebnis von Psychoanalyse und Verhaltenstherapie bei neurotischen Patienten (SLOANE et al., 1975; STAPLES et al., 1976) sind erste Beispiele dieses neuen differentiellen Ansatzes in der P.forschung.

7.4 Psychotherapeutische Methoden erschließen sich neue Behandlungsfelder

Ursprünglich wurden die meisten psychotherapeutischen Verfahren dazu entwickelt, um neurotische Störungen, wie Phobien, Hysterie u.a., zu behandeln. Schrittweise wurde das Anwendungsfeld erweitert, und auch psychosomatische und psychotische Erkrankungen wurden erfolgreich geheilt bzw. gebessert.

Lange Zeit orientierte sich die Indikationsstellung von P. ausschließlich an dieser klassischen, psychiatrischen Nosologie, und erst mit der

Verhaltens- und Gesprächspsychotherapie erfolgte eine stärkere Lösung vom medizinisch-naturwissenschaftlich geprägten Krankheits- und Therapieverständnis. Sozialwissenschaftliche Modelle abweichenden Verhaltens erweitern den engen Krankheitsbegriff, und allgemeine psychologische Konzepte der Veränderung menschlichen Verhaltens und Erlebens modifizieren das Verständnis von Therapie und führen so zu einer Ausdehnung der Anwendungsmöglichkeiten psychotherapeutischer Methoden.

So werden nicht allein jene psychischen Probleme, die durch die klassischen Krankheitsbilder beschrieben werden, psychotherapeutisch behandelt, sondern auch psychische Schwierigkeiten sog. „normaler" Personen wie Rauchen, Übergewicht, Ehe- und Partnerprobleme, Schul- und Studienschwierigkeiten, existentielle Lebenskrisen.

Mit der Encounterbewegung begann eine verstärkte Popularisierung und Streuung psychologischen Wissens. Psychotherapeutische Verfahren wurden damit auch Laien zugänglich und fanden Eingang in die verschiedensten Formen der Selbsthilfe. Unter Anleitung von Psychotherapeuten wird psychotherapeutische Kompetenz auch auf Eltern, Lehrer, Krankenpflegepersonal, Sozialarbeiter und Theologen übertragen. Über diese Mediatoren finden Methoden der Gesprächsführung und der Verhaltensmodifikation Eingang in Erziehung, Gefangenenbetreuung, Jugendfürsorge, Betreuung chronisch Kranker (Krebs-, Dialysepatienten), Altenbetreuung und Seelsorge.

Psychotherapeutische Vorgehensweisen werden nicht nur im engeren therapeutischen Bereich, d.h. bei der Beseitigung bereits aufgetretener psychischer Störungen, verwendet. P. wird bei Kindern u.a. auch zur Prophylaxe von Störungen im Erwachsenenalter angewendet.

In der Rehabilitation werden Ansätze einer begleitenden P. in so unterschiedlichen Feldern wie bei der Resozialisierung von Strafgefangenen oder bei der Wiedereingliederung von Herz-Kreislauf-Patienten erprobt.

7.5 *Die einzelnen therapeutischen Schulen sind dabei, ihre theoretischen Grundlagen auszudifferenzieren und zu verbreitern*

Die Diskussion innerhalb und zwischen den einzelnen therapeutischen Schulen über die theoretischen Grundlagen und die Anforderungen, die aus der Praxis an die P. herangetragen werden, zeigte die Notwendigkeit für alle Theorien, Mythen und Ideologien aufzugeben und die jeweiligen Modellvorstellungen zu korrigieren oder zu ergänzen. In den meisten Therapieschulen kam es in den letzten Jahren zu einer größeren wissenschaftstheoretischen Durchdringung der vorliegenden Konzepte. Die Frage nach dem wissenschaftlichen Status der Psychoanalyse (PERREZ, 1972) oder die Diskussion über das Theorie-Praxis-Verhältnis in der Verhaltenstherapie (GOTTWALD/KRAIKER, 1976; WESTMEYER/HOFFMANN, 1977) sind hierfür Beispiele.

In den letzten Jahren zeichnen sich zahlreiche inhaltliche Ergänzungen und Neuformulierungen einzelner Therapietheorien ab. Die Verhaltenstherapie beginnt, sich langsam von ihrem ursprünglich stark behavioristisch geprägten Selbstverständnis zu lösen und etwa im Rahmen der sozialen Lerntheorie umfassendere Persönlichkeitskonzepte (BANDURA, 1976, 1977, 1978) zu entwerfen oder das Methodeninventar durch kognitive Interventionsformen (MAHONEY, 1974) zu erweitern. Parallel dazu bemüht sich die klientenzentrierte Gesprächspsychotherapie, ihre frühen Erklärungsansätze lerntheoretisch, kognitionspsychologisch oder konflikttheoretisch aufzuarbeiten (MARTIN, 1972; WEXLER/RICE, 1974). Auch in der Psychoanalyse mit ihrer viel stärker elaborierten Theorie lassen sich neue Denkanstäße und Weiterentwicklungen erkennen. So wird z.B. bei KUIPER (1975) eine Abkehr von der eher mechanistischen Vorstellung des psychischen Apparates deutlich. Andere Autoren schlagen eine Revision und Neukonzeption der Metapsychologie, vor allem in ihren strukturpsychologischen Annahmen, vor (HOLT, 1975; SCHAFER, 1976), während in anderen Beiträgen versucht wird, die Persönlichkeitstheorie um selbst-theoretische Vorstellungen zu ergänzen (HENSELER, 1977; KOHUT, 1973; STEIN, 1974).

7.6 *Elemente verschiedener psychotherapeutischer Schulen werden miteinander kombiniert und integriert*

Nach einer Phase polemischer Auseinandersetzung zwischen einzelnen Vertretern der eingeführten psychotherapeutischen Schulen entwickelte sich in letzter Zeit ein verstärktes Bemühen, vorliegende Konzepte auf theoretischer und praktischer Ebene miteinander zu verbinden. Zahlreiche Befragungen belegen, daß bereits die Mehrheit der Therapeuten sich nicht mehr ausschließlich einer einzigen Therapieschule verpflichtet fühlt und in ihrer praktischen Arbeit verschiedene Methoden und theoretische Erklärungsansätze verwendet (SUNDLAND, 1977). Dieser integrative Ansatz scheint aber nicht nur einem dringenden praktischen Bedürfnis zu entspringen, sondern wird auch durch neuere Ergebnisse der vergleichenden P.forschung unterstützt. Empirische Analysen des Therapeutenverhaltens zeigten nicht nur Unterschiede zwischen den Vertretern einzelner Schulen, sondern auch sehr deutliche Ähnlichkeiten (u.a. STAPLES et al., 1975).

Für eine Integration verschiedener Methoden und Theorien zeichnen sich bereits einige Ansatzpunkte ab. Auf der Theorieebene wäre zu versuchen, einen breiteren Rahmen für das bereits praktizierte eklektische und kombinierte Vorgehen zu formulieren. Eine andere Möglichkeit besteht darin, die Gemeinsamkeiten unterschiedlicher therapeutischer Methoden auf der Tätigkeitsebene herauszuarbeiten und zu übergreifenden Interventionsstrategien zusammenzufassen. Eine Synopse der wichtigsten vorliegenden Theorien der Verhaltensänderung könnte eine Grundlage bilden für die Formulierung einer breiteren allgemeinen Therapietheorie (u.a. BURTON, 1976). Einen interessanten, phänomenologisch orientierten Versuch, Gemeinsamkeiten und Unterschiede von verschiedenen Therapien zu analysieren, unternimmt LOEW (1975) mit seinen klinisch-kasuistischen Vergleichen von Therapieplänen: Verhaltens-, Gestalttherapeuten und Psychoanalytiker entwerfen für denselben Fall Behandlungsvorschläge.

Eine kritische Analyse der vorliegenden psychotherapeutischen Methoden und der vorgestellten integrativen Ansätze zeigt, daß es zahlreiche effektive Methoden gibt, Verhalten zu ändern, daß wir allerdings noch weit von einer befriedigenden Antwort auf die Frage, was diese Änderungen möglich macht, entfernt sind.

Verweis auf andere Stichwörter

→Abweichendes Verhalten →Ausbildung in Psychologie →Gesprächspsychotherapie →Gruppendynamik →Humanistische Psychologie →Psychiatrie →Psychische Störung und Normalität →Sozialtherapie →Therapieforschung →Verhaltenstherapie

Literatur

ALBEE, G. W.: Does Including Psychotherapy in Health Insurance Represent a Subsidy to the Rich from the Poor?. American Psychologist, 32, 1977, S. 719–721.

BANDURA, A.: Verhaltenstheorie und die Modelle des Menschen. In: BANDURA, A.: Lernen am Modell. Ansätze zu einer sozialkognitiven Lerntheorie. Stuttgart: Klett 1976, S. 205–229.

BANDURA, A.: Social Learning Theory. Englewood Cliffs: Prentice Hall 1977.

BANDURA, A.: The Self System in Reciprocal Determinism. American Psychologist, 33, 1978, S. 344–358.

BASTINE, R.: Ansätze zur Formulierung von Interventionsstrategien in der Psychotherapie. In: JANKOWSKI, P. et al. (Hrsg.): Klientenzentrierte Psychotherapie heute. Göttingen: Hogreife 1976, S. 193–207.

BERGIN, A. E./STRUPP, H. H. (Eds.): Changing Frontiers in the Science of Psychotherapy. Chicago: Aldine 1972.

BERZINS, J. I.: Therapist – Patient Matching. In: GURMAN, A. S./RAZIN, A. M. (Eds.): Effective Psychotherapy: A Handbook of Research. Oxford: Pergamon 1977, S. 222–251.

BURTON, A. (Ed.): What Makes Behavior Change Possible?. New York: Brunner & Mazel 1976.

Deutscher Bundestag: Bericht über die Lage der Psychiatrie in der Bundesrepublik Deutschland – Zur psychiatrischen und psychotherapeutisch-psychosomatischen Versorgung der Bevölkerung. Drucksache 7/4200. Bonn: Heger 1975.

EYSENCK, H. J.: The Effects of Psychotherapy: An Evaluation. Journal of Consulting Psychology, 16, 1952, S. 319–324.

FORD, D. H./URBAN, H. B.: Systems of Psychotherapy. New York: Wiley 1963.

FREIRE, P.: Erziehung als Praxis der Freiheit. Reinbek: Rowohlt 1977.

GLEISS, I. et al.: Soziale Psychiatrie: Zur Ungleichheit in der pschiatrischen Versorgung. Frankfurt/M.: Fischer 1973.

GOTTWALD, P./KRAIKER, CH. (Hrsg.): Zum Verhältnis von Theorie und Praxis in der Psychologie. Sonderheft I/1976 der „Mitteilungen der DGVT e.V.".

GRAWE, K.: Differentielle Psychotherapie I. Bern: Huber 1976.

HALEY, J.: Strategies of Psychotherapies. New York: Grune/Stratton 1963. (Deutsch: Gemeinsamer Nenner Interaktion: Strategien der Psychotherapie. München: Pfeiffer 1978.)

HARTY, M./HORWITZ, L.: Therapeutic Outcome as Rated by Patients, Therapists, and Judges. Archives of General Psychiatry, 33, 1976, S. 957–961.

HENSELER, H.: Die Theorie des Narzißmus. In: EICKE, B. (Hrsg.): Die Psychologie des XX. Jahrhunderts. München: Kindler 1977, Bd. 2: Freud und die Folgen, S. 459–477.

HOLT, R. R.: The Past and Future of Ego Psychology. Psychoanalytic Quarterly, 44, 1975, S. 550–576.

KARASU, T. B.: Psychotherapies: An Overview. American Journal of Psychiatry, 134, 1977, S. 851–863.

KIESLER, D. J.: Die Mythen der Psychotherapieforschung und ein Ansatz für ein neues Forschungsparadigma. In: PETERMANN, F. (Hrsg.): Psychotherapieforschung. Weinheim: Beltz 1977, S. 7–58 (Orig.: Some Myths of Psychotherapy Research and the Search for a Paradigm, Psychological Bulletin, 65, 1966, S. 110–136).

KIESLER, D. J.: Experimental Designs in Psychotherapy Research. In: BERGIN, A. E./GARFIELD, S. L. (Hrsg.): Psychotherapy and Behavior Change. New York: Wiley 1971, S. 36–74. (Deutsch in: PETERMANN, F./SCHMOOK,

C. [Hrsg.]: Grundlagentexte der Klinischen Psychologie. Bern, Stuttgart: Huber 1977, S. 106–147.)

KIESLER, D. J. (Ed.): The Process of Psychotherapy: Empirical Foundations and Systems of Analysis. Chicago: Aldine 1973.

KOHUT, H.: Narzißmus. Eine Theorie der psychoanalytischen Behandlung narzißtischer Persönlichkeitsstörungen. Frankfurt/M.: Suhrkamp 1973; stw 157: (1976).

KUIPER, P. C.: Psychoanalyse – zeitgemäß oder veraltet?. Stuttgart: Klett 1975.

LAMBERT, M. J./BERGIN, A. E./COLLINS, J. L.: Therapist-induced Deterioration in Psychotherapy. In: GURMAN, A. S./RAZIN, A. M. (Eds.): Effective Psychotherapy: A Handbook of Research. Oxford: Pergamon 1977, S. 452–481.

LOEW, C. et al. (Eds.): Three Psychotherapies: A Clinical Comparison. New York: Brunner & Mazel 1975.

LUBORSKY, L./SINGER, B./LUBORSKY, L.: Comparative Studies of Psychotherapies: Is It True That „Everyone Has Won und All Must Have Prizes"?. Archives of General Psychiatry, 32, 1975, S. 995–1008.

MAHONEY, M. J.: Cognition and Behavior Modification. Cambridge/Mass.: Ballinger 1974. (Deutsch: Kognitive Verhaltenstherapie: Neue Entwicklungen und Integrationsschritte. München: Pfeiffer 1977.)

MARMOR, J.: Common Operational Factors in Diverse Monterey: Brooks/Cole. 1972. (Deutsch: Gesprächspsychotherapie als Lernprozeß. Salzburg: O. Müller 1975.)

MARTIN, D. G.: Learning-based Client-Centered Therapy. Approaches to Behavior Change. In: BURTON, A. (Ed.): What Makes Behavior Change Possible?. New York: Brunner & Mazel 1976, S. 3–12.

MELTZOFF, J./KORNREICH, M.: Research in Psychotherapy. New York: Atherton 1970.

NEDELMANN, C./HORN, H.: Gesellschaftliche Aufgaben der Psychotherapie. Psyche, 30, 1976, S. 827–853.

NORTH, M.: The Secular Priests – Psychotherapists in Contemporary Society. London: Allen & Unwin 1972. (Deutsch: Mythos und Wirklichkeit der Psychotherapie. München: Urban & Schwarzenberg 1975.)

PARLOFF, M. B.: Goals in Psychotherapy: Mediating and Ultimate. In: MAHRER, A. R. (Ed.): The Goals of Psychotherapy. New York: Appleton 1967, S. 5–20.

PERREZ, M.: Ist die Psychoanalyse eine Wissenschaft?. Bern: Huber 1972.

PLOG, U.: Differentielle Psychotherapie II. Bern: Huber 1976.

POHLEN, M.: Die Zukunft der Psychoanalyse. psychologie heute, 5, Mai 1978, S. 29–36.

SCHAFER, R.: A New Language for Psychoanalysis. New Haven: Yale Univers. Press 1976.

SCHOFIELD, W.: Psychotherapy, the Purchase of Friendship. Englewood Cliffs: Prentice-Hall 1964.

SLOANE, R. B. et al.: Psychotherapy Versus Behavior Therapy. Cambridge/Mass.: Harvard University Press 1975.

SMITH, M. L./GLASS, G. V.: Meta-analysis of Psychotherapy Outcome Studies. American Psychologist, 32, 1977, S. 752–760.

STAPLES, F. R. et al.: Differences Between Behavior Therapists and Psychotherapists. Archives of General Psychiatry, 32, 1975, S. 1517–1522.

STAPLES, F. R. et al.: Process and Outcome in Psychotherapy and Behavior Therapy. Journal of Consulting and Clinical Psychology, 44, 1976, S. 340–350.

STEIN, M.: Zur Entwicklung der psychoanalytischen Selbstpsychologie. Psyche, 28, 1974, S. 984–1002.

STROTZKA, H. (Hrsg.): Psychotherapie: Grundlagen, Verfahren, Indikationen. München: Urban & Schwarzenberg [2]1978.

STRUPP, H. H.: On the Basic Ingredients of Psychotherapy. Journal of Consulting and Clinical Psychology, 41, 1973, S. 1–8.

STRUPP, H. H.: The Nature of the Therapeutic Influence and Its Basis Ingredients. In: BURTON, A. (Ed.): What Makes Behavior Change Possible?. New York: Brunner & Mazel 1976, S. 96–112.

STRUPP, H. H.: A Reformulation of the Dynamics of the Therapist's Contribution. In: GURMAN, A. S./RAZIN, A. M. (Eds.): Effective Psychotherapy. Oxford: Pergamon 1977, S. 1–22.

STRUPP, H. H./HADLEY, S. W.: A Tripartite Model of Mental Health and Therapeutic Outcome with Special Reference to Negative Effects in Psychotherapy. American Psychologist, 32, 1977, S. 187–196.

SUNDLAND, D. M.: Theoretical Orientations of Psychotherapists. In: GURMAN, A. S./RAZIN, A. M. (Eds.): Effective Psychotherapy. Oxford: Pergamon 1977, S. 189–219.

THOM, A./LÖTER, R.: Psychotherapie und Gesellschaft: philosophische Aspekte. In: HÖCK, K./SEIDEL, K. (Hrsg.): Psychotherapie und Gesellschaft. Berlin: VEB Deutscher Verlag der Wissenschaft 1976.

WESTMEYER, H./HOFFMANN, N. (Hrsg.): Verhaltenstherapie – Grundlegende Texte. Hamburg: Hoffmann & Campe 1977.

WEXLER, D. A./RICE, L. N. (Eds.): Innovations in Client-centered Therapy. New York: Wiley 1974.

WOLBERG, U. R.: The Technique of Psychotherapy. New York: Grune & Stratton 1967.

Helmut Wetzel und Hans-Wolfgang Linster

Schlaf und Traum

Die psychophysiologische Schlafforschung wurde 1929 von dem Jenaer Psychiater H. Berger mit seiner Arbeit über das *Elektroencephalogramm (EEG)* eingeleitet. Mit dieser Methode wurde es möglich, die spontanen bioelektrischen Spannungsschwankungen der Hirnrinde zu messen. Loomis und Mitarbeiter konnten 1937 systematisch auftretende EEG-Veränderungen bestimmten Schlaftiefen zuordnen und schufen damit eine Stadieneinteilung des Schlafes, die zur Grundlage der heutigen Schlafforschung wurde. Diese erhielt einen weiteren entscheidenden Impuls durch die Entdeckung und elektrophysiologische Messung von periodisch auftretenden Augenbewegungen während des Schlafes (rapid-eye-movement, REM) durch Aserinsky/Kleitman (1953). Die gleiche Arbeitsgruppe beschrieb ebenfalls den engen Zusammenhang zwischen den REM-Phasen und Träumen (Dement/Kleitman, 1957). Die Beobachtung, daß während dieser Phase der Muskeltonus stark erniedrigt war und andere physiologische Veränderungen auftraten, veranlaßte Oswald (1962) zu dem Vorschlag, zwei Arten von Schlaf, den *REM-Schlaf* und den *NREM-Schlaf* (non-REM-Schlaf) bei Mensch und Tier in Betracht zu ziehen. Damit wurde die bisher vertretene Meinung aufgegeben, daß Schlaf ein Kontinuum, und die Schlafstadien nur verschiedene Tiefen eines an sich gleichartigen Zustandes seien. Heute zeugen u.a. die mehr als 600 wissenschaftlichen Veröffentlichungen pro Jahr aus unterschiedlichen Fachgebieten von einem hohen Wissensstand, der nach ca. 35 Jahren Schlafforschung erreicht wurde. Gleichzeitig wird aber auch deutlich, daß so grundlegende Probleme, wie etwa die Frage, wie schlafen wir ein und warum schlafen wir, noch nicht eindeutig beantwortet werden konnten. Aus diesen Gründen wird meistens nur eine Definition des Schlafes auf der Verhaltensebene versucht. In die Definition gehen ein erstens die Synchronisation des Schlafes mit dem Tag- und Nachtrhythmus, zweitens die stark herabgesetzte und nicht zielgerichtete motorische Aktivität und drittens die weitgehende Entkopplung der Wahrnehmungsfunktionen von der Umwelt.

1 Die Struktur des Schlafes

Neben dem Elektroencephalogramm werden heute normalerweise zur Erfassung der Schlafstadien das *Elektromyogramm (EMG)* und das *Elektrookulogramm (EOG)* herangezogen. Je nach Fragestellung werden zusätzlich Herzfrequenz (EKG), der Hautwiderstand (GSR), die Atemfrequenz und Penis- bzw. Klitoriserektionen gemessen.

Das *EEG* ist Ausdruck der im Bereich von 10 bis 100 und mehr Mikrovolt liegenden spontanen Potentialschwankungen der Hirnrinde mit Frequenzen von 0,5 bis 40 Hz. Die von den Elektroden aufgefangenen Signale werden verstärkt und in Form von Wellen auf Schreibern registriert. Die Hirnstromwellen unterscheidet man nach den Frequenzen: *Alphawellen* (8–12/sec.), *Betawellen* (13–40/sec.), *Thetawellen* (4–7/sec.) und *Deltawellen* (0,5–3/sec.). In der Schlafforschung sind außerdem die sogenannten *Schlafspindeln* und die *K-Komplexe* von Bedeutung. Bei ersteren handelt es sich um eine schnelle Abfolge von Wellen mit einer Frequenz von 12–14/sec., bei den K-Komplexen um einzelne hochamplitudige biphasische Wellen. Das *EMG* registriert den Muskeltonus durch am Kinn angebrachte Elektroden. Das *EOG* mißt die horizontalen und vertikalen Augenbewegungen mittels neben und über den Augen angebrachten Elektroden.

Durchgesetzt hat sich die Einteilung des Schlafes in die Stadien 1, 2, 3, 4 und REM (Rechtschaffen/Kales, 1968). In Deutschland werden die Stadien häufig noch A, B, C, D, E und REM genannt; die Phasen A und B entsprechen in etwa dem Stadium 1 der ersten Einteilung.

Normalerweise weist das Hirnstrombild des Menschen im Wachzustand niederamplitudige Beta-Wellen auf, während im entspannten Zustand sinusartige Wellen im Alpha-Bereich vorherrschend sind. Im Stadium 1 des Dösens und Einschlafens wird die regelmäßige Alpha-Aktivität durch ein niederamplitudiges Frequenzbild aus Alpha-, Beta- und Theta-Wellen ersetzt, wobei letztere zunehmend vermehrt auftreten. Der Muskeltonus ist mittel bis hoch, es kommt zu Einschlafzuckungen. Die Augenbewegungen sind langsam-rollend. Das Stadium 2 (Leichtschlaf) ist eindeutig klassifizierbar durch das Auftreten von Schlafspindeln und K-Komplexen. Das Wachbewußtsein ist ausgeschaltet. Der Muskeltonus ist mittelhoch. Die Augen bewegen sich nicht. Der eigentliche Schlaf wird von vielen Forschern mit Beginn des Stadiums 2 gleichgesetzt. Das Stadium 3 (mitteltiefer Schlaf) zeigt relativ rasche mittelhohe Delta-Wellen, die mindestens 20% bis max. 50% der Gesamtwellenzahl pro Auswertungsabschnitt ausmachen. Der Muskeltonus und die Augen verhalten sich wie im Stadium 2. Das Stadium 4 (Tiefschlaf) ist charakterisiert durch langsame hohe Delta-Wellen. Der Muskeltonus ist mittelhoch bis niedrig, die Augen sind inaktiv. Die Stadien 1 bis 4 werden, wie erwähnt, als NREM-Schlaf (non-REM), in älteren Arbeiten auch als orthodoxer Schlaf (OS) bezeichnet. Die Stadien 3 und 4 werden oft zusammenfassend SWS (slow wave sleep) genannt.

Deutlich von diesen Stadien hebt sich das REM-Stadium ab. Die hohe kortikale Aktivität wie auch andere noch zu benennende Begleiterscheinungen dieses Stadiums führten auch zu der Bezeichnung paradoxer Schlaf (PS). Der Muskeltonus ist während dieses Stadiums stark erniedrigt oder ganz aufgehoben. Häufig treten kleine umschriebene Muskelzuckungen (Myoklonien) an Armen, Beinen und im Gesicht auf. Auffällig sind rasche horizontale oder vertikale gleichsinnig verlaufende Augenbewegungen, die in isolierter Form oder in Gruppen vorkommen.

In den REM-Phasen und NREM-Phasen wird zwischen langandauernden *tonischen* Komponenten (z.B. Beibehalten des Muskeltonus) und kurzzeitigen, diskontinuierlich auftretenden *phasischen* Komponenten (Augenbewegungen in REM, Schlafspindel in NREM) unterschieden.

Die Weckschwelle ist im REM-Schlaf variabel und kann der sich vom Stadium 1 bis 4 erhöhenden Schwelle entsprechen.

Viele vegetative Funktionen, die im Übergang vom Wachen zum NREM-Schlaf auf ein niedrigeres Niveau absinken, steigen während der REM-Phase wieder an. Bemerkenswert ist vor allen Dingen ihre große Variabilität. Das gilt z.B. für die Herzfrequenz, den Blutdruck und die Atmung (KOELLA, 1973).

Die Erektion des Penis beim Mann und die Klitoriserektion bei der Frau sind an den REM-Schlaf gekoppelt (s. JOVANOVIC, 1972). Die Erektionen lassen sich vom Säuglings- bis zum Greisenalter nachweisen.

Die zeitliche Abfolge des Nachtschlafes sieht bei einem jungen Erwachsenen so aus, daß nach dem Insbettgehen jeweils nach wenigen Minuten das Stadium S1, danach S2 und S3 und schließlich S4 erreicht werden. Im Stadium 4 wird ca. 20 bis 30 Min. verweilt. „Aufsteigend" folgen wieder S3 und S2, die ca. 70 bis 90 Min. nach Schlafbeginn vom REM-Stadium abgelöst werden. Nach dem Ende des REM-Stadiums ist der erste Schlafzyklus der Nacht beendet. Im Verlauf einer 8stündigen Nacht treten etwa 4–5 derartige Zyklen auf. Die Länge dieser Abschnitte bleibt im Verlauf der Nacht mit 80 bis 110 Min. relativ stabil. Das Muster der Zyklen, auch ultradiane Rhythmen genannt, ändert sich jedoch. Das erste REM-Stadium ist durchschnittlich nur ca. 10 Min. lang und wird zum Morgen hin länger bis durchschnittlich 30 Min. Die Struktur des NREM-Anteils des Schlafes verschiebt sich mehr zum „flachen" Schlaf hin. Die Stadien 3 und 4 werden mit zunehmender Schlafdauer immer seltener erreicht und gegen Morgen fast völlig durch S2 ersetzt. Die Gesamtschlafzeit und die Verteilung der einzelnen Schlafphasen sind stark altersabhängig. Das Neugeborene zeigt ein über 24 Stunden verteiltes Schlaf-Wach-Verhalten und schläft insgesamt zwischen 16 und 17 Stunden. Nach ca. 4 Monaten hat sich der Hauptteil des Schlafes in die Nacht verschoben. Die Schlafdauer eines jungen Erwachsenen beträgt durchschnittlich $7^1/_2$ Stunden und verringert sich auf etwa 6 Stunden im Greisenalter. Insgesamt scheinen starke individuelle Unterschiede in der erforderlichen Schlafdauer zu bestehen. MEDDIS und Mitarbeiter (1973) sowie JONES/OSWALD (1968) berichteten über extreme Kurzschläfer. Die erste Forschergruppe fand bei einer 70jährigen Frau mittels EEG-Ableitungen eine für sie ausreichende Schlafdauer von 1 Stunde; JONES und OSWALD berichteten über 2 Männer, die nur $2^3/_4$ Stunden Schlaf benötigten. Dies sind jedoch Ausnahmefälle. Als noch der Norm entsprechend kann die Schlafdauer von $5^1/_2$ bis $9^1/_2$ Stunden angesehen werden.

Bereits beim Säugling kann ein REM- (active-sleep) und NREM-Schlaf (quiet-sleep) unterschieden werden, wobei das Verhältnis der beiden zueinander noch 50% zu 50% beträgt. Ab dem 5. Lebensjahr reduziert sich der REM-Anteil auf das für Erwachsene typische Ausmaß und verringert sich noch weiterhin mit dem Alter. Zu den prozentualen Anteilen der Schlafstadien können für den jungen Erwachsenen folgende orientierende Richtwerte angegeben werden: Stadium S1: 1–10%, S2: 40–60%, S3: 3–12%, S4: 5–25%; REM: 15–35% (WEBB, 1975; s. auch WILLIAMS et al., 1974).

2 Schlafentzug

Durch Schlafentzug wurde versucht, mehr über die Funktion des Schlafes und seiner Stadien zu erfahren.
Bei *totalem* Schlafentzug bis zu 205 Stunden (KALES et al., 1970) zeigte sich als Konsequenz eine ansteigende Müdigkeit sowie eine erhöhte Reiz- und Störbarkeit. Leistungseinbußen waren je nach Aufgabenstellung verschieden und blieben relativ begrenzt. Erst nach ca. 60 Stunden Deprivation traten Sinnestäuschungen, vor allen Dingen visueller und taktiler Art auf. Händezittern, Nystagmus und eine reduzierte Schmerzschwelle waren weitere Folgen. Die Beobachtung, daß während des Wachseins „microsleeps" auftraten und daß das EEG, das nach ca. 50 Stunden häufig einem Einschlaf-EEG ähnelte, werfen die Frage auf, ob ein „totaler" Schlafentzug überhaupt durchführbar ist.
Die Schlafstadien reagieren nach Beendigung des Entzugs in verschiedener Weise. In der ersten Erholungsnacht sind die Stadien 3 und 4 signifikant vermehrt, während in der zweiten Nacht ein übernormal starkes Auftreten des REM-Schlafes zu beobachten ist. Der Schlafverlust wird nicht in vollem Umfang nachgeholt. Selbst nach 10 Tagen Schlafentzug schläft eine Versuchsperson in der ersten Erholungsnacht kaum mehr als 14–20 Stunden. Bereits in der 2. oder 3. Nacht hat sich die Schlafdauer normalisiert. Der *selektive* Schlafentzug von S4 und REM-Schlaf hat keine oder nur geringe Auswirkungen auf Stimmungs- und Leistungsvariablen beim Menschen gezeigt. Auffallend war jedoch, daß in der ersten Erholungsnacht immer das jeweils unterdrückte Stadium vermehrt auftrat. Noch ungeklärt ist, weshalb bei endogenen depressiven Patienten durch Schlafentzug von einer Nacht kurzfristig Zustandsverbesserungen (PFLUG/TOELLE, 1971) und bei REM-Schlafunterdrückungen in vielen Nächten (VOGEL et al., 1975) längerdauernde Verbesserungen zu erzielen sind. Eine SWS-Deprivation zeigte diese Effekte nicht.

3 Schlaf und biologische Rhythmen

Fast alle meßbaren psychologischen und physiologischen Funktionen, wie etwa psychomotorisches Tempo oder Rektaltemperatur und Hormonsekretionen fluktuieren in einem 24stündigen Wechsel rhythmisch zwischen maximalen und minimalen Werten (ASCHOFF, 1970). Unter künstlicher Ausschaltung des Tag-Nacht-Rhythmus, also in konstanter Umgebung, zerfällt die Periodizität dieser Funktionen nicht, sondern nimmt einen etwas längeren Wert von ca. 25 Stunden ein, was auch für die Schlaf-Wach-Periode gilt. Man spricht daher von circadianen, d.h. ungefähr einen Tag entsprechenden Rhythmen. Hypothetisch wird angenommen, daß die einzelnen Funktionen einer endogenen Steuerung von einer oder mehreren *„biologischen Uhren"* unterliegen, die sich durch Zeitgeber (z.B. Licht-Dunkel-Wechsel etc.) der Umweltperiodik mit dem 24-Stunden-Tag synchronisieren lassen. Bei zeitlichen Verschiebungen, z.B. des Schlaf-Wach-Verhaltens, konnten gleichartige Verschiebungen auch anderer Funktionen beobachtet werden. So konnte die Kopplung der circadianen Rhythmen der Wachstumshormonausscheidung an den Schlafbeginn sowie an den SWS nachgewiesen werden. Auch Prolactin und das luteinisierende Hormon sind an den Schlaf gebunden, letzteres jedoch nur während der Pubertät (MENDELSON et al., 1977). Andere circadiane Rhythmen, wie z.B. die der Cortisolausscheidung und der Körpertemperatur, sind jedoch weitgehend von dem des Schlaf-Wach-Verhaltens unabhängig. Bei Zeitzonenverschiebung durch Luftreisen oder Schichtarbeit können sie vom Schlaf-Wach-Verhalten dissoziieren und nehmen erst nach längerer Zeit wieder die „richtige" Phasenlage zum Schlaf ein. Wie wichtig es ist, die biologischen Rhythmen in die Schlafforschung einzubeziehen, zeigt folgende Beobachtung: Ein Leistungstest um 4.00 Uhr morgens, nach nur 6 Std. Schlafentzug durchgeführt, wird niedriger ausfallen als einer, der nach 24 Std. Schlafentzug um 11.00 Uhr morgens gemacht wird. Die circadiane Rhythmik der psychophysiologischen Leistungsfähigkeit wirkt sich in diesem Falle stärker aus als die Dauer des Schlafentzugs.

4 Regulation und Funktion des Schlafes

Die Annahme, Schlaf sei lediglich eine Reduktion aller cerebralen Funktionen, etwa verursacht durch eine Verringerung des sensorischen Inputs, wurde insbesondere durch die Untersuchungen von HESS (1944) widerlegt. Dieser konnte durch elektrische Stimultion diencephaler Strukturen bei Katzen den Schlaf auslösen und schloß daraus auf ein Zentrum, das den

Schlaf aktiv auszulösen vermag. Nach HOBSON (1974) sind die Wach-NREM- und REM-Zustände abhängig von zwei zentralnervösen Systemen. Diese Systeme sind zu verstehen als Netzwerke von sich gegenseitig aktivierenden und hemmenden Arealen und Schaltkreisen. Der Grad der Wachheit scheint abhängig zu sein von der Aktivität im ARAS (aufsteigendes retikuläres aktivierendes System) (MORUZZI/MAGOUN, 1949). Ein niedriges Aktivitätsniveau bedingt ein entspanntes Wachsein, was sich im EEG durch Alpha-Wellen dokumentiert, und leitet vermutlich zum Einschlafstadium über. Für den eigentlichen Schlaf ist die aktive Beteiligung eines schlafauslösenden Systems zusätzlich zu der niedrigen Aktivität im ARAS erforderlich. Bei Katzen könnte dieses System in den Serotonin enthaltenden Kernen des Raphé-Systems oder im Bereich des mittleren Vorderhirns liegen. Notwendig für den REM-Schlaf scheint die aktive Beteiligung des Nucleus coeruleus und der Risenzellen der Brückenhaube zu sein.
Biochemisch scheint der Schlaf vor allem über die als Neurotransmitter wirkenden biogenen Amine Serotonin im Raphé-Kern und Noradrenalin – im Nucleus coeruleus – reguliert zu werden (JOUVET, 1969).
Den serotonergen Neuronen und Bahnen wird bei der Regulierung vom NREM-Schlaf die entscheidende Rolle zugedacht, während der REM-Schlaf vermutlich hauptsächlich vom noradrenergen System beeinflußt wird. PAPPENHEIMER und Mitarbeiter (1975) sowie die Gruppe um MONNIER (1977) sind bei der Suche nach einer schlafauslösenden Substanz im Liquor und im Blut auf ein Polypeptid gestoßen, das diese Wirkung zeigte. Eventuell sind von diesem Gebiet weitere wichtige Ergebnisse für die Schlafforschung zu erwarten. Eine Erklärung der Funktion des Schlafes müßte alle psychologischen, klinischen, physiologischen, pharmakologischen und biochemischen Forschungsergebnisse, die zum Teil noch recht widersprüchlich sind, berücksichtigen. Die bisher aufgestellten Hypothesen erfüllen diese Anforderungen noch nicht. In bezug auf die Erholungsfunktion des Schlafes hat wohl HARTMAN (1973) die bisher umfassendste Theorie aufgestellt. HARTMAN nimmt an, daß der NREM-Schlaf, vor allen Dingen der Delta-Schlaf, eine anabolische Schlafphase ist, in der Protein und/oder Ribonukleinsäure synthetisiert werden. Während des REM-Schlafes werden adrenerge Systeme restauriert, die für gerichtetes Verhalten, adäquate Gestimmtheit und Anpassung an die Umwelt notwendig sein sollen. Nach WEBB (1975), der wie MEDDIS (1975) den Schlaf als Anpassungsverhalten ähnlich den älteren Instinkttheorien ansieht, sind z.B. die restaurativen Prozesse eher Korrelate als tatsächliche Determinanten des Schlaf-Wach-Verhaltens. Beide Autoren meinen, daß das spezifische Schlafverhalten und die Schlafmuster jeder Spezies durch den von der Umwelt ausgeübten Druck im Laufe der Evolution geprägt wurden. Der Schlaf wird durchaus als aktiver Prozeß angesehen, der das Verhalten des Tieres so kontrolliert, daß es *nicht* reagiert zu Zeiten, wenn Aktivität sinnlos und gefährlich ist und damit eine Überlebenschance verringert wird.

5 Schlafstörungen

Zu einer allgemein gültigen Übereinkunft über die Klassifizierung der Schlafstörungen ist es bisher nicht gekommen (s. FINKE/SCHULTE, 1970; KOELLA, 1973; MENDELSON et al., 1977). Eine Schlafstörung kann eine Begleiterscheinung körperlicher Erkrankungen und Beschwerden wie auch von Psychosen oder Neurosen sein. Sie kann ebenfalls durch exogene Faktoren wie Lärm aller Art verursacht werden. Eine ursächliche Behandlung z.B. mit Pharmaka bei Psychosen, Psychotherapie bei Neurosen oder Veränderung von Umweltbedingungen und Lebensgewohnheiten bringt die Schlafstörungen oft zum Verschwinden oder verringert sie. Viele Medikamente beeinflussen den Schlaf, indem sie meistens REM-Schlaf und SWS reduzieren und somit den „flachen“ Schlaf begünstigen. Dazu gehören auch die Schlafmittel, vor allen Dingen die brom- und barbiturathaltigen, viele Tranquilizer, aber auch „Aufputschmittel“, sowie Cannabis und Alkohol. Da die meisten Schlafmittel nur ein bis zwei Wochen eine schlaffördernde Wirkung zeigen, wird zu immer höheren, schädlicheren Dosen gegriffen, die letzten Endes keine Wirkung mehr haben. Bei Absetzen dieser Mittel restauriert sich der SWS relativ rasch. Der REM-Schlaf aber zeigt über Wochen und Monate einen Rebound-Effekt, der neben den Ein- und Durchschlafstörungen Alpträume mit sich bringen kann. Ein langsames Absetzen dieser Mittel bringt manchmal den erhofften therapeutischen Erfolg.
Bei endogen Depressiven fällt vor allen Dingen

neben einem häufigen und zu frühen Aufwachen die „Umverteilung" des REM-Schlafes auf, was sich nach klinischer Besserung wieder normalisiert. So kommt es zu sogenannten „SOREMPs" (sleep onset-rem-period), einem Auftauchen des REM-Schlafes gleich nach dem Einschlafen (KUPFER, 1976) und zu langen REM-Phasen in der ersten Hälfte der Nacht. „SOREMPs" traten auch bei der Narcolepsie auf, einer Krankheit, bei der die Betroffenen auch am Tage mehrere Male von einem Schlafanfall heimgesucht werden. Der Schlaf von Schizophrenen dagegen scheint wenig auffällige Merkmale zu haben. Sonderformen von Schlafstörungen wie Schlafwandeln (Somnabulismus), Bettnässen (Enuresis nocturna) und das nächtliche Aufschrecken (Pavor nocturnus) beginnen im Stadium 4, während die eigentlichen Handlungen wie z.B. Schlafwandeln im Stadium 1 durchgeführt werden.

Bei Schlafstörungen ohne organische oder besonders psychiatrisch auffällige Symptome scheint eine grundlegende Störung in der Organisation des Schlafes zu bestehen. Die manchmal als primäre Insomnie bezeichnete Störung ist gekennzeichnet durch eine große Einschlaflatenz und häufiges und zu frühes Erwachen. Der SWS ist verringert. Auffällig ist besonders die große Variabilität des Schlafes von Nacht zu Nacht. Zerschlagenheit und mangelnde Leistungsfähigkeit am Tage sind weitere Begleiterscheinungen. Die Hypothese, daß die Ursache der Insomnie in einer allgemeinen Übererregbarkeit zu suchen ist, hat zu einem Einsatz von Techniken geführt, die vor allen Dingen in der Verhaltenstherapie entwickelt wurden. Entspannungstechniken, wie das autogene Training, die progressive Muskelrelaxation, die systematische Desensibilisierung und EMG- und EEG-Bio-feed-back-Verfahren wurden zum Teil erfolgreich eingesetzt (COATES/THORESEN, 1977). Paradoxe Intention und Stimuluskontrolle – das Bett soll nur mit dem Schlaf assoziiert werden – gehören ebenfalls zu den manchmal erfolgreich angewandten Verfahren.

6 Traum

FREUD war der erste, der 1900 in seinem Buch „Die Traumdeutung" eine Traumtheorie entwickelte, in der Träume persönlichkeitsspezifische Erlebnisse, Triebkräfte und Wünsche repräsentieren. Er unterscheidet zwischen dem manifesten Trauminhalt, der direkt erinnert wird, und dem latenten Traumgedanken, der hinter dieser Traumerinnerung verborgen ist. Nach FREUD sind es die unbewußten verdrängten Wünsche, die während des Schlafens einer weniger starken Zensur unterliegen als im Wachzustand und so in einer mehr oder weniger verschleierten und entstellten Form im manifesten Traum zum Ausdruck kommen. Durch die Technik des freien Assoziierens, d.h. des Nennens spontaner Einfälle zu jeder Einzelheit des Traumes, werden die Träume deutbar und somit die verursachenden Triebkräfte freigelegt. Eine experimentelle Überprüfung der psychoanalytischen Traumdeutung FREUDs hat wegen der Schwierigkeit, ihre Annahmen zu operationalisieren, kaum stattgefunden.

Neue Impulse schienen sich über die psychophysiologische Traumforschung zu ergeben. DEMENT/KLEITMAN (1957b) glaubten anfangs, daß nur der REM-Schlaf mit dem Traumschlaf gleichzusetzen sei und daß ein REM-Entzug zu einem Traumentzug und dadurch zu Persönlichkeitsstörungen führe (DEMENT, 1960). Diese Ergebnisse waren nicht haltbar, sie haben sich aber mit einer erstaunlichen Zähigkeit bis heute gehalten, obwohl auch DEMENT sich bald von ihnen distanziert hat.

Die unterschiedlichen Konzepte und Methoden sowie die daraus resultierenden widersprüchlichen Ergebnisse erschweren die Übersicht über den Stand der Traumforschung. Sogar die Definition des Traums änderte sich von Untersucher zu Untersucher. Sinnvoll erscheint das Konzept von FOULKES (1978), der jegliche geistigen Vorgänge während aller Stadien als Träume berücksichtigt. Bei diesem Vorgehen werden bei Weckungen aus dem REM-Schlaf mit 80% bis 100% Wahrscheinlichkeit Träume angegeben. Die Werte der Weckungen aus dem NREM-Schlaf schwanken zwischen 20% und 60% und aus dem kurzen Übergangsstadium des Einschlafens zwischen 90% und 100%. Die Träume selbst verlaufen nicht, wie früher angenommen, in Sekundenschnelle, sondern können die Länge einer ganzen REM-Phase von z.B. 30 Minuten einnehmen. Es stimmt nur zum Teil, daß die Träume während des REM-Schlafes lebendiger, irrealer und mit mehr gefühlsmäßiger Beteiligung ablaufen als die der NREM-Phasen, die im allgemeinen mehr gedankenähnliches Material enthalten und bruchstückhafter sind. Verschiedene Faktoren können eine Zuordnung der Träume zu den Phasen erschweren:

1. Traumberichte aus der zweiten Hälfte des Schlafes sind länger und lebhafter als die aus der ersten Hälfte. Ein späterer NREM-Bericht kann einem frühen REM-Bericht ähneln.
2. Ein Traumbericht aus einem REM-Schlaf während einer tonischen Phase sieht einem NREM-Bericht ähnlicher als einem Bericht aus einem REM-Schlaf mit Augenbewegungen, also während der phasischen Aktivität.
3. Persönlichkeitsfaktoren des Träumenden spielen eine Rolle. Personen mit relativ hohen MMPI-Profilen haben lebhaftere Träume als Personen mit niedrigen Werten.
4. Besonders Traumberichte aus der „späteren" Einschlafzeit – die „frühe" enthält oft Erinnerungen an Tagesereignisse – ähneln stark in ihren Entstellungen und ihrer Lebendigkeit denen des REM-Schlafes.

Systematische Manipulationen von Stimuli vor und während des Schlafes (Filme, Wasser auf das Gesicht träufeln) oder von Umständen (soziale Veränderungen, Streß) haben auf die Trauminhalte im allgemeinen einen geringeren Einfluß als erwartet. Wenn sie einen Einfluß haben, z.B. störende Stimuli während des Schlafes, dann werden sie oft mit in den Traum einbezogen und auf eine Weise umgeformt, daß der Traumablauf durch sie nicht direkt gestört und damit ein Aufwachen verhindert wird.

Alle Untersuchungen zeigen, daß es eine Kontinuität der geistigen Prozesse im Wachen und im Träumen gibt. Die Eigenschaften des Traumes reflektieren ebenfalls die emotionalen Bereiche und Eigenarten des Individuums, die im Wachzustand vorhanden sind. Das gilt auch für die Träume des Geisteskranken (ARKIN et al., 1978; WEBB/CARTWRIGHT, 1977). Geklärt ist aber noch immer nicht, wie die geistigen Prozesse während des Schlafes ablaufen, und wie bestimmt werden kann, was Träume bedeuten. FOULKES (1978) unternimmt in seinem Buch den Versuch, mit Hilfe der neueren Erkenntnisse der kognitiven Psychologie und der Linguistik ein objektives Auswertungssystem zu entwikkeln, das die geistigen Prozesse im Traum erklärt. Als Bindeglied zwischen dem erinnerten Trauminhalt und der Ebene, auf der eine kognitive bzw. linguistische Bearbeitung erfolgt, nutzt FOULKES wie FREUD die freie Assoziation.

Obwohl in den 4 Jahrzehnten der Schlafforschung der Wissensstand gewaltig gewachsen ist, ist der Weg noch weit, bevor das Rätsel Schlaf gelöst sein wird. Zur weiteren laufenden Information bietet sich das monatlich erscheinende „Sleep Bulletin" des Brain Information Service der University of California, L.A. an, von dem auch jährlich Sammelbände erscheinen (CHASE et al., 1972ff.).

Verweis auf andere Stichwörter

→Physiologische Psychologie →Psychiatrie →Psychoanalyse

Literatur

ARKIN, A. J./ANTROBUS, J. S./ELLMAN, S. J. (Hrsg.): The mind in sleep: Psychology and Psychophysiology. Hillsdale, N.J.: Erlbaum; New York, Toronto u.a.: Wiley 1978.

ASCHOFF, J.: Circadiane Periodik als Grundlage des Schlaf-Wach-Rhythmus. In: BAUST, W. (Hrsg.): Ermüdung, Schlaf und Traum. Stuttgart: Wissenschaftliche Verlagsgesellschaft 1970, S. 59–98.

ASERINSKY, E./KLEITMAN, N.: Regularly occuring periods of eye motility and concomitant phenomens during sleep. Science, 118, 1953, S. 273–274.

BERGER, H.: Über das Elektroenkephalogramm des Menschen. 1. Mitt. Arch. f. Psychiat., 87, 1929, S. 527–570.

CHASE, M. H./STERN, W. C./WALTER, P. L. (Eds.): Sleep research, Vol. 1ff., Brain Information Service/Brain Research Institute. Los Angeles, UCLA, 1972ff.

COATES, T. J./THORESEN, C. E.: How to sleep better. Englewood Cliffs: Prentice-Hall 1977.

DEMENT, W. C./KLEITMAN, N.: Cyclic variations in EEG during sleep and their relation to eye movements, body motility, and dreaming. Electroencephal. Clin. Neurophysiol., 9, 1957a, S. 673–690.

Dies.: The relation of eye movements during sleep to dream activity: An objective method for the study of dreaming. J. exp. Psychol., 53, 1957b, S. 339–346.

DEMENT, W. C.: The effect of dream deprivation. Science, 131, 1960, S. 1705–1707.

FINKE, J./SCHULTE, W.: Schlafstörungen – Ursache und Behandlung. Stuttgart: Thieme 1970.

FOULKES, D.: A grammar of dreams. New York: Basic Books 1978.

HARTMAN, E. I.: The function of sleep. New Haven: Yale University Press 1973.

HESS, W. R.: Das Schlafsyndrom als Folge diencephaler Reizung. Helv. Physiol. Acta, 2, 1944, S. 305–344.

HOBSON, J.-A.: The cellular basis of sleep cycle control. Adv. Sleep Res., 1, 1974, S. 217–250.

JONES, H. S./OSWALD, I.: Two cases of healthy insomnia. Electroencephalography and Clinical Neurophysiology, 24, 1968, S. 378–380.

JOUVET, M.: Biogenic amines and the states of sleep. Science, 163, 1969, S. 32–41.

JOVANOVIC, U. J.: Sexuelle Reaktionen und Schlafperiodik beim Menschen. Ergebnisse experimenteller Untersuchungen. Beitr. Sexualforsch., 51, 1972, S. 1–229.

KALES, A. et al.: Sleep patterns following 205 hr of sleep deprivation. Psychosomat. Med., 32, 1970, S. 189–200.

KOELLA, W.: Physiologie des Schlafes. Stuttgart: Kohlhammer 1973.

KUPFER, D. J.: REM-Latency: a psycho-biologic marker for primary depressive disease. Biol. Psychiatry, 11, 1976, 159–174.
LOOMIS, A. L./HARVEY, E. N./HOBART, G. A.: Cerebral states during sleep, as studied by human brain potentials. J. Exp. Psychol., 21, 1937, S. 127–144.
MEDDIS, R.: On the function of sleep. Anim. Behav., 23, 1975, S. 676–691.
MEDDIS, R. et al.: An extreme case of healthy insomnia. Electroencephalography and Clinical Neurophysiology, 35, 1973, S. 213–214.
MENDELSON, W. B. et al.: Human sleep und its disorders. New York: Plenum Press 1977.
MONNIER, M. et al.: Delta-sleep-inducing peptide: EEG and motor activity in rabbits following intravenous administration. Neurosci. Lett., 6, 1977, S. 9–13.
MORUZZI, G./MAGOUN, H. W.: Brain stem reticular formation and activation of the EEG. EEG clin. Neurophysiol., 1, 1949, S. 455–473.
OSWALD, J.: Sleeping and waking. Amsterdam: Elsevier 1962.
PAPPENHEIMER, J. R. et al.: Extraction of a sleep-promoting factor S from cerebral spinal fluid and from brains of sleep-deprived animals. J. Neurophysiol., 38, 1975, S. 1299–1311.
PFLUG, B./TOELLE, R.: Therapie endogener Depression durch Schlafentzug. Nervenarzt, 42, 1971, S. 117–124.
RECHTSCHAFFEN, A./KALES, A.: A manual of standardized terminology, techniques and scoring system for sleep stages of human subjects. Publ. Health Service, Washington D. C.: U. S. Government Printing Office 1968.
VOGEL, G. W. et al.: REM sleep reduction effects on depression syndromes. Arch. Gen. Psychiat., 32, 1975, S. 765–777.
WEBB, W. B.: Sleep. The Gentle Tyrant. Englewood Cliffs: Prentice-Hall 1975.
WEBB, W. B./CARTWRIGHT, R. D.: Sleep and Dreams. Ann. Rev. Psychol., 29, 1977, S. 223–252.
WILLIAMS, R. L./KARACAN, I./HURSCH, C. J.: Electroencephalography (EEG) of human sleep: clinical applications. New York 1974.

Reimer Lund

Sexualität

1 Bestimmung der menschlichen Sexualität

1.1 Physiosexualität

Das Erbgut des Menschen wird von einer Anzahl sehr widersprüchlicher Faktoren bestimmt. Deshalb setzt sich auch die menschliche S. aus einer Anzahl widersprüchlicher Elemente zusammen, die eine eindeutige Zuordnung zur Dichotomie Frau/Mann erschweren.

Der erste geschlechtsbestimmende Faktor in der ontogenetischen Chronologie ist die zufällige Kombination der mütterlichen und väterlichen *Chromosomen*, die wie bei einem Spiel mit zwei Würfeln eine Anzahl unterschiedlicher Kombinationen ergeben können. Jeder gesunde Mensch besitzt 46 Chromosomen, von denen zwei geschlechtsbestimmend wirken. Man nennt sie *Gamosomen* (oder auch Gonosomen, Heterosomen); die übrigen 44 Körperchromosomen nennt man *Autosomen.* Von der Mutter erben beide Geschlechter jeweils ein X-Gamosom. Erbt das Kind vom Vater ein Y-Gamosom, so ist es im chromosomalen Sinne männlich. Erbt es von ihm ein X-Gamosom, so ist sein Chromosomengeschlecht weiblich. Die Chromosomenformel der Frau lautet also 44 + XX, die des Mannes 44 + XY. Die Bezeichnungen X und Y sind nicht willkürlich gewählt, sondern geben die tatsächliche Form dieser Chromosomen wieder, denn unter dem Elektronenmikroskop ähneln sie in ihrer Form den Buchstaben X und Y (ZANKL, 1975; AVERS, 1976).

Da das weibliche Gamosom größer ist als das männliche, und da jede Körperzelle der Frau von diesem größeren Chromosom zwei Exemplare besitzt, haben die Genetiker seit langem vermutet, daß man aus dem größeren Gewicht des weiblichen und dem geringeren des männlichen Chromosoms einen zusätzlichen Beweis der Geschlechtszugehörigkeit erbringen oder darin vielleicht sogar den eigentlichen Grund des Geschlechtsunterschiedes entdecken könne. Statt dieses angestrebten Beweises gelang den englischen Genetikern M. L. BARR und E. G. BERTRAM im Jahre 1948 eine andere Entdekkung: An der Innenseite der Zellkernmembran von Frauen befinden sich gewisse Konzentrationen der Gerüstsubstanz des Chromosoms, *Chromatin* genannt, die bei Männern gemeinhin fehlen. Von nun an konnte man die Frau also einerseits nach ihrer Gamosomenformel (XX), andererseits aber auch nach ihrer Chromatinformel (positiv) als weiblich klassifizieren. Umgekehrt konnte man den Mann jetzt entweder nach seiner Gamosomenformel (XY) oder nach seiner Chromatinformel (negativ) als männlich diagnostizieren (MACCOBY, 1966; STOLLER, 1968).

Sechs Jahre später entdeckten die Forscher W. M. DAVIDSON und W. R. SMITH, daß die weißen Blutkörperchen der Frau noch weitere (*trommelschlegelförmige*) Chromatingebilde aufweisen, die bei Männern nur sehr selten und dann meist nur in verkümmerter Form aufscheinen. Jetzt ließ sich die Geschlechtszugehörigkeit der Frau also in dreifacher Form nachweisen: Gamosomformel XX, Chromatinformel positiv, Trommelschlegelformel positiv. Der Mann dagegen hatte die Gamosomformel XY, die Chromatinformel negativ und die Trommelschlegelformel negativ (RABOCH/NEDOMA, 1958; ZANKL, 1975).

Bis dahin sah die Sache noch relativ einfach aus. Nun stellte es sich bei weiteren Untersuchungen aber heraus, daß es Menschen gab, deren Chromatinformel von ihrer Gamosomformel und diese wiederum von ihrer Trommelschlegelformel abwich. Die menschliche Geschlechtlichkeit bestand offenbar nicht aus einem einzigen Stück, sondern setzte sich aus einer Anzahl widersprüchlicher Faktoren zusammen. Wir mußten uns daran gewöhnen, sie als ein Mosaik aus männlichen und weiblichen Steinchen zu betrachten. Die Geschlechtszugehörigkeit des Individuums ließ sich nicht mehr eindeutig als männlich oder weiblich definieren, sondern bestand offenbar aus einem *Kräfteparallelogramm*, an dem sowohl genetisch weibliche wie genetisch männliche Einflüsse mitwirkten (BLEULER/WIEDEMANN, 1956; ZÜBLIN, 1957).

In Wirklichkeit kam diese Entdeckung nicht ganz so überraschend, wie sie hier dargestellt worden ist, denn die Morphologen und Endokrinologen hatten auf ihren eigenen Gebieten bereits andere Widersprüche der menschlichen S. entdeckt. So hatte man früher angenommen, daß die ererbten Geschlechtschromosomen die Wendung des Embryos zum einen oder anderen Geschlecht bestimmen. Man stellte sich die Sache so vor, daß die ursprünglich weibliche Morphologie aller Keimlinge beibehalten wurde, wenn das mütterliche Erbe dominierte, wenn die Gamosomformel des Embryos also XX lautete. Von der Formel XY nahm man dagegen an, daß sie für die Umbildung des Keimlings in männlicher Richtung sorgte. Hatten sich nun als Resultat der Gamosomeneinwirkung beim männlichen Embryo die Hoden und beim weiblichen die Eierstöcke gebildet, so nahm man an, daß der chromosomale Einfluß damit beendet sei, und der Körper des Embryos von nun an die weitere Geschlechtsdifferenzierung in eigener Selbststeuerung übernehme. Und zwar mit Hilfe der *Hormone*, die von den *Keimdrüsen* ausgesondert werden. Hatte das Y-Gamosom dafür gesorgt, daß sich Hoden herausbildeten, so nahm man an, daß diese nun ihrerseits dank ihres eigenen Androgenausstoßes dafür sorgen würden, daß der Fötus die inneren und äußeren Genitalien eines Mannes entwickelte. Hatten die X-Gamosomen dagegen veranlaßt, daß sich Eierstöcke bildeten, so nahm man an, daß die Entstehung weiblicher Genitalien gesichert sei (MONEY, 1961; VOIGT/SCHMIDT, 1968; DREWS, 1976).

Aber auch hier hatte es sich bereits seit dem Altertum herausgestellt, daß weder die Chromosomen noch die Hormone ihre Aufgabe immer in der gleichen Weise lösten. Schon den ägyptischen und griechischen Ärzten war nämlich aufgefallen, daß es Menschen gab, deren innere Genitalien nicht mit den äußeren übereinstimmten. Man war also gezwungen, außer der *morphologischen* Geschlechtszuordnung (der Zuordnung nach der Form der Geschlechtsteile) noch zwei weitere Definitionen der Geschlechtlichkeit zu erarbeiten. So entwickelte die Wissenschaft der Geschlechtsdiagnostik die Begriffe des *Keimdrüsengeschlechts* und des *Hormongeschlechts* (BURNS, 1961; DÖRNER, 1972).

Damit wurde die Angelegenheit aber noch komplizierter, denn nun bot sich die Möglichkeit an, daß ein gegebenes Individuum nach seinem Chromosomgeschlecht weiblich, nach dem Chromatingeschlecht männlich, nach dem Trommelschlegelgeschlecht weiblich, nach dem Keimdrüsengeschlecht männlich und nach dem Hormongeschlecht wieder weiblich sein konnte. Damit war die traditionelle Vorstellung einer einheitlichen, eindeutigen Geschlechtszugehörigkeit des Menschen ein für alle Male dahin (MONEY, 1973; MONEY/EHRHARDT, 1975). Bis zu diesem Punkt hatte man angenommen, daß die Hormone nicht nur die Anatomie der äußeren Geschlechtsorgane, sondern auch bestimmte Gehirnfunktionen beeinflußten, vor allem die des Zwischenhirns und der Hirnanhangdrüse, von der man annahm, daß sie nun ihrerseits die Steuerung der Hormone in den Keimdrüsen übernehmen würde, zum Beispiel (mit Hilfe des Hypothalamus und des Temporallappens am Großhirn) den Zeitpunkt der Menarche und der Polluarche. Auch hier funktionierte die Steuerung aber nicht immer in der gleichen Weise, so daß man gezwungen war, eine siebente Definition der Geschlechtszugehörigkeit einzuführen: das *Hypophysen-* oder *Hypothalamusgeschlecht*, das die tatsächliche Hormonsteuerung im Individuum regulierte (ZÜBLIN, 1957; YOUNG, 1961; HARRIS, 1964; NEUMANN, 1976).

1.2 Psychosexualität

Mittlerweile hatten die Sexualpsychologen entdeckt, daß die Psychosexualität des Menschen (das subjektive Gefühl seiner Geschlechtszugehörigkeit) nicht notwendig mit seiner Physiosexualität (seinem anatomischen Geschlecht) übereinstimmte. Denn selbst wenn durch ein Wunder der Natur alle sieben Formen der somatischen Geschlechtlichkeit übereinstimmen sollten, konnte es doch noch geschehen, daß ein Kind durch Zufall im Geburtsschein dem falschen Geschlecht zugewiesen wurde. Wo das geschehen war – und es geschieht öfter als der Laie glaubt –, da stellte sich heraus, daß das betroffene Kind nur mit äußersten Schwierigkeiten jemals wieder zu seinem anatomischen Geschlecht zurückgeführt werden konnte. Die frühkindliche Zuweisung zum einen oder anderen Geschlecht und die Erziehung als Bub oder Mädel erwiesen sich als so wirksam, daß sie die kombinierte Wirkung aller somatischen Geschlechtseinflüsse überrannten. Das erforderte die Einführung zweier neuer Kategorien der Geschlechtsdiagnostik: das *Zuweisungsgeschlecht* und das *Erziehungsgeschlecht* (HAMPSON, 1961; MACLEAN, 1973).

Als nächstes entdeckten die Sexualpsychologen, daß es noch einmal im Leben einen Drehpunkt gibt, der das Bewußtsein der eigenen Geschlechtszugehörigkeit maßgeblich verändern kann. Dieser Wendepunkt wird von den meisten Sexualpsychologen in der Pubertät gesehen, von anderen aber bereits in der ödipalen Altersstufe. Manche Sexualforscher haben deshalb den Begriff des *Pubertätsgeschlechts*, andere die des *Ödipalgeschlechts* geprägt (DANNHAUER, 1973; BORNEMAN, 1978). Schließlich wird unsere Geschlechtlichkeit auch von dem bestimmt, was der Laie meist als einziges psychisches Geschlechtsmerkmal des anderen Menschen wahrnimmt: das *sexuelle Interesse* des Menschen an seinen Mitbürgern. Ob der andere leicht entflammbar ist oder eher phlegmatisch reagiert, ob er sich für Frauen oder für Männer, für kleine Mädchen oder junge Knaben interessiert, ob er „normal“ oder „pervers“ ist: das ist eigentlich der einzige Aspekt der Geschlechtlichkeit, den wir – neben den äußeren Geschlechtsmerkmalen – überhaupt an unseren Mitbürgern zur Kenntnis nehmen. Heute wissen wir jedoch mit ziemlicher Sicherheit, daß sämtliche sexuellen Appetenzen des Individuums, einerlei, wie exotisch sie uns auch anmuten mögen, auf das Zusammenspiel von frühkindlichen, dem Bewußtsein nicht mehr zugänglichen Erfahrungen und späteren kindlichen Verdrängungsvorgängen zurückgehen. Die Sexualpsychologie faßt sie deshalb ganz neutral unter dem Begriff der *Objektwahl* zusammen. Man könnte die Neigung zu einem bestimmten Sexualobjekt deshalb auch als *Objektgeschlecht* oder *Neigungsgeschlecht* bezeichnen (YOUNG, 1961; BORNEMAN, 1978).

Damit hätten wir dreizehn Formen der menschlichen Geschlechtlichkeit erfaßt: 1. Chromosomgeschlecht, 2. Chromatingeschlecht, 3. Trommelschlegelgeschlecht, 4. Keimdrüsengeschlecht, 5. Hormongeschlecht, 6. Hypothalamus-Hypophysen-Geschlecht, 7. morphologisches Geschlecht, 8. Zuweisungsgeschlecht, 9. Erziehungsgeschlecht, 10. Ödipalgeschlecht, 11. Pubertätsgeschlecht, 12. Neigungsgeschlecht, 13. Objektgeschlecht.

Die beiden letzten Kategorien machen den illusorischen Charakter der Geschlechtsdichotomie Mann/Frau besonders deutlich. Denn man kann zwar in zwölf der Kategorien weiblich und nur in der dreizehnten männlich, oder in zwölf männlich und in der dreizehnten weiblich sein, aber man kann die beiden letzten Kategorien überhaupt nur dann in das Koordinatensystem männlich/weiblich einbringen, wenn man postuliert, was eigentlich erst zu beweisen wäre: daß sich die „Männlichkeit“ des Mannes aus seinem sexuellen Interesse an Frauen ableiten lasse, und daß Frauen nur dann „weiblich“ seien, wenn sie sexuell „positiv“ auf Männer reagieren. Eben das wird aber umso zweifelhafter, je mehr wir über die Widersprüchlichkeit der menschlichen Sexualität lernen.

2 Die Evolution der menschlichen Sexualität

Es scheint, als ob jeder Aufstieg auf der evolutionären Leiter neben dem wachsenden Maß der individuellen Differenzierung und der wachsenden Fähigkeit der Individuen, unterschiedlich auf ihr Umwelt zu reagieren, auch ein stetiges Absinken des zentralnervlichen Einflusses auf das Verhalten im allgemeinen und auf das Sexualverhalten im besonderen mit sich bringt. Vereinfachend könnte man das so bezeichnen, wie Arnold GEHLEN es getan hat: als einen vom Erwerb des Großhirns erzeugten *Verlust des instinktsicheren Handelns*. Deshalb hat GEHLEN den Menschen auch als instinktloses „Mängelwesen" bezeichnet und seine schwindende Fähigkeit, sich selbst als eindeutig weiblich oder eindeutig männlich zu sehen, als Preis seiner wachsenden Großhirnfähigkeiten, vor allem auf dem Gebiete der Naturwissenschaften, bezeichnet. J. W. PAPEZ (1937) und P. D. MACLEAN (1964, 1973) haben in sehr ähnlicher Weise argumentiert, daß das menschliche Hirn sich aus drei strukturell unterschiedlichen und unterschiedlich alten Teilen zusammensetze. Die ältesten, am tiefsten liegenden Teile stammen von unseren frühesten tierischen Vorfahren ab und waren in ihrer Entwicklung bereits mit den Reptilien abgeschlossen. Im Zeitalter der Säugetiere waren sie für Säugetierzwecke schon veraltet. Die mittleren Schichten stammen von den frühen Säugetieren unter unseren Vorfahren ab und sind für die Zwecke der höheren Säugetiere unbrauchbar. Nur das außen liegende Großhirn stammt von den höheren Säugetieren ab, hat aber eher hypertrophiert als organisch zu wachsen und steht in ungenügender Signalverbindung mit den beiden älteren Schichten.

MACLEAN behauptet nun, daß ein großer Teil der menschlichen Widersprüchlichkeit aus dem Widerspruch zwischen diesen drei quasi separat arbeitenden Teilgehirnen stamme, unter anderem auch der Widerspruch zwischen den älteren, weitgehend „instinktiv" funktionierenden und den neueren, weitgehend rational arbeitenden Gehirnschichten. Eines ist jedenfalls sicher: Je höher die Gattungen auf der evolutionären Leiter stehen, desto größer wird der Anteil der erlernten, und desto geringer der Anteil der ererbten Verhaltensformen. Dies gilt auch für das sexuelle Verhalten und bedeutet, daß der Mensch zwar mit einer vielfältig determinierten, in sich selbst widersprüchlichen Sexualanatomie zur Welt kommt, daß seine Psychosexualität aber nicht nur von diesen Widersprüchen bestimmt wird, sondern sich erst im *Wechselspiel* zwischen ihnen und den letztlich entscheidenden Einwirkungen seiner sozialen Umwelt herausbildet.

Die Psychosexualität des Menschen ist also „offen", und das gilt ebenso für sein sexuelles Selbstverständnis (das Bild, das er sich von seiner eigenen sexuellen Beschaffenheit macht) wie für sein sexuelles Interesse an anderen (für sein Bild der sexuellen Umwelt). Keine der beiden Facetten wird allein von seiner physischen Sexualkonstitution geprägt. Beide entwickeln sich erst aus der Dialektik zwischen sexueller Konstitution, sexueller Disposition und sexueller Exposition, vor allem aber aus den Beziehungen des Kindes zu seinen Bezugspersonen und ganz besonders aus deren Anschauungen von „Männlichkeit" und „Weiblichkeit", von „erlaubt" und „verboten" (HAMPSON, 1961; ZUBIN/MONEY, 1973; BORNEMAN, 1973ff.).

3 Sexuelle Sozialisation und sexuelle Abweichung

Im Laufe der Jahrtausende erfaßter Menschheitsgeschichte (einschließlich Vor- und Frühgeschichte „primitiver" Kulturen) haben sich diese Vorstellungen in so unterschiedlicher Weise entwickelt, daß jeder Versuch, sie in „richtige" und „falsche", „normale" und „abnorme", „gesunde" und „perverse" Kategorien einzuordnen, gescheitert ist. Auch der Versuch, menschliche S. mit menschlicher Fortpflanzung zu koordinieren und nur das als „gesunde" oder „normale" S. einzustufen, was der Fortpflanzung dient, hat sich als undurchführbar erwiesen, da es keine Kultur gibt, die ihren Geschlechtsverkehr je auf die Fortpflanzung beschränkt hätte. Ebenso wie der Primat des Erlernten über das Ererbte ein Kennzeichen der menschlichen Spezies zu sein scheint, erzeugt die Evolution beim Menschen offenbar ein *Primat der S.* über die Fortpflanzung. Auch hier scheint beim Menschen das Erlernte und Erlernbare stärker zu wirken als das Ererbte und Ererbbare.

Bereits bei den höheren Primaten hat es sich herausgestellt, daß der „Sexual-" oder „Fortpflanzungstrieb" auf der Höhe der Hominiden nicht mehr „von selbst" funktioniert. Das heißt:

Das genetische Erbmaterial erlaubt uns nicht mehr, ohne Vorbildeinfluß zu koitieren und uns ohne Vorbildeinfluß fortzupflanzen. Die Affenversuche von HARLOW und seinen Mitarbeitern haben ergeben:

1. Affenkinder, die von ihren Müttern nicht durch Zärtlichkeit auf ihr späteres Geschlechtsleben vorbereitet worden sind, zeigen im geschlechtsreifen Alter kein Interesse am Geschlechtsverkehr und entwickeln sich zu mürrischen Junggesellen und Junggesellinnen.

2. Affenkinder, die keine Gelegenheit gehabt haben, ältere Mitglieder ihrer Gattung beim Geschlechtsverkehr zu beobachten, lernen nie, wie man koitiert, und entwickeln kein Interesse am Koitus.

Offenbar sind zum erfolgreichen Geschlechtsleben der höheren Primaten also zwei Vorbilder nötig: elterliche Zärtlichkeit *gegenüber dem Kinde* und elterliche Zärtlichkeit (oder vom Kinde wahrgenommene Zärtlichkeit anderer Älterer) *im Geschlechtsverkehr* (HARLOW, 1962, 1966; FORD/BEACH, 1968).
Daraus ergibt sich eine der Kernfragen der heutigen Sexualwissenschaft: ob einer der Gründe der zahllosen sexuell motivierten Neurosen, an denen unsere westliche Gesellschaft krankt, nicht der simplen Tatsache entspringt, daß wir, im Gegensatz zu anderen Primaten, unseren Kindern die Möglichkeit verweigern, den Geschlechtsverkehr der Eltern und der anderen Älteren wahrzunehmen. Unter diesen Umständen kann verbale Aufklärung, einerlei, ob sie im Elternhaus oder in der Schule stattfindet, nie mehr als ein *Substitut* dessen sein, was offenbar notwendig ist, um die menschliche Sexualentwicklung, genau wie die der anderen höheren Primaten, zu fördern.
Damit ist dann aber auch die beliebte Theorie vom „tierischen" Geschlechtstrieb des Menschen ein für alle Male dahin. Unser Geschlechtsleben ist zwar biologisch motiviert, entwickelt sich aber erst unter dem Einfluß gesellschaftlich vermittelter Vorbilder. Die Ethnologen haben uns aus anderen Kulturen dasselbe Beweismaterial mitgebracht, das die Vorgeschichtsforscher aus prähistorischen Kulturen ausgegraben haben: Die *individuelle S.* richtet sich nach dem *gesellschaftlichen Vorbild.* Heterosexuell ausgerichtete Kulturen regen die Mehrzahl ihrer Mitglieder zur Heterosexualität an, homosexuelle zur Homosexualität. Eine sexuelle „Anlage" zur Hetero- oder Homosexualität gibt es nicht; der (meist unbewußte) Entschluß, sich in die eine oder andere Richtung zu entwickeln, wird von zufälligen oder gezielten Einflüssen der Umwelt stimuliert.
Sexualsysteme wie das patriarchale, das Europa seit dem Einfall der Indogermanen beherrscht hat, stimulieren Männer zur *Aggression* und Frauen zur *Unterordnung*. Die sogenannten „matriarchalen" Gesellschaftsordnungen erzeugen dagegen oft ein hohes Maß von Zusammenarbeit und Spannungsfreiheit bei Geschlechtern (BORNEMAN, 1975; VON EHRENFELS, 1978). Was die Sexualentfaltung des Individuums letzthin bedingt, ist also nicht seine somatische Geschlechtszugehörigkeit, sondern der *gesellschaftliche Einfluß* auf seine Psychosexualität. Auch die *Abweichungen* vom jeweiligen Sexualideal der jeweiligen Gesellschaft werden sowohl in ihrer Art wie in ihrer Anzahl von diesem Ideal und dem Prozeß der gesellschaftlichen Vermittlung des Ideals bestimmt. Das heißt: Sowohl die spezifische Form der individuellen Abweichung vom gesellschaftlichen Ideal wie die Quantität solcher Abweichungen wird von der Effizienz oder Ineffizienz des Vermittlungsprozesses bedingt. Diese Effizienz hängt aber ihrerseits von der Art des Ideals und dem Spannungsverhältnis innerhalb der Gesellschaft ab. Funktioniert der Übermittlungsprozeß im Elternhaus und den anderen Sozialisationsagenturen, so bleibt die Anzahl der Abweichungen relativ gering. Funktioniert er schlecht, so steigt sie.
Umgekehrt hängt die Effizienz des sexuellen Sozialisationsprozesses aber auch davon ab, ob das vermittelte Sexualideal von den Eltern und Bezugspersonen als sinnvoll und befriedigend empfunden wird. Nur wenn sie es reibungslos und widerstandsfrei internalisiert haben, können sie es reibungslos und widerstandsfrei an die nächste Generation weitergeben. Da gerade bei diesem Internalisierungsvorgang aber starke Widersprüche zwischen tatsächlicher Befriedigung und verdrängter Unzufriedenheit auftauchen, liegt hier die Ursache der Fehlvermittlung gesellschaftlich postulierter Sexualideale und damit auch die Ursache sexueller Abweichungen oder „Perversionen" (KINSEY et al., 1968; BORNEMAN, 1978).
Die *kritische Sexualwissenschaft* unserer Tage hat gelernt, sich davor zu hüten, die sexuellen Normen der jeweiligen Gesellschaftsordnung

gutzuheißen und die sexuellen Abweichungen zu verdammen. Obgleich die Sexualwissenschaftler versuchen, die Sexualnormen verschiedener Kulturen wertfrei zu beurteilen, vor allem niemals die anderen mit den Wertmaßstäben der eigenen zu messen, ist es oft schwierig, den gesellschaftlichen Umständen, die sich in den Geschlechterverhältnissen niederschlagen, neutral gegenüberzustehen. Ausbeutung der Armen durch die Reichen, Unterdrückung der Schwachen durch die Mächtigen, Bestechlichkeit und Korruption sind objektive Tatsachen, die sich nicht mit wissenschaftlicher Neutralität übergehen lassen. Da sie es sind, die auch das Geschlechtsleben prägen, mag es durchaus sein, daß in manchen Gesellschaftsordnungen die Sexualnormen sozial schädlich und die sexuellen Abweichungen sozial nützlich sind. Es gibt jedenfalls keine sexualwissenschaftliche Faustregel, die uns erlaubt, den Sexualnormen einer Gesellschaft höheren Wert beizumessen als den sexuellen Abweichungen.

In manchen Gesellschaftsordnungen ist ein hohes Maß an *Selbsttäuschung* und *Verdrängung* erforderlich, um die Sexualnormen erträglich zu machen und als sinnvoll weitergeben zu können. Nun besteht der Teufelskreis der menschlichen S. aber mit großer Wahrscheinlichkeit darin, daß unbefriedigende Formen der Sexualmoral in der Psyche der Eltern und Erzieher Konflikte erzeugen, die dann von ihnen an die Kinder weitergegeben werden und in deren Psyche jene Prozesse in Bewegung setzen, die von den Eltern und den gesellschaftlichen Autoritäten als sexuelle „Fehlentwicklungen" kategorisiert werden – als „Deviationen" oder gar „Perversionen". Aus diesem Teufelskreis auszubrechen, ist äußerst schwierig, weil die Prozesse der Selbsttäuschung und Verdrängung, nachdem die Gesellschaft sie einmal in Bewegung gesetzt hat, die individuelle Wahrnehmung der Gründe eigener Unzufriedenheit (und damit auch die Forderung nach einer befriedigenderen Sexualmoral) unmöglich machen.

Der Einzelne hat es schwer, die Gründe seiner Unzufriedenheit zu erkennen, weil er sich stets als einmaliges und unvergleichliches Subjekt betrachtet. Er glaubt, seine private Sexualentwicklung sei von ganz persönlichen, unvoraussagbaren und unwiederholbaren Umständen gestaltet worden, und ist deshalb gekränkt, wenn er als Objekt einer gesellschaftlichen Entwicklung betrachtet wird. Genau damit verhindert er aber seine Befreiung von den gesellschaftlichen Sexualzwängen. Wie die Bewußtmachung des Unbewußten uns erst von den krankmachenden Folgen der Verdrängung befreit, so kann uns nur die *Bewußtmachung unserer gesellschaftlichen Abhängigkeit* helfen, diese Abhängigkeit zu überwinden. Der Einzelne, dessen sexuelle Einzigartigkeit auf so tönernen Füßen steht, daß er sich immer wieder verpflichtet fühlt, die gesellschaftlichen Wurzeln seiner „privaten" Sexualentwicklung zu bestreiten, wird sich dieser Wurzeln nie bewußt werden und verspielt damit seine Chance, sie in den Griff zu bekommen. Einerlei, wie stolz wir auf unsere sexuelle Einzigartigkeit sind, kommen wir also nicht um die bittere Wahrheit herum, daß die Angepaßten, die „Normalen", genau wie die Unangepaßten, die „Perversen", weniger ein eigenes, von ihren eigenen Genen, ihren eigenen Hormonen, ihrer eigenen sexuellen Anlage und ihrer eigenen sexuellen Willenskraft geprägtes, als ein fremdbestimmtes, weitgehend *gesellschaftsbedingtes Geschlechtsleben* führen.

Das ist zumindest die Tragödie des heutigen westlichen Sexuallebens. Im Gegensatz zu Wilhelm Reich (1897–1957), der sich eine Befreiung der Gesellschaft erhoffte, wenn man nur erst die S. befreien könne, richtet die heutige kritische Sexualwissenschaft deshalb ihre ganzen Hoffnungen auf eine Befreiung der Gesellschaft als Grundlage einer sexuellen Befreiung.

4 Kritische Sexualwissenschaft

Der Begriff „kritische Sexualwissenschaft" hat sich in Anlehnung an die „Kritische Theorie" (Horkheimer, Adorno, Marcuse) entwikkelt. Er spiegelt die Erkenntnis wider, daß das sexuelle Sein weitgehend vom gesellschaftlichen Sein bestimmt wird. Freud und Reich dagegen waren sich trotz ihrer vielen Meinungsverschiedenheiten darin einig, daß das sexuelle Sein das gesellschaftliche bestimme. Das wird von der heutigen kritischen Sexualwissenschaft verneint, denn jeder Mensch, einerlei mit welcher sexuellen Anlage er auch geboren ist, wächst in eine bereits bestehende Gesellschaft hinein und wird von ihr unwiderruflich geprägt. Zwar prägt er auch seinerseits die Gesellschaft, zu der er gehört, und in diesem Prägungsprozeß spielt seine sexuelle Wirkung auf seine Mitmenschen keine geringe Rolle, aber seine sexuelle Entfaltung kann nur innerhalb der Grenzen seines

Verständnisses dieser Gesellschaft und ihrer Veränderlichkeit erfolgen. Sexuelle Freiheit beruht nach Meinung der kritischen Sexualwissenschaft also wie jede andere Freiheit auf der Erkenntnis ihrer Grenzen.

Ehe wir zu entscheiden vermögen, ob und inwiefern wir unser eigenes Geschlechtsleben und das unserer Mitbürger verändern können, müssen wir uns darüber klar werden, ob und inwiefern wir unsere Gesellschaftsordnung verändern können. Die kritische Sexualwissenschaft meint, daß die Zeit der systematischen Sexualunterdrückung in unserer Gesellschaftsordnung dem Ende entgegengeht, da sie nicht mehr die Erfolge zeitigt, die sie einst hervorbrachte. Sie hatte den Zweck, die Arbeiter und Angestellten der frühbürgerlichen Gesellschaft zur *freiwilligen Unterordnung* zu bewegen: zu Disziplin, Pünktlichkeit, Fleiß und all jenen anderen bürgerlichen Geboten, die sowohl den Bauern wie auch den Fürsten des Mittelalters völlig unbekannt waren. Fabrikarbeit, das Produktionssystem des bürgerlichen Zeitalters, ließ sich ohne Pünktlichkeit, Fleiß und Disziplin nicht durchführen. Gehorsam mit Waffengewalt zu erzwingen, wie es die Feudalherren mit ihren Lehnsleuten gemacht hatten, schien dem Bürgertum ineffizient, denn die Arbeiter und Angestellten sollten das Gefühl haben, daß Fleiß, Pünktlichkeit und Disziplin keine Zwänge, sondern Tugenden seien.

Zu diesem Zweck mußte Freizügigkeit aller Art, vor allem aber sexuelle Freiheit, als Untugend, als Sünde dargestellt werden. Der *Puritanismus*, der die sittliche Verantwortung aus den Händen der Kirche und ihrer Priester fortnahm und in die des einzelnen Gläubigen legte, war eine der beiden Agenturen, die diesen Prozeß der Verinnerlichung gesellschaftlicher Gebote durchführten. Die andere war, nach Meinung der kritischen Sexualwissenschaft, die *Familie*. Indem der Vater dem Kinde einprägte, Gehorsam sei eine Tugend, erzog er das Kind dazu, allen gesellschaftlichen Institutionen zu gehorchen, die eine vaterähnliche Funktion ausübten, beispielsweise dem patriarchalischen Unternehmertum.

Ein solcher Gehorsam ließ sich auf die Dauer aber nur mit Hilfe eines permanent schlechten Gewissens durchführen. Nur wenn das zum Erwachsenen gereifte Kind sich immer wieder ins Gedächtnis zurückrief, mangelnder Respekt für die Obrigkeit sei sündhaft, konnte der Respekt freiwillig gezollt werden. Und dieses schlechte Gewissen wurde auf dem Umwege über sexuelle Frustration in Bewegung gesetzt. Erst nachdem das Individuum unwiederbringliche Opfer an sexueller Entsagung gebracht hatte, war sein Wunsch nach Freiheit und Befriedigung ein für alle Male blockiert. Denn wenn das Individuum den Betrug durchschaut hätte, wäre der lebenslange Verzicht auf Glück, Freiheit und Befriedigung sinnlos gewesen. Den Mut, sich selbst als lebenslang Genasführten zu erkennen, die eigene Dummheit einzugestehen und trotz aller bereits erbrachten Opfer nun doch noch den anderen Weg zu gehen – diesen Mut besaßen nur wenige Menschen.

In Anlehnung an die Kritische Theorie meinen die heutigen kritischen Sexualwissenschaftler nun aber, daß die Technik, der beherrschten Klasse durch erzwungene Sexualfrustration eine freiwillige Zustimmung zum Beherrschtwerden abzuringen, nicht mehr klappt, weil die wachsende Produktivität der Maschinen in sichtbaren Widerspruch zu den Geboten der Sparsamkeit und des Verzichts geraten ist. In einer Technologie des potentiellen Überflusses, in einer Ökonomie steigender Preise und schwindender Kaufkraft des Geldes haben die bürgerlichen Tugenden der Sparsamkeit und des Verzichts ihre Überzeugungskraft verloren.

Daraus folgert die kritische Sexualwissenschaft, daß eine neue Technik der sexuellen Beherrschung im Entstehen begriffen ist. Solange die Arbeitszeit zwölf Stunden oder mehr betrug, kontrollierte die herrschende Klasse ihre Lohnarbeiter nicht nur am Arbeitsplatz, sondern auch zu Hause: Kam der Arbeiter so müde nach Hause, daß er nur noch schlafen wollte, so bestand keine Gefahr, daß er aufmucken könne. Hatte er aber Freizeit zur Verfügung, so erwuchs die Gefahr, daß er sie nutzen würde, um sich zu organisieren. Damit war eine grundsätzlich neue Form der Kontrolle nötig geworden. Statt ihn weiterhin zum Verzicht auf Sexualbefriedigung zu veranlassen, war es nun ratsam geworden, zum Gegenteil überzugehen und ihm ein Maximum an *sexueller Zerstreuung* anzubieten. Denn es hatte sich herausgestellt, daß es kein billigeres und effektiveres Mittel gibt, die Ausgebeuteten und Unterjochten von den Realitäten der Ausbeutung und Unterjochung abzulenken, als sexuelle Wünsche zu erwecken und deren Befriedigung dann abwechselnd zu gewähren und zu verweigern.

Wer die heutige *Pornoindustrie* studiert, wer die zahllosen Annoncen für Gruppensex, Partner-

tausch, sadistische und masochistische Varianten des Geschlechtsverkehrs in den bürgerlichen Zeitungen liest, der kommt nach Meinung der kritischen Sexualforschung kaum an der Vermutung vorbei, daß die *neue Devise der psychischen Beherrschung* lautet: „Sex ist das Opium des Volkes. Je mehr wir ihm von dieser preiswertesten aller Drogen einflößen, desto weniger politische und ökonomische Auseinandersetzungen brauchen wir zu befürchten."
Gleichzeitig erkennt die kritische Sexualwissenschaft aber auch, daß die bürgerliche Gesellschaft von Widersprüchen zerrissen ist, und ist deshalb auch nicht überrascht, wenn sie neben dieser neuen, „liberalen" Technik der Massenbeherrschung überall noch Überbleibsel der alten, sexualrepressiven Strategie vorfindet. Diese Widersprüchlichkeit ist das Kennzeichen einer jeden Übergangszeit von einer Herrschaftsstrategie zur anderen. Deshalb argumentieren die kritischen Sexualwissenschaftler: Wir dürfen uns nicht zu der Illusion verleiten lassen, daß das Geschlechtsleben in der „freien" Welt frei sei. Nicht nur unser ökonomisches, soziales und politisches Leben wird gelenkt, sondern auch unser sexuelles. In dieser Erkenntnis liegt jedoch kein Grund zum Defätismus, denn je mehr wir uns des Angriffs auf unsere Freiheit bewußt werden, desto besser können wir uns gegen ihn verteidigen. In dieser Verteidigung liegt sowohl die erkenntnistheoretische wie die therapeutische Logik der kritischen Sexualwissenschaft (vgl. SCHMIDT et al., 1970; REICHE, 1971; SIGUSCH, 1973, 1979; SCHORSCH/SCHMIDT, 1975; BORNEMAN, 1977, 1978, 1979).

Verweis auf andere Stichwörter

→Abweichendes Verhalten →Anlage und Umwelt →Entwicklung und Sozialisation →Humanistische Psychologie →Physiologische Psychologie →Psychoanalyse →Soziologie

Literatur

AVERS, L. J.: Sexualbiologie. Stuttgart: G. Fischer 1976.

BLEULER, M./WIEDEMANN, H.-R.: Chromosomengeschlecht und Psychosexualität. Arch. Psychiatr. Nervenkr., 195, 1956, S. 14–19.

BORNEMAN, E.: Studien zur Befreiung des Kindes (3 Bde.). Olten: Walter 1973ff.

BORNEMAN, E.: Das Patriarchat. Frankfurt/M.: Fischer 1975.

BORNEMAN, E.: Die Urszene. Frankfurt/M.: Fischer 1977.

BORNEMAN, E.: Lexikon der Liebe. Materialien zur Sexualwissenschaft. Berlin: Ullstein 1978.

BORNEMAN, E.: Sexualität. Materialien zur Sexualforschung. Weinheim: Beltz 1979.

BURNS, R. D.: The Role of Hormones in the Differentiation of Sex. In: YOUNG 1961, Bd. 1, S. 1173–1239.

DANNHAUER, H.: Geschlecht und Persönlichkeit. Eine Untersuchung zur psychischen Geschlechtsdifferenzierung in der Ontogenese. Berlin-Ost: Deutscher Verlag der Wissenschaften 1973.

DÖRNER, G.: Sexualhormonabhängige Gehirndifferenzierung und Sexualität. Berlin, Göttingen, Heidelberg: Springer 1972.

DREWS, U.: Die Entwicklung der Sexualorgane. Von der genetischen Information zur morphologischen Differenzierung. Gynäkologie, 9, 1976, S. 3–15.

EHRENFELS, VON: Mutterrecht und Sexualität. In: BORNEMAN, E., 1979.

FORD, C. S./BEACH, F. A.: Formen der Sexualität. Das Sexualverhalten bei Mensch und Tier. Reinbek: Rowohlt 1968.

GIESE, H. (Hrsg.): Mensch, Geschlecht, Gesellschaft (2 Bde.). 3. Aufl. München: Goldmann o.J. (1968).

HAMPSON, J. L. u. J. C.: The Ontogenesis of Sexual Behavior in Man. In: YOUNG 1961, Bd. 2, S. 1401–1432.

HARLOW, H. F.: The Development of Affection in Primates. In: BLISS, E. L. (Hrsg.): Roots of Behavior. New York: Harper & Brother 1962.

HARLOW, H. F. u. M. K.: Learning to Love. Am. Scientist, 54, 1966, S. 244–272.

HARRIS, G. W.: Sex Hormones, Brain Development and Brain Function. Endocrinology, 75, 1964, S. 627–651.

KINSEY, A. C. et al.: Der Begriff des Normalen und Abnormen im geschlechtlichen Verhalten. In: H. GIESE, 1968, Bd. 2, S. 274–298.

MACCOBY, E. E. (Hrsg.): The Development of Sex Differences. Stanford, Cal.: Stanford University Press 1966.

MACLEAN, P. D.: Man and his Animal Brains. Modern Medicine, 3. Februar 1964.

MACLEAN, P. D.: New Findings on Brain Function and Sociosexual Behavior. In: ZUBIN/MONEY, 1973, S. 53–76.

MONEY, J.: Components of Eroticism in Man: The Hormones in Relation to Sexual Morphology and Sexual Desire. J. Nerv. Dis., 132, 1961, S. 239–248.

MONEY, J.: Determinanten der geschlechtsspezifischen Identität und des Sexualverhaltens. In: Handbuch der Ehe-, Familien- und Gruppentherapie, Bd. 2. München: Kindler 1973, S. 718–747.

MONEY, J./EHRHARDT, A. A.: Männlich – Weiblich. Die Entstehung der Geschlechtsunterschiede. Reinbek: Rowohlt 1975.

NEUMANN, F.: Endokrinologische Aspekte der Geschlechtsdifferenzierung. Gynäkologie, 9, 1976, S. 16–29.

PAPEZ, J. W.: A Proposed Mechanism of Emotion. Arch. Neurol. Psychiat., 38, 1937, S. 725–743.

RABOCH, J./NEDOMA, K.: Sex Chromatin and Sexual Behaviour. Psychosom. Med., 20, 1958, S. 55–59.

REICHE, R.: Sexualität und Klassenkampf. Frankfurt/M.: Fischer 1971ff.

SCHMIDT, G. et al. (Hrsg.): Tendenzen der Sexualforschung. Stuttgart: Enke 1970.

SCHORSCH, E./SCHMIDT, G. (Hrsg.): Ergebnisse zur Sexualforschung. Köln: Kiepenheuer & Witsch 1975.

SIGUSCH, V.: Ergebnisse zur Sexualmedizin. Köln: Wissenschafts-Verlag 1973.

SIGUSCH, V.: Sexualität und Medizin. Köln: Kiepenheuer & Witsch 1979.
STOLLER, R. J.: Sex and Gender. New York: Science House 1968.
VOIGT, K. D./SCHMIDT, H.: Sexualhormone. Reinbek: Rowohlt 1968.
YOUNG, W. C. (Hrsg.): Sex and Internal Secretion (2 Bde.). Baltimore: Williams & Wilkins [3]1961.
ZANKL, H.: Zytogenetische Geschlechtsbestimmung. Technik der Methode und ihre Anwendungsmöglichkeit. Sexualmedizin, 1, 1975, S. 10–14.
ZUBIN, J./MONEY, J. (Hrsg.): Contemporary Sexual Behavior. Baltimore: John Hopkins University Press 1973.
ZÜBLIN, W.: Geschlechtschromosome, Hormone und Psychosexualität. Schweiz. Zeitschr. f. Psychol., 16, 1975, S. 118–120.

Ernest Borneman

Skalierung

1 Zielsetzung der Skalierung

Analog zu anderen empirischen Wissenschaften macht auch die Psychologie von der Möglichkeit Gebrauch, die in Gesetzesaussagen und theoretischen Konstruktionen enthaltenen Variablen so zu quantifizieren, daß man von einer *Messung* sprechen kann. Variablen eines Untersuchungsbereiches werden gemessen, indem ihre Ausprägungen am Untersuchungsgegenstand (z.B. einer Person) unter Beachtung bestimmter Regeln durch Zahlen repräsentiert werden. Mit der Durchführung von Messungen wird in den empirischen Sozialwissenschaften allgemein die Grundlage zum Nachweis der empirischen *Gültigkeit von Theorien* geschaffen. Zum anderen kann sich die enge Zielsetzung einer psychologischen Messung auch darauf beschränken, für psychodiagnostische Anwendungen lediglich den individuellen Ausprägungsgrad eines Persönlichkeitsmerkmals ohne weitreichende theoretische Implikationen festzustellen. Jeder Persönlichkeitstest sollte jedoch testtheoretisch und durch eine explizite Persönlichkeitstheorie begründet sein, d.h. auch im Fall der Psychodiagnostik ist die Zielsetzung einer Messung erst durch den Bezug zu einer Theorie vollständig definiert.

SCHEUCH/ZEHNPFENNIG (1974, 100ff.) weisen zu Recht darauf hin, daß in Ergänzung zum anwendungsorientierten Aspekt der Messung die „differenzierte funktionale Verschränkung von Messung bzw. Skalierung und Theoriebildung" zunehmend mehr Beachtung findet. Dabei habe die Messung neben ihren „traditionellen" Funktionen der Exploration und Konfirmation auch die quantitative Elaborierung von formalisierten Theorien zum Ziel.

Der Vorgang der S. kann im Prinzip mit dem einer Messung gleichgesetzt werden (vgl. z.B. GUTJAHR, 1972, 24ff.): Indem eine Eigenschaft durch Konstruktion einer Skala skaliert wird, erfolgt gleichzeitig eine Messung mit dem Resultat, daß dem Untersuchungsgegenstand eine Zahl als Skalenwert für die quantitative Ausprägung der Eigenschaft zugeordnet wird. ORTH (1974, 40) bezeichnet als S.problem das Problem, „... wie konkrete Skalen errichtet werden können bzw. wie den Dingen als Träger der zu messenden Eigenschaft konstante Zahlen als

Meßwerte zugeordnet werden können ...". Im praktischen Sprachgebrauch des Psychologen bezeichnet man mit S. jedoch weniger den konkreten Vorgang der Messung (z. B. Messung einer politischen Einstellung), sondern eher die technischen Vorbereitungen der konkreten Messung, d. h. die *Konstruktion einer Meßskala.* Nicht selten stehen bei der Verwendung des Begriffes „Skalierung" auch Gesichtspunkte des wissenschaftlichen und kommerziellen Prestiges im Vordergrund. Dann wird der Begriff oft überstrapaziert, indem beispielsweise Angaben auf einer Schätzskala (rating scale) oder Rangordnungsverfahren auch schon als Skalierungen bezeichnet werden.

Angesichts dieser relativ uneinheitlichen Auffassungen schlagen SCHEUCH/ZEHNPFENNIG (1974, 105) vor, die Bezeichnung „Skalierung" nur dann zu verwenden, wenn folgende Bedingungen vorliegen:

1. Es werden Objekte nach beobachtbaren Eigenschaften auf Grund einer interpersonell konstanten Vorgehensweise auf einem Kontinuum plaziert.
2. Dabei wird ein Modell der Verteilungsgesetze für die Indikatoren, ihre Interaktion und die Verteilung der Objekte vorausgesetzt.
3. Es müssen objektive Kriterien zur Beurteilung der Übereinstimmung zwischen Modellannahmen und Beobachtungsmaterial vorliegen.
4. Die Ordnung der Objekte erfolgt unter Verzicht auf äußere Maßstäbe lediglich auf Grund von Informationen aus dem Beobachtungsmaterial. S. ist hiernach der Versuch, unter Voraussetzung eines Modells eine in den Beobachtungsdaten latent vorhandene Dimensionalität aufzudecken.

Typisches Beispiel für den letztgenannten Gesichtspunkt ist die Vorgehensweise der *multidimensionalen S.*, bei der unter Verwendung von metrischen Raummodellen aus subjektiven Reizähnlichkeiten mehrdimensionale Skalen gewonnen werden, die sich auf die „Entdekkung" latenter Ähnlichkeitsdimensionen beziehen.

Zusammenfassend ist die allgemeinste Zielsetzung der S. in der *Konstruktion von Meßskalen* zu sehen, auf denen die Zuordnung von Zahlen zu psychischen Eigenschaften nach bestimmten Regeln erfolgt. Die Ausarbeitung dieser „Regeln" ist Gegenstand der *Meßtheorie*, die sich mit der Analyse der notwendigen und hinreichenden Bedingungen für die Meßbarkeit der Variablen eines Untersuchungsbereiches und damit auch mit der theoretischen Begründung entsprechender S.methoden befaßt. Die Meßtheorie hat dabei auch die Verknüpfung von Meßprozeß und inhaltlicher Theorienbildung zu berücksichtigen (vgl. SCHEUCH/ZEHNPFENNIG, 1974, 98).

Historisch betrachtet ist die Entwicklung von S.methoden hauptsächlich unter zwei Aspekten zu sehen. Im engeren Sinn geht die ein- und mehrdimensionale S. auf Fragestellungen der *Psychophysik* zurück: Um die Relation zwischen physikalisch objektivierbaren Reizmerkmalen (z. B. Helligkeit von Lichtreizen) und ihren psychologischen Äquivalenten (z. B. subjektive Helligkeitsempfindungen) zu untersuchen, ist es notwendig, subjektive Reizmerkmale auf abgestuften Skalen meßbar zu machen. Die primäre Zielsetzung psychologischer S.methoden ist also in der Messung subjektiver Reizattribute zu sehen, wobei die S.absicht später auch auf nicht physikalisch objektivierbare Reize (z. B. soziale Reize, wie Politiker u. a. Personen) und auf Reize mit mehrdimensionalen Attributen (vgl. multidimensionale S.) erweitert wurde. Insbesondere bei den komplexeren Methoden der multidimensionalen S. wird jedoch deutlich, daß mit der S. nicht nur die Meßabsicht, sondern auch die inhaltliche und theoretische Analyse von Urteilsstrukturen verbunden werden kann (denn die Entwicklung mehrdimensionaler Meßskalen gründet empirisch gewöhnlich auf der subjektiven Beurteilung von Reizähnlichkeiten durch bestimmte Beurteiler, für deren Urteilsverhalten die Existenz bestimmter Urteilsstrukturen postuliert wird) (vgl. z. B. GIGERENZER, 1978).

Im weiteren Sinne hängt die historische Entwicklung von S.methoden auch eng mit der *Testpsychologie* und *Testtheorie* zusammen, wobei hier die Konstruktion von Testskalen zur Messung von intra- und interindividuell variierenden Persönlichkeitsmerkmalen im Vordergrund steht.

2 Meßtheoretische Grundlagen der Skalierung

2.1 Zum Prozeß der Messung

Analog zu Meßvorgängen in der Physik sind auch an einer psychologischen Messung immer zwei Systeme beteiligt, nämlich das „Meßinstrument" (z.B. ein Intelligenztest oder menschliche Beurteiler bei der Konstruktion von Einstellungsskalen) und der zu messende „Gegenstand" (z.B. eine Person mit der Eigenschaft Intelligenz oder ein bestimmtes Einstellungsobjekt). Der *Prozeß* der Messung besteht dann darin, daß beide Systeme zu einem bestimmten Zeitpunkt in eine kontrollierte Wechselwirkung treten, als deren Resultat am Meßinstrument bzw. auf einer Skala ein Meßwert angezeigt wird. Von „Wechselwirkung" ist in den Verhaltenswissenschaften insofern zu sprechen, als bei der Messung nicht nur eine Wirkung vom Objekt auf das Instrument ausgeht. Vielmehr wird umgekehrt auch das Objekt (z.B. eine Person) durch das Meßinstrument verändert (z.B. Lernen, Ermüdung). Dieser „Interaktionsaspekt" wird in psychologischen Meßtheorien oft nicht explizit berücksichtigt (vgl. z.B. LEINFELLNER, 1967, 108ff.; GREIF, 1973; AHRENS, 1974, 39ff.).

2.2 *Einige Strukturprobleme der Messung*

Will man die Resultate des oben angedeuteten „Interaktionsprozesses" als Messungen bezeichnen, so müssen sie strukturell durch bestimmte meßtheoretische Regeln begründet werden. Wir können auf die *Meßtheorie zur S.* hier nur sehr kurz und kursorisch eingehen und müssen zur Vertiefung auf die einschlägige Literatur verweisen (z.B. ORTH, 1974).

Grundlegendes Problem der Meßtheorie ist nach SUPPES/ZINNES (1963; vgl. auch ORTH, 1974, 14ff.) die in der Zuordnung von Zahlen enthaltene *Repräsentation* von Meßobjekten durch Meßwerte. Bei der Lösung des Repräsentationsproblems geht man davon aus, daß die in einer Messung enthaltene Repräsentation in der Abbildung eines empirischen Relativs (Menge empirischer Dinge mit beobachtbaren empirischen Relationen) in ein numerisches Relativ (Menge numerischer Dinge, z.B. Zahlen mit zugehörigen Relationen) besteht. Bei dieser Abbildung sollen in den Zahlenzuordnungen die beobachtbaren empirischen Relationen erhalten bleiben: Stellt man z.B. bei einer Längenmessung durch Aneinanderlegen fest, daß ein Brett A länger ist als Brett B, so muß diese empirische Relation auch in der Zahlenabbildung (Längenmessung) gelten. Man spricht beim Messen von einer umkehrbar eindeutigen oder *isomorphen* Abbildung, wenn jeder Zahl genau ein Element im empirischen Relativ entspricht und umgekehrt. Diese strenge Forderung wird bei der nur eindeutigen oder *homomorphen* Abbildung gelockert, indem eine Zahl auch für mehrere Elemente im empirischen Relativ gelten kann. Damit wird sinnvollerweise auch die Möglichkeit zugelassen, daß z.B. bei der Längenmessung zwei gleich langen Brettern dieselbe Zahl zugeordnet werden kann, oder daß bei einer Intelligenzmessung zwei gleich intelligenten Personen derselbe Intelligenzquotient zugewiesen wird.

Unter Annahme der Homomorphie wird eine *Skala* nach dem bisher Gesagten durch drei Bestimmungsstücke definiert, nämlich durch das empirische und numerische Relativ und durch die Abbildungsfunktion zur Verknüpfung beider. Die spezifische Form der Abbildungsfunktion wird durch das jeweilige S.verfahren festgelegt.

Die meßtheoretische Lösung des durch Verwendung der homomorphen Abbildung formulierten Repräsentationsproblems besteht in der Angabe eines *Repräsentationstheorems*, das die Existenz einer Skala besagt, wenn bestimmte Axiome erfüllt sind. Nur dann kann man von Meßbarkeit bzw. von einer skalierten Eigenschaft sprechen. Neben dem grundlegenden Repräsentationsproblem werden nach SUPPES und ZINNES (1963) in der Meßtheorie zwei weitere Problembereiche behandelt, die sich mit der Frage nach der *Eindeutigkeit* und *Bedeutsamkeit* von Messungen verbinden. In beiden Fällen wird die Lösung der Probleme mit dem Typ der Skala bzw. mit dem Skalenniveau verknüpft, auf dem die Messung jeweils erfolgen kann. Die wichtigsten *Skalentypen* sind in Tabelle 1 zusammengestellt.

Ein wesentliches Charakteristikum eines Skalentyps ist die zulässige *Transformation*. Sie wird dadurch definiert, daß die jeweils im Repräsentationstheorem ausgesagte wesentliche Eigenschaft *invariant* bleiben muß. Beim Skalentyp der Rang- oder Ordinalskala wird z.B. gefordert, daß die eindeutige Repräsentation von empirischen Ordnungsrelationen durch Rangzahlen im numerischen Relativ erhalten bleiben soll. Werden z.B. den Objekten A, B, C die Rangzahlen 1, 2, 3 zugeordnet, so bleibt die Relation $A > B > C$ auch erhalten, wenn die Rangzahlen um jeweils zwei Punkte vergrößert werden. Die neuen Rangzahlen 3, 4, 5 erhält man durch eine hier zulässige monoton ansteigende Transformation. Verbunden mit dem

Tabelle 1: Die wichtigsten Skalentypen und ihre zulässigen Transformationen (nach ORTH, 1974, 27)

Skalentyp	zulässige Transformationen	invariant bleiben unter zulässigen Transformationen	Beispiele
Nominalskala	jede eindeutige Funktion	Eindeutigkeit der Meßwerte	Numerierung von Fußballspielern, Kontonummern, Matrikelnummern
Ordinalskala	jede monoton steigende (isotone) Funktion	Rangordnung der Meßwerte	MOHSsche Härteskala, RICHTERsche Erdbebenskala, Schulnoten, Test(roh)werte, Hunger (operational definiert durch Dauer des Nahrungsentzugs)
Intervallskala	jede positiv lineare (affine) Funktion: $\varphi' = u\varphi + v$ (u, v reell; $u > 0$)	Verhältnisse der Intervalle zwischen Meßwerten	Temperatur (Celsius, Fahrenheit, Reaumur), Nutzen
Log-Intervallskala	jede Potenz-Funktion: $\varphi' = u\varphi^{\tau}$ (u, v reell; u, $v > 0$)	Verhältnisse der Intervalle zwischen den Logarithmen von Meßwerten	Dichte, Impuls
Verhältnisskala	jede Ähnlichkeits-Funktion: $\varphi' = u\varphi$ (u reell; $u > 0$)	Verhältnisse von Meßwerten	Länge, Masse, Zeit, Winkel, elektrischer Widerstand, Volumen, Temperatur (Kelvin, Rankine), Preise
absolute Skala	jede Identitäts-Funktion: $\varphi' = \varphi$	Meßwerte	Häufigkeit, Wahrscheinlichkeit

Skalentyp löst man das Eindeutigkeitsproblem also, indem man sagt, daß eine Messung eindeutig sei bis auf die zulässige Transformation der zugrundeliegenden Skala.

Das Bedeutsamkeitsproblem stellt sich bei der rechnerischen Weiterverarbeitung von Meßwerten zu weiterführenden numerischen Aussagen. Auch bei der Lösung dieses Problems geht man vom Skalentyp und der zugehörigen zulässigen Transformation aus. Man sagt dann, daß eine numerische Aussage insofern bedeutsam ist, als sie sich unter zulässiger Transformation nicht ändert. Als numerische Aussagen werden hier besonders Rechenoperationen mit Skalenwerten betrachtet. So ist z.B. die Feststellung „die Differenz zwischen A und B ist gleich der Differenz von C und D" eine numerisch bedeutsame Aussage, wenn die entsprechende Eigenschaft auf einer Intervallskala gemessen wurde. Dann bleibt ihre Geltung bei zulässiger linearer Transformation erhalten. Andere wichtige Rechenoperationen mit Skalenwerten sind z.B. die Bildung von Mittelwerten und die Berechnung von Varianzen oder Produktmomentkorrelationen.

Zu beachten ist, daß bei dieser formalen meßtheoretischen Behandlung des Bedeutsamkeitsproblems die Frage der *inhaltlichen* Bedeutsamkeit nicht direkt berührt wird. Auf die inhaltliche Bedeutsamkeit von Skalen zielen Validitätsuntersuchungen, beispielsweise die Korrelation von Skalenwerten mit Meßwerten derselben Personen auf einem Außenkriterium (z.B. Validierung von Intelligenzskalen durch Schulerfolg).

3 Methoden der Skalierung

Die S.methoden sind in den letzten Jahrzehnten sowohl in der bloßen Anzahl als auch in der Vielschichtigkeit ihrer meßtheoretischen Voraussetzungen, ihrer Grundmodelle, ihrer Zielsetzungen und auch im Hinblick auf die verwendeten Rechenalgorithmen sehr weitverzweigt entwickelt worden. Ein vollständiger Überblick kann hier auch nicht annähernd gegeben werden, und es wird auf die einschlägige Literatur verwiesen (TORGERSON, 1958; SIXTL, 1967; GREEN / CARMONE, 1972; GREEN / RAO,

1972; SHEPARD/ROMNEY, 1972; CLIFF, 1973; AHRENS, 1974; SCHEUCH/ZEHNPFENNIG, 1975; KÜHN, 1976 u. a.).

Auch ein kurzgefaßter Überblick ist schwer zu organisieren, weil bisher kaum einheitliche und allgemein anerkannte *Klassifikationsansätze* entwickelt wurden. So lassen sich die Verfahren z. B. in einfachster Form danach unterscheiden, ob eine eindimensionale Skala resultiert oder ob bei komplexen Reizobjekten mit mehreren Eigenschaften eine multidimensionale Skalierung (MDS) vorgenommen wird. Differenzierter ist eine auf TORGERSON (1958, 45 ff.) zurückgehende Klassifikation, die daran orientiert ist, ob sich in der Interaktion zwischen Reizobjekten und Subjekten die S. auf die Personen (subject-centered approach), auf die Reize (stimulus-centered approach) oder auf beides konzentriert (response approach).

Am gebräuchlichsten ist eine zweidimensionale *Vierfelderklassifikation*, die sich an der „Datentheorie" von COOMBS (1952) orientiert und von den Daten ausgeht, die der S. empirisch zugrundeliegen (vgl. Abb. 1).

Datenmenge	Relation: Dominanz	Relation: Nähe
Elemente aus zwei Mengen	Einzelreize (zum Beispiel Skalogramm-analyse nach GUTTMAN) — II	Bevorzugungs-wahlen (zum Beispiel Unfoldung-Technik nach COOMBS) — I
Elemente aus einer Menge	III — Paarvergleiche (zum Beispiel Law of comparative judgment nach THURSTONE)	IV — Ähnlichkeiten (zum Beispiel Multidimensionale Skalierung nach KRUSKAL)

Abb. 1: Vierfelderklassifikation von Daten und Skalierungsverfahren (nach COOMBS et al., 1975, 49)

Eine S. geht bei den üblichen Methoden von Daten aus, die durch zwei Variationsquellen bestimmt sind: Personen und Reizobjekte. So kann z.B. die Datenerhebung darin bestehen, daß Personen die Ähnlichkeit je zweier Politiker (Reizobjekte) auf einer mehrstufigen Schätzskala beurteilen. Dann wird als Relation zwischen den Reizobjekten die *Relation der Nähe* (Ähnlichkeit, Proximität etc.) beurteilt. In den Reizpaaren kann aber auch beurteilt werden, wie weit ein Reiz dem anderen vorgezogen wird (*Dominanzrelation*). Die erste Dimension des Klassifikationsschemas wird also durch die Art der zu beurteilenden Relation definiert.

Bei den genannten Beispielen liegt der einfache Fall vor, daß sich die Beobachtungen auf Relationen von Elementen derselben Menge beziehen, nämlich hier auf ausgewählte Politiker. Ein Beispiel für den Fall zweier Mengen ist die richtige oder falsche Antwort einer Person auf eine Rechenaufgabe. Man kann sich die Vorgänge im empirischen Relativ so vorstellen, daß jeweils zwei Elemente verschiedener Mengen konfrontiert werden, nämlich Personen (bzw. deren Rechenfähigkeit) und Rechenaufgaben (bzw. deren Schwierigkeit). Bei richtiger Antwort dominiert die Person die Rechenaufgabe, bei falscher Antwort ist es umgekehrt.

Ein vollständiger Überblick über S.methoden nach dem COOMBSschen Schema ist hier nicht möglich. Wir beschränken uns paradigmatisch auf die kurze Darstellung einer typischen Verfahrensgruppe für jeden Quadranten. Eine der bekanntesten Verfahrensgruppen für den Quadranten I ist die von COOMBS (1950) entwickelte *„Unfoldung-Technik"* (Entfaltungstechnik, Verfahren der transferierten Einschätzungen). Die Unfoldung-S. wurde ursprünglich von COOMBS zur Analyse von Bevorzugungswahlen bzw. Präferenzen bei eindimensionalen Reizobjekten entwickelt. Mit Hilfe einer komplizierten Technik und unter bestimmten Modellannahmen wird eine Skala so „entfaltet", daß Personen und Reizobjekte gemeinsam angeordnet werden können. Nähe- bzw. Ähnlichkeitsrelationen werden dabei insofern zugrundegelegt, indem Präferenzurteile als Folge der Ähnlichkeit zwischen dem Reizobjekt im Idealpunkt der Person und den übrigen Reizen gedeutet werden. In der deutschsprachigen Literatur wird diese Verfahrensgruppe z. B. näher beschrieben bei SIXTL (1967), bei SCHEUCH/ZEHNPFENNIG (1974, 121 ff.) und in der Übersetzung von COOMBS/DAWES/TVERSKY (1975, 71 ff.).

Charakteristisch für den Quadranten II ist neben bestimmten Verfahren der Psychophysik (z.B. Schwellenmessung) die von GUTTMAN (1944) ursprünglich zur eindimensionalen Einstellungsmessung entwickelte *„Skalogrammanalyse"*. Die Vorgehensweise dieser Methodik besteht im Prinzip in einer sukzessiven Überprüfung, wie weit beobachtete Reaktionsfolgen

(Ja-/Nein-Antworten auf bestimmte Fragen) bestimmte stringente Forderungen eines Modells erfüllen. Das Modell fordert Eindimensionalität, wobei diese Forderung auch darin zum Ausdruck kommen soll, daß die Indikatoren so zu ordnen sind, daß in der Rangordnung alle Personen mit Bejahung einer Frage die Personen mit Verneinung derselben Frage dominieren. Die Skalogrammanalyse soll die Herstellung und Prüfung dieser S.bedingung sichern. Eine nähere Beschreibung des Verfahrens und Diskussion seiner Probleme findet sich z.B. bei SCHEUCH/ZEHNPFENNIG (1974, 116ff.).

Ein typisches Verfahren für den Quadranten III mit Dominanzrelationen in Form des Paarvergleichs von Reizen ist ein eindimensionales S.verfahren von THURSTONE (1927) nach dem „*Gesetz des komparativen Urteils*" (law of comparative judgment). Diese S.methode zielte zunächst auf Fragen der Psychophysik, hat aber ihren Anwendungsschwerpunkt bei der S. von Einstellungen gegenüber sozialen Objekten. Die Personen geben beim Reizvergleich an, welchen von zwei Reizen sie jeweils bevorzugen. Aus der Summe aller Paarvergleiche lassen sich relative Häufigkeiten für die Dominanz jeweiliger Reize gewinnen. Unter Beachtung bestimmter Abbildungsvorschriften (z.B. Verteilungsannahmen und bestimmte Fallunterscheidungen) des S.modells lassen sich schließlich die Skalenwerte der Einzelreize auf einer eindimensionalen Intervallskala ermitteln. In der deutschsprachigen Literatur wird das Verfahren relativ ausführlich bei SIXTL (1967, 44ff., 182ff.) dargestellt.

Besonders vielfältig und stürmisch hat sich die für den Quadranten IV typische Methodengruppe der *multidimensionalen Skalierung* (MDS) entwickelt. Bei diesen Methoden wird auf die Annahme der eindimensionalen Variation der zu skalierenden Reizobjekte verzichtet. Man geht von der Vorstellung eines mehrdimensionalen psychologischen Raumes von subjektiven Reizähnlichkeiten aus, die mittels der jeweiligen S.methode durch Punktdistanzen eines metrischen Skalenraumes repräsentiert werden sollen. Diese numerische Repräsentation ermöglicht unter Verwendung bestimmter Distanzfunktionen die dimensionale Zerlegung der subjektiven Reizähnlichkeiten in relevante Skalen und die Abbildung der Reizobjekte durch numerische Skalenwerte auf den Dimensionen. Da die empirische Basis der MDS direkt (z.B. Ähnlichkeitsschätzung von Reizpaaren) oder indirekt (z.B. Verwechslungshäufigkeiten in Lernexperimenten) durch die subjektive Beurteilung von Reizähnlichkeiten gegeben ist, richtet sich ihre Zielsetzung oft nicht nur auf die Entwicklung von Meßskalen, sondern auch auf die Untersuchung von Urteilsstrukturen der beteiligten Personen. Insbesondere im letzteren Fall wird die MDS auch als *psychologisches Urteilsmodell* oder wenigstens als Hilfsmittel der Theorienbildung (z.B. Wahrnehmungspsychologie, Psychologie der Urteils- und Entscheidungsbildung, Kognitionen etc.) verwendet (vgl. AHRENS, 1974, 207ff.). Die Realisierung dieser weiterreichenden Zielsetzung wirft allerdings viele noch nicht zufriedenstellend gelöste Probleme auf, wie etwa die Frage der Tauglichkeit der MDS als Instrument der Entdeckung unbekannter kognitiver Strukturen (Schätzung der Dimensionszahl, Interpretation der Dimensionen) oder die allgemeine Frage, unter welchen theoretischen Voraussetzungen bestimmte Eigenschaften des MDS-Modells überhaupt sinnvoll auf Eigenschaften von psychologischen Theorien bezogen werden können.

Die zahlreichen Verfahren der MDS lassen sich unter verschiedenen Gesichtspunkten klassifizieren. Eine einfache Unterscheidung orientiert sich an bestimmten Eigenschaften der Eingangsdaten der MDS:

– aggregierte vs. nichtaggregierte Daten,
– metrische vs. nonmetrische Daten.

Bei *aggregierten* Daten geht man von der (meistens unrealistischen) Annahme aus, daß keine systematischen interindividuellen Personenunterschiede existieren. Die subjektiven Reizähnlichkeiten werden dann über alle Personen einer Stichprobe aggregiert, und man erhält eine einzige („durchschnittliche") MDS-Struktur für alle Personen. Bei *nichtaggregierten* Daten besteht unter Verwendung bestimmter Methoden z.B. die Möglichkeit, MDS-Strukturen nach interindividuell unterschiedlichen Typen bzw. „viewpoints" zu unterscheiden (vgl. TUCKER/MESSICK, 1963) oder einen gemeinsamen Reizraum durch interindividuell variierende Gewichtungen so zu transformieren, daß individuelle oder gruppenspezifische MDS-Strukturen sichtbar werden (vgl. CARROLL/CHANG, 1970). Die (meistens älteren) *metrischen* Verfahren erfordern am Eingang der eigentlichen MDS, d.h. bei der dimensionalen Zerlegung von Reizähnlichkeiten, Daten auf Intervall- bzw. Verhältnisskalenniveau (vgl. z.B. TORGERSON, 1958). Die *nonmetrischen* MDS-Methoden

kommen hingegen mit der schwächeren Annahme von Ranginformationen aus, unterscheiden sich aber auch noch hinsichtlich anderer vorteilhafter Eigenschaften (z.B. Verwendung von nichteuklidischen Distanzfunktionen, optimale Anpassungsalgorithmen etc.) von den älteren Methoden (vgl. SHEPARD, 1962; KRUSKAL, 1964a, b).
Über die verschiedenen MDS-Verfahren, ihre Anwendungsbereiche, ihre Grundmodelle und Probleme orientiert man sich z.B. bei TORGERSON, 1958; SIXTL, 1967; GREEN/CARMONE, 1972; SHEPARD/ROMNEY/NERLOVE, 1972; AHRENS, 1974; SCHEUCH/ZEHNPFENNIG, 1974; KÜHN, 1976 u.a.

4 Zusammenfassung und Ausblick

Mit der S. wird die allgemeine Zielsetzung verfolgt, Skalen zur Messung von Eigenschaften an Objekten und/oder Subjekten zu konstruieren. Die Konstruktion erfolgt im Rahmen eines jeweiligen Untersuchungsbereichs (z.B. Einstellungsskalierung, Erfassung kognitiver Strukturen etc.), wobei inhaltlich bestimmte psychologische Theorien und formal bestimmte meßtheoretische Voraussetzungen zu beachten sind. Bezogen auf inhaltliche Theorien kann die S. nicht nur der engeren Zielsetzung der Konstruktion von Meßskalen, sondern auch der Theorienbildung dienen. Wichtige Unterscheidungsmerkmale für Skalen sind z.B. ihr Skalenniveau und/oder die Ein- bzw. Mehrdimensionalität der zu skalierenden Merkmale.
Trotz vorangeschrittener Entwicklung der Psychologie als empirischer Wissenschaft nach dem Vorbild der „exakten" Naturwissenschaften, muß das grundlegende Problem der S.methodik immer noch unter der Perspektive gesehen werden, ob und wie weit ein so komplexer Untersuchungsgegenstand wie der Mensch bzw. menschliches Verhalten überhaupt meßbar ist (vgl. dazu z.B. KREPPNER, 1975). Allerdings hat sich die noch vor wenigen Jahrzehnten im deutschsprachigen Bereich beispielsweise von WELLEK (1954, 1956) und HOFSTÄTTER (1953, 1956) heftig diskutierte Frage nach dem prinzipiellen „ob ..." inzwischen mehr und mehr verschoben auf die Frage nach dem „wie weit ...", d.h. unter welchen theoretischen Bedingungen und besonderen Voraussetzungen des Gegenstandes in der Psychologie gemessen werden kann. Antworten auf die mit dieser Frage angeschnittene allgemeine Meßproblematik lassen m.E. mindestens zwei Perspektiven erkennen:
1. Angesichts der Komplexität des Gegenstandes und insbesondere wegen seiner Situationsverflochtenheit und wegen der praktischen Relevanz quantifizierender Aussagen werden die Meßkonzepte „liberalisiert", indem beispielsweise neben reaktiven auch „nichtreaktive" Messungen berücksichtigt werden (vgl. z.B. WEBB et al., 1975), indem überhaupt die einbettende Forschungsstrategie geändert wird (vgl. z.B. Aktionsforschung; HAAG et al., 1972) oder indem gegenüber der Bevorzugung einseitig eigenschaftsorientierter Konzepte z.B. in der Psychodiagnostik zunehmend mehr die Situationsabhängigkeit und Veränderlichkeit des Verhaltens durch Lernprozesse berücksichtigt wird (vgl. z.B. traditionelle vs. Verhaltensdiagnostik; SCHULTE, 1974; PAWLIK, 1976).

2. Angesichts der unzureichenden theoretischen Durchdringung der komplizierten Abhängigkeiten zwischen praktischer Messung und ihren inhaltlich-theoretischen und meßtheoretischen Voraussetzungen soll die theoretische Basis von S.n gestärkt werden, indem z.B. durch axiomatische Analysen innerhalb der Meßtheorie die Voraussetzungen für Messungen präziser geklärt werden (vgl. z.B. BEALS/KRANTZ/TVERSKY, 1968), indem z.B. die Meßmodelle verbessert werden (vgl. z.B. klassische Testtheorie vs. probabilistische Testmodelle; FISCHER, 1974) und/oder indem empirische Untersuchungen zu inhaltlich-theoretischen Implikationen von S.methoden durchgeführt werden (vgl. z.B. WENDER, 1971; AHRENS, 1972, 1974, 1976; LANTERMANN, 1976).

Beide Perspektiven werden oft als gegenläufige, konträre Tendenzen realisiert oder jedenfalls vielfach so angesehen. In vielen Bereichen der Psychologie würde jedoch eine sinnvolle Koordination und/oder Abgrenzung von „weichen" und „harten" Methoden zur Lösung von Problemen der quantifizierenden Erkenntnis sicherlich mehr beitragen als lediglich die Gegensätze zu betonen.

Verweis auf andere Stichwörter

→Diagnostik →Einstellung →Empirische Forschungsmethoden der Psychologie →Informationstheorie →Mathematische Psychologie →Psychophysik →Statistik →Tests und Testtheorie

Literatur

AHRENS, H. J.: Zur Verwendung des Metrik-Parameters multidimensionaler Skalierungen bei der Analyse von Wahrnehmungsstrukturen. Zeitschrift für Experimentelle und Angewandte Psychologie, 19, 1972, 173–195.

AHRENS, H. J.: Multidimensionale Skalierung. Methodik, Theorie und empirische Gültigkeit mit Anwendungen aus der Differentiellen Psychologie und Sozialpsychologie. Weinheim: Beltz 1974.

AHRENS, H. J.: Multidimensionale Skalierung: Ein Hilfsmittel zum Theorietesten. Bemerkungen zur Untersuchung von E. D. Lantermann „Die Dimensionalität kognitiver Repräsentationen sozialer Objekte: Informationsverarbeitung in Relation zur politischen Haltung. Zeitschrift für Sozialpsychologie, 7, 1976, 286–291.

BEALS, R./KRANTZ, D. H./TVERSKY, A.: Foundations of multidimensional scaling. Psychological Review, 75, 1968, 127–142.

CARROLL, J. B./CHANG, J. J.: Analysis of individual differences in multidimensional scaling via an N-way of ‚Eckart-Young' decomposition. Psychometrika, 35, 1970, 283–319.

CLIFF, N.: Scaling. Annual Review of Psychology, 24, 1973, 473–507.

COOMBS, C. H.: Psychological scaling without a unit of measurement. Psychological Review, 57, 1950, 145–161.

COOMBS, C. H.: A theory of psychological scaling. Ann Arbors: University of Michigan Press 1952.

COOMBS, C. H./DAWES, R. M./TVERSKY, A.: Mathematische Psychologie. Weinheim: Beltz 1975.

FISCHER, G.: Einführung in die Theorie psychologischer Tests. Bern: Huber 1974.

GIGERENZER, G.: Artefakte in der dimensionsanalytischen Erfassung von Urteilsstrukturen. Zeitschrift für Sozialpsychologie, 9, 1978, 110–116.

GUTJAHR, W.: Die Messung psychischer Eigenschaften. Berlin-Ost: VEB Deutscher Verlag der Wissenschaften 1972.

GUTTMAN, L.: A basis for scaling qualitative data. American Sociological Review, 9, 1944, 139–150.

GREEN, P. E./CARMONE, F. J.: Multidimensional scaling and related techniques in marketing research. Boston: Allyn & Bacon ²1972.

GREEN, P. E./RAO, K. R.: Applied multidimensional scaling. New York: Holt, Rinehart & Winston 1972.

GREIF, S.: Messung als Interaktion zwischen Person und Meßinstrument. In: SEILER, B. (Hrsg.): Kognitive Strukturiertheit. Stuttgart: Kohlhammer 1973, S. 63–70.

HAAG, F. et al. (Hrsg.): Aktionsforschung. München: Juventa 1972.

HOFSTÄTTER, P. R.: Psychologie und Mathematik. Studium Generale, 1, 1953, 652–662.

HOFSTÄTTER, P. R.: Zur Frage der Intuition in der Psychodiagnostik. Studium Generale, 9, 1956, 527–537.

KREPPNER, K.: Zur Problematik des Messens in den Sozialwissenschaften. Stuttgart: Klett 1975.

KRUSKAL, J. B.: Multidimensional scaling by optimizing goodness of fit to a nonmetric hypothesis. Psychometrika, 29, 1964, 1–29 (a).

KRUSKAL, J. B.: Nonmetric multidimensional scaling: a numerical method. Psychometrika, 29, 1964, 115–131 (b).

KÜHN, W.: Multidimensionale Skalierung. München: Reinhardt 1976.

LANTERMANN, E. D.: Die Dimensionalität kognitiver Repräsentation sozialer Objekte: Informationsverarbeitung in Relation zu politischer Haltung. Zeitschrift für Sozialpsychologie, 7, 1976, 168–176.

LEINFELLNER, W.: Einführung in die Erkenntnis- und Wissenschaftstheorie. Mannheim: Bibliographisches Institut 1967.

ORTH, B.: Einführung in die Theorie des Messens. Stuttgart: Kohlhammer 1974.

PAWLIK, K. (Hrsg.): Diagnose der Diagnostik. Stuttgart: Klett 1976.

SCHEUCH, E. K./ZEHNPFENNIG, H.: Skalierungsverfahren in der Sozialforschung. In: KÖNIG, R. (Hrsg.): Handbuch der empirischen Sozialforschung. Bd. 3a. Stuttgart: Enke 1974, S. 97–203.

SCHULTE, D. (Hrsg.): Diagnostik in der Verhaltenstherapie. München: Urban & Schwarzenberg 1974.

SHEPARD, R. N.: The analysis of proximities: Multidimensional scaling with an unknown distance function. Psychometrika, 27, 1962, 125–139; 219–246.

SHEPARD, R. N./ROMNEY, A. K./NERLOVE, S. B. (Hrsg.): Multidimensional scaling. Theory and applications in the behavioral sciences. Vol. I. New York: Seminar Press 1972.

SIXTL, F.: Meßmethoden der Psychologie. Theoretische Grundlagen und Probleme. Weinheim: Beltz 1967.

SUPPES, P./ZINNES, J. L.: Basic measurement theory. In: LUCE, R. D./BUSH, R. R./GALANTER, E. (Hrsg.): Handbook of mathematical psychology. Vol. I. New York: Wiley 1963, S. 1–77.

THURSTONE, L. L.: A law of comparative judgment. Psychological Review, 34, 1927, 273–286.

TORGERSON, W. S.: Theory and methods of scaling. New York: Wiley 1958.

TUCKER, L. R./MESSICK, S.: An individual-differences model for multidimensional scaling. Psychometrika, 28, 1963, 333–367.

WEBB, E. J./CAMPBELL, D. T./SCHWARTZ, R. D./SECHREST, L.: Nichtreaktive Messungen. Weinheim: Beltz 1975.

WELLEK, A.: Der Stand der psychologischen Diagnostik im Überblick. Studium Generale, 7, 1954, 464–472.

WELLEK, A.: Mathematik, Intuition und Raten. Zur erkenntnistheoretischen und methodologischen Problematik der exakten Psychologie. Studium Generale, 9, 1956, 537–555.

WENDER, K.: Die Metrik der multidimensionalen Skalierung als Funktion der Urteilsschwierigkeit. Zeitschrift für Experimentelle und Angewandte Psychologie, 18, 1971, 166–187.

Hans Joachim Ahrens

Sozialepidemiologie

1 Geschichtlicher Überblick

Die S. psychischer Störungen fragt, ob es zwischen solchen Faktoren wie sozialer Schichtung, sozialer Mobilität, ökologischer Struktur, Geschlecht, Urbanisierung, Kulturunterschieden einerseits und psychischen Störungen andererseits einen überzufälligen korrelativen Zusammenhang, also eine erklärungsbedürftige systematische Beziehung gibt. Diese Frage hat eine lange historische Tradition. Im 17. Jahrhundert entwickelte sich vor allem in England das Interesse an Sozialstatistik. Alle gesellschaftlichen Probleme versuchte man zu quantifizieren, und aus dieser Zeit stammen die ersten Häufigkeitserhebungen psychischer Devianz. So wurden die Zahlen für Einweisungen und Entlassungen in und aus psychiatrischen Institutionen zusammengetragen und verglichen. Zunächst handelte es sich um die Quantifizierung administrativer Prozesse in Form institutioneller Zensuserhebungen. Aus der routinehaften bürokratischen Buchhaltung wurde jedoch sehr bald auch die empirische Basis für Schlußfolgerungen und Spekulationen über die soziale Entstehung psychischer Störungen.

Betrachtet man die S. aus historischer Perspektive, dann wird deutlich, daß sie in Phasen starker gesellschaftlicher Umwälzungen jeweils besonderen Auftrieb erhielt. Die politischen Revolutionen in Frankreich und Amerika und besonders intensive Phasen der industriellen Revolution in England haben zur Untersuchung der Frage geführt, ob diese gesellschaftlichen Veränderungen zu einem Anstieg der psychischen Morbidität führen. Man ging dabei von der Überzeugung aus, daß politische Turbulenz und die zunehmende Komplexität der industriellen Zivilisation zu viel für die Verarbeitungskapazität des menschlichen Nervensystems sei (vgl. ausführlich SCHWAB/SCHWAB, 1973). Trotz zunehmender Methodisierung und dem dadurch erreichbaren Anschein wissenschaftlicher Neutralität sind epidemiologische Studien fast immer Reaktion auf gesellschaftliche Entwicklungen und deren psychosoziale Folgen und Versuche, diese Ereignisse in Form von Gesellschaftsdiagnosen zu deuten. „Seit Jahrhunderten ist es üblich, Häufigkeitsangaben über psychische Störungen als Argument für oder gegen bestimmte soziale Situationen und Umgebungen einzusetzen" (KATSCHNIG/STROTZKA, 1977, 272).

In den USA hat sich die sozialepidemiologische Forschung am konsequentesten entwickelt, und in diesem Entwicklungsprozeß läßt sich verfolgen, wie die sozialepidemiologische Forschung in der Selektion ihrer jeweils vorherrschenden Untersuchungsgegenstände auf Veränderungen von gesellschaftlichen Krisenzonen reagiert hat. Waren es zunächst die psychosozialen Folgen eines enormen Einwanderungsschubes, kamen dann Probleme der Stadt-Land-Mobilität, der urbanen Ballungszentren, der sich zuspitzenden sozialen Ungleichheit, der Rassendiskriminierung und zuletzt die psychosozialen Folgen der Arbeitslosigkeit hinzu. Mit ihrer zunehmenden Systematisierung wurde die sozialepidemiologische Forschung zu einer wichtigen Quelle für die Ermittlung „sozialer Indikatoren", auf deren Grundlage sozialpolitische Planungs-, Strategie- und Entscheidungsprozesse entwickelt werden (vgl. WERNER, 1975).

2 Deskriptive und analytische Epidemiologie

Die S. läßt sich unterscheiden in eine deskriptive und eine analytische S. Die *deskriptive S.* ermittelt statistische Zusammenhänge zwischen verschiedenen Formen psychischer Devianz und spezifischen gesellschaftlichen Differenzierungsmerkmalen von Populationen. Für die Planung psychosozialer Dienste sind deskriptiv-epidemiologische Daten eine wichtige Grundlage. Wird das gesundheitspolitische Ziel jedoch als Prävention von Verhaltensstörungen definiert, sind korrelative Studien unzureichend, denn sie erlauben keine kausalen Schlüsse. An das gleiche korrelationsstatistische Zusammenhangsmaß lassen sich mit gleicher Plausibilität gegensätzliche kausale Interpretationen anschließen, doch wird es auf diese Weise nicht in seinem Zustandekommen erklärt. So hat sich beispielsweise an dem Befund, daß Einwanderer in die USA eine signifikant höhere Störungsrate aufweisen als eingesessene Amerikaner, eine jahrzehntelange Kontroverse entzündet. Sie entspann sich zwischen der Interpretation, daß mit der Einwanderung die psychosoziale Belastung und damit das Störungsrisiko steigt, und dem Erklärungsversuch, daß genetisch belasteten Individuen die soziale Integration in ihren Heimatländern nicht gelungen ist, und sie deshalb auswandern. Ähnliche Kontroversen gibt es bezogen auf verschiedene Gegenstandsbereiche (z. B. bezüglich der Interpretation ökologischer Verteilungsmuster von Schizophrenie, der Schichtunterschiede von Erkrankungshäufigkeiten; vgl. zusammenfassend SCHWAB/SCHWAB, 1978). Die S. ist bestimmt von einem häufig ideologisch aufgeladenen Streit zwischen zwei konkurrierenden Erklärungsmodellen (vgl. COOPER/MORGAN, 1977): Dem „Brutstättenmodell" (breeder hypothesis bzw. social causation hypothesis) und dem „Zustrommodell" (drift hypothesis bzw. social selection hypothesis). Aus theoretischen und methodischen Gründen ist eine so geführte Debatte falsch (vgl. KING, 1978). Die konträren Interpretationsmodelle berufen sich beide auf hohe Korrelationswerte, doch ist auf deren Grundlage eine Entscheidung zwischen den Erklärungsalternativen unmöglich (vgl. DOHRENWEND/DOHRENWEND, 1974).

Die S. hat den Anspruch, über die Deskription hinaus auch kausale Aussagen zu treffen. Sie hat in ihrem Aufgabenspektrum auch die *analytische S.* Ihre Hauptschwierigkeit liegt in der Tatsache begründet, daß eine experimentelle Vorgehensweise kaum eine Chance auf Verwirklichung hat. Ein soziales System läßt sich nicht zu einem Labor machen, in dem strenge Variablenkontrolle möglich ist. Es kann allenfalls metaphorisch gemeint sein, wenn im Zusammenhang mit umfassenden Stadtsanierungsmaßnahmen in amerikanischen Städten von einem „epidemiologischen Labor" (vgl. KESSLER/LEVIN, 1970) die Rede ist. Hier werden zwar ökologische Strukturen mehr oder weniger planvoll und systematisch verändert, und man kann die Auswirkungen solcher Veränderungen zu ermitteln versuchen. Eine strenge Hypothesenprüfung dürfte auf diese Weise kaum möglich sein. Wahrscheinlich ist es unrealistisch, sich von der epidemiologischen Forschung eine volle Aufklärung von Kausalzusammenhängen zu erwarten. Der Beitrag der S. zur Aufhellung der Störungsursachen ist angemessen in der folgenden Weise zu bestimmen: Ausgehend von stochastischen Zusammenhängen kann eine Hypothesenbildung über mögliche Ursachen erfolgen. Da die S. nur Daten des Aggregattypus ermitteln kann, ist die Hypothesenprüfung günstigstenfalls im Rahmen „quasiexperimenteller Untersuchungspläne" nur auf der Aggregatebene möglich (vgl. DOHRENWEND, 1975). Für die Individualebene kann sie Ansatzpunkte für Hypothesen bieten, die aber ihrerseits nur mit Hilfe von Methoden überprüft werden können, die der spezifischen Eigengesetzlichkeit individueller Handlungsstrukturen in konkreten sozialen Kontexten angemessen sind.

Die Epidemiologie beschäftigte sich ursprünglich ganz im Rahmen der Medizin nur mit der Verbreitung übertragbarer Krankheiten. In dem Maße aber, wie sie sich auf Probleme bezog, deren psycho- und soziogenetischer Ursprung sicher oder wahrscheinlich ist, steht sie unter dem Zwang, ein sozialwissenschaftliches Selbstverständnis zu entwickeln. Zu ihrer Standortbestimmung ist festzuhalten, daß die S. von ihrem Gegenstand her, ihren methodischen Verfahrensprinzipien wie auch von ihren theoretischen Modellen als Sozialwissenschaft zu verstehen ist und damit auch an deren erkenntnis- und wissenschaftstheoretischen Kriterien gemessen werden muß. Die reale Forschungssituation zeigt, daß dieser Stand noch längst nicht erreicht ist. Viele Konzepte (der Krankheitsbegriff, seine diagnostischen Klassifikationen, die „Fall"-Identifizierung) sind noch voll in der Tradition medizinisch-biomorpher Modelle, und deshalb muß die Aneignung sozialepidemiologischer Daten durch einen Filter sozialwissenschaftlicher Theorie- und Methodenkritik laufen (vgl. KEUPP, 1974, 22ff.).

Neben der dokumentarischen Funktion (deskriptive S.) und der auf die Erforschung möglicher Ursachen bezogenen Funktion ist im Zusammenhang mit diesen beiden Aufgabenbereichen ein dritter besonders wichtig geworden: Die Evaluation von Versorgungsleistungen bestehender psychosozialer Dienste und die begleitende Überprüfung neu eingerichteter Dienste. Zusammenfassend läßt sich dann die S. als ein Forschungsansatz definieren, „der die gesellschaftliche Verteilungsstrukltur verschiedener Formen abweichenden Verhaltens untersucht, sowohl in ihrem korrelativ-deskriptiven als auch in ihrem kausal-analytischen Aspekt. In ihrem methodischen wie auch in ihrem theoretischen Anspruch ist die soziale Epidemiologie Sozialwissenschaft und damit deren erkenntnis- und wissenschaftstheoretischen Kriterien unterworfen. Schließlich soll soziale Epidemiologie als grundlagenwissenschaftlicher Bestandteil sozialer Interventionen verstanden werden und sie ist in diesem Sinne ‚Aktionsforschung', sowohl als Planungs- wie auch als Evaluationsinstrument solcher Interventionen" (KEUPP, 1974, 35).

3 Forschungsergebnisse

Die S. von Verhaltensstörungen zehrt von dem immer wieder bestätigten Befund der schichtspezifischen Verteilungsstruktur von psychischen Störungen, genauer gesagt von der immer wieder aufgewiesenen inversen Beziehung zwischen der Höhe des sozialen Status und der Häufigkeit von Verhaltensstörungen. Diese Aussage läßt sich zwar als globale Zusammenfassung einer Vielzahl von Einzelbefunden durchaus rechtfertigen, doch werden mit ihr Differenzierungen von ziemlicher Relevanz übergangen. In einem Trendbericht hat FRIED (1969) 34 Untersuchungen einbezogen, dabei aber auf diese Differenzierungen verzichtet. Er kommt zu folgendem Schluß: „Das Beweismaterial dafür ist eindeutig und stark, daß in unserer Gesellschaft die untersten sozialen Schichten die höchsten Raten schwerer psychischer Störungen aufweisen. Ungeachtet der verwendeten Methoden zur Erfassung psychischer Störungen, ungeachtet auch von Zeitpunkt und Region der Untersuchung verweist die große Mehrheit der Ergebnisse klar und eindeutig auf die Tatsache, daß die unterste soziale Schicht bei weitem die höchste Störungsrate aufweist" (1969, 113). Wenn die Befunde epidemiologischer Untersuchungen lediglich auf dem Niveau solcher Allgemeinheit zusammengefaßt werden, dann mögen sie zwar die Aussage bestätigen, daß das ein Beleg für die „gesundheitspolitische Hypothek der Klassengesellschaft" sei (v. FERBER, 1971, 71), doch sie geben keine differenzierten Ansatzpunkte für eine Strategie zum Abbau dieser Hypothek.

In solchen Globalübersichten gehen Informationen darüber unter, ob die Studie sich auf einen repräsentativen Bevölkerungsquerschnitt oder eine klinisch ausgelesene Population bezieht; ob für Störungen verschiedener Qualität der allgemeine Trend in gleicher Weise gilt; ob möglicherweise das Störungsrisiko für Frauen anders ist als für Männer; ob es Differenzierung zwischen ländlichen und städtischen Gebieten gibt oder ob die spezifische Qualität des Versorgungssystems Auswirkungen auf die Verteilung von Störungen hat. Solche Informationen sind für präventive und versorgungsbezogene Interventionen von entscheidender Bedeutung. Es gibt ein Vielzahl von zusammenfassenden Übersichten (vgl. DOHRENWEND/DOHRENWEND, 1974; DOHRENWEND, 1975; SHEPHERD, 1975; KATSCHNIG/STROTZKA, 1977; COOPER/MORGAN, 1977; KING, 1978; SCHWAB/SCHWAB, 1978).

3.1 *Aussagen auf der Grundlage „administrativer Studien"*

Die klassische Studie von HOLLINGSHEAD und REDLICH (1958) wird häufig in dem Sinne zitiert, daß sie überzeugend bewiesen habe, daß psychische Störungen in den untersten sozialen Schichten gehäuft auftreten, ja daß sie gezeigt habe, daß die Schichtzugehörigkeit ein wichtiger ätiologischer Faktor sei. Beide Aussagen sind durch diese Studie nicht zu belegen und von ihr auch gar nicht getroffen worden. Die *New Haven-Studie* ist die klassische administrativ-epidemiologische Studie, die sehr detailliert untersucht hat, welche Patienten zu einem bestimmten Zeitpunkt in psychiatrisch-psychotherapeutischer Behandlung waren, und ob es systematische Beziehungen zwischen ihrem sozialen Status und der Art der ihnen zur Verfügung gestellten Behandlung gibt.

Bei der Berechnung schichtspezifischer Prävalenzraten fand man heraus, daß Neurosen in den oberen und Psychosen in den unteren sozialen Schichten häufiger diagnostiziert wurden. Diese Studie zeigt, was Angehörige verschiedener Schichten in Versorgungsinstitutionen im Durchschnitt zu erwarten haben. So fand man als Hauptergebnis, daß Unterschichtangehörige mit schweren Störungen häufiger zwangseingewiesen, eher spät und eher in stationäre psychiatrische Behandlung kommen. Oberschichtangehörige suchen häufiger freiwillig und früher psychiatrisch-psychotherapeutische Einrichtungen auf, und dies sind dann meist frei praktizierende Psychiater.

Die einzige vergleichbare Studie für eine ländliche Region in der Bundesrepublik bestätigte einige der zentralen Aussagen der New Haven-Studie. So fanden DILLING und WEYERER (1978) einen Zusammenhang zwischen behandelten psychischen Erkrankungen und der sozialen Schicht. Ebenso ließ sich „ein deutlicher Zusammenhang zwischen der Art behandelter psychiatrischer Erkrankungen und der sozialen Schicht feststellen" (S. 213) und schließlich fand man einen Zusammenhang zwischen Behandlungsmodus und Sozialschicht: „Patienten aus höheren Sozialschichten werden wesentlich häufiger ambulant, aus unteren Sozialschichten bei entsprechenden Diagnosen eher stationär behandelt" (S. 214). Auf der Grundlage administrativer Studien (vgl. KATSCHNIG/STROTZKA, 1977, 292ff.) lassen sich Fragen nach den Ursachen solcher sozialdifferentieller Verteilungen stellen. Solche Fragen können sich sowohl auf die verschiedenen Karrieremuster beziehen als auch auf sozialselektive Behandlungsstrategien.

Bezogen auf differentielle Karrieremuster sind sehr unterschiedliche Erklärungen angeboten worden. Die Überpräsentation von Angehörigen benachteiligter Schichten in dem institutionell sichtbar gemachten Teil psychischer Devianz wurde sehr oft mit einer Hypothese der *„sozialen Selektion"* erklärt, die ihren sozialdarwinistischen Hintergrund nicht zu verleugnen vermag: Genetisch belastete Individuen driften in die unteren sozialen Schichten, weil sie für den gesellschaftlichen Konkurrenzkampf unzureichend ausgestattet seien (DUNHAM, 1974).

Die extreme Gegenposition geht von der Annahme aus, daß die institutionalisierte Patientenpopulation Resultat sozialer Ausgrenzung sei, die als eine spezifische Form der „Klassenunterdrückung" vor allem die unterprivilegierten Gruppen treffe (BRANDON, 1975). Die Tatsache, daß Angehörige dieser Gruppen in den Raten „behandelter Prävalenz" deutlich überrepräsentiert sind, wird ebenfalls als Folge „sozialer Selektion" angesehen, die allerdings nach Kriterien gesellschaftlicher Herrschaft funktioniere. Auch diese Interpretation ist sicherlich zu grobrastig, um den realen Ausleseprozeß in angemessener Form abbilden zu können. Nötig sind Untersuchungen der subtilen psychosozialen Ausleseprozesse. Wichtige Materialien hierzu sind von Studien zu erwarten, die das „Krankheitsverhalten" in psychischen Krisen untersuchen (vgl. MECHANIC, 1975).

Dabei sind als relevante Faktoren identifiziert worden: schichtdifferierende Bereitschaften zum Aufsuchen professioneller Hilfe; schichtdifferierende Krankheitsbegriffe und Formen des Attributionsverhaltens; die Struktur der psychosozialen Dienste und ihr Einfluß auf das Benutzerverhalten. Eine sehr wichtige Größe stellt das professionelle Interventionsmuster dar, das für Angehörige verschiedener sozialer Schichten unterschiedliche Angebote bereitstellt, die in der Regel zu einer Benachteiligung von Angehörigen unterer sozialer Schichten führen (vgl. GLEISS/SEIDEL/ABHOLZ, 1973; LORION, 1977). Meist wird dies mit schichtdifferierenden Therapieerwartungen und -eignungen begründet, eine Annahme, die empirischer Überprüfung nicht standhält (vgl. FRANK/EISENTHAL/LAZARE, 1978).

Administrative Studien sind zwar nicht geeignet als Basis für Aussagen über die Soziogenese psychischer Störungen, wohl aber als wichtige Datenquelle für die Verfahrensweise von institutionellen Versorgungsdiensten unverzichtbar. Die Qualität der Versorgung ist an Indikatoren, die aus diesem Untersuchungsbereich stammen, zu überprüfen. Dies gilt vor allem für einen Vergleich über mehrere Jahre oder Jahrzehnte, der aufzeigen kann, ob institutionelle Reformprozesse zu einer tatsächlichen Verbesserung der Versorgung geführt haben (vgl. etwa SCHWAB et al., 1978). Für die New Haven-Studie läuft gegenwärtig ein Vergleichsprojekt, das die Veränderungen über eine Zeitperiode von 20 Jahren ermitteln soll. Erste Ergebnisse zeigen, daß sich vermutlich an der Schichtverteilung nichts Entscheidendes verändert hat, obwohl die Häufigkeit der Einweisungen gestiegen ist, die Verweildauer wesentlich kürzer geworden ist, die Anzahl ambulanter Einrichtungen zugenommen hat etc. (REDLICH/KELLERT, 1978).

3.2 Aussagen auf der Grundlage von Feldstudien

Administrative Studien können nur über den institutionell erfaßbaren Teil psychischer Devianz Aussagen machen, keinesfalls jedoch über jenen Teil, der häufig als der „unsichtbare Teil des Eisbergs" (GRUENBERG, 1975) bezeichnet wird. Er ist nur durch eine Feldstudie einschätzbar, die eine repräsentative Stichprobe der Gesamtpopulation untersucht. Dies wurde in der bahnbrechenden Studie in *Midtown Manhattan* (SROLE et al., 1962) unternommen, deren Folgestudie in einem Abstand von 20 Jahren durchgeführt wurde (SROLE, 1975). Bei der Auswertung aller gegenwärtig verfügbaren Studien zur „wahren Prävalenz" lassen sich folgende verallgemeinerbaren Aussagen treffen:

a) *Soziale Schicht.* Die höchsten Gesamtraten psychischer Störungen wurden in 28 der vorhandenen 33 Studien in der untersten sozialen Schicht gefunden. Diese Beziehung ist am höchsten in solchen Untersuchungen, die in städtischen Regionen durchgeführt wurden. Die Beziehung ist für Schizophrenie und Persönlichkeitsstörungen konsistent, aber nicht für Neurosen oder manisch-depressive Störungen.

b) *Geschlecht.* Depressive Störungen sind bei Frauen im allgemeinen häufiger. Die Neurosenhäufigkeit liegt bei Frauen konsistent höher, unabhängig von Ort und Zeit der Studien. Im Gegensatz dazu liegen Häufigkeitsraten von Persönlichkeitsstörungen bei Männern systematisch höher, ebenfalls unabhängig von Zeit und Ort der Untersuchung.

c) *Stadt-Land-Differenzen.* Alle Psychosen zusammengenommen sind in ländlichen Gebieten häufiger, dies gilt für den manisch-depressiven Formenkreis, aber nicht für Schizophrenie. Die Neurosenhäufigkeit ist in Städten größer als auf dem Land. Das gilt ebenso für Persönlichkeitsstörungen (vgl. ausführlicher: DOHRENWEND/DOHRENWEND, 1974; DOHRENWEND, 1975; KING, 1978).

Studien zur wahren Prävalenz liefern sinnvolle Ansatzpunkte für die Formulierung von Kausalhypothesen, vor allem dann, wenn ihre Ergebnisse in so hohem Maße übereinstimmen wie jene zum Zusammenhang von Schicht und schweren psychischen Störungen. Es gibt wahrscheinlich in der empirischen Sozialforschung nur wenige Befunde, die so gut abgesichert sind. KOHN stellt hierzu fest: „Ich habe mich oft gewundert, warum wir so viel Energie und Phantasie aufgewandt haben, um die Wichtigkeit eines der am besten belegten und provokativsten Ergebnisse unserer Wissenschaft zu bagatellisieren, während wir gleichzeitig so wenig Anstrengungen unternehmen, seine möglichen theoretischen Implikationen aufzuspüren" (1974, 313). KOHN hat selbst einen wichtigen Versuch unternommen, ein plausibles theoretisches Modell zu entwickeln, das eine Integration von kognitiver Sozialisation, sozialstrukturellen Variablen (vor allem Arbeitsplatzerfahrungen) und genetischen Vulnerabilitätsfaktoren anzielt (KOHN, 1974; 1976). Solche theoretischen Ansätze fehlen der S. noch sehr stark. Sie ist in der Gefahr, in immer gleicher Weise einen schon sehr stabilen Ergebnistrend zu bestätigen, ohne daß dadurch ein nennenswerter qualitativer Erkenntniszuwachs erreicht werden würde. MECHANIC stellt fest: „Was eindeutig notwendig erscheint, sind nicht noch mehr Untersuchungen der gleichen Art, sondern die Klärung theoretischer Probleme" (1975, 393f.).

3.3 *Aussagen zum Thema Arbeitslosigkeit und ihren psychosozialen Folgen*

Einer der empirisch am besten untermauerte und zugleich sozialpolitisch höchst aktuelle Befund ist der nachgewiesene Zusammenhang von Verlust des Arbeitsplatzes und zunehmendem Risiko psychischer Krisen und psychiatrischer Hospitalisierung (vgl. zusammenfassend THOMANN, 1978). Die wichtigste epidemiologische Studie der letzten Jahre ist die von BRENNER (1979), die aufzeigen konnte, daß sich der ökonomische Krisenzyklus der USA über einen Zeitraum von 54 Jahren widerspiegelte in den Häufigkeitskurven für die Ersteinweisung in die psychiatrischen Kliniken des Staates New York. Diese Studie hat in den USA großes Aufsehen erregt und hat weitere Forschungsaktivitäten stimuliert (vgl. zusammenfassend: CATALANO/DOOLEY, 1977) und zu Vorschlägen in Richtung auf primäre Prävention geführt (DOOLEY/CATALANO, 1977).

4 Zusammenfassung und Ausblick

Die S. befindet sich in einem Zustand, in dem sich sowohl eine ziemlich skeptische Gesamtdiagnose rechtfertigen ließe, in dem aber auch Perspektiven erkennbar sind, die eine intensive Beschäftigung mit sozialepidemiologischen Problemen als außerordentlich relevant und faszinierend erscheinen lassen. Auch heute noch läßt sich folgende Diagnose aufrechterhalten: „Im Vordergrund steht eine Kombination von hohem methodischem Anspruch und einer scheinbar pragmatischen Theorielosigkeit: Perfektionierung der Methodik ohne ausreichende Reflexion auf den Gegenstand und die Angemessenheit von Methode und Gegenstand. Oberstes Ziel wurde die Optimierung der Meßgenauigkeit ohne eigentliche Klärung der Konstitution des Gegenstandes" (KEUPP, 1974, 34). Die Problemliste kann zu einer langen Aufstellung der Mängel der S. werden: Die unreflektierte Übernahme des psychiatrischen Krankheitsbegriffs und der daraus folgenden Klassifikationen; der so wenig befriedigende und uneinheitlich verwendete Schichtbegriff; die fehlende Integration der diversen Befunde in theoretische Modelle etc. (vgl. KEUPP, 1974). Von größerer Relevanz sind aber erkennbare Perspektiven, die zum Teil die angesprochenen Mängel überwinden könnten:

1. Die „*Life Event-Forschung*" (vgl. DOHRENWEND, 1978; KATSCHNIG, 1978) führt zu einer sehr viel genaueren Erhebung jener belastenden Lebensereignisse im sozialen Lebenszusammenhang, die mit dem Auftreten psychischer Krisen in einem zeitlichen und auch ursächlichen Zusammenhang stehen. Mit dieser Spezifizierung von belastenden Lebensereignissen wachsen die Möglichkeiten, aus der epidemiologischen Forschung Ansatzpunkte für sinnvolle präventive und therapeutische Maßnahmen abzuleiten (exemplarisch dazu die Studie von BROWN/HARRIS, 1978).

2. Gegenüber globalen und dadurch oft irrelevanten theoretischen Ansätzen (z.B. soziale Verursachung vs. soziale Selektion) entwickeln sich *komplexere Modelle*, die zunehmend auf intervenierende sozialpsychologische (vgl. KOHN, 1974; DOHRENWEND, 1975; MECHANIC, 1975; CLAUSEN/HUFFINE, 1975) und psychologische Variablen (vgl. GLEISS, 1978) zurückgreifen.

3. In der sich allmählich herausbildenden gemeindepsychologischen Perspektive und in der zunehmenden Beteiligung von klinischen Psychologen in sozialpsychiatrisch orientierten Modellen und Projekten wird die Möglichkeit eines *neuen professionellen Selbstverständnisses* erkennbar, das kurative, präventive und gesundheitspolitische Orientierungen vereinigt. Damit wird von der Praxis her eine Integration von klinisch-psychologischen Wissens- und Handlungsformen mit solchen, die der epidemiologischen Forschung entspringen, gefordert und erprobt.

4. Wenn epidemiologische Forschung einbezogen wird in die Planung und den Aufbau einer bedürfnisgerechten Versorgung, dann ist sie nur von geringem Nutzen, solange sie grobrastige soziale Indikatoren benutzt, die nicht in der Lage sind, die spezifischen individuellen und kollektiven Ressourcen und Belastungsstrukturen im gesellschaftlichen Alltag abzubilden. Notwendig ist die Entwicklung angemessener Verfahren zur Analyse der lebensweltlichen Strukturen und der in ihnen sich entfaltenden oder verhinderten Individualitätsformen. Sollen solche Untersuchungen einen Bezug zu den Bedingungen einer bedürfnisgerechten Versorgung haben, dann läßt sich als Organisationsform der Forschung eine „*epidemiologische Handlungsforschung*" als sinnvollste Strategie vorstellen. Sie ist gebunden an spezifische Stadtteilprojekte (z.B. einen sozialpsychiatrischen Dienst) und findet ihre Überprüfung in der Qualität der erreichbaren Projektarbeit.

Verweis auf andere Stichwörter

→Abweichendes Verhalten →Arbeitslosigkeit →Handlungsforschung →Life-Event-Forschung →Ökologische Psychologie →Psychiatrie →Psychische Störung und Normalität →Sozialpsychiatrie

Literatur

BRANDON, R. N.: Differential use of mental health services: Social pathology or class victimization?. In: Handbook of Evaluation Research. Vol. II. Beverly Hills/London: Sage 1975, S. 341–429.

BRENNER, M. H.: Wirtschaftskrisen, Arbeitslosigkeit und psychische Erkrankungen. München: Urban & Schwarzenberg 1979 (engl. 1973).

BROWN, G. W./HARRIS, T.: Social origins of depression. London: Tavistook 1978.

CATALANO, R./DOOLEY, D.: Economic predictors of depressed mood and stressful life events. Journal of Health and Social Behavior, 1977, 18, S. 292–307.

CLAUSEN, J. A./HUFFINE, C. L.: Sociocultural and social-psychological factors affecting social responses to mental disorder. J. of Health and Social Beh., 1975, 16, S. 405–420.

COOPER, B./MORGAN, H. G.:Epidemiologische Psychiatrie. München: Urban & Schwarzenberg 1977 (orig. 1973).

DILLING, H./WEYERER, S.: Epidemiologie psychischer Störungen und psychiatrische Versorgung. München: Urban & Schwarzenberg 1978.

DOHRENWEND, B. P.: Sociocultural and social-psychological factors in the genesis of mental disorders. Journal of Health and Social Behavior, 1975, 16, S. 365–392.

DOHRENWEND, B. P./DOHRENWEND, B. S.: Social and cultural influences on psychopathology. Annual Review of Psychology, 1975, 25, S. 417–452. (Dt. in: PETERMANN, F./SCHMOOK, C. (Hrsg.): Grundlagentexte der Klinischen Psychol. Bd. 1. Bern: Huber 1977, S. 66–105.

DOHRENWEND, B. S.: Social stress and community psychology. Amer. J. of Community Psychology, 1978, 6, S. 1–14.

DOOLEY, D./CATALANO, R.: Money and mental disorder: Toward behavioral cost accounting for primary prevention. Amer. J. of Community Psychology, 1977, 5, S. 217–227.

DUNHAM, H. W.: Entscheidung zwischen konkurrierenden Hypothesen. In: KEUPP, H. (Hrsg.): Verhaltensstörungen und Sozialstruktur. München: Urban & Schwarzenberg 1974, S. 278–291.

FERBER, C. V.: Gesundheit und Gesellschaft. Haben wir eine Gesundheitspolitik. Stuttgart: Kohlhammer 1971.

FRANK, A./EISENTHAL, S./ LAZARE, A.: Are there social class differences in patients' treatment conceptions?. Archives of General Psychiatry, 1978, 35, S. 61–69.

FRIED, M.: Social differences in mental health. In: KOSA, J. et al. (Hrsg.): Poverty and health. Cambridge: Harvard University Press 1969, S. 113–168.

GLEISS, I.: Probleme und Perspektiven der sozialen Epidemiologie psychischer Störungen. In: KEUPP, H./ZAUMSEIL, M. (Hrsg.): Die gesellschaftliche Organisierung psychischen Leidens. Frankfurt/M.: Suhrkamp 1978.

GLEISS, I./SEIDEL, R./ABHOLZ, H.: Soziale Psychiatrie. Frankfurt/M.: Fischer 1973.
GRUENBERG, E.: Epidemiology. In: FREEDMAN, A. M. et al. (Hrsg.): Comprehensive textbook in Psychiatry. Vol. I. Baltimore: Williams & Wilkins 1975, S. 398–413.
HENKEL, D./ROER, D.: Häufigkeit, Sozialverteilung und Verursachung psychischer Störungen in der BRD. In: Argument-Sonderband 12: Soziale Medizin (VII). Berlin 1976, S. 148–189.
HOLLINGSHEAD, A. B./REDLICH, F.: Social class and mental illness. A community study. New York: Wiley 1958. (Deutsch: Der Sozialcharakter psychischer Störungen. Frankfurt/M.: Fischer 1975.)
KATSCHNIG, H. (Hrsg.): Sozialer Streß und psychische Krankheit. München: Urban & Schwarzenberg 1979.
KATSCHNIG, H./STROTZKA, H.: Epidemiologie der Neurosen und psychosomatischen Störungen. In: Handbuch der Sozialmedizin. Bd. II. Stuttgart: Enke 1977, S. 272–310.
KESSLER, I. I./LEVIN, M. L. (Hrsg.): The community as an epidemiologic laboratory: A casebook of community studies. Baltimore: Williams & Wilkins 1970.
KEUPP, H. (Hrsg.): Verhaltensstörungen und Sozialstruktur. Epidemiologie: Empirie, Theorie, Praxis. München: Urban & Schwarzenberg 1974.
KING, L. M.: Social and cultural influences on psychopathology. Annual Review of Psychology, 1978, 29, S. 405–433.
KOHN, M. L.: Der Zusammenhang von Schicht, Familie und Schizophrenie: Eine Neuformulierung. In: KEUPP, H. (Hrsg.): Verhaltensstörungen und Sozialstruktur. München: Urban & Schwarzenberg 1974, S. 292–304.
LORION, R. P.: Mental health and the disadvantaged. Social Policy, 1977, 8 (1), S. 17–27.
MECHANIC, D.: Sociocultural and social-psychological factors affecting personal responses to psychological disorder. J. of Health and Social Beh., 1975, 16, S. 393–404.
PETRI, H.: Soziale Schicht und psychische Erkrankung im Kindes- und Jugendalter. Göttingen: Vandenhoek & Ruprecht 1979.
REDLICH, F./KELLERT, S. R.: Trends in American mental health. Amer. J. of Psychiatry, 1978, 135, S. 22–28.
SCHWAB, J. J./SCHWAB, R. B.: The epidemiology of mental illness. In: USDIN, G. (Hrsg.): Psychiatry: Education and image. New York: Academic Press 1973, S. 58–83.
SCHWAB, J. J./BELL, R. A./WARHEIT, G. J./SCHWAB, R. B.: Social order and mental health. New York: Brunner/Mazel 1978.
SCHWAB, J. J./SCHWAB, M. E.: Sociocultural roots of mental illness. An epidemiological survey. New York: Plenum 1978.
SHEPHERD, M.: Epidemiologische Psychiatrie. In: Psychiatrie der Gegenwart. Bd. III: Soziale und angewandte Psychiatrie. Berlin: Springer 1975, S. 119–149.
SROLE, L.: Measurement and classifications in socio-psychiatric epidemiology. Journal of Health and Social Behavior, 1975, 16, S. 347–364.
SROLE, L. et al.: Mental health in the metropolis: The Midtown Manhattan Study. Vol. 1. New York: McGraw-Hill 1962.
THOMANN, K.-D.: Die gesundheitlichen Auswirkungen der Arbeitslosigkeit. In: WACKER, A. (Hrsg.): Vom Schock zum Fatalismus? Soziale und psychische Auswirkungen der Arbeitslosigkeit. Frankfurt/M.: Campus 1978, S. 194–240.
WERNER, R.: Soziale Indikatoren und politische Planung. Reinbek: Rowohlt 1975.

Heinrich Keupp

Sozialpsychiatrie

Die Frage nach Gegenstand und Ziel der S. ist nicht durch einfache Definition zu beantworten, da ihre Stellung im Gesamtsystem der Psychiatrie, ihre theoretische Grundlegung und gesellschaftliche Funktion noch weitgehend verschiedenartig aufgefaßt werden (s. dazu Pkt. 6). Übereinstimmung besteht zunächst in dem Ziel, jene immer noch einflußreiche Psychiatrie theoretisch und vor allem praktisch zu überwinden, die als herrschende Linie seit Entstehung der Psychiatrie psychische Krankheit als biogenetische Abartigkeit begreift und die Kranken der sozialen Isolation und Ausgrenzung in Anstalten anheimfallen läßt. Ebenso wie die historische Herausbildung und weitere Entwicklung dieser Psychiatrie, ihr *Biologismus* als Theorie und ihr *therapeutischer Nihilismus* in der Praxis auf bestimmte ökonomische, politische und ideologische Ursachen zurückzuführen sind (DÖRNER, 1969; GÜSE/SCHMACKE, 1976), so ist auch der Versuch einer Richtungsänderung bestimmten gesellschaftlichen Voraussetzungen zuzuordnen (s. dazu Pkt. 3 u. 5). In Hinblick darauf ist zunächst die Feststellung wichtig, daß zwei verschiedene Entwicklungslinien der S. existieren, die mit der divergierenden Gesellschafts- und Wissenschaftsentwicklung im Kapitalismus und Sozialismus eng verbunden sind (zur S. in den sozialistischen Staaten, auf die hier nicht eingegangen wird, siehe z. B. THOM, 1971, und SEIDEL, 1972).

1 Vorstufen der Sozialpsychiatrie

Vorstufen sozialpsychiatrischen Fragens, z. B. nach der Bedeutung der Arbeits- und Lebensbedingungen für die Entstehung psychischer Krankheiten, reichen weit in die Geschichte der Psychiatrie zurück (GÜSE/SCHMACKE, 1976, 58, 95). In den zwanziger und dreißiger Jahren dieses Jahrhunderts erfuhren sie sogar einen gewissen Aufschwung, insbesondere in den USA im Zuge der *Mental-Health-Bewegung* (GLEISS u. a., 1973, 85), die auch den Begriff S. im Jahre 1917 erstmalig verwendete. Ähnliche Ansätze gab es zur gleichen Zeit u. a. auch in Deutschland, jedoch weniger ausgeprägt und durch den Faschismus ohne Bestand (DÖRNER, 1975, 59; GÜSE/SCHMACKE, 1976, 323). Nach

1945 findet man im Überblick über die internationale Fachliteratur Beiträge zu sozialen Problemen in der Psychiatrie erst wieder Mitte der 50er Jahre. Nun allerdings auf unvergleichlich höherem Niveau, so daß mit diesem Zeitpunkt der Beginn der Konstituierung der S. zu einer relativ eigenständigen Arbeits- und Forschungsrichtung angesetzt wird (THOM, 1971, 12).

2 Aufgabenfelder der Sozialpsychiatrie

Charakteristische Merkmale und Aufgabenfelder der sich nun herausbildenden neuen Disziplin sind vor allem: die Durchführung interdisziplinärer Komplexforschungen insbesondere zusammen mit der Psychologie und Soziologie; die weitaus größere methodologische Systematik in der Erforschung der Beziehungen zwischen sozialer Lage, Sozialstruktur und Krankheit (GLEISS u.a., 1973, 37; KEUPP, 1974); der sich auf diese sozialepidemiologischen Forschungsergebnisse stützende und im Vergleich zu früheren Ansätzen wesentlich stärkere Anspruch und Versuch einer sozialwissenschaftlichen Erklärung psychischer Krankheiten (KEUPP, 1979); das umfassendere Bemühen, über spezielle Analysen der pathogenen Strukturen des psychiatrischen Anstaltswesens (GOFFMAN, 1973; FINZEN, 1974) hinaus die Psychiatrie als Institution in ihrer Gesamtheit zum Gegenstand psychiatrischer Forschung zu erheben, besonders unter dem Aspekt der klassen- und schichtspezifischen Ungleichheiten in den Chancen auf Behandlung (GLEISS u.a., 1973, 105; REBELL, 1976, 120; HENKEL, 1979); Konzeptionen für ein System rehabilitativer Krankenversorgung und präventiv ausgerichteter Gesundheitssicherung (SEIDEL, 1972; GLEISS u.a., 1973, 194; BAUER, 1977; FINZEN in: REIMANN/REIMANN, 1975, 201) bis hin zu Analysen der politisch-ökonomischen Strukturen und Interessen im Gesundheitswesen, die einer umfassenden Realisierung sozialpsychiatrischer Praxis im Wege stehen (WULFF, 1972; DÖRNER/PLOG, 1972; GLEISS u.a., 1973; DEPPE u.a., 1973; KEUPP, 1974, 349; ROER/HENKEL, 1976; KEUPP/ZAUMSEIL, 1978, 59, 90).

3 Entstehungsgründe der Sozialpsychiatrie

Zur Entstehung der S. gehört der Umstand, daß sich in der Psychiatrie selbst eine Reihe von Widersprüchen verschärft stellten (THOM, 1971), wie z.B. die wachsende Diskrepanz zwischen der mit großem Aufwand betriebenen biologischen Krankheitsforschung, speziell zur Ätiologie der Psychosen (BATESON u.a., 1969, 343), und dem weitgehenden Ausbleiben wissenschaftlich gesicherter, praktisch verwertbarer Erkenntnisse; oder, daß zwar neuartige Möglichkeiten für eine Verkürzung der Hospitalisierungsdauer durch die nach 1945 immer umfassendere Verfügbarkeit von Psychopharmaka entstanden (REDLICH/FREEDMAN, 1970, 452), die Voraussetzungen für eine wirksame beruflich-soziale Rehabilitation jedoch weiterhin fehlten. Zweifellos erwuchsen aus diesen u.ä. Problemen wichtige Impulse zu Umorientierungen in der Psychiatrie (THOM, 1971; WULFF, 1972, 205). Doch die Herausbildung sozialpsychiatrischen Denkens war keineswegs allein das Resultat immanenter Entwicklungsprozesse in der Psychiatrie, sondern vor allem Folge und Ausdruck bestimmter Systemerfordernisse, aber auch gesellschaftspolitischer Bewegungen (WULFF, 1972, 249), wie sich am Beispiel der USA, in denen die S. vornehmlich ihren Ausgang nahm, und auch der BRD (s. Pkt. 5) besonders deutlich zeigen läßt.

3.1 Aspekte der Entwicklung in den USA

Ebenso wie in den skandinavischen Ländern und Großbritannien (DILLING in: DÖRNER/PLOG, 1972, 89) wurden in den USA im Laufe der fünfziger und sechziger Jahre bedeutsame Ansätze zur Reformierung des psychiatrischen Anstaltswesens durch den Staat eingeleitet (REBELL, 1976, 16), die auch international wirksame Anstöße zur Entwicklung der S. gaben. Die Linie der Reformrichtung läßt sich als Versuch bezeichnen, die bloße Verwahrung der Kranken in Anstalten durch ein System beruflich-sozialer Rehabilitation zu ersetzen. Es läßt sich nachweisen, daß der Reformdruck, der diesen Wandel staatlicher Sozialpolitik herbeiführte, nicht ursächlich aus Erkenntnissen der S. erwuchs, sondern diese vielmehr erst hervorbrachte (GLEISS u.a., 1973, 88). Als Triebkräfte der Reformansätze und damit auch als die originären Konstituierungsmomente der S. erwiesen sich in erster Linie bestimmte Erfordernisse des kapitalistischen Systems in den USA der fünfziger Jahre, vor allem die Überwindung einer Reihe sich zuspitzender Widersprüche im Verhältnis von Produktion und Psychiatrie. *Hauptreformgründe* in diesem Zusammenhang waren der expansive Produktionsaufschwung nach dem 2. Weltkrieg, der die Mobilisierung auch großer Teile der bisher kranken Arbeitskräfte erforderte (GLEISS u.a., 1973, 89), die enorm hohe Quote der psychisch Kranken, die relativ sprunghaft, z.T. kriegsbedingt auf fast die Hälfte des gesamten Krankenstandes angestiegen war (GÜSE/SCHMACKE, 1976, 6) und die aus dieser widersprüchlichen Entwicklung resultierenden ökonomischen Folgen: zum einen Beeinträchtigungen der nationalen Produktivität und nicht voll ausschöpfbare Profite in der Privatindustrie durch krankheitsbedingte Arbeitskräfteverknappung und Arbeitsausfälle, und zum anderen volkswirtschaftliche Belastungen aus der nun zunehmend unrentableren Kosten- und Ertragsstruktur der Anstaltspsychiatrie (REDLICH/FREEDMAN, 1970, 20; GLEISS u.a., 1973, 90). Wenngleich diese ökonomischen Probleme deutlich im Zentrum des Reforminteresses von Staat und Wirtschaft standen, so muß man doch ebenso sehen, daß auch die demokratischen Kräfte in den USA den Staat zur Psychiatriereform bewegten. Ihr Einfluß auf die Richtung der späteren Reformpraxis war jedoch gering (s. Pkt. 3.1.2). Von Bedeutung war hier insbesondere das Erstarken der *Bürgerrechtsbewegung* zu Beginn der sechziger Jahre. Der Kampf gegen die Massenarmut, Rassendiskriminierung und gegen die sozialen Mißstände auch im Gesundheitswesen lenkte die Aufmerksamkeit auf die sozialpsychiatrisch bedeutsamen Probleme der sozialen Ungleichheit in der Versorgung sowie auf die Zusammenhänge von sozialer Lage, vor allem Armut und psychischer Erkrankung, die eine umfangreiche wissenschaftliche Analyse erfuhren (GLEISS u.a., 1973, 37, 95, 105).

Angesichts dieser ökonomischen und gesellschaftspolitischen Gesamtsituation geriet die Psychiatrie unter erheblichen Effektivierungs- und Rationalisierungsdruck, der die tradierten Wissenschaftsparadigmen und überalterten Organisationsstrukturen in Frage stellen mußte. Denn war bisher die durch den psychiatrischen Biologismus (GÜSE/SCHMACKE, 1976, 101) ideologisch legitimierte Absonderung der Erkrankten das dominierende Prinzip, so machten die nun vor allem ökonomisch notwendig gewordenen Anstrengungen zu ihrer Reintegration in das gesellschaftliche System der Arbeit gerade die Einbeziehung des sozialen Moments in die Psychiatrie auf praktischer und theoretischer Ebene erforderlich. Psychische Krankheiten und die Organisation ihrer Versorgung wurden damit erstmals Objekt einer staatlich geförderten sozialpsychiatrischen Forschung und Reformpraxis.

3.1.1 Reformpostulate sozialpsychiatrischer Praxis

Ausgehend von den Erkenntnissen empirischer Forschungen zur Sozialepidemiologie psychischer Krankheiten (KEUPP, 1974) und ihrer sozialen Bedingtheit (KEUPP, 1972; GLEISS u.a., 1973, 52), zum Krankheitsverhalten von Angehörigen verschiedener sozialer Klassen und Schichten, zur Selektivität der psychiatrischen Versorgung in Abhängigkeit von der sozialen Herkunft der Patienten (GLEISS u.a., 1973, 113, 126, 134), zur krankenaversen Struktur des Anstaltswesens, zu den pathogenen Wirkungen von Isolation und Deprivation durch Hospitalisierung (GOFFMAN, 1973; s. auch FINZEN, 1974) usw. wurden als konsequenteste Position innerhalb der sozialpsychiatrischen Wissenschafts- und Praxisbewegung in den USA wie auch in anderen Ländern die Auflösung der Anstaltspsychiatrie und die Schaffung eines Gesundheitssystems gefordert, das vor allem an zwei *Grundmaximen* orientiert sein müsse: zum einen an der Gewährleistung größtmöglicher sozialer Chancengleichheit in der rechtlichen Zusicherung, der realen Zugänglichkeit und praktischen Inanspruchnahme psychiatrischer Dienstleistungen, und zum anderen an einer dem gesellschaftlichen Bedarf entsprechenden Leistungsfähigkeit zur bestmöglichen Sicherung bzw. Wiederherstellung psychischer Gesundheit durch Prävention und Rehabilitation. Hierzu wurden eine Fülle konkreter Forderungen formuliert (GLEISS u.a., 1973, 194). Daraus sind vor allem drei grundlegende strukturelle Reformpostulate hervorzuheben, die inzwischen auch über die USA hinaus weitgehend Anerkennung finden (DÖRNER/PLOG, 1972, 8, 89; FINZEN in: REIMANN/REIMANN, 1975, 206; BAUER, 1977): die *Integration der Psychiatrie* in das allgemeine Gesundheitswesen zur Gleichstellung der psychiatrischen Patienten mit den anderen Kranken; die *Sektorisierung der Psychiatrie,* verstanden als bedarfsdeckende Versorgung eines definierten Areals zur Gewährleistung der Kontinuität im therapeutisch-rehabilitativen Prozeß durch ein koordiniertes, gestuftes und differenziertes System psychiatrischer Institutionen; und damit verbunden die kommunale Organisation der Psychiatrie als *Gemeindepsychiatrie* in Form von wohnort- und arbeitsplatznaher Ansiedlung vor allem ambulanter Dienste zur Vermeidung von Hospitalisierung und Chronifizierung von Krankheiten durch Prävention i. S. von Früherkennung und Frühbehandlung (SEIDEL, 1972; GLEISS u. a., 1973, 97; KEUPP/ZAUMSEIL, 1978; DÖRNER u. a., 1979).

3.1.2 Reformbilanz

Zieht man heute nach 25 Jahren Bilanz, so tritt eine deutliche Diskrepanz im Fortschritt zwischen sozialpsychiatrischer Erkenntnis und Praxis zutage. Als Wissenschaft erfuhr die S. zweifellos so bedeutsame Impulse, daß sie inzwischen zumindest in wichtigen Teilbereichen wie z. B. der Sozialepidemiologie einen anerkannten Platz im Gesamtsystem der psychiatrischen Wissenschaften erreicht hat (REDLICH/FREEDMAN, 1970, 1127). Demgegenüber verblieb sie als Praxis weitgehend Fragment. Zwar wurden beachtliche Teilerfolge erzielt wie z. B. Rückgang der Hospitalisierungsquote, Aufbau ambulanter Dienste durch sozialpsychiatrische Gemeindezentren (REIMANN in: DÖRNER/PLOG, 1972, 107). Doch von bedarfsgerechter Effektivität, allgemeiner lebensraumnaher Verfügbarkeit und präventiver Wirksamkeit als Hauptkriterien zur Bewertung einer Psychiatrie als S. kann nicht die Rede sein (GLEISS u. a., 1973, 101). Zur Erklärung dieses Reformverlaufs muß man sich vergegenwärtigen, was in den Ursachen der Reform auch schon weitgehend als ihre wesentliche Entwicklungsschranke angelegt war. Nicht das Interesse der Gesamtbevölkerung nach bestmöglicher Gesundheitssicherung und einer dementsprechenden allseitigen Entfaltung der Psychiatrie war es, das sich politisch organisierte und Veränderungen durchsetzte, sondern in erster Linie das ökonomisch begrenzte Interesse des Staates und der privaten Industrie an einer *Rentabilisierung der Psychiatrie* und ihrer Formierung als *Regulativ des Arbeitskräftemarktes* durch eine diesem Postulat untergeordnete und nur selektive Nutzung sozialpsychiatrischer Erkenntnisse.

3.1.3 Ideologische Probleme

Der ökonomische Interessenhintergrund als politisch dominierender Faktor blieb auch nicht ohne Einfluß auf die sich damals entwickelnde Theorienbildung i. S. einer allgemein systemstabilisierenden oder auch direkt kapitalinteressenbezogenen Orientierung eines Teils sozialpsychiatrischer Forschung und Erkenntnis. Dies gilt bis heute und nicht allein für die USA (s. Pkt. 6.2). Als Beispiele seien angeführt: die industriepsychiatrische Forschung zur Frage des Zusammenhangs von Arbeit und Krankheit, die psychische Störungen (so z. B. auch beim Alkoholismus im Arbeitsrecht der BRD) als selbstverschuldet ideologisiert und somit ihre ätiologischen Beziehungen zu den Bedingungen der Arbeit im Kapitalismus wie Arbeitsplatzunsicherheit, Arbeitslosigkeit usw. verschleiert (ABHOLZ, 1972); die Theorien von psychischer Krankheit als (von bürgerlicher Norm) abweichendem Verhalten (GLEISS, 1975); die bereits auf wissenschaftlicher Ebene vollzogene Reduktion sozialpsychiatrischer Versorgungsleistung auf bloße Wiederherstellung von Arbeits- und Leistungsfähigkeit im Interesse einer rentablen Sicherung privat nutzbarer Arbeitskraft (vgl. REIMER, 1977).

4 Grundprobleme sozialpsychiatrischer Entwicklung

Wenngleich sich also das ökonomische Kalkül als zunächst vorwärtstreibende Kraft im Entwicklungsprozeß der Psychiatrie erwies, so läßt sich am Beispiel der USA erkennen, daß eine soziale Psychiatrie (nach Pkt. 3.1.1) durch Erfordernisse der kapitalistischen Wirtschaft und dementsprechende Reforminitiativen des Staates kaum, bestenfalls partiell realisiert werden kann, gerade weil unter diesen Bedingungen das Interesse an der Gesundheit der Bevölkerung begrenzt und instabil ist und konkret z. B. von der konjunkturell schwankenden Nachfrage nach Arbeitskräften abhängt (WULFF, 1972, 238). Zudem muß man sehen, daß der Entwicklung sozialpsychiatrischer Praxis im Kapitalismus *grundlegende* Grenzen gesetzt sind. Denn wie nachhaltig kann Prävention betrieben werden, wenn durch systembedingte Krisenhaftigkeit immer wieder Arbeitslosigkeit entsteht und die psychische Gesundheit der Betroffenen gefährdet (SEIDEL, 1972, 18); oder wie wirksam läßt sich beruflich-soziale Rehabilitation praktizieren, wenn ihre wichtigste Voraussetzung, das Vorhandensein von (sicheren) Arbeitsplätzen, oft nicht gegeben ist (GLEISS u. a., 1973, 212; HACK/ANGERMEYER, 1979); oder wie weit ist in einer Klassengesellschaft soziale Ungleichheit in der Gesundheitsversorgung reduzierbar? Diese Probleme zeigen, daß die Realisierung sozialpsychiatrischer Praxis neben fachlichen Entscheidungen vor allem auch gesellschaftliche Veränderungen und entsprechende politische Optionen erfordert (s. Pkt. 6.1).

5 Zur Entwicklung in der BRD

In der BRD wurde die Psychiatrie, ebenso wie z.B. in Italien, erst seit Mitte der sechziger Jahre zum Gegenstand einer zunächst ausschließlich innerpsychiatrischen Reformdiskussion. Sie entstand einerseits unter dem Druck der für einen immer größeren Kreis sichtbaren Diskrepanz zwischen der rückständigen Lage der Psychiatrie in der BRD und den erreichten Fortschritten in der psychiatrischen Praxis anderer Länder wie z.B. in Skandinavien, Holland und Großbritannien. Andererseits war sie zugleich bewußter Ausdruck des Widerspruchs, daß die Psychiatrie auf das in den westlichen Industrienationen fast niedrigste Niveau gesunken war, während der Bedarf an psychosozialer Versorgung objektiv anstieg (HENKEL/ROER, 1976; HENKEL, 1979). Die traditionell starke Verankerung der biologistischen Psychiatrie in Deutschland, die Wirkungen das Faschismus (GÜSE/SCHMACKE, 1976, 101, 323) und vor allem die absolute Desinteressiertheit des Staates gegenüber den Problemen des Gesundheitswesens (REGUS in: DEPPE u.a., 1973, 29) sind wesentliche Gründe für die relativ spät einsetzende Entwicklung sozialpsychiatrischen Denkens in der BRD.

Starke Beachtung findende Kritik entstand zum einen mit der bereits einen gewissen Höhepunkt der sozialpsychiatrischen Diskussion darstellenden Gründung der *Deutschen Gesellschaft für Soziale Psychiatrie* (DGSP) im Jahre 1971 (DÖRNER/PLOG, 1972, 17) und zum anderen durch die kurz darauf, 1972 und 1973 erschienenen Stellungnahmen der Gewerkschaften, in denen tiefgreifende Reformen gefordert wurden (Literaturangaben bei: DEPPE u.a., 1973, 252). Daß dieser Reformdruck schließlich auf staatlicher Ebene Resonanz fand, lag wesentlich darin begründet, daß ähnlich wie in den USA auch ein ökonomisches Interesse bestand, statt Asylierung die Wiederherstellung der Arbeitskraft psychisch Erkrankter zu sichern. Von Bedeutung waren auch hier primär die schon seit längerer Zeit sich abzeichnende Notwendigkeit einer rentableren und flexibleren Disponibilität von Arbeitskräften im Krankheitsfall (WULFF, 1972, 248) sowie die Zunahme psychischer Krankheiten (HENKEL/ROER, 1976) und der gegen Ende der sechziger, Anfang der siebziger Jahre einsetzende Rückgang verfügbarer Arbeitskräfte. Neben der öffentlichen Kritik erwuchs also auch aus dem Mißverhältnis zwischen dem Zustand der Psychiatrie und den ökonomischen Anforderungen der Ruf nach Reformen. 1971 beauftragte die Bundesregierung eine Sachverständigenkommission, umfangreiche Reformgrundlagen zu erarbeiten (*Bericht über die Lage der Psychiatrie in der BRD*, 1975; s. dazu auch: GAEDT, 1976).

Doch die Reform wurde schon im Planungsstadium verhindert. Die Vorlage des Kommissionsberichts 1975 erfolgte inmitten der schwersten Wirtschaftskrise der letzten Jahrzehnte. Weil die auf unabsehbare Zeit anhaltend hohe Arbeitslosigkeit eine riesige Reserve potentiell verwertbarer Arbeitskräfte freisetzt, ist vom Standpunkt der Unternehmerwirtschaft und auch des Staates eine Strukturreform der Psychiatrie überflüssig geworden. Da auch der öffentliche, wissenschaftliche und gewerkschaftliche Druck, der in der ersten Hälfte der siebziger Jahre eine Reihe von Verbesserungen in der Psychiatrie erzwang, sich angesichts der neuen Lage als nicht mehr stark genug erwies, kamen die staatlichen Reformbestrebungen zum Erliegen. Unter derart restriktiven sozialpolitischen Bedingungen ist die Prognose realistisch, daß die S. in der BRD auch weiterhin auf nicht absehbare Zeit größtenteils im Rahmen der wissenschaftlichen Erkenntnis verbleibt, also ohne eigene Praxis, die in der BRD entgegen einem verbreiteten Mißverständnis noch nicht existiert, sieht man von vereinzelten lokalen Ansätzen ab (BAUER, 1977). Dabei wären Reforminvestitionen dringender denn je vonnöten, da infolge der Wirkungen der Massenarbeitslosigkeit eine weitere Zunahme psychiatrischer Krankheiten zu erwarten ist (WACKER, 1978; HENKEL/ROER, 1976, 173; HENKEL, 1979).

6 Kontroversen in der sozialpsychiatrischen Bewegung

Die Auseinandersetzungen um Ziele und Wege grundlegender Reformen führten in mehreren Ländern, vor allem in Italien (BASAGLIA, 1971,

1972; PIRELLA, 1975; JERVIS, 1978), in Großbritannien (LAING, 1969; LAING u.a., 1971; COOPER, 1971; s. dazu: Autorenkollektiv, 1973) und in der BRD relativ rasch zu bemerkenswerten Politisierungen der Diskussion und zur Herausbildung verschiedener Strömungen innerhalb der sozialpsychiatrischen Bewegung. Kontroversen ergaben sich insbesondere zum Verhältnis von Psychiatrie und Politik, zur gesellschaftlichen Funktion der Psychiatrie sowie zum Wesen und zur Entstehung psychischer Krankheiten.

6.1 Kritische Sozialpsychiatrie in der BRD

6.1.1 Politische Positionen

Ein Ausgangspunkt der Kritischen S. (dieser Begriff wird in Anlehnung an WULFF, 1972, 205, verwendet) ist die Erkenntnis, daß die Mißstände in der Psychiatrie in den politisch-ökonomischen Strukturen und Interessen des kapitalistischen Systems begründet sind. Demgemäß hat eine grundlegende Neuordnung der Psychiatrie zu einer sozialen Psychiatrie i.S. tatsächlicher sozialer Gleichheit, primär präventiver Orientierung sowie umfassender Demokratisierung und Humanisierung ihrer Strukturen die Überwindung der Klassengesellschaft zur Voraussetzung (WULFF, 1972; GLEISS u.a., 1973, 250), die nur durch die Arbeiterbewegung erreichbar ist und nicht durch eine wie auch immer fortschrittlich gedachte Bewegung innerhalb der Psychiatrie allein, wie dies in verschiedenen Versionen der *Antipsychiatrie* (BASAGLIA, LAING, COOPER u.a.) formuliert war (Autorenkollektiv, 1973). In einer konsequenten Politik der Organisationen des Psychiatriesektors im Verbund mit den gesundheitspolitischen Forderungen der Gewerkschaften wird auch die einzig erfolgversprechende Perspektive gesehen, um die psychiatrische Versorgung in der BRD zunächst einmal auf das Niveau der heute gegebenen sozialpsychiatrischen Erkenntnisse zu bringen (ROER/HENKEL, 1976; KEUPP/ZAUMSEIL, 1978, 326), d.h.: allmähliche Schrumpfung der Anstalten und Aufbau lebensraumnaher Ambulanzen zur weitestgehenden Aufrechterhaltung der sozialen Integration psychisch Kranker. Dazu ist es auch notwendig, die privatwirtschaftlichen Strukturen, z.B. das Niedergelassensein der Ärzte im ambulanten Sektor sowie Profit- und ständische Interessen, z.B. der Psychopharmakaindustrie und organisierten Ärzteschaft, soweit wie möglich zurückzudrängen. Denn solange Krankheiten Handelsobjekte sind und die Organisation der Versorgung solchen Interessen unterworfen bleibt (DEPPE u.a., 1973, 340), solange können wichtige Ziele der S. nicht erreicht werden wie z.B. die zur Behandlungskontinuität unerläßliche Aufhebung der strukturellen Trennung zwischen ambulantem und stationärem Versorgungssektor (BAUER in: DEPPE u.a., 1973, 235; BAUER, 1977), oder eine auf der Grundlage sozialepidemiologischer Forschung geplante und bedarfsorientierte Ansiedlung psychosozialer Institutionen (KEUPP, 1974, 349), ganz zu schweigen von der notwendigen *öffentlichen Kontrolle* auf allen Ebenen der psychiatrischen Versorgung (ROER/HENKEL, 1976, 76). Aus diesen u.a. Gründen wird auch eine gesetzlich legitimierte psychotherapeutische Tätigkeit klinischer Psychologen in der privatwirtschaftlichen Organisationsform der Kassenpraxis abgelehnt (HENKEL/ROER, 1975; ROER/HENKEL, 1977).

6.1.2 Krankheitstheoretische Aspekte

Als allgemeine Erkenntnis gilt, daß Rehabilitation und besonders Prävention ein gesichertes Wissen über die Ursachen psychischer Krankheiten voraussetzen. Obwohl durch eine Fülle empirischer Einzelstudien nachgewiesen werden konnte, daß verschiedenartige soziale Faktoren die Entstehung und Gestaltungsform psychischer Erkrankungen wesentlich bestimmen (BATESON u.a., 1969; WULFF, 1972, 95; GLEISS u.a., 1973, 52; KEUPP, 1974), ist das Niveau der theoretischen Durchdringung dieser Erkenntnisse immer noch recht niedrig. Auch die Kritische S. befindet sich hier erst am Anfang, so daß lediglich Grundpositionen angebbar sind. Zunächst: es wird keine Revision des biologischen Krankheitsmodells der Psychiatrie (KEUPP, 1972) durch subsumtive, additive oder eine sonstwie gedachte Einbeziehung des sozialen Faktors gefordert, sondern eine qualitative Neufassung des Krankheitssystems insgesamt (s. auch THOM, 1971, 25). Eine vom Standpunkt der Kritischen S. zu entwickelnde Theorie psychischer Erkrankungen hätte sich dem Anspruch zu stellen, den Menschen als Einheit von psychischem Bewußtsein, sozialer Existenz und biologischem Organismus (als materiellem Träger psychischer Prozesse) zu erfassen. Aus der

Analyse dieser drei Faktoren und ihrer Beziehungen ergeben sich eine Reihe grundlegender krankheitstheoretischer Orientierungen.

Erstens: Da Bewußtsein zwar auf der Basis biologischer Aktivität, nicht aber durch diese entsteht, sondern sich erst und nur im Prozeß gesellschaftlicher Tätigkeit herausbildet, sind die Ursachen gestörter Tätigkeits- und Bewußtseinsstrukturen i.S. von psychischer Krankheit nicht im Organismus, sondern im gesellschaftlichen Lebensprozeß des Individuums zu suchen (zur Bedeutung biologischer Faktoren: JANTZEN, 1979).
Zweitens: Da die Grundlage menschlichen Lebens in der Arbeitstätigkeit besteht, ist den gesellschaftlichen Verhältnissen der organisierten Arbeit in einer Theorie der Genese psychischer Krankheiten zentrale Bedeutung beizumessen (REBELL, 1976, 73; FRESE u.a., 1978; KEUPP, 1979, 277).
Drittens: Da sich die soziale Existenz des Menschen innerhalb historisch-konkreter Vergesellschaftsbedingungen konstituiert, sind die Entstehungsmomente psychischer Krankheiten nicht bloß als gesellschaftliche an sich, sondern als einer bestimmten Gesellschaftsformation zugehörig auszuweisen (WULFF, 1972, 95). In diesem Zusammenhang sind als Beispiele Arbeitslosigkeit, Armut, Obdachlosigkeit, Nichtseßhaftigkeit usw. zu nennen, die schwerwiegende Restriktionen psychischer Entwicklung darstellen und ihren Ursprung in den für den Kapitalismus spezifischen Produktions-, Klassen- und Herrschaftsverhältnissen haben (GLEISS u.a., 1973, 53; HENKEL/ROER, 1976, 178; WACKER, 1978; KAPPELER u.a., 1977).
Viertens: Da die gesellschaftliche Existenz des Menschen immer ein komplexes System materiell-sozialer Beziehungen bedeutet (Erziehung, Arbeit, Familie usw.), deren Strukturen über die jeweilige Position des Individuums innerhalb des Gesamtsystems gesellschaftlicher Produktion und Reproduktion vermittelt, also auch klassenmäßig bestimmt sind, kann sich eine Krankheitstheorie nicht auf isolierte Einzelfaktoren wie z.B. familiäre Kommunikationsformen stützen (s. z.B. BATESON u.a., 1969).
Fünftens: Nicht nur objektive Restriktionen und Belastungen personaler Entwicklung (z.B. Obdachlosigkeit) sind in ein Ätiologiekonzept der gesellschaftlichen Genese psychischer Erkrankungen einzubeziehen, sondern auch die durch diese objektiven Verhältnisse vorgegebenen und über den Sozialisationsprozeß vermittelten subjektiven Tätigkeits- und Bewußtseinsstrukturen (KAPPELER u.a., 1977; GLEISS in: FRESE u.a., 1978; GLEISS in: KEUPP, 1979; JANTZEN, 1979).

Vom wissenschaftstheoretischen Standpunkt der Kritischen S. ist also eine Krankheitstheorie gefordert, die den inneren Zusammenhang zwischen psychopathogenen Gesellschaftsstrukturen und gesellschaftlich vermittelten Formen der Verarbeitung von Belastungen, Widersprüchen usw. zum Gegenstand hat und dabei das Verhältnis von Gesellschaft und Krankheit als ein historisch vermitteltes konkret bestimmt, d.h. vor allem system- und klassenspezifisch begreift.

6.1.3 Gegenstandsbereich und Probleme der Praxis

Überwindung von Krankheit erfordert also nicht nur eine z.B. über Psychotherapie vermittelte Aneignung adäquater Formen der subjektiven Auseinandersetzung mit objektiven psychopathogenen Lebensbedingungen, sondern auch und vor allem deren reale Veränderung. Mit dieser *doppelten* Zielsetzung wäre der Gegenstandsbereich kritischer sozialpsychiatrischer Praxis allgemein abgesteckt. Man muß jedoch sehen, daß man dabei auf recht enge, innerhalb kapitalistischer Verhältnisse nicht überwindbare Grenzen stößt, z.B. wenn es darum geht, ausgehend von wissenschaftlichen Analysen des Zusammenhangs von Wirtschaftskrise, Arbeitslosigkeit und psychischer Krankheit die krankheitsverursachenden Bedingungen in rehabilitativer oder gar präventiver Absicht auszuräumen (WULFF, 1972, 238; SEIDEL, 1972). Der hier erkennbare Widerspruch ist zwar durch Transformation der Psychiatrie in S. und eine gegenüber den Verhältnissen der bürgerlichen Gesellschaft kritische Praxis reduzierbar (KAPPELER u.a., 1977, 228), aber nicht aufhebbar. In diesem Zusammenhang müssen Konzeptionen etwa einer *Soziatrie* (s. dazu: THOM, 1971, 35) oder einer Gemeindepsychiatrie (s. dazu: KEUPP, 1974, 363–368), die die Gesellschaft zum Therapieobjekt der Psychiatrie deklarieren, zurückgewiesen werden, da sie die Illusion schüren, strukturelle gesellschaftliche Probleme, die einer eigenen Gesetzmäßigkeit unterliegen, mit Mitteln der Psychiatrie lösen zu können. Was unter solcher o.ä. Perspektive als Politisierung der Psychiatrie beginnt, endet zwangsläufig als Psychologisierung von Politik und Gesellschaft (s. dazu: Autorenkollektiv, 1973). Der genannte Widerspruch muß vielmehr politisch rational und bewußt aufgenommen und soweit wie möglich im fortschrittlichen Sinne genutzt werden, indem man einerseits versucht, die vorgegebenen Grenzen psychiatrischer Praxis durch politische Bündnisse zu erweitern, andererseits aber in diesem Prozeß zugleich deutlich macht, daß ihre Überwindung letztlich die Veränderung der bürgerlichen Gesellschaft und die Schaffung sozialistischer Verhältnisse voraussetzt. Unter diesem Aspekt sieht die Kritische S. ihren Beitrag darin, zusammen mit den Organisationen der Arbeitenden in der BRD für eine unter den gegebenen Verhältnissen bestmögliche Neuordnung der Psychiatrie hier und jetzt einzutreten und zugleich jene politisch-ökonomischen und sozialen Strukturen wissenschaftlich offenzulegen sowie öffentlich zu machen, die im Kapitalismus eine umfassende Sicherung der psychischen Gesundheit und Persönlichkeitsentfaltung verhindern.

6.2 *Pragmatische Sozialpsychiatrie in der BRD*

6.2.1 Politische Positionen

Diese Richtung, die mit Abstand dominierende innerhalb des Gesamtspektrums der S. (auch international), unterscheidet sich zunächst und insofern von der Kritischen S. nicht, als auch von dieser Seite auf die Anpassung der Psychiatrie an den allgemeinen sozialpsychiatrischen Erkenntnisstand gedrängt wird (vgl. den *Bericht über die Lage der Psychiatrie in der BRD*, 1975). Die zentrale Divergenz beginnt jedoch bereits bei der Frage nach den politischen Strategien zur Durchsetzung dieser Forderung. Adressat ist auch hier der Staat, jedoch verstanden als Organ klassenindifferenter Gemeinnützigkeit, der schon allein durch den wissenschaftlichen Nachweis des größeren Nutzens einer integrierten, sektorisierten und gemeindenahen Psychiatrie zu stabilen und befriedigenden Reformen bewegt werden könne. Daß diese Position politisch problematisch ist, belegen die Entwicklungen in der BRD und den USA mit besonderer Deutlichkeit.

6.2.2 Krankheitstheoretische Orientierungen

Die Bedeutung gesellschaftlicher Momente für die Genese psychischer Störungen wird entweder überhaupt nicht systematisch analysiert oder aber unzulänglich erfaßt. So findet sich trotz sozialwissenschaftlicher Orientierung eine Biologisierung von Krankheit, etwa in sog. multifaktoriellen Theorien, die psychische Störungen wie z. B. Psychosen als naturhafte Veränderungsprozesse am Menschen begreifen, die ihrem Wesen nach mit gesellschaftlichen Verhältnissen nichts zu tun haben, sondern lediglich in ihrer Auftretenswahrscheinlichkeit und ihrem Erscheinungsbild von sozialen und psychischen Faktoren bestimmt werden. Oft sind in solche Erklärungsansätze psychoanalytische (Trieb-) Theorien integriert, da sie prinzipiell ähnliche Grundprämissen enthalten (FRIEDRICH, 1977). Für die weitere Entwicklung der S. sind aber gerade solche Auffassungen besonders problematisch, da sie die naturhaft-ahistorische Verkennung der gesellschaftlichen Existenzweise des Menschen, somit die Individualisierung von Krankheit durch die tradierte psychiatrische Wissenschaft eher zementieren als in Frage stellen (GLEISS in: KEUPP/ZAUMSEIL, 1978, 502). Wird den sozialen Bedingungen ursächliche Eigenständigkeit beigemessen, so meist auf rollen- bzw. interaktionstheoretischer (BATESON u. a., 1969; DREITZEL, 1972) oder behavioristischer (s. dazu: MAIERS, 1975) Grundlage. Jedoch auch diese Theorien verfehlen die gesellschaftliche Vermitteltheit psychischer Krankheiten, damit auch ihre historische und klassenmäßige Formbestimmtheit. Die Unterstellung einer dem Menschen äußerlich gegenüberstehenden Gesellschaft (Rollentheorie) bzw. ihre Ausklammerung durch Verkürzung oder Abstraktion (Interaktionstheorie, Behaviorismus) führten letztlich zur Hineinverlagerung der Krankheitsursachen in die Individuen und somit doch wieder, entgegen den eigenen theoretischen Ansprüchen, zur individualpathologischen Mißdeutung psychischer Störungen (s. dazu: JACOBY, 1975; MAIERS, 1975; FRIEDRICH, 1978).

6.2.3 Praxisaspekte

Dementsprechend verwundert es kaum, daß sich die Praxis dieser S. auf eine Korrektur individuellen Verhaltens i. S. von Anpassung an die vorgegebenen Sozialstrukturen, also auf

Sozialtechnik reduziert (DÖRNER, 1975, 30). Dabei ist von wesentlicher Bedeutung, daß dieser Pragmatismus schon aus dem Gesellschafts- und Krankheitsverständnis selbst entspringt und nicht erst durch die realen gesellschaftlichen Begrenzungen erzwungen wird. Man muß daher sehen, daß dieser S. kaum mehr verbleibt, als von Krankheit i.S. einer gegebenen Tatsache auszugehen, also weitgehend hinzunehmen, daß ständig Krankheiten entstehen und zahlenmäßig anwachsen (HENKEL/ROER, 1976; HENKEL, 1979). Als einzige Maßnahme gegen diese Entwicklung wird die immer weitere Expansion der Psychiatrie als Institution der Rehabilitation und Krisenintervention gefordert (GAEDT, 1976, 143). Beim gegenwärtigen Stand der Psychiatrie in der BRD ist die Forderung nach mehr Institutionen, Anhebung der Personalkapazität usw. zweifellos dringend zu stellen (vgl. *Bericht über die Lage der Psychiatrie in der BRD*, 1975, 6). Doch auf die Dauer vermag die Psychiatrie allein nicht zu kompensieren, was die Verhältnisse der bürgerlichen Gesellschaft an psychischen Krankheiten zunehmend verursachen.

Verweis auf andere Stichwörter

→Arbeitslosigkeit →Gemeindepsychologie →Psychiatrie →Psychische Störung und Normalität →Sozialepidemiologie →Sozialtherapie

Literatur

ABHOLZ, H.-H.: Die Rolle des industriellen Arbeitsplatzes für die Ätiologie psychischer Erkrankung. In: Das Argument, 60, 1972, S. 142–151.

Autorenkollektiv: Psychiatrie und Politik. In: Das Argument, 78, 1973, S. 69–93.

Bericht über die Lage der Psychiatrie in der BRD. Bundestagsdrucksache 7/4200, 7/4201. Bonn 1975.

BASAGLIA, F. (Hrsg.): Die negierte Institution oder die Gemeinschaft der Ausgeschlossenen. Ein Experiment der psychiatrischen Klinik in Görz. Frankfurt/M.: Suhrkamp 1971.

BASAGLIA, F./BASAGLIA ONGARA, F.: Die abweichende Mehrheit. Die Ideologie der totalen sozialen Kontrolle. Frankfurt/M.: Suhrkamp 1972.

BAUER, M.: Sektorisierte Psychiatrie im Rahmen einer Universitätsklinik. Anspruch, Wirklichkeit und praktische Erfahrung. Stuttgart: Enke 1977.

BATESON, G. u.a.: Schizophrenie und Familie. Frankfurt/M.: Suhrkamp 1969.

COOPER, D.: Psychiatrie und Antipsychiatrie. Frankfurt/M.: Suhrkamp 1971.

DEPPE, H.-U. u.a.: Medizin und gesellschaftlicher Fortschritt. Köln: Pahl-Rugenstein 1973.

DÖRNER, K.: Bürger und Irre. Frankfurt/M.: Europäische Verlagsanstalt 1969.

DÖRNER, K.: Diagnosen der Psychiatrie. Frankfurt/M.: Campus 1975.

DÖRNER, K./KÖCHERT, R./LAER, G./SCHERER, K.: Gemeindepsychiatrie. Stuttgart: Kohlhammer 1979.

DÖRNER, K./PLOG, U. (Hrsg.): Sozialpsychiatrie. Psychisches Leiden zwischen Integration und Emanzipation. Neuwied u. Berlin: Luchterhand 1972.

DREITZEL, H. P.: Die gesellschaftlichen Leiden und das Leiden an der Gesellschaft. Stuttgart: Enke 1972.

FINZEN, A. (Hrsg.): Hospitalisierungsschäden in psychiatrischen Krankenhäusern. München: Piper 1974.

FRESE, M./GREIF, S./SEMMER, N. (Hrsg.): Industrielle Psychopathologie. Bern: Huber 1978.

FRIEDRICH, W. (Hrsg.): Kritik der Psychoanalyse und biologistischer Konzeptionen. Frankfurt/M.: Verlag Marxistische Blätter 1977.

FRIEDRICH, W. (Hrsg.): Kritik des Behaviorismus. Köln: Pahl-Rugenstein 1978.

GAEDT, CH.: Ein Lehrstück bundesdeutscher Reformpolitik: Der Bericht über die Lage der Psychiatrie in der Bundesrepublik Deutschland. In: Das Argument, Sonderband 8, 1976, S. 138–150.

GLEISS, I.: Der konservative Gehalt der Antipsychiatrie. In: Das Argument, 89, 1975, 31–51.

GLEISS, I./SEIDEL, R./ABHOLZ, H.: Soziale Psychiatrie. Zur Ungleichheit in der psychiatrischen Versorgung. Frankfurt/M.: Fischer 1973.

GOFFMAN, E.: Asyle. Über die soziale Situation psychiatrischer Patienten und anderer Insassen. Frankfurt/M.: Suhrkamp 1973.

GÜSE, H.-G./SCHMACKE, N.: Psychiatrie zwischen bürgerlicher Revolution und Faschismus. Kronberg: Fischer 1976.

HACK, I./ANGERMEYER, M.: Rehabilitation durch Arbeit. Eine empirische Studie zur Arbeitssituation von Patienten einer sozialpsychiatrischen Ambulanz. Weinheim: Beltz 1979.

HENKEL, D./ROER, D.: Die Politik der klinisch-psychologischen Standesverbände. In: Das Argument, 91, 1975, S. 387–422.

HENKEL, D./ROER, D.: Häufigkeit, Sozialverteilung und Verursachung psychischer Störungen in der BRD. In: Das Argument, Sonderband 12, 1976, S. 148–189.

HENKEL, D.: Empirische Materialien zum Alkoholismus in der BRD im Zusammenhang mit Sozialschicht, Arbeitslosigkeit und Frühinvalidität. In: Das Argument, Sonderband 37, 1979, S. 86–113.

JACOBY, R.: Laing/Cooper und das Verhältnis von Gesellschaftstheorie und Psychotherapie. In: Das Argument, 89, 1975, S. 52–70.

JANTZEN, W.: Grundriß einer allgemeinen Psychopathologie und Psychotherapie. Köln: Pahl-Rugenstein 1979.

JERVIS, G.: Kritisches Handbuch der Psychiatrie. Frankfurt/M.: Syndikat Autoren- und Verlagsgesellschaft 1978.

KAPPELER, M. u.a.: Psychologische Therapie und politisches Handeln. Frankfurt/M.: Campus 1977.

KEUPP, H. (Hrsg.): Der Krankheitsmythos in der Psychopathologie. München: Urban & Schwarzenberg 1972.

KEUPP, H. (Hrsg.): Verhaltensstörungen und Sozialstruktur. München: Urban & Schwarzenberg 1974.

KEUPP, H./ZAUMSEIL, M. (Hrsg.): Die gesellschaftliche Organisierung psychischen Leidens. Frankfurt/M.: Suhrkamp 1978.

KEUPP, H. (Hrsg.): Normalität und Abweichung. München: Urban & Schwarzenberg 1979.

LAING, R. D.: Phänomenologie der Erfahrung. Frankfurt/M.: Suhrkamp 1969.
LAING, R. D. u. a. Interpersonelle Wahrnehmung. Frankfurt/M.: Suhrkamp 1971.
MAIERS, W.: Normalität und Pathologie des Psychischen. In: Das Argument, 91, 1975, 457–493.
PIRELLA, A. (Hrsg.): Sozialisation der Ausgeschlossenen. Praxis einer neuen Psychiatrie. Reinbek: Rowohlt 1975.
REBELL, CH.: Sozialpsychiatrie in der Industriegesellschaft. Arbeitsbedingungen, psychische Erkrankungen und psychiatrische Versorgung. Frankfurt/M.: Campus 1976.
REDLICH, F. C./FREEDMAN, D. X.: Theorie und Praxis der Psychiatrie. Frankfurt/M.: Suhrkamp 1970.
REIMANN, H./REIMANN, H.: Psychische Störungen. München: Goldmann 1975.
REIMER, F. (Hrsg.): Arbeitstherapie. Praxis und Probleme in der Psychiatrie. Stuttgart 1977.
ROER, D./HENKEL, D.: Psychiatrische Krankenversorgung in der Krise. Marxistische Blätter, 1, 1976, S. 68–78.
ROER, D./HENKEL, D.: Legalisierung psychotherapeutischer Tätigkeit – aber wie?. In: Das Argument, Sonderband 15, 1977, S. 203–212.
SEIDEL, R.: Bedingungen der Prävention psychischer Störungen. In: Das Argument, 71, 1972, S. 14–61.
THOM, A.: Sozialpsychiatrie in der sozialistischen Gesellschaft. Philosophische und wissenschaftstheoretische Überlegungen zur Entwicklungsgeschichte und Prognose. In: SCHWARZ, B. u. a. (Hrsg.): Sozialpsychiatrie in der sozialistischen Gesellschaft. Leipzig: Thieme 1971, S. 11–44.
WACKER, A. (Hrsg.): Vom Schock zum Fatalismus? Soziale und psychische Auswirkungen der Arbeitslosigkeit. Frankfurt/M.: Campus 1978.
WULFF, E.: Psychiatrie und Klassengesellschaft. Frankfurt/M.: Fischer 1972.

Dieter Henkel

Sozialpsychologie

1 Ursprünge der Sozialpsychologie

Die S. hat ihre Wurzeln in der kulturvergleichenden Psychologie (Völkerpsychologie), der pragmatistischen Gesellschaftsanalyse und der experimentellen Psychologie, die sich um die Jahrhundertwende zu einer neuen Sozialwissenschaft verdichteten (die beiden ersten Bücher mit dem Titel „Sozialpsychologie" erschienen 1908 in England und den USA). Seitdem ist die S. auf der Suche nach ihrem eigentlichen Gegenstand. Sie gilt als ein *Grenzgebiet zwischen Soziologie und Psychologie*, in dem psychische Sachverhalte (Vorstellungen, Emotionen, Handlungsbereitschaften) als Wirkungen sozialer Bedingungen und Beziehungen, und zwischenmenschliche Beziehungen als Grundlage für umfassendere soziale Strukturen und Prozesse analysiert werden. Beide Betrachtungsweisen treten in ihrer Extremform als Soziologismus (sozialer Determinismus) bzw. psychologischer Reduktionismus auf.
S. ist in ihrem Selbstverständnis keine soziale Psychologie, die sich vorrangig mit gesellschaftlichen Problemfeldern befaßt, sondern eine empirische Disziplin, die im Bereich *sozialer Mikrophänomene*, wie Einstellungswandel, Interaktionsprozesse oder Gruppenstrukturen Grundlagenforschung betreibt und dabei Erklärungen anstrebt, die weder auf individuelle Eigenschaften reduziert noch unmittelbar von historisch-gesellschaftlichen Strukturzusammenhängen abgeleitet werden. Obwohl ihre mögliche Anwendung in alle gesellschaftlichen Bereiche hineinreicht, kann gegenwärtig von einer angewandten S. allenfalls in Verbindung mit Sozialisationsforschung, Meinungs-, Marktforschung und der Analyse von Arbeitsprozessen gesprochen werden.
Die ersten Arbeiten zur Sozialpsychologie standen im Banne der *biologisch-evolutionären Theorie*, im Sinne eines auf soziale Zusammenhänge übertragenen Darwinismus, der soziale Erscheinungsformen von Kooperation und Konflikt, Konformität und Abweichung auf gutartige und bösartige menschliche Instinkte, Bedürfnisse und Fähigkeiten zurückführte. Wurzeln der S. sind jedoch auch in den Arbeiten des amerikanischen Soziologen W. I. THOMAS (1965) zu finden, der von den Problemen der Verstädterung und der sozialen Minderheiten

ausgehend, den Gegenstand der S. aus der krisenhaften Konstitutionsperiode der Vereinigten Staaten zu einer multirassischen kapitalistischen Industriegesellschaft mit krassen sozialen Gegensätzen bestimmt hat. Sein Einstellungsbegriff und die Formel der „Definition der Situation“, d.h. was Menschen als real definieren, ist für sie real, haben bis heute eine an *Sprache* und *symbolischer Interaktion* interessierte S. beeinflußt. Seither gilt auch die Untersuchung von *Einstellungen* der Individuen gegenüber verschiedenen gesellschaftlichen Problembereichen als einer der wesentlichen Forschungsbereiche der empirischen S.
Nach einer jahrzehntelangen Hegemonie der S., wie sie in den Vereinigten Staaten als Einstellungs- und Kleingruppenforschung betrieben wurde, hat sich in den sechziger Jahren auch in der BRD eine relativ eigenständige Rezeption und Publikation sozialpsychologischer Arbeiten, eingeleitet mit einer Welle von Übersetzungen, entwickelt (vgl. GRAUMANN, 1969; IRLE, 1978). Bemerkenswert ist hierbei, daß im repräsentativen Lehrbuch der S. von M. IRLE (1975) eine Definition abgelehnt wird, da eine Revierabgrenzung dem methodischen Fortschritt und der interdisziplinären Forschung entgegenstehen würde. Die amerikanischen Lehrbücher sind hier weniger zurückhaltend; es seien einige Definitionen zitiert: „Der Sozialpsychologe untersucht das Verhalten von Individuen in sozialen Kontextbedingungen ... Sozialpsychologie beschäftigt sich mit dem Zusammenspiel zwischen Persönlichkeit, Gesellschaftssystem und Kultur“ (SECORD/BACKMAN, 1974, 13). Oder: „Sozialpsychologie untersucht zwischenmenschliche Beziehungen in einem sozialen Kontext, wie sie die beteiligten Personen und die Beziehungen zwischen Gruppen beeinflussen“ (DEUTSCH/KRAUSS, 1976, 5).

2 Gegenstandsbestimmung

Hatte sich die S. in ihren Anfängen mit dem Problem der Kontrolle moralischen Verhaltens befaßt (vgl. NOLTE/STAEUBLE, 1972) und an der Verbesserung der gesellschaftlichen Integrations- und Kontrollverfahren mitgewirkt, um einen Beitrag zur Entschärfung der aus der kapitalistischen Industrialisierung resultierenden gesellschaftlichen Konflikte zu leisten, so haben sich heute etwaige gesellschaftliche Zielsetzungen in die Neutralität wissenschaftlicher Begriffsbildung zurückgezogen. Die Situation der S. stellt sich in den Augen ihrer führenden Vertreter als eine rein *innerwissenschaftliche* Frage dar. So plädiert IRLE (1975) für sozialpsychologische Theorien, die weniger umfassende Theorien anderer Sozialwissenschaften erklären sollen. Dies soll nicht als Reduzierung einer Wissenschaft auf die andere verstanden werden, sondern als Theoriereduktion, die z.B. Sozialisationsprozesse durch Rückgriff auf Interaktions- und Lerntheorien erklären will. Demgegenüber ist jedoch mit SECORD und BACKMAN (1974, 7) einzuwenden, daß Sozialpsychologen „zum größten Teil ihre Untersuchungen durchgeführt (haben), ohne die Prämissen, die in ihre Methoden eingehen und das Modell, das durch sie impliziert wird, zu überprüfen“.
Ein Blick in die Lehrbücher, z.B. von SECORD und BACKMAN (1974) oder IRLE (1975), läßt einen gewissen Konsens hinsichtlich der Gegenstände der S. vermuten. IRLE (1975) legt folgenden Themenkatalog vor: 1. Wahrnehmung sozialer Ereignisse, 2. implizite Hypothesen als Determinanten sozialer Wahrnehmung, 3. Motivation sozialen Verhaltens, 4. Sozialisation, 5. soziale Einstellungen, 6. Stabilität und Variabilität von Einstellungen, 7. soziale Interaktionen, 8. Beziehungen innerhalb und zwischen Gruppen, 9. praktische Anwendungen der Sozialpsychologie.
Bei SECORD und BACKMAN (1974) werden *gesellschaftliche Zusammenhänge* stärker gewichtet: 1. Prozesse sozialer Einflußnahme (Personenwahrnehmung, Meinungs-/Einstellungswandel, Massenkommunikation und Sozialstruktur, Einstellung zwischen Gruppen), 2. Gruppenstruktur und Gruppenprozeß (zwischenmenschliche Attraktion, soziale Macht, Status und Kommunikation, Normgenese und Konformität, Führung, Gruppenproduktivität und Zufriedenheit), 3. das Individuum und das gesellschaftliche System (soziale Rollen, Rollenkonflikt und seine Lösungsmöglichkeiten u.a.), 4. Sozialisation (Prozesse des sozialen Lernens, kognitive Kontrollen und soziale Motivation, das Selbst und die Persönlichkeit).

3 Theoretische Modelle

Die 1965 von DEUTSCH und KRAUSS (in deutscher Übersetzung 1976) diskutierten theoretischen Perspektiven der S.: Gestalttheorie, Verhaltens-/Lerntheorie, Rollentheorie und psychoanalytische Theorie haben sich seither ausdifferenziert, und zwar von allgemeinen theoretischen Perspektiven zu Forschungsfeldern, die eine gewisse Eigenständigkeit im Konzert der Sozialpsychologen beanspruchen. Problematisch ist hierbei zunächst nicht nur die Vielzahl der nebeneinander bestehenden theoretischen Ansätze zur Erklärung der Auswirkung sozialer Beziehungen auf das Individuum und dessen Einwirkung auf soziale Zusammenhänge, sondern auch die Tatsache, daß sich unterschiedliche Theorien über menschliche Grundbedürfnisse und Fähigkeiten hinter ihnen verbergen, die wiederum verschiedene wissenschaftstheoretische und politische Grundpositionen nahelegen, die die Auswahl von Forschungsthemen, die Begriffsbildung und die Forschungsverfahren anleiten.

3.1 Die *gestalttheoretische* oder *kognitive* Tradition war ebenso wie die Lernpsychologie immer experimentell ausgerichtet, wobei jedoch von der Alltagserfahrung z.B. im Sinne der ganzheitlichen Wahrnehmung sozialer Ereignisse ausgegangen wurde. Ihre Studien richteten sich daher auf komplexe Kernerscheinungen des Gruppenlebens, wie Kommunikation, Machtstrukturen, Meinungsbildung, interpersonelle Beeinflussung und Gruppenzusammenhalt. In diese theoretische Tradition sind die Theorien des *kognitiven Gleichgewichts* (HEIDER, 1958) und der *kognitiven Dissonanz* (FESTINGER 1957) einzuordnen.
Von entscheidender Bedeutung für diese Forschungsrichtung war die *Feldtheorie* des Berliner Gestaltpsychologen KURT LEWIN, der nach seiner Emigration aus Nazideutschland in den Vereinigten Staaten das Forschungszentrum für *Gruppendynamik* gründete. LEWINS Arbeiten stellen ein zentrales Scharnier zwischen der europäischen Wahrnehmungs- und Denkpsychologie und der amerikanischen Gruppenpsychologie dar. Sein Interesse bezog sich auf die Analyse der komplexen Beziehungsstruktur zwischen Person, Objekt und Handlungskontext (das Feld), wobei es ihm in innovativen sozialpsychologischen Ansätzen um die Anwendung experimenteller Verfahren auf die Untersuchung des Anspruchsniveaus, der Möglichkeit sozial induzierten Einstellungswandels und der Rolle von Führungsstilen auf den Gruppenprozeß ging. Sein Schüler L. FESTINGER wurde durch die Arbeiten zur kognitiven Dissonanz (1957) zum Auslöser einer der umfangreichsten Forschungsaktivitäten der bisherigen S. Grundannahme dieser Theorie ist, daß aus Entscheidungen Dissonanzen, d.h. einander widerstreitende Vorstellungen, entstehen, die mit der Verpflichtung, sich an die gewählte Alternative zu halten, und der Relevanz der Entscheidung für die Selbstwahrnehmung des Individuums motivierende Kraft annehmen und Einstellungswandel zur Folge haben können. Die *Attributionstheorie* (vgl. JONES, 1972) nimmt in der aktuellen Diskussion der kognitiv orientierten S. eine führende Rolle ein. Ihr geht es darum, herauszufinden, auf welche Ursachen beobachtete Handlungsweisen und Ereignisse zurückgeführt werden.

3.2 Die *Lerntheorie* hat in der S. eine zunehmend geringer werdende Bedeutung, weil es ihr am schwersten fällt, sich von einem einfachen Reiz-Reaktions-Modell des menschlichen Individuums zu lösen. In der *Sozialisationsforschung* hat sie gewissen Einfluß; zunächst wurde Lernen durch Verstärkung und Imitation als Hauptmechanismus des sozialen Lernens betrachtet, was durch die Theorie des Beobachtungslernens von A. BANDURA (1976) korrigiert und mit kognitiven Ansätzen verbunden wurde.
Die ursprünglich von G. C. HOMANS (1968) angestrebte letztendliche Erklärung der Sozialwissenschaften mit Hilfe lernpsychologischer Gesetzmäßigkeiten ist ebenfalls erheblich modifiziert worden. Sein Versuch, elementares Sozialverhalten in Interaktionen schlicht als *Austausch* von Lohn und Strafe zu betrachten und die Verhaltenspsychologie sowie die Ökonomie als Theorien zu definieren, die menschliches Verhalten als Funktion des erzielten Ertrags (Relation von Kosten und Nutzen) verstehen, hat der Kritik an der reduktionistischen Position, die hier zum Ausdruck kommt, nicht standgehalten. Weder wird die Wertschätzung noch die Austauschregel klar definiert noch die Abwägung thematisiert, die die Tauschpartner vollziehen müssen, die ja nur in einer formal gleichen Tauschbeziehung miteinander verkehren. Die neue Entwicklung wird durch die Forschung zur distributiven Gerechtigkeit („equity“: BERKOWITZ/WALSTER, 1976) repräsentiert.

3.3 In der von soziologischer Tradition gespeisten *Rollentheorie, Interaktions- und Gruppenforschung,* wird der Versuch gemacht, Handlungserwartungen, die in der Gesellschaft als

Verhaltensnormen dem Individuum nahegelegt werden, mit der subjektiven Sicht des handelnden Individuums zu verbinden. Hier ist besonders hervorzuheben die zentrale theoretische Arbeit von G. H. MEAD (1934, deutsch 1968), der in der Formulierung des *symbolischen Interaktionismus* Grundlagen für die sozialpsychologische Analyse der *Identitätsentwicklung* gelegt hat. Ausgehend von MEADs grundlegenden Arbeiten hat sich entgegen der Hauptströmung der experimentellen S. eine an Kommunikationsprozessen und Ichentwicklung orientierte S. herausgebildet, die die subjektiven und sozialsprachlichen Dimensionen von Interaktionsprozessen in den Mittelpunkt ihrer Überlegungen rückt. Dieser Ansatz enthält eine implizite Sozialisationstheorie, die beispielsweise zur Erklärung der Entstehung sozialer Identität und sprachlicher Kompetenz herangezogen werden kann. Als wesentliches Merkmal sozialer Interaktionen wird in dieser theoretischen Tradition die Übernahme der Perspektive des bzw. der Interaktionspartner gesehen. In diesem Prozeß entsteht die Identität aus sozialen Erfahrungen, wie sie vom Individuum gedanklich verarbeitet werden. Diese Annahme korrigiert das vorherrschende Forschungsparadigma der Erklärung von Interaktion und sozialem Handeln aus äußeren Kontrollen bzw. normativen Gegebenheiten und liefert überdies eine Alternative zu individualistischen Theorien.

Diesem Ansatz kommt in der neueren Diskussion eine besondere Bedeutung zu. Einmal ist er in der *dramaturgischen Perspektive* (GOFFMAN, 1970) zu einem Erklärungsversuch der Formen von Selbstdarstellung im alltäglichen Rollenhandeln ausgebaut worden; zum anderen gewinnt er in Verbindung mit Revisionen des triebtheoretischen Ansatzes der *Psychoanalyse* (vgl. LORENZER, 1971, 1972) an Gewicht für die sozialpsychologische Theoriebildung. Im Unterschied zum kognitiven Ansatz, der Prozesse der Begriffsbildung und der Informationsverarbeitung sozialer Stimuli experimentell erforscht, sieht der symbolische Interaktionismus die sozialen Prozesse eng verwoben mit sprachlichen Deutungen. Daraus folgt, daß Handlungssituationen nicht eindeutig, vom neutralen Beobachterstandpunkt her, zu erfassen sind; ihr Sinn für die Akteure muß vielmehr durch Interpretation ihrer Handlungsmotive und -vorstellungen erschlossen werden. Demgemäß gewinnen Methoden wie die teilnehmende Beobachtung, die Fallanalyse und die Dokumenten- bzw. biographische Analyse an zunehmender Bedeutung als Alternativen zur traditionellen experimentellen Laborforschung. Aus der Versuchsperson des sozialpsychologischen Experiments wird der Teilnehmer an sozialen Interaktionen, die als Forschungssituationen definiert sind.

In einer Verbindung des symbolischen Interaktionismus mit der Tradition der Phänomenologie hat sich mit der *Ethnomethodologie* eine neue Forschungsrichtung in Konturen herausgebildet, die eine sozialpsychologische Analyse der Handlungen von Individuen auf der Ebene der Wissensbestände und Regeln anstrebt, wie sie im alltäglichen Sozialverhalten angewendet werden (vgl. Arbeitsgruppe Bielefelder Soziologen, 1973). Hier wird das Postulat eines situationsübergreifenden Normensystems zugunsten eines interpretativen Erklärungsansatzes endgültig aufgegeben: Es geht um die *soziale Konstruktion der gesellschaftlichen Wirklichkeit* (BERGER/LUCKMANN, 1969), die sich im alltäglichen Handlungsprozeß immer wieder vollziehen muß.

Die sozialpsychologische *Kleingruppenforschung* hatte ursprünglich an den Fragestellungen der Betriebs- und Erziehungspraxis gearbeitet und in den dreißiger Jahren der S. einen besonderen Stellenwert bei der Untersuchung von Verfahren zur Erhöhung der Produktivität in Arbeitsgruppen vermittelt. Die von LEWIN ausgehende Befassung mit der Gruppe als dem Agenten gesellschaftlichen Wandels hat mit der Zielsetzung politischer Aufklärung und deren Auswirkungen auf Einstellungswandel die Möglichkeiten erforscht, die Gruppe als Bezugs- und Motivationsrahmen zum Aufbau veränderter Handlungsstrukturen einzusetzen. Insbesondere die Experimente zum Erziehungs- oder *Führungsstil* in Kleingruppen haben bis heute als praxisbezogener Beitrag der frühen Kleingruppenpsychologie zu gelten. In der Kleingruppenforschung (vgl. HARE/BORGATTA/BALES, 1965) wurden darüber hinaus die Herausbildung von Formen der Arbeitsteilung als Differenzierung von Rollenstrukturen untersucht, die Auswirkungen von Gruppendruck auf die Urteilskonformität sowie die Entstehung und den Abbau von Konflikten zwischen Gruppen. Schließlich bestehen Verbindungslinien von der Analyse der Gruppenprozesse zu der Entwicklung von *Therapieformen* auf der Basis von angeleiteten oder selbstorganisierten Gruppenerfahrungen (vgl. HORN, 1972).

3.4 Die *psychoanalytisch orientierte S.* hat die Theorie der Persönlichkeitsinstanzen und die Stadien der psychosexuellen Entwicklung als Grundlage für die Untersuchung der biosozialen Genese des Individuums herangezogen. Schon 1932 wies E. FROMM (1970) der psychoanalytischen S. die Aufgabe zu, die gesellschaftlich wirksamen Triebbedürfnisse zu untersuchen und die ideologischen Denkformen aus dem Zusammenspiel von seelischem Triebapparat und sozioökonomischen Bedingungen zu erklären. In der amerikanischen S. wurde in der Kultur- und Persönlichkeitsforschung (vgl. KARDINER, 1945) die Frage verfolgt, wie kulturelle Vorschriften der Kinderaufzucht zur Herstellung einer kulturspezifischen Grundpersönlichkeit führen. Den Werten und Normen einer Gesellschaft entsprechen somit die durch die Erziehungspraxis angelegten Verinnerlichungsprozesse von Kontrollstrukturen. Dabei blieb jedoch die Analyse der gesellschaftlichen Entwicklungsbedingungen ausgespart.
Ganz anders ist dies in der Verbindung von kritischer Gesellschaftstheorie und Psychoanalyse, wie sie bei den Vertretern der *Frankfurter Schule* (ADORNO, MARCUSE) formuliert worden ist. Die Gesellschaft wird durch psychische Mechanismen der Lenkung der Triebökonomie (Triebverzicht) massenhaft in den Individuen verankert. Besonders mit der auf psychoanalytischer Theoriebildung beruhenden empirischen Untersuchung über die „autoritäre Persönlichkeit" (ADORNO u. a., 1950) wurde ein Meilenstein der kritischen S. gesetzt, indem die Auswirkungen gesellschaftlicher Herrschaftsverhältnisse über die Sozialisation in der Familie auf die Persönlichkeitsstrukturen thematisiert wurde. Die auf die frühkindlichen Entwicklungsetappen bezogene psychoanalytische Rekonstruktion der Persönlichkeitsentwicklung wurde durch E. H. ERIKSON (1966) in einen umfassenden biographischen Zusammenhang gestellt und auf die Entwicklung der *Ichidentität* aus der Lösung sozial und psychogenetisch determinierter Entwicklungskrisen gefaßt.
In der neuesten Entwicklung schließlich wird der Begriff der *Subjektivität* wieder thematisiert, und der Bildungsprozeß subjektiver Strukturen aus dem Interaktionsfeld der Familie heraus rekonstruiert. Schon in der frühen Mutter-Kind-Beziehung wird die Subjektentwicklung von gesellschaftlichen Konfliktlagen beeinträchtigt: „Aus den Widersprüchen der Produktionsverhältnisse heraus reproduziert sich Sozialisation als Widersprüchlichkeit in den Interaktionsformen" (LORENZER, 1972, 136). Die psychoanalytisch ausgerichtete S. hat am intensivsten Eingang in die Sozialisationsforschung gefunden, da sie sowohl die gesellschaftlich-historische Dimension, unter der sich soziales Verhalten herausbildet und eingegrenzt wird, als auch die lebensgeschichtlich-biographische Dimension der Beteiligungen an Interaktionsprozessen berücksichtigt. S. wird so zu einer kritischen Sinndeutung von Interaktionserfahrungen und Sprachformen, die die Handlungs- und Denkweisen der Subjekte bestimmen.

3.5 Eine *marxistische S.* hat sich in den sozialistischen Ländern, insbesondere der DDR, herausgebildet. Sie sieht sich (HIEBSCH/VORWERG, 1971) auf der Höhe der Zeit, indem sie an die fortgeschrittene empirische Position der internationalen Diskussion anschließt, nämlich experimentell zu forschen und die verwendeten Methoden nach dem Bild der Naturwissenschaften weiterzuentwickeln. Vom Gegenstand her bezieht sie sich auf die Werke von MARX und ENGELS und damit auf die Grundkategorie der Kooperation im Arbeitsprozeß, die als Prototyp der sozialpsychologisch zu untersuchenden Wechselwirkungen verstanden wird. Es gilt demgemäß die Gesetzmäßigkeiten des Gruppengeschehens, der Produktivität durch Kooperation (Leistungsvorteil der Gruppe und deren Erziehungseffekt), der sozialen Wechselwirkungen selbst und der Vermittlungsprozesse (Kommunikation und Gruppenstrukturen) herauszufinden. Die marxistische S. verfolgt eine normative Zielsetzung, indem sie in ihrem Verständnis dazu beiträgt, in sozialistischen Gesellschaften die Arbeit in das erste Lebensbedürfnis des Menschen zu verwandeln. Ebenso wie in der S. nichtmarxistischer Prägung sind Einstellungsuntersuchungen im Rahmen sozialer Kommunikation und die optimale Koordinierung von Gruppenprozessen zur Leistungsförderung von zentralem Interesse.

4 Die gesellschaftliche Bedeutung der Sozialpsychologie

Die S. hat über lange Zeit hinweg versucht, ihre Wissenschaftlichkeit durch die Verbesserung methodologischer Grundlagen und die Formalisierung ihrer Theorien zu erhöhen. Dies hat, wie z. B. HOLZKAMP (1972) ausführt, zu zunehmender Ausklammerung der Frage nach der *Relevanz der Forschung* geführt. Solange sie sich an den Regeln der empirischen Kunst auf der Basis der Wissenschaftstheorie des kritischen Rationalismus und des experimentellen Forschungsparadigmas ausgerichtet hat, wurden politische oder gesellschaftlich-praktische Überlegungen ausgespart. Die gesellschaftliche Anbindung von Forschung wurde von den Theoretikern durchaus gesehen, blieb aber ohne Konsequenzen für ihre Wissenschaftspraxis, da sie sich auf das Postulat der Neutralität und Wertfreiheit zurückzogen.

Die in der S. besonders ausgeprägte quantitative Methodenorientierung wird jedoch immer stärker angegriffen. Wenn auch IRLE (1975) für eine experimentelle S. plädiert, so gerät diese Position doch immer mehr in Begründungsprobleme: Die Vorgänge des gesellschaftlichen Lebens werden in Laborprozeduren vereinfacht und künstlich nachgebildet; die Zeitdimension von Interaktionsprozessen und Gruppenbildungen wird vernachlässigt; die Einflüsse des Versuchsleiters und der Versuchspersonenerwartungen machen die experimentellen Kontrollen in hohem Maße wirkungslos; die Versuchspersonen werden in vielen Fällen getäuscht und aus ihrem Lebenszusammenhang genommen. Das Ideal der Isolierung von Ursache-Wirkungs-Zusammenhängen im sozialen Verhalten ist methodisch problematisch und theoretisch angreifbar: Wer ist in der Lage, die isolierten Effekte theoretisch sinnvoll und mit Realitätsbezug wieder zusammenzusetzen?

So zeigt sich die Tendenz, das Experimentieren in der S. als Forschen im „sozialen Vakuum" (TAJFEL) zu kritisieren. In den letzten Jahren häufen sich Veröffentlichungen, die eine Besinnung auf den *gesellschaftlichen Kontext der S.* (ISRAEL/TAJFEL, 1972) fordern, die S. in einem Prozeß des *Übergangs* sehen (STRICKLAND/ABOUD/GERGEN, 1976) oder die *Krise* der S. diagnostizieren (MERTENS/FUCHS, 1978). Diesen kritischen Äußerungen ist gemeinsam, daß sie in der Wissenschaftstradition, die am Subjektcharakter des Forschungsgegenstands „vorbeisystematisiert" und den Wert einer Theorie darin sieht, daß sie bis dato empirisch kontrollierten Widerlegungsversuchen standgehalten hat, eine erhebliche Verkürzung der theoretischen und praktischen Relevanz der S. sehen. Vor allem *drei kritische Zonen* in der Beurteilung der zeitgenössischen S. sind hervorzuheben:

1. Die Dominanz eines methodenbezogenen Menschenbilds der „passiven Reaktionsmaschine" (MOSCOVICI, 1972), nämlich eines auf Reize reagierenden Organismus', dessen innere Strukturen und Vermittlungsprozesse bei der Stellungnahme gegenüber der Umwelt unberücksichtigt bleiben. Intentionales und sinnorientiertes Handeln werden vernachlässigt; denn die Absicht des Experiments liegt im Überprüfen von Hypothesen.
2. Die Dominanz zweckrationaler Kriterien zur Herstellung und Kontrolle von Handlungen. Das Interesse an der Steuerung des Verhaltens in sozialen Beziehungen abstrahiert notwendig vom lebensgeschichtlichen wie vom gesellschaftlich-politischen Koordinatenfeld, in dem Handeln erst verständlich wird.
3. Ein Defizit an Analysen gesellschaftlicher Vermittlungsprozesse. Die Funktionalisierbarkeit von Individuen in gesellschaftlich vorgezeichneten Situationen wie Familie, Schule, Arbeit und Politik wird sozialpsychologisch erhärtet und die bewußte Stellungnahme und kritische Reflexion der Interaktionsbedingungen als komplexe Aufgabe den Experten, Leitungsgremien oder Wissenschaftlern zugeschrieben.

Dieser Mangel an Aufklärung über die Ursachen der Funktionalisierbarkeit erfordert genauere Analysen von gesellschaftlich organisierten Arbeits- und Erziehungsprozessen (vgl. OTTOMEYER, 1977), die in der S. gegenwärtig noch ausgespart werden.

Gegenüber den überkommenen Formen der S. ist ein Plädoyer für eine *gesellschaftlich relevanter S.* notwendig, die sowohl den reflexiven Charakter menschlicher Interaktionen als auch die materiellen Bedingungen, in denen diese stattfinden, mit in die Theoriebildung einbezieht.

Verweis auf andere Stichwörter

→Einstellung →Entwicklung und Sozialisation →Experiment →Identität und Selbstkonzept →Interaktion und Kommunikation →Psychoanalyse →Psychologismus →Soziologie →Subjekt

Literatur

ADORNO, TH. W. u. a.: The Authoritarian Personality. New York 1950. (Deutsch: Studien zum autoritären Charakter. Frankfurt/M.: Suhrkamp 1973.)

Arbeitsgruppe Bielefelder Soziologen (Hrsg.): Alltagswissen. Interaktion und gesellschaftliche Wirklichkeit. 2 Bde. Reinbek: Rowohlt 1973.
BANDURA, A.: Lernen am Modell. Aufsätze zu einer sozial kognitiven Lerntheorie. Stuttgart: Klett 1976.
BERGER, P./LUCKMANN, T.: Die gesellschaftliche Konstruktion der Wirklichkeit. Frankfurt/M.: Fischer 1969.
BERKOWITZ, L./WALSTER, E. (Hrsg.): Equity Theory: Toward a General Theory of Social Interaction. New York: Academic Press 1976.
DEUTSCH, M./KRAUSS, R. M.: Theorien der Sozialpsychologie. Frankfurt/M.: Fachbuchh. für Psychol. 1976.
ERIKSON, E. H.: Identität und Lebenszyklus. Frankfurt/M.: Suhrkamp 1966.
FESTINGER, L.: A Theory of Cognitive Dissonance. Stanford: Stanford Univ. Press 1957. (Deutsch: Die Theorie der kognitiven Dissonanz. Bern: Huber 1978.)
FROMM, E.: Analytische Sozialpsychologie. Frankfurt/M.: Suhrkamp 1970.
GOFFMAN, E.: Wir alle spielen Theater. München: Piper 1970.
GRAUMANN, C. F. (Hrsg.): Sozialpsychologie. Bd. 7 des Handbuches der Psychologie, 2 Halbbände. Göttingen: Hogrefe 1969 und 1971.
HARE, P. H./BORGATTA, E. F./BALES, R. F.: Small Groups. Studies in Social Interaction. New York: Knopf 1965.
HEIDER, F.: The Psychology of Interpersonal Relations. New York: Wiley 1958.
HIEBSCH, H./VORWERG, M.: Einführung in die marxistische Sozialpsychologie. Berlin-Ost: VEB Dtsch. Verlag der Wissenschaften [5]1971.
HOLZKAMP, K.: Kritische Psychologie. Ffm.: Fischer 1972.
HOMANS, G. C.: Elementarformen sozialen Verhaltens. Köln, Opladen: Westdeutscher Verlag 1968.
HORN, K. (Hrsg.): Gruppendynamik und der „subjektive“ Faktor. Frankfurt/M.: Suhrkamp 1972.
IRLE, M.: Lehrbuch der Sozialpsychologie. Göttingen: Hogrefe 1975.
IRLE, M. (Hrsg.): Kursus der Sozialpsychologie. Neuwied, Berlin: Luchterhand 1978.
ISRAEL, J./TAJFEL, H. (Hrsg.): The Context of Social Psychology. London: Academic Press 1972.
JONES, E. E. u.a.: Perceiving the Causes of Behavior. New York: General Learning Press 1972.
KARDINER, A.: Psychological Frontiers of Society. New York: Columbia Univ. Press 1945.
LORENZER, A. u.a.: Psychoanalyse als Sozialwissenschaft. Frankfurt/M.: Suhrkamp 1971.
LORENZER, A.: Zur Begründung einer materialistischen Sozialisationstheorie. Frankfurt/M.: Suhrkamp 1972.
MEAD, G. H.: Geist, Identität und Gesellschaft. Frankfurt/M.: Suhrkamp 1968.
MERTENS, W./FUCHS, G.: Krise der Sozialpsychologie?. München: Ehrenwirth 1978.
MOSCOVICI, S. (Hrsg.): Forschungsgebiete der Sozialpsychologie. 2 Bde. Kronberg: Athenäum 1975 und 1976.
NOLTE, A./STAEUBLE, I.: Zur Kritik der Sozialpsychologie. München: Hanser 1972.
OTTOMEYER, K.: Ökonomische Zwänge und menschliche Beziehungen. Reinbek: Rowohlt 1977.
SECORD, P. F./BACKMAN, C. W.: Social Psychology. New York: McGraw Hill [2]1974.
STRICKLAND, L. H. et al. (Hrsg.): Social Psychology in Transition. New York, London: Plenum 1976.
THOMAS, W. I.: Person und Sozialverhalten. Neuwied, Berlin: Luchterhand 1965.

Walter R. Heinz

Sozialtherapie

Der Begriff „Sozialtherapie“ wird in verschiedenen Bereichen psychosozialer Problembearbeitung seit langem verwendet (vgl. z.B. WRONSKY/SALOMON, 1926), hat aber bisher keine präzise Definition gefunden. Heute wird von S. in drei Berufsfeldern ausdrücklich gesprochen: in der Sozialarbeit/Sozialpädagogik, in der Psychiatrie und im Strafvollzug.

1 Sozialtherapie im Bereich der Sozialarbeit

Im Gegensatz zur traditionellen Sozialarbeit und Psychotherapie soll in der S. „das Denken und Handeln in Systemen anstelle der bisher überwiegenden Arbeit mit isolierten Individuen oder Kleingruppen praktiziert werden“ (HAAG u.a., 1973, 174). „Sozialtherapie konzentriert sich auf die interpersonalen Störungen in sozialen Systemen“ (RIDDER, 1973, 67). Dieser Forderung entspricht die *Integration von Einzelbehandlung, Gruppenmethoden, Intergruppenarbeit, Gemeinwesenarbeit und Formen der materiellen Unterstützung*. Da in der S. von einer *sozialen Genese* der Konflikte/Probleme ausgegangen wird, muß die Behandlung bzw. die Konfliktlösungsstrategie auch auf die sozialen Ursachen gerichtet werden. Die durch S. angestrebten Lernprozesse können deshalb auch die *politische Handlungsfähigkeit* einschließen. „Sozialtherapie will schließlich Lernprozesse nicht nur bei den Ausgeschlossenen, den Klienten, Patienten, Probanden einleiten, sondern ebenso bei den Ausschließenden – dies ausgehend von der Einsicht, daß die mit dem Ausschluß bestimmter Gruppen aus der Gesellschaft verbundenen Prozesse alle Beteiligten schädigen, ihre ‚kommunikative Kompetenz‘ mindern ...“ (HAAG u.a., 1973, 181f.). Besondere Bedeutung wird den Bezugsgruppen der Klienten und ihren materiellen Lebensbedingungen zugemessen.
Von den Vertretern der S. werden die Methoden der Psychotherapie als nicht ausreichend bezeichnet. S. wird von ihnen teils als notwendige Ergänzung zur Psychotherapie gesehen (z.B. WRONSKY/KRONFELD, 1932; RICHTER/RÜKKER-EMBDEN/WEGENER, 1976, 373), teils wird die Psychotherapie überhaupt für inadäquat gehalten (z.B. RIDDER, 1973; SEIBERT, 1978). Die Begriffe Sozialarbeit und S. werden von

einigen Autoren weitgehend synonym gebraucht (FELDMANN, 1970; HAAG u.a., 1973; SEIBERT, 1978). Dabei ist allerdings zu bedenken, daß mit dem Begriff „Therapie" eine ausdrückliche *Orientierung am Klienteninteresse* gemeint ist; insofern findet eine Distanzierung von jenen institutionellen Bereichen statt, die Sozialarbeit als staatlichen Eingriff definieren (z.B. Fürsorgeerziehung, Jugendgerichtshilfe).

2 Sozialtherapie im Bereich der Psychiatrie

In der Psychiatrie – insbesondere der Sozialpsychiatrie – werden von den verschiedenen Autoren unter S. so ziemlich alle Behandlungsverfahren und auch die patientenbezogene Organisation in psychiatrischen Anstalten („therapeutisches Milieu") bezeichnet, sofern sie nicht im engen Sinn Pharmako- und Psychotherapie sind. Bereiche, auf die dieser Begriff bezogen wird, sind insbesondere: Beschäftigungs- und Arbeitstherapie; problemzentrierte Gesprächsgruppen; Patientenversammlungen; Einzelberatungen; Soziodrama; Patientenklubs; Familienarbeit; Laienhelferkreise. Diesem weiten Tätigkeitsfeld entsprechen auch die zahlreichen Berufsgruppen, die für S. in Frage kommen: Arbeitstherapeuten, Beschäftigungstherapeuten, Pfleger, Sozialarbeiter, Psychologen, Ärzte. Einrichtungen, in denen S. durchgeführt wird, sind neben den Nervenkrankenhäusern Tages- und Nachtkliniken, Übergangsheime, Wohngruppen, beschützende Werkstätten, Rehabilitationseinrichtungen, Nachsorgedienste und Institutionen der Gemeindepsychiatrie.

Der Begriff S. enthält eine Kritik an traditionellen Formen der Versorgung und Behandlung von psychisch Kranken: Die Patienten wurden (und werden teilweise noch heute) nur medikamentös behandelt und evtl. einer therapeutisch ungezielten Beschäftigung zugeführt; ihre persönlichen Bedürfnisse und ihre sozialen Probleme wurden nicht beachtet. Dagegen wird als Ziel der S. eine „Beeinflussung von Sozialisationsprozessen" (Arbeitsgruppe, 1974, 96) und eine „Verbesserung der Kommunikationsfähigkeit und des Beziehungsgefüges" (AUER u.a., 1975, 155) gesehen. Im Hinblick auf die Methoden ist bei allen Autoren ein interdisziplinärer und methodenpluralistischer Ansatz vorhanden. In einigen Veröffentlichungen wird die S. in der Psychiatrie ausdrücklich auf die Berufsgruppe der Sozialarbeiter bezogen (Arbeitsgruppe, 1974; AUER u.a., 1975; Bundesminister, 1975, 190, 337, 350f.; HOHM, 1977). – BOSCH (1972) betrachtet die S. im Sinne von Orientierung an der „normalen Realität" als Gegenpol zur (Gruppen-)Psychotherapie, die Möglichkeiten zum „offenen Spiel affektiver Beziehungen" und damit pathologischen Verhaltens anbietet (BOSCH, 87f.). – Eine Sonderposition nimmt ferner die Konzeption eines Gemeindezentrums für Psychohygiene von BALZER/ROLLI (1975) ein: hier wird S. im Hinblick auf Ziele und Methoden außerhalb stationärer Einrichtungen umfassend dargestellt; neben Einzelhilfe, Gruppenarbeit und Familientherapie tritt die Gemeinwesenarbeit, um „über Einstellungs- und Verhaltensänderungen hinaus die politische Veränderung gesellschaftlicher Strukturen zu erreichen" (HAAG, 1973, 210).

3 Sozialtherapie im Strafvollzug

Im Strafgesetzbuch regelt § 65 die „Unterbringung in einer sozialtherapeutischen Anstalt".

„Die sozialtherapeutische Anstalt hat nach dem Willen des Gesetzgebers die Aufgabe, Rezidivisten mit schwerer Persönlichkeitsstörung durch gezielte und intensive psychotherapeutische, pädagogische und soziale Hilfen zu befähigen, in Zukunft ihr Leben autonom zu gestalten, ohne mit den Gesetzen in Konflikt zu geraten. Sie hat damit das gleiche Ziel wie der Normalvollzug, nämlich die Resozialisierung des Straftäters. Der Unterschied zum Normalvollzug besteht lediglich darin, daß einerseits den sozialtherapeutischen Anstalten differenzierte Methoden zur Erreichung des gleichen Zieles zur Verfügung stehen, und daß sie andererseits diese Ziele bei Tätern mit besonders schweren Persönlichkeitsschäden erreichen müssen" (SCHLEUSENER, 1977, 13).

Die Behandlung der Insassen von sozialtherapeutischen Anstalten ist als *Individualtherapie* konzipiert: „Behandlungsziel wäre hier die Aneignung neuer, die Differenzierung vorhandener und die Korrektur falscher Lebensbewältigungstechniken" (SCHLEUSENER, 1977, 14). Der S. liegen dabei Vorstellungen von einer fehlenden oder fehlerhaften Entwicklung der sozialen Fähigkeiten zugrunde. In diesem Kontext ist der Begriff „Nacherziehung" (BICKEL, 1976, 338) folgerichtig. S. kann hier als Erweiterung des alten Begriffs „Kriminalpädagogik" insofern angesehen werden, als an die Stelle einfacher Erziehungsmethoden (z.B. Gewöhnung) das differenziertere Repertoire von Methoden der Therapie im weitesten Sinne getreten ist (einschließlich analytischer Psychothera-

pie, vgl. MAUCH/MAUCH, 1971, 29; REHN, 1976, 343f.).
Neben dem individuellen Behandlungsansatz in der Anstalt wird von einzelnen Autoren (z.B. SCHLEUSENER, 1977, 14; BICKEL, 1976, 342) auch eine Einbeziehung der Angehörigen in die Behandlung für wichtig gehalten. Ebenso wird auf die Bedeutung einer „sozialtherapeutischen Nachbetreuung" nach der Entlassung hingewiesen (BICKEL, 1976, 340). Veränderungen der materiellen Lebensbedingungen, Selbstorganisation, Gemeinwesenarbeit und politische Einflußnahmen sind in dieses Konzept nicht ausdrücklich einbezogen.
Die Einführung der sozialtherapeutischen Anstalten ist im Zusammenhang mit den Reformbemühungen im Strafvollzug zu sehen. Sie bedeutet eine ansatzweise Korrektur des auf Verwahrung und auf Sühne ausgerichteten, traditionellen Strafvollzuges in Richtung auf ernsthafte *Resozialisierungs*bemühungen. SCHLEUSENER (1977, 15) äußert die Hoffnung, daß positive Erfahrungen mit den sozialtherapeutischen Anstalten sich günstig auf eine Reform des gesamten Vollzuges auswirken werden. Andererseits besteht die Gefahr, daß die sozialtherapeutischen Anstalten als Alibi verwendet werden, um eine Reform des Strafvollzuges insgesamt hinauszuzögern (HEINZ/KORN, 1973). Fraglich wird die positive Auswirkung ferner in Anbetracht der Auswahl der Gefangenen: Es werden „Tätergruppen phänomenologisch definiert, bei denen die Anwendung des puren Schuldstrafrechts zweifelhaft erscheint. Im Gesetzgebungsverfahren ist also eine Umetikettierung einer Minderheit von straffällig Gewordenen vorgenommen worden, ein Zuschreibungswandel von ‚Kriminalisierung' hin zu ‚Psychopathologisierung'" (KREMER, 1976, 361).
Das Attribut „sozial" bezieht sich im Zusammenhang mit sozialtherapeutischen Anstalten nicht auf die soziale Genese der Probleme und auf die Einbeziehung des sozialen Lebensumfeldes des Klienten, sondern es bezeichnet ein Behandlungsziel, nämlich sozial angepaßtes Verhalten. Faßt man dieses Ziel sehr weit, so ist die S. im Stafvollzug eher bei der individuellen Psychotherapie einzuordnen. Sie unterscheidet sich von stationärer Psychotherapie in Kliniken allerdings durch die sehr starke Betonung von Anpassungsleistungen (z.B. Arbeitstherapie) und durch die besonders repressiven Bedingungen der „totalen Institution" Strafanstalt.

4 Diskussion des Begriffs Sozialtherapie

Die Entwicklung des Begriffs „Sozialtherapie" ist mehr einem definitorischen Bedürfnis zu verdanken als der Entwicklung von spezifischer Praxis. In allen drei genannten institutionellen Bereichen wird mit der Einführung dieses Begriffs eine Veränderung von traditionellen Arbeitsformen angestrebt: der kontroll- und eingriffsorientierten Sozialarbeit, der individualistisch konzipierten Psychotherapie und Einzelhilfe (case work), der somatisch und verwahrend arbeitenden Psychiatrie und des auf Sühne und Sicherung aufgebauten Strafvollzugs.
Theoretisch wird mit dem Terminus *„sozial"* 1. auf die *Ursachen* einer Problematik und auf ihren biographischen und aktuellen Kontext, 2. auf ein *Behandlungsziel* (soziales Verhalten und Schaffung einer günstigeren Lebenssituation) und 3. auf *Behandlungsverfahren* unter Einbeziehung sozialer Faktoren („Milieu", Bezugsgruppen, change agents) hingewiesen. Der Terminus „sozial" stellt eine Erweiterung oder Alternative zu rein persönlichkeitsorientierten Verfahren dar. Bei einigen Autoren ist er außerdem gesellschaftspolitisch zu verstehen; sie betonen die gesellschaftlichen Ursachen der Konflikte, die als gesellschaftliche Definitionsprozesse zu sehen sind („abweichendes Verhalten", Etikettierungen).
Der Terminus *„Therapie"* wirft die Frage auf, inwieweit es sich bei den zu behandelnden Problemen um „Krankheiten" handelt. HAAG u.a., KREMER, SEIBERT problematisieren den Therapiebegriff, weil sie eine Pathologisierung von sozialen Konflikten vermeiden wollen. Der Begriff Therapie ist traditionellerweise mit der somatischen Medizin verbunden. Seine Verwendung bei der Bearbeitung psychischer und sozialer Probleme ist als Analogie zur – hochprofessionalisierten – Medizin zu verstehen. Letzten Endes entspricht er wohl vorwiegend einem berufs- und einkommenspolitischen Interesse. Die sachlich eher zutreffenden Begriffe „Beratung" und „Behandlung" (im Englischen als treatment allgemein anerkannt) haben wegen der Konkurrenz der analytischen Psycho-„Therapie" und der medizinischen Therapie einen relativ niedrigen Prestigewert und sind damit ökonomisch schlechter verwertbar. Solange eine Beschränkung des Therapiebegriffes auf rein somatische Verfahren nicht eingeführt wird, kann auf den Begriff Sozial-„Therapie" nicht verzichtet werden.

Im folgenden wird eine *Definition des Begriffs S.* gegeben, die für eine Weiterentwicklung von psychologischen und sozialen Behandlungsmethoden wichtig sein könnte.

S. bezieht sich auf *soziale Konflikte* (einschließlich psychischer Probleme), die von den betroffenen Personen oder Personengruppen als Probleme wahrgenommen und definiert werden. Solche Konflikte sind in einem jeweiligen sozialen Kontext entstanden und ihre Behandlung muß sich auf den gegenwärtigen und zukünftigen sozialen Kontext der Betroffenen beziehen. Die Verfahren zur Behandlung setzen sowohl bei den unmittelbar betroffenen Personen wie in ihrer Umwelt (Bezugsgruppen) an. Für eine Besserung oder eine Lösung der Problematik müssen auch die notwendigen Veränderungen der Lebensbedingungen angestrebt werden. S. wird damit als Oberbegriff für verschiedene methodische Ansätze in verschiedenen institutionellen Feldern bestimmt. Ausgegrenzt werden Maßnahmen, die nicht auf einer positiven Motivation der Klienten basieren (z. B. Zwangsmaßnahmen im Strafvollzug) und Verfahren, die nicht auf die sozialen Konfliktzusammenhänge bezogen sind (z. B. isolierte Symptombehandlungen, Beschäftigungen ohne gezielte therapeutische Indikation, reine Verwaltungsmaßnahmen). Ferner sind jene psychotherapeutischen Verfahren auszugrenzen, die inhaltlich und räumlich völlig losgelöst von der gegenwärtigen Alltagssituation durchgeführt werden (Extremfall klassischer Psychoanalyse). Der Begriff S. sollte außerdem beschränkt werden auf professionell qualifizierte Verfahren, denen ein problemspezifischer Behandlungsplan zugrundeliegt. Dafür ist die Mitarbeit von sozialwissenschaftlich-psychologisch ausgebildeten Fachkräften erforderlich.

Für die wissenschaftliche Weiterentwicklung der S. ist die sorgfältige Erarbeitung von Indikationskriterien für die verschiedenen Methoden von großer Bedeutung. Ebenso müssen die Bedingungen von „totalen Institutionen" (Strafanstalten, Nervenkrankenhäuser) auf ihre Vereinbarkeit mit den Forderungen der S. überprüft werden.

Verweis auf andere Stichwörter

→Abweichendes Verhalten →Forensische und Kriminalpsychologie →Gemeindepsychologie →Psychische Störung und Normalität →Sozialpsychiatrie

Literatur

Arbeitsgruppe Fachausbildung, Sozialtherapie: Fachsozialarbeiter für Sozialtherapie. Neue Praxis, 1, 1974.

AUER, J. u. a.: Entwurf eines Curriculums für das Studium der Sozialarbeit – Schwerpunkt Sozialpsychiatrie. Neue Praxis, 2, 1975.

BALZER, B./ROLLI, S.: Sozialtherapie mit Eltern Behinderter. Weinheim: Beltz 1975.

BICKEL, A.: Sozialtherapeutische „Behandlung" innerhalb und außerhalb einer Strafvollzugsanstalt. Gruppendynamik, 5, 1976.

BOSCH, G.: Psychotherapie und Soziotherapie. In: v. CRANACH, M./FINZEN, A. (Hrsg.): Sozialpsychiatrische Texte – psychische Krankheit als sozialer Prozeß. Berlin: Springer 1972.

Bundesminister für Jugend, Familie und Gesundheit: Bericht über die Lage der Psychiatrie in der BRD. Bonn: Bundestagsdrucksache 1975.

DÖRNER, K./PLOG, U. (Hrsg.): Sozialpsychiatrie. Neuwied: Luchterhand 1972, S. 40ff.

FELDMANN, W.: Sozialtherapie – gruppendynamische Prozesse in Familien und Institutionen. Essen: Scharioth'sche Buchhandlung 1970.

HAAG, F.: Projektorientierte Sozialarbeit. In: OTTO, H. U./SCHNEIDER, S. (Hrsg.): Gesellschaftliche Perspektiven der Sozialarbeit. Bd. 2. Neuwied: Luchterhand 1973.

HAAG, F./PAROW, E./PONGRATZ, L./REHN, G.: Überlegungen zu einer Metatheorie der Sozialarbeit. In: OTTO, H. U./SCHNEIDER, S. (Hrsg.): Gesellschaftliche Perspektiven der Sozialarbeit, Bd. 1. Neuwied: Luchterhand 1973.

HEINZ, W./KORN, S.: Sozialtherapie als Alibi?. Frankfurt/M.: Fischer TB 1973.

HOHM, H.: Berufliche Rehabilitation von psychisch Kranken. Weinheim: Beltz 1977.

KREMER, H.: Reformpolitische Kritik an der Etablierung von sozialtherapeutischen Anstalten und Ergebnisse einer Gegenstrategie. Gruppendynamik, 5, 1976.

MAUCH, G./MAUCH, R.: Sozialtherapie und die sozialtherapeutische Anstalt. Stuttgart: Enke 1971.

REHN, G.: Strukturen der sozialtherapeutischen Anstalt und deren Auswirkungen auf das Selbstverständnis und das Handeln der Therapeuten. Gruppendynamik, 5, 1976.

RICHTER, H. E./RÜCKER-EMBDEN, I./WEGENER, U.: Die Familientherapie in der BRD. In: RICHTER/STROTZKA/WILLI (Hrsg.): Familien und seelische Krankheit. Reinbek: Rowohlt 1976.

RIDDER, P.: Therapie der Familie: Vorüberlegungen zu einer soziologischen Theorie. Neue Praxis, 1, 1973.

SCHLEUSENER, J.: Ziele der Sozialtherapie, Erfolgskriterien. In: Sozialtherapeutische Anstalten – Konzepte und Erfahrungen. Schriftenreihe des Bundeszusammenschlusses für Straffälligenhilfe. Bonn-Bad Godesberg (Friedrich-Ebert-Straße 11a), H. 19, 2. Aufl. 1977.

SEIBERT, U. Soziale Arbeit als Beratung. Weinheim: Beltz 1978.

STELLER, M.: Sozialtherapie statt Strafvollzug – psychologische Probleme der Behandlung von Delinquenten. Köln: Kiepenheuer & Witsch 1977.

WRONSKY, S./KRONFELD, A.: Sozialtherapie und Psychotherapie in den Methoden der Fürsorge. Berlin: Heymann 1932.

WRONSKY, S./SALOMON, A.: Soziale Therapie – Ausgewählte Akten aus der Fürsorgearbeit. Berlin: Heymann 1926.

Ulrich Seibert

Soziologie

1 Zur Definition

Was ist S.? Eine Antwort darauf ist ebenso schwierig wie auf die Frage: Was ist Psychologie oder Ökonomie? Kaum befriedigen kann: Die S. befaßt sich mit der „Gesellschaft", die Psychologie mit dem „Individuum" und die Ökonomie mit der „Wirtschaft". Denn damit befaßt sich, wenn auch mit unterschiedlichen Fragestellungen, jede dieser Disziplinen. Außerdem sind zumindest „Gesellschaft" oder „Wirtschaft" keine leicht identifizierbaren Gebiete, so sehr die Alltagssprache sie auch als selbstverständliche „Tatsachen" herausstellt. Diese Unklarheit über Abgrenzung und Daseinscharakter veranlaßt dazu, sie nicht von vornherein und problemlos als Gegenstände der Sozialwissenschaften zu betrachten. Wie auch immer, die Definitionen der einzelnen sozialwissenschaftlichen Disziplinen, ihre Abgrenzung von- sowie ihre Integration miteinander setzen jeweils eine bestimmte theoretische Perspektive voraus.

Den Namen erhielt die S. von Auguste COMTE (1798–1857), der ihr die Aufgabe zuwies, Struktur, Funktionsweise („soziale Statik") und Entwicklung („soziale Dynamik") von *Gesellschaften* in „nichtmetaphysischer Weise" („Positivismus") (ARON, 1971; KON, 1968, 19f.) zu untersuchen. S. – zuvor „soziale Physik" – sollte, sich auf die Biologie stützend, die Hierarchie der theoretischen Wissenschaften abschließen.

Fest steht, daß es S. – nach einer wechselvollen Entstehungsgeschichte – als institutionalisierte Wissenschaft (MATTHES, 1973, 19f.) gibt: In ihrem Namen wird gelehrt, geprüft und rekrutiert. Ihre Anhänger betonen ihre Eigenart gegenüber den Nachbardisziplinen, verweisen auf ihre Geschichte (INKELES, 1974, 3). Diese ist sehr lang, bedenkt man, daß es Reflexion über soziale Wirklichkeit schon immer gegeben hat (BOTTOMORE, 1966, 13), sie ist kurz, läßt man die S. erst mit der bürgerlichen (industriellen) Epoche beginnen, sie ist sehr kurz, nimmt man als Kriterium ihre Institutionalisierung innerhalb der Universitäten. In Deutschland beginnt die S. als institutionalisierte Wissenschaft im Grunde erst nach dem 2. Weltkrieg – nach mehreren erfolglosen Anläufen vor und nach dem 1. Weltkrieg; das NS-Regime brachte alle Bemühungen vollends zum Scheitern, so daß von einer „S. in Deutschland" – bei äußerst bescheidenen Anfängen – erst seit etwa 1949 wieder die Rede sein kann (MATTHES, 1973, 25f.).

Wann beginnt die S. als Einzeldisziplin? Es gibt gute Gründe, sie nicht erst mit COMTE beginnen zu lassen. Erkennbar sind vor allem vier geistige Strömungen, die in die S. einmünden: die *politische Philosophie*, die *Geschichtsphilosophie, biologische Theorien der Evolution* und mit *Reformbewegungen verbundene Analysen der sozialen Realität* (BOTTOMORE, 1966, 14). Es gibt auch den Standpunkt, wonach die S. erst dann begann, nachdem sie sich ihres „philosophischen" Charakters entledigt hatte. Radikalisiert man die Maßstäbe, indem man z.B. die Physik als Vorbild nimmt, so steht die S. erst am Beginn ihrer Entwicklung, weil das Repertoire an zugleich universell gültiger und relevanter Theorie begrenzt ist. Eine so verstandene S. bliebe im Grunde auf die Analyse überschaubarer sozialer Einheiten beschränkt. Gesellschaftstheorien, die weder durch Beobachtung noch Experiment unmittelbar überprüft werden können, würden damit zu Spekulationen erklärt; die S. wäre des größten Teils ihres theoretischen Erbes, vor allem aber ihrer sozialkreativen Möglichkeiten beraubt, wenn sie sich nur noch jenen Probleme zuwendete, die sich mit Hilfe formalisierbarer (Mikro-)Modelle und streng empirischer Methodik behandeln lassen. Vor allem kann hervorgehoben werden, daß der Gegenstand des Soziologen im Gegensatz zu dem des Physikers „Sinn", „Kommunikation", „Sprache" und „Intentionalität" einschließt (BUCKLEY, 1967). Zu den Wegmarkierungen der Geschichte der S. werden zumeist die Werke folgender „Klassiker" gezählt: A. COMTE, Herbert SPENCER, Karl MARX, Alexis de TOCQUEVILLE, Emile DURKHEIM, Vilfredo PARETO und Max WEBER. Diese Aufzählung kann jedoch nur einer vorläufigen Orientierung dienen; könnte man doch einwenden, daß eigentlich Auch Adam SMITH, Georg Wilhelm HEGEL, Adam FERGUSON, Henri DE SAINT-SIMON u.a. dazugerechnet werden müßten.

Womit beschäftigt sich die S.? Es gibt darauf ebenso viele Antworten wie soziologische „Paradigmata". Deshalb läßt sich diese Frage sinnvoll nur beantworten, indem man von einem „Ansatz" zum anderen wandert. Bei den einzelnen „Paradigmata" handelt es sich z.T. um „Antworten" von Soziologen auf soziale Probleme, um die sie sich bemühten, häufig *nachdem* diese Probleme in der „Gesellschaft“ auf Grund schwerer Konflikte (an-)erkannt worden waren. Ein soziologischer Ansatz ist deshalb zunächst aus den ihm zugrundeliegenden Problemstellungen heraus zu verstehen. Er führt, folgt man dem Skeptizismus WEBERS (1973), nicht zur „objektiven Wahrheit“, sondern nähert sich der Realität nur gemäß besonderer Gesichtspunkte, die sich aus Wertvorstellungen ableiten lassen.

Die einzelnen soziologischen Ansätze stehen nicht isoliert nebeneinander, sondern werden durch „Kritik“ miteinander in Beziehung gesetzt, wobei versucht wird, übergreifende Perspektiven zu finden, damit unter Soziologen, aber auch zwischen ihnen und anderen Sozialwissenschaftlern, z.B. Psychologen, Kommunikation möglich ist (BUCKLEY, 1967, 39). So gibt es schon Elemente einer einheitlichen Fachsprache: soziales System, Struktur, Funktion, Rolle, Position, Status, Wert, Norm, Schicht, Gruppe, Organisation usw. (BERNSDORF, 1969; KÖNIG, 1977; JOHNSON, 1963), die meisten dieser Begriffe werden jedoch unterschiedlich definiert; ihr Verhältnis zur Realität ist umstritten. Die „große theoretische Synthese“ ist wahrscheinlich nicht erreichbar, zumal „Widersprüche“ in der soziologischen Diskussion häufig in „Unvereinbarkeiten“ der Gesellschaft ihren Ursprung haben und die Zukunft der menschlich-sozialen Entwicklung noch offen ist. „Krise“ und „Herrschaft“ als traditionelle Problemgebiete der S. z.B. werden stets von neuem soziologische Phantasie herausfordern.

2 Zur Problemstellung

Die soziale Welt wird einerseits von Menschen gemacht; andererseits sind die Menschen selbst Produkt eben dieser Welt. Obwohl sie ihre Realität nicht blindlings produzieren – sie setzen sich Ziele, gestalten mit Vorbedacht –, tritt sie ihnen als etwas Objektives, Fremdes, u.U. Undurchschaubares entgegen.

Der Soziologe ist Teil dieser sozialen Welt; aus ihr empfängt er, wie jeder andere, seine Deutungsmuster. Anders als bei seinen Mitmenschen besteht jedoch u.a. seine Rolle darin, Theorien und Analysen zu Aspekten der sozialen Welt herzustellen. Wodurch unterscheiden sich seine Bemühungen von den Interpretationsversuchen der *nicht*soziologischen Umwelt, unter deren Druck er ständig steht? U.U. dient er dieser nur als „Dolmetscher“ und „Gestalter“ ihrer (selektiven) Wahrnehmungen und Deutungen. Dies liegt z.B. vor, wenn er Forschungen betreibt, die einseitig den Erkenntnisinteressen von Wirtschaftsunternehmen oder politischen Parteien entsprechen. Ein Industriebetrieb etwa ist an einem reibungslosen Produktionsablauf interessiert; deshalb sind für ihn alle jene Faktoren relevant, die diesem Ziel dienen. Für den Betriebssoziologen ergibt sich daraus die Aufgabe, Hypothesen und Modelle zu entwickeln, mit deren Hilfe Untersuchungen durchgeführt und Handlungsanweisungen entwickelt werden können. Die soziologische Forschung wird damit auf die für die auftraggebende Instanz relevante Realitätsperspektive festgelegt. Dies muß nicht nur zu Mikro- (Kleingruppen-, Organisationstheorie usw.), sondern kann auch zu umfassenden Gesellschaftstheorien führen; besteht doch bei den herrschenden sozialen Instanzen ein wachsender Bedarf an Wissen zur Steuerung und Planung der Gesamtgesellschaft (HABERMAS/LUHMANN, 1971) oder großer gesellschaftlicher Teilbereiche (z.B. Wirtschaft, Ausbildung).

Ein alternatives soziologisches Erkenntnisinteresse besteht darin, die Folgen sozialer Organisation und Steuerungsprozesse für die ihnen unterworfenen Menschen zu beleuchten. Im Vordergrund steht eher „Totalitäts-“ als isolierende Betrachtung mikrosozialer Einheiten oder gesellschaftlicher Teilbereiche. Es erstreckt sich nicht auf das Problem, wie soziale Organisation, die stets Herrschaft über Menschen einschließt, effektiver gestaltet, sondern wie man aus Zwang und Bevormundung befreit werden kann.

Ein wichtiger Aspekt für S. als Aufklärung ist die *Verdinglichung*: die Menschen bringen unter bestimmten strukturellen Bedingungen eine Realität hervor, die ihnen in Gestalt von „Sachen“ entgegentritt; von diesen gehen „Zwänge“ aus, die sie zu „Subjekten“ machen, während die eigentlichen „Subjekte“, die Menschen, zu „Sachen“ degradiert werden. Es gilt, jene „Welt der Sachlichkeit“ zu durchdringen, das ihr zugrundeliegende Beziehungsgefüge freizulegen und damit emanzipatorische Praxis zu ermöglichen.

Ganz allgemein stellt sich für die S. die Frage, ob sie sich mehr der Analyse der historisch einmaligen Phänomene widmet und sich dabei der „Theorie“ nur als Mittel bedient oder Theoriebildung für sie Hauptziel ist (WEBER, 1973).

3 Ansätze in der Soziologie

3.1 Phänomenologie, symbolischer Interaktionismus, Ethnomethodologie

Folgende Streitfragen zu Methodologie und Wissenschaftscharakter der S. kehren immer wieder: Können soziale Phänomene in Analogie zu Naturereignissen oder müssen sie vielmehr als Gegenstände einer „Welt des objektiven Geistes" angesehen werden? Ist das gesellschaftliche Ganze dem Dasein des Individuums vorgegeben, so daß dies nur als Teil einer Ganzheit ist, oder ist das, was man das gesellschaftliche Ganze nennt, nur ein Ergebnis des Handelns einzelner Individuen? Können Geschichte, Gesellschaft und Kultur unter Gesetzen begriffen werden oder sind alle als Gesetz ausgegebene Deutungsversuche nur historisch bestimmte Abstraktionen? Auf diese Fragen versuchte Alfred SCHÜTZ eine Antwort und damit der „phänomenologischen Richtung" in der S. eine Begründung zu geben (SCHÜTZ, 1960, 1).

Ausgangspunkt waren für ihn die Werke Georg SIMMELS und Max WEBERS: „Simmels leitende Idee aber, alle materialen sozialen Phänomene auf die Verhaltensweisen Einzelner zurückzuführen ... hat fortgewirkt und sich als tragfähig erwiesen" (1960, 2). Vor allem knüpfte SCHÜTZ an M. WEBER an, für den S. eine Wissenschaft ist, „welche soziales Handeln deutend verstehen und dadurch in seinem Ablauf und seinen Wirkungen ursächlich erklären will" (WEBER, 1925, 1).

WEBER nimmt also zur Entwicklung des Bezugsrahmens der S. nicht „Gesellschaft" als Realität eigener Art, sondern den Begriff des *sozialen Handelns* als Ausgangspunkt, von dem er zu immer komplexeren Begriffen seiner *„verstehenden Soziologie"* schreitet (1925, 1f.). Nach SCHÜTZ (1960, 3) liegt die Bedeutung WEBERS darin, daß er „alle Arten sozialer Beziehungen und Gebilde, alle Kulturobjektivationen und Regionen des objektiven Geistes auf das ursprünglichste Geschehenselement des sozialen Verhaltens Einzelner zurückführt" ... „Nur das Handeln des Einzelnen und dessen gemeinter Sinngehalt ist verstehbar und nur in der Deutung des individuellen Handelns gewinnt die Sozialwissenschaft Zugang zur Deutung jener sozialen Beziehungen und Gebilde (z.B. Staat, Bürokratie, P.S.), die sich in dem Handeln der einzelnen Akteure der sozialen Welt konstituieren".

SCHÜTZ geht es darum, im Anschluß an das Denken Henri BERSONS und Edmund HUSSERLS, den methodologischen Ausgangspunkt WEBERS, vor allem den Sinnbegriff, stärker zu fundieren.

Die Struktur der „Sozialwelt" ist für alle, einschließlich des sie zu deuten suchenden Soziologen, sinnhaft. In der Welt leben wir mit und für andere(n), orientieren uns an ihrem Verhalten, das wir zu verstehen suchen, wobei wir voraussetzen, daß sie auch unser Verhalten verstehen. In diesen „Sinnsetzungs- und Sinndeutungsakten baut sich für uns in Graden verschiedener Anonymität in größerer oder geringerer Erlebnisnähe, in mannigfachen, einander durchkreuzenden Auffassungsperspektiven das Sinngefüge der sozialen Welt auf" (SCHÜTZ, 1960, 7). Der Sinnzusammenhang, in den die wissenschaftliche Deutung die Welt einordnet, ist jedoch nicht der des unmittelbaren Erlebens, sondern der der „ordnenden Betrachtung". Diese versucht mit Hilfe der Konstruktion von „Idealtypen" die Realität zu verstehen, wobei sich dieses Verständnis nur im Grad der Deutlichkeit und Vollständigkeit u.U. von der spontanen Deutung des Nichtsoziologen unterscheidet. Auch dieser verwendet zu seiner Orientierung Idealtypen, der Soziologe muß jedoch im Gegensatz zu ihm seine idealtypischen Konstruktionen, die der Erforschung der sozialen Welt dienen sollen, explizit machen. Vor allem darf er sie nicht mit der Realität selbst verwechseln. Ferner müssen sie „mit dem Gesamtzusammenhang der wissenschaftlichen Erfahrung von Welt (...) verträglich sein" (SCHÜTZ, 1960, 225). Das Problem der S. besteht, kurz, darin, einen *objektiven* Sinnzusammenhang von subjektiven Sinnzusammenhängen herzustellen.

Der phänomenologische Ansatz setzt sich in einer Reihe unterschiedlicher Richtungen der S. sowie in Methoden zur empirischen Sozialforschung (CICOUREL, 1970) fort, so z.B. im „symbolischen Interaktionismus", der wiederum die folgenden Ansätze anregte: *„Ethnomethodologie"*, „Labeling Theorie", „dramaturgische Soziologie" und die „Soziologie des Absurden" (MANIS/MELTZER, 1972, 9). Alle diese Orientierungen betonen die aktive, selbstbewußte Natur menschlichen Handelns und folgen jenen Perspektiven, die dieses aus der Sicht des Handelnden heraus analysieren wollen. Der *symbolische Interaktionismus*, der sich insbesondere auf George Herbert MEAD beruft, betont, wie dieser, die nichtbeobachtbaren Aspekte menschlichen Verhaltens und stellt sich damit ebenfalls in Gegensatz zum von John B. WATSON begründeten *Behaviorismus*; er betont ferner den Vorrang der Gesellschaft, zugleich jedoch das Individuum als aktive, kreative Quelle des Verhaltens (MANIS/MELTZER, 1972, 1–2).

Was die *Ethnomethodologie*, als weitere in der Tradition der Phänomenologie stehende Richtung, eng verbunden mit dem Namen Harold GARFINKELS, betrifft, so beschäftigt sie sich mit den praktischen, alltäglichen Aktivitäten, die Menschen in der Gesellschaft entfalten, um sich selbst und anderen ihre alltäglichen Angelegenheiten verständlich und erklärlich zu machen, ferner mit den Methoden, die sie anwenden, wenn sie ihre alltäglichen Angelegenheiten hervorbringen und bearbeiten. Mit der *Ethnotheorie* hat die Ethnomethodologie das Ziel gemeinsam, die Welt so zu verstehen, wie sie von Menschen im Alltagsleben gesehen und interpretiert wird (PSATHAS, 1973).

3.2 *Handlungstheorie, Funktionalismus, Theorie kollektiven Verhaltens*

Nach WEBER wird die soziale Realität letztlich durch das Handeln Einzelner konstituiert. Aber tritt sie nicht dem Einzelnen als eine objektive Faktizität in Gestalt vorgegebener gesellschaftlicher Organisation und kultureller Traditionen, die sein Handeln und seine Weltdeutungen bestimmen, entgegen? Kommt nicht aus dem Handeln vieler Einzelner etwas heraus, was diese nicht beabsichtigen (was WEBER nicht übersah)? Diese Fragen führen zu einer Reihe zentraler soziologischer Ansätze, die den *„objektiven" Charakter der sozialen Realität* betonen, ohne dabei ihren „subjektiven" zu ignorieren. So betont z. B. DURKHEIM, daß es die S. mit einer außerhalb des individuellen Bewußtseins stehenden Realität eigener Art zu tun habe und die soziologischen Tatbestände unter dem Gesichtspunkt zu betrachten seien (DURKHEIM, 1961), welche Funktion sie im Rahmen eines Ganzen besäßen. Und von MARX wird die soziale Realität als ein den Individuen vorgegebenes System sozialen Zwanges dargestellt und betont, daß in letzter Instanz „Produktivkräfte" und „Produktionsverhältnisse" sowie die sich aus ihren Beziehungen ergebende Dynamik – vorgegebene Strukturen, Prozesse und Entwicklungen also – Handeln und Interpretationen der Menschen determinieren.

Einer der prominentesten und zugleich umstrittensten zeitgenössischen S., Talcott PARSONS, versucht nun diese verschiedenen theoretischen Perspektiven zu einer „Theorie des sozialen Handelns" zu synthetisieren und damit einen Bezugsrahmen für die Sozialwissenschaften einschließlich der Psychologie, zu schaffen (PARSONS, 1964). Ebenfalls wie WEBER von der subjektiven Perspektive des Handelnden ausgehend, erweitert er den Handlungsbegriff, indem er u. a. die situative Komponente (durch den Akteur wahrgenommene Bedingungen und Mittel) hervorhebt. Unter dem Eindruck der Psychoanalyse von Sigmund FREUD und der Verhaltenspsychologie verfeinert und ergänzt er seinen theoretischen Bezugsrahmen (PARSONS/SHILS, 1962, 53, 56). Dieser involviert Akteure (Individuen oder Kollektivitäten), Situationen (Aspekte der äußeren Welt des Akteurs, die für ihn Bedeutung haben) und Orientierungen (Pläne, Erkenntnisse, negative oder positive Besetzungen usw.) zur Situation.

Parallel dazu verlagert sich sein Blickwinkel von der Ebene des individuellen Akteurs hin zu jener des *sozialen Systems* (PARSONS, 1951) – konstituiert durch das Handeln mehrerer Akteure – und der „Gesellschaft", des komplexen, „selbstgenügsamen" Handlungssystems. Dies geschah auf Anregung des Physiologen L. J. HENDERSON, seinerseits beeinflußt durch die systemtheoretischen Überlegungen des Ingenieurs und Soziolog. PARETO (PARSONS/SHILS/LAZARSFELD, 1975, 29). Dabei trifft er die analytische Unterscheidung zwischen *„Kultursystem"* – System der Werte, Normen usw. – *„sozialem System"* und *„personalem System"* – System des Handelns des Individuums, das an diversen sozialen Systemen mit jeweils einem strukturierten Ausschnitt seines Handelns („Rolle") teilnimmt. Alle drei Ebenen sind in der Realität miteinander über „Institutionalisierung" und „Internalisierung" verbunden. Es gibt kein soziales System, in dem die Interaktionen nicht durch Kommunikation, gemeinsame Werte, Normen usw. vermittelt und strukturiert werden. Sonst würden „Gewalt" und „Macht" vorherrschen, Bedingungen, unter denen nach PARSONS ebenso wenig wie nach DURKHEIM ein soziales System Bestand haben könnte. Ebenso wenig gibt es ein Individuum, dessen „Über-Ich" nicht durch herrschende Werte geprägt ist. Ebenso wie das Individuum Bedürfnisse hat, hat nach PARSONS die Gesellschaft (wie jedes soziale System) funktionale Erfordernisse, die erfüllt werden müssen, soll ihr Fortbestand gewährleistet sein. So gibt es das Erfordernis der *„Anpassung"*, das in der funktional und strukturell differenzierten Gesellschaft die „Wirtschaft", das der *„Zielerreichung"*, das die „Politik", das der *„Integration"*, das z. B. das Rechtswesen und das der *„Aufrechterhaltung der Muster"* und der *„Spannungsbewältigung"*, das z. B. das Ausbildungswesen erfüllt.

Um diese Erfordernisse kristallisieren sich bestimmte Strukturen (Beziehungsgefüge), die u. a. mit Hilfe der „Orientierungsalternativen" – von PARSONS nach dem Vorbild des auf Ferdinand TÖNNIES zurückgehenden Begriffspaares „Gemeinschaft – Gesellschaft" entwickelt – beschrieben und verglichen werden können (PARSONS/SHILS, 1962, 77 f.).

Soziale Systeme tendieren zu einem Zustand des Gleichgewichts (der „Ordnung"), der u. a. dann vorliegt und stabil ist, wenn die Beteiligten ihre Rollen den herrschenden institutionalisierten Wertmustern gemäß spielen und eine Proportionalität zwischen ihren Beiträgen und Belohnungen wahrnehmen.

An dem Werk PARSONS' wird kritisiert, daß es Antworten unabhängig von Problemstellungen, eher Kategorien als Theorien enthalte, daß es „Konflikt" und „sozialen Wandel" vernachlässige und eine übersozialisierte Konzeption vom Menschen (WRONG, 1963) einschließe.

Als Alternative zu diesem Systemmodell, das Konsensus über die herrschenden Werte unterstellt, bieten sich *„Konfliktmodelle"* (Lewis COSER, 1940; Ralf DAHRENDORF, 1961) an, die „Konflikt" als ein wesentliches Prinzip des sozialen Lebens ansehen und seine Funktionen, sei es für „Integration", sei es für „sozialen Wandel", hervorheben.

Robert K. MERTON (1963, 37–42), Schüler von PARSONS, versucht, die *funktionale Analyse* als Instrument für soziologische Forschung auszuarbeiten und den Vorwurf zu entkräften, sie enthalte eine *„konservative"* Voreingenommenheit, indem er Parallelen zwischen ihr und der *„dialektischen"* (MARX/ENGELS) Analyse zu zeigen versucht. Ferner unterscheidet er zwischen *„allgemeiner soziologischer Orientierung"* und *„soziologischer Theorie"*. Im ersten Fall handelt es sich um methodologische Perspektiven, wie z. B. „Organismus-", „Gleichgewichts-", „Konflikt-", „Prozeßmodell" oder „Marxismus", „Funktionalismus", im zweiten um darauf basierende präzise Aussagesysteme, die Erklärung und Erforschung konkreter Phänomene ermöglichen (MERTON, 1963, 85–99). Nach MERTON sollte die S. weniger nach dem allumfassenden theoretischen System suchen als sich vielmehr mit der Konstruktion von *„Theorien mittlerer Reichweite"* bescheiden.

Auch ein anderer Schüler PARSONS', Neil J. SMELSER (1972), versucht dessen Werk zu ergänzen, indem er sich den Problemen „Konflikt" und „Wandel" zuwendet und eine *Theorie kollektiven Verhaltens"* konstruiert („nichtinstitutionalisiertes Verhalten"), das nicht nur von Behörden (zu Unrecht) oft als „abweichendes Verhalten" definiert wird. Es geht vor allem um jenes Verhalten, das auf die Veränderung bestehender Organisation, Ressourcenverteilung, Normen oder Werte ausgerichtet ist. Kollektives Verhalten kann „vorwärts" (z. B. sozialreformerische oder revolutionäre Bewegungen) oder „rückwärts" (z. B. Pogrome, Lynchjustiz) ausgerichtet sein (HEINZ/SCHÖBER, 1972).

3.3 Mikrosoziologie und Reduktionismus

PARSONS erfährt, wie erwähnt, auch aus methodologischen Gründen Kritik. So wirft ihm George Caspar HOMANS (1964, 957) vor, daß er logische Beziehungen zwischen Kategorien bereits als „Theorie" ansehe. Für HOMANS (1964, 952) ist eine „Theorie" dagegen eine Aussage über Zusammenhänge zwischen Variablen, die eine empirische Bewährungsprobe zulassen. Das Ziel der S. müsse darin bestehen, möglichst universell gültige Sätze über menschliches Verhalten zu finden, wie sie etwa innerhalb der Verhaltenspsychologie formuliert werden (1961, 3–7). HOMANS (1961, 17 f.) sieht u. a. in den Vorstellungen B. F. SKINNERS (1965) ein Vorbild, der Erkenntnisse aus der Tierpsychologie auf menschliches Verhalten zu übertragen sucht. Sein eigenes Hauptanliegen ist die Analyse des Alltagsverhaltens der Menschen.

Soziologische Theorien beruhen nach HOMANS stets explizit oder implizit auf (verhaltens-)psychologischen Prämissen; zumeist bleiben diese implizit, weil sie oft als „Banalitäten" angesehen werden. Erklärungen sozialer Phänomene müssen einem deduktiven Schema folgen, dem möglichst universell gültige theoretische Sätze zugrundeliegen, die psychologischer Natur sind (MALEWSKI, 1965).

Sein wichtigster Beitrag besteht in einer Theorie *elementaren sozialen Verhaltens*, die dazu dienen soll, *„subinstitutionelles"* Verhalten zu erklären:

das Verhalten, von Angesicht zu Angesicht, das sich innerhalb, unterhalb, neben oder entgegen des/dem institutionellen Verhalten(s) (z.B. eine informelle Gruppe in einer formalen Organisation) abspielt.
Offizielle Normen stellen den Rahmen für subinstitutionelles Verhalten dar, können aber auch dadurch verändert werden. Bevor die „große Gesellschaftstheorie" formuliert werden kann, müßten erst verläßliche Fundamente geschaffen werden.
Ungeklärt bleibt, wie über einen mikrotheoretischen Ansatz zu den gesellschaftlichen Ordnungen, die von makrosozialen Einheiten (z.B. Klassen) durch Konflikt, Unterwerfung, Konsensus oder „List der Vernunft" hergestellt, kontrolliert und verändert werden, Zugang gewonnen werden soll. An diese Frage knüpft der HOMANS nahestehende Soziologe Peter M. BLAU (1967, 2–3) an, der eine Beziehung zwischen den Soziologien des Alltagslebens à la SIMMEL oder Erving GOFFMAN einerseits und den makrosoziologisch orientierten Ansätzen à la M. WEBER oder T. PARSONS andererseits herstellen will.

3.4 Makrosoziologie und die Entwicklung einer allgemeinen Systemperspektive

Bei seinem Versuch, Mikro- und Makrosoziologie miteinander zu verbinden, versucht BLAU die Prozesse zu analysieren, die die Assoziationen zwischen Menschen bestimmen. Dies soll zu einer Theorie der (Gesellschafts-)Sozialstruktur führen. Das Problem besteht darin, komplexe soziale Prozesse aus einfachen abzuleiten, ohne dabei den reduktionistischen Fehler zu begehen, Aggregateigenschaften zu ignorieren. Grundprinzip des sozialen Lebens ist für BLAU wie für HOMANS – in Anlehnung an G. SIMMEL – der *soziale Austausch*. Davon ausgehend will er die Frage beantworten, auf welche Weise sich das soziale Leben in immer komplexere Assoziationen zwischen Menschen organisiert. Das Verständnis der Beziehungen von Mensch zu Mensch in mikrosozialen Gebilden ist für ihn Ausgangspunkt für das Begreifen komplexer sozialer Strukturen. Vor allem gelte es zu vermeiden, theoretische Konzeptionen zu entwerfen, die sich entweder zu weit von der beobachtbaren sozialen Realität entfernten oder eben die Aggregateigenschaften vernachlässigten, die bei komplexeren Assoziationen aufträten. So lasse sich z.B. gewerkschaftliche Tarifpolitik kaum mit Hilfe eines Kleingruppenmodells erforschen. Andererseits lehnt BLAU das *Gestalt-* oder *Ganzheitsmodell* von der sozialen Realität (z.B. HEGEL, MARX) ab, weil aus ihm keine überprüfbaren Hypothesen abgeleitet werden könnten, und außerdem komplexe soziale Prozesse schließlich ihre Wurzeln in einfachen hätten (1967, 1–11).
Versucht BLAU, Makro- und Mikrosoziologie miteinander zu verbinden, so geht es z.B. Amitai ETZIONI (1969) eher darum, Makrosoziologie als eigenständige Richtung zu etablieren. Sein Versuch besteht darin – unter Berücksichtigung des Machtbegriffs –, den „kollektivistischen" Ansatz, bei dem bewußte gesellschaftliche Steuerung und geplanter Wandel keine Rolle spielen, mit dem „voluntaristischen" Ansatz, bei dem „Entscheidung", „Zielsetzung", „Strategie" usw. zentrale Momente sind, zu verbinden.
Für diese Bemühungen gibt es nach ETZIONI neben theoretischen vor allem *praktische Gründe*: die wachsende Bedeutung der gesamtgesellschaftlichen Planung und Steuerung, insbesondere in den Entwicklungsländern. In diesem Zusammenhang haben folgende wissenschaftliche Richtungen außerhalb der S. ein großes Gewicht bekommen: die Systemtheorie, Kybernetik, Informations-, Kommunikations-, Entscheidungs- und Spieltheorie (BUCKLEY, 1967, 1–4).
Die praktische wie auch die mögliche theoretische Relevanz dieser Richtungen waren Grund genug, sie in die soziologische Diskussion einzuführen; schienen sie doch überdies eine Möglichkeit zu bieten, unterschiedliche Ansätze sowie verschiedene Sozialwissenschaften auf der Grundlage einer gemeinsamen Perspektive und Sprache zu integrieren.
Kerngedanke dieser Sichtweise ist, daß „soziokulturelle Systeme", mit denen es die S. zu tun habe, weder durch „Energie" noch durch „Materie", sondern vielmehr durch „Information", „Kommunikation" und „Sinn" konstituiert werden. Dies müsse bei der Konstruktion allgemeiner Modelle und spezieller Theorie beachtet werden, eine Erkenntnis, die für Soziologen nicht neu ist; sie wurde aber nach Walter BUCKLEY (1967, 7–40) nicht immer genügend berücksichtigt. So habe ein Teil der Modelle in der S. eher einen mechanistischen oder organizistischen Charakter; ein anderer Teil, der den Prozeßcharakter der sozialen Realität betone

(z. B. M. WEBER, K. MARX, G. SIMMEL, Herbert BLUMER usw.), entspräche dagegen schon eher jener Sichtweise. Allen Prozeßmodellen sei nämlich gemeinsam, daß sie die soziale Realität als permanenten Erzeugungsprozeß ansähen, in dessen Verlauf stets soziale Strukturen aufgebaut, interpretiert, entwickelt und beseitigt würden.
Das Anliegen des synthetisierenden Systemansatzes ist die Entwicklung eines komplexen adaptiven Systemmodells, dessen Grundgedanken (Offenheit, Informationsverkettung, Rückkopplungsschleifen, Zielgerichtetheit, Selbstregulierung, Selbststeuerung, Selbstorganisation) einigen der oben genannten Richtungen entnommen sind. Zwei Typen von Prozessen sind für dieses Systemmodell, das eine Ganzheitsvorstellung impliziert, maßgeblich: *Morphostatische* Prozesse – Prozesse des Austausches des Systems mit seiner Umwelt, um seine Organisation oder seinen Zustand zu erhalten – und *morphogenetische Prozesse* – Prozesse, die die Funktion haben, die vorhandene Struktur weiter zu entfalten und zu verändern (BUCKLEY, 1967, 58 f.).
Zusammengefaßt wird das „soziokulturelle System“ als eine komplexe adaptive Organisation von Komponenten definiert, die versucht, kontinuierlich die Vielfalt ihrer äußeren Umgebung durch Wissenschaft, Technologie, Magie, Religion sowie ihr internes Milieu durch Alltagsverständnis, Symbole, Erwartungen, Normen und Werte abzubilden bzw. zu gestalten. Ein konstanter Fluß potentiell brauchbarer Vielfalt wird durch soziale Differenzierung, durch individuelle Unterschiede und Unterschiede zwischen Subgruppen, durch Erfahrung, Erforschung und kulturelle Diffusion gewährleistet. Die interne Quelle der Dynamik des fortlaufenden Prozesses ist die fortdauernde Erzeugung variierender Grade von Spannungen innerhalb und zwischen den interagierenden Komponenten. Spannung wird als innewohnendes charakteristisches und wesentliches Merkmal des Systems angesehen (BUCKLEY, 1967, 128–129).

3.5 Kritische Theorie und Kritik der Politischen Ökonomie

Vietnamkrieg, soziale Mißstände sowie die „Arroganz der Mächtigen“ lösten den weltweiten Studentenprotest aus. Da die „etablierten“ arbeitsteiligen Sozialwissenschaften für jene Phänomene keine Erklärung hatten, entweder weil ihre Bezugsrahmen zu eng waren oder sie sich nicht dafür interessierten, wurden sie radikal in Frage gestellt. Dies geschah zunächst aus der Sicht der in der HEGELschen und MARXschen Tradition stehenden „kritischen Theorie“, der „Frankfurter Schule“ (Herbert MARCUSE, 1968, 11–20; Theodor W. ADORNO, 1973; Max HORKHEIMER, Jürgen HABERMAS, 1969, u. a.), die ihnen vorwarf, sich nicht, wie noch M. WEBER, für eine „Entzauberung der Welt“, sondern nur für irrelevante Detailprobleme oder für die Erarbeitung technokratisch verwertbaren (Herrschafts-)Wissens zu interessieren (ADORNO, 1973). Versteht sich die „etablierte“ Sozialwissenschaft eher als „wertneutral“, so geht die „kritische Sozialwissenschaft“ von expliziten Wertentscheidungen aus; Wissenschaft müsse dazu beitragen, jene Verhältnisse zu entlarven, die einer historisch real-möglichen Befreiung und Entfaltung der Menschen im Wege stünden (MARCUSE, 1968, 11–20). S. wird nicht als ein der Gesellschaft gegenüberstehendes neutrales Subjekt, sondern als ein Teil des gesellschaftlichen Bewußtseins angesehen, das die Gesellschaft unter dem Gesichtspunkt der Totalität zu begreifen sucht, wobei Wertpräferenzen ihre Quelle in als repressiv erkannten Strukturen und den wahrgenommenen Alternativen dazu haben.
Mit der Verbreitung der kritischen Theorie war eine Rückbesinnung auf den Marxismus und die „Kritik der Politischen Ökonomie“ verbunden. Aus der Sicht der S. bietet der Marxismus mit seiner „dialektischen Totalitätsbetrachtung“ (Georg LUKACS, 1976) eine Basis, die Sozialwissenschaften von der S. über die Ökonomie bis hin zur Psychologie, Kulturanthropologie und Geschichte zu integrieren. Seine zentralen Begriffe wie „Entfremdung“, „Verdinglichung“, „Charaktermaske“, „Ausbeutung“ sind stets von neuem geeignet, Problembewußtsein anzuregen.
Die „Kritik“ läßt sich als eine „S. der Arbeit“ interpretieren; steht doch im Zentrum ihrer Problemstellung die menschliche Arbeit als eigentliche Schöpferkraft und das Verhältnis des unmittelbaren Produzenten zu seiner Arbeit, seinen Arbeitsprodukten und -bedingungen. Als Gesellschaftstheorie, die *Struktur, Funktionsweise, Entwicklung* und *Entstehen* (MARX, 1959, 16–17) der kapitalistischen Gesellschaft begreifen will, stellt sie eine Alternative zu

Theorien der modernen Industriegesellschaft oder zu Modernisierungstheorien in der Entwicklungsländerforschung dar.
Ein zentraler Gesichtspunkt bei MARX ist der des Klassenkampfes, der zusammen mit der „Arbeit" die menschliche Entwicklung vorantreibt und gestaltet. Arbeit als „Prozeß zwischen Mensch und Natur" findet stets im Kontext von Herrschaft und Ausbeutung statt. Da die Arbeitenden diesen Zusammenhang nicht unmittelbar durchschauen, gleichwohl darunter leiden, fällt der „Kritik" die Aufgabe zu, ihn zu verdeutlichen, seinen strukturell widerspruchsvollen Charakter sowie die daraus resultierenden Veränderungschancen aufzudecken und damit einen Beitrag zur Bewußt- und Subjektwerdung der unmittelbaren Produzenten zu leisten. Die neuere S. ist ohne den Beitrag MARX' nicht denkbar. So entwickelte WEBER viele seiner Gedanken in Auseinandersetzung mit ihm. Maßgeblich beeinflußt hat er die Wissenssoziologie ebenso wie die Rechtssoziologie, und Ansätze zur Analyse von Sozial-(Klassen-) Struktur, sozialem Konflikt und Wandel beziehen sich, sei es zustimmend, sei es ablehnend, stets von neuem auf ihn.

4 Ausblick

Weder ist die Frage: Was ist S.? mit diesem Überblick erschöpfend skizziert, noch werden die unerwähnt gebliebenen Ansätze für irrelevant gehalten. Die Zukunftsperspektiven? Weiterhin wird sich S. im Spannungsfeld einander widersprechender Ansätze, von „Stoff- und Sinnhuberei" (M. WEBER), Wahrheitsanspruch und Selbstbescheidung, von Elfenbeinturm und Parteilichkeit bewegen, ständig von neuem den Versuch wagend, ein für Anhänger und Publikum einsehbares Grundlagenwissen zu schaffen. Aber stets von neuem wird sie eine eingebildete oder tatsächliche wissenschaftliche Krise einholen. S. ist eben ein Teil des gesellschaftlichen Bewußtseins; einiges von ihrer Zeit in Gedanken fassend bewegt sie sich in einander widerstreitenden Perspektiven, zwischen Kreativität und Konservatismus, Skepsis und Selbstvertrauen, zwischen sozialem Engagement und Indifferenz ... nicht anders als ihr Gegenstand und Produzent: das gesellschaftliche Sein.

Verweis auf andere Stichwörter

→Allgemeine und Angewandte Psychologie →Entfremdung →Interaktion und Kommunikation →Subjekt →Wissenschaftstheorie und Psychologie

Literatur

ADORNO, TH. W.: Aufsätze zur Gesellschaftstheorie und Methodologie. Frankfurt/M.: Luchterhand 1973.

ARON, R.: Hauptströmungen des soziologischen Denkens, 2 Bde. Köln: Kiepenheuer & Witsch 1971.

BERGER, P. L./LUCKMANN, TH.: Die gesellschaftliche Konstruktion der Wirklichkeit: Eine Theorie der Wissenssoziologie. Frankfurt/M.: Fischer 1970.

BERNSDORF, W., (Hrsg.): Wörterbuch der Soziologie. Stuttgart: Enke 1969.

BLAU, P. M.: Exchange and Power in Social Life. New York: Wiley 1967.

BOTTOMORE, T. B.: Sociology. London: Unwin University Books 1966.

BUCKLEY, W.: Sociology and Modern Systems Theory. Englewood Cliffs, New Jersey: Prentice Hall 1967.

CICOUREL, A.: Methode und Messung in der Soziologie. Frankfurt/M.: Suhrkamp 1970.

COSER, L.: The Function of Social Conflict. Toronto: Collier-Macmillan 1964.

DAHRENDORF, R.: Gesellschaft und Freiheit. München: Piper 1961.

DURKHEIM, E.: Regeln der soziologischen Methode. Neuwied: Luchterhand 1961.

ETZIONI, A.: Elemente einer Makrosoziologie. In: ZAPF, W. (Hrsg.): Theorien des sozialen Wandels. Köln: Kiepenheuer & Witsch 1969.

FARIS, E. L. (Hrsg.): Handbook of Sociology. Chicago: Rand Mc Nally 1964.

HABERMAS, J.: Analytische Wissenschaftstheorie. In: ADORNO, TH. W. u.a.: Der Positivismusstreit in der deutschen Soziologie. Neuwied: Luchterhand 1969.

HABERMAS, J./LUHMANN, N.: Theorie der Gesellschaft oder Sozialtechnologie?. Frankfurt/M.: Suhrkamp 1971.

HEINZ, W. R./SCHÖBER, P. (Hrsg.): Theorien kollektiven Verhaltens. Beiträge zur Analyse sozialer Protestaktionen und Bewegungen, Bd. 1 und 2. Darmstadt: Luchterhand 1972.

HOMANS, G. C.: Social Behaviour. Its Elementary Forms. London: Routledge & Kegan Paul 1961.

HOMANS, G. C.: Contemporary Theory in Sociology. In: FARIS, E. L. (Hrsg.): Handbook of Modern Sociology. Chicago: Rand Mc Nally 1964.

HORKHEIMER, M.: Traditionelle und kritische Theorie. Frankfurt/M.: Fischer 1974.

INKELES, A.: What is Sociology. Englewood Cliffs, New Jersey: Prentice Hall.

JOHNSON, H. M.: Sociology: A Systematic Introduction. London: Routledge & Kegan Paul 1963.

KON, I. S.: Der Positivismus in der Soziologie. Berlin-Ost: Akademie 1968.

KÖNIG, R. (Hrsg.): Soziologie. Frankfurt/M.: Fischer 1977.

KÖNIG, R. (Hrsg.): Handbuch der empirischen Sozialforschung. 2 Bde. Stuttgart: Enke 1967 und 1969.

LUKACS, G.: Was ist orthodoxer Marxismus?. In: Geschichte und Klassenbewußtsein. Neuwied: Luchterhand 1976.

MALEWSKI, A.: Zur Problematik der Reduktion, Stufen der Allgemeinheit in Theorien über menschliches Verhalten. In: TOPITSCH, E. (Hrsg.): Logik der Sozialwissenschaften. Köln: Kiepenheuer & Witsch 1965.
MANIS, G. J. G./MELTZER, B. N.: Symbolic Interaction. Boston: Allyn & Bacon [2]1972.
MARCUSE, H.: Der eindimensionale Mensch. Neuwied: Luchterhand 1968.
MARX, K.: Das Kapital. Bd. 1. Berlin-Ost: Dietz 1959.
MATTHES, J.: Einführung in das Studium der Soziologie. Hamburg: Rowohlt 1973.
MERTON, R. K.: Social Theory and Social Structure. Glencoe: The Free Press 1963.
PARSONS, T.: The Structure of Social Action. Glencoe: The Free Press 1964.
PARSONS, T.: The Social System. Glencoe: The Free Press 1951.
PARSONS, T./SHILS, E./LAZARSFELD, P.: Soziologie – autobiographisch. Stuttgart: Enke 1975.
PARSONS, T./SHILS, E. (Hrsg.): Toward a General Theory of Action. Cambridge (Mass.): Harvard University Press 1962.
PSATHAS, G.: Ethnotheorie, Ethnomethodologie und Phänomenologie. In: Arbeitsgruppe Bielefelder Soziologen (Hrsg.): Alltagswissen, Interaktion und gesellschaftliche Wirklichkeit. 2 Bde. Hamburg: Rowohlt 1973.
SCHÜTZ, A.: Der sinnhafte Aufbau der sozialen Welt. Wien: Springer 1960.
SKINNER, B. F.: Science and Human Behavior. Toronto: Collier-Macmillan 1965.
SMELSER, N. J.: Theorie kollektiven Verhaltens. Hrsg. u. eingel. von HEINZ, W. R./KAUPEN, W./SCHÖBER, P. Köln: Kiepenheuer & Witsch 1972.
VOTO, B. DE: Foreword. In: HOMANS, G. C.: The Human Group. London: Routledge & Kegan Paul 1965.
WEBER, M.: Gesammelte Aufsätze zur Wissenschaftslehre. Tübingen: Mohr 1973.
WEBER, M.: Wirtschaft und Gesellschaft. 1. Halbband. In: Grundriß der Sozialökonomik. Tübingen: Mohr 1925.
WRONG, D. H.: The Oversocialized Conception of Man in Modern Sociology. In: SMELSER, N. J./SMELSER, W. T. (Hrsg.): Personality and Social Systems. New York: Wiley 1963.

Peter Schöber

Spiel

1 Phänomenologie des Spiels

Eine Beschreibung des Phänomens S. ist nicht einfach, denn die verschiedenen Assoziationsfelder, die um das Wort S. herum auftreten, sind sehr unterschiedlich. Nach SCHEUERL (1975, 9) denkt man an Kinder, „die sich traumhaft versunken ihren Imaginationen hingeben; aber man denkt auch an Roulett oder Glücksautomaten; man denkt an variable Gestaltungs- und Ausdrucksprozesse beim Bauen und Basteln, beim Schmücken und Darstellen oder an die interaktiven Strategien und Taktiken des Zusammenspiels von Mannschaften, des Wettkampfes von Gegnern, wo bis zuletzt für Überraschungen alles offen ist; man denkt auch an die streng sich wiederholenden Abläufe geregelter Rituale. Hochdifferenziertes artistisches Können auf ästhetischem oder sportlichem Feld kann Spiel sein, aber auch Domino oder Mummenschanz oder das linkische Springen und Tapsen und Torkeln junger Katzen, denen man bewegliche Dinge vor Augen hält."

Aus dieser Vielfältigkeit der Erscheinungsweise zieht SCHEUERL (10) mit Bezug auf WITTGENSTEIN den Schluß, daß es keine Merkmale gibt, die allen S.n gemeinsam sind; daß es „allenfalls Analogien zwischen einzelnen Gruppen von Spielen" gibt. In diesem Sinne unterscheidet er (346 ff.) zwischen verschiedenen S.begriffen: der S.tätigkeit, dem S., dem S.mittel und dem Spieler.

In der *S.tätigkeit* werden Bewegungsabläufe erzeugt, die sich „durch die Momente der Freiheit, der Ambivalenz, der relativen Geschlossenheit und der besonderen Zeitstruktur und Realitätsbeziehung (innere Unendlichkeit, Scheinhaftigkeit, Gegenwärtigkeit) von anderen Bewegungsabläufen unterscheiden" (347).

Das S. ist ein „improvisierte(s) oder tradierte(s) Vereinbarungs- und Regelgebilde, in (dessen) Rahmen oder nach (dessen) Norm man mittels Spieltätigkeiten jene Bewegungsabläufe erzeugt und gestaltet, und zwar entweder im Alleinspiel oder in der Interaktion mit Partnern und Gegenspielern, wobei man sich besonderer Spielmittel (Spielgeräte, Spielmaterialien, Spielzeuge) oder situationsgebundener Konstellationen (Schwerkraft, Geschwindigkeit, Phantasievorstellungen, Zahlenkombinationen u.v.a.) bedienen kann" (348).

Einen *Spieler* „schließlich nennt man denjenigen, der die Spietätigkeit ausübt, durch welche ein Spielgeschehen (Bewegungsablauf) in Gang kommt oder in Gang gehalten wird, gleichgültig, ob dieses Spielgeschehen dabei innerhalb geregelter oder improvisierter ‚Spiele' abläuft oder aber als spielerische Ablaufgestalt andere Handlungs- und Geschehenszusammenhänge überformt und u. U. verfremdet (z. B. ein Geschäft, einen Rechtsstreit, eine Diskussion, einen Herstellungsprozeß" (348).

2 Spieltheorien

Wegen der Vielschichtigkeit des Erscheinungsbildes werden in der Literatur zahlreiche Theorien zur Erklärung des Phänomens S. angeboten. Die bekanntesten sind: 1. die phänomenologische S.theorie; 2. die entwicklungspsychologische und kognitive S.theorie; 3. die psychoanalytische S.theorie und 4. die sozialpsychologische S.theorie (s. FLITNER, 1975, 13 ff.; vgl. auch HERRON/SUTTON-SMITH, 1971; MILLER, 1973; VAN DER KOOIJ/DE GROOT, 1977).

Die *phänomenologische* S.theorie ist nach VAN DER KOOIJ und DE GROOT (1977, 30 f.) durch die Aspekte der Gerichtetheit, Situationsabhängigkeit und Umweltzentriertheit gekennzeichnet. Die Gerichtetheit bzw. Intentionalität wird daran erkenntlich, daß das Spielen einem bestimmten Ziel untergeordnet ist und mit bestimmten S.mitteln ausgeführt wird. Die Situationsabhängigkeit drückt sich in der Berücksichtigung der Randbedingungen bei der Analyse des S. aus und in der Berücksichtigung des Erfahrungshintergrundes, den ein Spieler in die S.tätigkeit einbringt. Die Umweltzentriertheit besagt, daß zwischen dem Spieler und seiner Umwelt eine dynamische Beziehung besteht, die zu wechselseitiger Beeinflussung führt. Der Spieler befindet sich in einem „Dialog mit seiner Umwelt". Herausragende Vertreter des phänomenologischen S.ansatzes sind u. a. BUYTENDIJK (1934), SCHEUERL (1975), RÜSSEL (1965) und CHÂTEAU (1976).

Die *entwicklungspsychologische und kognitive* S.theorie geht davon aus, daß ein enger Zusammenhang zwischen der Entwicklung des S., der kognitiven Entwicklung und der Entwicklung der Lernfähigkeit besteht. Nach LJUBLJANSKAJA (1976, 113) zeigt sich dieser Zusammenhang „a) in der veränderten Beziehung zwischen Handlung und Sprache; b) in einem höheren Niveau der Analyse und Synthese bei der Reproduktion einer Lebenssituation; c) in einer immer differenzierteren Nachgestaltung der Menschen, ihrer Handlungen und ihrer Beziehungen in der übernommenen Rolle; d) in der Veränderung der Spielprozesse selbst: Das Kind, das früher nur einzelne und unzusammenhängende Ausschnitte aus dem Leben zufällig und fragmentarisch widerspiegelte, beginnt allmählich, ganze Lebenssituationen folgerichtig und zusammenhängend nachzugestalten; e) im Übergang vom Einzelspiel zum Kollektivspiel; f) in der Tatsache, daß das Kind immer kompliziertere und von seinem eigenen Leben entferntere Situationen widerspiegelt, die es nicht mehr durch unmittelbare Beobachtungen, sondern vor allem durch die Schilderung (anderer) kennt." Herausragende Vertreter dieser Position sind u. a. BERLYNE (1960), PIAGET (1969), SUTTON-SMITH (1971), ELKONIN (1974).

Die *psychoanalytische* S.theorie sieht das S. primär aus motivationaler Sicht. Sie analysiert die grundlegenden Motive und Antriebe der S.tätigkeit. Nach diesem Ansatz kommt das Kind zum Spielen, „weil ihm etwas großen ‚Eindruck' macht" (HEINSOHN/KNIEPER, 1975, 51 ff.), wobei alle Bedürfnisse beeindruckend sein können, die „an der Realisierung gehindert werden", „verschoben" oder „einer Regel unterworfen werden". Dabei ist es egal, „ob es sich um Bedürfnisse bei der Nahrungsaufnahme, der Ausscheidung, des Hautkontaktes, der Bewegung, des Einschlafens oder Aufwachens handelt: jede Versagung aus der Lebenswelt des Kindes (...) erscheint dem Kind als vorerst unverständliche Beeinträchtigung, gegen die es sich zur Wehr setzt". Dieses Sichzurwehrsetzen kann sich im S. als Wiederholungszwang, Angstabwehr oder Wunscherfüllung ausdrücken (VAN DER KOOIJ/DE GROOT, 1977, 45 ff.). Gemäß dieser Sichtweise hat PELLER (1973, 62 ff.) Rollenspiele untersucht, um festzustellen, welche Motive hinter der Rolle stehen. Sie fand Motive der Liebe und Bewunderung, der Belebung unbelebter Gegenstände, der Angst, der Verliererrolle, der getarnten Nachgiebigkeit, der Clownrolle, der Rache, der vorweggenommenen Vergeltung, der Magie und des Funktions- und Wiederholungsbedürfnisses. Herausragende Vertreter des psychoanalytischen S.ansatzes sind u. a. ERIKSON (1957), WAELDER (1974) und HARTMANN (1974).

Die *sozialpsychologische S.therapie* hat sich mit dem Rollen- und Regelspiel befaßt. Beim Rollenspiel, das allein oder in Gruppen stattfinden

kann, ahmt der Spieler die Rolle eines anderen nach. Er imitiert sie auf einer Als-ob-Ebene im Handeln und Sprechen, wobei sie sich auf reale Personen (wie Vater, Mutter, Arzt, Polizist, Freund etc.) oder auf fiktive Personen aus dem Fernsehen oder Märchen (z.B. der Held einer Westernserie oder Kasper, Seppl und der Räuber aus dem Märchen) beziehen kann.
Durch das Rollenspiel erweitern die Kinder ihr Verhaltensrepertoire und lernen zahlreiche Rollenkonzepte. Sie werden in ihrer Selbstdarstellung flexibler und können unterschiedliche Verhaltenserwartungen besser erfüllen. Dadurch, daß sie im Rollenspiel viele verschiedene Standpunkte kennenlernen und gegenüber ihren S.partnern vertreten können, werden sie zunehmend befähigt, sich kognitiv in die Rolle anderer zu versetzen und Situationen auch aus der Sicht ihrer Interaktionspartner zu sehen (SCHMIDTCHEN und ERB, 1976, S. 71). Hervorragende Vertreter des Rollenspiels sind SMILANSKY (1973), KOCHAN (1976) und DAUBLEBSKY (1977).
Regelspiele werden im allgemeinen in Gruppen gespielt. Ihr zentrales Anliegen ist es, spezifische Fertigkeiten (z.B. Laufen, Springen, Fußballspielen, Würfeln etc.) in Konkurrenz mit anderen, nach bestimmten Regeln, durchzuführen. Nach SMILANSKY (1973, S. 163f.) leitet sich die Befriedigung beim Regelspiel aus zwei Faktoren ab: der Art der speziellen Tätigkeit und der Freude an ihr und der Zielerreichung bzw. dem Gewinn des S.s. Im Gegensatz zum Rollenspiel kommt der Sprache im Regelspiel keine zentrale Funktion zu. Insofern haben Regelspiele für den Erwerb komplexer sozialer und intellektueller Tätigkeiten (z.B. als Vorbereitung für den Schulbesuch) eine geringere Bedeutung als Rollenspiele. Ihr Schwerpunkt liegt im Üben motorischer Fertigkeiten, in der Entspannung und in der Erziehung zum Befolgen von Regeln und Normen.

3 Formen des Spiels

Die Vielfalt des S. drückt sich in seinen Formen aus. Zahlreiche S.forscher (u.a. BÜHLER, 1928; HETZER, 1972; CHÂTEAU, 1976; PIAGET, 1969; RÜSSEL, 1965; TOLIĆIĆ, 1963) haben sich bemüht, die verschiedenen S.formen unter Funktions- und Organisationsgesichtspunkten zu ordnen. Ihre Ansätze lassen sich in fünf oder vier Klassen subsumieren. Ein Fünf-Klassen-Ansatz wird von RUBINSTEIN (1961, 732) und SCHMIDTCHEN und ERB (1979, 20f.) vorgeschlagen. Sie unterscheiden zwischen den Klassen: Funktionsspiel, Konstruktionsspiel, Sujetspiel (bei SCHMIDTCHEN und ERB: Illusionsspiel), Rollenspiel, Regelspiel. Ein Vier-Klassen-Ansatz stammt von VAN DER KOOIJ und DE GROOT (1977, 101ff.). Sie unterscheiden zwischen den Klassen Wiederholungsspiel, Konstruktionsspiel, Imitationsspiel und Gruppierungsspiel.

In der Klasse *Funktions- oder Wiederholungsspiel* werden S.e zusammengefaßt, in denen Bewegungsformen einfacher Art (z.B. eine Rassel schütteln) oder komplizierter Art (z.B. Turnen) ausgeführt werden. Wesentlich für die Bewegungsformen ist, daß sie rhythmisch und wiederholt ablaufen.
Als *Konstruktionsspiel* werden S.e bezeichnet, in denen nicht mehr die Bewegung als Selbstzweck, sondern als zielgerichtete, geplante Tätigkeit ausgeführt wird. Der Spieler übt mit Gegenständen (z.B. Bausteinen) Tätigkeiten aus, die durch einen Plan organisiert sind.
Als *Sujet-, Illusions- oder Imitationsspiel* werden S.e bezeichnet, in denen „die Gegenstände der Umwelt für das Kind neue Bedeutungen, Phantasiefunktionen" erlangen (RUBINSTEIN, 1961, 732). Es handelt sich um sinnerfüllte, mit Hilfe der Phantasie durchgeführte Handlungen, in denen Bedürfnisse befriedigt, Erfahrungen aufgearbeitet, Erlebnisse geschaffen und Pläne simuliert werden.
Als *Rollen- und Regelspiel* werden S.e bezeichnet, in denen soziale Beziehungen in Form von Rollenbeziehungen nachgestellt oder neu entwickelt werden (Rollenspiel) oder in denen überzufällige Zusammenhänge zwischen Personen, Objekten oder Abstraktionen eingeübt, analysiert oder neu entwickelt werden (Regelspiel). Regelspiele werden in der Klassifikation von VAN DER KOOIJ und DE GROOT (102) als Gruppierungsspiele bezeichnet; in ihnen sollen bekannte S.elemente zu realitätsgetreuen oder erfundenen Zusammenhängen gruppiert werden. Rollenspiele werden bei VAN DER KOOIJ und DE GROOT zu den Imitationsspielen gezählt.

Einen Eindruck über die Häufigkeitsverteilung der genannten S.formen gibt die folgende Abbildung von VAN DER KOOIJ und DE GROOT, in der die S.arten von 330 drei- bis neunjährigen Kindern dargestellt werden.
Es zeigt sich, daß bei Beginn des Vorschulalters das Wiederholungs- bzw. Funktionsspiel mit 65% S.häufigkeit im Vordergrund steht. Diese Position wird mit zunehmendem Alter vom Imitationsspiel bzw. Rollenspiel eingenommen, das im Alter von 6 Jahren einen Maximalwert

von 45 % S.anteil einnimmt. Das Konstruktionsspiel wird in relativ konstanten Häufigkeiten zwischen 3 und 10 % gespielt, während das Gruppierungs- bzw. Regelspiel mit zunehmendem Alter fast stetig ansteigt, so daß es mit 9 Jahren bereits 30 % S.anteil hat.

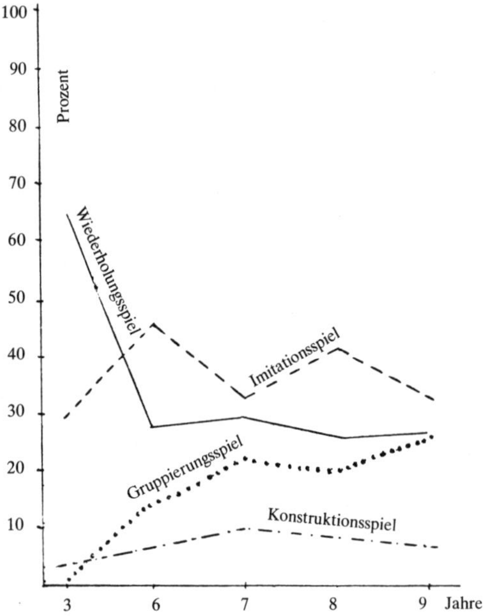

Entwicklung des Spiels in verschiedenen Altersstufen (s. VAN DER KOOIJ/DE GROOT, 1977, 109)

4 Anwendung des Spiels

Da das S. die überwiegende Tätigkeitsform junger Menschen ist, müssen gesellschaftliche und kulturelle Leistungsforderungen an diese Gesellschaftsgruppe in S.formen eingebettet werden. Deshalb tritt das S. als Medium für Sozialisationsforderungen und Kompensation von Sozialisationsschäden auf. Seine wesentlichen Anwendungsformen sind im Bereich der Lernförderung und der Psychotherapie zu finden.

Das *S. als Lernförderungsmedium* tritt in außerschulischer und schulischer Form auf. Der außerschulische Bereich ist durch ein hohes Ausmaß an selbständiger Wahl des S.inhalts und der S.form gekennzeichnete. Das S. ist primär intrinsisch motiviert und wird als Freispiel bezeichnet. Es tritt im Privatbereich des Kindes auf und wird selten im Beisein von Erwachsenen gespielt. Obwohl diese S.form zeitlich die überwiegende ist und Assimilations- und Akkommodationsprozesse (s. PIAGET, 1969) entscheidend beeinflußt, ist es kaum wissenschaftlich untersucht worden, so daß viele zentrale Fragen bisher unbeantwortet geblieben sind; z.B. die Fragen nach der Stimulierung und Kontrolle der S.prozesse durch die Umwelt und das Individuum. Eine Erklärung für die geringe Zahl empirischer Untersuchungen mag darin bestehen, daß das Freispiel wegen der intrinsisch ablaufenden Prozesse einer wissenschaftlichen Analyse, die ja immer von außen kommen muß, nur schwer zugänglich ist, so daß das Paradigma der empirischen Wissenschaften zur Analyse dieser Vorgänge wahrscheinlich ungeeignet ist.

Auf Grund dieser wissenschaftsmethodischen Schwierigkeit überwiegen in der Literatur Untersuchungen zur *extrinsischen* S.beeinflussung. Sie betreffen den vorschulischen (u. a. SCHMIDTCHEN, 1978 a), schulischen (u. a. DAUBLEBSKY, 1977) und familiensozialisatorischen Bereich (u. a. SUTTON-SMITH/SUTTON-SMITH, 1974), wobei der familiäre Bereich forschungsmäßig unterrepräsentiert ist. Die extrinsische Form der S.beeinflussung versucht, das Kind durch Auswahl des S.zeugs, durch Angebote an S.inhalten und S.formen sowie durch Beeinflussung der Randbedingungen zu bestimmten Lernzielen zu führen. Die in der Literatur untersuchten zentralen Fragen sind die Fragen nach der Wirkung des erzieherischen Lenkungsausmaßes und des Organisationsgrades der S.e. Eine Antwort auf diese Fragen ergibt, daß eine durchgehende direktive Lenkung für einen optimalen Lerntransfer ungünstig ist, und daß statt dessen eine mehr nicht-direktive, unterstützende Lenkung vorzusehen ist (s. SCHMIDTCHEN, 1978 a). Bezüglich des Organisationsgrades weisen Rollen- und Regelspiele den höchsten Lerntransfer für kognitive und soziale Tätigkeiten auf (s. u. a. HERRON/SUTTON-SMITH, 1971; LEHMANN/PORTELE, 1976; SCHMIDTCHEN/ERB, 1979).

Das S. als *psychotherapeutisches Mittel* ist ein weiteres Anwendungsfeld des S.einsatzes. Es erleichtert die Behandlung von Verhaltensstörungen, Angstneurosen, Hemmunge, Retardierungen und Leistungsstörungen bei drei- bis zwölfjährigen Kindern (vgl. GOETZE/JAEDE, 1974; SCHMIDTCHEN, 1978 b). Seine Wirkung ist von denselben Faktoren abhängig, die im vorherigen Abschnitt diskutiert wurden: von der intrinsischen Motivation des Kindes zum Spielen, vom Organisationsgrad der gewählten S.e und vom helfenden Einfluß des Therapeuten. Insbesondere das Therapeutenverhalten ist von Bedeutung. Es sollte nicht-direktiv sowie durch Momentzentriertheit, Ruhe und Zuversicht, angemessene Regulierung der räumlichen Distanz und Gefühlsbezogenheit gekennzeichnet sein (SCHMIDTCHEN, 1978b). Als günstigste S.arten haben sich das Rollen- und Regelspiel erwiesen. Ihre Wahl korreliert hoch mit dem Abbau von Verhaltensstörungen (s. SCHMIDTCHEN/WÖRMANN/HOBRÜCKER, 1977). Die Therapie erstreckt sich im Durchschnitt über den Zeitraum eines Jahres und umfaßt ca. dreißig Kontakte zu 45 Minuten pro Woche. Sie findet in einem S.zimmer statt und kann einzeln oder in Gruppen durchgeführt werden. Sie wird von einer Elternberatung oder -behandlung begleitet.

5 Zusammenfassung

Das S. tritt in vielfältigen Erscheinungsformen auf, die sich nicht nur auf Kinder und Erwachsene, sondern auch auf Tiere beziehen. Es kann als kindliches Imaginationsspiel, als Roulett, als S. am Glücksautomaten, als Bauen und Basteln, als Sport, als ästhetisches Geschehen oder als das Spielen junger Katzen auftreten. Auf Grund dieser Vielfalt gibt es verschiedene Erklärungsweisen des Geschehens, wobei die phänomenologischen, entwicklungspsychologisch-kognitiven, psychoanalytischen und sozialpsychologischen S.theorien die bekanntesten sind. Die Vielfalt der Auftretensweisen hat auch zu einer Klassifikation von S.formen geführt. Man unterscheidet zwischen Funktionsspielen, Konstruktionsspielen, Sujet- bzw. Imitationsspielen, Rollenspielen und Regelspielen. Anwendung findet das S. in der Pädagogik und Psychotherapie. Es wird in beiden Bereichen zur Lernförderung eingesetzt, wobei es sich als günstig erwiesen hat, die hohe intrinsische Beteiligung des Spielers durch die freie S.wahl und die eigenständige Gestaltung des S.verlaufes beizubehalten. Die Aufgaben des Pädagogen bzw. Therapeuten beschränken sich auf eine nicht-direktive, lernprozeßorientierte unterstützende Hilfe.

Verweis auf andere Stichwörter

→Entwicklung und Sozialisation →Kinder- und Jugendlichenpsychotherapie →Lernen →Pädagogische Psychologie →Psychotherapie

Literatur

BERLYNE, D. E.: Conflict, arousal and curiosity. New York: Wiley 1960.

BÜHLER, CH.: Kindheit und Jugend. Leipzig: Hirzel 1928.

BUYTENDIJK, F. J. J.: Wesen und Sinn des Spiels. Das Spielen des Menschen und der Tiere als Erscheinungsform der Lebenstriebe. Berlin 1934.

CHÂTEAU, J.: Das Spiel des Kindes. Paderborn: Schöningh 1976.

DAUBLEBSKY, B. (Hrsg.): Spielen in der Schule. Vorschläge und Begründungen für ein Spielcurriculum. Stuttgart: Klett 1977.

ELKONIN, D. B.: Psychologie des Spiels im Vorschulalter. In: SAPOROSHEZ, W. A./ELKONIN, D. B. (Hrsg.): Psychologie der Persönlichkeit und Tätigkeit des Vorschulkindes. Berlin-Ost: Volk und Wissen 1974.

ERIKSON, E. H.: Kindheit und Gesellschaft. Stuttgart: Klett 1957.

FLITNER, A.: Spielen – Lernen. Praxis und Deutung des Kinderspiels. München: Piper 1975.

GOETZE, H./JAEDE, W.: Die nichtdirektive Spieltherapie. München: Kindler 1974.

HARTMANN, K.: Über psychoanalytische Funktionstheorien des Spiels. In: FLITNER, A. (Hrsg.): Das Kinderspiel. München: Piper 1974.

HEINSOHN, G./KNIEPER, B.: Theorie des Kindergartens und der Spielpädagogik. Frankfurt/M.: Suhrkamp 1975.

HERRON, R. E./SUTTON-SMITH, B. (Hrsg.): Child's play. New York: Wiley 1971.

HETZER, H.: Spielmaterial für verschiedene Formen des Säuglings- und Kleinkindspiels. In: HUNDERTMARK, G. (Hrsg.): Kleinkindererziehung. München: Kösel 1972.

KOCHAN, B. (Hrsg.): Rollenspiel als Methode sprachlichen und sozialen Lernens. Kronberg: Scriptor 1976.

LEHMANN, J./PORTELE, G. (Hrsg.): Simulationsspiele in der Erziehung. Weinheim: Beltz 1976.

LJUBLJANSKAJA, A.: Entwicklung des Kindes in der Spieltätigkeit. In: LEHMANN, J./PORTELE, G. (Hrsg.): Simulationsspiele in der Erziehung. Weinheim: Beltz 1976, S. 84–115.

MILLER, S.: Psychologie des Spiels. Ravensburg: Maier 1973.

PELLER, L.: Modelle des Kinderspiels. In: FLITNER, A. (Hrsg.): Das Kinderspiel. München: Piper 1974.

PIAGET, J.: Nachahmung, Spiel und Traum. Stuttgart: Klett 1969.

RUBINSTEIN, S. L.: Grundlagen der Allgemeinen Psychologie. Berlin-Ost: Volk und Wissen 1961.

RÜSSEL, A.: Das Kinderspiel. Grundlinien einer psychologischen Theorie. München: Beck 1965.

SCHEUERL, H.: Zur Begriffsbestimmung von Spiel und Spielen. Zeitschr. f. Pädagogik, 3, 1975, 341–349.

SCHMIDTCHEN, S.: Theorie und Praxis der Spielförderung. In: DOLLASE, R. (Hrsg.): Handbuch der Früh- und Vorschulpädagogik. Band 2. Düsseldorf: Schwann 1978a.

SCHMIDTCHEN, S.: Klientenzentrierte Spieltherapie. Weinheim: Beltz 1974, 1978b.

SCHMIDTCHEN, S./ERB, A.: Analyse des Kinderspiels. Königstein: Athenäum 1979.

SCHMIDTCHEN, S./WÖRMANN, D./HOBRÜCKER, B.: Verlaufsanalyse des Spielverhaltens in der Kinderpsychotherapie. Praxis f. Kinder- und Jugendpsychologie, 6, 1977, 208–217.

SMILANSKY, S.: Wirkungen des sozialen Rollenspiels auf benachteiligte Vorschulkinder. München: Piper 1973.

SUTTON-SMITH, B.: The role of play in cognitive development. In: HERRON, R. E./SUTTON-SMITH, B. (Hrsg.): Child's play. New York: Wiley 1971.
SUTTON-SMITH, B./SUTTON-SMITH, S.: How to play with young children. Newe York: Hawthorn Books 1974.
TOLIČIĆ, J.: Die wechselseitige Beziehung zwischen Spielverhalten und geistiger Entwicklung von Kindern. Schule und Psychologie, 10, 1963, 225–233.
VAN DER KOOIJ, R./DE GROOT, R.: That's all in the game. Theory and research, practice and future of children's play. Rheinstetten: Schindele 1977.
WAELDER, R.: Die psychoanalytische Theorie des Spiels. In: FLITNER, A. (Hrsg.): Das Kinderspiel. München: Piper 1974.

Stefan Schmidtchen

Sportpsychologie

1 Entwicklung

Sportpsychologische Fragestellungen fanden – wie u.a. die Arbeiten von SIPPEL (1927), SCHULTE (1928) und KLEMM (1938) belegen – bereits sehr früh wissenschaftliches Interesse (vgl. zur Entwicklungsgeschichte FEIGE, 1977). Ein stärkerer Aufschwung der S. begann allerdings erst in neuerer Zeit in den sechziger Jahren. So sind allein für die Zeit von 1968 bis 1975 bereits weit über 6000 sportpsychologische Arbeiten dokumentiert worden (vgl. ESSING/BERTRAM/MECKBACH, 1972, 1976). In diese Zeit fällt auch die Gründung der ersten sportpsychologischen Gesellschaften, so der Internationalen Gesellschaft für S. (ISSP) 1965, der Europäischen Vereinigung für S. (FEPSAC) 1969 und der Arbeitsgemeinschaft für S. (ASP) 1969 in der BRD. Alle drei Gesellschaften halten – wie auch die einzelnen nationalen Vereinigungen – in mehr oder weniger regelmäßigen Zeitabschnitten wissenschaftliche Tagungen und Kongresse ab (vgl. hierzu u.a. KENYON/GROGG, 1970; FEIGE et al., 1973; RIEDER et al., 1975). Auch die vom Ausschuß Deutscher Leibeserzieher (ADL) veranstalteten Kongresse befassen sich stets auch mit sportpsychologischen Schwerpunktthemen (vgl. hierzu u.a. ADL, 1973). Eine stärkere Berücksichtigung im Rahmen traditioneller Psychologenkongresse fand die S. zum ersten Mal auf dem Internationalen Kongreß für Angewandte Psychologie 1978 in München (vgl. BÄUMLER/HAHN/NITSCH, 1979). In die Diplompsychologenausbildung ist die S. als eigenständiges Fach bislang nicht einbezogen. Eine gesonderte wissenschaftliche Fachausbildung für Sportpsychologen existiert gegenwärtig nicht, wenn auch in neuerer Zeit dazu Überlegungen angestellt werden.

2 Gegenstand und Aufgaben

Die S. läßt sich als eine empirische Wissenschaft kennzeichnen, die die Bedingungen, Abläufe und Folgen der psychischen Regulation sportbezogener Handlungen untersucht und daraus Möglichkeiten ihrer Beeinflussung ableitet. Unter sportbezogenen Handlungen sind dabei alle diejenigen Handlungen zu verstehen, die am sportlichen Geschehen unmittelbar orientiert sind (u.a. Zuschauerverhalten), es gezielt organisieren und regulieren (z.B. Verhalten von Trainern, Schiedsrichtern, Sportlehrern und Sporttherapeuten) oder es aktiv vollziehen (sportliche Betätigung im Leistungs-, Schul-, Breiten- oder rehabilitativen Sport).

Unter psychologischem Gesichtspunkt kann die *aktive sportliche Betätigung* als bewegungs-, leistungs- und normgeleitetes Handeln charakterisiert werden: Sportliches Handeln schließt immer äußeres Handeln ein – es ist *Bewegungshandeln.* Für die Psychologie stellen sich unter diesem Aspekt die Grundfragen nach der psychischen Regulation der Bewegung (psychische Bewegungssteuerung) einerseits und nach der Regulation des Psychischen durch Bewegung (psychische Bewegungsfolgen) andererseits. Als *Leistungshandeln* zielt sportliche Betätigung – keineswegs nur im Leistungssport – auf jeweils bestimmte Anstrengungs- und/oder Gütegrade, die sich an subjektiv verbindlichen Tüchtigkeitsmaßstäben orientieren. Im sportlichen Handeln ist die Aufwand-/Effekt-Relation als Ausdruck eigener Tüchtigkeit thematisch wesentlich. Unter dem Leistungsaspekt stehen für die S. insbesondere Probleme im Vordergrund wie die Entwicklung persönlicher Bewertungsstile, Leistungsansprüche und Erfolgskriterien sowie der Prozeß der aktuellen Leistungsmotivierung. Als *normgeleitetes Handeln* ist sportliche Betätigung schließlich in seiner Ausführung an vorgegebenen sozialen Werten, Normen und Regeln orientiert und in seinen Ergebnissen Bewertungen unter bestimmten vorgegebenen Leistungskriterien unterworfen. Unter diesem Aspekt beziehen sich sportpsychologische Fragestellungen insbesondere auf die sportspezifische Wert-, Norm- und Regelbildung, die Wert-, Norm- und Regelübernahme und auf die psychologischen Bedingungen und Folgen der Regeleinhaltung bzw. Regelübertretung.

Aus dieser Gegenstandsbestimmung leitet sich die allgemeine Aufgabe der S. ab, nämlich die Beschreibung, Erklärung und Vorhersage sportbezogener Handlungen mit dem praktischen Ziel einer effektiven, auf ihre Umstände, Zwecke und Folgen hin kritisch reflektierten Handlungssteuerung.

Im einzelnen ergeben sich dementsprechend folgende Aufgaben:

1. Entwicklung einer *theoretischen Konzeption* sportbezogenen Handelns als Grundlage der Erklärung und Vorhersage psychologischer Phänomene im Sport. Dies beinhaltet folgende Schwerpunkte:

a) *Bedingungsanalyse:* Untersuchung sportbezogener Fähigkeits- und Motivstrukturen sowie situativer Anforderungs- und Anregungsgehalte.
b) *Prozeßanalyse:* Untersuchung psychischer Regulationsvorgänge bei sportbezogenen Handlungen.
c) *Folgenanalyse:* Untersuchung der aktuellen und langfristigen Folgen, die sich aus sportbezogener Tätigkeit für das Wohlbefinden, das Leistungs- und Sozialverhalten und schließlich auch für die Persönlichkeitsentwicklung insgesamt ergeben.

2. Entwicklung sportbezogener *Verfahren* zur Persönlichkeits- und Leistungsdiagnostik sowie zur Situations- und Tätigkeitsanalyse.

3. Entwicklung sportpsychologischer *Interventionsstrategien* unter den Aspekten Unterricht, Training und Therapie.

Diese Aufgabenbestimmung macht deutlich, daß S. nicht nur „angewandte" Psychologie im herkömmlichen Sinne ist, d.h. in anderen Bereichen der Psychologie erarbeitete Methoden und Erkenntnisse einfach auf ihr spezifisches Praxisfeld überträgt. Bei der Lösung ihrer besonderen Probleme kann die S. vielmehr nur in begrenztem Maße auf den Kenntnisbestand der traditionellen Psychologie zurückgreifen. Auf sportunspezifische Situationen bezogene psychologische Testverfahren lassen sich auf sportliche Situationen allein aus Validitätsgründen nicht ohne weiteres übertragen. Für wichtige sportpsychologische Probleme gibt es keine geeigneten allgemeinpsychologischen Konzepte, beispielsweise über die Funktion der Sprache für die Planung und Regulation von Bewegungen oder über die Gesetzmäßigkeiten und methodische Erfassung komplexer, hochdynamischer, nonverbaler Interaktionen, wie sie etwa für Mannschaftsspiele typisch sind. Das Grundsätzliche an diesem Sachverhalt liegt aber in dem Fehlen einer ausgearbeiteten Psychologie praktischer Tätigkeit. Die S. muß somit maßgeblich zu ihrer *eigenen* theoretischen und methodologischen Fundierung beitragen und gleichzeitig ihre Festlegung als bloße Anwendungswissenschaft im traditionellen Sinne grundlegend revidieren. In diesem Zusammenhang kann S. auch *grundlagenwissenschaftliche Bedeutung* für die Psychologie gewinnen. Sportpsychologische Forschung könnte vor allem das Wissen um die Entwicklung aller psychischen Funktionen aus der praktischen Tätigkeit und um die grundsätzliche handlungssteuernde Funktion des Psychischen erweitern und präzisieren. Diese bisher kaum genutzte Möglichkeit ergibt sich vor allem vor dem Hintergrund der Auffassung sportlichen Handelns als Modell des menschlichen Handelns (vgl. NITSCH, 1975).

Auch der Bezug zur Sportpraxis ist zu relativieren. Der Praxisbezug der S. läßt sich nicht auf eine bloße Servicefunktion einschränken. Es kann nicht Aufgabe der S. sein, die Zwecksetzungen der Praxis unreflektiert zu erfüllen, sondern sie sind gerade im Hinblick auf psychische und soziale Nebenfolgen kritisch zu untersuchen. In diesem Sinne hat S. auch *Aufklärungsfunktion*, wie sie beispielsweise im Zusammenhang mit möglichen psychosozialen Risiken des Leistungssports im Kindes- und Jugendalter wichtig wird (vgl. hierzu auch die kritische Auseinandersetzung mit dem Leistungsprinzip im Sport u. a. bei RIGAUER, 1969; BÖHME et al., 1972).

3 Forschungsschwerpunkte

Die S. ist im internationalen Rahmen mittlerweile so vielfältig geworden, daß ihr gegenwärtiger Stand und ihre Entwicklungstrends hier nur umrißhaft skizziert werden können (vgl. allgemein u. a. KUNATH, 1971, 1974; BÄUMLER/RIEDER/SEITZ, 1975; CRATTY, 1975; THOMAS, 1978; vgl. auch FEIGE, 1977, sowie ESSING/BERTRAM/MECKBACH, 1972, 1976).

3.1 Generell kann festgestellt werden, daß bis in die Gegenwart hinein eindeutig der *leistungspsychologische* Gesichtspunkt im Vordergrund sportpsychologischer Forschung steht, d. h. die Frage nach (1) den persönlichen Voraussetzungen, (2) den Entwicklungsmöglichkeiten und (3) den fördernden und hemmenden Bedingungen der Aktualisierung sportlicher (Höchst-)Leistungen. Im Anwendungsbezug gesehen sind diesen Problemkreisen die sportpsychologische Eignungsdiagnostik, Trainingsmethodik und Wettkampfbetreuung zuzuordnen.

Als bisherige Schwerpunktthemen lassen sich hervorheben:

a) *Psychologische Determinanten leistungssportlicher Betätigung:* Eine Vielzahl von Untersuchungen beschäftigt sich – ohne bisher einheitliches Resultat – mit dem Problem, inwieweit sportliche Betätigung allgemein und im Rahmen einzelner Sportarten in Verbindung mit bestimmten Persönlichkeitsstrukturen zu sehen ist und inwieweit Sport wiederum die Persönlichkeitsentwicklung beeinflußt (vgl. hierzu u. a. SACK, 1975; SINGER/HAASE, 1975).

Ein weiterer Untersuchungskomplex behandelt die Frage, warum man sich dem Sport zuwendet (Zuwendungsmotivation) und ihn auch längerfristig leistungsbezogen ausübt (Ausübungsmotivation). Eine Reihe von Analysen hat erbracht, daß nicht von „der" Sportmotivation gesprochen werden kann, sondern daß interindividuell und sportartenbezogen sehr unterschiedliche Motive – von Gesundheitsförderung, Geselligkeit, sozialer Anerkennung und Selbstbestätigung bis hin zur Selbstverwirklichung – in jeweils unterschiedlicher Kombination vorliegen können (vgl. hierzu allgemein GABLER, 1972; ADL, 1973).

b) *Psychologische Trainingsmethoden:* Zahlreiche Untersuchungen befassen sich unter diesem Aspekt mit der Optimierung sensumotorischer Lernprozesse (tätigkeitsspezifisches Training), so u. a. auch mit dem „mentalen Training" als vorstellungsmäßiges Ausführen von Bewegungsfolgen, weiterhin mit Möglichkeiten der Leistungsstabilisierung durch situationsspezifisches Training (Wettkampfsimulation) sowie durch wissenschaftlich begründete (vorwiegend autosuggestive) Techniken der psychovegetativen Selbstbeeinflussung (vgl. allgemein u. a. VOLPERT, 1971; SINGER, 1972; CRATTY, 1973; KEMMLER, 1973; GERON, 1975).

In diesem Zusammenhang hat sich ein gänzlich neuer Forschungsakzent mit der Untersuchung „naiver" psychologischer Konzepte und Techniken der Selbst- und Fremdbeeinflussung entwickelt. Hierbei geht es um die Analyse jener alltagspsychologischen Vorstellungen und Praktiken, die z. B. Athleten, Trainer und Sportlehrer für sich privat entwickelt haben, um sich selbst zu beruhigen (Relaxationstechniken) oder zu stimulieren (Mobilisationstechniken) oder das Verhalten anderer entsprechend zu beeinflussen.

c) *Wettkampfanalyse:* Besondere Beachtung haben bisher Probleme gefunden wie die Analyse und Kontrolle psychischer Beanspruchungsprozesse in der Vorwettkampfphase („Vorstartzustand") und – in ersten Analyseschritten – auch in der Wettkampfphase (vgl. u.a. NITSCH/UDRIS, 1976). Ein weiterer Schwerpunkt liegt auf sozialen Interaktionsprozessen im Sport, die u.a. in ihrer Bedeutung für die Gruppenleistung untersucht werden (vgl. u.a. LÜSCHEN, 1966; MARTENS, 1975). In neuerer Zeit befassen sich zunehmend Untersuchungen mit aggressivem Verhalten im Sport. In diesem Zusammenhang konnten häufig vertretene Anschauungen über die aggressionsinduzierende oder -freisetzende Wirkung des Sports erheblich relativiert werden (vgl. u.a. GABLER, 1976; PILZ/TREBELS, 1976).

Hinreichend präzise Kenntnisse fehlen gegenwärtig vor allem in bezug auf individuelle und kollektive Entscheidungsprozesse im Sportspiel, psychosoziale Effekte passiver Sportteilnahme und sportpsychologische Verfahren der Intervention bei akuten Leistungskrisen.

3.2 Der *pädagogisch-psychologische* Aspekt wird nach einigen frühen Arbeiten erst wieder in jüngster Zeit verstärkt berücksichtigt. Unter diesem Aspekt stellt sich die Frage nach psychologisch gesehen optimalen Ausbildungs- und Unterrichtsbedingungen einerseits und Erziehungs- und Sozialisationsbedingungen andererseits insbesondere in bezug auf den Schulsport (vgl. u.a. ADL, 1974, 1976; GRÖSSING, 1977; ALLMER, 1978). Zentral sind Themen wie die Optimierung des Fertigkeitserwerbs, Unterrichtsbeanspruchung und Unterrichtszufriedenheit, die Auswirkung sportlicher Betätigung auf die geistige Leistungsfähigkeit, die Förderung überdauernder Sportmotivation und schließlich Sozialisationsprozesse im Sportunterricht. Über erste Ansätze ist man jedoch nur in wenigen Fällen hinausgekommen. Die weitere Entwicklung wird allerdings durch eine sich allmählich grundlegend verändernde Sicht des Sportunterrichts begünstigt: Die wissenschaftlich-informierenden und erzieherischen Momente gewinnen gegenüber leistungsorientierter Fertigkeitsvermittlung zunehmend an Terrain.

3.3 Unter *gesundheitspsychologischem* Aspekt stellt sich die Frage nach konkreten präventiven und therapeutischen Möglichkeiten des Sports im Sinne einer Regulation des Psychischen durch sportliche Tätigkeit, dies insbesondere in bezug zu Betriebs-, Freizeit- und rehabilitativem Sport. Während die psychologischen und psychohygienischen Gehalte des Betriebs- und Freizeitsportes kaum untersucht wurden, ist für den rehabilitativen Sport eine beinahe schon stürmische Entwicklung in Gang gekommen. Die Erarbeitung „sporttherapeutischer" Maßnahmen hat auch in bezug auf psychische und psychosomatische Syndrome reges Interesse gefunden (vgl. u.a. RIEDER, 1977; EGGERT, 1975; WILLKE, 1976). Hierbei sind zwei Ansätze erkennbar: Zum einen wird davon ausgegangen, daß Bewegung und Sport an sich schon günstige psychosoziale Auswirkungen – z.B. Intensivierung der Selbsterfahrung, Entwicklung eines realistischen Selbstbildes, Förderung von Selbstkontrolle und Sozialverhalten – unmittelbar einschließen („Sport als Therapie"). Diese Annahme ist allerdings bisher noch nicht hinreichend empirisch abgesichert. Der zweite, derzeit empirisch besser fundierte Ansatz sieht Sportpsychotherapie als sportlich vermittelte Therapie. Hierbei wird davon ausgegangen, daß sich in der sportlichen Betätigung psychische Störungen z.B. in einem überängstlichen, gehemmten oder überschießenden, aggressiven Verhalten besonders augenfällig konkretisieren und somit klassischen psychotherapeutischen Verfahren (etwa verhaltenstherapeutischen Verstärkungstechniken, Therapeutenverhalten im Sinne der klientenzentrierten Gesprächspsychotherapie, direkte Kriseninterventionen etc.) gewissermaßen in einer Feldsituation unmittelbar zugänglich werden (Sport als Medium der Therapie).
Noch unzureichend bearbeitet sind Probleme wie die Diagnose und präventive sowie rehabilitative Behandlung psychosozialer Sportschäden z.B. im Zusammenhang mit Leistungssport im Kindes- und Jugendalter, weiterhin psychische Bewegungsmangelerscheinungen und Möglichkeiten zur Verbesserung der Grundlagen geistiger Leistungsfähigkeit durch Sport.

3.4 Sowohl unter leistungs- als auch pädagogisch- und gesundheitspsychologischem Aspekt läßt sich eines der Hauptarbeitsgebiete der S., die *Motorikforschung*, sehen (vgl. u.a. VOLPERT, 1971; CRATTY, 1975; EGGERT, 1975; MEINEL/SCHNABEL, 1976; RIEDER/HAHN, 1976; BAUSS/ROTH, 1977; RAPP/SCHODER, 1977; WOHL, 1977). Hier geht es insbesondere um die Analyse motorischer Lern- und Entwicklungsprozesse, die testdiagnostische Erfassung motorischer Leistungsfähigkeit und die Behandlung psychomotorischer Funktionsstörungen.

Im Rahmen dieses Forschungskomplexes zeigt sich eine Entwicklungsreihe von motorischen und sensomotorischen zu psychomotorischen Konzepten.

3.5 Als sportpsychologisches Grundproblem stellt sich schließlich die Frage nach den allgemeinen Gesetzmäßigkeiten der psychischen Regulation sportlicher Tätigkeit. Hierbei geht es um die Analyse individueller und kollektiver sportlicher Handlungen, wie sie in neuerer Zeit vor dem Hintergrund einer allgemeinen *Theorie der Handlung* versucht wird (vgl. u. a. VOLPERT, 1971; KAMINSKI, 1973; ROKKUSFALVY, 1974; NITSCH/ALLMER, 1976; THOMAS, 1978; WEINBERG, 1978).

3.6 In *methodischer* Hinsicht waren lange Zeit Versuche der Übertragung von Methoden traditioneller Bereiche der Psychologie auf den Sport beherrschend. Hier zeigt sich mittlerweile eine deutliche Neuorientierung in Richtung einer Entwicklung sportspezifischer Untersuchungs- und Testverfahren (vgl. u. a. RIEDER et al., 1975). Der Akzent liegt dabei bisher auf personzentrierten Verfahren. Standardisierte Verfahren der Situations- und Tätigkeitsanalyse, wie sie in der Arbeitswissenschaft entwickelt wurden, fanden dagegen ein noch zu geringes Forschungsinteresse.

4 Ausblick

Insgesamt gesehen läßt sich annehmen, daß in inhaltlicher Hinsicht pädagogisch- und gesundheitspsychologische Aspekte des Sports zukünftig stärker in den Vordergrund treten werden. In methodischer Hinsicht wird sich der Trend zu eigenständigen sportpsychologischen Untersuchungskonzepten sowohl für die Feldforschung als auch für die experimentelle S. in einer vermutlich auch für andere Bereiche der Psychologie fruchtbaren Weise weiter verstärken.

Verweis auf andere Stichwörter

→Allgemeine und Angewandte Psychologie →Diagnostik →Psychosomatik →Psychotherapie →Verhalten und Handlung

Literatur

ADL (Hrsg.): Motivation im Sport (Bericht über den V. Kongreß für Leibeserziehung, Münster 1970). Schorndorf: Hofmann ²1973.

ADL (Hrsg.): Sozialisation im Sport (Bericht über den VI. Kongreß für Leibeserziehung, Oldenburg 1973). Schorndorf: Hofmann 1974.

ADL (Hrsg.): Sport – Lehren und Lernen (Bericht über den VII. Kongreß für Leibeserziehung, München 1976). Schorndorf: Hofmann 1976.

ALLMER, H.: Sportunterricht. In: NICKEL, H./HELLER, K./DUMKE, D. (Hrsg.): Unterrichten und Erziehen. (Psychologie in der Erziehungswissenschaft, Bd. 3.) Stuttgart: Klett 1978, 217–228.

BÄUMLER, G./HAHN, E./NITSCH, J. R. (Hrsg.): Aktuelle Probleme der Sportpsychologie (Ber. üb. d. 2. Intern. Sympos.). Schorndorf: Hofmann 1979.

BÄUMLER, G./RIEDER, H./SEITZ, W. (Hrsg.): Sportpsychologie. Schorndorf: Hofmann ²1975.

BAUSS, R./ROTH, K. (Hrsg.): Motorische Entwicklung. Darmstadt: Institut für Sportwissenschaft 1977.

BÖHME, J.-O./GADOW, J./GÜLDENPFENNIG, S./JENSEN, J./PFISTER, R.: Sport im Spätkapitalismus. Frankfurt/M.: Limpert ²1972.

CRATTY, B. J.: Psychology in contemporary sport: Guidelines for coaches and athletes. Englewood Cliffs, N. J.: Prentice-Hall 1973.

CRATTY, B. J.: Motorisches Lernen und Bewegungsverhalten (dtsch.). Frankfurt/M.: Limpert 1975.

EGGERT, D. (Hrsg.): Psychomotorisches Training. Weinheim: Beltz 1975.

ESSING, W./BERTRAM, W./MECKBACH, CH.: Bibliographie zur Psychologie des Sports, 1968–1971. Bonn: Deutscher Bundesverlag 1972.

ESSING, W./BERTRAM, W./MECKBACH, CH.: Bibliographie zur Psychologie des Sports, 1972–1975. Schorndorf: Hofmann 1976.

FEIGE, K. (Ed.): The development of sport psychology. A synopsis of its research, application and organization in different countries. Kiel: Arbeitsgemeinschaft für Sportpsychologie 1977.

FEIGE, K./HAHN, E./RIEDER, H./STABENOW, G. (Red.): Bericht über den III. Europäischen Kongreß für Sportpsychologie (Köln 1972). Schorndorf: Hofmann 1973.

GABLER, H.: Leistungssport im Hochleistungssport. Schorndorf: Hofmann 1972.

GABLER, H.: Aggressive Handlungen im Sport. Ein Beitrag zur theoretischen und empirischen Aggressionsforschung. Schorndorf: Hofmann 1976.

GERON, E.: Methoden und Mittel zur psychischen Vorbereitung des Sportlers. Schorndorf: Hofmann 1975.

GRÖSSING, S.: Eine Einführung in die Sportdidaktik. Bad Homburg: Limpert ²1977.

KAMINSKI, G.: Bewegungshandlungen als Bewältigung von Mehrfachaufgaben. Sportwissenschaft, 1973, 3, 233–250.

KEMMLER, R.: Psychologisches Wettkampftraining. München: BLV-Verlagsgesellschaft 1973.

KENYON, G. S./GROGG, T. M. (Eds.): Contemporary psychology of sport. (Proceed. 2nd Intern. Congr. of Sport Psychology, Washington 1968.) Chicago, Ill.: The Athletic Institute 1970.

KLEMM, O.: Zwölf Leitsätze zu einer Psychologie der Leibesübungen. Neue Psychol. Stud., 1938, 9, 384–398.

KUNATH, P. (Red.): Beiträge zur Sportpsychologie. Berlin-Ost: Sportverlag 1971 (Bd. 1) u. 1974 (Bd. 2).

LÜSCHEN, G. (Hrsg.): Kleingruppenforschung und Gruppe im Sport. Köln, Opladen: Westdeutscher Verlag 1966.
MARTENS, R.: Social psychology and physical activity. New York: Harper & Row 1975.
MEINEL, K./SCHNABEL, G.: Bewegungslehre. Abriß einer Theorie der sportlichen Motorik unter pädagogischem Aspekt. Berlin-Ost: Volk und Wissen 1976.
NITSCH, J. R.: Sportliches Handeln als Handlungsmodell. Sportwissenschaft, 1975, 5, 39–55.
NITSCH, J. R./ALLMER, H.: Entwurf eines Prozeßmodells der Leistungsmotivierung. In: NITSCH, J. R./UDRIS, I. (Hrsg.): Beanspruchung im Sport. Beiträge zur psychologischen Analyse sportlicher Leistungssituationen. Bad Homburg: Limpert 1976, 42–59.
NITSCH, J. R./UDRIS, I. (Hrsg.): Beanspruchung im Sport – Beiträge zur psychologischen Analyse sportlicher Leistungssituationen. Bad Homburg: Limpert 1976.
PILZ, G./TREBELS, A. H.: Aggression und Konflikt im Sport. Ahrensburg: Czwalina 1976.
RAPP, G./SCHODER, G.: Motorische Testverfahren. Stuttgart: CD-Verlagsgesellschaft 1977.
RIEDER, H./HAHN, E. (Hrsg.): Psychomotorik und sportliche Leistung. Schorndorf: Hofmann 1976.
RIEDER, H.: Sport als Therapie. Psychomotorische und soziometrische Untersuchungen an verhaltensgestörten Kindern. Berlin: Bartels & Wernitz [2]1977.
RIEDER, H./EBERSPÄCHER, H./FEIGE, K./HAHN, E. (Red.): Empirische Methoden in der Sportpsychologie. (Ber. üb. d. 1. Intern. Sympos.) Schorndorf: Hofmann 1975.
RIGAUER, B.: Sport und Arbeit. Frankfurt/M.: Suhrkamp 1969.
ROKUSFALVY, P.: A regulative view of sport-activity from the aspect of the action-psychology. Studia Psychologica, 1974, 16, 245–252.
SACK, H.-G.: Sportliche Betätigung und Persönlichkeit. Ahrensburg: Czwalina 1975.
SCHULTE, R. W.: Die Psychologie der Leibesübungen. Berlin: Weidmannsche Buchh. 1928.
SINGER, R. N.: Coaching, athletics, and psychology. New York: McGraw-Hill 1972.
SINGER, R./HAASE, H.: Sport und Persönlichkeit. Sportwissenschaft, 1975, 5, 25–38.
SIPPEL, H.: Körper – Geist – Seele. Beiträge zur Turn- und Sportwissenschaft, Heft 11. Berlin: Weidmannsche Buchh. [2]1927.
THOMAS, A.: Einführung in die Sportpsychologie. Göttingen: Hogrefe 1978.
VOLPERT, W.: Sensumotorisches Lernen. Zur Theorie des Trainings in Industrie und Sport. Frankfurt/M.: Limpert 1971.
WEINBERG, P.: Handlungstheorie und Sportwissenschaft. Köln: Pahl-Rugenstein 1978.
WILLKE, E.: Psychotherapie durch Bewegung. Sportunterricht, 1976, 25, 72–77.
WOHL, A.: Bewegung und Sprache. Probleme der Motorik des Menschen. Schorndorf: Hofmann 1977.

Jürgen R. Nitsch

Sprache

Die Relevanz verbalen Agierens für psychologische Fragen ist evident: S. im engeren Sinne zeichnet den Menschen aus und stellt zugleich das wichtigste Instrument *sozialer Interaktion* dar. Daß dennoch deutschsprachige Übersichten der S.psychologie spärlich geblieben sind (z. B. BÜHLER, 1934; KAINZ, 1941–1965; HÖRMANN, 1970), mag an der Komplexität des Gegenstandes ebenso liegen wie an der Verzahnung physikalischer, physiologischer, psychologischer, linguistischer und philosophischer Aspekte. Erst durch den Einfluß angelsächsischer Literatur gewann die Psychologie der S. unter der Bezeichnung „Psycholinguistik" in Deutschland wieder an Bedeutung (vgl. LIST, 1972 a).

1 Teilgebiete der Sprachbetrachtung

In Anschluß an SAUSSURE wird die überindividuelle Struktur der S. (la langue) unterschieden von der aktuellen Verwirklichung durch einen Sprecher bzw. Hörer (la parole).

S. läßt sich zunächst als Anhäufung von Wörtern betrachten, die einer statistischen Analyse – ohne Betrachtung des Inhalts – unterzogen werden kann. Dieses triviale Vorgehen zeigt erstaunliche *Gesetzmäßigkeiten* auf: Nach ZIPF (1949) bildet das Produkt aus der Auftretenshäufigkeit eines Wortes und der Rangnummer der Häufigkeit in verschiedensten Texten eine Konstante; das häufigste Wort tritt also etwa doppelt so oft auf wie das zweithäufigste, dreimal so oft wie das dritthäufigste usw. Mehrfach wurde auch die Korrelation der Anzahl verschiedener Wörter im Verhältnis zur Gesamtzahl mit der Intelligenz nachgewiesen.

S. läßt sich komplexer betrachten als *Zeichensystem*, das dem Sender zur Verschlüsselung von Information (Encodierung) dient, die dann durch Schallwellen übertragen und schließlich vom Empfänger entschlüsselt wird (Decodierung).

1.1 Phonetik und Phonologie

Mit der Artikulation, der Übermittlung und der auditiven Verarbeitung von S.lauten, die beim Menschen in der Tonhöhe etwa zwischen 100 und 8000 Hz und in der Lautstärke zwischen 20 und 70 dB liegen, befaßt sich die *Phonetik*. Zusammen mit der *Phonologie*, d.h. der Analyse von Funktion und Verteilung der S.laute, liefert sie für die psychologische Betrachtung wichtige Aspekte, die das Thema vieler neuerer Untersuchungen darstellen: Die auditive Verarbeitung korrespondiert stärker mit der Artikulation als mit den Vorgängen bei der Schallübertragung; dieses Phänomen hat zu der Annahme geführt, daß der Hörer das Gehörte unterschwellig imitiert, d.h. motorisch nachvollzieht („motor theory of speech perception"; vgl. LIBERMAN et al., 1967). Bereits bei der Lautwahrnehmung findet starke Selektion und Strukturierung statt, (physikalisch) Gleiches wird verschieden, (physikalisch) Verschiedenes gleich wahrgenommen. So wird ein bestimmter Laut als „e" oder „a" registriert, abhängig von den umgebenden Lauten (LANE, 1967).

Einheit der Analyse ist das *Phonem*, das selbst keine Bedeutung, wohl aber eine bedeutungsunterscheidende Funktion („rot" – „tot") hat und das aus einem Bündel von Schallmerkmalen besteht. Die Wahrnehmung erfolgt nicht passiv, sondern wird durch den Organismus strukturiert: Obwohl sich die „r" verschiedener Sprecher physikalisch stark unterscheiden, werden sie zu einer Klasse vereinigt und z.B. von der Klasse „t" unterschieden. Die Klassen sind nicht für alle S.n identisch. Während im Englischen das „th" eine eigene Einheit darstellt (und etwa „thick" von „sick" trennt), kommt ihm im Deutschen keine bedeutungsunterscheidende Funktion zu. Während innerhalb eines Phomens ein breiter Spielraum akustischer Struktur liegt, wird die Grenze zu anderen Phonemen scharf gezogen, d.h. die menschliche Wahrnehmung funktioniert hier besonders gut.

Nur im Falle der Lautnachahmung (z.B. das „tsch-tsch" des Kindes für „Eisenbahn") oder unmittelbarer Gefühlsmitteilungen (z.B. ein überraschtes „oh") kommt einzelnen Phonemen bereits eine Bedeutung zu; welchen Stellenwert aber diese Äußerungen in der Phylogenese der S. haben, ist umstritten (Diskussion bei HÖRMANN, 1970).

1.2 Morphologie

Die kleinsten bedeutungstragenden Einheiten sind die *Morpheme*, deren Kombinationen bis zur Wortebene die *Morphologie* untersucht. Das Wort „Kinder" zerfällt in zwei Morpheme (Kind-er), wobei das zweite den Plural anzeigt. Es scheint ein Spezifikum menschlicher S. zu sein und ihre ungeheure Komplexität im Vergleich mit Tiersprachen zu bedingen (MCNEILL, 1974), daß bedeutungslose Phoneme unter relativ geringen Regelbeschränkungen (z.B. tritt „sh" im Deutschen nicht innerhalb eines Wortes auf) zu einer großen Vielfalt bedeutungstragender Morpheme und Wörter und diese wiederum nach den Regeln der *Syntax* zu Sätzen zusammengestellt werden können.

1.3 Syntax

Die Struktur der Syntax, ihre psychischen Korrelate, ihr Erwerb durch das Kind sowie interindividuelle Unterschiede in ihrem Gebrauch sind derzeit zentraler Forschungsgegenstand der Linguistik und ihrer am Verarbeitungsprozeß bzw. an gesellschaftlichen Aspekten orientierten Nachbarwissenschaften, der *Psycho- und Soziolinguistik*.

Grundlage der meisten neueren psychologischen Untersuchungen ist das ursprünglich abstrakte, ohne Relevanz für die Prozesse im Sprecher und Hörer gedachte Modell von CHOMSKY (z.B. 1973). Er sieht die Syntax als Ausgangspunkt bei der „Generierung" eines Satzes: Ihre „Basis", die vor allem aus Verzweigungsregeln und einem Lexikon (vgl. Abb. 1) besteht, produziert eine *„Tiefenstruktur"* des Satzes, die durch Anwendung semantischer Regeln die inhaltliche Interpretation und durch einen weiteren Teil der Syntax, die „Transformationsregeln", die sog. *Oberflächenstruktur* und schließlich die phonetische Interpretation, d.h. die Aussprache des Satzes, ergibt (vgl. Abb. 2). Transformationsregeln arbeiten mit komplexen Strukturen; sie geben z.B. an, wie ein Aktiv- in einen Passivsatz umgeformt wird.

Syntaxmodelle wie das von CHOMSKY sind *Kompetenzmodelle*: Sie wollen zunächst keine psychischen oder mentalen Mechanismen, sondern die Struktur einer kompletten S. erfassen, d.h. sie sind vor allem an der Vollständigkeit und Ökonomie des Regelsystems interessiert. Dazu werden etwa rekursive oder kontextsensitive Regeln eingeführt; erstere gewährleisten die Produktion beliebig langer Sätze, indem ein Symbol bei fortlaufender Ableitung im Strukturbaum (vgl. Abb. 1) weiter unten erneut erscheint (z.B. wenn eine Nominalphrase aus Artikel, Nomen und Nebensatz besteht und

S = Satz
NP = Nominalphrase
VP = Verbalphrase
Art = Artikel
N = Nomen
V = Verb

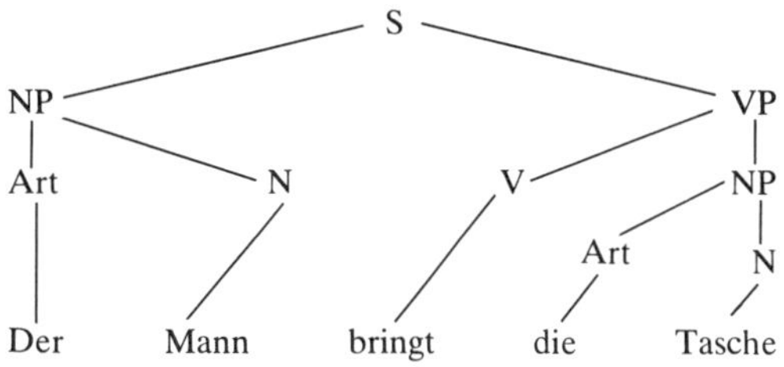

Abb. 1: Generierung der Grundstruktur eines Satzes durch Verzweigungsregeln und Lexikon. Der produzierte Satz ist als abstraktes Muster zu verstehen, das noch der semantischen und phonetischen Interpretation bedarf.

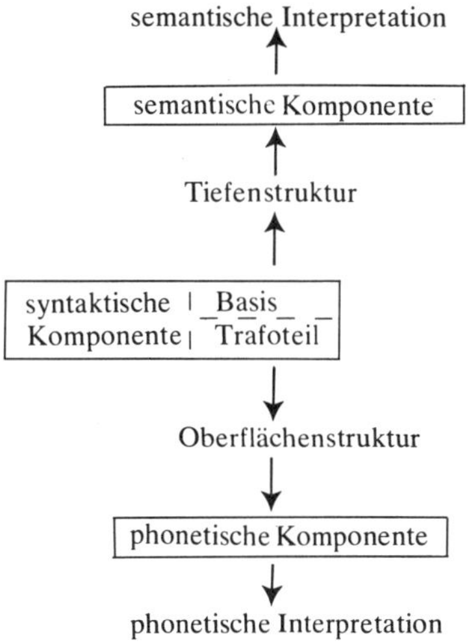

Abb. 2: Schema der Satzproduktion nach Chomsky.

dieser wiederum eine Nominalphrase enthält); letztere stimmen Satzglieder aufeinander ab und verhindern Unsinnsätze wie „das Haus schaut". Durch solche Regeln wird der Übergang hergestellt zur *Semantik.* (Daß der zitierte Satz in metaphorischem Sinn doch auftreten kann, spricht nicht gegen den Wert der Regel, sondern eher für die Vielschichtigkeit des Problems.) Der Inhalt eines Satzes erschließt sich in Chomskys Modell nicht aus der Oberflächen-, sondern aus der Tiefenstruktur. Damit sollen (und das ist ein wichtiges Argument psychologischer S.betrachtung) äußerlich ähnliche Sätze mit verschiedenem Inhalt getrennt und äußerlich unähnliche Sätze mit gleichem Inhalt zur Deckung gebracht werden.

1.4 Semantik

Noch weniger konsistent als in der Syntax ist die Theorie des Regelsystems in der Semantik. Es soll u.a. in einem Satz das handelnde Subjekt, die Art der Handlung und das davon betroffene Objekt identifizieren. Das legt nahe, die inhaltliche Interpretation eines Satzes als gegenläufig zur syntaktischen Generierung (also von „unten nach oben") anzunehmen (Katz, 1969). Zugleich führt die Abgrenzung und Verknüpfung von Bedeutungen (ja, der Begriff der Bedeutung überhaupt) in die Logik und Erkenntnistheorie. Die Ähnlichkeit des semantischen und syntaktischen Aufbaus verschiedener S.n ebenso wie die Beobachtung, daß das Kind die ungemein komplexe S. innerhalb weniger Jahre erlernt, ließ die rationalistisch orientierte S.forschung angeborene sprachliche Grundmuster annehmen – die *Universalien.* Sie werden etwa in der Unterscheidung von Subjekt und Prädikat, Nomen und Verb, Aktiv- und Passivsätzen oder stimmhaften und stimmlosen Lauten gesehen; oder sie beziehen sich auf die allgemeine Gestalt der zur S.beschreibung nötigen Regeln.

2 Lernpsychologische Ansätze

Die Annahme solch angeborener Präformierung ist für die Psychologie nicht nur deshalb von eminenter Bedeutung, weil sie die Frage in sich birgt, ob es sich noch um spezifisch sprachliche oder schon globalere kognitive Eigenschaften handelt; sondern auch und vor allem, weil sie ein Licht auf die Probleme wirft, die die S.analyse unter dem Gesichtspunkt von *Lernprozessen* mit sich bringt.

Dieser Ansatz ist empiristisch, d.h. in erster Linie befaßt mit den Einflüssen der Erfahrung auf Gebrauch und Erwerb von S. Er steht zugleich der *Performanz* näher als der *Kompetenz*, ist also am individuellen Akt des Sprechens oder Hörens mehr interessiert als am überindividuellen S.gebäude.

2.1 *Frühe Lerntheorie*

Die Lernpsychologie nimmt als Grundlage der S.verwendung stets und überall ablaufende *Konditionierungsvorgänge* – klassische wie operante – an. Sprachliche Äußerungen werden als Reize oder Reaktionen betrachtet, die zu anderen verbalen oder nonverbalen Reizen und Reaktionen in Beziehung gesetzt werden.
Durch die sehr einfachen Mechanismen in frühen Lerntheorien geriet die Funktion der S. (z.B. als „Werkzeug" zum Ersatz von Handlungen) in den Vordergrund, die Komplexität ihrer Struktur wurde vernachlässigt. Erst in den letzten Jahren findet die Vielfalt und Verschränkung sprachlicher Einheiten auf phonologischer, syntaktischer und semantischer Ebene und über diese Ebenen hinweg Erwähnung in lernpsychologischer Literatur. Anstoß dazu waren vor allem die Mediationstheorie und SKINNERS Buch „Verbal Behavior".

2.2 *Mediationstheorie*

Die Mediationstheorie (vgl. Übersicht bei COFER/FOLEY, 1964) untersucht die Verknüpfung von Reizen bzw. Stimuli mit Reaktionen und nimmt an, daß ein Stimulus S bei der Wahrnehmung zunächst eine verdeckte Reaktion r (z.B. emotionaler oder innersekretorischer Art) produziert, diese vom Organismus wiederum als propriozeptiver Stimulus s registriert wird, der schließlich die sichtbare Reaktion hervorruft: S – r – s – R.
Die verdeckte Reaktion r läßt sich genauer als Teil der Gesamtreaktion R auffassen. Das hat für die S.psychologie bedeutsame Konsequenzen, deren Anwendung auf Syntax und Semantik bisher erst in wenigen Bereichen versucht wurde, aber ein wichtiges Forschungsgebiet der Zukunft vor allem für die Kindersprache sein wird. Die Mediationstheorie besagt, daß Reize auch solche Reaktionen hervorrufen können, mit denen sie vorher noch nie zusammentrafen. Wenn nämlich die Stimuli S_1 und S_2 unabhängig voneinander auf die Reaktion R_A konditioniert wurden, dann rufen beide zuerst die verdeckte Reaktion r_A (Teil von R_A) hervor. Wird nun S_1 auf R_B konditioniert, so löst auch S_2 ohne direkte Konditionierung R_B aus. Vereinfacht lautet die Erklärung, daß die Verknüpfung von S_1 mit R_B durch den vorherigen Lernprozeß über r_A läuft: S_1–r_A–s_A–R_B; da aber auch S_2 mit r_A verbunden wurde, ruft es nach Verbindung von S_1 mit R_B ebenfalls R_B hervor: S_2–r_A–s_A–R_B. Damit zeichnet sich eine lernpsychologische Antwort auf eine Grundfrage der Psycholinguistik ab: warum der Mensch neue Wortketten formuliert oder versteht, die er so noch nie gesprochen oder gehört hat.
Dabei werden verbale Klassen gebildet. Wenn ein Kind „Wauwau schläft" und „Teddy schläft" gelernt hat und dann „Wauwau schaut" erwirbt, wird es spontan „Teddy schaut" äußern können. Mediation, d.h. Übertragung eines Teils der Wirkung eines Reizes auf einen anderen durch verdecktes Verhalten, hat eine verbale Klasse geschaffen.
Wörter haben die Funktion, Gegenstände oder Ereignisse zu repräsentieren. Das bedeutet in diesem Modell, daß das Wort S′ durch Verbindung mit dem Gegenstand S zu einem konditionierten Reiz geworden ist, der vor allem den verdeckten Teil der Reaktionen hervorruft, die ursprünglich auf S folgten. Die Reaktionen können Assoziationen oder Emotionen sein. Psychologisch wird also Bedeutung zu Verhalten, ihr denotativer Aspekt zu verbalen bzw. gedanklichen Assoziationen, ihr konnotativer Aspekt u.a. zu Emotionen.

2.3 *Skinners radikaler Behaviorismus*

Der zweite wichtige Anstoß moderner S.psychologie, SKINNERS „Verbal Behavior" (1957), war im Grunde kein neuer Ansatz, sondern nur eine rigorose Anwendung der Reiz-Reaktions-Psychologie auf die S. Für SKINNER ist S. nicht Ausdruck von Gedanken, sondern „Verbalverhalten", das wie jedes andere Verhalten von vorherigen oder folgenden Reizen kontrolliert wird. Besonders das operante Konditionieren wird betont – Verstärker und diskriminative Reize bestimmen die Äußerungen. Syntax und Semantik sind geradlinige Reiz-Reaktions-Ketten.

2.4 *Kritik an lernpsychologischer Sprachbetrachtung*

In einfachen Verknüpfungen den einzigen Mechanismus der S. zu sehen, rief vernichtende Kritik kompetenzorientierter Linguistik hervor (Chomsky, 1959). Zugleich aber wurde damit eine Diskussion über Mikromechanismen des S.erwerbs provoziert, die seit Skinners Buch stetig zugenommen hat. Skinner gibt kommunikativen und situativen Bedingungen des S.geschehens großes Gewicht; daneben war sein lernpsychologischer Ansatz Grundlage für viele Untersuchungen über die Therapie von S.ausfällen, die psychologische Hypothesen über Strukturen und Mechanismen der S. liefern (vgl. Brack, 1977).
Vermutungen über einfache, aber in riesiger Anzahl sich überschneidende Reiz-Reaktions-Ketten einerseits und hierarchische Regelsysteme zur Berücksichtigung struktureller Komplexität andererseits repräsentieren das Spannungsfeld aktueller S.forschung. Chomsky wirft Skinner vor, Begriffe wie „Reiz", „Verstärkung" usw. seien zwar in Tierexperimenten, nicht aber im Bereich der menschlichen S. eindeutig definiert. Sequentielle S.modelle seien ungeeignet, weil sie übergreifende Verknüpfungen nicht zulassen: In dem Satz „er holt sein Buch" folgt „sein" nicht eindeutig aus „holt", sondern nimmt auf „er" Bezug (vgl. „sie holt ihr Buch"). Natürlich hängt die Leistungsfähigkeit einer einfachen Sequenzgrammatik ab von den gewählten Einheiten – etwa wenn im Beispiel „er holt" als Einheit definiert wird. Schließlich wird den lernpsychologischen Annahmen über Reizabhängigkeit und Konditionierungsprozesse in der S. die empirische Fundierung abgesprochen.

3 Resultate der empirischen Sprachpsychologie

Der Gegensatz zwischen rationalistischer und empiristischer S.betrachtung mildert sich bei experimentellen Untersuchungen. Bisherige Resultate weisen einerseits auf die Bedeutung von Lernprozessen hin (und relativieren die angeborene Komponente), zeigen aber andererseits, daß S. nicht nur aus trivialen Ketten von Lauten besteht, sondern komplexer strukturiert ist.

3.1 *Assoziationsexperimente*

Assoziationsexperimente (der Proband soll zu einem gegebenen Wort ein anderes nennen) zeigen, daß die Häufigkeit der Benützung mit der Verfügbarkeit eines Wortes korreliert. Bereits einfache Wortfolgen werden strukturiert: Der Hörer von Wortlisten gruppiert die Wörter nach ihrem Inhalt um.
Die experimentelle Prüfung von Bedeutung geschieht meist über Assoziationen unter Verwendung des „semantischen Differentials" (Osgood/Suci/Tannenbaum, 1957). Es besteht aus Gegensatzpaaren („rot – blau", „groß – klein" usw.). Der Proband stuft ein vorgegebenes Wort (z.B. „Liebe") auf der Skala zwischen jedem Wortpaar ein. So lassen sich nicht nur Profile verschiedener Wörter oder eines Wortes in verschiedenen S.n vergleichen, sondern auch Bedeutungsveränderungen aufweisen. Staats (1968) zeigte, daß die Bedeutung eines Wortes sich in der Richtung eines anderen allein durch das Zusammentreffen verschiebt. Angehörige eines Volkes werden positiver eingeschätzt, wenn der Name des Volkes vorher mit Wörtern positiven Inhalts gepaart wurde.

3.2 *Verstärkungsexperimente*

Die Häufigkeit des Gebrauchs bestimmter Wortarten läßt sich durch *Verstärkung* manipulieren. Greenspoon demonstrierte schon 1955 in einem Experiment, daß der Plural häufiger gebraucht wird, wenn er mit Zuwendung durch den Versuchsleiter verknüpft wird. Dabei braucht weder die Zuwendung noch die Veränderung des eigenen Verhaltens von den Versuchspersonen bemerkt zu werden! List (1972b) gelang es, durch Verstärkung den Gebrauch von Verben bzw. Adjektiven zu erhöhen. Dabei trat Generalisation auf – nicht nur die verstärkten, sondern auch andere Verben wurden häufiger. Generalisation ist auch zu verzeichnen, wenn durch klassisches Konditionieren ein Wort zum Auslöser von Verhalten gemacht wird. Kinder scheinen eher phonetisch, Erwachsene eher semantisch zu generalisieren, d.h. im einen Fall stärker auf Homophone, im anderen auf Synonyme zu generalisieren (Übersicht bei Cofer/Foley, 1964).

3.3 Experimente zur Grammatikstruktur

Mit anderen Experimenten soll die *Struktur der Grammatik* im Hörer bzw. Sprecher nachgewiesen werden. Überlagert man etwa die Darbietung eines Satzes mit kurzen Klicks, so werden diese vom Hörer an Satzstrukturgrenzen, z.B. zwischen Subjekt und Prädikat wahrgenommen. Die Verarbeitungszeit von Sätzen mit verschiedenen Transformationen (z.B. Negativ-, Passiv-, Frageumformung) erhöht sich additiv mit der Zahl der Transformationen (KLIX/HOFFMANN, 1976).

4 Der Spracherwerb

Ein derzeit besonders erfolgversprechender Forschungsbereich ist der *Spracherwerb*. Es geht vor allem um die Frage, welche Information das Kind gehörter S. entnimmt, wie es sie verarbeitet und welche *biologischen* Voraussetzungen eine Rolle spielen.

4.1 Äußere Anregung

Wächst ein Kind auf, ohne S. zu hören („Wolfskinder"), so ist späterer Erwerb nur noch in geringem Maße möglich. Andererseits kann das Erlernen der S. durch Schäden des zentralen Nervensystems erheblich beeinträchtigt sein (LENNEBERG, 1967). Die Bedeutung biologischer Faktoren manifestiert sich in der Gleichmäßigkeit des Erwerbsvorganges; das Kind beginnt im Alter von etwa einem Jahr, einzelne Wörter zu äußern, die häufig die Funktion eines „Einwortsatzes" haben. Ein weinerlich gesprochenes „Puppe" kann die Bitte sein, die Puppe zu bekommen. Etwa mit 18 Monaten setzt der Zweiwortsatz ein, dessen Sinn ebenfalls stark von der Situation abhängt. BLOOM (1970) fand, daß ein Kind „mommy sock" in sechs verschiedenen Bedeutungen gebrauchte.
Die Annahme, daß das Kind laufend für richtiges Sprechen verstärkt wird, wurde durch BROWN/HANLON (1970) widerlegt; Eltern scheinen eher die Wahrheit als die Grammatik der Sätze zu beachten. Um so erstaunlicher ist die *frühe Regelhaftigkeit* der Kindersprache. Auch wenn die Grammatik der Erwachsenen noch nicht beherrscht wird, besteht die S. keineswegs aus beliebigen Wortzusammenstellungen.

4.2 Regelerwerb

BRAINE (1963a) stellte in einer für weitere Experimente sehr fruchtbaren Untersuchung zwei große Klassen in der Kindersprache fest: die „pivots", d.h. wenige, aber oft gebrauchte Wörter und eine Restklasse mit vielen, aber selten verwendeten Wörtern. Auffallend ist, daß im Zweiwortsatz nie zwei „pivots" zusammentreffen. Die „pivots" scheinen sich später vor allem in Nomina, Verben und Adjektive, die Restklasse in Artikel, Bindewörter, Präpositionen usw. auszudifferenzieren. Auf der nächsten Stufe wird eine Art Telegrammstil verwendet, bei dem das Kind nur die informationsträchtigsten Wörter berücksichtigt. Auch Dreiwortsätze zeigen starke Regelhaftigkeit und belegen, daß das Kind auf dieser Stufe bereits einen großen Teil Grammatik beherrscht.
Beim Regelerwerb werden oft zuerst *auffällige Ausnahmen* gelernt und erst dann die regelmäßigen Formen. Diese werden daraufhin übergeneralisiert (z.B. „gehte") und erst danach werden beide Formen beherrscht. Kinder können, wenn sie verschiedene grammatische Operationen gelernt haben, zunächst nur einzelne, nicht mehrere zugleich in einem Satz anwenden. In schwierigen Fällen greifen auch größere Kinder auf vereinfachende Regeln zurück, indem sie etwa nahe beieinander stehende Satzteile auch in syntaktisch-semantischen Zusammenhang bringen.
BRAINE (1963b) nimmt auf Grund eines Experimentes an, daß Kinder in erster Linie die *Position von Satzteilen* lernen und daraus verbale Klassen bilden. Die allmähliche Aneignung solcher Klassen spiegelt auch die sog. syntagmatisch-paradigmatische Verschiebung: Kleine Kinder assoziieren zu einem Wort meist solche Wörter, die auf das erste im Satz folgen könnten (Stuhl – sitzen); ab etwa 7 Jahren mehren sich Antworten, die zur gleichen Klasse wie das Reizwort gehören (Stuhl – Tisch).

5 Funktionen der Sprache

Voraussetzung für den S.erwerb ist *Konstanz*. Das Kind muß lernen, konstante Äußerungsformen konstanten Dingen oder Sachverhalten zuzuordnen. Die S. wird also im Rahmen der gesamten kognitiven und motorischen Entwicklung erworben.

5.1 *Kommunikative Bedeutung*

Auch die *soziale Bedeutung* der S. steht in Wechselwirkung mit der Reifung anderer Funktionen. Indem das Kind ein unendlich vielfältig kombinierbares System von Äußerungen erlernt, nehmen seine kommunikativen Möglichkeiten zu. Frühe Mutter-Kind-Dialoge beinhalten viel wechselseitige Nachahmung, wobei das Kind die Äußerungen der Mutter reduziert auf die informationshaltigsten Wörter und die Mutter die Äußerungen des Kindes durch Ergänzung fehlender Wörter der Situation anpaßt (Brown/Bellugi, 1964). (Dabei ist strittig, ob die ersten S.anfänge egozentrisch oder sozial sind, wie die Auseinandersetzung zwischen Piaget und Wygotsky zeigt – vgl. List, 1972a.) Bühler (1934) unterschied drei Funktionen der S.: *Darstellung* (eines Sachverhalts), *Ausdruck* (eines Zustandes im Sprecher) und *Appell* (an den Hörer). Diese Kategorien lassen sich im sozialen Feld nicht mehr scharf trennen, jeder sprachlichen Äußerung haftet eine soziale Funktion an. Ein Sachverhalt, d.h. seine kognitive und emotionale Repräsentation im Sprecher, und seine Darstellung sind immer auch abhängig vom sozialen Kontext. Umgekehrt beeinflußt die sprachliche Darstellung die Repräsentation des Dargestellten im Sprecher (was die Grundlage vieler psychotherapeutischer Richtungen ist).

5.2 *Prägung des Denkens*

Whorf (1963) nimmt, ähnlich wie von philosophischer Seite Wittgenstein (1971), sogar eine *Prägung des Denkens durch die S.* an. Als Beleg dafür dienen u.a. Unterschiede in den sprachlichen Kategorien verschiedener Völker – so kennen Eskimos eine Vielzahl von Wörtern für „Schnee" in seinen verschiedenen Zuständen. Ein interessantes Beispiel gibt Ariès (1975): Bei der Übertragung von mittelalterlichen lateinischen Texten ins Französische im 16. Jh. ergab sich die Schwierigkeit, daß den drei französischen Kategorien für Lebensalter (Kindheit, Jugend, Alter) 7 lateinische Kategorien gegenüberstanden. Whorf ist zu entgegnen, daß eventuell nicht die S. das Denken und damit die Sicht der Welt prägt, sondern daß die *Lebensumstände* S. wie Denken beeinflussen; und daß ein Volk sich einfache Kategorien für Bedeutsames in seinem Lebensraum schafft, das auch in anderen S.n – nur komplizierter – ausgedrückt werden kann. Dennoch mag die Art und Zahl verfügbarer Kategorien auf die Wahrnehmung z.B. von Farben (Lane, 1967) einzuwirken.

5.3 *Schichtunterschiede*

Der soziale Aspekt der S. zeigt sich auch in der Abhängigkeit der S.beherrschung von der *Schichtzugehörigkeit.* Bernsteins (1973) Analyse des schichtbedingten „restricted code" bzw. „elaborated code" ist Grundlage vieler Untersuchungen und pädagogischer Unternehmungen wie der vorschulischen Förderung, die vor allem „Chancengleichheit" erzielen will. Mehrfach ist jedoch davor gewarnt worden, sprachliche Leistungsunterschiede nur auf ökonomischem Hintergrund zu interpretieren, da Differenzen des S.stils auch zwischen Gruppen bestehen, die sich nicht in erster Linie ökonomisch unterscheiden. Entsprechend stellt sich die Frage, ob isolierte S.förderung die Chancen von Unterschichtkindern wesentlich verbessert, oder ob nicht für diese Kinder (und auch für Schulversager aus allen Schichten) die Einübung grundlegenderer Formen der Kommunikation und des Verarbeitens von Anforderungen und Informationen (Kooperation, Konzentriertheit, Interesse) langfristig fruchtbarer wäre.

6 Möglichkeiten der Sprachmodifikation

Es besteht nur ein gradueller Unterschied zwischen der Förderung eingeengter S. und der *Therapie gestörter S.* Man unterscheidet Sprechtherapie (z.B. bei Stammeln oder Stottern) von *Sprachtherapie*, die sich mit der Struktur der S. befaßt (etwa bei Dysgrammatismus). Störungen der S. können peripher (etwa bei Hörbehinderung) oder zentral (z.B. nach frühkindlicher Hirnschädigung) bedingt sein und sich im Verstehen, Sprechen, Merken von gehörter S., dem Grad der Abstraktionsfähigkeit usw. auswirken (vgl. Böhme, 1974). Da sich aus Störungen der S. und besonders des S.erwerbs Hinweise auf die Vielfalt der zum normalen Sprechen notwendigen Funktionen ebenso gewinnen lassen wie – durch die Therapie – auf die Möglichkeit einer Beeinflussung durch äußere Stimulation, ist in den letzten Jahren eine große Zahl von *S.tests* entwickelt worden (z.B.

GÖTTE, 1976). Noch stärker als in anderen Bereichen der Psychometrie ergibt sich hier das Problem objektiver, reliabler und vor allem valider Testaufgaben. Denn es ist nicht nur die Frage, ob S.leistung etwa am freien Sprechen, Beantworten von Fragen oder Nachsprechen von Sätzen geprüft werden soll, sondern auch, ob als Maß für Komplexität die Satzlänge, die Anzahl verschiedener Wörter oder die Zahl von Knotenstellen im Satzstrukturbaum gelten soll. Zur Behandlung von S.störungen wurden in den letzten Jahren viele *Programme* entwickelt, die neben erwachsenen Aphasikern in erster Linie retardierte Kinder betreffen und sich auf verhaltenstherapeutische Methodik stützen. Obwohl meist relativ trivial aufgebaut und einen Satz eher als additive Kette aus seinen Gliedern denn als hierarchische Struktur verstehend, sind diese Programme oft sehr erfolgreich (vgl. RISLEY/HART/DOKE, 1972). Neuere Ansätze versuchen, psycholinguistische Erkenntnisse wie die expandierende Imitation des Kindes durch die Mutter oder die Zwei-Klassen-Struktur der frühen Kindersprache zu berücksichtigen.
Auch Diagnostik und Therapie gestörter S. spiegeln den derzeitigen Stand der Psycholinguistik: S. läßt sich zwar in erster Annäherung für manche Zwecke als einfache Reiz-Reaktions-Verknüpfung betrachten, die zugrunde liegende Struktur ist aber derartig komplex, daß das heutige Wissen über die Gliederung der Prozesse, die die Produktion und das Verstehen von Sätzen ermöglichen, noch nicht ausreicht, auch nur die Grammatik eines zweijährigen Kindes adäquat zu beschreiben.

Verweis auf andere Stichwörter

→Anlage und Umwelt →Behaviorismus →Denken und Problemlösen →Emotion →Entwicklung und Sozialisation →Gedächtnis →Interaktion und Kommunikation →Lernen →Verhaltenstherapie →Wahrnehmung

Literatur

ARIÈS, PH.: Geschichte der Kindheit. München: Hanser 1975.
BERNSTEIN, B.: Studien zur sprachlichen Sozialisation. Düsseldorf: Schwann 1973.
BLOOM, L.: Language development: Form and function in emerging grammars. Cambridge, Mass.: M. I. T. Press 1970.
BÖHME, G.: Stimm-, Sprech- und Sprachstörungen. Stuttgart: Fischer 1974.
BRACK, U. B.: Spracherwerb und Imitationslernen. Weinheim: Beltz 1977.
BRAINE, M. D. S.: The ontogeny of English phrase structure. Language, 4, 1963a, S. 1–13.
BRAINE, M. D. S.: On learning the grammatical order of words. Psychol. Rev., 70, 1963b, S. 323–348.
BROWN, R./BELLUGI, U.: Three processes in the child's acquisition of syntax. Harvard Educ. Rev., 34, 1964, S. 133–152.
BROWN, R./HANLON, C.: Derivational complexity and order of acquisition in child speech. In: HAYES, J. K. (Ed.): Cognition and the development of language. New York: Wiley 1970, S. 155–207.
BÜHLER, K.: Sprachtheorie. Jena: Fischer 1934.
CHOMSKY, N.: A review of Skinner's „Verbal Behavior". Language, 35, 1959, S. 26–58.
CHOMSKY, N.: Aspekte der Syntax-Theorie. Frankfurt/M.: Suhrkamp 1973.
COFER, C. N./FOLEY, J. P.: Mediated generalization and the interpretation of verbal behavior: I. Prolegomena. In: STAATS, A. W. (Ed.): Human Learning. New York: Holt, Rinehart & Winston 1964, S. 153–164.
GÖTTE, R.: Landauer Sprachentwicklungstest für Vorschulkinder. Weinheim: Beltz 1976.
GREENSPOON, J.: The reinforcing effect of two spoken sounds on the frequency of two responses. Amer. J. Psychol., 68, 1955, S. 509–516.
HÖRMANN, H.: Psychologie der Sprache. Berlin: Springer 1970.
KAINZ, F.: Psychologie der Sprache, Bd. I–V. Stuttgart: Enke 1941–1965.
KATZ, J.: Philosophie der Sprache. Frankfurt/M.: Suhrkamp 1969.
KLIX, F./HOFFMANN, J.: Die Methode des Satz-Bild-Vergleichs als Zugang zur Analyse von Bedeutungsträgern im menschlichen Langzeitgedächtnis. Halle: Vortrag beim Leopoldina-Symposion „Naturwissenschaftliche Linguistik", 1976.
LANE, H. V.: A behavioral basis for the polarity principle in linguistics. In: SALZINGER, K./SALZINGER, S. (Eds.): Research in verbal behavior and some neurophysiological implications. New York: Academic 1967, S. 79–96.
LENNEBERG, E. H.: Biological foundations of language. New York: Wiley 1967.
LIBERMAN, A. M./COOPER, F. S./SHANKWEILER, D. P./STUDDERT-KENNEDY, M.: Perception of the speech code. Psychol. Rev., 74, 1967, S. 431–461.
LIST, G.: Psycholinguistik. Stuttgart: Kohlhammer 1972a.
LIST, G.: Grammatischer Regelerwerb durch Wortartentraining. Ztschr. f. klin. Psychol., 1, 1972b, S. 164–176.
MCNEILL, D.: Der Spracherwerb. Düsseldorf: Schwann 1974.
OSGOOD, C. E./SUCI, G. J./TANNENBAUM, P. H.: The measurement of meaning. Urbana: Univ. of Ill. Press 1957.
RISLEY, T./HART, B./DOKE, L.: Operant language development: The outline of a therapeutic technology. In: SCHIEFELBUSCH, R. L. (Ed.): Language of the mentally retarded. Baltimore: University Park Press 1972, S. 107–123.
SKINNER, B. F.: Verbal Behavior. New York: Appleton 1957.
STAATS, A. W.: Learning, language and cognition. New York: Holt, Rinehart & Winston 1968.
WHORF, B. L.: Sprache, Denken, Wirklichkeit. Hamburg: Rowohlt 1963.
WITTGENSTEIN, L.: Philosophische Untersuchungen. Frankfurt/M.: Suhrkamp 1971.
ZIPF, G. K.: Human behavior and the principle of least effort. Reading, Mass.: Addison-Wesley 1949.

Udo B. Brack

Statistik

S. ist kein Teilgebiet der Psychologie, sondern ein Teilgebiet der Mathematik, das (auch) in der Psychologie *angewandt* wird. In elementarster Form – dem Sammeln von Daten – läßt sich statistisches Tun schon vor mehreren tausend Jahren belegen, z.B. die Dokumentation der Land- und Seestreitkräfte, Staatsfinanzen usw. im *breviarium augusti* unter Augustus. Diese *materielle S.*, die im 17./18. Jh. in vielen europäischen Staaten aufblühte, wurde im 19. Jh. – insbesondere durch QUETELET – mit der Wahrscheinlichkeitstheorie (PASCAL, BERNOULLI, GAUSS u.a.) verbunden und im 20. Jh. durch Ausarbeitung von Schätzung, Hypothesentests und Entscheidungstheorie (FISHER, NEYMAN und PEARSON, WALD u.a.) wesentlich erweitert.

1 Stellenwert der Statistik für die Psychologie

Grundlage der Psychologie – wie jeder empirischen Wissenschaft – sind empirische Sachverhalte. Diese Sachverhalte werden *systematisch erhoben*, unterscheiden sich also von Alltagserfahrung insbesondere durch: 1. spezifische Fragestellungen – den Psychologen interessiert nur ein ganz bestimmter Ausschnitt aus der Realität, 2. spezifische Beobachtungssysteme – der Psychologe verwendet weder radioastronomische Apparate noch die Reagenzien des Chemikers, sondern bestimmte experimentelle Apparaturen, Fragebögen etc., 3. spezifische Sprache und Wissensbestände – die Fragestellungen und die Verwendung bestimmter Beobachtungsinstrumente leitet sich aus den von Psychologen gegenwärtig internalisierten Paradigmen (T. S. KUHN) her, welche bestimmen, was unter Psychologie zu verstehen ist, worüber Psychologen miteinander kommunizieren können, was die relevanten Forschungsfragen sind. Nur in bezug auf solche akzeptierten Wissensbestände und damit verbundene Begriffssysteme und Verfahrensregeln sind empirische Sachverhalte sinnvoll (nämlich einzuordnen) und damit kommunizierbar, nachvollziehbar (objektivierbar) und können handlungsrelevant werden.

Empirische Sachverhalte stellen sich in unserem, durch den indoeuropäischen Sprachtypus (und damit auch der aristotelischen Logik) geprägten wissenschaftlichen Denken in Form von Subjekt-Prädikat-Sätzen dar (vgl. aber zum Kulturrelativismus z.B. B. L. WHORF), d.h. als ein System aus empirischen Objekten und empirischen Relationen (Beziehungen) zwischen ihnen. Ein solches System heißt *empirisches Relativ*. Empirische Relative sind, so wie sie üblicherweise in einer bestimmten Untersuchung zunächst konstatiert werden, viel zu komplex, um vom Menschen unmittelbar aufgenommen und in irgendeiner Weise handlungsrelevant werden zu können: Werden nur 10 Einstellungsitems 30 Versuchspersonen (Vpn.) vorgelegt, so ließen sich aus den Reaktionen Millionen von Aussagen (Vergleichen) ableiten. Wesentliches Ziel von Wissenschaft ist es daher, die komplexe empirische Information adäquat zu reduzieren, so daß sie einerseits leicht überschaubar und damit aufnehmbar und kommunizierbar wird, andererseits Entscheidungen und Prognosen hinsichtlich zukünftigen Handelns ermöglicht.

Der Stellenwert von S. für die Psychologie liegt nun darin, daß sie ein ausgezeichnetes Hilfsmittel zur *Informationsreduktion* und Prognose darstellt. Dazu wird das empirische Relativ – aus empirischen Objekten und empirischen Relationen – adäquat auf ein *numerisches Relativ* – aus Zahlen und numerischen Relationen – abgebildet; dieser Vorgang heißt *Messen* (bzw. das Beobachtungssystem wird so konstruiert, daß es die Messung mit umfaßt und gleich numerische Relationen konstatiert werden).

Der Vorteil in der Verwendung von S. als Mittel der Informationsreduktion gegenüber anderen Möglichkeiten (z.B. sprachlich-metaphorischen Systemen) liegt insbesondere in: *1. Eindeutigkeit* – mathematische Symbole und Operationen lassen sich im Gegensatz zur Sprache eindeutig definieren; *2. Nachvollziehbarkeit* – der Reduktionsprozeß wird explizit und damit objektiviert, *3. Kommunizierbarkeit* – die Bedeutung mathematischer Symbole ist definiert und nicht wie bei Sprache an räumlich/zeitlich sich verändernde (Sub-)Kultur gebunden, *4. Optimierbarkeit* – die Operationen bei der Reduktion lassen sich im Hinblick auf bestimmte, explizite Optimierungskriterien auswählen (z.B. erwartungstreue Schätzung, Fehlerminimierung etc.).

Wichtig für die Anwendung der S. ist, daß den Zahlen im numerischen Relativ nur eine beschränkte Bedeutung (= Operationsmöglichkeit) zukommt, die sich aus den abgebildeten empirischen Relationen herleitet. Einem empirischen Relativ kann jeweils eine ganze Klasse von numerischen Relativen zugeordnet werden, welche durch die zulässigen Transformationen und Operationen gebildet wird. Üblicherweise wird zwischen vier Klassen oder *Skalenniveaus* unterschieden: Nominal-, Ordinal-, Intervall-, Verhältnisskala. Das Skalenniveau bestimmt somit, welche numerischen Operationen ausgeführt (und damit: welche statistischen Modelle für ein bestimmtes Datenmaterial überhaupt angewendet) werden dürfen; so ist z.B. die Mittelwertbildung für Ordinalskalen sinnlos (genauer z.B.: Kriz, 1978, 65ff.). Je nachdem, ob die in Datenform vorliegenden Sachverhalte im Sinne der Informationsreduktion eher beschrieben werden sollen oder aber als Grundlage für induktive Schlüsse und Prognosen dienen, unterscheidet man zwischen *Deskriptiv-* und *Inferenzstatistik.*

2 Deskriptivstatistik

Hierzu gehören insbesondere: *1.* Auflisten und Strukturieren von Daten in Form von Tabellen und deren graphische Darstellung; *2.* Beschreiben von einzelnen Verteilungen durch bestimmte *Kennwerte* – u.a. *Median* (ordinal) und *Mittelwert* (intervall) für die Lage, und *Varianz* (intervall) für die Dispersion einer Verteilung; *3.* Beschreibung des Zusammenhanges zwischen zwei Variablen (Verteilungen) durch *Korrelationskoeffizienten* – u.a. *Phi* und *Lambda* (nominal), *Gamma* und *Rho* (ordinal), *r* (Produkt-Moment-K.) (intervall); *4.* Reduktion und Darstellung multivariater Zusammenhänge – u.a. *Clusteranalyse, Faktorenanalyse.*

Läßt man z.B. 10 unterschiedliche Materialien von 5 Gruppen à 50 Vpn. nach unterschiedlichen Lernkonzepten lernen und prüft die Lerngeschwindigkeit (Wiederholungen bis zum fehlerfreien Reproduzieren) und die Gedächtnisleistung (Reproduktionsanteil nach einer Woche), so kann man diese 5000 Ergebnisse zunächst in $10 \times 5 \times 2 = 100$ *Tabellen* zusammenfassen. Doch Tabellen sind in ihrer Information viel zu komplex, um schnell hinsichtlich der wesentlichen Effekte aufgenommen werden zu können. Berechnet man hingegen die *Mittelwerte* über die 50 Personen, lassen sich diese in 2 Tabellen zu je 5×10 Bedingungen darstellen. Man kann dann z.B. unmittelbar „sehen“, mit welchem Lernkonzept welches Material am schnellsten erlernt wird. Dieses Vorgehen setzt allerdings voraus, daß die wesentliche Information der Daten tatsächlich durch die Mittelwerte gekennzeichnet wird. Ergibt eine Inspektion des Urmaterials (oder eine inhaltliche Hypothese) hingegen, daß in manchen Bedingungen alle Werte fast gleich sind, in anderen aber sehr unterschiedlich, wird man zusätzlich zum Mittelwert (oder sogar statt dessen) jeweils die *Varianz* – als Kennwert für die Dispersion – angegeben. Welches statistisches Modell zur Beschreibung von Daten jeweils adäquat ist, ist somit insbesondere eine *inhaltliche* Frage.

Man kann nun z.B. weiter fragen, ob es einen Zusammenhang zwischen Lerngeschwindigkeit und Gedächtnisleistung gibt – d.h. für jede Bedingung die Korrelation zwischen beiden Variablen berechnen. *Korrelationskoeffizienten* (z.B. r) liegen zwischen -1 und $+1$. Beide Extreme würden einen perfekten Zusammenhang zwischen beiden Variablen bedeuten; $+1$, daß hohe Werte der einen gemeinsam mit hohen Werten der anderen Variablen auftreten, -1, daß hohe Werte der einen Variablen mit niedrigen der anderen (und umgekehrt) auftreten. Der Produkt-Moment-Korrelationskoeffizient drückt dabei allerdings nur den *linearen* Zusammenhang aus (Gamma und Rho hingegen auch einen nichtlinearen). Eine Korrelation von 0 bedeutet, daß die Werteverteilungen in beiden Variablen in keiner Beziehung zueinander stehen (im Falle von r: zumindest in keiner linearen). Fragt man nach dem Zusammenhang zwischen den 10 Materialien, so kann man $\binom{10}{2} = 45$ unterschiedliche Variablenpaare betrachten und damit 45 Korrelationskoeffizienten berechnen. Hier setzt die *Faktorenanalyse* an, indem versucht wird, das komplexe Beziehungsnetz auf wenige Faktoren zurückzuführen. Ähnlich ist das Anliegen der *Clusteranalyse*: hier würde man fragen, ob sich die 10 Materialien zu Gruppen (Clustern) strukturieren lassen, so daß die Materialien in einem Cluster einander wesentlich ähnlicher sind als die Materialien unterschiedlicher Cluster.

Eine weitere Möglichkeit der Analyse wäre, die Korrelationen *zwischen* den Personen (über die Materialien) zu berechnen. Man erhält dann pro Gruppe $\binom{50}{2} = 1225$ Korrelationen und könnte mit Hilfe der Faktoren- bzw. der Clusteranalyse versuchen, die 50 Personen zu Lerntypen (Clustern) im Sinne der diffentiellen Psychologie zu strukturieren.

3 Inferenzstatistik

3.1 Schätzstatistik

Die an einer begrenzten Versuchspersonenanzahl zu einem bestimmten Zeitpunkt unter speziellen Bedingungen erhobenen Daten sind in der Regel nur deshalb interessant, weil man annimmt, daraus allgemeinere Schlüsse ziehen zu können. Die erhobenen Daten werden somit als *Stichprobe* aus einer realen (oder theoretischen) *Grundgesamtheit* interpretiert. Die Inferenzstatistik besteht im wesentlichen aus mathematischen Modellen für solche Stichprobenziehungen einschließlich der dabei relevanten Schlüsse und Entscheidungen. Zieht man aus einer durch bestimmte (mathematisch-theoretische) Kennwerte – sog. *Parameter* – definierten Grundgesamtheit unter genau angegebenen Bedingungen Stichproben, so läßt sich eine Wahrscheinlichkeitsverteilung für die entsprechenden Kennwerte der Stichproben berechnen – die sog. *Stichprobenverteilung*. Mit Hilfe der Stichprobenverteilung läßt sich u.a. angeben, innerhalb welcher Grenzen Stichprobenkennwerte (in Abhängigkeit vom Stichprobenumfang n) mit einer bestimmten Wahrscheinlichkeit zu erwarten sind. Die wichtigsten dieser Wahrscheinlichkeitsverteilungen sind die *Binomial-*, *hypergeometrische, Poisson-, Normal-* (oder *Gauss*), *t-*, *F-* und χ^2 *(Chi-Quadrat-) Verteilung*. Die besondere Bedeutung der Normalverteilung beruht darauf, daß sie für die meisten Wahrscheinlichkeitsverteilungen für große Stichprobenumfänge eine gute Näherung darstellt (Asymptotische Eigenschaft der Normalverteilung).
Mit Hilfe der Stichprobenverteilungen läßt sich, ausgehend von einem Stichprobenkennwert, ein *Mutungsintervall* für den entsprechenden Parameter der Grundgesamtheit berechnen. So läßt sich im obigen Beispiel aus einem Mittelwert M der 50 Personen ein Intervall berechnen, das den „wahren" Parameter μ der Grundgesamtheit (aus dem diese 50 Personen als Stichprobe gedacht sind) mit z.B. 99% Wahrscheinlichkeit enthält. Analog kann man Mutungsinvervale für Varianzen, Prozentwerte, Korrelationskoeffizienten usw. berechnen. Dieser Aufgabenbereich wird *Schätzstatistik* genannt.

3.2 Teststatistik

Damit direkt verbunden ist die *Teststatistik*. So ist z.B. beim Mutungsintervall für den „wahren" Korrelationskoeffizienten ϱ interessant, ob auch ein $\varrho = 0$ im Intervall liegt. In diesem Falle würde nämlich die beobachtete (Stichproben-) Korrelation $|r|>0$ mit einer nicht zu kleinen Wahrscheinlichkeit auch dann auftreten, falls die Stichprobe aus einer Grundgesamt mit $\varrho = 0$ stammt, das $|r|>0$ wäre durchaus als reiner Zufall zu interpretieren. Diesen Gedanken erweiternd kann man grundsätzlich bestimmte „Effekte" in den vorliegenden Daten – z.B. Korrelationen, Differenzen zwischen Mittelwerten, unterschiedliche Dispersion etc. – hypothetisch als reine Zufallsprodukte (also ausschließlich durch die Stichprobenziehung hervorgerufen) postulieren. Dies wird in Form einer *Nullhypothese* (H_0) formuliert. Ihr gegenüber wird die *Arbeitshypothese* (H_a) gestellt, welche die entsprechenden Effekte auch für die Grundgesamtheiten annimmt. Auf Grund der Stichproben (und damit unvollständiger Information) kann natürlich nicht mit absoluter Sicherheit gesagt werden, welche der beiden Hypothesen korrekt ist. Die Entscheidung muß als Wahrscheinlichkeitsaussage getroffen werden; die dabei einzugehende Möglichkeit eines Fehlers muß quantitativ abgeschätzt werden. Berechnet wird dazu P (D/H_0), die Wahrscheinlichkeit der (aufgetretenen) Daten unter der Annahme, H_0 sei richtig (genauer: P, daß der entsprechende Stichprobenwert in einen bestimmten Randbereich der Stichprobenverteilung unter der Annahme H_0 fällt). Ist P kleiner als eine vorgegebene Grenze α – das *Signifikanzniveau* (meist 5%, 1% oder $1^0/_{00}$) – so wird H_0 verworfen: die Wahrscheinlichkeit ist dann einfach zu klein, daß die untersuchten Stichprobenwerte bei einer Stichprobenziehung aus der unter H_0 definierten Grundgesamtheit auftreten können. Das Entscheidungsverfahren ist also in der Regel indirekt: H_0 wird „falsifiziert", damit H_a angenommen werden kann (dies deshalb, weil meist nur H_0 so spezifiziert ist – z.B. $\varrho = 0$, $\mu_1 - \mu_2 = \Delta$ etc. – daß ein konkretes Wahrscheinlichkeitsmodell entworfen und eine Stichprobenverteilung berechnet werden kann).
Will man im obigen Beispiel nachweisen, daß Lernkonzept A bei einem Material schneller zum Erfolg führt als Lernkonzept B (H_a), so würde man als H_0 postulieren, daß mit A und B „an sich" gleich schnell gelernt wird, der aufge-

tretene Unterschied bei den 50 Vpn. auf Zufall beruht. Wenn H_0 richtig ist, wäre u.a. die mittlere Anzahl der Lerndurchgänge bei A und B gleich, also: $\mu_A - \mu_B = 0$. Zieht man aus dieser postulierten Grundgesamtheit zufällig Stichprobenpaare (mit je n = 50), so kann mit Hilfe der Stichprobenverteilung (in diesem Falle: die *t-Verteilung*) ein Intervall bestimmt werden, in das Mittelwertdifferenzen $D = M_A - M_B$ mit der Wahrscheinlichkeit $1 - \alpha$ fallen. Liegt das konkret beobachtete D nun in diesem Intervall, so wird H_0 als nicht widerlegt beibehalten. Liegt D außerhalb, so wird H_0 verworfen, der Unterschied D ist dann auf dem α-Niveau signifikant. Die Anwendung der t-Verteilung setzt allerdings voraus, daß die Lernwerte selbst hinreichend der Normalverteilung entsprechen und sich die beiden Stichprobendispersionen nicht signifikant unterscheiden. Beides läßt sich wieder mit statistischen Tests prüfen: die Abweichung von einer theoretischen Verteilung z.B. mit Hilfe des *χ^2-Tests*, die Unterschiede zweier Stichprobenvarianzen mit Hilfe des F-Tests.

Interessanter als der Vergleich jeweils nur zweier Lernbedingungen ist die Frage, welchen Einfluß die Lernkonzepte und welchen die Lernmaterialien haben, und ob die Kombination bestimmter Lernkonzepte und Materialien darüber hinaus besonders erfolgreich ist – d.h. ob eine *Wechselwirkung* zwischen beiden besteht. Dies kann mit Hilfe der *Varianzanalyse* untersucht werden – einer multivariaten Erweiterung des t-Tests (mit entsprechenden Voraussetzungen an das Datenmaterial). Bei diesem Konzept wird die Gesamtvarianz der Daten in jene (additiven) Anteile zerlegt, welche jeweils auf die einzelnen Variablen und die Wechselwirkung zurückführbar sind. Wenn H_0 stimmt, daß die Datenverteilung über die verschiedenen Bedingungen rein zufällig ist (die Variablen also keinen Einfluß darauf haben), sollte die Varianz der Gruppenmittelwerte (also die Varianz *zwischen* den Bedingungen) nicht signifikant größer sein als auf Grund der Varianz *innerhalb* der Bedingungen zu erwarten ist. Dies wird wieder mit dem F-Test geprüft.

Die Fehlerwahrscheinlichkeit, beim Testen eine richtige H_0 fälschlicherweise zu verwerfen, ist α, der *„Fehler erster Art"*. Die Wahrscheinlichkeit, eine falsche H_0 beizubehalten (und eine korrekte H_a zu verwerfen), β, heißt *„Fehler zweiter Art"*. β hängt davon ab, wie ähnlich H_0 der wahren H_a ist; aber die Wahrscheinlichkeit, diesen Fehler zu begehen, wird (bei sonst gleichen Bedingungen) um so größer, je geringer man α wählt. Will man beide Fehler möglichst gering halten, muß das n der Stichprobe vergrößert werden – denn damit verringert sich die Dispersion der Stichprobenverteilung, die Gütefunktion des Tests verläuft somit steiler. Dies kann man verwenden, den notwendigen Stichprobenumfang abzuschätzen, der genügend groß sein muß, um bestimmte Effekte (z.B. eine Mittelwertdifferenz der Größe Δ) noch hinreichend sicher zu entdecken, aber nicht so groß sein soll (und damit kostenverschwendend), daß praktisch nicht relevante Effekte als statistisch signifikant nachgewiesen werden.

Neben den oben erwähnten *„klassischen" Tests* (t-, F-, Varianzanalyse u.a.), die erhebliche Voraussetzungen an das Datenmaterial hinsichtlich Skalenqualität und Verteilungsform stellen, wurde insbesondere nach dem 2. Weltkrieg eine erhebliche Anzahl sog. *„verteilungsfreier"* (auch: *„nichtparametrischer"*) *Tests* entwickelt. Diesen Tests wird zwar nachgesagt, daß sie weniger scharf sind (eine flachere Gütefunktion haben) und daher größere Stichproben benötigen, um bestimmte Effekte signifikant nachzuweisen, doch kann dieser Nachteil oft durch gezieltere Hypothesen wettgemacht werden.

3.3 *Regressionsrechnung*

Der dritte wesentliche Bereich der Inferenzstatistik ist die *Regressionsrechnung*. Diese ist eng verwandt mit der Korrelationsrechnung, wird gelegentlich auch unter der Deskriptivstatistik aufgeführt, doch ist ihr Hauptanliegen die *Prognose* von Variablen(-Werten) auf Grund der Kenntnis anderer. Besteht zwischen (mindestens) zwei Variablen X und Y eine Korrelation – im obigen Beispiel: zwischen Lerngeschwindigkeit und Gedächtnisleistung – so kann man die Kenntnis dieses Zusammenhangs nutzen, um von dem beobachteten Wert einer Vp. auf Variable X abzuschätzen, welchen Wert sie auf Variable Y haben würde.

Dazu bedarf es der Aufstellung eines Regressionsmodells in Form eines funktionalen Zusammenhangs zwischen X und Y (auf Grund der erhobenen Werte). Im einfachsten – und häufigsten – Fall ist diese Funktion eine Gerade, also bei Schätzung von Y auf Grund von X: $Y = bX + a$. Die Werte a und b werden so berechnet, daß die Abweichungsquadrate der geschätzten von den tatsächlichen Werten insgesamt ein

Minimum sind (natürlich auf der Basis der erhobenen Wertepaare). Mit Ausnahme der Korrelation von r = 1 gibt es *zwei* Regressionsgeraden, je nachdem, ob Y durch X oder X durch Y geschätzt wird. Da die Schätzungen zudem mit Unsicherheit erfolgen, läßt sich bei Annahme einer Korrelation für die Grundgesamtheit (Repräsentativitätsschluß), der Dispersion und einer bestimmten Verteilungsform, ein Mutungsintervall angeben, das den jeweils zu schätzenden Wert mit z. B. 95 % Wahrscheinlichkeit enthält.

Wenn die Beziehung zwischen X und Y nicht adäquat durch eine Gerade darstellbar ist, führt dies zum Problem der nichtlinearen Regression. Für den *Typ* der Funktion bedarf es jeweils einer inhaltlichen Begründung, die Parameter können dann wieder durch Fehlerminimierung bestimmt werden. Eine andere Erweiterung des Grundkonzeptes liegt darin, zur Schätzung von Y-Werten nicht nur die Beziehung von Y zu X, sondern auch die zu Z u. a. mit heranzuziehen. Dies führt zum Ansatz der *multiplen Regression* – wesentliche Grundlage komplexer sozialwissenschaftlicher und wirtschaftlicher Prognosen.

4 Probleme

S. stellt zwar meist eine notwendige Voraussetzung für nachvollziehbare (objektive) Informationsreduktion sowie zur Absicherung gegen Zufallseinflüsse bei Entscheidung und Prognose dar, keinesfalls aber ist sie ein hinreichendes Kriterium für psychologische Relevanz. Die einzelnen statistischen Modelle haben jeweils eine erhebliche Anzahl von Voraussetzungen – nur wenn diese empirisch adäquat gegeben sind, können sinnvolle Aussagen abgeleitet werden. Insbesondere die folgenden „Anwendungen" können leicht zu Fehlinterpretationen führen:

1. Nichtbeachtung des Skalenniveaus: Es wird Information als Ergebnis interpretiert, die den Daten nicht zukommt, weil keine entsprechenden empirischen Relationen erhoben wurden.

2. Entwickeln und Testen von Hypothesen am selben Datensatz: Jedes umfangreiches Material zeigt bestimmte Zufallseffekte, die – in genau der jeweils vorliegenden Form – unwahrscheinlich, aber nun einmal (!) aufgetreten sind. Erhebt man solche Effekte zu Hypothesen, so werden sie zwangsläufig am selben Material „bewiesen" (in neu erhobenem Material hingegen mit hoher Wahrscheinlichkeit nicht). Typische Formen dieses Vorgehens ist oft, „alle Variablen gegen alle" zu testen.

3. Rein kausale Interpretation von korrelativen Zusammenhängen: X und Y können hoch korrelieren, wenn a) X auf Y wirkt (Alter auf Lösen von Testaufgaben), b) X und Y sich gegenseitig beeinflussen (Übungsmotivation und Leistung bei bestehenden Aufgaben), c) X und Y durch eine (oder mehr) weitere Variable beeinflußt werden (Körpergewicht und Geschicklichkeit bei Kindern: wesentlich durch Alter beeinflußt), d) zufällige gleichsinnige Variation (meist in einem kleinen Abschnitt) von X und Y vorliegt (Sonneneinstrahlung und Katholikenrate in Nord-/Süddeutschland).

4. Argumentation auf Grund unvollständiger Information: Durch unterschiedliche Prozentuierung, Ausschnitte aus Korrelationstabellen etc. können nahezu „beliebige" Aussagen generiert werden. Das Fehlen eines adäquaten Bezugsrahmens (vollständige Information) wird oft nicht bemerkt.

Verweis auf andere Stichwörter

→Empirische Forschungsmethoden der Psychologie →Experiment →Mathematische Psychologie →Psychophysik →Skalierung →Tests und Testtheorie →Wissenschaftstheorie und Psychologie

Literatur

BENNINGHAUS, H.: Deskriptive Statistik. Stuttgart: Teubner 1974.

CLAUSS, G./EBNER, H.: Grundlagen der Statistik. Frankfurt/M.: Deutsch ²1977.

HARDER, T.: Daten und Theorie. München: Fink 1975.

HOFSTÄTTER, P. R./WENDT, D.: Quantitative Methoden der Psychologie. München: Barth ³1967.

KREYSZIG, E.: Statistische Methoden und ihre Anwendungen. Göttingen: Vandenhoeck & Ruprecht ⁶1977.

KRIZ, J.: Statistik in den Sozialwissenschaften. Reinbek: Rowohlt ³1978.

KUHN, T. S.: Die Struktur wissenschaftlicher Revolutionen. Frankfurt/M.: Suhrkamp ²1976.

LIENERT, G.: Verteilungsfreie Methoden der Biostatistik. Meisenheim: Hain ²1973.

MENGES, G.: Grundriß der Statistik. Bd. 1: Theorie. Wiesbaden: Gabler 1972.

MENGES, G./SKALA, H.: Grundriß der Statistik. Bd. 2: Daten. Wiesbaden: Gabler 1973.

PFANZAGL, J.: Allgemeine Methodenlehre der Statistik. Bd. 1 und Bd. 2. Berlin: de Gruyter 1966.

RITSERT, J./BECKER, E.: Grundzüge sozialwissenschaftlich-statistischer Argumentation. Opladen: Westdeutscher Verlag 1971.

SODEUR, W.: Empirische Verfahren zur Klassifikation. Stuttgart: Teubner 1974.

ÜBERLA, K.: Faktorenanalyse. Heidelberg: Springer ²1971.

WHORF, B. L.: Sprache, Denken, Wirklichkeit. Reinbek: Rowohlt 1963.

YAMANE, T.: Statistik. 2 Bde. Frankfurt/M.: Fischer 1976.

Jürgen Kriz

Streß

1 Begriffsbestimmung

„Streß“ ist einer der wenigen Begriffe, bei dem sich das intuitive Alltagsverständnis mit seiner wissenschaftlichen Verwendung ziemlich gut deckt. So vielfältig die Situationen sind, die im alltäglichen Sprachgebrauch als S. bezeichnet werden, so unterschiedlich sind sie auch in der wissenschaftlichen Diskussion: Vom milden elektrischen Schock über die Erwartung eines komplizierten chirurgischen Eingriffs bis zur Beobachtung von Filmen, die (nach unserem Verständnis) grausame Beschneidungsrituale exotischer Stämme zeigen, gibt es kaum eine Situation, die nicht schon als „Streßsituation“ untersucht worden wäre.

S. ist ein Begriff, den jeder versteht, wenn er in einem sehr allgemeinen Zusammenhang verwendet wird. Wird jedoch eine genaue Definition verlangt, so erweist sich der Begriff als zu allgemein (Cohen, 1967, S. 78). Am klarsten noch ist er umrissen, wenn wir es mit extremen Störungen biologischen oder psychologischen Funktionierens, mit Störungen, die durch ungewöhnlich bedrohliche, zerstörende oder fordernde Lebensbedingungen hervorgerufen werden, zu tun haben (Lazarus, 1966, 3).

Dieser Gegenstandsbereich berührt somit recht unterschiedliche Gebiete der Psychologie. Dazu zählt vor allem die Emotionsforschung, insbesondere in bezug auf Angst, Konflikt, Frustration, psychische Störungen. Auch die arbeitswissenschaftliche Forschung über Belastung und Ermüdung (Schmidtke, 1965; Udris, 1979) beschäftigt sich seit langem mit solchen Fragen. Mechanic (1970) verweist darauf, daß Festingers Dissonanztheorie eine Theorie der S.reduktion genannt werden könne. Insofern ist die S.forschung einer der Themenbereiche, die die traditionellen Grenzen psychologischer Teildisziplinen (Klinische Psychologie, Allgemeine Psychologie, Sozialpsychologie usw.) überschreiten und zahlreiche Phänomene aus diesen Gebieten in neuem Licht erscheinen lassen.

Den ansonsten recht unterschiedlichen S.konzeptionen gemeinsam ist die Annahme einer Art von Ungleichgewicht, von Aus-den-Fugen-geraten, von Instabilität. Irgendeine besondere Anforderung aus der Umgebung (oder auch aus dem Organismus selbst) geht über ein (wie auch immer definiertes) „Normalmaß“ hinaus und veranlaßt den Organismus zu einer besonderen Bewältigungsreaktion. Von S. wird dabei sowohl auf einer physiologischen Ebene (z.B. Verletzungen) als auch auf einer psychologischen Ebene und auf einer sozialen Ebene gesprochen. Für uns steht die psychologische Ebene, und damit die kognitive und emotionale Verarbeitung von S.situationen, im Vordergrund.

2 Streß, Stressor, Streßeffekt: Drei unterschiedliche Arten, Streß zu konzipieren

Die Hauptunterscheidung, die üblicherweise zwischen verschiedenen Konzepten der S.forschung gemacht wird, bezieht sich darauf, ob man S. als auslösende Bedingung (Stimulus) oder aber als Reaktion interpretiert oder ob man beides betrachtet und die gesamte Auseinandersetzung des Menschen mit streßauslösenden Bedingungen einbezieht (sog. „transaktionale“ Definitionen). (Im Deutschen werden oft die Begriffe „Belastung“ für die Anforderungen der Umwelt und „Beanspruchung“ für die Vorgänge im Individuum verwendet.)

2.1 *Stimuluskonzepte*

Stimuluskonzepte definieren S. als eine Bedingung in der Umgebung des Individuums: Schmerzhafte Reize, neuartige Reize, Reize von hoher Intensität (vgl. Weick, 1970) oder einzelne Ereignisse von großer Bedeutung wie z.B. Krankheit, Naturkatastrophen, Kriegsereignisse (vgl. z.B. Janis, 1970) werden hier als S. aufgefaßt. Umgekehrt geht es aber auch um das Fehlen von Stimulierung: Unterforderung, Isolation, Monotonie usw. werden ebenfalls als S. angesehen.

Das Hauptproblem, das bei dieser Definition entsteht, ist die enorme interindividuelle Variabilität in der Reaktion auf solche Bedingungen. Mit Ausnahme von sehr extremen Bedingungen (z.B. lebensgefährlichen Situationen) gibt es kaum eine Situation, die von allen als S. empfunden wird und zu entsprechenden Reaktionen führt. Eine eindeutige Kennzeichnung einer Situation als „Streß“ wäre demnach allenfalls für Extremsituationen möglich – es sei denn, man setzt Kriterien fest, nach denen dann von S. gesprochen werden kann, wenn mindestens ein

bestimmter Prozentsatz von Personen mit S.symptomen reagiert.
Dies ist auch implizit der Ansatz vieler Forschungen, die versuchen, „Stressoren" aller Art zu identifizieren und ihre Wirkung zu erforschen, sei das nun Lärm, ein bevorstehender medizinischer Eingriff, eine Prüfung o.ä. (für eine Auflistung von Stressoren, wie sie beispielsweise im Bereich der Arbeitspsychologie identifiziert wurden, vgl. UDRIS, 1979).
Ein Beispiel für eine Stimuluskonzeption bietet die z.Z. sehr populäre Forschungsrichtung über „Live-Events" (etwa DOHRENWEND/DOHRENWEND, 1974; HÄFNER, 1978). Hier werden alle bedeutsamen Änderungen im Leben eines Menschen als S. aufgefaßt. Das Auftreten solcher Ereignisse wird dann in Beziehung gesetzt zu verschiedenen Symptomen wie etwa Tod durch Herzinfarkt (THEORELL/RAHE, 1975). Die inhaltliche Bedeutung der jeweiligen Ereignisse spielt dabei laut Konzeption keine Rolle: es könne sich genau so gut um eine Heirat handeln wie um eine Scheidung, beides führe zu Aufregung und Kräfteverschleiß. Ob dies tatsächlich stimmt, ist allerdings zweifelhaft, und es bleibt – neben den unter 3. genannten Aspekten – eine der Aufgaben der S.forschung, die Rolle positiver und negativer Ereignisse genauer zu klären.

2.2 *Reaktions- und Aktivationskonzepte*

Hier wird eine bestimmte Reaktion als Kennzeichen von S. angesehen, unabhängig davon, wie sie zustandegekommen ist. Eine herausragende Rolle spielen dabei *physiologische* Konzepte. Seit langem gibt es in der Psychologie und Physiologie der Emotionen Konzepte einer *unspezifischen* Aktivierung des Organismus (z.B. BIRBAUMER, 1975; LINDSLEY, 1970; SCHÖNPFLUG, 1969). Ausgangspunkt ist dabei die Annahme eines *Kontinuums* der Aktivierung zwischen Tiefschlaf und höchster Erregung. Jeder aufgenommene Reiz wird nicht nur (spezifisch) identifiziert, sondern führt auch zu allgemeiner (unspezifischer) Stimulierung, d.h. es wird lediglich signalisiert: „da ist etwas". Ein gewisses Mindestmaß an Aktiviertheit ist nötig, um überhaupt gezielt handeln zu können. Ein zu hohes Maß an Aktiviertheit und Energiemobilisierung (S.) führt dazu, daß koordinierte Handlungen erschwert werden, weil zu viel unspezifische Erregung besteht.

Der Grad an Aktiviertheit, der nötig ist, um eine Handlung *optimal* (streßfrei) auszuführen, ist je nach Komplexität der Handlung unterschiedlich: bei einer sehr komplexen Handlung liegt das Optimum der Aktiviertheit niedriger als bei einfachen Aufgaben. So lassen sich ansonsten paradoxe Forschungsergebnisse erklären, wonach einfache bzw. besonders gut beherrschte Aufgaben unter Lärm (der in der Regel zur Aktivationserhöhung führt) u.U. besser ausgeführt werden als unter Ruhebedingungen (POULTON, 1978). Auch Fehlleistungen unter minimalen Reizbedingungen (Vigilanz) lassen sich über ein zu geringes Erregungsniveau erklären (HOYOS, 1974).
Hohe Aktiviertheit hat auch Effekte im Bereich des *autonomen Nervensystems*, das Herz und Blutgefäße, innere Organe und die glatte Muskulatur reguliert. Verdauungsprozesse werden gehemmt, die Pumpaktivität des Herzens wird erhöht, die Blutgefäße an der Körperperipherie werden verengt (LANG, 1977, 35).
Mit hoher Aktivation hängt auch die Funktion bestimmter *Hormone* sehr eng zusammen: Der Hypothalamus bewirkt auf neuronalem Weg die Ausschüttung von *Katecholaminen* (insbesondere Adrenalin und Noradrenalin) durch das Nebennierenmark. Unter anderem steigen dadurch Herzfrequenz und Blutdruck, die Sauerstoffversorgung für das Gehirn und die quergestreifte Muskulatur wird verbessert, der Blutzucker wird erhöht. Der Hypothalamus regt auch den Hypophysenvorderlappen zur Ausschüttung des sog. adrenocortikotropen Hormons an, welches wiederum die Nebennierenrinde zur Ausschüttung von *Kortikoiden* anregt. Dadurch werden u.a. Entzündungsreaktionen gehemmt, wird der Eiweißabbau erhöht, der Blutzucker gesteigert, auch die Produktion des Magensaftes wird erhöht.
Diese hormonalen Vorgänge stehen im Zentrum der Aufmerksamkeit von SELYE, dem wohl berühmtesten S.forscher.
SELYE, der den Begriff „Streß" in die humanwissenschaftliche Diskussion eingeführt hat, definiert ihn als die unspezifische Reaktion des Körpers auf jede Anforderung, die an ihn gestellt wird (SELYE, 1977, 38).
Dabei spielt es keine Rolle, ob der Auslöser angenehmer oder unangenehmer Natur ist, und ob die emotionalen Begleiterscheinungen Freude, Ärger, Angst o.ä. sind. SELYE unterscheidet nur zwischen *Eustreß* und *Disstreß*; Eustreß ist dabei positive lebensnotwendige Aktivation,

während Disstreß das schädliche „Zuviel" an S. bedeutet.
Obwohl bei SELYE lediglich die *Intensität* der Reaktion, nicht aber ihr Inhalt und ihre emotionale Bedeutung, für S. entscheidend ist, dominiert bei ihm – wie in der gesamten S.forschung – die Untersuchung von Reaktionen auf *negative* Ereignisse. Anfangs stand bei SELYE die Erforschung physikalischer Einwirkungen (Injektion verschiedener Substanzen, Kälte, Hitze, Reizung des Nervensystems usw.) im Vordergrund. Aber auch *psychologische Auslöser* können dabei eine wesentliche Rolle spielen. MASON (1975a) hält die psychologischen Auslöser sogar für die zentralen und schlägt daher vor, den S.begriff umzuakzentuieren: anstatt von einer hormonalen Reaktion auf viele unterschiedliche Auslöser, solle man von einer hormonalen Reaktion auf eine einzige Stimulusklasse sprechen: *emotionale Erregung* (diese wird wiederum durch die vielfältige Situation ausgelöst, die in SELYEs Konzeption „direkt" zu S. führen).
Ein zentrales Moment sowohl in SELYEs Theorie wie auch im Aktivierungskonzept ist die Annahme der Unspezifität. Sie wird jedoch zunehmend in Frage gestellt (LACEY, 1967; SCHÖNPFLUG, 1971; LANG, 1977). Welche Auffassung man dabei auch immer vertritt: die spezifischen Effekte sind in jedem Fall bedeutend genug, um davor zu warnen, sich auf einzelne Indikatoren alleine zu verlassen, ohne die Gesamtsituation und die Bewertung dieser Situation durch den Betroffenen mit einzubeziehen. (Insbesondere physiologische Daten vermitteln manchmal den Eindruck einer größeren Exaktheit als es gerechtfertigt ist. Dabei sind die Schwierigkeiten nicht nur ihrer Interpretation, sondern auch ihrer Erhebung nicht unbeträchtlich – vgl. LANG, 1977.) Man ist sich heute weitgehend einig, daß man nicht auf einen Indikator alleine bauen sollte – also weder hormonale, noch verbale, noch motorische Indikatoren alleine benutzen sollte (z.B. MASON, 1975b). Letztlich gibt das *Muster* verschiedener Reaktionen im Kontext der Gesamtsituation die sinnvollste Basis für eine Beurteilung von Streßreaktionen ab.

2.3 *Transaktionale Streßkonzepte*

Stimuluskonzepte von S. führen zu dem Problem, daß jegliche Reaktion auf einen Reiz eine S.reaktion ist – Flucht genauso wie Gleichgültigkeit, Ärger genauso wie Belustigung. In Reaktionskonzepten wird jede auslösende Situation – sei sie nun positiv oder negtiv, sei es emotionale Erregung oder körperliche Anstrengung – zum „Stressor", wenn nur die entsprechenden Reaktionen ablaufen.
Um diesem Dilemma zu entgehen, wurde insbesondere von LAZARUS (sein Hauptwerk erschien 1966 und kann heute noch als sehr aktuell bezeichnet werden) ein sog. „transaktionales" Modell entworfen. Er begreift S. als eine Auseinandersetzung des Menschen mit bestimmten Umweltbedingungen und faßt dabei sowohl die auslösenden Bedingungen als auch die Reaktionen darauf unter dem S.begriff zusammen. Damit ist streng genommen keine S.definition gegeben, vielmehr wird S. als ein allgemeines Forschungsgebiet gekennzeichnet, in dem verschiedene Definitionen Platz haben. Allerdings wird durch diese Konzeption das Augenmerk auf kognitive Prozesse im Individuum gelenkt, denn es ist dessen *Einschätzung* einer Situation als *bedrohlich*, die für LAZARUS (und für viele andere im Anschluß an ihn) die entscheidende Bedingung für S. darstellt. Natürlich muß es sich um eine Bedrohung von für die Person Wichtigem handeln (vgl. MCGRATH, 1970). Die Betonung der Bedrohung lenkt dabei das Augenmerk auf zukünftige, vom Betroffenen erwartete Konsequenzen – S. erhält hier also einen deutlich *antizipatorischen* Charakter.
Neben der Bedrohung ist ein weiteres zentrales Konzept von LAZARUS das des *„Coping"*. Dabei handelt es sich um Versuche der S.bewältigung. Dies kann über direkte Aktionen geschehen: Beseitigung der Ursache der Bedrohung, Flucht o.ä., oder auf indirekte Weise, über Veränderungen im Individuum selbst: z.B. durch Leugnung einer Gefahr, durch die Einnahme von Beruhigungsmitteln o.ä.
Sowohl für die Bedrohung als auch für Coping-Strategien ist also die Einschätzung der Situation (Appraisal) ausschlaggebend: sie bestimmt, ob überhaupt eine Bedrohung gesehen wird, wie stark diese Bedrohung empfunden wird, welche Handlungsimpulse sich damit verbinden und welche emotionalen Begleiterscheinungen damit einhergehen (zu diesem kognitiven Ansatz einer Emotionstheorie vgl. LAZARUS/AVERILL/OPTON, 1977).

LAZARUS unterscheidet zwischen zwei Formen des Appraisal: dem *primären* und dem *sekundären*. Das

primäre Appraisal bezieht sich auf die Einschätzung der Bedrohung selbst: Wie bedrohlich ist die Situation angesichts der Möglichkeiten des Individuums zu handeln, wie unmittelbar ist die Bedrohung, wie eindeutig ist die Situation interpretierbar? Neben diesen situationalen Determinanten spielen dabei natürlich auch Persönlichkeitsfaktoren eine Rolle: wie motiviert ist das Individuum, welche generellen Erwartungen hat es bezüglich seiner Möglichkeiten, der Umwelt erfolgreich zu begegnen, und welche intellektuellen Fähigkeiten hat es, um die Situation adäquat einzuschätzen?
Das sekundäre Appraisal bezieht sich nun auf die Möglichkeiten, mit dem Stressor umzugehen. Auch dabei spielen situationale Faktoren ebenso eine Rolle wie Persönlichkeitsfaktoren. Im einzelnen nennt LAZARUS: wie klar kann man die Ursache der Bedrohung ausmachen, welche verschiedenen Handlungsmöglichkeiten stehen zur Verfügung, welche dieser Möglichkeiten werden durch die Situation behindert oder begünstigt? Auf der individuellen Seite ist wiederum die Motiviertheit des Individuums entscheidend, ebenso seine allgemeinen Fähigkeiten, mit bedrohlichen Situationen umzugehen und die generellen Coping-Dispositionen (manche Leute tendieren eben eher zu Fluchtreaktionen, andere mehr zu Ärger oder Attacken usw.).

Zwar kann die Konzeption von LAZARUS einem Problem von Reiz- oder Reaktionskonzepten auch nicht entgehen: Kognitive Einschätzungen von Bedrohung sind nicht direkt zu messen, und verbale Berichte darüber sind nicht immer zuverlässig. Sein großes Verdienst liegt jedoch darin, die Aufmerksamkeit der S.forschung auf die genauere Erforschung kognitiver Variablen gelenkt und dabei involvierte Prozesse wie Appraisal detailliert dargestellt zu haben. In der Psychologie dominieren zur Zeit kognitive S.theorien eindeutig, und die meisten von ihnen beziehen sich in ihrer Kerndefinition auf den Grundgedanken von LAZARUS, S. entstehe durch die *Wahrnehmung* einer Diskrepanz zwischen Anforderungen und Handlungsmöglichkeiten und damit verbundenen Antizipationen negativer Konsequenzen (z.B. MC GRATH, 1970; vgl. auch das Konzept der Person-Umwelt-Übereinstimmung: FRENCH, 1978).

LAZARUS untersucht Kognitionen vor allem in Hinblick auf ihre Inhalte (und die darüber vermittelten Emotionen). Von verschiedenen Forschern werden sie darüber hinaus im Hinblick auf ihre Bedeutung für die Regulation von Handlungen differenzierter untersucht. So betont etwa SARASON (1975), daß Angst gekennzeichnet sei durch Gedanken, die von der Erfüllung einer Aufgabe ablenken (z.B. „Ich schaffe das nie"; „ich werde mich blamieren" o.ä.). Im Zuge einer allgemein zunehmenden Orientierung der Psychologie auf zielgerichtete Handlungen dürften handlungsorientierte S.konzepte in Zukunft weiter an Bedeutung gewinnen, so daß darauf etwas näher eingegangen werden soll.
Zielgerichtete Tätigkeiten haben in der S.forschung seit jeher eine große Rolle gespielt: zum einen werden Aufgaben dazu verwendet, S. zu erzeugen (etwa, indem man den Versuchspersonen Aufgaben stellt, die nicht zu bewältigen sind), zum anderen um S.effekte zu messen (etwa, indem man den Einfluß von Lärm daran studiert, ob er die Ausführung bestimmter Aufgaben beeinträchtigt). HACKMAN (1970) hat die Verwendung von Aufgaben in der S.forschung ausführlich dargestellt. Einen noch sehr allgemeinen Rahmen für solche Analysen liefert eine systemtheoretische Betrachtung, die S. als „Dysregulation", also als Beeinträchtigung von Regulationsvorgängen auffaßt (NITSCH, 1972; HACKER, 1976).
Ebenfalls eine wichtige Rolle spielen Konzepte einer kognitiven Regulation von Handlungen, die von einem System begrenzter Kapazität ausgehen. Verschiedene hierarchische Ebenen dieses Regulationssystems beanspruchen unterschiedlich viel Kapazität.

Die unterste Ebene ist durch hochautomatisierte Handlungen gekennzeichnet, die routinemäßig, quasi „im Schlaf" ablaufen und wenig bewußte Aufmerksamkeit verlangen; die höchste Ebene ist durch bewußte Handlungen gekennzeichnet, die volle Aufmerksamkeit verlangen und entsprechend viel Kapazität beanspruchen. (Als genauere Darstellung s. VOLPERT, 1974; im Zusammenhang mit S. SEMMER/PFÄFFLIN, 1978.)

Vor einem solchen Hintergrund läßt sich nun die allen S.konzepten mehr oder weniger explizit zugrunde liegende Diskrepanz zwischen Handlungsanforderungen und Handlungsmöglichkeiten unter dem speziellen Gesichtspunkt von Kapazitätsproblemen untersuchen.
So kann man etwa Lärm als einen Reiz auffassen, der Aufmerksamkeit beansprucht (und damit Kapazität). Damit stellt sich zugleich eine *Aufgabe*: Die Kapazitätsverteilung auf die bereits laufende oder intendierte Handlung einerseits und auf den Stressor (bzw. seine Bewältigung) andererseits verlangt koordinierende Aktivitäten, die Kapazität beanspruchen (SCHÖN-

PFLUG, 1979; SCHÖNPFLUG/SCHULZ, 1977). Auch die bereits erwähnten Angstkognitionen beanspruchen Kapazität (HAMILTON, 1975). Vielfach richtet sich eine handlungsregulatorisch orientierte Betrachtungsweise auf Strategien zur Bewältigung von S. KAHNEMAN (1973) betont in seiner Diskussion der Wirkung erhöhter Aktivation, daß es dabei nicht einfach um Effizienzänderungen gehe (etwa in dem Sinn, daß eine Bewegung schlechter ausgeführt wird), sondern um Strategieänderungen.

Er erklärt die häufig festgestellte Steigerung der Bewegungsgeschwindigkeit bei gleichzeitig steigender Fehlerrate unter hoher Aktivierung so, daß die Entscheidung zur Bewegungsausführung schneller („voreilig") getroffen wird.
Detailliert hat z.B. SPERANDIO (1971) Regulationsprozesse untersucht, die unterschiedliche Strategien in verschiedenen Situationen bewirken: Die von ihm untersuchten Fluglotsen verwendeten bei geringer Verkehrsdichte eine Strategie, die jedes Flugzeug individuell behandelte und die optimale Route fand. Stieg aber die Verkehrsdichte über eine kritische Grenze, so ließen sie die Flugzeuge auf einer vorgegebenen Routineroute einfliegen. Für die Lotsen werden damit weniger individuelle Entscheidungen nötig: die Belastung ist verringert.
Andere Untersuchungen zeigen genau umgekehrte Vorgänge auf: den Wechsel von vorsichtigen zu riskanten Strategien, die dann später oft kompensatorische Anstrengungen mit sich bringen.
Die Versuchspersonen von SCHULZ (1979) zeigten die Tendenz, unter Lärm und unter zeitnormabhängiger Leistungsbewertung, die Zeitdruck induzierte, Informationen zu kurz zu beachten – mit der Folge, daß sie sie später erneut anfordern mußten. WENDRICH (1973) beobachtete bei Steuerleuten eines Walzwerks, daß gegen Schichtende Schaltvarianten bevorzugt wurden, die weniger Aufwand, jedoch erhöhtes Risiko späterer Korrekturanforderungen mit sich brachten.

Mit solchen Konzeptionen rückt der bereits von LAZARUS als sehr wichtig angesehene Prozeß des Coping, der S.bewältigung, sehr stark in den Vordergrund. Handlungsorientierte Autoren gehen jedoch z.T. noch weiter als LAZARUS und machen die Coping-Strategie zum Bestandteil des S.konzepts: S. läßt sich dann auffassen als die emotionale Belastung, die entsteht, wenn kompensierende Aktivitäten (Coping) gegenüber einer Bedrohung oder Überforderung nicht zum Ziel führen.
Diese Konzentration auf Bewältigungsmaßnahmen findet sich zunehmend in der gesamten S.literatur. So heben beispielsweise GAL/LAZARUS (1975) die positive Rolle hervor, die die Möglichkeit zu aktivem Handeln in S.situtionen spielt: zum einen gibt es Aktivitäten, die direkt streßrelevant sind – ihr positiver Effekt liegt auf der Hand. Zum anderen aber können auch Aktivitäten streßreduzierend sein, die nicht streßrelevant sind, und zwar, indem sie die Aufmerksamkeit von der S.situation ablenken. Die Erarbeitung von Bewältigungsstrategien gegenüber S.situationen hat MEICHENBAUM (1977; vgl. auch JAEGGI, 1978) therapeutisch fruchtbar gemacht.
Auf ein Problem sei abschließend noch hingewiesen: kognitiv orientierte S.konzepte betonen zu Recht das individuell unterschiedliche Herangehen an problematische Situationen. Sie legen damit aber gleichzeitig einen Fehlschluß nahe: S. sei nur das Problem des Einzelnen – *seine* Interpretation, *seine* Bewältigungsstrategien seien das eigentliche Problem. So sinnvoll es ist, Bewältigungsstrategien zu erwerben, so muß aber doch darauf hingewiesen werden, daß die Veränderung von Umgebungsbedingungen für viele Fälle ein zentraler Ansatzpunkt bleiben muß.

3 Forschungsschwerpunkte und -notwendigkeiten

3.1 Vermittelnde Faktoren

Situationale und individuelle Faktoren bestimmen die jeweilige Reaktion auf S.faktoren in erheblichem Maße. Die Suche nach solchen Faktoren ist daher zentraler Gegenstand der S.forschung.

Hier können nur einige wenige herausgegriffen werden. Man findet sie u.a. in zahlreichen Persönlichkeitsfaktoren wie Ängstlichkeit (GÄRTNER-HARNACH, 1972), Introversion/Extraversion u.v.m., wobei aber der Einfluß der Situation gegenüber dem von „stabilen" Merkmalen der Person umstritten ist (vgl. BÖSEL, 1978).
Als ein wesentlicher Faktor, der die Verarbeitung von S.situationen beeinflußt, hat sich der Grad an Kontrolle herausgestellt, den die Personen ausüben können. So stellten GLASS/SINGER (1972) erhebliche Unterschiede in der Reaktion etwa auf Lärm fest, je nachdem, ob die Versuchspersonen die Möglichkeit hatten, den Lärm abzustellen (ohne es tatsächlich zu tun!) oder nicht (zur Wirkung von Kontrolle: FRESE, 1977, 1978).
Eng mit der Möglichkeit von Kontrolle hängt die Frage zusammen, wie man das Zustandekommen von

Ereignissen interpretiert. So kann man etwa eine generelle „Mißerfolgsorientierung“ feststellen, die damit verbunden ist, daß Erfolg primär äußeren Ursachen (insbesondere Glück), Mißerfolg mehr inneren Ursachen (insbesondere mangelndem Können) zugeschrieben wird (MEYER, 1973). Es liegt auf der Hand, daß die Fähigkeit zur Ausdauer in problematischen Situationen davon beeinflußt wird.
Ein weiterer Faktor ist die soziale Unterstützung. Unter S. scheint die Neigung verstärkt, die Anwesenheit anderer zu suchen (SCHACHTER, 1959). Die Bedeutung von sozialer Unterstützung für die Milderung von S. bzw. S.effekten wurde inzwischen in einer Reihe von Untersuchungen gezeigt (vgl. z.B. für den industriellen Bereich: FRESE, 1978).

3.2 Kurz- und Langzeiteffekte

Die meisten Studien zu S.faktoren beziehen sich auf eher kurze Zeiträume, oft direkt auf die Zeit der Einwirkung eines Stressors oder seiner Antizipation. Seltener sind Studien über unmittelbare Nachwirkungen, die aber sehr aufschlußreich sind. So kommen beispielsweise GAL/LAZARUS (1975) zu dem Schluß, daß die Dauer (nicht die Intensität) hormonaler Veränderungen zwischen Gruppen differenziert, die S.situationen aktiv oder passiv ausgesetzt sind: diejenigen, die aktive Handlungsmöglichkeiten haben, kommen anschließend schneller auf ihr Ausgangsniveau zurück.
Als mögliche Langzeiteffekte haben insbesondere Magengeschwüre sowie Herz-Kreislauf-Erkrankungen Aufmerksamkeit gefunden (HALHUBER, 1977, 1978). Es kann aber angenommen werden, daß langanhaltende S.zustände das Krankheitsrisiko generell erhöhen, da die Widerstandskraft des Organismus geschwächt ist (SELYE, 1957, 1977).
Auch psychische Störungen lassen sich als S.effekte auffassen, nämlich als inadäquate Coping-Strategien.

3.3 Streß als Zustand oder als Prozeß?

Lange Zeit dominierte in der S.forschung die Erhebung von Variablen, die einen Zustand von S. anzeigen sollten. Insbesondere durch handlungstheoretische Orientierungen wird inzwischen die Aufmerksamkeit in besonderer Weise auf Verlaufscharakteristika gelenkt, wie sie aus verschiedenen Arten der S.bewältigung und der dabei sich verändernden Regulationsprozesse entstehen.

3.4 Anwendungsbezug der Streßforschung

Anwendungsbezogen war die S.forschung von Anfang an. Dabei lag der Schwerpunkt zunächst vor allem im militärischen und industriellen Bereich. Erst in jüngerer Zeit sind Überlegungen zur Beratung und Therapie (MEICHENBAUM, 1977; SEMMER/PFÄFFLIN, 1978) hinzugekommen.
Therapeutisch besonders interessant ist dabei die Erforschung von erlernter S.resistenz. Daß es solche Lerneffekte gibt, steht seit langem fest (MEICHENBAUMS S.-Inoculation-Training ist ein Beispiel dafür; VOSSEL/LAUX, 1978, haben die Bedeutung von „Streßerfahrung“ für Herzfrequenz und Leistung dargestellt; GREIF (1979) verweist darauf, daß eine Gestaltung von Arbeitsplätzen, die Einsatz und Weiterentwicklung vorhandener Fähigkeiten ermöglicht, auch der Fähigkeit zum aktiv-verändernden Umgang mit Belastungen förderlich sein kann). Dies ist auch pädagogisch relevant, weil ihre Klärung Aufschluß geben könnte über das S.niveau, das man Kindern zumuten soll und kann, damit für sie nicht jede kleine Frustration gleich zum großen Stressor wird. Dabei geht es nicht um eine Anpassung an abzulehnende Umweltbedingungen. Die Fähigkeit, mit schwierigen Situationen umzugehen, ist vielmehr eine wesentliche Voraussetzung für deren Veränderung.

3.5 Die Interaktion mehrerer Streßfaktoren

Das Zusammenwirken verschiedener S.effekte ist noch nicht sehr weitgehend geklärt. Es gibt einige Studien, insbesondere zu kurzfristigen Wirkungen, aber meist unter sehr speziellen Bedingungen (z.B. BROADBENT, 1971). So bleibt die Erforschung des Zusammenwirkens verschiedener Stressoren, insbesondere von Langzeitwirkungen, eine der Hauptaufgaben der S.forschung.

Verweis auf andere Stichwörter

→Angst →Arbeitspsychologie →Emotion →Life-Event-Forschung →Physiologische Psychologie →Verhalten und Handlung

Literatur

BIRBAUMER, N.: Physiologische Psychologie. Berlin: Springer 1975.

BÖSEL, R.: Gibt es den Streßanfälligen?. In: BÖSEL, R. (Hrsg.): Streß. Einführung in die psychosomatische Belastungsforschung. Hamburg: Hoffmann & Campe 1978, 140–148.

BROADBENT, D. E.: Decision and stress. London: Academic Press 1971.

COHEN, S. J.: Central nervous system functioning in altered sensory environment. In: APPLEY, M. H./TRUMBRULL, R. (Hrsg.): Psychological stress. New York: Appleton 1967, 77–112.

DOHRENWEND, B. S./DOHRENWEND, B. P. (Hrsg.): Stressful life events: Their nature and effects. New York: Wiley 1974.

FRENCH, J. R. P.: Person-Umwelt-Übereinstimmung und Rollenstreß. In: FRESE, M./GREIF, S./SEMMER, N. (Hrsg.): Industrielle Psychopathologie. Bern: Huber 1978, 42–51.

FRESE, M.: Psychische Störungen bei Arbeitern. Salzburg: Müller 1977.

FRESE, M.: Partialisierte Handlung und Kontrolle: Zwei Themen der industriellen Psychopathologie. In: FRESE, M./GREIF, S./SEMMER, N. (Hrsg.): Industrielle Psychopathologie. Bern: Huber 1978, 159–183.

GAL, R./LAZARUS, R. S.: The role of activity in anticipating and confronting stressful situations. Journal of Human Stress, 1975, 1 (4), 4–20.

GÄRTNER-HARNACH, V.: Angst und Leistung: Weinheim: Beltz 1972.

GLASS, D. C./SINGER, J. E.: Urban stress. New York: Academic Press 1972.

GREIF, S.: Psychischer Streß am Arbeitsplatz. Schweiz. Z. f. Psychol., 1979 (im Druck).

HACKER, W.: Psychische Regulation von Arbeitstätigkeiten: Innere Modelle, Strategien in Mensch-Maschine-Systemen, Belastungswirkungen. In: HACKER, W. (Hrsg.): Psychische Regulation von Arbeitstätigkeiten. Berlin-Ost: Deutscher Verlag der Wissenschaften 1976.

HACKMAN, J. R.: Tast and task performance in research on stress. In: MCGRATH, J. E. (Hrsg.): Social and psychological factors in stress. New York: Holt, Rinehart & Winston 1970, 202–237.

HÄFNER, H.: Soziale Epidemiologie. Berlin: Springer 1978.

HALHUBER, M. J. (Hrsg.): Psychosozialer „Streß" und koronare Herzkrankheiten. Bd. 1 u. 2. Berlin: Springer 1977, 1978.

HAMILTON, V.: Socialization anxiety and information processing: a capacity model of anxiety-induced performance. In: SARASON, I. G./SPIELBERGER, CH. D. (Hrsg.): Stress and anxiety, Vol. 2. New York: Wiley 1975, 45–68.

HOYOS, C. G.: Arbeitspsychologie. Stuttgart: Kohlhammer 1974.

JAEGGI, E.: Kognitive Verhaltenstherapie. Weinheim: Beltz 1979.

JANIS, I. G.: Stress and frustration. New York: Harcourt 1970.

KAHNEMAN, D.: Attention and effort. Englewood Cliffs, N.J.: Prentice-Hall 1973.

LACEY, J. I.: Somatic response patterning and stress: Some revisions of activation theory. In: APPLEY, M. H./TRUMBULL, R. (Eds.): Psychological stress. New York: Appleton 1967, 14–36.

LANG, P. J.: Die Anwendung psychophysiologischer Methoden in Psychotherapie und Verhaltensmodifikation. In: BIRBAUMER, N. (Hrsg.): Psychophysiologie der Angst. München: Urban & Schwarzenberg 1977, 15–84.

LAZARUS, R. S.: Psychological stress and the coping process. New York: McGraw-Hill 1966.

LAZARUS, R. S./AVERILL, J. R./OPTON, E. M.: Ansatz zu einer kognitiven Gefühlstheorie. In: BIRBAUMER, N. (Hrsg.): Psychophysiologie der Angst. München: Urban & Schwarzenberg 1977, 182–207.

LINDSLEY, D. B.: The role of nonspecific reticulo-thalamocortical systems in emotion. In: BLACK, P. (Hrsg.): Physiological correlates of emotion. New York: Academic Press 1970, 147–188.

MASON, J. W.: A historical view of the stress field. Journal of Human Stress, 1975, 1 (1), 6–12 (Teil 1) u. (2), 22–36 (a).

MASON, J. W.: Emotions as reflected in patterns of endocrine integration. In: LEVI, L. (Ed.): Emotions. Their parameters and measurement. New York: Raven Press 1975, 143–181 (b).

MCGRATH, J. E.: A conceptual formulation for research on stress. In: MCGRAITH, J. E. (Hrsg.): Social and psychological factors in stress. New York: Holt, Rinehart & Winston 1970, 10–21.

MECHANIC, D.: Some problems in developing a social psychology in adaptation to stress. In: MCGRATH, J. E. (Hrsg.): Social and psychological factors in stress. New York: Holt, Rinehart & Winston 1970, 104–123.

MEICHENBAUM, D.: Cognitive-behavior modification: An integrative approach. New York: Plenum Press 1977.

MEYER, W. U.: Leistungsmotiv und Ursachenerklärung von Erfolg und Mißerfolg. Stuttgart: Klett 1973.

NITSCH, J.: Das Ermüdungsproblem in kybernetischer Sicht. Arbeit und Leistung, 1972, 26, 201–203.

POULTON, E. CH.: Blue collar stressors. In: COOPER, C. L./PAYNE, R. (Hrsg.): Stress at work. New York: Wiley 1978, 51–79.

SARASON, I. G.: Anxiety and self-preoccupation. In: SARASON, I. G./SPIELBERGER, CH. D. (Hrsg.): Stress and anxiety, Vol. 2. New York: Wiley 1975, 27–44.

SCHACHTER, S.: The psychology of affiliation. Stanford: Stanford Univ. Press 1959.

SCHMIDTKE, H.: Die Ermüdung. Bern: Huber 1965.

SCHÖNPFLUG, W. (Hrsg.): Methoden der Aktivierungsforschung. Bern, Stuttgart: Huber 1969.

SCHÖNPFLUG, W.: Adaptation, Aktiviertheit und Valenz. Meisenheim: Hain 1971.

SCHÖNPFLUG, W.: Regulation und Fehlregulation im Verhalten. I. Verhaltensstruktur, Effizienz und Belastung – theoretische Grundlagen eines Untersuchungsprogramms. Psychologische Beiträge, 1979 (in Vorbereitung).

SCHÖNPFLUG, W./SCHULZ, P.: Streß und Verhaltensregulation bei Belastung. In: TACK, W. (Hrsg.): Bericht über den 30. Kongreß der Deutschen Gesellschaft für Psychologie in Regensburg, 1976. Göttingen: Hogrefe 1977, 435–440.

SCHULZ, P.: Regulation und Fehlregulation im Verhalten. II. Streß durch Fehlregulation. Psychologische Beiträge, in Vorbereitung.

SELYE, H.: Streß beherrscht unser Leben. Düsseldorf: Econ 1957.

SELYE, H.: Streß. Reinbek: Rowohlt 1977.

SEMMER, N./PFÄFFLIN, M.: Streß und das Training sozialer Kompetenz. In: BÖSEL, R. (Hrsg.): Streß. Einführung in die psychosomatische Belastungsforschung. Hamburg: Hoffmann & Campe 1978, 188–203.

SPERANDIO, J. C.: Variation of operator's strategies and regulating effects of work load. Ergonomics, 1971, 14, 571–577.

THEORELL, T./RAHE, R. H.: Life change events, ballistocardiography and coronary death. Journal of Human Stress, 1975, 1 (3), 18–24.
UDRIS, I.: Streß in arbeitspsychologischer Sicht. In: NITSCH, J. (Hrsg.): Streßforschung. Bern: Huber 1979.
VOLPERT, W.: Handlungsstrukturanalyse als Beitrag zur Qualifikationsforschung. Köln: Pahl Rugenstein 1974.
VOSSEL, G./LAUX, L.: The impact of stress experience on heart rate and task performance in the presence of a novel stressor. Biological Psychology 1978, 6.
WEICK, K. E.: The „ess" in stress: Some conceptual and methodological problems. In: MCGRATH, J. E. (Hrsg.): Social and psychological factors in stress. New York: Holt, Rinehart & Winston 1970, 287–347.
WENDRICH, P.: Methodische Probleme bei der Anwendung von Algorithmen zur Strukturanalyse von Arbeitshandlungen bei Belastungsuntersuchungen. In: HACKER, W./QUAAS, W./RAUM, H./SCHULZ, H.-J. (Hrsg.): Psychologische Arbeitsuntersuchung. Berlin-Ost: Deutscher Verlag der Wissenschaften 1973.

Norbert Semmer

Subjekt

Der Begriff des S. als eine historisch späte und evolutionär voraussetzungsvolle Selbstthematisierung der Menschen nimmt seit der Aufklärung in den anthropologischen, politischen, erkenntnistheoretischen, geschichtsphilosophischen, pädagogischen und psychologischen Theorien eine zentrale und seit dem Ende der Aufklärung Anfang des 19. Jahrhunderts vielfach umstrittene Stellung ein. Er tritt innerhalb der theoretischen Konstruktionen als Gegenpol zu dem Begriff des Objekts auf. Der damit konzipierte Dualismus von S. und Objekt ist innerhalb der Theorien von vornherein mit den Dualismen Ursache – Wirkung, Theorie – Praxis, Zweck – Mittel und Inneres – Äußeres verklammert.

1 Wort- und Realgeschichte des Subjekts

In der *antiken Philosophie* und der *mittelalterlichen Scholastik* ist der Begriff des S. in der modernen Bedeutung als Ausdruck der Selbstetikettierung der Menschen nicht vorhanden; er erhellt mittelbar aus den Begriffen der Seele, des Leibes, der Selbstanschauung, des Bewußtseins und des Objekts. Es ist eine in der Philosophiegeschichte allgemein bekannte Tatsache, daß beide Begriffe, der des S. und der des Objekts, vor der Aufklärung fast in einem umgekehrten Sinne im Vergleich zur heutigen Zeit verwendet wurden.
Der Begriff des S. leitet sich von dem aristotelischen Begriff des hypokeimenon her (ARISTOTELES, 1968, 74). Er betrifft das suppositum, das Zugrundeliegende; und so wird der dem Erkenntnisprozeß zugrundeliegende Gegenstand, das ens reale, als der beharrende Träger der mannigfaltigen und wechselnden Erscheinungen in der lateinischen Sprache subiectum genannt. Es ist in diesem Sinne das erste Seiende, das nicht an etwas ist, sondern selbständig als der unvergängliche Träger aller veränderlichen Eigenschaften da ist. Im Unterschied zu dem Unselbständigen, nur an anderem Bestehenden, gilt hier das subiectum dem Begriff der Substanz sinnverwandt (ARISTOTELES, 1970, 166ff.).
Dem Begriff des Objekts aber liegt im scholastischen Sinne der Gedanke des obiecere, des Vorstelligmachens, zugrunde. So ist das ens

obiective das vorgestellte, gedachte, gemeinte Sein.
Im Verlauf des 17. Jahrhundert vollzieht sich ein Bedeutungswandel, der zu dem Gebrauch der Begriffe im heutigen Sinne führt: Das Objekt steht künftig auf der Gegenstands-, das S. auf der Erkenntnisseite (KAHL-FURTHMANN, 1953, 326).
Mit diesem Bedeutungswandel ging eine *scharfe Trennung von S. und Objekt* einher. War vorher ein in dem Erkenntnisgegenstand vermutetes Wesen mit dafür verantwortlich gemacht worden, daß das Objekt überhaupt erkannt werden konnte, so wurden nun die Erkenntnispotenzen einseitig auf die Seite eines S., dem die Objekte nur noch wesenlose Dinge waren, verlagert. Diese scharfe Polarisierung von S. und Objekt warf nun von Anfang an das Problem auf, wie über die von dem Erkennenden unabhängigen und nicht mehr mit ihm durch gemeinsame Wesenheiten verbundenen Objekte überhaupt etwas ausgesagt werden könne.
DESCARTES kommt hier zu dem für die neuzeitliche Philosophie und Wissenschaft entscheidenden Schluß: Das einzige, worüber zuverlässig etwas ausgesagt werden könne, ist, daß ich denke, und diese Tatsache sei der Beweis dafür, daß ich existiere. Damit wird die Tatsache des „*Cogito*", des „ich denke", zum fundamentalen Ausgangspunkt jeder Erkenntnis: „... wenn man prüft, wer wir sind, wir, die wir jetzt davon überzeugt sind, daß es nichts außerhalb unseres Bewußtseins gibt, das wahrhaft ist oder existiert, so sehen wir deutlich, daß weder die Ausdehnung, noch die Gestalt, noch die Ortsbewegung, ... was man dem Körper zuschreibt, zu unserer Natur gehört, sondern nur das Denken" (DESCARTES, 1955, 2/3).
Indem DESCARTES auf diese Weise das „Cogito" als Basis alles Existierenden auffaßt, konzipiert er das einzelne erkennende Ich als Bezugsmitte alles Seienden: Subiectum als Fundament, das je einzelne Ich und die Erkenntnispotenzen werden miteinander identifiziert.
Es ist seit den Tagen des DESCARTES bekannt, daß AUGUSTINUS (1954, 117), auf den existenzphilosophische Konzeptionen des S. rekurrieren, den DESCARTESschen Fundamentalsatz antizipiert hat. Ansätze zur Beantwortung der Frage, weshalb erst seit dem Cogito des DESCARTES und nicht schon seit dem Cogito des AUGUSTINUS die Menschen sich als S.e selbst thematisieren, weisen darauf hin, daß dieser Bedeutungswandel nicht nur als wortgeschichtliches Problem einer wechselnden „Selbstetikettierung" (LUHMANN, 1975, 328) der Menschen verstanden werden kann, sondern auch Resultat eines durch innertheologische, ökonomische und machtpolitische Entwicklungen bedingten Umformungsprozesses, dem die Menschen im ausgehenden Mittelalter unterworfen waren, ist: Hans BLUMENBERG (1974, 158ff.) sieht die Genese des S. primär als Resultat innertheologischer Auseinandersetzungen zwischen *Nominalismus* und *Realismus*, in deren Verlauf sich herausstellte, daß die Menschen in ihrem Alltagsleben nicht mehr auf einen fürsorgenden Gott vertrauen konnten und daß sie demzufolge gezwungen waren, um ihrer Selbstbehauptung willen die von Gott verlassene Welt nach eigenen Kriterien sich zu unterwerfen.
Alfred SOHN-RETHEL (1971, 24ff.) betrachtet im Anschluß an MARX die Konstitution des S. als Ergebnis der im Verlaufe des Mittelalters mit zunehmendem Handelsverkehr eingeübten Wertabstraktionen, mit denen die abstrakten Kategorien Raum und Zeit als Schemata des Denkens der S.e allererst praktiziert wurden.
Norbert ELIAS (1976; I, LIff.) konzipiert im Anschluß an Max WEBER (1973, 132), der den Ausbau eines Persönlichkeitssystems als Folge zunehmenden Zwanges zu zweckrationalem Handeln ansieht, und Sigmund FREUD (1968, 223ff.), der die Genese der moralischen Instanz eines inneren Überich als Konsequenz des durch äußere Mächte erzwungenen Triebverzichtes auffaßt, die Konstitution des S. als Resultat eines machtpolitisch bedingten Zivilisationsprozesses, in dessen Verlauf die Konstitution eines homo clausus und dessen Abspaltung von einer ihm nunmehr äußeren Welt herausgefordert wurden.

2 Begriffe des Subjekts

Während DESCARTES jegliche Bedingung von Erkenntnis in das Innere des einzelnen S. mit seinen eingeborenen Ideen, auf die sich das Cogito intuitiv bezieht, verlegt und daher das Dasein der äußeren Welt, die als Produkt des jeweiligen inneren Menschen sich durchaus als dessen Traum erweisen könnte, aus dem Blickfeld verliert, konzipiert demgegenüber der *Empirismus* das einzelne S. als nahezu leeres Kabinett, das erst von äußeren Eindrücken und Einflüssen mit Inhalt aufgefüllt wird.

LOCKE (1962, 29ff.) verweist demzufolge darauf, der Grund wahrer Sätze sei nicht in Intuition und darauf folgender Deduktion, sondern in einem induktiven Lernprozeß zu suchen. Hier rekurriert LOCKE auf Lernprozesse als Ursache von Erkenntniswahrheit.

Die Reflexion als Erkenntnisquelle erscheint als sekundär, da sie von dem sinnlichen Datenmaterial abhängig sei. Richtigerweise macht LOCKE auf die Gefahr aufmerksam, daß bei DESCARTES all das, was erkannt werden kann, als intuitiv erfaßt angesehen werden muß. Allerdings schließt er in seiner empiristischen Position kurz, Bewußtsein sei schlechthin mit empirisch aktuell vorhandenem Bewußtsein zu identifizieren.

LEIBNIZ argumentiert nun gegen LOCKE, im Verstande sei von vornherein alles angelegt. Zu Recht betont er, im Bewußtsein sei mehr enthalten als faktisch im einzelnen wahrgenommen werde. Er nimmt eine Unterscheidung zwischen aktuell empirisch gewußten und unmittelbar nicht gewußten, aber dennoch am Bewußtwerdungsprozeß beteiligten Inhalten vor. Demzufolge rechnet er methodisch mit Bewußtseinsinhalten, die zwar ihre Funktion für aktuelle Erkenntnisprozesse haben, die aber in dieser Funktion nicht gewußt werden, und die im Gegensatz zu der Auffassung der Empiristen, die, wenn es um Geltungsfragen geht, lediglich auf emprisch aktuelles Bewußtsein rekurrieren, aktuell nicht verfügbar sind. Diese erkenntnistheoretische Position erlaubt es LEIBNIZ, die S.e als *Monaden* aufzufassen, die „keine Fenster" haben, „durch die etwas in sie hinein- oder aus ihnen heraustreten könnte" (LEIBNIZ, 1967, 132). Daher existiert keine Möglichkeit, eine Monade in ihrem Inneren zu beeinflussen und zu verändern. Da jedoch die Monaden im Laufe der Zeit sich verändern, muß diese Veränderung auf ein inneres Prinzip zurückgehen. Dieses innere Prinzip ist gleichzeitig die Garantie für die Möglichkeit der Intersubjektivität der in sich geschlossenen Monaden. Während bei DESCARTES im Grunde niemand anderes für eine Erkenntnis gerade stehen kann als derjenige, der jeweils intuitiv erfaßt, versucht LEIBNIZ die allgemeine, intersubjektive Gültigkeit der eingeborenen Ideen, auf die sich jede Intuition bezieht, durch jenes innnere Prinzip, das zwischen den einzelnen Monaden als Erkenntnissubjekten eine „prästabilierte Harmonie" (LEIBNIZ, 1967, 148) herstellt, zu konstruieren.

HUME beharrt zwar auf der empiristischen These, der zufolge über die äußere Welt nur vermittels der jeweiligen Erfahrungen etwas ausgesagt werden könne, aber er erteilt dem Versuch LOCKES, von der durch beliebig zahlreiche Beobachtungen erhärteten empirischen Allgemeinheit induktiv zur strengen Allgemeinheit aufzusteigen, eine Absage. Dieser Zweifel HUMES an der Zulänglichkeit der Erfahrungsbildung hinsichtlich der Möglichkeit, allgemeingültige Sätze, d.h. Sätze, die auch in Zukunft objektiv gelten, aufzustellen, führt dann auch zur Skepsis hinsichtlich der Möglichkeit, ein S., das diese Sätze formulieren kann, zu konzipieren. „Denn alle Ableitung aus Erfahrung setzt als ihre Grundlage voraus, daß die Zukunft der Vergangenheit ähnlich sein wird, und daß gleichartige Kräfte mit gleichartigen sinnlichen Eigenschaften zusammenhängen werden. Schöpfte man irgendwie Verdacht, daß der Naturablauf sich ändern könne und daß in der Vergangenheit nicht die Regel für die Zukunft enthalten sei, so würde jede Erfahrung nutzlos und könnte zu keinem Ableiten und Schließen Veranlassung geben. Daher ist es unmöglich, daß irgendwelche Erfahrungsbegründungen diese Ähnlichkeit der Vergangenheit mit der Zukunft belegen können, denn all diese Begründungen beruhen ja auf der Voraussetzung dieser Ähnlichkeit" (HUME, 1907, 49). Demnach wäre Gesetzmäßigkeit zu begründen, indem S. und Objekt der Erkenntnis als von äußeren Einflüssen unabhängig und trotz aller Veränderung als identisch bleibend konzipiert würden. Aber gerade die Identität des S. und die Identität des Objekts faßt HUME, da empirisch nicht nachweisbar, als Fiktion auf: „Die Identität, die wir dem Geist der Menschen beilegen, ist nur eine fingierte; sie ist von gleicher Art wie diejenige, die wir Pflanzen und tierischen Körpern beilegen" (HUME, 1973, 335).

KANT schließt sich nun dem empiristischen Vorbehalt gegenüber dem Rationalismus, für diesen sei die Existenz einer realen Außenwelt nur noch Fiktion, an; gleichzeitig aber bemüht er sich um die Überwindung der Skepsis HUMES hinsichtlich der Möglichkeit der theoretischen Begründung des S.

Ausgangspunkt ist für ihn, ebenso wie für HUME, das Problem der *Kausalität.* Während HUME schließt, die Erfahrung liefere keine Notwendigkeit, nun stamme das Kausalitätsprinzip aber aus Erfahrung, also sei das Kausalitätsprinzip nicht notwendig, hält KANT diese Folgerung für übereilt. Er argumentiert vielmehr so: Die Erfahrung gebe keine Notwendigkeit – in diesem Punkt stimmt er mit HUME überein –, nun sei das Kausalitätsprinzip aber notwendig – da es offensichtlich erfolgreich von den Naturwissenschaften praktiziert werde –, also stamme das Kausalitätsprinzip nicht aus der Erfahrung. Gegen das empiristische Prinzip der Induktion und das rationalistische Prinzip der Intuition entwirft KANT das Konzept der *Apriorität des Vermögens der Synthesis*, indem er dieses Vermögen zur immer schon gegebenen Ausstattung des Verstandes erklärt. Aber dieses Vermögen des Verstandes ist nicht das empirische individuelle Cogito des DESCARTES, denn dann ließe sich ja die Behauptung objektiver Gültigkeit der Kausalurteile nicht mehr halten. KANT sieht die Einlösung der Forderung nach objektiver Gültigkeit der Urteile darin, eine synthetische Leistung zu konzipieren, die unabhängig von je inneren Zuständen der einzelnen empirischen S.e eingesetzt wird, aber trotzdem auf die S.e zurückgeht. Objektivität kann demzufolge nicht von der Wahrnehmung von Gegenständen hergeleitet werden, also muß sie aus den Menschen kommen, aber nicht psychologisch, sondern transzendental begründet. Die *transzendental verbürgte Objektivität* der Erkenntnis heißt dann nichts anderes als deren *Invarianz gegenüber psychisch-empirischen Zuständen.*

Das S. systematisiert nun kraft eigenen Verstandes Natur: „Die Ordnung und Regelmäßigkeit also an den Erscheinungen, die wir Natur nennen, bringen wir selbst hinein, und würden sie auch nicht darin finden können, hätten wir sie nicht oder die Natur unseres Gemüts ursprünglich hineingelegt. Denn diese Natureinheit soll eine notwendige, d.i. a priori gewisse Einheit der Verknüpfung der Erscheinungen sein" (KANT, 1974; 179). Diese Auffassung von der Existenz der Naturgesetze droht nun aber die menschliche Freiheit, Subjektivität, aufzulösen, sobald angenommen wird, alles in der Welt geschehe lediglich nach Gesetzen der Natur. Der Begriff der Kausalität droht die Begründung des S., das für jenen ja Voraussetzung ist, zu unterlaufen. „Denn auf diese Art würde das handelnde Subjekt ... mit der Natur in unzertrennbarer Abhängigkeit aller ihrer Handlungen verkettet sein" (KANT, 1974; 497). KANT denkt nun zweierlei Kausalität in Ansehung dessen, was geschieht: entweder eine Kausalität nach der Natur oder eine aus Freiheit. Das S. ist als empirisches der Kausalität nach der Natur, als transzendentales der Kausalität aus Freiheit unterworfen.

Das Vernunftwesen, das „transzendentale ... Subjekt, welches uns empirisch unbekannt ist", ist eine bloß intellektuelle Vorstellung der Selbsttätigkeit eines denkenden S. (KANT, 1974, 497). Die Vorstellung, daß ich denke, S. des Denkens bin, ist nicht gegenstandsbezogen, denn das mit sich selbst identische Ich ist kein Gegenstand. So ist auch die Kausalität, die dieses S. sich setzt, unabhängig von äußeren Einflüssen: „Es mögen noch so viele Naturgründe sein, die mich zum Wollen antreiben, noch so viel sinnliche Anreize, so können sie nicht das Sollen hervorbringen, sondern nur ein noch lange nicht notwendiges, sondern jederzeit bedingtes Wollen, dem dagegen das Sollen, das die Vernunft ausspricht, Maß und Ziel, ja Verbot und Ansehen entgegensetzt" (KANT, 1974, 499). Die Existenz, d.h. die Freiheit des S., hängt demnach davon ab, daß es sowohl im theoretischen Gebiet als auch für die sittliche Praxis von natürlichen äußeren Einflüssen unabhängig sich durch sich selbst nach einigen Gesetzen bestimmt. Die Kausalität der Vernunft zeigt sich also als ein Sollen, das als reine Theorie die Herrschaft über Praxis antritt. Zweck dieser Herrschaft der Theorie, der alles dem inneren Menschen Äußere als Mittel dient, ist die Selbstbehauptung des S. Damit erweisen sich die Dualismen Inneres – Äußeres, Zweck – Mittel, Ursache – Wirkung, Theorie – Praxis als unterschiedliche Aspekte einer theoretischen Explikation auf der Basis des Dualismus von S. und Objekt.

3 Tendenzen der Selbstauflösung der Subjekte

Während KANT die Dualismen S. – Objekt, Theorie – Praxis, Ursache – Wirkung als konstitutionell miteinander verklammerte Paradigmen unter dem Gesichtspunkt der Frage nach der Möglichkeit des S. einander funktionell zuordnet, gerät der Aspekt des Primats des vernunftbegründeten S. im Laufe der Entwicklung der Einzelwissenschaften und ihrer methodischen Begründungsversuche zunehmend aus dem Blickfeld.

Im Zuge des enormen Fortschritts der exakten Naturwissenschaften und der auf ihnen basierenden Technologien hat sich mit diesen auch die „Kausalität nach der Natur" von der Vernunft, „der Kausalität aus Freiheit", losgelöst und die Herrschaft der Vernunft für die sittliche Lebenspraxis der Menschen in Frage gestellt. Von den aus der Perspektive der KANTschen Theorie *verselbständigten naturwissenschaftlichen Technologien* muß der Herrschaftsanspruch einer sich für autonom haltenden Vernunft zunehmend als störend empfunden werden, insbesondere dann, wenn zum Gegenstand dieser Technologien, die sich verstärkt in der *Soziologie* und *Psychologie* etablieren, der „innere Mensch" selbst genommen wird.

Auf diesem Stand der Diskussion wendet SKINNER sich prinzipiell gegen die „Fiktion" des „autonomen Menschen", des S., mit seinem Anspruch auf Freiheit und Würde (SKINNER, 1973, 26ff.). Letztlich macht er diese „Fiktion" für die drängenden Umweltprobleme und die atomare Bedrohung der Menschheit verantwortlich (SKINNER, 1963, 9). Anstelle dieser „Fiktion" und des daraus resultierenden verhängnisvollen Verhaltens der Menschen müsse eine experimentelle *Verhaltensanalyse* und eine technische *Verhaltenssteuerung* praktiziert werden (SKINNER, 1973, 11). Zwar versucht SKINNER, das S. als sich selbst bestimmende Instanz zu eliminieren, aber noch in diesem Prozeß schleift er unbeabsichtigt das S. als Basis seines (SKINNERS) Denkens und Handelns mit:

SKINNER appelliert an S., wenn er seine Mitmenschen mit einsehbaren Gründen davon zu überzeugen sucht, sie müßten von verantwortlich tätigen Wissenschaftlern durch zweckmäßige „Verstärkung" erwünschter Verhaltensdispositionen in ein optimal an die modernen Umweltbedingungen angepaßtes Verhalten hineinkonditioniert werden. Nimmt man SKINNERS Appell an die rationale Einsicht und moralische Verantwortung der Experten ernst, dann muß der Verdacht entstehen, diese Sozialtechnologie sei von vornherein nur auf einen Teil der Menschheit anzuwenden, für dessen Glück die anderen, die sich über Gründe verständigen und dementsprechend als S.e handeln, die Verantwortung tragen. Oder man nimmt SKINNERS Position ernst, dann stellt sich immer noch die Frage, wer die Konditionierer konditioniert, wer mithin in letzter Instanz als S. agiert. Das Paradoxe an den Thesen SKINNERS besteht demnach darin, daß er, um gegen das S. vorzugehen, sich selbst und andere als S.e voraussetzt.

Während SKINNER gegen das S., den „inneren Menschen" mit seinem Anspruch auf Freiheit und Würde, votiert, weil er ihn verwirklicht glaubt, bemüht sich die „*Kritische Theorie*" gerade um eine *Rekonstruktion der Subjektivität*, da sie deren Zerfall und Zerstörung konstatiert (HORKHEIMER/ADORNO, 1968, 9). Um diesen Prozeß aufzuhalten, käme es darauf an, die Selbstverobjektivierung der S.e als Resultat eines schlecht verwirklichten Programms der Aufklärung zu stoppen. Das S., seine Freiheit und Würde, seien genau das, was sich im Sinne seiner Selbsterhaltung künftig einer Vergegenständlichung, einer endgültigen begrifflichen Fassung, entziehen müsse (ADORNO, 1973, 31).

Angesichts der Gefahr der technischen Verewigung der bürgerlichen Gesellschaft scheint sich der „Kritischen Theorie" in dem Rekurs auf die frühbürgerlichen Ideale von S. und Freiheit die letzte Chance zu bieten, Vernunft gegen das herrschende System zu reklamieren. Gegen die positivistische Forderung nach Wissenschaftlichkeit, die nach einem streng abgegrenzten Wissensbereich und einem einheitlichen Gegenstand verlangt, wird die These gestellt, der Gegenstand sei genau das, was sich einer Vergegenständlichung, einer endgültigen begrifflichen Fassung, entziehen müsse, es sei denn, die Wissenschaft wolle gerade zur Vernichtung dieses Gegenstandes, der wesentlich S. sei, oder wenigstens sein solle, beitragen (ADORNO, 1955, 29). Diese Position macht gerade den Vorwurf, kein Objekt zu besitzen, zu dem sie Auszeichnenden. Gegen das Objekt votiert sie zugunsten des S. Dem Willen des S., seiner Praxis, wird das Primat gegenüber der Theorie zugesprochen, während die Technologien diese Praxis gerade ihren Planungstheorien unterwerfen wollen.

Die Unergiebigkeit der angebotenen Alternativen zeichnet sich ab: Schließt man sich den Technologen an, votiert man für die exakten Wissenschaften, wird tatsächlich – aus der Sicht der „Kritischen Theorie" – jede über die gegenwärtige bürgerliche Gesellschaft hinausweisende Perspektive verhindert, da das vorhandene oder wenigstens potentielle S. einer Veränderung verobjektiviert, d.h. vernichtet wird. Ebensowenig vermag jedoch vorerst die alternative Position zu bieten, da sie zwar das S. permanent einklagt und auch gegen destruktive Tendenzen zu verteidigen sucht, was dieses S. jedoch sei, wie es entstehe, wie also künftige Praxis zu denken und zu veranstalten sei, darf nicht begrifflich gefaßt werden.

In jüngster Zeit bemüht sich HABERMAS (1976, 63ff.) im Anschluß an das HEGELsche Konzept der Anerkennungsdialektik unter Miteinbeziehung der MARXschen Kritik der bürgerlichen Gesellschaft, der Systemtheorie und Ansätzen der Interaktionstheorie um eine Weiterentwicklung der „Kritischen Theorie".

Die Positionen SKINNERS und der Vertreter der „Kritischen Theorie" sind trotz aller Gegensätzlichkeit Indiz für die offenbar gewordene *Schwierigkeit der Menschen, sich als S.e im Gegensatz zu Objekten zu verstehen und zu verhalten.* Diese Unsicherheit beginnt auch in der Diskussion der Wissenschaften um die problematisch gewordene methodische Annäherung an Objekte sich bemerkbar zu machen: In Anknüpfungen an Interpretationen der Wechselwirkungsrelation von HEISENBERG spricht EBERLEIN von einer *erkenntnistheoretischen Revolution*, die folgendermaßen umschrieben werden könne: „Anstelle des klassischen Objektivationsverhältnisses tritt eine Interaktionsrelation Beobachter – Beobachtetes, die mehr als nur eine geänderte theoretische Vorstellung beinhaltet" (EBERLEIN, 1963, 22). Die seit Jahrhunderten als klassisches Monopolmodell aufrecht erhaltene S.-Objekt-Relation repräsentiere heute eine unhaltbare, schematisch starre Ausgangsposition. Es sei nicht mehr zu unterscheiden, welche Eigenschaften des Gegenstandes bloß gedacht seien und welche er „an sich" habe. Die Auffassung eines schroffen Dualismus von S. und Objekt sei unhaltbar, „da sie eine prinzipielle Unabhängigkeit des Beobachters vom Beobachteten voraussetzt, die seit geraumer Zeit nicht nur in der Physik, sondern auch in den Sozialwissenschaften als irrig erkannt worden ist" (EBERLEIN, 1963, 133). Für HOLZKAMP kommt es darauf an, das Verhältnis zwischen S. und Objekt, zwischen Experimentator und Versuchsperson im psychologischen Experiment derart neu zu bestimmen, daß „weder der Forscher noch die Versuchsperson im Wissenschaftsprozeß als abstrakt isolierte Individuen erscheinen, sondern beide als lebendige Menschen in konkreten Lagen innerhalb der bestehenden Klassengesellschaft gesehen werden können ..." (HOLZKAMP, 1971, 59).

Georges DEVEREUX (1973, 124ff.) stellt psychoanalytisch orientiert die These auf, daß Verhaltensforschung am menschlichen Objekt nur dann zu einigermaßen zuverlässigen Resultaten führen könne, wenn der Forscher sich beständig seiner eigenen Reaktionen auf das zu untersuchende S. bewußt sei. In diesem Zusammenhang komme es darauf an, die Störungen und Ängste, die sein Objekt in ihm auslöst, nicht nur zur Quelle von Irrtümern werden zu lassen, sondern die Emotionen geradezu als Mittler seiner Erkenntnis, die ohne Selbsterkenntnis nicht möglich sei, einzusetzen.

Auch Konzepte der *Handlungsforschung* bemühen sich, die Interaktion von Forscher und Forschungsgegenstand in die Funktionsweise eines problematisch gewordenen starren Dualismus von S. und Objekt als Grundlage von Erfahrungsbildung miteinzubeziehen (FUCHS, 1970/71, 5f.).

Die wohl radikalste Auflösung einer verbindlichen methodischen Vermittlung zwischen S. und Objekt propagiert zur Zeit FEYERABEND (1976, 11) mit seiner Forderung nach einer anarchistischen Forschungspraxis, die dem Grundsatz des „anything goes" sich „verpflichtet" fühlt.

Daß der Entwurf der Menschen von sich selbst als S.en ihres Denkens und Handelns immer problematischer wird, darauf weisen nicht nur die Schwierigkeiten der wissenschaftlichen Verfahren, ein Objekt festzustellen, sondern auch eine zunehmende Anzahl von Forschungen über die Bedingungen der Genese eines Verständnisses der Menschen von sich selbst als S.en hin. Dort, wo im Alltagsleben diese Selbstversicherung der Menschen mißlingt, wird von gestörter oder nicht voll ausgebildeter Subjektivität bzw. Identität gesprochen.

4 Kritik am Subjekt

Die offensichtlich gewordene Schwierigkeit der Menschen, sich selbst als S.e verstehen und verhalten zu können, läßt in jüngster Zeit wieder ältere Ansätze einer radikalen Kritik an dieser Selbstinterpretation für eine kritische Reflexion der Theorie und Praxis von Wissenschaften, die sich im weitesten Sinne mit „dem Menschen" beschäftigen, interessant werden. Insbesondere in den von dem französischen Strukturalismus beeinflußten Untersuchungen von FOUCAULT (1976) und ALTHUSSER (1972) werden die Kritiken von NIETZSCHE und MARX aufgegriffen und aktualisiert.

NIETZSCHE faßt die Genese der Selbstinterpretation der Menschen als S.e als einen fehlgelaufenen Prozeß der Selbstverständigung auf:

„Ja jetzt noch meinen wir im Grunde, alle Empfindungen und Handlungen seien Akte des freien Willens; wenn das fühlende Individuum sich selbst betrachtet, so hält es jede Empfindung, jede Veränderung für etwas Isoliertes, das heißt Unbedingtes, Zusammenhangloses: es taucht aus uns auf, ohne Verbindung mit Früherem oder Späterem. Wir haben Hunger, aber meinen ursprünglich nicht, daß der Organismus erhalten werden will, sondern jenes Gefühl scheint sich ohne Grund und Zweck geltend zu machen, es isoliert sich und hält sich für willkürlich. Also: der Glaube an die Freiheit des Willens ist ein ursprünglicher Irrtum alles Organischen, so alt, als die Regungen des Logischen in ihm existieren; der Glaube an unbedingte Substanzen und an gleiche Dinge ist ebenfalls ein ursprünglicher, ebenso alter Irrtum alles Organischen. Insofern aber alle Metaphysik sich vornehmlich mit Substanz und Freiheit des Willens abgegeben hat, so darf man sie als die Wissenschaft bezeichnen, welche von den Grundirrtümern des Menschen handelt – doch so, als wären es Grundwahrheiten" (NIETZSCHE, 1969, I, 460/61).

Forciert wurde diese Fehleinschätzung der Menschen von sich selbst durch die im Laufe der Geschichte praktizierte Modellierung der menschlichen Körper seitens religiöser, moralischer, staatlicher Askese- und Straftechniken (NIETZSCHE, 1969, II 800ff.). NIETZSCHE kommt es darauf an, die Dualismen S. – Objekt (II, 860; III, 317 u. 672), Ursache – Wirkung (II, 119ff. u. 128), Zweck – Mittel (III, 442), Inneres – Äußeres (I, 457) als historisch entstandene, den Menschen im Zuge der Modellierung ihrer Körper angezüchtete Schemata eines fiktiven, wenngleich wirkungsvollen Denkens zu entlarven.

MARX faßt die Selbstthematisierung der Menschen als S.e als eine Fiktion auf, die angesichts der Verhältnisse, in denen die Menschen agieren, notwendig ist. Es ist das Kapitalverhältnis, das sich als selbst verwertender Wert, als ein von dem je individuellen Wollen der Menschen unabhängiges „automatisches Subjekt" (MARX, 1970, I, 169) seiner Selbstbewegung konstituiert hat, welches den Menschen diese Fiktion aufzwingt. Daß sich mit diesem „automatischen Subjekt" eine „Verkehrung von Subjekt und Objekt" (MARX, 1970, III, 55) durchgesetzt hat, beruht darauf, daß die Selbstverwertung des „automatischen Subjekts" nur auf Grund der Undurchschaubarkeit seiner Bewegung seitens der Menschen, die in diesem Prozeß nur der Form nach als S.e agieren, funktioniert. „Der Arbeiter produziert das Kapital, das Kapital produziert ihn, er also sich selbst, und der Mensch als Arbeiter, als Ware, ist das Produkt der ganzen Bewegung" (MARX, 1973, 523).

Der Gedanke des S. hat sich nach MARX realisiert in dem Prozeß der Reproduktion des Kapitals, das als „die alles beherrschende ökonomische Macht der bürgerlichen Gesellschaft" (MARX, 1953, 27) die einzelnen Individuen zwecks Reproduktion seiner selbst in ihren Aktionen die von ihnen nicht durchschaute Form von S.en bekleiden läßt.

Künftige Forschungspraxis seitens der Wissenschaften, die sich mit dem Denken und Handeln der Menschen beschäftigen, sieht sich aus dieser Perspektive vor die Aufgabe gestellt, einen theoretischen Apparat zu entwickeln, der gängige Problemdefinitionen und Lösungsvorschläge gleichermaßen *subjektlos* reformuliert und überholt.

Verweis auf andere Stichwörter

→Behaviorismus →Bewußtsein →Entfremdung →Humanistische Psychologie →Identität und Selbstkonzept →Kritische Psychologie →Persönlichkeit →Politische Psychologie →Psychoanalyse →Warenästhetik und Werbung

Literatur

ADORNO, TH. W.: Negative Dialektik. Frankfurt/M.: 1973.

ADORNO, TH. W.: Zum Verhältnis von Soziologie und Psychologie. In: Sociologica. Aufsätze, Max Horkheimer zum 60. Geburtstag gewidmet. Frankfurt/M.: 1955.

ALTHUSSER, L./BALIBAR, E.: Das Kapital lesen, Bd. I u. II. Reinbek 1972.

ARISTOTELES: Über die Seele. Leck/Schleswig 1968.

ARISTOTELES: Metaphysik. Stuttgart 1970.

AUGUSTINUS, A.: Selbstgespräche über Gott und die Unsterblichkeit der Seele. Zürich 1954.

BLUMENBERG, H.: Säkularisierung und Selbstbehauptung. Frankfurt/M. 1974.

DESCARTES, R.: Prinzipien der Philosophie. Darmstadt 1955.

DESCARTES, R.: Meditationen. Hamburg 1954.

DEVEREUX, G.: Angst und Methode in den Verhaltenswissenschaften. München 1973.

EBERLEIN, G.: Der Erfahrungsbegriff der heutigen empirischen Sozialforschung. Berlin 1963.

ELIAS, N.: Über den Prozeß der Zivilisation, Bd. 1 u. 2. Frankfurt/M. 1976.

FEYERABEND, P.: Wider den Methodenzwang. Skizzen einer anarchistischen Erkenntnistheorie. Frankfurt/M. 1976.

FOUCAULT, M.: Überwachen und Strafen. Frankfurt/M. 1976.

FREUD, S.: Der Mann Moses und die monotheistische Religion. In: Ders.: Gesammelte Werke, Bd. XVI. Frankfurt/M. 1972.

FUCHS, W.: Empirische Sozialforschung als politische Aktion. Soziale Welt, H. 1. Göttingen 1970/71.

HABERMAS, J.: Zur Rekonstruktion des Historischen Materialismus. Frankfurt/M. 1976.

HOLZKAMP, K.: Wissenschaftstheoretische Voraussetzungen kritisch-emanzipatorischer Psychologie. Hamburg 1971.
HORKHEIMER, M./ADORNO, TH. W.: Dialektik der Aufklärung. Amsterdam 1968.
HUME, D.: Ein Traktat über die menschliche Natur. Hamburg 1973.
HUME, D.: Eine Untersuchung über den menschlichen Verstand. Leipzig 1907.
KAHL-FURTHMANN, G.: Subjekt – Objekt. Ein Beitrag zur Vorgeschichte der Kant'schen Kopernikanischen Wendung. Zeitschrift für philosophische Forschung, Bd. VII. Meisenheim, Wien: 1953.
KANT, I.: Kritik der reinen Vernunft, Bd. 1 u. 2. Frankfurt/M. 1974.
LEIBNIZ, H.: Monadologie. In: Ders.: Hauptwerke. Stuttgart: Kröner 1967.
LUHMANN, N.: Systemtheoretische Argumentationen. Eine Entgegnung auf Jürgen Habermas. In: HABERMAS, J./ LUHMANN, N.: Theorie der Gesellschaft oder Sozialtechnologie. Frankfurt/M. 1975.
LOCKE, J.: Über den menschlichen Verstand, Bd. 1. Berlin 1962.
MARX, K.: Ökonomisch-philosophische Manuskripte aus dem Jahre 1844. In: MARX/ENGELS: Werke. Ergänzungsband, Erster Teil. Berlin 1973.
MARX, K.: Das Kapital, Bd. I u. III. In: MEW 23 u. 25. Berlin 1970.
MARX, K.: Grundrisse der Kritik der politischen Ökonomie. Berlin 1953.
NIETZSCHE, F.: Menschliches, Allzumenschliches. In: Ders.: Werke, Bd. I. München 1969.
NIETZSCHE, F.: Zur Genealogie der Moral. In: Ebd. Bd. II.
NIETZSCHE, F.: Die fröhliche Wissenschaft. In: Ebd.
NIETZSCHE, F.: Über Wahrheit und Lüge. In: Ebd. Bd. III.
NIETZSCHE, F.: Aus dem Nachlaß der achtziger Jahre. In: Ebd.
SKINNER, B. F.: Jenseits von Freiheit und Würde. Reinbek 1973.
SOHN-RETHEL, A.: Geistige und körperliche Arbeit. Zur Theorie der gesellschaftlichen Synthesis. Frankfurt/M. 1971.
WEBER, M.: Roscher und Knies und die logischen Probleme der Nationalökonomie. In: Ders.: Gesammelte Aufsätze zur Wissenschaftslehre. Tübingen 1973.

Friedhelm Guttandin

Tests und Testtheorie

A. Klassische Testtheorie

1 Die Definition von Persönlichkeitsmerkmalen durch Tests

Ein psychologischer *Test* ist ein wissenschaftliches Routineverfahren zur Messung des relativen Grades der individuellen Merkmalsausprägung eines empirisch abgrenzbaren Persönlichkeitsmerkmals (vgl. LIENERT, 1961). Psychologische Testverfahren bestehen aus einer Reihe von Reizvorlagen (Items, Aufgaben, Fragen, Bilder ...), durch welche ein diagnostisch relevantes Verhalten der zu untersuchenden Personen (Probanden) herausgefordert wird und aus Anweisungen zur Interpretation des ausgelösten Verhaltens bzw. zur Durchführung von Rückschlüssen aus dem beobachteten Verhalten auf das interessierende Persönlichkeitsmerkmal (HOFSTÄTTER, 1957).

Die psychologische *Testtheorie* umfaßt eine syntaktische (formale, statistische) Theorie der Rückschlußverfahren und eine semantische (interpretative) Theorie der praxisbezogenen Anwendbarkeit der Inferenzverfahren. Die exaktesten und am besten kontrollierbaren Begriffe der Persönlichkeitsbeschreibung sind durch Tests definiert. Da von Testverfahren (im Sinne der unten angegebenen operationalen Definition) unabhängige, befriedigende Methoden der Definition und praktischen Messung von Persönlichkeitsmerkmalen nicht existieren, sind Tests die wichtiste Quelle der Persönlichkeits- und Intelligenzforschung geworden.

Bereits 1923 kritisierte BORING (1950) diese Entwicklung durch die Formulierung, daß Intelligenz sei, was die Intelligenztests messen. Die Kritik soll auf die Gefahr eines *circulus vitiosus* aufmerksam machen – Tests sind Methoden zur Messung von Persönlichkeitsmerkmalen und Persönlichkeitsmerkmale sind dasjenige, was Tests messen. Tests sollen durch psychologische Theorien begründet sein und durch unabhängige Methoden, z. B. physiologische, Erblichkeits- und entwicklungspsychologische Befunde kontrolliert und bewährt werden. Man kann in der Regel feststellen, daß die Testverfahren in den Bereichen der Psychologie den höchsten Entwicklungsstand erreicht haben, in denen die wirksamsten unabhängigen Kontrollmethoden

existieren. Leistungs-, Eignungs- und Intelligenztests genügen meist strengeren Bewährungskriterien als Interessentests oder Tests dynamischer Persönlichkeitsmerkmale.
So vorteilhaft unabhängige Kontrollen, die Kenntnis der physiologischen Basis, die zeitliche Konstanz der individuellen Merkmalsausprägung (Stabilität, Habitualität) und Korrelationen mit anderen Variablen für die psychologische Praxis und Theorienbildung auch sind, logisch notwendig sind diese Kriterien für die Definition und praktische Messung von Persönlichkeitsmerkmalen nicht. Minimal hinreichende Kriterien für den logischen Status von Persönlichkeitsmerkmalen können wir in Anlehnung an LORD und NOVICK (1968) formulieren: Persönlichkeitsmerkmale oder „latente Dimensionen" sind Verhaltensdispositionen, die sich als notwendig (zweckmäßig) für die Verhaltensbeschreibung erweisen und in einer eindeutigen, empirisch grundsätzlich falsifizierbaren Relation zum beobachtbaren Verhalten stehen. Die potentiell empirisch falsifizierbare Relation zwischen einer Verhaltensdisposition und dem beobachtbaren Verhalten wird durch ein *formales* (meist statistischen) *Modell* und logisch und empirisch eindeutige *Klassifikationen* von Verhaltenssituationen, Verhaltensweisen und „Referenzpopulationen" hergestellt. Diese Definition durchbricht den von BORING kritisierten circulus vitiosus und hat den Vorzug, die logischen Grundlagen von Persönlichkeitskonstrukten zu betonen, ohne ihre empirischen Eigenschaften (z.B. Stabilität, Existenz von „Paralleltests") zu präjudizieren oder gar gewisse Persönlichkeitsmerkmale (z.B. selten auftretende, sich rasch verändernde Merkmalsausprägungen) von vornherein aus der Betrachtung auszuschließen.

2 Die Geschichte der Testverfahren

Die historische Entwicklung der Testverfahren und der Testtheorie ging allerdings nicht von den logischen Grundlagen von Persönlichkeitskonstrukten, sondern von einer stark *pragmatischen Orientierung* aus. Die frühesten wissenschaftlichen Testverfahren waren durch das praktische Bedürfnis der Beurteilung sensorischer und motorischer Leistungen des Menschen (in GALTONS Laboratorium um 1880) und der Feststellung intellektueller Unterschiede, vor allem der Diagnose minder Begabter motiviert (in der Psychiatrie und Schulpädagogik). Diese Verfahren stellten einen Fortschritt dar, weil sie der Notwendigkeit Rechnung trugen, Beurteilungen von Persönlichkeitsmerkmalen auf klar abgegrenzte Klassen von standardisierten experimentellen Situationen und eindeutige Klassifikationsregeln von Verhaltensweisen zu beziehen. Ein weiterer wichtiger Schritt wurde durch die Testreihen von A. BINET und TH. SIMON (1905; BINET, 1912) verwirklicht, die den Begrif des *„Intelligenzalters"* und damit den Gedanken der Testeichung, d.h. allgemeiner der Bezugnahme auf eine klar abgegrenzte „Referenzpopulation" einführten.
Weitere Entwicklungen bestanden in der Verwendung zunehmend vielfältigerer Testmaterialien (z.B. in den sprachfreien Army-Beta-Tests der USA im 1. Weltkrieg) und in der differenzierteren, umfassenderen und exakteren Abgrenzung ursprünglich global konzipierter Persönlichkeitsmerkmale (z.B. „der" Intelligenz). Dabei kam den *faktorenanalytischen* Ansätzen (g-Faktor Theorie der Intelligenz von SPEARMAN, 1904; Primärfaktoren der Intelligenz von THURSTONE, 1938) eine kaum zu überschätzende Bedeutung zu, weil sie der Erkenntnis zum Durchbruch verhalfen, daß zwischen einem Persönlichkeitskonstrukt und dem beobachtbaren Verhalten eine potentiell empirisch falsifizierbare, durch ein formales Modell präzisierte Relation bestehen muß.
Die letzte wichtige Phase der Klärung der begrifflichen und formalen Grundlagen der Testtheorie wurde ab 1950 durch die *„latenten Dimensionsmodelle"* eingeleitet (LAZARSFELD, latente Strukturanalyse, 1950; GUTTMAN, Scalogrammanalyse, 1950; RASCH, Spezifische Objektivität, 1960). Diese Modelle ließen erkennen, daß die Entscheidung, einer Reihe von Verhaltensbeobachtungen ein gemeinsames Persönlichkeitsmerkmal (latente Dimension) zugrundezulegen, nicht ausschließlich auf deskriptive Verteilungsstatistiken (Varianzen, Korrelationen) begründet werden kann, sondern daß detaillierte (prüfbare) Voraussetzungen über das Reaktionsverhalten der Probanden und meßtheoretische Überlegungen mit einbezogen werden müssen.

3 Die Grundstruktur von Tests

Die operationale Grundstruktur der verschiedenartigsten Testverfahren läßt sich auf die

Beobachtung und den Vergleich von individuellen Häufigkeiten des Auftretens wohldefinierter Verhaltensweisen in wohldefinierten Klassen von Verhaltenssituationen zurückführen. Die Reihenfolgen des Auftretens und simultane Kombinationen von Verhaltenskategorien werden nur relativ selten berücksichtigt (z.B. im Rorschach-Test), weil sie rasch zu unbewältigbaren und unzweckmäßigen Komplikationen führen (FISCHER/SPADA, 1973). In dieser operationalen Umschreibung von Testverfahren sind z.B. auch alltägliche Persönlichkeitsbeurteilungen, diagnostische Interviews und der größte Teil der in der experimentellen Psychologie definierten Variablen (z.B. Lernmaße) mit eingeschlossen. Insoweit sie auf einer gemeinsamen operationalen Grundstruktur beruhen, kann man der Beziehung zwischen dem gemessenen Merkmal und den einzelnen Verhaltensbeobachtungen dieselben allgemeinen formalisierten Modelle zugrundelegen.

Das bekannteste dieser Modelle ist nach wie vor die *„klassische Testtheorie"*. Sie beruht auf der Ausgleichs- und Fehlerrechnung der Physik und dem linearen statistischen Modell (Korrelations- und Regressionsstatistik). Der Testrohwert X wird als Summe aus dem „wahren Wert" T und dem Meßfehler F definiert ($X = T + F$). Der wahre Wert, d.h. der individuelle Grad der Merkmalsausprägung, ist der Erwartungswert des Rohwertes bei hypothetischen Replikationen des Tests bei derselben Person. Die „Axiome der klassischen Testtheorie" (FISCHER, 1974) legen fest, daß Fehler den Erwartungswert 0 haben (folgt aus der Definition des wahren Werts) und linear stochastisch unabhängig von den wahren Werten und Meßfehlern aller Teste sind (Unkorreliertheit in allen nichtleeren Subpopulationen von Probanden). Inhaltlich lassen sich die Axiome dahingehend interpretieren, daß alle Einflußgrößen auf das Testverhalten, die zu einer systematischen Veränderung der individuellen Erwartungswerte oder zu Korrelationen zwischen Testvariablen führen, dem wahren Wert angehören und die restlichen Einflußgrößen Fehler darstellen. Unter den systematischen Einflußgrößen können sich auch inhaltlich unerwünschte Komponenten (systematische Fehler) befinden, z.B. die Auswirkungen von „Antwortstilen" oder der „Sozialen Erwünschtheit" der Reaktionen, die dann trotzdem zum „wahren Wert" gehören.

Formal ungeübten Lesern mag der Nutzen der Ersetzung einer beobachtbaren Variablen (X) durch zwei nicht beobachtbare Variablen (T, F) unklar sein. Die Zweckmäßigkeit der Substitution hängt von der praktisch hinreichenden Identifizierbarkeit der beiden latenten Variablen und der empirischen Geltung der Axiome ab. Für makrophysikalische Messungen haben sich die Axiome beispielsweise bewährt. Das liegt jedoch daran, daß physikalische Dimensionen eine vom Meßvorgang unabhängige „konstitutive" Bedeutung (TORGERSON, 1958) haben. Jede physikalische „Formel" kann so umgeformt werden, daß sie eine Meßvorschrift für eine der in ihr enthaltenen Dimensionen liefert. Jede Dimension kann durch viele Formeln definiert werden. Dann bleibt nur noch der Meßfehler zu „erklären". Bei psychologischen Dimensionen ist die Situation jedoch grundlegend anders, da das Merkmal und der Meßfehler zugleich unbekannt sind und durch einen einzigen Meßvorgang gleichzeitig definiert werden müssen. Für diesen Fall ist das Axiomensystem keine hinreichende Meßtheorie. Das Axiomensystem ist für psychologische Messungen auch insoweit unvollständig, als die Ableitung empirisch prüfbarer Konsequenzen stets die Einführung zusätzlicher, sehr strenger Voraussetzungen erfordert. Bemerkenswert ist weiter die Tatsache, daß das Axiomensystem in keiner Weise die Bildung des Testrohwertes aus mehreren Verhaltensbeobachtungen berücksichtigt und somit am Problem der Generalisierbarkeit von Verhaltensdispositionen vorbeigeht. Dieser Aspekt wird in der klassischen Testtheorie ebenfalls erst sekundär durch die Itemanalyse eingeführt. Schließlich sollte man nicht übersehen, daß die Geltung der Axiome für alle nichtleeren Subpopulationen von Probanden gefordert wird und damit auch für alle homogenen Subpopulationen (Probanden mit gleichem wahren Wert), woraus die „lokale lineare stochatische Unabhängigkeit" der Testvariablen folgt (Unkorreliertheit bei konstantem wahren Wert). Es ist also nicht richtig, das Postulat der lokalen stochastischen Unabhängigkeit als den wesentlichen Unterschied zwischen der „klassischen" und „modernen" Testtheorie zu betrachten.

4 Die klassischen Gütekriterien von Tests

Die klassischen Gütekriterien von Testverfahren sind die Objektivität (Eindeutigkeit und Standardisierung), die Reliabilität oder Zuverlässigkeit, die Validität oder diagnostische Valenz und die Nützlichkeit einschließlich der Ökonomie (Material- und Zeitaufwand).

4.1 *Objektivität*

Ein Test ist objektiv, wenn das Testresultat nur von der individuellen Merkmalsausprägung des Probanden abhängt und z. B. vom Testanwender und seiner Interpretation unabhängig ist. Die „spezifische Objektivität" (RASCH, 1960) bedeutet darüber hinaus, daß Vergleiche zwischen Probanden auch nicht von der Schwierigkeit der einzelnen Testaufgaben abhängen sollen – beliebige Untermengen der Aufgaben eines Tests sollen der Erwartung nach invariante Relationen zwischen den Probanden ergeben. Der wahre Wert hängt von der speziellen Aufgabenauswahl ab und ist daher nicht spezizifisch objektiv.

4.2 *Reliabilität*

Die Reliabilität beschreibt die Meßgenauigkeit eines Tests und ist theoretisch durch den Quotienten aus der wahren Varianz (Varianz der wahren Werte) und der Rohwertvarianz definiert ($Rel = \sigma^2 (T)/\sigma^2 (X)$). Da die wahre Varianz nicht direkt beobachtbar ist, muß sie empirisch durch „parallele Messungen" abgeschätzt werden. Messungen X und X′ sind parallel, wenn sie lokal unkorreliert sind und in allen nichtleeren Subpopulationen von Probanden übereinstimmende Erwartungswerte und Varianzen haben. Die Korrelation zwischen parallelen Messungen entspricht gerade der Reliabilität des Meßverfahrens ($\varrho (X, X') = \sigma^2 (T)/\sigma^2 (X)$ für X′ parallel zu X).
In der Praxis schätzt man die Reliabilität durch die Korrelation zwischen *Paralleltests* oder durch Korrelationen zwischen *Testwiederholungen* nach variablen Zeitabständen oder durch *Testunterteilungen* (innere Konsistenzanalyse). Der Erfolg dieser Methoden hängt vom Grad der erreichten Annäherung an die Parallelität ab (für die innere Konsistenzanalyse genügt die „essentielle τ-Äquivalenz", die Übereinstimmung der Erwartungswerte in allen nichtleeren Subpopulationen). Die Testwiederholungsmethode setzt die Merkmalskonstanz und das Fehlen von Wiederholungseffekten voraus.

Alle drei Schätzmethoden beruhen also auf zusätzlichen Voraussetzungen und müssen keineswegs zu übereinstimmenden Resultaten führen. Ein Test kann z. B. eine hohe „Stabilität" (Wiederholungsreliabilität) und gleichzeitig eine geringe innere Konsistenz (psychologische Gleichwertigkeit der Testteile) aufweisen oder umgekehrt. Dies erklärt sich daraus, daß keine der drei Methoden exakt dem theoretischen Reliabilitätsbegriff entspricht und die drei Methoden tatsächlich verschiedene Begriffe repräsentieren. In der Praxis muß man sich gegebenenfalls nach der Zweckmäßigkeit für einen der drei Begriffe entscheiden. Wenn ein Persönlichkeitsmerkmal eine bezüglich einer Klasse von Verhaltenssituationen generalisierbare Verhaltensdisposition repräsentieren soll, dann ist die innere Konsistenz ein a priori notwendiges Testmerkmal (denn auf welche Verhaltenssituationen soll die Testdimension generalisierbar sein, wenn sie nicht einmal auf die einzelnen Testaufgaben generalisierbar ist?).

Wenn man eine Reliabilitätsschätzung akzeptiert, dann erhält man den *„Standardmeßfehler"* aus der Beziehung $\sigma (F) = \sigma (X) \sqrt{1 - \varrho (X, X')}$. Wenn man weiter die individuelle Konstanz des Standardmeßfehlers und seine Unabhängigkeit vom wahren Wert voraussetzt, dann ist $x \pm 1.960\ \sigma (F)$ ein näherungsweises, symmetrisches Konfidenzintervall für den wahren Wert eines Probanden (mit der Konfidenzwahrscheinlichkeit 0.95). Die Testleistungen zweier Personen müssen sich um mindestens $1.96 \sqrt{2}\,\sigma (F)$ Rohwertpunkte voneinander unterscheiden und dieselbe Person muß in zwei verschiedenen Testen um mindestens $1.96 \sqrt{\sigma^2 (F_1) + \sigma^2 (F_2)}$ Rohwertpunkte verschiedene Leistungen erzielen (wenn beide Tests auf denselben Mittelwert standardisiert sind), um mit 95% Konfidenzwahrscheinlichkeit einen Rückschluß auf einen Unterschied der wahren Werte zuzulassen.

4.3 *Validität*

Die Validität oder diagnostische Valenz eines Testes wird durch verschiedene formale und/oder verbale Kriterien definiert. Die *„empirische Validität"* ist die Korrelation des Testrohwertes mit einem Außenkriterium (*„prognostisch"*, wenn das Kriterium in der Zukunft liegt; *„konkurrent"*, wenn das Kriterium gleichzeitig erhoben wird; *„konvergent"*, wenn die Übereinstimmung mit einem anderen Test für dasselbe Persönlichkeitsmerkmal geprüft wird; *„diskriminierend"*, wenn die Verschiedenheit von einem Test für ein anderes Persönlichkeitsmerkmal nachgewiesen wird). Die *„Augenscheinvali-*

dität" ist der Gültigkeitseindruck eines Laien, die „*logische Validität*" die Gültigkeitsbeurteilung eines Testverfahrens durch Experten. Die „*inhaltliche Validität*" ist die Übereinstimmung des Testinhalts mit einem inhaltlich klar abgegrenzten Kriterium (z.B. bei Leistungsprüfungen). Die „*Konstruktvalidität*" ist die inhaltliche Übereinstimmung des Tests mit einem durch eine psychologische Theorie definierten Persönlichkeitskonstrukt (z.B. „Erziehungsstile") oder die statistisch durch eine multiple Regression oder Faktorenanalyse definierte und empirisch prüfbare Übereinstimmung mit einem formal präzisierten Persönlichkeitskonstrukt.

Eine hinreichende Bedingung für eine hohe empirische Validität läßt sich aus der „Minderungskorrektur"-Formel

$$\varrho (X, Y) = \sqrt{\varrho (X, X')}\, \varrho (T_x, T_y) \sqrt{\varrho (Y, Y')}$$

herleiten, in der T_x bzw. T_y die wahre Wertvariable des Testes bzw. des Kriteriums bedeuten. Ein Test ist valide bezüglich eines Kriteriums, wenn beide reliabel sind und ihre wahren Werte hoch miteinander korrelieren. Die Wurzel aus der Reliabilität heißt „Reliabilitätsindex" und ist eine obere Schranke der Validität. Eine einzelne Testaufgabe leistet einen um so höheren Beitrag zur Testvalidität, je höher sie selbst mit dem Kriterium korreliert (Itemvalidität) und je niedriger sie mit dem Testrohwert korreliert (Itemdiskrimination).
Auf diesem Zusammenhang beruht die *Itemselektionsmethode* von GULLIKSEN (siehe z.B. FISCHER, 1974), die zur Konstruktion eines Testes mit größtmöglicher Validität bei gegebener Aufgabenanzahl benützt werden kann. Sie führt dazu, daß Aufgaben mit hoher Itemdiskrimination häufiger ausgeschieden werden, der Test also „heterogener" wird. Bei Testen, die aus Alternativaufgaben bestehen, führt sie zu einer Anreicherung mit mittelschweren Aufgaben (weil diese im Durchschnitt höher mit dem Kriterium korrelieren) und somit z.B. zu einem Widerspruch zum Postulat eines konstanten, vom wahren Wert unabhängigen Standardmeßfehlers.

Das Beispiel zeigt, daß sich die klassischen Gütekriterien nicht simultan beim selben Test verwirklichen lassen. Die teilweise Unvereinbarkeit von Reliabilität und Validität wird auch durch das „*Verdünnungsparadox*" (in SOLOMON, 1956) verdeutlicht. Bei Konstanz der übrigen Itemparameter läßt sich zeigen, daß die Testvalidität wieder absinkt, wenn die Itemreliabilitäten (Itemdiskriminationen) einen von den Voraussetzungen abhängigen (meist sehr hohen) Wert überschreiten. Das Verdünnungsparadox ist von geringer praktischer Relevanz, da die Validitätsverminderung erst bei in der Praxis ohnehin kaum erreichbaren Itemreliabilitäten eintritt. Die Itemselektionsmethode von GULLIKSEN und das Verdünnungsparadox sind aber keinesfalls stichhaltige Argumente für die häufig vertretene Ansicht, daß in der Praxis heterogene Teste vorzuziehen seien, da sie in der Regel valider seien. Heterogene Teste müssen nicht notwendigerweise valider sein und enthalten fast immer Teilmengen von Aufgaben, die valider als der Gesamttest sind. Die einzige vertretbare Lösung besteht darin, heterogene Teste in ihre homogenen Komponenten aufzuspalten und die Validität mit Hilfe linearer statistischer Methoden (multiple Regression, Diskriminanzanalyse, kanonische Korrelation, ...; VAN DE GEER, 1971; RAO, 1973) zu optimieren.

4.4 *Nützlichkeit*

Für die Beurteilung des „Nutzens" psychologischer Test- und Selektionsverfahren sind die MAXWELL-LAWLEYschen Selektionsformeln (z.B. in KALVERAM, 1968) und die TAYLOR-RUSSELL-Tafeln (1939, z.B. in TIFFIN, 1946) ausschlaggebend. Durch die Selektionsformeln berechnet man die Veränderung von Korrelationskoeffizienten (z.B. Reliabilitäten und Validitäten), wenn durch Stichprobenselektionen oder „natürliche" Selektionen (z.B. Schulauslese) der Variationsbereich der Variablen verändert wird. Ein Test, der in einer unausgelesenen Population z.B. eine Reliabilität von 0.8 und eine Validität von 0.46 hat, hat nur mehr eine Reliabilität von 0.44 und eine Validität von 0.3, wenn die Varianz der Testvariablen durch eine beliebige Selektion um 40% vermindert wird. Werden also z.B. bei einem Zulassungsverfahren die Bewerber nach einem einfach zugänglichen Merkmal (z.B. Notendurchschnitt) vorselegiert, so daß die Varianz psychologischer Testvariablen merklich reduziert wird, so verlieren die Teste einen Teil ihrer Zuverlässigkeit und Gültigkeit.

Testverfahren, die sich in einer vorselegierten Population bewähren, müssen sich nicht umgekehrt in der unselegierten Population entsprechend besser bewähren. TAYLOR und RUSSELL definieren die „*Grundquote*" eines Selektionsverfahrens durch den %-Satz der geeigneten Bewerber in der Gesamtheit der Bewerber. Der %-Satz ausgewählter Bewerber wird „*Selektionsquote*" genannt. Die „*Trefferquote*" ist der %-Satz geeigneter Bewerber unter den ausgewählten

Bewerbern. Der *„Nutzen“* eines Selektionsverfahrens ist dann die Trefferquote des Selektionsverfahrens minus der Trefferquote bei einer Zufallsauswahl (Grundquote). Ein Selektionsverfahren ist um so nützlicher, je niedriger die Selektions- und Grundquote ist (d.h. je strengere Maßstäbe bei der Auswahl angelegt werden und je anspruchsvoller die angestrebte Laufbahn ist) und je valider es ist. Bei einer Grundquote von 50% und einer Selektionsquote von 30% beträgt die Trefferquote 59%, wenn die Validität 0.2 beträgt, und steigt auf 74% bei einer Validität von 0.5. Durch das Selektionsverfahren werden also 9 bzw. 24% der Bewerber eine erfolglose Laufbahn erspart.

Wie schwierig die Verbesserung eines bestehenden Selektionsverfahrens ist, kann man ermessen, wenn man sich die Auswirkungen eines vorangehenden auf ein nachfolgendes Selektionsverfahren überlegt: die vorangehende Selektion reduziert den Variationsbereich der nachfolgenden Selektion, wodurch deren Reliabilität und Validität sinken; gleichzeitig steigen die Grund- und Selektionsquote der nachfolgenden Selektion, wodurch die Bedingungen für einen hohen Nutzen weiter verschlechtert werden.

5 Mängel der klassischen Testtheorie

Die Mängel der klassischen Testtheorie werden in elementarer Weise evident, wenn man feststellt, daß sie empirisch begründete Aussagen über die Größe von Unterschieden zwischen Rohwerten (oder wahren Werten) nicht zuläßt. Daher kann sie zu so wichtigen Problemen wie der Veränderung eines Persönlichkeitsmerkmals durch eine Therapie oder ein Lernprogramm keinen Beitrag leisten. Man betrachte z.B. die in Abbildung 1 dargestellten Lösungswahrscheinlichkeiten aufeinanderfolgender Rohwertgruppen (Vpn. mit gleichen Rohwerten) bei den nach der Schwierigkeit geordneten Aufgaben eines Zahlenreihenfortsetzungstests (Test BPP-N der dänischen Armee, 1094 Rekruten, etwa 200 Versuchspersonen je Rohwertgruppe; Rasch, 1960, 69).

Bei Aufgabe 5 unterscheiden sich z.B. die Lösungswahrscheinlichkeiten der Rohwertgruppen 1–4 und 5–7 um 0.6, die der Gruppen 5–7 und 8–9 um 0.2 und die der restlichen Gruppen fast gar nicht voneinander. Würde man 4 weitere Aufgaben der Art von Aufgabe 5 in den Test einfügen, so würde die Rohwertdifferenz zwischen der Gruppe 1–4 und 5–7 um etwa 2.3 Punkte und zwischen der Gruppe 5–7 und 8–9 um 0.9 Punkte anwachsen, während die Abstände zwischen den folgenden Gruppen nahezu unverändert blieben; 4 weitere Aufgaben vom Typ 9 würden die Abstände zwischen den Gruppen in derselben Reihenfolge um etwa 0.8, 1.6, 0.8 und 0.3 Punkte verändern (anstelle von 2.3, 0.9, 0.2 und 0.1 Punkten bei Aufgaben der Art 5).

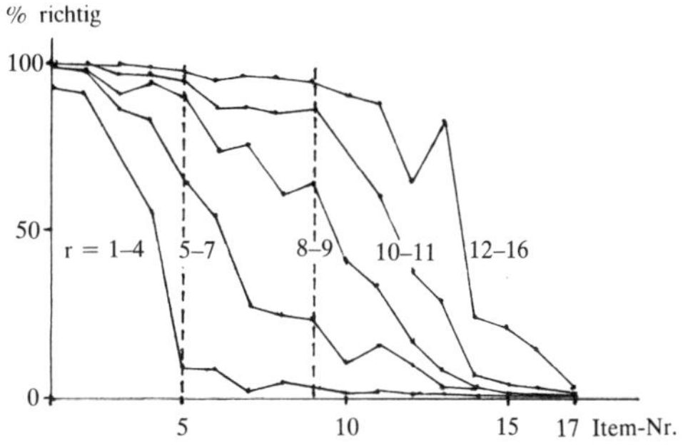

Abb. 1: Lösungsprozente aufeinanderfolgender Rohwertgruppen (r) bei den nach der Schwierigkeit geordneten Aufgaben eines Zahlenreihenfortsetzungstests (Test BPP-N, Rasch, 1960).

Der Versuchsleiter kann also die Abstände zwischen den Rohwertgruppen durch die Wahl der Aufgabenschwierigkeiten manipulieren und z.B. bei der Bewertung eines Kindergarten-Förderungsprogramms nach Belieben den Lerngewinn der sozial benachteiligten oder der sozial privilegierten Kinder als größer erscheinen lassen (Rop, 1972). Die Schwierigkeiten der klassischen Testtheorie rühren offenbar daher, daß die Konstrukte (z.B. der wahre Wert), die Personen charakterisieren sollen, von den Aufgabenparametern (z.B. der Verteilung der Aufgabenschwierigkeiten) abhängen und umgekehrt (z.B. die Test- und Aufgabenreliabilität von der Verteilung der wahren Werte).

B. Moderne Testtheorie

1 Die Itemcharakteristik und die Guttman-Scalogrammanalyse

Moderne Testmodelle (z.B. die Scalogrammanalyse, die latente Strukturanalyse, die Testmodelle von RASCH) bauen auf dem Grundbegriff der „*Itemcharakteristik*" auf (im folgenden IC). Bei Alternativaufgaben ist die IC eine Funktion, die die Wahrscheinlichkeit der richtigen Lösung einer Aufgabe (oder einer Antwort im Sinne der Testdimension) in Abhängigkeit vom Ausprägungsgrad eines Persönlichkeitsmerkmals beschreibt. Die IC hängt nicht von den anderen Aufgaben und der Verteilung der Ausprägungsgrade des Persönlichkeitsmerkmals ab.

In einem Fragebogen müßte z.B. die Feststellung „Mein monatliches Einkommen liegt über 2000 DM" von allen Versuchspersonen (also 100%) mit Ja beantwortet werden, die mehr als 2000 DM verdienen und keine Versuchsperson (also 0%), die 2000 DM oder weniger verdient, dürfte mit Ja antworten. Die IC dieses Items ist eine *Sprungfunktion*: alle Versuchspersonen, deren Ausprägungsgrad (Einkommen) kleiner oder gleich der Aufgabenschwierigkeit (Einkommensgrenze) ist, haben die Wahrscheinlichkeit 0, die Aufgabe richtig zu lösen (mit Ja zu beantworten) und alle Versuchspersonen, deren Ausprägungsgrad über der Aufgabenschwierigkeit liegt, lösen sie mit der Wahrscheinlichkeit 1.

	σ_1	σ_2	σ_3	σ_4	r	n_r
ξ_0	–	–	–	–	0	n_0
ξ_1	+	–	–	–	1	n_1
ξ_2	+	+	–	–	2	n_2
ξ_3	+	+	+	–	3	n_3
ξ_4	+	+	+	+	4	n_4

Abb. 2: Zulässige Antwortmuster eines Scalogramms. Die Aufgaben sind nach der Schwierigkeit geordnet, $\sigma_1 < \sigma_2 < \sigma_3 < \sigma_4$. Ein „+" entspricht einer positiven, ein „–" einer negativen Antwort. Die n_0 Versuchspersonen mit dem Rohwert $r = 0$ haben einen Ausprägungsgrad $\xi \leqslant \sigma_1$, die n_1 Versuchspersonen mit $r = 1$ haben einen Ausprägungsgrad $\sigma_1 < \xi_1 \leqslant \sigma_2$, ... und die n_4 Versuchspersonen mit $r = 4$ haben einen Ausprägungsgrad $\sigma_4 < \xi_4$.

Auf solchen monoton dichotomen Aufgaben beruht die *Guttman-Scalogrammanalyse*. Durch eine Folge derartiger Aufgaben mit zunehmender Schwierigkeit lassen sich die Ausprägungsgrade der Versuchspersonen in eine Rangreihe bringen. Keine Versuchsperson dürfte eine schwierigere Aufgabe lösen und bei einer leichteren versagen. Die Antwortvektoren oder Antwortmuster aller Versuchspersonen müssen einem in Abbildung 2 dargestellten Scalogramm entsprechen.
Aufgaben mit m geordneten Kategorien ($m > 2$, z.B. „Mein Einkommen liegt a) unter 1000 DM, b) zwischen 1000 DM und 2000 DM, beides inklusive c) über 2000 DM") können wie m-1 verschiedene dichotome Aufgaben behandelt und zugleich mit solchen verwendet werden. Nichtmonoton dichotome oder Punktaufgaben (Mein Einkommen liegt zwischen 1000 und 2000 DM, beides inklusive. Ja–Nein) haben eine IC, die in einem zusammenhängenden Intervall die Wahrscheinlichkeit 1 annimmt und 0 außerhalb dieses Intervalls. Sie können allein oder zugleich mit anderen Aufgabentypen verwendet werden, wenn man in den „+"-Folgen der Zeilen des Scalogramms Unterbrechungen zuläßt (TORGERSON, 1958). Es besteht jedoch kein sachlich überzeugender Grund zur Verwendung der formal komplexeren nichtmonotonen Aufgaben, da sie stets durch geeignete Umformulierungen auf eine oder mehrere monotone Aufgaben zurückgeführt werden können.

Alle Verfahren zur Abschätzung des erreichten Grades der Annäherung an ein Scalogramm beruhen auf dem „*Index der Reproduzierbarkeit*", dem %-Satz der einem Scalogramm konformen Antworten an allen Antworten. Für jede Aufgabe wird mindestens eine Reproduzierbarkeit von 0.85 und für den Gesamttest von 0.9 gefordert. Das Modell ist jedoch deterministisch und eine Reproduzierbarkeit unter 1.0 ist eigentlich nur als Modellverwerfung interpretierbar. Weitere Nachteile der Scalogrammanalyse bestehen darin, daß sie sich nur in relativ wenigen inhaltlichen Gebieten, z.B. bei der Messung der Positivität von sozialen Einstellungen, bei der Konstruktion von sozialen Schichtungs- und Statusindizes und bei vegetativen Angstsymptomen hinreichend bewährt hat und daß auch dann selten mehr als 5 bis 6 Aufgaben den geforderten Reproduzierbarkeitsbedingungen genügen. Bei so wenigen Aufgaben und imperfekter Reproduzierbarkeit sind aber Sprungfunktionen nicht mehr von bloß monotonen ICn unterscheidbar und der Reproduzierbarkeitsindex hängt in hohem Maß von der speziellen Aufgaben- und Versuchspersonenauswahl ab.

COOMBS und andere haben die Scalogrammanalyse auf mehrdimensionale Aufgaben verallgemeinert und *konjunktive, disjunktive* und *kom-*

pensatorische Modelle unterschieden (TORGERSON, 1958). Durch die mehrdimensionalen Verallgemeinerungen wird die Zahl der zulässigen (modellkonformen) Antwortmuster stark erhöht, und es ist stets möglich, die Dimensionalität solange zu erhöhen, bis eine perfekte Anpassung bei jedem beliebigen Datensatz erzielt wird. Kompakte Lösungsalgorithmen (*Computerprogramme*) stehen kaum zur Verfügung, und die Beurteilung der Modellkonformität ist noch weniger geklärt als bei der eindimensionalen Scalogrammanalyse. Die GUTTMAN-Skalen und ihre Verallgemeinerungen sind von größerem historischen und logischen als praktischen Interesse.

2 Die latente Strukturanalyse

Der wesentliche Vorzug der latenten Strukturanalyse (LAZARSFELD/HENRY, 1968) gegenüber der Scalogrammanalyse besteht in der Einführung von ICn, die von der Sprungfunktion abweichen und z.B. die Gestalt von Geraden, Polynomen oder Verteilungsfunktionen (z.B. die Normalverteilungsogive) annehmen. Dadurch entstehen von 0 und 1 verschiedene Wahrscheinlichkeiten und das Modell erhält einen genuin *probabilistischen Charakter*.

Die Beurteilung der Angemessenheit des Modells für einen empirischen Datensatz kann nach bewährten statistischen Kriterien vorgenommen werden, die aus der Modellstruktur selbst folgen und nicht erst sekundär durch dem Modell widersprechende Vereinbarungen (Index der Reproduzierbarkeit) eingeführt werden. Die IC definiert für jede Versuchsperson entsprechend ihrem Ausprägungsgrad des Persönlichkeitsmerkmals die Wahrscheinlichkeit der positiven Beantwortung jeder Aufgabe. Die Wahrscheinlichkeit des Antwortvektors einer Versuchsperson ist wegen der Voraussetzung der lokalen stochastischen Unabhängigkeit das Produkt der Wahrscheinlichkeiten der einzelnen Antworten der Versuchsperson. Diese Voraussetzungen genügen für die Schätzung der unbekannten Aufgaben- und Personenparameter, z.B. nach der *Maximum-Likelihood-Methode.* Die üblichen numerischen Methoden beruhen jedoch auf der Berechnung der „accounting equations" (den Wahrscheinlichkeiten für bestimmte Teile des Antwortvektors z.B. für eine positive Beantwortung sowohl der Aufgabe i als auch der Aufgabe j) und ihrer Lösung nach der *Momentenmethode.*
Eine interessante, für viele empirische Anwendungen begrifflich angemessene Variante der latenten Strukturanalyse folgt aus der Annahme, daß der Personenparameterraum aus (wenigen) diskreten Punkten besteht. Wenn keine weiteren Voraussetzungen eingeführt werden (z.B. über die Dimensionalität und Ordnung der Punkte im Parameterraum), dann repräsentieren die Punkte des Parameterraums *„latente Klassen"* (z.B. Anhänger der demokratischen oder republikanischen Partei, verhaltensgestörte versus normale Kinder), die sich durch die Wahrscheinlichkeiten voneinander unterscheiden, mit denen sie die einzelnen Antwortalternativen bei den Aufgaben wählen. Im selben Test können Aufgaben enthalten sein, die verschieden viele Antwortalternativen bieten, die einander nicht inhaltlich zuordenbar sein müssen. Die latente Klassenanalyse ergibt Schätzungen der Anteile der latenten Klassen an der Gesamtpopulation sowie deren Wahrscheinlichkeiten für die Wahl der Antwortalternativen bei allen Aufgaben. Jede Versuchsperson kann auf Grund ihres Antwortvektors derjenigen latenten Klasse zugeordnet werden, der sie mit der größten Wahrscheinlichkeit angehört (nach einem BAYES-Verfahren).

Die latente Klassenanalyse ist also eine Form der *„Cluster-Analyse"*, die nur wenige Voraussetzungen notwendig macht und durch ein klar formuliertes Modell und Verfahren begründet ist. Einen Algorithmus zur Schätzung der unbekannten Parameter, der auf der Maximum-Likelihood-Methode und einer logistischen Transformation der Wahrscheinlichkeiten beruht, hat FORMAN (1976) veröffentlicht. Derselbe Autor (1977) hat eine Verallgemeinerung des Modells vorgeschlagen, die verwendet werden kann, wenn die Aufgaben aus identifizierbaren Teilen bestehen und/oder die Versuchspersonen durch bekannte quantitative Merkmale unterschieden sind (z.B. durch die „Dosis" eines Einflußfaktors, dem sie ausgesetzt waren).

3 Die Testmodelle von Rasch und einige Weiterentwicklungen

3.1 *Spezifische Objektivität*

Die latente Struktur- und Scalogrammanalyse unterscheiden sich von der klassischen Testtheorie durch empirisch widerlegbare Modelle, die den Begriff einer Verhaltensdisposition oder Persönlichkeitsmerkmals repräsentieren und zu detaillierten Erwartungen über das Testverhalten jeder einzelnen Versuchsperson führen. Sie ordnen den Personen und Aufgaben Maßzahlen (Parameter) zu, die nach der Modellstruktur nicht voneinander und von den Verteilungen abhängen. Solche Abhängigkeiten entstehen jedoch sekundär (in einem unbekannten Ausmaß) durch die erforderlichen statistischen

Schätzmethoden. Daher kann man diese Modelle nur *„strukturell spezifisch objektiv"* nennen. Eine vollkommen konsequente Formulierung der spezifischen Objektivität, die auch den statistischen Schätzvorgang mit einschließt, wurde erst von RASCH (1960) gegeben.

Auf Vergleichen beruhende empirische Aussagen sind spezifisch objektiv, wenn ihr Wahrheitswert bezüglich der Transformationsgruppe möglicher Auswahlen (Stichproben) von Vergleichsverfahren und Vergleichsobjekten invariant ist. Wir betrachten es als eine Selbstverständlichkeit, daß z.B. der Vergleich von zwei Gewichten nicht davon abhängt, ob wir ihn mit einer Feder- oder einer Balkenwaage durchführen und welche Gewichte wir außerdem noch messen. Eine analoge Invarianz der Vergleiche gilt aber z.B. nicht für klassisch konstruierte Testverfahren, denn die Differenz der wahren Werte zweier Versuchspersonen hängt offensichtlich von der Schwierigkeit der Aufgaben ab, und welche Aufgaben überhaupt trennscharf und valide erscheinen und daher im Test enthalten sind, hängt von der Verteilung der Merkmalsausprägungen aller Versuchspersonen ab. Ein adäquates Testmodell muß offenbar mindestens einen Parameter für die Aufgaben und einen Parameter für die Versuchspersonen enthalten.

Ein *Zwei-* oder *Mehrparametermodell* ist vollkommen spezifisch objektiv, wenn für jeden Parameter konsistente (d.h. asymptotisch unverzerrte) Schätzfunktionen existieren (ANDERSEN, 1973; SCHEIBLECHNER, 1979). Die Schätzung der Parameter von Mehrparametermodellen stellt ein erhebliches statistisches Problem dar (NEYMAN/SCOTT, 1948). Für die Modelle von RASCH liefert die bedingte Maximum-Likelihood-Methode (conditional maximum likelihood, kurz CML) konsistente Schätzfunktionen für alle Parameter. Eine notwendige und hinreichende Bedingung für die Existenz der CML-Schätzfunktionen ist die Zugehörigkeit des Modells zur Familie der exponentialen Verteilungsfunktion (ANDERSEN, 1973). NEYMAN und SCOTT (1948) haben eine „modifizierte Maximum-Likelihood-Methode" für die Gewinnung konsistenter Schätzfunktionen für Mehrparametermodelle vorgeschlagen, die allgemeiner als die CML-Methode ist, so daß möglicherweise allgemeinere, nicht der exponentialen Verteilungsfamilie angehörende spezifisch objektive Modelle existieren.

Bei dichotomen Testaufgaben ist die logistische IC notwendig und hinreichend für die Spezifische Objektivität (RASCH, 1961; FISCHER, 1974; MICKO, 1969, gibt eine meßtheoretische Begründung). Bezeichnet man mit X_{vi} eine dichotome Variable, die den Wert 1 annimmt, wenn die Versuchsperson v die Aufgabe i löst und 0 sonst, dann sind für die Merkmalsausprägungen der Personen (ξ_v) die üblichen Testrohwerte $X_{v.} = \sum_i^k X_{vi}$, und für die Schwierigkeiten der Aufgaben (σ_i) die Aufgabenrandsummen $X_{.i} = \sum_v^n X_{vi}$ minimal erschöpfende Statistiken.

3.2 Parameterschätzung und Modellkontrollen

Es wurden bereits mehrere *Computerprogramme* für CML-Schätzungen der Aufgabenparameter und für die Durchführung von Modellkontrollen veröffentlicht. Einen Überblick gibt FISCHER (1974). Wenn man die Parameter mit der CML-Methode schätzt und parameterfreie Modellkontrollen (RASCH, 1960) durchführt, dann beruhen die Schätzungen und Modellkontrollen auf elementenfremden Informationsmengen, die die gesamte in den Daten vorhandene Information ausschöpfen (SCHEIBLECHNER, 1972a; ANDERSEN/MADSEN, 1975; SCHEIBLECHNER, 1979). Das hat u.a. zur Folge, daß die Modellkontrollen trennschärfer sind als die bei anderen Modellen üblichen Anpassungstests. Für die praktisch verwendeten Verfahren gelten diese Optimalitätseigenschaften nur asymptotisch. Die Modellkontrollen beruhen auf Unterteilungen der Versuchspersonenstichprobe nach externen Kriterien (Geschlecht, Alter, ...) oder nach dem Rohwert (niedere versus hohe Rohwertgruppe) und dem Vergleich der separaten Aufgabenparameterschätzungen der unabhängigen Teilstichproben (mittels einer graphischen oder diversen statistischen Methode, im Optimalfall mittels „conditional likelihood ratio" oder CLR-Testverfahren, ANDERSEN, 1973). Durch die Modellkontrollen wird also gerade die spezifische Objektivität, d.h. die Unabhängigkeit (Invarianz) der Aufgabenparameterschätzungen von den Versuchspersonenstichproben statistisch getestet.

Obwohl die vorhandenen theoretischen und rechentechnischen Grundlagen auch CLR-Testverfahren durch die Gruppierung von Aufgaben nach ihren Merkmalen (schwere versus leichte, inhaltliche und formale Aufgabenmerkmale) zuließen, werden solche Kontrollen in der Praxis nicht durchgeführt. Dadurch werden z.B. Modellverletzungen durch zwei Aufgabengruppen, denen verschiedene latente Dimensionen zugrundeliegen (STELZL, 1979), weniger leicht nachgewiesen. Modellkontrollen durch Unterteilungen in Aufgabengruppen sind ebenso wichtig wie Modellkontrollen durch unabhängige Versuchspersonenstichproben, denn das Modell beinhaltet die Aufforderung, Klassen von Aufgaben und Populationen von Versuchspersonen in geeigneter Weise so empirisch abzugrenzen, daß spezifisch objektive Vergleiche zwischen psychologischen Merkmalsausprägungen möglich werden.

Das Modell ist sehr stark, d.h. es setzt sehr strenge, empirisch schwer erfüllbare Bedingungen voraus. Daher ist es nicht überraschend, daß unter den in der Praxis üblichen Bedingungen bei strengen Modellkontrollen und großen Stichproben (z.B. 1000 oder mehr Versuchspersonen) sehr häufig Modellabweichungen nachgewiesen werden. Aus dieser Erfahrung kann man lernen, daß die konsequente Arbeit mit so starken Modellen wohl eine noch wesentlich präzisere und engere empirische Abgrenzung der Versuchspersonenpopulationen und Klassen von Versuchssituationen (Aufgaben) erfordert oder daß man sich mit schwächeren, z.B. bloß ordinalen Modellen begnügen sollte.

3.3 *Meßgenauigkeit und Validität*

Die Genauigkeit der Messung einer Merkmalsausprägung ist in probabilistischen Modellen durch die *Informationsfunktion* des Testes definiert (BIRNBAUM, 1968). Der Test enthält um so mehr statistische Information über einen Personenparameter, je mehr Aufgaben mit angemessener Schwierigkeit er enthält. Die Varianz der Schätzung eines Personenparameters ist gleich dem Kehrwert der statistischen Information über den Parameter. Da die Varianz und Verteilung der Schätzung bekannt sind, können Konfidenzintervalle für Merkmalsausprägungen konstruiert und Parameter inter- und intraindividuell statistisch verglichen werden. Die Information ist eine von der Merkmalsausprägung und der Testzusammensetzung abhängige Größe, die an die Stelle des konstanten Standardmeßfehlers der klassischen Testtheorie tritt.

Das Problem der Meßgenauigkeit und des Vergleichs von Merkmalsausprägungen, dessen Behandlung in der klassischen Testtheorie den Reliabilitätsbegriff und zusätzliche Voraussetzungen und experimentelle Verfahren erfordert, wird bei probabilistischen Modellen bereits durch den Modellansatz gelöst. Anders beim externen Validitätsproblem. Die Frage, ob eine Testvariable mit einem externen Kriterium korreliert, ist keine Angelegenheit der formalen Modellstruktur, sondern ein empirisches Problem. Probabilistische Testmodelle können durch verbesserte Messungen von Persönlichkeitsmerkmalen und Kriterien, durch exaktere Generalisierbarkeitsbedingungen für Verhaltensdispositionen und durch verbesserte Analysemethoden für die Übereinstimmung und den Zusammenhang von Persönlichkeitsmerkmalen nur einen indirekten Beitrag zur Erhöhung der externen Validität leisten.

3.4 *Verallgemeinerungen der Testmodelle*

Die praktisch wichtigste Verallgemeinerung des dichotomen logistischen Modells ist das *lineare logistische Modell* (COX, 1970; MICKO, 1969; SCHEIBLECHNER, 1972b; FISCHER, 1974; SPADA, 1976).

In der IC werden die Personenparameter durch Linearkombinationen $\xi_v = \sum_{l}^{m} a_{vl}\delta_l$ und/oder die Aufgabenparameter durch Linearkombinationen $\sigma_i = \sum_{l}^{n} b_{il}\eta_l$ ersetzt. Die Koeffizienten a_{vl} sind bekannte Konstante, die z.B. „Wirkungsdosen" von Faktoren repräsentieren, denen die Versuchspersonen ausgesetzt waren (z.B. Mengen von Beeinflussungen durch verschiedene Massenmedien in der Meinungsforschung, FISCHER, 1972; oder Stärken verschiedener therapeutischer Maßnahmen oder schulischer Leistungsförderungsprogramme). Die ebenfalls bekannten Konstanten b_{il} repräsentieren Anforderungscharaktere der Testaufgaben oder Versuchssituationen, z.B. das Ausmaß der Beherrschung verschiedener Lösungsprinzipien, das für die erfolgreiche Bewältigung einer Aufgabe erforderlich ist. Die Parameter δ_l und η_l („Basisparameter") messen den Effekt der Einflußfaktoren auf die Personenparameter bzw. der Aufgabenmerkmale auf die Aufgabenschwierigkeit. Die Linearkombinationen repräsentieren also psychologische Hypothesen über das Zustandekommen der Personenparameter und Aufgabenschwierigkeiten. Die Basisparameter können mittels CML-Methoden geschätzt und die Geltung der linearen Hypothesen mittels CLR-Tests geprüft werden (FISCHER, 1974). In den meisten Anwendungsfällen wäre es realistischer, die im Modell als bekannte Konstanten behandelten Koeffizienten a_{vl} und b_{il} als stochastische Variable (meß- und stichprobenfehlerbehaftete Schätzungen) zu interpretieren. Für die linearen Parameterzerlegungen gelten dieselben Richtlinien und Vorbehalte wie für die multiple lineare Regression.

Ein Problem ergibt sich daraus, daß beliebig viele verschiedene Repräsentationen des logistischen Modells möglich sind („repräsentationale

Mehrdeutigkeit", SCHEIBLECHNER, in V.), die jeweils eindeutige, nur in einer monotonen Beziehung stehende Metriken für die Parameter festlegen. Die lineare Zerlegung kann aber nur für eine einzige aller möglichen Metriken gelten (vgl. additiv verbundene Meßstrukturen, z.B. ORTH, 1974). Es wäre ein purer Zufall, wenn die durch die Additivität und die durch die gewählte Repräsentation (IC) definierten Metriken übereinstimmten. Daher sollte die Frage der linearen Additivität gesondert von der Geltung des logistischen Modells mit monotonen, meßtheoretischen Methoden untersucht werden.

Eine Verallgemeinerung des dichotomen logistischen Modells, in der die Aufgaben durch die Schwierigkeiten σ_i und die „Trennschärfen" α_i charakterisiert werden, hat BIRNBAUM (1968) vorgeschlagen. Die erschöpfende Statistik für den Personenparameter ξ_v ist in diesem Modell die gewichtete Summe $X^+_{v.} = \sum_i^k \alpha_i X_{vi}$. Die Schätzung der Parameter dieses Modells ist, wegen der Konsequenzen, die sich aus der Arbeit von NEYMAN und SCOTT (1948) ergeben, ein noch ungelöstes Problem.

Das polychotome (mehrkategoriale) logistische Modell von RASCH (1961) ist für Aufgaben mit mehreren, einander zuordenbaren Kategorien geeignet. Es ist spezifisch objektiv und es existieren Computerprogramme für die erforderlichen statistischen Prozeduren (z.B. SCHEIBLECHNER, 1971b). Es wurde bereits vielfach erfolgreich angewandt (z.B. FISCHER/SPADA, 1973). Ein einfacher Spezialfall ist das polychotome eindimensionale logistische Modell.

Weitere spezifisch objektive Modelle für andere Datenstrukturen sind die *soziometrischen Wahlmodelle* (SCHEIBLECHNER, 1971a), die *Poissonmodelle* für soziale Interaktionshäufigkeiten (SCHEIBLECHNER, 1972a) und die *Exponentialverteilungsmodelle* für stochastische Latenzmechanismen (z.B. für Reaktionszeiten oder Geschwindigkeitstests, SCHEIBLECHNER, 1979). Die Modelle für diskrete (Poissonmodelle) und für nichtnegativ stetige Variable (Exponentialverteilungsmodelle) zeichnen sich dadurch aus, daß sie nicht nur statistisch zweckmäßige Verteilungsfunktionen postulieren, sondern daß diese auch aus psychologisch plausibel interpretierbaren, vereinfachenden Annahmen herleitbar sind. „Teilweise spezifisch objektive" Modelle sind die „dynamischen" Modelle von KEMPF (1974), die z.B. zur Beschreibung von Lernprozessen verwendet werden können. „Näherungsweise (almost) spezifisch objektive" Modelle sind das Lesefehler- und Lesegeschwindigkeitsmodell von RASCH (in BIRNBAUM, 1968). Für die Analyse mehrdimensionaler Verteilungen, die z.B. bei Validitätsuntersuchungen auftreten, hat RASCH die „spezifisch objektive Verteilungsanalyse" vorgeschlagen, die allerdings noch kaum praktische Bedeutung erlangt hat.

4 Vorteile der modernen Testtheorie

Die modernen Testmodelle stellen vor allem begrifflich und statistisch präzisere und adäquatere Neuformulierungen alter Problemstellungen dar. Erst durch sie wurde der Grundbegriff des Persönlichkeitsmerkmals oder Verhaltensdisposition angemessen definiert. Hierzu sind die deskriptiven Verteilungsstatistiken der klassischen Testtheorie nicht hinreichend, sondern es müssen detaillierte und prüfbare Voraussetzungen über das Reaktionsverhalten der Probanden und meßtheoretische Überlegungen mit einbezogen werden. Probabilistische Testmodelle führen zu einer Lösung des Problems der Meßgenauigkeit und des Vergleichs von Merkmalsausprägungen, ohne die zusätzlichen Voraussetzungen und experimentellen Verfahren der klassischen Reliabilitätstheorie notwendig zu machen. Probabilistische Testmodelle berücksichtigen die elementare Abhängigkeit psychologischer Messungen von der Testzusammensetzung (strukturelle und vollständige spezifische Objektivität) und daher werden erst durch sie empirisch begründete Aussagen über die Größe von Unterschieden und Veränderungen von Merkmalsausprägungen möglich (FISCHER, 1977). Der Preis für diese Leistungen sind starke Modellvoraussetzungen, die in der Praxis leicht zu Modellverletzungen führen. Nur die probabilistischen Testmodelle verfügen über klare Kriterien zur Beurteilung der internen Validität (Modellgeltung, empirische Angemessenheit). Die externe Validität, der empirische Zusammenhang einer Testgröße mit einem externen Kriterium, kann durch eine formale Modellstruktur nicht erzeugt, sondern nur indirekt gefördert werden. Entsprechende Ansätze wurden noch nicht ausreichend in die Praxis einbezogen.

Verweis auf andere Stichwörter

→Diagnostik →Differentielle Psychologie →Empirische Forschungsmethoden der Psychologie →Intelligenz und Begabung →Persönlichkeit →Skalierung →Statistik

Literatur

ANDERSEN, E. B.: Conditional inference and models for measuring. Kopenhagen: Mentalhygiejnisk Forskningsinstitut 1973.

ANDERSEN, E. B./MADSEN, M.: Estimating the parameters of the latent population distribution, mimiographed manuscript. Kopenhagen: Universitetets Statistiske Institut 1975.

BINET, A.: Die neuen Gedanken über das Schulkind. Leipzig: Wunderlich 1912.

BINET, A./SIMON, TH.: Application des méthodes nouveaux au diagnostic du niveau intellectuel chez des enfants normaux et anormaux d'hospice et d'école primaire. L'année psychologique, 245, 1905.

BIRNBAUM, A.: Some latent trait models and their use in inferring an examinee's ability. In: LORD, F. M./NOVICK, M. R.: Statistical theories of mental test scores. Reading/Mass.: Addison-Wesley 1968.

BORING, E. G.: A history of experimental psychology. New York: Appleton-Century-Crofts 1950.

COX, D. R.: The analysis of binary data. London: Methuen 1970.

FISCHER, G. H.: A measurement model for the effect of massmedia. Acta Psychologica, 36, 207, 1972.

FISCHER, G. H.: Einführung in die Theorie psychologischer Tests. Bern: Huber 1974.

FISCHER, G. H.: Some implications of specific objectivity for the measurement of change. Wien: Research Bulletin 21 d. Psychol. Inst. d. Univ. 1977.

FISCHER, G. H./SPADA, H.: Die psychometrischen Grundlagen des Rorschachtests und der Holtzmann Inkblot Technique. Bern: Huber 1973.

FORMAN, A.: Latent-class-Analyse polychotomer Daten. Wien: Research Bulletin 19 d. Psychol. Inst. d. Univ. 1976.

FORMAN, A.: Log-lineare Latent-Class-Anlyse. Wien: Research Bulletin 20 d. Psychol. Inst. d. Univ. 1977.

GUTTMAN, L.: The basis of scalogram analysis. In: STOUFFER, S. A. et al.: Studies in social psychology in world war II. Princeton: Princeton University Press 1950.

HOFSTÄTTER, P. R.: Psychologie. Frankfurt/M.: Fischer 1957.

KALVERAM, K. TH.: Faktorenanalyse und Selektion. Dissertation. Marburg: Mauersberger 1968.

KEMPF, W. F.: Dynamische Modelle zur Messung sozialer Verhaltensdispositionen. In: KEMPF, W. F. (Hrsg.): Probabilistische Modelle in der Sozialpsychologie. Bern: Huber 1974.

LAZARSFELD, P. F.: The logical and mathematical foundation of latent structure analysis. In: STOUFFER, S. A. et al.: Measurement and prediction. Princeton: Princeton University Press 1950.

LAZARSFELD, P. F./HENRY, N. W.: Latent structure analysis. Boston: Houghton Mifflin Comp. 1968.

LIENERT, G. A.: Testaufbau und Testanalyse. Weinheim: Beltz 1961.

LORD, F. M./NOVICK, M. R. (Hrsg.): Statistical theories of mental test scores. Reading/Mass.: Addison-Wesley 1968.

MICKO, H. C.: A psychological scale for reaction time measurement. Acta Psychologica, 30, 324, 1969.

NEYMAN, J./SCOTT, E. L.: Consistent estimates based on partially consistent observations. Econometrica, 16, 1, 1948.

ORTH, B.: Einführung in die Theorie des Messens. Stuttgart: Kohlhammer 1974.

RAO, K. R.: Introduction to multivariate analysis for the social sciences. San Francisco: Freeman 1971.

RASCH, G.: Probabilistic models for some intelligence and attaintment tests. Kopenhagen: The Danish Institute for Eductional Research 1960.

RASCH, G.: On general laws and the meaning of measurement in psychology. Berkeley symposion on mathematical statistics and probability. Berkeley: University of California Press 1961.

ROP, I.: Die Auswirkungen „Kognitiver Frühförderung" bei fünfjährigen Kindergartenkindern. Wien: Unveröff. Dissertation am Psychol. Inst. 1972.

SCHEIBLECHNER, H.: The separation of individual and system-influences on behaviour in social contexts. Acta Psychologica, 35, 442, 1971a.

SCHEIBLECHNER, H.: A simple algorithm for CML-parameter-estimation in Raschs probabilistic measurement model with two or more categories of answers. Wien: Research Bulletin 5 d. Psychol. Inst. d. Univ. 1971b.

SCHEIBLECHNER, H.: Personality and system influences on behaviour in groups: Frequency models. Acta Psychologica, 36, 322, 1972a.

SCHEIBLECHNER, H.: Das Lernen und Lösen komplexer Denkaufgaben. Zeitschr. f. experimentelle u. angewandte Psychologie, 19, 3, 476, 1972b.

SCHEIBLECHNER, H.: Specifically objective stochastic latency mechanisms. Journal of Mathematical Psychology, 1979.

SCHEIBLECHNER, H.: Skalierung. Stuttgart: Kohlhammer (in Vorbereitung).

SOLOMON, H.: Probability and statistics in psychometric research: item analysis and classification techniques. In: Proceedings of the third Berkeley symposium on mathematical statistics and probability, 5, 169. Berkeley: University of California Press 1956.

SPADA, H.: Modelle des Denkens und Lernens. Bern: Huber 1976.

SPEARMAN, C.: General intelligence, objectively determined and measured. American Journal of Psychology, 15, 201, 1904.

STELZL, I.: Ist der Modelltest des Rasch-Modells geeignet, Homogenitätshypothesen zu prüfen?. Zeitschr. f. experimentelle u. angewandte Psychologie, im Druck (voraussichtlich 1980).

THURSTONE, L. L.: Primary mental abilities. Chicago: University of Chicago Press 1938.

TIFFIN, J.: Industrial psychology. New York: Prentice Hall 1946.

TORGERSON, W. S.: Theory and methods of scaling. New York: Wiley 1958.

VAN DE GEER, J. P.: Linear statistical inference and its applications. New York, London, Sidney, Toronto: Wiley [2]1973.

Hartmann H. Scheiblechner

Therapieforschung

1 Fragen und Strategien

Im Kontext der T. sind hauptsächlich folgende 4 Fragen gestellt worden:

1. *Ist Therapie wirksam?* Anschließend an EYSENCK (1960) sind mehrere Übersichtsreferate zur Wirksamkeit verschiedener Therapieformen erschienen (BERGIN, 1971; MELTZOFF/KORNREICH, 1970; LUBORSKY/SINGER/LUBORSKY, 1975; SLOANE et al., 1975; SMITH/GLASS, 1977; GURMAN/RAZIN, 1977; SMITH, 1979). Die von EYSENCK konstatierte Spontanremissionsrate von 66% bei Neurotikern, gegen die sich viele Psychotherapien nicht abheben, ist in der Folge außer von RACHMAN (1971) verworfen worden.

2. *Welche Therapie ist am wirksamsten?* Diese „Grand-Prix-Frage“ (SMITH/GLASS, 1977) ist wie die vorangehende in der Literatur heftig diskutiert worden. Während EYSENCK behauptete, Psychotherapie sei im Gegensatz zur Verhaltenstherapie unwirksam, findet z.B. LUBORSKI, daß fast alle Therapieformen wirksam sind („all must have prizes“; vgl. auch STRUPP, 1977). SMITH und GLASS finden, daß Verhaltenstherapie, insbesondere die Desensibilisierung allerdings anderen Therapieformen überlegen ist. SMITH (1979) hat über 700 Arbeiten akkumuliert und anhand einer komplexen statistischen Methodologie vergleichbar gemacht. Durch diesen Ansatz ist eine sehr viel differenziertere Betrachtungsweise möglich als der pauschale Vergleich mit Spontanremissionsraten. Auf die Möglichkeiten, die beiden Fragen (1, 2) zu überprüfen, wird im folgenden Abschnitt näher eingegangen.

3. Eine Spezialisierung der vorangehenden Frage ist die nach der differentiellen Indikation: *Welche Therapieform wirkt bei welchen Individuen am besten?* Hier sind zunächst die klinisch-nosologischen Klientenklassen zu unterscheiden, für die unterschiedliche Interventionen angebracht sind (z.B. bei Ängsten und Phobien Desensibilisierung, dagegen bei Suchtverhalten Selbstkontrollmaßnahmen; vgl. GOMEZ-SCHWARTZ et al., 1978). Darüber hinaus erscheint es wünschenswert, die Mißerfolge einer Untersuchung nicht als anonymen Prozentsatz zu behandeln, sondern nach Charakteristika zu suchen, in denen sich die erfolgreichen von den erfolglosen Klienten unterscheiden. Analoge Untersuchungen sind an den Drop-outs nötig, um eine Indikationsstellung zu verbessern.

4. Die vierte Frage ist: *Welche Prozesse werden in der Therapie wirksam?* Hier wird nach der Erklärung der therapeutischen Wirkung gefragt. Untersuchungen dieser Art werden im Gegensatz zu den Fragen nach dem Erfolg (1, 2) als Prozeßforschung bezeichnet. Diesbezüglich sind in der Literatur eine Reihe von strittigen Punkten aufgetaucht (KIESLER, 1971; FISKE et al., 1970; GOTTMAN/MARKMAN, 1978). Ist Therapie ein (Kunst-)Handwerk oder ist sie wissenschaftlicher Überprüfung zugänglich? Kann man experimentell vorgehen oder ist man auf naturalistische Beobachtungen angewiesen um relevante Inhalte zu erfassen? Können sog. Analogstudien, in denen die psychischen Leiden relativ geringfügig sind, die Klienten meistens Studenten und die Therapeuten unerfahren sind, Erkenntnisse zur Wirksamkeit und Wirkungsweise von Therapien beitragen? Erfolgversprechende Ansätze sind insbesondere bei der Untersuchung von Therapievariablen, Klientenmerkmalen und der Klienten-Therapeuten-Beziehung (GOMEZ-SCHWARTZ et al., 1978; GURMAN/RAZIN, 1977) gemacht worden.

Erfolgs- und Prozeßforschung müssen im Zusammenhang damit gesehen werden, ob es um den Nachweis der Wirksamkeit einer Therapieform geht oder um die Überprüfung theoretischer Hypothesen. Die Fragen (1) und (2) beziehen sich auf die Wirksamkeit und haben wenig Erklärungswert, solange komplexe Therapieprogramme im Ganzen evaluiert werden. Die Frage (4) dagegen zielt auf die wissenschaftliche Erklärung und auf eine Theoriekonstruktion. Eine Theorie erfordert zunächst das Sammeln umfassender deskriptiver Daten, was naturalistisch geschehen kann. In einem späteren Stadium werden Ordnungsprinzipien (empirische Gesetzmäßigkeiten) zur vereinfachten Darstellung und schließlich eine überschaubare Anzahl von theoretischen Gesetzen formuliert, die einer experimentellen Überprüfung bedürfen. Dies ist häufig mit einer Prüfung der Wirksamkeit von Therapiekomponenten äquivalent und entspricht einer detaillierten Form der Fragen (1) und (2). Es liegt aber die Vermutung nahe, daß viele relevante Aspekte des therapeutischen Vorgehens nicht experimentell erzeugt werden können und sich daher nur als Kovariation naturalistischer Beobachtungen analysieren lassen (im Sinne von CRONBACH, 1957).

BERGIN/STRUPP (1970) befragten praktizierende Psychotherapeuten und mußten feststellen, daß die Mehrzahl von ihnen aus der Literatur zur T. keinerlei Gewinn für die therapeutische Praxis zu ziehen in der Lage waren. Dies mag damit zusammenhängen, daß die für erfahrene Therapeuten problematischen Aspekte einer Therapieform der Untersuchung besonders schwer zugänglich sind. Auf der anderen Seite ist beklagt worden, daß die T. einen eklatanten Mangel an Replikationen und/oder vergleichbarer Darstellung der Ergebnisse aufweist (FISKE et al., 1970).

Die folgenden Angaben, die von SMITH/GLASS (1977) und SMITH (1979) zur Evaluation von Therapieexperimenten verwendet wurden, scheinen für die Vergleichbarkeit von Untersuchungen relevant zu sein und sollten bei Veröffentlichungen berücksichtigt werden: a) Wußte der Versuchsleiter, welche Therapieform in welcher Gruppe angewendet wurde (blinding of experimenter). b) Wie wurden die Klienten den einzelnen Versuchsgruppen zugewiesen (random, matched-pairs, matched-groups, vorgefundene Gruppen, wurde die Ungleichheit der Gruppen durch Kovarianzanalyse ausgeglichen). c) Klientenbeschreibung (nosologische Kategorien; stationäre/ambulante Behandlung; Intelligenz; Klienten-Therapeuten-matching bezüglich Schicht, Alter und Rasse; Leidensdruck der Klienten). d) Ausfall der Klienten während des Experiments (experimental mortality, drop-outs, Selektionseffekte). e) Therapeutische Überzeugung des Versuchsleiters (vergleicht ein Verhaltenstherapeut eine Therapie seiner Überzeugung mit einer Psychotherapie und führt er die letztere möglicherweise selbst aus?). f) Angaben zur Therapieform (individuell, Gruppentherapie, Familientherapie usw.). g) Ort der Durchführung. h) Dauer der Therapie. i) Erfahrung der Therapeuten. j) Maße des Therapieerfolgs. k) Skalenqualität und Reaktivität der Erfolgsmaße.

2 Therapieerfolg

2.1 Campbells Konkurrenzerklärungen

Im Zusammenhang mit Versuchsplänen von eigenschränkter Aussagekraft haben CAMPBELL (1969) und CAMPBELL/STANLEY (1963) eine Reihe von Alternativerklärungen für einen beobachteten Effekt zusammengestellt, die zur untersuchten Hypothese konkurrieren und daher wirksam entkräftet werden müssen. Die wichtigsten sind:

1. *Externe Entwicklung:* Gleichzeitig mit der Therapieeinwirkung verlaufende „historische" Einflüsse; z. B. kann ein allgemeiner Trend, gesunder zu leben, die Wirksamkeit eines speziellen Übergewichtsprogramms überlagern.
2. *Interne Entwicklung:* Reifung und im Therapiebereich Spontanremission.
3. *Sensibilisierung durch die Messung:* Wird man angehalten, symptomrelevante Selbstbeurteilungen und Selbstbeobachtungen zu machen oder wird mit deutlichem Aufwand eine Beobachtung betrieben, so muß man mit einem gesteigerten Problembewußtsein auf seiten der Probanden rechnen. Dadurch wird häufig eine Veränderung des Verhaltens und/oder der Selbsteinschätzung im Sinne der oft evidenten Hypothese des Untersuchers herbeigeführt.
4. *Instabilität der Eichung des Meßinstruments:* Besonders bei Beobachtungsverfahren (Verhaltenskodierung) stellt sich leicht mit zunehmender Erfahrung der Beobachter eine Verschiebung der Kategoriendefinition ein.
5. *Selektion der Probanden* liegt z. B. dann vor, wenn die „schweren Fälle" einer bestimmten (der vermutlich wirksamsten) Behandlung zugewiesen werden und die „leichteren Fälle" der Kontrollgruppe oder Warteliste.
6. *Selektiver Probandenausfall:* Von den Probanden einer Warteliste brechen die mit dem größeren Leidensdruck das Experiment möglicherweise früher ab, um sich in eine andere Behandlung zu begeben. Ein umgekehrter Effekt könnte in der Experimentalgruppe stattfinden.
7. *Instabilität der Merkmale* (oder Messungen): Mangelnde Zuverlässigkeit der Daten (Reliabilität).
8. *Statistische Regression* (zur Mitte) geht ebenfalls auf die mangelnde Zuverlässigkeit zurück. Man versteht darunter die Tendenz extremer Meßwerte, bei der zweiten Messung weniger extrem auszufallen.
9. *Reaktivität von Messung und Manipulation:* Die untersuchte Maßnahme ist sehr viel wirksamer, wenn eine Prä-Messung stattfindet: z. B. in einem Training zur Körperertüchtigung ist der (aufwendige) Leistungstest auf der Tretmühle u. U. eine bedeutsame Motivationskomponente. Ebenfalls kann die Kenntnis des Therapiezieles die Klienten veranlassen, ein Meßergebnis im Sinne der These des Untersuchers zu verfälschen.
10. *Placebo-Effekt:* Der um den Probanden betriebene Aufwand der Untersuchung wirkt im Sinne einer vorübergehenden Motivationssteigerung, die unspezifische Effekte hervorrufen kann (HAWTHORNE-Effekt, s. auch ROSENTHAL/ROSNOW, 1969).
11. *Unspezifische Therapiekomponenten* sind neben der Reaktivität (9), der Sensibilisierung (3) und dem Placebo-Effekt (10) das intuitive Geschick

des Therapeuten und andere Therapeutenvariablen (s.u.).

12. *Interaktion und carry-over multipler Behandlungskomponenten:* wenn z.B. Rollenspiele erst in Gruppentherapien wirksam werden (Interaktion). Vorherige Information über die physiologische Wirkung des Alkohols (Therapiekomponente I) kann die Wirkung eines kontrollierten Trinkprogramms (Therapiekomponente II) steigern (carry-over).

Die Einwände 1–8 schränken die Gültigkeit eines Untersuchungsbefundes ein, während die Einwände 9–12 die Generalisierbarkeit des Befundes, insbesondere die Umsetzung in die alltägliche Praxis beeinträchtigen. Gegen die meisten dieser Alternativhypothesen (1, 2, 3, 4, 5, 8, 10) schützt das Kontrollgruppendesign mit randomisierter Zuweisung der Probanden. Der Instabilität der Messungen (7) wird durch eine statistische Analyse Rechnung getragen. Den selektiven Probandenausfall (6) kann man schwer verhindern, aber zumindestens post hoc überprüfen. Mit Hilfe einer Kontrollgruppe ohne Prä-Messung (SOLOMON-Viergruppen-Design) läßt sich die Richtigkeit der Hypothese 9 überprüfen. Die unspezifischen Therapeutenvariablen (11) kann man durch Einbeziehung des Therapeuten als systematische Variable analysieren.

2.2 *Kontrollgruppenversuchspläne*

Den Nachweis der Manipulierbarkeit einer Variablen versucht man im allgemeinen im Experiment zu führen. Durch die willkürliche Herstellbarkeit des Effektes wird der kausale Einfluß der Manipulation auf den Effekt nahegelegt. Um die genannten Einwände gegen die Schlüssigkeit des Befundes auszuschließen, vergleicht man das experimentelle Ergebnis mit dem Ergebnis von Kontrollgruppen. Es sind verschiedene Arten von Kontrollgruppen genannt worden (GOTTMAN/MARKMAN, 1978):

1. Relativ selten wird die *„no-contact"-Kontrollgruppe* verwendet (z.B. PAUL, 1969). Von den Individuen dieser Gruppe werden die relevanten Meßdaten in einem anderen Kontext (z.B. bei einer Meinungsbefragung) erhoben, so daß kein Zusammenhang mit dem Behandlungsziel offensichtlich ist. Auf diese Weise werden unspezifische Effekte (9, 10, 11) weitgehend ausgeschaltet. Die Kontrollgruppe muß bezüglich der relevanten Variablen (Symptom, Demografie u.a.) vergleichbar gehalten werden.
2. Die *„no-treatment"-Kontrollgruppe* als Maßstab zur Evaluation des Behandlungseffektes war Anlaß zu vielen Diskussionen. Die von EYSENCK fälschlich zu hoch angesetzte Spontanremissionsrate von 66 % erklärt sich zum Teil dadurch, daß die von ihm zitierten No-Treatment-Kontrollklienten andere Therapiedienste in Anspruch nehmen. BERGIN (1971) fand entsprechend bei Neurotikern nur eine Spontanremission von 22 %.
3. Die *Wartelistenkontrollgruppe* bietet sich bei der Untersuchung größerer Klientenzahlen an. Die Klienten dieser Gruppe haben im Gegensatz zur vorangehenden Kontrollgruppe (2) die Erwartung, behandelt zu werden. Allerdings ist hier mit zahlreichen Drop-outs zu rechnen, die mangels Motivation oder auf Grund von Spontanremission für die Postuntersuchung sich nicht mehr zur Verfügung stellen.
4. *Pseudo-Therapiekontrollgruppen* sind die erstrebenswerte, wenn auch schwierigste Alternative der Kontrollgruppe. Dabei sollen alle unspezifischen Therapieeffekte insbesondere Zuwendung, Problemdiskussion, Gruppenerfahrungen (Einwände 9, 10, 11) wirksam werden, um einen Vergleich mit den spezifischen Therapieeffekten zu erlauben („attention-placebo" oder „active ingredient" Kontrollgruppen). Am einfachsten kann dies bei einer Pharmatherapie in Form von Placebo-Medikamenten geschehen. Die Glaubwürdigkeit der einzelnen Therapieformen sollte überprüft werden (OSARCHUK/GOLDFRIED, 1975).
5. Sinnvoller erscheint es daher, die experimentelle Behandlung mit anderen Therapieformen zu vergleichen: *„Other-treatment"-Kontrollgruppen* erlauben gezielte Aussagen über die inkrementelle Wirksamkeit einer Therapieform gegenüber anderen verfügbaren Maßnahmen (Selbsthilfe, Bibliotherapie, Urlaub) oder einer bestimmten Therapieform, die im fraglichen Zusammenhang von theoretischem Belang ist. Dieses Vorgehen vermeidet das Problem der Therapieverweigerung wie in den Kontrollgruppen 1, 2, 3 und 4 weitgehend. Allerdings ist der Experimentator meistens seiner Überzeugung und Ausbildung nach bestimmter Provenienz, so daß er nicht in allen untersuchten Therapieformen gleich kompetent und unvoreingenommen sein wird. (Eine entsprechende Bewertung der Therapeuten erscheint daher sinnvoll, z.B. bei JACOBSON, 1977.)

2.3 *Faktorielles oder sequentielles Vorgehen?*

Die „Mythen" von der simplen zeitlichen Struktur der Therapieeffekte und von der Homogenität der Therapeuten und der Klienten haben nach KIESLERS Auffassung bisher eine effektive T. behindert. KIESLER (1971) hat auf die Interaktion verschiedener Therapeutenvariablen

(Persönlichkeitstyp, Einstellung, Kompetenz) und verschiedener Klientenvariablen (nosologische Kategorien, demografische Variablen) und des zeitlichen Verlaufs der Therapie sowie deren Dauer hingewiesen. Er hat daher faktorielle Versuchspläne gefordert. Nun haben sich seitdem nicht sehr viele Untersuchungen gefunden, die diesem Anspruch Rechnung tragen würden, vermutlich, weil der damit verbundene Aufwand ihre Durchführung verbietet. GOTTMAN/MARKMAN (1978) haben alternativ dazu einen evolutionären Versuchsplan vorgeschlagen (Program-Development-Model), der zunächst ein nach bestem Wissen zusammengestelltes komplexes Programm auf Effektivität hin überprüft und dann die wirksamen Komponenten nacheinander systematisch entblättert. Ein solcher Plan sieht folgende Schritte vor:

A Bestimmung der Zielpopulation,
B Planung der Programmkomponenten,
C Auswahl der Meßinstrumente,
D Planung der Darbietung des Programms,
E Überprüfung des Multikomponentenprogramms,
F Bestimmung der Indikationsstellung (für wen erfolgreich?),
G systematische Entblätterung der Komponenten (zurück zu B),
H Bestimmung der Vorteile, Kosten und Begrenzungen des Programms.

Die Programmentwicklung schreitet iterativ fort, indem sie nach systematischer Entblätterung und Eliminierung der unwirksamen Komponenten das Programm neu zusammensetzt und verbessert und dabei die Informationen über die Drop-outs und Rückfälle ebenfalls berücksichtigt. Die Evaluation des Programms oder der Programmkomponenten (G) kann in Kontrollgruppenversuchsplänen erfolgen.

2.4 Zur Evaluation

Therapieeffekte werden auf sehr unterschiedlichen Variablen erfaßt. Nach SMITH (1979) z. B. sind zu unterscheiden: Angst, Selbstwert, subjektive Befindlichkeit, Lebensbewältigung, Persönlichkeitsmerkmale, emotional-somatische Beschwerden, physiologische Streßmaße, Suchtverhalten, soziale Kompetenz, asoziales Verhalten, Leistung in Schule und Arbeit. Derartige Daten werden entweder als Selbstbeurteilungen, Fremdbeurteilungen, Verhaltensbeobachtungen oder physiologische Maße und Laborbefunde erhoben. Sie unterscheiden sich im Hinblick auf die Unauffälligkeit der Erhebung und die Simulationsmöglichkeiten durch den Probanden. Entsprechend variiert die Reaktivität von den physiologischen Maßen (niedrige Reaktivität) bis zur globalen Verbesserungseinschätzung durch den nicht-„blinden" Therapeuten (starke Reaktivität). Sie unterscheiden sich auch in der Globalität der Beurteilung von genereller Anpassung bis zu spezifischer Verhaltensbeobachtung. Man hat gefunden, daß globalere Maße für den Therapieerfolg stärker verzögert die Besserung des Klienten anzeigen als spezifische Maße (vgl. GOTTMAN/MARKMAN, 1978).

Die oben genannten Versuchspläne lassen sich auf parametrischem Niveau als ein- oder mehrfaktorielle Varianzanalysen analysieren. Dabei wird man die interindividuelle Variation durch Verwendung von Meßwiederholungen ausschalten, um die Analyse sensibler zu machen. Alternativ hierzu kann man die Prä-Messung als Kovariate in einer Kovarianzanalyse der Postmessung verwenden. Es sind andere Methoden zur Analyse von Zuwachsraten vorgeschlagen worden. Die Verwendung einfacher Prä-Postzuwachsraten ist nicht empfehlenswert, da Differenzwerte bekanntlich eine stark verminderte Zuverlässigkeit aufweisen (vgl. PETERMANN, 1978). Wenn die Zahl der Meßwiederholungen zunimmt, sind die Annahmen der Homogenität der Kovarianzmatrizen über die Zeitpunkte selten gegeben. Eine multivariate Auswertung (multivariate Varianzanalyse ist in solchen Fällen empfehlenswerter, sofern hinreichend viele Individuen vorliegen).

2.5 Zeitreihenversuchspläne

Die zeitliche Dimension ist der am meisten ignorierte Aspekt der T. genannt worden (GOTTMAN/MARKMAN, 1978). Da die Kriteriumsmaße im allgemeinen alles andere als einen linearen Verlauf von der Baseline zum endgültigen Niveau nehmen, fallen bei willkürlicher Wahl des Zeitpunktes der Postmessung in einem einfachen Prä-Postdesign die Ergebnisse je nach der Wahl dieses Zeitpunktes u. U. ganz anders aus. Außerdem ist die Form des Verlaufs im Sinne der Prozeßforschung oft selbst von Interesse. Vielfach wiederholte Messungen sind z. B. erforderlich, um eine Verlaufsform wie die aus

Systemanalysen nicht unplausible „evolutionary operations curve" GLASS/WILSON/GOTTMAN, 1975) zu bestimmen. Danach verursacht ein Treatment zunächst durch Störung des Systems eine negative Veränderung, der dann eine Erholung und schließlich eine Verbesserung folgt. Würde die Postmessung im Tal der ersten Phase angesetzt werden, so hätte man fälschlicherweise einen Mißerfolg der Behandlung nachgewiesen. Zeitreihen, d.h. vielfach wiederholte Messungen sind daher für die T. erstrebenswert und fallen bei den Einzelfalluntersuchungen natürlicherweise an. Für Einzelfalluntersuchungen sprechen im klinischen Bereich eine Reihe von Gründen:
(1) Klinische Gruppen sind meist zu klein und (2) zu heterogen, um eine effiziente gruppenstatistische Auswertung zu gestatten. (3) Die Zuweisung der Klienten zur Pseudobehandlung oder Warteliste ist oft moralisch nicht vertretbar und (4) es lassen sich glaubwürdige Pseudotherapien nur selten konstruieren, (5) da schließlich die genannten Selektionseffekte die Repräsentativität der Stichproben beeinträchtigen, erscheint eine statistische Auswertung in vielen Fällen ohnehin angreifbar. Dazu kommt, daß (6) der individuelle Therapieverlauf im Gruppenmittel untergeht, und die Mittelwertskurve u.U. für kein einziges Individuum charakteristisch ist.
Eine lange experimentelle Tradition in der Lerntheorie und Verhaltenstherapie (vgl. SIDMAN, 1960; HERSEN/BARLOW, 1976) hat auf Grund der zweifelhaften Generalisierbarkeit der Ergebnisse von Kontrollgruppenexperimenten generell auf sie verzichtet und sich dem intensiven Studium des Einzelfalls gewidmet. Die Herstellbarkeit des untersuchten Effektes wird durch die Manipulation innerhalb des Individuums zu willkürlichen Zeitpunkten gewährleistet. Zwei Formen des sogenannten ABAB-Designs sind:
(1) Das *Withdrawal-Design*, wo Baseline (A) und das Treatment (B) sich wiederholt abwechseln. Zeigt die Kriteriumsvariable in der zweiten A-Phase eine Rückkehr zur Baseline und in der zweiten B-Phase eine Rückkehr zum Behandlungsniveau, dann gilt der Behandlungseffekt als herstellbar. (2) Aussagekräftiger ist das *Reversal-Design*, in dem die Behandlung der ersten B-Phase in der zweiten A-Phase ins Gegenteil verkehrt wird, was nicht immer möglich ist (umgekehrte Kontingenzen). Beide Versuchspläne scheitern, wenn der Behandlungseffekt nicht reversibel ist. Abhilfe schafft hier das (3) *multiple Baseline Design*, in dem die Behandlung zeitlich versetzt auf verschiedene Verhaltensaspekte oder auf denselben Verhaltensaspekt in verschiedenen Situationen oder auf verschiedene Individuen angewendet wird. Dieser Versuchsplan kann an einer vorzeitigen Generalisierung scheitern (vgl. HERSEN/BARLOW, 1976, in weiteren Versuchsplänen).

2.6 *Zur Auswertung von Zeitreihenplänen*

Traditionell wurden Zeitreihen „optisch" ausgewertet, d.h. wenn kein deutlicher Sprung in der Zeitreihe einen Wechsel der Behandlungsbedingungen widerspiegelt, gilt der Effekt als unbedeutend. Statistische Signifikanz wird oft für unwesentlich gehalten, da undeutliche Effekte nicht praktisch verwertbar sind (klinisch insignifikant). Der optische Eindruck ist aber bei seriell abhängigen Daten gelegentlich irreführend. Darüber hinaus scheint es unökonomisch, vorhandene, wenn auch unscharfe Effekte unbesehen wegzuwerfen und nicht einer weiteren Analyse zur Bereinigung der Effekte zu unterziehen. Das wird durch statistische Analysen von Zeitreihen unter Berücksichtigung der seriellen Abhängigkeit möglich (GLASS/WILSON/GOTTMAN, 1975; REVENSTORF, 1979). Sie gestatten nicht nur Überprüfung von Sprüngen im Verlauf der Kriteriumsvariablen. Es ist möglich, beliebige Hypothesen über den Therapieverlauf (etwa im Sinne einer evolutionären Funktion) oder die Wirkung komplexer Variablen, wie die Dosierung von Medikamenten oder „Life-Events" in ihrer Wirkung auf den Therapieverlauf zu überprüfen.

3 Therapieprozeß

3.1 *Erfolg- und Prozeßforschung*

Der Begriff Prozeßforschung ist weniger klar definiert als der der Erfolgsforschung. Typischerweise befaßt sich eine Prozeßstudie mit dem, was sich in der Therapie entwickelt, dem Therapieprozeß. Zum Beispiel mit der *Interaktion von Therapeut und Klient*. So fand SPEISMANN (1959), daß in analytischen und nichtanalytischen Therapiesitzungen auf oberflächlich und mäßig „tiefgreifende" Interpretationen des

Therapeuten mehr Selbstexploration des Klienten folgte als dies bei „tiefgreifenden" Interpretationen der Fall war. Die Interaktion von Therapeut und Klient wurde für die Gesprächstherapie besonders ausführlich untersucht (ROGERS et al., 1967). So wurde z. B. bestätigt, daß die bekannten Therapeutenmerkmale „Akzeptieren", „Wärme", „Empathie" und „Kongruenz" zu vermehrter Selbstexploration auf seiten des Klienten führen (vgl. aber MITCHELL et al. in GURMAN/RAZIN, 1977).
Diese Phänomene können in ihrem natürlichen Vorkommen analysiert oder experimentell erzeugt werden. Für die Gesprächstherapie wurde beides untersucht (eine deutsche Zusammenfassung der Forschungsergebnisse der Gesprächstherapie gibt MINSEL, 1975). Natürlicher Daten bedienten sich in einem anderen Kontext GERSHON/CROMER/KLERMAN (1968), die fanden, daß der offene Ausdruck von Feindseligkeit mit Depressivität korrelierte, und zwar positiv bei hysterischen Klienten und negativ bei anderen. Hierbei handelt es sich um eine intraindividuelle Korrelation über die Zeit.
Es scheint, als tendierten Prozeßuntersuchungen mehr zu naturalistischen Analysen von Einzelfällen. Tatsächlich aber handelt es sich bei den untersuchten Phänomenen oft um Therapiekomponenten, die experimentell im Sinne einer Erfolgsuntersuchung überprüft werden können, auch in Gruppenexperimenten. Beispielsweise fanden MILLER et al. (1973) in der Behandlung des Alkoholmißbrauchs, daß eine Gruppe, in der faradaische Schocks auf Trinkverhaltensweisen kontigent verabreicht wurden, sich nicht mehr verbesserten als eine Gruppe, in der die Schocks zufällig über die Sitzung verteilt wurden. Die korrelativen, naturalistischen Untersuchungen am Einzelfall können als explorative Vorstudien aufgefaßt werden, die einen erheblichen intuitiven Erklärungswert haben. Ihr kausaler Gehalt kann jedoch erst überzeugend durch die experimentelle und damit willkürliche Manipulation nachgewiesen werden. Die Einzelfallstudie ist aber auch deswegen von Bedeutung, weil sie möglicherweise Phänomene sichtbar macht, die bei der Mittelung über inhomogenen Gruppen sich gegenseitig aufheben, wie etwa die oben genannten Korrelationen zwischen Feindseligkeit und Depressivität. CHASSAN hat in diesem Sinne nachdrücklich für die „intensive" Einzelfalluntersuchung als Ergänzung zur „extensiven" Gruppenuntersuchung plädiert (1967).

STRUPP (1977) kommt zusammenfassend zu dem Schluß, daß im Therapieprozeß nicht so sehr die verwendete Technik, sondern vielmehr die effektive soziale Interaktion von Therapeut und Klient eine Rolle spielt. Sie wird nach dem Autor durch folgende Merkmale charakterisiert: (1) eine emotionale Beziehung; (2) die Bereitschaft des Patienten hierzu; (3) die Behandlung aktueller Probleme. (4) Die Therapie stellt, wenn sie erfolgreich ist, in vielen Aspekten eine Analogie zu einem gesunden und konfliktfreien normalen Leben dar. (5) Die einzelnen Techniken der Psychotherapie sind in vielen Fällen Praktiken des täglichen Lebens entlehnt. (6) Dabei handelt es sich im wesentlichen um drei große Klassen von Techniken: Einsicht bzw. Überredung, das Arrangement günstiger situativer Umstände und Lernprozesse. (7) Zwei Therapeutenqualitäten sind dabei von besonderer Bedeutung: die Fähigkeit, konstruktive Erfahrungen zu vermitteln und hinderliche Einflüsse zu neutralisieren. Auch von Verhaltenstherapeuten wird die Wichtigkeit einer tragfähigen Beziehung zwischen Therapeut und Klient als Voraussetzung für eine effektive Behandlung nicht bestritten, trotz der Entwicklung von Selbstinstruktion, bibliografischen Materials und Kassetten (KANFER/GOLDSTEIN, 1977).

3.2 Therapeuten- und Klientenvariablen

Obwohl FISKE in GURMANN/RAZIN (1977) zu dem Schluß kommt, der Therapeut entzöge sich auf Grund seiner Komplexität als Untersuchungsgegenstand der systematischen Forschung, sind eine Vielzahl von Therapeutenvariablen in der Literatur untersucht worden. Neben seiner persönlichen Problembelastung und der therapeutischen Erfahrung sind es Variablen des therapeutischen Stils wie die schon genannten Variablen der Gesprächsführung (s. o.), Tiefe der Interpretation, Aktivität, Spezifität und Expressivität. Die Vielzahl der theoretischen Orientierungen läßt sich in zwei bis drei Dimensionen anordnen: *Therapieerfahrung, aktiv-passiv,* als die wichtigsten. Erfolg und Erfahrung eines Therapeuten scheinen aber wesentlich mit der *Flexibilität* zusammenzuhängen, mit der er der Situation gemäß verschiedene Formen der Intervention einsetzen kann (SUNDLAND, 1977). Daher ist möglicherweise als Therapeutenvariable auch das Merkmal der *Androgynität* von Bedeutung, das angibt, inwieweit die Person in der Lage ist, die verschiedenen Abstufungen zwischen den Extremen der maskulinen Aggressivität und der weiblichen Fürsorge vorzunehmen (BEM, 1974). Besonders häufig ist die Einteilung in *Therapeuten A und B* diskutiert worden. Der A-Typ zeichnet sich durch Berufsinteressen ähnlich dem Rechtsanwalt aus und ist durch aktive persönliche Teilnahme charakterisiert. Der B-Typ dagegen entspricht in seinen Interessen dem Mathematiker und Physiker und zeichnet sich eher durch interpretativ permissives Verhalten aus. Der A-Typ soll erfolgreicher bei der Behandlung von Psychosen, der B-Typ erfolgreicher bei der Behandlung von neurotischen Störungen sein (vgl. RAZIN in GURMAN/RAZIN, 1977).

Als Klientenvariable sind im Therapieprozeß sozioökonomischer Status, Geschlecht, Rasse, locus of control, interpersonelle Qualitäten u. a. untersucht worden. Dabei tritt immer wieder die Frage auf, inwieweit Therapeut und Klient vergleichbar in diesen Eigenschaften oder möglicherweise komplementär sein sollen. Beispielsweise hat sich gezeigt, daß Klienten mit externem Locus of control sich mehr für strukturierte und direktive Angehensweisen, die mit internem Locus of control für nichtdirektive Angehensweisen eignen. Zur Analyse der interpersonellen Kompatibilität von Klient und Therapeut eignet sich insbesondere das Inventar von sozialen Verhaltensweisen, das von LEARY (1957) in dem interpersonal circle zusammengestellt wurde, der zwei Dimensionen umfaßt, Haß – Liebe und Dominanz – Submissivität. Übersichtsreferate zu diesen und anderen Therapeuten- und Klientenvariablen finden sich in GURMAN/RAZIN (1977).

3.3 Analyse der Prozeßdynamik

Für die Interaktionsanalyse von Klient und Therapeut können ähnliche Verfahren herangezogen werden, wie zur Analyse sozialer Interaktionen im allgemeinen. Es wird vorausgesetzt, daß das Verhalten der beteiligten Personen innerhalb eines Zeitrasters mit einem angemessenen Kategoriensystem kodiert wurde. Im Bereich der Familientherapie liegen besonders zahlreich Untersuchungen dieser Art vor (WEISS/HOPS/PATTERSON, 1973; PATTERSON, 1976, 1977; INNERHOFER, 1977).

Die bedingten Wahrscheinlichkeiten der Verhaltensweisen der Interaktionspartner lassen sich in Übergangsmatrizen zusammenfassen, auf die u. U. die Theorie der MARKOFF-Prozesse angewendet werden kann. Derartige Untersuchungen liegen für die Gesprächstherapie vor (LEISTIKOW, 1975). Eine informationstheoretische Betrachtung der Interaktion zwischen zwei und mehr Personen macht die bidirektionale Kommunikationsanalyse möglich (MARKO, 1966). Sie erfaßt quantitativ, inwieweit das Verhalten des einen Partners aus dem des anderen vorhersagbar wird (vgl. REVENSTORF/VOGEL, 1979). Weitere Methoden der Sequenzanalyse siehe GOTTMAN/NOTARIUS (1978).

Eine andere Methode, die Interaktion von Variablen zu untersuchen, ist die serielle Kovariation über die Zeit (Kreuzkorrelogramm). Dies ist eine Technik der Zeitreihenanalyse, die insbesondere im Einzelfall und bei kontinuierlichen Daten sinnvoll ist. Es liegen statistisch fundierte Methoden zur Analyse von Zeitreihenkorrelationen vor (BOX/JENKINS, 1970; BOX/TIAO, 1975; vgl. REVENSTORF, 1979).

Eine derartige Analyse liefert nicht nur statistisch überprüfbare Zusammenhänge zwischen zwei Variablen in der Zeit, sondern auch die Verzögerung, mit der die Korrelation ihr Maximum erreicht. Eine substantielle zeitverschobene Korrelation weist die zeitlich vorauslaufende Variable als „lead-Indikator“ aus. Damit ist zwar noch kein Kausalzusammenhang in einer Richtung erwiesen, aber die umgekehrte Kausalrichtung ist ausgeschlossen. Im Falle mehrfacher Messungen ganzer Stichproben liefert die Pfadanalyse ähnliche Modelle. Ein besonders umfassendes Verfahren ist das von JOERESKOG (1973) entwickelte LISREL (linear structural relations). REVENSTORF et al. (1978) fanden mit dieser Methode z. B., daß Rauchen und Therapiemotivation sich sowohl zeitverschoben wie auch synchron gegenseitig beeinflussen.

Verweis auf andere Stichwörter

→Empirische Forschungsmethoden der Psychologie →Experiment →Gesprächspsychotherapie →Psychotherapie →Statistik →Tests und Testtheorie →Verhaltenstherapie →Wissenschaftstheorie und Psychologie

Literatur

BEAKELAND, F./LUNDWELL, L.: Dropping out of treatment: A critical review. Psychol. Bull., 1975, 82, 738–783.

BEM, S. L.: The measurement of psychological androgyny. J. Clin. Cons. Psychol., 1974, 42, 155–162.

BERGIN, A. E.: The evaluation of therapeutic outcome. In: BERGIN, A. E./GARFIELD, S. L.: 1971.
BERGIN, A. E./GARFIELD, S. L.: Handbook of psychotherapy and behavior change. New York: Wiley 1971.
BERGIN, A. E./STRUPP, H. H.: New directions in psychotherapy research. J. Abn. Psychol., 1970, 75.
BOX, G. E. P./JENKINS, G. M.: Time series analysis. Forcasting and control. San Francisco: Holden-Day 1970.
BOX, G. E. P./TIAO, G. C.: Intervention analysis with applications to economic and environmental problems. J. Am. Stat. Ass., 1975.
BUTTOLLO, W.: Das systematische Experiment. In: Handbuch der Psychologie, Bd. 8/2. Göttingen: Hogrefe 1978.
CAMPBELL, D. T.: Reforms as experiments. American psychologist, 1969, 24, 409–429.
CAMPBELL, D. T./STANLEY, J. C.: Experimental and quasiexperimental designs for research. Chicago: Rand McNally 1963.
CHASSAN, J. B.: Research design in clinical psychology and psychiatry. New York: Appleton-Century-Crofts 1967.
CRONBACH, L. J.: The two disciplines of scientific psychology. American Psychologist, 1957, 12, 671–684.
EYSENCK, H. J.: The effects of psychotherapy. In: EYSENCK, H. J. (Ed.): Handbook of abnormal psychology. London: Pitmans 1960.
FISKE, D. W./HUNT, H./LUBORSKY, L.: The planning of research on effectiveness of psychotherapy. Archives of General Psychiatry, 1970, 22, 22–32.
FISKE, D. W.: Methodological issues in research on the psychotherapist. In: GURMAN/RAZIN, 1978.
GARFIELD, S. L./BERGIN, A. E.: Handbook of psychotherapy and behavior change. New York: Wiley 1978.
GERSHON, E. S./CROMER, M./KLERMAN, G. L.: Hostility and depression. Psychiatry, 1968, 31, 224–235.
GLASS, G. V./WILLSON, V. L./GOTTMAN, S. J. M.: Design and analysis of time-series experiments. Boulder, Col.: Colorado Associated University Press 1975.
GOMEZ-SCHWARTZ, S./HADLEY, W./STRUPP, H. H.: Individual psychotherapy and behavior therapy. Ann. Rev. Psychol., 1978, 29, 435–471.
GOTTMAN, J. M./MARKMAN, J.: Experimental design for psychotherapy research. In: GARFIELD, S. L./BERGIN, A. E.: 1978.
GOTTMAN, J. M./NOTARIUS, C.: Sequential analysis of observational data using Markov chains. In: KRATOCHWILL, T. R.: Single subject research. New York: Academic Press 1978.
GURMAN, A. S./RAZIN, A. M.: Effective psychotherapy. Oxford: Pergamon 1977.
HERSEN, M./BARLOW, D. H.: Single case experimental design: Strategies for studying behavior change. Oxford: Pergamon 1976.
INNERHOFER, P. Das Münchner Trainingsmodell. Heidelberg: Springer 1977.
JACOBSON, N.: Specific and nonspecific factors in the effectiveness of a behavioral approach to marital discord. J. Cons. Clin. Psychol., 1977, 46, 442–452.
JOERESKOG, K.: A general method for estimating a linear structural equation system. In: GOLDBERGER, A./DUNCAN, C. (Eds.): Structural equation models in the social sciences. New York: Seminar Press 1973.
KANFER, F./GOLDSTEIN, A. P.: Möglichkeiten der Verhaltensänderung. München: Urban & Schwarzenberg 1977.
KIESLER, D. J.: Experimental designs in psychotherapy research. In: BERGIN, A. E./GARFIELD, S. L.: 1971.
LEARY, T.: Interpersonal diagnosis of personality. New York: The Ronald Press Company 1957.
LEISTIKOW, J.: Ein Modell zur Interaktionsanalyse in der Psychotherapieforschung. Dissertation Univ. Kiel 1975.
LUBORSKY, L./SINGER, B./LUBORSKY, L.: Comparative studies in psychotherapies. Archives of General Psychiatry, 1975, 32, 995–1008.
MARKO, H.: Die Theorie der bidirektionalen Kommunikation und ihre Anwendung auf die Nachrichtenübermittlung zwischen Menschen. Kybernetik, 1966, 3, 128–136.
MELTZOFF, J./KORNREICH, M.: Research in psychotherapy. New York: Atherton Press 1970.
MILLER, P. M. et al.: Electrical aversion with alcoholics. Behavior Research and Therapy, 1973, 11, 491–497.
MINSEL, W. R.: Praxis der Gesprächspsychotherapie. Köln: Herrmann Böhlam Nachf. 1975.
OSARCHUK, M./GOLDFRIED, M.: A further examination of the credibility of therapy rationales. Behavior Therapy, 1975, 6, 694–695.
PATTERSON, G. R.: Naturalistic observations in clinical assessment. J. Abn. Child Psychology, 1976, 5, 309–311.
PATTERSON, G. R.: Some procedures for assessing changes in marital interaction pattern. Oregon Research Institute Research Bulletin, 1976, 16/7.
PATTERSON, G. R.: A performance theory for coercive family interaction. In: CAIRNS (Hrsg.): Social interaction: methods, analysis and illustration. Soc. Res. Child (im Druck).
PAUL, G. L.: Behavior modification research: design and tactics. In: FRANKS, C. M. (Ed.): Behavior therapy: Appraisal and status. New York: McGraw Hill 1969.
PETERMANN, F.: Veränderungsmessung. Stuttgart: Kohlhammer 1978.
RACHMAN, S.: The effects of psychotherapy. Oxford: Pergamon Press 1971.
REVENSTORF, D.: Zeitreihenanalyse für Klinische Daten. Weinheim: Beltz 1979.
REVENSTORF, D./HAHLWEG, K./SCHINDLER, L.: Lead and rag in aspects of marital interaction. Europ. J. Behav. Anal. Mod. 1978, 2, 174–184.
REVENSTORF, D./VOGEL, B.: Zur Analyse qualitativer Verlaufsdaten. In: PETERMANN, F./HEHL, F.: Einzelfallanalyse. München: Urban & Schwarzenberg 1979.
ROGERS, C. R./GENDLIN, E. T./KIESLER, D./TRUAX, C. B.: The therapeutic relationship and its impact. University of Wisconsin press: Madison 1967.
ROSENTHAL, R./ROSNOW, R. L. (Eds.): Artefact in behavioral research. New York: Academic Press 1969.
SIDMAN, M.: Tactics of scientific research. New York: Basic Books 1960.
SLOANE, R. B. et al.: Psychotherapy versus behavior therapy. Cambridge: Harvard University Press 1975.
SMITH, M. L./CHAPTER, V.: In: GLASS, G. V./SMITH, M. L./MILLER, T.: Meta analysis of psychotherapy outcome (im Druck).
SMITH, M. L./GLASS, G. V.: Meta analysis of therapy outcome. American Psychologist, 1977, 32, 752–760.
SPEISMANN, J. C.: Depth of interpretation and verbal resistance in psychotherapy. J. Cons. Pschol., 1959, 23, 93–99.
STRUPP, H. H.: A reformalation of the dynamics of the therapists contribution. In: GURMAN/RAZIN: 1977.
SUNDLAND, H.: Theoretical orientations of psychotherapists. In : GURMAN/RAZIN: 1977.
WEISS, R. L./HOPS, H./PATTERSON, G. R.: A framework for conceptualizing marital conflict. A technology for altering it, some data for evaluating it. In: HAMERLYNCK, L. A. et al. (Eds.): Behavior change: Methodology concepts and practice. Champaign, Ill.: Research Press 1973.

Dirk Revenstorf

Todespsychologie

1 Begriffsklärung

Die T. (auch Thanatopsychologie, Psychothanatologie, Psychologie des Todes) hat jenes Erleben und Verhalten des Menschen zum Gegenstand, das durch das Wissen um und die Begegnung mit Tod und Sterben ausgelöst wird. Innerhalb der durch die Beteiligung von Philosophie, Theologie, Rechtswissenschaft, Medizin und Soziologie multidisziplinären Thanatologie befaßt sich die T. mit der subjektiven Realität von Tod und Sterben. Dabei gilt ihr Interesse gleichermaßen dem Menschen in der Endphase des Lebens wie auch dem von seinem Tod noch weit entfernten Menschen.

2 Entstehungsgeschichte

Im 19. Jahrhundert und bis ins 20. Jahrhundert hinein beschäftigte sich die Psychologie sporadisch mit Fragen der Unsterblichkeit. Den ersten und bisher einzigen Versuch, den Tod in ein umfassendes theoretisches Konzept einzubeziehen, unternahm FREUD (1920). Die Beobachtung des Wiederholungszwangs veranlaßte ihn, als grundlegendes, „jenseits des Lustprinzips" gelegenes Merkmal der Triebe die Tendenz zur Wiederherstellung eines früheren Zustands zu postulieren. Der Todestrieb strebt die Wiederherstellung des ursprünglichen unbelebten Zustands an. Jedem Lebewesen ist demnach vom Augenblick seiner Geburt an ein Streben zum Tod eigen (vgl. auch EISSLER, 1978, 34).
In der Analytischen Psychologie JUNGS stellt die Auseinandersetzung mit der Endlichkeit des Lebens eine der wichtigsten Aufgaben der zweiten Lebenshälfte des Menschen dar. Erkennen und Akzeptieren des eigenen Todes als Teil eines übergeordneten biologischen Prozesses wird als Beitrag zum Reifungs- und Entfaltungsprozeß des Individuums („Individuation") gesehen (JUNG, 1939).
Empirische Untersuchungen – beginnend mit SCOTT (1896) – blieben zunächst selten. Möglicherweise angeregt durch den zweiten Weltkrieg wurde um 1955 in den USA Tod und Sterben verstärkt zum Gegenstand psychologischer Forschung. Gegen Ende der sechziger Jahre setzte eine weitere deutliche Steigerung der Forschungsaktivität ein, die bis in die Gegenwart anhält. Im deutschen Sprachraum beschäftigt sich die wissenschaftliche Psychologie erst seit einigen Jahren mit Tod und Sterben, die Anzahl der Publikationen ist verglichen mit der der USA gering (WITTKOWSKI, 1978, 19).
Die lange Zeit gültige Auffassung vom Tod als „*Tabu-Thema*" kann – zumindest für die USA – nicht länger aufrechtgehalten werden (COHEN, 1976; KASTENBAUM/COSTA, 1977). Die Ursachen für diese Entwicklung sieht KALISCH (1976) in dem zufälligen Zusammentreffen mehrerer Faktoren: Dem heute auf der Erde vorhandenen Zerstörungspotential; den Fortschritten medizinischer Forschung und Technik; der Beachtung Unterprivilegierter und Unterversorgter; der zunehmenden Beschäftigung mit nichtwestlichen Denkweisen; dem verstärkten Bemühen um Sinngebung.
Wenn in jüngster Zeit von der *Enttabuierung* des Todes die Rede ist, sollte zwischen einem Bereich relativ praxisferner wissenschaftlicher Beschäftigung mit Tod und Sterben und einem Bereich des unmittelbaren Umgangs mit todbezogenen Fragen und Problemen unterschieden werden. Während der Abbau eines Tabus in der thanatopsychologischen Fachliteratur zunehmend stattfindet, ist eine entsprechende Entwicklung im Bereich der Betreuung Sterbender und Trauernder zu bezweifeln.

3 Forschungsbereiche und wichtigste Ergebnisse der Todespsychologie

3.1 *Entwicklung des Todeskonzepts beim Kind*

Das Todeskonzept eines Menschen bezeichnet die Gesamtheit aller kognitiven Bewußtseinsinhalte (Begriffe, Vorstellungen, Bilder), die ihm zur Beschreibung und Erläuterung von Tod zur Verfügung stehen. Wenngleich nicht völlig voneinander zu trennen, liegt beim Todeskonzept der Akzent mehr auf Wahrnehmung und Denken und weniger auf emotionalen Aspekten (KASTENBAUM/AISENBERG, 1972, 5ff.).
Der Beginn des Todeskonzepts beim Kind wird kurz nach der Geburt angesetzt. Bereits der Säugling macht Erfahrungen (z.B. Verschwinden und Verlust von Gegenständen), die sein späteres Todeskonzept vorbereiten. Begegnungen mit Toten (Mensch oder Tier) können beim Kleinkind die Beschäftigung mit dem Tod anregen. Im Alter von drei bis fünf Jahren wird der

Tod noch als reversibel, als Sonderform des Lebens aufgefaßt. Zwischen fünf und neun Jahren besteht Interesse an Wort und Sachverhalt „Tod". Mit der beginnenden Fähigkeit, in Kausalzusammenhängen zu denken, wird zwar die Endgültigkeit eines einmal eingetretenen Todes, nicht aber die grundsätzliche Zwangsläufigkeit dieses Ereignisses erkannt. Es besteht die Tendenz, den Tod zu personifizieren. Etwa vom 10. Lebensjahr an wird der Tod als unausweichlich und endgültig begriffen, eine allgemeine, logisch und biologisch richtige Kennzeichnung des Todes ist möglich (ANTHONY, 1971, 47–105; KASTENBAUM/COSTA, 1977; NAGY, 1965).

Die Entstehung des Todeskonzepts beim Kind scheint eng an die intellektuelle Entwicklung im allgemeinen und an die Entwicklung der Zeitwahrnehmung im besonderen gekoppelt. Die Verfügbarkeit eines umfassenden, sachlich angemessenen Todeskonzepts fällt zeitlich zusammen mit dem Vorliegen eines dem Niveau des Erwachsenen entsprechenden Zeitkonzepts (HANKOFF, 1975; KASTENBAUM/AISENBERG, 1972). Unter methodischem Aspekt ist mit KASTENBAUM/COSTA (1977) das Fehlen von Längsschnittuntersuchungen sowie von experimentellen Untersuchungen im Sinne der Manipulation von Variablen kritisch anzumerken.

3.2 Das Todeskonzept Erwachsener

Die Erforschung des Todeskonzepts bzw. des Bedeutungsgehalts des Todesbegriffs gewährt Einblick in kognitive Akzentuierungen, die spezifische Formen der Auseinandersetzung mit der Tatsache des Todes (z.B. Abwehr, Akzeptierung) bestimmen können. Beispiele für empirisch ermittelte Bedeutungen des Todesbegriffs sind: Tod als Ende des bisherigen Lebens, als Beginn eines neuen Lebens, als Feind, als Wiedervereinigung, als Isolation, als Belohnung, als Bestrafung, als Unbekanntes, als Zeit der Ruhe und des Friedens. Grundsätzlich ist davon auszugehen, daß der Begriff des Todes emotional besetzt ist. Eine negative Beurteilung des Todes scheint bei jüngeren Menschen stärker ausgeprägt als bei älteren Menschen (ERLEMEIER, 1972; KASTENBAUM, 1965).

3.3 Angst vor Tod und Sterben

Die Angst vor Tod und Sterben ist der am eingehendsten erforschte Teilbereich der T. Im Gegensatz zur Todesangst, als deren Wesensmerkmal das Vorliegen einer akuten vitalen Bedrohung anzusehen ist, ist für die Angst vor Tod und Sterben die Antizipation eines zukünftigen Zustands bzw. Geschehens charakteristisch.

An der Angst vor dem Tod werden zwei Aspekte unterschieden: Angst vor dem eigenen Tod, die sich auf die irreversible Auslöschung des Individuums bezieht, und Angst vor dem Tod anderer, die sich auf den Verlust persönlicher Bindungen und damit in Zusammenhang stehender Anregungen richtet (KASTENBAUM/AISENBERG, 1972, 45; LESTER, 1967).

In empirischen Untersuchungen wird Angst vor dem Tod meist durch Fragebogen erfaßt und zu soziographischen Variablen, Hintergrundvariablen und Persönlichkeitsmerkmalen in Beziehung gesetzt. Als Ergebnis zeichnet sich ab: Angst vor dem Tod nimmt im hohen Alter nicht zu, sondern wird eher schwächer. Frauen haben stärkere Angst vor dem Tod als Männer. Allgemein ist der durch die Berücksichtigung von soziographischen Variablen wie Alter und Geschlecht erzielte Erkenntniszuwachs als gering einzuschätzen (LESTER, 1967).

Innerhalb der Hintergrundvariablen liegen besonders für den Zusammenhang zwischen *Religiosität und Angst vor dem Tod* zahlreiche Ergebnisse vor. Demnach vermag Religiosität die Angst vor dem eigenen Tod sowohl zu steigern als auch zu verringern, je nachdem, ob verheißungsvolle (Gnade, Beginn eines neuen Lebens, Paradies) oder strafandrohende Aussagen der Religion (Jüngstes Gericht, Hölle, Verdammnis) für eine Person verbindlich sind (WITTKOWSKI/BAUMGARTNER, 1977). Auch bei der Angst vor dem Sterben wird zwischen einem Bezug auf die eigene Person und einem Bezug auf andere Personen unterschieden. Angst vor dem eigenen Sterben hat Leiden, Schmerzen, Hilflosigkeit und Abhängigkeit zum Gegenstand. Angst vor dem Sterben anderer Menschen stellt sich dar als die Angst vor stellvertretendem Mitleiden sowie als Unsicherheit und Hilflosigkeit im Umgang mit Sterbenden (KASTENBAUM/AISENBERG, 1972, 68ff.; MUNNICHS, 1973). Die Angst vor dem Sterben anderer Menschen hat große Bedeutung für die Interaktion zwischen Arzt bzw. Pflegepersonal

und dem sterbenden Patienten (GLASER/ STRAUSS, 1974).
Erste Anhaltspunkte sprechen dafür, daß die sich auf Einsamkeit und Isolierung beziehende Angst vor dem Sterbeprozeß als stärker erlebt wird als die Angst vor dem Tod i.S. eines „Danach". Die Angst vor einem schmerzhaften Sterbeprozeß scheint in den Hintergrund zu treten, da Schmerzen immer besser durch Medikamente kontrolliert werden können.

3.4 Abwehrmechanismen

Die Begegnung mit Tod und Sterben kann Abwehrmechanismen auslösen, deren empirische Untersuchung jedoch durch methodische Probleme behindert wird. Da Abwehrmechanismen definitionsgemäß als unbewußte psychische Vorgänge aufgefaßt werden und daher durch direkte Befragung nicht zu erfassen sind, stellt sich die Schwierigkeit, geeignete Meßinstrumente einzusetzen. Die Wahl projektiver Verfahren ist wegen unbefriedigender Gütekriterien sowie grundsätzlicher methodischer Bedenken nicht unproblematisch, stellt jedoch vielfach die einzige Möglichkeit dar, Abwehrmechanismen empirisch zu untersuchen.
Relativ umfangreiche Kenntnisse liegen über Verdrängung und Negation vor, vergleichsweise spärlich sind die Befunde zur Rationalisierung und Projektion. Als Sonderform psychischer Abwehr ist Gleichgültigkeit gegenüber Tod und Sterben anzusehen. Bezüglich Verdrängung zeichnen sich gegensätzliche Positionen ab: Die Befürworter eines Verdrängungsmechanismus' im Zusammenhang mit Tod und Sterben, die verschiedenen Wissenschaftszweigen wie Psychologie, Philosophie, Theologie, Medizin angehören, vermögen ihre je nach Fachrichtung unterschiedlich akzentuierte Argumentation nur selten hinreichend zu belegen. Ablehnung erfährt die Verdrängungshypothese vornehmlich von soziologisch orientierten Autoren, die ihren Standpunkt aus dem Phänomen der Tabuierung todbezogener Themen im täglichen Leben ableiten (FUCHS, 1973; HAHN, 1968).
Von seiten der empirischen Psychologie ist festzustellen, daß die auf unterschiedlichem methodischem Niveau durchgeführten Untersuchungen ausnahmslos eine Verdrängungshypothese bestätigen (WITTKOWSKI, 1978, 130–132). Die zur Negation vorliegenden Befunde sind in ihrem Aussagewert durch einseitige Stichprobenauswahl beeinträchtigt: sie beziehen sich überwiegend auf Personen in höherem und hohem Alter. Unter dieser Einschränkung zeichnet sich ab, daß Negation von Tod und Sterben einhergeht mit geringer Lebenszufriedenheit (MUNNICHS, 1966, 85).

3.5 Akzeptieren

Ein als angenehm erlebtes Bejahen von Tod und Sterben scheint nach den wenigen vorliegenden Ergebnissen durch höheres und hohes Lebensalter sowie durch Zufriedenheit mit dem Leben begünstigt zu werden. Akzeptieren von Tod und Sterben wurde bei Männern häufiger beobachtet als bei Frauen (MUNNICHS, 1966, 80).

3.6 Psychogener Tod

Das Phänomen des psychogenen Todes („Voodoo-Tod"), der ohne erkennbare äußere oder innere Schädigung bei Mensch und Tier eintreten kann, ist wiederholt beobachtet worden (z.B. bei sogenannten Primitiven, in Kriegsgefangenen- und Konzentrationslagern). Seine Ursachen sind im Einzelnen noch ungeklärt. Es wird angenommen, daß der Todeszeitpunkt durch Hoffnungslosigkeit determiniert wird (RICHTER, 1965).

3.7 Die psychische Verfassung Sterbender

Mit „Sterbeprozeß" wird in der T. nicht nur eine kurze Zeitspanne raschen Verfalls bezeichnet, sondern auch ein mehr oder weniger langer Zeitraum davor, der mit der Diagnose einer unheilbaren Krankheit oder der Einlieferung in ein Krankenhaus beginnen kann. In diesem Sinne werden als „Sterbende" auch Menschen angesprochen, die noch Wochen oder Monate von ihrem Tod entfernt sind.
An der psychischen Verfassung Sterbender ist ein intrapersonaler und ein interpersonaler Aspekt zu unterscheiden. Unter dem erstgenannten Aspekt haben klinische Erfahrungsberichte zu der Auffassung geführt, der Moribunde mache mit fortschreitender Annäherung an seinen Tod fünf Phasen durch: Nichtwahrhabenwollen und Isolierung (die Tatsache des bevorstehenden Todes wird bestritten, ungünstige Informationen werden abgelehnt), Zorn (Hadern mit dem eigenen Schicksal, aggressives

Verhalten gegenüber Jungen und Gesunden), Verhandeln (Versuch, durch Wohlverhalten einen Aufschub der Krankheit zu bewirken), Depression (gedrückte Stimmungslage, Hoffnungslosigkeit), Zustimmung (Einwilligung in das bevorstehende Schicksal ohne nennenswerte Beteiligung von Emotionen oder Affekten) (KÜBLER-ROSS, 1973). An diesem *„Phasenmodell" des Sterbens* wird zunehmend Kritik laut. Bemängelt wird die stark subjektive Interpretation des Sterbeprozesses, die Vernachlässigung der Persönlichkeit des Kranken, seiner Biographie, seines individuellen Krankheitsverlaufs und seiner gegenwärtigen Lebensumstände sowie die unscharfe und für eine psychologische Sterbehilfe kaum brauchbare Definition der Phasen (KASTENBAUM/COSTA, 1977; LEHR/SCHUSTER, 1976; SCHULZ/ADERMAN, 1974).
Berichte von Personen, die anläßlich einer vitalen Bedrohung überzeugt waren, sterben zu müssen (sogenannte Sterbeerfahrungen), stimmen darin überein, daß der Sterbeprozeß im (zeitlich) engeren Sinne frei von Angst erlebt wird (z.B. WIESENHÜTTER, 1974, 9–16). Als Ursache sieht HOFF (1975) eine länger anhaltende Bewußtseinstrübung an. Ferner wird das Phänomen des „Lebenspanoramas", bei dem eine Rückschau auf das eigene Leben in filmartigen Szenen erfolgt, berichtet (z.B. HAMPE, 1975, 65ff.) sowie die Erfahrung des „Ichaustritts" (z.B. EHRENWALD, 1974), bei der der Kranke oder Verletzte seinen eigenen Körper aus einiger Entfernung beobachtet.
Unter interpersonalem Aspekt sind Interaktions- und Kommunikationsmuster zwischen dem Sterbenden und den Personen seiner Umgebung (Angehörige, Pflegepersonal) zu nennen (GLASER/STRAUSS, 1974).

4 Sozialer Kontext und Probleme der Anwendung

Die Ergebnisse der T. haben praktische Bedeutung im Rahmen der *psychologischen Sterbehilfe*, der es um eine Hilfestellung bei der möglichst realitätsbezogenen Auseinandersetzung mit dem eigenen Tod geht. Im Verständnis der psychologischen Sterbehilfe sind Tod und Sterben Entwicklungsaufgaben, bei deren Bewältigung das Individuum unterstützt werden muß, um Depressionen und möglicherweise Selbsttötung zu verhindern (ARONSON, 1965; EISSLER, 1978, 233; LEHR/SCHUSTER, 1976).

Zu den wichtigsten Aufgaben psychologischer Sterbehilfe sollte auch gehören, das Phänomen des *„sozialen Todes"* und den vorausgehenden Prozeß des „sozialen Sterbens" zu verhindern. Mit sozialem Tod ist jener Sachverhalt angesprochen, daß ein tatsächlich (noch) lebender Mensch mit anderen Menschen und besonders mit Bezugspersonen nicht (mehr) kommuniziert und in Interaktion steht und daß seine Bekannten, Freunde und Verwandten sich ihm gegenüber so verhalten, als lebe er nicht (mehr) (KASTENBAUM, 1969; KASTENBAUM/AISENBERG, 1972, 476; LEHR/SCHUSTER, 1976).
Besonders in den USA wird versucht, Pflegepersonal durch spezielle Ausbildungsprogramme auf eine psychologische Sterbehilfe vorzubereiten (z.B. SHADY, 1976). In meist mehrwöchigen Kursen werden durch Vorträge, Filme und Literaturstudium Kenntnisse über Tod, Sterben, Suizid und Trauer vermittelt, in Gruppendiskussionen aufgearbeitet und häufig auch im Rollenspiel dargestellt. Ziel solcher Veranstaltungen ist der Abbau von Angst im Umgang mit Sterbenden und Hinterbliebenen und – als Folge eines angstfreieren Umgangs – verbesserte Interaktion und Kommunikation zwischen Patient bzw. Trauerndem und Betreuer. Wenngleich der Wert derartiger Ausbildungsprogramme unbestritten ist, ist dennoch davor zu warnen, sie überstürzt, ohne theoretischen Hintergrund und ohne empirische Basis zu konzipieren.

5 Zusammenfassung und Einschätzung des Forschungsstandes der Todespsychologie

Im vorliegenden Beitrag wurden empirische Befunde und theoretische Konzepte zur Entwicklung des kindlichen Todeskonzepts, zum Bedeutungsgehalt des Todesbegriffs beim Erwachsenen, zur Angst vor Tod und Sterben, zu Abwehrmechanismen als Reaktion auf Begegnung mit Tod und Sterben, zum Akzeptieren von Tod und Sterben, zum psychogenen Tod und zur psychischen Verfassung Sterbender vorgestellt. Unter anwendungsbezogenem Aspekt wurden Inhalt und Ziel psychologischer Sterbehilfe erörtert.
Allgemein ist festzuhalten, daß die T. sich in einem Anfangsstadium befindet, in dem bloße Informationssammlung gegenüber einer Einbettung von Einzelbefunden in theoretische Bezugsrahmen vorherrscht.

Die empirischen Forschungsergebnisse sind in hohem Grade widersprüchlich, nur wenige Erkenntnisse sind zufriedenstellend abgesichert. Die Ursachen dafür sind in einseitiger Auswahl von Stichproben und Meßinstrumenten sowie im Gebrauch unscharfer bzw. unzureichend deutlich abgegrenzter Begriffe und Konzepte zu sehen.

Verweis auf andere Stichwörter

→Aggression →Angst →Denken und Problemlösen →Emotion →Psychoanalyse

Literatur

ANTHONY, S.: The Discovery of death in childhood and after. London: Allen Lane The Penguin Press 1971.

ARONSON, G. J.: Treatment of the dying person. In: FEIFEL, H. (Ed.): The meaning of death. New York: McGraw-Hill 1965, S. 251–258.

COHEN, R. J.: Is dying being worked to death?. Amer. J. Psychiatry, 133 (5), 1976, S. 575–577.

EHRENWALD, J.: Out-of-the body experiences and the denial of death. J. Nerv. Ment. Dis., 159 (4), 1974, S. 227–233.

EISSLER, K. R.: Der sterbende Patient. Zur Psychologie des Todes. Stuttgart: Frommann-Holzboog 1978.

ERLEMEIER, N.: Psychologische Forschungen zum Todesproblem. Z. Gerontologie, 5, 1972, S. 32–49.

FREUD, S.: Jenseits des Lustprinzips. In: FREUD, A./BIBRING, E./HOFFER, W./KRIS, E./ISAKOWER, O. (Hrsg.): Sigmund Freud. Gesammelte Werke, Bd. XIII. London: Imago 1940, S. 3–69 (Erstveröffentl. 1920).

FUCHS, W.: Todesbilder in der modernen Gesellschaft. Frankfurt/M.: Suhrkamp 1973.

GLASER, B. G./STRAUSS, A. L.: Interaktion mit Sterbenden. Beobachtungen für Ärzte, Schwestern, Seelsorger und Angehörige. Göttingen: Vandenhoeck & Ruprecht 1974.

HAHN, A.: Einstellungen zum Tod und ihre soziale Bedingtheit. Stuttgart: Enke 1968.

HAMPE, J. C.: Sterben is doch ganz anders. Erfahrungen mit dem eigenen Tod. Stuttgart: Kreuz 1975.

HANKOFF, L. D.: Adolescence and the crisis of dying. Adolescence, 10 (39), 1975, S. 373–389.

HOFF, F.: Zur Psychologie des Sterbenden. Medizin. Welt, 26 (1), 1975, S. 12–17.

JUNG, C. G.: Seele und Tod. In: JUNG, C. G. (Hrsg.): Wirklichkeit der Seele. Zürich: Rascher 1939, S. 212–230.

KALISCH, R. A.: Der gegenwärtige Status von Tod und Betreuung des Sterbenden: Das Ende eines Tabus. In: ESER, A. (Hrsg.): Suizid und Euthanasie als human- und sozialwissenschaftliches Problem. Stuttgart: Enke 1976, S. 159–169.

KASTENBAUM, R.: The realm of death: an emerging area in psychological research. J. Human Relations, 13 (4), 1965, S. 538–552.

KASTENBAUM, R.: Psychological Death. In: PEARSON, L. (Ed.): Death and dying. Current issues in the treatment of the dying person. Cleveland: The Press of Case Western Reserve University 1969, S. 1–27.

KASTENBAUM, R./AISENBERG, R.: The psychology of death. New York: Springer 1972.

KASTENBAUM, R./COSTA, P. T.: Psychological perspectives on death. Ann. Rev. Psychol., 28, 1977, S. 225–249.

KÜBLER-ROSS, E.: Interviews mit Sterbenden. Stuttgart: Kreuz 1973.

LEHR, U./SCHUSTER, M.: Euthanasie in der Gerontologie: Die Vorbereitung auf das Lebensende – psychologische Aspekte. Ärztliche Praxis, 28 (36), 1976, S. 1528–1532.

LESTER, D.: Experimental and correlational studies of the fear of death. Psychol. Bulletin, 67 (1), 1967, S. 27–36.

MUNNICHS, J. M. A.: Old age and finitude. A contribution to psychogerontology. Basel: Karger 1966.

MUNNICHS, J. M. A.: Endlichkeit und Sterben. Z. Gerontologie, 6 (5), 1973, S. 351–358.

NAGY, M. H.: The child's view of death. In: FEIFEL, H. (Ed.): The meaning of death. New York: McGraw-Hill 1965, S. 79–98.

RICHTER, C. P.: The phenomenon of unexplained sudden death in animals and man. In: FEIFEL, H. (Ed.): The meaning of death. New York: McGraw-Hill 1965, S. 302–313.

SCHULZ, R./ADERMAN, D.: Clinical research and the stages of dying. Omega, 5 (2), 1974, S. 137–143.

SCOTT, C. A.: Old age and death. Amer. J. Psychol., 8, 1896, S. 67–122.

SHADY, G. A.: Death anxiety and care of the terminally-ill: A review of the clinical literature. Canad. Psychol. Review, 17 (2), 1976, S. 137–142.

WIESENHÜTTER, E.: Blick nach drüben. Selbsterfahrungen im Sterben. Hamburg: Furche 1974.

WITTKOWSKI, J.: Tod und Sterben – Ergebnisse der Thanatopsychologie. Heidelberg: Quelle & Meyer 1978.

WITTKOWSKI, J./BAUMGARTNER, I.: Religiosität und Einstellung zu Tod und Sterben bei alten Menschen. Z. Gerontologie, 10, 1977, S. 61–68.

Joachim Wittkowski

Verhalten und Handlung

1 Der Begriff des Verhaltens und der Handlung

(1) Im weitesten Sinne wird „*Verhalten*" (engl. „behavior") in verschiedensten Wissenschaftsbereichen zur Bezeichnung jeder Eigenschaftsäußerung eines dynamischen Systems verwendet. Auf Lebewesen bezogen meint dann „Verhalten" jede Form der Lebensäußerung und schließt somit sowohl Erlebnisvorgänge als auch physiologische Erscheinungen und Bewegungs- und Sprachverhalten ein. In dieser Sicht bildet die H. eine besondere Form des V. (2) In sog. verhaltenstheoretischen Auffassungen wird „Verhalten" gleichgesetzt mit „äußerem Verhalten", d.h. der Begriff wird auf jene – allein als wissenschaftlich bedeutsam erachteten – Erscheinungen eingeengt, die von externen Beobachtern objektiv feststellbar sind. Da innere (Erlebnis-)Vorgänge grundsätzlich ausgeklammert bleiben, erübrigt sich eine Trennung von V. und H. (3) Insbesondere in kognitiv-orientierten Richtungen der Psychologie wird V. oft als äußerer, vor allem motorischer Akt begriffen, der zusammen mit dem Erleben den Gegenstand der Psychologie bildet. Hier ist V. eine konkrete Vollzugsform der H. und somit ein unselbständiger H.bestandteil.

Von „*Handlung*" (engl. „action") als gesonderter Form des V. und „*Handeln*" als konkretem Vollzug wird dann gesprochen, wenn einem V. ein *bewußtes* Ziel zugrunde liegt und die psychophysische Aktivität zum Zwecke der Zielerreichung *absichtlich* organisiert wird. Bei H.n haben Reize nicht an sich bereits eine feste Bedeutung, auf die mit einem bestimmten V. mehr oder weniger zwangsläufig reagiert wird (wie bei Reflexen, Instinkten oder konditionierten Reaktionen). Reize erhalten vielmehr ihre jeweilige Bedeutung erst auf Grund subjektiver Bewertungsprozesse im Hinblick auf aktuelle Zwecksetzungen. Es werden auch nicht vorprogrammierte Reaktionen automatisch ausgelöst, sondern unter den jeweiligen Zwecksetzungen erst geformt. In diesem Sinne ist die H. als *intentionales V.*, als absichtliche V.organisation unter subjektiven Zwecksetzungen, bestimmt. Dies heißt jedoch nicht, daß der Vollzug und die Folgen einer H. in allen Einzelheiten bewußt sein müssen. Eine H. wird vielmehr eine Reihe automatisch ablaufender (allerdings intendierter) Vollzüge einschließen und immer auch Folgen zeitigen, die nicht beabsichtigt waren.

H.n liegt stets ein *Motiv* zugrunde, das durch sie befriedigt werden soll. Da dies in der Regel nicht ohne Schwierigkeit möglich ist, stellt sich für den Handelnden eine *Aufgabe*, die gelöst werden muß und die erst die H. erforderlich macht (vgl. u.a. Rubinstein, 1971). Motiv und Aufgabe wiederum finden ihren Niederschlag in konkreten *Erwartungen* über zukünftige Zustände und Ereignisse (vgl. u.a. Tolman, 1932; Fuchs, 1963). In diesem Sinne ist die H. ein motiviertes, aufgabenlösendes und erwartungsbestimmtes V. H.n sind in mehrfacher Weise *sozial* bezogen: Sie vollziehen sich in und beziehen sich auf eine von Menschen mitgestaltete Umwelt; sie werden unter dem Einfluß der im Sozialisationsprozeß verinnerlichten Werte, Normen und Regeln reguliert; sie können – als soziale H.n – in ihrem Sinn unmittelbar an anderen Personen orientiert sein; sie werden als personaler Akt aufgefaßt, für den der Handelnde als Urheber sozial verantwortungspflichtig ist; als „Tat" stellen sie schließlich einen gesellschaftlichen Akt dar, der seinen Sinn aus dem Bezug zur Gesellschaft und ihren Werten und Normen erhält.

H.n haben folgende *Funktion*: (1) Sie zielen auf eine Beeinflussung der eigenen Person und/oder der Umwelt ab (*Wirkungsaspekt*). Ihr allgemeinster Zweck liegt dabei in der Optimierung des Person-Umwelt-Bezuges. (2) In der H. drückt der Handelnde sich selbst und seine Einstellung gegenüber sich und seiner Umwelt aus (*Äußerungsaspekt*). In diesem Sinne ist die H. gleichzeitig Selbstdarstellung (personale Präsentation) und Widerspiegelung verinnerlichter sozialer Werte, Normen und Regeln (soziale Objektivation). (3) Die H. bildet – unabhängig von ihrem jeweiligen unmittelbaren Zweck – die Grundlage für materiale, personale und soziale Erfahrungen (*Erfahrungsaspekt*). Sie ist damit Voraussetzung für den Aufbau, die Überprüfung und die Veränderung innerer Modelle über sich und seine Umwelt. Unter diesen drei Aspekten umfaßt die H. sowohl absichtliches *Tun* (Erhalten eines Zustandes oder Herbeiführen einer Veränderung) als auch absichtliches *Unterlassen* (Belassen eines Zustandes oder Zulassen einer Veränderung).

Eine Einzelhandlung baut sich aus *Operationen* auf, d.h. aus weitgehend autonom ablaufenden Teilvollzügen. Die Grundlage von Operationen bilden sensomotorische und kognitive *Fertigkeiten*, die z.T. durch Automatisierung früher selbständiger H.n entwickelt wurden. Mehrere Einzelhandlungen werden unter einem Zielkomplex zu *Tätigkeiten* zusammengefaßt. Tätigkeiten wiederum sind unter individuellen Lebenszielen organisiert und der *Praxis* als gesellschaftlichem H.zusammenhang eingeordnet (vgl. hierzu RUBINSTEIN, 1971; LEONTJEW, 1973; HACKER, 1978).

Es gibt vielfältige und keineswegs übereinstimmende Versuche der *Klassifikation* von H.n. Nach Besonderheiten der psychischen H.regulation lassen sich *reflektierte* (bewußt reguliert, planvoll, willkürlich, vorausschauend) und *unreflektierte H.n* (nicht bewußt reguliert, spontan, antriebsunmittelbar, situationsverhaftet) unterscheiden. Reflektierte H.n werden meist als Plan-, Vornahme-, Willens-, Wahl- oder Entscheidungshandlungen beschrieben. Zu den unreflektierten H.n zählen automatisierte H.n, Gewohnheits-, Spontan-, Überzeugungs-, Affekt- und Zwangshandlungen. Eine weitere Unterscheidung bezieht sich auf die Art der durch die H. zu bewältigenden Aufgabe. Je nachdem, ob es sich um eine Abwicklungs-, Problemlösungs- oder schöpferische Aufgabe handelt, wird häufig von *reproduktiven* (erfahrungsbestimmten), *produktiven* (intelligenten, einsichtigen) oder *kreativen* (schöpferischen) H.n gesprochen. Schließlich wird u.a. auch danach unterschieden, ob der Zweck einer H. sich in einer bestimmten *Verrichtung* (z.B. industrielle Überwachungstätigkeit, Autofahren, Turnen) oder im *Herstellen* eines materiellen Produktes erfüllt (z.B. Produktionsarbeit, bildende Kunst). All diese Klassifikationsversuche vermögen nicht zu befriedigen, da sie lediglich jeweils nur wenige Aspekte berücksichtigen und vor allem nicht auf der Grundlage eines differenzierten Modells der menschlichen H. entwickelt wurden.

2 Die psychische Struktur der Handlung

H.n weisen eine hierarchisch-sequentielle Struktur auf. Sie werden unter der jeweiligen Zwecksetzung durch Ausdifferenzierung von Teilzielen und Verknüpfung von Fertigkeiten „von oben nach unten" organisiert und durch eine Hierarchie von Regulationsebenen reguliert (vgl. u.a. FUCHS, 1976; HACKER, 1978). In zeitlicher Hinsicht vollziehen sich H.n in einer Sequenz inhaltlich bestimmter Phasen, durch die eine Einzelhandlung aus dem H.kontinuum ausgegrenzt wird (vgl. STERN, 1935; MILLER/GALANTER/PRIBRAM, 1960; TOMASZEWSKI, 1964; GALPERIN, 1967; MEYER, 1973; HECKHAUSEN, 1977; REHBEIN, 1977). Unter Berücksichtigung interner Modellbildungs- und subjektiver Bewertungsprozesse läßt sich diese Phasenabfolge als *triadische H.grundstruktur* beschreiben (vgl. NITSCH/ALLMER, 1976).

In der ersten Phase, der „*Antizipationsphase*", erfolgt die Ausbildung einer Erwartungsstruktur als Grundlage der Aktualisierung, Regulierung und Bewertung einer H. Im Verlauf von „*Kalkulationsprozessen*" werden die personalen und situativen Grundlagen einer H. analysiert und subjektiv bewertet. Der Zweck dieser Prozesse liegt dabei in der Einschätzung der Höhe und Wahrscheinlichkeit des mit einer H. vermutlich verbundenen *Aufwandes* und *Effektes.* Da sich in den Effekterwartungen die subjektive Bedeutung einer H., in den Aufwanderwartungen die subjektive Kontrollierbarkeit der H.situation und in den Wahrscheinlichkeitsschätzungen die subjektive Vorhersagbarkeit (Unsicherheit) des gesamten H.geschehens ausdrükken, haben diese Erwartungsbildungen nicht nur entscheidenden Einfluß auf die Entwicklung der aktuellen H.motivation, sondern auch auf die Entstehung von psychischem Streß (vgl. hierzu u.a. GLASS/SINGER, 1972; MAIER/SELIGMAN, 1976).

Im Verlauf von „*Planungsprozessen*" werden die Aufwand- und Effekterwartungen im Sinne einer konkreten Ziel-Mittel-Weg-Vorwegnahme operationalisiert. Die Effekterwartungen finden ihren operationalen Niederschlag in der Festlegung des *Anspruchsniveaus* als Ausdruck des konkreten Anspruchs an die zukünftige eigene Leistung. Die Aufwanderwartungen konkretisieren sich im persönlichen *Anstrengungsniveau* als Kriterium für den Aufwand, den man bereit ist, für die Erreichung eines bestimmten Zieles aufzubringen. Demnach kann eine H. abgesprochen oder als ineffizient bewertet werden, wenn das Anspruchsniveau unerreicht bleibt und/oder das Anstrengungsniveau überschritten wird.

Anspruchs- und Anstrengungsniveau sind integrative Bestandteile des *H.planes.* H.pläne sind hierarchisch-organisierte Systeme von Ausführungs- und Kontrollvorschriften, in denen festgelegt ist, was zu welchem Zeitpunkt unter welchen Bedingungen auf welche Weise zu tun ist. Pläne stellen gleichzeitig Erwartungen darüber dar, daß eine H. mit einer bestimmten

Wahrscheinlichkeit in einer bestimmten Weise (Ablauferwartung) mit einem bestimmten Ergebnis (Resultaterwartung) durchgeführt wird. In der zweiten Handlungsphase, der *„Realisationsphase"*, erfolgt die Umsetzung der in der Antizipationsphase gebildeten Erwartungsstruktur in ein entsprechendes äußeres V.

In der dritten Phase schließlich, der *„Interpretationsphase"*, werden H.ablauf und H.resultat unter Bezug auf die Ausgangserwartungen analysiert und subjektiv bewertet. In *„Kontrollprozessen"* werden die Ausgangserwartungen mit dem tatsächlichen Verlauf und Ergebnis der H. verglichen. Die Feststellung von Erwartungsübereinstimmungen oder -abweichungen allein reicht jedoch nicht aus, um daraus bereits eine abschließende Bewertung der H. oder Konsequenzen für das weitere Handeln abzuleiten. Es muß vielmehr in einem weiteren Schritt eingeschätzt werden, auf Grund welcher Faktoren diese Übereinstimmungen oder Abweichungen zustande gekommen sind, d.h. welche Ursachen ihnen zugeschrieben (attribuiert) werden können. Bei solchen *„Attributionsprozessen"* (vgl. hierzu u.a. MEYER, 1973; WEINER, 1974; ALLMER, 1978) geht es zunächst um die Feststellung derjenigen personalen und situativen Faktoren, die das H.geschehen subjektiv erklären (Ursachenzuschreibung), um dann das Ausmaß der Selbstverantwortlichkeit hierfür abzuschätzen (Verantwortlichkeitszuschreibung). Lediglich für ein Geschehen, das auf kontrollierbare, durch eigene Fähigkeit und Anstrengung prinzipiell beeinflußbare Faktoren zurückzuführen ist, wird subjektiv Selbstverantwortlichkeit zugeschrieben. In den Fällen nichtkontrollierbarer personaler Faktoren (z.B. Kreislaufkollaps, Affektausbruch, „Black out" in einer Prüfung oder Verletzung während eines sportlichen Wettkampfes) sieht man sich zwar als Verursacher bestimmter Effekte, nicht aber als verantwortlich dafür. In den Fällen nichtkontrollierbarer situativer Faktoren (z.B. Zufall, Zwang) betrachtet man sich weder als Verursacher noch als Verantwortlicher. Es hängt nun wesentlich von der Verantwortlichkeitszuschreibung ab, ob eine H. als Erfolg oder als Mißerfolg erlebt wird, wie hoch die jeweilige Zufriedenheit oder Unzufriedenheit ist und inwieweit man es für notwendig erachtet, seine H.pläne zu ändern oder eine H. durch Eintreten in einen weiteren H.zyklus fortzuführen.

Bei diesem dreiphasigen H.ablauf ist zu berücksichtigen, daß keineswegs alle Momente der Antizipation, Realisation und Interpretation bewußt sein müssen. Vielmehr verlaufen viele Teilprozesse auf Grund vorangegangener Lern- und Übungsprozesse automatisiert und ohne direkte Beteiligung des Bewußtseins. Im Laufe von Lernprozessen werden außerdem verschiedene Einzelhandlungen zu H.komplexen „verkettet". Die Antizipation für eine Folgehandlung erfolgt dann beispielsweise bereits während der Realisation der vorangehenden H. (H.überlappung), oder zwei ursprünglich getrennte H.n werden durch eine übergeordnete Regulationseinheit simultan kontrolliert und parallel abgewickelt (Parallel- oder Mehrfachhandlung). Unter Vorgabe dieses triadischen H.modells lassen sich schließlich *Perönlichkeitsunterschiede* als individuelle Akzentuierungen einzelner Phasen oder Teilprozesse im Sinne von persönlichen H.stilen auffassen.

3 Verhaltens- und Handlungstheorien

3.1 In *verhaltenstheoretischen Konzeptionen* i.e.S. (Vergleichende V.forschung, Reflexologie und Behaviorismus) wird Psychisches – vor dem Hintergrund eines naturwissenschaftlich-positivistischen Exaktheitsideals – als etwas rein Subjektives, nur an sich selbst unmittelbar Beobachtbares verstanden, das einer wissenschaftlich-objektiven Analyse unzugänglich ist. Dementsprechend beschränkt man sich auf die Untersuchung des äußeren objektiv beobachtbaren V. Mit Bezug auf die DARWINsche Evolutionstheorie wird sowohl die V.entwicklung als auch die Übertragbarkeit der vornehmlich an Tieren gewonnenen Erkenntnisse auf den Menschen begründet.

Von der *Vergleichenden V.forschung*, wie sie von LORENZ, TINBERGEN, HOLST u.a. entwickelt wurde (vgl. u.a. EIBL-EIBESFELDT, 1969), wird ererbtes artspezifisches V., wie es unter natürlichen Bedingungen auftritt, systematisch-katalogisierend beschrieben und evolutionsgeschichtlich gedeutet (Ethologie), seine physiologisch-regulatorischen Grundlagen analysiert (V.physiologie) und sein Erbgang untersucht (V.genetik).

In der mit den Namen PAWLOW und BECHTEREW verbundenen russischen *Reflexologie* und im von WATSON begründeten und insbesondere von SKINNER pointiert vertretenen amerikanischen *Behaviorismus* dagegen liegt der Akzent – ausgehend von der empiristischen „tabula rasa"-Vorstellung – auf erlerntem V., das vorwiegend nicht in natürlicher Umwelt, sondern unter experimentellen Bedingungen als Aufbau von Reiz-Reaktions-Verbindungen untersucht wird.

3.2 Handlungstheoretische Konzeptionen entwickelten sich sowohl in Absetzung zu introspektionistischen als auch verhaltenstheoretischen Auffassungen. Wichtige Impulse ergaben sich dabei in neuerer Zeit aus einer grundsätzlichen Kritik an der gegenwärtigen Forschungssituation und am Wissenschaftsverständnis der Sozialwissenschaften und der Psychologie (vgl. z.B. RUBINSTEIN, 1971; HOLZKAMP, 1972; GRAUMANN, 1973). Die Kernpunkte dieser Kritik liegen im Vorwurf theoretischer Zersplitterung und terminologischer Uneinheitlichkeit sowie eingeschränkter oder unreflektierter Praxisrelevanz einer positivistisch-induktionistisch angelegten Forschung. Hieraus leitet sich die Forderung nach einem umfassenden theoretischen Konzept ab, das sowohl die Forschung strukturieren als auch einen unmittelbaren Rückbezug zur Praxis eröffnen könnte. Von vielen Autoren wird dabei die Einlösung dieser Forderung vom Konzept der H. erwartet. Damit rückt die – durch subjektive Bewertungsprozesse regulierte – Auseinandersetzung mit der natürlichen und insbesondere auch der sozialen Umwelt in den Mittelpunkt der Betrachtung.
Handlungstheoretische Vorstellungen wurden in unterschiedlichster fachwissenschaftlicher, wissenschaftstheoretischer und ideologischer Orientierung entworfen (vgl. hierzu LENK, 1977). Neuere *handlungsphilosophische* Ansätze wurden u.a. von WHITE (1968) und LENK (1977) vorgetragen. Auch in der biologischen *Anthropologie* GEHLENS (1971) steht der „Mensch als handelndes Wesen" im Mittelpunkt. Die H. als Ausdruck und Aktualisierung alltäglicher sozialer Beziehungen ist Kernbegriff *soziologisch, sozialpädagogisch* und *sozialpsychologisch* orientierter Konzeptionen. Hierzu zählen insbesondere die Analyse des „sozialen Handelns" bei MAX WEBER (1968), der Entwurf einer „Allgemeinen Handlungstheorie" von PARSONS (vgl. PARSONS/SHILS, 1962), der durch Arbeiten von G. H. MEAD und A. SCHÜTZ begründete „Symbolische Interaktionismus" (vgl. u.a. GOFFMAN, 1969; BLUMER, 1973; KRAPPMANN, 1975), der oft auf LEWIN zurückgeführte und vornehmlich für den erziehungswissenschaftlichen Bereich entwickelte methodische Ansatz der „Handlungs-" oder „Aktionsforschung" (vgl. u.a. MOSER, 1977a, b) sowie die Theorie der Alltagskommunikation von WATZLAWICK/BEAVIN/JACKSON (1974).

3.3 Handlungspsychologische Vorstellungen wurden auf drei Komplexitätsstufen entwickelt: (1) als Modell eines Teilaspektes menschlichen Verhaltens, nämlich der psychischen H.regulation; (2) als Basistheorie praktisch-psychologischer Tätigkeit in bestimmten Anwendungsfeldern, insbesondere im Arbeits- (vgl. u.a. HACKER, 1978) und Sportbereich (vgl. u.a. WEINBERG, 1978); (3) als übergreifender Entwurf für eine Neuordnung der Psychologie insgesamt (vgl. u.a. SCHILLER, 1948; TOMASZEWSKI, 1964; RUBINSTEIN, 1971; LEONTJEW, 1973; SÈVE, 1973).
Die Grundthesen der H.psychologie im letztgenannten Sinne lassen sich folgendermaßen zusammenfassen: (1) H.n sind psychisch reguliert, Psychisches erhält seinen Funktionssinn erst aus dem Bezug zur H. (*Regulationstheorem*). Dieser Aspekt wurde vor dem Hintergrund kybernetischer Erkenntnisse über Rückkopplungs- und Informationsverarbeitungsprozesse und physiologischer Modellvorstellungen über die Bewegungsregulation in neuerer Zeit differenzierter ausgearbeitet. Hervorzuheben sind insbesondere das Test-Operate-Test-Exit (TOTE-)Modell von MILLER/GALANTER/PRIBRAM (1960), das Regulationsmodell HACKERS (1978), die motivationspsychologisch orientierten Modelle von FUCHS (1963, 1976), MEYER (1973), HECKHAUSEN (1977), NITSCH/ALLMER (1976) sowie die entscheidungstheoretischen Ansätze von KIRSCH (1970; 1971a, b), LANGENHEDER (1973), KRAAK (1976) und WERBIK (1978). (2) Psychisches entwickelt sich im und aus dem Handeln (*Entwicklungstheorem*). Dieser Aspekt wurde in handlungspsychologischer Sicht vor allem von PIAGET (1969), GALPERIN (1967), KOSSAKOWSKI/ETTRICH (1973), LEONTJEW (1973) und – lerntheoretisch – auch von PARREREN (1972) ausgearbeitet.
Für eine Psychologie, die in der H. ihre Analyseeinheit sieht, erhalten folgende Bezüge, die in der H. verwirklicht sind und ihre Voraussetzung bilden, entscheidende Bedeutung: (1) Der *psychoökologische Bezug*: In der H. vollzieht sich stets eine Auseinandersetzung einer Person mit ihrer jeweiligen Umwelt, durch die H. wird der Person-Umwelt-Bezug aktiv hergestellt und gestaltet. Psychisches als Grundlage und Folge von

H.n ist damit nur in diesem Bezug zutreffend analysierbar, wobei sowohl dessen historische, d.h. natur- und gesellschaftsgeschichtliche Dimension (vgl. hierzu den Ansatz der Berliner historisch-kritischen Schule, u.a. HOLZKAMP, 1973) als auch seine aktuelle Bedeutung für die individuelle Entwicklung und das individuelle Handeln zu berücksichtigen sind (vgl. hierzu auch die Arbeiten zur „Ökologischen Psychologie“, u.a. GRAUMANN, 1978). (2) Der *psychosomatische Bezug*: Die H. ist zugleich psychisches und somatisches Geschehen, in ihr sind psychische und somatische Gegebenheiten zu einer Einheit zusammengeschlossen. Psychisches vollzieht sich nur auf organischer Grundlage und ist damit von somatischen Gegebenheiten genau so abhängig, wie dies generell für Informationsprozesse in bezug auf materiell-energetische Informationsträger gilt. Somatische Prozesse wiederum sind psychisch beeinflußbar in demselben Sinne wie Energieflüsse durch Informationen gesteuert werden können. Schließlich können somatische Vorgänge zum Inhalt psychischer Prozesse werden, nämlich dann, wenn eine Person bewußt zu ihren körperlichen Erscheinungen Stellung nimmt. Nach handlungspsychologischer Auffassung spiegelt somit Psychisches die objektiven ökologischen und somatischen Gegebenheiten wider und objektiviert sich in deren Veränderung (vgl. u.a. RUBINSTEIN, 1971; LEONTJEW, 1973). Damit wird sowohl der introspektionistische als auch der verhaltenstheoretische Ansatz überwunden.
Diese Grundannahmen wurden bisher allerdings in den einzelnen handlungspsychologischen Konzeptionen sehr unterschiedlich ausgearbeitet, z.B. indem das Regulations- oder das Entwicklungstheorem, der psychoökologische oder der psychosomatische Bezug in jeweils wiederum anderen Ausschnitten hervorgehoben wurden. Vor gesellschaftstheoretischem Hintergrund grenzt sich überdies die *„marxistische Handlungspsychologie“* gegen die von ihr so bezeichnete „bürgerliche“ (Handlungs-)Psychologie ab (vgl. TOMASZEWSKI, 1964; GALPERIN, 1967; RUBINSTEIN, 1971; KOSSAKOWSKI/ETTRICH, 1973; LEONTJEW, 1973; RAUM, 1973; SÈVE, 1973; VOLPERT, 1974; HACKER, 1978). Die Grundannahme der marxistischen H.psychologie liegt darin, daß das Bewußtsein des Menschen als historisches Produkt gesehen wird, das sich im Prozeß der gesellschaftlich organisierten Tätigkeit, insbesondere der Arbeit (oder als arbeitsabhängig betrachteter Tätigkeiten), entwickelt. Es gilt daher, die Arbeitsbedingungen und die davon abhängigen sozioökonomischen Verhältnisse kritisch zu analysieren, ihre restriktive und repressive Funktion für die Befriedigung menschlicher Bedürfnisse im „kapitalistischen System“ aufzuzeigen und zu überwinden. Abgesehen von seiner gesellschaftstheoretischen Grundposition ist dieser Ansatz besonders auch in der faktischen Einschränkung auf eine „industrielle Lohnarbeitspsychologie“ und weiterhin in der Annahme „natürlicher“ menschlicher Bedürfnisse diskussionswürdig. Auch konnte bislang die offenkundige Kluft zwischen programmatischer Erklärung unter verkürzendem Rückgriff auf MARXsche und LENINsche Aussagen einerseits und konkreter empirisch-psychologischer Modellbildung andererseits noch nicht hinreichend zwingend überbrückt werden.
Eine weitere wichtige Differenzierung handlungspsychologischer Richtungen ergibt sich aus der Gegenüberstellung „wissenschaftlicher“ und „naiver“ H.theorien. Der *„naiven Handlungstheorie“* geht es nicht um die wirklichkeitsmittelbare Analyse von H.n aus der Sicht und in der Sprache des (unbeteiligten) Wissenschaftlers. Sie fragt vielmehr danach, welche naivtheoretischen Konzepte der Alltagsmensch selbst benutzt, um das eigene Tun und das seiner Mitmenschen zu erklären, vorherzusagen und zu beeinflussen, sowie danach, welche Bedeutung dieses naiv-psychologische Wissen im Rahmen alltäglicher Lebensbewältigung besitzt (vgl. LAUCKEN, 1974; NITSCH et al., 1979).

3.4 Aus den unverkennbaren Vorzügen einer handlungstheoretischen Position leiten sich aber auch ihre gegenwärtigen, wenn auch nicht unüberbrückbaren *Schwächen* ab. Der hohe theoretische Integrationswert und die Praxisnähe einer molaren, makroskopischen Betrachtungsweise werden (noch) um den Preis einer geringeren Präzision im Detail und erschwerter empirischer Überprüfbarkeit erkauft. Dieses Problem ist nicht allein auf theoretischer Ebene durch Verfeinerung der Aussagen lösbar, sondern erfordert eine methodologische Neuorientierung des experimentellen Vorgehens. Dabei müßte der Schwerpunkt von der Analyse linear-einsinniger Beziehungen zwischen abhängigen und unabhängigen Variablen auf die Prozeßanalyse von Funktionskreisen verschoben werden.

Verweis auf andere Stichwörter

→Arbeitspsychologie →Behaviorismus →Common-Sense-Psychologie →Ethologie →Handlungsforschung →Interaktion und Kommunikation →Kritische Psychologie →Motivation →Ökologische Psychologie →Soziologie

Literatur

ALLMER, H.: Ursachenerklärung und Handlungszufriedenheit. Theoretische und empirische Analysen sportbezogener Leistungsmotivation. Schorndorf: Hofmann 1978.

BLUMER, H.: Der methodologische Standort des symbolischen Interaktionismus. In: Arbeitsgruppe Bielefelder Soziologen (Hrsg.): Alltagswissen, Interaktion und gesellschaftliche Wirklichkeit. Bd. 1: Symbolischer Interaktionismus und Ethnomethodologie. Reinbek: Rowohlt 1973, 80–146.

EIBL-EIBESFELDT, I.: Grundriß der vergleichenden Verhaltensforschung. München: Piper [2]1969.

FUCHS, R.: Funktionsanalyse der Motivation. Z. exp. angew. Psychol., 1963, 10, 626–645.

FUCHS, R.: Ansätze, Methoden und wissenschaftstheoretische Grundlagen der Handlungsforschung. In: THOMAS, A. (Hrsg.): Psychologie der Handlung und Bewegung. Meisenheim: Hain 1976.

GALPERIN, P. J.: Die geistige Handlung als Grundlage für die Bildung von Gedanken und Vorstellungen. In: Probleme der Lerntheorie. Berlin-Ost: Volk und Wissen 1967, 33–49.

GEHLEN, A.: Der Mensch, seine Natur und seine Stellung in der Welt. Frankfurt/M.: Athenäum [9]1971.

GLASS, D. C./SINGER, J. E.: Urban stress. New York: Academic Press 1972.

GOFFMAN, E.: Wir alle spielen Theater. Die Selbstdarstellung im Alltag. (Dtsch.) München: Piper 1969.

GRAUMANN, C. F.: Zur Lage der Psychologie. In: REINERT, G. (Hrsg.): Bericht über den 27. Kongreß der DGfPs, Kiel 1970. Göttingen: Hogrefe 1973.

GRAUMANN, C. F. (Hrsg.): Ökologische Perspektiven in der Psychologie. Bern: Huber 1978.

HACKER, W.: Allgemeine Arbeits- und Ingenieurpsychologie. Psychische Struktur und Regulation von Arbeitstätigkeiten. Bern: Huber [2]1978.

HECKHAUSEN, H.: Motivation: Kognitionspsychologische Aufspaltung eines summarischen Konstrukts. Psychol. Rundschau, 1977, 28, 175–189.

HOLZKAMP, K.: Kritische Psychologie. Frankfurt/M.: Fischer 1972.

HOLZKAMP, K.: Sinnliche Erkenntnis – Historischer Ursprung und gesellschaftliche Funktion der Wahrnehmung. Frankfurt/M.: Athenäum Fischer 1973.

KIRSCH, W.: Entscheidungsprozesse. Bd. I–III. Wiesbaden: Gabler 1970, 1971 a, b.

KOSSAKOWSKI, A./ETTRICH, K. U. (Hrsg.): Psychologische Untersuchungen zur Entwicklung der eigenständigen Handlungsregulation. Berlin-Ost: Dtsch. Verl. d. Wiss. 1973.

KRAAK, B.: Handlungs-Entscheidungs-Theorien. Anwendungsmöglichkeiten und Verbesserungsvorschläge. Psychol. Beitr., 1976, 18, 505–515.

KRAPPMANN, L.: Soziologische Dimensionen der Identität. Strukturelle Bedingungen für die Teilnahme an Interaktionsprozessen. Stuttgart: Klett [4]1975.

LANGENHEDER, W.: Theorie menschlicher Entscheidungshandlungen. Stuttgart: Enke 1975.

LAUCKEN, U.: Naive Verhaltenstheorie. Stuttgart: Klett 1974.

LENK, H. (Hrsg.): Handlungstheorien – interdisziplinär. Bde. 1–4. München: Fink 1977.

LEONTJEW, A. N.: Das Problem der Tätigkeit in der Psychologie. Sowjet. ges.wiss. Beitr., 1973, 4, 415–435 (a).

MAIER, S. F./SELIGMAN, M. E. P.: Learned helplessness: Theory and evidence. J. exp. Psychol., 1976, 105, 3–46.

MEYER, W.-U.: Leistungsmotiv und Ursachenerklärung von Erfolg und Mißerfolg. Stuttgart: Klett 1973.

MILLER, G. A./GALANTER, E./PRIBRAM, K. H.: Plans and the structure of behavior. New York: Holt, Rinehart & Winston 1960.

MOSER, H.: Methoden der Aktionsforschung. München: Kösel 1977 a.

MOSER, H.: Praxis der Aktionsforschung. München: Kösel 1977 b.

NITSCH, J. R./ALLMER, H.: Entwurf eines Prozeßmodells der Leistungsmotivierung. In: NITSCH, J. R./UDRIS, I. (Hrsg.): Beanspruchung im Sport. Bad Homburg: Limpert 1976, 42–59.

NITSCH, J. R. u. a.: Untersuchungen zu naiven Techniken der Psychoregulation im Sport. Teil I: Selbstregulation (Betrifft: Psychologie und Sport, Bd. 4). Köln: Psychologisches Institut der Deutschen Sporthochschule Köln 1979.

PARREREN, C. F. VAN: Lernprozeß und Lernerfolg. Eine Darstellung der Lernpsychologie auf experimenteller Basis. (Dtsch.) Westermann [2]1972.

PARSONS, T./SHILS, E. A. (Eds.): Toward a general theory of action. Cambridge, Mass., 1951.

PIAGET, J.: Das Erwachen der Intelligenz beim Kinde. (Dtsch.) Stuttgart: Klett 1969.

RAUM, H.: Zu einigen Aspekten einer psychologischen Handlungstheorie. In: HACKER, W. u.a. (Hrsg.): Psycholog. Arbeitsuntersuchung. Berlin-Ost: Dt. Verl. d. Wiss. 1973, 20–41.

REHBEIN, J.: Komplexes Handeln. Elemente zur Handlungstheorie der Sprache. Stuttgart: Metzler & Poeschel 1977.

RUBINSTEIN, S. L.: Grundlagen der Allgemeinen Psychologie. (Dtsch.) Berlin-Ost: Volk und Wissen [7]1971.

SCHILLER, P. V.: Aufgabe der Psychologie. Eine Geschichte ihrer Probleme. Wien: Springer 1948.

SÈVE, L.: Marxismus und Theorie der Persönlichkeit. (Dtsch.) Frankfurt/M.: Verlag Marxist. Blätter [2]1973.

STERN, W.: Allgemeine Psychologie auf personalistischer Grundlage. Teil 4–6. Haag: Nijhoff 1935.

TOLMAN, E. C.: Purposive behavior in animals and men. New York: Appleton-Century-Crofts 1932.

TOMASZEWSKI, T.: Die Struktur der menschlichen Tätigkeiten. Psychol. u. Prax., 1964, 8, 145–155.

VOLPERT, W.: Handlungsstrukturanalyse als Beitrag zur Qualifikationsforschung. Köln: Pahl-Rugenstein 1974.

WATZLAWICK, P./BEAVIN, J. H./JACKSON, D. D.: Menschliche Kommunikation. Formen, Störungen, Paradoxien. Bern: Huber [4]1974.

WEBER, M.: Methodologische Schriften. Frankfurt/M.: Fischer 1968.

WEINBERG, P.: Handlungstheorie und Sportwissenschaft. Köln: Pahl-Rugenstein 1978.

WEINER, B. (Ed.): Achievement motivation and attribution theory. Morristown: General Learning Press 1974.

WERBIK, H.: Handlungstheorien. Stuttgart: Kohlhammer 1978.

WHITE, A. R.: The philosophy of action. Oxford: Univ. Press 1968.

Jürgen R. Nitsch

Verhaltenstherapie

Die Verhaltenstherapie (VT) ist eine seit Beginn der sechziger Jahre rasch an Bedeutung gewinnende therapeutische Richtung, die sich darauf beruft, praktische Anwendung experimentell-naturwissenschaftlich gewonnener Gesetze des Lernens zu sein. Der Begriff VT wird verwendet, wenn es sich um traditionellerweise als pathologisch geltende Verhaltensweisen handelt; der Begriff Verhaltensmodifikation dort, wo Verhalten zwar unerwünscht ist, aber nicht unbedingt den Kriterien des Pathologischen entspricht. Beide Begriffe sind fließend und gehen ineinander über.

1 Grundlagen

Die VT geht davon aus, daß als pathologisch geltendes Verhalten in derselben Weise gelernt wird wie sogenanntes „normales“ Verhalten. VT besteht aus einer Vielzahl therapeutischer Methoden, durch die gestörtes Verhalten gelöscht und (wenn nötig) neues Verhalten gelernt wird. Auch dieses „therapeutische Lernen“ unterscheidet sich, nach Meinung der Verhaltenstherapeuten, nicht von jedem anderen Lernprozeß und unterliegt daher den Prinzipien des respondenten und operanten Konditionierens sowie des Modellernens. Bei YATES (1970) wird außerdem noch betont, daß verhaltenstherapeutisches Vorgehen prinzipiell dem in der experimentellen Psychologie üblichen *methodischen* Vorgehen analog sei, so daß jeder einzelne Fall ein dem psychologischen Experiment nachgebildetes Design aufzuweisen habe. Diese Betonung des methodischen Vorgehens gegenüber dem von anderen Autoren betonten Rekurs auf inhaltlich festgelegte lerntheoretische Paradigmata ist für die neuere Entwicklung verhaltenstherapeutischer Methoden besonders wichtig, da bei ihnen häufig die Anlehnung an „klassische“ Lernparadigmata fehlt. Von traditionellen triebdynamischen Richtungen grenzt sich die VT außer durch ihren Bezug zur lerntheoretischen Grundlagenforschung auch noch ab durch ihre Ablehnung eines medizinischen Krankheitsmodells, durch das Außerachtlassen der Aufdeckung von Ursachen der Störung als therapeutischen Mittels, sowie durch Verzicht auf globale Therapieziele (z.B. „Persönlichkeitsveränderung“) zugunsten möglichst konkreter therapeutischer Lernziele. Es besteht in der VT außerdem eine gewisse Konzentration auf den beobachtbaren Aspekt (Verhaltensaspekt) psychischer Störungen, was aber nicht immer durchgehalten wird.

2 Methoden

Ein wichtiges Vorläuferexperiment der VT stellt ein Versuch von WATSON/RAYNER (1920) dar, in dem der Aufbau von Angstverhalten durch klassische Konditionierung beim Menschen gezeigt werden konnte („Little-Albert“-Studie): einem 11 Monate alten Kind wurde Angst vor einer Ratte konditioniert, indem gleichzeitig mit dem Auftauchen der Ratte jeweils ein aversives Geräusch erzeugt wurde. Versuche von JONES (1924), ängstliches Verhalten zu reduzieren, indem ein Kind dann, wenn der Angstreiz – ein Kaninchen – gezeigt wurde, gleichzeitig Süßigkeiten bekam, bildeten 30 Jahre später für WOLPE (1958) die Grundlage für eine Reihe ähnlicher Versuche mit ängstlichen Katzen. Darauf basierend entwickelte er therapeutische Methoden zum Angstabbau. Die von ihm so genannte Methode der *Systematischen Desensibilisierung* wurde zu einem Meilenstein in der Entwicklung der VT. Sie ist dem Bereich derjenigen Methoden zuzurechnen, die sich eher einem Konzept des respondenten Konditionierens verpflichtet fühlen. (Durch Paarung angsterregender Stimuli mit angenehmen Situationen – z.B. Entspannung – soll eine feste Verbindung von unkonditionierten emotionalen Reaktionen mit dem angsterregenden Stimulus geschaffen werden.)

Auf ähnlichen theoretischen Vorstellungen (Assoziation eines unerwünschten Verhaltens mit aversiver Stimulation, z.B. E-Schock) beruhen die sogenannten *Aversionsmethoden*, die in der Praxis aber viel weniger Anwendung finden als ihr spektakuläres Image es vermuten läßt (RACHMAN/TEASDALE, 1969).

Andere Autoren (z.B. ULLMANN/KRASNER, 1965) entwickelten Methoden, bei denen mit einem *Bekräftigungskonzept* im Sinne SKINNERS gearbeitet wurde. Erwünschtes Verhalten wird durch günstige Bekräftigungsschemata aufgebaut, unerwünschtes Verhalten durch Entzug von Bekräftigung oder durch Bekräftigung von Alternativverhalten abgebaut.

BANDURAS (1969) wichtiger Beitrag zur Theorie des Modellernens wurde in die Praxis umgesetzt durch die Einführung von (oft systematisierten) *Rollenspielen* (vor allem zur Entwicklung sozialer Kompetenzen) und einiger Methoden, die sich direkter Imitation zur Erlernung erwünschten Verhaltens bedienten.

3 Verhaltens- und Bedingungsanalyse

Um alle diese Methoden adaequat anwenden zu können, wird – in Nachahmung des experimentellen ABAB-designs – zuerst jeweils die Grundkurve des Störungsverhaltens festgestellt, dann die Intervention (Bekräftigung, Einführung von respondenten Konditionierungsbedingungen etc.) markiert, die darauffolgende Veränderung des Verhaltens festgestellt und durch die Wiederholung des AB-Anteils nochmals getestet. Damit rückt die Feststellung der aufrechterhaltenden Bedingungen (also z.B. der Konsequenzen) von unerwünschtem Verhalten ins Zentrum der Aufmerksamkeit. Eine Systematisierung der damit verbundenen Analyse des Verhaltens verdankt die VT vor allem KANFER (1969). Er entwickelte (gemeinsam mit SASLOW) differenzierte Vorstellungen darüber, welche Bestandteile des Verhaltens festgehalten werden müssen, um jeweils störungsspezifische Therapiemethoden für jeden Einzelfall entwickeln zu können. Als Leitfaden der Verhaltensanalyse entwickelte er die Formel: S-O-R-K-C (S = störungsrelevanter Stimulus; O = organismische Bedingungen; R = Störungsverhalten; K = Bekräftigungsschemata; C = Konsequenz des störenden Verhaltens).

Der zentrale Stellenwert, der der Verhaltensanalyse von KANFER zugesprochen wird, verhindert somit eine schematische Zuordnung bestimmter Methoden zu bestimmten Störungen. Es wird vielmehr durch die Verhaltensanalyse eine Verbindung von diagnostischem und therapeutischem Prozeß geschaffen, die im Sinne einer präzisen Indikationsstellung für die Anwendung jeder verhaltenstherapeutischen Methode wirkt.

Die Wahl der spezifischen verhaltenstherapeutischen Methode bestimmt sich somit weitgehend vom Ergebnis der Bedingungsanalyse her: d.h. die die Störung aufrecht erhaltenden Bedingungen werden in der Therapie verändert.

Diese Bedingungen sind nicht nur als innerpsychische Prozesse oder vom Individuum selbst produzierte Verhaltenskonsequenzen zu verstehen, sondern liegen oft auch als Auslöser oder Konsequenz des Verhaltens in der *sozialen* oder *materiellen Umwelt* des Patienten. Auch diese Umwelt wird daher oft in den Veränderungsprozeß einbezogen; das therapeutische Geschehen verlagert sich daher sehr oft vom Therapiezimmer in das alltägliche Milieu des Patienten (angsterregende Situationen werden z.B. gemeinsam mit dem Therapeuten aufgesucht; Stottererübungen werden in typischen Alltagssituationen geprobt u.ä.m.). Im allgemeinen läßt sich sagen, daß verhaltenstherapeutische Methoden ausgezeichnet sind durch eine besondere Flexibilität, die – dem Anspruch nach – jedem Patienten sozusagen die „maßgeschneiderte" Therapie verpaßt.

4 Neuere Methoden

4.1 Selbstmodifikationsprogramme

Anfangs wurde der verhaltenstherapeutische Prozeß in traditioneller Weise verstanden als ein Veränderungsprozeß unter Anleitung des Therapeuten. Seit Anfang der siebziger Jahre beschäftigte man sich mit der Möglichkeit, dem *Patienten selbst* alle Mittel in die Hand zu geben, seinen eigenen Veränderungsprozeß mit nur geringer Anleitung des Therapeuten zu steuern. Es wurden Selbstmodifikationsprogramme in einer Reihe von Problembereichen (z.B. für Eßsucht, Rauchen) entwickelt, durch die Patienten lernen sollten, selbständig die störungsschaffenden Bedingungen zu analysieren und ihre Veränderung in die Hand zu nehmen. Meist geht es dabei um genau definierte Bekräftigungsstrategien, die der Patient an sich selbst anwenden soll (WATSON/THARP, 1972).

Damit aber wurde klar, daß die Ausführung einer Therapie nicht mehr unbedingt nur dem „Fachmann" vorbehalten bleiben mußte. Nach einer zusammen mit dem Therapeuten durchgeführten Verhaltensanalyse und der Aufstellung eines therapeutischen „Lernprogramms" konnte in vielen Fällen die Ausführung und Überwachung der Therapie an *Laien* (z.B. Lehrer, Kindergärtner, Eltern) delegiert werden. Dies machte die VT besonders im Bereich der kindlichen Störungen attraktiv.

4.2 *Kognitive Verhaltenstherapie*

Der letzte Entwicklungstrend der VT ist durch eine vermehrte Befassung mit der kognitiven Seite des therapeutischen Prozesses gekennzeichnet (Mahoney, 1974). Probleme der veränderungsschaffenden Gedanken, Phantasien und Vorstellungen wurden einerseits Anstoß zu neuen therapeutischen Methoden (z.B. Selbstinstruktionstraining nach Meichenbaum, 1975; Problemlösungsmethoden nach Goldfried, 1975, u.a.m.), andererseits aber auch zu einer Erweiterung der theoretischen Fundierung der VT in Richtung auf kognitionspsychologische Ansätze hin.
In der Praxis führt diese Entwicklung offensichtlich z.Z. zu einer Integration von eher kognitiv orientierten Methoden (Beck, 1970; Ellis, 1972; gesprächstherapeutische Methoden) mit verhaltenstherapeutischen Techniken.

5 Therapieerfolg

Die Erfolgseuphorie frühester verhaltenstherapeutischer Studien (z.B. Wolpe, 1958, der eine Erfolgsrate von 90% angibt) hielt nicht allzu lange an. Trotz aller Einschränkungen (Übersicht über die Erfolgsquoten der Systematischen Desensibilisierung z.B. bei Wengle, 1974) kann aber doch festgehalten werden, daß einzelne verhaltenstherapeutische Methoden – allen voran die Systematische Desensibilisierung – oft höhere Erfolgsquoten aufweisen als traditionelle Therapiemethoden. Entgegen früheren Vermutungen läßt sich offensichtlich auch nicht behaupten, daß VT nur bei einfachen, monosymptomatischen Störungen erfolgreich einzusetzen sei. Die Erfolgsquoten der VT gerade bei chronischen und komplexen Störungen sind höher als die der traditionellen Therapieformen. Es ist zu vermuten, daß die oben erwähnte Flexibilität der verschiedenen Herangehensweisen gerade bei solchen Störungen indiziert ist (Zusammenfassung der Indikationsproblematik siehe Grawe, 1976).
Der noch von Eysenck ohne Selbstzweifel geäußerte Stolz auf die „Wissenschaftlichkeit" der VT wurde aber im Laufe der letzten Jahre gründlich zerstört. Die Kritik richtete sich gegen die oft kritiklose Übertragung von Ergebnissen aus dem Tierexperiment auf den Bereich menschlichen Lernens, gegen die klinische Analogstudie, die oft mit klinisch nicht relevanten Störungen einer klinisch nicht relevanten Population arbeitete (z.B. Rattenängste von Studenten), sowie vor allem auch gegen die kritiklose Gleichsetzung von unter eingeschränkten experimentellen Bedingungen definierten Variablen („Stimulus", „Response") mit komplexen klinischen Alltagssituationen (Breger/McGaugh, 1965).
London (1972) formulierte eine wohl endgültige, bissige und geistreiche Absage an das Postulat der „Wissenschaftlichkeit" der VT und bezeichnete dieses Postulat als ein rein „ideologisches" im Kampfe gegen traditionelle Therapieformen.
Trotz dieser wohl allgemein akzeptierten Kritik blieb verhaltenstherapeutisches Vorgehen insofern dem Ideal der „Wissenschaftlichkeit" verhaftet, als wesentliche Elemente des verhaltenstherapeutischen Verfahrens analog zum psychologischen Experiment bestehen blieben: z.B. das Element der klaren Problemdefinition, der Bedingungsanalyse des gestörten Verhaltens, der darauf basierenden Therapieplanung und der Evaluation des Erfolges als Rückmeldung für die Verifizierung/Falsifizierung des hypothetischen Bedingungsmodells der Störung.

6 Aktuelle Diskussionen und Entwicklungen

Zur Zeit dominieren im Diskussionsbereich der klinischen Psychologie Integrationsbestrebungen der verschiedenen Therapieformen über die ehemals geführten „Schulenstreitigkeiten". Diese Integrationstendenz betrifft sowohl die therapeutische Praxis (Wild-Missong/Teuwsen, 1978) als auch den Versuch, Veränderungsmechanismen theoretisch zu durchschauen (Mahoney, 1974; Martin, 1975; Heigl/Triebel, 1977).
So ist es sicher ein Verdienst der VT, daß verschiedene therapeutische Schulen in den letzten Jahren versuchten, den therapeutischen Prozeß (unabhängig von ihrer je systemimmanenten Persönlichkeitstheorie) als einen *Lernprozeß* zu verstehen und ihn unter diesem Aspekt mit den Erkenntnissen der allgemeinen psychologischen Lerntheorien konfrontierten. Ebenso ist es sicher zum Teil der VT zuzuschreiben, daß Psychotherapeuten auch anderer Richtungen (z.B. der Kommunikationstherapie) in verstärktem Maße im natürlichen Milieu des Patienten unter Einbeziehung der relevanten Sozialpartner arbeiten.

Da die Entwicklung von verhaltenstherapeutischen Methoden sowie die Reflexion auf ihre theoretische Fundierung immer im Bereich der experimentell orientierten akademischen Psychologie vor sich gegangen war, wird – wenn auch nicht kontinuierlich, so doch ohne besonderen „Bruch" – die Entwicklung der allgemeinen Psychologie im Bereich der Kognitions- und Motivationspsychologie in der VT rezipiert. In diesem Zusammenhang wird derzeit dem schon 1962 bahnbrechenden (wenngleich damals wenig Folgen zeigenden) Buch von MILLER/GALANTER/PRIBRAM (1962) verstärkte Aufmerksamkeit geschenkt. Im deutschen Sprachbereich wird z. Z. – darauf aufbauend – versucht, handlungstheoretische Ansätze zur Erklärung der Wirksamkeit auch verhaltenstherapeutischer Methoden zu benutzen (BERGOLD, 1978; SEMMER/PFÄFFLIN, 1978, u. a.). Als ein wichtiger Vorteil der VT im Verwertungszusammenhang wird häufig die relative *Schichtunabhängigkeit* genannt, da verbale Geschicklichkeit, Bildung und Intelligenz in der VT für den Patienten weniger wichtig sind als bei den traditionellen Therapieformen, deren Erfolgs- und Auslesekriterien oft mit diesen Merkmalen identisch sind.

Ein weiterer Vorteil ist die – im Vergleich vor allem zur psychoanalytischen Therapie – wesentlich *kürzere Behandlungsdauer* bei verhaltenstherapeutischem Vorgehen, was auch unter ökonomischen Gesichtspunkten wiederum sozial schwächeren Patienten zugute kommt. Es wird daher in den meisten Institutionen des psychosozialen Versorgungsbereichs in immer breiterem Umfang auch mit verhaltenstherapeutischen Maßnahmen gearbeitet, da in diesen Einrichtungen der Anteil von Patienten sozial schwacher Schichten erfahrungsgemäß größer ist als in Privatpraxen. In diesen dominieren daher auch eher traditionelle Therapiemethoden wie die Psychoanalyse mit ihren verschiedenen Entwicklungsrichtungen. In diesem Punkt treffen sich die Intentionen der Verhaltenstherapeuten sehr oft mit den Bestrebungen der Sozialpsychiatrie.

Da die meisten Verhaltenstherapeuten aus einem Studiengang der Psychologie kommen, wird verhaltenstherapeutische Versorgung von Patienten von den Krankenkassen in den meisten Fällen nicht erstattet.

Die Ausbildung zum Verhaltenstherapeuten geschieht z. Z. in der BRD und in West-Berlin in ihren ersten theoretischen Grundzügen und oft auch in praktischer Einübung an vielen psychologischen Universitätsinstituten. Es besteht jedoch kein einheitlicher Ausbildungsgang. Die Deutsche Gesellschaft für Verhaltenstherapie (DGVT) bemüht sich allerdings um eine solche Vereinheitlichung des Ausbildungsplanes, was aber unter den verschiedensten Gesichtspunkten oft zu Kontroversen zwischen den Universitätsinstituten und der privatrechtlich organisierten DGVT führt.

Von der DGVT wird die Ausbildung zum Verhaltenstherapeuten in kleinen Selbsthilfegruppen neben und nach dem Universitätsstudium befürwortet, angeleitet und anerkannt.

Verweis auf andere Stichwörter

→Ausbildung in Psychologie →Behaviorismus →Diagnostik →Experiment →Gesprächspsychotherapie →Lernen →Psychotherapie →Sozialpsychiatrie →Therapieforschung

Literatur

BANDURA, A.: Principles of behavior modification. New York: Holt, Rinehart & Winston 1969.

BECK, A.: Cognitive therapy: nature and relation to behavior Therapy. Behavior Therapy, 1, 1970, 184–200.

BERGOLD, J.: Lerntheoretische Grundlagen für Theorie und Praxis der Psychiatrie. In: KISKER, K. P./MEYER, J. E./MÜLLER, M./STRÖMGREN, E.: Psychiatrie der Gegenwart. Forschung und Praxis, Bd. Grundlagenforschung zur Psychiatrie. Berlin, Heidelberg: Springer 1978.

BLÖSCHL, L.: Grundlagen und Methoden der Verhaltenstherapie. Bern: Huber [4]1974.

BREGER, L./MCGAUGH, J. L.: Critique and reformulation of „learning theory" approaches to psychotherapy and neurosis. Psychol. Bull., 65, 1966, 338–358.

ELLIS, A.: Reason and emotion in psychotherapy. New York: Lyle Stuart Press 1962.

FRANKS, C. M.: Behavior therapy, appraisal and status. New York: McGraw Hill 1969.

GOLDFRIED, M. R./GOLDFRIED, A. P.: Cognitive change methods. In: KANFER, F. H./GOLDSTEIN, A. P. Helping people change. New York: Pergamon Press 1975.

GRAWE, K. K.: Indikation in der Psychotherapie. In: PONGRATZ, L. (Hrsg.): Handbuch der Psychologie, Bd. 8: Klin. Psychologie, 2. Halbbd. Göttingen: Hogrefe 1978.

HEIGL, F. S./TRIEBEL, A.: Lernvorgänge in psychoanalytischer Therapie. Die Technik der Bestätigung – eine empirische Untersuchung. Bern: Huber 1977.

JONES, M.: The elimination of children's fear. J. exp. Psychol., 7, 1924, 382–390.

KANFER, F. H./SASLOW, G.: Behavioral diagnosis. In: FRANKS, C. M.: 1969.

KANFER, F. H./PHILLIPS, J.: Learning foundations of behavior therapy. New York: Wiley 1970.

KANFER, F. H./GOLDSTEIN, A. P.: Helping people change. New York: Pergamon 1975.

KRAIKER, CH.: Handbuch der Verhaltenstherapie. München: Kindler 1974.
LONDON, P.: The end of ideology in behavior modification. American Psychologist, 27, 1972, 913–920.
MAHONEY, M.: Cognition and behavior modification. Cambridge: Ballinger 1974.
MARTIN, D.: Gesprächspsychotherapie als Lernprozeß. Salzburg: Müller 1975.
MEICHENBAUM, D.: Self-instructional methods, in: KANFER, F. H./GOLDSTEIN, A. P.:1975.
MEYER, V./CHESSER, E. S.: Behaviour therapy in clinical psychiatry. London: Penguin Books 1970.
MILLER, G. A./GALANTER, E./PRIBRAM, K. H.: Plans and the structure of behavior, 1960. Deutsch: Pläne und Strukturen des Verhaltens. Stuttgart: Klett 1973.
RACHMAN, S./TEASDALE, J.: Aversion therapy and behavior disorders. An analysis. Florida: University of Miami Press 1969.
SEMMER, N./PFÄFFLIN, M.: Interaktionstraining. Ein handlungstheoretischer Ansatz zum Training sozialer Fertigkeiten. Weinheim: Beltz 1978.
ULLMANN, P./KRASNER, L.: Case studies in behavior modification. New York: Holt, Rinehart & Winston 1965.
WATSON, J. B./RAYNER, R.: Conditioned emotional reactions. J. exp. Psych. 1920, 3, 1–14.
WATSON, D. L./THARP, G. R.: Self-directed behavior: Self-modification for personal adustment Monterey: Brooks/Cole 1972.
WENGLE, E. M.: Die systematische Desensibilisierung. In: KRAIKER, CH.: 1974.
WILD-MISSONG, A./TEUWSEN, E.: Psychotherapeutische Schulen im Gespräch. Salzburg: Müller 1978.
WOLPE, J.: Psychotherapy by reciprocal inhibition. Stanford: Stanford University Press 1958.
YATES, A. J.: Behavior therapy. New York: Wiley 1970.

Eva Jaeggi

Vorurteil

1 Definition

V.e bezeichnen in der *Umgangssprache* eine hartnäckig negative Einschätzung von Personen, Personengruppen oder Gegenständen: „Von anderen ohne ausreichende Begründung schlecht denken“ (ALLPORT, 1971, 20). Für die umgangssprachliche Verwendung des Begriffs V. ist also zweierlei charakteristisch: zunächst, daß es sich um ein falsches negatives Urteil handelt, dann aber, daß das V. durch anderslautende Erfahrung nur schwer berichtigt werden kann. V.e unterscheiden sich von bloß falschen Urteilen durch ihre Resistenz gegen die Richtigstellung.
Diese beiden Elemente finden sich auch in den *wissenschaftlichen Definitionen*: „Vorurteile sind negative oder ablehnende Einstellungen einem Menschen oder einer Menschengruppe gegenüber, wobei dieser Gruppe infolge stereotyper Vorstellungen bestimmte Eigenschaften von vornherein zugeschrieben werden, die sich auf Grund von Starrheit und gefühlsmäßiger Ladung, selbst bei widersprechender Erfahrung, schwer korrigieren lassen“ (DAVIS, 1964, 53). Beim V. handelt es sich demnach um in der Persönlichkeitsstruktur verankerte „Einstellungen“, die einerseits die Wahrnehmung und die Interpretation der Umwelt bestimmen, andererseits das Verhalten des Menschen beeinflussen. V.e entstehen in der individuellen Lebensgeschichte, erfüllen individuelle Bedürfnisse und dienen der Spannungsabfuhr; dabei bedient sich das Individuum gesellschaftlich vorgegebener stereotyper Muster. Davon ausgehend, könnte man definieren: „Vorurteile sind stereotype Perzeptions-, Interpretations-, Bewertungs- und Handlungsmuster, die es den Menschen erlauben, intrapsychische Bedürfnisse auf gesellschaftlich vorgegebene Weise zu befriedigen“ (OSTERMANN/NICKLAS, 1976, 178).
V.e als Einstellungen haben außerdem folgende drei Aspekte:

1. Den *kognitiven* Aspekt, d.h. V.e bieten sich dar als Vorstellungen, Bilder, Images von Objekten. Sie sind die Vorstellungen, die wir von Menschen oder Menschengruppen haben. („Neger stinken.“)
2. Den *affektiven* Aspekt, d.h. V.e sind affektiv besetzt, also etwa mit starker Ablehnung

verbunden. („Jedesmal, wenn ich neben einem Neger in der Untergrundbahn sitze, wird mir schlecht.")

3. Den *konativen* Aspekt. V.e sind Dispositionen für das Verhalten. („Jedesmal, wenn ein Neger in mein Abteil steigt, wechsele ich das Abteil.")

2 Vorurteile als stereotype Systeme

V.e haben die Struktur von Stereotypen – also von stark vereinfachten, generalisierten, klischeehaften Vorstellungen. Sie treten vergesellschaftet, als V.bündel oder V.syndrom auf. Das bedeutet, daß ein vorurteilsbehafteter Mensch nicht nur in einer Frage vorurteilshaft reagiert, sondern es scheint eine allgemeine V.bereitschaft zu geben, die dann zu konkreten V.n gegen die verschiedenen Gruppen führt.

Man könnte solche V.systeme als „stereotype Systeme" im Sinne BERGLERS verstehen. Bei stereotypen Systemen handelt es sich nach BERGLER um „verfestigte, vereinfachte, gefühlsgesättigte, dynamische, ganzheitlich strukturierte Systeme zur Bewältigung allgemeiner, aber auch spezieller Situationen personaler wie apersonaler Art, in der ständig begegnenden Welt, denen die objektive, notwendige empirische Begründung mangelt" (BERGLER, 1966, 100). Diese Definition hebt auf die Funktion der stereotypen Systeme als Instrumente zur *Orientierung* in der Umwelt ab. Da es unmöglich ist, zu allen Fragen ein rationales Urteil zu bilden, leisten sie Orientierungshilfe. Sie machen die Welt überschaubar.

Aus der notwendigen Orientierungsfunktion stereotyper Systeme folgt bei BERGLER, daß es sich dabei nicht um pathologische Formen der Mißperzeption handelt, sondern daß die stereotypen Systeme wertfrei gesehen werden müssen. Nach seiner Auffassung handelt es sich bei dem pseudorationalen bildhaften Wahrnehmen in Stereotypen und bei der rationalen sachbezogenen Haltung, die im Leitbild des homo sapiens deutlich wird, um gleichwertige Formen der Weltbewältigung. Er wehrt sich dagegen, in V.n und stereotypen Systemen nur negativ akzentuierte Randerscheinungen von Verhaltensmöglichkeiten zu sehen. Aus diesem Grunde ist BERGLER in neueren Veröffentlichungen von dem Begriff „stereotype Systeme" abgerückt und hat ihn durch „Einstellungssysteme" ersetzt (BERGLER, 1972, 1381; zum Begriff des Stereotyps vgl. auch MANZ, 1968). Dem ist entgegenzuhalten, daß es einen Unterschied zwischen notwendiger Vereinfachung und Wahrnehmungsreduktion auf der einen Seite und der verzerrten Wahrnehmung in vorurteilshafter Form auf der anderen Seite gibt. Dies wird deutlich bei der Analyse der individuellen und gesellschaftlichen Funktionen, die V.e erfüllen.

3 Die Funktionen von Vorurteilen

Stereotype und V.e sind Teil des Alltagsbewußtseins des Menschen. Sie sind die in den Einstellungen und ihrem sprachlichen Ausdruck sedimentierten individuellen und sozialen Erfahrungen und Scheinerfahrungen, die Menschen in ihrer Alltagspraxis machen. Sie sind die Anzeichen der mißglückten Vermittlung zwischen den deformierten Bedürfnissen der Individuen und der ihnen aufgezwungenen gesellschaftlichen Praxis. Die stereotypen Alltagsformeln spiegeln die Unfähigkeit der Menschen, den gesellschaftlichen Zusammenhang kritisch zu durchdringen und rational zu interpretieren.

Als eine wesentliche individuelle Funktion von V.en wäre zu nennen die Abwehr von *Unsicherheit* und *Angst*. Der für den Einzelnen immer schwer zu durchdringende gesellschaftliche Zusammenhang, die Isolierung und die Unfähigkeit, durch eigene Handlung Sicherheit zu gewinnen, läßt die Menschen zu illusionären Mitteln greifen, die daraus erwachsende Angst zu beschwichtigen. Diese Angst ist die Ursache für die Abwehr von Vieldeutigkeit und Ambivalenz. Eine zweite Funktion von V.en liegt in der Stabilisierung des sozialen *Selbstwertgefühls*. Sie erhöhen durch die Diskriminierung einer anderen ethnischen oder sozialen Gruppe den Wert der eigenen Gruppe und damit den Wert der eigenen Person. Dies ist die Ursache dafür, daß sozial bedrohte Gruppen in einem besonderen Maße vorurteilshaft reagieren. Menschen verhalten sich um so stärker vorurteilshaft, je größer ihre Defizite in bezug auf persönliche, berufliche und gesellschaftliche Identität sind.

V.e bieten die Möglichkeit der gesellschaftlich gebilligten *Aggressionsabfuhr*. Unsere Kultur legt dem Menschen ein erhebliches Maß an Triebverzicht auf und beeinträchtigt die Entfaltungsmöglichkeiten der Menschen so stark, daß ein hohes Aggressionspotential charakteristisch für alle entwickelten Gesellschaften ist. Da die gesellschaftlichen Zwänge für das Individuum in

der Regel nicht durchschaubar sind und es ihm auch nicht möglich ist, die Aggression gegen die wahren Ursachen der Unterdrückung seiner Lebensmöglichkeiten zu richten, bieten die gesellschaftlich designierten V.objekte Ziele an, Aggression zu artikulieren.
Schließlich verspricht das V. dadurch, daß es eine Fremdgruppe ausgrenzt, die Möglichkeit, sich ans eigene Kollektiv um so enger anzuschließen und dort eine – scheinhafte – *Geborgenheit* zu finden. Die Möglichkeit, sich durch die Übernahme allgemein akzeptierter V.e an die eigene Gruppe anzupassen, bannt die Gefahr, daß man zum Außenseiter und vielleicht gar selber zum Objekt von V.en und Diskriminierung wird.
„Der Gewinn, den ein geteiltes Vorurteil abwirft, liegt darin, daß wir in konformem Verhalten mit der Gruppe auch ihre spezifischen Erleichterungen mitgenießen dürfen. Wir dürfen mit den Wölfen heulen, wir dürfen nach V.en agieren, mithandeln und unsere eigene innere Triebspannung damit erleichtern. Die Ablenkung der Triebspannung nach außen, auf Minoritätsgruppen, ist gleichsam der ökonomische Trick zur Erhaltung des Gruppengleichgewichts" (MITSCHERLICH, 1962, 12).

4 Die Entstehung von Vorurteilen

Die Disposition für V.bereitschaft wird in frühester Kindheit erworben. Gelingt das, was FREUD „*Realitätsprüfung*" genannt hat, nicht in zureichendem Maße, also die Fähigkeit zur Unterscheidung „innerer" und „äußerer" Realität, von Triebbedürfnissen, Wünschen und Vorstellungen einerseits und äußerer Realität andererseits, die vom Säugling im ersten Lebensjahr in der Interaktion mit der Mutter erworben werden muß, so ist die erste Voraussetzung für spätere V.bereitschaft gegeben. Man könnte vorurteilshaftes Verhalten definieren als die Unfähigkeit zu angemessener Realitätskontrolle, denn vorurteilshaftes Verhalten bedeutet ja nichts anderes, als daß der Mensch Teile seines Inneren – Bedürfnisse, Wünsche, Triebe – auf ein äußeres Objekt projiziert und dann glaubt, das Bild in seinem Kopf sei das Bild der Realität.
„Nur wenn wir die Fähigkeit entwickelt haben, zwischen äußeren und innerseelischen Anlässen zum Haß zu unterscheiden, läßt sich feststellen, ob er aus tatsächlichen Unmenschlichkeiten oder Kränkungen entsprungen ist oder aus einem Phantasievorgang, in dem einem Haßopfer die Unmenschlichkeit angedichtet wird" (Margarete MITSCHERLICH, 1972, 64).
Daß die Entscheidung, ob ein Mensch eine angemessene Fähigkeit zur Realitätsprüfung erwirbt, bereits in der frühesten Kindheit fällt, bedeutet natürlich nicht, daß V.bereitschaft eine im ersten Lebensjahr erworbene Determinante ist, die den Menschen für den Rest seines Lebens prägt. Aber wenn im weiteren Sozialisationsprozeß verstärkende Erfahrungen hinzukommen, also der Mensch im Heranwachsen immer wieder die Erfahrung der Unsicherheit, der Nichtverläßlichkeit macht, dann wird er mit großer Wahrscheinlichkeit vorurteilshaft reagieren.
In der frühkindlichen Phase werden die Grundlagen für die spätere V.bereitschaft des jungen Menschen gelegt, die konkrete Füllung dieser Disposition geschieht jedoch erst später. Das Kind lernt zunächst in seinem unmittelbaren Erfahrungsbereich gleichsam das Grundmuster vorurteilshaften Verhaltens, das es dann später auch auf Phänomene außerhalb seiner direkt erfahrbaren sozialen Umwelt überträgt. So wird etwa durch das Verhalten der Eltern ein Bezugsrahmen gegeben, der die Art der Aufnahme und Einordnung von späteren Eindrücken bestimmt. Durch elterliche Gebärden und Worte werden bestimmte Sympathien und Antipathien auf den jungen Menschen übertragen. Konkrete V.e bilden sich dann – beginnend etwa mit dem sechsten Lebensjahr – heraus. Dabei werden V.e primär durch Kontakte mit V.en und nicht durch Kontakte mit den Gegenständen der V.e geweckt.

5 Die Objekte von Vorurteilen

Die Objekte der V.e und die Art und Weise, wie sie artikuliert werden dürfen, sind gesellschaftlich vorgegeben, und das Individuum eignet sie sich in einem sozialen Lernprozeß an.
Für das Individuum scheint die triebentlastende Funktion sehr viel wichtiger zu sein als das Objekt des V. Das Objekt der Diskriminierung wird nicht wegen bestimmter Eigenschaften angegriffen, sondern wegen seiner Eignung, als Aggressionsziel Befriedigung zu verschaffen. Dies macht verständlich, weshalb die Objekte in gewissen Grenzen austauschbar sind. Es scheinen nur zwei Bedingungen notwendig zu sein, damit eine Gruppe als *Sündenbock* taugt. Die Gruppe muß als abgesonderte Gruppe erkenn-

bar sein, und ihre gesellschaftliche Macht muß geringer sein als die der eigenen Gruppe oder muß zumindest so eingeschätzt werden. Zugleich aber muß das V.objekt als Gefahr dargestellt werden können. Die Erkennbarkeit ist am leichtesten bei äußeren Merkmalen wie der *Hautfarbe* gewährleistet. Bei den Juden sind äußere Merkmale nicht vorhanden, und so ist es nur konsequent, daß Hitler mit dem Judenstern nachhalf, um die Gruppe klar zu kennzeichnen, die gehaßt werden sollte. Allerdings scheint für das vorurteilshafte Verhalten ebenso das Aufspüren des nicht ohne weiteres erkennbaren V.objektes charakteristisch zu sein.

5.1 *Vorurteile und Minderheiten*

Minderheiten mit erkennbaren Merkmalen sind besonders häufig Objekte von V.en. Das Merkmal, das die Randgruppe von der Mehrheit unterscheidet, kann verschiedener Art sein: Rasse (Neger, Zigeuner), Nationalität (ausländische Arbeiter, fremde Truppen), Religion (Juden, Zeugen Jehovas, Heilsarmee, Krishna-Jünger), Kultur (Flüchtlinge, Studenten aus Entwicklungsländern), körperliche Abweichung (Blinde, Contergankinder, Körperbehinderte), geistige Abweichung (Geisteskranke, Süchtige, Behinderte), rechtliche Stigmatisierung (Gefängnisinsassen, Vorbestrafte), sexuelle Abweichung (Homosexuelle, Prostituierte), soziokulturelle Abweichung (Land-, Stadtstreicher, Obdachlose).

5.2 *Nationale Stereotype*

Dabei handelt es sich um die Zuweisung „typischer" Merkmale an Nationen oder ethnische Gruppen. Eine der ältesten Untersuchungen wurde im Jahre 1933 von KATZ und BRALY an amerikanischen Studenten unternommen. Die Versuchspersonen wählten folgende Attribute am häufigsten:

Deutsche: wissenschaftlich, arbeitsam, stur;
Italiener: künstlerisch, impulsiv, leidenschaftlich;
Neger: abergläubisch, faul, unbekümmert, unwissend;
Iren: streitsüchtig, lebhaft, witzig;
Engländer: sportlich, intelligent, konventionell;
Juden: gewinnsüchtig, arbeitsam;
Amerikaner: arbeitsam, intelligent, materialistisch, ehrgeizig;
Chinesen: abergläubisch, schlau, konservativ;
Japaner: intelligent, arbeitsam, fortschrittlich;
Türken: grausam, religiös, tückisch.

Bei nationalen Stereotypen handelt es sich um V.systeme, d.h. es sind verschiedene – positiv bewertete und negativ bewertete – V.e zusammengeschlossen. Nationale Stereotypen haben *Abgrenzungsfunktion.* Das Selbstbild einer Nation ist daher keineswegs konstant, sondern verändert sich, je nachdem, welches Fremdstereotyp die Kontrastfolie bildet. Die nationalen V.e haben als Bezugspunkt das nationale Selbstbild des beurteilenden Volkes. Das V. und die nationalen Stereotypen ziehen ihre Kraft aus der Unterscheidung von ingroup und outgroup. Das Wort Diskriminierung spiegelt in seiner Doppelbedeutung: „Benachteiligung" und „Unterscheidung" diesen Sachverhalt wider.

5.3 *Freund-Feind-Schema*

Ein zentrales V.muster ist das Freund-Feind-Schema. Peter HEINTZ sieht das dichotomische Muster als charakteristisches Merkmal des V. an: „Das Vorurteil ... bezieht sich auf das Verhältnis von Mitgliedern einer ingroup zu einer oder mehreren von dieser Gruppe entsprechenden outgroups" (HEINTZ, 1957, 14).
Wenn die nationalen Stereotypen negative und positive Elemente vereinigen, so haben bei den Feindbildern die Bewertungen alle die gleiche Richtung. „Aus dem politischen Leben weiß man, daß der Stereotyp des ‚Feindes' fast immer die Merkmale ‚dumm', ‚schlecht', ‚herzlos' usw. enthält; sie gehen auf eine Halo-Ausstrahlung des einen negativen Prädikats (‚Feind') zurück" (HOFSTÄTTER, 1963, 372). Im Feindbild sind eine Reihe negativer V.e gebündelt, die gleichsam einem Zwang zur Vereinheitlichung gehorchen und eine differenzierte Beurteilung dessen, der mit dem Etikett Feind oder Freund versehen wird, unmöglich machen.
Das Freund-Feind-Muster hat eine doppelte Funktion: einmal dient es zur Integration des Lagers der Freunde. Nichts vermag die Notwendigkeit des Zusammenschlusses und der Einigkeit plausibler zu begründen als das Vorhandensein eines tatsächlichen oder fiktiven Feindes. Zum anderen bietet der Feind ein geeignetes Objekt für die Projektion eigener Probleme und zur Ableitung von Aggressionen.

Feindbilder haben spiegelbildlichen Charakter. Der amerikanische Psychologe BRONFENBRENNER (1961) zeigt dies am Bild der Sowjetunion in den USA und am Amerikabild in der Sowjetunion (über Feindbilder vgl. auch „Friedensanalysen", 1975).

6 Möglichkeiten des Abbaus von Vorurteilen

Richtigstellende Informationen allein genügen nicht, um V.e abzubauen. Die V.e sind zu fest in der Struktur der Menschen verankert; sie haben eine zu starke Funktion für den Einzelnen und die Gesellschaft, als daß sie durch bloßes Argumentieren abgebaut werden könnten. V.e haben relativ wenig mit dem Gegenstand zu tun, den sie zu bezeichnen vorgeben. ADORNO hat dies einmal am Antisemitismus exemplarisch gezeigt: man gehe bei dem Versuch, durch Gegeninformation antisemitische V.e abzubauen, allzu sehr von der Voraussetzung aus, der Antisemitismus habe etwas Wesentliches mit den Juden zu tun und könne durch konkrete Erfahrungen mit Juden bekämpft werden, während der genuine Antisemit vielmehr dadurch definiert sei, daß er überhaupt keine Erfahrungen machen könne, daß er sich nicht ansprechen ließe (ADORNO, 1963, 144). V.e sind Gewaltstrukturen in den Köpfen der Menschen. Sie sind ein Element der Unfreiheit und deshalb nicht allein durch Argumente zu bekämpfen. V.e sind das Ergebnis erduldeter Gewalt, die an einen dritten weitergegeben wird. Deshalb heißt V.e bekämpfen, den Menschen größere Chancen der Selbstverwirklichung zu geben, sie anzuleiten, sich besser selbst akzeptieren zu können, ihr Ich zu stärken. V.e bekämpfen heißt, den gesellschaftlichen Druck, der auf den Menschen lastet, zu verringern, ihnen die Angst und die Unsicherheit zu nehmen, ihren Freiheitsspielraum zu vergrößern. So ist die Frage des Abbaues von V.en sehr eng mit der Stärkung der Demokratie verbunden, einer Verstärkung der Prozesse, die die Selbstbestimmung und die Freiheit des Menschen von äußeren und inneren Zwängen steigern. Abbau von V.en bedeutet aber auch Aufklärung. Aufklärung nicht im Sinne von Gegeninformation, sondern Aufklärung über die Mechanismen, nach denen V.e funktionieren.

Bei Menschen, die V.e zu einem Teil ihrer Persönlichkeitsstruktur gemacht haben, ist der Frontalangriff auf V.e zum Scheitern verurteilt. Allein Selbsteinsicht könnte hier dazu führen, die Verteidigungs- und Abwehrstellungen zu durchbrechen, mit denen das V.system abgesichert ist. Erst Lernprozesse, die es dem Menschen erlauben, Einsicht in die eigenen psychischen Strukturen zu gewinnen, die ihn erkennen lassen, weshalb er der V.e bedarf, versprechen Erfolg bei dem Versuch des Abbaues von V.en. Das V. der eigenen V.losigkeit ist das hartnäkkigste V. überhaupt.

All dies ist freilich nicht individuell zu leisten. Der Erfolg solcher Bemühungen kann nicht unabhängig vom gesellschaftlichen Zusammenhang gesehen werden. Wenn V.e gesellschaftliche Deformationen der Lebenpraxis der Menschen spiegeln, dann verlangt die Befreiung von V.en die Änderung dieses Lebenszusammenhangs. Wenn nach Max HORKHEIMER „die Zustände des gesellschaftlichen Lebens ... von selbst zum starren Vorurteil" treiben, dann hängt die Aufhebung der Blindheit der Menschen im V. letztlich ab von der Aufhebung des gesellschaftlichen Verblendungszusammenhangs, der diese Blindheit produziert (HORKHEIMER, 1963, 7).

Verweis auf andere Stichwörter

→Abweichendes Verhalten →Aggression →Angst →Bewußtsein →Denken und Problemlösen →Einstellung →Identität und Selbstkonzept →Persönlichkeit →Politische Psychologie

Literatur

ADORNO, TH. W.: Was bedeutet: Aufarbeitung der Vergangenheit. In: Eingriffe, Neun kritische Modelle. Frankfurt/M. 1963.

ALLPORT, G. W.: Die Natur des Vorurteils. Köln 1971.

BARRES, E.: Das Vorurteil in Theorie und Wirklichkeit. Opladen 1974.

BERGLER, R.: Psychologie stereotyper Systeme. Ein Beitrag zur Sozial- und Entwicklungspsychologie. Bern 1966.

BERGLER, R./SIX, B.: Stereotype und Vorurteile. In: Handbuch der Psychologie, Bd. 7, Sozialpsychologie, 2. Halbband. Göttingen 1972 (umfangreiche Bibliographie).

BERGLER, R.: Vorurteile – erkennen, verstehen, korrigieren. Köln 1976.

BRONFENBRENNER, U.: The mirror image in Soviet-American Relations: a social psychologist's report. Journal of Social Issues, 17, 1961, 46.

DAVIS, E.: Zum gegenwärtigen Stand der Vorurteilsforschung. In: Vorurteile – ihre Erforschung und Bekämpfung. (Polit. Psychologie, Bd. 3.) Frankfurt/M. 1964.

Friedensanalysen, Bd. 1: Feindbilder. Frankfurt/M. 1975.

HEINTZ, P. Soziale Vorurteile. Köln 1957.

Hofstätter, P. R.: Einführung in die Sozialpsychologie. Stuttgart 1963.

Horkheimer, M.: Über das Vorurteil. (Arbeitsgemeinschaft für Forschung des Landes Nordrhein-Westfalen, Geisteswissenschaften, Heft 108.) Köln 1963.

Karsten, A. (Hrsg.): Vorurteil. Ergebnisse psychologischer und soziologischer Forschung (Wege der Forschung, Bd. CD I). Darmstadt 1978.

Katz, D./Braly, K. W.: Racial stereotypes of one hundred college students. J. abnormal social psychology, 1933, 28.

Manz, W.: Das Stereotyp. Zur Operationalisierung eines sozialwissenschaftlichen Begriffs. Meisenheim am Glan 1968.

Markefka, M.: Vorurteile, Minderheiten, Diskriminierung. Neuwied 1975.

Mitscherlich, A.: Revision der Vorurteile. Der Monat, 1962, 165.

Oehler, Ch.: Vorurteile im Bild der Deutschen von Frankreich. Kölner Zeitschrift für Soziologie und Sozialpsychologie, 10, 1958.

Ostermann, Ä./Nicklas, H.: Vorurteile und Feindbilder. München 1976 (mit Material für die politische Bildung).

Rattner, J.: Psychologie des Vorurteils. Zürich 1971.

Strzelewicz, W. (Hrsg.): Das Vorurteil als Bildungsbarriere. Göttingen 1965.

Wolf, H. E.: Soziologie der Vorurteile. In: König, R. (Hrsg.): Handbuch der Empirischen Sozialforschung, Bd. II. Stuttgart 1969 (mit umfangreicher Bibliographie).

Hans Nicklas und Änne Ostermann

Wahrnehmung

1 Definitionen, Abgrenzungen und Grundbegriffe

Mit dem Begriff W. wird sowohl der Vorgang des Wahrnehmens als auch das Resultat des Vorgangs, das auftretende Sinneserlebnis (Phänomen), bezeichnet. Dies gilt dann, wenn das Reizgeschehen an den Rezeptoren und das durch diese Reizung veranlaßte Phänomen in einer zeitlichen Einheit stehen. (Die durch den neuronalen Prozeß bedingte Zeitverzögerung sei hierbei vernachlässigt.)

Als der W. unmittelbar verwandt können vor allem die *Vorstellungen* sowie die *Nachbilder* angesehen werden, die mit der W. den allgemeinen Phänomencharakter teilen. Von Vorstellung ist dann zu sprechen, wenn das gegebene Ereignis, Objekt etc. nicht in der unmittelbaren Korrespondenz von Reizung und Phänomen besteht. Charakteristische Eigenschaften der Vorstellungen sind, daß sie weniger deutlich, weniger stabil sind und willentlich hervorgerufen und unterbrochen werden können. Ein Nachbild liegt dann vor, wenn – bei der optischen W. – der Blick von der Reizvorlage abgewendet wird, aber immer noch eine intensive Vorstellung vom Wahrgenommenen besteht. Die Nachbilder liegen im Grenzbereich zwischen W. und Vorstellung.

Die W. wird häufig nach den Sinnen eingeteilt, mit Hilfe derer äußere Reize aufgenommen werden können. Neben den fünf klassischen Sinnen (Sehen, Hören, Schmecken, Riechen, Tasten) sind vor allem noch der kinästhetische Sinn (für den die Verknüpfung von Sensorik und Motorik charakteristisch ist) und der Gleichgewichtssinn zu nennen. Der klassische fünfte Sinn wird manchmal als Haut- und Muskelsinn zusammengefaßt, es lassen sich an ihm aber auch Druck-, Schmerz- und Kälte-/Wärmesinn unterscheiden.

W. setzt die Existenz eines wahrnehmbaren Objekts, eines mit Sinnen ausgestatteten Subjekts, sowie eine Relation zwischen Objekt und Subjekt voraus, die zu einer Sinnesreizung beim Subjekt führt. Es können verschiedene Stationen des W.geschehens unterschieden werden, wobei noch zusätzlich nach außerorganismischen und organismischen sowie nach phänomenalen und nichtphänomenalen Instanzen aufgeteilt werden kann:

Ein *physischer Gegenstand* bildet die objektive Grundlage (Reizquelle, Fernreiz, Reizgegenstand, distaler Reiz oder – in etwas speziellerer Bedeutung – Vorlage genannt) der W.gegebenheit. Der eigentliche *Reiz* (auch Reizmannigfaltigkeit, Nahreiz, proximaler Reiz genannt) entsteht durch die physikalische oder chemische Einwirkung auf eine Sinneszelle. (Dieser physiologische Reizbegriff ist von einem biologischen Reizbegriff zu unterscheiden. Für den letzteren hat METZGER (1966) den Terminus „Anreger" vorgeschlagen. Es handelt sich beim „Anreger" nicht um eine nichtphänomenale Vorinstanz einer W.gegebenheit, wie beim physiologischen Reizbegriff, sondern um eine phänomenale Vorinstanz einer Handlung.) Es folgen *neuronale Prozesse von den Sinneszellen zum Großhirn*, die vor allem Untersuchungsgegenstand der Neurophysiologie sind.

Bei der Verfolgung dieser Geschehenskette stellt sich spätestens an den *neuronalen Endstellen im Cortex* die Frage nach dem Zusammenhang zwischen der „Erscheinungswelt" eines Individuums und der „transphänomenalen Welt", die zwar die jeweils individuellen Phänomene koordiniert, aber selbst nicht erfahrbar ist. Es ist die Frage, die in der Philosophie üblicherweise als „Leib-Seele-Problem" bezeichnet wird. Auf der Basis der erkenntnistheoretischen Position des *kritischen Realismus* (dessen Hauptcharakteristikum die Gegenüberstellung einer transphänomenalen, physikalischen, erlebnisjenseitigen und einer phänomenalen, erlebten, anschaulichen Welt ist), erweist sich der *psychophysische Parallelismus*, vor allem in seiner strengen Form des *Isomorphismus* als besonders geeignet, um psychologische Ergebnisse im Bereich der W. geschlossen darzustellen (vgl. hierzu BISCHOF, 1966). Isomorphismus (Gestaltgleichheit) bezeichnet die insbesondere von Gestalttheoretikern vertretene Annahme einer ein-eindeutigen Beziehung zwischen dem anschaulich Erlebten und dem zentralphysiologischen Korrelat. Dabei wird von der Gestaltgleichheit der dynamischen Strukturen der zentralphysiologischen Prozesse mit den Erlebnisinhalten ausgegangen (KÖHLER, 1920).

Der dualistische Ansatz des kritischen Realismus, der Sinneserlebnis und Vorlage (bzw. Reiz) einander gegenüberstellt, wird in besonderem Maße einer Reihe von W.problemen gerecht, deren Untersuchung seit Jahrzehnten einen breiten Raum in der W.psychologie einnimmt. Es sind dies die *W.täuschungen*, die *W.konstanzen* sowie die *Bewegungswahrnehmung*. Sie haben gemeinsam, daß an ihnen besonders deutlich wird, daß die W.gegebenheiten nicht einfach „Abbilder" der Reiz- oder Reizvorlagegegebenheiten sind, sondern daß in ihnen *Gliederungsgesetzmäßigkeiten* (Zusammenhangs- und Abgrenzungsregeln) wirksam werden, die sich aus den genannten Vorinstanzen nicht ableiten lassen. Die Frage nach den Zusammenhangs- und Abgrenzungsregeln in der W. wurde vor allem von den Forschern der sog. *Berliner Schule* der Gestaltpsychologie gestellt (KÖHLER, WERTHEIMER, KOFFKA, METZGER, RAUSCH). Bezüglich der Ausgliederung von Figuren aus einem Grund ließen sich eine Reihe von Gesetzmäßigkeiten feststellen, die als *Gestalt- bzw. Gliederungsgesetze* benannt wurden. In ihnen sind Faktoren erfaßt, die zusammen bzw. gegeneinander wirkend die Organisation des W.feldes bestimmen. Die wichtigsten sind nach METZGER (1966) die Gesetze der Gleichheit bzw. Ähnlichkeit, der Nähe, des gemeinsamen Schicksals, der Geschlossenheit, der Umschlossenheit, des Aufgehens ohne Rest, der durchgehenden Kurve.

Als übergeordnete Gesetzmäßigkeit wurde die sog. *Prägnanztendenz* oder das *Gesetz der guten Gestalt* angesehen. Die Gliederung des W.feldes erfolgt – soweit es die Reizgegebenheiten zulassen – so, daß sich Einheiten bilden, die durch Einfachheit, Regelmäßigkeit, Symmetrie, Geschlossenheit ausgezeichnet sind. Während die von der Gestaltpsychologie aufgewiesenen Gesetzmäßigkeiten bei der Organisation des W.feldes allgemein akzeptiert sind, ist dem Prägnanzprinzip gegenüber eine kritische Einstellung verbreitet. Diese ist vor allem darauf zurückzuführen, daß es schwierig ist, den Begriff der „guten Gestalt" zu operationalisieren und eine Quantifizierung der Gestaltgüte vorzunehmen.

2 Wahrnehmungstäuschungen

Der Begriff der W.täuschung setzt eine Norm voraus, bezüglich der eine Aussage über Richtigkeit oder Täuschung gemacht werden kann. Diese Norm wird meist in einem Teilbereich der Bedingungen für die W.gegebenheiten gesehen, und zwar entweder in der Reizquelle oder auf der peripheren Sinnesfläche. Es handelt sich bei den W.täuschungen also um Diskrepanzen zwischen Vorlage-(Reiz-)Verhältnissen und phänomenalen Verhältnissen. Dabei ist (1) sowohl

an Fälle zu denken, in denen dem Phänomen an der objektiven Stelle der Umgebung (oder der peripheren Sinnesfläche) nichts entgegensteht und damit auch keine Sinnesreizung erfolgt; als auch (2) an Fälle, die durch charakteristische Abänderungen des Phänomens gegenüber der Vorlage gekennzeichnet sind.
Zu (1) sind bspw. die *modalen und amodalen Ergänzungen* zu zählen, bei denen durch die W. Vorlagelücken ausgefüllt werden. Das bekannteste Beispiel für die Ausfüllung einer Reizlücke im optischen Bereich ist die Ergänzung der W.strukturteile, die ihre retinale Entsprechung im blinden Fleck haben müßten. Von modaler Ergänzung wird gesprochen, wenn die ergänzten Teile dieselben Qualitäten (bspw. in bezug auf Helligkeit und Farbe) besitzen wie die restliche Gestalt; MICHOTTE (1966) spricht dann von amodalen Ergänzungen, wenn die hinzugefügten Teile keine sensorische Qualität im eigentlichen Sinne besitzen, wie etwa bei *Schirm-* und *Tunneleffekten* sowohl bei statischen als auch bei kinetischen Konfigurationen.

Schirm- und Tunneleffekte kommen bspw. bei folgender Versuchsanordnung zustande: Ein kleines rechteckiges Objekt wird in einem horizontalen Spalt mit bestimmter Geschwindigkeit von links nach rechts bewegt. In der Mitte des Spaltes befindet sich eine Fläche, hinter der das Objekt verschwindet. Nach einiger Zeit erscheint auf der anderen Seite der Fläche ein gleichartiges Objekt, das sich mit derselben Geschwindigkeit in derselben Richtung bewegt. Bei geeigneten Bedingungen (Geschwindigkeit, Verdekkungszeit, Länge der Verdeckungsfläche) kommt es zu der W. eines einzige Objekts, das hinter einem Schirm (durch einen Tunnel) mit gleichförmiger Bewegung vorbeizieht.

Zu (2) ist die große Zahl *geometrisch-optischer Täuschungen* zu rechnen. Viele von ihnen wurden auch im *haptischen* Bereich nachgewiesen und untersucht, was in einzelnen Fällen besondere Bedeutung deswegen hatte, weil damit Erklärungsansätze zurückgewiesen werden konnten, die die Täuschungsursachen vor allem in Bau und Funktionsweise des peripheren Sinnesorgans sahen. Eine geometrisch-optische Täuschung liegt vor, wenn eine visuell wahrgenommene Figur in ihrer Metrik von der zugeordneten objektiven Figur abweicht. Es kommen dabei vor allem Abänderungen in bezug auf Strecken-, Winkel-, Richtungs- und Krümmungsverhältnisse in Betracht. Viele Täuschungsmuster sind nach ihren Entdeckern (z. B. POGGENDORF, ZÖLLNER, OPPEL) benannt. Besonders bekannt ist die MÜLLER-LYER-Täuschung geworden.
RAUSCH (1966 a) konnte zeigen, daß die Abweichungen bei geometrisch-optischen Täuschungen insofern in gesetzmäßiger Weise auftreten, als die wahrgenommenen Figuren zu einer prägnanteren Gestalt tendieren. Nach ihm sind vor allem *drei Prägnanztendenzen* für die W. geometrischer Figuren von Bedeutung: 1. Die Tendenz zur orthogonalen (rechtwinkligen) Begegnung zweier Erstreckungen, 2. die Tendenz zur geraden Erstreckung, 3. die Tendenz zur gleichen Breite.
Zu den W.täuschungen sind auch die *figuralen Nachwirkungen* zu zählen. Zu ihnen gibt es sowohl im optischen als auch im kinästhetischen Bereich umfangreiche Untersuchungen. Der Begriff „figurale Nachwirkungen" stammt von KÖHLER und WALLACH (1944). Er kennzeichnet – im optischen Fall – charakteristische Veränderungen (Verschiebungen, Verzerrungen), die eine Figur erleidet, wenn sie an einer retinalen Stelle abgebildet wird, wo zuvor mit fixiertem Auge eine andere Figur betrachtet wurde. Als Erklärungsansätze für figurale Nachwirkungen wurden sowohl psychologisch als auch physiologisch ausgerichtete Theorien gebildet. KÖHLER z. B. weist in seinem Erklärungsversuch auf spezielle elektrophysiologische Prozesse im Gehirn hin. Zentral in seiner Theorie sind die Begriffe „Sättigung" und „Elektrotonus".

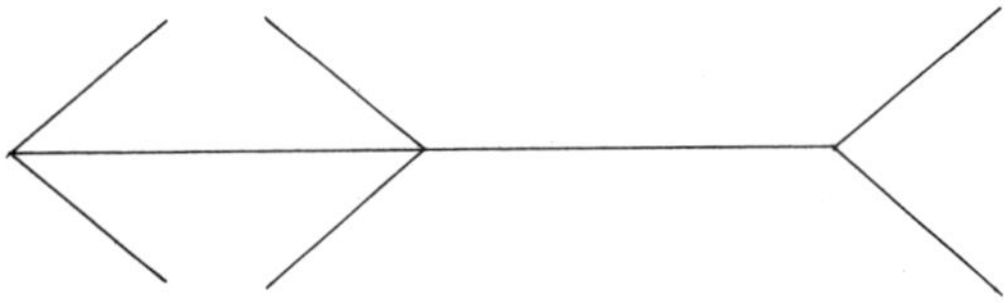

MÜLLER-LYERsche Täuschung: Die Strecke b erscheint länger als die objektiv gleich lange Strecke a.

3 Wahrnehmungskonstanzen

Als W.konstanz wird allgemein die Tatsache bezeichnet, daß Phänomen und Vorlage auch dann weitgehend miteinander übereinstimmen, wenn beide mit den vermittelnden Reizen (proximalen Reizen, Reizmannigfaltigkeit) nur wenig korrespondieren. So behalten z. B. Gegenstände bestimmte Eigenschaften auch dann, wenn man sie von verschiedenen Gesichtspunkten aus (*Dingkonstanz*), aus verschiedenen Entfernungen (*Größenkonstanz*) oder unter verschiedenen Beleuchtungen (*Farb- bzw. Helligkeitskonstanz*) betrachtet. Zumindest äußern sich die Konstanzphänomene so, daß die am Gegenstand wahrgenommenen Veränderungen in keinem Verhältnis stehen zu den Veränderungen, die sich an der peripheren Sinnesfläche ereignen. So ändert sich die Größe des „Netzhautbildes" auch bei kleineren Entfernungsvariationen zur Reizquelle erheblich. Die phänomenale Größe bleibt hierbei jedoch weitgehend invariant. Vor allem für *funktionsanalytisch* ausgerichtete W.theorien (speziell seit BRUNSWIK, 1949), die sich mit der Erklärung beschäftigen, warum die W.inhalte (zumindest annähernd) „so aussehen" wie die Reizgegenstände, werden die W.konstanzen zum prototypischen Gegenstand der Theorienbildung und zum Ansatzpunkt der Verallgemeinerung.

4 Bewegungswahrnehmung

Es können *Realbewegungen* von *Scheinbewegungen* abgehoben werden. Bei den Realbewegungen entspricht der wahrgenommenen Bewegung eine Positionsveränderung der Vorlage relativ zum Beobachter. Der Prototyp der Scheinbewegung kommt zustande, wenn sukzessiv zwei Vorlagen (bspw. örtlich begrenzte Erhellungen an verschiedenen Orten) dargeboten werden. Bei geeigneter Expositionszeit, Darbietungszwischenzeit (Pause), räumlichem Abstand und Reizintensität kommt es zum Phänomen der Bewegung *eines* Objekts. Real- und Scheinbewegungen sind phänomenal meist nicht zu unterscheiden. Die Scheinbewegungen waren der historische Ansatzpunkt der Gestalttheorie. WERTHEIMER (1967) vertrat im Anschluß an umfangreiche Untersuchungen zu Scheinbewegungen der obigen Art (*Phi-Phänomen* genannt) die der Elementenpsychologie widersprechende Auffassung, daß die einzelnen simultan oder in Sukzession dargebotenen Inhalte der W. nicht voneinander unabhängig sind bzw. „mosaikhaft nebeneinanderstehen", sondern daß sie in eine spontane, dynamische Wechselbeziehung treten, über deren spezielle Artung gestaltpsychologische Prinzipien, wie Tendenz zur Felderfüllung, Tendenz zur Beibehaltung einer Rolle, Gesetz des gemeinsamen Schicksals entscheiden.
Im Zusammenhang mit der Untersuchung der Scheinbewegungen war auch der Sachverhalt der „*phänomenalen Identität*" aufgetreten. TERNUS (1926) untersuchte die Faktoren phänomenaler Identität, indem er kurzfristig hintereinander jeweils zwei Punktkonfigurationen verschiedener Art darbot, die zu Scheinbewegungen führten. Er überprüfte im einzelnen, welche Punkte der zuerst dargebotenen Konfiguration mit welchen Punkten der zuletzt dargebotenen Konfiguration als identisch erlebt wurden. Es zeigt sich, daß weniger die Ortskonstanz, sondern die Strukturkonstanz (bspw. „Spitze in der Figur") entscheidend war. Großen Einfluß – auch auf andere psychologische Disziplinen (bspw. Sozialpsychologie) – hatten die Arbeiten von MICHOTTE (1954) zur *phänomenalen Kausalität.* Er konnte in seinen Experimenten, die inzwischen von LOHR (in HELLER/LOHR, 1979) fortgeführt werden, nachweisen, daß das Erfassen von Kausalitätsbeziehungen W.evidenz besitzen kann, vergleichbar anderen W.qualitäten. Unter geeigneten Reizbedingungen, wobei es vor allem auf das zeitliche und räumliche Zueinander der bewegten Objekte ankommt, werden von den Betrachtern Kausalitätsphänomene verwirklicht (Beispiele: A stößt B weg; A schiebt B), denen keine objektive Kausalität („Vorlagekausalität") entspricht. Kausalitätsphänomene sind sowohl im visuellen als auch im kinästhetischen Bereich (PIAGET, 1960) nachgewiesen worden.
In neuerer Zeit ist das Moment der *wahrgenommenen Eigenbewegung* vermehrt untersucht worden (GIBSON, 1968, 1973; DICHGANS et al., 1972; JOHANSSON, 1977). Es wird dabei angenommen, daß die W. der Eigenbewegung und die W. der Objektbewegung über zwei getrennte visuelle W.systeme erfolgt. Auch für die W. der Bewegungsrichtung und der Bewegungsgeschwindigkeit werden unterschiedliche Teilsysteme angenommen (RITTER et al., 1973; RITTER, 1978). Untersuchungen zur Unterscheidung afferenter und efferent-kontrollierter Bewegungswahrnehmung (DICHGANS et al., 1972) sind erfolgt. Die Entwicklung von mathematischen Modellen für die W. einfacher gleichförmiger Bewegung und für die W. von „Scheinbewegung" ist im Gange (FOSTER, 1971).

5 Einige aktuelle Probleme und Perspektiven

Die Forderung nach interdisziplinärer Forschung gerade in der W.lehre (insbesondere zwischen Psychologie, Biologie, Physik) wird gegenwärtig häufig erhoben. Die Korrelationsforschung (JUNG, 1973) wird bspw. solchen Forderungen gerecht. Sie vergleicht die Befunde wahrnehmungspsychologischer und neurophysiologischer Untersuchungen miteinander mit Hilfe der *Methode des gemeinsamen Reizes*. Die Bedeutung informationstheoretischer W.psychologie ist nach wie vor groß. Gleichzeitig wächst jedoch wieder das Interesse an experimenteller Phänomenologie, hier gemeint im Sinne erlebnistreuer Beschreibung. Aktuelle Tagungsberichte zeigen weiterhin, daß dem Gesichtssinn nicht mehr der weit überwiegende Anteil des Forschungsinteresses gewidmet wird, sondern daß vor allem im akustischen und kinästhetischen W.bereich viele Untersuchungen laufen. Dies hängt zum einen damit zusammen, daß in diesen Bereichen ein Nachholbedarf an Grundlagenforschung besteht; zum anderen damit, daß in verstärktem Maße Bezug auf Anwendungsfragen genommen wird.

Als Beispiele aktueller wahrnehmungspsychologischer Forschungsergebnisse lassen sich anführen: Sprechen erfordert die motorische Koordination von Artikulation und Phonation. Experimente von KALVERAM (in: SCHÜLE, 1978) deuten an, daß die motorischen Korrekturen sich allein auf die Glottisfunktion beziehen, worin ein Beitrag zur Erklärung des Stotterns zu sehen ist. LOHR (1978), der die Experimente MICHOTTEs zur phänomenalen Kausalität fortführt, berichtet über Untersuchungen, in denen die Geschwindigkeit der Kausalitätsvorlagen systematisch variiert wird. Die Ergebnisse lassen eine Tendenz zur Kontinuität bestehender Strukturverhältnisse in der Zeit erkennen. HELLER (1978) wendet die Methode der eben merklichen Unterschiede für den Vergleich von Potenzfunktion und FECHNERschem Gesetz an und kann auf diese Weise das FECHNERsche Gesetz stützen. Befunde TILGNERS (1978) lassen bei der Erkennung von Buchstaben auf ein System schließen, das auf senkrechte Orientierung optimiert ist und kurzfristig nicht auf andere Richtungen adaptiert. KORNHUBER und seine Mitarbeiter (vgl. BECHINGER u.a., 1978) berichten von Versuchen zur Längenschätzung, bei denen die Methode der Informationsübertragung angewendet wird. Überraschend bei Berücksichtigung der räumlichen Verteilung der Netzhautrezeptoren und der Lichtempfindlichkeit ändert sich die Informationsübertragung bei Sehwinkeln von 44° bis 110° nicht. SCHÜLE (1979) weist systematische Fehler in Abhängigkeit von der Aufmerksamkeits- und Zentrierungssituation beim Simultan- und Sukzessivvergleich an unterschiedlichen psychophysischen Untersuchungsgegenständen nach.

Verweis auf andere Stichwörter

→Ausdruckspsychologie →Gestaltpsychologie →Physiologische Psychologie →Psychologiegeschichte →Psychophysik

Literatur

BECHINGER, D./BRAUN, F./KONGEHL, G./KORNHUBER, H. H.: Größeninformationsübertragung im peripheren Sehen bei horizontalen Längenreizen bis 110° Sehwinkel. In: SCHÜLE, 1978, 7–17.

BISCHOF, N.: Erkenntnistheoretische Grundlagenprobleme der Wahrnehmungspsychologie. In: METZGER, W. (Hrsg.): Handbuch der Psychologie, Bd. I, 1. Göttingen: Hogrefe 1966.

BRUNSWIK, E.: Wahrnehmung und Gegenstandswelt. Leipzig 1949.

DICHGANS, J. et al.: Moving visual scenes influence the apparent direction of gravity. Science, 178, 1972, S. 1217–1219.

FOSTER, D. H.: A model of a human visual system in its response to certain classes of moving stimuli. Kybernetik, 8, 1971, S. 69–84.

GIBSON, J. J.: What gives rise to the perception of motion. Psychological Review, 75, 1968, S. 335–346.

GIBSON, J. J.: Die Wahrnehmung der visuellen Welt. Weinheim, Basel: Beltz 1973.

HAJOS, A.: Wahrnehmungspsychologie. Stuttgart: Kohlhammer 1972.

HELLER, O.: Psychophysik ohne Physik (I). In: SCHÜLE, 1978, 78–92.

HELLER, O./LOHR, W. (Hrsg.): MICHOTTE, A. und Mitarbeiter: Die phänomenale Kausalität, die phänomenale Dauer und die phänomenale Realität. Bern: Huber 1979.

JOHANSSON, G.: Visual perception of locomotion elicited and controlled by a bright spot moving in the periphery of the visual field. Report 210. Department of Psychologie, University of Uppsala 1977.

JUNG, R.: Handbook of sensory physiology. Berlin, Heidelberg, New York 1973.

KOFFKA, K.: Principles of gestalt psychology. New York 1935.

KÖHLER, W.: Die physischen Gestalten. Braunschweig 1920.

KÖHLER, W./WALLACH, H.: Figural after-effects. Proc. Amer. Philos. Soc., 88, 1944.

LOHR, W.: Vorschläge zu einer weiterführenden Analyse von Verursachungserlebnissen. In: SCHÜLE, 1978, 64–78.

METZGER, W.: Figural-Wahrnehmung. In: METZGER, W. (Hrsg.): Handbuch der Psychologie, Bd. I, 1. Göttingen: Hogrefe 1966.

METZGER, W.: Gesetze des Sehens. Frankfurt/M.: Kramer [3]1975.

MICHOTTE, A.: La perception de la causalité. Brüssel 1954.

MICHOTTE, A. et al.: Die amodalen Ergänzungen von Wahrnehmungsstrukturen. In: METZGER, W. (Hrsg.):

Handbuch der Psychologie, Bd. I, 1. Göttingen: Hogrefe 1966.
PIAGET, J.: Wahrnehmungskonstanzen und Kausalitätswahrnehmung. Psychol. Beiträge, 5, 1960, S. 183–231.
RAUSCH, E.: Probleme der Metrik (Geometrisch-optische Täuschungen). In: METZGER, W. (Hrsg.): Handbuch der Psychologie, Bd. I, 1. Göttingen: Hogrefe 1966.
RAUSCH, E.: Das Eigenschaftsproblem in der Gestalttheorie der Wahrnehmung. In: METZGER, W. (Hrsg.): Handbuch für Psychologie, Bd. I, 1. Göttingen: Hogrefe 1966.
RITTER, M. et al.: Selektive Analyse von Bewegungsrichtung und Geschwindigkeit in der visuellen Wahrnehmung des Menschen. Psychologische Forschung, 36, 1973, S. 267–296.
RITTER, M. Bewegungswahrnehmung: Neuere Untersuchungsaspekte. Psychol. Rundschau, 29, 1978, S. 123–139.
SCHÜLE, W. (Hrsg.): Wahrnehmungspsychologie. Frankfurt/M.: Fachbuchhandlung für Psychologie 1978.
SCHÜLE, W.: Systematische Fehler beim simultanen Schwerevergleich zweier Gewichte. In: SCHÜLE, 1978, 23–36.
SCHÜLE, W.: Systematische Fehler in psychophysischen Experimenten. Habilitationsschrift, Würzburg 1979.
TERNUS, J.: Experimentelle Untersuchungen über phänomenale Identität. Psychologische Forschung, 7, 1926, S. 81–136.
TILGNER, R. D.: Einfluß von Rotation auf die Erkennung von Buchstaben. In: SCHÜLE, 1978, 92–106.
WERTHEIMER, M.: Drei Abhandlungen zur Gestalttheorie. Darmstadt: Wissenschaftl. Buchgesellschaft 1967; unveränderter Nachdruck von 1912.

Wilfried Schüle

Warenästhetik und Werbung

1 Begriff und Gegenstand

Der Begriff Warenästhetik (W.) umfaßt der Intention nach, mit der W. F. HAUG (1971) ihn prägte und ausgestaltete, die für wirtschaftliche Zwecke der Verkaufsförderung instrumentalisierte Schönheit: äußere Aufmachung der Ware, Werbung, Verpackung, Design etc. und deren Auswirkungen auf die Menschen – die ‚Modellierung der Sinnlichkeit'. Die wirtschaftliche Konkurrenz um Marktanteile hat sich (vor allem im Konsumgüterbereich) auf die Ebene eines Kampfes von Erscheinungsbildern der Marken verlagert. An diesem Wandel wird ein Mechanismus von Manipulation sichtbar: Durch die Ästhetisierung von Waren findet ein tendenzielles Abnehmen der Gebrauchswerte zugunsten von Phantasiewerten statt, an denen sich die Bedürfnisse nun orientieren.

Wie die terminologische Verkoppelung von Ware und Ästhetik schon andeutet, beansprucht der Begriff W. eine Vermittlung der ökonomischen, objektiven Sphäre mit der Sphäre des Subjektiven. Die *objektiven* Gesetzmäßigkeiten der Ökonomie werden dabei mit Hilfe einer sich auf MARX berufenden Gesellschaftstheorie als Grundlage der gesellschaftlichen Realität bestimmt; die Sphäre des *Subjektiven* wird insofern einbezogen, als sie Resultat und Voraussetzung für die Funktionsweise der Ökonomie ist. Diese Gegenstandsbedeutung überschreitet den Rahmen der *Werbepsychologie*, die als Motivations- und Wirkungsforschung in vor allem kurzfristigen Analysen die gesellschaftlichen Bedingungen von Werbung so gut wie gar nicht und diejenigen der Werbungsrezipienten nur als Faktoren für deren Meinungsbildung behandelt.

Die *allgemeine Problematik* des Begriffes W. kreist also um die Frage, wie sich der Zusammenhang von Objektivität und Subjektivität unter den historischen Bedingungen des Spätkapitalismus gestaltet, ob und wie die Bedürfnisse der Menschen durch die spezifisch geprägte, gegenständliche Umwelt konstituiert werden. Diese Problematik berührt letztlich alle Vermittlungsversuche von Psychologie und Gesellschaftstheorie; sie scheint am Phänomen W. manifestierbar zu sein. Theoriegeschichtlich erklärt sich dies aus der Relation zwischen dem Fortschreiten des Zivilisationsprozesses samt der damit verbundenen Unterdrückung der Menschen einerseits und dem Mangel an Widerstand gegen die gesellschaftlichen Machtverhältnisse andererseits, die von der „Kritischen Theorie" (bes. HORKHEIMER/ADORNO, 1969; MARCUSE, 1967) als Folge systematischer Verblendung begriffen wurde. Die Manipulation durch die Kulturindustrie bedeutet Determination menschlicher Bedürfnisse durch die ihnen fremden Zwecke der Ökonomie. Dieses Theorem bildet den Hintergrund zu allen Überlegungen zur W.

2 Warenanalyse und Ästhetik bei Haug

Die methodische und inhaltliche Relevanz von HAUGS Konzeption der W. besteht in dem Versuch, die W. aus den ökonomischen *Grundzügen* der kapitalistischen Gesellschaft abzuleiten. Es geht HAUG darum, das Phänomen der Modellierung menschlicher Sinnlichkeit durch ‚ästhetische Innovationen' (z. B. Mode) in seiner gesellschaftlichen Bedingtheit aufzuspüren. Dazu geht er auf die von MARX für grundlegend erachtete *Warenanalyse* zurück. HAUG will nachweisen, daß die W. ihren Ort logisch und historisch im Tauschverhältnis hat, das durch das Dazwischentreten des Geldes die Standpunkte von Käufer und Verkäufer radikal geschieden hat. Der Verkäufer will seine Ware in Geld umwandeln, wozu ihm das Bedürfnis des Käufers auf sein Produkt ein Mittel ist, das er verstärken oder hervorlocken will. Solange der potentielle Konsument die Ware nur begehrt und nicht besitzt, nimmt er sie in ihrer äußeren Erscheinung wahr: Sie gibt ihm ein *Gebrauchswertversprechen.* Darum kann das Ästhetische als faszinierende Sinnlichkeit des Scheins in Funktion treten und als Extraerscheinung produziert werden. Die Gebrauchswerthaftigkeit tritt fortan zunehmend hinter den Schein zurück, und das wirkt auf die Bedürfnisse der Konsumenten als Korruption ihres Gebrauchswertstandpunktes. HAUG behauptet eine Korrespondenz von Betrug und Selbstbetrug, von Herrschaft über die ‚Erscheinung' und vermittels ihrer über die faszinierten Menschen: Die systematisch ästhetisierten Waren bedingen eine ‚Korruption der Menschheit'.

Diese Argumentation enthält zwei Voraussetzungen, die bei kritischer Betrachtung fraglich erscheinen: a) Der schöne Schein, der den Kauf auslöst, wird von HAUG als ‚falscher' bezeichnet. Was aber unterscheidet die ästhetische Sinnlichkeit von ‚wahren' Gebrauchswerten? b) Die Bedürfnisse scheinen von ihren Gegenständen abzuhängen. Sind in der hochindustrialisierten Gesellschaft die Bedürfnisse dergestalt an Waren fixiert, daß die Veränderung der Waren sich in den menschlichen Bedürfnissen spiegelt?

ad a) Aus den von MARX analysierten Bestimmungen der Ware läßt sich eine Beurteilung der Gebrauchswertqualität nicht herleiten, da die Ware nur in ihrer ökonomischen Form, nicht in ihrer konkreten Gegenständlichkeit untersucht wird. Der Begriff *Warenfetisch* beinhaltet eine Kritik an der Verdinglichung menschlicher Arbeitsverausgabung zu Eigenschaften der Dinge, eine Kritik an der Geltung gesellschaftlicher Produktionsformen als zweite Natur, deren realer Schein nicht wie andeutungsweise bei HAUG mit ästhetischer Erscheinung verwechselt werden darf (vgl. HAUG, 1971, 31). Ebenso wie die Warenkunde aus der MARXschen Theorie der wesentlichen Formen der Gesellschaft ausgeschlossen bleibt, spielt auch das Bedürfnis und die Art seiner Befriedigung hier keine Rolle: „Die Natur dieser Bedürfnisse, ob sie z. B. dem Magen oder der Phantasie entspringen, ändert nichts an der Sache" (MARX, 1971, 49). Der Versuch, Ästhetisierung und Verschlechterung der Güter mit den Kategorien der Warenanalyse zu kritisieren, scheitert.

HAUG setzt einen nicht näher bestimmten Maßstab im wahren, d. h. nötigen Gebrauchswert und beurteilt damit die historische Veränderung der Warenkörper moralisch als Betrug. Bedeutungen, immaterielle Werte, Schönheit und Phantasie, das *Symbolische* an der Ware also, das die Werbebranche *Zusatznutzen* nennt, wird von ihm als Schein disqualifiziert, ohne daß die tatsächliche Unbrauchbarkeit des Ästhetischen überprüft würde.

ad b) HAUG schließt von den auf dem Markt zirkulierenden Konsumgütern auf die Bedürfnisse, folglich auch von ästhetischen, scheinhaften Dingen auf scheinhafte Befriedigung und auf falsche Bedürfnisse. Dieser Schluß greift u. a. in psychologischer Hinsicht zu kurz: Das Modell von Betrug (durch W.) und Selbstbetrug (durch die Konsumtion von W.) erweist sich als unzureichend, wenn einzig die ästhetische Beschaffenheit von Gebrauchsgütern als Ursache einer scheinhaften Bedürfnisbefriedigung angenommen wird. So fungiert ein Objekt beispielsweise als Ersatz für verdrängte, ursprüngliche Wünsche nicht, weil es ästhetisch-scheinhaft ‚an sich' ist, sondern weil der psychische Symbolisierungsprozeß es zu diesem Ersatzobjekt erkoren hat. Werden Bedürfnisse auf Ästhetisches mit dem Hinweis auf die Unnötigkeit und Scheinhaftigkeit des Ästhetischen einfach als falsche abgetan, so gerät die Vorstellung des ‚richtigen' Bedürfnisses in die Nähe einer unhistorischen Gleichsetzung von Bedürfnis mit Notdurft. Statt dessen müßte die historische *Veränderung* der Bedürfnisse auch darin gesehen werden, daß Bedeutungen, Werte, bildervermittelte Vorstellungen im Warenimage *und* dessen Konsumtion zur Geltung kommen können. Das Auto ist in seiner konventionellen, gesellschaftlichen Geltung auch Prestigeobjekt und Statussymbol. Wie wird diese Symbolik Gegenstand von Bedürfnissen?

Zwar weist Haug mehrfach auf die Widersprüchlichkeit von W. hin, die in der Ambivalenz von Wecken und nur z.T. möglicher kommerzieller Vereinnahmung von Bedürfnissen besteht; aber in bezug auf die Analyse der Bedürfnisse reicht seine Kritik der sozialen und psychischen Folgen von W. nicht aus. Denn weder sind die Bedürfnisse ungebrochen als Spiegel der warenästhetischen Gegenstände anzusehen, noch sind sie aus der ökonomischen Bedingtheit der W. als falsche abzuleiten.

3 Überlegungen zur Wirksamkeit von Warenästhetik

Die *engere Problematik* des Begriffes W. verlangt eine Klärung der gesellschaftlichen Ursachen und der Beschaffenheit der *Bedürfnisse*. Erst daran kann die reale Wirkung der W. ermessen werden. Grundsätzlich können unter dem Aspekt, wie die Abhängigkeit von Warenangebot und Bedürfnisbefriedigung bzw. wie *Grad und Gründe der Wirksamkeit von W.* eingeschätzt werden, drei Ansätze unterschieden werden: ein *triebtheoretischer*, ein *sozialisationstheoretischer* und ein *alltagstheoretischer* Ansatz.

3.1 Triebtheoretischer Ansatz

Von diesen drei Ansätzen behauptet der triebtheoretische die größte Abhängigkeit der Bedürfnisse von der W., weil er als ‚Ort' der Wirkung von W. die menschliche Triebstruktur annimmt. So faßt z.B. Schneider das psychische Innenleben der Käufer als ‚Kolonie der Warenwelt' auf (Schneider, 1973, 274). Das bedeutet, daß sich eine ‚Pathologie der Konsumsphäre' bis in die Tiefen der Triebstruktur des Menschen hinein ausbildet und ihn zum *warenästhetischen Zwangscharakter* umformt. Anstelle der Entfremdung in der Arbeitswelt tritt z.T. eine psychische Verelendung durch die Konsumsphäre: der Käufer wird zum ‚Warenpsychotiker', weil er seine Lust ersatzhaft in den warenästhetischen Dingen sucht und in dieser Objektbesetzung Realitätsverlust erleidet. W. erscheint hier als Integrationsmechanismus, der die Subjekte pathologisiert und gleichzeitig an das System des Warenverkehrs bindet. In ähnlicher Weise behauptet Holzinger als Wirkung der W., daß durch den von ihr hervorgerufenen fetischistischen und ersatzhaften Konsum „die entwickelte monopolkapitalistische Gesellschaft den ganzen Menschen in den Griff" bekomme (Holzinger, 1973, 61).

Hier stellt sich in besonders krasser Form die Frage, ob nicht in unzulässiger Weise ökonomische Begriffe ins Psychische und vice versa übertragen werden und ob ein derart metaphorisierendes Verfahren die wirkliche Funktionsweise der W. und zumal ihre Widersprüchlichkeit nicht eher verdeckt als aufklärt (vgl. dazu Haug, 1975, 149).

3.2 Sozialisationstheoretischer Ansatz

Differenzierter kann das Abhängigkeitsverhältnis der Bedürfnisse von der W. behandelt werden, wenn man einen Bereich der *Vermittlung* von Ökonomie und Triebstruktur einführt: die Sozialisation. So schreibt Horn: „Das im jeweiligen Sozialisationsprozeß erworbene Bezugssystem steckt die Grenzen der Manipulation ab." Die Wirksamkeit der Werbung (Horn verwendet den Terminus W. noch nicht) hängt von der jeweiligen Sozialisation ab. Deren Wandel untersucht Horn mit Hilfe der Psychoanalyse, indem er diese nicht auf die Triebtheorie reduziert, sondern auf die historisch-gesellschaftlichen Veränderungen der Familienstruktur anwendet: Früher fand in der Regel eine intensive ödipale Auseinandersetzung mit dem autoritären Vater statt, was die Bildung eines starken Überich und eines relativ autonomen Ich zur Folge hatte. Die heutige Sozialisationsentwicklung dagegen tendiert auf Grund der Entwertung der Vaterfigur dazu, daß nurmehr

ein schwaches Ich entsteht und gleichzeitig die Überichfunktionen zunehmend an gesellschaftliche Institutionen delegiert werden. Damit unterliegt das Subjekt einer *passiven Anpassung* an Normen und Rollenanforderungen, die es zu eigenständiger Symbolbearbeitung unfähig machen. Diese Dispositionen ermöglichen es dem herrschenden System, die Individuen funktional zu integrieren. Die Veränderungen der Sozialisation sind mithin der Grund für den wachsenden Einfluß der Massenmedien.
Als Funktion der Werbung betrachtet HORN die *Stabilisierung von Vorurteilsstrukturen.* Unsicherheit und Unbehagen werden durch stereotype Symbole zu scheinbarer Identität umgemünzt, Besitz und Konsum stiften eine scheinhafte narzißtische *Warenidentität* (HORN, 1969b und 1971). HORN bezeichnet den Einsatz der Medien (und damit implizit auch den der W.) als *Symptom* der spätkapitalistischen Gesellschaft, nicht als Ursprung der Manipulation zur passiven Anpassung (HORN, 1969a, 244).
Manipulation sei nicht mit Allmacht ausgestattet, formuliert HORN. Noch einschränkender sagen NEGT/KLUGE: „Nicht die Werbung manipuliert ..., sie ergreift lediglich ihre Chance" (NEGT/KLUGE, 1972, 287). Die Kritik an der Wirkung und an der Macht von W. hat also die Bedingungen der Ohnmacht ihrer Adressaten einzubeziehen. NEGT/KLUGE heben den Begriff der Manipulation tendenziell auf, denn sie rücken statt seiner die *warenorientierte Phantasieproduktion* der Konsumenten selbst ins Zentrum der Kritik an den gesellschaftlichen Verhältnissen. W. erscheint hier nicht als Ursache bestimmter Bedürfnisse, sondern als Agentur, die vorhandenes ‚Bedürfnismaterial' aufgreift, um darin ihren ökonomischen Zweck zu erfüllen.

3.3 Alltagstheoretischer Ansatz

LINDNER verbreitert die Perspektive dieser Argumentation, indem er die Gründe für die Wirksamkeit von W. in den gesellschaftlich bedingten *alltäglichen Erfahrungsweisen* auffindet. Er setzt am konkreten Verhalten der Menschen an und fragt, warum „die symbolische Anreicherung der Waren mit Bedeutungen, die mit deren Gebrauchswert nur noch in einem vermittelten Verhältnis stehen, die Rezipienten nicht stutzig macht" (LINDNER, 1977, 126). Seiner Ansicht nach trifft Werbung auf gesellschaftlich vorstrukturierte Bedürfnisformen und Wahrnehmungsmuster. Der Grund dafür, daß Waren und W. das Alltagsleben mit *Sinn* versehen können, liegt in der *Trennung von Produktion und Konsumtion*: Die Arbeit für Lohn bedingt ein instrumentelles Verhältnis zu den Inhalten der Tätigkeit selbst, ihre eigentliche Bedeutung liegt für die Menschen in der von ihr abgespaltenen Konsumsphäre. „Und diese subjektive Bedeutsamkeit bilden den Nährboden für warensymbolische Strategien" (ibid., 128). W. präsentiert vorrangig die Sphäre der Freizeit, bietet unmittelbar Versöhnung mit dem tristen Alltag durch Warenkonsum an und stellt Konsum so als Surrogat wirklichen Erlebens vor. Konsumstil wird Lebensstil auf Grund der Privatheit der Konsumtion und ihrer Abgetrenntheit von der gesellschaftlichen Arbeit. Damit sind die Bedingungen der ‚Vermarktung' von Bedürfnissen angeführt; LINDNER betont jedoch zugleich, daß nicht *alle* Bedürfnisse und Interessen von W. abgedeckt werden können.

4 Perspektiven

Wenn die ökonomische Funktion der W. auch weitgehend geklärt erscheint, so gilt es in bezug auf die sozialen und gesellschaftlichen Bedingungen ihrer Wirkung noch einige Fragen zu beantworten: W. übt keinen direkten Zwang zum Kauf der angebotenen Waren aus. Daher ist zu fragen, welche Relevanz ihr gegenüber anderen Kriterien des Warenerwerbs zukommt, z.B. gegenüber der materiellen Notwendigkeit zum Erwerb von Lebensmitteln oder gegenüber der kulturellen Tradition bestimmter Schichten. Zu der Problemstellung, welche Rolle die *Zugehörigkeit zu einer sozialen Schicht* bei der mehr oder minder starken Wirkung von W. auf das Konsumverhalten spielt, liegen bislang kaum empirisch abgesicherte Untersuchungen vor. Die meisten Thesen zu diesem Komplex laufen darauf hinaus, daß die mit materieller Produktion beschäftigten Arbeiter stärker an stofflichen Gebrauchswerten interessiert seien, d.h. relativ wenig von den Reizen der W. berührt würden, während sog. Mittelschichtsangehörige eher für die Warensymbolik offen seien und zu kompensatorischem Konsum neigten.
Zu klären ist in diesem Zusammenhang, inwieweit die von den Werbefachleuten selbst häufig vorgenommene Zielgruppenspezifik der W. den tatsächlichen materiellen und kulturellen Grup-

pen- bzw. Schichtunterschieden nahe kommt. An der Tätigkeit dieser Fachleute zeigt sich auch, wie sehr W. im Wechselverhältnis zu vorhandenen Bedürfnissen steht: Es wird versucht, den Verbrauchern durch Tests u.a. ihre Wünsche zu entlocken, um diese verwerten zu können. Damit kommt die Frage auf, wie die Bedürfnisse und ihre Befriedigungsformen durch ihre Kommerzialisierung in W. verändert werden. Seit Erscheinen von HAUGS ‚Kritik der W.' findet zumindest z.T. an den Ausbildungsstätten der Designer und Werbefachleute eine Diskussion über die Möglichkeiten statt, W. emanzipatorisch einzusetzen, etwa durch Veränderung ihrer symbolischen Qualitäten (vgl. REXROTH, 1974, 119ff.).

Ein anderes Problem bezieht sich darauf, daß der meistdiskutierte Bereich der W., die Werbung, nicht dasselbe ist wie die angepriesene Ware – er wird auch separat wahrgenommen. Von daher rührt die Berechtigung von Ansätzen, die das Ästhetische der Warensphäre und seine Auswirkungen auf die sinnliche Wahrnehmung behandeln, z.B. die Bevorzugung optischer Sinne durch W. Unter dem Stichwort ‚*Visuelle Kommunikation*' findet u.a. im schulischen Unterricht praktische Aufklärung über den ästhetischen und ideologischen Aufbau von W. statt.

Allerdings ist in der einschlägigen Literatur zur W. umstritten, *welche psychischen Dimensionen* überhaupt von W. affiziert werden: die unbewußten Wünsche oder die bewußten Bedürfnisse. Wirkt W. als ‚geheimer Verführer' oder stellt sie nur diverse Befriedigungsmöglichkeiten zur freien Auswahl? Schon wenn die Forschung den Schwerpunkt auf die Rolle des Bewußtseins legt, eröffnet sich ein Feld von Fragestellungen: Vollzieht der Betrachter die oft absurde Verbindung von Ware und Symbolik – z.B. Zigaretten und Freiheit – ernstlich nach? Die Verbindung der Markenware mit einem bestimmten Image kann nur funktionieren, d.h. bei der Kaufentscheidung praktisch werden, wenn der Käufer diese Assoziation für sich akzeptiert. Denn gerade weil die Konsumgüterwerbung mit Symbolen umgeht, bedarf sie der Phantasie ihrer Betrachter, die diese Symbole nicht nur wahrnimmt, sondern auf die subjektive Situation bezieht. Zu klären wäre allerdings, ob die meist stereotypen Symbole nur eine vage Sympathie für die jeweilige Ware auslösen, oder ob und unter welchen Umständen vom Gebrauch dieser Ware die Befriedigung der angesprochenen Bedürfnisse erwartet wird. Diese Erwartung kann – z.B. bei der Assoziation Zigaretten–Freiheit – nur enttäuscht oder aber illusionär eingelöst werden.

Häufig versuchen Kritiker der W. den Nachweis einer Manipulation des Unbewußten durch W. zu erbringen, indem sie die Warensymbolik als Sexualsymbolik auslegen, beispielsweise das Sportauto als Phallus. Wenn jedoch keine empirische Untersuchung des Verbraucherverhaltens sowohl hinsichtlich der Bedeutung von W. als auch der tatsächlichen Warenkonsumtion und des Bezugs beider vorliegt, stehen solche Auslegungen in der Gefahr bloßer *Projektion*: Einer Projektion nämlich von dem, was sie als Geheimnis der Warensymbolik entschlüsseln, auf die Verbraucher, die zu solcher Erkenntnis nicht in der Lage sind und die die sexuellen Gehalte als unbewußte Kaufmotive verinnerlichen.

Der bloßen Symbolentzifferung gelingt der Nachweis des manipulierten Unbewußten ebensowenig wie der psychoanalytisch gefärbten Kulturkritik (PACKARD, 1969; z.T. auch MARCUSE, 1967). Diese zieht nämlich die Ergebnisse und Ziele der von ihr kritisierten Werbepsychologie zum Beweis der Macht von W. über das Unbewußte heran. Die empirische Motiv- und Wirkungsforschung der Werbepsychologie ist aber nicht zu trennen von ihrer Indienstnahme. Aus der Kritik an ihren Methoden (vgl. LINDNER, 1977) folgt, daß ihre Aussagen für eine sozialwissenschaftlich und psychologisch fundierte Theorie der psychischen Folgen von W. nur sehr bedingt zu gebrauchen sind.

Es ist bislang umstritten, ob und wie das Unbewußte mit W. zusammentrifft. Neuere Theorien (NEGT/KLUGE, 1972; LINDNER, 1977; REXROTH, 1974) tendieren jedoch dazu, eine Beeinflussung der Verbraucher unter Umgehung ihres Bewußtseins für unwahrscheinlich zu halten. (Eine umfassende kritische Sekundäranalyse empirischer Untersuchungen zur sog. „unterschwelligen Wahrnehmung und Beeinflussung" findet sich bei BRAND, 1978.) Hinzuweisen ist hier noch auf den Ansatz von BARTHES (1964), der warenästhetische Phänomene als sekundäres Zeichensystem betrachtet: Die Sprache der Dinge, so BARTHES, konstituiert eine *unbewußte Struktur* und damit eine moderne Form des *Mythos*. Es gälte nachzuprüfen, welche psychischen Folgen dieser neue Mythos hat, welche Realität etwa einer kollektiven unbewußten Struktur, die für die vermittelten Wege zwischen Warensymbolik und Bedürfnisäußerung steht, er bezeichnen kann, und welche unfreiwillige Vergesellschaftung strukturell in der W. enthalten ist.

Verweis auf andere Stichwörter

→Bewußtsein →Entfremdung →Massenkommunikation →Psychoanalyse →Sozialpsychologie →Wahrnehmung

Literatur

BARTHES, R.: Mythen des Alltags. Frankfurt/M.: Suhrkamp 1964.

BRAND, H. W.: Die Legende von den „geheimen Verführern". Kritische Analysen zur unterschwelligen Wahrnehmung und Beeinflussung. Weinheim: Beltz 1978.

HAUG, W. F.: Kritik der Warenästhetik. Frankfurt/M.: Suhrkamp 1971.

HAUG, W. F. (Hrsg.): Warenästhetik. Beiträge zur Diskussion, Weiterentwicklung und Vermittlung ihrer Kritik. Frankfurt/M.: Suhrkamp 1975.

HOLZINGER, L.: Der produzierte Mangel. Starnberg: Raith 1973.

HORKHEIMER, M./ADORNO, TH.: Dialektik der Aufklärung. Frankfurt/M.: Fischer 1969.

HORN, K.: Politische Psychologie: Erkenntnisinteresse, Themen und Materialien. In: KRESS, G./SENGHAAS, D. (Hrsg.): Politikwissenschaft. Eine Einführung in ihre Probleme. Frankfurt/M.: Europäische Verlagsanstalt 1969, S. 215–268.

HORN, K.: Zur Formierung der Innerlichkeit. In: SCHÄFER, G./NEDELMANN, C. (Hrsg.): Der CDU-Staat 2. Frankfurt/M.: Suhrkamp 1969, S. 315–358.

HORN, K.: Zur individuellen Bedeutung und gesellschaftlichen Funktion von Werbeinhalten. In: ZOLL, R. (Hrsg.): Manipulation der Meinungsbildung. Opladen: Westdeutscher Verlag 1971, S. 201–241.

LINDNER, R.: „Das Gefühl von Freiheit und Abenteuer". Ideologie und Praxis der Werbung. Frankfurt/M.: Campus 1977.

MARCUSE, H.: Der eindimensionale Mensch. Neuwied und Berlin: Luchterhand 1967.

MARX, K.: Das Kapital, Bd. 1. Berlin-Ost: Dietz 1971.

NEGT, O./KLUGE, A.: Öffentlichkeit und Erfahrung. Frankfurt/M.: Suhrkamp 1972.

PACKARD, V.: Die geheimen Verführer. Berlin: Ullstein 1969.

REXROTH, T.: Warenästhetik – Produkte und Produzenten. Kronberg: Scriptor 1974.

SCHNEIDER, M.: Neurose und Klassenkampf. Reinbek: Rowohlt 1973.

Cornelia Trabandt

Wissenschaftstheorie und Psychologie

1 Wissenschaftstheoretische Fragestellungen

1.1 Was ist und was will „Wissenschaftstheorie"?

Diese Frage läßt sich nicht eindeutig beantworten, weil erstens die Aufgaben von W. von verschiedenen Positionen her (z.B. logischer Empirismus vs. marxistische Erkenntnistheorie) unterschiedlich bestimmt werden, und weil sich zweitens die Auffassungen auch innerhalb bestimmter Richtungen verändert haben. Ich beginne daher mit der traditionellen, vom logischen Empirismus herkommenden Auffassung von W. und erweitere schrittweise den Aufgabenkatalog bis zu einem umfassenden, deskriptiven Begriff von W., der alle heute faktisch ausgeübten Arten von wissenschaftstheoretischen Analysen zusammenfassen soll.

„Methodologie" oder *„Logik der Forschung"* fragt nach den logischen und erkenntnistheoretischen Möglichkeitsbedingungen von Beobachten, Erklären und Verstehen sowie nach den Kriterien, die bei der Entwicklung von Methoden und der Formulierung von Aussagen zu beachten sind (vgl. ULICH, 1972a, auch zum folgenden). Methodologie entwickelt selbst Kriterien und Regeln, formuliert idealisierte Methoden und Modelle des Forschungsprozesses und begründet sie, ohne zunächst darauf zu achten, ob und inwieweit diese im konkreten Forschungsprozeß auch realisiert werden bzw. realisiert werden können (z.B. das Prinzip der intersubjektiven Überprüfung von Basissätzen, vgl. ULICH, 1972b). Insofern ist W. (im Sinne von Methodologie) also immer auch normativ: Von einem bestimmten Vorverständnis über Sinn und Ziel wissenschaftlicher Tätigkeit aus (z.B. „Falsifikation von Allgemeinaussagen" bei POPPER) formuliert Methodologie Regeln, deren Einhaltung wissenschaftliche Tätigkeit über andere Tätigkeiten (z.B. Kaffeeklatsch, Schmetterlingesammeln) hinaushebt. Methodologie kann man also zusammenfassend definieren als die Gesamtheit der normativen Regeln zur Ordnung der Erkenntnistätigkeit in einem bestimmten Gegenstandsbereich.

Nun erschöpft sich W. natürlich nicht in der bloßen Formulierung von Regeln; sondern die

Einhaltung dieser Regeln wird von den Wissenschaftstheoretikern auch kontrolliert. W. (auch als Methodologie verstanden) ist „Metawissenschaft, d.h. ihr Gegenstand ist nicht der Objektbereich der Einzelwissenschaften, auf die sie sich bezieht; sie macht sich vielmehr diese Wissenschaften selbst zum Gegenstand, indem sie ihre Probleme, Methoden, Aussagen, Theorien und Systeme analysiert und kritisch überprüft" (ALBERT, 1967, 38). Methodologie leitet die Wissenschaftspraxis also nicht nur durch die Formulierung bestimmter Regeln an, sondern sie ist auch Reflexion und Analyse der Tätigkeit selbst bzw. von deren Produkten (Theorien). W. ist der Forschungspraxis sowohl vorgeordnet wie nachgeordnet; sie umfaßt sowohl normierende wie kritisch-analysierende Aufgaben.

Zentral für die enge methodologische Auffassung von W. ist das Problem der *Geltungsbegründung* wissenschaftlicher Aussagen bzw. der zugrundeliegenden Methoden, also etwa die Frage, wie man vorgehen muß, um eine Aussage als empirisch überprüfbare zu formulieren. Methodologie kümmert sich weniger um die Frage, weshalb ein Wissenschaftler sich ein bestimmtes Problem zur Erforschung ausgewählt hat, mit welchem Vorverständnis er an dieses Problem herangeht und was er mit dem erwarteten Erkenntnisgewinn bezweckt. Methodologische Festlegungen sind jedoch immer auch Transformationen von Gegenstandsbestimmungen, weil jegliche Regelung von Erkenntnistätigkeit Annahmen über die Realität voraussetzt, die von praktischen Interessen und praktischen Beziehungen zu dieser Wirklichkeit mit bestimmt sind. Damit ist auch gesagt, daß jeder Einzelwissenschaftler in bestimmten Phasen des Forschungsprozesses zugleich Wissenschaftstheoretiker ist, der z.B. Fragen der Gegenstandsbestimmung nicht Leuten überlassen kann, die von den inhaltlichen Problemen des Forschungsbereiches kaum affiziert sind.

Die Kritik an der Reduktion von wissenschaftstheoretischen Aufgaben auf Methodologie hat schließlich dazu geführt, daß man heute drei Dimensionen der Anleitung, Reflexion und Analyse von wissenschaftlicher Tätigkeit unterscheidet, die erst in ihrer integrativen Zusammenfassung „Wissenschaftstheorie" ausmachen (vgl. z.B. FRIEDRICHS, 1973, 50ff.):

a) Der Entdeckungszusammenhang:

Welcher Art sind die Probleme, die heute z.B. die Psychologie als Gegenstandsbereich für sich beansprucht, welche Fragen werden zu welchen Realitätsbereichen gestellt? Was ist Bedingung und Anlaß für die Auswahl der Untersuchungsgegenstände? Der Forschungsprozeß kann z.B. durch das Erkennen eines sozialen Problems, durch einen Auftrag von außen, durch Probleme der Theorienbildung (z.B. Widersprüche, „Lücken" usw.) oder sogar durch den immanenten Qualifikationszwang des Wissenschaftlers in Gang gebracht werden. Wie ist hier jeweils das Problembewußtsein determiniert, welche Erkenntnisinteressen bestimmen den Forschungsprozeß und die dabei ständig zu treffenden unterschiedlichen Entscheidungen? (Vgl. hier Abschn. 2.)

b) Der Begründungszusammenhang:

Dieser umfaßt Methodologie im engeren Sinne, also Probleme der Theorienbildung und -überprüfung, Regeln der Hypothesenbildung, Operationalisierung, Datenerhebung, Auswertung und Interpretation. Welche Schritte sind zu unternehmen, um das vorliegende Problem erklären und die Erklärungen adäquat überprüfen zu können, welche Theorien können herangezogen werden, welche empirischen Indikatoren sollen wie erfaßt werden? (Vgl. hier Abschn. 3.)

c) Der Wirkungs- und Verwertungszusammenhang:

Hier werden, wie schon im Entdeckungszusammenhang wissenschaftlicher Tätigkeit bzw. eines konkreten Projekts, die praktische Bedeutung von Problemen sowie die Relevanz des erreichten Erkenntnisgewinns im Hinblick auf die Lösung praktischer Fragen untersucht. Da – zumindest innerhalb der Sozialwissenschaften – Erkenntnisprobleme meist zugleich auch praktische Probleme konkreter Lebensplanung und -bewältigung sind, gehört die Reflexion der möglichen und faktischen Beiträge des Erkenntnisprozesses zur Lösung praktischer Probleme zu den unverzichtbaren Aufgaben von W. Soweit wissenschaftliche Ergebnisse zu Interventionen und Innovationen verwendet werden (können), muß also auch der Einzelwissenschaftler immer nach den konkret Beteiligten und Betroffenen bzw. deren möglichen Interessen und Leiden fragen. Innerhalb der Ausbildung (z.B. von Diplompsychologen) hat W. noch eine zusätzliche Funktion, nämlich die Begründung der Rationalität von berufspraktischem Handeln. Die in der W. entwickelten und begründeten Kriterien wissenschaftlichen Handelns (s.u.) sind unentbehrlich bei der Antizipa-

tion und Rekonstruktion berufspraktischer Inhalte, beim Erkennen von Problemen und Lösungsmöglichkeiten, bei der Entwicklung berufspraktischer Handlungskompetenz.
Wissenschaftstheoretische Aufgabenstellungen und Tätigkeiten entstehen aus der Einsicht in die prinzipielle Unzulänglichkeit aller unserer Erkenntnisversuche und aus der Einsicht in die Beschränkungen rationaler Handlungsmöglichkeiten (z.B. rationaler, selbstbestimmender Kritik und Handlungsplanung). Es gibt keine verläßlichen, eindeutigen und gefahrenlosen Wege vom Nichtwissen zum Wissen. Der W. stellen sich hier vor allem drei Arten von Problemen (vgl. ULICH, 1972a, 75f.):

a) Das *Wahrheitsproblem*: prinzipielle Beschränktheit der Erkenntnismöglichkeiten, keine verbindliche Interpretierbarkeit von Sachverhalten; die Bedeutung von „Fakten" ergibt sich erst in Sinn- und Zweckzusammenhängen, die durch konkrete Interessen und Handlungen konstituiert sind; Erkenntnisse sind notwendigerweise immer Stückwerk.
b) Das *Subjektivitätsproblem*: systematische oder zufällige Beschränkungen von Beobachtungs- und Reflexionsmöglichkeiten; Befangenheit in Vorurteilen und Stereotypen; Interessengebundenheit und Perspektivität der Erkenntnisversuche.
c) Das *Kommunikationsproblem*: Macht- und interaktionsbedingte Beschränkungen und systematische Verzerrungen von Informationsaustausch, Diskussion und Konsenssuche; Abhängigkeit von Beeinflussungsversuchen, Verflochtenheit wissenschaftlicher Institutionen mit anderen gesellschaftlichen Bereichen.

Keines dieser Probleme kann einer prinzipiellen und endgültigen Lösung zugeführt werden, weil die Probleme selbst sich ständig in veränderter Gestalt neu stellen. Die drei genannten Aufgabenbereiche wissenschaftstheoretischer Analyse erhalten damit zusätzlich eine wissenschaftshistorische und wissenschaftssoziologische Dimension (z.B. die Frage nach der jeweiligen Durchsetzbarkeit von bestimmten Theorien und Methoden, vgl. KUHN, 1967). Die Beantwortung der Frage, was „Wissenschaft" ist, hängt davon ab, wie jeweils das Wahrheits-, Subjektivitäts- und Kommunikationsproblem „gelöst" werden, d.h.: welche Auffassung von der Lösung dieser Probleme sich jeweils durchgesetzt hat. So bietet beispielsweise der Behaviorismus andere Lösungen dieser Probleme an als die phänomenologische oder die marxistische Psychologie (vgl. die Beiträge in SCHNEEWIND, 1977). Es gibt also keinen allgemeingültigen Begriff von Wissenschaft.

1.2 *Aspekte des Wissenschaftsbegriffes und Kriterien von Wissenschaftlichkeit*

Zur Unterscheidung des wissenschaftlichen vom Alltagshandeln kann man allgemein die folgenden Merkmale und Ziele wissenschaftlicher Tätigkeit nennen:

a) Explizite Regelgeleitetheit:
Die Sprache des Wissenschaftlers ist nach explizierten Normen festgelegt, seine Verfahren sind standardisiert, die Regelgeleitetheit ist Gegenstand ständiger Kontrolle. Das Handeln des „Alltagsmenschen" wird eher von impliziten Regelsystemen gesteuert.

b) Systemcharakter des Wissens:
Der Wissenschaftler strebt eine Vereinheitlichung und Systematisierung seines Wissens an, was Eindeutigkeit, Vollständigkeit und Widerspruchsfreiheit mit einschließt. Der „Alltagsmensch" muß auch mit Inkonsistenzen und bruchstückhaften Wissen leben.

c) Erfahrungskontrolle:
Die Verfahren der Erkenntnisgewinnung müssen bestimmten Gültigkeitskriterien genügen; Wissen ist vorläufig und korrigierbar. Der „Alltagsmensch" hat meist weder die Absicht noch die Möglichkeiten zur systematischen Überprüfung von „Hypothesen".

d) Verallgemeinerung:
Der Wissenschaftler ist an der Übertragbarkeit seiner Erkenntnisse und daher an der „Entdekkung" von Regelhaftigkeiten interessiert. Die Mutter auf dem Spielplatz ist nicht an allgemeinen Beziehungen zwischen „Frustration" und „Aggression", sondern nur an der Befindlichkeit ihres eigenen Kindes interessiert.

Diese allgemeinen Unterscheidungsmerkmale lassen noch zuviel Spielraum für die Interpretation und Festlegung der Kriterien wissenschaftlichen Handelns. In den Diskussionen zwischen den Vertretern unterschiedlicher Richtungen in der Psychologie haben sich verschiedene Rationalitätskriterien herausgeschält, die man „pluralistisch" folgendermaßen zusammenstellen kann:

1. Voraussetzungsexplikation:
Jeder Wissenschaftler muß die normativen, methodologischen und theoretischen Voraussetzungen offenlegen, die in seine Fragestellungen und Vorgehensweise eingehen. Dies bezieht sich auch auf eine mögliche Identifikation mit bestimmten Interessengruppen, Weltanschauungen und Problemlösungen.

2. Öffentlichkeit:
Jeder Wissenschaftler muß auf die Kommunizierbarkeit und Kritisierbarkeit seiner Aussagen achten. Er muß die Institutionalisierung seiner Tätigkeit bedenken und deren Folgen berücksichtigen. Aus dem Prinzip der „Öffentlichkeit" kann ein Prinzip des „Minderheitenschutzes" abgeleitet werden, das z.B. die Unterdrückung von Lehrmeinungen verhindert, die auf Grund bestimmter wissenschaftsexterner Machtkonstellationen und Interessen gerade nicht durchsetzungsfähig sind.

3. Wahrheitsgehalt der Aussagen:
Jeder Wissenschaftler muß angeben können, wie er den Erkenntnisgehalt seiner Aussagen sichern, überprüfen und verteidigen kann, wie der Wirklichkeitsbezug hergestellt wird, wann er einen Sachverhalt z.B. als „erklärt" ansieht, welche Kriterien von „Gewißheit" er anwendet bzw. gelten läßt.

4. Reflexivität und Verantwortbarkeit:
Jeder Wissenschaftler muß sich während des gesamten Forschungsprozesses auf seine ursprünglichen Ziele rückbeziehen und seine einzelnen Entscheidungen unter Berücksichtigung der Ziele legitimieren können. Er muß sich seiner eigenen Interessen- und Wertbezogenheit bewußt sein und die Verantwortung für die Konsequenzen tragen können; wenn er dies nicht kann, muß er seine Ziele revidieren.

Die Formulierung derartiger Forderungen darf nicht den Eindruck erwecken, als sei es Sache der moralischen Integrität des Wissenschaftlers (seines Gewissens!) bzw. seinem subjektiven Belieben überlassen, nach welchen Wertvorstellungen er sein Handeln organisiert. Es ist deshalb wichtig, verschiedene Dimensionen des Wissenschaftsbegriffes zu unterscheiden (nach Ulich, 1972a, 66f.):

I. Wissenschaft als Tätigkeit
Damit ist das Handeln des einzelnen Wissenschaftlers in seinem Arbeitsgebiet gemeint: eine spezifische, systematisch fragende und forschende Tätigkeit, die sich, angeleitet durch Fragestellungen und Theorien und unter Verwendung adäquater Methoden, auf einen bestimmten Ausschnitt der Wirklichkeit richtet, um „Erkenntnisse" über diesen Wirklichkeitsbereich zu erbringen.

II. Wissenschaft als Wissen
Hiermit ist das jeweils für ein Fachgebiet spezifische System von begründeten, geordneten, möglicherweise gesetzmäßigen und widerspruchsfreien Aussagen („Erkenntnissen") gemeint. Dieses Wissen determiniert seinerseits die Tätigkeit des einzelnen Wissenschaftlers, der daran anknüpfen und darauf aufbauen muß. Als „Erkenntnis" gilt vor allem eine Theorie, d.h. eine Verbindung von Tatsachen (nicht widerlegten Beobachtungssätzen) durch Hypothesen zu einem System von Gründen (Prämissen, „Ursachen") und Folgen („Wirkungen", Konsequenzen, Schlußfolgerungen).

III. Wissenschaft als Institution (Reglementierung, Standardisierung und Organisation von Erkenntnisprozessen; Forschung und Lehre im weitesten Sinne)
Dieser Aspekt ist den anderen beiden Dimensionen insofern vor- und übergeordnet, als damit die allgemeinsten realen Möglichkeitsbedingungen wissenschaftlichen Handelns bezeichnet werden, die über die Erwünschtheit und Durchsetzbarkeit nicht nur der oben aufgezählten normativen Forderungen, sondern auch über die Ressourcen, die Problemwahl und Verwertung von Erkenntnissen entscheiden. Wissenschaft ist immer eine „Veranstaltung" der Gesellschaft (bzw. einflußreicher Gruppen) und somit Produkt gesellschaftlicher Machtkonstellationen und Interessen, behaupteter oder faktischer überindividueller Erfordernisse, gesellschaftliche Antwort auf Notwendigkeiten der Lebensplanung und -gestaltung. Da Wissenschaftler der Gesellschaft und ihren Gruppen selbst angehören, nehmen sie natürlich auch selbst teil an der Bestimmung ihrer Rolle und ihrer Aufgaben. In welchem Ausmaß und mit welchem Ergebnis dies geschieht, und welche Interessen dabei wahrgenommen und verwirklichkeit werden, hängt von konkreten politischen Entscheidungsprozessen ab sowie von den (tradierten) Rollendefinitionen der Wissenschaftler.

2 Probleme der Gegenstandsbestimmung der Psychologie

Psychologische Theorien als generalisierte Aussagen über Regelmäßigkeiten des Handelns sind immer auch Produkt und zugleich Ausdruck der jeweils herrschenden Grundvorstellungen („Paradigmen“) vom Gegenstand (vgl. ULICH, 1976, Kap. 1). Die Gegenstandsbestimmung ist abhängig von Interessen und Machtkonstellationen außerhalb und innerhalb der Institution Wissenschaft, welche die Durchsetzbarkeit bestimmen. Der Einfluß des Behaviorismus in der Psychologie ist in den USA und Europa immer noch sehr groß; daher müßte dessen Gegenstandsbestimmung prinzipiell als Prüfstein und Herausforderung für die Entwicklung alternativer Auffassungen angesehen werden.

2.1 Psychologie als Wissenschaft vom „Verhalten“

In neueren Auffassungen (z.B. SCHNEEWIND, 1977, 16) wird als Gegenstand der Psychologie das Verhalten (Handeln) und Erleben von Individuen benannt. Wenn weiterhin von Verhalten, Verhaltensänderung usw. gesprochen wird, so umfaßt dieser Begriff nicht nur unmittelbar beobachtbare Aktivitäten, sondern auch mittelbar erschließbare Erlebnisweisen (ebd.). Diese Liberalisierung des Gegenstandsverständnisses berücksichtigt die Tatsache, daß Organismen als Einheiten tätig sind, und daß man nicht bestimmte Verhaltensbedingungen (wie z.B. kognitive Repräsentationen der Umwelt) von vornherein aus der Analyse ausschließen kann; zentrale methodologische Grundprinzipien sind damit nicht preisgegeben (s.u.). In seiner weitesten Fassung meint der Begriff des Verhaltens eine grundlegende Beziehung des Individuums zu seiner (dinglichen und sozialen) Umwelt, also ein „Sich-in-ein-bestimmtes-Verhältnis-Setzen“ oder „Sich-in-einem-bestimmten-Verhältnis-Finden“ (GRAUMANN, 1960; 1965); in diesem Sinne ist für TRAXEL (1968, 87) Gegenstand der Psychologie die „Art und Weise, wie das Ich mit der äußeren Welt in Beziehung tritt“.

Psychologie ist, im Unterschied zu anderen Sozialwissenschaften, die Wissenschaft vom *Individuum.* Nach KAMINSKI (1976, 241) wird von Psychologen als selbstverständlich unterstellt, „daß primäre Realität für den Psychologen Vorgänge (und aus ihnen entstehende Effekte) am Individuum sind; daß die unmittelbaren Antezedenzien dafür in bestimmten Instanzen des Individuums liegen; daß diesen Instanzen nachweisbare Ordnungen innewohnen und daß sie sich auf verschiedene Weise verändern; daß diese Veränderungen regelhaften Begrenzungen verschiedener Art unterworfen sind“. Aufgabe der Psychologie ist es, Regelmäßigkeiten des Verhaltens zu erklären und vorherzusagen, indem sie beobachtete Wiederholungen von Handeln, inter- und intraindividuelle Verhaltensunterschiede, Verhaltensauffälligkeiten und -veränderungen auf stabile und regelhafte („gesetzmäßige“) Beziehungen zwischen angenommenen bzw. erfaßten Bedingungen und dem beobachteten Verhalten zurückführt.

„Verhalten“ ist freilich nicht nur ein kategorialer Oberbegriff für diejenigen psychischen Sachverhalte, Prozesse usw., die nach einer bestimmten, historisch entwickelten Auffassung zum Gegenstand psychologischer Untersuchungen gemacht werden (sollen). Sondern damit sind zugleich normative Eingrenzungen vorgenommen: Menschliches Handeln interessiert *insbesondere* und *nur insoweit*, als

1. Regelhaftigkeit bzw. Gesetzmäßigkeit – als Voraussetzung für Generalisierung – unterstellt werden kann,
2. Situations- bzw. Umweltabhängigkeit des Verhaltens angenommen wird,
3. Funktionalität (Anpassungsleistung im weitesten Sinne) als quasi-objektives Zielkriterium gilt,
4. Operationalisierung theoretischer Konzepte möglich und
5. experimentelle sowie außerexperimentelle (z.B. verhaltenstherapeutische) Kontrolle von Einflußfaktoren bzw. Ursache-Wirkungs-Beziehungen realisierbar sind.

Sowohl die Untersuchung wie die Beeinflussung von Verhalten setzen also voraus, daß dies auf Grund bekannter Gesetzmäßigkeiten determiniert ist, durch bestimmte Methoden erfaßbar und kontrollierbar sowie innerhalb bestimmter (bekannter) Grenzen stabil und konsistent ist. Es interessiert den Psychologen weder *alles* Verhalten noch Verhalten „an sich“. Es interessieren nicht einmal konkrete Verhaltensweisen (z.B. die einzelnen Bewegungen von Tieren in einer SKINNER-Box), sondern Verhalten interessiert vor allem unter dem Aspekt des erzielten *Effektes* („Leistung“), und zwar relativ

a) zur Situation (gestelltes Problem, Aufgabeschwierigkeit usw.), b) zur „Fähigkeit" im weitesten Sinne, c) zu einem irgendwie definierten Deprivationszustand, d) zur Lerngeschichte (einschließlich Einstellungen usw.), e) zum investierten bzw. benötigten Lernaufwand (Zeitdimension).

Welche psychischen Ereignisse und Prozesse konkret-inhaltlich zum Gegenstand einer Untersuchung gemacht werden, läßt sich mit Hilfe des Verhaltenskonzepts nicht begründen; dieses legt nur fest, wie mit dem Untersuchungsgegenstand umgegangen werden soll. Fast alle inhaltlichen Abgrenzungs- und Definitionskriterien liegen jenseits des Verhaltensbegriffes.

In der *Behaviorismuskritik* (vgl. neuerdings SCHNEEWIND, 1977; GROEBEN/SCHEELE, 1977) wurden immer wieder die folgenden Probleme hervorgehoben:

a) Es werde oft von subjektiven Kognitionen, Sinngebungen und Bedeutungszuschreibungen abstrahiert.
b) Es werde von gesellschaftlich und interpersonell konstituierten Sinn- und Handlungszusammenhängen abgesehen; damit würden zugleich die realen Konstitutionsbedingungen von Regelhaftigkeiten („Gesetzmäßigkeiten") im Dunkeln gelassen (s.u.).
c) Am Handeln interessiere nur der Aspekt der Anpassung, kaum derjenige der selbstbestimmten, umweltverändernden Aktivität.
d) Methodologisch werde das Subjekt auf einen bloßen Organismus mit entsprechend eingeschränkten Handlungsmöglichkeiten reduziert.
e) Die Erkenntnisfähigkeit des Subjekts werde systematisch unterschätzt; Verhalten wird „hinter dem Rücken des Subjekts" erklärt, was tendenziell die Verfügbarkeit dieser Subjekte für externe Zwecksetzungen erhöhen kann.

Obwohl einige dieser Kritikpunkte in gewisser Hinsicht auch heute noch berechtigt sein können, müßten auch die historischen „Errungenschaften" des Behaviorismus gewürdigt werden. Die entschiedene Betonung der Situations- und Umweltbezogenheit des Handelns sowie der Lernfähigkeit des Individuums führte – gegenüber der älteren Bewußtseinspsychologie – zu irreversiblen Fortschritten in der Psychologie.

Das behavioristische Gegenstandsparadigma ist in letzter Zeit in unterschiedliche Richtungen hin weiterentwickelt bzw. verändert worden:

1. Versuche zu einem *kognitiv-interaktionistischen Persönlichkeitsmodell*: Das Individuum ist nicht mehr einseitig von der Situation abhängig, sondern beeinflußt seinerseits aktiv die Situation; ihm werden konstruktive und generative Handlungskompetenzen zugebilligt (vgl. MISCHEL, 1973; BANDURA, 1976);
2. *handlungstheoretische Ansätze*: Der Begriff des Handelns betont die hierarchische Organisation von Selbstregulationsmechanismen, die sequenzielle Strukturierung von Planungs- und Ausführungsprozessen; er umgreift die objektiven Handlungsbedingungen, die subjektive Zielrichtung, die kognitive Umweltrepräsentation sowie die situationsgestaltenden Operationen des Subjekts (vgl. VOLPERT, 1974; BERGOLD, 1977);
3. Entwurf eines *„epistemologischen Subjektmodells"*: In einer bewußten Hinwendung auf die Orientierungs- und Handlungsprobleme des Alltagsmenschen wird die Vorstellung eines Subjekts entwickelt, das sich in ähnlicher Weise wie der Wissenschaftler um die Erkenntnis der Welt und der eigenen Handlungsbedingungen bemüht: Der Mensch hat Theorien und Kenntnisse über sich und andere, und diese Erkenntnisse und Deutungen beeinflussen sein Handeln (vgl. GROEBEN/SCHEELE, 1977).

Die genannten Ansätze überlappen sich in vielfacher Hinsicht. Im folgenden wird daher nur auf das dritte Modell eingegangen, weil es den weitestgehenden Versuch einer Überwindung des behavioristischen Gegenstandsparadigmas darstellt.

2.2 *Die „kognitive Wende" zum epistemologischen Subjektmodell*

Schon in behavioristischer Tradition wurden und werden vermittelnde Kognitionen als Verhaltensbedingungen ernst genommen. Neuerdings betont man z.B. in der Leistungsmotivationsforschung (vgl. SCHMALT/MEYER, 1976) und auch in der Verhaltenstherapie (z.B. MEICHENBAUM, 1977) die verhaltenssteuernde Rolle der subjektiven Interpretationen und Einschätzungen, die das Individuum sich selbst und seiner Umwelt gegenüber entwickelt hat (vgl. Konzepte wie Selbstbekräftigung, Selbstkontrolle, Selbstbewertung, Kausalattribution). Das

Individuum sei weniger vom Bedürfnis nach Triebreduktion als vielmehr vom Bedürfnis nach „Information" motiviert. Nicht „objektive", möglicherweise nur dem Forscher bekannte bzw. durch ihn manipulierbare Gegebenheiten determinieren das Verhalten, sondern deren kognitive Repräsentation und Bewertung durch das Individuum. Kognitive Prozesse „vermitteln" zwischen Umweltereignissen und Verhalten.

Noch bleibt freilich tendenziell das Verhalten einseitig von der Situation abhängig, denn die Mediatorvariable „Kognition" wird weiterhin determiniert durch die vorangegangene Lerngeschichte und damit die externe Kontrolle (Fremdbekräftigung) durch die entsprechenden Lernumwelten (GROEBEN/SCHEELE, 1977, 49). Wenn man dagegen das Individuum als ein sich und seine Umwelt aktiv erkennendes und gestaltendes Subjekt begreifen will, so setzt dies nahezu eine Umkehrung der Situationsabhängigkeit voraus: „das kognitive Subjekt konstruiert seine Welt aktiv durch Anwendung seiner kognitiven Schemata und die realitätsgerechte Veränderung/Entwicklung dieser Schemata" (GROEBEN/SCHEELE, 50). Die Modellvorstellung vom passiv-reagierenden Organismus wird ersetzt durch die Konzeption eines Subjekts, das seine Umwelt aktiv-kognitiv strukturiert, intuitive „Theorie" in sie hineinträgt und diese anhand seiner eigenen Erfahrungen überprüft. Das Individuum ist Handlungssituationen nicht hilflos ausgeliefert, sondern zur selbstbestimmten Planung, Informationsverarbeitung und Steuerung befähigt.

Mit diesen Bestimmungen wird eindeutig eine alternative Gegenstandsbestimmung versucht (sofern man einmal „Behaviorismus" als einheitliche Richtung unterstellt, was sicher nicht ganz richtig ist). Während traditionellerweise dem Verhalten als Gegenstand der Psychologie das Definitionsmerkmal „Situationsdeterminiertheit" angeheftet wurde (etwa in der Form des Satzes: „Wir nennen Verhalten nur das, was durch Kontingenzen determiniert ist"), heißt es nun: „Wir machen zu unserem Gegenstand nur solche psychischen Ereignisse, Prozesse und Strukturen, in denen sich die wechselseitige Beziehung zwischen Subjekt und Umwelt sowie die konstruktiven, generativen, selbstbestimmten Handlungskompetenzen des Subjekts ausdrücken". Anders gesagt: „Wir interessieren uns für Handeln von Individuen *nur insoweit, als* darin Selbsttätigkeit erkennbar wird" (anderes Verhalten wird bestenfalls als Zerrform registriert).

Unverkennbar wird eine derartige Gegenstandsbestimmung – wie die traditionellen natürlich auch – durch anthropologische Überzeugungen mitbestimmt. Dagegen ist nichts einzuwenden, solange diese Überzeugungen und andere, auch den Wirkungs- und Verwertungszusammenhang antizipierende Interessen des Forschers in der Auseinandersetzung mit herrschenden Formen der Gegenstandsbestimmung entwickelt und begründet werden. Wenn dies nicht geschieht, könnte es leicht zu Fehldiagnosen kommen (wie z. B. „Paradigmenwechsel" in der Psychologie, vgl. GROEBEN/SCHEELE, a. a. O.). Das „epistemologische Subjektmodell" steckt nämlich schon auf der konzeptionellen Ebene voller Widersprüche. So betont es zwar einerseits die Rationalität und Zielgerichtetheit des Handelns, nennt andererseits jedoch keine Wege und Mittel zur Erhebung valider Informationen über die Realität. Zwar wird das Individuum als kritisches und „hypothesenprüfendes" Subjekt konzipiert, das zwischen Handlungsalternativen begründet und selbstbestimmt entscheiden kann; es werden jedoch die Bedingungen nicht spezifiziert, unter denen sich eine derartige Rationalität entwickeln, äußern und bewähren kann. Es werden Selbstverantwortlichkeit, Erkenntnis- und Denkfähigkeit betont, ohne gleichzeitig etwas über die Widersprüchlichkeit, unterschiedliche Priorität und Durchsetzbarkeit konkreter normativer Anforderungen, Erziehungs- und Lernziele, die Struktur von Interaktionsbeziehungen usw. zu sagen.

Nun wird von Vertretern des skizzierten Ansatzes selbst konzediert, daß eine zentrale Frage diejenige nach der Vermittlung von „objektiven" und „subjektiven" Aspekten ist, konkret: „ob die aktiv-kognitive Konstruktion von Welt an der Realität ... vorbeigeht, ob sich die subjektiven Konzepte als ‚Scheuklappen' erweisen oder nicht" (GROEBEN/SCHEELE, 50). Diese Frage kann sicher nur von einem sozialwissenschaftlich erweiterten Gegenstandsverständnis her adäquat angegangen werden.

2.3 *Psychologie als Sozialwissenschaft*

Aussagen über die Realitätsangemessenheit von Kognitionen (und Verhalten) sind nur möglich, wenn man die Geschichtsbedingtheit, Gesellschaftsbezogenheit und den Realitätsbezug des

Handelns selbst in die Gegenstandsbestimmung mit hineinnimmt. So wird von der Psychologie (vgl. GROEBEN/WESTMEYER, 1975, 22f.) schon seit längerem akzeptiert,

a) daß alles Handeln in einen sozialen (gesellschaftlichen und interpersonellen) Kontext eingebettet ist, der (u.a.) diesem Handeln Bedeutung und Funktion gibt;
b) daß nicht nur Handlungstendenzen soziogenetisch determiniert sind, sondern daß die gesamte historisch-genetische Komplexität des Menschen entscheidend durch seine Sozialität geprägt ist;
c) daß „diese Komplexität selbst vom Menschen als Handlungs- und Erkenntnissubjekt verursacht ist“ (ebd.), woraus sich (u.a.) die Reflexivität der Erkenntnissituation ergibt: Der Forscher ist prinzipiell in denselben Gesellschafts- und Handlungszusammenhang wie die Versuchsperson eingebunden, von denselben Interessen und Problemen bewegt und kann daher nur mit Einschränkung und vorübergehend Versuchspersonen zu Erkenntnis-„Objekten“ machen.

Sozialwissenschaften betonen in der Analyse von Bedingungszusammenhängen weniger biologische Faktoren (die nicht außer acht bleiben dürfen), als vielmehr Herkunft, Umwelt, Gruppe und Wertvorstellungen bzw. deren handlungsrelevante Repräsentationen. Damit ist zugleich gesagt, daß die Ebene der *sozial* konstituierten Regeln und Regelhaftigkeiten auch in psychologischen Theorien berücksichtigt werden muß. Erforderlich ist ein Mehr-Ebenen-Modell der Erklärung, denn Gegenstand der empirisch-analytischen Sozialwissenschaften sind jene Gleichförmigkeiten des Verhaltens, die durch Handlungen (Person-Umwelt-Bezüge) und Interaktionen zwischen den Handelnden sowie die dadurch hervorgebrachten strukturellen Zusammenhänge auf individualpsychologischer, interpersoneller und gesamtgesellschaftlicher Ebene konstituiert werden.
KEUPP/KRAIKER (1977) haben fünf Organisationsstufen in der Struktur menschlichen Handelns unterschieden: biologische Regulationsvorgänge, System der individuellen Handlungskompetenzen und Reaktionsweisen, Situation, Institution, Gesamtgesellschaft. Beispielhaft für die Möglichkeiten einer Mehrebenenanalyse sei auf das Begriffspaar „Belastungsvalenz – Bewältigungskompetenz“ verwiesen (ebd.): Um das Verhalten von Individuen in bestimmten Krisensituationen erklären und vorhersagen zu können, muß man sowohl die Belastungsvalenz typischer (gesellschaftlich und institutionell beeinflußter) Lebenssituationen und die dort erforderlichen Bewältigungsanforderungen kennen als auch die individuell vorhandene Bewältigungskompetenz, die sich aus einem biographischen Anteil und einem situationsspezifischen Anteil (aktuelle Situationsdefinition, emotionale Reaktion usw.) zusammensetzt. WEIDENMANN (1978) hat unter Verwendung des Tätigkeitskonzepts von LEONTJEW (1973a, 1973b) eine psychologische Analyse der Lehrerangst versucht und dabei die Belastungsvalenz als „Angstpotential“ gekennzeichnet, das sich aus der objektiven Anforderungsstruktur der Tätigkeiten des Lehrers ergibt. Die erforderliche Bewältigungskompetenz wird deutlich, wenn man Bedrohung, Ungewißheit und Hilflosigkeit im Zusammenhang mit dem Versuch der Realisierung der Anforderungsstruktur durch den einzelnen Lehrer untersucht.
Derartige Studien (wie auch einige Arbeiten aus dem Kreis um Klaus HOLZKAMP) machen deutlich, daß keine der Analyseebenen auf eine andere reduziert werden kann, weil dann auch die im engeren Sinne psychologische Analyse unvollständig wird. Das Mehr-Ebenen-Modell ist allerdings nicht in dem Sinne als „hierarchisches“ zu verstehen, daß die gesellschaftliche Ebene die anderen einseitig determiniert, sondern Gesellschaft ist ihrerseits als Zusammenhang sozialen Handelns zu begreifen. Unter psychologischem Aspekt ist „Gesellschaft“ die Gesamtheit der symbolisch und innerpsychisch repräsentierten Institutionen, Bezugsgruppen und Normen, an denen sich ein Subjekt *notwendigerweise* orientiert, wenn es denkt und handelt. Weil dies so ist, hat Psychologie immer auch Sozialwissenschaft zu sein.

3 Probleme der Methodologie

3.1 Zum Verhältnis von Theorie und Methode

Wissenschaftstheoretische Begründungsversuche unterscheiden sich wesentlich in ihrer Auffassung darüber, *was* unter Erkenntnisgewinnung bzw. Erkenntnisfortschritt zu verstehen sei, welchen *Weg* der Erkenntnisprozeß zu nehmen habe, und nach welchen *Kriterien* eine Aussage als Erkenntnis bestimmt werden kann.

Wenn Erkenntnisgewinn das genuine Interesse wissenschaftlicher Tätigkeit ist, so meint „Methode" die Strategie der Verfahren zur Erhebung, Sicherung und Kontrolle von Erkenntnissen; eine Methode gibt die globalen Vorgehensweisen an, die Planung und Kontrolle der Forschungstätigkeit in der Weise erlauben, daß Hypothesen überprüft und Fragen beantwortet werden können. Mit „Theorie" meint man die Gesamtheit derjenigen geordneten, empirisch gehaltvollen allgemeinen Hypothesen („Gesetze"), die eine Erklärung und Vorhersage von Ereignissen und Prozessen in einem bestimmten Gegenstandsbereich erlauben (vgl. LAUCKEN/SCHICK, 1971; OPP, 1970). Theorien sollen durch den „richtigen" Einsatz von Methoden hervorgebracht bzw. überprüft werden.
Man kann, bezogen auf die Psychologie, drei hauptsächliche Begründungsversuche unterscheiden, in denen das Verhältnis von Theorie und Methode thematisiert wird (das folgende nach HOLZKAMP, 1972, 80ff):

a) Naiver Empirismus: Wissenschaft ist aus dieser Sicht eine Einrichtung zur Gewinnung von wahren Erkenntnissen über gesetzmäßige Zusammenhänge zwischen Ereignissen in der Natur und auch in sozialen Handlungszusammenhängen. Der Forscher hat im wesentlichen die Rolle des passiven Registrators, der seine Methoden so konstruiert, daß sie ihm einen Zugang zu den Gesetzmäßigkeiten ermöglichen. Grundlage des Erkenntnisgewinns sind Beobachtungen und Experiment, also das Sammeln von „Daten". Auf induktivem Wege, durch Generalisierung, Abstraktion usw., kommt der Forscher dann schrittweise zur Entdeckung bzw. Enthüllung derjenigen Gesetzmäßigkeiten, die ein Geschehen beherrschen. Gesetze sind also nicht „Erfindungen" des Wissenschaftlers, mit Hilfe derer er konstruktiv ein Ordnungsprinzip (z.B. Kausalität) in ein per se unstrukturiertes Geschehen hineinträgt, sondern die gesetzmäßigen Zusammenhänge bestehen an sich und brauchen vom Forscher nur entdeckt zu werden. Ganz deutlich liegt diesem Selbstverständnis eine evolutionistische Auffassung vom wissenschaftlichen Fortschritt zugrunde. Durch die bloße Anhäufung von Wissen – Erkenntnisse über jedes beliebige, noch so winzige Teilproblem sind ein Mosaikstein auf dem Weg zur umfassenden Wahrheit – gelangen wir zu Theorien. *Welche* Probleme man da im einzelnen auswählt, ist nicht entscheidend, da man von allen Seiten her zu den Gesetzmäßigkeiten vorstoßen kann. Ein Teil der experimentellen Literatur in der Psychologie erweckt auch tatsächlich den Eindruck, als ergäbe nahezu jedes Experiment(chen) per (unzulässiger) Generalisierung ein eigenes „Gesetz".

b) Logischer Empirismus: Diese u.a. auf den Wiener Kreis um CARNAP, VON REICHENBACH u.a. sowie den Minnesota-Kreis um FEIGL, BRODBECK u.a. zurückgehende Richtung ging aus einer Kritik am naiven Empirismus, wie er etwa bei den englischen Sensualisten und manchen frühen Positivisten vertreten wurde, hervor. Hier wird nun der genetische Primat der Erfahrung aufgegeben und damit auch das Prinzip der Induktion als Methode der Erkenntnisgewinnung: „Gesetze" sind nicht mehr „Entdeckungen", sondern „Erfindungen" des Wissenschaftlers, nämlich sprachliche Konstruktionen von Sätzen, die nach bestimmten Regeln Ableitungen erlauben. Es gibt kein voraussetzungsloses Registrieren der Wirklichkeit; Wissenschaft kann niemals mit der Erfahrung beginnen, da immer schon bestimmte Selektionsprinzipien wirksam sind. Der Wissenschaftler muß theoretische Konzeptionen haben, die angeben, was von allem grundsätzlich Beobachtbaren er tatsächlich registrieren will.
Wenn Wissenschaft ein System von Sätzen ist, dann ergibt sich die Frage, wie denn diese Sätze mit der Realität zusammenhängen. Dieses Problem versuchte man folgendermaßen zu lösen: Es gibt sogenannte „Protokollsätze", die sich unmittelbar auf Beobachtungsdaten beziehen. Diese Protokollsätze stellen die unterste Stufe einer Hierarchie von Sätzen dar, die insgesamt das wissenschaftliche Aussagensystem bilden. Die Protokollsätze werden aus empirischen Hypothesen abgeleitet, die ihrerseits Allgemeinaussagen darstellen. Die Ableitung schließt daher eine Präzisierung/Konkretisierung der „Wenn-" sowie der „Dann-Komponente" der allgemeinen Hypothese ein (Angabe konkreter Raum-/Zeit-Bezüge, Operationalisierung der Begriffe). Schon für die allgemeinen Hypothesen gilt freilich das sogenannte empiristische „Sinnkriterium": Es sind nur solche Sätze zuzulassen, die einen eindeutigen Bezug zur Realität haben, aus denen sich also Protokollsätze ableiten lassen, die hier und jetzt empirisch überprüft werden können.
Erkenntnisse sind insoweit gewonnen, als die erhobenen Beobachtungsdaten mit den Proto-

kollsätzen übereinstimmen („Verifikation"), also z.B. abgeleitete Prognosen auch eintreffen. Je mehr und je öfter eine Hypothese sich in der Vergangenheit durch Ableitung von immer mehr Protokollsätzen und deren Verifikation empirisch hat bestätigen lassen, desto größer ist ihr Vorhersagewert (allerdings nur im Sinne von Wahrscheinlichkeitsaussagen). Man nannte dies den „Bestätigungsgrad" einer Hypothese. Leider ist es innerhalb dieser Wissenschaftskonzepte nicht möglich, Maßstäbe dafür zu entwickeln, *welche* von allen möglichen Satzsystemen zu welchen Inhalten konstruiert werden sollen. Damit bleibt die Entscheidung über Forschungsinteressen, Forschungsinhalte und Wirkungszusammenhänge außerhalb einer rationalen Diskussion.

c) Falsifikationstheorie (POPPER): POPPER hat in seinem berühmten Buch „Logik der Forschung" (1966) die Grundzüge des „Kritischen Rationalismus" entwickelt, auf den sich heute wohl die meisten Psychologen explizit berufen, *wenn* sie ihren wissenschaftstheoretischen Standort angeben (vgl. zur Diskussion auch ADORNO u.a., 1969; HOLZKAMP, 1972; ALBERT/KEUTH, 1973). POPPER lehnte das Postulat der Verifikation mit der Begründung ab, daß dieses Prinzip wiederum das – aus überzeugenden logischen Gründen unhaltbare – Induktionsprinzip voraussetze, daß es also unmöglich sei, aus der Wahrheit von besonderen Sätzen („dieser Schwan ist weiß") auf die Wahrheit allgemeiner Sätze („alle Schwäne sind weiß") zu schließen. Auch für POPPER ist Wissenschaft ein System von Sätzen unterschiedlicher Allgemeinheitsgrade. Die sich direkt auf reale Verhältnisse beziehenden „singulären" Sätze nennt er „Basissätze". Die Beziehung zwischen den Satzsystemen und der Realität kann nur dadurch hergestellt werden, daß man die Wahrheit von Basissätzen überprüft, die mit den allgemeinen Hypothesen *in Widerspruch stehen.* Wenn die allgemeinen Sätze unbeschränkte Allaussagen sind, also keine Ausnahme zulassen, und wenn *ein* Basissatz wahr ist („dieser Schwan ist schwarz"), dann kann ich auf die Falschheit des allgemeinen Satzes schließen. Umgekehrt: Solange es mir nicht gelingt, einen dem allgemeinen Satz widersprechenden Basissatz als wahr zu erweisen, kann der allgemeine Satz als vorläufig nicht widerlegt gelten.
Wie aber läßt sich ein Basissatz als wahr erweisen? Basissätze sind immer nur als vorläufig „wahr" zu betrachten. Über ihre Wahrheit entscheidet nicht ein einzelner Wissenschaftler, sondern die Wissenschaftlergemeinschaft bzw. eine Gruppe von Forschern (Prinzip der intersubjektiven Kontrolle). Auf Grund der intersubjektv unterschiedlichen Wahrnehmungen, Vorurteile, Vorgehensweisen usw. schalten sich nach POPPER systematische Fehler allmählich von selbst aus. Infiniter Regreß in den Begründungsversuchen wird durch den Konsensus der Forscher vermieden. Wird keine Einigung erreicht, so sind weitere Basissätze zu formulieren und zu überprüfen, die ebenfalls mit der Allaussage in Widerspruch stehen.
Einige Probleme der POPPERschen Auffassung:

1. In der (psychologischen) Forschung wird man vernünftigerweise nach der Bestätigung und nicht nach der Verwerfung der eigenen Hypothesen trachten.
2. Es bleibt die Frage nach der Herkunft, Dringlichkeit, dem Inhalt und den damit verbundenen Zielvorstellungen der zu überprüfenden Hypothesen unbeantwortet.
3. Es werden keine Regeln für die (selektive) Festlegung empirischer Indikatoren (Operationalisierung) angegeben.
4. Der Prozeß der Konsensfindung ist selbst ein empirisch zu untersuchendes Problem; sein Funktionieren kann nicht ohne weiteres unterstellt werden (vgl. ULICH, 1972b).
5. Die Unterscheidung zwischen Theorie- und Beobachtungsebenen bzw. -sprachen und die Auffassung von der (eindeutigen) Falsifizierbarkeit von Basisaussagen sind revisionsbedürftig (vgl. GROEBEN/WESTMEYER, 1975, 190ff.).

3.2 Gesetzesbegriff und Generalisierungsproblem in der Psychologie

„*Verallgemeinerung*" war als (ein) Definitionsmerkmal wissenschaftlicher Tätigkeit und Erkenntnis festgelegt worden (s.o.). Von zentraler Bedeutung für die Psychologie ist also im Anschluß an die Skizzierung der drei Lösungsversuche die Frage, unter welchen Bedingungen Generalisierung sinnvoll und möglich ist. In der Psychologie wird über den Gesetzesbegriff und das Generalisierungsproblem eine teilweise sehr differenzierte Diskussion geführt, die hier nicht wiedergegeben werden kann (vgl. HERRMANN, 1976; KRAIKER, 1976; KRAPP, 1979; ULICH,

1976; WESTMEYER, 1976; auch DICK, 1972). „*Gesetze*“ sind Feststellungen über Verknüpfungen zwischen bestimmten Bedingungen und den durch sie bewirkten Effekten. Ein bestimmter Tatbestand wird dadurch erklärt, daß er als Kovariation bzw. regelmäßig auftretende Folgebeziehung eines anderen Sachverhalts dargestellt werden kann. Gesetzesaussagen haben die sprachliche Form der Implikation: „*wenn – dann*“. Fraglich und problematisch wird das Ziel, Gesetzesaussagen zu formulieren, in der Psychologie vor allem wegen der Forderung, Allaussagen von raum-zeitlich unbeschränkter Gültigkeit zu formulieren. Selbst wenn diese Forderung inzwischen relativiert wurde, bleibt die Frage zu klären, auf welche Weise die (relative) Konstanz bzw. Stabilität von bestimmten Ursache-Wirkungs-Beziehungen erforscht und belegt werden kann. Dazu im folgenden einige Überlegungen:

1. Ausgangspunkt der Überlegung sind zwei dem Alltagserleben bekannte Sachverhalte:
a) Unmittelbar erfahrbare Handlungszusammenhänge sind von bestimmten *Ordnungsprinzipien* (Wertvorstellungen, Normen, Regeln) strukturiert, die dem Handeln Richtung, Konstanz und Regelmäßigkeit verleihen (vgl. KRAPP/PRELL, 1975).
b) Unser Handeln im Alltag ist (auch) von dem Bedürfnis bestimmt, unserer Umwelt und unseren Mitmenschen *stabile Eigenschaften* zuzuschreiben, um damit Orientierung, Vorhersage und Planung des Handelns sowie soziale Interaktion zu ermöglichen (vgl. ULICH, 1974; 1979)

2. „Gesetze“ sind ihrer Struktur und Funktion nach nichts anderes als die *Erwartungen*, die wir im Alltag im Hinblick auf die Stabilität bestimmter Merkmale und Beziehungen entwickeln: Sie beruhen auf der Erfahrung der Wiederholung oder auf der Annahme der Wiederholbarkeit von Ereignissen oder Kovariationen. Wodurch wird aber die Wiederholung (Regelhaftigkeit) ihrerseits bewirkt?

3. Zunächst muß geklärt werden, *was* überhaupt verallgemeinert werden soll, *woraufhin* verallgemeinert werden soll, und *mit welchen Mitteln* verallgemeinert werden soll (vgl. HEINZE u.a., 1975). Soll von einer Situation auf eine gleichzeitig gegebene andere Situation verallgemeinert werden, von einer Person/Gruppe/Kultur auf eine andere Person/Gruppe/Kultur? Soll in die Vergangenheit oder Zukunft generalisiert werden (retrospektive bzw. prognostische Generalisierung)?

4. Ein erster Schritt in der Beantwortung der Frage nach den Bedingungen von Regelhaftigkeiten (im psychischen Bereich) ist die Einsicht, daß diese Regelmäßigkeiten weniger natürlich oder biologisch vorgeprägt, sondern *sozial induziert* sind, d.h. auf Interaktions- und Regelerfahrungen im weitesten Sinne zurückgehen. Diese Regeln (z.B. individuelle Handlungsmaximen) sind sowohl Ausdruck bestimmter (gesellschaftlicher) Strukturierungsprinzipien wie gleichzeitig immer auch Resultate eigenen Handelns, nämlich aktiver Interpretations-, Aneignungs- und Selbstregulationsprozesse (vgl. ULICH, 1976, Kap. 1).

5. Wenn man nach den Bedingungen sozial induzierter Regelhaftigkeit sucht, so wird man auch auf die Dimension der *Kontrolle* bzw. *Macht* stoßen. Was bei SKINNER (externe) Kontingenzkontrolle heißt, kann auch aufgefaßt werden als Chancenungleichheit im Hinblick auf die Durchsetzbarkeit von Regeln (vgl. ULICH, 1976, 31ff.). Die Stabilität von Situationen, Bedingungskonstellationen, Relationen usw. hängt ganz konkret davon ab, ob eine Person, eine Gruppe usw. über ausreichend Macht, Ressourcen und Kompetenzen verfügt, um Regeln, Erwartungen usw. durchzusetzen, konkret: das Auftreten eines Ereignisses bzw. die vorhergesagte Kovariation real zu bewirken.

6. Zur Begründung der Generalisierbarkeit psychologischer Aussagen benötigt man also weniger den Rückgriff auf „universelle Gesetze“, sondern vielmehr die Kenntnis realer *Lebens- und Handlungszusammenhänge*. Anders gesagt: Verallgemeinernde Aussagen über psychische Prozesse und Strukturen sind nur dann möglich, wenn die Voraussetzungen der Verallgemeinerung als in der Realität selbst liegend begriffen werden. Grundlage für Generalisierungen sind die tatsächlichen, auf bekannten Durchsetzungschancen beruhenden Vereinheitlichungen (Standardisierungen) von Lebens- und Handlungssituationen. Diese Vereinheitlichung bestimmt, was „typisch“ und nicht bloß zufällig ist.

7. In einer These zusammengefaßt: *Je größer die Vereinheitlichung realer Handlungsbedingungen tatsächlich ist, desto eher ist die Generalisierung von Aussagen gestattet.* Der Generalisierungsgrad ist immer auch auf das Ausmaß der Vereinheitlichung rückzubeziehen. Die Vereinheitlichung selbst ist natürlich veränderbar, weil historisch entstanden.

8. Die Standardisierung von Handlungssituationen bedingt eine gewisse *Gemeinsamkeit* von Erfahrungen, Interessen, Handlungskompetenzen, Bezugssystemen usw. Überall dort, vor allem, wo z.B. Lern- und Leistungssituationen institutionalisiert sind, kann man also Gleichförmigkeiten des Erlebens und Verhaltens erwarten. Institutionalisierung begründet sowohl die Möglichkeit wie auch die Notwendigkeit regelgeleiteten und insofern regelhaften Handelns. Institutionalisierung ist also *eine* Möglichkeitsbedingung für Generalisierung. Konkret: Um Aussagen über Zusammenhänge zwischen Frustration und Aggression zu machen, benötigt man eine Theorie familialer Sozialisation, aus der man erst Annahmen über mögliche regelhafte Beziehungen zwischen diesen beiden psychischen Merkmalen begründen kann.

9. Was folgt daraus für die Analyse und Entwicklung von Theorien? Häufig wird in der psychologischen Forschung mit Stabilitäts*unterstellungen* gearbeitet, anstatt sowohl die Variablen auf der „Wenn-" wie auch die auf der „Dann"-Seite der Hypothese einer genauen Untersuchung im Hinblick auf ihre Stabilität zu unterziehen. Insbesondere die sog. *„Randbedingungen"* (z.B. Schulsystem, Gesundheitswesen, Recht, normative Deutungs- und Bezugssysteme) werden selten unter diesem Gesichtspunkt analysiert. KRAPP (1979) fordert eine Analyse dieser Randbedingungen und schlägt im Zusammenhang mit der Entwicklung eines Prognosemodells die Erarbeitung *hierarchischer Erklärungsmodelle* vor, innerhalb derer der in einer Theorie als (relativ) *konstant* angesetzte Variablenbereich (z.B. Schulsystem) in dem „darüber liegenden" Erklärungsansatz selbst als Explanandum zu untersuchen ist.

10. Im Hinblick auf die angesprochenen Probleme müssen wissenschaftstheoretische Analysen vor allem auf folgende Fragen eingehen:

a) Wie kommen Stabilitäts- und Konstanzannahmen zustande und wie werden sie begründet?
b) Werden bestimmte Merkmale, Strukturen usw. als nicht hintergehbare „Universalien", „anthropologische Grundkonstanten" usw. ausgegeben, Konstitutionszusammenhänge also ausgeblendet?
c) Welche Bedeutung haben die Stabilitätsannahmen im Wirkungszusammenhang der Theorie, welche Funktion (z.B. self-fullfilling prophecy) kommt ihnen unter bestimmten Voraussetzungen zu?

Verweis auf andere Stichwörter

→Allgemeine und Angewandte Psychologie →Behaviorismus →Empirische Forschungsmethoden der Psychologie →Experiment →Handlungsforschung →Humanistische Psychologie →Psychologismus →Soziologie →Tests und Testtheorie

Literatur

ADORNO, TH. W. u.a.: Der Positivismusstreit in der deutschen Soziologie. Neuwied, Berlin: Luchterhand 1969.

ALBERT, H.: Wertfreiheit als methodisches Prinzip. In: TOPITSCH, E. (Hrsg.): Logik der Sozialwissenschaften. Köln: Kiepenheuer & Witsch [4]1967.

ALBERT, H./KEUTH, H. (Hrsg.): Kritik der kritischen Psychologie. Hamburg: Hoffmann & Campe 1973.

BANDURA, A.: Verhaltenstheorie und die Modelle des Menschen. In: Ders. (Hrsg.): Lernen am Modell. Stuttgart: Klett 1976.

BERGOLD, J.: Lerntheoretische Grundlagen für Theorie und Praxis der Psychiatrie (Manuskript, erscheint in: Psychiatrie der Gegenwart). Berlin: Freie Universität 1977.

DICK, F.: Wenn p dann q. Widersprüche des nomothetischen Gesetzesbegriffes und dessen doppelte ideologische Funktion. Gießen: Edition 2000, 1972.

FRIEDRICHS, J.: Methoden empirischer Sozialforschung. Hamburg: Rowohlt 1973.

GRAUMANN, C. F.: Grundlagen einer Phänomenologie und Psychologie der Perspektivität. Berlin: de Gruyter 1960.

GRAUMANN, C. F.: Eigenschaften als Problem der Persönlichkeitspsychologie. In: THOMAE, H./LERSCH, PH. (Hrsg.): Handbuch der Psychologie, Bd. IV (Persönlichkeitspsychologie). Göttingen: Hogrefe 1964, S. 81–155.

GROEBEN, N./SCHEELE, B.: Argumente für eine Psychologie des reflexiven Subjekts. Darmstadt: Steinkopf 1977.

GROEBEN, N./WESTMEYER, H.: Kriterien psychologischer Forschung. München: Juventa 1975.

HEINZE, TH. u.a.: Handlungsforschung im pädagogischen Feld. München: Juventa 1975.

HERRMANN, TH.: Die Psychologie und ihre Forschungsprogramme. Göttingen: Hogrefe 1976.

HOLZKAMP, K.: Kritische Psychologie. Frankfurt/M.: Fischer 1972.

KAMINSKI, G.: Nachlese und Ausblick. In: Ders. (Hrsg.): Umweltpsychologie. Stuttgart: Klett 1976, S. 237–263.

KEUPP, H./KRAIKER, CHR.: Die Kontroverse zwischen Verhaltenstherapie und Psychoanalyse. In: ZEIER, H. (Hrsg.): Pawlow und die Folgen. München: Kindler 1977, S. 666–712.

KRAIKER, CHR.: Zum Problem von Theorien und ihrer Anwendung in der Psychologie. In: GOTTWALD, P./ KRAIKER, CHR. (Hrsg.): Zum Verhältnis von Theorie und Praxis in der Psychologie. DGVT Sonderheft, Bochum 1976.

KRAPP, A.: Prognose und Entscheidung. Zur theoretischen Begründung und Differenzierung der pädagogisch-psychologischen Prognose. Weinheim, Basel: Beltz 1979.

KRAPP, A./PRELL, S.: Empirische Forschungsmethoden. Einführung. München: Oldenbourg 1975.

KUHN, TH.: Die Struktur wissenschaftlicher Revolutionen. Frankfurt/M.: Suhrkamp 1967.

LAUCKEN,U./SCHICK, A.: Einführung in das Studium der Psychologie. Stuttgart: Klett 1971.

LEONTJEW, A. N.: Das Problem der Tätigkeit in der Psychologie. Zeitschrift für Sowjetwissenschaft, Nr. 4, 1973 (a), S. 415–435.

LEONTJEW, A. N.: Tätigkeit und Bewußtsein. Zeitschrift für Sowjetwissenschaft, Nr. 5, 1973 (b), S. 515–531.

MEICHENBAUM, D.: Cognitive-behavior modification. New York, London: Plenum Press 1977.

MISCHEL, W.: Toward a cognitive social learning reconceptualization of personality. Psychological review, 80, 1973, H. 4, S. 252–283.

OPP, K.-D.: Methodologie der Sozialwissenschaften. Hamburg: Rowohlt 1970.

POPPER, K. R.: Logik der Forschung. Tübingen: Mohr 1966.

SCHMALT, H.-D./MEYER, W.-U. (Hrsg.): Leistungsmotivation und Verhalten. Stuttgart: Klett 1976.

SCHNEEWIND, K. A. (Hrsg.): Wissenschaftstheoretische Grundlagen der Psychologie. München: Reinhardt 1977.

TRAXEL, W.: Einführung in die Methodik der Psychologie. Bern: Huber 1964.

TRAXEL, W.: Über Gegenstand und Methode der Psychologie. Bern: Huber 1968.

ULICH, D.: Probleme und Möglichkeiten erziehungswissenschaftlicher Theorienbildung. In: Ders. (Hrsg.): Theorie und Methode der Erziehungswissenschaft. Weinheim, Basel: Beltz 1972 (a), S. 13–87.

ULICH, D.: Wissenschaftsmodell und Gesellschaftsbild. In: Derse. (Hrsg.): Theorie und Methode der Erziehungswissenschaft. Weinheim, Basel: Beltz 1972 (b), S. 295–324.

ULICH, D.: Zur Logik der Sozialisationsforschung. Zeitschrift für Pädagogik, 20, 1974, S. 447–460.

ULICH, D.: Pädagogische Interaktion. Theorien erzieherischen Handelns und sozialen Lernens. Weinheim, Basel: Beltz 1976.

ULICH, D.: Rationalismus und Subjektivismus in ‚kognitiven' Motivationstheorien. Zeitschrift für Pädagogik, 25, 1979, H. 1, S. 21–41.

VOLPERT, W.: Handlungsstrukturanalyse als Beitrag zur Qualifikationsforschung. Köln: Pahl-Rugenstein 1974.

WEIDENMANN, B.: Lehrerangst. Ein Versuch, Emotionen aus der Tätigkeit zu begreifen. München: Ehrenwirth 1978.

WESTMEYER, H.: Verhaltenstherapie: Anwendung von Verhaltenstheorien oder kontrollierte Praxis?. In: GOTTWALD, P./KRAIKER, CHR. (Hrsg.): Zum Verhältnis von Theorie und Praxis in der Psychologie. DGVT Sonderheft, Bochum 1976.

Dieter Ulich

Verzeichnis der Autoren

Hans Joachim Ahrens, geb. 1934, Dr. rer. nat., Dipl.-Psych., Wiss. Rat und Professor am Psychologischen Institut der Universität Heidelberg.

Eberhard Bauer, geb. 1944, Dipl.-Psych., Wiss. Angestellter am Lehrstuhl für Psychologie und Grenzgebiete der Psychologie des Psychologischen Instituts der Universität Freiburg.

Ernest Borneman, geb. 1915, Prof. Dr. phil., Gastprofessor für Sexualpsychologie im Fachbereich Humanmedizin der Universität Marburg, Lehrbeauftragter für Libidotheorie am Psychologischen Institut der Universität Salzburg, Präsident der Österreichischen Gesellschaft für Sexualforschung.

Udo B. Brack, geb. 1941, Dr. phil., Dipl.-Psych., Leiter der psychologischen Abteilung der Klinik des Münchener Kinderzentrums.

Karl-Heinz Braun, geb. 1948, Mitglied der Fachkommission Kritische Psychologie des Bundes demokratischer Wissenschaftler, Mitherausgeber der ‚Studien zur kritischen Psychologie'.

Michael Charlton, geb. 1943, Dr. phil., Dipl.-Psych., Professor am Psychologischen Institut der Universität Freiburg.

Roman Ferstl, geb. 1945, PD Dr. phil., Dipl.-Psych., Forschungsassistent am Max-Planck-Institut für Psychiatrie in München.

Bernhard Floßdorf, geb. 1947, Dr. phil., Dipl.-Soz., Wiss. Mitarbeiter am Institut für Historische Ethnologie der Universität Frankfurt/M.

Michael Frese, geb. 1949, Dr. phil., Dipl.-Psych., Wiss. Assistent am Institut für Bildungs- u. Gesellschaftswissenschaften der Technischen Universität Berlin.

Ernst Fürntratt, geb. 1938, Prof. Dr. phil., Dipl.-Psych., Direktor am Seminar für Psychologie der Pädagogischen Hochschule Rheinland, Abt. Aachen.

Siegfried Greif, geb. 1943, Dr. phil., Dipl.-Psych., Professor am Institut für Psychologie im Fachbereich Erziehungswissenschaften der Freien Universität Berlin, Abt. Sozial- und Organisationspsychologie.

Friedhelm Guttandin, geb. 1949, Dipl.-Soz., Dipl.-Päd., Lehrbeauftr. am Fachbereich Erziehungswissenschaften der Universität Marburg.

Hartmut Häcker, geb. 1938, Dr. phil., Dipl.-Psych., Professor für Differentielle Psychologie und Angewandte Psychologie an der Gesamthochschule Wuppertal.

Rolf Haubl, geb. 1951. Dipl.-Psych., Doktorand am Fachbereich Psychologie der Universität Gießen.

Walter R. Heinz, geb. 1939, Dr. phil., Dipl.-Psych., Professor für Soziologie und Sozialpsychologie an der Universität Bremen.

Dieter Henkel, geb. 1944, Dipl.-Psych., Professor für Psychologie an der Fachhochschule Frankfurt/M.

Gerd Hochapfel, geb. 1940, Dr. med., Wiss. Assistent am Lehrstuhl für Psychotherapie und Psychosomatik der Universität Freiburg.

Rupert Hölzl, geb. 1945, Dr. phil., Dipl.-Psych., Wiss. Assistent am Max-Planck-Institut für Psychiatrie in München.

Sven Olaf Hoffmann, geb. 1939, Dr. med., Dipl.-Psych., Priv.-Doz. und Oberarzt an der Abteilung Psychotherapie und Psychosomatische Medizin im Universitätsklinikum der Universität Freiburg.

Eva Jaeggi, geb. 1934, Dr. phil., Dipl.-Psych., Professorin für Klinische Psychologie am Psychologischen Institut der Technischen Universität Berlin.

H. Jürgen Kagelmann, geb. 1948, Dipl.-Psych., Lehrbeauftragter für Psychologie an der Hochschule für Fernsehen und Film, Verlagslektor in München.

Heinz Katschnig, geb. 1942, Dr. med., Oberarzt der Psychiatrischen Universitätsklinik Wien, Leiter des Ludwig Boltzmann Instituts für Sozialpsychiatrie.

Gustav Keller, geb. 1950, Dr. phil., Dipl.-Psych., Wiss. Angestellter an der Bildungsberatungsstelle Ulm des Oberschulamts Tübingen.

Kurt Kersten, geb. 1946, Dipl.-Psych., Wiss. Assistent am Psychologischen Institut der Freien Universität Berlin im Fachbereich Philosophie und Sozialwissenschaften.

Heinrich Keupp, geb. 1943, Dr. phil., Dipl.-Psych., Professor für Sozialpsychologie am Psychologischen Institut der Universität München.

Friedhart Klix, geb. 1927, Dr. rer. nat., Dipl.-Psych., Direktor der Sektion Psychologie der Humboldt-Universität Berlin (DDR).

Klaus Kornwachs, geb. 1947, Dr. phil., Dipl.-Phys., Wiss. Angestellter am Institut für Produktionstechnik in Stuttgart, Freier Mitarbeiter des Instituts für Grenzgebiete der Psychologie und Psychohygiene e.V. in Freiburg.

Bernhard Kraak, geb. 1922, Dr. phil., Dipl.-Psych., Professor am Deutschen Institut für Internationale Pädagogische Forschung in Frankfurt/M. und Direktor der Abt. Psychologie.

Andreas Krapp, geb. 1940, Priv.-Doz., Dr. phil., Dipl.-Psych., Verwalter einer HS 2/3-Stelle am Institut für Empirische Pädagogik und Pädagogische Psychologie der Universität München.

Jürgen Kriz, geb. 1944, Dr. phil., Professor für Empirische Sozialforschung und Statistik und ihre wissenschaftstheoretischen Grundlagen im Fachbereich Sozialwissenschaften der Universität Osnabrück.

Bernhard Kroner, geb. 1943, Dr. soz. wiss., Dipl.-Psych., Wiss. Assistent im Lehrgebiet Sozialpsychologie an der Fakultät für Soziologie der Universität Bielefeld.

Dietrich Langen, geb. 1913, Prof. Dr. med., Direktor der Klinik und Poliklinik für Psychotherapie an der Universität Mainz.

Reinhard Leichner, geb. 1942, Dr. phil., Dipl.-Psych., Professor für Psychologie an der Freien Universität Berlin.

Hans Wolfgang Linster, geb. 1942, Dr. phil., Dipl.-Psych., Wiss. Angestellter am Psychologischen Institut der Universität Freiburg.

Franz Littmann, geb. 1948, Dipl.-Päd., Doktorand an der Universität Marburg.

Friedrich Lösel, geb. 1945, Dr. phil., Dipl.-Psych., Professor für Psychologie am Psychologischen Institut der Universität Erlangen.

Reimer Lund, geb. 1939, Dr. phil., Dipl.-Psych., Wiss. Assistent am Max-Planck-Institut für Psychiatrie in München.

Werner Maschewsky, geb. 1944, Dr. phil., Dipl.-Psych., Wiss. Mitarbeiter am Wissenschaftszentrum Berlin.

Peter Mattes, geb. 1939, Dr. phil., Dipl.-Psych., Wiss. Mitarbeiter am Psychologischen Institut der Freien Universität Berlin im Fachbereich Philosophie und Sozialwissenschaften.

Werner Meinefeld, geb. 1948, Dr. soz. wiss., Dipl.-Soz., Akademischer Rat am Soziologischen Institut der Universität Erlangen-Nürnberg.

Eckhard Meisinger, geb. 1950, Dipl.-Psych., Lehrer und Psychologe an der „Freien Schule Frankfurt".

Volker Möntmann, geb. 1945, Dipl.-Soz., Wiss. Assistent am Sonderforschungsbereich 24 der Universität Mannheim.

Hans Nicklas, geb. 1931, Dr. phil., Professor im Fachbereich Sozialwissenschaften der Universität Frankfurt/M., Forschungsgruppenleiter und Vorstandsmitglied der Hessischen Stiftung Friedens- und Konfliktforschung in Frankfurt/M.

Jürgen R. Nitsch, geb. 1940, Dr. phil., Dipl.-Psych., Professor für Psychologie und Leiter des Psychologischen Instituts der Deutschen Sporthochschule Köln.

Änne Ostermann, geb. 1938, Dr. phil., Wiss. Mitarbeiterin der Forschungsgruppe Sozialpsychologie der Hessischen Stiftung Friedens- und Konfliktforschung in Frankfurt/M.

Gunter A. Pilz, geb. 1944, Dipl.-Soz., Akademischer Oberrat am Lehrstuhl für Sportwissenschaft der Universität Hannover.

Rolf Pohl, geb. 1951, M. A., Lehrbeauftragter und Doktorand am Psychologischen Seminar der Universität Hannover.

Hermann Pohlmeier, geb. 1928, Dr. med., Professor für Medizinische Psychologie an der Universität Göttingen.

Dirk Revenstorf, geb. 1939, Dr. phil., Dipl.-Psych., Professor für Klinische Psychologie an der Universität Tübingen.

Peter Riedesser, geb. 1945, Dr. med., Facharzt für Kinder- und Jugendpsychiatrie an der Universitäts-Kinderklinik Freiburg.

Roland Schäfer, geb. 1951, Lehrerstudium, Studium der Soziologie und Psychologie an der Universität Hannover.

Hartmann Scheiblechner, geb. 1939, Dr. phil., Professor für Psychologische Methoden und Mathematische Psychologie am Fachbereich Psychologie der Universität Marburg.

Christiane Schmerl, geb. 1945, Dr. rer. nat., Dipl.-Psych., Wiss. Rat und Professor an der Fakultät für Pädagogik, Philosophie und Psychologie der Universität Bielefeld.

Stefan Schmidtchen, geb. 1942, Dr. phil., Dipl.-Psych., Professor für Psychologie und Abteilungsdirektor am Institut für Psychologie der Universität Hamburg, Abt. für Kinderpsychotherapie und Kinderdiagnostik.

Reinhard Schmitz-Scherzer, geb. 1938, Priv.-Doz., Dr. phil., Dipl.-Psych., Akademischer Oberrat am Psychologischen Institut der Universität Bonn.

Hans-Dieter Schneider, geb. 1939, Priv.-Doz., Dr. phil., Dipl.-Psych., Oberassistent an der Abteilung Sozialpsychologie des Psychologischen Instituts der Universität Zürich.

Ulrike Schneider, geb. 1947, Dr. phil., Dipl.-Soz., Wiss. Angestellte an der Freien Universität Berlin.

Peter Schöber, geb. 1936, Dr. rer. pol., Dipl.-Volkswirt, Wiss. Rat und Professor an der Universität Bielefeld, Fakultät für Soziologie.

Wilfried Schüle, geb. 1940, Dr. phil. nat., Dipl.-Psych., Wiss. Assistent am Lehrstuhl für Psychologie III der Universität Würzburg.

Ulrich Seibert, geb. 1930, Dipl.-Psych., Akademischer Oberrat am Institut für Erziehungswissenschaft/Arbeitsbereich Sozialpädagogik der Universität Tübingen.

Rainer Seidel, geb. 1941, Dr. phil., Dipl.-Psych., Assistenzprofessor am Institut für Psychologie der Technischen Universität Berlin.

Norbert Semmer, geb. 1949, Dipl.-Psych., Wiss. Assistent am Institut für Psychologie der Technischen Universität Berlin.

Paul Tholey, geb. 1937, Dr. phil. nat., Dipl.-Psych., Dozent für Psychologie am Institut für Psychologie der Universität Frankfurt/M.

Hans Thomae, geb. 1915, Dr. phil. Dr. h.c., Professor für Psychologie an der Universität Bonn.

Cornelia Trabandt, geb. 1952, Doktorandin und Wiss. Mitarbeiterin am Soziologischen Seminar der Universität Hannover.

Dieter Ulich, geb. 1940, Dr. phil., Dipl.-Psych., Professor für Psychologie an der Pädagogischen Hochschule Berlin.

Gisela Ulmann, geb. 1941, Priv.-Doz. Dr. phil., Wiss. Angestellte am Psychologischen Institut der Freien Universität Berlin.

Ulrich Völker, geb. 1944, Dr. phil., Dipl.-Psych., Professor an der Ev. Fachhochschule Berlin.

Walter Volpert, geb. 1942, Dr. phil., Dipl.-Psych., Professor für das Fachgebiet Berufliche Sozialisation an der Technischen Universität Berlin.

Claudia Weber, geb. 1947, Dr. phil., Dipl.-Soz., Wiss. Mitarbeiterin am Institut zur Erforschung sozialer Chancen (ISO) in Köln.

Dirk Wendt, geb. 1935, Dr. phil., Dipl.-Psych., Professor für Psychologie am Institut für Psychologie der Universität Kiel.

Helmut Wetzel, geb. 1946, Dr. phil., Dipl.-Psych., Wiss. Angestellter am Psychologischen Institut der Universität Freiburg, Abt. für Klinische und Pädagogische Psychologie.

Joachim Wittkowski, geb. 1945, Dr. phil., Dipl.-Psych., Wiss. Assistent am Institut für Psychologie der Universität Würzburg.

Erich Wulff, geb. 1926, Prof. Dr. med., Leiter der Abt. Sozialpsychiatrie und Mitdirektor der Psychiatrischen Klinik der Medizinischen Hochschule Hannover.

Reinhart Wustlich, geb. 1944, Dr. Ing., Dipl.-Ing., freiberufliche Tätigkeit in Stadtplanung und Politikforschung.

Personenregister

Sachregister*

* Anm.: Die Hauptstichwörter sind fett gedruckt.